Winkler
Weltliteratur

Theodor Storm im 40. Lebensjahr
Foto nach dem Ölporträt von H. N. Sunde
(Heiligenstadt, im Mai 1857)

THEODOR STORM

GESAMMELTE WERKE

IN ZWEI BÄNDEN

Neu herausgegeben und mit einem Nachwort
und Zeittafel von Walter Zimorski

BAND I

Frühe Erzählprosa und Novellen

Artemis & Winkler

Die Deutsche Bibliothek – CIP-Einheitsaufnahme

Storm, Theodor:
Gesammelte Werke in zwei Bänden / Theodor Storm.
Neu hrsg. und mit einem Nachw. und Zeittaf. von Walter Zimorski. –
Düsseldorf; Zürich: Artemis und Winkler
Bd. 1. Frühe Erzählprosa und Novellen. – 2000
(Winkler Weltliteratur)
ISBN 3-538-06851-8

Umschlagmotiv: © Rainer Groothuis
Umschlaggestaltung: Groothuis & Consorten, Hamburg
Satz: Fotosatz Moers, Mönchengladbach
Druck und Bindung: Pustet, Regensburg
ISBN 3-538-06851-8

Frühe Erzählprosa

Celeste

Eine Phantasie

Ich überlasse mich, o Feder, deinen Grillen!
Bürger

Weit hinaus auf dem Meere schwammen die dunklen Trümmer unseres Schiffes, im rötlichen Abendscheine, den die pupurne Sonne scheidend ausgoß über die beruhigten Wogen. Fabelhafte Blumen streckten ihre Blätter und Blüten aus der Tiefe des Meeres und hauchten süße Wohlgerüche gegen die Küste, gewiegt auf den krystallnen Wassern, die über bunte Muscheln und funkelnde Steine murmelnd an den goldfarbigen Sand heraufrauschten.

Immer abendlicher ward es; ein lauer, leichter Hauch kräuselte die Fluten des Meeres, und Phöbus sank in die weichen Arme der Thetis. –

Ich stand am Meere und schaute ernst hinaus; neben mir stand Celeste, und ihre rosigen Wangen waren bleich geworden wie die Blätter der Lilie. Denn jenseit des dunkeln, unermeßlichen Meeres lag unsre Heimat, unsre freundliche Heimat; aber die treulosen Wellen hatten die schwankende Brücke zerschellt und führten die Trümmer weit und weiter hinweg in verschwimmende Ferne, wo sie unsern Augen entschwanden, wie die süßgehegten Hoffnungen unsrer Seele. – Und wie wir so standen und schauten, flossen die blauen Abendnebel um uns her und legten sich über die schläfrigen Wasser; langsamer rieselten die Wellen herauf, und wenn sie züchtig Celestens zarten Fuß geküßt, rollten sie träumend, wie berauscht in ihr weites Bette zurück. –

Celeste und ich: wir waren allein auf dieser blühenden Insel, abgeschlossen von allen übrigen Menschen der Erde durch die weiten Arme des ewigen Meers. »Celeste«, sprach ich, und erfaßte ihre Hand, »weit hinter den grauen Rätseln dieses Meeres, weit, weit, liegt unsre Heimat. Willst du mir ganz vertrauen, Celeste? – Celeste, willst du meine Schwester sein?« So sprach mein Mund; aber mein Herz sprach: »Celeste, Celeste, sei mein Weib!« Das schöne Mädchen strich sich die braunen Flechten von der verengten Stirne, und die blauen Sterne ihrer Augen ruhten forschend in meinen Blicken. »Deine Schwester sein?« sprach sie; und eine Träne stahl sich durch die dunkle Wimper. Dann mit ihrer kleinen Hand die hervorquellenden Tränen zerdrückend, legte sie ihren Arm in den meinigen; und sprach mit dem Ausdrucke des heiligsten Vertrauens: »Laß uns zurückgehn; es wird schon spät, mein guter Bruder!« –

Schweigend gingen wir nach der Grotte zurück. Um uns her schwirrten die bunten Dämmerungsfalter, schwärmend von Blume zu Blume, und berauschten sich im süßen Duft der Blütenkelche; goldbeschwingte Vögel rauschten heimlich durch die blühenden Büsche und suchten ihr süßverstecktes Nest; durch die Wipfel der hohen Platanen flüsterte der leichte Abendwind, und märchenhaft im Lichte des Mondes bewegten sich die zitternden Blätter. –

In der engen Mündung der Grotte hatte ich das Ende einer Schiffsplanke eingepreßt, so daß sie beinahe die Öffnung verschloß; weiches Moos hatte ich reichlich über den kühlen Felsen gebreitet. Ich bat Celeste: »Lege dich schlafen; gewiß, du bist müde, meine gute Schwester!« Celeste schwieg; aber ich fühlte die Tränen auf meine Hand herabfallen. – Wer war die Mutter dieser Tränen? – – Celeste war allein, ganz allein mit mir; um uns her war dunkle Nacht. Mich entzückten diese jungfräulichen Tränen; und ich bat dringender: »Celeste, lege dich schlafen; dein Bruder wird für dich wachen!« Und das schüchterne Mädchen reichte mir die Hand, und legte sich schweigend auf die weiche Moosdecke. Ich setzte mich zu ihren Füßen, und von außen herein nickten duftende Geißblattranken ein träumerisches Gute Nacht. – »Gute Nacht«, sprach Celeste, und schlief ein. –

Ich vermochte es nicht; ich wachte über meine Schwester, und horchte den leisen Atemzügen ihres Mundes. – »Meine Schwester?« dachte ich, »ach Celeste, warum nur meine Schwester? Aber, bin ich ihrer zarten Jungfräulichkeit diesen Namen nicht schuldig, so lange wir dies einsame Eiland bewohnen? Doch Celeste liebt dich! – Liebt sie dich nicht? – Was bedeutete denn ihr tränenfeuchtes Auge, als du sie Schwester nanntest! – Ach Celeste, wenn du mich liebest!« – – Da hörte ich meinen Namen stammeln. – Sie träumte von mir. –

Da rauschte es außen durch die Büsche. Was war das? – Mein Blut erstarrte. Das war das eintönige Geheul der Hyänen; und immer näher kam es der kleinen Grotte, die mich und meinen Himmel umschloß. Ich setzte mich näher an Celestens Seite und beugte mich schützend über sie. Immer lauter schlug das fürchterliche Geheul an mein entsetztes Ohr, meine Pulse stockten vor unnennbarer Angst. Da fuhr Celeste empor aus dem süßen Schlummer; und horchte lautlos mit verhaltenem Atem. »Was ist das? Das sind reißende Tiere!« flüsterte sie in entsetzlicher Angst, und umklammerte mich mit beiden Armen, daß ich den Schlag ihres Herzens an meiner Brust fühlte. Ich überwand meine eigne Besorgnis, und suchte das zitternde Mädchen zu beruhigen. »Fürchte nichts, Celeste«, sprach ich, »die Grotte ist sicher für die Nacht, und sobald der Tag anbricht, nehme ich meine Büchse und ziehe aus gegen diese Unholde. – Hörst du, mein süßes Mädchen! Sie sollen dich gewiß nicht wieder in deinen Träumen stören.« Aber Celeste schloß mich heftiger in die Arme: »Nein, nein!« rief sie und ihre Tränen brachen aufs neue hervor, »du darfst nicht weg von mir. Die schrecklichen Tiere würden dich zerreißen, und deine arme Celeste stürbe vor Angst und Gram!« –

Das Geschrei der Hyänen hatte sich nach und nach verloren – Celeste hielt mich noch immer so fest in ihren Armen, daß der Hauch ihres Mundes über meine glühenden Wangen strömte. Ich hatte die Hyänen schon lange vergessen, und fing auch an meine Schwester zu vergessen. – Meine Brust empörte sich, mein Blut stürmte durch die Adern; ich kämpfte zwischen Himmel und Hölle. »Celeste, Celeste!« rief ich und – erwachte.

Ich war in meinem Lehnstuhl eingeschlafen; das Licht war tief herunter gebrannt, und vor meinem Fenster tobten Nacht und Sturm. – Ich hatte wieder einmal geträumt. –

En Döntje

De eene Naaversch besöcht de anner und seggt:
Wat rückt dat hier so schmusig bi Jüm?
»Ja«, seggt de anner, »wi hem ok slacht.«
Wat hem jüm denn slacht?
»En Hön!«
Gott bewaar uns! wo will'n jüm mit all dat Fleesch hen?
»Ja, uns Dochter schall Hochtied geben.«
Wem schall se denn hem?
»De lütje Peter Mortens sin Sön ut Snorhoi.«
Het he wat to'm Besten?
»Ja woll: een Ko und een Swien und een stumpsteerte Hön und drittehalv Mark in't Geld und anderthalv Ael in de Büren!«
Gott bewaar uns! wat kummt de Deern gut to Brod!

Geschichten aus der Tonne

Einer der wackersten Spielkameraden in meinen Knabenjahren war Claas Räuber. Er war der Sohn eines armen Schuhflickers und schon seit mehreren Jahren ein Stadtwaisenkind; den Beinamen Räuber aber hatten seine Genossen ihm gegeben, weil er in dem Spiel »Räuber und Soldat«, das wir an hellen Sommerabenden zu exerzieren pflegten, eine besondere Geschicklichkeit besaß und daher auch stets nur als Räuber ausgehoben wurde. Trotz seines abschreckenden Titels aber war Claas Räuber der ehrlichste und spaßhafteste Bursche von der Welt, und besaß außerdem noch ein anderes, von seinen Genossen sehr geschätztes Talent.

An den kurzen Herbstabenden nämlich, wo uns für die ausgelassenen Spiele nach der Schulzeit gar bald das Licht ausging, pflegten wir uns auf den breiten Steinen einer Haustreppe zusammen zu finden, und nun hieß es: »Stücken vertellen.« Hier war nun Claas Räuber wieder der beste und beliebeste Kamerad, denn sein Reichtum an allen möglichen Arten von Döntjes und Schnurren war unerschöpflich. Je heimlicher aber und verborgner wir unseren Märchensaal aufgeschlagen hatten, desto schöner hörten sich die Geschichten an, desto lebendiger traten all' die wunderlichen und süßen Gestalten, die verwünschten Prinzen und Prinzessinnen, Schneewittchen und die Frau Holle vor unsere Phantasie; ja ich erinnere mich, daß wir einmal bei einer solchen Gelegenheit ganz deutlich den Niß-Puck aus einer Dachöffnung in meines Vaters Scheune herausgucken sahen, und in Folge dessen einen zwar vergeblichen Feldzug durch die sämtlichen Böden gegen den Kobold unternahmen. Mich vorzüglich trieb jene Vorliebe für heimliche Erzählungsplätzchen zur Entdeckung immer neuer Schlupfwinkel. So hatte ich unter andern eine große leere Tonne dazu ausersehen, welche in einem Packhause unweit meines Vaters Schreibstube stand. In dieser Tonne hab' ich die schönsten Geschichten meines Lebens gehört. Sie war das Allerheiligste, das nur von mir und Claas bezogen wurde. Hier kauerten wir Abends, wenn ich aus den Privatstunden kam, zusammen, nahmen meine kleine Laterne, die wir zuvor mit einigen Lichtendchen versehen hatten, auf den Schoß und schoben, nachdem wir hineingeklettert waren, ein großes, auf der Tonne liegendes Brett von innen wieder über die Öffnung derselben, so daß wir wie in einem kleinen Stübchen zusammen saßen. Wenn nun die Leute Abends nach meines Vaters Schreibstube gingen und ein dumpfes Gemurmel aus der alten Tonne aufsteigen hörten und einzelne verlorene Lichtstrahlen daraus hervorschimmern sahen, so konnte der alte Schreiber nicht genug die wunderliche Ursache davon berichten.

Hätten die lieben Leute bei uns in der Tonne gesessen, so hätten sie wohl selbst Gefallen an unseren Abendunterhaltungen gefunden, wozu ich den Leser nach zwanzig Jahren nachträglich auf's Beste eingeladen haben will.

»Nun Claas«, sagte ich, nachdem ich unser Häuschen gehörig verschlossen hatte, »was hast du denn heute Abend?«

»Es ist ein ganz altes Stück«, sagte Claas, »das meiner Großmutter schon von ihrer Urgroßmutter erzählt ist, und die hat gesagt, es sei ein Stück aus der Mauskiste.«

»Nun«, sagte ich, »so erzähle; die Stücke aus der Mauskiste sind mir immer die liebsten gewesen.« Und Claas erzählte

Das Märchen von den drei Spinnfrauen

Es war einmal ein Dienstmädchen, die war eben so schön als sie ehrbar und fleißig war; auch war sie im Nähen und Stricken und anderer häuslichen Arbeit wohlerfahren, nur spinnen konnte sie nicht. Sie hatte aber einen Freier, der war reich und jung und war gewaltig auf's Spinnrad versessen. Als nun die Hochzeit heranrückte, so kam er eines Sonntags zu ihr und ließ sich zehn Pfund Flachs nachtragen. Er umarmte sie und sprach:

»Kannst du diesen Flachs zum feinen Faden verspinnen, dein goldenes Haar würde mir noch einmal so lieb sein. Hast du's fertig zum Sonnabend, so soll die Hochzeit sein.« Dann ging er fort; sie aber wußte sich keinen Rat, wer ihr die große Menge Flachs in so kurzer Zeit verspinnen sollte, und ging hinaus auf den Weg und weinte. Wie sie so eine Strecke gegangen war, kam sie an eine Hütte; als sie die Tür aufgemacht hatte, sah sie drinnen eine Frau am Spinnrad sitzen, die hatte Lippen, die waren so – lang. Das Mädchen erschrak gar heftig vor dieser Gestalt; denn die Alte brummte böse vor sich weg, was sie bei ihr zu suchen habe. Bald aber faßte sie sich einen Mut, und sprach: »Ach! liebe Frau, ich sehe, daß ihr gar tätig und kunstvoll seid; wolltet ihr mir diesen Flachs nicht verspinnen bis zum Sonnabend der Woche? Ich will euch gerne das Pfund mit einer baren Mark bezahlen.« Die Alte besah den Flachs und sagte, das sei unmöglich, so viel Flachs in Einer Woche. Da fiel das Mädchen vor ihr auf die Knie und erzählte ihr Alles, und daß sie sonst keinen Mann bekommen würde. Als die Alte das hörte, schlug sie in sich und sagte: »Steh' nur auf, Töchterchen, der Flachs soll versponnen werden; aber da muß ich deinen Ehrentag doch mitmachen.« Das Mädchen ward so froh, daß sie Alles versprach, und ging dann ihren Weg wieder nach Haus.

Am Sonnabend hatte sie das schönste Garn im Hause, und als am Sonntage der Bräutigam kam, da freuete er sich über den Faden, der fast so fein war und so golden war, als das Haar seiner Braut; aber er ward durch das saubre Gespinste nur immer begieriger und konnte sein Herz nicht zufrieden geben. Daher küßte er seine Braut und sprach: »Noch diese sechszehn Pfund zum nächsten Sonnabend, dann soll die Hochzeit sein.« Damit ging er fort; die Braut aber ging in Traurigkeit den alten Weg hinaus, und ging die erste Hütte vorbei und kam zu einer zweiten. Sie stieß die Tür auf und trat hinein; da saß drinnen eine alte Frau am Spinnrad, die hatte eine Nase, die war wohl eine Elle lang. Marie aber hatte sie mit der Tür an ihre große schöne Nase gestoßen; darüber schrie und schalt die Frau und war ganz braunrot im Gesicht, und die Nase schwoll ihr wie eine Blutwurst. Das Mädchen aber faßte sich einen Mut und erzählte ihr Alles, wie es war, und daß sie keinen Mann bekäme, wenn das

Garn nicht gesponnen wäre zum Sonnabend der Woche, und bot ihr zwanzig Schilling Spinnerlohn das Pfund. Die Frau besah den Flachs und sagte, es sei unmöglich; aber wenn sie mit auf ihrer Hochzeit tanzen dürfe, so wolle sie es versuchen. Da ward das Mädchen froh und ging heim, und am Sonnabend hatte sie das schönste Garn im Hause, noch ebener als das erste war. Als aber der Bräutigam am Sonntag zu ihr kam, und das saubre Gespinste betrachtete, da wollte er sich noch nicht zufrieden geben, sondern brachte auf's Neue zwanzig Pfund und sagte: »Noch dieses bis zum Sonnabend, dann soll gewiß die Hochzeit sein.« Als er fortgegangen war, blieb das Mädchen in großer Traurigkeit zurück; denn es schien ihr unmöglich, das Verlangte in's Werk zu setzen. Es war aber schon Abend, und die Sterne schienen klar auf die Erde, und als sie so in trüben Gedanken den alten Weg wieder einschlug, da fiel ein Stern vom Himmel, der blieb in ihrer Schürze liegen auf dem Flachs; da dachte sie dran, daß ihre Mutter ihr immer gesagt habe, das bedeute Glück, und als sie etwas weiter gegangen war, da fand sie beim Sternenschein eine Kleevier und steckte sie an's Mieder; und als sie noch etwas weiter gegangen war, da gesellte sich ein schneeweißes Lamm zu ihr, dem ging sie nach und so kamen beide an eine Hütte; da saß drinnen eine alte freundliche Frau am Spinnrad, die war so breit, daß sie auf drei Stühlen nicht Platz hatte. Die Frau aber fragte das Mädchen, was sie herführe. »Es muß Gottes Schickung sein«, antwortete sie, und erzählte ihr Alles; und die Frau versprach ihr das Garn zu spinnen, unter der Bedingung, daß sie mit zur Hochzeit käme. Das Mädchen aber ging frohen Herzens nach Hause, und als nun der Sonntag kam, da zeigte sie dem Bräutigam das Gespinste, das schöner war als alles andre. Da vermochte er der Schönheit des Mädchens nicht länger zu widerstehn und sagte: »Morgen soll die Hochzeit sein«; die Braut aber gedachte mit Angst ihres Versprechens. »Ich habe drei alte Bekannte«, sagte sie, »erlaubt mir, daß ich sie mit zur Hochzeit lade.« Der Bräutigam aber sagte es ihr willig zu, sie möchte laden was sie an Freunden und Sippschaft hätte.

Als nun der Tag vorüber war, so war die Hochzeit; da gings lustig her, und waren viele feine und saubre Leute zu Gast, denn der Bräutigam war wohlangesehen. Als nun die Gäste beinahe versammelt waren, so hielten noch drei Kutschen vor der Tür; da kam aus der ersten die mit den breiten Lippen, aus der zweiten die mit der langen Nase, und aus der dritten – – – nein, die dritte kam nicht heraus, denn die Kutschentür war zu eng, die mußte mit Stricken herausgezogen werden. Die drei gingen nun in den Hochzeitssaal und pflanzten sich unter den andern Frauen der Reihe nach auf. Die Gäste erstaunten sehr, und der Bräutigam fragte die Braut: »Wie kamst du zu der garstigen Freundschaft?« Dann ging er zu der ersten und fragte: »Liebe Frau, habt ihr all' Zeit solche breite Lippen gehabt?« »Ei, mein Söhnchen«, antwortete sie, »wie sollte man nicht breite Lippen haben, wenn man so lange am Spinnrad sitzt und den Faden leckt.« Darauf ging er zu der andern und fragte: »Liebe Frau, habt ihr all' Zeit eine so entsetzlich lange Nase gehabt?« – »Ei, mein Söhnchen«, antwortete die, »da muß Einem die Nase wohl ausschießen, wenn man so lange Jahre sitzt und nickt und tritt das Rad, und stößt mit der Nase den Flachs auseinander.« Endlich ging er auch zur dritten und fragte: »Liebe Frau, seid ihr all' Zeit so gewaltig breit gewesen?« »Ei, mein Söhnchen«, antwortete sie, »da muß man wohl breit werden, wenn man so lange Jahre am Spinnrad sitzen muß.« Da befiel den Bräutigam auf einmal eine Angst, daß seine Braut wegen des vielen Spinnens auch schon zu solchen Mißgestaltungen ansetzen möchte. Daher nahm er sie schnell in seinen Arm und besah sie von allen Seiten, aber er fand sie noch schlank und schön, daß es eine Freude war. Das Spinnrad aber ließ er heimlich zerschlagen, und war von der Zeit an vom Flachsspinnen nicht mehr die Rede, sondern, als die Hochzeit vorüber war, lebten sie ohne Spinnrad in Glück und Freuden, denn wenn *er* unwirsch war, war *sie* freundlich. –

»Das Stück gefällt mir«, sagte ich, »vorzüglich, weil es am Ende doch noch so herauskommt, daß die alten häßlichen Spinnfrauen drei wohltätige Feen sind; aber unrecht war es doch von der Marie, daß sie ihrem Bräutigam solche Flausen vormachte.«

»O!« versetzte Claas, »meine Mutter pflegte immer zu sagen, das müsse eine schlechte Frau sein, die ihrem Manne nicht einmal was vormachen könnte, denn die Männer wären gar zu oft unvernünftig.«

»Das gefällt mir nicht«, erwiderte ich, »meine Frau soll mir nichts vormachen, auch wenn ich unvernünftig bin.«

»Nun«, sagte Claas, »du hast auch noch lange keine, sei jetzt nur still, da fällt mir gleich noch ein anderes Stück ein.«

»Wie heißt denn das?« fragte ich. Claas aber dehnte sich, daß die Tonne knackte, und erzählte dann das Stück:

Se dohn sick wat to gude

»Nu will wi uns wat to gude dohn«, sagte Frau Marthe; da ging ihr Mann, der Schustermeister, aus der Haustür und die Frau »Naversch« watschelte hinein. »Aha«, dachte der Meister, der es gehört hatte, »nu geit 't över Koffee und Zucker her.« Als er aber nach einer halben Stunde wieder nach Hause kam, da ging »Fru Naversch« eben wieder aus der Stube und die Kaffeetassen standen unberührt auf dem Brett über der Tür. Da konnte der Mann gar nicht begreifen, was doch die Weiber sich zu gute täten. Es dauerte aber nicht lange, so ging er wieder aus dem Hause und sagte, daß er sobald nicht wieder kommen würde. Kaum ist er um die nächste Ecke, so hört er noch seine Frau rufen: »Kumm Se 'n bät um, Naversch, nu will wi uns recht wat to gude dohn«; und wie er so über die Straßensteine schreitet, so kann er's immer nicht los werden, und er muß immer denken: »Wat willt se sick denn to gude dohn?« Kaum kommt er wieder nach Hause, so geht »Naversch« aus der Tür, und die Tassen stehen ruhig auf ihrem Platz, ist auch sonst nichts gerührt. Da nimmt der Mann seine Marthe vor und fragt: »Na, laat mi doch oock mal wäten, wat jüm jüm denn to gude doht!« Die Frau aber sagt, das sei nur so eine Redensart, und was sie sich wohl zu gute tun sollten; sie täte sich nichts zu gute, als mit Arbeit und Plagen den ganzen Tag; genug, der Mann bekommt's nicht heraus. Da dacht' er's mit List anzufangen – denn es ließ ihm nun einmal keine Ruhe mehr – und sagte eines Nachmittags, er wolle auf's Land gehen. Damit geht er um die nächste Ecke und hört sein Weib an »Fru Naversch« Fensterscheiben klopfen und wie gewöhnlich sagen: »Kumm se 'rum, Naversch, min Ohl' is uut; wi willt uns en bät to gude dohn.« Der Mann aber geht hinten wieder in's Haus hinein und steigt leise die Bodentreppe hinauf; als er oben ist, bohrt er eben so leise ein Loch in den Boden und sieht nun deutlich in die Stube hinab. Da sitzen Frau Marthe und Fru Naversch gegeneinander über, die Arme ineinandergeschlagen auf dem Tisch und die Feuerkieken unter den Füßen. »Na«, denkt der Mann, »dohn se sick all wat to gude?« Aber auf dem Tisch liegt nichts, als der wollne Strickstrumpf der Frau Marthe. Und wie die Weiber sich so einander gegenüber sitzen, so fangen ihre Augen ordentlich an zu brennen und zu funkeln, so als wenn die Katz einen Kanarienvogel oder eine feine Nachtigall zerreißen will.

»Na«, denkt der Mann, »nu geit 't los«, und erwartet jeden Augenblick, daß die Magd das heimliche Gericht auf den Tisch tragen solle. Es kam aber kein's, und doch ging's nun in der Tat los, und die Zungen hatten heiße Arbeit. Das war ein ganz anderes Gericht, das blieb nicht bei einem gebratenen Täubchen oder Hühnchen; die ganze Stadt verschlangen die beiden Weiber; Väter, Mütter, Bräute, Kinder, alle mußten herhalten, kaum die Wiegenkinder blieben verschont, und war bald von allen kein Haar mehr übrig. Dabei schmatzten sie mit den Lippen und die Zungen gingen ihnen wie zwei Messerspitzen, und ihre Augen wurden immer brennender und gieriger, daß es genau den Anschein bekam, als wenn sie sich zum Beschluß noch selber verschlingen wollten, damit doch Alles verputzt sei und es morgen schön Wetter werde. »Tööf still«, denkt der Meister, steigt leise die Bodentreppe herunter und platzt mit einemmale in die Stube hinein. Da wurden die Weiber auf der Stelle ruhig, Frau Marthe nahm hastig den Strickstrumpf in die Hand; Fru Naversch wickelte die Schürze und die Arme und wollte zur Tür hinaus. »Tööf still«, sagte der Mann und verschloß die Tür, »nu paß mal op, nu will *ick* mi mal wat to gude dohn.« Somit nahm er den Knieriemen von seinem Schustertisch, kriegte seine Frau Marthe beim Kranshaken und fing an sie etwas durchzugerben, wobei er in einem fort ausrief: »Dat ist för Hans und dat is för Greth, und dat is för Greth und dat för Hans«, und dabei ging es immer: »Hast du mich gesehen!« »Sieh so«, sagte er endlich und warf den Knieriemen wieder auf den Tisch, »up so 'n Maaltied, as du van Dag holen hest, schall so 'n Motschion di wull gut dohn.« Dann schloß er die Tür auf und Fru Naversch schlich wie 'ne Katze aus der Stube. »Nu nehm se sick in Acht«, rief der Meister hinterdrein, »dat ick mi nich ock 'n mal bi är to Gaste laad.«

Seit der Zeit haben Fru Naversch und Frau Marthe sich niemals etwas wieder zu gute getan; denn Frau Marthe hatte allen Appetit auf ihre Nebenmenschen verloren; und – »Schnipp schnapp schnuut, min Stück is uut!«

»Das ist ein sonderbares Stück, Claas«, sagte ich, und putzte mit meinem Taschenmesser unser Lichtendchen, »das hast du wohl selbst gemacht.«

»Nein«, versetzte Claas, »das hat mein Vater immer meiner Mutter erzählt, wenn sie den Mund nicht darüber halten konnte, daß die Frau Muhme so breite Knüppels auf der Dormeuse trage.«

»Aber hat denn dein Vater seine Frau auch mitunter mit dem Knieriemen gegerbt?« fragte ich.

»So alle Festtage einmal«, erwiderte Claas, »er sagte dann immer, das sei nach dem jütschen Lov. – Aber nun sollst du auch etwas erzählen; denn mir wird der Mund trocken und es ist hier auch gewaltig heiß in der Tonne.«

»Ich kann besser hören, lieber Claas«, sagte ich, »erzähle nur noch ein einziges kleines Stück; dein Vater hat dir ja so viel Schönes erzählt. Ich will das Brett etwas von der Tonne schieben. – Siehst du, nun ist's wieder ganz kühl und luftig!«

Und Claas ließ sich noch einmal bewegen und erzählte:

»Dree to Bedd«

Es wohnte einmal in einem Dorfe eine alte Frau, die hatte viel Geld und Gut. Nun hätte wohl mancher langfingrige Bursche sich gern sein Teil davon genommen; aber die Frau stand in dem Ruf, als könne ihr nichts verborgen bleiben. Trotzdem fanden sich jedoch drei Bursche, die nicht für voll dran glaubten und sich berieten, wie sie Abends der Alten ein gut Stück Geld abholen möchten. Nun aber pflegte die Frau, wenn sie Abends beim Spinnen das erstemal gähnte, zu sagen: »Dat wer Een to Bedd«, wenn sie zum zweitenmal gähnte: »Dat weren Twee«, und wenn sie beim drittenmal gesagt hatte: »Dat weren Dree!« so setzte sie hinzu: »Nu kaam ick!« und ging zu Bette.

Als nun Abend geworden war, so kam der erste von den drei Dieben und guckte ins Fenster, da saß die Alte noch bei ihrer Lampe und spann. »Oha!« sagte sie und gähnte, »dat war Een!« Der Bursche aber glaubte, die kluge Frau habe ihn gemeint und wisse um ihr ganzes Vorhaben. Da machte er lange Beine und lief zu den Andern zurück und erzählte ihnen, wie es ihm ergangen. Darauf kam der Zweite dran; der guckte auch in's Fenster, da gähnte die Frau zum zweitenmal und rief: »Oha, dat weren Twee!« Da glaubte auch er, die Frau meine ihn damit, weil er der Zweite war, und lief zurück wie der Erste. – »Jüm sind man all dumme Jungens«, rief der Dritte, und machte sich ebenfalls auf den Weg. Als er aber an's Fenster kam, da gähnte die Alte zum drittenmal und rief: »Oha, dat weren Dree!« dann stieß sie das Spinnrad von sich, stand auf und setzte hinzu: »Nu kaam ick!« da lief der dritte auch weg; die Frau aber ging ruhig in ihr Bett.

»Denn«, pflegte mein Vater zu sagen, »wer ein bös Gewissen hat, den kann ein altes Weib mit der Nachtmütze durch's Schlüsselloch jagen.«

Als Claas diese Geschichte auserzählt hatte, hörten wir die Turmuhr neun schlagen und von der Hoftür aus rief die Magd zum Abendessen. Da nun auch unsre Lichtendchen allmählich eins nach dem andern verbrannt waren, so hatten für diesen Abend die Geschichten in der Tonne ein Ende.

Der Griper und sein Herr

Es war in den ersten Zehnern dieses Jahrhunderts vor Erschaffung der Polizeidiener, als unsere gute Stadt H. sich in dem Besitze eines besonders vigilanten »Gripers« glücklich schätzte, dessen Hauptfunktion darin bestand, auf dem Wochenmarkte den Verkauf an Auswärtige bis zum Schlage Eilf zu verhindern und nötigenfalls die etwanigen Contravenienten der gerechten Strafe entgegenzuführen. Eines schönen Sommermorgens hatte die Kirchenuhr bereits Zehn geschlagen. Der Griper stand schon stundenlang lauernd im Schatten einer Straßenlinde und schwärmte vergebens von seiner Vierschillingsgebühr; alles ging seinen schönen gesetzlichen Gang, der Markt wimmelte von Käufern; aber es waren lauter eingeborne Gevatter und Gevatterinnen der guten Stadt; kein Fremder wollte sich zeigen und die Zeit für Contraventionen und Vierschillingsgebühr begann allgemach zu verstreichen. Der Amtseifer des Gripers erreichte dadurch eine wahrhaft ingrimmige Höhe. Da endlich erscheint eine stattliche wohlbeleibte Frau an den Körben der Bauerweiber; es war die leider auch dem Griper nur zu wohlbekannte Ratsverwandtin aus einer Nachbarsstadt. Ob unkundig des Gesetzes, ob in gesetzwidriger Absicht, bleibt dahingestellt; unbestritten aber ist, daß sie, noch ehe die alte Glocke einmal daran dachte eilf zu schlagen, mit einem der Bauerweiber einen Handel über funfzehn wohlgenährte Küchlein abschloß, und dieser bereits den Auftrag erteilt hatte, den Korb in ihr Logis zu tragen, als der Griper aus seinem Versteck hervorschoß und den verbrecherischen Hühnerkorb samt seiner unglücklichen Käuferin dem Angesichte des gestrengen Herrn Bürgermeisters darstellte. Die Frau Ratsverwandtin, welche wohl einsah, daß sie nicht ganz ohne blaues Auge davonkommen würde, erlaubte sich, den Gestrengen kurzweg nach der Größe der verwirkten Strafe zu fragen, damit sie nach Erlegung derselben alsbald mit den erstandenen Küchlein den Rückweg in ihre Heimat antreten könne. Allein der wohlbedächtige Herr konnte sich so überaus schnell in diesen verwickelten Verhältnissen nicht zurecht finden. »Dat is so Gott en krit'schen Fall, lütje Fru«, sagte er endlich und kratzte sich hinter den ehrwürdigen Ohren, »ick will mi darop besinnen, kumm se lewers mal wedder.« Die Frau Ratsverwandtin erwiderte ehrerbietigst, daß sie noch einige Gänge in der Stadt zu machen habe und nach einer Stunde so frei sein wolle wieder vorzuhören. Das corpus delicti blieb indes unter den Augen des Regierenden.

Die Stunde war um und die Frau war da, der Bürgermeister aber noch nicht zum Entschluß gekommen: »Ja lütje Fru, dat is so Gott en krit'schen Fall; ick bün noch nich recht mit mi eenig; se dä mi eegentlich en Gefallen, wenn se üm en halv Stunn noch mal wedder keem! Denn dat ist wirklich en krit'schen Fall!« Die Frau Ratsverwandtin protestierte aus Leibeskräften, jedoch vergebens; sie mußte noch einmal weichen. Endlich war auch diese Frist um, und als sie wieder vor ihrem Richter erschien, ließ sich auf dem sorgenvollen Gesichte des Gestrengen ein heiteres Lächeln nicht verkennen. Er war zum Entschluß gekommen. »Ja lütje Fru«, sagte er, »as ick är seggt hev, dat is so Gott en krit'schen Fall, aver ick hev mi daröver bedacht. Ick hev mi veer von de besten utsöcht. Damit is de Saak afmaakt; aver do se 't um Gott'swillen nich wedder!«

Der offenherzige Polizeimeister

Ungefähr zur selben Zeit vor Erlassung der allgemeinen Polizeiordnung machte der jetzt verstorbene Staatsminister Mösting einen Besuch in H. und besah an der Seite unsers eben gedachten Bürgermeisters die öffentlichen Anstalten. Auf der Straße vollführte die liebe Jugend des Städtchens einen solchen Lärm, daß Mösting sich veranlaßt fand den Herrn Bürgermeister zu fragen, wer denn hier die Polizei habe. »De Polizei?« erwiderte dieser verdutzt, »dat weet ik nich; aver de föftig Mark hev ick dafór!«

Das teure Zeugnis

Eines Nachmittags saß derselbe gewaltige Herr Bürgermeister, der nie aus der Contenance kam, auf der Bank vor seiner Tür, als zwei Arbeiter sich nicht entblödeten, unter seinen unmittelbaren Augen einen respekt- und polizeiwidrigen Faustkampf abzuhalten. Ein Bürger, in dessen Brennerei die beiden Kämpfer zu arbeiten pflegten, ging zufällig vorüber und wurde gleichfalls Zuschauer dieses Exzesses. – Selbigen Abend wurden alle drei, die beiden Kämpfer und ihr Brotherr als Zeuge, zitiert, andern Vormittags unfehlbar vor dem Protokoll des Stadtoberhauptes zu erscheinen. So geschah es.

»Jy hebt ju güstern prügelt, jy beiden; dat is gegen de Ordnung!« fuhr er die Arbeiter an.

»Ja, Herr Börgermeister«, erwiderte der Eine, »wi hebt uns aver ok all wedder verdragen.«

»Dat is en Saak de hier nich hen hört. Dat's man blot, dat is gegen de Ordnung, und dafür hebt ju à Mann en Daler to betalen, un en anner Mal kamt ju to Lock!«

»Aver«, erklärten die Inculpaten, »wi hebt keen Daler.« – Der Bürgermeister aber ließ sich nicht irre machen, sondern sich gegen den Zeugen wendend, entschied er: »Denn mutt he betalen!«

Weshalb sie den Nachtwächter nicht begraben wollten

(Auch eine Dorfgeschichte)

Im Kruge am Fenster saßen drei Gäste, die eben aus der Stadt zurückgekommen waren; sie unterhielten sich leise aber eifrig. Der kleine wallbeinige Krüger mit der weißen Zipfelmütze ging neben den Tischen auf und ab und suchte vergebens seinen Anteil von den Neuigkeiten abzubekommen. Die am Fenster waren unbarmherzige Menschen; je mehr der Krüger die Ohren spitzte, desto flüsternder und eifriger wurde das Gespräch. Es war nicht mehr zum Aushalten; endlich ging dem Krüger die Natur durch, er stand entschlossen still und fragte:

»Is dår wat Nyes passeert in de Stadt, Jochum Petersen?«

»Wat Nyes? – Ah nä, Carsten, nä, Nyes is dår eegentlich nich passeert.«

Aber die Unterhaltung am Fenster wurde trotz dem immer eifriger und immer leiser. Der gequälte Krüger faltete die Hände auf dem Rücken und setzte seinen trostlosen Spaziergang fort. Aber nein, es war platterdings unmöglich! Noch einmal wandte er sich an die Unmenschen: »Kunn ick dår nich en bäten Deel an nehmen, wat dår Nyes in de Stadt passeert is?«

»Jå, – dat kunn Carsten ja noch«; antwortete Jochum Petersen, wandte aber in demselben Augenblick dem Frager den Rücken. Das war zu viel.

»Mein Gott,« schrie der kleine Krüger, »wat is dår denn passeert, Jochum Petersen?«

»Ja, Carsten, dat is'n dumme Geschichte!«

»En dumme Geschichte, Jochum Petersen?«

»Ja, Carsten; – se will'n de Nachtwächter nich begråben.«

»De Nachtwächter nicht begråben, Jochum Petersen? – Dat is ja wat Uterordentliches!«

»Se will'n em åvers doch nich begråben. Dat is'n Deuvelsspill; se sind damit all bi de Landvågt west, und bi 't Amthuus. Åver dat helpt Allens nix, se will'm em doch nicht begråben. Un nu sind se damit nå de Regeerung.«

»Wat Jochum nich seggt! Dat is ja ganz wat Uterordentliches! Åver, mein Gott, wårum will'n se de Nachtwächter denn nich begråben?«

»Ja, Carsten, – wiil he nich dood is.«

»Dår hev ick ja denn keen Woort gegen to erinnern.«

Novellen
1848–1867

Marthe und ihre Uhr

Während der letzten Jahre meines Schulbesuchs wohnte ich in einem kleinen Bürgerhause der Stadt, worin aber von Vater, Mutter und vielen Geschwistern nur eine alternde unverheiratete Tochter zurückgeblieben war. Die Eltern und zwei Brüder waren gestorben, die Schwestern bis auf die jüngste, welche einen Arzt am selbigen Ort geheiratet hatte, ihren Männern in entfernte Gegenden gefolgt. So blieb denn Marthe allein in ihrem elterlichen Hause, worin sie sich durch das Vermieten des früheren Familienzimmers und mit Hülfe einer kleinen Rente spärlich durchs Leben brachte. Doch kümmerte es sie wenig, daß sie nur Sonntags ihren Mittagstisch decken konnte; denn ihre Ansprüche an das äußere Leben waren fast keine; eine Folge der strengen und sparsamen Erziehung, welche der Vater sowohl aus Grundsatz, als auch in Rücksicht seiner beschränkten bürgerlichen Verhältnisse allen seinen Kindern gegeben hatte. Wenn aber Marthen in ihrer Jugend nur die gewöhnliche Schulbildung zuteil geworden war, so hatte das Nachdenken ihrer späteren einsamen Stunden, vereinigt mit einem behenden Verstande und dem sittlichen Ernst ihres Charakters, sie doch zu der Zeit, in welcher ich sie kennenlernte, auf eine für Frauen, namentlich des Bürgerstandes, ungewöhnlich hohe Bildungsstufe gehoben. Freilich sprach sie nicht immer grammatisch richtig, obgleich sie viel und mit Aufmerksamkeit las, am liebsten geschichtlichen oder poetischen Inhalts; aber sie wußte sich dafür meistens über das Gelesene ein richtiges Urteil zu bilden, und, was so wenigen gelingt, selbständig das Gute vom Schlechten zu unterscheiden. Mörikes »Maler Nolten«, welcher damals erschien, machte großen Eindruck auf sie, so daß sie ihn immer wieder las; erst das Ganze, dann diese oder jene Partie, wie sie ihr eben zusagte. Die Gestalten des Dichters wurden für sie selbstbestimmende lebende Wesen, deren Handlungen nicht mehr an die Notwendigkeit des dichterischen Organismus gebunden waren; und sie konnte stundenlang darüber nachsinnen, auf welche Weise das hereinbrechende Verhängnis von so vielen geliebten Menschen dennoch hätte abgewendet werden können.

Die Langeweile drückte Marthen in ihrer Einsamkeit nicht, wohl aber zuweilen ein Gefühl der Zwecklosigkeit ihres Lebens nach außen hin; sie bedurfte jemandes, für den sie hätte arbeiten und sorgen können. Bei dem Mangel näher Befreundeter kam dieser löbliche Trieb ihren jeweiligen Mietern zugute, und auch ich habe manche Freundlichkeit und Aufmerksamkeit von ihrer Hand erfahren. – An Blumen hatte sie eine große Freude, und es schien mir ein Zeichen ihres anspruchslosen und resignierten Sinnes, daß sie unter ihnen die weißen und von diesen wieder die einfachen am liebsten hatte. Es war immer ihr erster Festtag im Jahre, wenn ihr die Kinder der Schwester aus deren Garten die ersten Schneeglöckchen und Märzblumen brachten; dann wurde ein kleines Porzellankörbchen aus dem Schranke herabgenommen, und die Blumen zierten unter ihrer sorgsamen Pflege wochenlang die kleine Kammer.

Da Marthe seit dem Tode ihrer Eltern wenig Menschen um sich sah, und namentlich die langen Winterabende fast immer allein zubrachte, so lieh die regsame und gestaltende Phantasie, welche ihr ganz besonders eigen war, den Dingen um sie her eine Art von Leben und Bewußtsein. Sie borgte Teilchen ihrer Seele aus an die alten Möbeln ihrer Kammer, und die alten Möbeln erhielten so die Fähigkeit, sich mit ihr zu unterhalten; meistens freilich war diese Unterhaltung eine stumme, aber sie war dafür desto inniger und ohne Mißverständnis. Ihr Spinnrad, ihr braungeschnitzter Lehnstuhl, waren gar sonderbare Dinge, die oft die eigentümlichsten Grillen hatten; vorzüglich war dies aber der Fall mit einer altmodischen Stutzuhr, welche ihr verstorbener Vater vor über fünfzig Jahren, auch damals schon als ein uraltes Stück, auf dem Trödelmarkt zu Amsterdam gekauft hatte. Das Ding sah freilich seltsam genug aus: zwei Meerweiber, aus Blech geschnitten und dann übermalt, lehnten zu jeder Seite ihr langhaariges Antlitz an das vergilbte Zifferblatt; die schuppigen Fischleiber, welche von einstiger Vergoldung zeugten, umschlossen dasselbe nach unten zu; die Weiser schienen dem Schwanze eines Skorpions nachgebildet zu sein. Vermutlich war das Räderwerk durch langen Gebrauch verschlissen; denn der Perpendikelschlag war hart und ungleich, und die Gewichte schossen zuweilen mehrere Zoll mit einem Mal hinunter. – Diese Uhr war die beredteste Gesellschaft ihrer Besitzerin; sie mischte sich aber auch in alle ihre Gedanken. Wenn Marthe in ein Hinbrüten über ihre Einsamkeit verfallen wollte, dann ging der Perpendikel tick, tack! tick, tack! immer härter, immer eindringlicher; er ließ ihr keine Ruh, er schlug immer mitten in ihre Gedanken hinein. Endlich mußte sie aufsehen; – da schien die Sonne so warm in die Fensterscheiben, die Nelken auf dem Fensterbrett dufteten so süß; draußen schossen die Schwalben singend durch den Himmel. Sie mußte wieder fröhlich sein, die Welt um sie her war gar zu freundlich.

Die Uhr hatte aber auch wirklich ihren eigenen Kopf; sie war alt geworden und kehrte sich nicht mehr so gar viel an die neue Zeit; daher schlug sie oft sechs, wenn sie zwölf schlagen sollte, und ein andermal, um es wieder gutzumachen, wollte sie nicht aufhören zu schlagen, bis Marthe das Schlaglot von der Kette nahm. Das wunderlichste war, daß sie zuweilen gar nicht dazu kommen konnte; dann schnurrte und schnurrte es zwischen den Rädern, aber der Hammer wollte nicht ausholen; und das geschah meistens mitten in der Nacht. Marthe wurde jedesmal wach; und mochte es im klingendsten Winter und in der dunkelsten Nacht sein, sie stand auf und ruhte nicht, bis sie die alte Uhr aus ihren Nöten erlöst hatte. Dann ging sie wieder zu Bette und dachte sich allerlei, warum die Uhr sie wohl geweckt habe, und fragte sich, ob sie in ihrem Tagewerk auch etwas vergessen, ob sie es auch mit guten Gedanken beschlossen habe.

Nun war es Weihnachten. Den Christabend, da ein übermäßiger Schneefall mir den Weg zur Heimat versperrte, hatte ich in einer befreundeten, kinderreichen Familie zugebracht; der Tannenbaum hatte gebrannt, die Kinder waren jubelnd in die lang verschlossene Weihnachtsstube gestürzt; nachher hatten wir die unerläßlichen Karpfen gegessen und Bischof dazu getrunken; nichts von der herkömmlichen Feierlichkeit war versäumt worden. – Am andern Morgen trat ich zu Marthe in die Kammer, um ihr den gebräuchlichen Glückwunsch zum Feste abzustatten. Sie saß mit untergestütztem Arm am Tische; ihre Arbeit schien längst geruht zu haben.

»Und wie haben Sie denn gestern Ihren Weihnachtabend zugebracht?« fragte ich.

Sie sah zu Boden und antwortete: »Zu Hause.«

»Zu Hause? Und nicht bei Ihren Schwesterkindern?«

»Ach«, sagte sie, »seit meine Mutter gestern vor zehn Jahren hier in diesem Bette starb, bin ich am Weihnachtabend nicht ausgegangen. Meine Schwester schickte gestern wohl zu mir, und als es dunkel wurde, dachte ich wohl daran, einmal hinzugehen; aber – die alte Uhr war auch wieder so drollig; es war akkurat, als wenn sie immer sagte: Tu es nicht, tu es nicht! Was willst du da? Deine Weihnachtsfeier gehört ja nicht dahin!«

Und so blieb sie denn zu Haus in dem kleinen Zimmer, wo sie als Kind gespielt, wo sie später ihren Eltern die Augen zugedrückt hatte, und wo die alte Uhr pickte ganz wie dazumalen. Aber jetzt, nachdem sie ihren Willen bekommen und Marthe das schon hervorgezogene Festkleid wieder in den Schrank verschlossen hatte, pickte sie so leise, ganz leise und immer leiser, zuletzt unhörbar. – Marthe durfte sich ungestört der Erinnerung aller Weihnachtabende ihres Lebens überlassen: Ihr Vater saß wieder in dem braungeschnitzten Lehnstuhl; er trug das feine Sammetkäppchen und den schwarzen Sonntagsrock; auch blickten seine ernsten Augen heute so freundlich; denn es war Weihnachtabend, Weihnachtabend vor – ach, vor sehr, sehr vielen Jahren! Ein Weihnachtsbaum zwar brannte nicht auf dem Tisch – das war ja nur für reiche Leute; – aber statt dessen zwei hohe dicke Lichter; und davon wurde das kleine Zimmer so hell, daß die Kinder ordentlich die Hand vor die Augen halten mußten, als sie aus der dunklen Vordiele hineintreten durften. Dann gingen sie an den Tisch, aber nach der Weise des Hauses ohne Hast und laute Freudenäußerung, und betrachteten was ihnen das Christkind einbeschert hatte. Das waren nun freilich keine teuern Spielsachen, auch nicht einmal wohlfeile; sondern lauter nützliche und notwendige Dinge, ein Kleid, ein Paar Schuhe, eine Rechentafel, ein Gesangbuch und dergleichen mehr; aber die Kinder waren gleichwohl glücklich mit ihrer Rechentafel und ihrem neuen Gesangbuch, und sie gingen eins ums andere dem Vater die Hand zu küssen, der währenddessen zufrieden lächelnd in seinem Lehnstuhl geblieben war. Die Mutter mit ihrem milden freundlichen Gesicht unter dem enganliegenden Scheiteltuch band ihnen die neue Schürze vor und malte ihnen Zahlen und Buchstaben zum Nachschreiben auf die neue Tafel. Doch sie hatte nicht gar lange Zeit, sie mußte in die Küche und Apfelkuchen backen; denn das war für die Kinder eine Hauptbescherung am Weihnachtabend; die mußten notwendig gebacken werden. Da schlug der Vater das neue Gesangbuch auf, und stimmte mit seiner klaren Stimme an: ›Frohlockt, lobsinget Gott‹; die Kinder aber, die alle Melodien kannten, stimmten ein: ›Der Heiland ist gekommen‹; und so sangen sie den Gesang zu Ende, indem sie alle um des Vaters Lehnstuhl herumstanden. Nur in den Pausen hörte man in der Küche das Hantieren der Mutter und das Prasseln der Apfelkuchen. – –

Tick, tack! ging es wieder; tick, tack! immer härter und eindringlicher. Marthe fuhr empor; da war es fast dunkel um sie her, draußen auf dem Schnee nur lag trüber Mondschein. Außer dem Pendelschlag der Uhr war es totenstill im Hause. Keine Kinder sangen in der kleinen Stube, kein Feuer prasselte in der Küche. Sie war ja ganz allein zurückgeblieben; die andern waren alle, alle fort. – Aber was wollte die alte Uhr denn wieder? – Ja, da warnte es auf elf – und ein anderer Weihnachtabend tauchte in Marthens Erinnerung auf, ach! ein ganz anderer; viele, viele Jahre später. Der Vater und die Brüder waren tot, die Schwestern verheiratet; die Mutter, welche nun mit Marthen allein geblieben war, hatte schon längst des Vaters Platz im braunen Lehnstuhl eingenommen und ihrer Tochter die kleinen Wirtschaftssorgen übertragen; denn sie kränkelte seit des Vaters Tode, ihr mildes Antlitz wurde immer blässer, und ihre freundlichen Augen blickten immer matter; endlich mußte sie auch den Tag über im Bette bleiben. Das war schon über drei Wochen, und nun war es Weihnachtabend. Marthe saß an ihrem Bett und horchte auf den Atem der Schlummernden; es war totenstill in der Kammer, nur die Uhr pickte. Da warnte es auf elf, die Mutter schlug die Augen auf und verlangte zu trinken. »Marthe«, sagte sie, »wenn es erst Frühling wird und ich wieder zu Kräften gekommen bin, dann wollen wir deine Schwester Hanne besuchen; ich habe ihre Kinder eben im Traume gesehen, – du hast hier gar zu wenig Vergnügen.« – Die Mutter hatte ganz vergessen, daß Schwester Hannes Kinder im Spätherbst gestorben waren; Marthe erinnerte sie auch nicht daran, sie nickte schweigend mit dem Kopf, und faßte ihre abgefallenen Hände. Die Uhr schlug elf. –

Auch jetzt schlug sie elf, aber leise, wie aus weiter, weiter Ferne. –

Da hörte Marthe einen tiefen Atemzug; sie dachte, die Mutter wolle wieder schlafen. So blieb sie sitzen, lautlos, regungslos, die Hand der Mutter noch immer in der ihren; am Ende verfiel sie in einen schlummerähnlichen Zustand. Es mochte so eine Stunde vergangen sein; da schlug die Uhr zwölf! – Das Licht war ausgebrannt, der Mond schien hell ins Fenster; aus den Kissen sah das bleiche Gesicht der Mutter. Marthe hielt eine kalte Hand in der ihrigen. Sie ließ diese kalte Hand nicht los, sie saß die ganze Nacht bei der toten Mutter. –

So saß sie jetzt bei ihren Erinnerungen in derselben Kammer, und die alte Uhr pickte bald laut, bald leise; sie wußte von allem, sie hatte alles mit erlebt, sie erinnerte Marthe an alles, an ihre Leiden, an ihre kleinen Freuden. –

Ob es noch so gesellig in Marthens einsamer Kammer ist? Ich weiß es nicht; es sind viele Jahre her seit ich in ihrem Hause wohnte, und jene kleine Stadt liegt weit von meiner Heimat. – Was Menschen, die das Leben lieben, nicht auszusprechen wagen, pflegte sie laut und ohne Scheu zu äußern:

»Ich bin niemals krank gewesen; ich werde gewiß sehr alt werden.«

Ist ihr Glaube ein richtiger gewesen, und sollten diese Blätter den Weg in ihre Kammer finden, so möge sie sich beim Lesen auch meiner erinnern. Die alte Uhr wird helfen; sie weiß ja von allem Bescheid.

Im Saal

Am Nachmittag war Kindtaufe gewesen; nun war es gegen Abend. Die Eltern des Täuflings saßen mit den Gästen im geräumigen Saal, unter ihnen die Großmutter des Mannes; die andern waren ebenfalls nahe Verwandte, junge und alte, die Großmutter aber war ein ganzes Geschlecht älter, als die ältesten von diesen. Das Kind war nach ihr »Barbara« getauft worden; doch hatte es auch noch einen schöneren Namen erhalten, denn Barbara allein klang doch gar zu altfränkisch für das hübsche kleine Kind. Dennoch sollte es mit diesem Namen gerufen werden; so wollten es beide Eltern, wie viel auch die Freunde dagegen einzuwenden hatten. Die alte Großmutter aber erfuhr nichts davon, daß die Brauchbarkeit ihres langbewährten Namens in Zweifel gezogen war.

Der Prediger hatte nicht lange nach Verrichtung seines Amtes den Familienkreis sich selbst überlassen; nun wurden alte, liebe, oft erzählte Geschichten hervorgeholt und nicht zum letzten Male wiedererzählt. Sie kannten sich alle; die Alten hatten die Jungen aufwachsen, die Ältesten die Alten grau werden sehen; von allen wurden die anmutigsten und spaßhaftesten Kindergeschichten erzählt; wo kein anderer sie wußte, da erzählte die Großmutter. Von ihr allein konnte niemand erzählen; ihre Kinderjahre lagen hinter der Geburt aller andern; die außer ihr selbst etwas davon wissen konnten, hätten weit über jedes Menschenalter hinaus sein müssen. – Unter solchen Gesprächen war es abendlich geworden. Der Saal lag gegen Westen, ein roter Schimmer fiel durch die Fenster noch auf die Gipsrosen an den weißen, mit Stukkaturarbeit gezierten Wänden; dann verschwand auch der. Aus der Ferne konnte man ein dumpfes eintöniges Rauschen in der jetzt eingetretenen Stille vernehmen. Einige der Gäste horchten auf.

»Das ist das Meer«, sagte die junge Frau.

»Ja«, sagte die Großmutter, »ich habe es oft gehört; es ist schon lange so gewesen.«

Dann sprach wieder niemand; draußen vor den Fenstern in dem schmalen Steinhof stand eine große Linde, und man hörte, wie die Sperlinge unter den Blättern zur Ruhe gingen. Der Hauswirt hatte die Hand seiner Frau gefaßt, die still an seiner Seite saß, und heftete die Augen an die krause altertümliche Gipsdecke.

»Was hast du?« fragte ihn die Großmutter.

»Die Decke ist gerissen«, sagte er, »die Simse sind auch gesunken. Der Saal wird alt, Großmutter, wir müssen ihn umbauen.«

»Der Saal ist noch nicht so alt«, erwiderte sie, »ich weiß noch wohl, als er gebaut wurde.«

»Gebaut? Was war denn früher hier?«

»Früher?« wiederholte die Großmutter; dann verstummte sie eine Weile und saß da wie ein lebloses Bild; ihre Augen sahen rückwärts in eine vergangene Zeit, ihre Gedanken waren bei den Schatten der Dinge, deren Wesen lange dahin war. Dann sagte sie: »Es ist achtzig Jahre her; dein Großvater und ich, wir haben es uns oft nachher erzählt – die Saaltür führte dazumal nicht in einen Hausraum, sondern aus dem Hause hinaus in einen kleinen Ziergarten; es ist aber nicht mehr dieselbe Tür, die alte hatte Glasscheiben, und man sah dadurch gerade in den Garten hinunter, wenn man zur Haustür hereintrat. Der Garten lag drei Stufen tiefer, die Treppe war an beiden Seiten mit buntem chinesischen Geländer versehen. Zwischen zwei von niedrigem Buchs eingefaßten Rabatten führte ein breiter, mit weißen Muscheln ausgestreuter Steig nach einer Lindenlaube, davor zwischen zweien Kirschbäumen hing eine Schaukel; zu beiden Seiten der Laube an der hohen Gartenmauer standen sorgfältig aufgebundene Aprikosenbäume. – Hier konnte man sommers in der Mittagsstunde deinen Urgroßvater regelmäßig auf und ab gehen sehen, die Aurikeln und holländischen Tulpen auf den Rabatten ausputzend oder mit Bast an weiße Stäbchen bindend. Er war ein strenger, akkurater Mann mit militärischer Haltung, und seine schwarzen Augbrauen gaben ihm bei den weißgepuderten Haaren ein vornehmes Ansehen.

So war es einmal an einem Augustnachmittage, als dein Großvater die kleine Gartentreppe herabkam; aber dazumalen war er noch weit vom Großvater entfernt. – Ich sehe es noch vor meinen alten Augen, wie er mit schlankem Tritt auf deinen Urgroßvater zuging. Dann nahm er ein Schreiben aus einer sauber gestickten Brieftasche und überreichte es mit einer anmutigen Verbeugung. Er war ein feiner junger Mensch mit sanften freundlichen Augen und der schwarze Haarbeutel stach angenehm bei den lebhaften Wangen und dem perlgrauen Tuchrocke ab. – Als dein Urgroßvater das Schreiben gelesen hatte, nickte er und schüttelte deinem Großvater die Hand. Er mußte ihm schon gut sein; denn er tat selten dergleichen. Dann wurde er ins Haus gerufen und dein Großvater ging in den Garten hinab.

In der Schaukel vor der Laube saß ein achtjähriges Mädchen; sie hatte ein Bilderbuch auf dem Schoß, worin sie eifrig las; die klaren goldnen Locken hingen ihr über das heiße Gesichtchen herab, der Sonnenschein lag brennend darauf.

›Wie heißt du?‹ fragte der junge Mann.

Sie schüttelte das Haar zurück und sagte: ›Barbara.‹

›Nimm dich in acht, Barbara; deine Locken schmelzen ja in der Sonne.‹

Die Kleine fuhr mit der Hand über das heiße Haar, der junge Mann lächelte – und es war ein sehr sanftes Lächeln. – – ›Es hat nicht Not‹, sagte er; ›komm, wir wollen schaukeln.‹

Sie sprang heraus: ›Wart, ich muß erst mein Buch verwahren.‹ Dann brachte sie es in die Laube. Als sie wiederkam, wollte er sie hineinheben. ›Nein‹, sagte sie, ›ich kann ganz allein.‹ Dann stellte sie sich auf das Schaukelbrett und rief: ›Nur zu!‹ – Und nun zog dein Großvater, daß ihm der Haarbeutel bald rechts, bald links um die Schultern tanzte; die Schaukel mit dem kleinen Mädchen ging im Sonnenschein auf und nieder, die klaren Locken wehten ihr frei von den Schläfen. Und immer ging es ihr nicht hoch genug. Als aber die Schaukel rauschend in die Lindenzweige flog, fuhren die Vögel zu beiden Seiten aus den Spalieren, daß die überreifen Aprikosen auf die Erde herabrollten.

›Was war das?‹ sagte er und hielt die Schaukel an.

Sie lachte, wie er so fragen könne. ›Das war der Iritsch‹, sagte sie, ›er ist sonst gar nicht so bange.‹

Er hob sie aus der Schaukel, und sie gingen zu den Spalieren; da lagen die dunkelgelben Früchte zwischen dem Gesträuch. ›Dein Iritsch hat dich traktiert!‹ sagte er. Sie schüttelte mit dem Kopf und legte eine schöne Aprikose in seine Hand. ›Dich!‹ sagte sie leise.

Nun kam dein Urgroßvater wieder in den Garten zurück. ›Nehm Er sich in acht‹, sagte er lächelnd. ›Er wird sie sonst nicht wieder los.‹ Dann sprach er von Geschäftssachen, und beide gingen ins Haus.

Am Abend durfte die kleine Barbara mit zu Tisch sitzen; der junge freundliche Mann hatte für sie gebeten. – So ganz, wie sie es gewünscht hatte, kam es freilich nicht; denn der Gast saß oben an ihres Vaters Seite; sie aber war nur noch ein kleines Mädchen, und mußte ganz unten bei dem allerjüngsten Schreiber sitzen. Darum war sie auch so bald mit dem Essen fertig; dann stand sie auf und schlich sich an den Stuhl ihres Vaters. Der aber sprach mit dem jungen Mann so eifrig über Konto und Diskonto, daß dieser für die kleine Barbara gar keine Augen hatte. – Ja, ja, es ist achtzig Jahre her; aber die alte Großmutter denkt es noch wohl, wie die kleine Barbara damals recht sehr ungeduldig wurde und auf ihren guten Vater gar nicht zum besten zu sprechen war. Die Uhr schlug zehn, und nun mußte sie gute Nacht sagen. Als sie zu deinem Großvater kam, fragte er sie: ›Schaukeln wir morgen?‹ und die kleine Barbara wurde wieder ganz vergnügt. – ›Er ist ja ein alter Kindernarr, Er!‹ sagte der Urgroßvater; aber eigentlich war er selbst recht unvernünftig in sein kleines Mädchen verliebt.

Am andern Tage gegen Abend reiste dein Großvater fort. Dann gingen acht Jahre hin. Die kleine Barbara stand oft zur Winterzeit an der Glastür und hauchte die gefrornen Scheiben an; dann sah sie durch das Guckloch in den beschneiten Garten hinab und dachte an den schönen Sommer, an die glänzenden Blätter und an den warmen Sonnenschein, an den Iritsch, der immer in den Spalieren nistete, und wie einmal die reifen Aprikosen zur Erde gerollt waren, und dann dachte sie an einen Sommertag und zuletzt immer nur an diesen einen Sommertag, wenn sie an den Sommer dachte. – So gingen die Jahre hin; die kleine Barbara war nun doppelt so alt und eigentlich gar nicht mehr die kleine Barbara; aber der eine Sommertag stand noch immer als ein heller Punkt in ihrer Erinnerung. – Dann war er endlich eines Tages wirklich wieder da.«

»Wer?« fragte lächelnd der Enkel, »der Sommertag?«

»Ja«, sagte die Großmutter, »ja, dein Großvater. Es war ein rechter Sommertag.«

»Und dann?« fragte er wieder.

»Dann«, sagte die Großmutter, »gab es ein Brautpaar, und die kleine Barbara wurde deine Großmutter, wie sie hier unter euch sitzt und die alten Geschichten erzählt. – So weit war's aber noch nicht. Erst gab es eine Hochzeit, und dazu ließ dein Urgroßvater den Saal bauen. Mit dem Garten und den Blumen war's nun wohl vorbei; es hatte aber nicht Not, er bekam bald lebendige Blumen zur Unterhaltung in seinen Mittagsstunden. Als der Saal fertig war, wurde die Hochzeit gehalten. Es war eine lustige Hochzeit, und die Gäste sprachen noch lange nachher davon. – Ihr, die ihr hier sitzt, und die ihr jetzt allenthalben dabei sein müßt, ihr waret freilich nicht dabei; aber eure Väter und Großväter, eure Mütter und Großmütter, und das waren auch Leute, die ein Wort mitzusprechen wußten. Es war damals freilich noch eine stille, bescheidene Zeit; wir wollten noch nicht alles besser wissen, als die Majestäten und ihre Minister; und wer seine Nase in die Politik steckte, den hießen wir einen Kannegießer, und war's ein Schuster, so ließ man die Stiefeln bei seinem Nachbar machen. Die Dienstmädchen hießen noch alle Trine und Stine, und jeder trug den Rock nach seinem Stande. Jetzt tragt ihr sogar Schnurrbärte wie Junker und Kavaliere. Was wollt ihr denn? Wollt ihr alle mitregieren?«

»Ja, Großmutter«, sagte der Enkel.

»Und der Adel, und die hohen Herrschaften, die doch dazu geboren sind, was soll aus denen werden?«

»O – – Adel – – « sagte die junge Mutter, und sah mit stolzen liebevollen Augen zu ihrem Mann hinauf.

Der lächelte und sagte: »Streichen, Großmutter; oder wir werden alle Freiherrn, ganz Deutschland mit Mann und Maus. Sonst seh ich keinen Rat.«

Die Großmutter erwiderte nichts darauf; sie sagte nur: »Auf meiner Hochzeit wurde nichts von Staatsgeschichten geredet; die Unterhaltung ging ihren ebenen Tritt, und wir waren ebenso vergnügt dabei als ihr in euren neumodischen Gesellschaften. Bei Tische wurden spaßhafte Rätsel aufgegeben und Leberreime gemacht, beim Dessert wurde gesungen: ›Gesundheit, Herr Nachbar, das Gläschen ist leer‹ und alle die andern hübschen Lieder, die nun vergessen sind; dein Großvater mit seiner hellen Tenorstimme war immer herauszuhören. – Die Menschen waren damals noch höflicher gegeneinander; das Disputieren und Schreien galt in einer feinen Gesellschaft für sehr unziemlich. – Nun, das ist alles anders geworden; – aber dein Großvater war ein sanfter friedlicher Mann. Er ist schon lange nicht mehr auf dieser Welt; er ist mir weit vorausgegangen; es wird wohl Zeit, daß ich nachkomme.«

Die Großmutter schwieg einen Augenblick, und es sprach niemand. Nur ihre Hände fühlte sie ergriffen; sie wollten sie alle noch behalten. Ein friedliches Lächeln glitt über das alte liebe Gesicht; dann sah sie auf ihren Enkel und sagte: »Hier im Saal stand auch seine Leiche; du warst damals erst sechs Jahre alt und standest am Sarg zu weinen. Dein Vater war ein strenger rücksichtsloser Mann.

›Heule nicht Junge‹, sagte er und hob dich auf den Arm. ›Sieh her, so sieht ein braver Mann aus, wenn er gestorben ist.‹ Dann wischte er sich heimlich selbst eine Träne vom Gesicht. Er hatte immer eine große Verehrung für deinen Großvater gehabt. Jetzt sind sie alle hinüber; – und heute hab ich hier im Saal meine Urenkelin aus der Taufe gehoben, und ihr habt ihr den Namen eurer alten Großmutter gegeben. Möge der liebe Gott sie ebenso glücklich und zufrieden zu meinen Tagen kommen lassen!«

Die junge Mutter fiel vor der Großmutter auf die Knie und küßte ihre feinen Hände.

Der Enkel sagte: »Großmutter, wir wollen den alten Saal ganz umreißen und wieder einen Ziergarten pflanzen; die kleine Barbara ist auch wieder da. Die Frauen sagen ja, sie ist dein Ebenbild; sie soll wieder in der Schaukel sitzen und die Sonne soll wieder auf goldene Kinderlocken scheinen; vielleicht kommt dann auch eines Sommernachmittags der Großvater wieder die kleine chinesische Treppe herab, vielleicht – –«

Die Großmutter lächelte: »Du bist ein Phantast«, sagte sie; »dein Großvater war es auch.«

Immensee

Der Alte

An einem Spätherbstnachmittage ging ein alter, wohlgekleideter Mann langsam die Straße hinab. Er schien von einem Spaziergang nach Hause zurückzukehren; denn seine Schnallenschuhe, die einer vorübergegangenen Mode angehörten, waren bestäubt. Den langen Rohrstock mit goldenem Knopf trug er unter dem Arm; mit seinen dunkeln Augen, in welche sich die ganze verlorene Jugend gerettet zu haben schien und welche eigentümlich von den schneeweißen Haaren abstachen, sah er ruhig umher oder in die Stadt hinab, welche im Abendsonnendufte vor ihm lag. – Er schien fast ein Fremder; denn von den Vorübergehenden grüßten ihn nur wenige, obgleich mancher unwillkürlich in diese ernsten Augen zu sehen gezwungen wurde. Endlich stand er vor einem hohen Giebelhause still, sah noch einmal in die Stadt hinaus und trat dann in die Hausdiele. Bei dem Schall der Türglocke wurde drinnen in der Stube von einem Guckfenster, welches nach der Diele hinausging, der grüne Vorhang weggeschoben und das Gesicht einer alten Frau dahinter sichtbar. Der Mann winkte ihr mit seinem Rohrstock. »Noch kein Licht!« sagte er in einem etwas südlichem Akzent; und die Haushälterin ließ den Vorhang wieder fallen. Der Alte ging nun über die weite Hausdiele, dann durch einen Pesel, wo große Eichschränke mit Porzelanvasen an den Wänden standen; durch die gegenüberstehende Tür trat er in einen kleinen Flur, von wo aus eine enge Treppe zu den oberen Zimmern des Hinterhauses führte. Er stieg sie langsam hinauf, schloß oben eine Tür auf und trat dann in ein mäßig großes Zimmer. Hier war es heimlich und still; die eine Wand war fast mit Repositorien und Bücherschränken bedeckt; an der anderen hingen Bilder von

Menschen und Gegenden; vor einem Tische mit grüner Decke, auf dem einzelne aufgeschlagene Bücher umherlagen, stand ein schwerfälliger Lehnstuhl mit rotem Sammetkissen. – Nachdem der Alte Hut und Stock in die Ecke gestellt hatte, setzte er sich in den Lehnstuhl und schien mit gefalteten Händen von seinem Spaziergange auszuruhen. – Wie er so saß, wurde es allmählich dunkler; endlich fiel ein Mondstrahl durch die Fensterscheiben auf die Gemälde an der Wand, und wie der helle Streif langsam weiter rückte, folgten die Augen des Mannes unwillkürlich. Nun trat er über ein kleines Bild in schlichtem, schwarzen Rahmen. »Elisabeth!« sagte der Alte leise; und wie er das Wort gesprochen, war die Zeit verwandelt –; er war in seiner Jugend.

Die Kinder

Bald trat die anmutige Gestalt eines kleinen Mädchens zu ihm. Sie hieß Elisabeth und mochte fünf Jahre zählen; er selbst war doppelt so alt. Um den Hals trug sie ein rotseidenes Tüchelchen; das ließ ihr hübsch zu den braunen Augen.

»Reinhard!« rief sie. »Wir haben frei, frei! Den ganzen Tag keine Schule, und morgen auch nicht.«

Reinhard stellte die Rechentafel, die er schon unterm Arm hatte, flink hinter die Haustür, und dann liefen beide Kinder durchs Haus in den Garten, und durch die Gartenpforte hinaus auf die Wiese. Die unverhofften Ferien kamen ihnen herrlich zustatten. Reinhard hatte hier mit Elisabeths Hilfe ein Haus aus Rasenstücken aufgeführt; darin wollten sie die Sommerabende wohnen; aber es fehlte noch die Bank. Nun ging er gleich an die Arbeit; Nägel, Hammer und die nötigen Bretter lagen schon bereit. Währenddessen ging Elisabeth an dem Wall entlang und sammelte den ringförmigen Samen der wilden Malve in ihre Schürze; davon wollte sie sich Ketten und Halsbänder machen; und als Reinhart endlich trotz manches krumm geschlagenen Nagels seine Bank dennoch zustande gebracht hatte und nun wieder in die Sonne hinaustrat, ging sie schon weit davon am anderen Ende der Wiese.

»Elisabeth!« rief er. »Elisabeth!« Und da kam sie, und ihre Locken flogen. »Komm«, sagte er, »nun ist unser Haus fertig. Du bist ja ganz heiß geworden; komm herein, wir wollen uns auf die neue Bank setzen. Ich erzähl' dir etwas.«

Dann gingen sie beide hinein und setzten sich auf die neue Bank. Elisabeth nahm ihre Ringelchen aus der Schürze und zog sie auf lange Bindfäden; Reinhard fing an zu erzählen: »Es waren einmal drei Spinnfrauen – –«

»Ach«, sagte Elisabeth, »das weiß ich ja auswendig; du mußt auch nicht immer dasselbe erzählen.«

Da mußte Reinhart die Geschichte von den drei Spinnfrauen steckenlassen, und statt dessen erzählte er die Geschichte von dem armen Mann, der in die Löwengrube geworfen war.

»Nun war es Nacht«, sagte er, »weißt du? ganz finstere, und die Löwen schliefen. Mitunter aber gähnten sie im Schlaf und reckten die roten Zungen aus; dann schauderte der Mann und meinte, daß der Morgen komme. Da warf es um ihn her auf einmal einen hellen Schein, und als er aufsah, stand ein Engel vor ihm. Der winkte ihm mit der Hand und ging dann gerade in die Felsen hinein.«

Elisabeth hatte aufmerksam zugehört. »Ein Engel?« sagte sie. »Hatte er denn Flügel?«

»Es ist nur so eine Geschichte«, antwortete Reinhart, »es gibt ja gar keine Engel.«

»O pfui, Reinhart!« sagte sie und sah ihm starr ins Gesicht. Als er sie aber finster anblickte, fragte sie ihn zweifelnd: »Warum sagen sie es denn immer? Mutter und Tante und auch in der Schule?«

»Das weiß ich nicht«, antwortete er.

»Aber du«, sagte Elisabeth, »gibt es denn auch keine Löwen?«

»Löwen? Ob es Löwen gibt! In Indien; da spannen die Götzenpriester sie vor den Wagen und fahren mit ihnen durch die Wüste. Wenn ich groß bin, will ich einmal selber hin. Da ist es vieltausendmal schöner als hier bei uns; da gibt es gar keinen Winter. Du mußt auch mit mir. Willst du?«

»Ja«, sagte Elisabeth, »aber Mutter muß dann auch mit und deine Mutter auch.«

»Nein, sagte Reinhard, »die sind dann zu alt, die können nicht mit.«

»Ich darf aber nicht allein.«

»Du sollst schon dürfen; du wirst dann wirklich meine Frau, und dann haben die andern dir nichts zu befehlen.«

»Aber meine Mutter wird weinen.«

»Wir kommen ja wieder!« sagte Reinhard heftig, »sag es nur gerade heraus, willst du mit mir reisen? Sonst geh'ich allein; und dann komme ich nimmer wieder.«

Der Kleinen kam das Weinen nahe.

»Mach nur nicht so böse Augen«, sagte sie, »ich will ja mit nach Indien.«

Reinhard faßte sie mit ausgelassener Freude bei beiden Händen und zog sie hinaus auf die Wiese. »Nach Indien, nach Indien«, sang er und schwenkte sich mit ihr im Kreise, daß ihr das rot Tüchelchen vom Halse flog. Dann aber ließ er sie plötzlich los und sagte ernst »Es wird doch nichts daraus werden; du hast keine Courage«

– – »Elisabeth! Reinhard!« rief es jetzt von der Gartenpforte. »Hier! Hier!« antworteten die Kinder und sprangen Hand in Hand nach Hause.

Im Walde

So lebten die Kinder zusammen; sie war ihm oft zu still, er war ihr oft zu heftig, aber sie ließen deshalb nicht voneinander; fast alle Freistunden teilten sie, winters in den beschränkten Zimmern ihrer Mütter, sommers in Busch und Feld. – Als Elisabeth einmal in Reinhards Gegenwart von dem Schullehrer gescholten wurde, stieß er seine Tafel zornig auf den Tisch, um den Eifer des Mannes auf sich zu lenken. Es wurde nicht bemerkt. Aber Reinhard verlor alle Aufmerksamkeit an den geographischen Vorträgen; statt dessen verfaßte er ein langes Gedicht; darin verglich er sich selbst mit einem jungen Adler, den Schulmeister mit einer grauen Krähe, Elisabeth war die weiße Taube; der Adler gelobte, an der grauen Krähe Rache zu nehmen, sobald ihm die Flügel gewachsen sein würden. Dem jungen Dichter standen die Tränen in den Augen; er kam sich sehr erhaben vor. Als er nach Hause gekommen war, wußte er sich einen Pergamentband mit vielen weißen Blättern zu verschaffen: auf die ersten Seiten schrieb er mit sorgsamer Hand sein erstes Gedicht. – Bald darauf kam er in eine andere Schule; hier schloß er manche neue Kameradschaft mit Knaben seines Alters; aber sein Verkehr mit Elisabeth wurde dadurch nicht gestört. Von den Märchen, welche er ihr sonst erzählt und wieder erzählt hatte, fing er jetzt an, die, welche ihr am besten gefallen hatten, aufzuschreiben; dabei wandelte ihn oft die Lust an, etwas von seinen eigenen Gedanken hineinzudichten; aber, er wußte nicht weshalb, er konnte immer nicht dazu gelangen. So schrieb er sie genau auf, wie er sie selber gehört hatte. Dann gab er die Blätter an Elisabeth, die sie in einem Schubfach ihrer Schatulle sorgfältig aufbewahrte; und es gewährte ihm eine anmutige Befriedigung, wenn er sie mitunter abends diese Geschichten in seiner Gegenwart aus den von ihm geschriebenen Heften ihrer Mutter vorlesen hörte.

Sieben Jahre waren vorüber. Reinhard sollte zu seiner weiteren Ausbildung die Stadt verlassen. Elisabeth konnte sich nicht in den Gedanke finden, daß es nun eine Zeit ganz ohne Reinhard geben werde. Es freute sie, als er eines Tages sagte, er werde, wie sonst, Märchen für sie aufschreiben; er wolle sie ihr mit den Briefen an seine Mutter schicken; sie müsse ihm dann wieder schreiben, wie sie ihr gefallen hätten. Die Abreise rückt heran; vorher aber kam noch manche Reim in den Pergamentband. Daß allein war für Elisabeth ein Geheimnis obgleich sie die Veranlassung zu dem ganzen Buche und zu den meisten Liedern war, welche nach und nach fast die Hälfte der weißen Blätter gefüllt hatten.

Es war im Juni; Reinhard sollte am andern Tage reisen. Nun wollte man noch einmal einen festlichen Tag zusammen begehen. Dazu wurde eine Landpartie nach einer der nahe gelegenen Holzungen in größerer Gesellschaft veranstaltet. Der stundenlange Weg bis an den Saum des Waldes wurde zu Wagen zurück gelegt; dann nahm man die Proviantkörbe herunter und marschierte weiter. Ein Tannengeholz mußte zuerst durchwandert werden; es war kühl und dämmerig und der Boden überall mit feinen Nadeln bestreut. Nach halbstündigem Wandern kam man aus dem Tannendunkel in eine frische Buchenwaldung; hier war alles licht und grün, mitunter brach ein Sonnenstrahl durch die blätterreichen Zweige; ein Eichkätzchen sprang aber ihren Köpfen von Ast zu Ast. – Auf einem Platze, über welchem uralte Buchen mit ihren Kronen zu einem durchsichtigen Laubgewölbe zusammenwuchsen, machte die Gesellschaft halt. Elisabeths Mutter öffnete einen der Körbe; ein alter Herr warf sich zum Proviantmeister auf. »Alle um mich herum, ihr jungen Vögel!« rief er. »Und merket genau, was ich euch zu sagen habe. Zum Frühstück erhält jetzt ein jeder von euch zwei trockene Wecken; die Butter ist zu Hause geblieben, die Zukost müßt ihr euch selber suchen. Es stehen genug Erdbeeren im Walde, das heißt, für den, der sie zu finden weiß. Wer ungeschickt ist, muß sein Brot trocken essen; so geht es überall im Leben. Habt ihr meine Rede begriffen?«

»Jawohl!« riefen die Jungen.

»Ja seht«, sagte der Alte, »sie ist aber noch nicht zu Ende. Wir Alten haben uns im Leben schon genug umhergetrieben; darum bleiben wir jetzt zu Haus, das heißt, hier unter diesen breiten Bäumen, und schälen die Kartoffeln und machen Feuer und rüsten die Tafel, und wenn die Uhr zwölf ist, sollen auch die Eier gekocht werden. Dafür seid ihr uns von euren Erdbeeren die Hälfte schuldig, damit wir auch einen Nachtisch servieren können. Und nun geht nach Ost und West und seid ehrlich!«

Die Jungen machten allerlei schelmische Gesichter. »Halt!« rief der Alte noch einmal. »Das brauche ich euch wohl nicht zu sagen, wer keine findet, braucht auch keine abzuliefern; aber das schreibt euch wohl hinter eure feinen Ohren, von uns Alten bekommt er auch nichts. Und nun habt ihr für diesen Tag gute Lehren genug; wenn ihr nun noch Erdbeeren dazu habt, so werdet ihr für heute schon durchs Leben kommen.«

Die Jungen waren derselben Meinung und begannen sich paarweise auf die Fahrt zu machen.

»Komm, Elisabeth«, sagte Reinhard, »ich weiß einen Erdbeerenschlag; du sollst kein trockenes Brot essen.«

Elisabeth knüpfte die grünen Bänder ihres Strohhutes zusammen und hängte ihn über den Arm. »So komm«, sagte sie, »der Korb ist fertig.«

Dann gingen sie in den Wald hinein, tiefer und tiefer; durch feuchte, undurchdringliche Baumschatten, wo alles still war, nur unsichtbar über ihnen in den Lüften das Geschrei der Falken; dann wieder durch dichtes Gestrüpp, so dicht, daß Reinhard vorangehen mußte, um einen Pfad zu machen, hier einen Zweig zu knicken, dort eine Ranke beiseite zu biegen. Bald aber hörte er hinter sich Elisabeth seinen Namen rufen. Er wandte sich um. »Reinhard.« rief sie. »Warte doch, Reinhard!« Er konnte sie nicht gewahr werden; endlich sah er sie in einiger Entfernung mit den Sträuchern kämpfen; ihr feines Köpfchen schwamm nur kaum über den Spitzen der Farnkräuter. Nun ging er noch einmal zurück und führte sie durch das Wirrnis der Kräuter und Stauden auf einen freien Platz hinaus, wo blaue Falter zwischen den einsamen Waldblumen flatterten. Reinhard strich ihr die feuchten Haare aus dem erhitzten Gesichtchen; dann wollte er ihr den Strohhut aufsetzen, und sie wollte es nicht leiden; dann aber bat er sie, und dann ließ sie es doch geschehen.

»Wo bleiben denn aber deine Erdbeeren?« fragte sie endlich, indem sie stehenblieb und einen tiefen Atemzug tat.

»Hier haben sie gestanden«, sagte er, »aber die Kröten sind uns zuvorgekommen, oder die Marder, oder vielleicht die Elfen.«

»Ja«, sagte Elisabeth, »die Blätter stehen noch da; aber sprich hier nicht von Elfen. Komm nur, ich bin noch gar nicht müde; wir wollen weiter suchen.«

Vor ihnen war ein kleiner Bach, jenseits wieder der Wald. Reinhard hob Elisabeth auf seine Arme und trug sie hinüber. Nach einer Weile traten sie aus dem schattigen Laube wieder in eine weite Lichtung hinaus. »Hier müssen Erdbeeren sein«, sagte das Mädchen, »es duftet so süß.«

Sie gingen suchend durch den sonnigen Raum; aber sie fanden keine. »Nein«, sagte Reinhard, »es ist nur der Duft des Heidekrautes.«

Himbeerbüsche und Hülsendorn standen überall durcheinander; ein starker Geruch von Heidekräutern welche abwechselnd mit kurzem Grase die freien Stellen des Bodens bedeckten, erfüllte die Luft. »Hier ist es einsam«, sagte Elisabeth, »wo mögen die andern sein?«

An den Rückweg hatte Reinhard nicht gedacht. »Warte nur; woher kommt der Wind?« sagte er und hob seine Hand in die Höhe. Aber es kam kein Wind.

»Still!« sagte Elisabeth, »mich dünkt, ich hörte sie sprechen. Rufe einmal dahinunter.«

Reinhard rief durch die hohle Hand: »Kommt hieher!« – »Hieher!« rief es zurück.

Sie antworten!« sagte Elisabeth und klatschte in die Hände.

»Nein, es war nichts, es war nur der Widerhall.«

Elisabeth faßte Reinhards Hand. »Mir graut!« sagte sie.

»Nein«, sagte Reinhard, »das muß es nicht. Hier ist es prächtig. Setz dich dort in den Schatten zwischen die Kräuter. Laß uns eine Weile ausruhen; wir finden die andern schon.« Elisabeth setzte sich unter eine überhängende Buche und lauschte aufmerksam nach allen Seiten; Reinhard saß einige Schritte davon auf einem Baumstumpf und sah schweigend nach ihr hinüber. Die Sonne stand gerade über ihnen; es war glühende Mittagshitze; kleine goldglänzende, stahlblaue Fliegen standen flügelschwingend in der Luft; rings um sie her ein feines Schwirren und Summen, und manchmal hörte man tief im Walde das Hämmern der Spechte und das Kreischen der andern Waldvögel.

»Horch,« sagte Elisabeth, »es läutet.«

»Wo?« fragte Reinhard.

»Hinter uns. Hörst du? Es ist Mittag.«

»Dann liegt hinter uns die Stadt; und wenn wir in dieser Richtung gerade durchgehen, so müssen wir die andern treffen.«

So traten sie ihren Rückzug an; das Erdbeerensuchen hatten sie aufgegeben, denn Elisabeth war müde geworden. Endlich klang zwischen den Bäumen hindurch das Lachen der Gesellschaft; dann sahen sie auch ein weißes Tuch am Boden schimmern, das war die Tafel, und darauf standen Erdbeeren in Hülle und Fülle. Der alte Herr hatte eine Serviette im Knopfloch und hielt den Jungen die Fortsetzung seiner moralischen Reden, während er eifrig an einem Braten herumtranchierte.

»Da sind die Nachzügler!« riefen die Jungen, als sie Reinhard und Elisabeth durch die Bäume kommen sahen.

»Hieher!« rief der alte Herr. »Tücher ausgeleert. Hüte umgekehrt! Nun zeigt her, was ihr gefunden habt.«

»Hunger und Durst!« sagte Reinhard.

»Wenn das alles ist«, erwiderte der Alte und hob ihnen die volle Schüssel entgegen, »so müßt ihr es auch behalten. Ihr kennt die Abrede; hier werden keine Müßiggänger gefüttert.« Endlich ließ er sich aber doch erbitten, und nun wurde Tafel gehalten; dazu schlug die Drossel aus den Wacholderbüschen.

So ging der Tag hin. – Reinhard hatte aber doch etwas gefunden; waren es keine Erdbeeren, so war es doch auch im Walde gewachsen. Als er nach Hause gekommen war, schrieb er in seinen alten Pergamentband:

Hier an der Bergeshalde
verstummet ganz der Wind;
die Zweige hängen nieder,
darunter sitzt das Kind.

Sie sitzt in Thymiane,
sie sitzt in lauter Duft;
die blauen Fliegen summen
und blitzen durch die Luft.

Es steht der Wald so schweigend,
sie schaut so klug darein;
um ihre braunen Locken
hin fließt der Sonnenschein.

Der Kuckuck lacht von ferne,
es geht mir durch den Sinn:
Sie hat die goldnen Augen
der Waldeskönigin.

So war sie nicht allein sein Schützling; sie war ihm auch der Ausdruck für alles Liebliche und Wunderbare seines aufgehenden Lebens.

Weihnachtabend kam heran. – Es war noch nachmittags, als Reinhard mit andern Studenten im Ratskeller am alten Eichentisch zusammen saß. Die Lampen an den Wänden waren angezündet, denn hier unten dämmerte es schon; aber die Gäste waren sparsam versammelt, die Kellner lehnten müßig an den Mauerpfeilern. In einem Winkel des Gewölbes saßen ein Geigenspieler und ein Zithermädchen mit seinen zigeunerhaften Zügen; sie hatten ihre Instrumente auf dem Schoße liegen und schienen teilnahmslos vor sich hin zu sehen.

Am Studententische knallte ein Champagnerpfropfen. »Trinke, mein böhmisch Liebchen!« rief ein junger Mann von junkerhaftem Äußerem, indem er ein volles Glas zu dem Mädchen hinüberreichte.

»Ich mag nicht«, sagte sie, ohne ihre Stellung zu verändern.

»So singe!« rief der Junker und warf ihr eine Silbermünze in den Schoß. Das Mädchen strich sich langsam mit den Fingern durch ihr schwarzes Haar während der Geigenspieler ihr ins Ohr flüsterte: aber sie warf den Kopf zurück und stützte das Kinn auf ihre Zither. »Für den spiel' ich nicht«, sagte sie.

Reinhard sprang mit dem Glase in der Hand auf und stellte sich vor sie.

»Was willst du?« fragte sie trotzig.

»Deine Augen sehen.«

»Was gehen dich meine Augen an?«

Reinhard sah funkelnd auf sie nieder. Ich weiß wohl, sie sind falsch!« – Sie legte ihre Wange in die flache Hand und sah ihn lauernd an. Reinhard hob sein Glas an den Mund. »Auf deine schönen, sündhaften Augen!« sagte er und trank.

Sie lachte und warf den Kopf herum. »Gib!« sagte sie, und indem sie ihre schwarzen Augen in die seinen heftete, trank sie langsam den Rest. Dann griff sie einen Dreiklang und sang mit tiefer, leidenschaftlicher Stimme:

Heute, nur heute
bin ich so schön;
morgen, ach morgen
muß alles vergehn!

Nur diese Stunde
bist du noch mein;
sterben, ach sterben
soll ich allein.

Während der Geigenspieler mit raschem Tempo das Nachspiel einsetzte, gesellte sich noch ein Ankömmling zu der Gruppe.

»Ich wollte dich abholen, Reinhard«, sagte er. »Du warst schon fort; aber das Christkind war bei dir eingekehrt.«

»Das Christkind?« sagte Reinhard. »Das kommt nicht mehr zu mir.«

»Ei was! Dein ganzes Zimmer roch nach Tannenbaum und braunen Kuchen«

Reinhard setzte das Glas aus der Hand und griff nach seiner Mütze.

»Was willst du?« fragte das Mädchen?«

»Ich komme schon wieder.«

Sie runzelte die Stirn. »Bleib!« rief sie leise und sah ihn vertraulich an.

Reinhard zögerte. »Ich kann nicht, sagte er.

Sie stieß ihn lachend mit der Fußspitze. »Geh!« sagte sie. »Du taugst nichts; ihr taugt alle miteinander nichts«. Und während sie sich abwandte stieg Reinhard langsam die Kellertreppe hinauf.

Draußen auf der Straße war es tiefe Dämmerung; er fühlte die frische Winterluft an seiner heißen Stirn. Hie und da fiel der helle Schein eines brennenden Tannenbaums aus den Fenstern, dann und wann hörte man von drinnen das Geräusch von kleinen Pfeifen und Blechtrompeten und dazwischen jubelnde Kinderstimmen. Scharen von Bettelkindern gingen von Haus zu Haus oder stiegen auf die Treppengeländer und suchten durch die Fenster einen Blick in die versagte Herrlichkeit zu gewinnen. Mitunter wurde auch eine Tür plötzlich aufgerissen, und scheltende Stimmen trieben einen ganzen Schwarm solcher kleinen Gäste aus dem hellen Hause auf die dunkle Gasse hinaus; anderswo wurde auf dem Hausflur ein altes Weihnachtslied gesungen ; es waren klare Mädchenstimmen darunter. Reinhard hörte sie nicht, er ging rasch an allem vorüber, aus einer Straße in die andere. Als er an seine Wohnung gekommen, war es fast völlig dunkel geworden; er stolperte die Treppe hinauf und trat in seine Stube. Ein süßer Duft schlug ihm entgegen; das heimelte ihn an, daß roch wie zu Haus der Mutter Weihnachtsstube. Mit zitternder Hand zündete er sein Licht an ; da lag ein großes Paket auf dem Tisch, und als er es öffnete, fielen die wohl bekannten braunen Festkuchen heraus; auf einigen waren die Anfangsbuchstaben seines Namens in Zucker ausgestreut; das konnte niemand anders als Elisabeth getan haben. Dann kam ein Päckchen mit feiner, gestickter Wäsche zum Vorschein, Tücher und Manschetten, zuletzt Briefe von der Mutter und von Elisabeth. Reinhard öffnete zuerst den letzteren; Elisabeth schrieb:

»Die schönen Zuckerbuchstaben können Dir wohl erzählen, wer bei Kuchen mit geholfen hat; dieselbe Person hat die Manschetten für Dich stickt. Bei uns wird es nun Weihnachtabend sehr still werden; Mutter stellt immer schon um zehn ihr Spinnrad in die Ecke; es ist gar so einsam diesen Winter, wo Du nicht hier bist. Nun ist auch vorigen Sonntag der Hänfling gestorben, den Du mir geschenkt hattest; ich habe sehr geweint, aber ich hab' ihn doch immer gut gewartet. Der sang sonst immer nachmittags, wenn die Sonne auf sein Bauer schien; Du weißt, die Mutter hängte oft ein Tuch über, um ihn zu geschweigen, wenn er so recht aus Kräften sang. Da ist es nun noch stiller in der Kammer, nur daß Dein alter Freund Erich uns jetzt mitunter besucht. Du sagtest einmal, er sähe seinem braunen Überrock ähnlich. Daran muß ich nun immer denken, wenn er zur Tür hereinkommt, und er ist gar zu komisch; sag es aber nicht zur Mutter, sie wird dann leicht verdrießlich. – Rat, was ich Deiner Mutter zu Weihnachten schenke! Du rätst es nicht? Mich selber! Der Erich zeichnet mich in schwarzer Kreide; ich habe ihm schon dreimal sitzen müssen, jedesmal eine ganze Stunde. Es war mir recht zuwider, daß der fremde Mensch mein Gesicht so auswendig lernte. Ich wollte auch nicht, aber die Mutter redete mir zu; sie sagte: es würde der guten Frau Werner eine gar große Freude machen.

Aber Du hältst nicht Wort, Reinhard. Du hast keine Märchen geschickt. Ich habe Dich oft bei Deiner Mutter verklagt; sie sagt dann immer, Du habest jetzt mehr zu tun als solche Kindereien. Ich glaub' es aber nicht; es ist wohl anders.«

Nun las Reinhard auch den Brief seiner Mutter, und als er beide Briefe gelesen und langsam wieder zusammengefaltet und weggelegt hatte, überfiel ihn unerbittliches Heimweh. Er ging eine Zeitlang in seinem Zimmer auf und nieder; er sprach leise und dann halbverständlich zu sich selbst:

Er wäre fast verirret
und wußte nicht hinaus;
da stand das Kind am Wege
und winkte ihm nach Haus!

Dann trat er an sein Pult, nahm einiges Geld heraus und ging wieder auf die Straße hinab. – Hier war es mittlerweile stiller geworden; die Weihnachtsbäume waren ausgebrannt, die Umzüge der Kinder hatten aufgehört. Der Wind fegte durch die einsamen Straßen; Alte und Junge saßen in ihren Häusern familienweise zusammen; der zweite Abschnitt des Weihnachtabends hatte begonnen. –

Als Reinhard in die Nähe des Ratskellers kam, hörte er aus der Tiefe herauf Geigenstriche und den Gesang des Zithermädchens; nun klingelte unten die Kellertür, und eine dunkle Gestalt schwankte die breite, matt erleuchtete Treppe herauf. Reinhard trat in den Häuserschatten und ging dann rasch vorüber. Nach einer Weile erreichte er den erleuchteten Laden eines Juweliers; und, nachdem er hier ein kleines Kreuz von roten Korallen eingehandelt hatte, ging er auf demselben Wege, den er gekommen war, wieder zurück.

Nicht weit von seiner Wohnung bemerkte er ein kleines, in klägliche Lumpen gehülltes Mädchen an einer hohen Haustür stehen, in vergeblicher Bemühung, sie zu öffnen. »Soll ich dir helfen?« sagte er. Das Kind erwiderte nichts, ließ aber die schwere Türklinke fahren. Reinhard hatte schon die Tür geöffnet. »Nein«, sagte er, »sie könnten dich hinausjagen; komm mit mir! Ich will dir Weihnachtskuchen geben« Dann machte er die Tür wieder zu und faßte das kleine Mädchen an der Hand, das stillschweigend mit ihm in seine Wohnung ging.

Er hatte das Licht beim Weggehen brennen lassen. »Hier hast du Kuchen«, sagte er und gab ihr die Hälfte seines ganzen Schatzes in die Schürze, nur keine mit Zuckerbuchstaben. »Nun geh nach Hause und gib deiner Mutter auch davon.« Das Kind sah mit einem scheuen Blick zu ihm hinauf; es schien solcher Freundlichkeit ungewohnt und nichts darauf erwidern zu können. Reinhard machte die Tür auf und leuchtete ihr, und nun flog die Kleine wie ein Vogel mit ihren Kuchen die Treppe hinab und zum Hause hinaus.

Reinhard schürte das Feuer in seinem Ofen an und stellte das bestaubte Tintenfaß auf seinen Tisch: dann setzte er sich hin und schrieb, und schrieb die ganze Nacht Briefe an seine Mutter, an Elisabeth. Der Rest der Weihnachtskuchen lag unberührt neben ihm; aber die Manschetten von Elisabeth hatte er angeknöpft, was sich gar wunderlich zu seinem weißen Flauschrock ausnahm. So saß er noch, als die Wintersonne auf die gefrorenen Fensterscheiben fiel und ihm gegenüber im Spiegel ein blasses, ernstes Antlitz zeigte.

Daheim

Als es Ostern geworden war, reiste Reinhard in die Heimat. Am Morgen nach seiner Ankunft ging er zu Elisabeth. »Wie groß du geworden bist«, sagte er, als das schöne schmächtige Mädchen ihm lächelnd entgegenkam. Sie errötete, aber sie erwiderte nichts; ihre Hand, die er beim Willkommen in die seine genommen, suchte sie ihm sanft zu entziehen. Er sah sie zweifelnd an; das hatte sie früher nicht getan; nun war es, als trete etwas Fremdes zwischen sie. – Das blieb auch, als er schon länger dagewesen und als er Tag für Tag immer wiedergekommen war. Wenn sie allein zusammen saßen, entstanden Pausen, die ihm peinlich waren und denen er dann ängstlich zuvorzukommen suchte. Um während der Ferienzeit eine bestimmte Unterhaltung zu haben, fing er an, Elisabeth in der Botanik zu unterrichten, womit er sich in den ersten Monaten seines Universitätslebens angelegentlich beschäftigt hatte. Elisabeth, die ihm in allem zu folgen gewohnt und überdies lehrhaft war, ging bereitwillig darauf ein. Nun wurden mehrere Male in der Woche Exkursionen ins Feld oder in die Heiden gemacht; und hatten sie dann mittags die grüne Botanisierkapsel voll Kraut und Blumen nach Hause gebracht, so kam Reinhard einige Stunden später wieder, um mit Elisabeth den gemeinschaftlichen Fund zu teilen.

In solcher Absicht trat er eines Nachmittags ins Zimmer, als Elisabeth am Fenster stand und ein vergoldetes Vogelbauer, das er sonst nicht dort gesehen, mit frischem Hühnerschwarm besteckte. Im Bauer saß ein Kanarienvogel, der mit den Flügeln schlug und kreischend nach Elisabeths Finger pickte. Sonst hatte Reinhards Vogel an dieser Stelle gehangen. »Hat mein armer Hänfling sich nach seinem Tode in einen Goldfinken verwandelt?« fragte er heiter.

»Das pflegen die Hänflinge nicht«, sagte die Mutter, welche spinnend im Lehnstuhle saß. »Ihr Freund Erich hat ihn heut mittag für Elisabeth von seinem Hofe hereingeschickt.«

»Von welchem Hofe?«

»Das wissen Sie nicht?«

»Was denn?«

»Daß Erich seit einem Monat den zweiten Hof seines Vaters am Immensee angetreten hat?«

»Aber Sie haben mir kein Wort da von gesagt.«

»Ei, sagte die Mutter, »Sie haben sich auch noch mit keinem Worte nach Ihrem Freunde erkundigt. Er ist ein gar lieber, verständiger junger Mann.«

Die Mutter ging hinaus, um den Kaffee zu besorgen; Elisabeth hatte Reinhard den Rücken zugewandt und war noch mit dem Bau ihrer kleinen Laube beschäftigt. »Bitte, nur ein kleines Weilchen«, sagte sie; »gleich bin ich fertig.« – Da Reinhard wider seine Gewohnheit nicht antwortete, so wandte sie sich um. In seinen Augen lag ein plötzlicher Ausdruck von Kummer, den sie nie darin gewahrt hatte. »Was fehlt dir, Reinhard?« fragte sie indem sie nahe zu ihm trat.

»Mir?« fragte er gedankenlos und ließ seine Augen träumerisch in den ihren ruhen.

»Du siehst so traurig aus.«

»Elisabeth«, sagte er, »ich kann den gelben Vogel nicht leiden.«

Sie sah ihn staunend an; sie verstand ihn nicht. »Du bist so sonderbar«, sagte sie.

Er nahm ihre beiden Hände, die sie ruhig in den seinen ließ. Bald trat die Mutter wieder herein.

Nach dem Kaffee setzte diese sich an ihr Spinnrad; Reinhard und Elisabeth gingen ins Nebenzimmer, um ihre Pflanzen zu ordnen. Nun wurden Staubgefäße gezählt, Blätter und Blüten sorgfältig ausgebreitet und von jeder Art zwei Exemplare zum Trocknen zwischen die Blätter eines großen Folianten gelegt. Es war sonnige Nachmittagsstille; nur nebenan schnurrte der Mutter Spinnrad, und von Zeit zu Zeit wurde Reinhards gedämpfte Stimme gehört, wenn er die Ordnungen und Klassen der Pflanzen nannte oder Elisabeths ungeschickte Aussprache der lateinischen Namen korrigierte.

»Mir fehlt noch von neulich die Maiblume«, sagte sie jetzt, als der ganze Fund bestimmt und geordnet war.

Reinhard zog einen kleinen weißen Pergamentband aus der Tasche. »Hier ist ein Maiblumenstengel für dich«, sagte er, indem er die halbgetrocknete Pflanze herausnahm.

Als Elisabeth die beschriebenen Blätter sah, fragte sie: »Hast du wieder Märchen gedichtet?«

»Es sind keine Märchen«, antwortete er und reichte ihr das Buch.

Es waren lauter Verse, die meisten füllten höchstens eine Seite. Elisabeth wandte ein Blatt nach dem andern um; sie schien nur die Überschriften zu lesen. »Als sie vom Schulmeister gescholten war.« »Als sie sich im Walde verirrt hatten.« »Mit dem Ostermärchen.« »Als sie mir zum erstenmal geschrieben hatte«; in der Weise lauteten fast alle. Reinhard blickte forschend zu ihr hin, und indem sie immer weiterblätterte, sah er, wie zuletzt auf ihrem klaren Antlitz ein zartes Rot hervorbrach und es allmählich ganz überzog. Er wollte ihre Augen sehen; aber Elisabeth sah nicht auf und legte das Buch am Ende schweigend vor ihm hin.

»Gib es mir nicht so zurück!« sagte er.

Sie nahm ein braunes Reis aus der Blechkapsel. »Ich will dein Lieblingskraut hineinlegen«, sagte sie und gab ihm das Buch in seine Hände. – –

Endlich kam der letzte Tag der Ferienzeit und der Morgen der Abreise. Auf ihre Bitte erhielt Elisabeth von der Mutter die Erlaubnis, ihren Freund an den Postwagen zu begleiten, der einige

Straßen von ihrer Wohnung seine Station hatte. Als sie vor die Haustür traten, gab Reinhard ihr den Arm; so ging er schweigend neben dem schlanken Mädchen her. Je näher sie ihrem Ziele kamen, desto mehr war es ihm, er habe ihr, ehe er auf so lange Abschied nehme, etwas Notwendiges mitzuteilen –, etwas, wovon aller Wert und alle Lieblichkeit seines künftigen Lebens abhänge, und doch konnte er sich des erlösenden Wortes nicht bewußt werden. Das ängstigte ihn; er ging immer langsamer.

»Du kommst zu spät«, sagte sie, »es hat schon zehn geschlagen auf St. Marien.«

Er ging aber darum nicht schneller. Endlich sagte er stammelnd: »Elisabeth, du wirst mich nun in zwei Jahren gar nicht sehen – – wirst du mich wohl noch ebenso liebhaben wie jetzt, wenn ich wieder da bin?«

Sie nickte und sah ihm freundlich ins Gesicht. – »Ich habe dich auch verteidigt«, sagte sie nach einer Pause.

»Mich? Gegen wen hattest du das nötig?«

»Gegen meine Mutter. Wir sprachen gestern abend, als du weggegangen warst, noch lange über dich. Sie meinte, du seiest nicht mehr so gut, wie du gewesen.«

Reinhard schwieg einen Augenblick; dann aber nahm er ihre Hand in die seine, und indem er ihr ernst in ihre Kinderaugen blickte, sagte er: »Ich bin noch ebenso gut, wie ich gewesen bin; glaube du das nur fest! Glaubst du es Elisabeth?«

»Ja«; sagte sie. Er ließ ihre Hand los und ging rasch mit ihr durch die letzte Straße. Je näher ihm der Abschied kam, desto freudiger ward sein Gesicht; er ging ihr fast zu schnell.

»Was hast du, Reinhard?« fragte sie.

»Ich habe ein Geheimnis, ein schönes!« sagte er und sah sie mit leuchtenden Augen an. »Wenn ich nach zwei Jahren wieder da bin, dann sollst du es erfahren.«

Mittlerweile hatten sie den Postwagen erreicht; es war noch eben Zeit genug. Noch einmal nahm Reinhard ihre Hand. »Leb wohl«, sagte er, »leb wohl, Elisabeth. Vergiß es nicht!«

Sie schüttelte mit dem Kopf. »Leb wohl!« sagte sie. Reinhard stieg hinein, und die Pferde zogen an.

Als der Wagen um die Straßenecke rollte, sah er noch einmal ihre liebe Gestalt, wie sie langsam den Weg zurückging.

Ein Brief

Fast zwei Jahre nachher saß Reinhard vor seiner Lampe zwischen Büchern und Papieren in Erwartung eines Freundes, mit welchem er gemeinschaftliche Studien übte. Man kam die Treppe herauf. »Herein!« – Es war die Wirtin. »Ein Brief für Sie, Herr Werner!« Dann entfernte sie sich wieder.

Reinhard hatte seit seinem Besuch in der Heimat nicht an Elisabeth geschrieben und von ihr keinen Brief mehr erhalten. Auch dieser war nicht von ihr es war die Hand seiner Mutter. Reinhard brach und las, und bald las er folgendes:

»In Deinem Alter, mein liebes Kind hat noch fast jedes Jahr sein eigenes Gesicht: denn die Jugend läßt sich nicht ärmer machen. Hier ist auch manches anders geworden, was Dir wohl erstan weh tun wird, wenn ich Dich sonst recht verstanden habe. Erich hat sich gestern endlich das Jawort von Elisabeth geholt, nachdem er in dem letzten Vierteljahr zweimal vergebens angefragt hatte. Sie hat sich immer nicht dazu entschließen können; nun hat sie es endlich doch getan; sie ist auch noch gar so jung. Die Hochzeit soll bald sein, und die Mutter wird dann mit ihnen fortgehen.«

Immensee

Wiederum waren Jahre vorüber. – Auf einem abwärts führenden schattigen Waldwege wanderte an einem warmen Frühlingsnachmittage ein junger Mann mit kräftigem, gebräuntem Antlitz. Mit seinen ernsten grauen Augen sah er gespannt in die Ferne, als erwarte er endlich eine Veränderung des einförmigen Weges, die jedoch immer nicht eintreten wollte. Endlich kam ein Karrenfuhrwerk langsam von unten herauf. »Holla! guter Freund«, rief der Wanderer dem nebengehenden Bauer zu, »geht's hier recht nach Immensee?«

»Immer geradeaus«, antwortete der Mann und rückte an seinem Rundhute.

»Hat's denn noch weit bis dahin?«

»Der Herr ist dicht davor. Keine halbe Pfeif' Tobak, so haben's den See; das Herrenhaus liegt hart daran.«

Der Bauer fuhr vorüber; der andere ging eiliger unter den Bäumen entlang. Nach einer Viertelstunde hörte ihm zur Linken plötzlich der Schatten auf; der Weg führte an einem Abhang, aus dem die Wipfel hundertjähriger Eichen nur kaum hervorragten. Über sie hinweg öffnete sich eine weite, sonnige Landschaft. Tief unten lag der See, ruhig, dunkelblau, fast ringsum von grünen, sonnbeschienenen Wäldern umgeben; nur an einer Stelle traten sie auseinander und gewährten eine tiefe Fernsicht, bis auch diese durch blaue Berge geschlossen wurde. Quer gegenüber, mitten in dem grünen Laub der Wälder, lag es wie Schnee darüberher; das waren blühende Obstbäume, und daraus hervor auf dem hohen Ufer erhob sich das Herrenhaus, weiß mit roten Ziegeln. Ein Storch flog vom Schornstein auf und kreiste langsam aber dem Wasser. – »Immensee!« rief der Wanderer. Es war fast, als hatte er jetzt das Ziel seiner Reise erreicht; denn er stand unbeweglich und sah über die Wipfel der Bäume zu seinen Füßen hinüber ans andere Ufer, wo das Spiegelbild des Herrenhauses leise schaukelnd auf dem Wasser schwamm. Dann setzte er plötzlich seinen Weg fort.

Es ging jetzt fast steil den Berg hinab, so daß die untenstehenden Bäume wieder Schatten gewährten, zugleich aber die Aussicht auf den See verdeckten, der nur zuweilen zwischen den Lücken der Zweige hindurchblitzte. Bald ging es wieder sanft empor, und nun verschwand rechts und links die Holzung; statt dessen streckten sich dichtbelaubte Weinhügel am Wege entlang; zu beiden Seiten desselben standen blühende Obstbäume voll surrender, wühlender Bienen. Ein stattlicher Mann in braunem Überrock kam dem Wanderer entgegen. Als er ihn fast erreicht hatte, schwenkte er seine Mütze und rief mit heller Stimme: »Willkommen, willkommen, Bruder Reinhard! Willkommen auf Gut Immensee!«

»Gott grüß dich, Erich, und Dank für dein Willkommen!« rief ihm der andere entgegen.

Dann waren sie zueinander gekommen und reichten sich die Hände. »Bist du es denn aber auch?« sagte Erich, als er so nahe in das ernste Gesicht seines alten Schulkameraden sah.

»Freilich bin ich's, Erich, und du bist es auch; nur siehst du noch fast heiterer aus, als du schon sonst immer getan hast.«

Ein frohes Lächeln machte Erichs einfache Züge bei diesen Worten noch um vieles heiterer. »Ja, Bruder Reinhard«, sagte er, diesem noch einmal seine Hand reichend, »ich habe aber auch seitdem das große Los gezogen, du weißt es ja.« Dann rieb er sich die Hände und rief vergnügt: »Das wird eine Überraschung! Den erwartet sie nicht, in alle Ewigkeit nicht!«

»Eine Überraschung?« fragte Reinhard. »Für wen denn?«

»Für Elisabeth.«

»Elisabeth! Du hast ihr nicht von meinem Besuch gesagt?«

»Kein Wort, Bruder Reinhard; sie denkt nicht an dich, die Mutter auch nicht. Ich hab' dich ganz im geheim verschrieben, damit die Freude desto größer sei. Du weißt, ich hatte immer so meine stillen Plänchen.«

Reinhard wurde nachdenklich; der Atem schien ihm schwer zu werden, je näher sie dem Hofe kamen. An der linken Seite des Weges hörten nun auch die Weingärten auf und machten einem weitläufigen Küchengarten Platz, der sich bis fast an das Ufer des Sees hinabzog. Der Storch hatte sich mittlerweile niedergelassen und spazierte gravitätisch zwischen den Gemüsebeeten umher. »Holla, rief Erich, in die Hände klatschend, »stiehlt mir der hochbeinige Ägypter schon wieder meine kurzen Erbsenstangen!« Der Vogel erhob sich langsam und flog auf das Dach eines neuen Gebäudes, das am Ende des Küchengartens lag und dessen Mauern mit aufgebundenen Pfirsich- und Aprikosenbäumen überzweigt waren. »Das ist die Spritfabrik«, sagte Erich; »ich habe sie erst vor zwei Jahren angelegt. Die Wirtschaftsgebäude hat mein Vater selig neu aufsetzen lassen; das Wohnhaus ist schon von meinem Großvater gebaut worden. So kommt man immer ein bißchen weiter.«

Sie waren bei diesen Worten auf einen geräumigen Platz gekommen, der an den Seiten durch die ländlichen Wirtschaftsgebäude, im Hintergrunde durch das Herrenhaus begrenzt wurde, an dessen beide Flügel sich eine hohe Gartenmauer anschloß; hinter dieser sah man die Züge dunkler Taxuswände, und hin und wieder ließen Syringenbäume ihre blühenden Zweige in den Hofraum hinunterhängen. Männer mit sonnen- und arbeitsheißen Gesichtern gingen über den Platz und grüßten die Freunde, während Erich dem einen und dem anderen einen

Auftrag oder eine Frage über ihr Tagewerk entgegenrief. – Dann hatten sie das Haus erreicht. Ein hoher, kahler Hausflur nahm sie auf, an dessen Ende sie links in einen etwas dunkleren Seitengang einbogen. Hier öffnete Erich eine Tür, und sie traten in einen geräumigen Gartensaal, der durch das Laubgedränge, welches die gegenüberliegenden Fenster bedeckte, zu beiden Seiten mit grüner Dämmerung erfüllt war; zwischen diesen aber ließen zwei hohe, weit geöffnete Flügeltüren den vollen Glanz der Frühlingssonne hereinfallen und gewahrten die Aussicht in einen Garten mit gezirkelten Blumenbeeten und hohen, steilen Laubwänden, geteilt durch einen graden breiten Gang, durch welchen man auf den See und weiter auf die gegenüberliegenden Wälder hinaussah. Als die Freunde hineintraten, trug die Zugluft ihnen einen Strom von Duft entgegen.

Auf einer Terrasse vor der Gartentür saß eine weiße, mädchenhafte Frauengestalt. Sie stand auf und ging den Eintretenden entgegen; aber auf halbem Wege blieb sie wie angewurzelt stehen und starrte den Fremden unbeweglich an. Er streckte ihr lächelnd die Hand entgegen. »Reinhard!« rief sie. »Reinhard! Mein Gott, du bist es! – Wir haben uns lange nicht gesehen.«

»Lange nicht«, sagte er und konnte nichts weiter sagen; denn als er ihre Stimme hörte, fühlte er einen feinen körperlichen Schmerz am Herzen und wie er zu ihr aufblickte, stand sie vor ihm, dieselbe leichte, zärtliche Gestalt, der er vor Jahren in seiner Vaterstadt Lebewohl gesagt hatte.

Erich war mit freudestrahlendem Antlitz an der Tür zurückgeblieben. »Nun Elisabeth«, sagte er, »gelt, den hättest du nicht erwartet, den in alle Ewigkeit nicht!«

Elisabeth sah ihn mit schwesterlichen Augen an. »Du bist so gut, Erich!« sagte sie.

Er nahm ihre schmale Hand liebkosend in die seinen. »Und nun wir ihn haben«, sagte er, »nun lassen wir ihn so bald nicht wieder los. Er ist so lange draußen gewesen; wir wollen ihn wieder heimisch machen. Schau nur, wie fremd und vornehm er aussehen worden ist.«

Ein scheuer Blick Elisabeths streifte Reinhards Antlitz.« Es ist nur die Zeit, die wir nicht beisammen waren«, sagte er.

In diesem Augenblick kam die Mutter, mit einem Schlüsselkörbchen am Arm, zur Tür herein. »Herr Werner«, sagte sie, als sie Reinhard erblickte; »ein ebenso lieber wie unerwarteter Gast« – Und nun ging die Unterhaltung in Fragen und Antworten ihren ebenen Tritt. Die Frauen setzten sich zu ihrer Arbeit, und während Reinhard die für ihn bereiteten Erfrischungen genoß, hatte Erich seinen soliden Meerschaumkopf angebrannt und saß dampfend und diskurrierend an seiner Seite.

Am andern Tage mußte Reinhard mit ihm hinaus ; auf die Acker, in die Weinberge, in den Hopfengarten, in die Spritfabrik. Es war alles wohl bestellt; die Leute, welche auf dem Felde und bei den Kesseln arbeiteten, hatten alle ein gesundes und zufriedenes Aussehen. Zu Mittag kam die Familie im Gartensaal zusammen, und der Tag wurde dann, je nach der Muße der Wirte, mehr oder minder gemeinschaftlich verlebt Nur die Stunden vor dem Abendessen, wie die ersten des Vormittags, blieb Reinhard arbeitend auf seinem Zimmer. Er hatte seit Jahren, wo er deren habhaft werden konnte, die im Volke lebenden Reime und Lieder gesammelt und ging daran seinen Schatz zu ordnen und womöglich mit neuen Aufzeichnungen aus der Umgegend zu vermehren. – Elisabeth war zu allen Zeiten sanft und freundlich; Erichs immer gleichbleibende Aufmerksamkeit nahm sie mit einer fast demütigen Dankbarkeit auf, und Reinhard dachte mitunter, das heitere Kind von ehedem habe wohl eine weniger stille Frau versprochen.

Seit dem zweiten Tage seines Hierseins pflegte er abends einen Spaziergang an deren Ufer des Sees zu machen. Der Weg führte hart unter dem Garten vorbei. Am Ende desselben, auf einer vorspringenden Bastei, stand eine Bank unter hohen Birken; die Mutter hatte sie die Abendbank getauft, weil der Platz gegen Abend lag und des Sonnenuntergangs halber um diese Zeit am meisten benutzt wurde. – Von einem Spaziergange auf diesem Wege kehrte Reinhard eines Abends zurück als er vom Regen überrascht wurde Er suchte Schutz unter einer an Wasser stehenden Linde; aber die schweren Tropfen schlugen bald durch die Blätter. Durchnäßt, wie er war, ergab er sich darein und setzte langsam seinen Rückweg fort. Es war fast dunkel; der Regen fiel immer dichter. Als er sich der Abendbank näherte, glaubte er zwischen den schimmerden Birkenstämmen eine weiße Frauengestalt zu unterscheiden. Sie stand unbeweglich und, wie er beim Näherkommen zu erkennen meinte, zu ihm hingewandt, als wenn sie jemanden erwarte. Er glaubte, es sei Elisabeth. Als er aber rascher zuschritt, um sie zu erreichen und dann mit ihr zusammen durch den Garten ins Haus zurückzukehren, wandte sie sich langsam ab und verschwand in die dunklen Seitengänge. Er konnte das nicht reimen; er war aber fast zornig auf Elisabeth, und dennoch zweifelte er, ob sie es gewesen sei; aber er scheute sich, sie danach zu fragen; ja, er ging bei seiner Rückkehr nicht in den Gartensaal, nur um Elisabeth nicht etwa durch die Gartentür hereintreten zu sehen.

Meine Mutter hat's gewollt

Einige Tage nachher, es ging schon gegen Abend, saß die Familie, wie gewöhnlich um diese Zeit, im Gartensaal zusammen. Die Türen standen offen; die Sonne war schon hinter den Wäldern jenseit des Sees.

Reinhard wurde um die Mitteilung einiger Volkslieder gebeten, welche er am Nachmittag von einem auf dem Lande wohnenden Freunde geschickt bekommen hatte. Er ging auf sein Zimmer und kam gleich darauf mit einer Papierrolle zurück, welche aus einzelnen sauber geschriebenen Blätern zu bestehen schien.

Man setzte sich an den Tisch, Elisabeth an Reinhards Seite. »Wir lesen auf gut Glück«, sagte er, »ich habe sie selber noch nicht durchgesehen.«

Elisabeth rollte das Manuskript auf. »Hier sind Noten«, sagte sie, »das mußt du singen, Reinhard.«

Und dieser las nun zuerst einige Tiroler Schnaderhüpferl, indem er beim Lesen je zuweilen die lustige Melodie mit halber Stimme anklingen ließ. Eine allgemeine Heiterkeit bemächtigte sich der kleinen Gesellschaft. »Wer hat doch aber die schönen Lieder gemacht?« fragte Elisabeth.

»Ei«, sagte Erich, »das hört man den Dingern schon an; Schneidergesellen und Friseure und derlei luftiges Gesindel.«

Reinhard sagte: »Sie werden gar nicht gemacht; sie wachsen, sie fallen aus der Luft, sie fliegen über Land wie Mariengarn, hierhin und dorthin und werden an tausend Stellen zugleich gesungen. Unser eigenstes Tun und Leiden finden wir in diesen Liedern; es ist, als ob wir alle an ihnen mitgeholfen hätten.«

Er nahm ein anderes Blatt: »Ich stand auf hohen Bergen …«

»Das kenne ich!« rief Elisabeth. »Stimme nur an, Reinhard, ich will dir helfen.«

Und nun sangen sie jene Melodie, die so rätselhaft ist, daß man nicht glauben kann, sie sei von Menschen erdacht worden; Elisabeth mit ihrer etwas verdeckten Altstimme dem Tenor sekundierend.

Die Mutter saß inzwischen emsig an ihrer Näherei, Erich hatte die Hände ineinander gelegt und hörte andächtig zu. Als das Lied zu Ende war, legte Reinhard das Blatt schweigend beiseite. – Vom Ufer des Sees herauf kam durch die Abendstille das Geläute der Herdenglocken; sie horchten unwillkürlich; da hörten sie eine klare Knabenstimme singen:

Ich stand auf hohen Bergen
Und sah ins tiefe Tal …

Reinhard lächelte: »Hört ihr es wohl? So geht's von Mund zu Mund.«

»Es wird oft in dieser Gegend gesungen«, sagte Elisabeth.

»Ja«, sagte Erich, »es ist der Hirtenkaspar; er treibt die Starken heim.«

Sie horchten noch eine Weile, bis das Geläute oben hinter den Wirtschaftsgebäuden verschwunden war. »Das sind Urtöne«, sagte Reinhard; »sie schlafen in Waldesgründen; Gott weiß, wer sie gefunden hat.«

Er zog ein neues Blatt heraus.

Es war schon dunkler geworden; ein roter Abendschein lag wie Schaum auf den Wäldern jenseit des Sees. Reinhard rollte das Blatt auf, Elisabeth legte an der einen Seite ihre Hand darauf und sah mit hinein. Dann las Reinhard:

Meine Mutter hat's gewollt,
den andern ich nehmen sollt;
was ich zuvor besessen,
mein Herz sollt es vergessen;
das hat es nicht gewollt.

Meine Mutter klag ich an,
sie hat nicht wohl getan;
was sonst in Ehren stünde,
nun ist es worden Sünde;
was fang ich an?

Für all mein Stolz und Freud
gewonnen hab ich Leid.
Ach, war das nicht geschehen,
ach, könnt ich betteln gehen
über die braune Heid!

Während des Lesens hatte Reinhard ein unmerkliches Zittern des Papiers empfunden; als er zu Ende war, schob Elisabeth leise ihren Stuhl zurück und ging schweigend in den Garten hinab. Ein Blick der Mutter folgte ihr. Erich wollte nachgehen; doch die Mutter sagte: »Elisabeth hat draußen zu tun.« So unterblieb es.

Draußen aber legte sich der Abend mehr und mehr über Garten und See die Nachtschmetterlinge schossen surrend an den offenen Türen vorüber durch welche der Duft der Blumen und Gesträuche immer stärker herein drang; vom Wasser herauf kam das Geschrei der Frösche, unter den Fenstern schlug eine Nachtigall, tiefer im Garten eine andere; der Mond sah über die Bäume. Reinhard blickte noch eine Weile auf die Stelle, wo Elisabeths feine Gestalt zwischen den Laubgängen verschwunden war; dann rollte er sein Manuskript zusammen, grüßte die Anwesenden und ging durchs Haus an das Wasser hinab.

Die Wälder standen schweigend und warfen ihr Dunkel weit auf den See hinaus, während die Mitte desselben in schwüler Mondesdämmerung lag. Mitunter schauerte ein leises Säuseln durch die Bäume; aber es war kein Wind, es war nur das Atmen der Sommernacht. Reinhard ging immer am Ufer entlang. Einen Steinwurf vom Lande konnte er eine weiße Wasserlilie erkennen. Auf einmal wandelte ihn die Lust an, sie in der Nähe zu sehen; er warf seine Kleider ab und stieg ins Wasser. Es war flach, scharfe Pflanzen und Steine schnitten ihn an den Füßen, und er kam immer nicht in die zum Schwimmen nötige Tiefe. Dann war es plötzlich unter ihm weg, die Wasser quirlten über ihm zusammen und es dauerte eine Zeitlang, ehe er wieder auf die Oberfläche kam. Nun regte er Hand und Fuß und schwamm im Kreise umher, bis er sich bewußt geworden, von wo er hineingegangen war. Bald sah er auch die Lilie wieder; sie lag einsam zwischen den großen blanken Blättern. – Er schwamm lansam hinaus und hob mitunter die Arme aus dem Wasser, daß die herabrieselnden Tropfen im Mondlicht blitzten; aber es war, als ob die Entfernung zwischen ihm und derBlume dieselbe bliebe; nur das Ufer lag, wenn er sich umblickte, in immer ungewisserem Dufte hinter ihm. Er gab indes sein Unternehmen nicht auf, sondern schwamm rüstig in derselben Richtung fort. Endlich war er der Blume so nahe gekommen, daß er die silbernen Blätter deutlich im Mondlicht unterscheiden konnte; zugleich aber fühlte er sich wie in einem Netze verstrickt; die glatten Stengel langten vom Grunde herauf und rankten sich an seine nackten Glieder. Das unbekannte Wasser lag so schwarz um ihn her, hinter sich hörte er das Springen eines Fisches; es wurde ihm plötzlich so unheimlich in dem fremden Elemente, daß er mit Gewalt das Gestrick der Pflanzen zerriß und in atemloser Hast dem Lande zuschwamm. Als er von hier auf den See zurückblickte lag die Lilie wie zuvor fern und einsam über der dunkelen Tiefe. – Er kleidete sich an und ging langsam nach Hause zurück. Als er aus dem Garten in den Saal trat, fand er Erich und die Mutter in den Vorbereitungen einer kleinen Geschäftsreise, welche am andern Tage vor sich gehen sollte.

»Wo sind denn Sie so spät in der Nacht gewesen?« rief ihm die Mutter entgegen.

»Ich?« erwiderte er; »Ich wollte die Wasserlilie besuchen; es ist aber nichts daraus geworden.«

»Das versteht wieder einmal kein Mensch!« sagte Erich. »Was tausend hattest du denn mit der Wasserlilie zu tun?«

»Ich habe sie früher einmal gekannt«, sagte Reinhard; »es ist aber schon lange her.«

Elisabeth

Am folgenden Nachmittag wanderten Reinhard und Elisabeth jenseit des Sees, bald durch die Holzung, bald auf dem hohen vorspringenden Uferrande. Elisabeth hatte von Erich den Auftrag erhalten, während seiner und der Mutter Abwesenheit Reinhard mit den schönsten Aussichten der nächsten Umgegend, namentlich von der andern Uferseite auf den Hof selber, bekannt zu machen. Nun gingen sie von einem Punkt zum andern. Endlich wurde Elisabeth müde und setzte sich in den Schatten überhängender Zweige, Reinhard stand ihr gegenüber an einen Baumstamm gelehnt; da hörte er tiefer im Walde den Kuckuck rufen, und es kam ihm plötzlich, dies alles sei schon einmal ebenso gewesen. Er sah sie seltsam lachelnd an. »Wollen wir Erdbeeren suchen?« fragte er.

»Es ist keine Erdbeerenzeit«, sagte sie.

»Sie wird aber bald kommen.«

Elisabeth schüttelte schweigend den Kopf; dann stand sie auf, und beide setzten ihre Wanderung fort; und wie sie so an seiner Seite ging, wandte sein Blick sich immer wieder nach ihr hin; denn sie ging schön, als wenn sie von ihren Kleidern getragen würde. Er blieb oft unwillkürlich einen Schritt zurück, um sie ganz und voll ins Auge fassen zu können. So kamen sie an einen freien, heidebewachsenen Platz mit einer weit ins Land reichenden Aussicht. Reinhard bückte sich und pflückte etwas von den am Boden wachsenden Kräutern. Als er wieder aufsah, trug sein Gesicht den Ausdruck leidenschaftlichen Schmerzes. »Kennst du diese Blume?« sagte er.

Sie sah ihn fragend an. »Es ist eine Erika. Ich habe sie oft im Walde gepflückt.«

»Ich habe zu Hause ein altes Buch«, sagte er, »ich pflegte sonst allerlei Lieder und Reime hineinzuschreiben; es ist aber lange nicht mehr geschehen. Zwischen den Blättern liegt auch eine Erika; aber es ist nur eine verwelkte. Weißt du, wer sie mir gegeben hat?«

Sie nickte stumm; aber sie schlug die Augen nieder und sah nur auf das Kraut, das er in der Hand hielt. So standen sie lange. Als sie die Augen gegen ihn aufschlug, sah er, daß sie voll Tränen waren.

»Elisabeth«, sagte er, »hinter jenen blauen Bergen liegt unsere Jugend. Wo ist sie geblieben?«

Sie sprachen nichts mehr; sie gingen stumm nebeneinander zum See hinab. Die Luft war schwül, im Westen stieg schwarzes

Gewölk auf. »Es wird Gewitter«, sagte Elisabeth, indem sie ihren Schritt beeilte. Reinhard nickte schweigend, und beide gingen rasch am Ufer entlang, bis sie ihren Kahn erreicht hatten.

Während der Überfahrt ließ Elisabeth ihre Hand auf dem Rande des Kahnes ruhen. Er blickte beim Rudern zu ihr hinüber; sie aber sah an ihm vorbei in die Ferne. So glitt sein Blick herunter und blieb auf ihrer Hand; und diese blasse Hand verriet ihm, was ihr Antlitz ihm verschwiegen hatte. Er sah auf ihr jenen feinen Zug geheimen Schmerzes, der sich so gern schönen Frauenhände bemächtigt, die nachts auf krankem Herzen liegen. – Als Elisabeth sein Auge auf ihrer Hand ruhen fühlte, ließ sie sie langsam über Bord ins Wasser gleiten.

Auf dem Hofe angekommen, trafen sie einen Scherenschleiferkarren vor dem Herrenhause; ein Mann mit schwarzen, niederhängenden Locken trat emsig das Rad und summte eine Zigeunermelodie zwischen den Zähnen, während ein eingeschirrter Hund schnaufend daneben lag. Auf dem Hausflur stand in Lumpen gehüllt ein Mädchen mit verstörten, schönen Zügen und streckte bettelnd die Hand gegen Elisabeth aus.

Reinhard griff in seine Tasche; aber Elisabeth kam ihm zu vor und schüttete hastig den ganzen Inhalt ihrer Börse in die offene Hand der Bettlerin. Dann wandte sie sich eilig ab, und Reinhard hörte, wie sie schluchzend die Treppe hinaufging.

Er wollte sie aufhalten, aber er besann sich und blieb an der Treppe zurück. Das Mädchen stand noch immer auf dem Flur, unbeweglich, das empfangene Almosen in der Hand. »Was willst du noch?« fragte Reinhard.

Sie fuhr zusammen. »Ich will nichts mehr«, sagte sie; dann den Kopf nach ihm zurückwendend, ihn anstarrend mit den verirrten Augen, ging sie langsam gegen die Tür. Er rief einen Namen aus, aber sie hörte es nicht mehr; mit gesenktem Haupte, mit über der Brust gekreuzten Armen schritt sie aber den Hof hinab.

Sterben, ach sterben
soll ich allein!

Ein altes Lied brauste ihm ins Ohr, der Atem stand ihm still; eine kurze Weile, dann wandte er sich ab und ging auf sein Zimmer.

Er setzte sich hin, um zu arbeiten, aber er hatte keine Gedanken. Nachdem er es eine Stunde lang vergebens versucht hatte, ging er ins Familienzimmer hinab. Es war niemand da, nur kühle, grüne Dämmerung; auf Elisabeths Nähtisch lag ein rotes Band, das sie am Nachmittag um den Hals getragen hatte. Er nahm es in die Hand, aber es tat ihm weh, und er legte es wieder hin. Er hatte keine Ruhe, er ging an den See hinab und band den Kahn los; er ruderte hinüber und ging noch einmal alle Wege, die er kurz vorher mit Elisabeth zusammen gegangen war. Als er wieder nach Hause kam, war es dunkel; auf dem Hofe begegnete ihm der Kutscher, der die Wagenpferde ins Gras bringen wollte; die Reisenden waren eben zurückgekehrt. Bei seinem Eintritt in den Hausflur hörte er Erich im Gartensaal auf und ab schreiten. Er ging nicht zu ihm hinein; er stand einen Augenblick still und stieg dann leise die Treppe hinauf nach seinem Zimmer. Hier setzte er sich in den Lehnstuhl am Fenster; er tat vor sich selbst, als wolle er die Nachtigall hören, die unten in den Taxuswänden schlug, aber er hörte nur den Schlag seines eigenen Herzens. Unter ihm im Hause ging alles zur Ruh, die Nacht verrann er fühlte es nicht. – So saß er stundenlang. Endlich stand er auf und legte sich ins offene Fenster. Der Nachttau rieselte zwischen den Blättern, die Nachtigall hatte aufgehört zu schlagen. Allmählich wurde auch das tiefe Blau des Nachthimmels von Osten her durch einen blaßgelben Schimmer verdrängt; ein frischer Wind erhob sich und streifte Reinhards heiße Stirn; die erste Lerche stieg jauchzend in die Luft. – Reinhard kehrte sich plötzlich um und trat an den Tisch; er tappte nach einem Bleistift, und als er diesen gefunden, setzte er sich und schrieb damit einige Zeilen auf einen weißen Bogen Papier. Nachdem er hiermit fertig war, nahm er Hut und Stock, und das Papier zurücklassend, öffnete er behutsam die Tür und stieg in den Flur hinab. Die Morgendämmerung ruhte noch in allen Winkeln; die große Hauskatze dehnte sich auf der Strohmatte und sträubte den Rücken gegen seine Hand, die er ihr gedankenlos entgegenhielt. Draußen im Garten aber priesterten schon die Sperlinge von der Zweigen und sagten es allen, daß die Nacht vorbei sei. Da hörte er oben im Hause eine Tür gehen; es kam die Treppe herunter, und als er aufsah stand Elisabeth vor ihm. Sie legte die

Hand auf seinen Arm, sie bewegte die Lippen, aber er hörte keine Worte. »Du kommst nicht wieder«, sagte sie endlich. »Ich weiß es, lüge nicht; du kommst nie wieder.«

»Nie«, sagte er. Sie ließ die Hand sinken und sagte nichts mehr. Er ging über den Flur der Tür zu; dann wandte er sich noch einmal. Sie stand bewegungslos an derselben Stelle und sah ihn mit toten Augen an. Er tat einen Schritt vorwärts und streckte die Arme nach ihr aus. Dann kehrte er sich gewaltsam ab und ging zur Tür hinaus. – Draußen lag die Welt im frischen Morgenlichte, die Tauperlen, die in den Spinngeweben hingen, blitzten in den ersten Sonnenstrahlen. Er sah nicht rückwärts; er wanderte rasch hinaus; und mehr und mehr versank hinter ihm das stille Gehöft, und vor ihm auf stieg die große, weite Welt. – –

Der Alte

Der Mond schien nicht mehr in die Fensterscheiben, es war dunkel geworden; der Alte aber saß noch immer mit gefalteten Händen in seinem Lehnstuhl und blickte vor sich hin in den Raum des Zimmers. Allmählich verzog sich vor seinen Augen die schwarze Dämmerung um ihn her zu einem breiten, dunkeln See; ein schwarzes Gewässer legte sich hinter das andere, immer tiefer und ferner, und auf dem letzten, so fern, daß die Augen des Alten sie kaum erreichten, schwamm einsam zwischen breiten Blättern eine weiße Wasserlilie.

Die Stubentür ging auf, und ein heller Lichtstrahl fiel ins Zimmer. »Es ist gut, daß Sie kommen, Brigitte«, sagte der Alte. »Stellen Sie das Licht nur auf den Tisch.«

Dann rückte er auch den Stuhl zum Tische, nahm eins der aufgeschlagenen Bücher und vertiefte sich in Studien, an denen er einst die Kraft seiner Jugend geübt hatte.

Posthuma

Ein Grabgeleite betrat den Kirchhof; ein schmaler Sarg, ein Blumenkranz darauf, sechs Träger und zwei Folger. Es war stille Sommerfrühe, der größte Teil des Kirchhofes lag noch in feuchtem Schatten; nur an dem Rande einer frischen Grube war die aufgeworfene Erde schon von der Sonne angeschienen. Hier sank der Sarg hinab; die Männer nahmen die Hüte herunter, neigten einige Augenblicke den Kopf hinein und gingen dann plaudernd ihren Weg zurück, dem Totengräber den Rest überlassend. – Bald war die Erde aufgeschüttet, und es wurde wieder Stille, einsamer Sonnenschein; nur die Schatten der Kreuze und Gedenktafeln, der Urnen und Obelisken rückten unmerklich über den Rasen.

Das Grab war in dem Viertel der Armen, wo keine Steine auf den Gräbern liegen; erst ein niedriger Erdhügel, dann kam der Wind und wehte den losen Staub in den Weg; dann fiel der Regen vom Himmel und verwusch die Ecken; an Sommerabenden liefen die Kinder darüber weg. Endlich wurde es Winter; und nun fiel der Schnee darauf, dichter und dichter, bis es ganz verschwunden war. – Aber der Winter blieb nicht; es wurde wieder Frühling, es wurde Sommer. Auf den andern Gräbern brachen die Schneeglöckchen aus der Erde, das Immergrün blühte, die Rosen trieben große Knospen. Nun hatte auch hier das Grab sich überwachsen; erst ein feines Grün, Gras und Marienblatt, dann schossen rote Nesseln auf, Disteln und anderes Gewächs, was die Menschen Unkraut nennen; und an warmen Sommermittagen war es voll von Grillengesang. – Dann wieder eines Morgens waren alle Disteln und alles Unkraut verschwunden und nur das schöne Gras war noch da. Wieder einige Tage später stand an dem einen Ende ein schlichtes schwarzes Kreuz; endlich war auf der Rückseite des Kreuzes, vom Wege abgekehrt, ein Mädchenname eingeschnitten, mit kleinen Buchstaben, ohne Färbung, nur in der Nähe erkennbar.

*

Es war Nacht geworden. In der Stadt waren die Fenster dunkel, es schlief schon alles; nur oben in den hohen Zimmern eines großen Hauses wachte noch ein junger Mann. Er hatte die Kerzen ausgetan und saß mit geschlossenen Augen in einem Lehnsessel, horchend, ob unten alles zur Ruhe gegangen sei; in der Hand hielt er einen Kranz von weißen Moosrosen. So saß er lange.

Draußen ward eine andere Welt lebendig; das Getier der Nacht strich umher, es wimmerte etwas in der Ferne. Als er die Augen aufschlug, war das Zimmer hell; er konnte die Bilder an den Wänden erkennen; durchs Fenster sah er die gegenüberstehende Wand des Seitenflügels in herber Mondscheinbeleuchtung. Seine Gedanken gingen den Weg zum Kirchhof. »Das Grab liegt im Schatten«, sagte er – – »der Mond scheint nicht darauf.« Dann stand er auf, öffnete vorsichtig und stieg mit seinem Kranz die Treppen hinab. Auf dem Hausflur horchte er noch einmal, und nachdem er geräuschlos die Tür aufgeschlossen, ging er auf die Straße und im Schatten der Häuser zur Stadt hinaus; eine Strecke fort im Mondschein, bis er den Kirchhof erreicht hatte.

Es war, wie er gesagt hatte; das Grab lag im tiefen Schatten der Kirchhofsmauer. Er hing den Rosenkranz über das schwarze Kreuz; dann lehnte er den Kopf daran. – Der Wächter ging draußen vorüber; aber er bemerkte ihn nicht; die Stimmen der Mondnacht erwachten, das Säuseln der Gräser, das Springen der Nachtblüten, das feine Singen in den Lüften; er hörte es nicht, er lebte in einer Stunde, die nicht mehr war, umfangen von zwei Mädchenarmen, die sich längst über einem stillen Herzen geschlossen hatten. Ein blasses Gesichtchen drängte sich an seins; zwei kinderblaue Augen sahen in die seinen.

Sie trug den Tod schon in sich; noch aber war sie jung und schön; noch reizte sie und wurde noch begehrt. Sie liebte ihn, sie tat ihm alles. Oft war sie seinetwegen gescholten worden; dann hatte sie mit ihren stillen Augen dreingesehen, es war aber deshalb nicht anders geworden. Nachts im kalten Vorfrühling, in ihrem vertragenen Kleidchen kam sie zu ihm in den Garten; er konnte sie nicht anders sehen.

Er liebte sie nicht, er begehrte sie nur und nahm achtlos das ängstliche Feuer von ihren Lippen. »Wenn ich geschwätzig wäre«, sagte er, »so könnte ich morgen erzählen, daß mich das schönste Mädchen in der Stadt geküßt hat.«

Sie glaubte nicht, daß er sie für die Schönste halte, sie glaubte auch nicht, daß er schweigen werde.

Ein niedriger Zaun trennte den Fleck, worauf sie standen, von der Straße. Nun hörten sie Schritte in ihre Nähe kommen. Er wollte sie mit sich fortziehen; aber sie hielt ihn zurück. »Es ist einerlei«, sagte sie.

Er machte sich von ihren Armen los, und trat allein zurück.

Sie blieb stehen, regungslos; nur daß sie ihre beiden Hände an die Augen drückte. – So stand sie noch, als draußen die Menschen vorübergegangen waren und als sich das Geräusch der Schritte unten zwischen den Häusern verloren hatte. Sie sah es nicht, daß er wieder zu ihr getreten war und seinen Arm um ihren Nacken legte; aber als sie es fühlte, neigte sie den Kopf noch tiefer. »Du schämst dich!« sagte sie leise, »ich weiß es wohl.«

Er antwortete nicht; er hatte sich auf die Bank gesetzt und zog sie schweigend zu sich nieder. Sie ließ es geschehen, sie legte ihre Lippen auf seine schönen vornehmen Hände; sie fürchtete ihn betrübt zu haben.

Er hob sie lächelnd auf seinen Schoß und wunderte sich, daß er keine Last fühle, nur die Form ihres zarten, elfenhaften Körpers; er sagte ihr neckend, sie sei eine Hexe, sie wiege keine dreißig Lot. – Der Wind kam durch die nackten Zweige; er schlug seinen Mantel um ihre Füße. Sie sah mit glücklichen Augen zu ihm auf. »Mich friert nicht!« sagte sie und preßte ihre Stirn fest an seine Brust.

Sie war in seiner Gewalt; sie wollte nichts mehr für sich allein. – Er schonte ihrer; nicht weil es ihn ihrer erbarmte oder weil er es als Sünde empfunden hätte, sie ohne Liebe sein zu nennen; aber es war, als wehre ihm jemand, sie ganz zu besitzen. Er wußte nicht, daß das der Tod sei. – –

Er war aufgestanden, er wollte gehen. »Du wirst zu kalt«, sagte er. Aber sie drückte seine Hand an ihre Wange, sie legte ihre Stirn an seine. »Ich bin heiß! fühl nur, brennend heiß!« sagte sie. Sie schlug ihre Arme um seinen Nacken, sie ließ sich wie ein Kind an seinem Halse hängen, und sah ihn stumm und selbstvergessen an.

*

Acht Tage nach dieser kalten Nacht vermochte sie das Bett nicht zu verlassen; zwei Monate später war sie gestorben. Er hatte sie nicht wiedergesehen; aber seit ihrem Tode ist seine Begierde erloschen; er trägt jetzt schon jahrelang ihr frisches Bild mit sich herum und ist gezwungen, eine Tote zu lieben.

Ein grünes Blatt

Es war ein altes Buch, eine Art Album; aber lang und schmal wie ein Gebetbuch, mit groben gelben Blättern. Er hatte es während seiner Schülerzeit in einer kleinen Stadt vom Buchbinder anfertigen lassen, und später überall mit sich urnhergeschleppt. Verse und Lebensannalen wechselten miteinander, wie sie durch äußere oder innere Veranlassung entstanden waren. In den letzteren pflegte er sich selbst als dritte Person aufzuführen; vielleicht um bei gewissenhafter Schilderung das Ich nicht zu verletzen; vielleicht – so schien es mir – weil er das Bedürfnis hatte, durch seine Phantasie die Lücken des Erlebnisses auszufüllen. Es waren meistens unbedeutende Geschichtchen oder eigentlich gar keine; ein Gang durch die Mondnacht, eine Mittagsstunde in dem Garten seiner Eltern waren oftmals der ganze Inhalt; in den Versen mußte man über manche Härte und über manchen falschen Reim hinweg. Dennoch, weil ich ihn liebte und da er es mir erlaubt hatte, las ich gern in diesen Blättern.

Auch hieher ins Feldlager hatte er das Buch im Ranzen mitgeführt; im nächtlichen Gefechte hatte es ihn begleitet, es hatte den Krieg mitgemacht; die letzten Seiten waren mit Zeichnungen von Schanzen und Fortifikationen angefüllt.

Unsere Kompagnie war auf Vorposten gewesen; jetzt lagen wir wieder in unserer Hütte. Sie war dicht und trocken; der draußen fallende Regen drang nicht herein.

Er hatte sein Putzzeug hervorgenommen und säuberte den Rost von unseren Büchsen; ich saß auf meinem Ranzen und studierte seine sämtlichen Werke, jenes seltsam geformte Tagebuch, das zugleich unsere ganze Feldbibliothek ausmachte. Und wie ich, so oft ich auch darin geblättert, doch jedesmal etwas gefunden, was ich zuvor übersehen hatte, so wurden jetzt zum erstenmal meine Augen durch ein eingelegtes Buchenblatt gefesselt. Daneben stand geschrieben:

Ein Blatt aus sommerlichen Tagen,
Ich nahm es so beim Wandern mit,
Auf daß es einst mir könne sagen,
Wie laut die Nachtigall geschlagen,
Wie grün der Wald, den ich durchschritt.

»Das Blatt ist braun geworden«, sagte ich.

Er schüttelte den Kopf. »Lies nur die andere Seite.«

Ich wandte um und las:

*

Es mochte ein Student sein; vielleicht ein junger Doktor, der auf dem schmalen Fußsteige über die Heide ging. Die Kugelbüchse, welche er am ledernen Riemen über der Schulter trug, schien ihm schwer zu werden; denn jezuweilen im Weiterschreiten nahm er sie in die Hand oder hängte sie von einer Schulter auf die andere. Seine Mütze hatte er abgenommen; die Nachmittagssonne glühte in seinen Haaren. Um ihn her war alles Getier lebendig, was auf der Heide die Junischwüle auszubrüten pflegt; das rannte zu seinen Füßen und arbeitete sich durchs Gestäude, das blendete und schwärmte ihm vor den Augen und begleitete ihn auf Schritt und Tritt. Die Heide blühte, die Luft war durchwürzt von Wohlgerüchen.

Nun stand der Wanderer still und blickte über die Steppe, wie sie sich endlos nach allen Richtungen hinauszog; starr, einförmig, mit rotem Schimmer ganz bedeckt. Nur vor sich in nicht gar weiter Ferne sah er einen Waldzug, an dessen Ende ein Faden weißen Rauches in die klare Luft hinaufstieg. Das war alles.

In seiner Nähe, zur Seite des Steiges, lag ein niedriger Hügel, voll Brombeerranken und wilder Rosenbüsche, ein Grabmal unbekannten Volkes, wie hier viele sind. Er stieg hinauf und übersah auch von diesem höheren Standpunkte noch einmal die unermeßliche Fläche; aber er gewahrte nichts, als nur am Saume des Waldes eine einsame Kate, aus deren Dach der Rauch emporquoll, den er zuvor gesehen hatte. Er riß einen Büschel Heide aus dem harten Boden und senkte sein Auge in den feinen Stern der Blüte; dann nahm er seine Büchse herunter und streckte sich in die warmen Kräuter, den Kopf in die Hand gestützt, die Blicke vor sich hinsendend, bis seine Gedanken in der heißen zitternden Luft zergingen.

Und wie nun so auch der Hall des eigenen Schrittes, der bisher mit ihm gewandelt, aufgehört hatte, und er nichts vernahm, als die Heide entlang das Zirpen der Heuschrecken und das Summen der Bienen, welche an den Kelchen hingen, mitunter in unsichtbarer Höhe über sich den Gesang der Heidelerche, da überkam ihn unbezwingliche Sommermüdigkeit. Die Schmetterlinge, die blauen Argusfalter, gaukelten auf und ab, dazwischen schossen rosenrote Streifen vom Himmel zu ihm hernieder; der Duft der Eriken legte sich wie eine zarte Wolke über seine Augen.

Der Sommerwind kam über die Heide und weckte eine Kreuzotter, die sich nicht weit davon im Staube sonnte. Sie löste ihre Spirale und glitt über den harten Boden; das Kraut rauschte, als sie den schuppigen Leib hindurchzog. Der Schlafende wandte den Kopf, und halb erwachend sah er in das kleine Auge der Schlange, die neben seinem Kopfe hinkroch. Er wollte die Hand erheben, aber er vermochte es nicht; das Auge des Gewürmes ließ nicht von ihm. So lag er zwischen Traum und Wachen. Nur wie durch einen Schleier sah er endlich die Gestalt eines Mädchens auf sich zukommen, kindlich fast, doch kräftigen Baues, das Haar in dicken blonden Zöpfen. Sie bog die Ranken zur Seite und setzte sich neben ihm auf den Boden. Das Auge der Schlange ließ ihn los und verschwand; er sah nichts mehr. Dann kam der Traum. Da war er wieder der Hans im Märchen, wie er es oft als Knabe gewesen war, und lag im Grase vor der Schlangenhöhle, um die verzauberte Prinzessin zu erlösen. Die Schlange kam heraus und rief:

Aschegraue Wängelein,
Weh dem armen Schlängelein!

Da küßte er die Schlange, und da war's geschehen. Die schöne Prinzessin hielt ihn in ihren Armen, und – wunderlich war es – sie trug ihr Haar in zwei aschblonden Zöpfen und ein Mieder wie eine Bauerndirne.

Das Mädchen hatte ihre Hände um die Knie gefaltet und sah unbeweglich über die Heide hinaus. Nur das heimliche Rauschen und Wimmeln in der unendlichen Pflanzendecke, hie und da ein Vogelruf aus der Luft oder unten vom Moor herauf, dazwischen das Atmen des Schlafenden, sonst kein Laut. So verging eine Spanne Zeit. Endlich neigte sie sich über ihn; die langen Flechten fielen auf seine Wangen. Er schlug die Augen auf; und wie er so das junge Antlitz über dem seinen schweben sah, da sagte er noch halb im Traume: »Prinzessin, was hast du für blaue Augen!«

»Ganz blaue!« sagte sie, »die sind von meiner Mutter!«

»Von deiner Mutter? – Hast du denn eine Mutter!«

»Du bist nicht klug!« sagte das Mädchen, indem sie aufsprang. »Sie hat vor vier Wochen den Vogt geheiratet. Seitdem bin ich beim Großvater.«

Nun wurde er völlig wach. »Ich bin irregegangen«, sagte er, »in der eigenen Heimat. Du mußt mir auf den Weg helfen, du – wie heißt du denn?«

»Regine!« sagte sie.

»Regine … und ich heiße Gabriel!«

Sie sah ihn groß an.

»Nein, nicht der Engel Gabriel!«

»Lache nur nicht!« sagte sie, »den kenne ich besser als dich!«

»Der Tausend! So bist du wohl des Schulmeisters Enkelkind.«

Sie sagte: »Mein Vater war Schulmeister, er ist im vorigen Frühjahr gestorben.«

Beide schwiegen einen Augenblick; dann stand Gabriel auf und bedeutete ihr, wie er noch bis zum nächsten Morgen jenseit der Fähre in der Stadt sein müsse. Sie zeigte mit der Hand nach dem Walde. »Dort wohnt mein Großvater«, sagte sie, »du kannst erst Vesper mit uns essen; nachher weise ich dir den Weg.« Als Gabriel das zufrieden war, trat sie von dem schmalen Fußpfade auf die Heide hinüber und schlug die Richtung nach dem Walde ein. Die Blicke des jungen Mannes folgten unwillkürlich ihren Füßen, wie sie behend und sicher über die harten Stauden dahinschritten, während bei jedem Tritt die Grillen vor ihr aufflogen. So gingen sie mitten durch den Sonnenschein, der wie ein Goldnetz über den Spitzen der Kräuter hing; mitunter rieselte ein warmer Hauch über die Steppe und erregte den Duft der Blüten um sie her. Schon hörten sie dann und wann im Walde das Rufen der Buchfinken und in den Wipfeln der hohen Buchen das scheue Flattern der Waldtauben. Gabriel aber, des Reisezieles gedenkend, hub an zu singen:

Es liegen Wald und Heide
Im stillen Sonnenschein.
Wir hätten gerne Frieden;
Doch ist es nicht beschieden,
Gestritten soll es sein.

Nun gilt es zu marschieren
In festem Schritt und Tritt;
Der Krieg ist losgelassen,
Er schreiet durch die Gassen,
Er nimmt uns alle mit!

So leb denn wohl, lieb Mutter!
Die Trommel ruft ins Glied.
Mir aber in Herzensgrunde
Erklingt zu dieser Stunde
Ein deutsches Wiegenlied.

»Krieg?« sagte Regine, indem sie stehenblieb und sich nach dem Sänger umwandte.

Gabriel nickte.

»Sprich nicht davon zum Großvater«, sagte sie, »er glaubt doch nicht daran.«

»Und du?« fragte Gabriel. »Was glaubst du selber denn?«

»Ich? – – Was geht uns Dirnen der Krieg an!«

Der junge Mann sagte nichts darauf, und beide setzten schweigend ihre Wanderung fort. Aus der formlosen Masse des Waldes trat nun das Laub der Buchen und Eichbäume in scharfen Umrissen hervor, und bald gingen sie im Schatten des Geheges entlang, bis sie das Ende desselben erreicht hatten. Hier, wo auch die Heide aufhörte, stand im Schein der Nachmittagssonne eine kleine Kätnerwohnung. Eine Katze, die sich auf dem niedrigen Strohdache gesonnt hatte, sprang bei ihrer Ankunft auf den Boden und strich spinnend um die halb geöffnete Haustür. Sie traten in eine schmale Vordiele, welche an den Wänden hin mit leeren Bienenkörben und mancherlei Gartengeräte ganz besetzt war. Zu Ende derselben klinkte Regine eine Tür auf, und Gabriel sah über ihre Schulter in ein kleines Zimmer; aber es war nichts darinnen, als einsamer Sonnenschein, der an den Messingknöpfen des Ofens spielte, und der Pendelschlag einer alten Schwarzwälder Wanduhr.

»Wir müssen nach dem Immenhof«, sagte das Mädchen.

Gabriel lehnte seine Büchse in eine Ecke des Zimmers; dann gingen sie in den Garten, der unmittelbar unter den Fenstern lag. – Aus der Haustür waren sie unter das Laubdach eines mächtigen Kirschbaumes getreten, der seine Zweige über das Haus breitete; ein gerader Steig zwischen schmalen Gemüsebeeten führte sie durch den Garten und aus diesem heraus auf eine kleine Wiese, von welcher ein viereckiges Plätzchen durch dichte Buchenhecken abgezäunt war. Die kleine Pforte, welche den Eingang zu demselben verschloß, war niedrig genug, daß Gabriel über sie hinweg das Innere übersehen konnte. Als sie herangetreten waren, gewahrte er gegenüber an der Laubwand, schon in halbem Schatten, ein hölzernes Bienenhäuschen, worauf die Strohkörbe neben- und in doppelter Reihe übereinanderstanden. Seitwärts auf einem Bänkchen saß ein Greis in der Bauerntracht dieser Gegend; die Sonne schien auf seine gänzlich weißen Haare. Eine Drahtmaske, ein leerer Korb und anderes Geräte lag neben ihm auf der Erde; in der Hand hielt er einen Melissenstengel, den er aufmerksam zu betrachten schien. Im schärfern Hinsehen bemerkte Gabriel, wie das Kraut von einzelnen Bienen umschwärmt wurde, während andere von den Blättern auf die Hände des alten Mannes hinüberkrochen.

»Ist das dein Großvater?« fragte er das Mädchen.

»Es ist eigentlich mein Urgroßvater;« sagte sie, »er ist schon undenkbar alt.«

Sie zog das Pförtchen zurück.

»Bist du es, Regine?« fragte der Greis.

»Ja, Großvater.«

»Die Königin hat gestern abend umsonst gesungen«, sagte er. »Nun muß ich morgen wieder auf den Posten.« Indem wandte er den Kopf und sah nach den Ankommenden hinüber. »Treten

Sie nur herein, junger Herr«, sagte er. »Mit dem Schwärmen hat es heut ein Ende.«

Sie traten hierauf in den inneren Raum. Regine nahm den leeren Korb und die übrigen Geräte, deren es nun für heute nicht mehr bedurfte, und ging damit ins Haus zurück. Der Alte strich behutsam die Bienen von seiner Hand. »Sie haben Menschenverstand«, sagte er, »man soll nur die Geduld haben.« Dann legte er das Kraut vor dem nächsten Stock ins Gras und reichte Gabrieln die Hand.

Dieser mußte sich neben ihm auf die Bank setzen und der Greis erzählte ihm von seinen Bienen, wie er sie schon als Knabe gehegt, wie er später, nun schon vor über siebzig Jahren, diesen Zaun gepflanzt habe, und wie sie darauf ihm so reichen Gottessegen zugetragen, daß er seinen Hausstand damit habe einrichten können; und weiter dann von seiner Hochzeit, von Taufen und Todestagen, von seinen Kindern, von Enkeln und Enkelkindern, und die Bienen gehörten allenthalben mit dazu. – Die Worte des alten Mannes hörten sich wie ein rieselndes Wasser; ein Stilleben nach dem andern entfaltete sich aus diesen milden Reden; Gabriel hatte den Kopf in die Hand gestützt und blickte nach den Bienen, die nur noch einzeln über die grünen Wände herüberkamen. Mitunter auch hörte er jenseit des Gartens im Hause die Türen gehen, mitunter schlüpfte eine Grasmücke durch die Blätter und sah ihn mit neugierigen Augen an. So dauerte es eine Weile. Regine war wieder von außen herangetreten, sie lehnte mit dem Ellbogen über die Pforte und hörte schweigend zu; wie aus einem Rahmen schaute das frische Mädchenantlitz zwischen den Blättern hervor.

Das Gewimmel in den Lüften hatte sich allgemach beruhigt, der grüne Raum war nun fast ganz verschattet. Gabriel schaute nach dem Mädchen hinüber; der Alte erzählte langsam weiter. Manches Mal freilich schien er die Zeiten zu verwechseln, die Söhne mit den Enkeln, die Enkel mit den Enkelkindern. Dann sagte das Mädchen wohl: »Ihr irrt Euch, Großvater; es war mein Ohm, es war meine Mutter, von der Ihr sprecht.« Der Alte aber sagte dann strenge: »Ich kenne sie alle; ich bin nicht so vergessen.«

Endlich, als es kühler zu werden begann, stand er auf. »Wir wollen ins Haus gehen«, sagte er, »es wird Abend; die Tiere sind auch schon zu Quartier.« Dann, nachdem sie miteinander hinausgegangen waren, schob er sorgfältig den Riegel vor die kleine Pforte.

Als sie ins Zimmer traten, spielte nur noch oben an den Balken ein schwaches Sonnenschillern; die Levkojen auf dem Fensterbrette verbreiteten schon den stärkern Duft des Abends. Ein Tisch mit grobem Leintuch bedeckt, war zwischen die beiden Fenster gerückt; die glatten Schnitte Schwarzbrotes, die gelbe Butter, die Gläser mit frischer Milch nahmen sich sauber darauf aus. Der Alte setzte sich in den Lehnstuhl an das eine Fenster und Gabriel mußte ihm gegenüber an dem andern Platz nehmen, während Regine, die kleine Wirtschaft besorgend, aus und ein ging.

Dann aßen sie von den einfachen Speisen, und Gabriel sah von Zeit zu Zeit durch die kleinen Scheiben in den Garten hinaus. Der Alte hatte seine Brille aufgesetzt; er nahm mit der Messerspitze ein kleines Nachtgeziefer aus seiner Milch und legte es sorgfältig auf den Tisch. »Es wird noch wieder fliegen«, sagte er, »man muß der Kreatur in ihren Nöten beistehen.«

Schon mehrmals hatte Gabriel es vor dem Fenster in dem alten Kirschbaum krachen hören. Als er nun hinausblickte, sah er noch eben zwei flinke Füßchen zwischen den Zweigen verschwinden, und gleich darauf flogen einzelne Vögel krächzend über den Garten hin. Aus der Ferne, es mochte im Walde sein, tönten die einförmigen Schläge der Holzaxt.

»Es ist wohl weit bis zu den nächsten Dörfern?« sagte er.

»Wohl fast eine Stunde«, erwiderte der Alte, »das Haus steht recht in Gottes Hand! – Seit die Schulmeisterin wieder gefreit hat, ist nun das Mädchen bei mir.« – Er wies mit der Hand nach einem Brettchen über der Tür, auf welchem Gabriel neben andern Kleinigkeiten eine Anzahl wohl erhaltener Bücher gewahrte. »Die hat sie alle noch vom Vater«, sagte der Alte, »aber sie ist nicht für das Lesen; sie hat keine Ruhe im Hause. Nur wenn am Sonnabend der Bettelfritz mit seinen Hexengeschichten herüberkommt – das hat kein Ende, wenn die beiden hinterm Ofen beisammensitzen.«

Indem trat das Mädchen in die Stube und schüttete einen Haufen roter Glaskirschen aus ihrer Schürze auf den Tisch.

»Die Drosseln sind wieder vom Walde herüber gewesen!« sagte sie.

»Du mußt die Diebe einsperren«, erwiderte Gabriel, der einen leeren Käfig am Fensterkreuz gewahrte. Das Mädchen winkte ihm heimlich mit den Augen; der Alte aber drohte mit dem Messer nach ihr hin. »Das ist ein Schelm!« sagte er, »sie läßt sie immer wieder fliegen.« – Gabriel sah sie an. Sie lachte; das Blut war ihr in die Wangen gestiegen. Als er aber die Augen nicht wieder von ihr wandte, nahm sie den einen ihrer blonden Zöpfe zwischen die Zähne und lief zur Stube hinaus. Gabriel hörte, wie sie draußen die Haustür hinter sich zuschlug.

»Sie ist eben wie ihr Vater selig«, sagte der alte Mann und lehnte sich still in den Stuhl zurück.

Es war schon abendlich geworden, vom Garten dunkelten die Bäume stark herein. Gabriel erzählte nun, wie er schon morgen mit dem frühesten in der Stadt sein müsse, und fragte nach den Steigen und Richtwegen, die er etwa einzuschlagen habe.

»Der Mond wird bald aufgehen«, sagte der Alte, »bei Nachtzeit ist jetzt das beste Wandern.«

Sie sprachen noch eine Weile fort. Als es aber dunkler wurde, verstummte der Alte allgemach und sah mit gespannten Augen durch die trüben Scheiben in den Garten hinaus. Und wie Gabriel die friedliche Gestalt des Greises so sich gegenüber sah – aus der tiefen Dämmerung, die nach und nach die Kammer erfüllt hatte, noch kaum hervorsehend – da schwieg auch er. So wurde es immer stiller; die alte Wanduhr hatte allein das Wort behalten.

Endlich, da Regine noch immer nicht zurückkehrte, und schon die Mondhelle von jenseits des Gartens heraufkam, stand er auf, um von dem Mädchen Abschied zu nehmen. Er ging in den Garten; aber er sah dort nichts von ihr. Da hörte er es zwischen den Erbsenbeeten rauschen; und hier fand er sie, ein Körbchen neben sich, das schon zur Hälfte mit den gepflückten Schoten angefüllt war.

»Es ist spät, Regine«, sagte er, indem er zwischen die Ranken zu ihr hineintrat, »ich werde gehen müssen; ich möchte mit Sonnenaufgang in der Stadt sein.«

Regine pflückte weiter, ohne aufzusehen. »Es ist nicht gar so weit«, sagte sie, und bückte sich und langte zwischen den Stangen durch nach den tiefst hängenden Schoten.

»Kommst du denn auch nach drüben?« fragte Gabriel.

»Ich? – – Ich nicht; ich komme nicht so weit. Nur einmal war ich fort; mein Vater hatte eine Schwester im Norden, wir fuhren fast den ganzen Tag. Aber mir gefiel's nicht dort; ich verstand die Ausrede der Leute nicht, und wenn ich mit ihnen sprach, fragten sie mich allezeit, wo ich zu Haus sei.«

»Aber du hast es einsam hier; so alle Tage mit dem alten Mann!«

Sie nickte. »Im Dorfe drunten ist's lustiger! Sie haben dem Alten auch öfters zugeredet, der Vogt und meine Mutter; aber er zieht nicht fort von hier; er sagt, er könne die Luft nicht vertragen zwischen den Häusern in der Dorfstraße.«

Gabriel hatte sich zu ihr gesetzt und half ihr pflücken. Regine schüttelte mitunter das Körbchen, das schon den Vorrat nicht mehr fassen wollte. Die Dämmerung nahm immer zu; sie suchten mit den Händen nach den Schoten, die sie kaum noch sehen konnten und die endlich immer wieder über den Rand des vollgehäuften Korbes hinabglitten. Aber sie ließen nicht ab; sie pflückten langsam weiter, als sei es ihnen damit angetan. – Da hörte Gabriel einen Ton, dumpf, als käme er aus der Erde; und der Boden unter ihm schütterte kaum merklich. – Er neigte das Ohr gegen die Erde und horchte. Da war es wieder; und bald noch einmal. Was geschah drüben, daß jetzt zur Nachtzeit die Kanonen gingen? – – Regine schien nichts davon gehört zu haben; denn sie hob den Kopf ein wenig und sagte: »Es schlägt zehn Uhr im Dorf.« Gabriel sprang auf; eine sehnsüchtige Ungeduld befiel ihn, es litt ihn nicht länger in der ahnungslosen Stille dieses Ortes. »Regine«, sagte er laut, »wenn ich nun wiederkäme!«

Sie wandte rasch den Kopf zu ihm empor, und er sah bei der Dämmerung in ihre großen glänzenden Augen.

Dann hörten sie die Schritte des alten Mannes auf dem Gartensteige, und Gabriel trat ihm entgegen, um ihm zu danken und zu sagen, daß er gehen wolle. Als aber dieser ihm noch einmal den nun einzuschlagenden Richtweg bedeuten wollte, stand

Regine auf und sagte ruhig: »Laßt nur, Großvater; ich gehe mit zur Fähre.«

Der Großvater nickte und reichte Gabriel die Hand; dann aber, ihn noch einmal an der Kugelbüchse zurückhaltend, auf die er schon in der Kammer unterweilen einen scharfen Blick geworfen hatte, sagte er mit schlauem Lächeln: »Wir sehen uns noch wieder, junger Herr; Sie kommen schon zurück – – – morgen oder übermorgen.« – Darauf trat er unter die Haustür, und Gabriel folgte Reginen durch den Garten. Als sie auf die Wiese hinausgekommen waren, schien ihnen der Mond ins Angesicht. Am Immenhofe führte der Pfad vorüber; aber es war still geworden darinnen; nur ein Nachtschmetterling flog surrend über das schlafende Königreich der Bienen. Kaum einige tausend Schritte vor ihnen lag der Wald mit seiner schwarzen geheimnisvollen Masse. Als sie die feuchten Schatten erreicht hatten, welche weithin über die Wiesen fielen, konnte Gabriel eine kurze Leiter aus Fichtenstämmen erkennen, welche zwischen dichten Gebüschen in das höhergelegene Gehege hinaufführte. Sie bogen das Gezweig beiseite und traten von der Leiter in das Innere des Waldes. Ein Fußpfad, jetzt kaum erkennbar in der Dämmerung, führte sie seitwärts hart am Waldessaum entlang, so daß sie zwischen den einzelnen Bäumen und Gebüschen auf die draußen im Mondschein liegenden Wiesen hinaussehen konnten. Regine ging voran. Das Mondlicht spielte zwischen den Zweigen herein und hing sich wie Tropfen an den dunklen Blättern; mitunter streifte ein voller Strahl den blonden Mädchenkopf, der dann auf einen Augenblick klar aus dem Dunkel hervortrat, um sogleich wieder darin zu verschwinden. Gabriel ging schweigend hinter ihr her; er hörte nichts als das Rauschen ihrer Füße in dem überjährigen Laube und das Arbeiten der Käfer in den Baumrinden; kein Luftzug; nur das feine elektrische Knistern in den Blättern rührte sich kaum hörbar. Nach einer Weile kam aus dem Dunkel des Waldes etwas angerannt und trabte ihnen zur Seite. Gabriel sah zwei Augen in seiner Nähe blitzen. »Was ist das?« fragte er.

Ein Rehkalb sprang in den Weg. »Das ist mein Kamerad!« rief das Mädchen; dann lief sie pfeilschnell auf dem Steige fort; das Tier hinter ihr drein.

Gabriel blieb zurück und lehnte sich an einen Baum; er hörte es zwischen den Büschen rauschen, er hörte das Mädchen in die Hände klatschen, dann alles in der Ferne verschwinden. Es wurde still um ihn her; nur die geheimnisvolle Musik der Sommernacht wurde wieder seinem Ohre vernehmbarer. Er hielt den Atem an, er lauschte, er horchte den tausend feinen Stimmen, wie sie auftauchten und wieder hinschwanden; bald in unbegreiflicher Ferne, dann zum Erschrecken nahe; unbegreifbar leise, verhallend und immer wieder erwachend; er wußte nicht, waren es die Quellen, die durch den Wald zu den Wiesen hinabliefen, oder war es die Nacht selbst, die so melodisch rann. Der Morgen, an dem er das Haus verlassen hatte, der Abschied von seiner Mutter lag hinter ihm wie eine längst vergangene Zeit.

Endlich kam das Mädchen zurück. Sie legte die Hand auf seine Büchse. »Es ist so zahm«, sagte sie, »wir rennen oft zusammen!«

Das Klirren des Gehenkes weckte ihn. »Komm nur«, sagte er, »und weise mir den Weg!« Sie schwieg einen Augenblick; dann, dem Gaste gehorsam, bog sie von dem Steige, auf dem sie bisher gewandert waren, quer in den Wald hinein. Jeder betretene Pfad hörte hier auf; Baumwurzeln krochen am Boden hin und fingen den Fuß des Wanderers; niederhängende Zweige schlugen ihm ins Gesicht oder zupften ihn an der Büchse; es wurde so finster, daß er die Gestalt des Mädchens, welche waldkundig und unversehrt durch die Zweige schlüpfte, nicht mehr erkennen konnte. Nur manchmal, wenn er plötzlich von unsichtbaren Dornen geritzt, einen ungeduldigen Aufruf nicht zu unterdrücken vermochte, hörte er vor sich ihr schadenfrohes Gelächter. Endlich aber harrte sie seiner und reichte ihm schweigend die Hand zurück. So gingen sie weiter. Ein Plätschern scholl aus der Ferne; Gabriel lauschte. »Es ist das Fährboot«, sagte sie, »dort unten liegt die Bucht.« Bald konnte er deutlich das Geräusch von Ruderschlägen unterscheiden; dann traten die Bäume plötzlich auseinander und sie sahen frei ins Land hinaus, das in den sanften Umrissen der Mondbeleuchtung zu ihren Füßen lag. Die Wiesen waren ganz von silbergrauem Tau bedeckt; darüber lief der Fußpfad wie ein dunkler Strich zur Bucht hinab. Die Brücke des Mondspiegels streckte sich zitternd über das Wasser; das Fährboot, von der anderen Seite kommend, trat eben wie ein Schatten in den hellen Schein. Gabriel blickte nach dem jenseitigen Ufer hinab; aber er sah nur Duft und Dämmerung.

»Nicht weiter«, sagte das Mädchen, und zog ihre Hand aus der seinen; »hier über die Wiese geht der Weg zur Fähre; du kannst nicht fehlen.«

Sie selber standen noch im Schatten; aber bei der Fülle des Lichtes, die draußen webte, konnte er ihre ganze Gestalt erkennen und jedes Regen ihrer Gliedmaßen. Sie hatte im Laufen ihre Flechten aufgebunden, die nun wie ein Kranz auf ihrem Scheitel lagen. Sie erschien ihm auf einmal so stolz und jungfräulich; er konnte die Augen nicht von ihr lassen, als sie in den Mondschein hinauswies und ihm die Wege zeigte, die er gehen sollte.

»So leb denn wohl, Regine!« sagte er, und reichte ihr die Hand.

Aber sie trat vor ihm zurück und sagte zögernd: »Sag mir noch eines ...; weshalb muß du in den Krieg?«

»Weißt du es nicht, Regine?«

Sie schüttelte den Kopf. »Großvater spricht nicht davon«, sagte sie, und sah wie ein Kind an ihm herauf.

Er verlor sich stumm in ihren Augen; eine Nachtigall schlug plötzlich neben ihnen aus den Büschen, die Blätter säuselten. Sie stand ihm gegenüber, ohne Regung, kaum belebt von lindem Atmen; nur in ihren Augen, im tiefsten Grunde rührte sich die Seele; er wußte nicht, was so ihn anschaute.

»Sprich nur!« sagte sie endlich.

Er ergriff einen Zweig, der ihr zu Häupten hing, und brach ein Blatt herab. »Es ist für diese Erde«, sagte er, »für dich, für diesen Wald – – – – damit hier nichts Fremdes wandle, kein Laut dir hier begegne, den du nicht verstehst, damit es hier so bleibe wie es ist, wie es sein muß, wenn wir leben sollen, – unverfälschte, süße, wunderbare Luft der Heimat!«

Sie strich mit der Hand über ihre Haare, als wenn ein Schauer sie berühre. »Geh!« sagte sie leise. »Gute Nacht!«

»Gute Nacht; – – – wo find ich dich denn wieder?«

Sie legte ihre Hände um seinen Nacken und sagte: »Ich bleibe hier zu Haus!«

Er küßte sie. »Gute Nacht, Regine!«

Sie löste ihre Hände von seinem Halse. Dann schritt er in die Mondnacht hinaus; und als er nach einer Weile am Ende der Wiese zurückblickte, da war es ihm, als stehe die schöne kindliche Gestalt noch immer an der Stelle, wo er von ihr gegangen, unbeweglich im schwärzesten Tore des Waldes.

*

Ich hatte das Buch zusammengelegt und sah durch die Hüttenreihe in den grauen Tag hinaus. Gabriel trat zu mir und lehnte die blank geputzte Büchse an meine Schulter. Sie blitzte mich an. Ich aber, des Gelesenen gedenkend, fragte ihn: »Und was bedeutet nun das welke Blatt?«

»Noch einmal!« rief er. »Es ist grün, so grün wie Juniblätter!«

»Und du bist niemals wieder dort gewesen?«

»Pagina hundertunddreizehn!« sagte er lächelnd. Ich schlug noch einmal nach. Schon wieder Verse!

*

Pagina 113.

Und webte auch auf jenen Matten
Noch jene Mondesmärchenpracht,
Und ständ' sie noch im Blätterschatten
Inmitten jener Sommernacht,
Und fänd' ich selber wie im Traume
Den Weg zurück durch Moor und Feld –
Sie schritte doch vom Waldessaume
Niemals hinunter in die Welt.

*

»Und wenn sie doch hinunterschritte!« sagte ich.

»Dann wollen wir die Büchse laden! Der Wald und seine Schöne sind in Feindeshänden.«

Im Sonnenschein

1

In den höchsten Zweigen des Ahornbaums, der an der Gartenseite des Hauses stand, trieben die Stare ihr Wesen. Sonst war es still; denn es war Sommernachmittag zwischen eins und zwei.

Aus der Gartentür trat ein junger Reiteroffizier in weißer festtäglicher Uniform, den kleinen dreieckigen Federhut schief auf den Kopf gedrückt, und sah nach allen Seiten in die Gänge des Gartens hinab; dann, seinen Rohrstock zierlich zwischen den Fingern schwingend, horchte er nach einem offenstehenden Fenster im oberen Stockwerke hinauf, aus welchem sich in kleinen Pausen das Klirren holländischer Kaffeeschälchen und die Stimmen zweier alter Herren deutlich vernehmen ließen. Der junge Mann lächelte, wie jemand, dem was Liebes widerfahren soll, indem er langsam die kleine Gartentreppe hinunterstieg. Die Muscheln, mit denen der breite Steig bestreut war, knirschten an seinen breiten Sporen; bald aber trat er behutsam auf, als wolle er nicht bemerkt sein. – Gleichwohl schien es ihn nicht zu stören, als ihm aus einem Seitengange ein junger Mann in bürgerlicher Kleidung mit sauber gepuderter Frisur entgegenkam. Ein Ausdruck brüderlichen, fast zärtlichen Vertrauens zeigte sich in beider Antlitz, als sie sich schweigend die Hände reichten. »Der Syndikus ist droben; die alten Herren sitzen am Tokadilletisch«, sagte der junge Bürger, indem er eine starke goldene Uhr hervorzog, »ihr habt zwei volle Stunden! Geh nur, du kannst rechnen helfen.« Er zeigte bei diesen Worten den Steig entlang nach einem hölzernen Lusthäuschen, das auf Pfählen über den unterhalb des Gartens vorüberströmenden Fluß hinausgebaut war.

»Ich danke dir, Fritz. Du kommst doch zu uns?«

Der Angeredete schüttelte den Kopf. »Wir haben Posttag!« sagte er und ging dem Hause zu. Der junge Offizier hatte den Hut in die Hand genommen und ließ, während er den Steig hinabging, die Sonne frei auf seine hohe Stirn und seine schwarzen ungepuderten Haare scheinen. So hatte er bald den Schatten des kleinen Pavillons, der gegen Morgen lag, erreicht.

Die eine Flügeltür stand offen; er trat vorsichtig auf die Schwelle. Aber die Jalousien schienen von allen Seiten geschlossen; es war so dämmerig drinnen, daß seine noch eben des vollen Sonnenlichts gewöhnten Augen erst nach einer ganzen Weile die jugendliche Gestalt eines Mädchens aufzufassen vermochten, welche inmitten des Zimmers an einem Marmortischchen sitzend, Zahl um Zahlen mit sicherer Hand in einen vor ihr liegenden Folianten eintrug. Der junge Offizier blickte verhaltenen Atems auf das gepuderte Köpfchen, das über den Blättern schwebend, wie von dem Zuge der Feder, harmonisch hin und wider bewegt wurde. Dann, als einige Zeit vorübergegangen, zog er seinen Degen eine Handbreit aus der Scheide und ließ ihn mit einem Stoß zurückfallen, daß es einen leichten Klang gab. Ein Lächeln trat um den Mund des Mädchens, und die dunklen Augenwimpern hoben sich ein weniges von den Wangen empor; dann aber, als hätte sie sich besonnen, streifte sie nur den Ärmel der amarantfarbenen Kontusche zurück, und tauchte aufs neue die Feder ein.

Der Offizier, da sie immer nicht aufblickte, tat einen Schritt ins Zimmer und zog ihr schweigend die Feder durch die Finger, daß die Dinte auf den Nägeln blieb.

»Herr Kapitän!« rief sie und streckte ihm die Hand entgegen. Sie hatte den Kopf zurückgeworfen; ein Paar tiefgraue Augen waren mit dem Ausdruck nicht allzu ernsthaften Zürnens auf ihn gerichtet.

Er pflückte ein Rebenblatt draußen vom Spalier und wischte ihr sorgfältig die Dinte von den Fingern. Sie ließ das ruhig an sich geschehen; dann aber nahm sie die Feder und fing wieder an zu arbeiten.

»Rechne ein andermal, Fränzchen!« sagte der junge Mann.

Sie schüttelte den Kopf. »Morgen ist Klosterrechnungstag; ich muß das fertigmachen.« Und sie setzte ihre Arbeit fort.

»Du bist ein Federheld!«

»Ich bin eine Kaufmannstochter!«

Er lachte.

»Lache nicht! Du weißt, wir können die Soldaten eigentlich nicht leiden.«

»Wir? Welche wir sind das?«

»Nun, Konstantin«, – und dabei rückte ihre Feder addierend die Zahlenreihen hinunter – »wir, die ganze Firma!«

»Du auch, Fränzchen?«

»Ach! Ich« – – Und sie ließ die Feder fallen und warf sich an seine Brust, daß sich ein leichtes Puderwölkchen über ihren Köpfen erhob. Sie strich mit der Hand über seine glänzend schwarzen Haare. »Wie eitel du bist!« sagte sie, indem sie den schönen Mann mit dem Ausdruck wohlgefälligen Stolzes betrachtete.

Von der Stadt herüber kam der Schall einer Militärmusik. Die Augen des jungen Kapitäns leuchteten. »Das ist mein Regiment!« sagte er, und hielt das Mädchen mit beiden Armen fest.

Sie bog sich lächelnd mit dem Oberkörper von ihm ab. »Es hilft dir aber alles nicht!«

»Was soll denn daraus werden?«

Sie hob sich auf den Fußspitzen zu ihm heran und sagte: »Eine Hochzeit!«

»Aber die Firma, Fränzchen!«

»Ich bin meines Vaters Tochter.« Und sie sah ihn mit ihren klugen Augen an.

In diesem Augenblick drang, in scheinbar unmittelbarer Nähe, vom obern Stockwerke des Hauses der Laut einer harten Stimme zu ihnen herüber. Die Stare flogen schreiend durch den Garten; der junge Offizier, wie in unwillkürlicher Bewegung, schloß das Mädchen fester in seine Arme. »Was hast du?« sagte sie. »Die alten Herren haben die erste Partie gespielt; nun stehen sie am Fenster, und Papa macht das Wetter für die nächste Woche.«

Er sah durch die Tür in den sonnbeschienenen Garten hinaus. »Ich habe dich«, sagte er. »Es darf nicht anders werden.«

Sie wiegte schweigend einigemal den Kopf; dann machte sie sich los und drängte ihn gegen die Tür. »Geh nun!« sagte sie. »Ich komme bald; ich lass' dich nicht allein.«

Er faßte ihr zartes Gesichtchen in seine Hände und küßte sie. Dann ging er zur Tür hinaus und seitwärts den Steig hinauf; an dem Ligusterzaun entlang, der das tiefere Flußufer von dem Garten trennte. So, während seine Augen dem unaufhaltsamen Vorüberströmen des Wassers folgten, gelangte er an einen Platz, wo das marmorne Bild einer Flora inmitten sauber geschorener Buchsbaumarabesken stand. Die zwischen den Schnörkeln eingelegten Porzellanscherben und Glaskorallenschnüre leuchteten zierlich aus dem Grün hervor; ein scharfes Arom erfüllte die Luft, untermischt zuweilen mit dem Duft der Provinzrosen, die hier zu Ende des Steiges an der Gartenmauer standen. In der Ecke zwischen diesem und dem Ligusterzaun war eine Laube, tief verschattet von wucherndem Geißblatt. Der Kapitän schnallte seinen Degen ab und setzte sich auf die kleine Bank. Dann begann er mit der Spitze seines Rohrstocks einen Buchstaben um den andern in den Boden zu zeichnen, die er immer wieder, als könne ein Geheimnis durch sie verraten werden, bis auf den letzten Zug zerstörte. So trieb er es eine Zeitlang, bis seine Augen an dem Schatten einer Geißblattranke haften blieben, an deren Ende er die feinen Röhren der Blüte deutlich zu erkennen vermochte. Bald im längeren Betrachten bemerkte er daran den Schatten eines Lebendigen, der langsam an dem Stengel hinaufkroch. Er sah dem eine Weile zu; dann aber stand er auf und blickte über sich in das Gewirr der Ranken, um die gefährdete Blüte zu entdecken und das Ungeziefer herunterzuschlagen. Aber die Sonnenstrahlen brachen sich zwischen den Blättern und blendeten ihn; er mußte die Augen abwenden. – Als er sich wieder auf die Bank gesetzt hatte, sah er wie zuvor die Ranke scharf und deutlich auf dem sonnigen Boden liegen; nur zwischen den schlanken Kelchen der Schattenblüte haftete jetzt eine dunkle Masse, die von Zeit zu Zeit durch zuckende Bewegungen eine emsige tierische Tätigkeit verriet. Er wußte nicht, wie es ihn überkam, er stieß nach dem arbeitenden Klumpen mit seinem Rohrstock; aber über ihm ging der Sommerwind durch das Gezweige, und die Schatten huschten ineinander und entwischten ihm. Er wurde eifrig; er spreizte die Knie auseinander und wollte eben zu einem neuen Stoße ausholen; da trat die Spitze eines seidenen Mädchenschuhs ihm in die Sonne.

Er blickte auf, Franziska stand vor ihm; die Feder hinterm Ohr, deren weiße Fahne wie ein Taubenfittich von dem gepuderten Köpfchen abstand. Sie lachte, eine ganze Weile; unhörbar erst, man sah es nur. Er lehnte sich zurück, und blickte sie voll Entzücken an; sie lachte so leicht, so mühelos, es lief über sie hin wie ein Windhauch über den See; so lachte niemand anders.

»Was treibst du da!« rief sie endlich.

»Dummes Zeug, Fränzchen; ich scharmutziere mit den Schatten.«

»Das kannst du bleibenlassen.«

Er wollte ihre beiden Hände fassen; sie aber, die in diesem Augenblick sich nach der Gartenmauer umgesehen, zog ein Messerchen aus ihrer Tasche und schnitt damit die aufgeblühten Rosen aus den Büschen. »Ich werde Potpourri machen auf den Abend«, sagte sie, während sie die Rosen an der Erde sorgfältig zu einem Häuflein zusammenlegte.

Er sah geduldig zu; er wußte schon, man mußte sie gewähren lassen.

»Und nun?« fragte er, nachdem sie das Messer wieder eingeschlagen und in den Schlitz ihrer Robe hatte gleiten lassen.

»Nun, Konstantin? – – Beisammen sein und die Stunden schlagen hören.« – Und so geschah es. – Vor ihnen drüben in dem Zitronenbirnbaum flog der Buchfink ab und zu, und sie hörten tief im Laube das Kreischen der Nestlinge; dann wieder, ihnen selber kaum bewußt, drang das Schluchzen des unterhalb fließenden Wassers an ihr Ohr; mitunter sank eine Kaprifolienblüte zu ihren Füßen; von Viertelstunde zu Viertelstunde schlug drüben im Hause die Amsterdamer Spieluhr. Es wurde ganz stille zwischen ihnen. Aber der Drang, den geliebten Namen leibhaftig vor sich ausgesprochen zu hören, überkam den jungen Mann. – »Fränzchen!« sagte er halblaut.

»Konstantin!«

Und als würde er nach der langen Stille durch ihre Stimme überrascht und ihm erst jetzt das Geheimnis ihres Klanges offenbar, sagte er: »Du solltest singen, Fränzchen!«

Sie schüttelte den Kopf. »Du weißt, das taugt für Bürgermädchen nicht!«

Er schwieg einen Augenblick; dann faßte er ihre Hand und sagte: »Sprich nicht so! auch nicht im Scherz. Du hattest ja schon Lektionen beim Kantor. Was ist es denn?«

Sie sah ihn ernsthaft an; bald aber brach ein lustiger Glanz aus ihren Augen. »Nein«, rief sie, »schau nicht so finster! Ich will's dir sagen – ich rechne zu gut!«

Er lachte und sie lachte mit. »Bist du mir aber auch zuklug, Franziska?«

»Vielleicht!« sagte sie, – und ihre Stimme erhielt plötzlich einen tiefen, herzlichen Klang, als sie es sagte. – »Du weißt noch gar nicht, wie! Als du erst hier in die Stadt versetzt warst und dann zu meinem Bruder Fritz ins Haus kamst, war ich ein kleines Mädchen, das noch zwei volle Schuljahre vor sich hatte. Nachmittags, wenn ich nach Haus gekommen, schlich ich mich öfters in den Saal, und stellte mich daneben, wenn ihr euch im Rapieren übtet. Aber du wolltest keine Notiz von mir nehmen. Einmal sogar, als deine Klinge mir in die Schürze fuhr, sagtest du: ›Setz dich ins Fenster, Kind.‹ Du weißt wohl nicht, was das für böse Worte waren! – Nun aber begann ich auf allerlei Listen zu sinnen. Wenn Nachbarskinder bei mir waren, suchte ich dich durch eins der anderen Mädchen – ich selber hätt' es nicht getan – zur Teilnahme an unsern Spielen zu veranlassen; und wenn du dann in unseren Reihen standest, – «

»Nun, Fränzchen!«

»Dann lief ich so oft an dir vorüber, bis du mich endlich doch an meinem weißen Kleidchen haschen mußtest.«

Sie war dunkelrot geworden. Er legte seine Finger zwischen ihre und hielt sie fest umschlossen. Nach einer Weile sah sie schüchtern zu ihm auf, und fragte: »Hast du denn nichts gemerkt?«

»Doch; endlich!« sagte er, »du bist ja endlich groß geworden.«

»Und dann? – Wie kam es denn mit dir?«

Er sah sie an, als müsse er ihr Antlitz befragen, ob er reden dürfe. »Wer weiß«, sagte er, »ob es je gekommen wäre! Aber die Frau Syndika sagte einmal – –«

»So sprich doch, Konstantin!«

»Nein; mir zulieb! Geh erst einmal den Steig hinauf!«

Sie tat es. Nachdem sie die abgeschnittenen Rosen in ihre

Schürze gesammelt, ging sie, ohne ein Wort zu sagen, nach dem Gartenhause und trat bald darauf mit leeren Händen wieder aus der Tür. – Sie hatte zierliche Füße und einen behenden Tritt; aber sie stieß im Gehen, unmerklich fast, mit den Knien gegen das Gewand. Der junge Mann folgte dieser Bewegung, so wenig schön sie sein mochte, mit den glücklichsten Augen; er merkte es kaum, als die Geliebte jetzt wieder vor ihm stand. »Nun«, fragte sie, »was sagte die Frau Syndika? Oder war es eine von ihren sieben Töchtern?«

»Sie sagte« – und er ließ seine Augen langsam an ihrer feinen Gestalt hinaufgleiten – »sie sagte: ›Die Mamsell Fränzchen ist eine angenehme Person; aber gehen tut sie wie eine Bachstelze!‹«

»O du!« – – Und Fränzchen legte die Hände auf dem Rücken ineinander und sah freudestrahlend auf ihn nieder.

»Seitdem«, fuhr er fort, »konnte ich's nicht wieder von mir bringen; überall hab ich müssen dich vor mir gehen und hantieren sehen.«

Sie stand noch immer vor ihm, schweigend und unbeweglich.

»Was hast du?« fragte er. »Du siehst so stolz und vornehm aus!«

Sie sagte: »Es ist das Glück!«

»O, eine Welt voll!« Und er zog sie mit beiden Armen zu sich nieder.

2

Es war eine andere Zeit; wohl über sechzig Jahre später. Aber es war wieder an einem Sommernachmittage, und die Rosen blühten auch wie dazumal. – In dem oberen Zimmer nach dem Garten hinaus saß eine alte Frau. Auf ihrem Schoße, den sie mit einem weißen Schnupftuch überbreitet hatte, hielt sie eine dampfende Kaffeetasse; doch schien sie heute des gewohnten Trankes zu vergessen, denn nur selten und wie in Gedanken führte sie die Tasse an den Mund.

Nicht weit davon, dem Sofa gegenüber, saß ihr Enkel, ein Mann über die Zeit der vollsten Jugend noch kaum hinaus. Er stützte seinen Kopf in die Hand und blickte nach den kleinen Familienbildern, die in silberner Fassung über dem Sofa hingen. Der Großvater, die Urgroßeltern, Tante Fränzchen, des Großvaters Schwester, – sie waren lange tot, er hatte sie nicht gekannt. Nun ließ er seine Augen von einem zum andern gehen, wie er schon oft getan, wenn er mit der Großmutter in der stillen Nachmittagsstunde beisammensaß. Auf Tante Fränzchens Bilde schienen die Farben am wenigsten verblichen, obwohl sie vor den Eltern und lange vor dem Bruder gestorben war. Die rote Rose in der weißen Puderfrisur war noch wie frisch gepflückt; auf der amarantfarbenen Kontusche zeichnete sich deutlich ein blaues Medaillon, das an einem dunklen Bande vom Halse auf die Brust herabhing. Der Enkel konnte nicht die Augen wenden von diesen kargen Spuren eines früh dahingegangenen Lebens; er blickte fast mit Inbrunst in das feine blasse Gesichtchen. Der Garten, wie er ihn als Knabe noch gesehen, trat vor seine Phantasie; er sah sie darin wandeln zwischen den seltsamen Buchsbaumzügen; er hörte das Knistern ihres Schuhes auf den Muschelsteigen, das Rauschen ihres Kleides. Aber die Gestalt, die er so heraufbeschworen, blieb allein; gebannt in dem grünen Fleckchen, das vor seinem inneren Auge stand. Was sich um die Lebende einst mochte bewegt haben, ihre Gespielinnen, die Töchter aus den alten finsteren Patrizierhäusern, den Freund, der nach ihr spähte zwischen den Büschen des Gartens, hatte er keine Macht ihr zu gesellen. »Wer weiß von ihnen!« sprach er vor sich hin; das kleine Medaillon war ihm wie ein Siegel auf der Brust des vor so langer Zeit verstorbenen Mädchens.

Die Großmutter setzte die Tasse auf die Fensterbank; sie hatte ihn sprechen hören. »Bist du in unserer Gruft gewesen, Martin?« fragte sie; »sind die Reparaturen bald zu Stande?«

»Ja, Großmutter.«

»Es muß alles in Ordnung sein; wir haben in unserer Familie immer auf Reputation gehalten.«

»Es wird alles in Ordnung kommen«, sagte der Enkel, »aber es ist ein Sarg eingestürzt; das hat einen Aufschub gegeben.«

»Sind denn die Eisenstangen abgerostet?«

»Das nicht. Er stand zu hinterst neben dem Gitter; das Wasser ist darauf getropft.«

»Das muß Tante Fränzchen sein«, sagte die Großmutter nach einigem Besinnen. – »Lag denn ein Kranz darauf?«

Martin sah die Großmutter an. »Ein Kranz? – – Ich weiß es nicht; er mag auch wohl vergangen sein.«

Die Greisin nickte langsam mit dem Kopf und sah eine Weile schweigend vor sich hin. »Ja, ja!« sagte sie dann, fast wie beschämt, »es ist nun freilich schon über funfzig Jahre her, daß sie begraben wurde. Ihr Fächer, der mit Schmelz und Flittern, liegt noch drüben im Saal in der Spiegelkommode; ich habe ihn aber gestern nicht finden können.«

Der Enkel vermochte ein Lächeln nicht zu unterdrücken. Die Großmutter bemerkte es und sagte: »Deine Braut, der Wildfang, ist mir wohl wieder über meinem Kram gewesen. Ihr sollt mir das nicht zu euren Possen gebrauchen!«

»Aber Großmutter, wie sie neulich abends in deinem Reifrock durch den Garten promenierte – ihr wäret alle eifersüchtig geworden, wenn sie Anno neunzig so in eure Laube getreten wäre.«

»Du bist ein eitler Junge, Martin!«

»Freilich«, fuhr er fort, »die fremden braunen Augen hat sie nun einmal; die kommen jetzt ohne Gnade in die Familie!«

»Nun, nun«, sagte die Großmutter, »die braunen Augen sind schon gut, wenn nur ein gutes Herz herausschaut. – Aber den Fächer soll sie mir in Ehren halten! Tante Fränzchen trug ihn auf deines Großvaters Hochzeit, und mich dünkt, ich seh sie noch mit der dunkelroten Rose in den Haaren. Nachher hat sie dann nicht gar lange mehr gelebt. – Es war eine große Liebe zwischen den Geschwistern; sie hat ihrem Bruder dazumalen auch ihr Porträt geschenkt, und dein Großvater hat es, so lange er lebte, bei sich in seiner Schreibschatulle gehabt. – Später hingen wir es denn hierher, zu ihm und zu den Eltern.«

»Sie ist wohl schön gewesen, Großmutter?« fragte der Enkel, indem er nach dem Bilde hinüberblickte.

Die Großmutter schien ihn nur halb zu hören. »Sie war ein kluges Frauenzimmer«, sagte sie, »und sehr geschickt in der Feder. Während dein Großvater in Marseille war, und auch wohl später noch, hat sie dem alten Vater alle Jahr die Klosterrechnungen ausgeschrieben; denn er war Klostervorsteher und dann

Ratsverwandter, ehe er zweiter Bürgermeister wurde. – Sie hatte auch eine schlanke, wohl proportionierte Figur, und dein Großvater pflegte sie wohl mit ihren feinen Händen zu necken. Aber heiraten hat sie niemalen wollen.«

»Gab es denn derzeit keine jungen Männer in der Stadt, oder haben ihr die Freier nicht gefallen?«

»Das«, sagte die Großmutter, indem sie mit den Händen über ihren Schoß strich, »das, mein liebes Kind, hat sie mit sich in ihr Grab genommen. – Man sagte wohl, sie hab einmal einen leiden können; – Gott mag es wissen! Es war ein Freund deines Großvaters und ein reputierlicher Mensch. Aber er war Offizier und Edelmann; und dein Urgroßvater war immer sehr gegen das Militär. – Auf deines Großvaters Hochzeit tanzten sie miteinander, und ich entsinne mich wohl, sie machten ein schönes Paar zusammen. Unter den Leuten nannten sie ihn nur den Franzosen; denn er hatte rabenschwarzes Haar, das er nur selten pudern ließ, wenn er nicht just im Dienst war. Es ist aber das letzte Mal gewesen; er nahm bald darauf seinen Abschied und kaufte sich weit von hier einen kleinen Landsitz, wo er noch einige Zeit nach deines Großvaters Tode mit einer unverheirateten Schwester gelebt hat.«

Der Enkel unterbrach sie. »Es muß damals ein anderes Ding gewesen sein um die Herzensgeschichten«, sagte er nachdenklich.

»Ein anderes Ding?« wiederholte die Großmutter, indem sie ihrem Körper für einen Augenblick die Haltung der Jugend wiederzugeben suchte. »Wir hatten so gut ein Herz wie ihr, und haben unser Teil dafür leiden müssen. – Aber«, fuhr sie beruhigter fort, »was wißt ihr junges Volk auch, wie es dazumalen war. Ihr habt die harte Hand nicht über euch gefühlt; ihr wißt es nicht, wie mäuschenstille wir bei unsern Spielen wurden, wenn wir den Rohrstock unseres Vaters nur von ferne auf den Steinen hörten.«

Martin sprang auf und faßte die Hände der Großmutter.

»Nun«, sagte sie, »es mag vielleicht besser sein, so wie es jetzo ist. Ihr seid glückliche Kinder; aber deines Großvaters Schwester lebte in den alten Tagen. – Seit wir nach unserer Hochzeit das untere Stockwerk hier im Hause bewohnten, kam sie gern zu uns herunter; manchmal auch saß sie stundenlang bei deinem Großvater im Kontor, und half ihm bei seinen Schreibereien. Im letzten Jahre, seit ihre Kräfte abzunehmen anfingen, fand ich sie wohl zuweilen über ihren Rechnungsbüchern eingeschlafen. Dein Großvater saß dann stille fortarbeitend ihr gegenüber an der andern Seite des Pultes, und ich erinnere mich noch gar wohl an das trauervolle Lächeln, womit er, wenn ich zu ihnen eintrat, mich auf die schlafende Schwester aufmerksam zu machen pflegte.«

Die Erzählerin schwieg eine Weile und blickte mit weit geöffneten Augen vor sich hin, während sie mechanisch ihre Tasse schwenkte und mit Behutsamkeit die Neige ausschlürfte. Dann, nachdem sie die Tasse neben sich auf die Fensterbank gestellt hatte, sprach sie langsam weiter. »Unsere alte Anne konnte nicht genug davon erzählen, wie lustig und umgänglich ihre Mamsell in jüngeren Jahren gewesen sei; auch war sie die einzige von den Kindern, die bei Gelegenheit mit dem Vater ein Wort zu reden wagte. – So lange ich sie gekannt, ist sie immer still und für sich gewesen; zumal wenn der Vater im Zimmer war, sprach sie nur das Notwendige und, wenn sie just gefragt wurde. Was da passiert sein mag; – dein Großvater hat nie davon gesprochen. Nun sind sie alle längst begraben.«

Der Enkel betrachtete das Bild des Urgroßvaters, und seine Augen blieben an den strengen Linien haften, die den starken Mund von den Wangen schieden. »Es muß ein harter Mann gewesen sein«, sagte er.

Die Großmutter nickte. »Er hat seine Söhne bis in ihr dreißigstes Jahr erzogen«, sagte sie. »Sie haben darum bis in ihr spätes Alter auch niemals so recht einen eigenen Willen gehabt. Dein Großvater hat es oft genug beklagt. Er wäre am liebsten ein Gelehrter geworden, wie du es bist; aber die Firma verlangte einen Nachfolger. Es waren damals eben andere Zeiten.«

Martin nahm das Bild des Großvaters von der Wand. »Das sind milde Augen«, sagte er.

Die Großmutter streckte die Hände aus, als wolle sie aus ihrem Lehnstuhl aufstehn; dann ließ sie sie langsam ineinander sinken. »Jawohl, mein Kind!« sagte sie, »das waren milde Augen! Er hatte keine Feinde – nur einen mitunter – und das war er selber.«

Die alte Haushälterin trat herein. »Es ist einer von den Maurerleuten draußen; er wünscht den Herrn zu sprechen.«

»Geh hinaus, Martin!« sagte die Großmutter. »Was ist es denn, Anne?«

»Sie haben etwas in der Gruft gefunden;« erwiderte die Alte, »ein Schaustück oder so etwas. Die Särge der alten Herrschaften wollen schon nicht mehr halten.«

Die Großmutter neigte ein wenig das Haupt; dann blickte sie in der Stube umher und sagte: »Mach das Fenster zu, Anne! Es duftet mir so stark; die Sonne scheint draußen auf die Buchsbaumrabatten.«

»Die Frau hat wieder ihre Gedanken!« murmelte die alte Dienerin; denn der Buchsbaum war vor über zwanzig Jahren fortgenommen, und mit den Glaskorallenschnüren hatten derzeit die Knaben Pferd gespielt. Aber sie sagte nichts dergleichen, sondern schloß, wie ihr geheißen war, das Fenster. Danach stand sie noch eine Weile und sah durch die Zweige des hohen Ahornbaums nach dem alten Lusthäuschen hinüber, wohinaus sie vor Zeiten ihren jungen Herrschaften so oft das Kaffeegeschirr hatte bringen müssen, und wo die kranke Mamsell so manchen Nachmittag gesessen hatte.

Nun öffnete sich die Tür, und Martin trat hastigen Schrittes herein. »Du hattest recht!« sagte er, indem er Tante Fränzchens Bild von der Wand nahm und es an dem silbernen Schleifchen der Großmutter vor die Augen hielt. »Der Maler durfte nur die Kapsel des Medaillons malen; der offene Kristall hat auf ihrem Herzen gelegen. Ich habe oft genug gefragt, was er verberge. Nun weiß ich es; denn ich habe Macht es umzuwenden.« Und er legte ein verstäubtes Kleinod auf die Fensterbank, das, des grünen Rostes ungeachtet, der es überzogen hatte, als das Original zu der Zeichnung auf Tante Fränzchens Bilde nicht zu verkennen war. Das Sonnenlicht brach durch den trüben Kristall und beleuchtete im Innern eine schwarze Haarlocke.

Die Großmutter setzte schweigend ihre Brille auf; dann ergriff sie mit zitternden Händen das kleine Medaillon, und neigte tief das Haupt darüber. Endlich nach einer ganzen Weile, wo in dem stillen Zimmer nur das unruhigere Atmen der alten Frau vernehmlich war, legte sie es behutsam von sich und sagte: »Laß es wieder an seinen Ort bringen, Martin; es taugt nicht in die Sonne. – Und«, fügte sie hinzu, indem sie das Tuch auf ihrem Schoße sorgsam zusammenlegte, »auf den Abend bring mir deine Braut! Es muß in den alten Schubladen noch irgendwo ein Hochzeitskettlein stecken; – wir wollen proben, wie es zu den braunen Augen läßt.«

Angelika

1

Seit Jahren hatten im stillen seine Augen an ihren feinen Zügen gehangen; denn sie war aufgewachsen, während er, wie auch noch jetzt, fast täglich in ihrem mütterlichen Hause verkehrte. Aber er war in einer erst in spätester Jugend eingeschlagenen Laufbahn, welche ihm die Aussicht auf Begründung einer Familie für immer oder wenigstens innerhalb der Jahre zu verwehren schien, in welchen Sitte und Gefühl dies gestatten. Noch jetzt nach fast geschlossener Jugend ein anderes zu versuchen, vergönnte ihm der Umfang seiner Bildung und seiner äußern Mittel nicht. – Alles dessen war er sich bewußt; oft und vergeblich hatte er auf Mittel gedacht, wie er die Geliebte, wenn sie ja sonst die Seine würde, vor der geistigen und körperlichen Verkümmerung zu bewahren vermöchte, welche in dem Staate, dem seine Heimat angehörte, das gewöhnliche Los der Frauen seines Standes war. So gelangte er endlich dahin, in allen Gedanken an die Zukunft sein Leben von dem ihrigen zu trennen. Schon als sie noch kaum erwachsen war und während ihre Jungfräulichkeit noch in fester Knospe lag, hatte er oftmals ihrer dargereichten Hand die seinige mit einer Ängstlichkeit entzogen, über deren Ursache sie vergeblich nachgesonnen. Als aber allmählich Angelika groß und selbständig geworden war, als auch ihre Augen die seinen zu suchen begannen, und erschrocken zurückfuhren, wenn sie ertappt wurden; als anderseits ihm die Möglichkeit des Verlustes immer näher rückte und er mitunter schon die Gestalt dessen zu erkennen glaubte, an den er sie verlieren würde, da war endlich aller Erkenntnis und allen Willens unerachtet der Augenblick gekommen, in dem die Liebe ihr leidevolles Wunder zwischen ihnen vollbracht hatte. – –

Der Mond stand über dem Garten; aber er drang nicht durch die Blätterfülle des Bosketts, welches die beiden und ihr atemloses Geheimnis vor aller Welt verbarg. Sie hatten endlich auch zueinander geredet, einzelne scheue Worte, kaum halb gesprochen und dennoch ganz verstanden. Sie lag so leicht, so fest in seinen Armen; er sah plötzlich über alle Gegenwart hinweg bis an das Ziel seines Lebens, und glaubte auch dort sie ebenso zu halten. Aber er war von jenen Menschen, deren Wesen auf die nächsten Dinge zwar mit Sorgfalt und Ausdauer gerichtet, denen aber der Glaube an die Erreichung eines Außerordentlichen versagt ist, weil ihre Phantasie ihnen die vielfachen Möglichkeiten nicht vorzuhalten vermag, durch deren Verwirklichung sie allein dazu gelangen könnten. – Er ließ das Mädchen sanft aus seinen Armen und setzte sich auf die nebenstehende Gartenbank. Seine Augen ruhten auf ihrem jungen Antlitz; aber seine Gedanken forschten schon wieder grübelnd an der herben, unüberwindlichen Gegenwart.

Angelika mochte allmählich, während sie an seine Knie gelehnt vor ihm stand, sich selber unbewußt sein Schweigen als einen Ausdruck der Sorge und des Kampfes empfinden; denn sie legte wie zur Kühlung die Fläche ihrer Hand auf seine Augen.

Er zog die Hand hinweg und sagte: »Du darfst mich nicht blind machen, Angelika; um deinetwillen nicht! – Du weißt es, oder vielleicht du weißt es nicht: es sind in unsern Tagen der Menschen auf Erden so viele geworden, daß einem jeden unter ihnen ein volles Lebenslos nicht mehr zuteil werden kann. Aber das weißt du, unter welche Zahl ich gehöre, wenn du dir zurückrufst, was in deiner Gegenwart oft genug unter uns geredet worden.«

Sie neigte ihre Stirn auf die seine und schüttelte den Kopf.

»Du weißt es nicht, Angelika?«

»Nein«, sagte sie schüchtern, »was meinst du, Ehrhard?«

Er schwieg einen Augenblick, um sich zu sammeln; dann aber sagte er ihr alles mit klaren Worten, die Ungunst seiner vergangenen Jahre, sowie die Öde und Kargheit seiner Zukuuft, die er sicher und, als wäre sie bereits Vergangenheit, vor ihr beschrieb.

Er fühlte das Zittern ihrer Hände; aber er ließ sich dadurch nicht irren, sondern setzte noch hinzu: »Was zwischen uns geschehen, das hätte nicht geschehen sollen; denn es ist ohne Frucht für die Bildung deines ferneren Lebens. Wir werden nie bekennen können, daß wir uns gehören; jetzt nicht und auch in Zukunft nicht, so lange es sonst geschehen darf. Und nun – Angelika, vergib mir, daß ich einen Augenblick dies alles habe vergessen können!«

Er hatte ihre Hand losgelassen, und es war ein kleiner Raum zwischen ihnen, so daß sie sich nicht berührten.

»Hast du mir nichts zu sagen?«

»Nichts!« sagte sie, während er ihre Tränen auf seiner Hand fühlte. »Es ist nun einmal so – wir müssen doch auch hoffen.«

Ehe er hierauf zu erwidern vermochte, hörten sie von der Hoftür her die Mutter rufen, und standen auf, um ins Haus zurückzukehren. Als sie aber an den Ausgang des Gebüsches kamen und nun das volle Mondlicht seine Stirn beschien, da legte Angelika plötzlich die Arme um seinen Nacken, und indem sie ihn mit klaren Augen ansah, preßte sie ihre Lippen auf die seinen. »Dein!« sagte sie; und mit der Hand die Tränen von den Wangen trocknend, entriß sie sich ihm und lief in den Garten hinab, daß ihre feine Gestalt seinen Augen in der Mondesdämmerung verschwand.

Und dieser Augenblick wurde das erste Glied einer Kette, von der sie nicht bedachten, ob die Kraft ihres Wesens sie zu tragen ausreichen würde. Zwar verlieh das Gefühl, sich ganz in dessen Hand gegeben zu haben, in dessen Liebe und Verehrung sie sich für immer gesichert fühlte, ihr Dritten gegenüber ein erhöhtes Bewußtsein der Persönlichkeit; ihr Gang wurde fester und sie trug, wenn sie mit andern Männern sprach, den Kopf ein wenig höher als zuvor. Allein die Not des Lebens, die ihnen verwehrte, auch vor den Menschen Hand in Hand zu sein und eines für das andere einzustehen, wurde unmerklich zu einem Abgrund zwischen ihnen, über dessen Rand sie in dem einen Augenblick sehnsüchtig und vergebens die Arme nach einander ausstreckten, um gleich darauf wie Kinder ratlos und grollend sich gegenüberzustehen. Dazwischen kamen Augenblicke, glimmten Funken auf, flüchtig und unerkennbar fast, die aber dennoch sie immer wieder dahin verlockten, wo nichts ist als das dunkle unwiderstehliche Walten der Naturkräfte.

Es war spätnachmittags auf dem Wasser; das Boot fuhr weich und lautlos darüber hin, nur in langen Pausen und wie zum Zeitvertreib tauchte der Schiffer die Ruder ein. Die junge Gesellschaft, die im Boote war, blickte seitwärts auf den See hinaus und rief und lockte nach den Schwänen, welche feierlich und immer ferner in das aufsteigende Abendrot hineinschwammen. Angelika und Ehrhard saßen nebeneinander an der Bordseite; aber sie waren nur für sich. Um sie her war es so still, das Wasser ohne Wind und ohne Welle; nur bisweilen von unten herauf stieg ein Bläschen an die Oberfläche und blinkte und verschwand. Angelika zeigte mit der Hand danach, als frage sie, was das bedeute.

»Geheimnis!« sagte Ehrhard.

»Geheimnis?«

»Es blüht etwas im Grunde!« – Und ihre Augen hielten ihm stand, daß er bis in die allerdunkelsten Tiefen sehen konnte. Sie lächelte, ihre Lippen waren rot, ihr Atem ging schwer wie Sommerluft. Er ließ seine Hand über Bord ins Wasser gleiten, die ihre folgte ihm, und während die Flut durch ihre Finger quoll, hielten sie sich gefaßt, und fühlten das geheimste Klopfen ihres Lebens.

Am Himmel drangen einzelne Sterne hervor, der See wurde dunkel vom Abendrot; die Mädchen hatten die Hände in den Schoß gelegt und begannen mehrstimmige Lieder zu singen. Einzelne andere Böte, die noch auf dem See waren, nahten sich und folgten ihnen mit leisem Ruderschlag.

Allmählich wurde es kühler; der Abendwind erhob sich und Ehrhard nahm ein Tuch von der Bank, um es über Angelikas Schoß zu legen. Aber sie setzte sich plötzlich auf die andere Seite, daß das Tuch wie zufällig zwischen ihnen niederfiel. Als er aufsah, bemerkte er, wie der Blick eines schon älteren Frauenzimmers auf ihm verweilte und dann ebenso zu Angelika hinüberglitt. Ein Gefühl von Unbehaglichkeit überkam ihn; er wußte selbst nicht, war es das spürende Auge jener Fremden, war es die Leichtigkeit, womit Angelika jetzt zu dieser ein Gespräch begann.

Nach einer Weile stieß das Boot ans Ufer und die Gesellschaft stieg aus, um zu Lande nach der noch eine halbe Stunde weit entlegenen Stadt zurückzukehren. Auf halbem Wege wurde Rast gemacht; man setzte sich in bunter Reihe auf einen kleinen Rasenabhang, der im Rücken durch eine Tannenwand geschützt war. In der Tiefe zu ihren Füßen jenseit eines abschüssigen Wiesengrundes lag die finstere Masse eines Buchenwaldes; von dort aus wetterleuchtete es manchmal; dazwischen flogen die Fledermäuse. Ehrhard saß an dem einen, Angelika wie auf Verabredung an dem andern Ende der ziemlich langen Reihe. Als er sich mit dem Arm auf den Rasen zurücklehnte, sah er wie durch einen Schleier die Umrisse ihres Nackens und ihres hellen Kleides; nur die weiße Rose, die sie im Haar trug, schimmerte ein wenig deutlicher. Soeben legte sie die Hand daran, die Finger nestelten in ihrem Haar. – Es wetterleuchtete wieder. »Sieh, sieh!« riefen die Mädchen; und in demselben Augenblick flog hinter ihrem Rücken die Rose zu Ehrhard hinüber. Angelika hatte sich zurückgeneigt; in dem plötzlichen Wetterschein sah er ihr lächelndes Angesicht, ihre Hand, die ihm die Blume zuwarf. Dann war alles wieder dunkel; einzelne Tropfen fielen; ein dumpfes Donnern rollte in der Ferne.

Man stand auf, um noch beizeiten die Stadt zu erreichen. Ein süßer, schwerer Sommerduft stieg aus den Wiesen, an denen der Weg entlangführte. Ehrhard ging langsam hinten nach, in dem träumerischen Bewußtsein, daß eine jener jugendlichen Gestalten, deren Geplauder dort aus dem Dunkel zu ihm herüberklang, so ganz und aller Welt geheim die Seine sei.

Zu Hause angelangt, setzte er sich an seinen Schreibtisch und begann eine Arbeit, die in den nächsten Tagen abzuliefern war. Die Fenster standen offen, das Gewitter hatte sich verzogen; nur manchmal blätterte der Nachtwind in den vor ihm liegenden Papieren.

Plötzlich war es ihm, als spüre er Angelikas Nähe. Er sah sich unwillkürlich um; aber das Zimmer war leer und still wie immer. Die Uhr wies schon auf Mitternacht. – Es war nicht Angelika; es war nur der Duft der Rose, die vor ihm auf dem Tische lag.

Angelikas Mutter hatte für die Zukunft ihrer Tochter nur den einfachen Wunsch, sie Gattin und Mutter werden zu sehen, wie sie es selbst geworden war, ohne sich noch des der Jugend eingeborenen Gefühles bewußt zu sein, daß auch diese sittlichen Verhältnisse zu ihrer keuschen und vollen Entwicklung der Leidenschaft als ihres natürlichen Einganges bedürfen. Sie sah es daher gern, und gab auch wohl Gelegenheit dazu, daß Angelika in geselligen Verkehr trat, welcher eine Verwirklichung jenes Wunsches herbeiführen konnte. Diese selbst, wie es der sinnlichen Empfänglichkeit der Jugend und dem Gefühl der Schönheit entsprechend ist, sah sich gern in Gewändern, die gleich ihren Gliedern zart und schmiegsam waren, und konnte sich ein Gefühl glückseligen Übermutes nicht versagen, wenn dann auch andere Augen an ihr hingen, als die des resignierten Mannes, in welchem gleichwohl ihr Herz allein bestehen wollte. Ehrhard dagegen suchte umsonst einen eifersüchtigen Unmut zu bekämpfen, wenn ihr selbst auch von Frauen Vertraulichkeiten erwiesen wurden, mit denen er vor anderen ihr nicht begegnen durfte. Es tat ihm weh, wenn in seiner Gegenwart von ihr gesprochen wurde als von einer Dritten, an der er keinen nähern Anteil habe, so daß er oft wie durch einen körperlichen Schmerz zusammenschrak, wenn nur der Name Angelika genannt wurde.

Sie tanzte gern, und wenn nun er, den die Beschränktheit seines Lebens von solchen Dingen ausgeschlossen hatte, auch sie davon zurückzuhalten suchte, so konnte sie nicht umhin, dies als eine Laune zu empfinden, wodurch sie ohne Grund in dem Gefühle ihrer Jugend verkümmert werde; um so mehr, als er durch sein Verhältnis zu ihr sie für derartige Entsagungen nicht zu entschädigen vermochte.

Während das heimliche Wachsen und Drängen solcher Gegensätze die Sicherheit ihres Herzens störte und sie wenig geneigt machte, für den Freund in den seltenen Minuten des Alleinseins ein offenes Ohr zu haben, war der Tag einer Herbstfeier herangekomemn, bei welcher die jungen Leute sich abends im Saale des Stadthauses zum Tanze zu versammeln pflegten. Unaufgefordert hatte Angelika: »Ich gehe nicht!« gesagt; als jedoch späterhin einige der Tänzer ihre Teilnahme von der Mutter erbeten und von dieser ohne der Tochter Zuziehung und Mitwissen eine bereitwillige Zusage erhalten hatten, wußte sie, da sie den eigentlichen Grund ihrer Weigerung nicht offenbaren durfte, der also entschiedenen Frau nichts entgegenzusetzen, weshalb diese einer nach ihrer Ansicht so unjugendlichen Grille hätte nachgeben sollen. So mußte denn die Tochter nachgeben; nicht ohne dieses und die Freudigkeit, womit sie sich gezwungen sah, wie eine geheime Schuld gegen den Geliebten und wiederum zugleich eine Gereiztheit gegen ihn zu empfinden, daß er sie in diese Gemütslage gebracht und sie daher das ihr nur gleichsam aufgedrungene Vergnügen dennoch nicht ungetrübt werde genießen können.

Es war einige Tage vor dem Festabende, als Ehrhard das Resultat dieser Vorgänge im Gespräch mit Dritten erfuhr. Mit dem Scharfsinn der Leidenschaft erkannte er sogleich, was hier geschehen war; dennoch aber, oder vielleicht deshalb und weil er alles bis in die dunkelsten Motive nachempfand, suchte er umsonst sich selbst zu überzeugen, daß in einer solchen Sache Angelika den Willen der Mutter, der in letzter Verwirklichung doch nur ihre Trennung beabsichtige, als eine Notwendigkeit habe anerkennen müssen. – Er hatte eben zu ihr gehen wollen; nun ging er nicht. Denn er sah sehr wohl, daß hier nichts mehr zu ändern sei, und so wollte er, wie jede Äußerung darüber, so auch jede Bestätigung aus ihrem Munde vermeiden, und lieber, was geschehen würde, wie ein Ganzes und Unabwendliches über sich kommen lassen.

Als der Abend des Festes da war, saß Ehrhard zwischen weitschichtigen Arbeiten an seinem Schreibtisch, in die er sich gewaltsam zu vertiefen suchte. Bald aber störte ihn das Rollen der Wagen, die durch die sonst so stille Straße nach dem Stadthause fuhren. Er stand auf und trat ans Fenster. Es war dunkel draußen; nur wenn eine Kutsche im raschen Trabe vorüberfuhr, warfen die Laternen einen flüchtigen Schein an die Mauer der gegenüberstehenden Häuser. Ehrhard rätselte vergebens, ob auch Angelika dort unten in der Dunkelheit an ihm vorüberfliege. Er hielt den Atem an, er horchte auf jedes Rollen, das von unten aus der Stadt heraufdrang; und wenn es näher kam, wenn schon der Hufschlag auf dem Pflaster hallte, paßte er gespannt auf die Kutschenfenster und suchte im Fluge den mattbeleuchteten Fond des Wagens zu durchdringen; aber ein Häufchen Flor, der Schimmer eines weißen Gewandes oder eines Blumenstraußes war alles, was seine Augen erhaschten. Als auch der letzte Wagen vorüber war, und nachdem er das Fenster geöffnet und lange Zeit vergebens in die Stadt hinabgelauscht hatte, setzte er sich aufs neue an seinen Schreibtisch und hörte zwischen der Arbeit, die er mit Mühe wieder aufgenommen, nur noch die Menschen auf der Straße hin und wider gehen, und endlich, als es später geworden war, das Klappen der Läden und das Schließen der Haustüren in der Nachbarschaft. Dann drang unmerklich ein anderer Laut zu ihm herüber – von dorther, wohin vor Stunden er die Wagen hatte fahren sehen – und drängte sich dunkel in seine Vorstellungen. Er legte die Feder nieder; er besann sich, daß das Musik sei, und bald hörte er es deutlicher; denn der Wind erhob sich, oder vielleicht eine Tür im Festhause drunten war geöffnet worden. Er arbeitete nicht mehr; er vermochte es nicht. Ihm war, als stehe seine Jugend in unendlicher Ferne hinter ihm, und strecke mit schmerzlicher Gebärde die Arme nach ihm aus.

Die Stunden vergingen. Als er aber endlich von seinem Tische aufstand, da war es doch nur die feine, zärtliche Gestalt Angelikas gewesen, auf der sein inneres Auge so lang und voll Sehnsucht geruht hatte. Ein Gefühl unnennbaren, unverhofften Glückes überkam ihn, als er sich dessen bewußt wurde; was auch geschehen sei, sie war ihm nicht verloren. Die Uhr wies weit nach Mitternacht; es wurde wieder lauter in der Stadt, die ersten Wagen begannen zu rollen. In einem plötzlichen Entschluß, voll Ungeduld, kleidete er sich an und ging auf die Straße hinab. Er gedachte nicht mehr dessen, was kurz zuvor geschehen war; er hatte keinen Wunsch und keine Gedanken, als sie zu sehen.

Die Fenster des Stadthauses leuchteten weit durch das Dunkel hinaus. Ehrhard hörte die Musik und sah in den Vorhängen die Schatten der Tanzenden. Er hielt sich nicht auf, er trat unter das Portal, als eben ein Wagen vor der breiten hell erleuchteten Treppe anfuhr. Oben im Hause wurden Türen auf- und zugeschlagen, dann rauschte es am Treppengeländer und eine jugendliche Gestalt stieg herab, mit leichtem Tritt Stufe um Stufe messend; den Kopf in einem weißen Tüchlein ein wenig zurückgeneigt, daß die blonden Locken von den Schläfen auf den Nacken fielen. Er hatte sich nicht getäuscht, das war Angelika; nur eine Magd ging hinter ihr, sonst niemand. Als sie die Schwelle überschritt, trat er aus dem Dunkel ihr entgegen und reichte ihr die Hand, um sie in den Wagen zu heben. Sie sah ihn mit großen erschrockenen Augen an: »Ehrhard!« rief sie, und ihre Hand zuckte wie unwillkürlich nach der seinen; aber sie schien sich plötzlich zu besinnen und zog die Hand zurück; die Züge des jungen Antlitzes verwandelten sich. Er erschrak und langte nach ihr hin mit beiden Armen. Aber sie zog die seidene Mantille fester um die Schulter. »Nein, nein!« rief sie, »was willst du hier?«

Er verstummte. »Dich, dich Angelika!« rief er endlich. Es war zu spät; nur der Wind wehte durchs Portal; der Wagen mit Angelika war nicht mehr da.

Am Nachmittage darauf wanderte Ehrhard, nachdem er seine amtlichen Geschäfte abgetan, einem unwillkürlichen Antriebe folgend, nach einem unweit der Stadt an einem Landsee belegenen Dörfchen. Hier hinaus hatte er oft Angelika und ihre Mutter begleitet, wo sie dann hart am Wasser in einer kleinen Schenkwirtschaft eingekehrt waren, um sich von dort aus in der anmutigen Gegend umzutun. Es war spät am Nachmittage, aber die Sonne schien noch warm und golden; der herbstkräftige Duft des fallenden Laubes erfüllte die Luft; vom See herüber, an dem der Weg durch Laubgehölz entlangführte, kam ein sanfter frischer Hauch. Als er nach halbstündiger Wanderung zwischen den Buchen heraustrat, sah er in einiger Entfernung das bekannte Häuschen mit dem bunten Fachwerk und den weißen Fensterladen; davor, dem Wasser zugekehrt, saßen zwei Frauen, in denen er bald Angelika und ihre Mutter erkannte.

Er zweifelte einen Augenblick, ob er zu ihnen gehen oder unter die Bäume zurücktreten und einen andern Weg einschlagen solle. Aber in dem Bedenken, er könne von ihnen schon bemerkt worden sein, tat er das erstere.

Nachdem zwischen ihm und der Mutter die alltäglichen Gespräche hin und wider gegangen waren trat diese ins Haus, um die kleine Zeche zu berichtigen, und dann die gemeinschaftliche Rückkehr anzutreten.

Ehrhard saß Angelika gegenüber. Als die Tür hinter der Mutter zugefallen war, sah er ihr voll und bittend ins Gesicht. Sie war so blaß geworden, daß die Züge des feinen Gesichtchens in markierter Schärfe hervortraten.

Der Abendwind erhob sich; und Musik, von der Luft getragen, vom Wasser her, ganz aus der Ferne kam herangeweht. Er legte die Arme weit vor sich auf den Tisch; seine Augen glänzten. »Musik!« sagte er; »törichtes Entzücken befällt mich; – mir ist, als müsse nun noch einmal alles wiederkommen.«

Sie sah in seine Augen, sie konnte nicht anders; aber während er die Hand nach der ihrigen ausstreckte, die ohne Handschuh auf dem Tische lag, stand sie auf und ging über den kurzen Rasen nach dem See hinab. Er gesellte sich zu ihr. Sie sprachen nicht, sie sahen vor sich hinaus auf das Wasser; es war so still, daß sie die Ruderschläge der fernsten Kähne hörten. Er pflückte einen Immortellenstengel, wie deren viele auf dem Rasen waren, und gab ihr den. Sie nahm ihn, ohne hinzusehen und drehte ihn langsam zwischen den Fingern. So gingen sie nebeneinander her; vom Rasen auf die Kiesel und auf den Sand hinunter, und standen erst still, als schon das Wasser ihre Schuh' benetzte.

Da sie so weit gekommen waren sagte Ehrhard, und sie mußte es fühlen, wie mühsam er es sagte: »Angelika, war das ein Abschied gestern?«

Sie antwortete nicht; sie sah ins Wasser zu ihren Füßen, und bohrte mit der Spitze ihres Sonnenschirmes in dem feuchten Sande.

»Antworte mir, Angelika!«

Sie öffnete, ohne aufzusehen, ihre Hand und ließ die Blume, die er ihr gegeben, in den See fallen.

Er fühlte einen Schrei in seiner Brust aufsteigen; aber er biß die Zähne zusammen und erstickte ihn. Dann wandte er sich von ihr ab, und nachdem er einige hundert Schritte am Ufer entlang gegangen war, stieg er in einen am Landungsplatze angeketteten Kahn, um hier den Fährknecht zu erwarten, der eben von jenseits zurückruderte.

Es wurde bereits abendlich; die Wälder rauchten, das gegenüberliegende Ufer war schon im tiefen Schatten. Nachdem seine Augen eine Weile in dieser blauen Dämmerung geruht hatten, konnte er sich nicht enthalten, noch einmal nach der Stelle zurückzublicken, die er soeben verlassen hatte. Angelika war nicht mehr dort; aber als er langsam an dem Strand entlang zurückblickte, sah er sie in nächster Nähe auf sich zukommen. Sie lief wie gejagt über den ebenen Sand, und während er in unwillkürlichem Antrieb den Kahn dichter an das Land zog, sprang sie, ohne darauf zu achten, daß ihr Kleid an den Ruderpflöcken zerrissen wurde, zu ihm herein und faßte mit Heftigkeit seine Arme. Sie wollte sprechen; aber Anstrengung und Schmerz hatten ihr den Atem geraubt; sie stammelte, ihre Pulse flogen. Wie ein verzweifelndes Kind wand sie ihr Schnupftuch um seine Hände, während ihr erhitztes Gesichtchen voll Angst zu ihm emporschaute.

»Sei ruhig«, sagte er, »sei ruhig!« und strich ihr mit zitternder Hand über das heiße Haar. Aber derselbe Augenblick, in welchem sie so die Kränkung der letzten Tage von ihm nahm, legte mit einem Male all ihren Zwiespalt und ihre Unruhe wie eine Last auf seine Seele, so daß er nur mit Zagen die in seinen Armen hielt, die jetzt mit vollem ungestümen Herzen zu ihm drängte.

2

In der Zeit, die hierauf folgte, vermied Ehrhard, so viel dies möglich war, das Zusammentreffen mit Angelika; dagegen suchte er mit Anstrengung seine äußeren Verhältnisse zu fördern; selbst die Verpflichtungen der Dankbarkeit, so schwer er sie seinem Wesen nach empfinden mußte, hatte er nicht gescheut; denn er war keine geringe Natur. Allein es war nichts dadurch gewonnen worden. – Dann endlich versuchte er ein anderes, was ihm gelang. Auf sein Ansuchen erhielt er die Versicherung, daß er seiner hiesigen Verhältnisse in nächster Zeit enthoben und daß er dieselben an einem sehr entfernten Orte wiederfinden werde.

Für Angelika nahm indessen das Drängen der Verhältnisse zu; ein junger Arzt hatte seit einiger Zeit unter unverkennbarer Begünstigung der Mutter so deutlich um den Besitz des Mädchens geworben, daß eine Erklärung nach irgend einer Seite hin in nächster Zukunft unvermeidlich schien.

Es war eines Nachmittags in dieser Zeit. Ehrhard war auf dem Wege zu Angelika; er wollte sie auf seine Abreise vorbereiten, er wollte, wenn der rechte Augenblick sich böte, ihr sagen, daß sie scheiden müßten. Als er in den Flur des befreundeten Hauses trat, begegnete ihm der junge Arzt, der soeben die Treppe herabgekommen war. Ehrhard redete ihn an, wie es in solchem Falle zu geschehen pflegt. Er erhielt jedoch keine Antwort; der andere ging mit stummem Gruß und unverkennbar eilig an ihm vorüber.

Nachdenklich stieg er die Treppe hinauf. – Drinnen im Wohnzimmer fand er Angelika vor dem offenen Klavier sitzend; aber sie spielte nicht. Ihre Gesichtszüge trugen wieder den Ausdruck der Schärfe, der ihn schon einmal erschreckt hatte. Als er sie grüßte, neigte sie ohne aufzusehen den Kopf, und ließ die eine Hand, die auf den Tasten lag, in ihren Schoß fallen. Es war sehr still im Zimmer; man hörte nur das Knistern einer Bernsteinperlenschnur, mit der ein kleines Mädchen, Ehrhards Schwesterkind, in dem Schoße der Mutter spielte, die scheinbar unbeschäftigt auf dem Sofa saß.

Die alte Frau blickte über die vor ihr stehende Kleine nach ihrer Tochter, deren Antlitz sie nicht zu sehen vermochte. Sie rührte sich nicht aus ihrer Stellung, als Ehrhard ihr über den Tisch hinweg die Hand entgegenreichte.

»Ich bin eine alte, einsame Frau, Ehrhard!« sagte sie, während sie seine Hand ein Weilchen in der ihren hielt.

Er wußte hierauf nicht zu erwidern; aber unwillkürlich sprach er den Namen »Angelika« aus.

»Angelika!« wiederholte die Mutter. »Sie wird es auch sein. – Sie will es sein!« fügte sie leiser hinzu, indem sie mit einem Ausdruck von Kummer und Zärtlichkeit das Haar des ruhig fortspielenden Kindes streichelte.

Angelika, die bei diesen Worten aufgestanden war, hob die Kleine mit Heftigkeit auf den Arm und ging schweigend in das

Nebenzimmer, ihr blondes Haar in das noch blondere des Kindes drückend.

Es trat eine Pause zwischen den Zurückbleibenden ein.

Als Angelikas Mutter reden wollte, unterbrach Ehrhard sie. »Es bedarf dessen nicht«, sagte er, und blickte dabei zu Boden, als würden ihm die Worte schwer, »ich werde gehen; nicht heute oder morgen schon, aber um einige Wochen und für immer; es ist alles vorbereitet. Sie können recht haben, daß ich es muß.«

»Aber«, fuhr er fort und legte seine Hand auf den Arm der alten Frau, die ihm, wie er nicht erkennen konnte, ihre Zufriedenheit und ihren Dank für diese Worte aussprechen wollte, »aber für den Mann, der vor einer Stunde Ihr Haus verlassen hat, wird es dasselbe bleiben.«

»Gehen Sie nur, gehen Sie nur, Ehrhard«, sagte sie schüchtern, »es kann mit Gottes Hilfe noch alles wieder gut werden.«

Er blickte ratlos um sich her, als suchte er nach Worten der Verständigung, die von ihm zu dieser Frau doch nirgends in der Welt zu finden waren.

Es war um die fünfte Stunde; die Magd brachte das Teegeschirr und auch Angelika trat wieder herein und ließ das Kind aus ihren Armen an die Erde gleiten. Ehrhard konnte sich nicht entschließen, jetzt zu gehen: er hoffte noch aus ihrem Wesen heraus eine Bestätigung seiner letzten Worte zu gewinnen. So blieb er denn und begann, so gut es gehen wollte, über andere Dinge zu sprechen, während Angelika den Tee bereitete und die Kleine zwischen ihnen hin und wider ging.

Als aber jene, nachdem sie ihr häusliches Geschäft beendet, das kleine Mädchen auf den Schoß nahm und sich bald darauf mit ihr abseits unter den Akazienbaum ans Fenster setzte, flüsternd und erzählend, das Kind mit beiden Armen an sich drükkend, da fühlte er wohl, sie wolle sich vor allen Ansprüchen verschließen, die er oder andere an sie machen könnten.

Seitdem hatte Angelika die Kleine noch öfterer um sich. – Eines Abends kam Ehrhard, um sie abzuholen und dann mit ihr zu seiner Schwester zu gehen. Sie war aber schon mit dem Mädchen fortgeschickt. Angelika, die auf sein Schellen die Flurtür öffnete, sagte ihm das. Er zögerte einen Augenblick. »Willst du nicht eintreten?« fragte sie, indem sie den Türgriff in der Hand behielt.

Er dankte. »Die Schwester wartet; ich kam nur des Kindes wegen.

»Du wirst sie noch einholen«, erwiderte Angelika, »sie sind erst eben fort.«

Er sagte gute Nacht, stieg die Treppe hinab und ging eilig die Straßen entlang, bis er vor der Wohnung seiner Schwester stand. – Aber wie so oft das innere Erlebnis erst eine ganze Weile nach dem äußern eintritt, so fühlte er auch erst jetzt, daß Angelika vorhin eine andere, als sonst ihm gegenüber, gewesen sei. Nun in der Erinnerung erst hörte er deutlich den Ton ihrer Stimme und sah ihre Gestalt im trüben Schimmer des Flurlämpchens vor sich stehen. Er erschrak; denn er wußte plötzlich, daß er heute nicht willkommen gewesen wäre, wenn er Angelikas Einladung angenommen hätte.

Als er in die Wohnung seiner Schwester kam, war die Kleine schon eine geraume Zeit zu Hause gewesen, und saß plaudernd auf dem Schoße der Mutter. Ehrhard trat zu ihnen und ließ sich erzählen.

»Waren denn Fremde bei der Tante?« fragte er.

Die Kleine nickte. »Ein Doktor!« sagte sie wichtig. »Der ist schön! Er hat mir Bonbons gegeben.«

*

Wieder kam ein Augenblick des Alleinseins für die Liebenden. Das Gebüsch des Gartens schützte sie wieder einmal vor der Mittagssonne und vor den Augen der Welt; sie waren aber nicht wie früher Hand in Hand; es schien kein Geheimnis, das sich mit ihnen hier verbarg.

»Und wenn er noch einmal um dich werben sollte?« fragte Ehrhard, während sie sich an dem steinernen Gartentischchen gegenüberstanden.

»Er wird nicht wieder um mich werben.«

»Aber wenn er es dennoch täte?«

»Du quälst mich!« sagte sie, indem sie einen Zweig mit ihren Fingern knickte und einige Schritte von ihm abwärts ins Gebüsch ging.

»O Angelika!« rief er, »sage, daß es nie geschehen könne! Denn wenn du es begangen, davon ist keine Rückkehr.«

Sie sagte: »Wie ich jetzt lebe, so kann ich nicht fortleben. Was soll ich tun?«

»Antworte mir eines: Ist jener Mann dir mehr, als einer von den andern?«

Sie antwortete ihm nicht; aber ein Tropfen Blutes sprang zwischen den Zähnen hindurch auf ihre Lippen. – Es war wie Zorn, das ihn bei diesem Anblick überkam, und er schüttelte ihren Arm, daß sie ihm Rede stehe. Aber sie sagte nur: »Du kannst nichts für mich tun; – du darfst das nicht von mir verlangen.«

»Angelika!« schrie er; aber sie sah ihn mit müden, ausdruckslosen Augen an; er begrub sein Gesicht in ihre Hände und sagte leise: »Du liebst mich ja, Angelika!« Aber sie hatte sich schon losgerissen; sie hörte es nicht mehr.

Währenddessen näherten sich ihr manche, die sie sonst fern gehalten, die sich instinktmäßig nicht in ihre Nähe gewagt hatten. Sie neigte sich dem und jenem; nicht weil ihr Herz seiner Liebe oder ihre Sinne ihrem Herzen treulos geworden wären; sondern weil sie es so wollte, weil sie glaubte, das Leben weise sie auf diesen Weg.

So zersplitterte sie allmählich ihr schönes festes Herz, so verlor sich bei ihr das Gefühl, daß Liebe nichts wollen dürfe, als nur dem Geliebten angehören, daß in ihm das kleinste Regen der Neigung Anfang und Ende haben müsse.

Auch in ihrem Äußern wurde es andres; sie hatte sich früher in Farben und Stoffe gekleidet, hatte solche Kleinigkeiten zu ihrem Putze genommen, von denen sie wußte, daß sie ihm an ihr gefielen, und dann die Freude über dieses ihr Verständnis in seinen Augen nachgesucht. Nun sah er Bänder und Farben, von denen er ihr gesagt hatte, sie seien ihm leid an ihrem Körper; ihre Hände, die sie ihm zuliebe sonst gepflegt hatte, wurden jetzt vernachlässigt.

Sie sah ihn dabei leiden; das schlimmste Leiden, das eines Menschen Brust zerreißen kann; sie sah es, aber sie änderte nichts, denn sie hatte schon nicht mehr das Bedürfnis, für sein Herz zu sorgen. Der Reiz der Neuheit, der stets mit dem Alltäglichen sich einstellt, kam an sie heran; ein Ausdruck von Mißbehagen oder Trauer, den sie auf dem Gesichte eines fremden Menschen wahrnahm, wenn seine Huldigungen nicht von ihr erwidert wurden, konnte ihr Herz zu einer Art mitleidiger Liebe bewegen, während sie in demselben Augenblicke übersah, wie auf dem Antlitz des geliebten, ihr ganz gehörenden Mannes die tödlichsten Qualen zu kämpfen begannen.

War dann ein Abend in seiner stummen verzweifelnden Gegenwart dahingegangen, so sprach er später wohl zu ihr; schmerzlich oder heftig, wie eines Menschen Brust in solchem Weh bewegt wird. Sie schwieg meistens ganz darauf, oder antwortete ebenfalls heftig; aber das Verständnis der Liebe war von ihnen gewichen. Sie konnten sich anschauen mit unendlichem Groll, aber mit noch unendlicherem Schmerz; sie vergingen in Qual, daß sie nicht eins im andern selig sein konnten, wie sie es einst gekonnt; das erlösende Wort schwebte auf ihren Lippen, in ihren Augen; aber sie fanden es nicht mehr. So entstand allmählich eine doppelte Angelika; beide hatten sie die zarte schmächtige Gestalt, das sonnenblonde Haar, das er vor allem liebte; aber die eine hing an seinen Augen, seinen Lippen und hatte nichts, was nicht auch ihm gehörte; die andere wußte nichts von seinem Herzen, sie wandte, wenn er ihren Arm, ihren Nacken berührte, sich unwillig von ihm ab, wie von einem Frechen, und er, mit ersticktem Wehschrei in der Brust, erkannte das fremde Wesen in der geliebtesten Gestalt.

Spät abends vor der Abreise nach seinem neuen Bestimmungsorte sah er Angelika noch einmal in ihrer Wohnung. Als sie ihn beim Abschiede, wie sie es seit ihren Kinderjahren gewöhnt war, die Treppe hinunter und bis vor die Haustür begleitet hatte, – noch dieses Mal, zum letzten Male Hand in Hand – und als er schon, ehe sie sich dessen recht bewußt geworden, »Leb wohl, Angelika!« gesagt hatte, und während sie ihm nachschaute, vor ihr im Dunkel verschwunden war, kam er plötzlich noch einmal zurück, als wolle er etwas sagen, das er vergessen habe und das sie dennoch wissen müsse. Aber er bat sie nur: »Bleib noch ein Weilchen stehen, Angelika! – und«, fügte er leise hinzu, »wenn du hineingehst, zieh nicht zu hart die Tür hinter dir zu!« Sie nickte, und nun ging er wirklich fort.

In den meisten Häusern waren schon die Lichter ausgetan; nur seine Schritte hallten noch auf den Steinen. – Da er tief unten in der Straße war, hörte er die Hausglocke. Er schrak zusammen, als sei hinter ihm die Tür seines Glückes zugefallen.

3

In dem Jahre, welches diesen Vorgängen folgte, war in den öffentlichen Dingen eine Sturm- und Drangperiode eingetreten, welche jede bisherige Berechnung in den Verhältnissen der einzelnen über den Haufen warf. Ehrhard, der in seiner neuen Heimat nur seltene und allgemeine Kunde über Angelika erhalten hatte, mühte sich einer Zukunft zu gedenken, an der sie keinen Anteil habe; gleichwohl aber hatte er nicht verhindern können, daß er fortwährend und sich selber kaum bewußt auf irgend einen unerhörten Zufall hoffte, der sie ihm dennoch zu eigen geben würde. Und dieser Zufall war nun wirklich da; er sah sich plötzlich in einer äußern Lage, welche seine früheren Wünsche in dieser Beziehung bei weitem übertraf.

Sobald er die Gewißheit dieses Umstandes in der Hand hielt, machte er sich reisefertig, und fuhr Tag und Nacht, bis er seinen früheren Wohnort erreicht hatte. Es begann schon wieder Abend zu werden, als er an den Gärten der Stadt vorbeifuhr, welche gegen die Landstraße hinaus liegen. Hier kannte er jeden Baum, jedes hölzerne Pförtchen, das an ihm votüberflog; und eines, ihm das vertrauteste, stand offen; er konnte in das Boskett hinein bis auf die Gartenbank sehen; aber es war niemand da. Der Wagen rollte vorüber.

Bald darauf stieg er in einem Gasthofe ab; denn er wollte seine Schwester nicht sehen, ehe alles entschieden wäre.

Nachdem er seine Reisekleider gewechselt, ging er in die dunkle Stadt hinaus; in atemloser Hast aus einer Gasse in die andere, während er mit Gewalt die eindringende Fülle der Gedanken und Vorstellungen von sich abzuwehren suchte; denn ihm war, als dürfe er seine Phantasie der überschwenglichen Wirklichkeit nicht vorgreifen lassen, in welche ihm nun nach wenigen Augenblicken leibhaft einzutreten bestimmt sei. Endlich stand er vor dem wohlbekannten Hause, dessen zwei obere Fenster auch jetzt, wie zur Zeit, da er hier zuletzt gewesen, erleuchtet waren; wo ihm auch jetzt, wie so manches Mal zuvor, der Schatten des Akazienbaumes in den vorgezogenen Gardinen anzudeuten schien, daß hier noch alles auf dem alten Platze stehe.

Er läutete an der Hausglocke; und als er es bald darauf im Hause die Treppe herunterkommen hörte, dachte er: »Es ist Angelika.«

Aber sie war es nicht; ein Dienstmädchen, das er zuvor im Hause nicht gesehen, öffnete die Tür und erkundigte sich nach seinem Begehren. Er fragte nach Angelika.

»Fräulein sind mit dem Herrn Doktor im Theater«, sagte das Mädchen.

»Wer ist der Herr Doktor?«

»Herr Doktor sind Fräuleins Bräutigam.«

»So!« – Als er aber die Augen des Mädchens in seinem Antlitz forschen fühlte, setzte er hinzu: »Wie heißt denn der Bräutigam deines Fräuleins?«

Ihm wurde der Name des Mannes genannt, der in jener letzten Zeit zu so schmerzlichen Erörterungen zwischen ihnen Veranlassung gegeben hatte; und während diese Erinnerung ihn mit allem Grimm der Leidenschaft anfiel, nahm er beim Schein der Gaslaterne eine Karte aus seinem Portefeuille und schrieb darauf unter seinen Namen: »Um Glück zu wünschen.«

Aber schon im Begriff, sie abzugeben, zog er plötzlich die Hand zurück, zerriß die Karte vor den Augen des erstaunten Mädchens und ging, ohne einen Auftrag zu hinterlassen und ohne seinen Namen zu nennen, in den Gasthof zurück.

Bald saß er wieder im Wagen und fuhr, wie am Nachmittag, hinter den Gärten der Stadt vorüber. Das hölzerne Pförtchen warf jetzt im Mondschein seinen Schatten auf den Weg hinaus; ein Streifen Lichtes fiel auf die kleine Bank, die einsam zwischen den dunklen Büschen des Gartens stand. – Wo war Angelika? – Einst war sie da gewesen; ihre zarten Gliedmaßen, ihr weißes Gewand waren da gewesen, wo jetzt das wesenlose Mondlicht war; sie hatte um seinen Nacken die Hände ineinander gefaltet und die Berührung ihrer Lippen hatte ihm die Kraft geraubt zu gehen, wie er doch so fest gewollt. – Unerbittliche, vergebliche Gedanken suchten ihn heim: Wie, wenn er gegangen wäre, was würde jetzt gewesen sein? Oder da er zu gehen damals nicht vermochte, wenn er nie gegangen wäre? Wenn er den rücksichtslosen Mut gewonnen, sie aller Welt zum Trotz in seinen Armen festzuhalten? – Wie dann Angelika, wie alles dann geworden wäre?

Längst lag die Stadt im Rücken und immer weiter fuhr der Wagen in das stille Land hinaus. Er hatte sich in die eine Ecke zusammengedrückt; und während der Mond durch die Fenster hereinspielte und die Dinge draußen wie Schatten an ihm vorüberflogen, maß er mit grausamem Scharfsinn die Schwäche seiner Natur und die Schwere seiner Schuld.

Die Zeit verstrich. Er ging seinem Berufe nach, einen Tag wie den andern, und alle Tage waren sich gleich; denn in der Brust dieses Menschen war ein toter Fleck, welcher alles, was ihm auch geschehen mochte und was die anderen Freude nannten, in ein graues Einerlei verwandelte.

So saß er eines Spätherbstabends allein in seinem weiten Zimmer, den Kopf gestützt, an einem Tisch, der mit Büchern und Schriften bedeckt war. Die Lampe brannte, es war tiefe Stille, nur zuweilen unterbrochen durch den draußen gehenden Wind und durch das Fallen einer späten Frucht im Garten; dann hob er den Kopf von seiner Hand und sah durch die unverhangenen Fenster in die Dunkelheit hinaus; lange, sehr lange. Als er die Augen abwandte, blieben sie auf dem Flügel haften, der verschlossen in der Ecke des Zimmers stand. Es lagen Briefe darauf; er hatte sie bei seiner Heimkunft in der Dämmerung übersehen. Nun legte er sie vor sich hin und brach sie; es waren fremde, gleichgültige Namen darunter, nur einer von bekannter Hand; er hatte sie lange nicht gesehen, von Freundeshand. Er zögerte ihn zu brechen, er besah die Aufschrift, den Stempel; sein Herz klopfte hörbar, der Brief wurde schwer in seiner Hand. Endlich brach er ihn doch und las; und als er die erste Seite umgewandt hatte, las er auf der zweiten:

»Angelikas Verbindung ist vor der Hochzeit durch den Tod des Bräutigams gelöst; komm nun und hole Dir Dein Glück! –«

Die Schrift verschwamm ihm vor den Augen, das Papier flog in seiner Hand; dann überfiel ihn unerbittliche Wehmut. Heimweh, flehend mit Kinderstimme, kam an ihn heran und führte ihn seine träumerischen Irrgange; weit, weit aus seiner Einsamkeit – in einen stillen Garten – über einen See im klaren Mittagssonnenschein – dann hinein in den Abend auf dunklem Waldpfad, wo sich das Mondlicht durch die Blätter stahl, wo er ihre Gestalt kaum sah, nur die schmale Hand in der seinen fühlend, die sie heimlich ihm zurückgereicht – dann zurück in frühe, früheste Zeit – sie hatte ihn einst daran erinnert, das Haar an seine Wange lehnend – in ein Zimmer ihres elterlichen Hauses; das kleine blasse Mädchen in den blonden Flechten beim Vorlesen ihr Schemelchen an seine Knie rückend, andächtig aufhorchend, zu ihm emporschauend, bis er die Hand auf ihr Köpfchen legte und sie endlich, wie sie es wollte, im stillen zu sich auf den Schoß nahm – dann wieder, wie er sie nie gesehen – aber es war ein Geständnis der innigsten Stunde – das leidenschaftliche Kind, schlaflos die Nacht durchweinend, der zufälligen Nähe des heimlich Geliebten sich bewußt, die Händchen an die kleine Brust gepreßt, die schon so früh den Gott in sich empfangen – und später dann, ihm ganz gehörend, über ihn gebeugt, das Haar über ihn herabfallend, er selbst an ihrem Leibe hängend, nur eins im andern, Aug in Auge untergehend.

Er sank auf seine Knie, er streckte die Arme nach ihr aus und tief stammelnd vor Schmerz und Leidenschaft ihren Namen. – Aber sie kam nicht, die er rief, sie konnte nicht mehr kommen; der Zauber ihres Wesens, wie er noch einmal vom Abendschein erinnernder Liebe angestrahlt erschien, war in der ganzen Welt nur noch in seiner Brust zu finden.

Die Lampe brannte schon nicht mehr, ein trüber Mond war draußen aufgegangen und sah herein. Da stand er auf und, seine Schreibschatulle aufschließend, nahm er ein Päckchen Briefe aus einer Schublade und löste die Schnur, womit sie zusammengebunden waren; dann nahm er den eben gelesenen Brief, legte ihn zu den anderen und verschloß das Päckchen wieder an seinen alten Ort.

Nachdem er das getan, öffnete er das Fenster und lehnte sich weit hinaus. Es regnete, die schweren Tropfen fielen in sein

Haar, auf seine heißen Schläfen. So lag er lange regungslos, gedankenlos; nur im Innern das heimliche Toben seines Blutes fühlend und mechanisch unter sich auf das Rauschen der Blätter horchend. Aber die Natur, in der er schon so oft sich selber wiedergefunden, kam ihm auch hier zu Hülfe; sie zwang ihn nicht, sie wollte nichts von ihm; aber sie machte ihn allmählich kühl und still. Und als er endlich seiner Sinne und seiner Seele wieder Herr geworden war, da wußte er auch, daß er erst jetzt Angelika verloren und daß sein Verhältnis zu ihr erst jetzt für immer abgeschlossen und zu Ende sei.

Wenn die Äpfel reif sind

Es war mitten in der Nacht. Hinter den Linden, die längs dem Plankenzaun des Gartens standen, kam eben der Mond herauf und leuchtete durch die Spitzen der Obstbäume und drüben auf die Hinterwand des Hauses, bis hinunter auf den schmalen Steinhof, der durch ein Staket von dem Garten getrennt war; die weißen Vorhänge hinter dem niedrigen Fensterchen waren ganz von seinem Licht beschienen. Mitunter war's, als griffe eine kleine Hand hindurch und zöge sie heimlich auseinander; einmal sogar lehnte die Gestalt eines Mädchens an die Fensterbank. Sie hatte ein weißes Tüchlein unters Kinn geknotet und hielt eine kleine Damenuhr gegen das Mondlicht, auf der sie das Rücken des Weisers aufmerksam zu betrachten schien. Draußen vom Kirchturm schlug es eben drei Viertel.

Unten zwischen den Büschen des Gartens auf den Steigen und Rasenplätzen war es dunkel und still; nur der Marder, der in den Zwetschen saß, schmatzte bei seiner Mahlzeit und kratzte mit den Klauen in die Baumrinde. Plötzlich hob er die Schnauze. Es rutschte etwas draußen an der Planke; ein dicker Kopf guckte herüber. Der Marder sprang mit einem Satz zu Boden und verschwand zwischen den Häusern; von drüben aber kletterte ein untersetzter Junge langsam in den Garten hinab.

Dem Zwetschenbaum gegenüber, unweit der Planke, stand ein nicht gar hoher Augustapfelbaum; die Äpfel waren grade reif, die Zweige brechend voll. Der Junge mußte ihn schon kennen; denn er grinste und nickte ihm zu, während er auf den Fußspitzen an allen Seiten um ihn herumging; dann, nachdem er einige Augenblicke still gestanden und gelauscht hatte, band er sich einen großen Sack vom Leibe und fing bedächtig an zu klettern. Bald knickte es droben zwischen den Zweigen und die

Äpfel fielen in den Sack, einer um den andern in kurzen regelrechten Pausen.

Dazwischen drein geschah es, daß ein Apfel nebenbei zur Erde fiel und ein paar Schritte weiter ins Gebüsch rollte, wo ganz versteckt eine Bank vor einem steinernen Gartentischchen stand.

An diesem Tische aber – und das hatte der Junge nicht bedacht – saß ein junger Mann mit aufgestütztem Arm und gänzlich regungslos. Als der Apfel seine Füße berührte, sprang er erschrocken auf; einen Augenblick später trat er vorsichtig auf den Steig hinaus. Da sah er droben, wohin der Mond schien, einen Zweig mit roten Äpfeln unmerklich erst und bald immer heftiger hin und her schaukeln; eine Hand fuhr in den Mondschein hinauf und verschwand gleich darauf wieder samt einem Apfel in den tiefen Schatten der Blätter.

Der Untenstehende schlich sich leise unter den Baum, und gewahrte nun endlich auch den Jungen wie eine große schwarze Raupe um den Stamm herumhängen. Ob er ein Jäger war, ist seines kleinen Schnurrbartes und seines ausgeschweiften Jagdrocks unerachtet schwer zu sagen; in diesem Augenblicke aber mußte ihn so etwas wie ein Jagdfieber überkommen; denn atemlos, als habe er die halbe Nacht hier nur gewartet, um die Jungen in den Apfelbäumen zu fangen, griff er durch die Zweige und legte leise, aber fest, seine Hand um den Stiefel, welcher wehrlos an dem Stamme herunterhing. Der Stiefel zuckte, das Apfelpflücken droben hörte auf; aber kein Wort wurde gewechselt. Der Junge zog, der Jäger faßte nach; so ging es eine ganze Weile; endlich legte der Junge sich aufs Bitten.

»Lieber Herr!«

»Spitzbube!«

»Den ganzen Sommer haben sie über den Zaun geguckt!«

»Wart nur, ich werde dir einen Denkzettel machen!« Und dabei griff er in die Höhe und packte den Jungen in den Hosenspiegel. »Was das für derbes Zeug ist!« sagte er.

»Manchester, lieber Herr!«

Der Jäger zog ein Messer aus der Tasche und suchte mit der freien Hand die Klinge aufzumachen. Als der Junge das Einschnappen der Feder hörte, machte er Anstalten, hinabzuklettern. Allein der andere wehrte ihm. »Bleib nur!« sagte er, »du hängst mir eben recht!«

Der Junge schien gänzlich wie verlesen. »Herrjemine!« sagte er. »Es sind des Meisters seine! – Haben Sie denn gar kein Stöckchen, lieber Herr? Sie könnten es mit mir alleine abmachen! Es ist mehr Pläsier dabei; es ist eine Motion; der Meister sagt, es ist so gut wie Spazierenreiten!«

Allein – der Jäger schnitt. Der Junge, als er das kalte Messer so dicht an seinem Fleisch heruntergleiten fühlte, ließ den vollen Sack zur Erde fallen; der andere aber steckte den ausgeschnittenen Flecken sorgfältig in die Westentasche. »Nun kannst du allenfalls herunterkommen!« sagte er.

Er erhielt keine Antwort. Ein Augenblick nach dem andern verging; aber der Junge kam nicht. Von seiner Höhe aus hatte er plötzlich, während ihm von unten her das Leid geschah, im Hause drüben das schmale Fensterchen sich öffnen sehen. Ein kleiner Fuß streckte sich heraus – der Junge sah den weißen Strumpf im Mondschein leuchten – und bald stand ein vollständiges Mädchen draußen auf dem Steinhof. Ein Weilchen hielt sie mit der Hand den offenen Fensterflügel; dann ging sie langsam an das Pförtchen des Staketenzaunes und lehnte sich mit halbem Leibe in den dunklen Garten hinaus. Der Junge renkte sich fast den Hals aus, um das alles zu betrachten. Dabei schienen ihm allerlei Gedanken zu kommen; denn er verzog den Mund bis an die Ohren und stellte sich breitspurig auf zwei gegenüberstehende Äste, während er mit der einen Hand das geschädigte Kleidungsstück zusammenhielt.

»Nun, wird's bald?« fragte der andere.

»Es wird schon«, sagte der Junge.

»So komm herunter!«

»Es ist nur«, erwiderte der Junge, und biß in einen Apfel, daß der Jäger es unten knirschen hörte, »es ist nur, daß ich just ein Schuster bin!«

»Was denn, wenn du kein Schuster wärst?«

»Wenn ich ein Schneider wäre, würde ich mir das Loch von selber flicken.« Und er fuhr fort seinen Apfel zu verspeisen.

Der junge Mann suchte in seiner Tasche nach kleiner Münze, aber er fand nur einen harten Doppeltaler. Schon wollte er die

Hand zurückziehen, als er von unten her ganz deutlich ein Klinken an der Gartentür vernahm. Auf dem Kirchturm drüben schlug es eben zwölf. – Er fuhr zusammen. »Dummkopf!« murmelte er und schlug sich vor die Stirn. Dann griff er wieder in die Tasche und sagte sanft: »Du bist wohl armer Leute Kind?«

»Sie wissen schon«, sagte der Junge, »'s wird alles sauer verdient.«

»So fang und laß dir flicken!« Damit warf er das Geldstück zu ihm hinauf. Der Junge griff zu, wandte es prüfend im Mondschein hin und wider und schob es schmunzelnd in die Tasche.

Draußen auf dem langen Steige, an dem der Apfelbaum in den Rabatten stand, wurden kleine Schritte vernehmlich und das Rauschen eines Kleides auf dem Sande. Der Jäger biß sich in die Lippen; er wollte den Jungen mit Gewalt herunterreißen; der aber zog sorgsam die Beine in die Höhe, eins ums andere; es war vergebene Mühe. »Hörst du nicht?« sagte er keuchend. »Du kannst nun gehen!«

»Freilich«, sagte der Junge, »wenn ich den Sack nur hätte!«

»Den Sack?«

»Er ist mir da vorher hinabgefallen.«

»Was geht das mich an?«

»Nun, lieber Herr, Sie stehen just da unten!«

Der andere bückte sich nach dem Sack, hob ihn ein Stück vom Boden und ließ ihn wieder fallen.

»Werfen Sie dreist zu!« sagte der Junge, »ich werde schon fangen.«

Der Jäger tat einen verzweifelten Blick in den Baum hinauf, wo die dunkle, untersetzte Gestalt zwischen den Zweigen stand, sperrbeinig und bewegungslos. Als aber draußen die kleinen Schritte in kurzen Pausen immer näher kamen, trat er hastig auf den Steig hinaus.

Ehe er sich's versah, hing ein Mädchen an seinem Halse.

»Heinrich!«

»Um Gottes willen!« Er hielt ihr den Mund zu und zeigte in den Baum hinauf. Sie sah ihn mit verdutzten Augen an; aber er achtete nicht darauf, sondern schob sie mit beiden Händen ins Gebüsch.

»Junge, vermaledeiter! – Aber daß du mir nicht wiederkommst!« Und er erwischte den schweren Sack am Boden und hob ihn ächzend in den Baum hinauf.

»Ja, ja«, sagte der Junge, indem er dem andern behutsam seine Bürde aus den Händen nahm, »das sind von den roten, die fallen ins Gewicht!« Hierauf zog er ein Endchen Bindfaden aus der Tasche und schnürte es eine Spanne oberhalb der Äpfel um den Sack, während er mit den Zähnen die Zipfel desselben angezogen hielt; dann lud er ihn auf seine Schulter, sorgsam und regelrecht, so daß die Last gleichmäßig auf Brust und Rücken verteilt wurde. Nachdem dieses Geschäft zu seiner Zufriedenheit beendet war, faßte er einen ihm zu Häupten ragenden Ast und schüttelte ihn mit beiden Fäusten. »Diebe in den Äpfeln!« schrie er; und nach allen Seiten hin prasselten die reifen Früchte durch die Zweige.

Unter ihm rauschte es in den Büschen, eine Mädchenstimme kreischte, die Gartenpforte klirrte, und als der Junge noch einmal den Hals ausreckte, sah er soeben das kleine Fenster wieder zuklappen und den weißen Strumpf darin verschwinden.

Einen Augenblick später saß er rittlings auf der Gartenplanke und lugte den Weg entlang, wo sein neuer Bekannter mit langen Beinen in den Mondschein hinauslief. Dabei griff er in die Tasche, befingerte seine Silbermünze und lachte so ingrimmig in sich hinein, daß ihm die Äpfel auf dem Buckel tanzten. Endlich, als schon die ganze Hausgenossenschaft mit Stöcken und Laternen im Garten umherrannte, ließ er sich lautlos an der andern Seite hinuntergleiten und schlenderte über den Weg in den Nachbarsgarten, allwo er zu Haus war.

Auf dem Staatshof

Ich kann nur einzelnes sagen; nur was geschehen, nicht, wie es geschehen ist; ich weiß nicht, wie es zu Ende ging, und ob es eine Tat war oder nur ein Ereignis, wodurch das Ende herbeigeführt wurde. Aber wie es die Erinnerung mir tropfenweise hergibt, so will ich es erzählen.

Die kleine Stadt, in der meine Eltern wohnten, lag hart an der Grenze der Marschlandschaft, die bis ans Meer mehrere Meilen weit ihre grasreiche Ebene ausdehnt. Aus dem Nordertor führt die Landschaft eine Viertelstunde Wegs zu einem Kirchdorf, das mit seinen Bäumen und Strohdächern weithin auf der ungeheueren Wiesenfläche sichtbar ist. Seitwärts von der Straße, hinter dem weiß getünchten Pastorate, geht quer durchs Land ein Fußsteig über die »Fennen«, wie hier die einzelnen, fast nur zur Viehweide benutzten Landflächen genannt werden; von einem Heck zum andern, aber auf schmalem Steg über die Gräben, durch welche die Fennen voneinander geschieden sind.

Hier bin ich in meiner Jugend oft gegangen; ich mit einer andern. Ich sehe noch das Gras im Sonnenscheine funkeln und fernab um uns her die zerstreuten Gehöfte mit ihren weißen Gebäuden in der klaren Sommerluft. Die schweren Rinder, welche wiederkäuend neben dem Fußsteige lagen, standen auf, wenn wir vorübergingen, und gaben uns das Geleite bis zum nächsten Heck; mitunter in den Trinkgruben erhob ein Ochse seine breite Stirn und brüllte weit in die Landschaft hinaus.

Zu Ende des Weges, der fast eine halbe Stunde dauert, unter einer düstern Baumgruppe von Rüstern und Silberpappeln, wie sie kein andres Besitztum dieser Gegend aufzuweisen hat, lag der »Staatshof«. Das Haus war auf einer mäßig hohen Werfte nach der Weise des Landes gebaut, eine sogenannte »Heuberg«, in welcher die Wohnungs- und Wirtschaftsräume unter einem Dache vereinigt sind; aber die Graft, welche sich ringsumher zog, war besonders breit und tief, und der weitläufige Garten, der innerhalb derselben die Gebäude umgab, war vorzeiten mit patrizischem Luxus angelegt.

Das Gehöfte war einst neben vielen andern in Besitz der nun gänzlich ausgestorbenen Familie van der Roden, aus der während der beiden letzten Jahrhunderte eine Reihe von Pfennigmeistern und Ratmännern der Landschaft und Bürgermeistern meiner Vaterstadt hervorgegangen sind. – Neunzig Höfe, so hieß es, hatten sie gehabt und sich im Übermut vermessen, das Hundert voll zu machen. Aber die Zeiten waren umgeschlagen; es war unrecht Gut dazwischengekommen, sagten die Leute; der liebe Gott hatte sich ins Mittel gelegt, und ein Hof nach dem andern war in fremde Hände übergegangen. Zur Zeit, wo meine Erinnerung beginnt, war nur der Staatshof noch im Eigentum der Familie, von dieser selbst aber niemand übriggeblieben als die alternde Besitzerin und ein kaum vierjähriges Kind, die Tochter eines früh verstorbenen Sohnes. Der letzte männliche Sprosse war als fünfzehnjähriger Knabe auf eine gewaltsame Weise ums Leben gekommen; auf der Fenne eines benachbarten Hofbesitzers hatte er ein einjähriges Füllen ohne Zaum und Halfter bestiegen, war dabei von dem scheuen Tier in die Trinkgrube gestürzt und ertrunken.

Mein Vater war der geschäftliche Beistand der alten Frau Ratmann van der Roden. – Gehe ich rückwärts mit meinen Gedanken und suche nach den Plätzen, die von der Erinnerung noch ein spärliches Licht empfangen, so sehe ich mich als etwa vierjährigen Knaben mit meinen beiden Eltern auf einem offenen Wagen über den ebenen Marschweg dahinfahren; ich fühle plötzlich den Sonnenschein mit einem kühlen Schatten wechseln, der an der einen Seite von ungeheuren Bäumen auf den Weg hinausfällt; und während ich meinen kleinen Kopf über die Lehne des Wagenstuhle recke, um den breiten Graben zu sehen, der sich neben den Bäumen hinzieht, biegen wir gerade in die Schatten hinein und durch ein offenstehendes Gittertor. Ein großer Hund fährt wie rasend an der Kette aus seinem beweglichen Hause auf uns zu; wir aber kutschieren mit einem Peitschenknall auf den Hof hinauf bis vor die Haustür, und ich sehe eine alte Frau im grauen Kleide, mit einem feinen blassen Gesicht und mit besonders weißer Fräse auf der Schwelle stehen, während Knecht und Magd eine Leiter an den Wagen legen und uns zur Erde helfen. Noch rieche ich auf dem dunkeln Hausflur den strengen Duft der Alantwurzel, womit die Marschbewohner zur Abwehr der Mücken allabendlich zu räuchern pflegen; ich sehe auch noch meinen Vater der alten Dame die Hand küssen; dann aber verläßt mich die Erinnerung, und ich finde mich erst nach einigen Stunden wieder, auf Heu gebettet, eine warme sommerliche Dämmerung um mich her. Ich sehe an den aus Heu und Korngarben gebildeten Wänden empor, die um mich her zwischen vier großen Ständern in die Höhe ragen, so hoch, daß der Blick durch ein wüstes Dunkel hindurch muß, bis er aufs neue in eine matte Dämmerung gelangt, die zwischen zahllosen Spinngeweben aus einem Dachfensterchen hereinfällt. Es ist das sogenannte »Vierkant«, worin ich mich befinde. Der zum Bergen des Heues bestimmte Raum im Innern des Hauses, wovon das Hofgebäude in unsern Marschen die eigentümlich hohe Bildung des Daches und seinen Namen »Heuberg« oder »Hauberg« erhalten hat. – Es ist volle Sonntagsstille um mich her. Aber ich bin hier nicht allein; in der gedämpften Helligkeit, die durch die offene Seitenwand aus der angrenzenden Loodiele hereinfällt, steht ein Mädchen meines Alters; die blonden Härchen fallen über ein blaues Blusenkleid. Sie streckt ihre kleinen Fäuste über mir aus und bestreut mich mit Heu; sie ist sehr eifrig, sie stöhnt und bückt sich wieder und wieder. »So«, sagt sie endlich und atmet dabei aus Herzensgrunde, »so, nun bist du bald begraben!« Und wie ich eine Weile regungslos daliege, sehe ich durch die lose mich bedeckenden Halme, wie sie ihr Köpfchen zu mir niederbeugt, und wie sie dann plötzlich kehrtmacht und sich zu einer alten Bäuerin hinarbeitet, die mit einem Strickstrumpf in der Hand uns gegenübersitzt. »Wieb«, sagt sie, indem sie der Alten die Hand von der Wange zieht, »Wieb, ist er tot?«

Was die Alte darauf geantwortet, dessen entsinne ich mich nicht mehr; wohl aber, daß wir bald darauf durch einen dunkeln Gang auf den Hausflur und von dort eine breite Treppe hinauf in die obern Räume des Hauses geführt wurden, in ein großes Zimmer mit goldgeblümten Tapeten, in welchem viele Bilder von alten weiß gepuderten Männern und Frauen an den Wänden hingen. Meine Eltern und die übrigen Gäste sind eben von einer gedeckten Tafel aufgestanden, die sich mitten im Zimmer unter einer großen Kristallkrone befindet. Bald sitze ich, in eine Serviette geknüpft, der kleinen Anne Lene gegenüber; Wieb steht dabei und serviert uns von den Resten. Ich befinde mich sehr wohl; nur zuweilen stört mich ein Krächzen, das aus der Ferne zu uns herüberdringt. »Höre!« sage ich und hebe meine kleinen Finger auf. Die alte Wieb aber kennt das schon lange. »Das sind die Raben«, sagt sie, »sie sitzen im Baumgarten, wir wollen sie nachher besuchen.« – Aber ich vergesse die Raben wieder; denn Wieb teilt zum Dessert noch die Zuckertauben von einer Konditortorte zwischen uns; nur scheint es nicht ganz unparteiisch herzugehen, denn Anne Lene erhält immer die Hahnenschwänze und die Kragentauben.

Etwas später sehe ich die Gesellschaft auf den geschlungenen Gartenwegen zwischen den blühenden Büschen promenieren; die alte Dame mit der Fräse, welche am Arme meines Vaters geht, beugt sich zu mir niedere und sagt, indem sie mir den Kopf aufrichtet: »Du muß dich immer hübsch gerade halten, Kind!« Ich glaube noch jetzt, daß von dieser kleinen Ermahnung sich der fast scheue Respekt her schreibt, den ich, solange sie lebte, vor dieser Frau behalten habe. – Doch schon faßt Wieb mich bei der Hand und führt uns weit umher auf den sonnigen Steigen; zuletzt bis zur Graft hinunter, an der ein gerader Steig entlang führt. So gelangen wir zu einem Gartenpavillon, in welchem die Gesellschaft bei offenen Türen am Kaffeetische sitzt. Wir werden hereingerufen, und da ich zögere, nimmt meine Mutter einen Zuckerkringel aus dem silbernen Kuchenkorb und zeigt mir den. Aber ich fürchte mich; ich habe gesehen, daß das hölzerne Haus auf dünnen Pfählen über dem Wasser steht; bis endlich doch die vorgehaltene Lockspeise und die bunten Schäferbilder, die drinnen auf die Wände gemalt sind, mich bewegen, hineinzutreten.

Mir ist, als hätte ich es mit einem besonders angenehmen Gefühl mit angesehen, wie Anne Lene von meiner Mutter auf den

Schoß genommen und geküßt wurde. Späterhin mögen die Männer, wie es dort gebräuchlich ist, zur Besichtigung der Rinder auf das Land hinausgegangen sein; denn ich habe die Erinnerung, als sei bald eine Stille um mich gewesen, in der ich nur die sanfte Stimme meiner Mutter und andre Frauenstimmen hörte. Anne Lene und ich spielten unter dem Tische zu ihren Füßen; wir legten den Kopf auf den Fußboden und horchten nach dem Wasser hinunter. Zuweilen hörten wir es plätschern; dann hob Anne Lene ihr Köpfchen und sagte: »Hörst du, das tut der Fisch!« Endlich gingen wir ins Haus zurück; es war kühl, und ich sah die Büsche des Gartens alle im Schatten stehen. Dann fuhr der Wagen vor; und in dem Schlummer, der mich schon unterwegs überkam, endete dieser Tag, von dem ich bei ruhigem Nachsinnen nicht außer Zweifel bin, ob er ganz in der erzählten Weise jemals dagewesen, oder ob nur meine Phantasie die zerstreuten Vorfälle verschiedener Tage in diesen einen Rahmen zusammengedrängt hat.

Späterhin, als sich allmählich die Hilfsbedürftigkeit des Alters einstellte, zog die Frau Ratmann van der Roden mit ihrer Enkelin in die Stadt und ließ den Hof unter der Aufsicht des früheren Bauknechtes Marten und seiner Ehefrau, der alten Wieb. Vor dem Hause, welches sie einige Straßen von dem unsern entfernt bewohnte, standen granitne Pfeilersteine, die durch schwere eiserne Ketten miteinander verbunden waren. Wir Jungen, wenn wir auf unserm Schulwege vorübergingen, unterließen selten, uns auf diese Ketten zu setzen und, mit Tafel und Ranzen auf dem Rücken, einige Male hin und her zu schaukeln. Aber ich entsinne mich noch gar wohl, wie wir auseinanderstoben, wenn einer von uns das Gesicht der alten Dame hinter den Geranienbäumen am Fenster gewahrte, oder gar, wenn sie mit einer gemessenen Bewegung den Finger gegen uns erhoben hatte.

Desungeachtet ließ ich mir gern, was öfters geschah, vom Vater eine Bestellung an sie auftragen. Ich weiß nicht mehr, war es das kleine zierliche Mädchen, das mich anzog, oder war es die alte Schatulle, deren Raritäten ich in besonders begünstigter Stunde mit ihr beschauen durfte; die goldenen Schaumünzen, die seidenen, bunt bemalten Fächer oder oben auf dem Aufsatz der Schatulle die beiden Pagoden von chinesischem Porzellan, die schon vom Flur aus durch die Fenster der Stubentür meine Augen auf sich zogen. Am Sonnabendnachmittag stellte ich mich regelmäßig ein, um die Frau Ratmann mit der kleinen Anne Lene zum Sonntag auf den Kaffee einzuladen, was bis zur letzten Zeit vor ihrem Absterben ebenso regelmäßig von ihr angenommen wurde. Am Tage darauf präzise um drei Uhr hielt dann die schwere Klosterkutsche vor unserer Haustreppe; unsere Mägde hoben die alte Dame und ihr Enkelchen aus dem Wagen, und meine Mutter führte sie in das Festzimmer des Hauses, das schon von dem Dufte des Kaffees und des sonntäglichen Gebäckes erfüllt war. Wenn dann die Enveloppen und Tücher abgelegt waren und die beiden Damen sich gegenüber an dem sauber servierten Tische Platz genommen hatten, durften auch wir Kinder uns an ein Nebentischchen setzen und erhielten unsern Anteil an den »Eiermahnen« und »Bieschen«, oder wie sonst die schönen Sachen heißen mochten. Mir ist indessen, wenn ich dieser Sonntagnachmittage gedenke, als sei ich niemals unglücklicher in den Versuchen gewesen, meinen Kaffee aus der Ober- in die Untertasse umzuschütten; und ich fühle noch die strengen Blicke, die mir die alte Dame von ihrem Sitze aus hinübersandte, während meine Mutter mir meine kleine Gespielin zum Muster aufstellte, von der ich mich nicht entsinne, daß sie jemals beim Trinken die Serviette oder ihr weißes Kleid befleckt hätte.

Ein solcher Sonntagnachmittag, nachdem schon einige Jahre in dieser Weise vorübergegangen waren, ist mir besonders im Gedächtnis geblieben. – Ich hatte mich in dem angenehmen Bewußtsein des Feiertages in unserm Hofe umhergetrieben und war endlich in das Waschhaus gelangt, das am Ende desselben lag. Auch hier hatte sich der Sonntag bemerklich gemacht; die föhrenen Tische waren gescheuert, die holländischen Klinker, womit der Boden gepflastert war, sahen so feucht und frisch gespült aus; dabei war eine so liebliche Kühle, daß ich mich fast gedankenlos an einen Tisch lehnte und auf das träumerische Gackeln der Hühner lauschte, das aus dem anstoßenden Hühnerhof zu mir hereindrang. Nach einer Weile hörte ich drunten im Wohnhause aus der im Erdgeschoß befindlichen

Küche das Kaffeegeschirr herauftragen, das Klirren der Tassen und Kaffeelöffel; und endlich vernahm ich auch von der Straße her das Anfahren der Kutsche und bald darauf das Aufschlagen der Haustür. Aber das süße Gefühl, die Nachmittagsfeier so ganz unangebrochen vor mir zu haben, ließ mich immer noch zögern, ins Haus hinabzugehen. Da vernahm ich das Summen des Fliegenschwarms, der in der Sonne an der offenen Tür gesessen. – Anne Lene war unbemerkt herangetreten. Noch sehe ich sie vor mir, die kleine leichte Gestalt, wie sie ruhig auf der Schwelle stand, den Strohhut am Bande in der Hand hin und her schwenkend, während die Sonne auf das goldklare Haar schien, das ihr in kleinen Locken um das Köpfchen hing. Sie nickte mir zu, ohne weiter heranzutreten, und sagte dann: »Du solltest hereinkommen!«

Ich kam noch nicht; meine Augen hafteten noch an dem weißen Sommerkleidchen, an der himmelblauen Schärpe und zuletzt an einem alten Fächer, den sie in der Hand hielt. »Willst du nicht kommen, Marx?« fragte sie endlich, »Großmutter hat gesagt, wir sollten einmal das Menuett wieder miteinander üben.«

Ich war es wohl zufrieden. Wir hatten vor einigen Wochen in der Tanzschule diese altfränkischen Künste auf den gemeinsamen Wunsch der Frau Ratmann und meines Vaters mit besonderer Sorgfalt eingeübt. Wir gingen also hinein; ich machte meine Reverenz vor Anne Lenes Großmutter und trank, um mich schon jetzt meiner zierlichen Partnerin würdig zu zeigen, meinen Kaffee mit besonderer Behutsamkeit. Späterhin, als mein Vater ins Zimmer getreten war und sich mit seiner alten Freundin in geschäftliche Angelegenheiten vertiefte, nahm meine Mutter uns mit in die gegenüberliegende Stube und setzte sich an das aufgeschlagene Klavier. Sie hatte den »Don Juan« aufs Tapet gelegt. Wir traten einander gegenüber, und ich machte mein Kompliment, wie der Tanzmeister es mich gelehrt hatte. Meine Dame nahm es huldvoll auf, sie neigte sich höfisch, sie erhob sich wieder, und als die Melodie erklang: »Du reizest mich vor allen; Zerlinchen, tanz mit mir«, da glitten die kleinen Füße in den Korduanstiefelchen über den Boden, als ginge es über eine Spiegelfläche hin. Mit der einen Hand hielt sie den aufgeschlagenen Fächer gegen die Brust gedrückt, während die Fingerspitzen der andern das Kleid emporhoben. Sie lächelte; das feine Gesichtchen strahlte ganz von Stolz und Anmut. Meine Mutter, während wir hin und her schassierten, uns näherten und verneigten, sah schon lange nicht mehr auf ihre Tasten; auch sie, wie ihr Sohn, schien die Augen nicht abwenden zu können von der kleinen schwebenden Gestalt, die in graziöser Gelassenheit die Touren des alten Tanzes vor ihr ausführte.

Wir mochten auf diese Weise bis zum Trio gelangt sein, als die Stubentür sich langsam öffnete und ein dickköpfiger Nachbarsjunge hereintrat, der Sohn eines Schuhflickers, der mir an Werkeltagen bei meinem Räuber- und Soldatenspiel die vortrefflichsten Dienste leistete. »Was will der?« fragte Anne Lene, als meine Mutter einen Augenblick innehielt. – »Ich wollte mit Marx spielen«, sagte der Junge und sah verlegen auf seine groben Nagelschuhe.

»Setze dich nur, Simon«, erwiderte meine Mutter, »bis der Tanz aus ist; dann könnt ihr alle miteinander in den Garten gehn.« Dann nickte sie zu uns hinüber und begann das Trio zu spielen. Ich avancierte; aber Anne Lene kam mir nicht entgegen; sie ließ die Arme herabhängen und musterte mit unverkennbarer Verdrossenheit den struppigen Kopf meines Spielkameraden.

»Nun«, fragte meine Mutter, »soll Simon nicht sehen, was ihr gelernt habt?«

Allein die kleine Patrizierin schien durch die Gegenwart dieser Werkeltagserscheinung in ihrer idealen Stimmung auf eine empfindliche Weise gestört zu sein. Sie legte den Fächer auf den Tisch und sagte: »Laß Marx nur mit dem Jungen spielen.«

Ich fühle noch jetzt mit Beschämung, daß ich dem schönen Kinde zu Gefallen, wenn auch nicht ohne ein deutliches Vorgefühl von Reue, meinen plebejischen Günstling fallen ließ. »Geh nur, Simon«, sagte ich mit einiger Beklemmung. »ich habe heute keine Lust zu spielen!« Und der arme Junge rutschte von seinem Stuhl und schlich sich schweigend wieder von dannen.

Meine Mutter sah mich mit einem durchdringenden Blick an; und sowohl ich wie Anne Lene, als diese späterhin in ein näheres Verhältnis zu unserm Hause trat, haben noch manche kleine Predigt von ihr hören müssen, die aus dieser Geschichte ihren Text genommen hat. Damals aber hatten die kleinen tanzenden Füße mein ganzes Knabenherz verwirrt. Ich dachte nichts als Anne Lene; und als ich ihr am Montage darauf ein vergessenes Arbeitskörbchen ins Haus brachte, hatte ich es zuvor ganz mit Zuckerplätzchen angefüllt, deren Ankauf mir nur durch Aufopferung meiner ganzen kleinen Barschaft möglich geworden war.

Etwa ein Jahr später kam ich eines Nachmittags auf der Heimkehr von einer Ferienreise an Anne Lenes Wohnung vorüber. Da die Haustüre offenstand, so fiel es mir ein, hineinzugehen, um eine Kleinigkeit, die ich unterwegs für sie eingehandelt hatte, schon jetzt in ihre Hand zu legen. Ich trat in den Flur und blickte durch die Glasscheiben der Stubentür; aber ich gewahrte niemanden. Es war eine seltsame Einsamkeit im Zimmer; der weiße Sand lag so unberührt auf der Diele, und drüben der Spiegel war mit weißen Damasttüchern zugesteckt. Während ich dies betrachtete und eine unbewußte Scheu mich hinderte hineinzutreten, hörte ich in der Tiefe des Hauses eine Tür gehen, und bald darauf sah ich meinen Vater mit einem schwarzgekleideten Kinde an der Hand auf mich zukommen. Es war Anne Lene; ihre Augen waren vom Weinen gerötet, und über der schwarzen Florkrause erschienen das blasse Gesichtchen und die feinen goldklaren Haare noch um vieles zärtlicher als sonst. Mein Vater begrüßte mich und sagte dann, indem er seine Hand auf den Kopf des Mädchens legte: »Ihr werdet jetzt Geschwister sein; Anne Lene wird als meine Mündel von nun an in unserem Hause leben, denn ihre Großmutter, deine alte Freundin, ist gestorben.«

Ich hörte eigentlich nur den ersten Teil dieser Nachricht, denn die bestimmte Aussicht, nun fortwährend in Gesellschaft des anmutigen Mädchens zu sein, erregte in meiner Phantasie eine Reihe von heiteren Vorstellungen, die mich den Ort, an welchem wir uns befanden, vollständig vergessen machten. Ich merkte es kaum, als Anne Lene ihre Arme um meinen Hals legte und mich küßte, während ihre Tränen mein Gesicht benetzten.

Einige Tage darauf fand das Leichenbegängnis statt, mit aller Feierlichkeit patrizischen Herkommens, so wie die Verstorbene es bei Lebzeiten in allen Punkten selbst verordnet hatte. Ich befand mich mit meiner Mutter und Anne Lene im Sterbehause. Noch sehr wohl erinnere ich mich, wie das Geläute der Glocken, die gedämpfte Redeweise, in der alle die schwarzen Leute miteinander verkehrten, und die kolossalen, florbehangenen Wachskerzen, welche brennend vor dem Sarge hinausgetragen wurden, ein angenehmes Feiertagsgefühl in mir erregten, das dem unwillkürlichen Grauen vor diesem Gepränge vollkommen die Waage hielt.

Am andern Tage begann der werktägige Gang des Lebens wieder. Anne Lene war nun zwar mit mir in einem Hause, aber die Zeit unseres Beisammenseins bestand nicht mehr wie sonst nur in sonntäglichen Spielstunden. Meine Hausarbeiten für das Gymnasium wurden von meinem Vater noch strenger überwacht als sonst, und Anne Lene war außer ihren Schulstunden meist unter der Aufsicht der Mutter beschäftigt. Während meiner Freistunden nahmen die eigentlichen Knabenspiele einen immer größeren Raum ein, und ich habe meine kleine Freundin nie bewegen können, unsere Räuberspiele mitzumachen oder auch nur in dem türkischen Zelte Platz zu nehmen, das ich von alten Teppichen in der Spitze eines Birnbaumes aufgeschlagen hatte.

Nur eine Freude blieb uns fast während unserer ganzen Jugend gemeinschaftlich. Die Ländereien des Staatshofes waren seit dem Tode der alten Frau Ratmann an einen benachbarten Hofbesitzer verpachtet, während man das Wohnhaus mit der Werfte unter der Aufsicht der alten Wieb und ihres Mannes ließ. Da der Hof nur eine halbe Stunde von der Stadt lag, so war uns ein für allemal erlaubt, sonntags nach Tische dorthinaus zu gehen. Und wie oft sind wir diesen Weg gegangen! Auf der ebenen Marschlandstraße bis zum Dorfe und dann seitwärts über die Fennen von einem Heck zum andern, bis wir die dunkle Baumgruppe des Hofes erreicht hatten, die schon beim Austritt aus der Stadt auf der weiten Ebene sichtbar war. Wie oft beim Gehen wandten wir uns um und maßen die Strecke, die wir schon zurückgelegt hatten, und sahen zurück nach den Türmen der Stadt, die im Sonnendufte hinter uns lagen! Denn mir ist, als habe an jenen Sonntagnachmittagen immer die Sonne geschienen und als sei die Luft über dieser endlosen grünen Wiesenfläche immer voll von Lerchengesang gewesen.

Den alten Eheleuten auf dem Hofe war im unteren Stock des Hauses ein früher von der Familie bewohntes Zimmer zur Benutzung angewiesen; allein sie bewohnten nach eigener Wahl nach wie vor das Gesindezimmer, da dieses mit dem Stall und den übrigen Wirtschaftsräumen in Verbindung stand. Gewöhnlich kam uns der alte Marten in sonntäglich weißen Hemdärmeln schon vor dem Tore entgegen und reichte uns in seiner schweigsamen Art die Hand; er konnte es nicht lassen, nach seinen jungen Gästen auszusehen. Hatten wir uns etwas verspätet, so trafen wir ihn wohl schon auf unserem Wege draußen auf den Fennen, seinen unzertrennlichen Begleiter, den Springstock, auf der Schulter; und während Anne Lene auf dem Fußbrett um die Hecken ging, lehrte er mich, nach Landesweise über die Gräben zu setzen. Im Zimmer drinnen pflegte dann auf dem langen blankgescheuerten Tische schon der Kaffeekessel seinen Duft zu verbreiten, und die alte Wieb, wenn sie mir die Hand gegeben und ihrem Lieblingskinde die heißen Haare von der Stirn gestrichen hatte, schenkte uns viele Tassen ein, so viele, als wir immer trinken konnten, und dann noch eine »fürs Nötigen«, wie sie sagte. Wenn wir uns auf diese Weise erquickt hatten und das Geschirr wieder abgeräumt war, holte die Alte ihr Rad aus dem Winkel hinter der Tragkiste hervor und begann zu spinnen. Sie ließ dann wohl den Faden durch Anne Lenes Finger gleiten und zeigte uns die Glätte und Feinheit desselben; denn, wie sie mir später einmal vertraute, es sollte aus dem Flachse, den sie sonntags spann, das Brautlinnen für ihre junge Herrschaft gewebt werden. – Aber es duldete uns nicht lange neben ihr; wir ruhten nicht, bis sie uns ihr großes Schlüsselbund eingehändigt hatte, in dessen Besitz wir dann die dunkle Treppe nach dem oberen Stockwerk hinaufstiegen und eine nach der andern die Türen zu den verödeten Zimmern aufschlossen, in denen die feuchte Marschluft schon längst an Decken und Wänden ihren Zerstörungsprozeß begonnen hatte. Wir betraten diese Räume mit einer lüsternen Neugierde, obgleich wir wußten, daß nichts darin zu sehen sei als die halberloschenen Tapeten und etwa in dem einen Seitenzimmer das leere Bettgestell der verstorbenen Besitzer. Wenn wir zu lange blieben, rief die Alte uns wohl herunter und schickte uns in den Garten, der vor dem Hause lag. Aber die Einsamkeit, die oben in den verlassenen Zimmern herrschte, war auch dort. Wohin man sehen mochte, zwischen den hohen Sträuchern hing das Gespinst der Jungfernrebe; über den mit Gras bewachsenen Steigen in den rotblühenden Himbeerbüschen hatten die Wespen ihre pappenen Nester aufgehangen. Obwohl seit Jahren keine pflegende Hand dort gewaltet, so wuchs doch alles in der größten Üppigkeit durcheinander, und mittags in der schwülen Sommerzeit, wenn Jasmin und Kaprifolien blühten, lag die alte Hauberg wie im Duft begraben. Anne Lene und ich drangen gern aufs Geratewohl in diesen Blütenwald hinein, um uns den Reiz eines gefahrlosen Irregehens zu verschaffen; und nicht selten glückte es, daß wir uns nach der feuchten Laube im Winkel des Gartens hinzuarbeiten meinten und statt dessen unerwartet vor dem alten Pavillon standen, welcher jetzt zur zeitweisen Aufbewahrung von Sommerfrüchten diente. Dann sahen wir durch die erblindeten Fensterscheiben nach dem zärtlichen Schäferpaar hinüber, das noch immer, wie vor Jahren, auf der Mitte der Wand im Grase kniete, und rüttelten vergebens an den Türen, welche von der alten Wieb sorgfältig verschlossen gehalten wurden; denn der Fußboden drinnen war unsicher geworden, und hier und dort konnte man durch die Ritzen in den Dielen auf das darunterstehende Wasser sehen.

So verging die Zeit. – Anne Lene war, ehe ich mich dessen versehen, ein erwachsenes Mädchen geworden, während ich noch kaum zu den jungen Menschen zählte. Ich bemerkte dies eigentlich erst, als sie eines Tages mit veränderter Frisur ins Zimmer trat. Seitdem sie selbst für ihre Kleidung sorgte, war diese fast noch einfacher als zuvor; besonders liebte sie die weiße Farbe, so daß mir diese in der Erinnerung von der Vorstellung ihrer Persönlichkeit fast unzertrennbar geworden ist. Nur einen Luxus trieb sie; sie trug immer die feinsten englischen Handschuhe, und da sie dessenungeachtet sich nicht scheute, überall damit hinzufassen, so mußte das getragene Paar bald durch ein neues ersetzt werden. Meine bürgerlich sparsame

Mutter schüttelte vergebens darüber den Kopf. Aus dem nachgelassenen Schmuckkästchen ihrer Großmutter nahm sie an ihrem Konfirmationstage ein kleines Kreuz von Diamanten, das sie seitdem an einem schwarzen Bande um den Hals trug. Sonst habe ich niemals einen Schmuck an ihr gesehen.

Die Zeit rückte heran, wo ich zum Studium der Arzneiwissenschaft die Universität besuchen sollte. – In Anne Lenes Gesellschaft machte ich meinen Abschiedsbesuch bei unsern alten Freunden auf dem Staatshof. Wir kamen eben von einer Fenne, wo der Pächter, wie es dort gebräuchlich ist, seine Rapssaaternte auf einem großen Segel ausdreschen ließ. Nach der Sitte des Landes, die bei der schweren Arbeit den Leuten in jeder Weise gestattet, sich die Brust zu lüften, waren wir mit einem ganzen Schauer von Schimpf- und Neckworten überschüttet worden; weder meine rote Schülermütze noch meine damals allerdings »ins Kraut geschossene« Figur war verschont geblieben. Auch Anne Lene hatte ihr Teil bekommen; aber man wußte kaum, waren es Spottreden oder unbewußte Huldigungen; denn alles bezog sich am Ende doch nur auf den Gegensatz ihres zarten Wesens zu der derben und etwas schwerfälligen Art des Landes. Und in der Tat, wenn man sie betrachtete, wie der Sommerwind ihr die kleinen goldklaren Locken von den Schläfen hob und wie ihre Füße so leicht über das Gras dahinschritten, so konnte man kaum glauben, daß sie hier zu Haus gehöre. Das kleine Kreuz, welches an dem schwarzen Bändchen an ihrem Halse funkelte, mochte bei den Arbeitern diesen Eindruck noch vermehren helfen.

Als wir auf die Werfte kamen, fanden wir die alte Wieb in Zank mit einer Bettlerin vor der Haustür stehen, die sie vergeblich abzuweisen suchte. Die leidenschaftlichen Gebärden dieses noch ziemlich jungen Weibes waren mir wohlbekannt; sie ging auch in der Stadt alle Sonnabend von Tür zu Tür und zehrte dabei seit Jahren an dem Gedanken, daß sie von dem alten Ratmann van der Roden, dem in seiner Amtsführung die obervormundschaftlichen Angelegenheiten übertragen waren, um ihr mütterliches Erbteil betrogen sei. Sie war infolge derartiger Äußerungen schon mehrfach zur Strafe gezogen; und jetzt schien sie, nach dem beiderseitigen Betragen zu urteilen, fest entschlossen, auch der alten Dienerin der van der Rodenschen Familie diese verhaßte Geschichte vorzutragen.

Die Streitenden rührten sich bei unsrer Ankunft in ihrem Eifer nicht von der Stelle, und da wir nach dem Flur zwischen beiden hindurchmußten, so nahm Anne Lene ihr Kleid zusammen, um nicht an das der Bettlerin zu streifen.

Aber diese vertrat ihr den Weg. »Ei, schöne Mamsell«, sagte sie, indem sie einen tiefen Knicks vor ihr machte und mit einer abscheulichen Koketterie ihre durchlöcherten Röcke schwenkte, »habe Sie keine Angst, meine Lumpen sind alle gewaschen! Freilich die seidenen Bändchen sind längst davon, und die Strümpfe, die hat dein Großvater selig mir ausgezogen; aber wenn dir die Schuhe noch gefällig sind?«

Und bei diesen Worten zog sie die Schlumpen von den nackten Füßen und schlug sie aneinander, daß es klatschte. »Greif zu, Goldkind«, rief sie, »greif zu! Es sind Bettelmannsschuhe, du kannst sie bald gebrauchen.«

Anne Lene stand ihr völlig regungslos gegenüber; Wieb aber, deren Augen mit großer Ängstlichkeit an ihrer jungen Herrin hingen, griff in die Tasche und drückte der Bettlerin eine Münze in die Hand. »Geh nun, Trin'«, sagte sie, »du kannst zur Nacht wiederkommen; was hast du nun noch hier zu suchen?«

Allein diese ließ sich nicht abweisen. Sie richtete sich hoch auf, indem sie mit einem Ausdruck überlegenen Hohnes auf die Alte herabsah. »Zu suchen?« rief sie und verzog ihren Mund, daß das blendende Gebiß zwischen den Lippen hervortrat. »Mein Muttergut such ich, womit ihr die Löcher in eurem alten Dache zugestopft habt.«

Wieb machte Miene, Anne Lene ins Haus zu ziehen.

»Bleib Sie nur, Mamsell«, sagte das Weib und ließ die empfangene Münze in die Tasche gleiten, »ich gehe schon; es ist hier doch nichts mehr zu finden. Aber«, fuhr sie fort, mit einer geheimnisvollen Gebärde sich gegen die Alte neigend, »auf deinem Heuboden schlafe ich nicht wieder. Es geht was um in eurem Hause, das pflückt des Nachts den Mörtel aus den Fugen. Wenn nur das alte hoffärtige Weib noch mit daruntersäße, damit ihr alle auf einmal euren Lohn bekämet!«

Auf Anne Lenes Antlitz drückte sich ein Erstaunen aus, als sei sie durch diese Worte wie von etwas völlig Unmöglichem betroffen worden. »Wieb«, rief sie, »was sagt sie? Wen meint sie, Wieb?«

Mich übermannte bei dem Anblick meiner jungen hilflosen Freundin der Zorn; und ehe das Weib zu einer Antwort Zeit gewann, packte ich sie am Arm und zerrte sie den Hof hinunter bis hinaus auf den Weg. Aber noch als ich das Gittertor hinter ihr zugeworfen hatte und wieder auf die Werfte hinaufging, hörte ich sie ihre leidenschaftlichen Verwünschungen ausstoßen. »Geh nach Haus, Junge«, schrie sie mir nach, »dein Vater ist ein ehrlicher Mann; was läufst du mit der Dirne in der Welt umher!«

Drinnen im Gesindezimmer fand ich Anne Lene vor ihrer alten Wärterin auf den Knien liegen, den Kopf in ihren Schoß gedrückt. »Wieb«, sprach sie leise, »sag mir die Wahrheit, Wieb!«

Die Alte schien um Worte verlegen. Sie schalt auf die Bettlerin und redete dies und das von allgemeinen Dingen, indem sie ihre rauhe Hand liebkosend über das Haar ihres Lieblings hingleiten ließ. »Was wird es sein«, sagte sie »dein Großvater und dein Urgroßvater waren große Leute; die Armen sind immer den Reichen heimlich feind!«

Anne Lene, die bis dahin ruhig zugehört hatte, erhob den Kopf und sah sie zweifelnd an. »Es mag doch wohl anders gewesen sein, Wieb«, sagte sie traurig, »du mußt mich nicht belügen!«

Was weiter zwischen den beiden gesprochen worden, weiß ich nicht; denn ich verließ nach diesen Worten das Zimmer, da ich glaubte, die Alte werde das Gemüt des Mädchens leichter zur Ruhe sprechen, wenn sie allein sich gegenüber wären. – Aber nach einigen Tagen war das Diamantkreuz von Anne Lenes Hals verschwunden, und ich habe dieses Zeichen alten Glanzes niemals wieder von ihr tragen sehen.

Ich mochte etwa ein Jahr lang in der Universitätsstadt gewesen sein, als ich durch einen Brief meines Vaters die Nachricht von Anne Lenes Verlobung mit einem jungen Edelmann erhielt. Er teilte mir die Sache mit, ohne ein Wort der Billigung oder Mißbilligung von seiner Seite hinzuzufügen. – Der Bräutigam war mir wohl bekannt; seine Familie stammte aus unserer Stadt, und er selbst hatte sich kurz vor meiner Abreise wegen einer Erbschaftsangelegenheit dort aufgehalten. Da er sich meines Vaters als Geschäftsbeistandes bediente und keine weiteren Bekanntschaften in der Stadt hatte, so war er in unserem Hause ein oft gesehener Gast geworden. – Mir waren die blanken braunen Augen dieses Menschen vom ersten Augenblick an zuwider gewesen; und auch jetzt noch schienen sie mir nichts Gutes zu versprechen. Doch sagte ich mir selbst, daß diese Meinung keine unparteiische sei. Ich war von dem Herrn Kammerjunker als ein junger bürgerlicher Mensch von vornherein mit einer mir sehr empfindlichen Oberflächlichkeit behandelt worden; er hatte in meiner Gegenwart in der Regel getan, als ob ich gar nicht vorhanden sei; was aber das schlimmste war, ich hatte zu bemerken geglaubt, daß er meiner jungen Freundin nicht in gleichem Grade wie mir mißfallen wollte.

Obgleich die seit meiner Knabenzeit in mir keimende Neigung für Anne Lene, da sie keine Erwiderung gefunden, niemals zur Entfaltung gekommen war, so wurde ich doch jetzt durch die Nachricht ihrer Verbindung mit einem mir so verhaßten Manne auf das heftigste erschüttert und, ich darf wohl sagen, beunruhigt. Meine Phantasie ließ nicht nach, mir die kleinsten Züge seines Wesens wieder und wieder vor Augen zu führen; und besonders mußte ich mich eines übrigens geringfügigen Vorfalles erinnern, der mich gegen die Natur dieses Menschen in völligen Widerspruch setzte.

Es war im Spätsommer; unsere Familie saß in der Ligusterlaube beim Nachmittagskaffee, wozu außer dem alten Syndikus auch der Kammerjunker sich eingefunden hatte. Die Herren mochten, ehe ich hinzukam, geschäftliche Sachen erörtert haben; denn das alte Porzellanschreibzeug meines Vaters stand neben dem übrigen Geschirr auf dem Tische. Anne Lene ging in stiller Geschäftigkeit ab und zu; bald um im Hause die Bunzlauer Kanne aufs neue zu füllen, bald um die Wachskerze für die Tonpfeife des Syndikus anzuzünden, die über dem Plaudern immer wieder ausging. Das Gespräch der beiden älteren Herren hatte sich mittlerweile auf städtische Angelegenheiten gewandt, welche für den Fremden wenig Interesse boten. Er hatte die Arme vor sich auf den Tisch gestreckt und schien seinen eigenen Gedanken nachzugehen; nur wenn draußen zwischen den sonnigen Beeten das Kleid des jungen Mädchens sichtbar wurde, hob er die Augenlider und sah nach ihr hinüber. Es war in diesem lässigen Anschauen etwas, das mich in einen ohnmächtigen Zorn versetzte; zumal als ich sah, wie Anne Lene die Augen niederschlug und sich, wie um Schutz zu suchen, an meiner Mutter Seite auf das äußerste Ende der Bank setzte. Der Kammerjunker, ohne sie weiter zu beachten, haschte eine Mücke, die eben an ihm vorüberflog. Ich sah, wie er sie an den Flügeln sorgsam zwischen seinen Fingern hielt; wie er den Kopf herabneigte und die hilflosen Bewegungen des Geschöpfes mit Aufmerksamkeit zu betrachten schien. Nach einer Weile nahm er die neben ihm liegende Schreibfeder, tauchte sie in das Tintenfaß und begann nun nacheinander Kopf und Brustschild seines kleinen Opfers in langsamen Zügen damit zu bestreichen. Bald aber änderte er sein Verfahren; er zog die Feder zurück und führte sie wie zum Stoße wiederholt gegen die Brust der Kreatur, welche mit den feinen Füßen die auf sie eindringende Spitze vergebens abzuwehren strebte. Seine blanken Augen waren ganz in dies Geschäft vertieft. Endlich aber schien er dessen überdrüssig zu werden; er durchstach das Tier und ließ es vor sich auf den Tisch fallen, indem er zugleich eine Frage meines Vaters beantwortete, die seine Aufmerksamkeit erregt haben moche. – Ich hatte wie gebannt diesem Vorgange zugesehen, und Anne Lene schien es ebenso ergangen; denn ich hörte sie aufatmen, wie jemand, der von einem auf ihm lastenden Druck mit einem Male befreit wird.

Einige Tage darauf vermißten wir Anne Lene bei der Mittagstafel, was sonst niemals zu geschehen pflegte. – Als ich, um sie zu suchen, in den Garten trat, begegnete mir der Kammerjunker, der wie gewöhnlich mit einem halben Kopfnicken an mir vorbeipassierte. Da ich Anne Lene nicht gewahrte, so ging ich in den untern Teil des Gartens, in welchem mein Vater eine kleine Baumschule angelegt hatte. Hier stand sie mit dem Rücken an einen jungen Apfelbaum gelehnt. Sie schien ganz einem innern Erlebnis zugewendet; denn ihre Augen starrten unbeweglich vor sich hin, und ihre kleinen Hände lagen fest geschlossen auf der Brust. Ich fragte sie: »Was ist denn dir begegnet, Anne Lene?« Aber sie sah nicht auf; sie ließ die Arme sinken und sagte: »Nichts, Marx; was sollte mir begegnet sein?« Zufällig aber hatte ich bemerkt, daß die Krone des kleinen Baumes wie von einem Pulsschlage in gleichmäßigen Pausen erschüttert wurde, und es überkam mich eine Ahnung dessen, was hier geschehen sein könne; zugleich ein Reiz, Anne Lene fühlen zu lassen, daß sie mich nicht zu täuschen vermöge. Ich zeigte mit dem Finger in den Baum und sagte: »Sieh nur, wie dir das Herz klopft!«

Diese Vorfälle, welche damals bald von mir vergessen waren, ließen nun nicht ab, mich zu beunruhigen, bis sie endlich von den Leiden und Freuden des Studentenlebens aufs neue in den Hintergrund gedrängt wurden.

Ich habe nicht von mir zu reden.

Etwa zwei Jahre später um Ostern kehrte ich als junger Doctor promotus in die Heimat zurück. Schon vorher hatte man mir geschrieben, daß das fortdauernde Sinken der Landpreise den Verkauf des Staatshofes nötig machen werde und daß Anne Lene aus einer immerhin noch reichen Erbin wahrscheinlich ein armes Mädchen geworden sei. Nun erfuhr ich noch dazu, daß auch ihre Verlobung sich aufzulösen scheine. Die Briefe des Bräutigams waren allmählich seltener geworden und seit einiger Zeit ganz ausgeblieben. Anne Lene hatte das ohne Klage ertragen; aber ihre Gesundheit hatte gelitten, und sie befand sich gegenwärtig schon seit einigen Wochen zu ihrer Erholung draußen auf dem Staatshof, wo man eins der kleineren Zimmer in dem oberen Stockwerk für sie instand gesetzt hatte.

Obwohl ich seit ihrem Brautstande nicht an sie geschrieben, so konnte ich doch nicht unterlassen, noch am Tage meiner Ankunft zu ihr hinauszugehen. – Es war schon spät nachmittags, als ich den Staatshof erreichte. Die alte Wieb fand ich draußen auf dem Wege an einem Heck stehend, von wo ein Fußsteig über die Fennen nach dem Deiche zu führte. Sie hatte mich nicht kommen sehen, da sie den Rücken gegen den Weg kehrte, und als ich unvermerkt ihre harte Hand erfaßte, vermochte sie mich erst nicht zu erkennen. Bald aber trat ein Ausdruck der Freude in das alte Gesicht, und sie sagte: »Gott sei Dank, daß du da bist, Marx! So eine treue Seele tut uns grade not!«

»Wo ist Anne Lene?« fragte ich. Die Alte zeigte mit der Hand ins Land hinaus und sagte bekümmert: »Da geht sie wieder in der Abendluft!«

Etwa auf dem halben Wege nach dem Haffdeiche, der hier nördlich von dem Hofe die Landschaft gegen das Meer hin abschließt, sah ich eine weibliche Gestalt über die Fennen gehen. »Setz nur den Kessel ans Feuer, Wieb«, sagte ich, »ich will sie holen, wir kommen bald zurück.« – Nach einer Weile hatte ich Anne Lene erreicht. Als ich ihren Namen rief, stand sie still und wandte den Kopf nach mir zurück. Ich fühlte plötzlich, wieviel von ihrem Bilde in meiner Erinnerung erloschen sei. So lieblich hatte ich sie mir nicht gedacht; und doch war sie dieselbe noch; nur ihre Augen schienen dunkler geworden, und die Linien des zarten Profils waren ein wenig schärfer gezogen als vor Jahren. Ich faßte ihre beiden Hände. »Liebe Anne Lene«, sagte ich, »ich bin eben angekommen; ich wollte dich noch heute sehen!«

»Ich danke dir, Marx«, erwiderte sie, »ich wußte, daß du dieser Tage kommen würdest.« – Aber ihre Gedanken schienen nicht bei diesem Willkommen zu sein; denn sie wandte die Augen sogleich wieder von mir ab und begann auf dem Fußsteige weiterzugehen. »Begleite mich noch ein wenig«, fuhr sie fort, »wir gehen dann zusammen nach dem Hof zurück.«

»Aber es wird kalt, Anne Lene!«

»Oh, es ist nicht so kalt«, sagte sie, indem sie das große Schaltuch fester um die Schultern zog. – So gingen wir denn weiter. Ich suchte allerlei Gespräch; aber keines wollte gelingen. Es wurde schon abendlich; ein feuchter Nordwest wehte vom Meer über die Landschaft, und vor uns auf dem Haffdeich sah man gegen den braunen Abendhimmel einzelne Fuhrwerke wie Schattenspiel vorbeipassieren. Nach einer Weile bemerkte ich einen Mann an der Seite des Deiches herabsteigen und uns auf dem Fußwege entgegengehen. Es war der Postbote, der zweimal in der Woche für die Hofbesitzer die Briefe aus der Stadt holte. Ich fühlte, wie Anne Lene ihren Schritt beeilte, da er in unsere Nähe kam. »Hast du etwas für mich, Carsten?« fragte sie und suchte dabei in ihrer Stimme vergebens eine innere Unruhe zu verbergen.

Der Bote blätterte in seiner Ledertasche zwischen den Briefen umher. »Für dieses Mal nicht, liebe Mamsell!« sagte er endlich mit einer verlegenen Freundlichkeit, indem er die aufgehobene Klappe wieder über seine Tasche fallen ließ. Er mochte ihr diese Antwort schon oft gegeben haben. Anne Lene schwieg einen Augenblick. »Es ist gut, Carsten«, sagte sie dann, »du kannst erst mit uns gehen und Abendbrot essen.« – Sie schien das Ziel ihrer Wanderung erreicht zu haben; denn sie kehrte bei diesen Worten um, und wir gingen mit dem Boten nach dem Hofe zurück. Die Dämmerung war schon stark hereingebrochen. Von dem Ackerstück, an welchem wir vorüberkamen, vernahm man die kurzen Laute der Brachvögel, die unsichtbar in den Furchen lagen; mitunter flog ein Kiebitz schreiend vor uns auf, und auf den Weiden stand das Vieh in dunkeln unkenntlichen Massen beisammen. – Wir hatten auf dem Rückwege, als geschehe es im Einverständnis, kein Wort miteinander gewechselt; als wir schon fast im Dunkeln auf der Werfte angelangt waren, ergriff Anne Lene meine Hand. »Gute Nacht, Marx«, sagte sie, »verzeihe mir; ich bin müde, ich muß schlafen; nicht wahr, du kommst recht bald einmal wieder zu uns heraus!« Mit diesen Worten trat sie in die Haustür, und bald hörte ich, wie sie die Treppe nach ihrem Zimmer hinaufging.

Ich begab mich zu den alten Hofleuten, die in Gesellschaft des Boten am warmen Ofen bei ihrem Abendtee saßen. Wieb entfernte sich einen Augenblick, um Anne Lene ein Licht hinaufzubringen; dann nötigte sie mich, an ihrer Mahlzeit teilzunehmen, und ich mußte erzählen und mir erzählen lassen. Darüber war es spät geworden, so daß ich nicht mehr zur Stadt zurückgehen mochte. Ich bat meine alte Freundin, mir eine Streu in ihrer Stube aufzuschütten, und schlenderte, während dies geschah, in den Garten hinaus. Da ich in das Boskett an der nördlichen Seite kam, bemerkte ich, daß Anne Lene noch Licht in ihrem Zimmer habe. Ich lehnte mich an einen Baum und blickte hinauf. Es schien alles still darinnen. Plötzlich aber entstand hinter den Fenstern eine starke Helligkeit, die eine Zeitlang in die kahlen Büsche des Gartens hinausleuchtete und dann allmählich verschwand. Mich überkam, während ich so im Dunkeln stand, eine unbestimmte Besorgnis, und ohne mich lange zu bedenken, ging ich durch die Hintertür ins Haus und die Treppe nach Anne Lenes Zimmer hinauf.

Die Türe war nur angelehnt. Anne Lene saß an einem Tischchen mit den Füßen gegen den Ofen, in welchem ein helles Feuer brannte. Unter der Schnur eines Päckchens, das auf ihrem Schoße lag, zog sie einen Brief hervor; sie entfaltete ihn und schien aufmerksam darin zu lesen. Nach einer Weile bewegte sie die Hand ein wenig, so daß das Papier von der Flamme des neben ihr auf dem Tische stehenden Lichtes ergriffen wurde. Ihr Gesicht trug dabei einen solchen Ausdruck von Trostlosigkeit, daß ich unwillkürlich ausrief: »Anne Lene, was treibst du da?«

Sie blieb ruhig sitzen, ohne sich nach mir umzuwenden, und ließ den Brief in ihrer Hand verbrennen.

»Sie sind kalt«, sagte sie, »sie sollen heiß werden!«

Ich war mittlerweile ins Zimmer getreten und hatte mich neben ihren Stuhl gestellt. Plötzlich, wie von einem raschen Entschluß getrieben, stand sie auf und legte beide Hände fest um meinen Hals; sie wollte zu mir sprechen, aber ihre Tränen brachen unaufhaltsam hervor, und so drückte sie den Kopf gegen meine Brust und weinte eine lange Zeit, in welcher ich nichts tun konnte, als sie still in meinen Armen halten. »Nein, Marx«, sagte sie endlich und mühte sich, ihrer Stimme einen festeren Klang zu geben, »ich verspreche es dir, ich will nicht länger auf ihn warten.«

»Hast du ihn denn so sehr geliebt, Anne Lene?«

Sie richtete sich auf und sah mich an, als müsse sie erst nachsinnen über diese Frage. Dann sagte sie langsam: »Ich weiß es nicht – das ist auch einerlei.«

Ich blieb noch eine Weile bei ihr, und allmählich wurde sie ruhiger. Sie versprach mir, Mut zu fassen, mir und unserer Mutter zuliebe; sie wollte arbeiten, sie wollte in der kleinen Wirtschaft der alten Wieb die Anfänge des Landhaushaltes lernen, damit sie einmal als Wirtschafterin ihr Brot verdienen könne. Sie sah dabei fast mitleidig auf ihre kleinen Hände, deren Schönheit sie der Not des Lebens opfern wollte. Nur zur Rückkehr nach der Stadt vermochte ich sie nicht zu bewegen. »Nein, nicht unter Menschen!« sagte sie und sah mich bittend an, »laß mich hier, Marx, solange es mir noch gestattet ist; aber komm oft einmal heraus zu uns!«

So verließ ich sie an diesem Abend; aber ich ging von nun an häufig den Weg über die Fennen nach dem Staatshof. Anne Lene schien ihr Versprechen halten zu wollen; ich fand sie mehrere Male beim Sahnen in der Milchkammer oder am Butterfasse, wo sie abwechselnd mit der alten Wieb den Stempel führte; ja, sie ließ es sich nicht nehmen, die Butter zum Kneten in die Mulde zu tun, ganz wie sie es von ihrer alten Wärterin gesehen hatte; sie schien es auch nicht zu merken, daß diese hinterher ganz im geheim die letzte Hand an ihre Arbeit legte. Allein man fühlte leicht, daß die Teilnahme an diesen Dingen nur eine äußerliche war; eine Anstrengung, von der sie bald in der Einsamkeit ausruhen mußte.

Es war schon in der heißen Sommerzeit, als einige junge Leute aus unserer Stadt mit ihren Schwestern und Bekannten eine Landpartie nach dem Staatshofe hinaus zu machen wünschten. Man bat mich um meine Vermittlung bei Anne Lene; und mit einiger Mühe erhielt ich ihre Einwilligung. So waren denn eines Sonntagnachmittags die verwilderten Gänge des Gartens wieder einmal von geputzten Leuten belebt, und man sah zwischen den Büschen die weißen Kleider und die bunten Schärpen der Mädchen. Die alte Wieb mußte den großen Kaffeekessel hervorsuchen; dann wurden die mitgebrachten Körbe ausgepackt und alles vor der Haustür dem Garten gegenüber serviert. Als der Kaffee vorüber war, stiegen die besten Kletterer unter uns in den Gipfel der beiden alten Linden, die zu den Seiten des Hoftores standen, indem jeder das Ende eines ungeheueren Taues mit sich hinaufnahm. Bald war zwischen den höchsten Ästen eine Schaukel festgeknüpft, und die Mädchen wurden eingeladen, sich hineinzusetzen. »Komm, Anne Lene«, rief ein junger, robust aussehender Mensch, indem er fast mitleidig auf ihre feine Gestalt herabsah, »setz dich hinein; ich will dir einmal eine ordentliche Motion machen!«

Anne Lene bedankte sich, aber ein munteres schwarzäugiges Mädchen ließ sich williger finden; und bald schwenkte Klaus

Peters die Schaukel, bis die kleine Juliane wie ein Vogel zwischen den Zweigen saß und endlich flehentlich um Gnade schrie. – Klaus Peters war der Sohn eines reichen Brauers, und es hieß, sein Vater werde ihm den Staatshof kaufen, sobald er zum Aufstrich komme, und ihm eine glänzende Wirtschaft einrichten. Auch schien er in seinen Gedanken sich schon als den künftigen Besitzer zu betrachten; denn als wir später in Begleitung des Hofmanns zwischen den Baulichkeiten umhergingen, fand er überall etwas zu tadeln und sprach von Verbesserungen, die hier vorgenommen werden müßten, während der alte Marten mit einem mißvergnügten Brummen nebenherging.

Es war allmählich spät geworden. Als wir von unserer Umschau zurückkehrten, fanden wir die Mädchen vor der Haustür versammelt und Anne Lene unter ihnen.

Zwei derselben hatten ihre Hände gefaßt, als könnte sie nur mit zärtlicher Gewalt hier zurückgehalten werden. »Ja, wenn wir Musik hätten!« sagte die eine. – »Musik!« rief Peters, indem er an den dicken Goldberlocks seine Uhr aus der Tasche zog. »Ihr sollt bald Musik haben; in einer halben Stunde bin ich wieder da!«

Er war zu Pferde herausgekommen und rief nun ins Haus nach dem Hofmann. »Bring mir den Braunen, Marten; aber brauch deine Beine!« Der Alte knurrte etwas vor sich hin, aber er tat doch, wie ihm geheißen, und bald ritt Peters im Galopp zum Tore hinaus. Wir andern gingen ins Haus und besichtigten oben den Tanzsaal. Es kam uns eine dumpfe Luft entgegen, als wir die Tür des alten Prunkgemaches geöffnet hatten.

Die goldgeblümten Tapeten waren von der Feuchtigkeit gelöst und hingen teilweise zerrissen an den Wänden; überall stachen noch die Stellen hervor, wo vorzeiten die Familienporträts gehangen hatten. Wir gingen wieder hinab und trugen einen Tisch und einige Gartenbänke in das leere Zimmer; dann öffneten wir die Fenster, durch welche es von den draußen stehenden Bäumen schon hereinzudunkeln begann, und die Mädchen umfaßten sich und tanzten miteinaner. – »Wartet!« rief ich, »wir wollen einen Kronleuchter machen!« Denn oben an der Zimmerdecke gewahrte ich noch die Krampe, an der einst die Kristallkrone über der Festtafel des Hauses gehangen hatte. Bald waren zwei Holzleisten aufgefunden und kreuzweis übereinandergenagelt.

Anne Lene ging mit den Mädchen in den Garten hinab; und aus dem Fenster sah ich, wie sie die Blumen von den Jasminbüschen und von den rotblühenden Himbeersträuchen brachen. »Pflückt nur«, sagte Anne Lene, als eins der Mädchen fragend zu ihr umschaute, »es blüht hier doch für sich allein.« Aber sie selber stand nur dabei; sie pflückte nichts. Nach einer Weile kamen alle wieder herauf und machten sich daran, meinen Kronleuchter eins ums andere mit weißen und roten Blüten zu bewinden; dann, nachdem an jedem Ende eine Kerze befestigt und angezündet war, wurde das Kunstwerk aufgehangen. Die wenigen Lichter konnten den weiten Raum nicht erhellen; aber draußen war schon der Mond aufgegangen und schien durch die Fenster, und es war anmutig, wie die Blumenleuchte mitten in dem öden Zimmer schwebte und wie der Duft erregt wurde, wenn die Mädchen untendurch tanzten, plötzlich hörten wir ein Pferd auftraben und einen lauten Peitschenknall.

»Da kommt die Musik!« hieß es; und alle drängten an die Fenster. – Draußen unter den Bäumen hielt Peters; eine kleine dürre Gestalt klebte hinter ihm auf dem Pferde, Geige und Bogen in der Hand.

Bei näherem Hinschauen erkannte ich wohl, daß es der alte Drees-Schneider war, ein vielgewandtes Männchen, das bald mit der Nadel, bald mit dem Fiedelbogen für seinen Unterhalt sorgte und den die harte Zeit gelehrt hatte, sich manchen derben Spaß gefallen zu lassen. – »Nun, Drees, spiel eins auf!« rief Peters. »Mach dein Kompliment vor den Damen!« Aber sowie der Alte die Hand vom Sattel ließ und seine Geige unters Kinn stützte, rührte Peters das Pferd mit den Sporen, daß es ausschlug; und der Alte schwankte und griff wieder hastig nach dem Sattel. Anne Lene stand vor mir; ich sah in der schwachen Beleuchtung, wie die Röte ihr in die Schläfen hinaufstieg.

»Drees«, rief sie, »komm herab, Dress!« – Der Alte machte Anstalt hinabzuklimmen, aber der Reiter lachte und gab seinem Pferde die Sporen. »Marten«, sagte Anne Lene zu dem Hofmann, der mit seiner alten Frau vor der Tür stand, »halte das Pferd, Marten!« – »Oho, Anne Lene!« rief Peters; allein er machte doch keinen Versuch, seine Späße fortzusetzen, und ließ es geschehen, daß Marten dem alten Drees herunterhalf.

Gleich darauf waren alle oben im Saal, und nachdem Peters dem alten Musikanten seine Angst durch einige Gläser Wein vergütet hatte, setzte dieser sich auf ein kleines Faß und begann seine Stücke aufzustreichen. Die Paare traten an, und bald wurde unsere Blumenleuchte vom Wirbel der Tanzenden hin und her bewegt. Ich suchte Anne Lene, aber sie mußte unbemerkt hinausgegangen sein, und da für mich keine Tänzerin übriggeblieben war, so verließ ich ebenfalls den Saal, in der Meinung, sie unten bei den alten Hofleuten anzutreffen.

Als ich in das Gesindezimmer trat, sah ich indessen nur die alte Wieb, welche eifrig an ihrem Strickstrumpf arbeitete. Sie zog eine Nadel aus dem Brustlatz und störte damit in der Lampe, die den ziemlich großen Raum nur spärlich erhellte. Dann sah sie zu mir auf und sagte: »Ihr seid ja gewaltig lustig, Marx! Klaus Peters spielt wohl schon den Herrn im Staatshof?«

»Er wird es bald genug sein«, antwortete ich, »das ist nicht mehr zu ändern!«

Die Alte schwieg eine Weile, und ihre Gedanken schienen sich von dem alten Besitztum der Familie zu dem letzten Nachkommen derselben hinzuwenden. »Marx«, sagte sie, indem sie den Strickstrumpf auf den Tisch legte, »warum bist du auch so lange fortgewesen?«

»Was hätte ich denn ändern können, Wieb?«

»Und die zwei langen Jahre! – Wenn nur der Unglücksmensch nicht gekommen wäre!« fuhr sie fort, wie zu sich selber redend. »Sie war dazumal noch die reiche Erbtochter; heißt das, sie war so in der Leute Mäuler; aber schon als die alte Frau in die Ewigkeit ging, ist nichts übrig gewesen als die schweren Hypotheken. Gott besser's! Nun soll gar der Hof verkauft werden. – Nicht meinetwegen, Marx, nicht meinetwegen; Marten und ich helfen uns schon durch, die übrigen paar Jahre.«

»Es ist wohl so am besten, Wieb«, sagte ich; »vielleicht bleibt noch ein Restchen übrig für Anne Lene, so daß sie nicht ganz verarmt ist.«

Die alte Frau wischte sich mit der Schürze über die Augen. »Es ist grausam«, sagte sie kopfschüttelnd, »so eine Familie!«

Von oben schallte das Scharren der Tanzenden; im anstoßenden Stalle hörte ich, wie täglich um diese Zeit, den Hofmann den Karren und die übrigen Geräte für die Nacht an ihren Platz bringen.

Als ich aufsah, stand Anne Lene in der Tür. Sie war blaß, aber sie nickte freundlich nach uns hin und sagte: »Willst du nicht tanzen, Marx? Ich bin oben gewesen; die kleine Juliane sucht dich mit ihren braunen Augen schon in allen Ecken!«

»Du scherzest, Anne Lene; was geht mich Juliane an?«

»Nein, nein, Marx! Nimm dich in acht; Klaus Peters tanzt schon den zweiten Tanz mit ihr.«

»Aber Anne Lene!« – Ich trat zu ihr. »Willst du mit mir tanzen?«

»Weshalb denn nicht?«

»Aber eine Menuett, Anne Lene!«

»Eine Menuett, Marx! – Und«, fügte sie lächelnd hinzu, »nicht wahr, Freund Simon darf dabeisein?«

Als wir gehen wollten, faßte die Alte Anne Lenes Hand. »Kind«, sagte sie besorgt, »der Doktor hat's dir ja verboten!«

Aber Anne Lene erwiderte: »Oh, gute Wieb, es schadet nicht; ich weiß das besser als der Doktor!« Und mein Verlangen, mit ihr zu tanzen, war so groß, daß ich mir diese Versicherung gefallen ließ.

Als wir oben in den Saal getreten waren, ging ich in die Ecke zu dem kleinen Drees und bestellte eine Menuett. Er blätterte in seinen Büchern umher; aber er hatte den alten Tanz nicht mehr darin; wir mußten uns mit einem Walzer begnügen. Klaus Peters trat an den Tisch, schenkte ihm das Glas voll und stieß mit ihm an. »Aufgespielt, Drees!« rief er, »aber kratze nicht so, es kommen feine Leute an den Tanz.«

Der Alte setzte sein Glas an den Mund. »Nun, Herr Peters«, sagte er, indem er den jungen Menschen mit seinen kleinen scharfen Augen ansah, »auf daß es uns wohl gehe auf unsern alten Tagen!«

»Weshalb sollte es uns nicht wohl gehen, Drees?« erwiderte Peters, indem er der kleinen Juliane die Hand bot und sich mit ihr an die Spitze der Tanzkolonne stellte.

Ich trat mit Anne Lene in die Reihe. Der Alte begann seine Geige zu streichen und nickte uns freundlich zu, als wir im Tanz an ihm vorüberkaen. – Ich glaube noch jetzt, daß er damals vortrefflich spielte; denn er war nicht ungeschickt in seiner Kunst, und eingedenk mancher kleinen Freundlichkeit, die er von uns empfangen, mochte er nun sein Bestes versuchen.

Wir hatten lange nicht zusammen getanzt, Anne Lene und ich. Aber es war nicht vergessen; ich fühlte bald, sie tanzte noch wie sonst. Es ging so leicht zwischen den übrigen Paaren hin; ihre Augen glänzten; sie lächelte, und ihr Mund war geöffnet, so daß die weißen Zähne hinter den feinen roten Lippen sichtbar wurden; ich glaubte es zu fühlen, wie die Lebenswärme durch ihre jungen Glieder strömte. Bald sah ich nichts mehr von allem, was sich um uns her bewegte; ich war allein mit ihr; diese festen klingenden Geigenstreiche hatten uns von der Welt geschieden; sie lag verschollen, unerreichbar weit dahinter.

Dann pausierten wir. An dem offenen Fenster, wo wir standen, floß das Mondlicht mit dem dürftigen Kerzenschein zu einer unbestimmten Dämmerung zusammen. Anne Lene stand atmend neben mir, sie schien mir ungewöhnlich blaß. »Wollen wir aufhalten?« fragte ich sie.

»Weshalb, Marx? Es tanzt sich heut so schön!«

»Aber du verträgst es nicht?«

»O doch! – Was liegt daran!«

Wir tanzten schon wieder, als sie die letzten Worte sprach. Wir tanzten noch lange. Als aber Anne Lene mit der Hand nach dem Herzen griff und zitternd mit dem Atem rang, da bat ich sie, mit mir in den Garten hinabzugehen. Sie nickte freundlich, und wir gingen aus dem Saal nach ihrem Zimmer, um ein Umschlagetuch für sie zu holen. – Ich fühlte wohl damals schon, daß die Sorge um Anne Lenes Gesundheit mich nicht allein zu jener Bitte veranlaßt hatte; denn als wir die Treppe zu dem dunkeln Flur hinabstiegen, war mir, als wenn ich mit einem glücklich geraubten Schatz ins Freie flüchtete.

Mir ist aus jenen Stunden noch jeder kleine Umstand gegenwärtig; ich glaube noch durch die Fensterscheiben der altmodischen Haustüre das Mondlicht zu sehen, das draußen wie Schnee auf den Steinfliesen vor dem Hause lag; im Heraustreten hörten wir drinnen in der Gesindestube die alte Wieb den Schrank verschließen, in welchem sie das Brautlinnen ihres

Lieblingskindes aufgespeichert hatte. – Es war eine laue Nacht; über unsern Köpfen surrten die Nachtschmetterlinge, die den erleuchteten Fenstern des oberen Stockwerks zuflogen; die Luft war ganz von jenem süßen Duft durchwürzt, den in der warmen Sommerzeit die wolligen Blütenkapseln der roten Himbeere auszuströmen pflegen. Anne Lene knüpfte ihr Schnupftuch um den Kopf; dann gingen wir, wie wir es oft getan, um die Ecke des Hauses und über die Werfte nach dem Baumgarten zu. Wir sprachen nicht; ich wollte Anne Lene bitten, ihre Augen wieder nach der Welt zurückzuwenden und nicht mehr in den Schatten der Vergangenheit zu leben; aber das beunruhigende Bewußtsein einer eigennützigeren Bitte, die ich für günstigere Zeiten im Grunde meines Herzens zurückbehielt, raubte mir den Atem und ließ kein Wort über meine Lippen kommen. Das Hetz klopfte mir so laut, daß ich immer fürchtete, es werde auch ohne Worte meine innersten Gedanken kundmachen. Wir gingen durch die kleine Pforte in den Baumgarten hinein, zwischen die schimmernden Stämme der ungeheueren Silberpappeln, deren Laubkronen keinen Lichtstrahl durchließen. Die dürren Zweige, welche überall den Boden bedeckten, knickten unter unsern Füßen; und über uns, von dem Geräusche aufgestört, flogen die Raben von ihren Nestern und rauschten mit den Flügeln in den Blättern. Anne Lene ging schweigend und in sich verschlossen neben mir; ihre Gedanken mochten dort sein, von wo ich sie so sehnlich zurückzurufen wünschte. – So waren wir bis zur Graft hinabgekommen, welche auch hier die Grenze des eigentlichen Hofes bildete.

Zwischen den Bäumen, welche jenseit des Wassers standen, sah man wie durch einen dunkeln Rahmen in die weite mondhelle Landschaft hinaus, in welcher hie und da die einzelnen Gehöfte wie Nebelflecken aus der Ebene ragten. Es war so still, daß man nichts hörte als das Säuseln des Schilfs, das in den Gräben stand. »Sieh, Anne Lene«, sagte ich, »die Erde schläft; – wie schön sie ist!«

»Ja, Marx«, erwiderte sie leise, »und du bist noch so jung!«

»Bist du denn das nicht mehr?«

Sie schüttelte langsam den Kopf. »Komm«, sagte sie, »es ist hier feucht.« – Und wir gingen weiter durch eine verfallene Umzäunung in den seitwärts vom Hause liegenden Gemüsegarten und unten an dem Wasser entlang nach den Boskettpartien, die vor dem Hause lagen. Hier waren wir auf unserem alten Spielplatz; es waren noch dieselben Büsche, zwischen denen wir einst als Kinder in die Irre gegangen waren; nur hingen ihre Zweige noch tiefer in den Weg als damals. Wir gingen auf dem breiten Steige neben der Graft, die sich im Schatten der Bäume breit und schwarz an unserer Seite hinzog. Man hörte das leise Rupfen des Viehes, welches jenseits auf der Fenne im Mondschein grasete, und drüben von der Rohrpflanzung her scholl das Zwitschern des Rohrsperlings, des kleinen wachen Nachtgesellen. Bald aber horchte ich nur dem Geräusch der kleinen Füße, die in einiger Entfernung so leicht vor mir dahinschritten.

In diese heimlichen Laute der Nacht drang plötzlich von der Gegend des Deiches her der gellende Ruf eines Seevogels, der hoch durch die Luft dahinfuhr. Da mein Ohr einmal geweckt war, so vernahm ich nun auch aus der Ferne das Branden der Wellen, die in der hellen Nacht sich draußen über der wüsten geheimnisvollen Tiefe wälzten und von der kommenden Flut dem Strande zugeworfen wurden. Ein Gefühl der Öde und Verlorenheit überfiel mich; fast ohne es zu wissen, stieß ich Anne Lenes Namen hervor und streckte beide Arme nach ihr aus.

»Marx, was ist dir?« rief sie und wandte sich nach mir um. »Hier bin ich ja!«

»Nichts, Anne Lene«, sagte ich, »aber gib mir deine Hand; ich hatte das Meer vergessen, da hörte ich es plötzlich!«

Wir standen auf einem freien Platze vor dem alten Gartenpavillon, dessen Türen offen in den zerbrochenen Angeln hingen. Der Mond schien auf Anne Lenes kleine Hand, die ruhig in der meinen lag. Ich hatte nie das Mondlicht auf einer Mädchenhand gesehen, und mich überschlich jener Schauer, der aus dem Verlangen nach Erdenlust und dem schmerzlichen Gefühl ihrer Vergänglichkeit so wunderbar gemischt ist. Unwillkürlich schloß ich die Hand des Mädchens heftig in die meine; doch mit der Scheu, die der Jugend eigen, sah ich in demselben Augenblick zu Boden. Als aber Anne Lene ihre Hand schweigend in der meinen ließ, wagte ich es endlich, zu ihr emporzusehen. Sie hatte ihr Gesicht zu mir gewandt und sah mich traurig an; mitleidig, ich weiß noch jetzt nicht, ob mit mir oder mit sich selbst. Dann entzog sie sich mir sanft und trat auf die Schwelle des Pavillons.

Ich sah durch die Lücken des Fußbodens das vom Mond beleuchtete Wasser glitzern und faßte Anne Lenes Kleid, um sie zurückzuhalten. »Sorge nicht, Marx!« sagte sie, indem sie hineintrat und ihre leichte Gestalt auf den losen Brettern wiegte. »Holz und Stein bricht nicht mit mir zusammen.« Sie ging an das gegenüberliegende Fenster und sah eine Weile in die helle Nacht hinaus, dann hob sie mit der Hand ein Stück der alten Tapete empor, das neben ihr an der Wand herabhing, und betrachtete im Mondlicht die halb erloschenen Bilder. »Es hat ausgedient«, sagte sie, »die schönen Schäferpaare wollen sich auch empfehlen. Es mag ihnen doch allmählich aufgefallen sein, daß die sauberen, weiß toupierten Herren und Damen so eines nach dem andern ausgeblieben sind, mit denen sie einst zur Sommerzeit so muntere Gesellschaft hielten. – Einmal« – und sie ließ die Stimme sinken, als rede sie im Traume, »einmal bin ich auch noch mit dabeigewesen; aber ich war noch ein kleines Kind, Wieb hat es mir oft nachher erzählt. – Nun fällt alles zusammen! Ich kann es nicht halten, Marx; sie haben mich ja ganz allein gelassen.«

Mir war, als dürfe sie so nicht weiterreden. »Laß uns ins Haus gehen«, sagte ich, »die andern werden bald zur Stadt zurück wollen.«

Sie hörte nicht auf mich; sie ließ die Arme an ihrem Kleide herabsinken und sagte langsam: »Er hat so unrecht nicht gehabt; – wer holt sich die Tochter aus einem solchen Hause!«

Ich fühlte, wie mir die Tränen in die Augen schossen. »O Anne Lene«, rief ich und trat auf die Stufen, die zu dem Pavillon hinanführten, »ich – hole sie! Gib mir die Hand, ich weiß den Weg zur Welt zurück!«

Aber Anne Lene beugte den Leib vor und machte mit den Armen eine hastige abwehrende Bewegung nach mir hin. »Nein«, rief sie, und es war eine Todesangst in ihrer Stimme, »du nicht, Marx, bleib! Es trägt uns beide nicht.«

Noch auf einen Augenblick sah ich die zarten Umrisse ihres lieben Antlitzes von einem Strahl des milden Lichts beleuchtet;

dann aber geschah etwas und ging so schnell vorüber, daß mein Gedächtnis es nicht zu bewahren vermocht hat. Ein Brett des Fußbodens schlug in die Höhe; ich sah den Schein des weißen Gewandes, dann hörte ich es unter mir im Wasser rauschen. Ich riß die Augen auf; der Mond schien durch den leeren Raum. Ich wollte Anne Lene sehen, aber ich sah sie nicht. Mir war, als renne in meinem Kopfe etwas davon, das ich um jeden Preis wieder einholen müßte, wenn ich nicht wahnsinnig werden wollte. Aber während meine Gedanken diesem Unding nachjagten, hörte ich plötzlich vom Hause her die Tanzmusik. Das brachte mich zur Besinnung; ich stieß einen gellenden Schrei aus und sprang neben dem Pavillon hinab ins Wasser. Die Graft war tief; aber ich war kein ungeübter Schwimmer; ich tauchte unter, und meine Hände griffen zwischen dem schlüpfrigen Kraut umher, das auf dem Grunde wucherte. Ich öffnete die Augen und versuchte zu sehen; aber ich fühlte nur wie über mir ein trübes Leuchten. Meine Kleider, deren ich keins abgeworfen, zwangen mich, auf die Oberfläche zurückzukehren. Hier suchte ich wieder Atem zu gewinnen und wiederholte dann noch einmal meinen Versuch. – Es war vergebens. Bald stand ich wieder auf dem abschüssigen Uferrande und blickte ratlos über die Graft entlang. Da fühlte ich eine Hand sich schwer auf meine Schulter legen, und eine Stimme rief: »Marx, Marx, was macht Ihr da? Wo ist das Kind?« Ich erkannte, daß es Wieb war. »Dort, dort!« schrie ich und streckte die Hände nach dem Graben zu. Die Alte faßte mich unter den Arm und zog mich gewaltsam an den Rand der Graft hinunter. Endlich brachte ich es heraus; und wir liefen an dem Wasser entlang, bis an die Laube in der Gartenecke, wo die großen alten Erlen ihre Zweige in die Flut hinabhängen lassen. Wir haben sie dann endlich auch gefunden; die Augen waren zu, und die kleine Hand war fest geschlossen.

Ich gab der alten Wieb einige Anordnungen zu dem, was jetzt geschehen mußte, dann zog ich den Braunen aus dem Stall und jagte nach der Stadt, um einen Arzt zu holen; denn ich traute meiner jungen Kunst in diesem Falle nicht. Wir waren bald zurück; aber die Schatten der Vergänglichkeit, die schon so früh in dieses junge Leben gefallen waren, ließen sie nun nicht mehr los.

Als wir einige Stunden später zur Stadt zurückkehrten, war die Marsch so feierlich und schweigend, und die Rufe der Vögel, die des Nachts am Meere fliegen, klangen aus so unermeßlicher Ferne, daß mein unerfahrenes Herz verzweifelte, jemals die Spur derjenigen wiederzufinden, die sich nun auch in diesen ungeheueren Raum verloren hatte.

Der jetzige Besitzer des Staatshofes ist Klaus Peters. Er hat die alte Hauberg niederreißen lassen und ein modernes Wohnhaus an die Stelle gesetzt. Die Wirtschaftsgebäude liegen getrennt daneben. – Er hat recht gehabt, es geht ihm wohl; er liefert die größten Mastochsen zum Transport nach England, in seinen Zimmern stehen die kostbarsten Möbeln, und er und seine Juliane glänzen von Gesundheit und Wohlbehagen. Ich aber bin niemals wieder dort gewesen.

Späte Rosen

Ich befand mich in der Nähe einer norddeutschen Stadt auf dem Landhause eines Freundes. Wir hatten einen großen Teil der Jugend zusammen verlebt, bis wir fast am Schlusse derselben durch die Verschiedenheit unseres Berufes getrennt wurden. Während der zwanzig Jahre, in denen wir uns nicht gesehen, war er der Chef eines von ihm gegründeten bedeutenden Handlungshauses geworden; mich hatten die Verhältnisse in die Fremde getrieben und dort für immer festgehalten. Jetzt war ich endlich einmal wieder in der Heimat.

Die Frau des Hauses hatte ich bisher noch nicht gekannt. – Sie war nicht jung mehr; aber in ihren Bewegungen war noch die Leichtigkeit der Jugend und ihre ruhig blickenden Augen waren noch von einer kindlichen Klarheit. Es herrschte zwischen diesen beiden Menschen, wie ich bald zu bemerken Gelegenheit hatte, eine gegenseitige fast bräutliche Rücksichtnahme. Wenn sie zum Frühstück frisch gekleidet in den Saal trat, suchten ihre Augen zuerst nach ihm und taten an die seinen die stille Frage, ob sie ihm so gefalle. Dann verschwand für einen Augenblick die tiefe Falte von seiner Stirn und er empfing ihre dargereichte Hand, als werde sie erst eben ihm geschenkt. Mitunter, wenn er in seinem Arbeitskabinett am Schreibtische saß, trat sie aus ihrem Wohnzimmer oder aus dem davorliegenden Gartensaal und setzte sich schweigend neben ihn; oder sie war ungesehen hinter seinen Stuhl getreten und legte still die Hand auf seine Schulter, als müsse sie ihn versichern, daß sie in seiner Nähe, daß sie für ihn da sei.

Es war im Oktober an einem klaren Nachmittag. Mein Freund war eben, nach Beendigung seiner Geschäfte, aus der Stadt zurückgekehrt, und wir saßen nun, die alte Zeit beredend, auf der breiten Terrasse vor dem Hause, von der man über den tiefer liegenden Garten und über eine daran grenzende grüne Wiesenfläche auf das dunkle Wasser der Ostseebucht und jenseit dieser auf sanft ansteigende Buchenwälder hinaussah, deren Laub sich schon zu färben begann. Dies alles und der tiefblaue Herbsthimmel darüber war von den hohen Pappeln, die zu beiden Seiten der Terrasse standen, wie von dunkeln Riesenkulissen eingefaßt. Die Frau meines Freundes war, ihr jüngstes Töchterchen an der Hand, aus der offenen Flügeltür des Gartensaales getreten, und mit einem stillen Lächeln an uns vorübergegangen; sie wollte sich nicht in unsere Schattenwelt drängen, an der sie keinen Teil hatte. Nun stand sie mit dem Kinde auf dem Arm am Rande der Terrasse und blickte einem vorüberziehenden Dampfschiffe nach, dessen Rädergebrause schon eine Zeitlang die Stille der Landschaft unterbrochen hatte. Ihre hohe Gestalt, die Umrisse ihres edlen Kopfes hoben sich deutlich gegen den dunklen Himmel ab.

Unser beider Augen mochten ihr unwillkürlich gefolgt sein, denn das Gespräch verstummte. Ich langte gedankenlos nach den Trauben, die in einer Kristallschale vor uns auf dem Marmortische standen.

»So hat es kommen müssen«, sagte ich endlich, indem ich den Gegenstand unserer Unterhaltung noch einmal wieder aufnahm, »ich, der sogar mit Kastanien und Kirschensteinen Handel trieb, wurde ein Mann der Wissenschaft; und du – wo sind deine Trauerspiele geblieben, die du als Sekundaner schriebst?«

»Die italienische Buchführung«, erwiderte er lächelnd, »ist ein scharfes Pulver gegen die Poesie; und gleichwohl habe ich noch den festen Willen hinzutun müssen, damit das Mittel anschlug.«

Er sah mich mit seinen dunklen Augen an, die noch den idealen Zug verrieten, der ihn in seiner Jugend auszeichnete. »Es mag dir Mühe genug gekostet haben«, sagte ich.

»Mühe?« wiederholte er langsam; – »es ist vielleicht das Wenigste, was es mich gekostet hat.« Und dabei flog ein Blick zu seiner Frau hinüber, von einer solchen Energie der Zärtlichkeit, von einer Freude des Besitzes, als habe er die Geliebte erst vor kurzem sich errungen.

Unwillkürlich mußte ich eines kleinen Vorfalls am ersten

Tage meines Hierseins gedenken. Damals, beim Eintritt in das Arbeitskabinett meines Freundes, fiel mein erster Blick auf das neben seinem Schreibtisch hängende Bildnis eines schönen jugendlichen Mädchens. Es war in Öl gemalt, in klaren lichten Farben und von einer wahrhaft leuchtenden Heiterkeit und Lebensfrische. Auf meine Frage, wen es vorstelle, erwiderte Rudolf: »Es ist das Bildnis meiner Frau. Das heißt«, setzte er hinzu, »des Mädchens, das später meine Braut und dann meine Frau geworden ist. Es war für die Großeltern gemalt und ist aus deren Nachlaß an sie zurückgelangt.« Er war bei diesen Worten gleichfalls vor das Bild getreten, während ich in Gedanken die jugendlichen Züge mit denen der nur noch flüchtig gesehenen Frau verglich. – Als ich nach einer Weile mich zu ihm wandte, trug sein Antlitz den unverkennbaren Ausdruck einer fast schmerzlichen Innigkeit, den ich mir bei meinem längeren Aufenthalte immer weniger zu erklären wußte. Denn dieses Mädchen war ja sein geworden; sie lebte und – so schien es – sie beglückte ihn noch jetzt.

Nun, als in diesem Augenblick die schöne ruhige Gestalt vor uns von der Terrasse in den Garten hinabstieg, und da ich nicht fürchtete, eine ungeheilte Wunde zu berühren, vermochte ich meine damalige Beobachtung nicht länger zu verschweigen. »Was war das, Rudolf?« sagte ich und nahm die Hand meines Jugendfreundes, »sage mir es, wenn du es kannst!«

Er blickte noch einmal in den Garten hinab, hinter dem aus den Wiesen schon die Abendnebel aufzusteigen begannen; dann strich er das schlichte Haar von seiner Stirn und sagte mit dem herzlichen Ton seiner mir einst so vertrauten Stimme: »Es ist kein Unrecht dabei, und auch kein Unheil; ich kann es dir schon sagen – soweit so etwas überhaupt sich sagen läßt. Du hast es seinerzeit aus meinen Briefen erfahren, wie ich meine Frau vor nun fast funfzehn Jahren in meinem elterlichen Hause kennenlernte. Sie besuchte meine Schwester, mit der sie im Bade auf unseren Westsee-Inseln zusammengetroffen war. Ich lebte damals in der angestrengtesten und aufreibendsten Tätigkeit. Ein Kompagnon, auf dessen Mitteln ein Teil des kaum aufgeführten Handelsgebäudes ruhte, war plötzlich ausgeschieden, und das Fehlende mußte auf andere Weise und in kürzester Frist ersetzt werden. Dazu kam die Errichtung der Dampfschiffahrts-Sozietät, die ich schon derzeit im Plane hatte, dessen Ausführung aber die Eifersucht unserer Nachbarschaft immer neue Hindernisse entgegenstellte. Ich bedurfte, wenn ich den Tag in Arbeit und Aufregung hinbrachte, einer ermutigenden Teilnahme, eines Zufluchtsortes, an dem ich mein Herz ausruhen konnte. Beides fand ich bei der jungen Freundin meiner Schwester. Abends im elterlichen Garten, beim Auf- und Abwandeln zwischen den Ligusterzäunen, waren meine Pläne und meine Sorgen der Gegenstand unserer Gespräche; sie hatte ein Ohr und Verständnis für alles. Die Einfachheit und Sicherheit ihres Wesens, die du neulich am ersten Tage deines Hierseins an ihr bewundertest, waren schon damals vorhanden. Doch auch der Mutwille der Jugend war ihr nicht fremd. Ich erinnere mich eines Abends, wo ich den beiden Mädchen an dem alten Gartentisch in der Laube gegenübersaß. Es war an diesem Tage aller Art Unglück für mich hereingebrochen. In einem augenblicklichen Anfalle von Mutlosigkeit rief ich aus: ›Es geht am Ende dennoch über meine Kräfte!‹ Sie antwortete nicht darauf; aber sie stützte schweigend das Kinn in ihre Hand und sah mich eine Weile wie mit zürnenden, erstaunten Augen an. Dann wandte sie den Kopf zu meiner Schwester und sagte lächelnd: ›Siehst du! Er glaubt schon selbst nicht mehr daran!‹ Und sie hatte recht; schon in den nächsten Wochen fühlte ich, daß meine Kräfte reichten. Es verstand sich endlich fast von selbst, daß sie ihre Hand in meine legte; daß ich sie festhielt. Andere sagten mir von ihrer Schönheit; ich sah sie darauf an; ich hatte nie daran gedacht und dachte auch ferner nicht daran. So ward sie meine Frau; eine Genossin des Lebens, das der Tag mir brachte und in immer erneuter Aufgabe zur Lösung vor mich hinstellte. Du wirst dich dessen erinnern – denn ich habe dir damals öfterer geschrieben – wie von nun an ein Wirrsal nach dem andern gelöst wurde. Mir war dabei fast, als geschehe es durch ihre Hand; denn sie an ihrem Platze wußte alles zur rechten Zeit zu tun; sie verstand die stumme Sprache der Dinge, gleich der Goldmaria des Märchens, die es im Vorübergehen aus den Bäumen rufen hört: ›Schüttle uns, wir Äpfel sind alle miteinander reif!‹ – Schon nach einigen Jahren vermochte ich dies Landhaus zu erstehen und unsern einfachen Wünschen gemäß einzurichten. Aber mit dem Glück, das mich begünstigte, mehrten sich auch meine Geschäfte; ich hatte nicht sie, sie hatten mich; ich war eingefangen in einem Netz von Kombinationen, deren eine immer die andere ablöste; alle Kräfte meines Geistes waren in diesen einen Dienst gegeben, der sie Tag für Tag in Anspruch nahm.«

Mein Freund hielt inne; seine älteste zwölfjährige Tochter war aus dem Hause zu uns getreten und fragte nach der Mutter. Er nahm sie in seinen Arm und horchte nach dem Garten hinunter. Drüben von dem Glashause her, das mit seiner weißen First neben der Gartenmauer aus dem Gebüsch ragte, hörte man das Lachen der Kleinen, und dazwischen wie beschwichtigend die Stimme der Mutter: »Geh, Jenni!« sagte er lächelnd, »es sind zwei große Feigen reif; ihr dürft sie nehmen!« – Sie nickte; und fort war sie; die Treppe hinab und durch die Rasenpartien, welche sich unterhalb der Terrasse ausbreiteten, seitwärts im Gebüsch verschwunden.

Der Vater sah ihr einen Augenblick nach; dann fuhr er fort: »Es war im Frühling eines Sonntagnachmittags; das schlanke Mädchen, das wir eben zur Mutter hinabgeschickt, mochte damals kaum ein halbes Jahr zählen. Der Gartensaal hier an der Terrasse war eben ausgemalt, die Frühlingssonne beschien den Estrich, und durch die offenen Flügeltüren drang der Duft der sprießenden Blätter und Knospen. Ich hatte, auf dem Sofa sitzend, ein Buch zur Hand genommen, desgleichen mir seit lange nicht mehr vor Augen gekommen war; ich weiß nicht, gedachte ich deiner und unserer einst so eifrig betriebenen altdeutschen Studien, oder wollte ich mich nur vergewissern, daß hier draußen für mich eine andere Welt sei, als drüben in der Stadt zwischen den dunkeln Wänden meiner Schreibstuben. Es war Meister Gottfrieds Tristan, den ich aufgeschlagen hatte. In einiger Entfernung mir gegenüber am Fenster saß meine Frau mit einer weiblichen Arbeit beschäftigt; nebenan im Zimmer schlief das Kind in seiner Wiege. Es war alles still; nichts störte mich, mit Tristan und Isote die Meerfahrt zu beginnen.

Die Kiele streichen hin; in der einsamen Mittagsstunde sitzt Isote auf dem Verdeck. Der Sommerwind weht in ihren goldenen Haaren; aber ihre Augen quellen über, aus Weh nach der Heimat, aus Furcht vor der Fremde, wo sie des greisen Königs Gemahl werden soll. Tristan will sie trösten; aber sie stößt ihn zurück; sie haßt ihn, weil er ihren Ohm Morolt erschlagen hat. Die Luft geht schwül, sie dürstet. In der Schiffskemenate, schlecht verwahrt, steht der Minnetrank, der Isotens Herz dem alten Bräutigam entzünden soll. Ein kleines Fräulein ruft: ›Seht, hier steht Wein!‹ und Tristan bietet ahnungslos der Königin den Becher.

> Sie trank mit Zaudern, ihr war so schwer,
> Und gab es ihm; da trank auch er.

Und nun beginnt das Zauberspiel des alten Dichters; wir leben mit ihnen in ihrem Zweifel und in ihrer Herzensgier, wie sie nicht wollen und doch müssen, wie sie noch glauben frei zu sein und dennoch fürchten es zu werden. Unaufhaltsam quellen die süßen Verse hervor; mit ihrer heimlich dringenden Weise betören sie das Herz. Ich sah sie vor mir, das schöne jugendliche Paar, wie sie zusammen am Bord des Schiffes lehnen. Sie blicken hinaus über das Wasser, um nicht zu sehen, wie ihre Hände heimlich ineinander ruhen; und, während sie ganz einer in dem andern trunken sind, reden sie wie zufällig fremde Worte, von Meer und Nebel, von Luft und See. – –

Der Duft des Bechers, den der alte Meister seinem Leser so nahezubringen weiß, stieg auf, und begann auch an mir sein Zauberwerk zu üben. Durch die Dichtung wurde etwas in mir bewegt, was das Leben bis dahin hatte schlafen lassen; ich hatte diese andere Welt nicht kennengelernt, die Tristan und Isoten nun ihre eigenen unerbittlichen Gesetze aufnötigt; mit der der Dichter selbst, wie er zu Anfang seines Werkes sagt, verderben und gedeihen will.

Ich sah von dem Buch zu meiner Frau hinüber. Damals, mein Freund, lag noch der Duft der Jugend auf ihren Wangen. Durchs Fenster fielen die Schatten der jungen Pappelblätter auf ihre Stirn und bewegten sich leise hin und wider, während sie die Augen auf ihre Arbeit niedergeschlagen hatte. War sie nicht ebenso schön, wie ›der Minne Federspiel, Isot?‹ Oder war der

Minnebecher kein bloßes Symbol, und bedurfte es wirklich des geheimnisvollen Trankes, um diesen holden Wahnsinn zu erschaffen?

In diesem Augenblick erwachte nebenan das Kind. Die junge Mutter stand auf und warf die Arbeit hin; aber, während sie durch den Saal ging, sah sie mich mit ihren schönen heitern Augen an und winkte mir, ihr zu folgen. – Ich mußte lächeln. ›Was willst du noch?‹ sagte ich halblaut zu mir selbst und schlug das alte Zauberbuch zu. Und schon war sie zurück und brachte mir das Kind, das die großen verschlafenen Augen gegen die helle Frühlingssonne aufriß. – –

So blieb es ruhig zwischen uns, wie es gewesen war. Ein Jahr nach dem andern ging dahin; und in währender Zeit verblühte allmählich die schöne jugendliche Frau an meiner Seite. Ich sah es nicht; ich hatte kein Auge dafür, wie die Züge ihres lieben Angesichts unmerklich den weichen Umriß der Jugend verloren und wie der Seidenglanz ihres blonden Haares erlosch; nur ihres geistigen Wesens wurde ich mir immer klarer bewußt; ich fühlte deutlich, wie es sich immer fester begründete, und ebenso, wie ich sie immer mehr verehrte.

Vor drei Jahren wurde uns noch eine zweite Tochter geboren – horch nur! Sie sind im Glashause; wie sie mit der Schwester disputiert! – –

Indessen hatten sich meine Arbeiten allmählich vereinfacht; die Geschäfte gingen ihren geordneten Gang, so daß ich manches andern Händen überlassen konnte. Mein Leben gewann endlich wieder Raum für andere Dinge. Da das Notwendige ohne Zwang geschehen konnte, so machte sich der dem Menschen eingeborene Drang nach Schönheit wieder geltend. Ich gab dem Garten seine jetzige Gestalt und ließ dort unten das Rosarium anlegen. – Du hörtest schon, daß sie die Rosen vor allen andern Blumen liebt. – Im Jahre darauf wurde hinter demselben der geräumige Pavillon erbaut. Die Holzmosaik des Fußbodens, die Sessel und was sonst an Gerät hineingehörte, ließ ich nach Zeichnungen eines befreundeten Architekten von geschickten Handwerkern anfertigen; die hohen Fenster wurden zur Hälfte mit hellgrauen seidenen Gardinen verhangen, so daß ein gedämpftes wohltuendes Licht entstand. Hier in dieser

Gartenstille las ich zum ersten Male in ungestörtem Zusammenhange die alten ewigen Gesänge, die Odyssee – die Nibelungen; ich las sie laut; denn sie saß neben mir und hörte, und ihre fleißigen Hände ließen unbewußt die Arbeit ruhen. Auch die Hausmusik war nicht vergessen; mir hatte das Leben keine Zeit zur Ausübung einer Kunst gelassen, aber meine Frau verstand es zu singen, und sie hatte es schon immer gern in meiner und der Kinder Gegenwart getan. Nun traten andere hinzu, die ein Gleiches leisteten; denn unmerklich hatte sich uns ein kleiner Kreis teilnehmender und gleichgesinnter Menschen angeschlossen.

So war im Juni vorigen Jahres mein vierzigster Geburtstag herangekommen. Die Frühsonne weckte mich; sonst schlief noch alles. Ich kleidete mich an und ging durch das schweigende Haus auf die Terrasse. Der Rasen unterhalb derselben war noch in tiefem Schatten; nur die Spitzen der Bäume und der goldene Knopf des Gartenhauses leuchteten in der Morgensonne; drüben auf dem Wasser lag noch der weiße Nebel, aus dem die schwankende Spitze eines Mastes nur dann und wann hervorsah. Ich stieg langsam in den Garten hinunter, ganz erfüllt von dem Gefühl der süßen unberührten Frühe; ich trat leise auf, als fürchte ich den Tag zu wecken.

Am vorhergehenden Abend war ich wieder einmal über Meister Gottfrieds Tristan geraten und hatte mich ganz in das alte Buch vertieft. Es waren die letzten Blätter, die diese anmutige Dichterhand geschrieben.

Der Minnetrank hat seine Zauberkraft bewährt. Die schöne Königin Isote und Tristan, des Königs Neffe, sie konnten voneinander nicht lassen. Der alte langmütige König hat endlich die Schuldigen verbannt; der Dichter aber tut seinem klopfenden Herzen Genüge und führt seine Lieblinge fern von den Menschen in die Wildnis. Kein Lauscher ist ihnen gefolgt; die Sonne scheint, die Kräuter duften; in der ungeheuren Einsamkeit nur sie und er; um sie her der säuselnde Wald und unsichtbar in den Lüften der unablässige Gesang der Vögel. Sie wandeln im Abendschein durch die Wiese, hin wo der kühle Bronnen klingt; dort sitzen sie nieder unter der Linde und blicken zurück nach der Felsengrotte, wo sie die Nacht zusammen ruhten. Sie reiten bei Sonnenaufgang durch die taubenetzte Heide auf die Pirsch, die Armbrust in der Faust, die Rosse aneinanderdrängend, Isotens goldenes Haar um Tristans Schultern wehend.

In der stillen Morgenluft stiegen die Bilder der Dichtung wie Träume in mir auf. – Indessen war die Zeit vorgerückt; die Sonne schien warm auf die Gartensteige, die Blätter tropften, die Wohlgerüche der Blumen verbreiteten sich, und in den Lüften begann das feine Getön der Insektenwelt. Ich empfand die Fülle der Natur und ein Gefühl der Jugend überkam mich, als läge das Geheimnis des Lebens noch unentsiegelt vor mir. Ich beschleunigte meinen Schritt, ich trat fester auf; unwillkürlich streckte ich den Arm aus und brach einen blühenden Zweig von dem Gebüsch, das nebenan im Rasen stand.

Unten vor dem Pavillon standen noch die Gartenstühle, wie wir sie am Abend verlassen hatten; an den verschlossenen Läden rieselte der Tau herab. Ich nahm den Schlüssel aus seinem Versteck unter der Treppenstufe und sperrte die Türen auf, damit die Morgenluft hineindringen könne. Dann ging ich zurück, rüttelte im Vorübergehen an der verschlossenen Tür des Glashauses und trat nach einer Weile durch den Gartensaal in das Wohnzimmer meiner Frau. Es rührte sich noch nichts im Hause, die Morgenruhe lag noch in allen Winkeln. Aber ein starker frischer Rosenduft schien die Nähe eines Geburtstagstisches zu verraten. Als ich die Tür meines Arbeitszimmers öffnete, fielen meine Augen auf ein Ölgemälde in ovaler Medaillonform, das angelehnt auf meinem Schreibtisch stand. Es war das lebensgroße Profilbild eines Mädchenkopfes; über dem schweren Goldrahmen, der es einfaßte, lag eine Girlande von vollen roten Zentifolien. – Der Kopf war ein wenig zurückgeworfen, das glänzende blonde Haar schien erst eben von einer leichten Hand zurückgestrichen; auf den halbgeöffneten Lippen lag der köstliche Übermut der Jugend.

Ich stand atemlos und starrte das schöne jugendliche Antlitz an; mir war, als dürfe ich meine Nähe nicht verraten, als könne von einem unvorsichtigen Hauche alles in Duft verwehen.

Es mußte eine Welt voll Frühlingssonnenlichtes sein, in welche diese jungen lachenden Augen hinaussahen. Ich neigte unwillkürlich das Haupt. Sie – sie wäre es gewesen; mit ihr wäre auch ich in jene Einsamkeit geflohen, nach der jedes Menschenherz einmal verlangt – – «

Rudolf faßte meine Hand.

»Und weshalb war sie es nicht gewesen? – Du kennst das Bild. Was ich gesehen, war nicht die Phantasie eines Malers, nicht etwa die blonde Königin Isote, die vielleicht niemals gelebt hat. Dies Antlitz vor mir hatte dem Leben, meinem eigenen Leben angehört; so war sie einst gewesen, die vor vielen Jahren ihre Hand in meine legte, die noch an meiner Seite lebte.

Ich blickte wieder auf, es ließ mich nicht; der Duft nach Schönheit überwältigte mich ganz. Der Anfang eines alten Liedes fiel mir ein: ›O Jugend, o schöne Rosenzeit!‹ – sie hatte es damals in meinem elterlichen Hause oft gesungen. Ich streckte die Arme nach dem Bilde aus, als müsse sie so noch einmal wiederkehren, als sei diese süße jugendliche Gestalt noch nicht für immer der Vergangenheit anheimgefallen.

Da plötzlich, während mein Herz von Reue und von vergeblicher Sehnsucht zerrissen wurde, überkam mich ein Gedanke unzweifelhaften, unaussprechlichen Glückes. Sie, die das einst gewesen war, sie selber lebte noch; sie war in nächster Nähe, ich konnte schon jetzt, in diesem Augenblick noch bei ihr sein.

Ich verließ das Zimmer, ich suchte sie; aber sie war nicht mehr im Hause. Als ich in den Garten hinabging, kam sie mir unterhalb der Terrasse entgegen. Sie sah mich lächelnd an, als wollte sie in meinen Augen die Freude über ihr Geburtstagsangebinde lesen. Aber ich ließ ihr keine Zeit, ich faßte schweigend ihre Hand und führte sie in den Garten hinab. – Und wie sie in dem weißen Morgenkleide in ihrer mädchenhaften Weise neben mir ging, mit ihren stillen Augen mich fragend und erstaunt betrachtend, wie ihre Hand so leicht und hingegeben in der meinen lag, da konnte ich nicht erwarten, mich anbetend vor ihr niederzuwerfen; denn alle Leidenschaft meines Lebens erwachte und drängte ihr entgegen, ungestüm und unaufhaltsam.«

Rudolf schwieg einen Augenblick; dann sagte er leise, indem er vor sich in das Abendrot blickte, das schon mit seinem letzten Schein am Himmel stand: »So habe auch ich noch aus dem

Minnebecher getrunken, einen tiefen, herzhaften Zug; zu spät – aber dennoch nicht zu spät!«

Wir saßen schweigend nebeneinander; allmählich brach die Dunkelheit herein. Im Garten war alles still geworden; aber im Pavillon unten waren schon die Lichter angezündet und schienen durch die Büsche. Nun wurde ein Akkord angeschlagen, und von einer tiefen Altstimme gesungen klangen die Worte durch die Nacht:

O Jugend, o schöne Rosenzeit!

Drüben am Markt

Schon wieder stand der kleine Herr im blauen Frack an der Wehle, unterhalb des Deiches zu fischen. Vier Angelruten hatte er ausgelegt; die Korke mit den Federposen schwammen auf der blanken Wasserfläche, während die Stöcke in dem üppigen Marschgrase ruhten. Auch der kleine schwarze Hund saß wieder daneben, wie es schien in der Betrachtung des vor ihm liegenden Netzes versunken, das schon zur Hälfte mit Weißfischen und Aalen gefüllt war; nur zuweilen warf er den Kopf herum und schnappte nach den Schmeißfliegen, die um seine Nase schwärmten. Sein Herr hatte die ausgerauchte Meerschaumpfeife neben sich gelegt und blickte, die Hände auf den Rücken gefaltet, aus seinen kleinen runden Augen gleichgültig vor sich hin; bald auf die schwimmenden Korke, bald über die Wehle nach dem spitzen Turm der nicht gar fernen Stadt. Die Sonne blitzte in den blanken Knöpfen seines Fracks und vor ihm auf dem stillen Wasser; mitunter zog er ein blaugedrucktes Schnupftuch aus der Tasche und trocknete sich damit den Schweiß aus seinen schon ergrauten Haaren. Das Schilf duftete, es war ein heißer Septembernachmittag.

Aus dem Häuschen, das droben auf dem Deiche lag, trat ein bejahrtes Frauenzimmer und stieg eilig an dem abwärts führenden Fußwege hinunter. Der alte Herr hatte sie nicht bemerkt; denn an der einen Angel begann eben die Federpose zu zucken. Als aber jetzt die Frau laut redend und jammernd auf ihn zukam, wandte er sich um und winkte ihr heftig mit der Hand: »Schrei Sie nicht so, alte Person!« sagte er und bückte sich nach seiner Angel. »Hat denn die Mixtur von gestern noch nicht angeschlagen?«

Das Weib schwieg plötzlich und strich sich verlegen mit der Hand über die Schürze.

»Ja so«, sagte er, »ich kann's mir denken; Ihr habt wieder einmal selbst gedoktert! – Da habt Ihr mir nun auch den Fisch verjagt!«

Indem hatte er sich aufgerichtet; und in seine kleinen Augen trat ein Ausdruck von Schelmerei, der vor Zeiten diesem unschönen Antlitz eine vorübergehende Anmut mochte verliehen haben. »Kleine Frau«, sagte er, »kennt Ihr das Gebet der Ärzte?«

Die Frau sah ihn verdutzt an. »Nur das Vaterunser, Herr Doktor, und die hinterm Gesangbuch.«

»Nun, so will ich es Euch sagen: Gott behüte uns vor den alten Weibern!«

Die Alte lächelte. »Herr Doktor sind allzeit so spaßig.«

»Und nun«, fuhr der Doktor fort, indem er seinen alten Hut aus dem Grase aufsammelte, »nun bleib Sie hier und paß Sie mir auf meine Fischerei!« – Der kleine Hund sprang gegen ihn empor. »Leg dich, Pankraz!« sagte er und bückte sich, um ihn zu streicheln, mit jener hastigen Innigkeit, womit in Gegenwart anderer einsame Menschen den an sie gewöhnten Tieren zu begegnen pflegen. Dann, während der Hund sich legte und das Weib, seinem Befehl gehorchend, sich vor den Angelruten an das Wasser stellte, stieg er langsam den Deich hinauf und verschwand in der Tür des kleinen Hauses.

Es war tiefe Dämmerung, als der Doktor, aus seinem Meerschaumkopfe rauchend, auf dem Fahrweg des Deiches nach der Stadt zurückkehrte. Neben ihm ging die alte Frau, in der einen Hand ein Rezept, in der andern das schwergefüllte Fischnetz; der kleine Hund sprang kläffend hin und wider. – So erreichten sie die Stadt. Im Schifferhause am Hafen brannten schon die Lichter und warfen ihren Schein auf die Gassen. Der Doktor tat einen Blick in die Gaststube, wo an dem rot angestrichenen Tisch schon ein Frühgast dem Wirte gegenübersaß; dann beschleunigte er seinen Schritt und ging durch die dunkle Twiete dem Markte zu, wo er mit seiner Begleiterin in ein schmales altertümliches Haus trat, vor dem eine Linde ihre Zweige bis an die Fenster des oberen Stocks hinaufstreckte.

Während noch die Hausglocke läutete, öffnete sich im Hintergrund der Diele eine Tür, und ein schon ältliches bürgerlich gekleidetes Mädchen leuchtete mit einer Schirmlampe den Kommenden entgegen. »Bist du es, Onkel?« fragte sie.

»Freilich; nimm nur der Frau die Fische ab.«

Dann, nachdem die Alte gute Nacht gewünscht, gingen beide in das geräumige Hinterzimmer. Das Mädchen trug ihr Spinnrad in die Ecke und setzte die Lampe auf des Onkels Schreibtisch, während dieser seine Taschen von dem mitgenommenen Angelgeräte leerte. »Ist jemand dagewesen?« fragte er.

»Ja, Onkel, die arme Frau, der du das Kleid von selig Tante schenktest.«

»Sonst wer?«

»Die alte Kammerherrin hat geschickt, sie hat wieder ihren Zufall.«

Der Doktor setzte sich auf den harten lederbezogenen Stuhl, der vor dem Schreibtisch stand. »So?« sagte er. »Schicken die feinen Leute auch noch! Nun«, fügte er brummend hinzu, »der andere wird nicht um den Weg gewesen sein. – Wann war der Diener hier?«

»Du warst nur eben fort.«

»So – nun da brauchen Ihro Gnaden mich schon nicht mehr.«

»Der Justizrat«, sagte das Mädchen, »ist auch dagewesen; du hättest doch nicht vergessen, daß es heute der Geburtstag seiner Frau sei.«

Der Doktor schwieg eine Weile. »Es ist gut«, sagte er, »bring nur die Fische in die Küche!«

Das Mädchen ging; der Doktor blieb auf seinem Stuhle sitzen und streichelte mit der Hand den kleinen Hund, der ihm auf den Schoß gesprungen war. Seine Augen hafteten an der Messingklinke der nach dem Flur hinausgehenden Tür, als denke er, sie werde sich im nächsten Augenblick bewegen, und jemand, den er erwarte, in das dürftig ausgestattete Gemach hereintreten. Aber es kam niemand; er blieb allein. Endlich, nachdem er das Tier behutsam auf den Fußboden gesetzt hatte, stand er auf und nahm aus dem Repositorium des Schreibtisches einen der Quartbände, welche seine ärztliche Buchführung enthielten. Das Blatt, welches er aufschlug, trug eine Jahreszahl, die der ersten Zeit seiner Praxis angehörte. – »Handlungsdiener Friedeberg« stand darüber; darunter waren viele Visiten eingetragen, sie folgten sich fast Tag um Tag; zum Schluß aber war die Rechnung mit einer verhältnismäßig sehr geringen Summe abgeschlossen.

Der alte Friedberg war längst begraben; aber der Doktor sah ihn noch vor sich, den kleinen Mann im leberfarbenen Rock, wie er an sonnigen Sonntagnachmittagen drüben am Markt vor der Tür des großen Giebelhauses stand und ihm, wenn er vorüberging, sein »Servus, Herr Doktor!« zurief. – Der alte Friedeberg war es jedoch nicht, um dessenwillen die kleine runde Hand des Doktors nach diesem Folium zurückgeblättert hatte. Er war nur der Diener gewesen; das große Giebelhaus hatte derzeit dem zweiten Bürgermeister, seinem Prinzipal, gehört; der alte Friedeberg führte nur das kleine Ladengeschäft, das der reiche Kaufherr zugleich mit jenem treuen Mann nach seinen Eltern überkommen hatte. Auch der stattliche Bürgermeister wohnte seit lange nicht mehr in seinem sonnigen Hause; er lag nicht weit davon auf dem Klosterkirchhof in der Familiengruft, die er selbst hatte bauen lassen. Es war aber auch nicht sein Gedächtnis, das die Hand des Doktors geleitet hatte; der Doktor war nicht einmal sein Hausarzt gewesen; denn der Bürgermeister hatte sich wie alle Honoratioren des Physikus bedient. Aber der Physikus war einmal über Land gewesen, und – der Herr Bürgermeister hatte eine Tochter gehabt.

Das war es. – –

Der Doktor hatte sich umgewandt. Seine Augen ruhten auf dem leeren Polsterstuhl, der ihm gegenüber zwischen dem Ofen und dem Tassenschränkchen stand. – Spät an einem Februarabend war es gewesen. Dort hatte seine Mutter, die alte Schneiderswitwe, gesessen, mit gefalteten Händen, das Spinnrad neben sich. Sie war schon ein wenig eingenickt gewesen, wie es ihr vor dem Schlafengehen zu geschehen pflegte; aber sie war wieder munter geworden und saß nun nach ihrer Gewohnheit aufrecht und ohne sich anzulehnen. »Und du willst ein Doktor sein«, sagte sie, »und weißt nicht, daß alte Leute nicht mehr jung sind!« – Der Doktor zog seine silberne Taschenuhr auf und hing sie an die Wand. »Es wird Schlafenszeit, Mutter!« sagte er lächelnd; denn er wußte alles, was noch folgen würde. Aber die

Alte ließ nicht ab; sie schenkte ihm nichts, er mußte alles hören: ihr Alter und das seinige, dann alle Mühen des kleinen Haushalts und das gesamte Inventar an Leinen und Bettstücken, das droben in den beiden eichenen Schränken lagerte. »Denn«, sagte sie, »wir sind immer auskömmliche Leute gewesen, ich und dein seliger Vater; und das Notwendige wäre schon beisammen, wenn die junge Frau ins Haus käme.« – Der Doktor hatte schon fast ein wenig ungeduldig werden wollen; da plötzlich hatte die Hausglocke geschellt, und da nach einigen Augenblicken war sie hereingetreten. Sie hatte das blonde Haar zurückgeschüttelt und ein weißes Tüchlein vom Kopf genommen und sich dann einen Augenblick schweigend und aufatmend im Zimmer umgesehen. Die kleine behende Alte war fast erschrocken aus ihrem Lehnstuhl aufgesprungen; denn solch einen Gast hatte sie noch niemals in dem Zimmer ihres Doktors erscheinen sehen. Aber es war Notsache gewesen; der alte Friedeberg war plötzlich schwer erkrankt, eine tiefe Ohnmacht, ein Schlaganfall, die junge Dame wußte es selber nicht. Der Lehrling war um den Kranken beschäftigt, die Mägde schon in den Betten gewesen; in ihrer Angst und ohne zu fragen war sie fortgelaufen. Beim Physikus hatte sie vergebens angeklopft; nun sollte der junge Doktor kommen; aber sogleich, es war kein Augenblick zu verlieren. – Der Doktor stand vor ihr in seinem abgetragenen Schlafrock, der die kleine pralle Gestalt nur kaum bedeckte, und fragte und ließ sich berichten. Die alte Frau ging währenddessen im Zimmer umher und brachte hier eine Weste, dort ein Schnupftuch auf die Seite, die er wie gewöhnlich auf den Stühlen umhergestreut hatte; sie wischte mit ihrer Schürze über das Polster des alten Lehnstuhls und lud die junge Dame zum Sitzen ein. Aber die junge Dame wollte sich nicht setzen, und bald, nachdem der Doktor in die Kammer gegangen und in seinem blauen Kleidrock wieder zum Vorschein gekommen war, machten beide sich auf den Weg.

Die Alte hatte ihnen geleuchtet. »Fallen Sie nicht, Mamsell«, hatte sie gesagt, »der Ring an der Kellerluke steht vor!« Der Doktor entsann sich alles dessen noch genau, er meinte noch zu hören, wie sie hinter ihnen die Kette vor die Haustür legte.

Draußen standen schon alle Häuser dunkel; nur drüben unweit der Twiete in dem großen Giebelhause waren unten noch die Fenster hell. Eben schlug es von der Kirchenuhr an der andern Seite des Marktes. Unwillkürlich standen sie und sahen an dem alten Turm empor, der mit seiner dunkeln Spitze in den Sternenhimmel hinaufragte. Hoch überhin steuerte ein Zug von Wildgänsen durch die Luft; ihr gellender Schrei und der Klang ihrer Flügel fuhr weithin über die schlafende Stadt.

Der Doktor ließ sein Bambusrohr auf der Steinplatte klingen. »Kommen Sie, Mamsell Sophie«, sagte er, »es wird Frühling! Wir müssen dem alten Friedeberg helfen.«

Und nun gingen sie, das Mädchen immer einen Schritt voraus. Er aber in dem ungewissen Sternenschimmer sah zum erstenmal auf sie und wie fest und jugendlich sie daherging.

Jene Nacht war längst dahin. Der Doktor war seitdem fast noch einmal so alt geworden; aber die Leute sagten, er habe dazumal nicht anders ausgesehen, nur sein Haar sei etwas grau, und der blaue Frack ein paarmal neu und dann wiederum alt geworden. Auch im Hause in dem großen Hinterzimmer war es ebenso geblieben; derselbe alte Tisch mit den geschweiften Beinen und dem bunten Wachstuchbezug; dasselbe Tassenschränkchen und der weiße Sand auf dem Fußboden. Freilich in dem Polsterstuhl am Ofen saß jetzt nicht mehr wie sonst die alte strickende Frau, sondern ein kleiner schwarzer Hund, den der Doktor nach ihrem Tode sich herangezogen hatte.

Auch in diesem Augenblick behauptete der kleine Hausgenosse seinen ererbten Platz. Er hatte sich schlafen gelegt und schien noch von den Schmeißfliegen zu träumen, die draußen an der Wehle ihn umschwärmt hatten; denn er kläffte und schnappte ein paarmal um sich her in die leere Luft. Der Doktor ging auf ihn zu und streichelte ihn: »Laß doch, Pankraz, laß doch!« sagte er, »du träumst ja nur.« Der Hund sah mit trüben Augen zu ihm auf, leckte einen Augenblick die liebkosende Hand seines Herrn und schob dann die Schnauze wieder zum Schlaf unter seinen Schenkel.

Der Doktor trat wieder an seinen Schreibtisch, und nachdem er das vorhin aufgeschlagene Buch zugemacht und an seinen Platz getan hatte, holte er aus dem hintersten Fache einer

Schublade das Bruchstück einer roten Hummerschere hervor, an welcher mit einem Bindfaden ein großer Schlüssel befestigt war. Dann nahm er die Lampe und ging zur Tür hinaus, durch den schmalen Gang auf den Hausflur, und stieg von dort die Treppe hinauf, die zwischen weißgetünchten Wänden in das obere Stockwerk führte.

Die Stufen knarrten, die einsame Hauskatze, die auf dem Treppenabsatz eingedämmert war, sprang vor ihm auf und stob die Bodentreppe hinan. Oben auf dem engen Flur zwischen zwei dunklen ungeheuren Schränken stand der Doktor still und öffnete mit seinem Schlüssel die Tür eines nach der Straße hinausführenden geräumigen Zimmers, dessen Fußboden mit einem wollenen Teppich belegt war. Der Schein der Lampe fiel auf eine Tapete, wie man sie vor einem Vierteljahrhundert wohl zu sehen pflegte; eine Südseelandschaft mit den Figuren Pauls und Virginiens, die sich in bunten, jetzt freilich verblichenen Farben oberhalb des hohen Paneels wie ein Panorama an der Wand entlangzog. Das mit Mahagoni furnierte, jetzt tiefdunkle Gerät des Zimmers schien im Gegensatz zu der unteren Wohnung einst mit besonderer Sorgfalt ausgewählt. Der Doktor setzte die Lampe auf den länglichen mit einem bunten Teppich behangenen Sofatisch. Seine Augen ruhten eine Weile auf dem mit Buchsbaum eingelegten Jagdstückchen in der Lehne des Sofas; dann breitete er sein Schnupftuch auf das Sitzpolster, stieg hinauf und hob die bestaubte Glasglocke von einer Tafeluhr, die mitten in dem hartblauen Himmel der Südseeinsel auf einem kleinen Postamente stand. Er nahm den verrosteten Stahlschlüssel, und, nachdem er langsam aufgezogen und den Perpendikel angestoßen hatte, horchte er auf das plötzlich laut werdende Ticken. Die Uhr ging wieder, sie ging ganz wie vor fünfundzwanzig Jahren; es war wieder etwas lebendig in dem Zimmer, worin es sonst so still war.

Er hatte die Glasglocke wieder aufgesetzt und ging jetzt wie vorsichtig über den weichen Teppich zu einem Sessel, der in einer der beiden tiefen Fensternischen stand. Es war schon dunkel draußen; aus den einzelnen Fenstern und von den hie und da stehenden Gassenlaternen fielen spärliche Lichter; nur drüben rechts hinab über den Markt in dem großen Giebelhause waren alle Fenster des oberen Stockwerks erleuchtet. Der Doktor stützte den Arm auf die Fensterbank und sah nach dem hellen Schein, der von dort in das Dunkel hinausbrach.

Damals, an einem Vormittag vor vielen Jahren, acht Tage mochte es gewesen sein nach jener Februarnacht, hatte das Haus drüben in vollem Sonnenlicht gestanden; auf die spiegelblanken Ladenfenster und an der andern Seite auf die Fenster des vorspringenden Ausbaues und zwischen ihnen auf die Fliesen des weitgeöffneten großen Hausflurs war der goldene Schein gefallen.

Der Doktor erinnerte sich dessen wohl.

An einem Markttage war es gewesen; er hatte sich von seinem Hause an durch die Reihen der Bauernwagen und der Eier- und Gemüsekörbe durchgedrängt; er hatte hier und dort einer Marschbäuerin die Hand geschüttelt und sie bei Vor- und Zunamen begrüßt; ja sogar ein Rezept hatte er stehend und aus freier Hand auf seine Brieftafel schreiben müssen. Nun trat er in das große Giebelhaus, um nach dem alten Friedeberg zu sehen. Es hatte keine Gefahr mehr, er war schon in der Besserung. Auf dem Flur vor dem Laden drängten sich die Käufer. Der Lehrling konnte nicht allen Händen genügen, die ihre Körbe und Kannen vor ihm hinschoben. Aber er hatte eine Gehülfin bekommen; dort auf dem Ladentritt stand eine schlanke Mädchengestalt und hantierte in den obersten Schubladen des Repositoriums.

»Ei was, Mamsell Sophie!« rief der Doktor.

Sie wandte den Kopf zurück; ein paar helle Augen sahen auf ihn herab. »Guten Morgen!« rief sie.

»Was treiben Sie denn da?«

»Sie wissen ja«, sagte sie und sprang mit einem leichten Satz zu Boden, »der alte Friedeberg ist invalid; da muß ich der alte Friedeberg sein!«

»Das seh ich«, sagte der Doktor, und seine kleinen Augen folgten ihr mit Verwunderung, wie sie mit den flinken Fingern die Ware in Papier schlug, wie sie den Bindfaden von der Rolle schnurrte, ihn um das Päckchen knüpfte und dann so resolut an dem großen Ladenmesser abschnitt.

Als sie die Ware aus der Hand legte, setzte schon wieder ein

Arbeiter seine Branntweinflasche vor sie hin. Sie blickte einen Augenblick wie hülfesuchend nach dem Lehrling. Als sie ihn beschäftigt sah, kniete sie seitwärts vor das Ankerfaß und hielt das zinnerne Maß unter das Messinghähnchen. Aber während die Flüssigkeit hineinrann, bog sie den Kopf zurück und schüttelte sich unmerklich, als widre sie der Dunst des Alkohols.

Der Doktor stand noch immer und ließ kein Auge von ihr. Und schon plauderte sie mit einem Haufen Kinder, die ungeduldig mit ihren Sechslingen klopfend vor dem Ladentisch standen. Sie neigte sich herüber und nahm das pausbackige Gesicht eines Nachbarknabens zwischen ihre Hände. »Junge, was du für ein Kerl geworden bist«, sagte sie und sah ihm ernsthaft in die Augen. »Du hast wohl gar den Nachtwächter schon gesehen?«

Der Junge schüttelte den Kopf. – »Der tutet bloß!« sagte er und sah sie trotzig an.

Sie lachte und steckte ihm sein Päckchen in die Tasche. »Halt, du vergißt ja was!« Dann nahm sie ein Glas mit Bonbons aus dem Schaufenster. »Nun greif einmal, aber herzhaft!« Und der Kleine ließ es daran nicht fehlen. Der Ladenbursche warf einen bedenklichen Blick auf seine junge Prinzipalin, als sie ihm das Glas zum Wegsetzen in die Hand gab; der Doktor aber lächelte still in sich hinein und blickte unvermerkt zurück, als er durch den Laden nach dem dahinterliegenden Zimmer des alten Friedeberg ging. – Der kleine Greis saß aufrecht in den Kissen und zählte mit den Fingern an seinen Knöcheln, während er durch die Fenster nach dem dunkeln Packhofe sah, in dessen engem Raume er einen so großen Teil seines Lebens zugebracht hatte.

»Nun, Friedeberg«, sagte der Doktor, »laßt einmal die Rechenmaschine stillstehen! Ihr habt ja Euern Stellvertreter draußen.«

Der Alte nickte, und ein sanftes Lächeln trat in das kleine faltenreiche Gesicht. »Freilich, Doktor«, sagte er, »aber es schickt sich nur nicht so recht, und der Herr Bürgermeis?er sehen es auch nicht gern.«

Der Doktor warf noch einen Blick durch das Türfensterchen in den Laden; dann aber nahm er den Puls seines Patienten und examinierte und schalt ihn freundlich, wie es seine Art war.

Indessen knarrte die Tür, und das junge Mädchen trat still herein, indem sie fragend zu dem Arzt hinübersah.

Dann setzte sie sich zu dem Alten auf die Bettkante und drohte ihm mit dem Finger. »Halt dich nur ruhig, Friedeberg«, sagte sie, »da les' ich dir nachmittag wieder aus dem Theatrum mundi; die Belagerung Magdeburgs, oder was du sonst mir aufschlägst! – Nein, nein, sprich nur nicht! Ich weiß schon alles, was du fragen kannst. Deinen faulen Burschen halt ich auch in Respekt; es wird alles sauber eingetragen, es geht alles nach deiner Vorschrift. Und verkauft haben wir heute morgen! Ich bekomme noch die ganze Kinderkundschaft.«

»Traut ihr nicht, Friedeberg!« sagte der Doktor, »ein Viertel Zichone und eine Tasche voll Bonbons als Draufgabe, das gibt eine schlechte Rechnung!«

Der Alte nahm ihre kleinen Finger und drückte sie zärtlich zwischen seine alten arbeitsmüden. »Lassen Sie sie, Doktor«, sagte er, »das ist eine gesegnete Hand.«

Das Mädchen lächelte. »Ja, alter Friedeberg«, sagte sie, indem sie eine kleine Münze auf dem neben dem Bette stehenden Tisch klingen ließ, »sogar einen falschen Schilling habe ich eingenommen! Du kannst ihn hernach auf deinen Ladentisch nageln; da hast du das Dutzend voll.«

»Die falschen Stücke«, erwiderte er langsam, »die sind schon alt; das war in meiner Jugend; da nahm ich auch alles unbesehen.«

Sie sah ihn mit klugen Augen an. »Es ist von meiner Kinderkundschaft«, sagte sie.

Der Doktor konnte noch nicht wegfinden. Er hatte sich unter dem Fenster auf den Drehstuhl des alten Friedeberg gesetzt und begann zu plaudern; er wagte es sogar, die junge Dame an den Contretanz zu erinnern, den sie letzthin im Kasino mit ihm getanzt hatte.

Sie hörte ihm ruhig zu. »Ja«, sagte sie, »und dann das Solo; vergessen Sie das Solo nicht!«

Der Doktor fand auch gar keine Veranlassung, das Solo zu vergessen. Er lachte; denn er sah sich selbst mit den Händen balancierend durch den Saal schreiten; aber trotz seiner kleinen kurzen Füße, er hatte doch das Gleichgewicht behalten, und das war nicht allemal so ganz geglückt. – Und dann klatschten sie ein wenig über die roten Schuhe der Frau Kammerrätin und über den mathematischen Diener seines Freundes des Justizrats; und der Doktor lachte ebenso harmlos über die andern, wie er zuvor selbst über sich gelacht hatte. Ein paarmal, wenn die schönen Mädchenaugen so frisch gegen ihn herausschauten, versuchte er auch einen ernsten Ton anzustimmen; aber er plagte sich umsonst, es schlug ihm immer wieder alles in Spaß und Gelächter aus.

Das Mädchen, deren Hände auf ihrem sauberen Morgenkleide ruhten, musterte währenddessen die kleine untersetzte Gestalt des ihr gegenübersitzenden Mannes. Es entging ihr nichts; weder die Bänder des bescheidenen Vorhemdchens, die über den Rockkragen hervorsahen, noch der ungepflegte Zustand des Haupthaares, von dem unzählige Spitzen wie Flammen in die Höhe ragten. Zuletzt blieben ihre Augen an zwei kleinen Daunen haften, die, je nachdem der Doktor den Kopf bewegte, entweder wie aufstrebende Räupchen in der Luft gaukelten oder in das allgemeine Wirrsal wieder hinabtauchten. Mamsell Sophie strich sich unwillkürlich mit den Fingern über ihren seidenen Scheitel, und in ihrem Gesichtchen zuckte es wieder wie vorhin, da sie vor dem Branntweinfäßchen kniete.

Der Doktor bemerkte nicht dergleichen. Als er aber die blauen Augen so unablässig auf sich gerichtet sah, warf er den Kopf zurück und schaute über sich und fuhr sich ein paarmal mit der Hand durch die Haare; und da er hier nichts Ungewohntes zu entdecken vermochte, so verstummte er plötzlich und schaute fest und fragend in das Angesicht des Mädchens. Allein er bekam keine Antwort. Wie ein ertapptes Kind wandte sie den Kopf; und der Doktor sah nur noch, wie es ihr blutrot bis an die krausen Stirnhärchen ins Gesicht stieg. Er wußte nicht mehr, wie er das zu deuten habe; sein Scharfsinn begann seltsame Wege zu wandeln, und eine Reihe lieblicher erschreckender Gedanken tauchten in ihm auf. Er schlug seine kleinen tapferen Augen nicht zu Boden; er wollte abwarten, daß sich das blonde Köpfchen wieder zu ihm wende.

Der alte Friedeberg sah indes von seinem Kissen, was der Doktor nicht zu sehen vermochte. Aber auch er wußte nicht, weshalb die Augen seines Lieblings und mit solchem Ausdruck von Schelmerei auf die nackte Wand gerichtet waren und weshalb sie sich mit den Zähnen den lachenden Mund festhielt. Und bevor er noch zu fragen vermochte, stand sie schon an der Stubentür, die Klinke in der Hand. »Ich muß nach deiner Suppe sehen, Vater Friedeberg!« und mit einer leichten Verbeugung gegen den Doktor war sie zum Zimmer hinaus.

Der Doktor stand vor dem Bette seines Patienten, knöpfte seinen blauen Frack zu und ließ sich noch einmal die halbgeleerte Medizinflasche zeigen; dann nahm er Hut und Stock und empfahl sich. Kaum hörte er noch das »servus, servus«, das ihm der kleine Greis mit einer verbindlichen Handbewegung nachrief.

Vor dem Rathause begegnete ihm der Herr Bürgermeister, der mit seinem Portefeuille unter dem Arm soeben aus der Ratssitzung kam. Es war eine stattliche Gestalt; er trug den starken Kopf aufrecht und trat so fest einher, daß ihm bei jedem Schritt die wohlgenährten Wangen schütterten. – Nachdem er den jungen Arzt nicht ohne eine gewisse Herablassung gegrüßt hatte, erkundigte er sich eingehend nach dem Befinden seines alten Handlungsdieners, und so schritten beide im Gespräche miteinander über den Markt. Der Doktor aber wußte nicht, weshalb es ihm heute unbehaglich war, sich diesen huldreich zu ihm redenden Herrn als den Vater jenes hübschen Mädchens zu denken; immer wieder, bis vor der Tür des großen Giebelhauses, zu der er ihn zurückbegleitete, stand es vor seiner Seele, wie unbequem es sein müsse, diesem gewichtigen Mann eine Bitte vorzutragen oder im geheimen Zwiegespräch gegenüberzustehen.

An diesem Tage war der Doktor nicht, wie er sonst zu tun pflegte, nach dem Abendessen wieder ausgegangen; er hatte sich ein Gläschen Grog im Hause präparieren lassen und saß nun, seine Pfeife rauchend, der Mutter gegenüber an dem kleinen Wachstuchtische. Die alte Frau hatte ihr wollenes Strickzeug mit den hölzernen Nadeln neben sich gelegt und las in ihrer Bibel, im ersten Buch Mose, von der Erschaffung des Weibes: »Es ist nicht gut, daß der Mensch allein sei.« Mitunter seufzte sie und sah nach ihrem Sohn hinüber. – »Hast du den alten Friedeberg denn bald wieder auf dem Schick?« fragte sie unter dem Lesen.

»Den alten Friedeberg? – Freilich, Mutter; er hat ja gute Pflege.«

»War denn die junge Mamsell heut wieder da?«

Der Doktor setzte plötzlich das Glas, das er eben an seine Lippen führen wollte, wieder auf den Tisch. Denn er sah sie vor sich, die junge Mamsell, wie sie vor dem Branntweinfäßchen kniete, wie sie das Hähnchen drehte, wie sie schauderte.

Die Alte hatte währenddes ihr Leseglas auf die Bibel gelegt; ihre Gedanken waren schon wieder um einige Schritte vorwärts. »Die würde eine alte Frau auch nicht verkommen lassen!« sagte sie seufzend und stützte den Kopf in ihre Hand.

»Ich hoffe nicht, Mutter, daß sie sich so etwas würde zu Schulden kommen lassen«, erwiderte der Doktor.

Die Alte blickte auf, als wolle sie sich versichern, wie das gemeint sei.

Der Doktor hielt ihr anfangs sein ehrlichstes Gesicht entgegen; bald aber mühte er sich vergebens, ein leises Zucken um seinen Mund zu unterdrücken; es war nicht mehr zu halten, es stieg ihm über die Wangen, in die Augen; und als er endlich das Gesicht der alten Frau von derselben Unruhe ergriffen sah, da brach es hervor sein volles herzliches Lachen, dem weder seine Mutter noch einer seiner Freunde widerstehen konnte.

So lachten sie beide eine ganze Weile miteinander, und die Alte schüttelte den Kopf und wischte sich mit der Schürze die Tränen aus den Augen. »Kind, Kind! Doktor!« rief sie, »was lachst du denn so gefährlich?«

Ihr Sohn war aufgesprungen, er nahm den Kopf der Mutter zwischen beide Hände und drückte ihn gegen seine Brust. »Mutter«, sagte er, indem er ihr auf die Wangen klatschte, »du bist eine kluge Frau! So welche gibt es heutzutage doch nicht mehr!«

»Ei was!« rief sie und suchte ihn mit beiden Armen von sich abzuwehren, »ich laß mich nicht dumm machen! Ihr habt ja doch zusammen getanzt; warum redst du nicht? Wie dann, wenn dein Vater selig auch den Mund nicht aufgetan hätte? Was treibt ihr denn, wenn ihr beisammen seid?«

Der Doktor schmunzelte. – »Geh!« rief sie, »es ist mit dir kein Fertigwerden; das kommt davon, wenn simple Leute studierte Kinder haben wollen!« – Er ließ noch einen Augenblick die zärtlichen Augen seiner Mutter in den seinen ruhen; dann trat er an sein Bücherbrett und stöberte zwischen den bestaubten Bänden. Er suchte nach einer alten Ausgabe von Bürgers Gedichten, des einzigen deutschen Dichters, der jemals in seinem Besitz gewesen war. Da er indes den Bürger nicht zu finden vermochte, so begnügte er sich mit einer kleinen Elzevirausgabe des Horaz, die ihm aus seinen Primanerjahren zurückgeblieben war. Nachdem er den Deckel an seinem Schlafrock abgestäubt hatte, setzte er sich wieder an seinen Platz. Er begann in dem Büchlein zu blättern, bis er endlich eine der Oden aufschlug und sich ganz darin vertiefte. »Lalagen amabo!« Er murmelte die Worte halblaut vor sich hin. »Ich liebe Lalagen! Wie lächelt sie und, o, wie plaudert sie so süß!« – Und während des Lesens langte seine Hand unwillkürlich nach dem vor ihm stehenden Glase, und er las und trank, und trank und las, bis die Ode zu Ende und das Glas geleert war.

Das Blechkästchen, worin der Doktor die Ersparnisse seiner Praxis aufgespeichert hatte, stand in dem untersten wohlverschlossenen Schubfache seines Schreibtisches. Am andern Vormittage, als er von seinen Berufsgängen heimgekehrt war und während die Mutter draußen in der Küche hantierte, wurde es behutsam hervorgenommen. Er löste die Bindfäden, mit denen die Wertpapiere zusammengebunden waren, schüttelte aus einem leinenen Beutel ein Häufchen Dukaten und andere Goldmünzen auf den Tisch und notierte die einzelnen Beträge auf ein Papierblättchen. Dann, nachdem er noch eine Weile gerechnet und hierauf alles wieder an seinen Ort verschlossen hatte, ging er durch den schmalen hinter dem Hause befindlichen Garten und von dort durch die noch unbelaubte Lindenallee nach dem alten Schlosse, welches derzeit dem Herrn Kammerherrn und Amtmann zur Wohnung und zum Geschäftslokale eingeräumt war.

Der Doktor wollte den Justizrat besuchen, einen jungen Juristen, der es bislang freilich nur noch zum Amtssekretär gebracht hatte, der aber in seiner goldenen Brille und in seinem wohltoupierten Haar die später erlangte Würde so deutlich vorgezeichnet trug, daß seine Freunde ihn schon jetzt damit belehnt hatten. Als der Doktor in das hohe düstere Wohnzimmer trat, fand er den Justizrat, in seinen türkischen Schlafrock gewickelt, mit einem Aktenstück beschäftigt, in der Sofaecke sitzen. Von oben durch die Zimmerdecke, über welcher sich die Gesellschaftsräume des Kammerherrn befanden, drangen kaum vernehmbar die Töne eines Klaviers. Der Doktor stand still und horchte; er liebte Musik, er blies sogar selbst ein wenig auf der Flöte.

Der Amtssekretär, ohne aufzustehen, nahm seine goldene Brille herunter und polierte die Gläser mit einem gelben Glacéhandschuh, der neben ihm auf dem Sofa lag. »Das hättest du Sonntag bequemer haben können!« sagte er lächelnd, »die alte Exzellenz, unsere grand'mère, träufte nur so von Gnade und Leutseligkeit. Wo stecktest du denn! Du warst doch auch befohlen!«

»Ich, Justizrat?« und der Doktor rieb sich mit seiner runden Hand das unrasierte Kinn, »du weißt, die Wahrheit zu sagen, ich bin nicht gern geniert.«

»So?« sagte der andere trocken und ließ einen scharfen Blick auf seinen Freund hinübergleiten. »Aber im Schifferhause war Pickenick; unser Schreiber erzählte mir davon. Er war ja auch wohl dort?«

Der Doktor schlug seine kleinen ehrlichen Augen gegen ihn auf. »Laß das Pulsfühlen, Eduard!« sagte er und reichte ihm die Hand über den Tisch hinüber.

Der Justizrat drückte sie flüchtig, indem er zugleich die Brille wieder aufsetzte und die goldenen Stäbchen an seinen Schläfen zutechtrückte. »Nun, Doktor! Aber meine Schwester und die kleine Bürgermeistertochter hatten auf deine Flöte gerechnet. – Du verstehst dich nicht auf derlei Dinge; aber« – und er richtete sich ein wenig in seiner Sofaecke auf – »du hättest sie sehen sollen, wie sie beim Singen ihr feines Näschen emporhob, und wie im Affekt die schlanken Finger so eigensinnig in der Luft spielten!« Und der Justizrat drückte hinter seinen Brillengläsern die Augen zusammen, und blickte vor sich hin, als sähe er dort alles leibhaftig vor sich stehen.

Der Doktor legte die Hand, in der er seinen Rohrstock hielt, auf den Rücken und begann plötzlich im Zimmer auf und ab zu wandeln. »Justizrat«, sagte er endlich, »du hast Geschmack, du bist mit solchen Sachen aufgewachsen.«

Der Amtssekretär zog die Schöße seines Schlafrocks noch dichter um seine etwas hagere Gestalt. »Nur weiter, Doktor!« sagte er.

Der Doktor war wieder einigemal auf und ab gegangen. »Es ist nämlich, Justizrat; du kennst doch das alte Zimmer oben in meinem Hause?«

»Freilich, Doktor; wir haben ja neulich deinen Geburtstagskommers darin gefeiert!«

Der Doktor räusperte sich ein paarmal und blieb dann vor seinem Freunde stehen: »Du mußt mir helfen das Geräte zu bestellen!« sagte er mit einem kleinen resoluten Schwingen seines Rohrstocks. »Die Mittel sind nun beisammen, daß ich es endlich kann instand setzen lassen.«

»Ernstlich, Christoph?« fragte der Justizrat, während er dem andern mit unverkennbarer Verwunderung ins Gesicht blickte.

Der Doktor nickte. »Ernstlich, Eduard!« Dann setzte er sich lächelnd in einen vor dem Tische stehenden Lehnstuhl und wartete geduldig, bis der Justizrat sich erhoben und mit gewohnter Sorgfalt seinen Anzug vollendet hatte.

Nach einiger Zeit traten beide in die Werkstatt eines ihnen bekannten Tischlermeisters. Ein Sofagestelle, für lose Polster und Lehnkissen bestimmt, war eben in Arbeit und wurde sofort erhandelt. Der Meister legte ihnen mehrere Einsatzstücke von Buchsbaum vor, aus denen der Justizrat zwei schwebende Gestalten, diese mit einer Blumen-, jene mit einer Obstgirlande, für die vorderen Flächen der Seitenlehnen auswählte; überdies ein Täfelchen mit einer Hirschjagd für die Mitte der Rücklehne. Die Furnierung des Ganzen sollte von Mahagoni sein. – Aus der Werkstatt gingen sie in das dahinterliegende Magazin, wo sie die meisten zur Ausstattung eines Zimmers erforderlichen Stücke bereits fertig und in entsprechender Arbeit vorfanden. Ein Postament mit eingelegten Stäbchen für eine Tafeluhr wurde noch bestellt; außerdem zwei Lehnsessel, von denen je einer in den tiefen Fensternischen des Zimmers seinen Platz finden sollte.

Während in einiger Entfernung von ihm der Justizrat mit dem Meister über einen großen Wandspiegel unterhandelte, war der Doktor vor einem zierlichen Nähtischchen stehengeblieben. Er hatte die Platte aufgeklappt, er bückte sich und tastete an den Rollen und Sternchen umher, die in den schmalen Seitenfächern angebracht waren, und betrachtete dann wieder mit augenscheinlichem Wohlbehagen das unter dem Tischkasten hängende grünseidene Arbeitssäckchen. Als er jedoch plötzlich das lächelnde Gesicht des Justizrats vor sich sah, und daneben den Meister, der ihm den Preis des Stückes nannte und die Vorzüge der Arbeit auseinanderzusetzen begann, klappte er hastig die Platte wieder zu und erkundigte sich angelegentlich nach dem Preise eines in der Nähe stehenden Pfeifenhalters. Der Justizrat klopfte ihm auf die Schulter. »Ich seh es schon«, sagte er, »die Pfeife tut's nicht mehr allein.«

In der Tapetenhandlung, welche sie hierauf besuchten, bestand der Doktor auf einer Landschaftstapete, zu der Bernardins einst so beliebte Erzählung die Staffage geliefert hatte. Das Buch selbst kannte er nicht; aber als Knabe, da er für seinen Vater noch die fertigen Kleidungsstücke auszubringen pflegte, hatte er in dem Wohnzimmer eines reichen Kaufherrn oft eine Reihe kolorierter Kupferstiche angestaunt, in welchen die Hauptszenen dieser rührenden Geschichte dargestellt waren. Die Gestalten des etwas schmächtigen jungen Liebespaares, des alten Negers, wie er in Begleitung des großen Hundes den im Walde Verirrten mit vorgestreckten Armen entgegeneilt, waren ihm seitdem von der Vorstellung eines behaglich eingerichteten Wohngemachs unzertrennlich geblieben. Er äußerte freilich hiervon nichts; aber er ließ sich auch durch keine Einwendungen seines Freundes von der einmal getroffenen Wahl zurückbringen.

Auf ihrem Heimwege lag die Wohnung eines bei den Jungen Herren der Stadt beliebten Schneidermeisters. Der Justizrat blieb stehen. »Was meinst du, Doktor«, sagte er, indem er mit seinem Fischbeinstöckchen über dessen abgetragene und übelgehaltene Kleidung hinstrich, »wir sind einmal beim Tapezieren!«

Der Doktor, wie er in bedenklichen Fällen zu tun pflegte, faßte mit der Hand in seine Lastinghalsbinde und stieß ein kurzes Husten aus. Bald aber begann er nicht ohne eine kleine Begehrlichkeit eine kaffeebraune Sammetweste zu betrachten, die nebst andern fertigen Arbeiten vor dem Fenster hing, und erkundigte sich bei seinem Freunde nach dem Preise und der Dauerhaftigkeit eines solchen Kleidungsstückes.

Der Justizrat, nachdem er die verlangte Auskunft erteilt hatte, glaubte eine solche anscheinend günstige Stimmung benutzen zu müssen. »Und wenn du«, setzte er wie beiläufig hinzu, »meinem Friseur noch eine Kleinigkeit zuwenden möchtest – der Laden ist hier nebenan.«

Aber er war schon zu weit gegangen; der Doktor hatte sich schon besonnen, er sah plötzlich den ganzen überlegten Plan des andern vor sich. »Wir wollen's nur dabei bewenden lassen, Justizrat!« sagte er und sah seinen Freund mit einem Ausdruck der überlegensten Heiterkeit aus seinen kleinen Augen an.

Nun wurden für eine Zeitlang Tischler und Maler in dem obern Stockwerk des schmalen Hauses geschäftig, und der Doktor stieg oft die dunkle Treppe hinauf und betrachtete den Fortgang der Arbeiten. – Wieder einige Wochen später, nachdem an Fenstern und Paneelen der rötlich graue Anstrich getrocknet, nachdem die Tapeten aufgezogen und endlich noch der Fußboden mit einem einfachen Teppich belegt war, langten nacheinander auch die von dem Tischler gefertigten Geräte an. Die Mutter des Doktors stand, während sie ins Haus getragen wurden, neben ihrem Sohn im Zuge der offenen Haustür, strich sich dann und wann die grauen Härchen unter ihre Haube und betrachtete kopfschüttelnd die zierlichen Dinge. Schon ein paarmal, wenn wieder ein neues Stück angelangt war, hatte sie den Mund zum Reden geöffnet; aber ebensooft die schon halbbegonnenen Worte wieder hinabgeschluckt. Endlich, als auch der große, aus einem Stück bestehende Wandspiegel gebracht wurde, schien sie es länger nicht verschweigen zu können. »Kind, Doktor«, sagte sie, »was machst du dir für Unkosten; so was gehört ja alles doch zur Aussteuer!« Aber der Sohn wollte ihr heute nicht standhalten; er stieg schon, als hätte er nichts gehört, hinter den Trägern die Treppe hinauf und stellte sich zu ihnen, um das Aufhängen des Spiegels zu beaufsichtigen. – In den folgenden Tagen, nachdem alle Dinge an ihren Ort gestellt waren, saß in der neben dem Hinterzimmer befindlichen Schlafkammer der Mutter eine Näherin, um die neuen Vorhänge anzufertigen; und die alte Frau, da es denn doch einmal sein sollte, ließ es sich nicht nehmen, sie selbst an die dazu bestimmten Brettchen anzustecken.

So war nun in dem Zimmer oben alles fertig und die Mittagssonne, die jetzt schon warm durch die Fenster schien, beleuchtete an den Wänden eine fremde aber liebliche Welt. Die Kokospalmen ragten so still in den blauen Himmel, die Papageien und Kakadus schwebten lautlos in der Luft, und in der Lianenlaube mit den scharlachroten Blüten, zu den Füßen Pauls und Virginiens, lag schlafend der große Hund. Das Sofa mit seinem Überzug von feingeblümten Zitz stimmte wohl zu den lebhaften Farben der Tapete, und die eingelegten Figuren der Flora und Pomona in den flachen Säulen der Seitenlehne, das Jagdstückchen über dem Rücksitze hoben sich zart von dem lichtbraunen Mahagoni ab. Darüber an der Wand von dem zierlichen Postamente herab pickte die neue Tafeluhr, auf der von mattem Porzellan die spinnende Gestalt einer Parze saß; »eine rechte Doktoruhr«, wie der Justizrat sagte, der auch dieses Stück im Auftrag seines Freundes besorgt hatte. Draußen aber, an den Lindenzweigen, deren Spitzen bis an die Fenster reichten, waren schon die grünen Blätter aufgebrochen.

Fast täglich in der Mittagsstunde, wenn er von seinen Berufsgängen nach Hause gekehrt war und bis ihn seine alte Mutter zum Essen hinunterrief, pflegte der Doktor sich hier aufzuhalten. Ein sanftes Feiertagsgefühl überkam ihn, wenn beim Eintritt in das Zimmer seine Schritte auf dem weichen Teppich plötzlich unhörbar wurden. Er setzte sich dann wohl in einer der Fensternischen in den Lehnsessel und sah über den Markt hinüber nach dem großen Giebelhause und folgte mit den Augen den Käufern, die dort aus und ein gingen, oder den Kindern, die vor dem Ladenfenster spielten.

Mitunter wurde auch eine Mädchengestalt in einem hellen Sommerkleide auf wenige Augenblicke sichtbar; und wenn sie wieder verschwunden war, wandte der Doktor seine Augen in das Zimmer zurück nach der Laube Pauls und Virginiens und horchte auf das Schreien des Heimchens, das von unten aus der Küche zu ihm heraufdrang. – Oder er war aufgestanden und blickte auf das frische Grün seiner Linde oder in den blauen

Frühlingshimmel nach den Schwalben, die droben im Sonnenschein um den goldenen Knopf des Turmes flogen.

Der alte Friedeberg war währenddessen wieder gesund geworden, und die Besuche in dem großen Giebelhause hatten aufgehört. Aber diese glückliche Kur schien dem Arzte keine Freude gebracht zu haben; denn er ging still umher, und die Mutter klagte, ihr Doktor habe das Lachen ganz verlernt.

Die junge Dame von drüben hatte er in der letzten Zeit nur einmal wieder gesprochen. Es war eines Nachmittags im elterlichen Garten des Justizrats, die weißen Rosen waren eben aufgeblüht. Die Freunde saßen, ihre Zigarren rauchend, in der Lindenlaube, während unten auf dem Rasen die Tochter des Hauses eine Gesellschaft junger Mädchen um sich versammelt hatte. Durch die Büsche des Bosketts hörten sie das Lachen der Mädchen und den lauten Ruf der jugendlichen Stimmen.

Da, während der Doktor schweigend die blauen Tabakswolken vor sich hinblies, stand sie plötzlich vor ihnen.

»Wir sind beim Pfänderspiel«, rief sie und streckte ihm lächelnd die Hand entgegen. »Sie sollen Zweitritt mit mir tanzen!«

Er blickte auf. Ihr Antlitz war gerötet vom Spiel und von der Sommerluft, ihre Augen glänzten; der weiße Florschal hatte sich verschoben und hing über die Schulter hinab. Der Doktor schwieg noch eine Weile. »Sie dürfen es mir nicht übel deuten, Mamsell Sophie«, sagte er dann, ohne die dargebotene kleine Hand zu nehmen, »ich tanzte lieber nicht.«

»Also ein Korb, Herr Doktor?«

Der Justizrat legte beide Hände auf die Schultern seines Freundes. »Doktor«, sagte er, indem er langsam den Kopf schüttelte, »ich glaube fast, die Luft in deinem Prunksaal hat dich krank gemacht!«

Der Doktor fühlte, wie ihm die Röte ins Gesicht stieg, und er neigte den Kopf, um es zu verbergen.

»Krank?« erwiderte er, nicht ohne daß ein Ausdruck von Gereiztheit in seiner Stimme bemerkbar gewesen wäre; »du weißt es wohl, Justizrat, die Gesundheit habe ich vor euch feinen Leuten voraus.«

Die andern antworteten nicht darauf. Als er wieder aufblickte, waren die Augen des Mädchens mit einem Ausdruck von Güte auf ihn gerichtet. »Ich habe noch vergessen«, sagte sie, »der alte Friedeberg läßt Sie grüßen; er dankt Ihnen noch so sehr!«

Dann ging sie, aber im Fortgehen wandte sie noch einmal den Kopf zurück. »Ich habe warten gelernt«, rief sie, »wir tanzen doch noch miteinander!« – – Die beiden Freunde blieben noch lange im geheimen Zwiegespräch in der Laube sitzen. Einige Tage später aber ging auch der Justizrat in auffallender Nachdenklichkeit umher; sein indisches Schnupftuch hing ihm ungewöhnlich lang aus der Tasche, und mehr als sonst schob er die goldene Brille auf die Stirn und rieb sich kopfschüttelnd mit der Hand die Augen.

Die Zeit verging; die Linde unter dem Fenster der neuen Stube stand schon in dunklen Blättern. Dann war es eines Sonntags, früh noch am Vormittag; durch das offene Fenster kam der Klang des Orgelspiels aus der nahen Kirche. Auf einem Stuhle in der Mitte des Zimmers saß der Doktor und hörte auf einen Bericht seines Freundes, des Justizrats, der mit untergeschlagenen Armen vor ihm stand. Es mußte aber nichts Frohes gewesen sein, das er erfahren hatte; denn er blieb, als der Justizrat seine Mitteilung beendete, stumm und mit zitternden Lippen sitzen; nur zuweilen hob er die Hand und trocknete mit seinem Schnupftuch sich den Schweiß von den Wangen. Und es war doch kühl genug im Zimmer; die Sonne streifte eben erst die Fensterstäbe. – »Und weiter«, fragte er endlich, »weiter sagte sie nichts, Justizrat? Weiter nichts, als nur: Ich kann es nicht?«

»Nein, Doktor, sie hatte auf alle meine Reden nur diese eine Antwort; aber mißverstehen konnte ich sie nicht; denn sie hat es oft genug gesprochen.«

»Und weshalb«, fuhr der Doktor zaghaft fort, »weshalb – das hat sie nicht gesagt?«

Der Justizrat schüttelte den Kopf. »Es war in unserm Garten, hinten an dem Steintischchen«, sagte er; »was die kleine Hand in der weißen Manschette dort auf die Marmorplatte mag geschrieben haben, das hab ich freilich nicht entziffern können; aber gesprochen hat sie nichts hierüber.«

Der Doktor war aufgestanden. Ihm gegenüber in dem großen Spiegel stand noch einmal dieselbe unscheinbare vernachlässigte Gestalt; das wirre Haar, das runde ausdruckslose Gesicht, aus dem die kleinen Augen jetzt trübselig auf den draußen stehenden Doppelgänger hinausstarrten. Der Freund sah gespannt zu ihm hinüber. Jetzt, jetzt mußte er selbst die Antwort auf seine Frage finden. – – Aber er fand sie nicht; er wandte sich und begann zu sprechen. »Eduard«, sagte er leise, und es war, als blieben ihm die Worte in der Kehle hängen, »ich denke wohl kaum, daß es wegen meiner alten Mutter ist.«

Der Justizrat richtete sich fast wie erschrocken in die Höhe; über seine regelmäßigen und sonst wohl kalten Züge zuckte es wie etwas, das er nicht bekämpfen könne. Mit raschen Schritten, ohne zu antworten, ging er ein paarmal im Zimmer auf und ab. Dann blieb er vor dem Doktor stehen. »Christoph«, rief er, »frage so nicht mehr! – Komm, hier! Wir beide, wir bleiben die Alten!« Und er drängte seine schlanke Hand in die kleine festgeschlossene Faust seines Freundes. – – – Als der Justizrat fortgegangen war, stand der Doktor noch lange unbeweglich und ließ seinen Blick über die bunten Tapeten und über das zierliche Gerät des Zimmers gleiten. Dann setzte er sich an das Fenster in den Sessel und blickte mit trüben Augen auf die Straße hinaus. Der Sommerwind rauschte in den Blättern seiner Linde; drüben jenseit des Marktes in dem großen Giebelhause flatterte eine Gardine aus dem offenen Fenster und wehte in der Luft; vor der Tür im Sonnenscheine stand wieder wie sonst der alte Friedeberg in seinem leberfarbenen Rock.

Der Doktor verschloß das Fenster und verließ dann sein neues Zimmer. Als er draußen vor der Tür stand, horchte er noch einmal, wie drinnen die Uhr pickte; dann schloß er ab und nahm den Schlüssel mit herunter. – – – Kurz darauf konnte man ihn, wie auch wohl an anderen Tagen, auf dem Deichwege in die Marsch hinauswandern sehen. Aber er hatte diesmal keine Augen, weder für die grüne heimatliche Ebene zu seinen Füßen, auf der das Gras im Sonnenscheine blitzte, noch für die ans Meer fliegenden schlanken Seeschwalben, denen er sonst stillstehend bis in die weiteste Ferne nachzusehen pflegte. Als er das Häuschen oberhalb der Wehle erreicht hatte, an der er sonst wohl zu fischen pflegte, stieg er an der Binnenseite des Deiches hinab und streckte sich neben dem Wasser in das hohe Gras.

Er hatte den Kopf in die Hand gestützt und blickte bewegungslos auf das Schilf, das leis im Winde rauschte. Neben ihm um einen blühenden Distelbusch flogen zwei Schmetterlinge; Brennesselfalter, die in den Marschen häufig sind. Erst gaukelten sie lange umeinander in der Luft; dann aber setzte-sich der eine auf die Distelblüte, und während er zitternd die Flügel auf und nieder schlug, schwebte der andere über ihm und suchte sich ihm zu nähern. Es schien ein Paar zu sein, ein Liebesspiel, das diese kleinen stummen Sommergäste vor den Augen des neben ihnen ruhenden Menschen aufführten.

Der Doktor hatte sich aufgerichtet; seine Blicke folgten unwillkürlich jeder Bewegung der beiden Kreaturen. »Papilio urticae!« murmelte er. »Was das für ein glücklicher Kerl ist! – – Und doch«, setzte er nach einer Weile hinzu, »ein Mannsbild höherer Gattung, so ein gewöhnlicher Engel etwa, würde hinwieder vielleicht für die kleine Sophie nichts mehr empfinden, als ich für diesen Sommervogel; – – er würde sie vielleicht nur mit einer besondern naturwissenschaftlichen Neugierde betrachten und nicht ohne ein gewisses Grauen vor dem fremdartigen Wesen den ambrosischen Finger an ihre kleine Schulter legen.« – – Und nachdem er solchergestalt das Gleichgewicht seines Herzens wiederhergestellt zu haben glaubte, warf er sich auf den Rücken und starrte gedankenlos in die weißen Wolken, die über ihn hinwegzogen.

Aber der Doktor war kein Engel; die kleinen Schultern, über denen der Sommerwind mit dem leichten Flortuch spielte, das heitere, gütige Mädchenantlitz standen vor ihm und ließen nicht ab, ihn zu quälen. – Jetzt waren viele Jahre seitdem vergangen.

Der feine Metallschlag der Uhr klang durch das Zimmer.

Der Doktor blickte auf. Er zählte; es schlug zwölf. Aber so weit in der Nacht konnte es noch nicht sein. Und jetzt besann er sich, er hatte ja vorhin den Weiser nicht gestellt; draußen vom Turm schlug es jetzt eben auch, es war erst neun Uhr. Er stand auf und blickte auf die Gasse hinaus. Der alte Kirchturm hob sich nur dunkel aus der Finsternis hervor; aber drüben aus dem großen Giebelhause drang noch der helle Lichterschein in das Dunkel hinaus. Dort wohnte sie noch jetzt, wie sie es einst getan; sie wohnte dort mit dem Justizrat, den sie im Lauf der Jahre geheiratet hatte, noch jetzt im Alter heiter und geliebt, wie sie es einst in ihrer Jugend gewesen war. Oft hatte seitdem in Tagen der Krankheit der Doktor an ihrem und ihrer Kinder Bette gesessen; er hatte auch einigemal auf Bitten seines mittlerweile zum wirklichen Justizrat avancierten Freundes an ihrer Geburtstagsfeier teilgenommen; nur in den letzten Jahren war er dazu nicht mehr zu bewegen gewesen. – –

Es wurde leise an die Tür geklopft. – »Sie haben wieder geschickt, Onkel!« sagte das vorsichtig eintretende Mädchen. Der Doktor wandte den Kopf. »Von drüben?« fragte er.

Das Mädchen bejahte es.

Er hatte sich wieder nach dem Fenster gewandt und blickte, ohne etwas zu erwidern, in die Dunkelheit hinaus. – Eine Strecke unterhalb der hellen Fenster in der gegenüberliegenden Häuserreihe, welche von einer einsamen Straßenlaterne beleuchtet wurde, zeigte sich der finstere Raum der nach dem Hafen hinabführenden Twiete. Dann und wann trat eine Gestalt in den Dämmerschein der Laterne und verschwand zwischen den Häusern.

»Ich habe nicht gesagt, daß du schon heim bist!« begann das Mädchen wieder.

Der Doktor richtete sich auf. »Nun, Christine«, sagte er, indem er seinen blauen Frack zuknöpfte, »so sag auch jetzt nichts davon. Geh! Sie sollen mich in Ruhe lassen!«

Kurze Zeit darauf trat er in Begleitung seines kleinen schwarzen Hundes in die mit Gästen angefüllte Schenkstube des Schifferhauses. »Nun, Doktor, wo bleibst du?« fragte eine etwas rauhe Stimme und eine derbe Hand streckte sich ihm entgegen. »Setz dich auf deinen Platz!« Und dann zu dem Wirte gewandt: »Jan Ohm, ein Glas Grog! Aber ein blasses, für den Doktor!«

Veronika

1

In der Mühle

Es war zu Anfang April, am Tage vor Palmsonntag. Die milden Strahlen der schon tiefstehenden Sonne beschienen das junge Grün an der Seite des Weges, der an einer Berglehne allmählich abwärts führte. Auf demselben ging in diesem Augenblick einer der angesehensten Advokaten der Stadt, ein Mann mittleren Alters, mit ruhigen aber ausgeprägten Zügen, gemächlichen Schrittes, nur mitunter ein Wort mit dem neben ihm gehenden Schreiber wechselnd. Das Ziel ihrer Wanderung war eine unfern belegene Wassermühle, deren durch Alter und Krankheit geplagter Besitzer dieselbe seinem Sohne kontraktlich überlassen wollte.

Wenige Schritte zurück folgte diesen beiden ein anderes Paar; neben einem jungen Manne mit frischem, intelligentem Antlitz ging eine schöne noch sehr jugendliche Frau. Er sprach zu ihr; aber sie schien es nicht zu hören; aus ihren dunklen Augen blickte sie schweigend vor sich hin, als wisse sie nicht, daß jemand an ihrer Seite gehe.

Als das Gehöft des Müllers unten im Tale sichtbar wurde, wandte der Justizrat den Kopf zurück. »Nun, Vetter«, rief er, »du hast eine leidliche Handschrift; wie wär es, wenn du ein wenig Kontraktemachen lerntest?«

Aber der Vetter winkte abwehrend mit der Hand. »Geht nur!« sagte er, und blickte fragend auf seine Begleiterin, »ich nehme indes eine Sprechstunde bei deiner Frau!«

»So mach ihn wenigstens nicht gar zu klug, Veronika!«

Die junge Frau neigte nur wie zustimmend den Kopf. – Hinter ihnen von den Türmen der Stadt kam das Abendläuten über die Gegend. Ihre Hand, mit der sie eben das schwarze Haar unter den weißen Seidenhut zurückgestrichen, glitt über die Brust hinab, und indem sie das Zeichen des Kreuzes machte, begann sie leise das angelus zu sprechen. Die Blicke des jungen Mannes, der gleich seinem Verwandten einer protestantischen Familie angehörte, folgten mit einem Ausdrucke von Ungeduld der gleichmäßigen Bewegung ihrer Lippen.

Vor einigen Monaten war er als Architekt bei dem Neubau einer Kirche in die Stadt gekommen, und seitdem ein fast täglicher Gast in dem Hause des Justizrats geworden. Mit der jungen Frau seines Vetters geriet er sogleich in lebhaften Verkehr; sowohl durch die Gemeinsamkeit der Jugend, als durch seine Fertigkeit im Zeichnen, das auch von ihr mit Eifer und Geschick betrieben wurde. Nun hatte sie in ihm einen Freund und einen Lehrmeister zugleich gewonnen. Bald aber, wenn er des Abends neben ihr saß, war es nicht sowohl die vor ihr liegende Zeichnung, als die kleine arbeitende Hand, auf der seine Augen ruhten; und sie, die sonst jeden Augenblick den Bleistift fortgeworfen hatte, zeichnete jetzt schweigend und gehorsam weiter, ohne aufzusehen, wie unter seinem Blick gefangen. Sie mochten endlich selbst kaum wissen, daß abends beim Gutenachtsagen ihre Hände immer ein wenig länger aneinander ruhten, und ihre Finger ein wenig dichter sich umschlossen. Der Justizrat, dessen Gedanken meistens in seinen Geschäften waren, hatte noch weniger Arg daraus; er freute sich, daß seine Frau in ihren Lieblingsstudien Anregung und Teilnahme gefunden hatte, die er selbst ihr nicht zu gewähren vermochte. Nur einmal, als kurz zuvor der junge Architekt ihr Haus verlassen hatte, überraschte ihn der träumerische Ausdruck ihrer Augen. »Vroni«, sagte er, indem er die Vorübergehende an der Hand zurückhielt, »es ist doch wahr, was deine Schwestern sagen.« – »Was denn, Franz?« – – »Freilich«, sagte er, »jetzt seh ich's selbst, daß du gefirmte Augen hast.« – Sie errötete; und duldete es schweigend, als er sie näher an sich zog und küßte. – – Heute bei dem schönen Wetter waren sie und Rudolf von dem Justizrat aufgefordert worden, ihn auf seinem Geschäftsgange nach der nahe gelegenen Mühle zu begleiten.

Seit der gestrigen Gesellschaft, wo sie eine unter seinen Augen vollendete Zeichnung auf Bitten ihres Mannes vorgelegt hatte, war indessen zwischen ihnen nicht alles so, wie es gewesen. Rudolf fühlte das nur zu wohl; und er vergegenwärtigte es sich jetzt noch einmal, wie es denn gekommen, daß er dem zwar etwas übermäßigen Lobe der andern mit so scharfem leidenschaftlichem Tadel entgegengetreten war.

Veronika hatte längst ihr Gebet beendet; aber er wartete vergebens, daß sie die Augen zu ihm wende.

»Sie grollen mir, Veronika!« sagte er endlich.

Die junge Frau nickte kaum merklich; aber ihre Lippen blieben fest geschlossen.

Er sah sie an. Der kleine Trotz lag immer noch auf ihrer Stirn. »Ich dächte«, sagte er, »Sie wüßten, wie es geschehen konnte! Oder wissen Sie es nicht, Veronika?«

»Ich weiß nur«, sagte sie, »daß Sie mir weh getan. – Und«, setzte sie hinzu, »daß Sie mir weh tun wollten.«

Er schwieg eine Weile. »Haben Sie denn«, fragte er zögernd, »das kluge Auge des alten Mannes nicht bemerkt, der Ihnen gegenüberstand?«

Sie wandte den Kopf und blickte flüchtig zu ihm auf.

»Ich mußte es selber tun, Veronika – verzeihen Sie mir! – Ich kann Sie nicht von andern tadeln hören.«

Es zog sich wie ein Schleier über ihre Augen, und die langen schwarzen Wimpern senkten sich tief auf ihre Wangen; aber sie erwiderte nichts. – – Kurz darauf hatten sie das Gehöft erreicht. Der Justizrat wurde von dem Sohn des Müllers in das Wohnhaus geführt; Veronika und Rudolf traten in den zur Seite liegenden Garten. Aber sie gingen schweigend auf dem langen Steige fort; es war fast, als zürnten sie miteinander, als würde ihnen der Atem schwer, wenn sie dennoch wie beiläufig ein einzelnes Wort zu reden suchten.

Als sie den Garten durchwandert hatten, gingen sie über einen schmalen Steg in die untere Tür des Mühlengebäudes, welches hier zu Ende desselben an einem stark fließenden Wasser lag. – Durch das Klappern des Werkes und das Getöse des stürzenden Wassers, welches jeden von außen kommenden Laut verschlang, herrschte eine seltsame Abgeschiedenheit in dem fast dämmerigen Raume. Veronika war gegenüber in die Tür getreten, die zu dem Gerinne hinausführte, und blickte unter sich in die tosenden Räder, auf denen das Wasser in der Abendsonne blitzte. Rudolf folgte ihr nicht; er stand drinnen neben dem großen Kammrade, die Augen düster und unablässig auf sie gerichtet. Endlich wandte sie den Kopf. Sie sprach, er sah, wie ihre Lippen sich bewegten; aber er vernahm keine Worte.

»Ich verstehe nicht!« sagte er und schüttelte den Kopf.

Als er zu ihr gehen wollte, war sie schon in den innern Raum zurückgetreten. Im Vorübergehen kam sie dem Rade, neben welchem er stand, so nahe, daß die Zacken fast ihr Haar berührten. Sie sah es nicht, denn sie war noch geblendet von der Abendsonne; aber sie fühlte ihre Hände ergriffen und sich rasch zur Seite gezogen. Als sie aufsah, blickten ihre Augen in die seinen. Sie schwiegen beide; ein plötzliches Vergessen fiel wie ein Schatten über sie. Zu ihren Häuptern tosten die Mühlwerke; von draußen klang das eintönige Rauschen des Wassers, das über die Räder in die Tiefe stürzte. – Allmählich aber begannen die Lippen des jungen Mannes sich zu regen, und unter dem Schutze des betäubenden Schalles, in dem der Laut seiner Stimme wesenlos verschwand, flüsterte er trunkene, betörende Worte. Ihr Ohr vernahm sie nicht, aber sie las ihren Sinn aus der Bewegung seines Mundes, aus der leidenschaftlichen Blässe seines Angesichts. Sie legte den Kopf zurück und schloß die Augen; nur ihr Mund lächelte und gab von ihrem Leben Kunde. So stand sie wie in Scham gebannt, das Antlitz hülflos ihm entgegenhaltend, die Hände wie vergessen in den seinen.

Da plötzlich hörte das Rauschen auf; die Mühle stand, sie hörten über sich den Mühlknappen gehen und draußen von den Rädern fiel das abtropfende Wasser klingend in den Teich. Die Lippen des jungen Mannes verstummten; und als Veronika sich ihm entzog, versuchte er nicht sie zurückzuhalten. Erst als sie aus der Tür ins Freie trat, schien er die Sprache wiedergefunden zu haben. Er rief ihren Namen und streckte die Arme bittend nach ihr aus. Aber sie schüttelte, ohne nach ihm umzusehen, den Kopf und ging langsam durch den Garten nach dem Wohnhause.

Als sie drinnen in die nur angelehnte Tür des Zimmers trat,

sah sie gegenüber den alten Müller mit gefalteten Händen in seinem Bette liegen. Oberhalb desselben an der Wand war ein hölzernes Kruzifix befestigt, von dem ein Rosenkranz herabhing. Ein junges Weib, mit einem Kinde auf dem Arm, war eben herangetreten und neigte sich über das Deckbett. »Ihm fehlt nur die Luft«, sagte sie, »das Essen schmeckt ihm gut genug.«

»Welchen Arzt habt Ihr denn?« fragte der Justizrat, der mit einem Schriftstück in der Hand danebenstand.

»Arzt?« wiederholte sie. »Wir haben keinen Arzt.«

»Da tut Ihr unrecht!«

Das junge Weib stieß ein verlegenes Lachen aus. »Es ist die Altersschwäche«, sagte sie, indem sie ihrem dicken Jungen sein Näschen mit der Schürze putzte, »da hilft der Doktor nichts dazu.«

Veronika horchte atemlos auf diese Reden. – Der Alte begann zu husten und fuhr mit der Hand nach seinen Augen.

»Ist das so Euer Wille, Martin, wie es hier geschrieben steht?« fragte jetzt der Justizrat.

Aber der Kranke schien ihn nicht zu hören.

»Vater«, sagte das junge Weib, »ob das so richtig ist, wie es der Herr Justizrat vorgelesen hat?«

»Freilich«, sagte der Kranke, »es ist alles so richtig.«

»Und Ihr habt alles wohl bedacht?« fragte der Justizrat. Der Alte nickte. »Ja, ja«, sagte er, »ich hab es mir lassen sauer werden; aber der Junge darf doch nicht zu schwer zu sitzen kommen.«

Der Sohn, der bisher rauchend in der Ecke gesessen, mischte sich jetzt in das Gespräch. »Es kommt auch noch die Abnahme dazu«, sagte er und räuspette sich ein paarmal, »der Alte lebt noch sein artlich Ende weg.«

Der Justizrat blickte mit seinen grauen Augen auf den vierschrötigen Bauer hinab. »Ist das Euer Sohn, Wiesmann?« fragte er, indem er auf einen neben dem Bette spielenden Jungen zeigte. – »So laßt ihn hinausgehn, wenn Ihr vielleicht noch mehr zu reden habt!«

Der Mensch schwieg; aber seine Augen begegneten mit einem fast drohenden Ausdruck denen des Justizrats.

Der Greis strich mit seiner harten Hand über das Deckbett und sagte ruhig: »Es wird nicht gar so lange, Jakob. – Aber«, setzte er, zum Justizrat gewandt hinzu, »er muß mich dann nach Dorfs Gebrauch zur Erde bringen lassen; das kostet auch.« – Die junge Dame verschwand lautlos, wie sie gekommen, aus der offenen Tür, in der sie während dieses Vorganges gestanden hatte.

Draußen sah sie Rudolf jenseit des Gartens im Gespräche mit dem Mühlknappen; aber sie wandte sich ab und ging einen Fußsteig entlang, der unterhalb der Mühle an den Bach hinabführte. Ihre Augen schweiften bewußtlos in die Ferne; sie sah es nicht, wie die Dämmerung vor ihr auf die Berge sank, noch wie allmählich, während sie hier auf und ab wandelte, der Mond hinter ihnen emporstieg und sein Licht über das stille Tal ergoß. Das Leben in seiner nackten Dürftigkeit stand vor ihr, wie sie es nie gesehen; ein endloser öder Weg, am Ende der Tod. Ihr war, als habe sie bis jetzt in Träumen gelebt, und als wandle sie nun in einer trostlosen Wirklichkeit, in der sie sich nicht zurechtzufinden wisse.

Es war schon spät, als die Stimme ihres Mannes sie auf das Gehöft zurückrief, wo sie an der Tür von ihm erwartet wurde. – Auf dem Heimwege ging sie schweigend neben ihm, ohne zu fühlen, wie seine Augen teilnehmend auf ihr ruhten. »Du bist erschreckt worden, Veronika!« sagte er und legte die Hand an ihre Wange; »aber«, fügte er hinzu, »das Maß der Dinge ist für diese Leute ein anderes; sie sind, wie gegen die Ihrigen, so auch härter gegen sich selbst.«

Sie sah einen Augenblick zu dem ruhigen Antlitz ihres Mannes auf; dann aber blickte sie zur Erde und ging demütig an seiner Seite.

Ebenso schweigsam folgte Rudolf neben dem alten Schreiber. Seine Augen hingen an der vom Mond beleuchteten Frauenhand, die noch vor kurzem so willenlos in der seinen gelegen und die er nun zur guten Nacht noch einmal, wenn auch auf einen Augenblick nur, zu umfassen hoffte. – Aber es wurde anders; denn, als sie in die Nähe der Stadt kamen, sah er die kleinen Hände, eine nach der andern, in ein Paar dunkler Handschuhe gleiten, die, wie er wohl wußte, Veronika sonst nur der vollständigen Toilette wegen bei sich zu tragen pflegte.

Endlich hatten sie das Haus erreicht; und ehe er sich dessen in seinem Unmut recht bewußt wurde, empfand er schon die flüchtige Berührung der verhüllten Finger an den seinen. Mit einem vernehmlich gesprochenen »Gute Nacht!« hatte Veronika die Tür geöffnet und war, ihrem Manne voraus, im Dunkel des Flures verschwunden.

2

Palmsonntag

Der Vormittag des Palmsonntags war herangekommen. Die Straßen der Stadt wimmelten von Landleuten aus den benachbarten Dörfern. Im Sonnenschein vor den Türen der Häuser standen hie und da die Kinder der protestantischen Einwohner und blickten hinab nach dem offenen Tor der katholischen Kirche. Es war der Tag der großen Osterprozession. – Und jetzt läuteten die Glocken, und der Zug wurde unter der gotischen Torwölbung sichtbar und quoll auf die Gasse hinaus. Voran die Waisenknaben mit ihren schwarzen Kreuzchen in den Händen, nach ihnen die barmherzigen Schwestern in den weißen Schleierkappen, dann die verschiedenen städtischen Schulen und endlich der ganze unabsehbare Zug von Landleuten und Städtern, Männern und Weibern, von Kindern und Greisen; alle singend, betend, mit ihren besten Kleidern angeputzt, Männer und Knaben barhäuptig, die Mützen in den Händen haltend. Darüber her in gemessenen Zwischenräumen, auf den Schultern getragen, ragten die kolossalen Kirchenbilder: Christus am Ölberge, Christus von den Knechten verspottet, in der Mitte hoch über allen das ungeheure Kruzifix, zuletzt das Heilige Grab.

Die Damen der Stadt pflegten sich an dieser öffentlichen Feierlichkeit nicht zu beteiligen. –

Veronika saß in ihrem Schlafgemach halb angekleidet an einem Toilettentischchen. Vor ihr lag aufgeschlagen ein kleines Testament in Goldschnitt, wie es die katholische Kirche ihren Angehörigen gestattet. Sie schien sich über dem Lesen vergessen zu haben; denn ihr langes schwarzes Haar hing aufgelöst über das weiße Nachtkleid herab, während ihre Hand mit dem Schildpattkamme müßig in ihrem Schoße lag.

Als das Getöse des nahenden Zuges ihr Ohr erreichte, hob sie den Kopf empor und lauschte. Immer deutlicher kam es heran, das dumpfe Geräusch der Schritte, das singende eintönige Murmeln der Gebete. – »Heilige Maria, Mutter der Gnaden!« erscholl es vor dem Fenster, und von hinten aus dem Zuge kam es gedämpft zurück: »Bitte für uns arme Sünder jetzund und in der Stunde des Todes!«

Veronika sprach die vertrauten Worte leise mit. Sie hatte den Stuhl zurückgeschoben; mit herabhängenden Armen stand sie in der Tiefe des Zimmers, die Augen unablässig nach dem Fenster gerichtet. – Immer neue Menschen kamen und gingen, immer neue Stimmen erschollen, ein Bild nach dem andern wurde vorübergetragen. – Da plötzlich durchdrang ein herzerschütternder Ton die Luft. Das castrum doloris nahte sich, unter Posaunenschall, umdrängt von Menschen, gefolgt von den Meßdienern und den vornehmsten Priestern in feierlichem Ornate. Die Bänder flatterten, der schwarze Flor des Thronhimmels flutete in der Luft; darunter in einem Blumengarten lag das Totenbild des Gekreuzigten. Der eherne Schall der Posaunen war wie ein Ruf zum Tage des Gerichts.

Veronika stand noch immer unbeweglich; ihre Kniee bebten, unter den scharf gezogenen schwarzen Brauen lagen die Augen wie erloschen in dem blassen Antlitz.

Als der Zug vorüber war, sank sie neben dem Stuhl, worauf sie zuvor gesessen hatte, zu Boden, und mit beiden Händen ihr Gesicht bedeckend, rief sie mit den Worten im Lukas: »Vater, ich habe an dem Himmel gesündigt, und bin nicht wert dein Kind genannt zu werden!«

3

Im Beichtstuhl

Der Justizrat gehörte zu der immer größer werdenden Gemeinde, welche in dem Auftreten des Christentums nicht sowohl ein Wunder, als vielmehr nur ein natürliches Ergebnis aus der geistigen Entwickelung der Menschheit zu erblicken vermag. Er selbst ging deshalb in keine Kirche; seine Frau jedoch ließ er, vielleicht in Erwartung einer allmählichen selbständigen Befreiung, in der Gewöhnung ihrer Jugend und ihres elterlichen Hauses gewähren.

Seit ihrer vor zwei Jahren erfolgten Verheiratung war Veronika indessen nur in der jetzt wieder begonnenen österlichen Zeit zur Beichte und zum Abendmahl gegangen. Er kannte es dann schon an ihr, daß sie in den Tagen zuvor still und scheinbar teilnahmlos im Hause umherging; es war ihm daher auch nicht aufgefallen, daß die zuvor so eifrig betriebenen Zeichenstunden seit jenem abendlichen Spaziergange aufgehört hatten. Aber die Zeit verstrich, die Maisonne strahlte schon warm ins Zimmer, und Veronika verschob noch immer ihren Beichtgang. Es konnte ihm endlich nicht mehr entgehen, daß ihre Wangen von Tag zu Tage mehr erblaßten, daß unter ihren Augen leichte Schatten sichtbar wurden, welche schlaflose Nächte dort zurückgelassen.

So fand er sie eines Morgens, da er unbemerkt in das Schlafzimmer getreten war, in sich versunken an dem Fenster stehen.

»Vroni«, sagte er und legte den Arm um sie. »Willst du nicht sorgen, daß das Köpfchen wieder aufrecht werde?«

Sie schrak zusammen, als habe er die unbewachten Gedanken in ihr ertappt. Aber sie suchte sich zu fassen. »Geh nur, Franz!« sagte sie, indem sie seine Hand ergriff und ihn sanft zur Stubentür zurückführte.

Dann, nachdem er sie allein gelassen, kleidete sie sich an und verließ bald darauf mit dem Gebetbuch in der Hand das Haus.

Nach einer Weile trat sie in die Lambertuskirche. Der Vormittag war indes herangekommen. Vor den Fenstern des mächtigen Raumes schatteten die jetzt schon belaubten Zweige der draußen stehenden Lindenbäume; nur im Chor auf die Türen des Reliquienschrankes fiel ein gebrochener Sonnenstrahl durch die bunten Glasscheiben. In den Stühlen im Schiff der Kirche saßen oder knieten hie und da noch einzelne vor den aufgeschlagenen Gebetbüchern, sich vorbereitend auf das abzulegende Bekenntnis. Nichts war vernehmlich, als das Flüstern in den Beichtstühlen, mitunter ein tiefes Atemholen, das Rauschen eines Kleides oder ein leiser Schritt über die Fliesen des Fußbodens. – Bald kniete auch Veronika in einem der Beichtstühle, unweit des Bildes der Gebenedeiten, das mitleidig lächelnd auf sie herabblickte. Ihre ganz schwarze Kleidung machte heute die durchsichtige Blässe ihres Angesichtes noch bemerklicher. Der Geistliche, ein kräftiger Mann in mittleren Jahren, lehnte von drinnen den Kopf gegen das Gitter, das ihn von seinem Beichtkinde trennte.

Veronika begann halblaut die Worte der Einleitungsformel: »Ich armer sündiger Mensch!«, und mit unsicherer Stimme fuhr sie fort: »bekenne vor Gott und Euch Priester an Gottes Statt!« – – Aber ihre Worte wurden immer langsamer, immer unverständlicher; zuletzt verstummte sie.

Das dunkle Auge des Priesters war ruhig und fast mit einem Ausdruck von Ermüdung auf sie gerichtet; denn die Beichte hatte schon stundenlang gedauert. »Bekehret euch zu dem Herrn!« sprach er milde. »Die Sünde tötet; aber die Buße machet lebendig.«

Sie suchte ihre Gedanken zu sammeln. Und wieder vor ihrem innern Ohr, wie so oft seit jener Stunde, war das Tosen der Mühle; und wieder stand sie vor ihm in der heimlichen Dämmerung, ihre Hände gefangen in den seinen, im Drang des übermächtigen Gefühls die Augen schließend, im Scham gebannt, nicht wagend zu entfliehen, noch weniger zu bleiben. – Ihre Lippen bewegten sich; aber sie brachte es nicht hervor, sie mühte sich vergebens.

Der Priester schwieg eine Weile. »Mut, meine Tochter!« sagte er dann, indem er das Haupt mit dem vollen schwarzen Haar emporhob. »Gedenken Sie der Worte des Herrn: Nehmet hin den Heiligen Geist; denen ihr die Sünden erlasset, denen sollen sie vergeben sein!«

Sie blickte auf. Das gerötete Antlitz, der kräftige Stiernacken des Mannes im Priesterornate war dicht vor ihren Augen. Sie begann noch einmal; aber ein unüberwindliches Sträuben überkam sie, eine Scheu wie vor unkeuschem Beginnen, schlimmer als was zu bekennen sie hieher gekommen. – Sie erschrak. War, was sich jetzt in ihr empörte, nicht eine Lockung der Todsünde, von der sie sich befreien wollte? – Sie neigte in stummem Kampf ihr Haupt auf das vor ihr liegende Gebetbuch.

Aus dem Antlitz des Geistlichen war indessen der Ausdruck

von Abspannung verschwunden. Er begann zu sprechen, ernst und eindringlich und bald mit allem Zauber der Überredung; leis aber klangvoll drang der Ton seiner Stimme in ihre Ohren. Zu jeder andern Stunde wäre sie hingerissen in den Staub gesunken; aber diesmal war das neu erwachte Gefühl stärker, als alle Macht der Rede und alle Gewöhnung ihrer Jugend. – Ihre Hand nestelte an dem Schleier, der auf ihren Hut zurückgeschlagen war. »Verzeihung, Hochwürden«, stammelte sie. Dann, während sie stumm das Haupt schüttelte, zog sie den Schleier herab, und ohne das Zeichen des Kreuzes empfangen zu haben, stand sie auf und ging mit eiligen Schritten den Steig entlang. Ihre Kleider rauschten an den Kirchenstühlen; sie nahm sie zusammen; ihr war, als griffe alles nach ihr, um sie hier zurückzuhalten.

Draußen unter dem hohen Portale blieb sie tief aufatmend stehen. Ihr war schwer zu Sinne; sie hatte die rettende Hand, von der sie seit ihrer Jugend geführt worden war, zurückgestoßen; sie wußte keine, die sie jetzt ergreifen konnte. Da, während sie noch unentschlossen auf dem sonnigen Platze stand, hörte sie neben sich eine Kinderstimme, und eine kleine braune Hand hielt ihr feilbietend einen vollen Primelstrauß entgegen. – Es war ja Frühling draußen in der Welt! Als hätte sie es nicht gewußt; wie eine Botschaft kam es an ihr Herz.

Sie bückte sich nach dem Kinde und kaufte ihm seine Blumen ab; dann mit dem Strauße in der Hand ging sie die Straße hinunter dem Tore zu. Der Sonnenschein lag so hell auf den Steinen; aus dem offenen Fenster eines Hauses drang der laute Schlag eines Kanarienvogels. – Langsam fortgehend erreichte sie die letzten Häuser. Von hier aus führte seitwärts ein Fußsteig nach dem Höhenzuge, der nach dieser Richtung hin das Stadtgebiet begrenzte. Veronika atmete freier; ihre Augen ruhten auf dem Grün der Saatfelder, die neben dem Wege hinliefen; mitunter regte sich die Luft und brachte den sanften Duft der Schlüsselblumen, die drüben an dem Fuß des Berges standen. Weiterhin, wo an der Grenze der Felder der Nadelwald begann, erhob der Weg sich steiler, und es bedurfte der körperlichen Anstrengung, obgleich Veronika des Bergsteigens von Jugend an gewohnt war. Sie hielt mitunter inne, und blickte aus dem

Schatten der Fichten in das sonnige Tal hinab, das immer tiefer unter ihr versank.

Als sie die Höhe erreicht hatte, setzte sie sich auf den Boden in den wilden Thymian, der hier den ganzen Berg besponnen hatte; und während sie die würzige Luft des Waldes atmete, schweifte ihr Blick nach dem blauen Gebirg hinüber, das wie ein Duft am Horizonte lag. Hinter ihr in kleinen Pausen fuhr der Frühlingswind durch die Wipfel der Tannen, dann und wann schallte ein Amselschlag aus der Tiefe des Waldes, oder über ihr aus der Luft herab der Schrei eines Raubvogels, der unsichtbar in dem unermeßnen Raume schwebte. – Veronika nahm ihren Hut ab und stützte den Kopf in ihre Hand.

So in Einsamkeit und Stille verging eine Spanne Zeit. Nichts nahte sich als nur die reinen Lüfte, die ihre Stirn berührten, und der Ruf der Kreaturen, der aus der Ferne an ihr Ohr schlug. – Zuweilen flog ein helles Rot über ihre Wangen und ihre Augen wurden groß und glänzend.

Nun klangen Glockentöne von der Stadt herauf. Sie hob den Kopf und horchte. Es läutete schrill und hastig. »Requiescat!« sprach sie leise; denn sie hatte die kleine Glocke vom Lambertusturm erkannt, die es über die Gemeinde ausrief, daß unter eines ihrer Dächer der finstere Bote des Herrn getreten sei.

Am Fuße des Berges lag der Kirchhof. – Sie sah das Steinkreuz auf dem Grabe ihres Vaters ragen, der vor Jahresfrist unter den Gebeten des Priesters in ihren Armen entschlafen war. Und weiterhin, dort wo das Wasser glitzerte, war jenes wüste Fleckchen Erde, das sie als Kind so oft mit scheuer Neugierde betreten hatte, wo nach dem Gebot der Kirche neben denen, die sich selbst den Tod gegeben hatten, auch die begraben wurden, welche nicht gekommen waren, das Sakrament des Altars zu empfangen. – Dort war auch ihre Stätte jetzt; denn die Zeit der österlichen Beichte war zu Ende.

Ein schmerzlicher Zug stahl sich um ihren Mund, aber er verschwand wieder. Sie richtete sich auf; ein Entschluß stand fest und klar in ihrer Seele.

Noch eine Weile blickte sie auf die Stadt hinab, und ließ ihre Augen wie suchend über die sonnbeschienenen Dächer wandern. Dann wandte sie sich, und ging durch die Tannen, wie sie gekommen, den Berg hinab. Bald war sie wieder unten zwischen dem Grün der Saatfelder. Sie schien zu eilen; aber sie ging aufrecht und mit festen Schritten.

So erreichte sie ihr Haus. – Von der Magd erfuhr sie, daß ihr Mann in seinem Zimmer sei. Als sie die Tür geöffnet und ihn so ruhig an seinem Schreibtische sitzen sah, blieb sie zögernd auf der Schwelle stehen. »Franz!« rief sie leise.

Er legte die Feder hin. »Du, Vroni?« sagte er sich zu ihr wendend. »Du kommst ja spät! War das Register denn so lang?«

»Scherze nicht!« sagte sie bittend, indem sie zu ihm trat und seine Hand ergriff. »Ich habe nicht gebeichtet.«

Er blickte verwundert zu ihr auf; sie aber kniete vor ihm nieder und drückte ihren Mund auf seine Hand. »Franz«, sagte sie, »ich habe dich gekränkt!«

»Mich, Veronika?« fragte er und nahm ihre Wangen sanft zwischen seine Hände.

Sie nickte und sah mit dem Ausdruck der tiefsten Bekümmernis zu ihm auf.

»Und jetzt bist du gekommen, deinem Mann zu beichten?«

»Nein, Franz«, erwiderte sie, »nicht beichten; aber vertrauen will ich dir – dir allein; und du hilf mir, und, wenn du es vermagst, verzeihe mir!«

Eine Weile sah er sie mit seinen ernsten Augen an; dann hob er sie mit beiden Armen auf und legte sie an seine Brust. »So sprich, Veronika!«

Sie regte sich nicht; aber ihr Mund begann zu sprechen; und während seine Augen an ihren Lippen hingen, fühlte sie es, wie seine Arme immer fester sie umschlossen.

Im Schloß

Von der Dorfseite

Vom Kirchhofe des Dorfes, ein Viertelstündchen hinauf durch den Tannenwald, dann lag es vor einem: zunächst der parkartige Garten, von alten ungeheueren Lindenalleen eingefaßt, an deren einer Seite der Weg vom Dorf vorbeiführte; dahinter das große steinerne Herrenhaus, das nach vorn hinaus mit den Flügelgebäuden einen geräumigen Hof umfaßte. Es war früher das Jagdschloß eines reichsgräflichen Geschlechts gewesen; die lebensgroßen Familienbilder bedeckten noch jetzt die Wände des im oberen Stock gelegenen Rittersaales, wo sie vor einem halben Jahrhundert beim Verkaufe des Gutes mit Bewilligung des neuen Eigentümers vorläufig hängen geblieben und seitdem, wie es schien, vergessen waren. Vor etwa zwanzig Jahren war das Gut, dessen wenig umfangreiche Ländereien zu den Baulichkeiten in keinem Verhältnis standen, in Besitz einer alten weißköpfigen Exzellenz, eines früheren Gesandten, gekommen. Er hatte zwei Kinder mitgebracht, ein blasses, etwa zehnjähriges Mädchen mit blauen Augen und glänzend schwarzen Haaren und einen noch sehr jungen kränklichen Knaben, welche beide der Obhut einer ältlichen Verwandten anvertraut waren. Später hatte sich noch ein alter Baron, ein Vetter des Gesandten, hinzugefunden, der einzige von der Schloßgesellschaft, der sich zuweilen unten im Dorfe blicken ließ und auch mit den Leuten im Felde mitunter einen kurzen Diskurs führte; denn im heißen Sommer oder an hellen Frühlingstagen pflegte er weit umherzuwandern, um allerhand Geziefer einzusammeln, das er dann in Schachteln und Gläsern mit nach Hause nahm. Selten einmal war auch das junge Fräulein bei ihm; sie trug dann wohl eine der leichteren Fanggerätschaften und ging eifrig redend an des

Oheims Seite; aber um die Begegnenden kümmerte sie sich nicht weiter. Die kleine hagere Gestalt der alten Exzellenz hatte, außer beim sonntäglichen Gottesdienste in dem herrschaftlichen Kirchenstuhl, kaum jemand anders als vom Wege aus gesehen, wenn er in der breiten Lindenallee des Gartens auf und ab wandelte oder, stehenbleibend, das Moos auf dem Steige mit seinem Rohrstocke losstieß. Den scheuen Gruß der vorübergehenden Bauern pflegte er wohl mit einer leichten Handbewegung zu erwidern; was er sonst mit ihnen zu schallen hatte, wurde von dem Verwalter abgetan, dem die Bewirtschaftung des kleinen Gutes überlassen war.

Nach Jahren wurde diese Hausgenossenschaft noch durch einen Lehrer des kleinen Barons vermehrt. Die Leute im Dorf erinnerten sich seiner noch sehr wohl; er war aus der Umgegend und stammte auch von Bauern her. Man hatte ihn oft mit dem alten Baron gesehen, und das Fräulein, damals schon eine junge Dame, war mitunter auch in ihrer Gesellschaft gewesen. Man erzählte sich noch, wie er mit dem alten Herrn in den Tannen einen Dohnenstieg angelegt; aber das Fräulein sei meist schon vor ihnen dagewesen und habe die Drosseln, die sich lebendig in den Schlingen gefangen, heimlich wieder fliegen lassen. Einmal auch hatte der junge freundliche Herr den kleinen verkrüppelten Knaben auf dem Arm durch das Tannicht getragen; denn mit dem Rollstühlchen war auf dem schmalen Steige nicht fortzukommen gewesen, und das Kind hatte die gefangenen Vögel selbst aus den Dohnen nehmen können.

Bald aber war es wieder einsamer geworden; der arme Knabe war gestorben und der Hauslehrer fortgegangen. Schon früher hatte man im Dorfe von den Gutsnachbarn oder aus der Stadt drüben nur vereinzelt einen Besuch den Weg nach dem Schlosse fahren sehen; jetzt kam fast niemand mehr; auch die alte Exzellenz sah man immer seltener in der breiten Allee des Gartens wandeln.

Nur noch einmal, im Herbste des folgenden Jahres, war es droben auf einige Tage wieder lebendig geworden; als die Hochzeit des jungen Fräuleins gefeiert wurde. Unten in der Dorfkirche war die Trauung gewesen. Seit lange hatte man dort so viele vornehme Leute nicht gesehen; aber die hagere Gestalt des

Bräutigams mit dem dünnen Haar und den vielen Orden wollte den Leuten nicht gefallen; auch die Braut, als sie von der alten Exzellenz an die mit Teppichen belegten Altarstufen geführt wurde, hatte in dem langen weißen Schleier, mit den dicht zusammenstehenden schwarzen Augenbrauen ganz totenhaft ausgesehen; was aber das schlimmste war, sie hatte nicht geweint, wie es doch den Bräuten ziemt. Der alte Baron, der in sich zusammengesunken in dem herrschaftlichen Stuhl gesessen und mit trübseligen Augen auf die Braut geblickt hatte, war nach Beendigung der Zeremonie allein und heimlich seitwärts über die Felder gegangen. – –

Am darauffolgenden Nachmittag hielt der Wagen mit den Neuvermählten eine kurze Zeit in der Durchfahrt des Dorfkruges; und die Leute standen umher und besahen sich das Wappen auf dem Kutschenschlage, einen Eberkopf im blauen Felde. Der hagere vornehme Mann war ausgestiegen und brachte der jungen Frau eigenhändig ein Glas Wasser an den Wagen; von dieser selbst war wenig zu sehen; sie saß im Dunkel des Fonds schweigend in ihre Mäntel gehüllt.

Der Wagen fuhr davon, und seitdem vergingen Jahre, ohne daß man von dem Fräulein wieder etwas hörte. Nur dem Prediger hatte einmal der alte Baron erzählt, daß ein Knabe, den sie im zweiten Jahre der Ehe geboren, von einer Kinderepidemie dahingerafft sei; und später dann, als die alte Exzellenz gestorben und abends bei Fackelschein auf dem Kirchhof hinter den Tannen zur Erde gebracht wurde, sollte sie nachts auf dem Schlosse gewesen sein; aber von den Leuten im Dorfe hatte niemand sie gesehen. – Bald darauf verließ auch der alte Baron mit seinen Sammlungen und Büchern das Schloß, wie es hieß, um bei einem andern Vetter seine harmlosen Studien fortzusetzen.

Einen Sommer lang wohnte niemand in dem steinernen Hause, und das Gras wuchs ungestört auf den breiten Steigen der Gartenallee.

Da, eines Nachmittags, es mochte jetzt ein Jahr vergangen sein, hielt wiederum der Wagen mit dem Eberkopf vor dem Wirtshause des Dorfes. Die junge Frau saß darin, das einstige Fräulein vom Schloß; sie sprach freundlich zu den Leuten, erzählte ihnen, daß sie ihr Gut jetzt selbst bewirtschaften und bewohnen werde, und bat um treue Nachbarschaft. Aber froh sah sie nicht aus, auch nicht ganz jung mehr, obwohl sie kaum mehr als fünfundzwanzig Jahre zählen mochte.

Die Leute wußten sich keinen Vers daraus zu machen; bald aber kam das Gerücht über Stadt und Land und auch in die Gaststube des Dorfkruges. Das in der Kirche drüben geschlossene vornehme Ehebündnis war nicht zum Guten ausgeschlagen. Die junge Frau sollte in der Residenz, wo ihr Gemahl eine Hofamt bekleidete, eine Liebschaft mit einem jungen Professor gehabt haben. Einige hatten sogar gehört, es sei der ihnen wohlbekannte Hauslehrer des verstorbenen kleinen Junkers. Die Dame, hieß es, sei so etwas wie verbannt und dürfe nicht in die Residenz zurückkehren. Dann noch ein anderes, was aufs neue die müßigen Ohren reizte: der zweifelhafte Ursprung jenes unlängst begrabenen Kindes sollte zu der Trennung des Ehepaars die nächste Veranlassung gegeben haben. Das Gerücht war von allem unterrichtet, von dem, was geschehen, und noch mehr von dem, was nicht geschehen war.

Währenddessen hauste die Baronin droben in dem alten Schlosse, in großer Einsamkeit; denn niemals sah man aus der Stadt oder von den benachbarten Adelsfamilien einen Wagen an dem Tannicht hinauffahren. Wie der Schullehrer sagte, hatte sie sich Bücher aus der Stadt kommen lassen, in denen sie die Landwirtschaft studierte; auch mit den Dorfleuten, wenn sie solche auf ihren täglichen Spaziergängen traf, führte sie gern derartige Gespräche. Ja, man hatte sie am heißen Juninachmittage gesehen, wie sie auf einem Acker die Steine in ihre seidene Schürze sammelte und auf die Seite trug, begleitet von einem großen schwarzen Sankt Bernhardshunde, der nie von ihrer Seite wich.

Sie mochte sich indessen doch der übernommenen Aufgabe nicht ganz gewachsen fühlen; denn vor etwa einem Vierteljahr war ein Verwalter angelangt; aber es war ein junger vornehmer Herr, für den der Vater längst ein mehr als doppelt so großes Gut in Bereitschaft hatte. Die Bauern konnten nicht begreifen, was der in der kleinen Wirtschaft profitieren wolle, zumal sie es bald heraushatten, daß er seine Sache aus dem Fundament verstehe; der Schulmeister meinte freilich, es sei ein weitläufiger

Vetter der Baronin; allein der Förster wollte die Anwesenheit des jungen Herrn nicht als verwandtschaftliche Hülfeleistung gelten lassen. Er kniff die Augen ein und sagte geheimnisvoll: »Was einmal in der Stadt geschehen — nun, Gevatter, Ihr seid ja ein Schulmeister, macht Euch den Satz selber zu Ende!«

Im Schloß

An dem linken Ende der Front neben dem stumpfen Eckturm führte eine schwere Tür ins Haus. Rechts hinab, an der gegenüberliegenden breiten Treppenflucht vorbei, auf welcher man in das obere Stockwerk gelangte, zog sich ein langer Korridor mit nackten weißen Wänden. Den hohen Fenstern gegenüber, welche auf den geräumigen Steinhof hinaussahen, lag eine Reihe von Zimmern, deren Türen jetzt verschlossen waren. Nur das letzte wurde noch bewohnt. Es war ein mäßig großes, düsteres Gemach; das einzige Fenster, welches nach der Gartenseite hinaus lag, war mit dunkelgrünen Gardinen von schwerem Wollenstoffe halb verhangen. In der tiefen Fensternische stand eine schlanke Frau in schwarzem Seidenkleide. Während sie mit der einen Hand den Schildpattkamm fester in die schwere Flechte ihres schwarzen Haares drückte, lehnte sie mit der Stirn an eine Glasscheibe und schaute wie träumend in den Septembernachmittag hinaus. Vor dem Fenster lag ein etwa zwanzig Schritte breiter Steinhof, welcher den Garten von dem Hause trennte. Ihre tiefblauen Augen, über denen sich ein Paar dunkle, dicht zusammenstehende Brauen wölbten, ruhten eine Weile auf den kolossalen Sandsteinvasen, welche ihr gegenüber auf den Säulen des Gartentores standen. Zwischen den steinernen Rosengirlanden, womit sie umwunden waren, ragten Federn und Strohhalme hervor. Ein Sperling, der darin sein Nest gebaut haben mochte, hüpfte heraus und setzte sich auf eine Stange des eisernen Gittertors; bald aber breitete er die Flügel aus und flog den schattigen Steig entlang, der zwischen hohen Hagebuchenwänden in den Garten hinabführte. Hundert Schritte etwa von dem Tore wurde dieser Laubgang durch einen weiten sonnigen Platz unterbrochen, in dessen Mitte zwischen wuchernden Astern und Reseda die Trümmer einer Sonnenuhr auf einem kleinen Postamente sichtbar waren. Die Augen der Frau folgten dem Vogel; sie sah ihn eine Weile auf dem metallenen Weiser ruhen; dann sah sie ihn auffliegen und in dem Schatten des dahinterliegenden Laubganges verschwinden.

Mit leichtem Schritt, daß nur kaum die Seide ihres Kleides rauschte, trat sie ins Zimmer zurück, und nachdem sie auf einem Schreibtische einige beschriebene Blätter geordnet und weggeschlossen hatte, nahm sie einen Strohhut von dem an der Wand stehenden Flügel und wandte sich nach der Tür. Von einem Teppich neben dem Kamin erhob sich ein schwarzer Sankt Bernhardshund und drängte sich neben ihr auf den Korridor hinaus. Während sie wie im stillen Einverständnis ihre Hand auf dem schönen Kopf des Tieres ruhen ließ, erreichten beide eine Tür, welche unterhalb der großen Haupttreppe in den schmalen Hof hinausführte. Sie gingen über die mit Gras durchwachsenen Steine und durch das dem Fenster des Wohnzimmers gegenüberliegende Gittertor in den breiten Gartensteig hinab.

Die Luft war erfüllt von dem starken Herbstdufte der Reseda, welcher sich von dem sonnigen Rondell aus über den ganzen Garten hin verbreitete. Hier, an der rechten Seite desselben, bildete die Fortsetzung des Buchenganges eine Nachahmung des Herrenhauses; die ganze Front mit allen dazugehörigen Tür- und Fensteröffnungen, das Erdgeschoß und das obere Stockwerk, sogar der stumpfe Turm neben dem Haupteingange, alles war aus der grünen Hecke herausgeschnitten und trotz der jahrelangen Vernachlässigung noch gar wohl erkennbar; davor breitete sich ein Obstgarten von lauter Zwergbäumen aus, an denen hie und da noch ein Apfel oder eine Birne hing. Nur ein Baum schien aus der Art geschlagen; denn er streckte seine vielverzweigten Äste weit über die Höhe des grünen Laubschlosses hinaus. Die Dame blieb bei demselben stehen und warf einen flüchtigen Blick umher; dann setzte sie den geschmeidigen Fuß in die unterste Gabel des Baumes und stieg leicht von Ast zu Ast, bis die Umgebung der hohen Laubwände ihren Blick nicht mehr beschränkte.

Seitwärts, unmittelbar am Garten, erhob sich der Tannenwald und verdeckte das tiefer liegende Dorf; vor ihr aber war die

Schau ins Land hinaus eine unbegrenzte. Unterhalb des Hochlandes, worauf das Schloß lag, breitete sich nach beiden Seiten eine dunkle Heidestrecke fast bis zum Horizont; in braunviolettem Dufte lag sie da; nur an einer Stelle im Hintergrunde standen schattenhaft die Türme einer Stadt. Die schlanke Frauengestalt lehnte sorglos an einen schwanken Ast, indes die scharfen Augen in die Ferne drangen. – Ein Schrei aus der Luft herab machte sie emporsehen. Als sie über sich in der sonnigen Höhe den revierenden Falken erkannte hob sie die Hand und schwenkte wie grüßend ihr Schnupftuch gegen den wilden Vogel. Ihr fiel ein altes Volkslied ein; sie sang es halblaut in die klare Septemberluft hinaus. Aber unten neben dem auf dem Boden liegenden Sommerhut stand der Hund, die Schnauze gegen den Baum gedrückt, mit den braunen Augen zu seiner Herrin emporsehend. Jetzt kratzte er mit der Pfote an den Stamm. »Ich komme, Türk, ich komme!« rief sie hinab; und bald war sie unten und ging mit ihrem stummen Begleiter den hinteren Buchengang hinab, der von dem Rondell aus nach der breiten Lindenallee führte.

Als sie in diese eintrat, kam ihr ein junger, kaum mehr als zwanzigjähriger Mann entgegen, in dessen gebräuntem Antlitz mit der feinen vorspringenden Nase eine Familienähnlichkeit mit ihr nicht zu verkennen war. »Ich suchte dich, Anna!« sagte er, indem er der schönen Frau die Hand küßte.

Ihre Augen ruhten mit dem Ausdruck einer kleinen mütterlichen Überlegenheit auf ihm, als sie ihn fragte: »Was hast du, Vetter Rudolf?«

»Ich muß dir Vortrag halten!« erwiderte er, während er sie höfisch zu einer in der Nähe stehenden Gartenbank führte. Dann begann er, vor ihr stehend, einen ernsthaften Vortrag über die Dränierung einer kaltgrundigen Gutswiese; über die Art, wie dies am zweckmäßigsten ins Werk zu richten sei, und über die Kosten, die dadurch veranlaßt werden könnten. – Er hatte schon eine Zeitlang gesprochen. Sie lehnte sich zurück und gähnte heimlich hinter der vorgehaltenen Hand. Endlich sprang sie auf. »Aber Rudolf«, rief sie, »ich verstehe von alledem nichts; du hast mir das ja selbst erklärt!«

Er runzelte die Stirn. »Gnädige Frau!« sagte er bittend.

Sie lachte. »So sprich nur; ich habe schon Geduld!« –

Dann brachte er's zu Ende. – Sie reichte ihm die Hand und sagte herzlich: »Du bist ein gewissenhafter Verwalter, Rudolf; aber ich werde mich nach einem andern umsehen müssen; ich kann dies Opfer nicht länger von dir fordern.«

Ein leidenschaftlicher Blick traf sie aus seinen Augen. »Es ist kein Opfer«, sagte er; »du weißt es wohl.«

»Nun, nun! Ich weiß es«, erwiderte sie ruhig, »du bist ja sogar als zehnjähriger Knabe mein getreuer Ritter gewesen. – Bestelle mir nur den Rappen; wir können gleich miteinander zur Wiese hinabreiten.«

Er ging, und sie sah ihm nachdenklich und leise mit dem Kopfe schüttelnd nach.

Bald waren beide zu Pferde. Der junge Reiter suchte an ihrer Seite zu bleiben; aber sie war ihm immer um einige Kopfeslängen voraus. Sie ließ den Rappen ausgreifen, der Schaum flog von den Ketten des Gebisses, während der Hund in großen Sätzen nebenhersprang. Ihre Augen schweiften in die Ferne, über die braune Heide, auf der sich schon die Schatten des Abends zu lagern begannen. – – – –

Einige Stunden später saß sie wieder allein in ihrem Zimmer am Schreibtisch, die am Nachmittage weggeschlossenen Blätter vor sich. Neben ihr auf seinem Teppich ruhte Türk.- Von der Lampe beleuchtet, erschien ihre nicht gar hohe Stirn gegen die Schwärze des schlicht zurückgestrichenen Haars von fast durchsichtiger Blässe. Sie schrieb nur langsam; mitunter ließ sie die Feder gänzlich ruhen und blickte vor sich hin, als suche sie die Gestalten ferner Dinge zu erkennen.

Sie gedachte einer Novembernacht, da sie zum letztenmal vor ihrem gegenwärtigen Aufenthalt das Schloß betreten hatte. – Der Brief des Oheims, der ihr die Nachricht von der tödlichen Erkrankung ihres Vaters in die Residenz brachte, trug auf dem Kuverte einen mehrere Tage alten Poststempel. Eilig war sie abgereist; nun dämmerte schon der zweite Abend, und die Wälder und Fluren an der Seite des Weges wurden allmählich ihr bekannter. Schon machte aus der Dunkelheit die Nähe des letzten Dorfes sich bemerklich; sie hörte die Hunde bellen und spürte den Geruch des Heidebrennens. An einem kleinen Hause in der

Dorfstraße hielt der Wagen. Ihre Jungfer stieg ab, der sie erlaubt hatte, bei ihren dort wohnenden Eltern bis zum andern Morgen zu bleiben. Dann ging es weiter; sie hatte sich in die Wagenecke gedrückt und zog fröstelnd den Mantel um ihre Schultern. Vor ihrem innern Auge war die Gestalt ihres Vaters; sie sah ihn, wie er in der letzten Zeit ihres Zusammenlebens zu tun pflegte, im Zwielicht in dem öden Rittersaale mit seinem Rohrstock auf und ab wandern; den weißen Kopf gesenkt, nur zuweilen vor einem der alten Bilder stehenbleibend oder aus den schwarzen Augen von unten auf einen Blick zu ihr hinüberwerfend. – – Es war ganz finster geworden, die Pferde gingen langsam; aber sie wagte nicht, den Postillion zum Schnellerfahren zu ermuntern. Eine unbewußte Scheu schloß ihr den Mund; es war ihr fast lieb, daß der Augenblick der Ankunft sich verzögerte. Immer aber, wenn sie die Augen schloß, sah sie die kleine hagere Gestalt an sich vorüberwandern, und unter dem Wehen des Windes war es ihr, als höre sie den bekannten abgemessenen Schritt und das Aufstoßen des Rohrstocks auf den Fußboden. – – Als die Ulmenallee erreicht war, welche über die Brücke nach dem Schloßhof führte, vernahm sie das Schlagen der Turmuhr, deren Regulierung die alte Exzellenz immer selbst überwacht hatte. Sie atmete auf und lehnte sich aus dem Wagen. Eine ungewöhnliche Helligkeit blendete ihre Augen, als sie in den Hof einfuhren. Die ganze obere Front des Gebäudes schien erleuchtet. Der Wagen rasselte über das Steinpflaster und hielt vor der Eingangstür neben dem Turm; der Postillion klatschte mit der Peitsche, daß es an den Mauern des alten Reitsaals widerklang; aber es kam niemand. – Nach einer Weile vergeblichen Wartens ließ die zitternde Frau sich den Schlag öffnen und bezeichnete ihrem Fuhrmann einen Raum, worin er seine Pferde zur Nacht unterbringen könne. Dann stieg sie aus und trat, nachdem sie die schwere Tür zurückgedrängt, in den großen Korridor des Erdgeschosses. Einige Augenblicke blieb sie stehen und blickte unentschlossen um sich her. Auf den Geländersäulen der breiten Treppe, die in das obere Stockwerk führte, brannten Walratkerzen in schweren silbernen Leuchtern. Sie beugte sich vor und lauschte; aber es war alles still. Leise, kaum aufzutreten wagend, begann sie die Stufen hinaufzusteigen. Da war ihr, als hörte sie droben auf dem Flur die Tür zum Rittersaale knarren; und gleich darauf kam es ihr entgegen, die Treppe herab. Sie sah es nun auch, es war der Hund ihres Vaters; sie rief ihn bei Namen; aber das Tier hörte nicht darauf, es jagte an ihr vorbei auf den Korridor hinab und entfloh durch die offene Tür ins Freie. – – Erst jetzt fiel ihr ein dumpfer Geruch von Rauchwerk auf. Sie stieg langsam die letzten Stufen in dem erleuchteten Treppenhause hinauf, bis sie den oberen Flur erreicht hatte. Die Tür des Rittersaals stand offen; in der Mitte des weiten Raumes sah sie zwei Reihen brennender Kerzen auf hohen Gueridons; dazwischen wie ein Schatten lag ein schwarzer Teppich. Aber es war niemand drinnen; nur die Bilder verschollener Menschen standen wie immer schweigend an den Wänden. Die gegenüberliegende Tür zu des Oheims Zimmer war weit geöffnet, und auch dort schienen Kerzen zu brennen; denn sie konnte deutlich die vergoldeten Engelköpfe unter dem Kamingesims erkennen. – Zögernd trat sie über die Schwelle in den Saal, aber von Scheu befangen, blieb sie zunächst der Tür in einer Fensternische stehen. Ihr war, als vernähme sie Choralgesang aus der Ferne, und da sie durch die Scheiben einen Blick in das Dunkel hinauswarf, sah sie jenseit der Tannen, von drüben, wo der Kirchhof lag, einen roten Schein am Himmel lodern. – – Sie wußte es nun, sie war zu spät gekommen; unwillkürlich mußte sie die Augen in den leeren Saal zurückwenden. Die Kerzen brannten leise knisternd weiter; nur mitunter, wo der Sarg mochte gestanden haben, lief ein Krachen über die Dielen, als drängte es sie, sich von der unheimlichen Last zu erholen, die sie hatten tragen müssen. – Sie drückte sich schauernd in die Fensterecke; es war nicht Trauer, es war nur Grauen, das sie empfand. – – – –

Aber ihre Gedanken waren ihrer Feder weit voraus.

Die beschriebenen Blätter

Ich will es niederschreiben, mir zur Gesellschaft; denn es ist einsam hier, einsamer noch, als es schon damals war. Sie sind alle fort; es ist nur Täuschung, wenn ich draußen im Korridor mitunter das Husten der Tante Ursula oder die Krücke des kleinen

Kuno zu vernehmen glaube. Es war ein klarer Spätherbstmorgen, als wir das Kind begruben; die Leute aus dem Dorfe standen alle umher mit jener schaurigen Neugier, die wenigstens den letzten Zipfel vom Leilaken des Todes noch in die Grube will schlüpfen sehen. – Dann, als ich fern war, starb die Tante, und dann mein Vater. Wie oft habe ich heimlich in seinen Augen geforscht, was wohl im Grund der Seele ruhen möge, aber ich habe es nicht erfahren; mir war, als hielten jene ausgeprägten Muskeln seines feinen Antlitzes gewaltsam das Wort der Liebe nieder, das zu mir drängte und niemals zu mir kam. – Droben im Rittersaal hängen noch die Bilder; die stumme Gesellschaft verschollener Männer und Frauen schaut noch wie sonst mit dem fremdartigen Gesichtsausdruck aus ihren Rahmen in den leeren Saal hinein; aber aus dem dahinterliegenden Zimmer läßt sich jetzt weder das Pfeifen des Dompfaffen noch das Gekrächze Don Pedros, des lahmen Starmatzes, vernehmen; der gute Oheim, mit seinen harten Worten und seinem weichen Herzen, mit seinem toten und lebendigen Getier, hat es seit lange verlassen. Aber er lebt noch; er wird vielleicht zurückkehren, wenn es Frühling wird; und ich werde wieder, wie damals, meine Zuflucht in dem abgelegenen Zimmer suchen.

Damals! – – Ich bin immer ein einsames Kind gewesen; seit der Geburt des kleinen Kuno steigerte sich die Kränklichkeit meiner Mutter, so daß ihre Kinder nur selten um sie sein durften. Nach ihrem Tode siedelten wir hier hinüber. In der Stadt hatten wir, wie hergebracht, nur das Geschoß eines großen Hauses bewohnt; jetzt hatte ich ein ganzes Schloß, einen großen seltsamen Garten und unmittelbar dahinter einen Tannenwald. Auch Freiheit hatte ich genug; der Vater sah mich meistens nur bei Tische, wo wir Kinder schweigend unser Mahl verzehren mußten; die Tante Ursula war eine gute förmliche Dame, die nicht gern ihren Platz dort in der Fensternische verließ, wo sie ihre saubern Strick- und Filetarbeiten für ferne und nahe Freunde verfertigte; hatte ich meinen Saum genäht und meine Lafontainesche Fabel bei ihr aufgesagt, so warf sie höchstens einen Blick durchs Fenster, wenn ich mit dem grauen Windspiel meines Vaters zwischen den Buchenhecken des Gartens hinabrannte.

Spielgenossen hatte ich keine; mein Bruder war fast acht Jahre jünger als ich, und die von Adelsfamilien bewohnten Güter lagen sehr entfernt. Von den bürgerlichen Beamten aus der Stadt waren im Anfang zwar einzelne mit ihren Kindern zu uns gekommen; da wir jedoch ihre Besuche nur selten und flüchtig erwiderten, so hatte der kaum begonnene Verkehr bald wieder aufgehört. – Aber ich war nicht allein; weder in den weiten Räumen des Schlosses noch draußen zwischen den Hecken des Gartens oder den aufstrebenden Stämmen des Tannenwaldes; der »liebe Gott«, wie ihn die Kinder haben, war überall bei mir. Aus einem alten Bilde in der Kirche kannte ich ihn ganz genau; ich wußte, daß er ein rotes Unterkleid und einen weiten blauen Mantel trug; der weiße Bart floß ihm wie eine sanfte Welle über die breite Brust herab. Mir ist, als sähe ich mich noch mit dem Oheim drüben in den Tannen; es war zum ersten Mal, daß ich über mir das Sausen des Frühlingswindes in der Krone eines Baumes hörte. »Horch!« rief ich und hob den Finger in die Höhe. »Da kommt er!« – »Wer denn?« – »Der liebe Gott!« – Und ich fühlte, wie mir die Augen groß wurden; mir war, als sähe ich den Saum seines blauen Mantels durch die Zweige wehen. Noch viele Jahre später, wenn abends auf meinem Kissen der Schlaf mich überkam, war mir, als läge ich mit dem Kopf in seinem Schoß und fühlte seinen sanften Atem an meiner Stirn.

Mein Lieblingsaufenthalt im Hause war der große Rittersaal, der das halbe obere Stockwerk in seiner ganzen Breite einnimmt. Leise und nicht ohne Scheu vor der schweigenden Gesellschaft drinnen schlich ich mich hinein; über dem Kamin im Hintergrund des Saales, von Marmor in Basrelief gehauen, ist der Krieg des Todes mit dem menschlichen Geschlechte dargestellt. Wie oft habe ich davorgestanden und mit neugierigem Finger die steinernen Rippchen des Todes nachgefühlt! – Vor allem zogen mich die Bilder an: auf den Zehen ging ich von einem zu dem andern; nicht müde konnte ich werden, die Frauen in ihren seltsamen roten und feuerfarbenen Roben, mit dem Papageien auf der Hand oder dem Mops zu ihren Füßen, zu betrachten, deren grelle braune Augen so eigen aus den blassen Gesichtern herausschauten, so ganz anders, als ich es bei den lebenden Menschen gesehen hatte. Und dann dicht neben der

Eingangstür das Bild des Ritters mit dem bösen Gewissen und dem schwarzen krausen Bart, von dem es hieß, er werde rot, sobald ihn jemand anschaue. Ich habe ihn oftmals angeschaut, fest und lange; und wenn, wie es mir schien, sein Gesicht ganz mit Blut überlaufen war, so entfloh ich und suchte des Oheims Tür zu erreichen. Aber über dieser Tür war ein anderes Bild; es mochten die Porträts von Kindern sein, die vor einigen hundert Jahren hier gespielt hatten; in steifen brokatenen Gewändern mit breiten Spitzenkragen standen sie wie die Kegel nebeneinander, Knaben und Mädchen, eines immer kleiner als das andere. Die Farben waren verkalkt und ausgeblichen, und wenn ich unter dem Bilde durch die Tür lief, war es mir, als blickten sie alle aus den kleinen begrabenen Gesichtern mit ihren beerschwarzen Augen auf mich herab. War dann der Oheim in seinem Zimmer, so flog ich auf ihn zu, und er, von seinen Büchern auffahrend, schalt mich dann wohl und rief: »Was ist? Sind dir die albernen Bilder schon wieder einmal auf den Hacken?«

Großes Bedenken hatte es für mich, in der Dämmerung durch den Saal zu kommen. Zum Glück waren die sich gegenüberstehenden Türen an der Gartenseite, die Fenster sahen hier nach Westen, und der Abendschein stand tröstlich über dem Tannenwald. In des Oheims Zimmer waren dann die Vogelstimmen schlafen gegangen; nur draußen vor dem Fenster wurde der Kauz in seinem großen Käfig nun lebendig. Der Oheim saß dann wohl mit gefalteten Händen in seinem Lehnstuhl, während das Abendrot friedlich durch die Fenster leuchtete. Aber ich wußte ihn zum Sprechen zu bringen; ich ließ mich nicht abweisen, bis er mir das Märchen von der Frau Holle oder die Sage vom Freischützen erzählte, an der ich mich nie ersättigen konnte. Einmal freilich, als die Geschichte eben im besten Zuge war, stand er plötzlich auf und sagte: »Aber, Anna, glaubst du denn all das dumme Zeug? – Wart nur ein wenig«, fuhr er fort, indem er seine Schiebelampe anzündete; »du sollst etwas hören, was noch viel wunderbarer ist.« Dann haschte er eine Fliege, und nachdem er sie getötet, legte er sie vor uns auf den Tisch. »Betrachte sie einmal genau!« sagte er. »Siehst du an ihrem Körperchen die silbernen Pünktchen auf dem schwarzen

Sammetgrunde; die zwei schönen Federchen an ihrem Kopf?« Und während ich seiner Anweisung folgte, begann er mir den kunstreichen Bau dieses verachteten Tierchens zu erklären. Aber ich langweilte mich; die Wunder der Natur hatten keinen Reiz für mich nach den phantastischen Wundern der Märchenwelt. – – –

Indessen war ich unmerklich herangewachsen; und wenn ich, was selten genug geschah, einmal vor meinem Spiegel stand, so schaute mir eine schmächtige Gestalt mit einem gelben scharfgeschnittenen Gesicht entgegen. Zwar bemerkte ich die auffallende Bläue meiner Augen; im übrigen aber hatte dies zigeunerhafte Wesen mit dem schwarzen Haar keineswegs meinen Beifall. Mein Aussehen kümmerte mich indessen wenig. Ich war über die Bibliothek meines Vaters geraten, in der sich eine Anzahl schönwissenschaftlicher Bücher aus dem Ende des vorigen Jahrhunderts befand. Ich begann zu lesen, und bald befiel mich eine wahre Lesewut; ich kauerte mit meinen Büchern in den heimlichsten Winkeln des Hauses oder des Gartens und hatte manche Rüge meines Vaters zu erdulden, wenn ich den Ruf zum Mittagessen überhörte. Eines Nachmittags war ich draußen, mein Lesefutter in der Tasche, in eine der oberen Fensterhöhlen des Laubschlosses hineingeklettert und hatte es mir auf dem flachgeschorenen Gezweig bequem zu machen gewußt. Ich saß im Schatten, die grüne Blätterwölbung über mir, und hatte mich bald in ein Bändchen von Musäus' Volksmärchen vertieft, während unten in der Mitte des Rondells die heiße Junisonne kochte. Plötzlich kam die Stimme des Oheims in meine Märchenwelt hinein. Als ich hinabblickte, sah ich ihn zwischen den Zwergbäumchen stehen und, die Augen mit der Hand beschattend, zu mir hinaufreden. »So«, rief er, »es wird sich wohl niemand darum kümmern, wenn du hier das Genick brichst?«

»Ich breche ja nicht das Genick, Onkel«, rief ich hinunter; »es sind lauter alte, vernünftige Bäume!«

Aber er ließ sich nicht beruhigen; er holte eine Gartenleiter, stieg zu mir hinauf und überzeugte sich selbst von der Sicherheit meines luftigen Sitzes. »Nun«, sagte er, nachdem er noch einen kurzen Blick in mein Buch geworfen hatte, »du bist ja doch nicht zu hüten; spinne nur weiter, du wilde Katz!« –

Um dieselbe Zeit war es, daß eine seltsame Schwärmerei von mir Besitz nahm. Im Rittersaal auf dem Bilde oberhalb der Tür befand sich seitab von den reichgekleideten Kindern noch die Gestalt eines etwa zwölfjährigen Knaben in einem schmucklosen braunen Wams. Es mochte der Sohn eines Gutsangehörigen sein, der mit den Kindern der Schloßherrschaft zu spielen pflegte; auf der Hand trug er, vielleicht zum Zeichen seiner geringen Herkunft, einen Sperling. Die blauen Augen blickten trotzig genug unter dem schlicht gescheitelten Haar heraus; aber um den fest geschlossenen Mund lag ein Zug des Leidens. Früher hatte ich diese unscheinbare Gestalt kaum bemerkt; jetzt wurde es plötzlich anders. Ich begann der möglichen Geschichte dieses Knaben nachzusinnen; ich studierte in bezug auf ihn die Gesichter seiner vornehmen Spielgenossen. Was war aus ihm geworden, war er zum Manne erwachsen, und hatte er später die Kränkungen gerächt, die vielleicht jenen Schmerz um seine Lippen und jenen Trotz auf seine Stirn gelegt hatten? – Die Augen sahen mich an, als ob sie reden wollten; aber der Mund blieb stumm. Ein schwermütiges, mir selber holdes Mitgefühl bewegte mein Herz; ich vergaß es, daß diese jugendliche Gestalt nichts sei als die wesenlose Spur eines vor Jahrhunderten vorübergegangenen Menschenlebens. Sooft ich in den Saal trat, war mir, als fühle ich die Augen des Bildes auf meinen Lidern, bis ich emporsah und den Blick erwiderte; und abends vor dem Einschlafen war es nun nicht sowohl das Antlitz des lieben Gottes als viel öfter noch das blasse Knabenantlitz, das sich über das meine neigte. Einmal, da der Oheim über Feld war, trat ich aus seinem Zimmer, wo ich die Fütterung des Käuzchens besorgt hatte. Während ich durch den Saal ging, wandte ich den Kopf zurück und sah das Bild oberhalb der Tür von der Nachmittagssonne beleuchtet, die durch die nahe liegenden hohen Fenster schien. Das Gesicht des Knaben trat dadurch in einer Lebendigkeit hervor, wie ich es bisher noch nicht gesehen, und mich erfaßte plötzlich eine unwiderstehliche Sehnsucht, es in nächster Nähe zu betrachten. Ich horchte, ob alles still sei. Dann schleppte ich mit Mühe einige an den Wänden stehende Tische vor des Oheims Tür und türmte sie aufeinander, bis ich die Höhe des Bildes erreicht hatte. Während ich mitunter einen scheuen Blick über die schweigende Gesellschaft an den Wänden gleiten ließ, mit der ich mich in dem großen Raume eingeschlossen hatte, kletterte ich mit Lebensgefahr hinauf. Als ich oben stand, wallte mein Blut so heftig, daß ich das laute Klopfen meines Herzens hörte. Das Angesicht des Knaben war grade vor dem meinen; aber die Augen lagen schon wieder im Schatten, nur die roten, fest geschlossenen Lippen waren noch von der Sonne beleuchtet. Ich zögerte einen Augenblick, ich fühlte, wie mir der Atem schwer wurde, wie mir das Blut mit Heftigkeit ins Gesicht schoß; aber ich wagte es und drückte leise meinen Mund darauf. – Zitternd, als hätte ich einen Raub begangen, kletterte ich wieder hinab und brachte die Tische an ihre Stelle.

Dies alles hatte ein plötzliches Ende. An meinem vierzehnten Geburtstag kündigte mein Vater mir an, daß ich die nächsten drei Jahre bis nach meiner Einsegnung, die dort erfolgen solle, bei der Tante in einer großen Stadt sein würde. – Und so geschah es. Ich war wieder, wie in den ersten Jahren meiner Kindheit, auf den Raum einiger Zimmer beschränkt, ohne Wald, ohne Garten, ohne ein Plätzchen, wo ich meine Träume spinnen konnte. Ich sollte alles lernen, was ich bisher nicht gelernt hatte, ich wurde dressiert von innen und außen, und die Tante, unter deren Augen ich jetzt mein ganzes Leben führte, war eine strenge Frau, die von den hergebrachten Formen kein Tüttelchen herunterließ. Der einzige, der etwas über sie vermochte, war vielleicht der kleine Rudolf, dessen allzu leidenschaftliche Anhänglichkeit mich gegenwärtig zu beunruhigen beginnt. Mit ihm vereint gelang es mitunter, uns zu einer gemeinschaftlichen Wanderung in die Anlagen vor der Stadt loszubitten. – Der Aufenthalt wurde erst erträglich, als der Musikunterricht mir größere Teilnahme abgewann und als ich durch Vermittlung meines Lehrers die Erlaubnis erhielt, einem Gesangvereine beizutreten. Freilich wurde sie nur widerwillig gegeben; denn die Gesellschaft war eine aus allen Ständen gemischte – ›mauvais genre‹, wie die Tante mit einer ablehnenden Handbewegung zu sagen pflegte. Mich kümmerte das nicht. In den Pausen hielt ich mich zu der Schwester einer Hofdame und einer schon ältlichen Baronesse, die beide leidenschaftliche Sängerinnen waren; ein paar Leutnants von der Linie traten zu uns, und wir plauderten, bis der Taktstock wieder das Zeichen gab. Ich hätte von den übrigen kaum einen Namen anzugeben vermocht. Später waren dann die Bedienten zeitig da, um uns nach Hause zu geleiten.

Dann und wann kam ein kurzer förmlicher Brief meines Vaters, der mich ermahnte, in allem der Tante Folge zu leisten, oder ein längerer des Oheims, der kaum etwas anderes enthielt als das Gegenteil davon, bisweilen freilich auch einen Bericht über Schloß und Garten, der mich mit Heimweh nach diesen einsamen Orten erfüllte.

Endlich war der dreijährige Zeitraum verflossen; Tante Ursula und mein Vater kamen, um mich nach Hause zu holen und Rudolfs Mutter übergab mich ihnen als ein nicht ganz mißlungenes Werk ihrer Erziehung. Auch mein Bruder Kuno hatte die Reise mitgemacht; er war gewachsen, aber er sah blaß und leidend aus, und es schnitt mir ins Herz, als bei der Ankunft eine kleine Krücke mit ihm vom Wagen gehoben wurde. Wir waren bald vertraute Freunde; auf dem Heimwege saß er zwischen mir und der Tante und ließ meine Hand nicht aus der seinen.

An einem klaren Aprilnachmittage langten wir zu Hause an. Schon als wir über die Brücke in den Hof einfuhren, sah ich den Oheim neben dem Turme in der Tür stehen. Er war barhäuptig wie gewöhnlich; sein volles graues Haar schien in der Zwischenzeit nicht bleicher geworden. »Nun, da bist du ja!« sagte er trocken und reichte mir die Hand. Als wir im Wohnzimmer waren und ich mich aus meinen Umhüllungen herausgeschält hatte, ließ er einen mißtrauischen Blick über meine modische Kleidung gleiten. »Wie willst du denn mit den Fahnen in die Beletage deines Gartenschlosses hinaufkommen?« sagte er, indem er den Saum meiner weiten Ärmel mit den Fingerspitzen faßte. »Und ich hab es eben expreß für dich putzen lassen.«

Aber seine Besorgnis war überflüssig; das Wesen, das in den Kleidern mit Volants und Spitzen steckte, war dem Kerne nach kein anderes als das in den knappen Kinderkleidern. Es ließ mir keine Ruhe; mit Entzücken lief ich in den Garten, wo eben das junge Grün an den Buchenhecken hervorsprang, durch das Hinterpförtchen in den Tannenwald und von dort wieder zurück ins Haus. Ich flog die breite Treppe hinauf; es kam mir alles so groß und luftig vor. Dann begrüßte ich die altfränkischen Herren und Damen im Rittersaal; aber ich trat unwillkürlich leiser auf, es war mir doch fast unheimlich, daß sie nach so langer Zeit noch ebenso wie sonst mit ihren grellen Augen in den Saal hineinschauten. Droben über der Tür neben den kleinen Grafenkindern stand noch immer der Knabe mit dem Sperling; aber mein Herz blieb ruhig. Ich ging achtlos, und ohne seinen trotzigen Blick zu erwidern, unter dem Bilde weg in das Zimmer des Oheims. Da saß er schon wieder wie sonst in seinem alten Lehnstuhl, unter seinen Büchern und seinem lebenden und toten Getier; Don Pedro, der lahme Starmatz, krächzte noch ganz in alter Weise, als ich den Finger durch die Stangen seines Käfigs steckte; und auch draußen vor dem Fenster saß wieder ein Käuzchen in einem großen hölzernen Bauer und schaute träumend in den Tag. Der Oheim hatte seine Bücher fortgelegt; und während ich die bekannten Dinge eines nach dem andern wieder begrüßte, fühlte ich bald, wie seine grauen Augen mit der alten Innigkeit auf mich gerichtet waren.

Als ich nach einer Weile in die Wohnstube hinabkam, saß auch Tante Ursula schon strickend in ihrer Fensternische, und nebenan in seinem Zimmer sah ich durch die offene Tür meinen Vater über seine Korrespondenzen und Zeitungen gebückt. So war denn alles noch beim alten; nur eine Vermehrung unserer Hausgenossenschaft stand bevor, da noch am selbigen Abend ein junger Mann erwartet wurde, der von meinem Vater auf die Empfehlung eines Gymnasialdirektors als Lehrer für den kleinen Kuno engagiert war. Er hatte Philologie und Geschichte studiert und sich nach einem längern Aufenthalt in Italien dem akademischen Lehrfach widmen wollen, war aber durch äußere Umstände zu einer vorläufigen Annahme dieser Privatstellung genötigt worden. Außer seinen sonstigen Kenntnissen sollte er, was besonders mich interessieren mußte, ein durchgebildeter Klavierspieler sein.

Ich sah ihn zuerst am folgenden Tage, da er unten an der Mittagstafel neben seinem Zögling saß. Das blasse Gesicht mit den raschblickenden Augen kam mir bekannt vor; aber ich sann umsonst über eine Ähnlichkeit nach. Während er die Fragen meines Vaters über seinen Aufenthalt in der Fremde beantwortete, strich er mitunter mit einer leichten Kopfbewegung das schlichte braune Haar an der Schläfe zurück, als wolle er dadurch ein tiefes inneres Sinnen mit Gewalt zurückdrängen. Nach Beendigung des Mittagessens brachte mein Vater das Gespräch auf Musik und bat ihn, bisweilen meinem Gesange mit seinem Akkompagnement zu Hülfe zu kommen.

Obgleich aber dies mit Bereitwilligkeit zugesagt wurde, so verflossen doch einige Wochen, ohne daß ich mich dieser Abrede erinnert hatte; überhaupt bekümmerte ich mich um den neuen Hausgenossen nicht weiter, als daß ich ihn zu Mittag und bei dem gemeinschaftlichen Abendtee in der herkömmlichen Weise begrüßte. Eines Nachmittags aber war mit einer jungen Dame aus der Stadt, mit der ich zuweilen zu singen pflegte, eine Sendung neuer Musikalien angelangt. Wir hatten ein Duett von Schumann hervorgesucht; aber die eigensinnige Begleitung ging über unsere Kräfte. »Wir wollen den Lehrer bitten«, sagte ich und schickte den Diener nach dessen Zimmer.

Er kam nach einer Weile zurück »Herr Arnold könne augenblicklich nicht, werde aber so bald wie möglich die Ehre haben.« So mußten wir denn warten; ich sah nach der Uhr, eine Minute nach der andern verging, es war schon über eine Viertelstunde. Wir hatten uns eben wieder selbst darangemacht, da ging die Tür, und Arnold trat herein. »Ich bedauere, meine Damen; die Stunde des Kleinen war noch nicht zu Ende.«

Ich erwiderte hierauf nichts. – »Wollen Sie die Güte haben!« sagte ich und zeigte auf das aufgeschlagene Notenblatt.

Er trat einen Schritt zurück. »Darf ich bitten, mich der Dame vorzustellen?«

»Herr Arnold!« sagte ich leichthin und ohne aufzublicken; ich nannte den Namen des jungen Mädchens nicht, ich wollte es nicht.

Er sah mich an. Ein überlegenes Lächeln glitt über sein Gesicht, und die leicht aufgeworfenen Lippen zuckten unmerklich. »Fangen wir an!« sagte er dann, indem er sich auf das Taburett setzte und mit Sicherheit die einleitenden Takte anschlug. Dann setzten wir ein; nicht eben geschickt, ich vielleicht am wenigsten; nur die Sicherheit des Klavierspielers hielt uns. Als wir aber bis auf die Mitte des Stückes gekommen waren, hielt er inne.

»Ancora!« rief er, indem er mit der flachen Hand die Noten bedeckte; »aber jede Stimme einzeln! – Sie, mein Fräulein – ich darf mir vielleicht Ihren Namen erbitten!«

Die junge Dame nannte ihn.

»Wollen Sie den Anfang machen!« – Und nun begann, bald auch mit mir, eine strenge Übung; unerbittlich wurde jeder Einsatz und jede Figur wiederholt, wir sangen mit heißen Gesichtern; es war, als seien wir plötzlich in der Gewalt unseres jungen Meisters. Mitunter fiel er selbst mit seiner milden Baritonstimme ein; und allmählich trat das Musikstück in seinen einzelnen Teilen immer klarer hervor, bis wir es endlich unaufgehalten bis zu Ende sangen.

Als er sich lächelnd zu uns wandte, stand mein Vater hinter ihm, der unvermerkt herangetreten war. Das etwas abgespannte Gesicht des alten Herrn, der für Musik kein besonderes Interesse hatte, nahm sich zu der herkömmlichen Freundlichkeit zusammen. »Bravo, mein lieber Herr Arnold«, sagte er, indem er den jungen Mann auf die Schulter klopfte, »Sie haben den Damen heiß gemacht; aber Sie sollten uns auch nun selbst noch etwas singen!«

Arnold, der noch die eine Hand auf den Tasten hatte, setzte sich wieder und begann eines jener italienischen Volkslieder, in denen die Klage um den Glanz der alten Zeit wie ein ruheloser Geist umgeht. Mein Vater blieb noch einige Augenblicke stehen; dann wandte er sich ab und ging, die Hände auf dem Rücken, im Zimmer auf und ab. Seine Gedanken waren längst bei andern Dingen, vielleicht bei dem Bildnis des Königs, das er durch Vermittlung eines einflußreichen Freundes als Geschenk der Majestät zu empfangen Hoffnung hatte. Statt seiner war der kleine Kuno mit seiner Krücke ans Klavier geschlichen und lehnte sich schweigend an seinen Lehrer. Dieser legte unter dem Spielen den Arm um ihn und sang so das Lied zu Ende. – »Hörst du das gern, mein Junge?« fragte er, und als der Knabe nickte und mit zärtlichen Augen zu ihm aufsah, nahm er ihn auf den Schoß und sang halblaut, als solle es dem Kleinen ganz allein gehören, das liebe deutsche Lied: »So viel Stern' am Himmel stehen!«

Aber, ob mit oder ohne Willen, auch für mich war es gesungen. Er sang es später noch oft für mich; denn unmerklich bildete sich seit diesem Tage ein freundlicher Verkehr zwischen uns. Es war aber nicht nur die Musik, die uns zusammenführte; der kleine Kuno hatte bald seine Liebe zwischen mir und seinem Lehrer geteilt und veranlaßte uns dadurch zu mannigfachem Beisammensein in und außer dem Hause.

Eines Tages im Juli waren der Oheim, Arnold und ich mit dem Knaben in der Stadt, um uns nach einem Rollstühlchen für ihn umzutun; denn schon damals begann das Gehen ihm mitunter schwer zu werden. Da unser Geschäft bald besorgt war, so nahmen wir auf Arnolds Vorschlag einen etwas weiteren Rückweg, der am Saume eines schönen Buchenwaldes entlangführte. Hinter demselben in einem Dorfe ließen wir den Wagen halten und wandelten miteinander die Straße hinab, zwischen den meist großen strohbedeckten Bauerhäusern. Nach einer Weile bog Arnold wie zufällig in einen Fußweg ein, welcher zwischen zwei mit Nußgebüsch und Brombeerranken bewachsenen Wällen entlangführte. Wir andern folgten ihm; Kuno, der sich heute kräftiger als sonst zu fühlen schien, hatte seine Augen auf den Hummeln und Schmetterlingen, welche im Sonnenschein um die Disteln schwärmten. Es dauerte indes nicht lange, so hörten zu beiden Seiten die Wälle auf, und vor uns in einer weiten Busch- und Wieseneinsamkeit lag ein stattlicher Bauernhof. Unter einer Gruppe dunkelgrüner Eichen erhob sich das Gebäude mit dem mächtigen, fast bis zur Erde reichenden Strohdache, die braungetünchte Giebelseite uns entgegen, aus der die weißgestrichenen Fenster freundlich hervorleuchteten.

»In jenem Hause«, sagte Arnold, »bin ich als Knabe oft gewesen, und weil es mir hier wie fast nirgends in der Welt gefallen hat, so wünschte ich, daß auch Sie es einmal sähen.«

Der Oheim nickte. »Wer ist denn der Besitzer jenes schönen Gutes?«

»Es ist der Schulze Hinrich Arnold.«

»Hinrich Arnold?«

»Ja, der Bauer auf diesem Gute heißt allzeit Hinrich Arnold.«

»Aber«, fragte ich jetzt, »heißen denn Sie nicht auch so?«

»Die ältesten Söhne aus der Familie tragen alle diesen Namen«, erwiderte er; »auch bei dem Zweige derselben, der in die

Stadt übergesiedelt ist. Der Vater des gegenwärtigen Besitzers war der Bruder des meinigen.«

Mittlerweile waren wir bei dem Hause angelangt. Durch das offenstehende Eingangstor am andern Ende des Gebäudes führte uns Arnold auf die große, die ganze Höhe desselben einnehmende Diele, an deren beiden Seiten sich die jetzt leerstehenden Stallungen für das Vieh befanden. Ein leichter Rauchgeruch empfing uns in dem dämmerigen Raume. Im Hintergrunde, wo vor den Türen der Wohnzimmer sich die Diele erweiterte und durch niedrige Seitenfenster erhellt war, saß neben einem am Boden spielenden kleinen Knaben eine alte Frau in der gewöhnlichen Bauerntracht von dunkelm eigengemachtem Zeuge, das graue Haar unter die schwarzseidene Kappe zurückgestrichen. Als wir näher getreten waren, stand sie langsam auf und musterte uns gelassen mit ein Paar grauen Augen, die unter noch schwarzen Brauen kräftig aus dem gebräunten Gesicht hervorsahen. »Sieh, sieh; Hinrich!« sagte sie nach einer Weile, indem sie unserm jungen Freunde die Hand schüttelte, scheinbar ohne uns andern weiter zu beachten.

»Das ist meine Großmutter«, sagte dieser; »da meine Eltern nicht mehr leben, meine nächste Blutsfreundin.« Dann bedeutete er ihr, wer wir seien; und sie reichte nun auch uns, der Reihe nach, die Hand.

Während sie halb mitleidig, halb musternd auf die Krücke des kleinen Kuno blickte, fragte Arnold: »Ist denn der Schulze zu Haus, Großmutter?«

»Sie heuen unten auf den Wiesen«, erwiderte sie.

»Und Ihr«, sagte mein Onkel, »wartet indessen vermutlich den jüngsten Hinrich Arnold?«

»Das mag wohl sein!« erwiderte sie, indem sie die Tür des einen Zimmers öffnete; »so ein abgenutzter alter Mensch muß sehen, wie er sein bißchen Leben noch verdient.«

»Die Großmutter«, sagte Arnold, als wir hineingetreten waren, »kann es nicht lassen, den Jüngeren behilflich zu sein. – Aber«, fuhr er zu dieser fort, »Ihr wißt es wohl, dem Schulzen ist es schon eine Freude, daß Ihr noch da seid und daß er und die Kinder Euch noch sehen, wenn sie von der Arbeit heimkommen.«

»Freilich, Hinrich, freilich«, erwiderte die Alte; »aber es erträgt einer doch nicht allzeit, wenn der andere so überzählig nebenher geht.« – Sie hatte währenddes zu dem Antlitz ihres Enkels emporgeblickt. »Du siehst nur schwach aus, Hinrich«, sagte sie, »das kommt von all dem Bücherlesen. – Er hätte es besser haben können«, fuhr sie dann zu uns gewendet fort; »denn sein Vater war doch der Älteste zum Hof, und er war wieder der Älteste. Aber der Vater wurde studiert; da muß nun auch der Sohn bei fremden Leuten herum sein Brot verdienen.«

Arnold lächelte; der Oheim sandte ihr einen beobachtenden Blick nach, als sie bei diesen Worten aus der Tür ging. Bald aber kam sie mit einigen Gläsern Buttermilch zurück, die Arnold für uns erbeten hatte.

In der Stube, die nicht zum täglichen Gebrauch bestimmt schien, standen mehrere sehr große Tragkisten an den Wänden, grün oder rot gestrichen, mit blankem Messingbeschlag, die eine auch mit leidlicher Blumenmalerei versehen; so daß fast nur auf der unter dem Fenster hinlaufenden Bank sich Platz zum Sitzen fand. Ich wollte der Alten eine Güte tun. »Ihr seid hier schön eingerichtet; mit all den saubern Kisten!« sagte ich.

Sie sah mich forschend an. »Meinen Sie das?« erwiderte sie, »ich dächte, ein paar eichene Schränke, daneben noch ein Stuhl oder ein Kanapee Platz hätte, wären doch wohl besser; aber es ist einmal die Mode so.«

Der Oheim nahm schweigend eine Prise, indem er mit seinen verschmitztesten Augen zu mir hinüberblickte. Die Alte war nach der Tür gegangen, um von einem über derselben befindlichen Brettchen einen Apfel für meinen Bruder herabzuholen. Da sie nicht hinauflangen konnte, trug ich rasch einen Stuhl herbei, stieg hinauf und reichte ihr den Apfel; zugleich erfreut, dadurch eine Verlogenheit zu verbergen, die ich nicht zu unterdrücken vermochte. Sie ließ mich ruhig gewähren. »Ja«, sagte sie, während sie dem kleinen Kuno den Apfel in die Hand drückte, »das hat jüngere Beine, da kann man nicht mehr mit.« Als ich aber bald darauf die strengen Augen der alten Bäuerin mit dem Ausdruck einer milden Freundlichkeit auf mich gerichtet sah, war mir unwillkürlich, als habe ich etwas gewonnen, das ebenso wertvoll als schwer erreichbar sei.

Bald darauf verließen wir die Stube und besahen die Einrichtung des Gebäudes, vorab den großen, Sauberkeit und Frische atmenden Milchkeller, wie Arnold bemerkte, das eigentliche Staatszimmer unserer Bauern. Dann, während die Alte bei dem künftigen Hoferben zurückblieb, traten wir aus dem Eingangstor ins Freie, unter den Schatten der alten vollbelaubten Eichen. »Ihre Großmutter ist eine Frau von wenig Komplimenten«, sagte der Oheim im Gehen; »aber man weiß nun doch, wo Sie zu Hause sind.«

Arnold ergriff für einen Augenblick die Hand des alten Herrn, die dieser, ohne aufzublicken, ihm gereicht hatte.

Vor uns, seitwärts von dem Hauptgebäude, lag das jetzt leerstehende Abnahmehäuschen. Auf einer Wiese dahinter befanden sich die Reste eines im Viereck gezogenen lebendigen Zaunes, welche die Neugierde meines Bruders erregten. Auch ein Paar Pfähle standen noch in den Büschen, zwischen denen einst ein Pförtchen den Eingang in den kleinen Raum verschlossen haben mochte. »Es ist ein Bienenhof«, sagte Arnold, »den mein Vater als Knabe vor vielen Jahren angelegt hat. Als sein Bruder später das Gut erhielt, hatte er zwar weder Zeit noch Lust, den Betrieb des jungen Bienenvaters fortzusetzen; aber er ließ den Zaun zu seinem Angedenken stehen, und mir zuliebe hat es auch der Schulze so gelassen.«

Vor uns lag, so weit das Auge reichte, eine ausgedehnte Wiesenfläche, hie und da durch lebendige Hecken oder einzelne Baumgruppen unterbrochen. Arnold wies mit der Hand hinaus und sagte: »Hier ist es mir seltsam ergangen. Als zwölfjähriger Knabe, da ich in den Sommerferien bei dem Oheim auf Besuch war, wanderte ich eines Morgens mit meinem einige Jahre älteren Vetter, dem jetzigen Schulzen, da hinab in die Wiesen. Wir gingen immer gradeaus, mitunter durch ein Gebüsch brechend, das unsern Weg durchschnitt. Ich blies dabei auf einer Pfeife, die mir mein Vetter aus Kälberrohr geschnitten hatte; auch ist mir noch wohl erinnerlich, wie an einigen Stellen das Auftreten auf dem sumpfigen, mit weißen Blumen überwachsenen Boden mir ein heimliches Grauen erregte. Nach einer Viertelstunde etwa kamen wir in einen dichten Laubwald, und nach der Sommerhitze draußen empfing uns eine plötzliche Schattenkühle; denn der Sonnenschein spielte nur sparsam durch die Blätter. Mein Vetter war bald weit voran; ich vermochte nicht so schnell fortzukommen, wegen des Unterholzes, das überall umherstand. Mitunter hörte ich ihn meinen Namen rufen, und ich antwortete ihm dann auf meiner Pfeife. Endlich trat ich aus dem Gebüsch in eine kleine sonnige Lichtung. Ich blieb unwillkürlich stehen; mich überkam ein Gefühl unendlicher Einsamkeit. Es war so seltsam still hier; ein paar Schmetterlinge gaukelten lautlos über einer Blume, der Sonnenschein lag schimmernd auf den Blättern, und ein schwerer, würziger Duft schien wie eingefangen in dem abgeschiedenen Raume. In der Mitte desselben auf einem bemoosten Baumstumpf lag eine glänzend grüne Eidechse und sah mich wie verzaubert mit ihren goldenen Augen an. – – Ich weiß dies alles genau; ich weiß bestimmt, daß wir vom Bienenhof hier in grader Richtung über die Wiesen fortgegangen sind. Und doch lacht der Schulze mich aus, wenn ich ihn jetzt daran erinnere; denn dort hinunter liegt kein Wald und hat auch seit Menschengedenken keiner mehr gelegen. – Wo aber bin ich damals denn gewesen?«

»Vielleicht dort nach der andern Seite hin«, sagte mein Oheim.

»Dann hätte der Weg nicht über die Wiesen führen können.«

»Hm; eine grüne Eidechse? Ich habe hier herum so eine noch nicht gefunden. – Wissen Sie, Herr Arnold, es ist doch gut, daß Sie nicht der Schulze hier geworden sind. Sie sind ja ein Phantast, trotz der Anna da mit ihren alten Bildern.«

Ich weiß nicht, weshalb wir beide rot wurden, als der Oheim uns bei diesen Worten eines nach dem andern ansah; aber ich bemerkte noch, wie Arnold mit jener leichten Bewegung den Kopf schüttelte und wie zur Abwehr das Haar mit der Hand zurückstrich.

Auf dem Heimwege, den wir bald darauf antraten, wurde wenig zwischen uns gesprochen. Der kleine Kuno saß bald schlafend in meinem Arm; mir war still und friedlich zu Sinne. Als wir zu Hause anlangten, lagen schon die bräunlichen Tinten des Abends am Horizont, und einzelne Sterne drangen durch den Himmel.

Der Sommer ging auf die Neige, während das Leben im Schlosse seinen ruhigen einförmigen Verlauf nahm. Arnold und sein kleiner Schüler schienen immer mehr Gefallen aneinander zu finden; denn der Knabe lernte leicht und willig, wenn die Unterrichtsstunden auch mitunter durch seine Kränklichkeit unterbrochen wurden. Auffallend schwer wurde ihm dagegen das Auswendiglernen alter Kirchenlieder, von denen er an jedem Sonntagmorgen einige Verse vor dem Vater in dessen Zimmer aufsagen mußte. – Eines Vormittags wollte ich, um ihn zu ermutigen, das ihm aufgegebene Lied von Nicolai gleichfalls auswendig lernen. Ich war in den Rittersaal hinaufgegangen; bald aber trat ich durch die offenstehende Tür in das Zimmer des Oheims, der wie gewöhnlich um diese Zeit im Lehnstuhl an seinem Tische saß. Er warf einen flüchtigen Blick zu mir hinüber und fuhr dann schweigend fort, die am vorhergehenden Tage gefangenen Insekten auf einer Korktafel auszuspannen. Ich ging mit meinem Buche im Zimmer auf und ab, erst leise und allmählich lauter die Worte des Gesanges vor mir hermurmelnd. So kam ich an den dritten Vers:

Geuß sehr tief in mein Herz hinein,
Du heller Jaspis und Rubin,
Die Flammen deiner Liebe.

Mein Onkel erhob plötzlich den Kopf und sah mich scharf durch seine großen Brillengläser an. »Tritt her!« sagte er. »Was lernst du da?« Als ich Folge geleistet hatte, zeigte er mit dem Finger auf einen schwarzen Käfer, der mit aufgesperrten Kiefern an der Nadel steckte. »Weißt du«, fuhr er fort, »wie der Carabus den Maikäfer frißt?« – – Und nun begann er mit unerbittlicher Ausführlichkeit die grausame Weise darzulegen, womit dies gefräßige Insekt sich von andern seinesgleichen nährt. – Ich hatte selbst so etwas in unserm Garten wohl gesehen, aber es hatte weitere Gedanken nicht in mir angeregt. Meine Augen hingen regungslos an den Lippen des alten Mannes; es überfiel mich eine unbestimmte Furcht vor seinen Worten.

»Und das, mein Kind«, sprach er weiter, indem er jedes seiner Worte einzeln betonte, »ist die Regel der Natur. – – Liebe ist nichts als die Angst des sterblichen Menschen vor dem Alleinsein.«

Ich antwortete nicht; mir war plötzlich, als wäre der Boden unter meinen Füßen fortgezogen worden. Der Ausdruck meines Gesichts mochte das verraten haben, denn auch mein Oheim schien über die Wirkung seiner Worte bestürzt zu werden. »Nun, nun«, sagte er, indem er mich sanft in seinen Arm nahm; »es mag vielleicht nicht so sein; nur etwas anders doch, als es dort in deinem Katechismus steht.« – –

Aber die Worte wühlten in mir fort; mein Herz hatte in der Einsamkeit so oft nach Liebe geschrien, während ich in den weiten Gemächern des Hauses umherstrich, wo nie die Hand einer Mutter nach der meinen langte. Um die Mittagszeit sah ich die Leute von der Feldarbeit zurückkehren. Mir war, als müßte der Ausdruck der Trostlosigkeit auf allen Gesichtern zu lesen sein; aber sie schlenderten wie gewöhnlich gleichgültig und lachend über den Hof.

Am Nachmittage, als müßte ich ihn zwingen weiterzureden, trieb es mich wieder nach dem Zimmer des Oheims. Die Tür stand offen, aber er selbst war nicht dort. – Mitten auf der Diele lag eine schwarze Katze, eine gefangene Maus zwischen den Krallen, die sich in der Nachmittagsstille hervorgewagt haben mochte. Ich blieb auf der Schwelle stehen und schaute grübelnd zu. Die Katze begann ihr Spiel zu treiben; sie zog die Krallen ein, und die Maus rannte hurtig über die Dielen und an den Wänden entlang. Aber die grünen glimmenden Augen hatten sie nicht losgelassen; ein heimliches Spannen der Muskeln, ein Satz, und wieder lag das Raubtier da, mit dem glänzenden Schwanz den Boden fegend, die gefangene Maus vorsichtig mit den spitzen Zähnen fassend. Sie war noch nicht aufgelegt, ein Ende zu machen; das Spiel begann von neuem. Manchmal, wenn sie die kleine entrinnende Kreatur immer wieder mit der zierlich gekrümmten Pfote an sich riß, wollte mich fast das Mitleid überwältigen; aber ein Gefühl, halb Trotz, halb Neugier, hielt mich jedesmal zurück.

Während ich so für mich hinbrütend dastand, hörte ich die gegenüberliegende Tür gehen, indes die Katze mit ihrem noch lebenden Opfer davonsprang. »Sie, gnädiges Fräulein!« sagte eine jugendliche Stimme; und als ich aufblickte, sah ich Arnold vor mir stehen, der seit einiger Zeit mit dem Oheim viel verkehrte. Da ich ihm nichts erwiderte, so machte er eine Bewegung, als wollte er sich entfernen; plötzlich aber, als habe er auf meinem Antlitz die Hülflosigkeit meines Innern gelesen, zögerte er wieder und sagte fast demütig: »Kann ich Ihnen in irgend etwas dienen, Fräulein Anna?«

Es war ein Ausdruck in seinen Augen, der mich reden machte. Ich trat an den Tisch und zeigte ihm des Oheims Spannbrett, auf welchem noch der schwarze Käfer steckte.

»Befreien Sie mich von dem«, sagte ich, »und – von der schwarzen Katze!« Und als er mich zweifelnd ansah, erzählte ich ihm, was mir am Vormittage hier geschehen und was soeben vor meinen Augen vorgegangen war. Er hörte mich ruhig an. »Und nun?« fragte er, als ich zu Ende war.

»Ich habe bisher noch immer den Finger des lieben Gottes in meiner Hand gehalten«, sagte ich schüchtern.

Seine Augen ruhten eine Weile wie prüfend auf mir. Dann sagte er leise: »Es gibt noch einen andern Gott.«

»Aber der ist unbegreiflich.«

Ein mildes Lächeln glitt über sein Antlitz. »Das sind noch die Kinderhände, die nach den Sternen langen.« – Er stand einige Augenblicke in Nachdenken verloren; dann sagte er: »In der Bibel steht ein Wort: So ihr mich von ganzem Herzen suchet, so will ich mich finden lassen! – Aber sie scheinen es nicht zu verstehen; sie begnügen sich mit dem, was jene vor Jahrtausenden gefunden oder zu finden glaubten.« – Und nun begann er mit schonender Hand die Trümmer des Kinderwunders hinwegzuräumen, das über mir zusammengebrochen war; und indem er bald ein Geheimnis in einen geläufigen Begriff des Altertums auflöste, bald das höchste Sittengesetz mir in den Schriften desselben vorgezeichnet wies, lenkte er allmählich meinen Blick in die Tiefe. Ich sah den Baum des Menschengeschlechtes heraufsteigen, Trieb um Trieb, in naturwüchsiger ruhiger Entfaltung, ohne ein anderes Wunder als das der ungeheuren Weltschöpfung, in welchem seine Wurzeln lagen.

Die Begeisterung hatte seine Wangen gerötet, seine Augen glänzten; ich horchte regungslos auf diese Worte, die wie Tautropfen in meine durstige Seele fielen. Da, als ich zufällig aufblickte, sah ich meinen Oheim an dem gegenüberliegenden Fenster stehen, scheinbar an den Käfigen seiner Vögel beschäftigt; als aber jetzt auch Arnold den Kopf zu ihm wandte, hob er drohend den Finger. »Wenn das meine brüderliche Exzellenz wüßte!« sagte er. »Steht denn der Unterricht auch in dem allerhöchst genehmigten Stundenplan? – Nun, nun«, fuhr er lächelnd fort, »ich werde das nicht verraten!« Dann trat er an den Tisch, und indem er mit einer gewissen Feierlichkeit seine Hand über die darauf liegenden Werke der neueren Naturforscher hingleiten ließ, sagte er halblaut, wie zu sich selber: »Das sind die Männer, die ihn suchen, von denen er sich wird finden lassen; aber der Weg ist lang und führt oftmals in die Irre.« – – –

Ich gedenke noch, wie dieser Tag sich neigte. – Das Abendrot leuchtete an den Wänden der Wohnstube; mein kleiner Bruder, der an dem Tischchen in der Fensternische saß und über den Hof in den Garten hinabblickte, wollte noch gern einmal ins Freie; aber ich und »der liebe Arnold« sollten mit. Da mein Vater auswärts war, so ließ die Tante sich bereden. Nachdem Arnold von seinem Zimmer herabgekommen, packten wir den Knaben in sein Rollstühlchen und ließen es durch den Diener in den Garten bringen. Aber dann durfte wiederum niemand anfassen, als Arnold und ich; und so schoben wir denn, jeder mit einer Hand, das kleine Gefährte in der breiten Lindenallee auf und ab. Die Tante mit ihrem Filettüchlein um den Kopf ging nebenher und zog mitunter das Mäntelchen dichter um die Füße des Knaben. Aber kaum ein Wort wurde gewechselt; es war still bis in die weiteste Ferne; nur mitunter sank leise ein Blatt aus dem Gezweig zur Erde, und oben über den Wipfeln war das stumme, ruhelose Blitzen der Sterne. Das Kind saß zusammengesunken und träumend in seinen weichen Kissen; nur einmal richtete es sich auf und rief: »Arnold, Anna! da flog ein Goldkäferchen, ganz oben bei den Sternen!«

»Das war eine Sternschnuppe, mein Kind«, sagte Tante Ursula.

Ich sah, wie Arnold den Kopf zu mir wandte; aber wir sprachen nicht; wir fühlten, glaub ich, beide, daß dieselben Gedanken uns bewegten. Als wir bald darauf mit dem schlafenden

Kinde in das Haus zurückgekehrt waren, stand ich noch lange am Fenster und blickte in die Nacht hinaus. Es war ein Gefühl ruhigen Glückes in mir; ich weiß nicht, war es die neue, bescheidenere Gottesverehrung, die jetzt in meinem Herzen Raum erhielt, oder gehörte es mehr der Erde an, die mir noch nie so hold erschienen war.

Im September hatten wir, da in den unteren Zimmern eine Reparatur vorgenommen wurde, uns oben in dem großen Bildersaale eingerichtet. Es war an einem Sonntagvormittage. Am Abend sollte in der Stadt die Einweihung des neuerbauten Rathauses mit festlichen Aufführungen und darauffolgendem Ball begangen werden. Mein Vater, der guter Laune war, da das erhoffte Königsbild seit einigen Tagen nun wirklich in seinem Zimmer hing, hatte auf die Einladung der städtischen Behörde für uns alle zugesagt. Die Oberforstmeisterin von dem uns zunächst gelegenen Gute und eine bei ihr lebende Schwester, welche den nach meiner Rückkehr abgestatteten Besuch noch nicht erwidert hatten, wurden zu Tisch erwartet. Die Damen waren gleichfalls eingeladen und wollten am Abend gemeinschaftlich mit uns zur Stadt fahren.

Ich saß mit einer Handarbeit am Fenster. Arnold, mit dem ich zuvor gesungen hatte, stand noch im Gespräche neben mir. Er hatte mich eben auf den Abend um einen Tanz gebeten, als meine Tante mit den erwarteten Gästen in den Saal trat. Die Oberforstmeisterin war ein stattliche Dame in mittleren Jahren; ihre Augen waren beständig halb geschlossen, als sei die Welt ihres vollen Blicks nicht wert, und ich dachte immer, ihr Fuß müsse jedes kleine Geschöpf auf ihrem Wege zertreten; sowenig sah sie, was unter ihr am Boden war. Aber die Fältchen um ihre Augen verschwanden, als sie auf mich zukam; sie küßte mich, sie war entzückt von der Frische meines Teints und dem Glanz meiner Augen; in ihrer matten Sprechweise überschüttete sie mich mit Zärtlichkeiten. Meine Tante hatte ihr Arnolds Namen genannt, und sie hatte, während sie das Gespräch mit mir fortsetzte, seine Verbeugung leicht und höflich erwidert.

»Ist der junge Mann ein Verwandter des Herrn von Arnold auf Grünholz?« fragte sie mich nach einiger Zeit.

Ich hatte nicht den Mut, es einfach zu verneinen, als ich in das hochmütige Gesicht dieser Frau blickte. »Ich glaube kaum«, sagte ich leise; »er hat uns nicht davon gesprochen.«

Aber er mußte meine Lüge gehört haben; denn schon war er näher getreten, und während ich seinen ernsten Blick auf meinen niedergeschlagenen Augen zu fühlen glaubte, hörte ich ihn sagen: »Ich heiße Arnold, gnädige Frau, und bin seit einigen Monaten der Lehrer des jungen Barons.«

Die Oberforstmeisterin ließ wie musternd ihre Augen über ihn hingleiten. »So?« sagte sie trocken; »der Kleine macht Ihnen gewiß recht große Freude!« Dann wandte sie sich mit einem verbindlichen Lächeln zu meiner Tante und begann mit dieser ein Gespräch.

Arnold blickte ruhig über sie hin; es war ein Ausdruck der Verwunderung in seinen dunkeln Augen.

Bald darauf ging meine Tante mit den beiden Damen nach ihrem Zimmer. Ich blieb bei meiner Arbeit am Fenster sitzen; Arnold stand neben dem offenen Klavier. Keiner von uns sprach; es war wie beklommene Luft im Zimmer. »Singen Sie doch etwas«, sagte ich endlich; »ein Volkslied, oder was Sie wollen!«

Er setzte sich, ohne zu antworten, ans Klavier, und nach ein paar leidenschaftlichen Akkordenfolgen sang er in bekannter Volksweise:

Als ich dich kaum gesehn,
Mußt es mein Herz gestehn,
Ich könnt dir nimmermehr
Vorübergehn.

Fällt nun der Sternenschein
Nachts in mein Kämmerlein,
Lieg ich und schlafe nicht,
Und denke dein.

Die Melodie hatte ich oft gehört; aber der Text war ein anderer. Mir kam eine Ahnung, daß diese Worte mir galten; ich fühlte, wie seine Stimme bebte, als er weitersang. Aber die Worte klangen süß, daß ich wie träumend die Arbeit ruhen ließ.

Ist doch die Seele mein
So ganz geworden dein,
Zittert in deiner Hand,
Tu ihr kein Leid!

Er sang die Strophe nicht zu Ende; er war aufgesprungen und stand vor mir. »Fräulein Anna«, sagte er, und in seiner Stimme klang noch die ganze Aufregung des Gesanges; »weshalb verleugneten Sie mich vor jener Frau?«

»Arnold!« rief ich. »Oh, bitte, Arnold!« Denn die Worte hatten mich grade ins Herz getroffen.

Als ich aufblickte, fuhr ein Strahl von Stolz und Zorn aus seinen Augen. Ich konnte es nicht hindern, daß mir die Tränen über die Wangen liefen und auf meine Arbeit herabfielen. Er sah mich einen Augenblick schweigend an; dann aber verschwand der Ausdruck der Heftigkeit aus seinem Antlitz. »Weinen Sie nicht, Anna«, sagte er; »es mag schwer zu überwinden sein, wenn einem die Lüge schon als Angebinde in die Wiege gelegt ist.«

»Welche Lüge? Was meinen Sie, Herr Arnold?«

Seine Augen ruhten mit einem Ausdruck des Schmerzes auf mir. »Daß man mehr sei als andere Menschen«, sagte er langsam. »Wer wäre so viel, daß er nicht einmal auf Augenblicke dadurch herabgezogen würde!«

»O Arnold«, rief ich, »Sie wollen alles in mir umstürzen!«

Er sah mich wieder mit jenen resoluten Augen an, als da ich zum ersten Mal ihm gegenüberstand; und jetzt plötzlich wußte ich es, was mich so vertraut aus diesem Antlitz ansprach. Ich schwieg; denn mir war, als fühlte ich das Blut in meine Wangen steigen. Dann aber, als er mich fragend anblickte, suchte ich mich zu fassen und wies mit der Hand nach jenem alten Familienbilde oberhalb der Tür. »Sehen Sie keine Ähnlichkeit?« fragte ich. »Der eine von jenen Knaben muß Ihr Vorfahr sein.«

Er warf einen flüchtigen Blick auf das Bild. »Sie wissen ja«, erwiderte er kopfschüttelnd, »ich gehöre nicht zu den Ihrigen.«

»Ich meine den Knaben, der den Sperling auf der Hand trägt«, sagte ich.

Ein Ausdruck des bittersten Hohnes flog über sein Gesicht. »Den Prügeljungen? – Das wäre möglich; meine Familie ist ja hier zu Haus.« Aber gleich darauf strich er mit jener leichten Kopfbewegung das Haar zurück und sagte fast weich: »Verzeihen Sie mir, Fräulein Anna; ich bin nicht immer gut.«

Ich war aufgestanden, und ich glaube, ich habe ihn mit meinen finstersten Augen angesehen. »Sie machen mir den Vorwurf«, erwiderte ich, »aber Sie selbst, meine ich, sind der Hochmütige!«

»Nein, nein«, rief er, indem er die Hand wie abwehrend von sich streckte, »das ist es nicht; ich schätze niemanden gering.«

Unser Gespräch wurde unterbrochen. Die Damen kamen zurück, und ich hatte Mühe, meine Aufregung zu verbergen.

Am Abend befanden wir uns alle, außer dem Oheim, der niemals eine Gesellschaft besuchte, in dem schönen, hell erleuchteten Rathaussaale der nächsten Stadt.

Es war eine Reihe von lebenden Bildern gestellt, welche die verschiedenen Epochen der städtischen Entwicklung zur Anschauung bringen sollten. Nun wurde der Saal geräumt, um Platz zum Tanzen zu gewinnen; jung und alt stand umher, sich über die eben beendigten Aufführungen unterhaltend. »Scharmant; in der Tat scharmant!« hörte ich die Stimme meines Vaters; ich sah ihn bald mit diesem, bald mit jenem in verbindlicher Weise konversieren; er lächelte, er bot den Herren seine Dose; es schien überall eine harmlose Gegenseitigkeit zu walten. Ich hatte mich Arnold zum ersten Tanz versagt; mir klopfte das Herz; denn ich hatte seit lange nicht und niemals noch mit ihm getanzt. Meine gesangskundige Freundin hatte sich zu mir gefunden; wir hatten Arm in Arm gelegt und wandelten unter den brennenden Kronleuchtern plaudernd auf und ab. Während schon die Musikanten ihre Geigen stimmten, kam mein Vater auf uns zu. Er machte der jungen Dame über ihre Mitwirkung in den gestellten Bildern ein Kompliment und sagte dann wie beiläufig: »Du wirst dich fertigmachen müssen, Anna; der Wagen ist vorgefahren.«

»Was, Sie wollen schon fort? – Anna! Die Uhr ist ja kaum erst zehn!« rief das junge Mädchen.

Mein Vater neigte sich höflich zu ihr. »Wir müssen herzlich bedauern; aber ich hoffe, Sie werden uns recht bald bei uns zu Hause das Vergnügen machen.«

Mir quoll das Herz, aber ich schwieg; es konnte mich nicht überraschen, was geschah; ich hatte es in meiner Freude nur vergessen.

Nun traten auch andere hinzu; und es erfolgten Bitten und freundliches Drängen von allen Seiten; mein Vater hatte vollauf zu tun, das alles in leicht hingeworfenen Worten abzulehnen. Die Vorwände waren zwar augenscheinlich nichtig; aber sie waren ja auch nicht darauf berechnet, Glauben zu erwecken. Man begann denn auch allmählich zu begreifen; es entstand eine Stille, und die Leute zogen sich einer nach dem andern zurück. Mein Vater wandte sich an seinen Hauslehrer. »Amüsieren Sie sich, liebster Herr Arnold, und haben Sie nur die Güte, dem Kutscher zu sagen, wann Sie geholt sein wollen.«

»Ich danke, Exzellenz; ich werde gehen.«

Dann brachen wir auf. Tante Ursula, die Oberforstmeisterin und ihre Schwester nahmen mich in ihre Mitte; so schritten wir an der schweigenden Gesellschaft vorbei den Saal hinab. Es waren Männer darunter, die den Stempel langjähriger ernster Gedankenarbeit auf der Stirn trugen, Jünglinge mit tiefen vornehmen Augen, Mädchen mit allem Stolz und aller Grazie der Jugend; wir aber waren etwas zu Apartes, um uns mehr als andeutungsweise mit ihnen zu bemengen. Im Vorübergehen sah ich den stillen Ausdruck der Kränkung auf manchem jungen Antlitz, auf manchem alten ein ruhiges Lächeln. Ich mußte die Augen niederschlagen; ich haßte – nein, ich verachtete, mit Füßen hätte ich sie von mir stoßen mögen, die mich zwangen, mich so vor mir selber zu erniedrigen.

Am andern Vormittag, da ich noch ganz erfüllt von solchen Gedanken in den Garten gegangen war, begegnete mir Arnold in dem hinteren Quergange der Lindenallee. Es lag eine finstere Trauer in seinen Augen, als er langsam auf mich zukam. Wie von innerer Gewalt gedrängt, streckte ich beide Hände gegen ihn aus. »Arnold!« rief ich, »das war nicht meine Schuld!«

Er ergriff sie und sah mir eine Weile voll und tief in die Augen. »Dank, Dank für dieses Wort«, sagte er, indem alle Düsterkeit aus seinem Angesicht verschwand; »es hat nicht helfen wollen, daß ich es mir selbst schon tausendmal gesagt habe.«

Dann gingen wir schweigend nebeneinander ins Schloß zurück; mir war, als sei eine Zentnerlast von meiner Brust gefallen, als ich jetzt wieder zu der Tante in den Saal trat.

Bald darauf wurde es eine trübe, einsame Zeit. Die Schwäche des kleinen Kuno nahm in einer Weise zu, daß der Arzt jeden Unterricht auf Jahre hinaus untersagte. – Infolgedessen verließ uns Arnold; er wollte nach der Residenz, um sich an der dortigen Universität als Dozent zu habilitieren.

Der kleine Kranke war fast nicht zu trösten; Arnold mußte ihm versprechen, daß er wiederkommen oder daß er ihn zu sich holen wolle, sobald seine Kräfte wieder zugenommen hätten. Wenn wir vorausgewußt hätten, daß schon nach einem Monat das kleine Bett leer stehen würde, er wäre wohl so lange noch geblieben.

An einem klaren Novembervormittag hielt unser Wagen unten auf dem Hofe, um ihn zur nahen Stadt zu bringen. Ich war, von einem Gefühl schmerzlicher Unruhe getrieben, in den Garten hinabgegangen; die Buchenhecken waren schon gelichtet, die letzten gelben Blätter wehten von den Bäumen. Während ich in dem Gange hinter dem Laubschlosse auf und ab ging, sah ich Arnold in dem Hauptsteige herabkommen; er stand mitunter still und blickte um sich her; ich fühlte wohl, daß er mich suchte. Aber ich ging ihm nicht entgegen; ein Trotz, eine Wollust des Schmerzes überfiel mich; ich sollte ihn auf immer verlieren, so wollte ich auch diese letzten, armseligen Minuten von mir werfen. Ich schlich mich leise durch die Büsche in die Seitenallee und floh wie ein gejagtes Wild den Steig hinab. Unten durch eine Lücke des Zaunes schlüpfte ich in das angrenzende Gehölz. Dann, nachdem ich seitwärts durch die Bäume gegangen war, so weit, daß ich den Hauptgang des Gartens überblicken konnte, stand ich still und schlang den Arm um einen Tannenstamm. Ich sah noch, wie Arnold aus dem Garten trat, wie hinter ihm das eiserne Gittertor zuschlug. Ich rührte mich nicht; als ich nach einer Weile hörte, wie der Wagen über das Steinpflaster des Hofes rollte, warf ich mich auf den Boden und weinte bitterlich.

Da legte sich eine Hand sanft auf meine Schulter. Es war mein Oheim. »Komm«, sagte er, »komm, mein Kind; wir wollen noch einige Kiefernäpfel für meinen Kreuzschnabel suchen.« Er hob mich vom Boden auf und strich mit der Hand die trockenen Tannennadeln aus meinen Haaren; dann, während er einige Kienäpfel zwischen den Stämmen aufsammelte, führte er mich ins Haus und über eine Hintertreppe auf sein Zimmer. »So«, sagte er und drückte mich in seinen großen Lehnstuhl nieder und streichelte mir die Wangen, »besinne dich, mein Kind!« – Ein paarmal ging er, die Hände auf dem Rücken, im Zimmer auf und nieder; dann fütterte er den Kreuzschnabel und den lahmen Starmatz und machte sich draußen vor dem Fenster am Bauer des Käuzchens was zu tun; endlich kam er wieder zu mir zurück. »Es wird recht einsam für dich werden«, sagte er; »im Winter allein mit all den alten Menschen; aber um Ostern – ich hab es mir bedacht –, da reisen wir beide einmal – was meinst du von der Residenz? – Ich werde den Vetter bitten, daß er dich mit mir reisen läßt. – – Der Arnold ist dann auch dort«, setzte er wie beiläufig hinzu; »er kann uns umherführen; der Bursche muß ja dann schon überall Bescheid wissen.«

Als ich bei diesen Worten seine Augen mit dem Ausdruck der zartesten Fürsorge auf mich gerichtet sah, gedachte ich unwillkürlich der seltsamen Erklärung der Liebe, die er mir vor einiger Zeit und an derselben Stelle gegeben hatte. »Onkel«, sagte ich leise, während ich den Druck seiner Hand an der meinen fühlte, »ist denn das auch nur die Furcht vor dem Alleinsein?«

»Freilich«, erwiderte er, »was denn anders, Kind? – Mein lahmer Starmatz und der alte Herr mit den Brillenaugen dort draußen vor dem Fenster, es sind zuzeiten schon ganz unterhaltende Gesellen; aber sie gehören denn doch, wie Hegel sagt, zu dem schlechthin Fremdartigen; und – mitunter, glaub ich, verstehen sie mich nicht ganz.«

Ich sah ihn zärtlich an und schüttelte den Kopf.

»Nun, nun«, fügte er sanft hinzu, »vielleicht ist es auch die Furcht, daß du allein seist.«

– – – – – – – – –

Hier brachen die beschriebenen Blätter ab.

Die schweren Fenstervorhänge des Wohnzimmers schienen heute fast zu dunkel; denn draußen über dem Garten lag ein feuchter Oktobernachmittag. – Zwischen der Gutsherrin und ihrem jungen Verwandten war soeben ein Gespräch verstummt, das von besonderer Bedeutung gewesen sein mußte; denn während sie an ihren Schreibtisch ging und das Heft hervornahm, woran sie vor einigen Wochen geschrieben hatte, lehnte er in der Fensternische und blickte, augenscheinlich mit einer schmerzlichen Verstimmung kämpfend, in den trüben Tag hinaus.

»Lies das, Rudolf, lies es jetzt gleich«, sagte sie, die Blätter vor ihm auf die Fensterbank legend; »ich dachte, es sei nur für mich selbst, als ich es niederschrieb; aber ich vertraue dir, und es wird gut sein, wenn du weißt, wie es einst mit mir gewesen ist.«

Er nahm schweigend das Heft und begann zu lesen. Sie sah ihm eine Weile zu; dann setzte sie sich in einen Sessel vor dem Kamin, in welchem der kühlen Jahreszeit wegen schon ein leichtes Feuer brannte. – Sie durchdachte noch einmal den Inhalt des Geschriebenen, und unwillkürlich schrieb sie in Gedanken weiter. Wie Nebelbilder erhellten sich einzelne Szenen ihrer Vergangenheit vor ihrem innern Auge und verblaßten wieder. Als Rudolf einmal unter dem Lesen einen Blick nach ihr hinüberwarf, sah er, wie sie die geballten Hände gegen ihre Augen drückte. Es waren die Tage ihrer Hochzeit, die grell beleuchtet vor ihr standen. Sie suchte mit körperlicher Gewalt der Bilder Herr zu werden, die sich frech und meisterlos zu ihr herandrängten und nicht weichen wollten. Und es gelang ihr auch. Es wurde finster um sie her; ihr war, als ginge sie durch den Bauch der Erde. Sie hörte vor sich einen kleinen schlurfenden Schritt; in tödlicher Sehnsucht streckte sie die Arme aus; sie wußte es, es war ihr totes Kind, das vor ihr ging, ganz einsam durch die dichte Nacht; es konnte nicht fort, es hatte Erde auf den kleinen Füßen. Aber wo war es? Ihre zitternden Hände griffen umsonst in die leere Finsternis. – Da blickten ein Paar Augen durch die Nacht; und es wurde wieder hell; denn diese Augen gehörten noch dem Leben an. »Arnold«, sprach sie leise. – So hatte er sie angeschaut, als die kleinen Augen ihres Kindes sich geschlossen, tröstlich und doch ein Spiegel ihres Schmerzes; so auch, jahrelang nach jenem stummen Abschiednehmen dort im Garten, als sie in der Residenz, mit ihrem Gemahl in eine Gesellschaft tretend, ihn zum ersten Male wiedergesehen hatte. Sein Name war damals schon ein vielgenannter; er war ein Mann von »Distinktion« geworden, und auch hochgestellten Personen schmeichelte es, ihn unter ihren Gästen nennen zu können. So geschah es, daß sie sich von nun an zuweilen am dritten Orte sahen; bald aber kam er auch in ihr Haus, oft und öfter, zuletzt fast täglich, wenn auch nur auf Augenblicke. Was er für seine Vorlesungen, was er sonst zur Veröffentlichung niederschrieb, es war zuvor in geistigem Austausch zwischen ihnen hin und wider gegangen. Sie wurde allmählich sein Gewissen in diesen Dingen; er konnte ihrer Bestätigung kaum noch entbehren. – Mittlerweile war ihr Kind geboren und nach kaum Jahresfrist wieder gestorben. Sie hatten sich dadurch unwillkürlich nur um so fester aneinandergeschlossen; sie ahnten wohl selber kaum, daß ihr Verhältnis allmählich ein Gegenstand des öffentlichen Tadels geworden sei. Auch dem Gemahl der jungen Frau schien dies verborgen geblieben; sein Amt vergönnte ihm nur geringe Zeit in seinem eigenen Hause; er suchte überdies nicht dort, sondern in den tausend kleinen Dingen bei Hofe den Schwerpunkt seines Leens. – Endlich, wie es nicht ausbleiben konnte, kam ihnen selbst der Augenblick plötzlicher Erkenntnis. – Sie sah es noch, wie er damals die Blätter, aus denen er ihr gelesen, zusammenrollte, wie seine Hand zitterte und wie er durch die Tür verschwand. Kein Wort einer schmerzlichen Erklärung war zwischen ihnen laut geworden; aber sie wußten es beide, er, daß er nicht wiederkehren dürfe, sie, daß er nicht wiederkehren würde. – – Es war zu spät gewesen. Rastlos und heimlich hatte das Gerücht geschafft, und schon war auch das letzte Körnchen zugetragen, das die über ihren Häuptern drohende Lawine herabstürzte. Sie mußte in eine Trennung von ihrem Gemahl willigen; seine Stellung zum Hofe und zur Gesellschaft verlangten das. – Öde, trostlose Tage folgten.

– – – – – – – – –

Rudolf hatte die Geschichte seiner Verwandten gelesen, soweit jene Blätter sie enthielten. Er blickte durch das Fenster den

Buchengang hinab. Dort am Ende desselben hinter der Lindenallee lag der Tannenwald, in dem damals um einen ihm unbekannten Menschen von niedriger Herkunft ihre heißen Tränen geflossen waren. – »Und wie kam es dann später?« fragte er nach einer Weile, während er die Blätter aus der Hand legte.

Sie blickte auf, als müsse sie erst den Sinn zu dem Wortlaute finden, der eben an ihr Ohr gedrungen war. »Dann«, sagte sie endlich – »dann kam ein Augenblick der Schwäche.«

Rudolf nickte. »Ich weiß, du hast ihn wiedergesehen.«

Eine dunkle Röte bis unter das schwarze Haar überlief ihre Stirn. »Nein«, sagte sie »das war es nicht. Aber ich war so jung; ich duldete es, daß mich mein Vater einem fremden Mann zur Ehe gab.«

»Noblesse oblige!« erwiderte er leichthin. »Was hätte denn geschehen sollen?«

»Sprich nicht so, Rudolf; die Anmaßung wird nicht schöner dadurch, daß man sie als ein apartes Pflichtgebot formuliert.«

»Es hat sich so gefügt«, sagte er mit einer gewissen Strenge, »daß du durch diese Grundsätze gelitten hast.«

Sie nickte. »Oh«, rief sie, »ich habe gelitten! Und nach Jahren, als mein Herz bitter und mein Sinn hart geworden – es ist wahr, wir haben uns wiedergesehen; und jene armselige Ehe ist darüber fast zerbrohen. – Aber – sie logen, sie logen alle!« Sie war aufgesprungen und preßte zitternd ihre Hände gegeneinander. – »So«, rief sie, »so, Rudolf, habe ich mein Herz gehalten.«

»Und doch«, erwiderte er, »ich lebte damals viele Meilen von deinem Wohnorte, und doch habe ich auch dort gehört, wie sie es sich gierig in die Ohren raunten.« Er verstummte plötzlich, als habe er zuviel gesagt.

Aber sie blickte ihn finster an. »Sprich nur«, sagte sie; »ich weiß es alles, alles!«

Er sah ihr voll leidenschaftlicher Spannung in die Augen. »Und jenes Kind?« fragte er endlich.

»Es war das meine«, sagte sie, und ihre Stimme bebte vor Schmerz.

»Das deine; – und nicht auch das seine?«

Sie sah ihn mit weit aufgerissenen Augen an, während eine Flut von Tränen über ihr Gesicht stürzte; Trotz und Verachtung gegen die Menschen, die sie besudeln wollten, fraßen an ihrem Herzen. »Nein, Rudolf«, rief sie, »leider nein!« – Einen Augenblick stand sie hoch aufgerichtet; dann warf sie sich in den Lehnstuhl und drückte beide Hände vor die Augen.

Der junge Mann war neben ihr aufs Knie gesunken; sein Blick ruhte angstvoll auf ihren blassen Fingern, durch welche immer neue Tränen hervorquollen. Einmal erhob er die Hand, als wolle er die ihrigen herabziehen; aber er ließ sie wieder sinken. – Als sie ruhiger geworden, ließ sie einige Sekunden ihre Augen auf dem jungen Antlitz ruhen, aus dem die Anbetung wie ein Opfer zu ihr emporstieg. Bald aber lehnte sie den Kopf zurück und starrte mit zusammengezogenen Brauen gegen die Zimmerdecke. »Geh jetzt, Rudolf!« sagte sie leise.

Der junge Mann ergriff die Hand, die wie leblos in ihrem Schoße lag, und küßte sie. Dann stand er auf und ging.

Es war dämmerig geworden; ein greller Abendschein leuchtete an der Wand; aber in den Ecken und am Kamin dunkelte es schon, und allmählich wuchs die Dämmerung. Die in dem tiefen Lehnsessel ruhende Frauengestalt war kaum noch erkennbar; dann fiel ein bleiches Mondlicht über den getäfelten Fußboden. Draußen erhob sich der Wind. Er kam aus weiter Ferne; ihr war, als sähe sie, wie er drunten über die mondhelle Heide fegte, wie er die Wolkenschatten vor sich hertrieb; sie hörte es näher kommen, die Tannen sausten, die alten Linden der Gartenallee; und nun fuhr es gegen die Fenster und warf einen Schauer von abgerissenen Blättern an die Scheiben. – Der große Hund erhob sich von seinem Teppich und legte seinen Kopf auf ihren Schoß. Sie blickte eine Weile auf das glänzende Auge des Tieres; endlich sprang sie auf aus dem weichen Sessel und drückte mit beiden Händen das Haar an den Schläfen zurück, als wollte sie alles Träumen gewaltsam von sich abstreifen. »Ausharren!« rief sie leise. Dann trat sie zur Tür und zog die Klingelschnur; über sich hörte sie Rudolf in seinem Zimmer auf und ab gehen. Es wurde Licht gebracht. »Und was denn nun zunächst?« – Aber sie wußte es schon; nachdem sie noch einen Augenblick in das verglimmende Kaminfeuer geblickt hatte, setzte sie sich an ihren Schreibtisch. Nach einer Stunde stand sie auf und siegelte einen Brief; die Adresse lautete an Rudolfs Mutter.

Es war Winter geworden und einsam. In dem Zimmer oben ließ sich kein Schritt mehr hören; Rudolf hatte, wie sie es gewollt, das Schloß verlassen. Draußen vor dem Fenster sauste es in den nackten Zweigen, und in der Dämmerung vernahm man vom Korridor her das Schrillen der Spitzmäuse, welche in den öden Gängen umherhuschten. Manchmal, wenn sie abends aus dem Wohnzimmer in ihr Schlafgemach trat, blieb sie wie angewurzelt auf der Schwelle stehen. »Eine Kammer zum Sterben!« Sie schauderte. »Aber man braucht nur stillzuhalten; die Natur besorgt es ganz von selber!«

Sie ging umher, grübelnd, ob das, was ihre Gedanken zu dem fernen Geliebten zwang, nur die geistige Übereinstimmung ihres Wesens oder nicht vielmehr jene berauschende Naturgewalt sei, der sie keine Berechtigung zugestehen wollte. So reifte in ihr der Entschluß, soviel sie selbst vermöge, die Wiederherstellung ihrer Ehe zu versuchen. Zu dem Ende schrieb sie an ihren Gemahl, ausführlich und mit aller Wahrhaftigkeit und aller Milde, deren sie fähig war; eine aussichtslose Arbeit jenem Manne gegenüber, für den die Ehe nur die Bedeutung eines äußeren Anstandsverhältnisses hatte.

Der Brief war abgesandt; aber ein Tag nach dem andern verging, es kam keine Antwort. Ruhelos wanderte sie umher in den weiten Räumen; das trübe Dunkel des Wintertags lastete auf ihr wie eine Schwermut, die sie nicht abzuwerfen vermochte.

Doch es wurde wieder heller in dem alten Hause. Um Weihnachten war Schnee gefallen und leuchtete in die Fenster. Eine freundliche Wintersonne begann zu scheinen. Eines Nachmittags war mit den Zeitungen ein Schreiben angelangt, das den Poststempel der Residenzstadt trug. Ihre Hände zitterten, als sie das Siegel brach. Einen Augenblick noch, und ein Schrei stieg aus ihrer Brust, wie es dem Erstickenden geschehen mag, wenn ihn plötzlich wieder der frische Strom der Luft berührt.

Sie hatte den Tod ihres Mannes gelesen.

Noch an demselben Tage reiste sie ab. – Einige Wochen vergingen; dann war sie wieder da. Während draußen allmählich der Schnee zerschmolz, wurde ein lebhafter Briefwechsel mit dem alten Oheim geführt; und endlich war es ausgemacht, sobald im Garten die Buchenhecken grün seien, wollte er kommen und sein altes Quartier beziehen; denn früher sei die große lebendige Vogelsammlung nicht zu transportieren. Als sie den Brief bekommen hatte, ging sie hinauf in das obere Stockwerk, durch den Saal in das einst so trauliche Zimmer des guten Oheims. Die Wände waren kahl, aber draußen vor dem Fenster hing noch der große Holzkäfig des Käuzchens. Sie ging wieder zurück; sie schloß eine Tür nach der andern auf, sie ging unten durch die ganze Zimmerreihe, die sie während ihrer Anwesenheit noch nicht betreten; die verlassenen dumpfigen Räume schienen ihr nicht öde; überall in ihnen war ja Raum für den Beginn eines neuen Lebens.

Und endlich kam der Frühling. – Über der schwarzen Erde sprang an Gebüsch und Bäumen das frische Grün hervor; im Garten an den Grasrändern der Buchenhecken stand es blau von Veilchen, und morgens und abends hörte man drüben vom Tannenwald die Amseln schlagen.

An einem solchen Tage wandelte die junge Schloßherrin in der Seitenallee ihres Gartens. Mitunter blickte sie über den niedrigen Zaun auf den Weg hinaus, oder jenseit desselben in die weite morgenhelle Landschaft. Zwischen den Feldern stand hie und da ein Baum, wie brennend im Sonnenfeuer; es war alles so licht, so heiter klangen die Grüße der vorübergehenden Arbeiter, und in der Luft schwammen die »süßen ahnungsreichen« Düfte des Frühlings.

Da sah sie zwei Männer aus dem Tannicht den Weg heraufkommen, ein Bursche vom Dorf trug ihnen das Gepäck nach. Der eine, dessen Haar völlig weiß war, blieb stehen und blickte, die Augen mit der Hand beschattend, nach dem Garten hinüber. Auch sein jüngerer Begleiter zögerte; er hatte den Hut abgenommen und schüttelte mit einer leichten Bewegung den Kopf, während er an den Schläfen das schlichte Haar zurückstrich. Dann kamen sie näher; und schon waren sie von ihr erkannt. »Arnold, Onkel Christoph!« rief sie und streckte weit die Arme ihnen entgegen. »Beide! Alle beide seid ihr da!«

Der alte Herr schwenkte seine Mütze. »Geduld, Geduld!« rief er zurück. »Erst um die Ecke dort, und dann über den Hof ins

Haus! – Kommen Sie, Professor!« setzte er hinzu, indem er fürbaß schritt.

Aber Arnold war schon jenseit des niedrigen Zauns und hielt die Geliebte fest in seinen Armen.

»Ja so!« brummte der Alte, als er sich nach seinem Reisegefährten umsah. »Aber so geht's mit der Kameradschaft.« Dann schritt er, etwas langsamer als zuvor, den Weg hinauf, der nach dem Hoftor führte.

Arnold und Anna traten aus der Allee auf das Rondell hinaus, dem Laubschloß gegenüber, das hell von der Sonne beleuchtet vor ihnen lag. Er hatte ihre Hand gefaßt. So gingen sie den grünen Buchengang hinab, dem Hause zu. – Drinnen auf dem Korridor vor der Tür des Wohnzimmers trafen sie den Oheim wieder. Er schloß sein Lieblingskind in seine Arme; sie sah an seinen Lippen, daß er sprechen wollte; aber er schwieg und legte nur sanft die Hand auf ihren Kopf.

»So«, sagte er dann, als ob es ihn haste fortzukommen; »geht jetzt hinein; ich komme nach, ich muß einmal nach oben, mein altes Quartier zu revidieren.«

Sie hob ihr Haupt empor, das sie unter der Hand des alten Mannes gesenkt hatte, und blickte ihm nach, wie er eilig den Korridor hinabschritt und am Ende desselben in dem Treppenhause verschwand. Dann legte sie die Hand auf den Arm des Geliebten, der schweigend danebengestanden hatte. »Arnold«, sagte sie, »lebt denn die Großmutter auf dem Schulzenhofe noch?«

»Sie lebt; aber sie wartet nicht mehr den jungen Hinrich Arnold; es hat sich umgekehrt, sie sitzt in ihrem Lehnstuhl in der Stube, und der kleine Hinrich bedient jetzt seine Urgroßmutter.«

»So laß uns morgen zu ihr, damit auch von den Deinigen sich eine Hand auf unsere Häupter lege.«

Dann traten sie in das Wohnzimmer. Als er den offenstehenden Flügel sah, überkam es ihn plötzlich. Wie trunken griff er in die Tasten und sang ihr zu:

Als ich dich kaum gesehn,
Mußt es mein Herz gestehn,
Ich könnt dir nimmermehr
Vorübergehn!

Sie stand ihm lächelnd gegenüber und sah ihn groß mit ihren blauen Augen an, während sie wie träumend mit der Hand ihr glänzend schwarzes Haar zurückstrich. Er vermochte nicht weiterzusingen; er sprang auf und faßte sie mit beiden Händen und hielt sie weit vor sich hin; seine Augen ließen nicht von ihr, als könnten sie sich nicht ersättigen an ihrem Anblick. »Und nun?« fragte er endlich.

»Nun, Arnold, mit dir zurück in die Welt, in den hohen, hellen Tag!« -

Dann gingen sie Arm in Arm, zögernd, als müßten sie die Seligkeit jeder Sekunde zurückhalten, die breite Treppe in das obere Stockwerk hinauf. Als sie in den Rittersaal traten, kam ihnen der Oheim aus seinem Zimmer entgegen. Seine Gestalt war noch ungebeugt, und seine Augen blickten noch so innig wie vor Jahren. »Du brauchst einen Verwalter, Anna«, sagte er; »gegen freies Quartier werde ich diesen Posten übernehmen.«

Sie wollte Einwendungen machen. »Nein, nein, Anna, es wird nicht anders; ich bleibe hier und sehe nach dem Rechten. Aber ich habe eine Bedingung; in den Sommerferien kommen der Herr und die Frau Professorin auf das Schloß, um meine Jahresrechnung abzunehmen!«

Sie gelobten das.

Über ihnen auf dem alten Bilde stand wie immer der Prügeljunge mit seinem Sperling, seitab von den geputzten kleinen Grafen, und schaute stumm und schmerzlich herab auf die Kinder einer andern Zeit.

Auf der Universität

Lore

Ich hatte keine Schwester, welche mir den Verkehr mit Mädchen meines Alters hätte vermitteln können; aber ich ging in die Tanzschule. Sie wurde zweimal wöchentlich im Saale des städtischen Rathauses gehalten, welches zugleich die Wohnung des Bürgermeisters bildete. Mit dessen Sohn, meinem treusten Kameraden, waren wir acht Tänzer, sämtlich Sekundaner der Lateinischen Schule unserer Vaterstadt. Nur in betreff der Tänzerinnen hatte sich anfänglich eine scheinbar unüberwindliche Schwierigkeit herausgestellt; die achte standesmäßige Dame war nicht zu beschaffen gewesen.

Allein Fritz Bürgermeister wußte Rat. Eine frühere, bei allen Festschmäusen von der Frau Bürgermeisterin noch immer zugezogene Köchin seiner Eltern war an einen Flickschneider verheiratet, einen gelben hageren Menschen mit französischem Namen, der lieber im Wirtshaus das große Wort als auf seinem Schneidertisch die Nadel führte. Die Leute wohnten am Ende der Stadt, dort wo die Straße dem Schloßgarten gegenüberliegt. Das schmale Häuschen mit der großen Linde davor, welche das einzige neben der Tür befindliche Fenster fast ganz beschattete, war uns wohlbekannt; wir waren oft daran vorübergegangen, um einen Blick des hübschen Mädchens zu erhaschen, das hinter den Reseda- und Geranientöpfen an einer Näharbeit zu sitzen pflegte und in unsern Knabenphantasien eine nicht unbedeutende Rolle spielte. Es war das einzige Kind des französischen Schneiders, ein dreizehnjähriges zierliches Mädchen, das auch in der Kleidung, trotz der geringen Mittel, von der Mutter in großer Sauberkeit gehalten wurde. Die bräunliche Hautfarbe und die großen dunkeln Augen bekundeten die fremdländische Abkunft ihres Vaters; und ich entsinne mich noch, daß sie ihr schwarzes Haar sehr tief und schlicht an den Schläfen herabgestrichen trug, was dem ohnehin kleinen Kopfe ein besonders feines Aussehen gab. Fritz und ich waren bald miteinander einig, daß Lenore Beauregard die achte Dame werden müsse. Zwar hatten wir mit Hindernissen zu kämpfen; denn die übrigen kleinen Fräulein und »gnädigen« Fräulein wurden sehr seriös und einsilbig, als wir unsern Vorschlag mitzuteilen wagten; allein die Künste ihres Lieblingssohnes hatten die Bürgermeisterin auf unsere Seite gebracht, und vor dem heitern und resoluten Wesen dieser wackern Frau vermochten weder die gerümpften Näschen der kleinen Damen noch, was gefährlicher war, die bestimmten Einwendungen ihrer Mütter standzuhalten.

So waren wir denn eines Nachmittags unterwegs nach dem Häuschen des französischen Schneiders. – Sonst hatte ich oft wohl bedauert, daß meine Kameradschaft mit dem Sohne unseres Haustischlers eingegangen war, dessen Schwester fast täglich mit der kleinen Beauregard verkehrte; ich hatte auch wohl daran gedacht, die Bekanntschaft wieder anzuknüpfen und mich in der Werkstatt seines Vaters in der Schreinerei unterweisen zu lassen; denn Christoph war im übrigen ein ehrlicher Junge und keineswegs auf den Kopf gefallen; nur daß er auf die Schüler der Gelehrtenschule, »die Lateiner«, wie er mit einer unangenehmen Betonung zu sagen liebte, einen wunderlichen Haß geworfen hatte; auch pflegte er sich unter Beihilfe gleichgesinnter Freunde auf dem Exerzierplatze von Zeit zu Zeit mit den Lateinern nach Leibeskräften durchzuprügeln, ohne daß jedoch durch diese Schlachten ein Ende des Krieges erzielt wäre.

Nun bedurfte ich jener Vermittlung nicht; denn schon waren wir vor dem Hause und schritten über die gelben Blätter der Linde, die der Novemberwind herabgefegt hatte, auf die niedrige Haustür zu. Bei dem Klingeln der Schelle kam uns Frau Beauregard aus der Küche entgegen, und nachdem sie sich sorgsam ihre Hände an der weißen Schürze abgetrocknet, wurden wir in das kleine Wohnstübchen genötigt.

Es war schwer, in dieser blonden untersetzten Frau die Mutter der zarten dunkeln Mädchengestalt zu erkennen, die jetzt bei unserm Eintritt von der Näharbeit aufsprang und sich dann mit einem Ausdruck zwischen Neugier und Verlegenheit an die Schatulle lehnte. Während Fritz unser Anliegen vorbrachte, überflog ein helles Rot ihr Gesichtchen, und ich sah, wie ihre Augen leuchteten und größer wurden; als aber die Mutter schwieg und nachdenklich den Kopf schüttelte, stahl sie sich leise hinter ihrem Rücken fort und verschwand durch eine anscheinend in die Schlafkammer führende Tür. – Ich warf einen Blick nach dem Tische, vor dem sie bei unserm Eintritt gesessen hatte. Zwischen Bändern und anderm Mädchenkram standen ein Paar schmale Lastingschühchen, fertig bis auf die Einfassung, womit, wie es schien, das Mädchen sich soeben noch beschäftigt hatte. Die Dinger waren beunruhigend klein, und meine Knabenphantasie ließ nicht nach, sich die Füßchen vorzustellen, die mutmaßlich dahinein gehörten; mir war, als säh ich sie schon im Tanze um die meinen herumwechseln, ich hätte sie bitten mögen, nur einen Augenblick standzuhalten; aber sie waren da und waren wieder fort und neckten mich unaufhörlich.

Während dieser visionären Träumerei hatte die Frau Beauregard mit meinem Freunde, dem ich, wie billig, das Wort überlassen mußte, Gründe und Gegengründe auszutauschen begonnen, bis sich die Sache, nachdem auch der Name der Bürgermeisterin in die Waagschale gelegt war, mehr und mehr zu unsern Gunsten neigte.

»Und da stehen ja schon die Tanzschuhe!« sagte Fritz. »Ist Herr Beauregard denn auch ein Schuhmacher?«

Die Frau schüttelte den Kopf. »Sie wissen ja wohl, Fritz, daß er, leider Gottes, ein Tausendkünstler ist! Er mußte Ihnen doch auch Ihre Taschenuhr im Frühjahr reparieren! – Die Schühchen hat er dem Kinde auf Weihnachten schon im voraus gemacht.«

»Nun, Margret, und meine Mutter hat einen ganzen Koffer voll schöner alter Kleider; da könnt Ihr neue daraus schneidern für die Lore; es reicht jedes wenigstens ein viertel dutzendmal für sie.«

Die Alte lächelte; aber sie wurde wieder ernst. »Ich weiß nicht«, sagte sie, »es sollte nicht sein; aber wenn die Frau Bürgermeisterin es meint!«

Das Mädchen war indessen wieder eingetreten und hatte sich neben die Mutter gestellt. Es entging mir nicht, daß sie ein weißes Krägelchen umgetan hatte; auch meinte ich, die Ohrringe mit den roten Korallenknöpfchen vorhin nicht an ihr gesehen zu haben.

»Was meinst du, Lore«, sagte Fritz, während die Mutter noch immer nachdenklich und unschlüssig dreinsah, »hast du Lust, mit uns zu tanzen?«

Sie antwortete nicht; aber sie faßte die Mutter mit beiden Händen um den Hals und flüsterte ihr zu, während ihr Antlitz mit immer tieferm Rot überzogen wurde.

»Fritz«, sagte die Alte, indem sie sich sanft des ungestümen Mädchens erwehrte, »ich wollte, Sie hätten mir die Geschichte erst allein erzählt; es wäre dann nichts daraus geworden. So habt ihr mir nun einmal das Mädel auf den Hals gehetzt; ich weiß es schon, sie läßt mir keine Ruh!«

Wir hatten also gesiegt. »Mittwoch abend um sieben Uhr!« rief Fritz noch im Fortgehen; dann traten wir, von Mutter und Tochter zur Tür begleitet, aus dem Hause. – Als wir uns nach einer Weile umblickten, stand nur noch unsere junge Freundin da; sie nickte uns ein paarmal zu und lief dann rasch ins Haus zurück.

In der Tanzstunde

Am Tage darauf war, wie mir Fritz vertraute, die Frau Beauregard bei seiner Mutter gewesen, hatte mit ihr eine geraume Zeit in der Kleiderkammer gekramt und dann mit einem wohlgefüllten Päckchen das Haus verlassen.

Am Mittwochabend war die Tanzstunde. Ich hatte mir die lackierten Schuhe mit Stahlschnallen und die neue Jacke erst im letzten Augenblick von Schuster und Schneider herausgepocht und fand schon alles versammelt, als ich in den Saal trat. Meine Kameraden standen am Fenster um den alten Tanzmeister, der mit den Fingern auf seiner Geige klimperte und dabei die Wünsche seiner jungen Scholaren entgegennahm. Unsere Tänzerinnen gingen in Gruppen, die Arme ineinander verschränkt, im Saale auf und ab.

Lenore war nicht unter ihnen; sie stand allein unweit der Tür und blickte finster zu den lebhaft plaudernden Mädchen hinüber, die sich so frei und unbehindert in dem fremden vornehmen Hause zu fühlen schienen und sich so gar nicht um sie kümmerten.

Nichts ist selbstsüchtiger und erbarmungsloser als die Jugend. Aber gleich nach mir war die Bürgermeisterin eingetreten. Nachdem sie die junge Gesellschaft begrüßt und, wie Fritz sich ausdrückte, einen ihrer Generalsblicke im Saal umhergeworfen hatte, schritt sie auf Lore zu und nahm sie bei der Hand. »Damit die Pärchen zueinander passen!« sagte sie zu dem Tanzmeister. »Rangieren Sie einmal die Kavaliere!« – Dann, während dieser ihrem Auftrag Folge leistete, wandte sie sich zu den Mädchen und begann mit ihnen dieselbe Prozedur. Die blonde Postmeistertochter war die Längste, fast um einen Kopf höher als alle übrigen. Sie wurde uns gegenüber an der Wand aufgestellt; dann aber war die Sache zweifelhaft. »Ich weiß nicht, Charlott«, sagte die Bürgermeisterin, »du oder Lore! Ihr scheint mir ziemlich egal zu sein!«

Die Angeredete, die Tochter des Kammerherrn und Amtmanns, retirierte einen Schritt. »Mamsell Lore wird wohl die größere sein«, sagte sie leichthin.

»Ei was, kleine Gnädige«, rief die Mutter meines Freundes, »komm nur heraus aus deiner Ecke und miß dich einmal mit der Mamsell Lore!«

Und die kleine Dame mußte hervor und sich dos-àdos mit der Schneidertochter messen; aber – ich hatte ein scharfes Auge darauf – sie wußte es dennoch so zu machen, daß sie den dunkeln Kopf der Handwerkertochter mit dem ihrigen kaum berührte.

Das junge Fräulein war in lichte Farben gekleidet; Lenore trug ein schwarz und rot gestreiftes Wollenkleid, um den Hals einen weißen Florschal. Die Kleidung war fast zu dunkel; sie sah fremdartig aus; aber es stand ihr gut.

Die Bürgermeisterin musterte die beiden Mädchen. »Charlott'«, sagte sie, »du bist sonst immer die Meisterin gewesen; nimm dich in acht, daß die dir nicht den Rang abläuft; sie sieht mir grade danach aus.«

Mir war, als säh ich bei diesen Worten die schwarzen Augen des Mädchens blitzen.

Nach einer Weile wurden die Paare formiert. Ich war der zweite in der Reihe der Knaben, und Lore wurde meine Dame. Sie lächelte, als sie ihre Hand in meine legte. »Wir wollen sie um und um tanzen!« sagte ich. – Und wir hielten Wort. Es sollte zunächst eine Mazurka eingeübt werden, und schon zu Ende dieser ersten Lehrstunde, da eine Tour nicht gehen wollte, klopfte unser alter Maestro mit dem Bogen auf den Geigendeckel: »Kleine Beauregard! Herr Philipp! Machen Sie einmal vor!«, und während er die Melodie zugleich geigte und sang, tanzten wir. – Es war keine Kunst, mit ihr zu tanzen, ich glaube, es hätte niemandem mißglücken können; aber der alte Herr rief ein begeistertes »Bravo!« nach dem andern, und die wackere Frau Bürgermeisterin lehnte sich, vor Behagen lächelnd, weit zurück in ihren Sofa, wo sie seit Beginn des Unterrichts als aufmerksame Zuschauerin Platz genommen hatte.

Fräulein Charlotte war meinem Freunde Fritz als Partnerin zugefallen, und ihr lebhaftes Wesen schien, wie ich gern bemerkte, ihn bald seine anfängliche Begeisterung für die Schneidertochter vergessen zu machen. Da ich die letztere aber jetzt gewissermaßen als mein Eigentum betrachtete, so war ich eifersüchtig auf die Schönheit und Eleganz meiner Dame, und ein verweilender Blick ihrer tadellos gekleideten Nebenbuhlerin, dem meine Augen gefolgt waren, hatte mich belehrt, daß die Beschützerin des schönen Mädchens dennoch eines nicht genügend bedacht hatte. Die Handschuhe waren zu groß für diese schmalen Hände; sie waren offenbar auch schon gewaschen.

Am andern Morgen, sobald ich aus der Klasse kam, ließ es mir keine Ruhe mehr. Ich machte mich über den Schrank, worin meine blecherne Sparbüchse aufbewahrt wurde, und grub und schüttelte so lange, bis ich aus dem Spalt einen harten Taler neben der roten Tuchzunge hervorgearbeitet hatte. Dann rannte ich in einen Kaufladen. – »Ich wollte kleine weiße Handschuhe!« sagte ich nicht ohne Beklommenheit.

Der Ladendiener warf einen sachverständigen Blick auf meine Hand. »Nummer sechs!« meinte er, während er die Handschuhschachtel auf den Tisch stellte. »Geben Sie mir Nummer fünf!« bemerkte ich kleinlaut.

»Nummer fünf? – Wird wohl nicht passen!«, und er machte Anstalt, die Handschuhe über meine Hand zu spannen.

Es stieg mir siedend heiß ins Gesicht. »Sie sollen nicht für mich!« sagte ich und bedauerte mehr als jemals den Mangel einer Schwester, auf die ich den Handel hätte bringen können. Aber ich war entzückt von den kleinen Handschuhen mit den weißen seidenen Bändchen, die nun vor mir ausgebreitet lagen. Ich kaufte zwei Paar, und bald nachdem ich den Laden verlassen, hatte ich einen Jungen von der Straße aufgefischt. »Bring das an die Lore Beauregard«, sagte ich, »einen Gruß von der Frau Bürgermeisterin, hier wären die Handschuhe für die Tanzstunde! Und dann bring mir Bescheid; ich warte hier an der Ecke auf dich.«

Nach zehn Minuten war der Junge wieder da.

»Nun?«

»Ich hab sie der Alten gegeben.«

»Was sagte die Alte?«

»Es wäre zuviel; die Frau Bürgermeisterin hätte diesen Morgen ja schon ein Paar geschickt.«

»Gut!« dachte ich; »so merkt sie nichts.«

In der nächsten Tanzstunde trug Lore die neuen Handschuhe; ich weiß nicht, ob die meinen oder die von der Bürgermeisterin; aber sie lagen wie angegossen um das schlanke Handgelenk; und nun sah keine vornehmer aus als Lore in ihrem dunkeln Kleide.

Die Lehrstunden gingen nun ihren ebenen Lauf. Nachdem die Mazurka eingeübt war, kam ein Contretanz an die Reihe, in welchem Fritz und Lore zusammen tanzten. – Ein Verhältnis dieser zu den andern Mädchen wollte sich indessen nicht herausstellen; nur mit der langen Jenni, welche die älteste und, wie ich glaube, die klügste von ihnen war, sah ich sie ein paarmal im Gespräch zusammensitzen; auch auf dem Heimwege, der beiden bis auf eine kleine Strecke gemeinschaftlich war, legte Jenni wohl einmal ihren Arm auf den der Schneidertochter. Sonst stand diese zwischen dem Tanzen meist allein, wenn nicht der alte Lehrer mit seiner Geige einmal zu ihr trat und ihr einen oder andern Ballettsprung aus den Zeiten seiner Jugend vormachte, um seinen Liebling in die äußersten Feinheiten der Kunst einzuweihen. Oft habe ich verstohlen zu ihr hinübergeblickt, wie sie scheinbar teilnahmlos dem alten Mann zuhörte, nur mitunter die schwarzen Augen zu ihm aufschlagend oder still und wie nur andeutungsweise eine seiner künstlichen Figuren nachmachend. Aber wenn wir angetreten waren und der Maestro seine Geige zu streichen begann, wurde es anders. Zwar schien sie an nichts weniger zu denken als an die Tritte und Wendungen des Tanzes, es war fast, als blickten ihre Augen in entlegene Fernen; aber während ihre Gedanken weit entrückt schienen, lächelte ihr Mund, und ihre kleinen Füße streiften lautlos und spielend über den Boden. – »Lenore, wo bist du?« fragte ich dann wohl, während ich ihr in der Tour die Hand reichte. – »Ich?« rief sie und strich, wie aus Träumen auffahrend, ihr schwarzes Haar zurück, während die Wendung des Tanzes sie mir schon wieder entführt hatte. – Noch jetzt, wenn ich die spanische Tanzweise in Silchers ausländischen Volksmelodien höre, kann ich immer nur an sie denken.

Einigermaßen hinderlich – ich will es nicht leugen – war es mir, daß seit den Tanzstunden der französische Schneider mich mit einer auffälligen Gunst beehrte. Wo er mir nur begegnete, auf Straßen oder Spazierwegen, suchte er mich zu stellen und ein möglichst lautes und langes Gespräch mit mir anzuknüpfen. Schon das erste Mal erzählte er mir, daß sein Großvater unter Louis seize Ofenheizer in den Tuilerien gewesen war.

»Ja, Monsieur Philipp«, sagte er mit einem Seufzer und präsentierte mir seine porzellanene Schnupftabaksdose, »so kann eine Familie herunterkommen! — Aber meine Lore – Sie verstehen mich, Monsieur Philipp!« – Er zog ein buntgewürfeltes Schnupftuch aus der Tasche und trocknete sich die kleinen schwarzen Augen. »Was wollen Sie! Ich bin ein armer Kerl, aber das Kind — sie ist mein Bijou, der Abgott meines Herzens!« Und dabei blinzelte er und warf mir einen so väterlichen Blick zu, als gedenke er auch mich in die heruntergekommene Familie aufzunehmen.

Mittlerweile kam die letzte Tanzstunde heran, die zu einem

kleinen Ball erweitert werden sollte. Die Eltern waren eingeladen, um uns tanzen zu sehen; von den meinigen hatte indessen nur meine Mutter zugesagt, mein Vater wurde durch seinen Beruf als Arzt und Bezirksphysikus von jeder Geselligkeit ferngehalten. Da meine Ungeduld, sobald der Abend anbrach, mir keine Ruhe ließ, so trat ich schon vor der angesetzten Stunde in den Saal, in welchem heute auf den Wandleuchtern und in den Glaskronen alle Kerzen brannten. Als ich mich umblickte, bemerkte ich Lore ganz allein mit dem Rücken gegen mich an einem Fenster stehend. Bei dem Geräusch der zufallenden Tür schrak sie sichtlich zusammen, während sie mit Hast bemüht schien, einen goldenen Schmuck von ihrer Hand zu streifen. Als ich zu ihr getreten, sah ich, daß es ein Armband war, dessen Schloß sie vergeblich zu öffnen sich bemühte.

»So laß doch sitzen, Lore!« sagte ich.

»Es gehört nicht mein!« antwortete sie verlegen, »Jenni hat es hier vergessen.«

Die feine Blumenrosette von mattem venezianischem Golde lag so schimmernd auf dem braunen schlanken Handgelenk.

»Es sollte bleiben, wo es ist«, sagte ich leise.

Lore schüttelte traurig den Kopf, und ihre Finger begannen aufs neue, an dem Schloß zu nesteln.

»Komm«, sagte ich, »es geht ja nicht; ich will dir helfen!« – Ich fühlte die leichte Last ihrer schmalen Hand in der meinen; ich zögerte, meine Augen waren wie verzaubert.

»Oh, bitte, geschwind!« bat sie. Mit niedergeschlagenen Augen, wie mit Blut übergossen stand das Mädchen vor mir.

Endlich sprang das Schloß auf, und Lore legte den goldenen Schmuck schweigend zwischen die Blumentöpfe auf die Fensterbank.

Gleich darauf füllte sich der Saal. Auch Frau Beauregard hatte es sich nicht nehmen lassen, wenigstens als Aufwärterin an dem Ehrenfeste ihres Kindes teilzunehmen. In einer frischgestärkten Haube, bald mit Kuchenkörben, bald mit einem großen Präsentierteller beladen, ging sie zwischen den Gästen ab und zu. – Endlich begannen die Musikanten aufzustreichen, deren heute vier an einem Tische saßen. Der alte Tanzmeister klopfte auf den Geigendeckel, und Lore reichte mir die Hand zur Mazurka. – Und, oh, wie tanzten wir! Wie sicher lag sie in meinem Arm, mit welcher Verachtung stampften die kleinen Füße den Boden! Auch mich riß es hin, als wenn ich von den Rhythmen der Musik getragen würde. Es war wie eine schmerzliche Leidenschaft; denn wir tanzten heute, vielleicht auf immer, zum letzten Mal zusammen.

Erst jetzt hatte ich bemerkt, daß Lore ein Kleid von leichtem hellgeblümtem Wollenstoff trug. Es war wie das vorige augenscheinlich aus der Garderobe ihrer Gönnerin hervorgegangen; denn auf der breiten Brust und bei den etwas kupferigen Wangen der Frau Bürgermeisterin hatten diese farbigen Rosenbuketts im letzten Winter eine Art von komischer Berühmtheit erlangt; nun aber kam das zarte Muster zu seiner Geltung; dem frischen braunen Mädchenantlitz stand es wunderhübsch.

Die Mazurka war getanzt; Lore ließ wieder ihr dunkles Köpfchen und die schlanken Arme sinken, und ich führte sie an ihren Platz. – Fritz und Charlotte, die ebenfalls abgetreten waren, saßen dicht daneben. In demselben Augenblick kam auch Frau Beauregard mit Tee und Kuchen; sie sprach nicht zu ihrer Tochter, sie warf nur einen lächelnden stolzen Blick auf sie, als sie nach der vornehmen Dame auch ihr präsentieren durfte. Die kleine Gnädige hatte schon eine Weile beide mit der ihr eigentümlichen Lässigkeit gemustert. »Ihre Tochter ist ja heute sehr schön, Frau Beauregard!« sagte sie, während sie den Zucker in die Tasse fallen ließ.

Die geschmeichelte Frau neigte sich verbindlich. »Gnädiges Fräulein, Frau Bürgermeisterin haben auch ausgeholfen.«

»Ach! – Darum auch! – Die Rosenbuketts!« – Und sie ließ einen langen Blick über Lenore hingleiten. Diese wollte ihn erwidern, aber ihre Augen verdunkelten sich; ich sah, wie ein paar Tränen ihr über die Wangen herabfielen.

Charlotte schien dies nicht zu bemerken; ihre Aufmerksamkeit hatte sich nach der offenstehenden Tür gerichtet, wo ich zu meinem Schrecken unter den Köpfen der zuschauenden Dienstboten das gelbe Gesicht des französischen Schneiders auftauchen sah. Er schien ganz à son aise, drehte die Porzellandose in der Hand und blickte mit seinen schwarzen Augen freudestrahlend in den Saal hinein.

»Ist das Ihr Vater, Mamsell Lore?« fragte Charlotte, indem sie mit dem Finger nach der Tür wies.

Lenore blickte hin und fuhr zusammen. »Mutter!« rief sie und faßte wie unwillkürlich den Arm der noch vor uns beschäftigten Frau.

Frau Beauregard, als nun auch sie ihren lebhaft gestikulierenden Eheherrn bemerkte, schien von dessen Anwesenheit keineswegs erbaut; aber sie nahm sich zusammen. »Er kommt aus der Herberge«, sagte sie, »er will dich einmal tanzen sehen.«

Während Lore, der ich unwillkürlich folgte, sich der Tür genähert hatte, war schon der Bürgermeister zu ihrem Vater getreten und lud ihn ein, sich ein Glas Punsch im Saal gefallen zu lassen. Aber der Schneider war nicht zu bewegen. »Submissester Serviteur, Herr Bürgermeister!« sagte er, indem er mit einem Katzenbuckel noch einen Schritt weiter retirierte. »Wenn ich mein Großvater vom Hofe Ludwigs des Sechzehnten wäre! – So aber kenne ich meine Stellung.«

Als der Bürgermeister weggegangen, brachte Fritz ihm ein Glas an die Tür. »Wohl bekomm's, Meister!« sagte er gutmütig. »Jetzt werd ich mit der Lore tanzen! Die versteht's.«

Aber in demselben Augenblick war auch der Schwarm der andern Knaben mit vollen Gläsern in der Hand herangekommen. Sie stießen mit ihm an, machten ihm seinen Katzenbuckel nach, den er ihnen jedesmal beim Anklingen zum besten gab, und ergingen sich in allerlei possenhaften Komplimenten.

Lore stand, ohne sich zu rühren, und ließ kein Auge von ihrem Vater; aber ich hörte, wie ihre kleinen Zähne aufeinanderknirschten.

Als die Musikanten wieder zu stimmen begannen, liefen die übrigen Knaben in den Saal zurück. Ich stand noch mit Lore an der Tür.

»Ah, Monsieur Philipp«, rief der Schneider, während er mir die Hand reichte, »lauter liebe, scharmante junge Herren! Aber im Vertrauen – Sie und die Lore, Sie und die Lore, Monsieur Philipp!« Die kleinen schwarzen Augen richteten sich dabei mit bewundernder Zärtlichkeit auf das Antlitz seines Kindes; wie aus unwiderstehlichem Antrieb streckte er seinen langen Arm in den Saal hinein und zog sie an seine Brust. »Mein Kind, mon bijou!« flüsterte er. Und das Mädchen küßte ihn und warf ihre Arme mit leidenschaftlicher, schmerzlicher Zärtlichkeit um seinen Hals, während ihr feines Köpfchen an seiner Schulter ruhte. Dann aber machte sie sich los und faßte seine Hände und sprach leise und eindringlich zu ihm. Ich verstand ihre Worte nicht; aber ich sah ihre Augen bittend auf die seinen gerichtet und ihre kleine Hand, die mitunter, als wolle sie ihm ein Leid vergüten, zitternd über seine hagern Wangen hinstrich. Zuerst schüttelte er lächelnd und wie ungläubig den Kopf; allmählich aber verschwand aus seinen Augen die freudestrahlende Sicherheit, womit er bisher seinen Platz behauptet hatte. »Ich weiß, ich weiß«, murmelte er, »du liebst deinen armen alten Vater!« Und als nun die Musik zum Contretanz begann, drückte er seiner Tochter die Hand und ging stumm, ohne auch nur einen Blick noch in den Saal hineinzuwerfen, den langen Hausflur hinab.

In diesem Augenblick kam Fritz und holte seine Dame. – Sie tanzte mit der gewohnten Sicherheit; nur war es nicht die sonstige sorglose Träumerei als vielmehr eine graziöse Feierlichkeit, womit sie die Touren dieses Tanzes ausführte. Mitunter in den Pausen blickte sie wie versteinert vor sich hin, während sie mit beiden Händen ihr glänzend schwarzes Haar an den Schläfen zurückstrich. Die Scherze ihres Tänzers schienen ungehört ihrem Ohr vorbeizugehn.

Mit dem Contretanz waren unsere einstudierten Tänze zu Ende; aber nicht unsere Tanzlust. Wir hatten noch Walzer, Schottisch und Galoppaden auf unserm Zettel; sogar einen Kotillon, wozu ich in Gedanken an Lore einen ausgesuchten Beitrag an Schleifen und frischen Blumensträußen geliefert hatte.

Aber Lore war nicht mehr im Saal. Die andern Mädchen standen bei ihren Müttern und ließen sich von ihnen die verschobenen Schärpen und Haarbänder zurechtzupfen. Frau Beauregard kam eben mit neuen Erfrischungen zur Tür herein; sie hatte ihre Tochter nicht gesehen. Nun suchte ich Fritz. Er stand in der Ecke am Musikantentisch und füllte die leeren Gläser wieder. »Wo ist Lore?« fragte ich.

»Ich weiß nicht«, erwiderte er verdrießlich; »sie war verdammt einsilbig, mir hat sie's nicht verraten.«

Ich zog ihn mit auf den Flur hinaus. Als wir an die Kammer kamen, worin die Gesellschaft ihre Mäntel abgelegt hatte, trat sie uns entgegen; sie hatte ihr Mäntelchen umgetan und ihr schwarzes Seidenkäppchen auf dem Kopf. »Lore!« rief ich und suchte ihre Hand zu fassen; aber sie entzog sie mir und ging an uns vorbei.

»Laß!« sagte sie kurz. »Ich will nach Haus!«

Einen Augenblick später hatte sie die schwere, nach der Straße führende Tür aufgerissen und sprang draußen an dem Eisengeländer die Steintreppe hinab, und als auch Fritz neben mir draußen auf den Fliesen stand, war sie schon weit drunten in der Straße, daß wir in der Dunkelheit ihre leichte flüchtige Gestalt nur kaum noch zu erkennen vermochten.

»Laß sie!« sagte Fritz. »Oder hast du Lust auf die Wilde-Gans-Jagd?«

Ich hatte zwar die Lust; ich wußte aber nicht recht, wie ich es mit Fug beginnen sollte. – So kehrten wir denn in den Saal zurück. Frau Beauregard ging nach ihrer Wohnung; aber sie kehrte unverrichtetersache wieder. Der Lore sei unwohl geworden, sagte sie; sie liege schon im Bett, der Vater sitze bei ihr.

Mir war nun der Rest des Abends verdorben; und als der Kotillon beginnen sollte, den ich mit Lore zu tanzen gedachte, schlich ich mich still und trübselig nach Hause.

Auf dem Mühlenteich

Neujahr war vorüber. Schon längst hatte ich mit der glatten Stahlsohle meiner holländischen Schlittschuhe geliebäugelt, nicht ohne eine kleine Verachtung gegen meine Kameraden, welche sich noch der hergebrachten scharfkantigen Eisen zu bedienen pflegten. Aber erst jetzt war ein dauernder Frost eingetreten.

Es war an einem Sonntagnachmittage; über dem Mühlenteich, einem mittelgroßen Landsee unweit der Stadt, lag ein glänzender Eisspiegel. Die halbe Einwohnerschaft versammelte sich draußen in der frischen Winterluft; von alt und jung, auf zweien und auf einem Schlittschuh, sogar auf einem untergebundenen Kalbsknöchlein, wurde die edle Kunst des Eislaufs geübt. – In der Nähe des Ufers waren Zelte aufgeschlagen, daneben auf dem Lande über flackerndem Feuer dampften die Kessel, mit deren Hülfe allerlei wärmendes Getränk verabreicht wurde. Hie und da sah man einen Schiebschlitten, in dem eine eingehüllte Mädchengestalt saß, aus dem Gewühl auf die freie Fläche hinausschießen; aber alle hielten sich am Rande des Sees; die Mitte mochte noch nicht geheuer scheinen.

Ich schnallte meine Stahlschuhe unter und machte einen einsamen Lauf an dem Ufer entlang. – Als ich zurückkehrte, fand ich fast die ganze Gesellschaft unserer Tanzstunde bei den Zelten versammelt; prüfend mit vorgestreckten Händen schritten die kleinen Damen in ihren neuen Weihnachtsmänteln über die dort bereits ziemlich zerfahrene Eisdecke. Fritz, der schon abends zuvor seinen gelben Schlitten mit dem geschnitzten Hirschkopfe in der Mühle eingestellt hatte, war eben von einer Fahrt mit Fräulein Charlotte zurückgekehrt; und schon hatte eine andere unserer Tänzerinnen den Platz unter der prächtigen Tigerdecke eingenommen. Der Kavalier zögerte indessen noch und schien sich nach einem Gehülfen für den anstrengenden Damendienst umzusehen; aber ich schwenkte zeitig ab; denn weiterhin unter einer Gesellschaft von Frauen und Mädchen aus dem Handwerkerstande hatte ich Lenore Beauregard bemerkt, mit der ich seit jenem letzten Tanzabende nicht wieder zusammengetroffen war. Die jungen Dirnen ließen sich, eine nach der andern, von einem Lehrburschen unseres Haustischlers in einem leichten Schiebschlitten fahren, den ich sofort als den meines früheren Spielgenossen Christoph erkannte. Auch seine Schwester bemerkte ich; er selbst war nicht dabei. Der Glanz des Eisspiegels mochte ihn weiter auf den See hinausgelockt haben; denn er war einer der besten Schlittschuhläufer unter den Knaben der Stadt.

Ich schwärmte eine Zeitlang umher, unschlüssig, wie ich am manierlichsten Lenore meine Dienste anbieten möchte; aber jedesmal, wenn ich mich näherte, wich sie sichtlich aus und verbarg sich zwischen den andern. Eben kam der Bursche wieder von einer Fahrt zurück. »Lore ist an der Reihe!« hieß es; aber Lore wollte nicht. »Barthel muß erst einmal trinken«, sagte sie und drückte dem Jungen etwas in die Hand.

Ich hörte dies kaum, so hatte ich auch schon meinen Plan gefaßt. Als ginge mich alles nichts mehr an, lief ich so rasch wie möglich nach den Zelten zu. Dicht davor wurde ich von Fritzens Mutter angerufen. »Philipp«, sagte sie neckend und mit dem Daumen nach der Seite weisend, von wo ich hergekommen, »wenn du die Lenore wieder fangen willst – da ist sie!«

»Freilich will ich sie fangen!« rief ich und segelte vorbei.

»Ja, ja; aber sie will nichts mehr wissen von euch jungen Herren!«

Ich hörte nur noch aus der Ferne. Schon stand ich vor dem großen Weinzelte; und als auch Barthel sich bald darauf einfand, hatte ich mit dem Opfer meiner ganzen Barschaft ein Glas Punsch und ein mit Wurst belegtes Butterbrot für ihn in Bereitschaft. »Laß dir's schmecken«, sagte ich, indem ich beides vor ihn hinschob, »die Mädchen machen dir das Leben gar zu sauer.«

Der Junge aß und trank mit solchem Appetit, daß ich meinen Bestechungsversuch fortzusetzen wagte. »Wie wär es, Barthel, wenn ich dich einmal ablöste?«

Er wischte sich mit der Hand den Schweiß von der Stirn und kaute ruhig weiter; nur mitunter, während ich ihm meine Verhaltungsregeln auseinandersetzte, nickte er zum Zeichen; daß er mich verstanden habe. Als seine Mahlzeit beendigt war, kehrte er zu seiner Gesellschaft zurück, und bald darauf sah ich Lore, ihr schwarzseidenes Pelzkäppchen auf dem Kopf, die Hände in ihren kleinen Muff gesteckt, im Schlitten sitzen, und Barthel steuerte langsam und schwerfällig am Rande des Sees dahin. – Als sie aus dem Menschengewühl heraus waren, fuhr ich unhörbar auf meinen ebenen Schlittschuhen hinterher. Noch ein paar Augenblicke; dann legte meine Hand sich auf den Schlitten, und der Bursche blieb zurück. Ich hätte aufjauchzen mögen; aber ich biß die Zähne zusammen; und fort wie auf Flügeln schoß das leichte Gefährt über die glänzende Eisfläche.

»Barthel, du fliegst ja!« sagte Lore.

Ich hielt ein wenig inne; ich fürchtete, mich verraten zu haben, und suchte, so gut es gehen wollte, das Scharren von Barthels rostigen Schlittschuhen nachzuahmen. Aber meine Besorgnis war unnötig. Lore steckte ihre Hände tiefer in den Muff und lehnte sich behaglich zurück, so daß das Pelzkäppchen fast auf meinem Arm ruhte. »Nur immer zu, Barthel!« sagte sie. Und Barthel ließ sich das nicht zweimal sagen.

Schon hatten wir den Bereich der gewöhnlichen Schlittschuhläufer hinter uns gelassen; kein Lüftchen regte sich, das weißbereifte Schilf, das sich weithin dem Ufer entlangzieht, glitzerte blendend in den schräg fallenden Sonnenstrahlen. Immer weiter ging es; wenn ich niederblickte, konnte ich die schlangenartigen Triebe des Aalkrauts unter der durchsichtigen Glasdecke erkennen.

Aber die Mitte des Sees lockte mich; unmerklich wandte ich den Schlitten, und immer größer wurde der Raum, der uns vom Ufer trennte. Schon konnte ich beim Zurückblicken nur noch kaum das Blinken des Schilfes unterscheiden; geheimnisvoll dehnte sich die dunkle Spiegelfläche bis zum andern, weit entfernten Ufer, kaum erkennbar, ob eine feste tragende Eisdecke oder nur ein regungsloses trügliches Gewässer. Endlich war die Mitte erreicht. Jede Spur eines menschlichen Fußes hatte aufgehört; wie verloren schwebte der Schlitten über der schwarzen Tiefe. Keine Pflanze streckte ihr Blatt hinauf an die dünne kristallene Decke; denn der See soll hier ins Bodenlose gehen. Nur mitunter war es mir, als huschte es dunkel unter uns dahin. – – War das vielleicht der Sargfisch, der in den untersten Gründen dieses Wassers hausen soll, der nur heraufsteigt, wenn der See sein Opfer haben will? – »Wenn es wäre«, dachte ich, »wenn es bräche!« Und meine Augen suchten die dunkeln Hüllen zu durchdringen; in denen ich die liebliche Gestalt verborgen wußte. – Wieder hatte ich den Schlitten gewandt und fuhr jetzt gradeaus, mich immer in der Mitte haltend. Vor uns, dort, wo der See seine Ufer zu einem schmalen Strom zusammendrängt, war in der Ferne schon die Brücke zu erkennen; wie ein Schatten stand sie in der grauen Luft.

»Mach zurück, Barthel! Es wird kalt!« sagte Lore.

Ich achtete nicht darauf. »Mag sie sich umblicken!« dachte ich und schob nur um so rascher vorwärts. Ich wartete jetzt fast mit Ungeduld darauf. Aber sie schien ihre Mahnung schon vergessen zu haben; denn sie senkte schweigend den Kopf und wickelte sich fester in ihren Mantel. – Und weiter flog der Schlitten. Mitunter war mir, als spürte ich unter uns eine leise Wellenbewegung, als hebe und senke sich die dünne Kristalldecke unter der über sie hinfliegenden Last; aber ich hatte keine Furcht, ich wußte, was man dem jungfräulichen Eise bieten darf.

Der kurze Winternachmittag war indessen fast zu Ende gegangen; schon lag der Sonnenball glühend am Rande des Horizonts. Es wurde kalt, das Eis tönte. Und jetzt, in stetem Wachsen, lief ein donnerndes Krachen von einem Ufer zum andern über den ungeheuern, immer dunkler werdenden Eisspiegel.

Lore warf sich zurück und stieß einen lauten Schrei aus.

»Erschrick nicht!« sagte ich leise, »es hat nicht Not, es kommt nur von der Abendluft.«

Sie wandte sich um und starrte mich wie verwirrt an. »Du!« rief sie, »was willst du hier?«

»So mach doch nicht so böse Augen!« sagte ich und suchte ihre Hand zu fassen.

Sie entriß sie mir. »Wo ist Barthel?«

»Er ist zurückgeblieben; ich habe dich über den See gefahren.«

Sie richtete sich auf. »Laß mich hinaus!« rief sie, indem ihr die Tränen aus den Augen sprangen.

Ich hörte nicht auf sie; ich wandte nur den Schlitten nach der Stadt zurück. »Lore«, sagte ich, »was habe ich dir getan?«

Aber sie stieß mich mit der kleinen geballten Faust vor die Brust. »Geh doch zu deinen feinen Damen! Ich will nichts mit euch zu tun haben; mit dir nicht, mit keinem von euch!«

Es war wie Wut, was mich überfiel. Ich faßte sie mit beiden Armen und drückte sie hart auf den Sitz nieder.

»Du bist ruhig, Lore«, sagte ich, und die Stimme bebte mir, »oder ich wende noch einmal den Schlitten, und ich fahre dich in die Nacht hinaus, unter der Brücke durch, so weit der Strom ins Land hinaus reicht; mir gleich, ob es hält oder bricht!«

Sie hatte währenddessen, fast als beachte sie meine Worte nicht, seitwärts über den See geblickt; aber sie blieb sitzen und ließ sich ruhig von mir fahren. Nur fiel es mir auf, daß sie bald darauf wiederholt und wie verstohlen nach derselben Seite blickte. Als auch ich den Kopf dahin wandte, sah ich einen Schlittschuhläufer in nicht gar weiter Ferne auf uns zustreben.

Er mußte bemerkt haben, was soeben vorgefallen; denn er strengte sich augenscheinlich an, uns zu erreichen.

Und schon hatte ich ihn erkannt; es war Christoph, mein alter Spielkamerad, der große Feind der Lateiner. Ich wußte auch wohl, was jetzt bevorstand; es galt nur noch, wer von uns der schnellste sei.

»Nur zu!« sagte Lore, indem sie ihr Pelzkäppchen zurückschob, daß ihr schwarzes Haar sichtbar wurde. »Er kriegt dich doch!«

Ich konnte nicht antworten; schneller als je zuvor trieb ich den Schlitten vorwärts; aber ich keuchte, und meine Kräfte, von der langen Fahrt geschwächt, begannen nachzulassen. Immer näher hörte ich den Verfolger hinter mir; rastlos und schweigend war er uns auf den Fersen; dann plötzlich hörte ich dicht an meiner Seite seine Schlittschuhe scharf im Eise hemmen, und eine schwere Hand fiel neben der meinen auf die Lehne des Schlittens. »Halbpart, Philipp!« rief er, indem er mit der andern an meine Brust griff.

Ich riß seine Hand los und stieß den Schlitten fort, daß er weit vor uns hinflog. Aber in demselben Augenblick erhielt ich einen Faustschlag und stürzte rücklings mit dem Hinterkopf auf das Eis. Nur undeutlich hörte ich noch das Fortschurren des Schlittens; dann verlor ich die Besinnung.

Ich blieb indes nicht lange in dieser Lage. Wie ich später von ihm hörte, hatte Christoph bald darauf sich nach mir umgesehen und war, da er mich nicht nachkommen sah, auf den Platz unseres Kampfes zurückgekehrt. Nicht ohne große Bestürzung hatten dann beide, nachdem Lore ausgestiegen, mich in den Schlitten gehoben. – Mir selbst kam nur ein dunkles Gefühl von alledem; es war wie Traumwachen. Mitunter verstand ich einzelne Worte ihres Gesprächs. »Behalt doch deinen Mantel, Lore!« hörte ich Christoph sagen. – »O nein; ich brauch ihn nicht; ich laufe ja.« – Und zugleich fühlte ich, daß etwas Warmes auf mich niedersank. Der Schlitten bewegte sich langsam vorwärts. Dann kam es wieder wie Dämmerung über mich; immer aber war es mir, als ginge ein leises Weinen neben mir her.

Zum völligen Bewußtsein erwachte ich erst in der Wohnstube und auf dem Sofa des Wassermüllers, der hart am Ufer des

Mühlenteiches wohnte. Lore hatte mit ihrer Mutter, die mittlerweile auch herausgekommen war, nach Hause gehen müssen; Christoph aber war zurückgeblieben und hatte sich auf den Rat der Müllersfrau damit beschäftigt, mir nasse Umschläge auf den Kopf zu legen. Als ich die Augen aufschlug, saß er neben mir auf dem Stuhl, eine irdene Schüssel mit Wasser zwischen den Knien. Er wollte eben das Leintuch erneuern, aber er zog jetzt die Hand zurück und fragte schüchtern: »Darf ich dir helfen, Philipp?«

Ich setzte mich aufrecht und suchte meine Gedanken zu sammeln; der Kopf schmerzte mich. »Nein«, sagte ich dann, »ich brauche deine Hülfe nicht.«

»Soll ich jemand für dich aus der Stadt holen?«

»Geh nur; ich werde schon allein nach Hause kommen.«

Christoph stand zögernd auf und setzte die Schüssel auf den Tisch.

Bald darauf knarrte die Stubentür; er hatte die Klinke in der Hand; aber er ging nicht fort. Als ich mich umwandte, sah ich die Augen meines alten Kameraden mit dem Ausdruck der ehrlichsten Traurigkeit auf mich gerichtet.

Nur eine Sekunde noch war ich unschlüssig. »Christoph«, sagte ich, indem ich aufstand und ihm die Hand entgegenstreckte, »wenn du Zeit hast, so bleibe noch ein wenig bei mir; du kannst mir deinen Arm geben; wir gehen dann zusammen in die Stadt.«

Wie ein Blitz der Freude fuhr es über sein Gesicht. Er ergriff meine Hand und schüttelte sie. »Es war ein schändlicher Stoß, Philipp!« sagte er.

Eine halbe Stunde später, da es schon völlig finster war, wanderten wir langsam nach der Stadt zurück.

Aber die Sache ging nicht so leicht vorüber. Ich konnte am folgenden Morgen das Bett nicht verlassen und mußte meinen Eltern gestehen, daß ich einen schweren Fall auf dem Eise getan habe.

Am Abend des folgenden Tages, da ich schon fast wiederhergestellt war, setzte meine Mutter ein Federkästchen von poliertem Zuckerkistenholz vor mir auf den Tisch. »Der Christoph

Werner hat es gebracht«, sagte sie; »er habe es selbst für dich gearbeitet.«

Ich nahm das Kästchen in die Hand. Es war zierlich gemacht, sogar auf dem Deckel mit einer kleinen Bildschnitzerei versehen.

»Er hat sich auch nach deinem Befinden erkundigt«, fuhr meine Mutter fort; »habt ihr denn draußen euere alte Freundschaft wieder neu besiegelt?«

»Besiegelt, Mutter? – Wie man's nehmen will«, sagte ich lächelnd.

Und nun ließ die gute Frau nicht nach, bis ich, von manchen Fragen und zärtlichen Vorwürfen unterbrochen, ihr mein ganzes kleines Abenteuer gebeichtet hatte. – Aber es wurde, wie sie gesagt; der Lateiner und der Tischlerlehrling erneuerten ihre Kameradschaft, und zweimal wöchentlich zur bestimmten Stunde ging ich von nun an regelmäßig in die Werkstatt des alten Tischlers Werner, um unter der Anleitung des geschickten Mannes wenigstens die Anfangsgründe seines Handwerks zu erlernen.

Im Schloßgarten

Das ist die Drossel, die da schlägt,
Der Frühling, der mein Herz bewegt,
Ich fühle, die sich hold bezeigen,
Die Geister aus der Erde steigen;
Das Leben fließet wie ein Traum.
Mir ist wie Blume, Blatt und Baum.

Es war Frühling geworden. Die Nachtigall zwar verkündigte ihn nicht; denn, wenn auch mitunter eine sich zu uns verflog, die Nordwestwinde unserer Küste hatten sie bald wieder hinweggeweht; aber die Drossel schlug in den Baumgängen des alten Schloßgartens, der im Schutze der Stadt, in dem Winkel zweier Straßen lag. Dem Haupteingange gegenüber, auf einem Rasenplatz hinter den Gärten der großen Marktstraße, war seit gestern ein Karussell aufgeschlagen; denn es war nicht nur Frühling, es war auch Jahrmarkt, eine ganze Woche lang. Die Leierkastenmänner waren eingezogen und vor allem die Harfenmädchen; die Schüler mit ihren roten Mützen streiften Arm in Arm zwischen den aufgeschlagenen Marktbuden umher, um wo möglich einen Blick aus jungen asiatischen Augen zu erhaschen, die zu gewöhnlichen Zeiten bei uns nicht zu finden waren. – Daß während des Jahrmarktes die Gelehrtenschule, wie alle andern, Ferien machte, verstand sich von selbst. – Ich hatte das vollste Gefühl dieser Feiertage, zumal ich seit kurzem Primaner war und infolgedessen neben meiner roten Mütze einen schwarzen Schnürenrock nach eigener Erfindung trug. Brauchte ich nun doch auch nicht mehr wie sonst abends an dem Treppeneingang des erleuchteten Ratskellers stehenzubleiben, wo sich allzeit das schönste luftigste Gesindel bei Musik und Tanz zusammenfand; ich konnte, wenn ich ja wollte, nun selbst einmal hinabgehen und mich mit einem jener fremdartigen Mädchen im Tanze wiegen, ohne daß irgend jemand groß danach gefragt hätte. – Aber grade zu solchen Zeiten liebte ich es mitunter, allein ins Feld hinauszustreifen und in dem sichern Gefühl, daß sie da seien und daß ich sie zu jeder Stunde wieder erreichen könne, alle diese Herrlichkeiten für eine Zeitlang hinter mir zu lassen.

So geschah es auch heute. Unter der Beihülfe meines Vaters, der ein leidlicher Entomologe war, hatte ich vor einigen Jahren eine Schmetterlingssammlung angelegt und bisher mit Eifer fortgeführt. Ich war nach Tische auf mein Zimmer gegangen und stand vor dem einen Glaskasten, deren schon drei dort an der Wand hingen. Die Nachmittagssonne schimmerte so verlockend auf den blauen Flügeln der Argusfalter, auf dem Sammetbraun des Trauermantels; mich überkam die Lust, einmal wieder einen Streifzug nach dem noch immer vergebens von mir gesuchten Brombeerfalter zu unternehmen. Denn dieses schöne olivenbraune Sommervögelchen, welches die stillen Waldwiesen liebt und gern auf sonnigen Gesträuchen ruht, war in unserer baumlosen Gegend eine Seltenheit. – Ich nahm meinen Ketscher vom Nagel; dann ging ich hinab und ließ mir von meiner Mutter ein Weißbrötchen in die Tasche stecken und meine Feldflasche mit Wein und Wasser füllen. So ausgerüstet, schritt ich bald über den Karussellplatz nach dem Schloßgarten, dessen Baumgänge schon von jungem Laube beschattet waren, und von dort weiter durch die dem Haupteingang gegenüberliegende Pforte ins freie Feld hinaus. Es hatte die Nacht zuvor geregnet, die Luft war lau und klar; ich sah drüben am Rande des Horizonts auf der hohen Geest die Mühle ihre Flügel drehen.

Eine kurze Strecke führte noch der Weg an der Außenseite des Schloßgartens entlang; dann wanderte ich aufs Geratewohl auf Feldwegen oder Fußsteigen, welche quer über die Äcker führten, in die sonnige schattenlose Landschaft hinaus. Nur selten, so weit das Auge reichte, stand auf den Sand- und Steinwällen, womit die Grundstücke umgeben sind, ein wilder Rosenstrauch oder ein anderes dürftiges Gebüsch; aber hier, wo in der Morgenfrühe die rauhen Seewinde ungehindert überhin fahren, waren nur kaum die ersten Blätter noch entfaltet. Ich schlenderte behaglich weiter; mehr die Augen in die Ferne als nach dem gerichtet, was etwa neben mir am Wege zwischen Gräsern und rotblühenden Nesseln gaukeln mochte.

So war, ohne daß ich es merkte, der halbe Nachmittag dahin. Ich hörte es von der Stadt her vier schlagen, als ich mich an dem Ufer des Mühlenteichs ins Gras warf und mein bescheidenes Vesperbrot verzehrte. Eine angenehme Kühlung wehte von dem Wasserspiegel auf mich zu, der groß und dunkel zu meinen Füßen lag. Dort in der Mitte, wo jetzt über der Tiefe die kleinen Wellen trieben, mußte der Schlitten gestanden haben, als Lore ihren Mantel über mich legte. Ich blickte eine ganze Weile nach dem jetzt unerreichbaren Punkte, den meine Augen in dem Fluten des Wassers nur mit Mühe festzuhalten vermochten. – –

Aber ich wollte ja den Brombeerfalter fangen! Hier, wo es weit umher kein Gebüsch, kein stilles, vor dem Winde geschütztes Fleckchen gab, war er nicht zu finden. Ich entsann mich eines andern Ortes, an dem ich vor Jahren unter der Anführung eines älteren Jungen einmal Vogeleier gesucht hatte. Dort waren Koppel an Koppel die Wälle mit Hagedorn und Nußgebüsch bewachsen gewesen; an den Dornen hatten wir hie und da eine Hummel aufgespießt gefunden, wie dies nach der Naturgeschichte von den Neuntötern geschehen sollte; bald hatten wir auch die Vögel selbst aus den Zäunen fliegen sehen und ihre Nester mit den braungesprenkelten Eiern zwischen dem dichten Laub entdeckt. Dort, in dem heimlichen Schutz dieser Hecken, war vielleicht auch das Reich des kleinen seltenen Sommervogels! Das »Sietland« hatte der Junge jene Gegend genannt, was wohl soviel wie Niederung bedeuten mochte. Aber wo war das Sietand? – Ich wußte nur, daß wir in derselben Richtung, wie ich heute, zur Stadt hinausgegangen waren und daß es unweit der großen Heide gelegen, welche etwa eine Meile weit von der Stadt beginnt.

Nach einigem Besinnen nahm ich mein Fanggerät vom Boden und machte mich wieder auf die Wanderung. Durch einen Hohlweg, in den sich das Ufer hier zusammendrängt, gelangte ich auf eine Höhe, von der ich die vor mir liegende Ebene weithin übersehen konnte; aber ich sah nichts als Feld an Feld die kahlen ebenmäßigen Sandwälle, auf denen die herbe Frühlingssonne flimmerte. Endlich, dort in der Richtung nach einem Häuschen, wie sie am Rande der Heide zu stehen pflegen, glaubte ich etwas wie Gebüsch zu entecken. – Es war mindestens noch eine halbe Stunde bis dahin, aber ich hatte heute Lust zum Wandern und schritt rüstig darauf los. Hie und da flog ein gelber Zitronenfalter oder ein Kreßweißling über meinen Weg, oder eine graue Leineule kletterte an einem Grasstengel; von einem Brombeerfalter aber war keine Spur.

Doch ich mußte schon mehr in einer Niederung sein; denn die Luft wurde immer stiller; auch ging ich schon eine Zeitlang zwischen dichten Hagedornhecken. Ein paarmal, wenn sich ein Lufthauch regte, hatte ich einen starken lieblichen Geruch verspürt, ohne daß ich den Grund davon zu entdecken vermocht hätte; denn das Gebüsch an meiner Seite verwehrte mir die Aussicht. Da plötzlich sprang zur Rechten der Wall zurück, und vor mir lag ein Fleckchen hügeligen Heidelandes. Brombeerranken und Bickbeerengesträuch bedeckte hie und da den Boden; in der Mitte aber an einem schwarzen Wässerchen stand vereinzelt im hellsten Sonnenglanz ein schlanker Baum. Aus den blendend grünen Blättern, durch die er ganz belaubt war, sprang überall eine Fülle von zarten weißen Blütentrauben hervor; unendliches Bienengesumme klang wie Harfenton aus seinem Wipfel.

Weder in den Gärten der Stadt noch in den entfernteren Wäldern hatte ich jemals seinesgleichen gesehen. Ich staunte ihn an; wie ein Wunder stand er da in dieser Einsamkeit.

Eine Strecke weiter, nur durch ein paar dürftige Ackerfelder von mir getrennt, dehnte sich unabsehbar der braune Steppenzug der Heide; die äußersten Linien des Horizonts zitterten in der Luft. Kein Mensch, kein Tier war zu sehen, so weit das Auge reichte. – Ich legte mich neben dem Wässerchen im Schatten des schönen Baumes in das Kraut. Ein Gefühl von süßer Heimlichkeit beschlich mich; aus der Ferne hörte ich das sanfte träumerische Singen der Heidelerche; über mir in den Blüten summte das Bienengetön; zuweilen regte sich die Luft und trieb eine Wolke von Duft um mich her; sonst war es still bis in die tiefste Ferne. Am Rand des Wassers sah ich Schmetterlinge fliegen; aber ich achtete nicht darauf, mein Ketscher lag müßig neben mir. – Ich gedachte eines Bildes, das ich vor kurzem gesehen hatte. In einer Gegend, weit und unbegrenzt wie diese, stand auf seinen Stab gelehnt ein junger Hirte, wie wir uns die Menschen nach den ersten Tagen der Weltschöpfung zu denken gewohnt sind, ein rauhes Ziegenfell als Schurz um seine Hüften; zu seinen Füßen saß – er sah auf sie herab – eine schöne Mädchengestalt; ihre großen dunkeln Augen blickten in seliger Gelassenheit in die morgenhelle Einsamkeit hinaus. – »Allein auf der Welt« stand darunter. – – Ich schloß die Augen; mir war, als müsse aus dem leeren Raum dies zweite Wesen zu mir treten, mit dem selbander jedes Bedürfnis aufhöre, alle keimende Sehnsucht gestillt sei. »Lore!« flüsterte ich und streckte meine Arme in die laue Luft.

Indessen war die Sonne hinabgesunken, und vor mir leuchtete das Abendrot über die Heide. Der Baum war stumm geworden, die Bienen hatten ihn verlassen; es war Zeit zur Heimkehr. Meine Hand faßte nach dem Ketscher. – Aber was kümmerte mich jetzt dies Knabenspielzeug. Ich sprang auf und hängte ihn hoch, so hoch, wie ich vermochte, zwischen den dichtbelaubten Zweigen des Baumes auf. Dann, das Bild der schönen Schneidertochter vor meinen trunknen Augen, machte ich mich langsam auf den Rückweg.

Die Dämmerung war stark hereingebrochen, als ich aus dem Portal des Schloßgartens trat. Drüben am Karussell waren schon die Lampen angezündet; Leierkastenmusik, Lachen und Stimmengewirr scholl zu mir herüber; dazwischen das Klirren der Floretts an den eisernen Ringhaltern. Ich blieb stehen und blickte durch die Linden, welche den Platz umgaben, in das bewegte Bild hinein. Das Karussell war in vollem Gange; Sitzplätze und Pferde, alles schien besetzt, und ringsumher drängte sich eine schaulustige Menge jedes Alters und Geschlechts. Jetzt aber wurde die Bewegung langsamer, so daß ich unter den grünen Zweigen durch die einzelnen Gestalten ziemlich bestimmt erkennen konnte.

Unwillkürlich war ich indessen näher getreten und hatte mich bis an den Eisendraht gedrängt, der ringsherum gezogen war. – Das Mädchen dort auf dem braunen Pferde war die Schwester meines Freundes Christoph. Aber es kam noch eine Reiterin, eine feinere Gestalt; sie saß seitwärts, ein wenig lässig, auf ihrem hölzernen Gaule. Und jetzt, während sie langsam näher getragen wurde, wandte sie den Kopf und blickte lächelnd in die Runde. Es war Lore; fast wie ein Schrecken schlug es mir durch die Glieder. Auch sie hatte mich erkannt; aber nur eine Sekunde lang hafteten ihre Augen wie betroffen in den meinen; dann bückte sie sich zur Seite und machte sich an ihrem Kleide zu schaffen. Das schwere eiserne Florett, das sie in der kleinen Faust hielt, schien nicht umsonst von ihr geführt zu sein; denn es war fast bis an den Knopf mit Ringen angefüllt.

Mittlerweile war der Eigentümer des Karussells herangetreten, um für die neue Runde einzusammeln. Sie richtete sich auf und hielt ihm ihr Florett entgegen. »Freigeritten!« sagte sie, indem sie es umstürzte und die Ringe in die Hand des Mannes gleiten ließ.

Er nickte und ging an den nächsten Stuhl, wo eine Anzahl Kinder sich um die besten Plätze zankten. – Als ich von dort wieder zu Lore hinübersah, stand Christophs Schwester neben ihr; aber sie wandte mir den Rücken und schien mich nicht bemerkt zu haben.

»Gehst du mit, Lore?« hörte ich sie fragen; »ich muß nach Hause.«

Lore antwortete nicht sogleich; ihre Augen streiften mit einem unsichern Blick zu mir hinüber. Ich wagte mich nicht zu rühren; aber meine Augen antworteten den ihren, und mir selber kaum vernehmlich flüsterten meine Lippen: »Bleib!«

»So sprich doch!« drängte die andere. »Es hat schon acht geschlagen.« Lore steckte ihre Füßchen wieder in den Steigbügel, den sie hatte fahrenlassen, und die Augen auf mich gerichtet, erwiderte sie: »Ich bleibe noch, ich hab mich freigeritten!« Und leise setzte sie hinzu: »Meine Mutter wollte vielleicht noch hier vorüberkommen!«

Ich fühlte, daß das gelogen sei. Das Blut schoß mir siedendheiß ins Gesicht, es brauste mir vor den Ohren; die kleine Lügnerin hatte plötzlich den Schleier des Geheimnisses über uns beide geworfen. Es war zum ersten Mal in meinem Leben, daß ich eine so berauschende Zusage erhielt; bisher hatte ich nur manchmal darüber nachgesonnen, wie in der Welt so etwas möglich sei.

Christophs Schwester hatte sich entfernt. Der Leierkasten begann wieder seine Musik, die Peitsche klatschte über dem alten Gaul, und unter dem Zuruf der Bauerburschen und -mädchen, die inzwischen die meisten Plätze eingenommen hatten, setzte das Karussell sich wieder in Bewegung. Lore sah nach mir zurück, sie hatte ihr Florett in den Sattelknopf gestoßen und saß wie in sich versunken, die Hände vor sich auf dem Schoß gefaltet. Das rote Tüchelchen an ihrem Halse wehte in der Luft, und in immer rascherem Kreisen wurde die leichte Gestalt an mir vorübergetragen; kaum fühlte ich den Blitz ihres Auges in den meinen, so war sie schon fort, und nur der Schimmer ihres hellen Kleides tauchte in der trüben Lampenbeleuchtung noch ein paarmal flüchtig aus den immer tiefer fallenden Schatten auf. – Plötzlich krachte etwas; die in den Stühlen sitzenden Mädchen kreischten, und das Karussell stand.

»Bleiben Sie sitzen, meine Herrschaften«, rief der Eigentümer, indem er mit seinem Gehülfen über die Querbalkon stieg, um den Schaden zu untersuchen. Eine Laterne wurde heruntergenommen, es wurde geklopft und gehämmert; aber es schien sich so bald nicht wieder fügen zu wollen. Mir wurde die Zeit lang; meine Augen suchten vergebens nach der kleinen Reiterin.

Ich drängte mich aus der Menschenmasse heraus, in die ich eingekeilt war, und ging von außen nach der gegenüberliegenden Seite des Platzes. Als ich mich hier mit Bitten und Gewalt bis an die Barriere durchgearbeitet hatte, stand ich dicht neben ihr. Sie war von dem Holzgaul herabgestiegen und blickte wie suchend um sich her.

Nach einer Weile steckte sie das Florett, das sie spielend in der Hand gehalten, wieder in den Sattelknopf und machte Miene, herabzuspringen. Aber während sie ihre Kleider zusammennahm, war ich in den Kreis geschlüpft.

»Guten Abend, Lore!«

»Guten Abend!« sagte sie leise.

Dann, während die Bauerburschen immer lauter ihr Eintrittsgeld zurückforderten, faßte ich ihre Hand und zog sie mit mir hinaus ins Freie. Aber hier war meine Verwegenheit zu Ende. Lore hatte mir ihre Hand entzogen, und wir gingen wortlos und befangen nebeneinander der Straße zu, an deren äußerstem Ende sich das Haus ihrer Eltern befand. – Als wir den zur Seite liegenden Eingang des Schloßgartens erreicht hatten, kam uns von der Straße her ein Trupp von Menschen entgegen, an deren lauten Stimmen ich einzelne meiner ausgelassensten Kommilitonen erkannte. Unwillkürlich blieben wir stehen.

»Wir wollen durch den Schloßgarten!« sagte ich.

»Es ist so weit!«

»Oh, es ist nicht so viel weiter!«

Und wir gingen durch das Portal in den breiten Steig hinab; welcher zwischen niedrigen Dornhecken zu einem Laubgang von dicht verwachsenen Hagebuchen führte. Da hier vorne auch hinter den Zäunen nur bebautes baumloses Gartenland lag, so verhinderte mich die einbrechende Dunkelheit nicht, die neben mir wandelnde Mädchengestalt zu betrachten. Mich schauerte, daß sie jetzt wirklich in solcher Einsamkeit mir nahe war.

Kein Mensch außer uns schien in dem alten Park zu sein; es war so still, daß wir jeden unserer Tritte auf dem Sande hörten.

»Willst du mich nicht anfassen?« fragte ich.

Sie schüttelte den Kopf.

»Warum nicht?«

»Nein – wenn jemand käme!«

Wir hatten den gewölbten Buchengang erreicht. Es war sehr dunkel hier; denn in geringer Entfernung zu beiden Seiten waren ähnliche Laubgänge, und auf den dazwischen befindlichen Rasenflecken lagerten undurchdringliche Schatten. Ich wußte nur noch, daß Lore neben mir ging; denn ich hörte ihren Atem und ihren leichten Schritt; zu sehen vermochte ich sie nicht. Wie neckend schoß es mir durch den Kopf, daß ich am Nachmittage auf einen Sommervogel ausgegangen war. »Nun bist du doch gefangen!« sagte ich, und durch die Dunkelheit ermutigt, ergriff ich ihre herabhängende Hand und hielt sie fest. Sie duldete es; aber ich fühlte, wie sie zitterte, und auch mir schlug mein Knabenherz bis in den Hals hinauf.

So gingen wir langsam weiter. Von der Stadt her kam der gedämpfte Ton der Drehorgeln und das noch immer fortdauernde Getöse des Jahrmarkttreibens; vor uns am Ende der Allee in unerreichbarer Ferne stand noch ein Stückchen goldenen Abendhimmels. Ich legte ihre Hand in meinen Arm und faßte sie dann wieder. In diesem Augenblick trollte vor uns etwas über den Weg; es mag ein Igel gewesen sein, der auf die Mäusejagd ging. – Sie schrak ein wenig zusammen und drängte sich zu mir hin, und als ich, unabsichtlich fast, den Arm um sie legte, fühlte ich, wie ihr Köpfchen auf meine Schulter glitt.

Als aber dann, nur eine flüchtige Sekunde lang, ein junger Mund den andern berührt hatte, da trieb es uns wie töricht aus den schützenden Baumschatten ins Freie. So hatten wir bald, während ich nur noch ihre Hand gefaßt hielt, das Ende der Allee erreicht und traten durch eine Pforte auf einen Feldweg hinaus, der seitwärts auf die letzten Häuser der Stadt zuführte. Wir gingen eilig nebeneinander her, als könnten wir das Ende unseres Beisammenseins nicht rasch genug herbeiführen.

»Mein Vater wird mich suchen; es ist gewiß schon spät!« sagte Lore, ohne aufzusehen.

»Ich glaube wohl!« erwiderte ich. Und wir gingen noch eiliger als zuvor.

Schon standen wir am Ausgang des Weges, den letzten Häusern der Straße gegenüber. In dem Lichtschein, der unter der Linde aus dem Fenster des Schneiderhäuschens fiel, sah ich unweit davon ein Mädchen an einem Brunnen stehen. Ich durfte nicht weiter mit. Als aber Lore den Fuß auf das Straßenpflaster hinaussetzte, war mir, als dürfe ich sie so nicht von mir gehen lassen.

»Lore«, sagte ich beklommen, »ich wollte dir noch etwas sagen.«

Sie trat einen Schritt zurück. »Was denn?« fragte sie.

»Warte noch eine Weile!«

Sie wandte sich um und blieb ruhig vor mir stehen. Ich hörte, wie sie mit den Händen über ihr Haar strich, wie sie ihr Tüchelchen fester um den Hals knüpfte; aber ich suchte lange vergebens des Gedankens habhaft zu werden, der wie ein dunkler Nebel vor meinen Augen schwamm. »Lore«, sagte ich endlich, »bist du noch bös mit mir?«

Sie blickte zu Boden und schüttelte den Kopf.

»Willst du morgen wieder hier sein?«

Sie zögerte einen Augenblick. »Ich darf des Abends sonst nicht ausgehen«, sagte sie dann.

»Lore, du lügst; das ist es nicht, sag mir die Wahrheit!«

Ich hatte ihre Hand gefaßt; aber sie entzog sie mir wieder.

»So sprich doch, Lore! – Willst du nicht sprechen?«

Noch eine Weile stand sie schweigend vor mir; dann schlug sie die Augen auf und sah mich an. »Ich weiß es wohl«, sagte sie leise, »du heiratest doch einmal nur eine von den feinen Damen.«

Ich verstummte. Auf diesen Einwurf war ich nicht gefaßt; an so ungeheuere Dinge hatte ich nie gedacht und wußte nichts darauf zu antworten.

Und ehe ich mich dessen versah, hörte ich ein leises »Gute Nacht« des Mädchens; und bald sah ich sie drüben in dem Schatten der Häuser verschwinden. Ich vernahm noch das vorsichtige Aufdrücken einer Haustür, das leise Anschlagen der Türschelle; dann wandte ich mich und ging langsam durch den Schloßgarten zurück.

Ohne erst zum Abendessen in die Wohnstube meiner Eltern zu gehen, schlich ich die Treppe hinauf in meine Kammer. Wie trunken warf ich mich in die Kissen. Nach einer Viertelstunde hörte ich die Stubentür gehen, und durch die halbgeöffneten Augenlider sah ich meine Mutter mit einer Lampe an mein Bett treten. Sie beugte sich über mich; aber ich schloß die Augen und träumte weiter. Trotz des wenig verheißenden Abschiedes war mir doch, als hätte meine Hand eine volle Rosengirlande gefaßt, an welcher nun in alle Zukunft hinein der Lebensweg entlanggehen müsse.

So sehr ich aber an diesem Abend den Drang, allein zu sein, empfunden, ebensosehr trieb es mich am andern Morgen unter Menschen. Ich hatte ein neues Gefühl der Freiheit und Überlegenheit in mir, das ich nun auch andern gegenüber empfinden wollte. Sobald ich gefrühstückt und den etwas unbequemen Fragen meiner Mutter notdürftig genuggetan hatte, ging ich in die Werkstatt meines Freundes Christoph. Er war eifrig beschäftigt, kleine Mahagonifurniere auszuwählen und zu schneiden. »Was machst denn du da für Schönes?« fragte ich.

»Ein Nähkästchen«, sagte er, ohne aufzublicken.

»Ein Nähkästchen? Für wen denn?«

»Für Lenore Beauregard; meine Schwester will's ihr zum Geburtstag schenken.«

Ich sah ihn von der Seite an; ein übermütiges Lächeln stieg in mir auf. »Die Lore ist wohl dein Schatz, Christoph?«

Der eckige Kopf des guten Jungen wurde bis unter die Stirnhaare wie mit Blut übergossen bei dieser treulosen Frage. Er schien selbst über seine Verlogenheit in Zorn zu geraten. »Ihr hättet sie nur aus euerer Lateinischen Tanzschule fortlassen sollen!« sagte er, indem er mit seinem Messer grimmig in die Furnierblättchen hineinfuhr.

»Du bist wohl eifersüchtig, Christoph?« fragte ich.

Aber er antwortete nicht; er brummte nur halb für sich: »Das hätte meine Schwester sein sollen!«

Dieser Triumph sollte indessen mein einzigster bleiben; denn ich mühte mich vergebens, wieder allein mit Lore zusammenzutreffen. Ein paarmal zwar im Laufe des Sommers begegnete sie mir an Sonntagnachmittagen hinter den Gärten auf dem Bürgersteige; aber Christoph und seine Schwester begleiteten sie, und der gute Junge ging so trotzig neben ihr, als wenn er sie einer ganzen Welt von Lateinern hätte streitig machen wollen; auch suchte sie selbst, wenn ich ein Gespräch mit ihnen begann, augenscheinlich die andern zum Weitergehen zu veranlassen.

Als späterhin bei Beginn des Michaelismarktes das Karussell wieder aufgeschlagen wurde, wagte ich noch einmal zu hoffen. Einen Abend nach dem andern, sobald die Dämmerung anbrach, fand ich mich auf dem Platze ein; zum großen Verdrusse meines Freundes Fritz, von dem ich mich unter immer neuen Vorwänden loszumachen suchte. Aber ebensooft spähte ich vergebens, unter den jungen Reiterinnen, die sich zuweilen einfanden, die schlanke Braune zu entdecken, um deren willen ich allein gekommen war. Einsam wanderte ich durch die dunkeln Gänge des Schloßgartens und zehrte trübselig von der Erinnerung eines entflohenen Glückes.

Dies alles nahm ein plötzliches Ende, als ich zu Anfang des Winters nach dem Willen meines Vaters die Gelehrtenschule unserer Heimat verließ und zu meiner weitern Ausbildung auf ein Gymnasium des mittleren Deutschlands geschickt wurde. – Ob mein Schmetterlingsketscher noch in dem blühenden Baum am Rande der Heide hängt? – Ich weiß es nicht; ich bin nicht wieder dort gewesen; auch den Brombeerfalter habe ich bis auf heute noch nicht gefangen.

Auf der Universität

Jahre waren seitdem vergangen.

Als ich den Zwang der klösterlichen Schulanstalt hinter mir hatte, brachte ich zum ersten Mal wieder einige Herbstwochen im elterlichen Hause zu. Von allen meinen Kameraden fand ich nur noch Christoph im heimatlichen Neste; die übrigen, auch Fritz, waren alle schon ausgeflogen; ins lustige Studentenleben, aufs weite Meer hinaus, in die dunkle Schreibstube eines Kaufmanns, oder wohin sonst Wahl und Verhältnisse sie geführt hatten. Auch Christoph, der zum stattlichen, etwas untersetzten jungen Mann herangewachsen war, rüstete sich zum Abzug; er war Gesell geworden und wollte wandern. Aber zuvor arbeiteten wir noch einmal gemeinschaftlich in der Werkstatt seines Vaters, und ein ungeheuerer Tabakskasten, der mit mir die Universität beziehen sollte, war das Resultat unserer Bemühungen. – Von meiner Mutter erfuhr ich, daß die rüstige Frau Beauregard vor Jahresfrist eines plötzlichen Todes verblichen und ihre Tochter bald darauf nach der kleinen Landesuniversitätsstadt zu einer alten unverheirateten Tante gezogen sei, die sie testamentarisch zur Universalerbin ihres kleinen Vermögens eingesetzt hatte. Das schmale Häuschen mit der Linde war nach dem Tode der Mutter Schulden halber verkauft worden, und der französische Schneider hatte froh sein müssen, bei einem der andern Meister als Gesell ein Unterkommen gefunden zu haben. Ich traf ihn am Sonntagnachmittage in einer Ecke des Kirchhofs auf der Bank sitzend. Seine Haut über den scharfen Backenknochen war noch gelber geworden, und sein schwarzes Haar war stark ergraut; er hustete, aber die Sonne schien ihm wohlzutun. »Ah, Monsieur Philipp!« rief er, da er mich erkannte, und streckte mir zwei Finger seiner langen knöchernen Hand entgegen, während die andern die alte wohlbekannte Porzellandose umklammert hielten. »Damals – das waren andere Zeiten, Monsieur Philipp!« fuhr er seufzend fort. »Meine Alte, sie hat sich mit ihrer Menage unter die schwarzen Kreuze dort begeben; und das Kind, die Lore« – er schluckte ein paarmal und nahm eine starke Prise , »Sie werden es ja gehört haben! Sie wollte nicht, sie wollte ihren armen Vater nicht allein lassen, ich mußte mit Gewalt ihre kleinen Hände von mir losreißen; aber was hilft es denn! Das Kind mußte doch sein Glück machen!« Er ließ den Kopf sinken und legte schlaff seine Hände auf die Knie. »Ich werde Ihnen ihre Briefe zeigen!« begann er dann wieder. »Sie werden sehen, Monsieur Philipp, Sie sind ja ein Gelehrter! Die allerliebsten Buchstaben, und all die lieben guten Worte; eine Marquise könnte es nicht besser.« –

–– So sprach er noch eine Weile fort, bis ich ihn verließ.

Ich habe den französischen Schneider nicht wiedergesehen; denn einige Tage darauf reiste ich ab, um zunächst auf einer ausländischen Universität meine juristischen Studien zu beginnen, und schon nach einem halben Jahre schrieb mir meine Mutter, der ich diese Begegnung erzählt hatte, daß auch Monsieur Beauregard, der Enkel des Ofenheizers vom Hofe Ludwigs des Sechzehnten, unter den schwarzen Kreuzen eine Stelle gefunden habe.

Drei Jahre später befand ich mich auf der Landesuniversität, um vor dem Examen noch das gesetzlich vorgeschriebene Jahr hier zu absolvieren. Fritz, mit dem ich das letzte Semester in Heidelberg zusammen gewohnt, wollte erst im nächsten Herbst zurückkehren. Aber mein Freund Christoph hatte die Universität bezogen; er war erster Arbeiter in einem großen Möbelmagazin. Ich traf ihn eines Nachmittags in einem öffentlichen Garten, wo er allein vor einem Seidel Lagerbier saß und, scheinbar in Sinnen verloren, den Rauch seiner Zigarre vor sich hin blies. Sein starker blonder Backenbart und seine feine bürgerliche Kleidung ließen mich ihn erst in nächster Nähe erkennen. Als ich schweigend meine Hand auf seine Schulter legte, warf er den Kopf rasch und trotzig nach mir herum; denn wenn ich jetzt auch keine farbige Mütze trug, so gehörte ich doch unverkennbar genug zu den mutmaßlich noch immer nicht von ihm geliebten Lateinern. Allein, kaum hatte er mich angesehen, als auch sogleich die freudigste Überraschung aus seinen Augen leuchtete. »Philipp, du bist es?« sagte er, indem er mit einer fast mädchenhaften Bescheidenheit meine dargebotene Hand nahm und sie dann desto kräftiger drückte. – Wir sprachen lange zusammen; über unsere Heimat, über Eltern und Altersgenossen; als ich mich dann der verhängnisvollen Eisfahrt erinnerte, fragte ich auch nach unserer gemeinschaftlichen Knabenliebe.

Lenore lebte noch im Hause ihrer Verwandten, einer alten Schneiderin, mit der sie zum Nähen in die Häuser der vornehmen Einwohner ging. Aber Christoph wurde bei den Antworten auf diese Fragen immer wortkarger und suchte endlich mit einer gewissen Hast das Gespräch auf andere Dinge zu bringen. Er schien in seinem treuen Gemüte noch immer die Fesseln des schönen Mädchens zu tragen, die ich mit dem Staub der Heimat schon längst von mir abgeschüttelt zu haben glaubte.

Ich mochte mich darin indessen irren. – Einige Zeit darauf hatte ich mit befreundeten Damen jenseit der Meeresbucht, an welcher die Stadt liegt, einen damals beliebten Vergnügungsort besucht. Der Nachmittag war zu Ende, und wir gingen an den Strand hinab, um nach einem Fahrzeug für die Heimkehr auszuschauen. – Zwei Boote, beide schon fast besetzt, lagen zur Abfahrt bereit. Neben dem einen, das etwa dreißig Schritte von uns entfernt sein mochte, stand an der Seite einer ältlichen lahmen Nähterin, die ich mitunter im Wohnzimmer meines Hauswirts gesehen hatte, eine auffallend schöne Mädchengestalt. Sie hatte schon den Fuß auf den Rand des Bootes gesetzt und schien im Begriff, hineinzusteigen; aber sie zögerte plötzlich, da sie den Kopf nach uns zurückwandte. Zwei schwarze fremdartige Augen, wie ich sie lange nicht, aber wie ich sie einst gesehen, trafen in die meinen; ich wußte jetzt, daß es Lenore Beauregard sei. Sie war größer geworden, und unter den braunen Wangen schimmerte das Rot der vollsten Jungfräulichkeit; aber noch immer war ihr in der Haltung jene graziöse Lässigkeit eigen, die mir unbewußt schon einst mein Knabenherz entführt hatte. Es wallte heiß in mir auf, und ich hatte der Damen neben mir fast ganz vergessen. Denn jene dunkeln Augen schienen mich bittend anzublicken; ich hörte, wie die alte Nähterin ihr zusprach, wie der Schiffer sie nicht eben in den höflichsten Worten zum Einsteigen drängte; aber noch immer stand die schlanke Mädchengestalt unbeweglich, wie im Traum, die Augen nach mir hingewandt.

Schon hatte ich, wie von dunkler Naturgewalt getrieben, ein paar Schritte nach dem Boote zu getan; aber ich bezwang mich; ich dachte an Christoph; seine ehrlichen blauen Augen schienen mich plötzlich anzusehen. »Es wird nicht Platz dort für uns alle sein«, sagte ich zu den Damen. Dann gingen wir seitwärts nach dem andern Fahrzeug am Wasser entang. – Doch noch einmal mußte ich nach Lore zurückblicken. Sie hatte den Kopf auf die Brust sinken lassen und stieg eben langsam über den Bord in das Innere des Bootes, das im Gold der Abendsonne auf dem regungslosen Wasser lag.

Bei der Heimfahrt saß ich am Steuer, wortkarg und innerlich erregt; meine Augen mochten wohl mitunter auf dem andern, in ziemlicher Entfernung vor uns rudernden Boote ruhen, während die jungen Damen mich vergebens in ihre Plaudereien zu ziehen suchten.

»Aber Sie sind heut nicht zu gebrauchen!« sagte die eine; »unsere schöne Nähterin scheint Sie stumm gemacht zu haben!«

»Ist Lore Ihre Nähterin?« fragte ich noch halb in Gedanken.

»Lore! Woher wissen Sie denn, daß sie Lore heißt?«

»Wir sind aus einer Stadt; ich habe in der Tanzschule meine erste Mazurka mit ihr getanzt.«

»So! – Sie soll auch jetzt noch gern mit Studenten tanzen.«

Unser Gespräch über Lore war zu Ende; aber ich wußte jetzt, weshalb Christoph nicht hatte reden mögen.

Dennoch sah ich ihn später im Lauf des Winters mehrmals an öffentlichen Orten mit Lore zusammen, meistens in Gesellschaft der lahmen Marie oder einer ältern Person, welche niemand anders als die Erbtante sein konnte, die dem armen Schneider noch so kurz vor seinem Ende das Kleinod seines Herzens entführt hatte.

Eines Abends, es mochte einige Wochen nach Neujahr sein, hörte ich von meinem Zimmer aus einen Tumult auf der Straße. Als ich das Fenster öffnete, bemerkte ich unter dem vorbeiziehenden Haufen hie und da rote Studentenmützen; endlich erkannte ich beim Schein der Straßenlaterne auch einen unserer Pedelle.

»Was gibt's, Dose?« rief ich hinunter.

»Holz hat's gegeben, Herr Doktor.« – Dose nannte mich aus einem nur uns beiden bekannten Grunde allzeit Herr Doktor.

»So? Und wohl wieder auf dem Ballhaus?« fragte ich.

»Nun, wo denn anders?«

Das Ballhaus war ein öffentliches Tanzlokal, wo die altherkömmliche Feindschaft zwischen Studenten und Handwerksgesellen sich zuzeiten Luft zu machen pflegte. Es schien diesmal indessen arg geworden zu sein; denn Dose machte andeutungsweise eine höchst kräftige Bewegung mit der Faust.

»Wer hat's denn gekriegt?« fragte ich noch.

Der Alte hielt die Hand vor den Mund und flüsterte mir zu: »Es ist auf die rechte Stelle gekommen, Herr Doktor.« Ein Bekannter, der unser Gespräch hörte, rief im Vorübergehen: »Es ist der Raugraf; die Knoten haben ihm auf Abschlag gezahlt.«

Der sogenannte »Raugraf« war ein ebenso schöner als wüster junger Mann, der in den Hörsälen der Professoren selten, dagegen häufig auf der Mensur und regelmäßig auf der Kneipe zu finden war; einer von denen, die auf Universitäten eine Rolle spielen, um dann im späteren Leben spurlos zu verschwinden.

Von den jungen Handwerkern, denen er ihre Mädchen abspenstig machte, wurde er ebensosehr gehaßt, als er für die größere Anzahl der jüngeren Studenten der Gegenstand einer scheuen Bewunderung war. Nachdem er eine Reihe anderer Universitäten besucht und, teilweise durch Relegation gezwungen, wieder verlassen hatte, fand er für gut, auch die unsrige zu versuchen, und bald gingen von seinem großen Wechsel und dann von seinen noch größeren Schulden die mannigfaltigsten Gerüchte im Schwange. Der Titel »Raugraf«, den er mitbrachte, paßte insofern für ihn, als er an die Zeiten des Faustrechts erinnert und allerdings die Weise der alten Junker, die Schwächeren rücksichtslos für ihre Leidenschaften zu verbrauchen, sich vollständig auf ihn vererbt zu haben schien.

Da ich den Raugrafen weder genauer kannte noch ein Interesse an seiner Person nahm, so schloß ich das Fenster und begab mich zur Ruhe, ohne des Vorfalles weiter zu gedenken.

Am Nachmittage darauf sollte ich indessen aufs neue daran erinnert werden. – Ich hatte eben meinen Kaffee getrunken und saß im Sofa über einer Pandektenkontroverse, als an die Stubentür gepocht wurde.

Auf mein »Herein!« trat die stattliche Gestalt meines Freundes Christoph vorsichtig und etwas zögernd in das Zimmer.

»Bist du allein?« Fragte er.

»Wie du siehst, Christoph.«

Er schwieg einen Augenblick. »Ich muß fort von hier, Philipp«, sagte er dann, »noch heute abend; weit fort, an den Rhein zu meinem Mutterbruder; er ist schwächlich und braucht einen Gesellen, der nach dem Rechten sehen kann. Aber ich fürchte, meine Barschaft reicht nicht für die Reise, und Fechten, das ist nicht meine Sache.«

Ich war schon an mein Pult gegangen und hatte eine kleine Geldsumme auf den Tisch gezählt. »Reicht es, Christoph?«

»Ich danke dir, Philipp.« Und er steckte das Geld sorgsam in seine Börse, die schon einen kleinen Schatz an Gold- und Silbermünzen enthielt. Erst jetzt sah ich, daß er in seiner schwarzen Sonntagskleidung vor mir stand.

»Aber du bist ja in vollem Wichs«, fragte ich; »wo bist du denn gewesen?«

»Nun«, sagte er und rieb sich nachdenklich mit der Hand seine breite Stirn, »ich komme eben von der Polizei!«

»Du hast schon deinen Paß geholt?«

»Jawohl; meinen Laufpaß.«

Ich sah ihn fragend an.

»Es ist wegen der dummen Geschichte auf dem Ballhaus.«

Mir ging ein Licht auf. »So! Also du bist es gewesen?« sagte ich. »Daß mir das nicht sogleich eingefallen ist!«

»Freilich bin ich dort gewesen, Philipp.«

»Lenore war wohl mit dir?«

Er nickte.

»Und da hast du den Raugrafen durchgeprügelt?«

Ein Lächeln befriedigten Hasses legte sich um seinen Mund. »Sie sagen ja, daß ich's gewesen sei«, erwiderte er.

Der alte Feind der Gymnasiasten sprach dies in solchem Tone der Genugtuung, daß ich über den Sachverhalt nicht mehr zweifelhaft sein konnte.

Ich mußte laut auflachen. »So erzähl mir doch! Wie kam denn die Geschichte?«

»Nun, Philipp – du weißt doch, daß ich mit der Lore gehe?«

»Seid ihr denn einig miteinander?«

»Es ist wohl so was«, erwiderte er. – »Sie ist eine anstellige Person; und nach dem Tode der alten Tante bekommt sie auch noch eine Kleinigkeit.«

Ich sah ihn lächelnd an. »Nun, Christoph, sie ist auch sonst so übel nicht; du hättest so überzeugend sonst auch schwerlich zugeschlagen!«

Er blickte einen Augenblick vor sich hin. »Ich weiß es kaum«, sagte er, »wir standen in der Reihe, Lore und ich – es geschah nur ihr zu Gefallen, daß ich hingegangen war –, da kam der lange blasse Kerl, der schon immer auf sie gemustert und dabei mit einem andern getuschelt hatte, und wollte extra mit ihr tanzen.«

»War er denn unverschämt gegen deine Dame?«

»Unverschämt? – Sein Gesicht ist unverschämt genug!«

»Und Lore?« sagte ich, meinen Freund scharf fixierend. »Sie hätte wohl gern mit dem schmucken Kavalier getanzt?«

Er zog die Stirnfalten zusammen, und ich sah, wie sich eine trübe Wolke über seinen Augen lagerte.

»Ich weiß es nicht«, sagte er leise. – – »Es war nicht gut, daß ihr das Mädchen damals in euerer Lateinischen Tanzschule den Notknecht spielen ließet.«

Er reichte mir die Hand. »Leb wohl, Philipp«, sagte er, »das Geld schicke ich dir; sonst wirst du wohl nicht viel von mir zu hören bekommen; aber um Jahresfrist, so Gott will, bin ich wieder hier oder bei uns daheim.«

Er ging. – Ich suchte vergebens mich wieder in meine unterbrochenen Arbeiten zu vertiefen; eine unbestimmte Sorge um die Zukunft meines Jugendgespielen hatte mein Herz beschlichen. Ich wußte nur zu wohl, was seine Worte nicht verraten sollten, daß seine Phantasie von jenem Mädchen ganz erfüllt war und daß alle Kräfte dieses tüchtigen Kopfes darauf hinarbeiteten, sein Leben mit dem ihren zu vereinigen.

Bald darauf ging ich in die Wohnung meiner Hauswirte hinab, bei denen ich damals meinen Mittagstisch hatte. Es mochte etwas frühzeitig sein; denn von den Hausgenossen hatte sich noch niemand eingestellt; aber in der Nebenstube traf ich die kleine Nähterin, die »lahme Marie«, welche stumm und einsam inmitten einer Wolke weißer Stoffe mit der Nadel hantierte. – Da ich sie oft in Gesellschaft der beiden Menschen gesehen hatte, deren Geschick mich jetzt beschäftigte, so erzählte ich ihr den gestrigen Vorfall, in der Hoffnung, über die Ursache desselben Näheres zu erfahren.

»Ich hab das kommen sehn!« sagte sie, die dünnen Lippen zusammenkneifend; »der Tischler ist wohl sonst ein ganzer Kerl; aber gegen das Mädchen ist er zu gutwillig; – was wollt er mit ihr auf dem Ballhaus!«

Ich fragte näher nach.

Sie räumte eine Partie Zeuge von einem Stuhl, damit ich mich setzen könne. – »Sie kennen vielleicht das kleine Haus in der Pfaffengasse«, begann sie dann, als ich ihrem Wink gefolgt war; »die alte Schmieden, die Tante von der Lore, hat es vor Jahren von dem Pferdeverleiher nebenan gekauft; aber den Hof dahinter, weil er zu seinem Geschäft doch großen Raum gebraucht, hat der Verkäufer sich vorbehalten, so daß er mit seinem nun in eins zusammengeht; nur in der Mitte auf einem Stückchen Rasen darf die Alte ihre Waschsachen trocknen und bleichen, soweit es damit reichen will. Sie ist Geschwisterkind mit meiner seligen Mutter, und seit ich konfirmiert war, bin ich oft mit ihr zum Nähen ausgegangen.

Ich denk, es war kurz vor Martini vorigen Jahrs; ich machte mich gleich nach Mittag zu der Schmieden; denn wir hatten eine große Seidenwäsche zusammen. Unterwegs begegn' ich dem Tischler, der damals schon mit der Lore ging. Wir sprechen ein Wort zusammen, und im Weggehen ruft er mir noch lachend zu: »Bei Feierabend komm ich und helf euch die Klammern aufsetzen!« Ich sagt's auch der Lore; aber sie schien nicht groß darauf zu achten.

Spät nachmittags, da wir drinnen fertig waren, gingen wir hinaus, um die Leine zwischen den Pfählen aufzuscheren, die draußen auf dem Grasrondell stehen. Lore, das Kleid über ihre Halbstiefelchen aufgeschürzt, die schwarzen Haare hinter die Ohren gestrichen, ging mit dem kleinen hölzernen Tritt von einem zum andern. Die Alte hatte sich drinnen in ihren Lehnstuhl schlafen gesetzt; ich – ich bin die Größte nicht und konnte ihr eben nicht viel dabei helfen.«

Und die Erzählerin suchte ihren dürftigen Körper möglichst gradezurichten.

»Ich hatte mich neben dem Waschkorb auf einen Prellstein gesetzt und sah mir's an, wie vor dem Stall der Knecht des Nachbars einen Goldfuchs striegele. – Ich habe die Pferde gern, wissen Sie, denn mein Vater ist auch ein Fuhrmann gewesen. – Es war gar ein schönes Tier; und wenn es so den Kopf aus dem Schatten in die Sonne hinauswarf, glänzten die Haare wie Metall; aber an dem feinen Beinwerk merkte ich wohl, daß es keines von des Nachbars Mietgäulen sei. – »Wem gehört das Pferd?« fragte ich Lore, die eben ihr Holztreppchen hart neben mir an den letzten Pfahl gerückt hatte. – »Das Pferd?« sagt sie, indem sie sich auf den Fußspitzen hebt und die Leine um das Querholz schlingt; »das gehört dem fremden Studenten; ich weiß nicht, wie er heißt.« – Ich sah zu ihr hinauf; aber sie wandte nicht den Kopf und wickelte noch immer fort mit der Leine. Als ich eben ungeduldig werden wollte, sagt hinter mir eine Stimme: »Es ist genug, Fräulein Lorchen!«

Ich seh noch, wie sie die Arme sinken läßt und hastig das

aufgeschürzte Kleid herunterzupft, und da ich den Kopf wende, steht der blasse vornehme Student vor mir, und Lore, ohne ein Wort zu sagen, springt von ihrem Tritt herunter und stellt sich neben mich. – Der junge Herr steht auch nur und macht scharfe Augen auf die Lore, als wenn er das Anschauen ganz umsonst hätte. »Daß dich!« dacht ich und fing aufs Geratewohl einen lauten Diskurs über den Goldfuchs an, und red'te so lang, bis ich Antwort hatte, und ehe ich mich's versehen, waren wir alle drei auf den Hof hinübergetreten. Das Pferd scharrte mit den Hufen und sah seinen Herrn mit den klugen Augen an; Lore stand daneben, und recht als trüge sie Verlangen nach dem Tier, ließ sie ihre flache Hand an dem spiegelblanken Hals herabgleiten. »Es ist lammfromm«, sagte der junge Herr; »was meinen Sie, Fräulein Lore, drinnen im Stall hängt noch ein Damensattel!« – Sie schüttelte den Kopf; aber ich hörte, wie ihr der Atem versetzte, und ihre Augen blitzten ordentlich vor Lust. Der Herr Graf hatte das auch wohl verstanden; denn auf seinen Wink wurde der Sattel aufgeschnallt und ein leichter Zaum angelegt. Lore sah darauf hin, als wenn ihr die Augen verhext wären. Als aber der Knecht ihr das Holztreppchen zum Aufsteigen hinstellte, warf es der junge Herr beiseite. »Pfui doch, Johann!« rief er; und als wenn sich's nur von selbst verstände, faßt er das Mädchen unterm Arm. »Treten Sie fest!« sagte er und hielt die andere Hand vor sie hin, indem er mit seinen durchdringenden Augen zu ihr aufsah. Und Lore, als müsse sie nur immer tun, wie der es wollte, setzt ihr Füßchen in seine Hand. Ich merkte wohl, er zögerte; aber es war nur ein Augenblick; dann hob er sie mit einem raschen Schwung hinauf.

Sie sah ganz verwirrt aus und schlug die Augen nieder, als sie droben saß, und ließ sich geduldig den Zaum zwischen den Fingern von ihm zurechtlegen. Der Fuchs schüttelte den Kopf und stieß ein lautes Wiehern aus. Sein Herr strich ihm ein paarmal liebkosend über das seidene Fell; dann legte er die Hand hinter Lore auf den Sattel; mit der andern faßte er den Zaum und führte das Pferd langsam um das Rondell herum.

Ich muß es selbst sagen, sie machten ein stolzes Paar zusammen, und es hätte wohl keiner gedacht, der sie so gesehen, daß die feine Person nur eine arme Nähterin und eines Schneiders Tochter sei.

Bald ging es ihr schon nicht rasch genug. Sie warf die Hand empor, das Pferd fing an zu traben, und der junge Herr trat auf das Rondell zurück. Aber er ließ kein Auge von ihr; wie das Pferd lief, so ging er, die Reitpeitsche in der Hand, im Kreise mit umher; als sei es ihm angetan, so flogen seine Blicke an dem Mädchen hin und wider, von ihren schwarzen wehenden Haaren bis zu dem Füßchen, das oben an dem Sattel unter dem Kleide hervorsah. Bald rief er ihr, bald seinem Fuchs ein kurzes Wort hinüber. Das Tier lief immer schneller; es schnob und peitschte mit dem Schweife in die Luft. Lenore sah gar nicht darauf hin. Sie saß nur wie angeflogen und lächelte und sah auf den jungen Herrn, grad als wären's seine Augen, die sie auf dem Sattel festhielten.

So ging es eine Weile. »Wenn die Alte herauskäme!« dachte ich. »Es gäb ein böses Wetter!« Aber sie kam nicht. Da plötzlich schwenkt eine Flucht Tauben mit großem Geklapper über den Hof, und der Fuchs stutzt und macht einen Satz. Ich denk, die Lore stürzt herunter; aber nein, sie hing noch an dem Hals des Pferdes; nur blaß war sie geworden wie der Tod. »Oho, Virginie!« ruft der Herr, und gleich ist er auch drüben, hat die Lore auf seinen Armen, sieht sie einen Augenblick mit den scharfen Augen an und läßt sie dann sanft zu Boden gleiten. – Eh ich mich noch besinne, hör ich die Hoftür gehen. »Da ist die Alte!« denk ich; aber als ich mich umkehre, steht der Tischler vor mir. – Wär's nur die Alte gewesen, ich hätte mich nicht so alteriert; denn ganz wie versteinert sah der Mensch aus. »Ist denn schon Feierabend, Herr Werner?« ruf ich. Aber er achtet gar nicht darauf. »Guten Abend, Marie!« sagt er mit ganz heiserer Stimme, und er würgte ordentlich daran, als wenn ihm das Wort im Halse steckenbleiben müßte. – »Wollen wir nicht ins Haus gehen?« sag ich wieder. »Ich danke«, antwortet er; »ihr habt da schon Gesellschaft.« – Und ohne das Mädchen anzusehen oder eine Silbe an sie zu verlieren, kehrt er sich um und geht durch den großen Torweg der Straße zu.

Lore stand, ohne sich zu rühren, neben dem schnaubenden Pferde. »Was wollte der Mensch?« fragte der Graf. »Es ist ein

Landsmann von mir«, erwiderte sie leise. »Es ist Herr Werner«, sagte ich, »der erste Arbeiter in dem großen Möbelmagazin«; denn mich ärgerte das spöttische Gesicht, womit der Herr dem Tischler nachgesehen hatte.«

Die Erzählerin hatte eine Arbeit vollendet; sie stand auf und legte die Stoffe zusammen. Nebenan im Wohnzimmer fanden sich die Hausgenossen zum Mittagstisch zusammen.

»Was ist denn daraus geworden?« fragte ich noch.

»Was ist daraus geworden?« wiederholte sie. »Ich habe eine Zeitlang hin und wider geredet; am Ende – der Tischler kann ja doch nicht von ihr lassen, und sie, wenn ihr nicht just der Kopf verrückt ist, weiß auch wohl, was sie an ihm hat. Die schönen vornehmen jungen Herren sind ja nun doch einmal nicht für sie gewachsen.«

Wir gingen zu Tische. Aber die Geschichte der lahmen Marie lag mir schwer auf dem Herzen. – Lore und Christoph! Ich konnte mir die beiden Menschen nicht zusammendenken.

Ein Spaziergang

Bald nach Ostern hatte eine plötzliche Erkrankung meiner Mutter mich nach Hause gerufen. Erst im August, da ich die völlig Genesende mit Ruhe der Sorge meines Vaters und der Heilkraft der milden Lüfte überlassen konnte, kehrte ich auf die Universität zurück. Als ich fortreiste, war auf der weiten Seebucht neben der Stadt noch kaum das Eis verschwunden; nun rauschte über allen Wegen das volle Laub des Sommers.

Es war am Vormittage nach meiner Ankunft; von meinen Bekannten hatte ich noch keinen gesprochen. Ich stand nachdenklich in der Mitte meines einsamen Studentenstübchens; das ausgetrocknete Dintenfaß auf dem Schreibtisch und die bestaubten Bücher sahen mich unbehaglich an; der halb ausgepackte Koffer auf dem Fußboden machte es nicht besser. Aber die Sonne schien durch die Fensterscheiben und lockte mich hinaus, und bald ging ich, wie ich es schon als Knabe liebte, nur mit mir allein, im Schatten der breiten Ulmenallee, welche eine Strecke oberhalb des Wassers am Seestrande entlangführt.

Wie ein düsteres Gewölbe standen die ungeheuern Bäume über mir, während zu beiden Seiten auf Laub und Gräsern und in den Fenstern der hier überall im Grün versteckten Gartenhäuser die helle Morgensonne funkelte; mitunter, wo er durch die Büsche sichtbar wurde, traf auch ein Blitz des Meeresspiegels meine Augen. – Ich ging langsam weiter, die frische Luft mit vollen Zügen atmend; nur einzelne unbekannte Menschen begegneten mir, denn die Stunde des Spazierengehens hatte noch nicht geschlagen.

Allmählich aber hörten die Gärten auf; statt der Ulmen waren es hier schlanke, aufstrebende Buchen, die zur Seite standen. Noch eine kurze Strecke, und ich ging in einem kühlen Walde, der zur Linken eine Anhöhe hinansteigt, während ich nach der andern Seite durch die Bäume auf die See hinabblicken konnte. Vor mir aus dem Dickicht klang der Silberschlag des Buchfinken und der Lockruf der Schwarzamsel; dazwischen wie Musik hörte ich fortwährend das Lispeln der Blätter und drunten zu meinen Füßen das Anrauschen des Wassers. Mir kam plötzlich die Erinnerung an ein halbverfallenes Haus, das hier im Walde liegen mußte. Vor Jahren als Sekundaner war ich einmal mit einem mir verwandten Studenten dort gewesen, den ich von der Schule aus besucht hatte. Es war, so erfuhr ich damals, von einem spekulierenden Schenkwirt gebaut worden; aber die Spekulation mißglückte; es war ihm nicht gelungen, den großen Zug der Gäste in seine Einsamkeit hinauszulocken. Er hatte verkaufen müssen, und der neue Eigentümer ließ derzeit die spärliche Wirtschaft durch einen Kellner verwalten.

Ich entsann mich des langen blassen Menschen sehr wohl; und auch das einstöckige Gebäude, welches zwischen den hohen Buchen etwa auf der Hälfte der Anhöhe lag, stand jetzt mit Deutlichkeit vor meinen Augen. Unter der kleinen Säulenhalle, welche die Mitte der Fronte einnahm, hatte ich damals mein erstes Glas Grog getrunken; von hier aus waren wir durch eine große Flügeltür in einen hohen düstern Saal getreten, dessen Fenster nach hinten in den Wald hinaussahen. Mich überkam ein Verlangen, den einsamen Ort wieder aufzusuchen; zugleich eine Besorgnis, er möge jetzt verschwunden oder für mich nicht mehr zu finden sein.

Während ich so meinen Gedanken nachhing, bemerkte ich aufblickend einen schmalen Fußweg, der sich links vom Wege zwischen den Bäumen hinaufschlang. Ich stand einen Augenblick; so war es damals auch gewesen; dann stieg ich langsam den Berg hinauf. Nach einiger Zeit sah ich vor mir zwischen den Stämmen ein graues Schieferdach auftauchen, allmählich wurden auch die Kapitäle einer kleinen Säulenhalle und zu jeder Seite derselben der obere Teil eines Fensters sichtbar. Noch ein paar Schritte, und eine breite Steintreppe führte aus dem Baumschatten auf einen kleinen ebenen Platz hinaus.

Da lag es vor mir; mitten im Walde, im stillsten Sonnenschein. Die Zeit schien hier kaum etwas verändert zu haben; wie damals war der ursprünglich rötliche Anwurf der Mauern, wo er nicht abgeblättert an der Erde lag, überall mit grünem Moos bezogen, und aus den Spalten der hölzernen Säulen drängte sich braunes wucherndes Schwammgewächs; auch jetzt noch stand unter der kleinen Halle eine dunkelgrüne Bank zu jeder Seite der halbgeöffneten Flügeltür. – Ich setzte mich auf eine derselben und blickte durch die Lücken des Gehölzes auf die See hinab, wo eben ein Fischerboot im Sonnenschein vorüberglitt. – Menschen schienen hier oben nicht zu hausen, es rührte sich nichts; auch hinter mir aus dem Hause vernahm ich keinen Laut; nur eine Waldbiene summte in raschem Flug vorüber, und an den Grasrändern der Steintreppe gaukelten zwei dunkle Schmetterlinge.

Nach einer Weile stand ich auf und ging in den Saal. Er schien mir noch düsterer fast, als ich ihn mir gedacht hatte; die dicht vor dem Fenster stehenden Bäume schienen ihre Zweige bis über das Dach zu breiten. Ich schlug mit meinem Stock auf einen Tisch, daß es an der hohen Decke widerhallte; aber es kam niemand. – Zur Linken in einem Nebenzimmer, in das ich hineinblickte, stand ein einsames Billard. Aber gegenüber an der andern Seite des Saals war noch eine Tür; ich öffnete sie und gelangte in einen schmalen Gang und durch diesen wiederum ins Freie. – Neben einer Kegelbahn, die dicht am Hause lag, fand ich einen schon ältlichen Menschen, mit einer grünen Schürze angetan, auf dem Rasen eingeschlafen. In der Tat, es schien auch derselbe Kellner noch von damals! – Als ich ihn mit meinem

Stock berührte, riß er die Augen auf und sprang empor. »Ich bitte, mein Herr«, sagte er, »ich habe wenig Ruhe gehabt die Nacht.«

Ich sah ihn verwundert an.

»Sie wissen das nicht?« fuhr er fort, indem er mich von Kopf zu Füßen musterte. »Die Herren Korpsburschen haben ja seit Ostern ihren Kneipabend hierher verlegt.«

Ich wußte das in der Tat nicht, obgleich die meisten meiner Bekannten zu dieser Verbindung gehörten.

Während ich einen Krug Bier und eine Schnitte Brot bestellte, waren wir in den Saal zurückgeganen. – Als der Tagesschein durch die geöffnete Tür fiel, wurden auf der Mitte des Fußbodens ein paar dunkle Flecke sichtbar, die mir keinen Zweifel ließen, daß nicht nur die Kneipabende, sondern auch die dazugehörigen »Paukereien« in diese Einsamkeit verlegt waren. – »Weshalb schafft ihr denn das Blut nicht fort?« fragte ich.

»Um Entschuldigung, mein Herr«, erwiderte der blasse Kellner, »aber der Fleck kommt immer wieder; er ist von damals; als das Unglück hier passierte. – Es sah sich übel an, als der hitzige junge Herr auf einmal so still und weiß wurde.«

Ich entsann mich sogleich jenes Vorfalles, der einer dürftigen Offizierswitwe ihren einzigen Sohn gekostet hatte. Es war bald nach meiner Abreise geschehen und hatte auf kurze Zeit die Teilnahme des ganzen kleinen Landes in Anspruch genommen.

Ich ging in die Halle hinaus und setzte mich auf eine der grünen Bänke, des armen heißblütigen Jungen gedenkend, dessen Leben hier die letzte unliebsame Spur zurückgelassen hatte.

Nach einer Weile brachte der Kellner das bestellte Frühstück. »Heut abend könnten Sie was Besseres haben«, sagte er, indem er Krug und Teller vor mir auf den Tisch stellte. »Wir haben Ball; da schickt der Prinzipal allemal seine Köchin heraus.«

»Ball?« fragte ich erstaunt. »Wer tanzt denn hier mitten im Walde?«

»Nun«, erwiderte er und blickte fast ein wenig despektierlich auf meine nicht allzu moderne Kleidung, »die vornehmsten Herren Studenten haben das so eingerichtet.«

Mir fiel plötzlich eine Stelle aus dem Briefe eines Freundes ein, den ich während meines Aufenthaltes in der Heimat erhalten hatte. »Zum Hexensabbat nennen wir es; und es geht toll genug her!« So lauteten die Worte. Ich wußte jetzt, wovon die Rede war; ich hatte nur den Ort vergessen.

Der Kellner schien übrigens jenen Namen nicht eben gern zu hören. Während ich ihn aber noch damit zu schrauben suchte, waren zwei junge, mir wenig bekannte Studenten den Berg heraufgekommen. Sie warfen sich, ohne von mir Notiz zu nehmen, an der andern Seite der Tür auf die Bank, während sie in scharf akzentuierten Worten und mit einem grimmigen Gesichtsausdruck jeder einen Seidel Bier bestellten. Dann, während der Kellner sich entfernte, kam in abgebrochenen Sätzen, mitunter durch Pfeifen oder lautes Gähnen unterbrochen, eine Unterhaltung über die bevorstehende Tanzfestlichkeit in Gang, die der eine, offenbar ein »Fuchs« von neuestem Datum, erst durch seinen etwas ältern Genossen kennenlernen sollte. Eine nach der andern wurden ihm die Tänzerinnen in knapper, nicht eben zartester Porträtierung vorgeführt; voran die Töchter eines Winkeltanzmeisters und eines trunkfälligen Polizisten, mit deren Hülfe das Institut begründet war; in ihrem Gefolge eine ganze Reihe freund- und elternloser Mädchen, die während des Tages mit ihrer Hände Arbeit sich ein kärgliches Brot verdienten.

Ich verzehrte indessen schweigend mein Frühstück und fütterte mitunter einen Buchfinken, der furchtlos neben mir auf den Fliesen umherlief und die ihm hingeworfenen Brotkrumen aufpickte.

»Die Gräfin sollst du erst sehen!« begann der Ältere meiner beiden Nachbarn wieder, indem er seinen kleinen Schnurrbart drehte.

Der andere tat eine verwunderte Frage.

Sein Freund lachte: »Es ist nur eine Nähterin, Ludwig; aber wenn sie dich so kalt mit ihren schwarzen Augen ansieht! – Sie ist verdammt von oben herab.«

»Aber warum nennt ihr sie denn die Gräfin?«

»Nun, siehst du – der Raugraf hat sie.«

Ich weiß nicht, weshalb ich bei diesen Worten erschrak. Schon wollte ich nähere Erkundigungen bei dem jungen Renommisten einziehen, als mir einfiel, daß ich bei meinem Fortgehen die lahme Marie in der Hinterstube meiner Hauswirtin gesehen hatte.

Ich machte mich sofort auf den Rückweg; und eine halbe Stunde später stand ich neben ihr und hatte ein Gespräch mit ihr angeknüpft.

»Und Sie haben Lenore seit lange nicht gesehen?« fragte ich.

Sie schwieg einen Augenblick. »Ich gehe nicht mehr mit ihr«, sagte sie, indem sie auf ihre Arbeit blickte.

»Sie schienen doch sonst so gute Freunde!«

»Sonst, ja!« – Sie strich ein paarmal mit dem Nagel über die eben angefertigte Naht. »Aber seitdem sie draußen bei den Studenten tanzt – sie wird die längste Zeit bei der alten Tante gewesen sein; und mit dem Testament mag es nun auch wohl anders werden.«

»Also doch!« dachte ich. – Christoph hatte mir das entlehnte Geld schon einige Zeit nach seiner Abreise mit der kurzen Bemerkung zurückgesandt, daß er im Hause seines Oheims eine freundliche Aufnahme, bei den beiden Alten nicht weniger als bei deren schon etwas ältlicher Tochter, und außerdem Arbeit vollauf gefunden habe. Seitdem hatte ich Näheres weder von ihm noch von Lore gehört.

»Aber, wie ist denn das gekommen?« fragte ich nach einer Weile, während die Nähterin emsig fortgearbeitet hatte.

»Nun!« sagte sie und steckte für einen Augenblick die Nähnadel ins Zeug. »Es war vierzehn Tage vor Pfingsten; die Lore war schon lange unwirsch gewesen; ich dachte erst, weil der Tischler ihr noch immer nicht geschrieben hatte; mitunter aber kam's mir vor, als sei das ganze Verlöbnis ihr leid geworden und als könne sie in sich selber darüber nicht zurechte kommen. Sie scherte sich auch keinen Deut darum, ob sie mich oder eine von ihren vornehmen Herrschaften mit den kurzen Worten vor den Kopf stieß; am schlimmsten war es aber, wenn sie gegenüber die Musik vom Ballhaus hörte; denn sie hatte dem Tischler doch versprechen müssen, nicht zu Tanze zu gehen. – Eines Abends nun, da wir vor meiner Tür auf der Bank sitzen, kommt mein Schwestersohn, der Schneider, der erst gestern aus der Fremde heim war, mit ein paar andern Gesellen zu uns. Er war den Rhein herabgekommen, hatte auch dort in zwei oder drei

Städten, die er namhaft machte, gearbeitet. Die andern fragen; er erzählt. – »So hast du den Christoph Werner auch gesehen?« sagt der eine. – »Den Tischler, freilich hab ich ihn gesehen; der hat sein Glück gemacht.« – »Wie denn?« fragt der andere. – »Wie denn? Er heiratet die Meisterstochter; und sie hat – – – du verstehst mich!« Er machte wie Geldzählen mit den Fingern. Mir wurde himmelangst bei diesen Reden. »Du bist nicht gescheut, Junge«, sag ich, »was schwatzest du da ins Gelag hinein!« – »Oho, Tante, gescheut genug!« ruft er, »bin ich doch dabeigestanden, daß er die Bretter zu seinem Hochzeitsbett gehobelt hat!« – – Lore, auf dieses Wort, ohne einen Laut zu geben, steht sie von der Bank auf, nimmt ihren Hut und geht, ohne sich umzusehen, die Straße hinab. »Was fehlt der?« sagt mein Schwestersohn noch. – »Ich weiß nicht, Dietrich.« – Und ich wußte es auch wirklich nicht. Es war nicht gar so heiß gewesen zwischen ihr und dem Tischler; denn er war ihr lange nachgegangen, und sie hatte sich zweimal bedacht, bevor sie ja gesagt; und wenn ich's auch schon wußte mit dem vornehmen jungen Herrn, dem Studenten, so dachte ich doch nicht, daß er ihr so ganz ihren eigensinnigen Kopf verrückt hätte.

Noch eine Weile saß ich bei den andern und hörte, was der Junge, der Schneider, zu erzählen wußte; aber ich hörte nur halbwege, und bald litt es mich nicht länger; denn ich sorgte doch um sie.

So ging ich denn hinterher und traf sie, wie ich es mir auch gedacht hatte, drunten im Haus der Tante, wo sie in einem Hinterkämmerchen ihre Menage hatte. Da stand sie mitten im Zimmer kreideweiß und nagte sich auf den Lippen, daß ihr das Blut übers Kinn lief; alle ihre Schubfächer und Schachteln hatte sie aufgerissen, und Tüll und Bänder lagen um sie her gestreut auf dem Fußboden. »Lore«, rief ich, »was machst du, Lore?« Aber sie schien nicht auf mich zu hören. – »Ist Sonntag Tanz im Ballhaus?« fragte sie. »Im Ballhaus? Was geht das dich an?« – »Ich will mittanzen!« – »Du? Was würde dein Schatz wohl dazu sagen?« – »Was geht mich mein Schatz an!« – Sie hatte währenddes ihren Hut aufgesetzt und ihr Umschlagetuch von der Kommode genommen; dann schloß sie ein Kästchen auf, worin sie ihr Erspartes hineinzulegen pflegte; – denn wenn sie auch manchen Schilling für Putz vertat, so war sie doch stolz und hatte immer nicht so nackt und bloß zu ihrem Bräutigam kommen wollen. Nun riß sie das Papier, worin es eingewickelt war, herunter und ließ das lose Geld in ihre Tasche fallen. »Willst du mit?« fragte sie. »Ich muß Einkäufe machen.« – Ich wußte nicht, was sie wollte; aber sie dauerte mich, und so ging ich mit ihr; denn ich hoffte noch, das mit dem Tanzen ihr wieder auszureden. Aber es waren leere Worte; denn sie ging hastig neben mir die Straße hinab und antwortete nicht und sah nicht nach mir hin.

Als wir bei dem Schnittwarenhändler am Markte vor dem Ladentisch standen, ließ sie sich die dicksten seidenen Bänder und die modernsten Jakonetts vorlegen, wie sie deren sonst wohl nur zuzeiten für die Vornehmsten in der Stadt verarbeitet hatte. Sie suchte dazwischen umher und warf es durcheinander. Der Ladendiener legte noch eine Ware vor. »Wenn es der Dame, die das Kleid bestellt hat, auf den Preis nicht ankommt!« sagte er und streckte die Hand unter den klaren durchsichtigen Stoff. »Nein«, sagte Lore, »es kommt ihr auf den Preis nicht an.« – Ich stieß sie heimlich an; denn ich verstand es nun wohl, daß sie die kostbaren Zeuge für sich selber wollte. »Lore«, sagte ich leise, »ich bitte dich, besinne dich doch, was willst du mit den feinen Sachen?« – Aber sie kehrte sich nicht daran, sie ließ den Ladendiener abschneiden und zählte das schöne harte Geld auf den Tisch, als wenn sie nicht mehr wüßte, wie viele Tage sie sich sauer darum hatte tun müssen. »So laß doch«, sagte sie, als ich ihren Arm zurückhielt; »ich will auch einmal fein sein; ich bin nicht häßlicher als die Schönste hier!« – – –

Dann ist sie nach Haus gegangen und hat die ganze Nacht und den folgenden Tag gesessen und mit der heißen Nadel genäht, bis das teuere Kleid fertig gewesen ist.

Am Sonntag darauf«, fuhr die Erzählerin fort, nachdem sie zuvor einen neuen Faden durch ihre Nadel gezogen hatte, »abends, da es schon spät gewesen ist, hat sie sich von den weißen Maililien in ihr schwarzes Haar gesteckt und ist dann aufs Ballhaus gegangen.

Ich hab das alles nur von meinem Schwestersohn«, setzte sie hinzu, »das ist auch einer, der keinen Tanz verpassen kann. – –

Sie hat erst lange gesessen; denn die jungen Handwerksleute haben sich gar nicht an sie getraut, und die Studenten hat sie selber einen nach dem andern abgewiesen; es hätte nahezu wieder einen Aufruhr um sie gegeben. Der blasse vornehme Student, wie heißen sie ihn gleich?« – –

»Der Raugraf!« sagte ich.

»Freilich, der ist auch dagewesen; aber er hat sich wie gar nicht um sie gekümmert. Zuletzt hat er doch kommen müssen; denn zu schön hat sie ausgesehen; als wenn sie aus dem Morgenland gekommen wäre, haben sie gesagt. Sie ist blutrot geworden, als er zu ihrem Platz getreten ist, und hat am ganzen Leib gezittert. Aber nun ist sie aufgestanden und hat ihm die Hand gegeben, und er hat sie angesehen, sagt mein Schwestersohn, als wenn er sie hat verzehren sollen. Sie hat auch mit keinem sonst getanzt; denn bis die Musikanten ihre Geigen eingepackt haben, sind die beiden miteinander nicht wieder von der Diele gekommen.«

Die lahme Marie schwieg; nur »Ja, ja!« sagte sie noch einmal, wie in Gedanken die Moral aus ihrer Erzählung ziehend; dann setzte sie eifriger als zuvor ihre Arbeit fort.

Ich wußte genug und beschloß, um nun auch mit eignen Augen zu sehen, mich heute abend selbst auf den »Hexensabbat« zu begeben.

Draußen im Walde

Es war schon dunkel; eine schwüle Luft lag über dem Walde, während ich die Anhöhe hinauf den Weg durch die Baumstämme zu finden suchte.

Als ich die Steintreppe erstiegen hatte, blieb ich unwillkürlich stehen. Neben mir sah ich ein paar weiße Mädchengestalten durch die Bäume schlüpfen und dann seitwärts im Hause verschwinden. Es schien eben eine Tanzpause zu sein; ich hörte drinnen in dem hell erleuchteten Saal die Musikanten ihre Geigen stimmen; an den offenen Flügeltüren vorbei trieben Studenten und Mädchen in lebhaftem Verkehr vorüber. Ich konnte mich nicht überwinden, sogleich hineinzugehen; vor meinem innern Auge stand die liebliche Kindesgestalt des Mädchens; ich sah sie wieder an dem Halse ihres armen Vaters hangen; ich dachte daran, wie sie so hartnäckig meiner knabenhaften Leidenschaft ausgewichen war. Ein plötzlicher Schmerz kämpfte in meiner Brust; ich weiß kaum, war es Mitleid oder Eifersucht.

Endlich stieg ich die beiden Stufen der kleinen Halle hinan und stellte mich unbemerkt an den Pfosten der offenen Tür. Die Pause dauerte noch fort; aber es schien darum nicht weniger lebendig; die Studenten, die an den Seitentischen oder im Nebenzimmer saßen, redeten und klappten mit ihren Seideln, die Mädchen trieben sich lachend auf und ab; mitunter fuhr ein übermütiger Schrei durch den Saal.

Es waren anmutige Gesichter unter diesen Mädchen; jugendliche Gestalten mit großen leidenschaftlichen Augen, die durch den Ausdruck sorglosen Lebensgenusses oder einen vorüberwandelnden Zug von Leide nicht weniger anziehend wurden. Trotz ihrer Armut waren sie alle sauber gekleidet, in hellen, durchsichtigen Stoffen, eine Blume oder einen frischen Kranz in dem sorgfältig geflochtenen Haar.

Dies hatte indessen bei ihren Tänzern nicht eine gleiche Rücksicht zu bewirken vermocht; denn namentlich die Jüngeren und einige der sogenannten »Hauptthähne« der Verbindung scheuten sich nicht, in Gegenwart ihrer Damen die Beine behaglich über Tisch und Bänke auszustrecken.

Meine Augen suchten Lore, und sie brauchten nicht lange zu suchen. Sie saß dem Billardzimmer gegenüber zwischen einem Paar jüngerer Mädchen, die lebhaft zu ihr sprachen, während sie teilnahmlos vor sich hin blickte.

Im Haar trug sie eine weiße Rose, eine Seltenheit in dieser Jahreszeit; aber auf ihrem Antlitz war die Rosenzeit vorüber; kein Rot schimmerte mehr durch diese zarten blassen Wangen.

Auch den Raugrafen sah ich; er saß mit übergeschlagenen Beinen, wie ermüdet, an der andern Seite des Saales. – Ich stand in seiner Nähe. Als die Musikanten ihre Instrumente zur Hand nahmen, trat einer der jüngeren Studenten zu ihm. »Laß mir die Lore für diesen Tanz!« sagte er schüchtern.

»Ein andermal, Fuchs!« erwiderte der Raugraf und lehnte seinen schönen, aber bleichen Kopf zurück gegen die Wand. Die

Musik setzte ein; allein er stand nicht auf, um seine Tänzerin zu holen; er hob lässig die Hand und machte gegen sie hin ein Zeichen mit den Fingern. Ich sah, wie sie einen zornigen Blick zu ihm hinüberwarf und dann, ohne aufzustehen, ihre Augen in die aufgestützte Hand begrub. Der Raugraf faltete die Stirn, und nach einer Weile sprang er auf und schritt durch den Saal, bis er vor ihr stand. – Als sie auch jetzt nicht aufblickte, legte er den Arm um sie und zog sie mit einer raschen Bewegung zu sich empor. Er schien einige Worte mit Heftigkeit hervorzustoßen; ich war indes zu weit entfernt, um etwas davon verstehen zu können. Dann trat er mit ihr an die Spitze der übrigen Paare und eröffnete den Tanz.

Sie war eine voll ausgewachsene Mädchengestalt, aber gleichwohl reichte sie ihm nur bis an die Brust. Ich sah ihnen lange nach; sie hatte den Kopf in den Nacken fallen lassen, während sie fast von seinem Arm getragen wurde und nur mit den Fußspitzen den Boden berührte; er neigte sich über sie, und seine Augen lagen unbeweglich wie die eines jungen Raubvogels auf ihrem Antlitz, das sie mit geschlossenen Lidern ihm entgegenhielt. Als der Tanz zu Ende war, führte er sie an ihren Platz und ließ sie leicht aus seinen Armen auf den Stuhl gleiten.

Die Pause dauerte indes nicht lange. Bald entstand eine Unruhe im ganzen Saal; die Musik setzte in rasendem Tempo ein, und die Paare reihten sich stürmisch aneinander.

Der Tanz begann aufs neue, Gelächter und ausgelassene Rufe flogen durch die Runde; immer wilder sah ich die kleinen leichtfertigen Füßchen über die dunkeln Flecke des Fußbodens gleiten. Endlich kam es zu einer Tour, durch deren ungestüme Ausführung die ganze Reihe der armen Kinder unausbleiblich zu Fall gebracht wurde.

Dann wie auf einen Wink schwieg die Musik, und während ihre Tänzer lachend über sie hinwegsprangen, standen sie mit heißen Gesichtern auf und strichen sich das Haar aus der Stirn oder suchten den Staub von ihrem mühsam erarbeiteten Ballstaat abzuschlagen. – Ich weiß nicht, war es noch ein Rest von dem Zerstörungstriebe des Kindes oder war es der allen Menschen innewohnende Drang, sich gegen das aufzulehnen, dessen Einfluß man sich nicht entziehen kann; – es schien, als wenn die akademische Jugend sich in übermütiger Herabwürdigung des Weibes gar nicht genugtun konnte.

Lore, die ich nicht außer acht gelassen, saß einsam auf demselben Platze, wohin sie von dem Raugrafen geführt worden war. Sie schien es sich erzwungen zu haben, daß zu jenem Tanze niemand sie auch nur aufgefordert hatte.

Während bald darauf, vielleicht des Kontrastes halber, ein Contretanz mit aller Feierlichkeit ausgeführt wurde, ging ich mit einem Bekannten in das Seitenzimmer. Wir trafen mehrere ältere Studenten, und bald waren wir, unsere Bierseidel vor uns, in ein alle gleicherweise interessierendes Gespräch über die Eventualitäten des bevorstehenden Examens vertieft.

Als nebenan die Musik absetzte, kamen noch einige der Tanzpaare zu uns an den Tisch; der Raugraf mit Lore war auch darunter. – Sie setzte sich neben ihn, während er die Speisekarte musterte, und bald hatte der Kellner einige Schüsseln und eine Flasche Champagner vor den beiden hingestellt. Der Kork wurde behutsam abgenommen – der Raugraf ließ niemals einen Champagnerpfropfen knallen –, und der schäumende Wein floß in die Gläser. Die andern Mädchen, denen ein einfacheres Mahl serviert war, stießen ihre Tänzer heimlich mit den Ellenbogen; und auch meine Aufmerksamkeit war bald ausschließlich auf dieses Paar gerichtet. – Lore hatte ihr blasses Gesicht in die eine Hand gestützt, während die andere wie vergessen an dem Fuß des vollen Glases ruhte; der Raugraf beschäftigte sich behaglich mit seinem Lerchensalmi und schlürfte schweigend seinen Wein dazu. »Willst du nicht essen, Lore?« fragte er endlich.

Sie schüttelte den Kopf.

Er sah sie einen Augenblick an. »Du willst nicht? – – Nun«, setzte er ruhig hinzu, »deine Sache!« Dann schenkte er sich ein und setzte seine Mahlzeit fort.

Das Mädchen hatte indessen ihr Glas an die Lippen geführt und es mit einem durstigen Zug hinabgetrunken. Ohne den Kopf zu erheben, der noch immer müde in ihrer Hand ruhte, nahm sie die Flasche und hielt sie schwebend über dem leeren Glase, so daß der Wein langsam hineinfloß und nur allmählich schäumend in dem Kelche aufstieg. Ihre Augen blickten mit einem Ausdruck von Trostlosigkeit darauf, als sehe sie ihr Leben aus der Flasche rinnen. Sie achtete auch nicht darauf, als der Schaum aus dem Glase auf den Tisch und von diesem auf den Boden floß; nur ihre andere Hand schien sich immer fester in das schwarze seidige Haar hineinzuwühlen.

»Schöne Dame«, flüsterte ein hübscher milchbärtiger Junge, während er wie bettelnd ihr sein leeres Glas entgegenhielt, »einen Tropfen von Eurem Überfluß!«

Lore blickte nicht auf; aber ich sah, wie es flüchtig um ihre Lippen zuckte.

»Was denn, Fuchs, was hast du?« fragte einer von den Alten, der sich bisher nur mit seinem Glase beschäftigt hatte. »Oho, Stoffvergeudung!« rief er plötzlich und legte seine Hand auf den Arm des Mädchens.

Der Raugraf war nur ein wenig zur Seite gerückt, als der Wein neben ihm zu Boden tropfte. »Laß sie«, sagte er, »es ist ihre Natur so. – Nicht wahr, Lore«, setzte er hinzu, indem er sich lächelnd zu ihr wandte, »wir beide, wir verstehen uns aufs Vergeuden!«

Sie setzte die Flasche auf den Tisch und warf ihm einen Blick voll unergründlichen Hasses zu. Dann stand sie auf und ging nach der Tür, die in den Saal führte. Aber er war zugleich mit ihr aufgesprungen. Ein Ausdruck verbissenen Jähzorns entstellte die schönen regelmäßigen Gesichtszüge. »Was fällt dir ein!« flüsterte er und packte mit Heftigkeit ihren Arm. Sie blieb stehen, ohne daß sie Miene machte, sich von seiner Hand zu lösen; nur ihre dunkeln glänzenden Augen blickten ihn fragend und verachtend an. Eine Weile ertrug er es; dann zog er die Hand zurück, und indem er ein kurzes Lachen ausstieß, trat er wieder an den Tisch und schenkte langsam die Neige aus der Flasche. – Lore sah ich durch die Saaltür zwischen den Tanzenden verschwinden.

Mir quoll das Herz; ich hatte aus der Ecke, wo ich saß, alles genau beobachtet. Nach einer Weile machte ich mich los und trat in den Saal, um sie zu suchen.

Sie war nicht unter den Tanzenden; als ich mich aber zwischen den walzenden Paaren durchgedrängt hatte, sah ich sie in einer Fensternische stehen und scheinbar regungslos in das Gewühl hineinstarren; sie war fast so blaß wie die weiße Rose in ihrem Haar.

»Sie erinnern sich meiner wohl nicht mehr?« fragte ich, indem ich auf sie zutrat.

Eine tiefe Röte überzog auf einen Augenblick ihr Antlitz. »Oh, doch!« sagte sie leise.

»Wollen wir tanzen, Lore?«

Sie senkte, während sie mir die Hand reichte, den Kopf so tief, daß ich ihre Augen nicht zu sehen vermochte; aber ich sah, wie ihre kleinen weißen Zähne sich tief in ihre Lippe gruben.

So tanzten wir denn zusammen; nur ein paar Runden; denn auch sie mochte fühlen, daß es mir nicht ums Tanzen war. Bald standen wir nebeneinander vor der großen Ausgangstür, deren beide Flügel weit geöffnet waren. Ich blickte unwillkürlich hinaus; es war sehr finster, nur die Stämme der nächsten Buchen waren von dem herausfallenden Schein beleuchtet. Aber ein Strom bewegter Nachtluft trieb erfrischend gegen uns heran, und während von der einen Seite das Kreischen der Geigen und das Scharren der Tanzenden an mein Ohr schlug, vernahm ich zugleich von draußen das traumhafte Rieseln in den Laubkronen des Waldes.

Das Mädchen stand neben mir, ohne zu sprechen, die Augen zu Boden geschlagen. – Ich faßte mir ein Herz. »Wie mag es Christoph gehen?« fragte ich.

Sie fuhr zusammen und murmelte etwas, das ich nicht verstand; aber auf ihren blassen Wangen wurden zwei dunkelrote Flecke sichtbar.

»Was würde er sagen«, fuhr ich fort, »wenn er hier wäre!«

Ich sah, wie sie nach Atem rang und wie ihre herabhangende Hand krampfhaft an dem Kleide fingerte. »Oh, bitte«, stieß sie leise hervor, »nicht hier, nur nicht hier!«

»Wo denn? Wollen Sie mich hören, Lore?«

Sie blickte zu mir auf. »Draußen«, sagte sie leise, »ich werde gleich herauskommen; lassen Sie uns abtreten nach dieser Runde! – Ich habe Sie schon bitten wollen, als ich Sie vorhin im Nebenzimmer sitzen sah.«

Wir tanzten noch einmal; dann führte ich sie zu Platz und trat durch die Tür in den kleinen Säulengang hinaus. – Es donnerte in der Ferne, und als ich die beiden Stufen ins Freie hinabstieg, wetterleuchtete es, daß ich auf einen Augenblick die einzelnen Baumstämme bis an die See hinab und drunten das Blinken des Wasserspiegels unterscheiden konnte.

Ich ging um das Haus herum bis an die Kegelbahn und wartete dort. Nicht lange, so sah ich auch den Schimmer eines weißen Kleides, ich hörte den leichten Schritt des Mädchens, und gleich darauf stand sie selbst tief aufatmend vor mir. – So war ich denn endlich wieder mit ihr allein, im Dunkel, in der Sommernacht; aber es waren andere Zeiten. Ehe ich sie anzureden vermochte, hatte sie ein Papier aus der Tasche gezogen, der Schein eines Blitzes fuhr darüber, und ich erkannte Poststempel und Siegel eines Briefes. »Er ist von Christoph«, sagte Lore, indem sie das Papier in meine Hand legte, die ich unwillkürlich danach ausgestreckt hatte.

»Von Christoph!« rief ich. »Wann haben Sie den Brief erhalten?«

»Heute!« erwiderte sie leise.

»Und Sie sind doch hieher gekommen?«

Sie schwieg.

»Darf ich den Brief lesen, Lenore?«

»Ich habe Sie darum bitten wollen.«

Ich ging an eines der erleuchteten Saalfenster in der hintern Fronte des Hauses. – Lenore war mir langsam gefolgt, und ich fühlte, wie während des Lesens ihre Augen unablässig auf mich gerichtet waren.

Es war ein langer Brief; Christoph gab von seinem Schweigen Rechenschaft. Er hatte das Geschäft seines Oheims übernommen; aber die Verhältnisse waren lange in der Schwebe gewesen, da alles von einer Verheiratung der Tochter mit einem wohlhabenden Schornsteinfegermeister abgehangen; schon sei er, da eben ein neugieriger Schneider aus der Heimat ihn besucht habe, mit dem Geräte zu ihrer Hochzeitskammer beschäftigt gewesen, als die ganze Sache noch einmal in Frage gestellt worden sei. Jetzt aber war endlich alles geordnet, die Tochter hatte Hochzeit gemacht, und er selbst sollte in den nächsten Tagen das Meisterrecht in der fremden Stadt erwerben. Dann lud er sie ein zu kommen, da er nicht fortkönne, um sie zu holen. »Sobald ich Deine Antwort habe«, das waren die letzten Worte des Briefes, »schicke ich Dir das Reisegeld; es liegt schon abgezählt und eingesiegelt. Das Haus wirst Du leicht erkennen; neben der grünen Bank, die vor der Tür ist, steht eine Linde, wie daheim vor Deinem Elternhaus; eine Kammer, die ich selber für die jungen Meistersleute hergerichtet habe, ist ganz davon beschattet.« – –

Ich hatte den Brief zusammengefaltet und reichte ihn zurück. Aber Lore schüttelte den Kopf. »Schreiben Sie ihm, Herr Philipp!« sagte sie, während eine Träne nach der andern über ihre Wangen tropfte, und leise und mühsam setzte sie hinzu: »Er hat es gut gemeint.«

»Und Sie wollen nicht selber kommen?« fragte ich.

Sie sah mich an, mit einem Blick so voll flehender Verzweiflung, daß ich bereute, diese Frage an sie getan zu haben. »Lore«, sagte ich, »kann denn niemand helfen?«

Sie senkte den Kopf, indem sie mit der Stirn an eine Fensterscheibe lehnte; die weiße Rose lag noch immer duftend auf dem glänzend schwarzen Haar. »Er war, da er noch lebte, nur ein armer Mann«, sagte sie, und ihre Stimme brach fast in verhaltenem Schluchzen, »aber er war doch mein Vater, und es hat mich sonst doch keiner so geliebt – er würde mich auch jetzt noch nicht verstoßen.«

Als sie das gesagt hatte, schwiegen wir beide; nur hatte ich, ohne daß ich es wußte, ihre beiden Hände ergriffen, und sie ließ sie mir. – Da hörte ich von der andern Seite des Hauses, von der Halle her, die Stimme des Raugrafen ihren Namen rufen.

Sie fuhr zusammen. »Lore«, sagte ich, »können Sie denn nicht los von jenem Menschen?«

Ihre Augen blickten mich groß und traurig an. »O doch!« sagte sie leise, und mir war, als sähe ich ein Lächeln um ihren Mund; aber ein Lächeln wie in verhüllter Arglist. – Indem wurde noch einmal und mehr in unserer Nähe gerufen.

Sie trocknete hastig ihre Augen. »Leb wohl, Philipp, leb wohl!« flüsterte sie. Ich empfand den Druck der beiden kleinen Hände; dann war sie fort.

Wie lange ich noch unter den Bäumen auf und ab gegangen, weiß ich nicht. Ich kam erst wieder zum Bewußtsein der Dinge um mich her, als drinnen im Saale plötzlich die Tanzmusik aufhörte und ich statt dessen das Schreien der großen Eulen vernahm, die tiefer im Walde ihr Wesen trieben.

Als ich dann, um über die Steintreppe zu dem Fußweg zu gelangen, an der vorderen Fronte des Hauses vorüberging, sah ich Lore noch einmal. Sie stand unter der Halle, den Arm um eine der Säulen geschlungen, und blickte durch die Bäume auf die See hinab, wo eben ein Wetterschein blendend über das Wasser leuchtete.

Am Strande

Ich hatte lange schlaflos auf meinem Kissen gelegen, an einem Plane sinnend, wie ich Lore mit Hülfe meiner Mutter einen andern Zufluchtsort eröffnen möchte und, was vielleicht das schwierigste sei, wie ich sie überreden könne, einen solchen anzunehmen.

Als ich am andern Morgen spät erwachte, stand Fritz Bürgermeister, wie wir ihn als Knaben zu nennen pflegten, vor meinem Bett und lachte mich mit seinen treuen Augen an. – Bald saßen wir nebeneinander im Sofa, und Fritz hatte vollauf von gemeinschaftlichen Freunden zu erzählen, die er in Heidelberg zurückgelassen. Aber ich hörte nur mit halbem Ohr; meine Gedanken waren bei dem Erlebnis der vergangenen Nacht.

Einige Zeit nachher, als wir auf meinen Vorschlag das Haus verlassen und am Strande entlang in der schattigen Ulmenallee nebeneinander gingen, entlastete ich mein Herz und berichtete ihm alles, was ich über Lore und mit ihr selbst erfahren hatte. Fritz hörte schweigend zu, nur mitunter murmelte er halblaut einen derben Fluch, indem er die im Wege liegenden Steine mit dem Fuße fortstieß, oder er führte einen Hieb in die Luft, als hätte er einen Schläger in der Faust.

Es blieb auch nicht bei diesen Zeichen; acht Tage später stand er dem Raugrafen auf der Mensur gegenüber. Aber der Raugraf schlug eine gefährliche Terz, und Fritz erhielt einen »Schmiß«, dessen Narbe noch jetzt, wenn der Zorn in ihm aufsteigt, wie ein roter Blitz über seine Stirn flammt. – Als wir aus der Allee in den Wald gekommen waren und fast die Stelle erreicht hatten, wo der Fußweg die Anhöhe nach dem Tanzhause hinaufgeht, sahen wir auf der andern Seite jenseit der Bäume mehrere Menschen auf dem Strande. Sie standen dicht am Wasser und schienen damit beschäftigt, etwas, das man nicht unterscheiden konnte, auf den Boden niederzulegen. In demselben Augenblick kam auch ein Mann in Fischerkleidung in den Weg hinauf. »Was gibt's da unten?« fragte ich im Vorübergehen.

»Nichts Gutes, Herr!« war die Antwort; »ein junges Frauenzimmer ist verunglückt.«

»Lore!« rief ich und ergriff unwillkürlich die Hand meines Freundes.

Er stieß einen Laut des Schreckens aus. »Was redst du nur!« sagte er abwehrend.

Gleichwohl stiegen wir in stummem Einverständnis durch die Bäume an den Strand hinab. Ich hörte währenddes die Leute drunten miteinander reden. »Was der gefehlt haben mag?« sagte eine rauhe Stimme. »Es muß doch eine von den vornehmen Fräuleins sein! – Und in vollem Staat ist sie ins Wasser gegangen.« Dann wurde es wieder still; nur die Wellen rauschten in der Morgenluft.

Als wir zwischen den Bäumen heraustraten, wurde ich fast vom Sonnenschein geblendet, der in vollstem Glanze vor uns über die weite Meeresbucht gebreitet war. – Und in diesem Sonnenglanze lag auch sie; die Fischer traten bei unserer Annäherung zur Seite, und wir konnten sie ungestört betrachten. Es war kein Zweifel mehr. Das bleiche Gesichtchen ruhte auf dem Ufersande; die kleinen tanzenden Füße ragten jetzt regungslos unter dem Kleide hervor; Seetang und Muscheln hingen in den schwarzen triefenden Haaren. Die weiße Rose war fort; sie mochte ins Meer hinausgeschwommen sein.

Viele Jahre sind seit jenem Morgen vergangen. – Auf dem Kirchhofe der Universitätsstadt, abseits im hohen Grase, liegt eine weiße Marmortafel; »Lenore Beauregard« steht darauf. – Drei Heimatsgenossen, in verschiedenen Teilen des deutschen Landes lebend, haben sie gestiftet.

Unter dem Tannenbaum

1

Eine Dämmerstunde

Es war das Arbeitszimmer eines Beamten. Der Eigentümer, ein Mann in den Vierzigern, mit scharf ausgeprägten Gesichtszügen, aber milden, lichtblauen Augen unter dem schlichten, hellblonden Haar, saß an einem mit Büchern und Papieren bedeckten Schreibtisch; damit beschäftigt, einzelne Schriftstücke zu unterzeichnen, welche der daneben stehende alte Amtsbote ihm überreichte. Die Nachmittagssonne des Dezembers beleuchtete eben mit ihrem letzten Strahl das große, schwarze Dintenfaß, in das er dann und wann die Feder tauchte. Endlich war alles unterschrieben.

»Haben Herr Amtsrichter sonst noch etwas?« fragte der Bote, indem er die Papiere zusammenlegte.

»Nein, ich danke Ihnen.«

»So habe ich die Ehre, vergnügte Weihnachten zu wünschen.«

»Auch Ihnen, lieber Erdmann.«

Der Bote sprach einen der mitteldeutschen Dialekte; in dem Tone des Amtsrichters war etwas von der Härte jenes nördlichsten deutschen Volksstammes, der vor wenigen Jahren, und diesmal vergeblich, in einem seiner alten Kämpfe mit dem fremden Nachbarvolke geblutet hatte. – Als sein Untergebener sich entfernte, nahm er unter den Papieren einen angefangenen Brief hervor und schrieb langsam daran weiter.

Die Schatten im Zimmer fielen immer tiefer. Er sah nicht die schlanke Frauengestalt, die hinter ihm mit leisen Schritten durch die Tür getreten war; er bemerkte es erst, als sie den Arm um seine Schulter legte. – Auch ihr Antlitz war nicht mehr jung;

aber in ihren Augen war noch jener Ausdruck von Mädchenhaftigkeit, den man bei Frauen, die sich geliebt wissen, auch noch nach der ersten Jugend findet. »Schreibst du an meinen Bruder?« fragte sie, und in ihrer Stimme, nur etwas mehr gemildert, war dieselbe Klangfarbe wie in der ihres Mannes.

Er nickte. »Lies nur selbst!« sagte er, indem er die Feder fortlegte und zu ihr emporsah.

Sie beugte sich über ihn herab; denn es war schon dämmerig geworden. So las sie, langsam wie er geschrieben hatte:

»Ich bin wieder gesund und arbeitsfähig, – glücklicherweise; denn das ist die Not der Fremde, daß man den Boden, worauf man steht, sich in jeder Stunde neu erschaffen muß. So schlecht es immer sein mag, darin habt Ihr es doch gut daheim; und wer wäre nicht gern geblieben, wenn er nur ein Stück Brot und jenes unentbehrliche ›sanfte Ruhekissen‹ des alten Sprichworts sich hätte erhalten können.«

Sie legte schweigend die Hand auf seine Stirn, während er, der ihren Augen gefolgt war, das Blatt umwandte. Dann las sie weiter:

»Der guten und klugen Frau, die Du vorige Weihnachten bei uns hast kennenlernen, bin ich so glücklich gewesen, durch die Vermittlung eines Vergleichs mit ihrem Gutsnachbarn einen wirklichen Dienst zu leisten; der schöne, so sehr von ihr begehrte Wald ist seit kurzem endlich in ihren Besitz gelangt. Hätten wir morgen für Deinen Freund Harro nur eine Tanne aus diesem Walde! Denn hier ist viele Meilen in die Runde kein Nadelholz zu finden. Was aber ist ein Weihnachtsabend ohne jenen Baum mit seinem Duft voll Wunder und Geheimnis!«

»Aber du«, sagte der Amtsrichter, als seine Frau gelesen hatte, »du bringst in deinen Kleidern den Duft des echten Weihnachtsabends!«

Sie langte lächelnd in den Schlitz ihres Kleides und legte ein großes Stück braunen Weihnachtskuchen vor ihm auf den Tisch. »Sie sind eben vom Bäcker gekommen«, sagte sie, »prob nur; deine Mutter backt sie dir nicht besser!«

Er brach einen Brocken ab und prüfte ihn genau; aber er fand alles, was ihn als Knaben daran entzückt hatte; die Masse war glashart, die eingerollten Stückchen Zucker wohl zergangen und kandiert. »Was für gute Geister aus diesem Kuchen steigen«, sagte er, sich in seinen Arbeitsstuhl zurücklehnend; »ich sehe plötzlich, wie es daheim in dem alten, steinernen Hause Weihnacht wird. – Die Messingtürklinken sind womöglich noch blanker, als sonst; die große gläserne Flurlampe leuchtet heute noch heller auf die Stuckschnörkel an den sauber geweißten Wänden; ein Kinderstrom um den andern, singend und bettelnd, drängt durch die Haustür; vom Keller herauf aus der geräumigen Küche zieht der Duft des Gebäckes in ihre Nasen, das dort in dem großen kupfernen Kessel über dem Feuer prasselt. – Ich sehe alles; ich sehe Vater und Mutter – Gott sei gedankt, sie leben beide! – Aber die Zeit, in die ich hinabblicke, liegt in so tiefer Ferne der Vergangenheit! – – Ich bin ein Knabe noch! – Die Zimmer zu beiden Seiten des Flurs sind erleuchtet; rechts ist die Weihnachtsstube. Während ich vor der Tür stehe, horchend, wie es drinnen in dem Knittergold und in den Tannenzweigen rauscht, kommt von der Hoftreppe herauf der Kutscher, eine Stange mit einem Wachslichtendchen in der Hand. – ›Schon anzünden, Thomas?‹ Er schüttelt schmunzelnd den Kopf und verschwindet in die Weihnachtsstube. – Aber wo bleibt denn Onkel Erich? – – Da kommt es draußen die Treppe hinauf; die Haustür wird aufgerissen. Nein, es ist nur sein Lehrling, der die lange Pfeife des ›Herrn Ratsverwandters‹ bringt; ihm nach quillt ein neuer Strom von Kindern; zehn kleine Kehlen auf einmal stimmen an: ›Vom Himmel hoch, da komm ich her!‹ Und schon ist meine Großmutter mitten zwischen ihnen, die alte, geschäftige Frau, den Speisekammerschlüssel am kleinen Finger, einen Teller voll Gebäckes in der Hand. Wie blitzschnell das verschwindet! Auch ich erwische meinen Teil davon, und eben kommt auch meine Schwester mit dem Kindermädchen, festlich gekleidet, die langen Zöpfe frisch geflochten. Ich aber halte mich nicht auf; ich springe drei Stufen auf einmal die Treppe nach dem Hofe hinab.«

Es war allmählich dunkel geworden; die Frau des Amtsrichters hatte leise einen Aktenstoß von einem Stuhl entfernt und sich an die Seite ihres Mannes gesetzt.

»Drüben in dem Seitengebäude ist das Arbeitszimmer meines Vaters. Auf die Vordiele dort fällt heute kein Lichtschein aus dem Türfenster der Schreiberstube; der alte Tausendkünstler ist von meiner Mutter drinnen bei den Weihnachtsgeheimnissen angestellt. Aber ich tappe mich im Dunkeln vorwärts; denn gegenüber in seinem Zimmer höre ich die Schritte meines Vaters. Er arbeitet schon nicht mehr. Ich öffne leis die Tür; wie deutlich sehe ich ihn vor mir, ihn selbst und das große, verräucherte Gemach, in dem der harte Schlag der alten Wanduhr pickt! Mit einer feierlichen Unruhe geht er zwischen den mit Papieren bedeckten Tischen umher, in der einen Hand den Messingleuchter mit der brennenden Kerze, die andere vorgestreckt, als solle jetzt alles Störende ferngehalten werden. Er öffnet die Schublade seines kleinen Stehpults und nimmt die große goldene Tabatiere aus der Fischhautkapsel, einst ein Geschenk der Urgroßmutter an ihren Bräutigam, dann nach des Urgroßvaters Tode eine Ehren- und Vertrauensgabe an ihn. Aber er ist noch nicht fertig; aus dem Geldkörbchen werden blanke Silbermünzen für die Dienstboten hervorgesucht, eine Goldmünze für den Schreiber. ›Ist Onkel Erich schon da?‹ fragte er, ohne sich nach mir umzusehen. – ›Noch nicht, Vater! Darf ich ihn holen?‹ – ›Das könntest du ja tun.‹ Und fort renne ich durch das Wohnhaus auf die Straße, um die Ecke am Hafen entlang, und während ich drunten aus der Dämmerung das Pfeifen des Windes in den Tauen der Schiffe höre, habe ich das alte Giebelhaus mit dem Vorbau erreicht. Die Tür wird aufgerissen, daß die Klingel weithin durch Flur und Pesel schallt. – Vor dem Ladentisch steht der alte Kommis, der das Detailgeschäft leitet. Er sieht mich etwas grämlich an. ›Der Herr ist in seinem Kontor‹, sagt er trocken; er liebt die wilde naseweise Range nicht. Aber, was geht's mich an. – Fort mach ich hinten zur Hoftür hinaus, über zwei kleine finstere Höfe, dann in ein uraltes seltsames Nebengebäude, in welchem sich das Allerheiligste des Onkels befindet. Ohne Unfall komme ich durch den engen dunklen Gang und klopfe an eine Tür. – ›Herein!‹ Da sitzt der kleine Herr in dem feinen braunen Tuchrock an seinem mächtigen Arbeitspult; der Schein der Kontorlampe fällt auf seine freundlichen kleinen Augen und auf die mächtige Familiennase, die über den frischgestärkten Vatermördern hinausragt. – ›Onkel, ob du nicht kommen wolltest?‹ sage ich, nachdem ich Atem geschöpft habe. – ›Wollen wir uns noch einen Augenblick setzen!‹ erwiderte er, indem seine Feder summierend über das Folium des aufgeschlagenen Hauptbuches hinabgleitet. – Mir wird ganz behaglich zu Sinne, ich werde nicht ein bißchen ungeduldig; aber ich setze mich auch nicht; ich bleibe stehen und besehe mir die Englands- und Westindienfahrer des Onkels, deren Bilder an der Wand hängen. Es dauert auch nicht lange, so wird das Hauptbuch herzhaft zugeklappt, das Schlüsselbund rasselt und: ›Sieh so‹, sagt der Onkel, ›fertig wären wir!‹ Während er sein spanisches Rohr aus der Ecke langt, will ich schon wieder aus der Tür; aber er hält mich zurück. ›Ah, wart doch mal ein wenig! Wir hätten hier wohl noch so etwas mitzunehmen.‹ Und aus einer dunkeln Ecke des Zimmers holt er zwei wohlversiegelte, geheimnisvolle Päckchen. – Ich wußte es wohl, in solchen Päckchen steckte ein Stück leibhaftigen Weihnachtens; denn der Onkel hatte einen Bruder in Hamburg, und er trat nicht mit leeren Händen an den Tannenbaum. So nie gesehenes, märchenhaftes Zuckerzeug, wie er mitten in der Bescherung noch mir und meiner Schwester auf unsere Weihnachtsteller zu legen pflegte, ist mir später niemals wieder vorgekommen.

»Bald darauf steige ich an der Hand des Onkels die breite Steintreppe zu unserm Hause hinauf. Ein paar Augenblicke verschwindet er mit seinen Päckchen in die Weihnachtsstube; es ist noch nicht angezündet, aber durch die halb geöffnete und rasch wieder geschlossene Tür glitzert es mir entgegen aus der noch drinnen herrschenden ahnungsvollen Dämmerung. Ich schließe die Augen, denn ich will nichts sehen, und trete in das gegenüberliegende, festlich erleuchtete Zimmer, das ganz von dem Duft der braunen Kuchen und des heute besonders fein gemischten Tees erfüllt ist. Die Hände auf dem Rücken mit langsamen Schritten geht mein Vater auf und nieder. ›Nun, seid ihr da?‹ fragt er stehenbleibend. – Und schon ist auch Onkel Erich bei uns; mir scheint, die Stube wird noch einmal so hell, das er eintritt. Er grüßt die Großmutter, den Vater; er nimmt meiner Schwester die Tasse ab, die sie ihm auf dem gelblackierten Brettchen präsentiert. ›Was meinst du‹, sagt er, indem er seinen Augen einen bedenklichen Ausdruck zu geben sucht, ›es wird wohl heute nicht viel für uns abfallen!‹ Aber er lacht dabei so tröstlich, daß diese Worte wie eine goldene Verheißung klingen. Dann, während in dem blanken Messingkomfort der Teekessel saust, beginnt er eine seiner kleinen Erzählungen von den Begebenheiten der letzten Tage, seit man sich nicht gesehen. War es nun der Ankauf eines neuen Spazierstocks oder das unglückliche Zerbrechen einer Mundtasse; es floß alles so sanft dahin, daß man ganz davon erquickt wurde. Und wenn er gar eine Pause machte, um das bisher Erzählte im behaglichsten Gelächter nachzugenießen, wer hätte da nicht mitgelacht! Mein Vater nimmt vergeblich seine kritische Prise; er muß endlich doch mit einstimmen. Dies harmlose Geplauder – es ist mir das erst später klar geworden – war die Art, wie der tätige Geschäftsmann von der Tagesarbeit ausruhte. Es klingt mir noch lieb in der Erinnerung, und mir ist, als verstünde das jetzt niemand mehr. – Aber während der Onkel so erzählt, steckt meine Mutter, die seit Mittag unsichtbar gewesen ist, den Kopf ins Zimmer. Der Onkel macht ein Kompliment und bricht seine Geschichte ab; die Tür und die gegenüberliegende Tür werden weit geöffnet. Wir treten zögernd ein; und vor uns, zurückgestrahlt von dem großen Wandspiegel, steht der brennende Baum mit seinen Flittergoldfähnchen, seinen weißen Netzen und goldenen Eiern, die wie Kinderträume in den dunkeln Zweigen hängen.« – –

»Paul«, sagte die Frau, »und wenn wir ihn noch so weit herbeischaffen sollten, wir müssen wieder einen Tannenbaum haben. Der arme Junge hat sich selbst einen Weihnachtsgarten gebaut; er ist nur eben wieder fort, um Moos aus dem Eichenwäldchen zu holen.«

Der Amtsrichter schwieg einen Augenblick. – »Es tut nicht gut, in die Fremde zu gehen«, sagte er dann, »wenn man daheim schon am eigenen Herd gesessen hat. – Mir ist noch immer, als sei ich hier nur zu Gaste, und morgen oder übermorgen sei die Zeit herum, daß wir alle wieder nach Hause müßten!«

Sie faßte die Hand ihres Mannes und hielt sie fest in der ihrigen, aber sie antwortete nichts darauf.

»Gedenkst du noch an einen Weihnachten?« hub er wieder an. »Ich hatte die Studentenjahre hinter mir und lebte nun noch einmal, zum letztenmal, eine kurze Zeit als Kind im elterlichen Hause. Freilich war es dort nicht mehr so heiter, wie es einst gewesen; es war Unvergeßliches geschehen, die alte Familiengruft unter der großen Linde war ein paarmal offen gewesen; meine Mutter, die unermüdlich tätige Frau, ließ oft mitten in der Arbeit die Hände sinken und stand regungslos, als habe sie sich selbst vergessen. Wie unsere alte Margret sagte, sie trug ein Kämmerchen in ihrem Kopf, drin spielte ein totes Kind. – Nur Onkel Erich, freilich ein wenig grauer als sonst, erzählte noch seine kleinen freundlichen Geschichten, und auch die Schwester und die Großmutter lebten noch. Damals war jener Weihnachtsabend; ein junges schönes Mädchen war zu der Schwester auf Besuch gekommen. Weißt du, wie sie hieß?«

»Ellen«, sagte sie leise und lehnte den Kopf an die Brust ihres Mannes.

Der Mond war aufgegangen und beleuchtete ein paar Silberfäden in dem braunen seidigen Haar, das sie schlicht gescheitelt trug, schmucklos in einer Flechte um den Schildpattkamm gelegt.

Er strich mit der Hand über dies noch immer selten schöne Haar. »Ellen hatte auch beschert bekommen«, sprach er weiter; »auf dem kleinen Mahagonitische lagen Geschenke von meiner Mutter und was von ihren Eltern von drüben aus dem Schwesterlande herübergeschickt war. Sie stand mit dem Rücken gegen den brennenden Baum, die Hand auf die Tischplatte gestützt; sie stand schon lange so; ich sehe sie noch;« – und er ließ seine Augen eine Weile schweigend auf dem schönen Antlitz seiner Frau ruhen; – »da war meine Mutter unbemerkt zu ihr getreten; sie faßte sanft ihre Hand und sah ihr fragend in die Augen. – Ellen blickte nicht um, sie neigte nur den Kopf; plötzlich aber richtete sie sich rasch auf und entfloh ins Nebenzimmer. Weißt du es noch? Während meine Mutter leise den Kopf schüttelte, ging ich ihr nach; denn seit einem kleinen Zank am letzten Abend waren wir vertraute Freunde. Ellen hatte sich in der Ofenecke auf einen Stuhl gesetzt; es war fast dunkel dort; nur eine vergessene Kerze mit langer Schnuppe brannte in dem Zimmer. ›Hast du Heimweh, Ellen?‹ fragte ich. – ›Ich weiß es nicht!‹ – Eine Weile stand ich schweigend vor ihr. ›Was hast du denn da in der Hand?‹ – ›Willst du es haben?‹ – Es war eine Börse von dunkelroter Seide. ›Wenn du sie für mich gemacht hast‹, sagte ich; denn ich hatte die Arbeit in den Tagen zuvor in ihren Händen gesehen und wohl bemerkt, wie Ellen sie, sobald ich näher kam, in ihrem Nähkästchen verschwinden ließ. – Aber Ellen antwortete nicht und gab mir auch nicht ihr Angebinde. Sie stand auf und putzte das Licht, daß es plötzlich ganz hell im Zimmer wurde. ›Komm‹, sagte sie, ›der Baum brennt ab, und Onkel Erich will noch Zuckerzeug bescheren!‹ Damit wehte sie sich mit ihrem Schnupftuch ein paarmal um die Augen und ging in die Weihnachtsstube zurück, und als wir dann später am Pochbrett saßen, war sie die Ausgelassenste von allen. Von meinem Weihnachtsgeschenk war weiter nicht die Rede. – – Aber weißt du, Frau?« – und er ließ ihre Hand los, die er bis dahin festgehalten – »die Mädchen sollten nicht so eigensinnig sein; das hat mir damals keine Ruh gelassen; ich mußte doch die Börse haben, und darüber –«

»Darüber, Paul? – Sprich nur dreist heraus!«

»Nun, hast du denn von der Geschichte nichts gehört? darüber bekam ich nun auch noch das Mädchen in den Kauf.«

»Freilich«, sagte sie, und er sah bei dem hellen Mondschein in ihren Augen etwas blitzen, das ihn an das übermütige Mädchen erinnerte, das sie einst gewesen, »freilich weiß ich von der Geschichte, und ich kann sie dir auch erzählen; aber es war ein Jahr später, nicht am Weihnachts-, sondern am Neujahrsabend, und auch nicht hüben, sondern drüben.«

Sie räumte das Dintenfaß und einige Papiere beiseite und setzte sich ihrem Mann gegenüber auf den Schreibtisch. »Der Vetter war bei Ellens Eltern zum Besuch, bei dem alten prächtigen Kirchspielvogt, der damals noch ein starker Nimrod war. – Ellen hatte noch niemals einen so schönen und langen Brief bekommen als den, worin der Vetter sich bei ihnen angemeldet; aber so gut wie mit der Feder wußte er mit der Flinte nicht umzugehen. Und dennoch, tat es die Landluft oder der schöne Gewehrschrank im Zimmer des Kirchspielvogts, es war nicht anders, er mußte alle Tage auf die Jagd. Und wenn er dann abends durchnäßt mit leerer Tasche nach Hause kam und die Flinte schweigend in die Ecke setzte – wie behaglich ergingen sich da die Stichelreden des alten Herrn. – ›Das heißt Malheur, Vetter; aber die Hasen sind heuer alle wild geraten!‹ – Oder: ›Mein Herzensjunge, was soll die Diana einmal von dir denken!‹ Am meisten aber – – du hörst doch, Paul?«

»Ich höre, Frau.«

»Am meisten plagte ihn die Ellen; sie setzte ihm heimlich einen Strohkranz auf, sie band ihm einen Gänseflügel vor den Flintenlauf; eines Vormittags – weißt du, es war Schnee gefallen – hatte sie einen Hasen, den der Knecht geschossen, aus der Speisekammer geholt, und eine Weile darauf saß er noch einmal auf seinem alten Futterplatz im Garten, als wenn er lebte, ein Kohlblatt zwischen den Vorderläufen. Dann hatte sie den Vetter gesucht und an die Hoftür gezogen. ›Siehst du ihn, Paul? dahinten im Kohl; die Löffel gucken aus dem Schnee!‹ – Er sah ihn auch; seine Hand zitterte. ›Still, Ellen! Sprich nicht so laut! Ich will die Flinte holen!‹ Aber als kaum die Tür nach des Vaters Stube hinter ihm zuklappte, war Ellen schon wieder in den Schnee hinausgelaufen, und als er endlich mit der geladenen Flinte heranschlich, hing auch der Hase schon wieder an seinem sicheren Haken in der Speisekammer. – Aber der Vetter ließ sich geduldig von ihr plagen.«

»Freilich«, sagte der Amtsrichter, und legte seine Arme behaglich auf die Lehne seines Sessels, »er hatte ja die Börse noch immer nicht!«

»Drum auch! Die lag noch unangerührt droben in der Kommode, in Ellens Giebelstübchen. Aber – wo die Ellen war, da war der Vetter auch; heißt das, wenn er nicht auf der Jagd war. Saß sie drinnen an ihrem Nähtisch, so hatte er gewiß irgendein Buch aus der Polterkammer geholt und las ihr daraus vor; war sie in der Küche und backte Waffeln, so stand er neben ihr, die Uhr in der Hand, damit das Eisen zur rechten Zeit gewendet würde. – So kam die Neujahrsnacht. Am Nachmittage hatten beide auf dem Hofe mit des Vaters Pistolen nach goldenen Eiern geschossen, die Ellen vom Weihnachtsbaum ihrer Geschwister abgeschnitten; und der Vetter hatte unter dem Händeklatschen der Kleinen zweimal das goldene Ei getroffen. Aber war's nun, weil er am andern Tage reisen mußte, oder war's, weil Ellen fortlief, als er sie vorhin allein in ihrem Zimmer aufgesucht hatte – es war gar nicht mehr der geduldige Vetter – er tat kurz und unwirsch und sah kaum nach ihr hin. – Das blieb den ganzen

Abend so; auch als man später sich zu Tische setzte. Ellens Mutter warf wohl einmal einen fragenden Blick auf die beiden, aber sie sagte nichts darüber. Der Kirchspielvogt hatte auf andere Dinge zu achten, er schenkte den Punsch, den er eigenhändig gebraut hatte; und als es drunten im Dorfe zwölf schlug, stimmte er das alte Neujahrslied von Johann Heinrich Voß an, das nun getreulich durch alle Verse abgesungen wurde. Dann rief man ›Prost Neujahr!‹ und schüttelte sich die Hände, und auch Ellen reichte dem Vetter ihre Hand; aber er berührte kaum ihre Fingerspitzen. – So war's auch, da man sich bald darauf gute Nacht sagte. – Als das Mädchen droben allein in ihrem Giebelstübchen war – und nun merk auf, Paul, wie ehrlich ich erzähle! – da hatte sie keine Ruh zum Schlafen; sie setzte sich still auf die Kante ihres Bettes, ohne sich auszukleiden und ohne der klingenden Kälte in der ungeheizten Kammer zu achten. Denn es kränkte sie doch; sie hatte dem Menschen ja nichts zuleid getan. Freilich, er hatte sie gestern noch gefragt, ob sie den Hasen nicht wieder im Kohl gesehen; und sie hatte dazu den Kopf geschüttelt. – War es etwa das, und wußte er denn, daß er den Hasen schon vor drei Tagen selbst hatte mit verzehren helfen? – – Sie wollte den schönen Brief des Vetters einmal wieder lesen. Aber als sie in die Tasche langte, vermißte sie den Kommodenschlüssel. Sie ging mit dem Lichte hinab in die Wohnstube, und von dort, als sie ihn nicht gefunden, in die Küche, wo sie vorhin gewirtschaftet hatte. Von all dem Sieden und Backen des Abends war es noch warm in dem großen dunklen Raume. Und richtig, dort lag der Schlüssel auf dem Fensterbrett. Aber sie stand noch einen Augenblick, und blickte durch die Scheiben in die Nacht hinaus. – So hell und weit dehnte sich das Schneefeld; dort unten zerstreut lagen die schwarzen Strohdächer des Dorfes; unweit des Hauses zwischen den kahlen Zweigen der Silberpappeln erkannte sie deutlich die großen Krähennester; die Sterne funkelten. Ihr fiel ein alter Reim ein, ein Zauberspruch, den sie vor Jahr und Tag von der Tochter des Schulmeisters gelernt hatte. Hinter ihr im Hause war es so still und leer; sie schauerte; aber trotzdessen wuchs in ihr das Gelüste, es mit den unheimlichen Dingen zu versuchen. So trat sie zögernd ein paar Schritte zurück. Leise zog sie den einen Schuh vom Fuße, und die Augen nach den Sternen und tief aufatmend sprach sie: ›Gott grüß dich, Abendstern!‹ – – Aber was war das? Ging hinten nicht die Hoftür? Sie trat ans Fenster und horchte. – Nein, es knarrte wohl nur die große Pappel an der Giebelseite des Hauses. – Und noch einmal hub sie leise an und sprach:

›Gott grüß dich, Abendstern!
Du scheinst so hell von fern,
Über Osten, über Westen,
Über alle Krähennesten.

Ist einer zu mein Liebchen geboren,
Ist einer zu mein Liebchen erkoren,
Der komm, als er geht,
Als er steht,
In sein täglich Kleid!‹

Dann schwenkte sie den Schuh und warf ihn hinter sich. Aber sie wartete vergebens; sie hörte ihn nicht fallen. Ihr wurde seltsam zumute, das kam von ihrem Vorwitz! Welch unheimlich Ding hatte ihren Schuh gefangen, eh er den Boden erreicht hatte? – Einen Augenblick noch stand sie so; dann mit dem letzten Restchen ihres Mutes wandte sie langsam den Kopf zurück. – Da stand ein Mann in der dunklen Tür, und es war Paul; er war richtig noch einmal auf den unglücklichen Hasen ausgewesen!«

»Nein, Ellen«, sagte der Amtsrichter, »du weißt es wohl; das war er denn doch diesmal nicht; er hatte nur, wie du, auch keine Ruhe gefunden; – aber nun hielt er den kleinen Schuh des Mädchens in der Hand; und Ellen hatte sich am Herd auf einen Stuhl gesetzt, mit geschlossenen Augen, die Hände gefaltet vor sich in den Schoß gestreckt. Es war kein Zweifel mehr, daß sie sich ganz verloren gab; denn sie wußte wohl, daß der Vetter alles gehört und gesehen hatte. – Und weißt du auch noch die Worte, die er zu ihr sprach?«

»Ja, Paul, ich weiß sie noch; und es war sehr grausam und wenig edel von ihm. ›Ellen‹, sagte er, ›ist noch immer die Börse nicht für mich gemacht?‹ Doch Ellen tat ihm auch diesmal den Gefallen nicht; sie stand auf und öffnete das Fenster, daß von draußen die Nachtluft und das ganze Sterngefunkel zu ihnen in die Küche drang.«

»Aber«, unterbrach er sie, »Paul war zu ihr getreten und sie legte still den Kopf an seine Brust; und noch höre ich den süßen Ton ihrer Stimme, als sie so, in die Nacht hinaus nickend, sagte: ›Gott grüß dich, Abendstern!‹«

– –

Die Tür wurde rasch geöffnet; ein kräftiger, etwa zehnjähriger Knabe trat mit einem brennenden Licht ins Zimmer. »Vater! Mutter!« rief er, indem er die Augen mit der Hand beschattete. »Hier ist Moos und Efeu und auch noch ein Wacholderzweig!«

Der Amtsrichter war aufgestanden. »Bist du da, mein Junge!« sagte er und nahm ihm die Botanisiertrommel mit den heimgebrachten Schätzen ab.

Frau Ellen aber ließ sich schweigend von dem Schreibtisch herabgleiten und schüttelte sich ein wenig wie aus Träumen. Sie legte beide Hände auf ihres Mannes Schultern und blickte ihn eine Weile voll und herzlich an. Dann nahm sie die Hand des Knaben. »Komm, Harro«, sagte sie, »wir wollen Weihnachtsgärten bauen!«

2

Unter dem Tannenbaum

Der Weihnachtsabend begann zu dämmern. – Der Amtsrichter war mit seinem Sohne auf der Rückkehr von einem Spaziergange; Frau Ellen hatte sie auf ein Stündchen fortgeschickt. Vor ihnen im Grunde lag die kleine Stadt; sie sahen deutlich, wie aus allen Schornsteinen der Rauch emporstieg; denn dahinter am Horizont stand feuerfarben das Abendrot. – Sie sprachen von den Großeltern drüben in der alten Heimat; dann von den letzten Weihnachten, die sie dort erlebt hatten.

»Und am Vorabend«, sagte der Vater, »als Knecht Ruprecht zu uns kam mit dem großen Bart und dem Quersack und der Rute in der Hand!«

»Ich wußte wohl, daß es Onkel Johannes war«, erwiderte der Knabe, »der hatte immer so etwas vor!«

»Weißt du denn auch noch die Worte, die er sprach?«

Harro sah den Vater an und schüttelte den Kopf.

»Wart nur«, sagte der Amtsrichter, »die Verse liegen zu Haus in meinem Pult; vielleicht bekomm ich's noch beisammen!« Und nach einer Weile fuhr er fort: »Entsinne dich nur, wie erst die drei Rutenhiebe von draußen auf die Tür fielen und wie dann die rauhe borstige Gestalt mit der großen Haken-nase in die Stube trat!« Dann hub er langsam und mit tiefer Stimme an:

»Von drauß' vom Walde komm ich her,
Ich muß euch sagen, es weihnachtet sehr!
Allüberall auf den Tannenspitzen
Sah ich goldene Lichtlein sitzen.
Und droben aus dem Himmelstor
Sah mit großen Augen das Christkind hervor.
Und wie ich so strolcht' durch den dichten Tann,
Da rief's mich mit heller Stimme an;
›Knecht Ruprecht‹, rief es, ›alter Gesell,
Hebe die Beine und spute dich schnell!
Die Kerzen fangen zu brennen an,
Das Himmelstor ist aufgetan,
Alt' und Junge sollen nun
Von der Jagd des Lebens einmal ruhn;
Und morgen flieg ich hinab zur Erden,
Denn es soll wieder Weihnachten werden!‹
Ich sprach: ›O, lieber Herre Christ,
Meine Reise fast zu Ende ist;
Ich soll nur noch in diese Stadt,
Wo's eitel brave Kinder hat.‹
›Hast denn das Säcklein auch bei dir?‹
Ich sprach: ›Das Säcklein, das ist hier;
Denn Apfel, Nuß und Mandelkern
Fressen fromme Kinder gern!‹
,Hast denn die Rute auch bei dir?‹
Ich sprach: ›Die Rute, die ist hier!
Doch für die Kinder nur, die schlechten,
Die trifft sie auf den Teil, den rechten!‹
Christkindlein sprach: ›So ist es recht,
So geh mit Gott mein treuer Knecht!‹

Von drauß' vom Walde komm ich her;
Ich muß euch sagen, es weihnachtet sehr!
Nun sprecht, wie ich's hierinnen find?
Sind's gute Kind, sind's böse Kind?

Aber«, fuhr der Amtsrichter mit veränderter Stimme fort, »ich sagte dem Knecht Ruprecht:

Der Junge ist von Herzen gut,
Hat nur mitunter was trotzigen Mut!«

»Ich weiß, ich weiß!« rief Harro triumphierend; und den Finger emporhebend, und mit listigem Ausdruck setzte er hinzu: »Dann kam so etwas!«

»Was dich in großes Geschrei brachte; denn Knecht Ruprecht schwang seine Rute und sprach:

Heißt es bei euch denn nicht mitunter:
Nieder den Kopf und die Hosen herunter?«

»O«, sagte Harro, »ich fürchtete mich nicht; ich war nur zornig auf den Onkel!«

Über der Stadt, die sie jetzt fast erreicht hatten, stand nur noch ein fahler Schein am Himmel. Es dunkelte schon; aber es begann zu schneien; leise und emsig fielen die Flocken und der Weg schimmerte schon weiß zu ihren Füßen.

Vater und Sohn waren eine Weile schweigend nebeneinander hergegangen. – »Am Abend darauf«, hub der Amtsrichter wieder an, »brannte der letzte Weihnachtsbaum, den du gehabt hast. Es war damals eine bewegte Zeit; sogar das Zuckerwerk zwischen den Tannenzweigen war kriegerisch geworden: unsere ganze Armee, Soldaten zu Pferde und zu Fuß! – Von alledem ist nun nichts mehr übrig!« setzte er leiser und wie mit sich selbst redend hinzu.

Der Knabe schien etwas darauf erwidern zu wollen, aber ein anderes hatte plötzlich seine Gedanken in Anspruch genommen. – Es war ein großer bärtiger Mann, der vor ihnen aus einem Seitenwege auf die Landstraße herauskam. Auf der Schulter balancierte er ein langes stangenartiges Gepäck, während er mit einem Tannenzweig, den er in der Hand hielt, bei jedem Schritt in die Luft peitschte. Wie er vorüberging, hatte Harro in der Dämmerung noch die große rote Hakennase erkannt, die unter der Pelzmütze hinausragte. Auch einen Quersack trug der Mann, der anscheinend mit allerhand eckigen Dingen angefüllt war. Er ging rasch vor ihnen auf.

»Knecht Ruprecht!« flüsterte der Knabe, »hebe die Beine und spute dich schnell!«

Das Gewimmel der Schneeflocken wurde dichter, sie sahen ihn noch in die Stadt hinabgehen; dann entschwand er ihren Augen; denn ihre Wohnung lag eine Strecke weiter außerhalb des Tores.

»Freilich«, sagte der Amtsrichter, indem sie rüstig zuschritten, »der Alte kommt zu spät; dort unten in der Gasse leuchteten schon alle Fenster in den Schnee hinaus.«

Endlich war das Haus erreicht. Nachdem sie auf dem Flur die beschneiten Überkleider abgetan, traten sie in das Arbeitszimmer des Amtsrichters. Hier war heute der Tee serviert; die große Kugellampe brannte, alles war hell und aufgeräumt. Auf der sauberen Damastserviette stand das feinlackierte Teebrett mit den Geburtstagstassen und dem rubinroten Zuckerglase; daneben auf dem Fußboden in dem Komfort von Mahagonistäbchen mit blankem Messingeinsatz kochte der Kessel, wie es sein muß, auf gehörig durchgeglühten Torfkohlen; wie daheim einst in der großen Stube des alten Familienhauses, so dufteten auch hier in dem kleinen Stübchen die braunen Weihnachtskuchen nach dem Rezept der Urgroßmutter. – Aber während die Mutter nebenan im Wohnzimmer noch das Fest bereitete, blieben Vater und Sohn allein; kein Onkel Erich kam, ihnen feiern zu helfen. Es war doch anders als daheim.

Ein paarmal hatte Harro mit bescheidenem Finger an die Tür gepocht, und ein leises »Geduld!« der Mutter war die Antwort gewesen. Endlich trat Frau Ellen selbst herein. Lächelnd – aber ein leiser Zug von Weh war doch dabei – streckte sie ihre Hände aus und zog ihren Mann und ihren Knaben, jeden bei einer Hand, in die helle Weihnachtsstube.

Es sah freundlich genug aus. Auf dem Tische in der Mitte, zwischen zwei Reihen brennender Wachskerzen, stand das kleine Kunstwerk, das Mutter und Sohn in den Tagen vorher sich selbst geschaffen hatten, ein Garten im Geschmack des vorigen Jahrhunderts mit glattgeschorenen Hecken und dunklen Lauben; alles von Moos und verschiedenem Wintergrün zierlich zusammengestellt. Auf dem Teiche von Spiegelglas schwammen zwei weiße Schwäne; daneben vor dem chinesischen Pavillon standen kleine Herren und Damen von Papiermachee in Puder und Kontuschen. – Zu beiden Seiten lagen die Geschenke für den Knaben; eine scharfe Lupe für die Käfersammlung, ein paar bunte Münchener Bilderbogen, die nicht fehlen durften, von Schwind und Otto Speckter; ein Buch in rotem Halbfranzband; dazwischen ein kleiner Globus in schwarzer Kapsel, augenscheinlich schon ein altes Stück. »Es war Onkel Erichs letzte Weihnachtsgabe an mich;« sagte der Amtsrichter, »nimm du es nun von mir! Es ist mir in diesen Tagen aufs Herz gefallen, daß ich ihm die Freude, die er mir als Kind gemacht, in späterer Zeit nicht einmal wieder gedankt –; nun haben sie mir den alten Herrn im letzten Herbst begraben!«

Frau Ellen legte den Arm um ihren Mann und führte ihn an den Spiegeltisch, auf dem heute die beiden silbernen Armleuchter brannten. Auch ihm hatte sie beschert; das erste aber, wonach seine Hand langte, war ein kleines Lichtbild. Seine Augen ruhten lange darauf, während Frau Ellen still zu ihm emporsah. Es war sein elterlicher Garten; dort unter dem Ahorn vor dem Lusthause standen die beiden Alten selbst, das noch dunkle volle Haar seines Vaters war deutlich zu erkennen.

Der Amtsrichter hatte sich umgewandt; es war, als suchten seine Augen etwas. Die Lichter an den Moosgärtchen brannten knisternd fort; in ihrem Schein stand der Knabe vor dem aufgeschlagenen Weihnachtsbuch. Aber droben unter der Decke des hohen Zimmers war es dunkel; der Tannenbaum fehlte, der das Licht des Festes auch dort hinaufgetragen hätte.

Da klingelte draußen im Flur die Glocke und die Haustür wurde polternd aufgerissen. »Wer ist denn das?« sagte Frau Ellen; und Harro lief zur Tür und sah hinaus.

Draußen hörten sie eine rauhe Stimme fragen: »Bin ich denn hier recht beim Herrn Amtsrichter?« Und in demselben Augenblicke wandte auch der Knabe den Kopf zurück und rief:

»Knecht Ruprecht; Knecht Ruprecht!« Dann zog er Vater und Mutter mit sich aus der Tür.

Es war der große bärtige Mann, der den beiden Spaziergängern vorhin oberhalb der Stadt begegnet war; bei dem Schein des Flurlämpchens sahen sie deutlich die rote Hakennase unter der beschneiten Pelzmütze leuchten. Sein langes Gepäck hatte er gegen die Wand gelehnt. »Ich habe das hier abzugeben!« sagte er, indem er auch den schweren Quersack von der Schulter nahm.

»Von wem denn?« fragte der Amtsrichter.

»Ist mir nichts von aufgetragen worden.«

»Wollt Ihr denn nicht näher treten?«

Der Alte schüttelte den Kopf. »Ist alles schon besorgt! Habt gute Weihnacht beieinander!« Und indem er noch einmal mit der großen Nase nickte, war er schon zur Tür hinaus.

»Das ist eine Bescherung!« sagte Frau Ellen fast ein wenig schüchtern.

Harro hatte die Haustür aufgerissen. Da sah er die große dunkele Gestalt schon weithin auf dem beschneiten Wege hinausschreiten.

Nun wurde die Magd herbeigerufen, deren Bescherung durch dieses Zwischenspiel bis jetzt verzögert war; und als mit ihrer Hülfe die verhüllten Dinge in das helle Weihnachtszimmer gebracht waren, kniete Frau Ellen auf dem Fußboden und begann mit ihrem Trennmesser die Nähte des großen Packens aufzulösen. Und bald fühlte sie, wie es von innen heraus sich dehnte und die immer schwächer werdenden Bande zu sprengen strebte; und als der Amtsrichter, der bisher schweigend dabeigestanden, jetzt die letzte Hüllen abgestreift hatte und es aufrecht vor sich hingestellt hielt, da war's ein ganzer mächtiger Tannenbaum, der nun nach allen Seiten seine entfesselten Zweige ausbreitete. Lange schmale Bänder von Knittergold rieselten und blitzten überall von den Spitzen durch das dunkele Grün herab; auch die Tannäpfel waren golden, die unter allen Zweigen hingen.

Harro war indes nicht müßig gewesen, er hatte den Quersack aufgebunden; mit leuchtenden Augen brachte er einen flachen, grünlackierten Kasten geschleppt. »Horch, es rappelt!«

sagte er. »Es ist ein Schubfach darin!« Und als sie es aufgezogen, fanden sie wohl ein Schock der feinsten weißen Wachskerzchen.

»Das kommt von einem echten Weihnachtsmann«, sagte der Amtsrichter, indem er einen Zweig des Baumes herunterzog, »da sitzen schon überall die kleinen Blechlampetten!«

Aber es war nicht nur ein Schubfach in dem Kasten; es war auch obenauf ein Klötzchen mit einem Schraubengang. Der Amtsrichter wußte Bescheid in diesen Dingen; nach einigen Minuten war der Baum eingeschroben und stand fest und aufrecht, seine grüne Spitze fast bis zur Decke streckend. – Die alte Magd hatte ihre Schüssel mit Äpfeln und Pfeffernüssen stehen lassen; während die andern drei beschäftigt waren, die Wachskerzen aufzustecken, stand sie neben ihnen, ein lebendiger Kandelaber, in jeder Hand einen brennenden Armleuchter emporhaltend. – Sie war aus der Heimat mit herübergekommen und hatte sich von allen am schwersten in den Brauch der Fremde gefunden. Auch jetzt betrachtete sie den stolzen Baum mit mißtrauischen Augen. »Die goldenen Eier sind denn doch vergessen!« sagte sie.

Der Amtsrichter sah sie lächelnd an: »Aber, Margret, die goldenen Tannäpfel sind doch schöner!«

»So, meint der Herr? Zu Hause haben wir immer die goldenen Eier gehabt.«

Darüber war nicht zu streiten; es war auch keine Zeit dazu. Harro hatte sich indessen schon wieder über den Quersack hergemacht. »Noch nicht anzünden!« rief er, »das Schwerste ist noch darin!«

Es war ein fest vernageltes hölzernes Kistchen. Aber der Amtsrichter holte Hammer und Meißel aus seinem Gerätkästchen; nach ein paar Schlägen sprang der Deckel auf und eine Fülle weißer Papierspäne quoll ihnen entgegen. – »Zuckerzeug!« rief Frau Ellen und streckte schützend ihre Hände darüber aus. »Ich wittere Marzipan! Setzt euch; ich werde auspacken!«

Und mit vorsichtiger Hand langte sie ein Stück nach dem andern heraus und legte es auf den Tisch, das nun von Vater und Sohn aus dem umhüllenden Seidenpapier herausgewickelt wurde.

»Himbeeren!« rief Harro. »Und Erdbeeren, ein ganzer Strauß!«

»Aber siehst du es wohl?« sagte der Amtsrichter. »Es sind Walderdbeeren; so welche wachsen in den Gärten nicht.«

Dann kam, wie lebend, allerlei Geziefer; Hornisse und Hummeln und was sonst im Sonnenschein an stillen Waldplätzchen umherzusummen pflegt, zierlich aus Dragant gebildet, mit goldbestäubten Flügeln; nun eine Honigwabe – die Zellen mochten mit Likör gefüllt sein – wie sie die wilde Biene in den Stamm der hohlen Eiche baut; und jetzt ein großer Hirschkäfer, von Schokolade, mit gesperrten Zangen und ausgebreiteten Flügeldecken. »Cervus lucanus!« rief Harro und klatschte in die Hände.

An jedem Stück war, je nach der Größe, ein lichtgrünes Seidenbändchen. Sie konnten der Lockung nicht widerstehen; sie begannen schon jetzt den Baum damit zu schmücken, während Frau Ellens Hände noch immer neue Schätze ans Licht förderten.

Bald schwebte zwischen den Immen auch eine Schar von Schmetterlingen an den Tannenspitzen; da war der Himbeerfalter, die silberblaue Daphnis und der olivenfarbige Waldargus, und wie sie alle heißen mochten, die Harro hier vergebens aufzujagen gesucht hatte. – Und immer schwerer wurden die Päckchen, die eins nach dem andern von den eifrigen Händen geöffnet wurden. Denn jetzt kam das Geschlecht des größern Geflügels; da kam der Dompfaff und der Buntspecht, ein Paar Kreuzschnäbel, die im Tannenwald daheim sind; und jetzt – Frau Ellen stieß einen leichten Schrei aus – ein ganzes Nest voll kleiner schnäbelaufsperrender Vögel; und Vater und Sohn gerieten miteinander in Streit, ob es Goldhähnchen oder junge Zeisige seien, während Harro schon das kleine Heimwesen im dichtesten Tannengrün verbarg.

Noch ein Waldbewohner erschien; er mußte vom Buchenrevier herübergekommen sein; ein Eichhörnchen von Marzipan, in halber Lebensgröße, mit erhobenem Schweif und klugen Augen. »Und nun ist's alle!« rief Frau Ellen. Aber nein, ein schweres Päckchen noch! Sie öffnete es und verbarg es dann ebenso rasch wieder in beiden Händen. »Ein Prachtstück!« rief sie. »Aber nein, Paul; ich bin edelmütiger als du; ich zeig's dir nicht!«

Der Amtsrichter ließ sich das nicht anfechten; er brach ihr die nicht gar zu ernstlich geschlossenen Hände auseinander, während sie lachend über ihn wegschaute.

»Ein Hase!« jubelte Harro, »er hat ein Kohlblatt zwischen den Vorderpfötchen!«

Frau Ellen nickte: »Freilich, er kommt auch eben aus des alten Kirchspielvogts Garten!«

»Harro, mein Junge«, sagte der Amtsrichter, indem er drohend den Finger gegen seine Frau erhob; »verspricht mir, diesen Hasen zu verspeisen, damit er gründlich aus der Welt komme!«

Das versprach Harro.

Der Baum war voll, die Zweige bogen sich; die alte Margret stöhnte, sie könne die Leuchter nicht mehr halten, sie habe gar keine Arme mehr am Leibe.

Aber es gab wieder neue Arbeit. »Anzünden!« kommandierte der Amtsrichter; und die klein und großen Weihnachtskinder standen mit heißen Gesichtern, kletterten auf Schemel und Stühle und ließen nicht ab, bis alle Kerzen angezündet waren.

Der Baum brannte, das Zimmer war von Duft und Glanz erfüllt; es war nun wirklich Weihnachten geworden.

Ein wenig müde von der ungewohnten Anstrengung saß der Amtstichter auf dem Sofa, nachsinnend in den gegenüberhängenden großen Wandspiegel blickend, der das Bild des brennenden Baums zurückstrahlte.

Frau Ellen, die ganz heimlich ein wenig aufzuräumen begann, wollte eben die geleerte Kiste an die Seite setzen, als sie wie in Gedanken noch einmal mit der Hand durch die Papierspäne streifte. Sie stutzte. »Unerschöpflich!« sagte sie lächelnd. – Es war ein Star von Schokolade, den sie hervorgeholt hatte. »Und, Paul«, fuhr sie fort, »er spricht!«

Sie hatte sich zu ihm auf die Sofalehne gesetzt, und beide lasen nun gemeinschaftlich den beschriebenen Zettel, den der Vogel in seinem Schnabel trug: »Einen Wald- und Weihnachtsgruß von einer dankbaren Freundin!«

»Also von ihr!« sagte der Amtsrichter. »Ihr Herz hat ein gutes

Gedächtnis. Knecht Ruprecht mußte einen tüchtigen Weg zurücklegen; denn das Gut liegt fünf ganze Meilen von hier.«

Frau Ellen legte den Arm um ihres Mannes Nacken. »Nicht wahr, Paul, wir wollen auch nicht undankbar gegen die Fremde sein?«

»Oh, ich bin nicht undankbar; – aber – –«

»Was denn aber, Paul?«

»Was mögen drüben jetzt die Alten machen!«

Sie antwortete nicht darauf; sie gab ihm schweigend ihre Hand.

»Wo ist Harro?« fragte er nach einer Weile.

Harro war eben wieder ins Zimmer getreten; aus einer Schachtel, die er mit sich brachte, nahm er eine kleine verblichene Figur und befestigte sie sorgfältig an einen Zweig des Tannenbaums. Die Eltern hatten es wohl erkannt; es war ein Stück von dem Zuckerzeug des letzten heimatlichen Weihnachtsbaums; ein Dragoner auf schwarzem Pferde in langem graublauem Mantel. Der Knabe stand davor und betrachtete es unbeweglich; seine großen blauen Augen unter der breiten Stirn wurden immer finsterer. »Vater«, sagte er endlich, und seine Stimme zitterte, »es war doch schade um unser schönes Heer! – Wenn sie es nur nicht aufgelöst hätten – ich glaube, dann wären wir wohl noch zu Hause!«

Eine lautlose Stille folgte, als der Knabe das gesprochen. Dann rief der Vater seinen Sohn und zog ihn dicht an sich heran. »Du kennst noch das alte Haus deiner Großeltern«, sagte er, »du bist vielleicht das letzte Kind von den Unseren, das noch auf den großen übereinandergetürmten Bodenräumen gespielt hat; denn die Stunde ist nicht mehr fern, daß es in fremde Hand kommen wird. – Einer deiner Urahnen hat es einst für seinen Sohn gebaut. Der junge Mann fand es fertig und ausgestattet vor, als er nach mehrjähriger Abwesenheit in den Handelsstädten Frankreichs nach seiner Heimat zurückkehrte. Bei seinem Tode hat er es seinen Nachkommen hinterlassen, und sie haben darin gewohnt als Kaufherren und Senatoren oder, nachdem sie sich dem Studium der Rechte zugewandt hatten, als Bürgermeister oder Syndizi ihrer Vaterstadt. Es waren angesehene und wohldenkende Männer, die im Lauf der Zeit ihre Kraft und ihr

Vermögen auf mannigfache Weise ihren Mitbürgern zugute kommen ließen. So waren sie wurzelfest geworden in der Heimat. Noch in meiner Knabenzeit gab es unter den tüchtigeren Handwerkern fast keine Familie, wo nicht von den Voreltern oder Eltern eines in den Diensten der Unserigen gestanden hätte; sei es auf den Schiffen oder in den Fabriken oder auch im Hause selbst. – Es waren das Verhältnisse des gegenseitigen Vertrauens; jeder rühmte sich des andern und suchte sich des andern wert zu zeigen; wie ein Erbe ließen es die Eltern ihren Kindern; sie kannten sich alle, über Geburt und Tod hinaus, denn sie kannten Art und Geschlecht der Jungen, die geboren wurden, und der Alten, die vor ihnen dagewesen waren.« – – Der Amtsrichter schwieg einen Augenblick, während der Knabe unbeweglich zu ihm emporsah. »Aber nicht allein in die Höhe«, fuhr er fort, »auch in die Tiefe haben deine Voreltern gebaut; zu dem steinernen Hause in der Stadt gehörte die Gruft draußen auf dem Kirchhof; denn auch die Toten sollten noch beisammen sein. – Und seltsam, da ich des inneward, daß ich fort mußte, mein erster Gedanke war, ich könnte dort den Platz verfehlen. – – Ich habe sie mehr als einmal offen gesehen; das letzte Mal, als deine Urgroßmutter starb, eine Frau in hohen Jahren, wie sie den Unserigen vergönnt zu sein pflegen. – Ich vergesse den Tag nicht. Ich war hinabgestiegen und stand unten in der Dunkelheit zwischen den Särgen, die neben und über mir auf den eisernen Stangen ruhten; die ganze alte Zeit, eine ernste schweigsame Gesellschaft. Neben mir war der Totengräber, ein eisgrauer Mann. Aber einst war er jung gewesen und hatte als Kutscher, den schwarzen Pudel zwischen den Knien, die Rappen meines Großvaters gefahren. – Er stand an einen hohen Sarg gelehnt und ließ wie liebkosend seine Hand über das schwarze Tuch des Deckels gleiten. ›Dat is min ole Herr!‹ sagte er in seinem Plattdeutsch. ›Dat weer en gude Mann!‹ – – Mein Kind, nur dort zu Hause konnte ich solche Worte hören. Ich neigte unwillkürlich das Haupt; denn mir war, als fühlte ich den Segen der Heimat sich leibhaftig auf mich niedersenken. Ich war der Erbe dieser Toten; sie selbst waren zwar dahingegangen; aber ihre Güte und Tüchtigkeit lebte noch, und war für mich da und half mir, wo ich selber irrte, wo meine Kräfte mich verließen. – – Und auch jetzt noch, wenn ich – mir und den Meinen nicht zur Freude, aber getrieben von jenem geheimnisvollen Weh, auf kurze Zeit zurückkehrte, ich weiß es wohl, dem sich dann alle Hände dort entgegenstreckten, das war nicht ich allein.«

Er war aufgestanden und hatte einen Fensterflügel aufgestoßen. Weithin dehnte sich das Schneefeld; der Wind sauste; unter den Sternen vorüber jagten die Wolken; dorthin, wo in unsichtbarer Ferne ihre Heimat lag. – Er legte fest den Arm um seine Frau, die ihm schweigend gefolgt war; seine lichtblauen Augen lugten scharf in die Nacht hinaus. »Dort!« sprach er leise; »ich will den Namen nicht nennen; er wird nicht gern gehört in deutschen Landen; wir wollen ihn still in unserm Herzen sprechen, wie die Juden das Wort für den Allerheiligsten.« Und er ergriff die Hand seines Kindes und preßte sie so fest, daß der Junge die Zähne zusammenbiß.

Noch lange standen sie und blickten dem dunkeln Zuge der Wolken nach. – Hinter ihnen im Zimmer ging lautlos die alte Magd umher und hütete sorgsamen Auges die allmählich niederbrennenden Weihnachtskerzen.

Abseits

Die Wintersonne lag über der Heide; sie spiegelte sich in den Fensterscheiben eines neuen strohgedeckten Hauses, das in dieser Einsamkeit wie hingestellt war auf die braune, unabsehliche Decke des Heidekrautes. Nur seitwärts dahinter lag noch eine mäßig große Scheuer und neben derselben, am Tore des Hauses gegenüber, ragte die lange Stange eines Brunnens in die Luft. Ein paar Schritte weiter ein niedriger Wall aus Sand und Steinen, der sich auch nach vorn um das Haus herumzog; und dann wieder nichts als der leere Himmel und die braune, gleichmäßige Ebene.

Das Gehöft lag in dem nördlichsten deutschen Lande, das nach blutigem Kampfe jetzt mehr als jemals in der Gewalt des fremden Nachbarvolkes war. Erbaut war es vor wenigen Jahren von einem wohlhabenden Kaufmann der kleinen Seestadt, deren Turmspitze man aus den Fenstern der Vorderstube am Horizonte erblickte. – Bald nach Beendigung des unglücklichen Krieges hatte er von mehreren Gemeinden, deren Feldmark hier zusammenstieß, die nicht unbeträchtlichen Bodenstrecken käuflich erworben.

Die Lage war für die Entstehung eines ländlichen Heimwesens günstig; denn einen Büchsenschuß nördlich von dem jetzt dort mit der Fronte gegen Abend schauenden Hause drängt sich ein mäßig breiter, fischreicher Strom durch die Heide, abwärts einem Landsee zu, der sein ovales Becken bis fast an die Stadt erstreckt.

Aber noch ein anderes mochte der einsichtige Mann bei Abschluß seines Kaufes in Rechnung genommen haben. Die drunten vor der Stadt am Ufer des Sees gelegene herrschaftliche Wassermühle erforderte, nachdem das Getriebe bei einer Pachtveränderung erweitert war, eine größere Wassermasse, als der an

Untiefen leidende See herzugeben vermochte. Die Anlegung eines Kanals durch denselben konnte nicht ausbleiben. Und, als bald darauf unten im See die Arbeiter den ersten Spatenstich taten, ließ auch der Herr Senator jenseit desselben die Gebäude auf seiner Heide bauen; denn nun hatte er die Gewißheit, das sumpfige Stromufer in grasreiche Wiesen verwandeln zu können. Noch im Herbste desselben Jahres standen das Wohnhaus mit der kleinen Tenne und dem Milchkeller, und hinter demselben die Scheuer mit den Stallräumen fertig da. Im Frühjahr darauf zogen die Kolonisten ein; in das Haus ein alter Knecht, eine kleine Magd und eine ältliche »Mamsell«, ein altes Inventarienstück der Familie; der Stallraum in der Scheuer wurde von zwei Ponys und einer Kuh bezogen; den Wassertümpel, der zwischen dieser und dem Wohnhaus lag, wußte Mamsell in kurzem mit einer schnatternden Entenschar zu bevölkern und auf dem Dunghaufen, der sich allmählich daneben erhob, scharrte ein goldfarbiger Hahn mit einem halben Dutzend eierlegender Hennen. Zur Vervollständigung der Wirtschaft und sich zur Gesellschaft hatte außerdem der alte Marten noch einen kleinen Dachshund aufgezogen. – Mit diesen Kräften begann die allmähliche Urbarmachung des neuen Besitzes; und schon glänzten drunten gegen den Strom hin überall die sorgfältig gezogenen Abzugsgräben; und das zum erstenmal in dieser Jahreszeit nicht überschwemmte Wiesenland versprach auf den Sommer eine reiche Heuernte.

Im Wohnhause selbst war hinter dem nach vorn hinausliegenden Stübchen der Haushälterin ein großes Zimmer für die Herrschaft eingerichtet und nicht allein mit Tisch und Stühlen, sondern sogar mit einem stattlichen Sofa versehen, das freilich für gewöhnlich von Mamsell sorgsam mit einem Weißen Überzuge verhüllt gehalten wurde.

So konnte der Senator mit den Seinen in der Sommerzeit aus der unheimlich gewordenen Heimatstadt mitunter doch in eine Stille entfliehen, wo er sicher war, weder die ihm verhaßte Sprache zu hören, noch die übermütigen Fremden als Herren in die alten Häuser seiner vertriebenen Freunde aus- und eingehen zu sehen; aber wo im Glanz der Junisonne die blühende Heide lag, wo singend aus dem träumerischen Duft die Lerche emporstieg und drunten über dem Strom die weißen Möwen schwebten.

Jetzt war es Winter, ein weicher, nasser Tag ohne Frost und Schnee; obgleich es der Nachmittag des Weihnachtsabends war.

Droben das Haus stand leer, bis auf die Hühner, die in der matten Wintersonne sich vor der Tür im Sande streckten; die ganze kleine Menschenbesatzung schwamm drunten auf dem Strome in einem Flachboot, das eben in eine kleine schilfreiche Bucht hinabglitt. Auf dem Boden eines Fahrzeugs kauerte die Magd neben einem Kübel, der schon mit Hecht und Karpfen fast gefüllt war; dahinter stand ein ältliches Frauenzimmer in einem dunklen Wollenkleide. Sie schirmte die Augen mit der Hand, denn vor ihnen lag die Sonne blendend auf dem Wasserspiegel. »Sind Seine Reusen noch nicht alle, Marten?« fragte sie.

»Kann bald werden, Mamsell«, sagte der alte Knecht, indem er die Ruderstange gemächlich auf den Grund stieß.

Seitwärts im Schilf wurde das Gekläff eines kleinen arbeitenden Hundes hörbar. Marten, indem er selbstzufrieden nickte, zog die Stange ein und faßte rasch nach einer Flinte, die neben ihm im Boote lehnte. In demselben Augenblicke brauste dicht vor ihnen eine schwere Ente aus dem Schilf; der Knecht wandte sich, und während die beiden Frauen einen Schrei ausstießen, knallte auch schon der Schuß über ihre Köpfe hin. Als sie sich umblickten, sahen sie den großen gelbbraunen Vogel unweit des Bootes scheinbar unverletzt auf dem Wasser schwimmen, das blanke, schwarze Auge unverwandt auf sie gerichtet. Als aber Marten Miene machte, mit dem Boot in seine Nähe zu kommen, tauchte er dicht am Schilfe unter und verschwand. »Das beißt sich in den Grund«, sagte der Alte verdrießlich und ließ die Arme hängen, »das sind boshafte Kreaturen, Mamsell.«

Die Haushälterin sah mit einem Blick des Mitleids auf den Punkt, wo das Tier verschwunden war. »Wenn Er nur Seine alte Donnerbüchse zu Hause lassen wollte«, sagte sie.

»Ei ja, Mamsell, der gebratene Entvogel hätte morgen doch geschmeckt!« Dann wies er mit der Hand nach dem jenseitigen Ufer auf einen Strich verkrüppelten Buschwerks, das sich weit hinaus in die Heide dehnte, nur mitunter durch kleine Wassertümpel unterbrochen. »Dort liegen auch Bekassinen«, fuhr er fort, »das gäb einmal ein Herrengut, wenn wir den Eichenbusch noch dazu hätten!«

»Wem gehört's denn, Marten?«

»Dem Bauervogt unten im Dorf; er will hoch damit hinaus; aber der Herr sollt es nicht fahren lassen; denn da steckt auch der Mergel und – den müssen wir haben.« Mit diesen Worten hatte er die letzte Reuse aus dem Wasser gezogen und, da nur allerlei kleines Zeug darin zappelte, nach Befreiung der Gefangenen wieder hinabgelassen. Zugleich war auch der Hund aus dem Schilf ins Boot gesprungen und sah, sich schüttelnd und prustend, zu seinem Herrn empor. »Auf ein andermal, Täckel«, sagte Marten, seinen Liebling auf das nasse Fell klopfend, »unsere Beine waren für dieses Mal zu kurz.« Er hatte das Boot gewandt und schob es wieder stromaufwärts. Unterhalb des Hauses stiegen sie ans Land, zuerst auf einzelnen Feldsteinen über die Wiesen gehend, dann eine Strecke noch durch hohes Heidekraut bis zu dem niedern Wall, der das Gehöft von der umgebenden Ebene trennte.

Bald darauf hantierte die Magd mit dem Kaffeekessel in der Küche, während Marten die gefangenen Fische zwischen Graslagen in einen Korb verpackte, um sie der Herrschaft zur Abendtafel in die Stadt zu bringen.

Die Haus hälterin trat in ihre Stube; gegenüber auf der alten Standuhr schlug es eben zwei. – Nachdem sie sich einen Augenblick die verklommenen Finger an dem Kachelofen gewärmt hatte, trat sie an eine messingbeschlagene Kommode und nahm aus verschiedenen Schubladen derselben ein neues schwarzes Wollenkleid, eine schneeweiße Haube und ein seidenes Tuch. »Es ist doch Heiligabend!« sagte sie für sich. – Auch erwartete sie ja noch Besuch; nicht nur die Weihnachtsbriefe von ihrem Bruder, einem wohlstehenden Kaufmann in einem deutschen Nachbarlande, und dessen einzigem Sohne, der seit einigen Jahren auf einem größeren Gute die Landwirtschaft erlernte, sondern auch den alten Lehrer drunten aus dem Dorf wohin der Fußsteig hier vorbei über die Heide führte. Sie hatte ihn, da er am Vormittag in die Stadt ging, gebeten, die Briefe für sie von der Post mitzubringen.

Nun mußte er bald zurück sein; und er hatte ja auch im vorigen Jahre sich zu einem Schälchen Kaffee Zeit gelassen. – Nachdem sie dann noch eine frische Serviette über das unter dem

Fenster stehende Tischchen gebreitet, ging sie mit ihren Festkleidern in das nebenan liegende Schlafkämmerchen, um sich anzukleiden.

Es war eine halbe Stunde später. Marten und Täckel waren mit den Fischen in die Stadt gegangen, nachdem ersterer noch das Fell einer kürzlich erlegten Fischotter über den Rücken gehangen hatte, das er bei dieser Gelegenheit zu verwerten dachte. In dem Stübchen drinnen stand auf der weißen Serviette ein sauberes Kaffeegeschirr; die vergoldeten Tassen und die Bunzlauer Kaffeekanne blinkten in den schrägfallenden Sonnenstrahlen.

Vor dem Tische in dem großen Ohrenlehnstuhl saß der Schullehrer, ein ältlicher Mann, mit ernstem Antlitz und trotz der ausgeprägten Gesichtsformen mit jenem weichen Leidenszuge um die grauen Augen, der sich nicht selten unter den Friesen findet. Die Eigentümerin des Stübchens, in ihrem Festanzuge, der weißen Haube und dem lila Seidentüchlein, präsentierte eben ihrem Gaste die braunen Pfeffernüsse, die sie zuvor unter dem Ofen aus dem grünen Blechkästchen genommen hatte. »Die Frau Senatorin hat sie mir herausgeschickt«, sagte sie lächelnd, »sie backt sie alle Jahr zu Weihnachtabend.«

Der alte Mann nahm etwas von dem Backwerk; aber seine Augen hafteten mit einem Ausdruck von Verlegenheit an der andern Hand seiner Gastfreundin, die schon längere Zeit auf einem noch immer versiegelten Briefe geruht hatte: »Wollten Sie nicht lesen, liebe Mamsell?« fragte er endlich.

»Hernach, Herr Lehrer; das ist meine Gesellschaft auf den Abend.« Und sie strich mit leisem Finger über das Kuvert.

»Aber der Herr Senator hat Sie doch gewiß zum Christbaum eingeladen?«

Der Ausdruck ruhiger Güte verschwand für einen Augenblick aus dem etwas blassen Antlitz des alten Mädchens. »Es ist heute ein Tag des Friedens«, sagte sie, und ihre sonst so milde Stimme klang scharf; »ich mag nicht in die Stadt.« Der alte Mann sah mit großen teilnehmenden Augen zu ihr hinüber.

»Ich bin zuletzt im Juni dort gewesen, seitdem nicht wieder«, fuhr sie fort; »wir hatten hier keine Blumen; aber in den Gärten der Stadt und auch am Hause unsers alten Bürgermeisters blühten sie. Der gute Mann hat in die Fremde gehen müssen; aber die Rosen, die er selber pflanzte, hatten schon die ganze Fronte seines großen Hauses überzogen. Jetzt wohnt der neue Bürgermeister darin. Als ich im Vorübergehen die geputzten Kinder mit ihrem lauten fremden Geplapper die schönen dunkelroten Rosen vom Spalier herabreißen sah – mir war's, als müßte Blut herausfließen.«

Ihr Gast schwieg noch immer; aber um seine Lippen zuckte es, als stiege ein Schmerz auf, den er vergebens zu bekämpfen suche.

»Wir sind mit dem Senator aufgewachsen«, begann sie wieder, »mein Bruder und ich; wir waren Nachbarskinder.« – Und mit diesen Worten trat ein Lächeln in ihr Antlitz, als blickte sie unter sich in eine sonnige Landschaft. »Es waren arge Buben damals, die beiden«, sagte sie, »sie haben mich was Ehrliches geplagt.«

Mamsell hatte die Hände in ihrem Schoß gefaltet und blickte durchs Fenster auf die Heide hinaus. Das feuchte Kraut der Eriken glitzerte in dem Scheine der untergehenden Sonne; und wie schwimmend in Duft gehüllt stand fern am Horizont der spitze Turm der Stadt. Auch das alte Mädchen saß da, vom blassen Abendschein umflossen. Es war ein Antlitz voll stillen Friedens, in dem freilich der Zug des Entsagens auch nicht fehlte; aber er war nicht herbe, es mochte wohl nur ein bescheidenes Glück sein, das hier vergeblich erhofft worden war. »Nach unseres Vaters Tode«, sagte sie leise, »war der Senator mir ein hülfreicher Freund, ich habe lange in seinem Hause gelebt, und später hat er mir dann auf meine Bitten diesen Posten hier gegeben. Es ist jetzt der rechte Platz für einen einsamen, alten Menschen.«

»Aber«, sagte der Lehrer und legte den Teelöffel sorgfältig über die geleerte Tasse, »hieß es nicht vor Jahren einmal, liebe Mamsell, daß Sie den ledigen Stand hätten verrücken wollen?«

Sie schlug die Augen nieder und strich mit der flachen Hand ein paarmal über das Damasttuch. »Ja«, sagte sie dann, indem sie auf ein getuschtes Profilbildchen blickte, das in einem Strohblumenkranze über der Kommode hing. »Vor Jahren, Herr Lehrer; aber es kam anders, als wir gedacht hatten.«

Der Lehrer war aufgestanden und besichtigte das Bild. »Ja, ja«, sagte er, »der alte Ehrenfried‹ wie er leibte und lebte, der Herr Senator haben bis zu seinem Tode große Stücke auf ihn gehalten; ich habe manches Päckchen Schnupftabak von ihm zugewogen bekommen.«

Die Haushälterin nickte. »Ich mag es Ihnen wohl erzählen«, fuhr sie fort, »Sie haben auch Ihre Lebensfreude, Ihren einzigen Sohn, in unserm Kriege dahingegeben, und haben ihm den schönen Spruch aufs Grab setzen lassen.«

Der Alte beugte sich vornüber und legte seine Hand wie beschwichtigend auf den Arm seiner Freundin. »Das ist nun vorbei«, sagte er, und seine Stimme zitterte. »Er starb für seine Heimat, für welche wir bald nicht mehr leben dürfen; denn auch in meiner Schule soll nächstens, wie es heißt, die deutsche Sprache abgeschafft werden; Mein Wirken ist dann zu Ende.« – Der alte Mann seufzte. »Doch«, fuhr er fort, »Sie wollten ja erzählen!«

Sie stand auf und füllte erst noch einmal die Tasse des Gastes und präsentierte ihm die Schüssel mit den Weihnachtskuchen. – »Mein Vater«, begann sie nach einer Weile, »hatte einen kleinen Posten bei der Stadt und nur ein notdürftiges Einkommen, aber er saß nachts an seinem Pulte und schrieb Noten für die Klavierschüler des Organisten oder er fertigte die Rechnungen für die Armen- oder Klostervorsteher, die mit der Feder selbst nicht umzugehen wußten. Er war ein schwächlicher Mann und hat mit den vielen Nachtwachen sein Leben wohl verkürzt. Doch als er starb, fand sich für meinen Bruder und mich, die wir beide noch kaum erwachsen waren, ein kleines sauer verdientes Kapital. Es mochte für jeden wohl ein paar tausend Mark betragen.« Sie schwieg einen Augenblick. »Über dieses Kapital«, sagte sie dann, »das ich besaß, da Ehrenfried und ich unsern Verspruch taten, konnte ich späterhin nicht mehr verfügen.«

»Nein, nein«, setzte sie hinzu, da sie bemerkte, daß ihr Gast einen Blick des Vorwurfs auf das Bildchen an der Wand warf, »denken Sie nichts Unrechtes von dem Segen, er hat nichts gegen mich verschuldet.«

Der Schullehrer ließ sich diese Versicherung gefallen; denn auch das treuherzige Männergesicht, das dort so ruhig aus dem hohen Rockkragen herausschaute, schien gegen jeden derartigen Verdacht einen stummen Protest einzulegen.

»Wir beide«, fuhr die Erzähierin fort, »waren bald nach dem Tode des alten seligen Herrn in das Haus des Senators gekommen. Die Mutter lebte noch und der junge Herr freite damals um seine jetzige Frau; die Haushaltung ging wie zu den Zeiten des Vaters ihren ruhigen Gang; und es war eine regelrechte Haushaltung, Herr Lehrer, alles wie nach dem Glockenschlag der Amsterdamer Wanduhr, die unten auf der großen Hausdiele steht; das blieb auch so, als die junge Frau ins Haus kam. Der Ehrenfried schien ganz hineinzupassen; des Tages bediente er seine Kunden, des Abends saß er in dem kleinen Laden und klebte seine Düten oder brachte seine Bücher in Ordnung. Ich war meistens für die alte Frau da oder half auch wohl mit in der Haushaltung. So lebten wir nebeneinander hin, und die Jahre vergingen. Ehrenfried hatte wohl einmal den Wunsch geäußert, einen eigenen Kram zu beginnen; aber er sprach das nur so hin, als sei es für Leute seines Schlages doch nicht zu erschwingen; denn er war fast ohne Mittel. Die Zinsen seines kleinen Vermögens und ein gut Teil seines Verdienstes gab er einer älteren kränklichen Schwester. Das habe ich aber erst späterhin von ihm erfahren. – Ich hatte schon einige dreißig Jahre hinter mir und Ehrenfried mochte nah an die vierzig sein, da starb die Schwester, und er begann nun wohl mit Ernst auch an sich zu denken.«

Die Alte warf einen liebevollen Blick auf das Bildchen in dem Immortellenkranz. »Sie wissen, Herr Lehrer«, sagte sie dann, »der Herr Senator hat einen Speicher in der kleinen Straße, die nach der Marsch hinuntergeht; dahinter ist ein großer Gemüsegarten, woraus für Winter und Sommer das ganze Haus versorgt wird. Eines Vormittags hatte die Frau Senatorin mich hingeschickt, um etwas Kraut zur Suppe zu schneiden. Es war just am heiligen Pfingsttage – so etwas vergißt sich nicht, Herr Lehrer – man konnte über die niedrigen Stachelbeerzäune weithin auf die Nachbargärten sehen, wo die Leute in ihrem Sonntagszeug zwischen den Beeten umhergingen, denn es lag alles im klarsten Sonnenschein. Der blaue Flieder duftete, der überall an den Steigen wuchs und drunten von der Marsch herauf hörte man die Lerchen singen. Ich hatte am Morgen einen liebreichen Brief von meinem Bruder erhalten, der seit Jahren mit Hilfe des Herrn Senators im Hannöverischen ein Kommissionsgeschäft errichtet hatte; es ging ihm wohl; er hatte Frau und Kind; aber er vergaß auch seine Schwester nicht. Die blaue Frühlingsluft war nicht heiterer als mein Gemüt dazumalen. So in Gedanken ging ich den breiten Steig hinab; als ich aber bei dem großen Holunderbusch um die Ecke biege – denn der Garten liegt hier im Winkel – sehe ich Ehrenfried im braunen Sonntagsrock und mit der langen Pfeife zwischen den Spargelbeeten stehen. Er pflegte an Sonn- und Festtagen wohl ein wenig in der Gärtnerei zu hantieren. ›Es gibt nicht viel, Mamsell Meta‹, rief er mir zu, ›die Beete sind zu alt. – Ja, ja, das Alter!‹ setzte er wie mit sich selber redend hinzu; dann legte er die Hand mit der Pfeife auf den Rücken und begann wieder mit seinem Messer die Oberfläche des Beetes zu untersuchen. Da ich ebenfalls ein Messer in der Hand hatte, so trat ich an die andere Seite des Beetes. ›Ich will Ihnen helfen, Herr Ehrenfried‹, sagte ich, ›vier Augen sehen mehr als zwei‹, und zugleich hatte ich schon einen schönen weißen Spargel auf seiner Seite bloß gelegt. Ehrenfried sah eine Weile zu mir hinüber. ›Das ist richtig, Mamsell Meta!‹ sagte er dann, indem er sorgfältig den Spargel aus der Erde hob. Wir gingen suchend an diesem und noch zwei anderen Beeten auf und ab, aber die Ernte war nur spärlich.

Als ich ihm mein Teil hinüberreichte, sagte er: ›Für eine Person sind das zu viele und für zwei zu wenig.‹ Und er hatte dabei so einen eigenen Ton, Herr Lehrer, daß mir schon war, als spreche er das nur so sinnbildlich. ›Freilich‹, erwiderte ich, ›Herr Ehrenfried; aber wir haben schon die von gestern, und morgen gibt es wieder welche, und wenn wir dann übermorgen noch etliche bekommen, so reicht es für die ganze Familie.‹ Er tat einen Zug aus seiner Pfeife und stieß ein paar blaue Ringe in die Luft. ›Ja‹, sagte er dann, ›mit den Dingen, die unser Herrgott wachsen läßt, da macht sich das von selbst, aber …‹ – ›Wie meinen Sie denn: aber, Herr Ehrenfried?‹ – ›Ich meine mit den Kapitalien‹, sagte er, ›die der Mensch sich sauer verdienen muß; da könnte das bißchen Leben leicht zu kurz werden.‹ Und ich verstand noch immer nicht, Herr Lehrer, wo das hinaus sollte. ›Kann ich

Ihnen in etwas dienlich sein, Herr Ehrenfried?‹ fragte ich. – ›Sie wissen vielleicht, Mamsell Meta‹, fuhr er fort, ohne meine Frage zu beachten, ›ich habe ein kleines Vermögen, ein sehr kleines, wovon meine Schwester bislang die Zinsen genossen hat. – Sie bedarf deren nun nicht mehr.‹ Und er schwieg einige Augenblicke und dampfte heftig aus seiner Pfeife. ›Dieses kleine Vermögen‹, begann er dann wieder, ›ist für mich allein zu viel, denn was ich bedarf, erhalte ich von unserm Herrn Prinzipal; aber es ist wiederum zuwenig, um ein eigenes Geschäft zu beginnen.‹ Und zögernd setzte er hinzu: ›Sie besitzen auch – von Vaters wegen eine Kleinigkeit, Mamsell Meta; was meinen Sie, wenn wir zusammenlegten? Ich denke fast – es würde reichen‹ Und sehen Sie, Herr Lehrer, so legte ich denn meine Hand in die seine, die er mir über das Gartenbeet hinüberreichte. Es war kein Übermut dabei, aber es war beiderseits doch treu gemeint. – – Wir gingen noch eine Weile in dem großen Steige auf und ab und besprachen uns, daß wir die Sache noch geheimhalten und beide noch ein paar Jahre in unserer Kondition bleiben wollten, damit wir die Ausstattung davon zurücklegen könnten. Mitunter standen wir still und hörten, wie noch immer drunten aus der Marsch die Lerchen sangen.

So gingen ein paar Jahre hin, und wir gewannen ein rechtes Vertrauen zueinander. Oft in der Morgenfrühe, wenn noch die Häuserschatten über der Gasse lagen, trafen wir uns draußen vor der Haustür. Wenn Ehrenfried hinausging, um die Eisenwaren auf dem Beischlag auszustellen, war ich schon draußen vor der Haustür und putzte an der Tür den großen Messingklopfer. ›Nun, Meta‹, sagte er dann wohl, ›ich denke, Wir werden unser Glück doch nicht verschlafen!‹ – Er stand schon in Handel um ein kleines Haus und wir begannen es in Gedanken miteinander einzurichten; wir kannten schon jedes Stück Gerät in unseren Stuben und jeden Topf, der auf unserm Herde kochen sollte. Oft sprachen wir so in der Morgenstille miteinander, bis dann die ersten Bauerwagen die lange Straße herabklapperten und sich auf dem Markte aufstellten.

Es kam anders, Herr Lehrer. Der Krieg brach aus, und niemand hatte Zeit, noch an sich selbst zu denken. Eines Mittags, da zuerst die Freischaren mit ihren Schlapphüten und Pistolen in die Stadt kamen, steht ein großer bärtiger Mann vor mir und reicht mir seinen Quartierzettel. Es schoß mir in die Knie, da ich ihm ins Gesicht blickte. Es war mein Bruder. ›Christian!‹ rief ich, ›was in Gottes Namen willst du jetzt hier?‹ – ›Meta‹, sagte er, ›das Herz ist immer noch zu Haus; es hat mir keine Ruh gelassen!‹ – Und so hatte er das Geschäft einem Kompagnon anvertraut und Frau und Kind bei seinen Schwiegereltern untergebracht. Ehrenfried schüttelte den Kopf. ›Was soll das nützen‹, sagte er, ›wir haben junges Volk genug, die Älteren werden schon später daran kommen, sobald es nötig ist. Und als Christian ihn an den Schultern faßte: ›Sei nicht so griesgrämig‹ Ehrenfried‹ und mach mir das Herz nicht schwer; es hilft doch nichts, ich muß schon jetzt mit dreinschlagen‹, da blieb er doch bei seinem Stück: ›Es muß alles in der Ordnung sein.‹ Er hatte nun einmal so das Temperament nicht, Herr Lehrer. Aber auch der Herr Senator sah oft nachdenklich darein, wenn späterhin der Christian uns seine Kriegsberichte schickte. Endlich, wir müssen wohl sagen, leider Gottes, wurde es Frieden.«

Der Lehrer nickte, aber er unterbrach seine Freundin nicht. »Unsere guten Leute wurden in die Fremde getrieben, und die Fremden kamen und setzten sich im Lande fest. Mein Bruder saß wieder drüben in seinem Geschäft und bei seinen Büchern. Ich will keinem unrecht tun; aber er mochte es doch wohl nicht in den rechten Händen gelassen haben; denn es war mir nicht entgangen, daß zwischen ihm und unserm Herrn plötzlich ein eiliges Schreiben hin- und widerlief; und als ich gelegentlich anfragte, drückte der Herr mir die Hand und sagte: ›Sorge nur nicht zu sehr, Meta; in dem Kampfe um die alte Heimat ist er mit einer Schmarre davongekommen; er muß nun hinterher noch um die neue kämpfen; aber du weißt, dein Bruder ist ein tüchtiger Mann; und nun laß uns sorgen und geh du in deine Küche!‹ Ich sorgte aber doch; denn von Ehrenfried hatte ich gehört, daß auch unsern Herrn Senator schwere Verluste getroffen hatten.

Mittlerweile wurde es wieder einmal Frühling und es war mir fast, als wenn es von der Sonne käme, die nun so hell in den dunklen Laden schien, daß Ehrenfried eines Morgens wieder von einem Hauskauf zu reden anfing, und daß wir uns dann endlich das Wort gaben, auf den Herbst unsere Sache in Ordnung zu bringen. Wir hatten es schon auf den nächsten Sonntag festgesetzt, daß wir der Herrschaft unsere Heimlichkeit offenbaren wollten; da, am Freitagnachmittag – wir sollten auf den Abend eine kleine Gesellschaft haben und ich war eben auf meine Kammer gegangen, um mich ein wenig anzukleiden – bringt mir der Ladenbursche einen Brief von meinem Bruder. Und da stand es denn geschrieben: er war am Bankerott. Aber mein Kapital, was ich von unserm Vater hatte, das – so schrieb er – konnte ihn noch retten. Ich verschloß den Unglücksbrief in meine Schatulle; dann entsann ich mich, daß noch Radieschen zum Nachtisch aus dem Garten geholt werden sollten. Ich nahm ein Körbchen und schlich die Treppe hinab, um unbemerkt aus dem Hause zu kommen; denn ich hätte um alles jetzt dem Ehrenfried nicht begegnen mögen. Ich weiß nicht, wie ich hinten aus dem Hause und die kleine Straße hinab nach dem Garten gekommen bin. Vorn an der Pforte hätte ich fast den Herrn Senator umgerannt. ›Ei, Meta‹, rief er, und hob lachend den Finger gegen mich, ›mit der Küchenschürze über die Straße!‹ Aber so alteriert war ich, Herr Lehrer; das war mir all mein Lebtage noch nicht passiert.

Es wurde schon Abend, und es gemahnte mich recht wie damals; denn der Flieder duftete und von unten aus der Marsch kam auch wieder wie dazumal ein sanfter Vogelgesang.

Aber ich ging mit dem leeren Körbchen in dem großen Steige auf und ab und zerriß mir unachtlich die Kleider an den Stachelbeerzäunen. Meine Gedanken verloren sich in die alte Zeit, in das Kämmerchen, wo mein armer Bruder und ich als Kinder in unseren schmalen Bettchen schliefen. Mir war wieder, als höre ich nebenan im Wohnzimmer die Schwarzwälder Uhr zehn schlagen; und nach dem letzten Schlage wird drinnen das Schreibpult abgeschlossen und mein Vater öffnet leise die Kammertür.

Wie oft, wenn ich noch wachend lag, hatte ich heimlich durch die Augenlider geblinzelt, wenn er sich über seinen Liebling beugte und sorgsam das Deckbett über ihm zurechtlegte, damit nur keine Zugluft die nackten Gliederchen berühre; bis dann des Vaters Hand sich auch auf mein Haupt legte und ich von seinen Lippen einen Laut vernahm, den ich nicht verstehen konnte, aber den ich doch in meinem Leben nicht vergessen habe. – Die hülfreiche Hand unseres Vaters lag längst im Grabe; aber was sie mit saurem ehrlichem Fleiß erworben, das war noch da; ich hatte es, und es reichte noch, um die Blöße seines Lieblings zuzudecken. – Und doch, was sollte aus Ehrenfried und mir nun werden? – Aber wir lebten ja geborgen, wir gaben nur einen Herzenswunsch daran; der arme Christian hatte sich nicht bedacht, da er alles hinter sich ließ, um seiner Heimat in ihrer Bedrängnis beizustehen.

So hatte ich in schweren Gedanken meinen Korb mit Radieschen gefüllt und trat nun aus dem Garten, dem kleinen Hause gegenüber, was dazumal dem Steinmetzen gehörte. Die Sonne spiegelte sich in den Fensterscheiben, und ich stand eine Weile und betrachtete es mir; denn es war dasselbe, um welches Ehrenfried in Handel stand. Da fielen meine Augen auf die goldene Inschrift eines neuen Grabsteins, der neben der Haustür an der Mauer lehnte; und, Herr Lehrer, ich las die Worte: ›Niemand hat größere Liebe, denn die, daß er sein Leben lässet für seine Freunde.‹«

»Evangelium Johannes, Vers dreizehn im fünfzehnten Kapitel«, sagte leise der alte Mann im Lehnstuhl.

»Es war der Denkstein, den Sie für Ihren gefallenen Sohn bestellt hatten«, – und die Erzählerin reichte ihrem Gaste die Hand, der sie schweigend drückte; »ich habe den Spruch seitdem nicht mehr vergessen. Es stand nun fest in mir, daß ich das Geld geben mußte. – Aber als ich dann aus dem hellen Sonnenschein in unser großes dunkles Haus trat, fiel es mir doch wieder schwer aufs Herz, so daß ich's nicht von mir bringen konnte, bis auf den Abend. Als die Herren in der Oberstube an ihrem L'Hombre saßen, ging ich hinab in den Laden. Ehrenfried stand an der Bank und zählte Nägel in Pakete, was sonst der Lehrling zu tun hatte, aber der war zu seinen Eltern über Land. Ich erschrak fast, da ich seine Stimme hörte. ›Nun, Meta‹, sagte er, ›wo hast du denn gesteckt! Der Steinmetz ist bei mir gewesen von wegen dem Hause, und morgen – wird alles in Richtigkeit kommen.‹ – Es schoß mir in die Knie, und ich zitterte; denn er sah so seelenvergnügt dabei aus. Ich vermochte nur stumm den Kopf zu schütteln. ›Was fehlt dir, Meta?‹ fragte er. ›Nichts fehlt mir, Ehrenfried; aber wir dürfen das Haus nicht kaufen.‹ Und als er mich erstaunt ansah, erzählte ich ihm alles und was ich zu tun entschlossen war. Aber währenddessen wurde sein Gesicht immer ernster und strenger; und als ich zufällig niederblickte, sah ich, daß er sich mit dem Eisenstifte, den er in der Hand hielt, den Daumen blutig gerissen hatte. ›Und du willst das Geld geben?‹ fragte er, und seine Stimme klang so gleichgültig, als gehe das ihn selber gar nicht an. ›Ja, Ehrenfried, ich kann nicht anders.‹ – ›Nun freilich, Meta; dann reicht's nicht mehr.'-Er schwieg und begann wieder seine Nägel einzuzählen. ›Ehrenfried« sagte ich, ›sprich doch zu mir; wir hatten's für uns beide bestimmt; du mußt dein Wort mit dazu geben!‹ Aber ich bat umsonst; er sah nicht auf. ›Wenn dir dein Bruder näher ist‹, sagte er, und begann seine Pakete einzuschlagen und wegzupacken. Indem wurde ich nach oben gerufen, und als ich nach einer Stunde wieder in den Laden hinabging, war Ehrenfried in seine Kammer gegangen. – Nur der Allmächtige weiß, was ich die Nacht mit mir gerungen habe; eine Stunde um die andere hörte ich unten vom Flur herauf die Wanduhr schlagen.

Ich konnte mein Leben nicht für meine Freunde hingeben, aber das bißchen Silber, Herr Lehrer, das konnte ich doch. Es war ja auch nicht um mich; ich sah wie eine Waage vor mir: auf der einen Schale war der Name ›Ehrenfried‹ und auf der andern der meines Bruders; ich sann und sann, bis mir das Hirn brannte, aber es wurde nicht anders, wenn die eine Schale sank, so stieg die andere. – Ich mag wohl endlich eingeschlafen sein; denn als ich die Augen aufschlug, kam schon die Morgendämmerung durch die kleinen Scheiben, und als ich mich ermunterte, hörte ich draußen vor der Kammer auf dem Gange einen Schritt. Mitunter blieb es eine Weile an der Tür; dann ging es wieder vorsichtig auf und ab. Ich stieg aus dem Bett und kleidete mich an, und indem glaubte ich auch den Schritt zu kennen. Als ich bald darauf aus der Tür trat, stand Ehrenfried vor mir. Sein Gesicht war blaß, aber freundlich. Er streckte mir schweigend seine Hand entgegen und hustete ein paarmal, als ob er sprechen wollte. ›Es hat nicht sein sollen, Meta‹, sagte er endlich; ›wir wollen's dem lieben Gott anheimstellen.‹ Dann drückte er mir noch einmal die Hand, nickte mir zu und ging die Treppe hinab an sein Geschäft. – Noch an demselben Tage schrieb ich meinem Bruder. – Zwischen mir und Ehrenfried ist dann von diesen Dingen nicht mehr die Rede gewesen; wir lebten wieder still nebeneinander fort, und allmählich war es zwischen uns fast wie es sonst gewesen; auch das »du« gebrauchten wir nicht mehr, wenn wir, was selten geschah, einmal zusammen sprachen. Aber in den Garten hinter dem Speicher bin ich seitdem nicht gern gegangen, und wir haben uns auch niemals wieder dort getroffen. – Die Jahre vergingen, wir wurden alt, und die Stadt um uns wurde immer fremder.«

Die Erzählerin schwieg. »Ich dächte«, hob der Lehrer an, indem er fast mit einer ehrfürchtigen Scheu auf seine Freundin blickte, »Ihr Herr Bruder sei ein Mann in auskömmlichen Verhältnissen; so ist er wenigstens in der Leute Mund.«

»Er ist es geworden, Herr Lehrer – später, und er hat mir das Darlehn auch bei Heller und Pfennig und mit allen Zinsen zurückbezahlt; aber es war kurz vor Ehrenfrieds Tode und schon in seiner letzten Krankheit.— Ja, was ich sagen wollte, ein paar Tage vor seinem Ende, des Ehrenfried mein ich, war viel Besuch in seiner Kammer; die Gerichtspersonen waren dort gewesen, und auch unsern Nachbarn, den Goldschmied, hatte ich am Morgen herauskommen sehen. Als ich nachmittags die Mixtur hineinbrachte, bat Ehrenfried, mich neben seinem Bette niederzusetzen. ›Meta‹, sagte er, denn ich hatte ihm das vorhin erzählt, ›das Geld wäre nun wohl wieder beisammen, aber das Leben ist indessen alle geworden. – Da hab ich nun, als ich so dagelegen, bei mir gedacht, es müßte doch schön sein, wenn einer, wo es just die rechte Zeit wäre, so einmal aus dem Vollen leben könnte und ohne Kümmernis. Uns ist es so gut nicht geworden und unseren Eltern auch nicht; mir ist, als hatten wir alle nur ein Stückwerk vom Leben gehabt. Und weiter hab ich mir gedacht, wenn unser Kapital zusammenkäme!‹ – – Und als ich das abwehren wollte, richtete er sich ungeduldig in seinen Kissen auf. ›Nein, nein, Mamsell Meta« sagte er, ›reden Sie mir nicht dazwischen!‹ – Und dann duzte er mich wieder und legte seine magere Hand auf meinen Arm. ›Es ist ja nicht um dich, Meta, aber dein Bruder Christian hat einen Sohn; ich weiß, er hat ihn tüchtig angehalten und er wird einmal dein Erbe sein. Vielleicht, um was sich viele gemüht haben, daß es nun einmal Einem zu einem ganzen Menschenleben helfen mag. Darum habe ich in meinem Testament meine verlobte Braut, die Jungfrau Hansen, zu meiner Universalerbin eingesetzt. Du wirst mir das nicht übel nehmen, Meta; wir haben es doch mal so im Sinn gehabt.‹ Und als meine Tränen auf seine Hand fielen, nahm er einen goldenen Ring aus einem Kästchen und steckte mir ihn an. ›Der ist für dich allein‹, sagte er, ›es schickt sich besser vor den Leuten, und‹, setzte er leise hinzu, ›trag ihn auch zu meinem Gedächtnis!‹«

Die alte Jungfrau schwieg und faßte wie liebkosend den schmalen Reif, den sie am Goldfinger trug. – – Es war jetzt fast dunkel in dem kleinen Zimmer; nur ein schwacher Abendschein drang durch die beschlagenen Fensterscheiben.

Der alte Lehrer war aufgestanden. »Wenn ich den Spruch auf meines armen Knaben Stein gelesen«, sagte er, »so habe ich bisher nur seiner dabei gedacht; aber«, setzte er hinzu und Seine Stimme zitterte, »Gottes Wort ist überall lebendig.«

Er bückte sich, um seinen Korb mit den Festtagseinkäufen aufzunehmen, der hinter ihm in der Ecke stand. Mamsell Meta nötigte ihn, noch ein Weilchen zu verziehen, der Mond werde ja aufgehen. Er dankte; »die Meinen warten«, sagte er, »es ist noch eine Stunde Weges bis nach Haus.« Da sie den Gast nicht halten konnte, zündete sie ein Licht an den glimmenden Kohlen im Ofen an und packte noch eine große Düte mit den Weihnachtspfeffernüssen der Frau Senatorin, die sie alles Widerstrebens ungeachtet zu den anderen Dingen in den Korb legte; sie erkundigte sich auch – wie hatte sie es nur vergessen können! – nach dem zehnjährigen Töchterchen, dem Nesthäkchen ihres alten Gastes, und er schüttelte ihr die Hand und sagte nicht ohne eine kleine Feierlichkeit: »Ich danke für die Nachfrage, werteste Mamsell, sie wächst zu unserer Freude heran.«

Dann ging die Tür auf und die Magd trat herein; in vollem Anzug, den Hut auf dem Kopfe. »Ich bin fertig, Mamsell«, sagte sie; »wenn sonst nichts zu besorgen ist, so möchte ich nun zu meiner Mutter gehen.«

»Du kannst gehen, Wieb; sei aber morgen zeitig wieder da«,

beschied Mamsell Meta. »Nimm auch dem Herrn Lehrer seinen Korb, du hast ja denselben Weg.«

Der alte Mann ließ sich das gefallen. »Sie ist ja mein Schulkind gewesen«, sagte er freundlich nickend.

»Und zeig dem Herrn Lehrer den Weg oberhalb über den neuen Steg«, fuhr Mamsell fort, »das spart ein Viertelstündchen.« Wieb schüttelte den Kopf. »Das geht nicht«, sagte sie, indem sie den Korb des Lehrers nahm; »der neue Weg ist unter Wasser; wir müssen unterhalb über den alten Steg, und dann den Fußweg durch den Eichenbusch.«

Der Lehrer nickte. »Der Eichenbusch soll verkauft sein«, bemerkte er beiläufig; »so hörte ich heute in der Stadt.«

»Verkauft?« fragte Mamsell Meta; denn es fiel ihr ein, daß bei ihrer Kahnfahrt Marten gerade mit diesem Grundstück den Heidehof hatte vervollständigen wollen. »An wen denn verkauft, Herr Lehrer?«

»An einen Fremden; den Namen habe ich nicht gehört.«

»Hm«, dachte Mamsell Meta, »da ist also der Herr Senator diesmal doch zu spät gekommen.«

Dann geleitete sie ihren Gast vor die Haustür. – Es war kalt, die Sterne standen schon am Himmel, nur ein schwacher Schein am Horizont zeigte, wo die Sonne verschwunden war. »Wie unruhig die Sterne sind«, sagte der Alte noch, »wir haben Frostwetter, Mamsell Meta.«

Meta stand in der Haustür und sah den beiden nach, wie sie gegen Westen den Fußsteig nach dem Bach hinabgingen. Das Dunkel der Heide hatte sie bald ihren Blicken entzogen; nach einer Weile aber wurden sie noch einmal in der Ferne sichtbar, auf dem Hügel drüben; fast übernatürlich groß erschienen ihr die Gestalten, wie sie sich schattenhaft gegen den schwachen Schein des Abendhimmels abhoben. Endlich waren sie ganz verschwunden. Dann hörte sie noch unten vom Bach her das Geräusch der Fußtritte auf dem Stege, und dann war alles still. Sie war allein. Nur im Stall in der Scheune waren die kleinen Ponys und die Kuh, und daneben in dem Verschlag saß schlafend das Federvieh auf seinen Leitern; hinter ihr im Hause strichen ein paar scheue Katzen durch die dunklen Räume.

Leise drückte sie die Haustür zu und ging in ihre Stube.

Mit trockenem Heidereis und Torf brachte sie das Ofenfeuer wieder zum Brennen, daß es gesellig zu prasseln begann; dann, nachdem sie den Tisch abgeräumt und das Licht geputzt hatte, setzte sie sich in den Lehnstuhl und brach das Siegel ihres Weihnachtsbriefes. Sie las langsam und mit ganzer Andacht, und als sie an das Ende des Briefes kam, flog ein glückliches Lächeln über ihr Gesicht, und die Hand, welche ihn hielt, sank auf den Tisch. »Er kommt, endlich, nach zehn langen Jahren!« rief sie vor sich hin. Sie las die Stelle noch einmal, sie hätte nun auch Tag und Stunde wissen mögen; doch es hieß nur: »In nächster Zeit.« Sie mußte sich begnügen. – »Aber warum hat denn der Junge, der Friedrich, nicht geschrieben? – Und auch das Bild, das mir versprochen wurde, ist nicht dabei!« Die gute Tante wäre fast verdrießlich geworden. Aber sie besann sich; sie stand auf und ging mit dem Licht nebenan in die herrschaftliche Stube. Rasch öffnete sie das Schubfach einer Kommode, denn es war kalt hier, und die Möbeln mit ihren Überzügen standen unwirtlich in dem großen leeren Raume; dann, nachdem sie ein Päckchen alter Briefe herausgenommen, ging sie eilig damit in ihr heimliches Stübchen zurück. Bald saß sie wieder in ihrem Lehnstuhl und begann die Briefe sorgfältig durchzusehen. Endlich kam sie an den rechten Jahrgang; ein kleines Lichtbild lag dazwischen, das sie mit zärtlichem Wohlgefallen betrachtete. Es war das Ponrät eines kräftigen, etwa vierzehnjährigen Knaben, dessen treuherzige Augen nicht ohne einigen Trotz unter dem buschigen Haar herausschauten. »Aber das war vor sechs Jahren«, sagte sie, »er muß ja jetzt ein ganzer Kerl sein.« Und dann entfaltete sie den Brief ihres Bruders, der das Bild begleitet hatte. »Du wirst den Jungen nicht verkennen«, schrieb er, »auch über seiner Stirn erhebt sich jener widerspenstige Haarwirbel, den der selige Subrektor seinem Vater als eine Opposition gegen die Autorität der Schule auslegte und den er in der Numa-Pompilius-Stunde mir ebenso unermüdet als vergeblich niederzustreichen bemüht war.« Sie lächelte; die kräftige Knabengestalt ihres Bruders stand vor ihren Augen. Sie sah ihn im Streit mit dem rotnasigen Stadtdiener, der keine Rutschschlitten auf dem abschüssigen Markte dulden wollte, und dann wieder zusammen mit seinem Freunde, dem jetzigen Senator, wie sie draußen im Sonnenschein am Deich lagen und ihre Drachen steigen ließen. »Und wenn ich sie zu Mittag rufen mußte«, dachte sie weiter, »und sie mit ihrem Drachen dann wieder ein Stück weiter auf den Deich hinaus rückten, und immer weiter, je mehr ich hinter ihnen herlief, bis sie mich denn am Ende richtig zum Weinen gebracht hatten.« Und kopfschüttelnd setzte sie hinzu: »Das waren ein Paar Gäste, sie kamen nie zu rechter Zeit nach Haus !« – Immer hingebender blickte sie in die Perspektive der Vergangenheit, wo eine Aussicht immer tiefer als die andere sich eröffnete. Die damals so traulichen Straßen ihrer Vaterstadt sah sie belebt von frischen rotwangigen Kindergestalten; sie gingen paarweise mit dem Schulsack überm Arm in eifrigem Geplauder durch die Straßen; oder der Sommerabend war herabgekommen, und sie rannten, Knaben und Mädchen, auf ihren Spielplatz unter den Linden vor der Kirche; sie selbst überall dabei und derzeit, so dachte die alte Jungfrau, keineswegs die Stillste. »Nein, nein! eine wahre Hummel, ein Dreiviertelsjunge, wie der alte Senator immer gesagt hatte.«

Sie schüttelte lächelnd den Kopf; dann, wie müde von all der muntern Gesellschaft der Vergangenheit, lehnte sie sich zurück und faltete die Hände.

Aber die Ruhe war ihre Sache nicht. Bald saß sie wieder aufrecht und nachdem sie durchs Fenster einen Blick in die Nacht hinaus getan hatte, stand sie auf und verließ die Stube. Sie mußte einmal horchen, ob in den Ställen alles ruhig sei.

Sie ging über die Tenne auf den Hof hinaus. Draußen, an den schweren Torflügel gelehnt, blieb sie stehen. Die Sterne blitzten über ihr; aber auf der Erde, hier gegen Osten, war es gänzlich finster, die Morgenstunde, wo dort am Horizont die Sonne aufgestiegen, war längst vorüber; nicht der leiseste Tagesschimmer war hier auf der Erde zurückgeblieben. Sie beugte sich vor und lauschte. Links vom Hause, ein wenig tiefer hinter dem kleinen Wassertümpel, lag die Scheuer mit den Ställen; aber es war alles ruhig, nur das Rupfen der Kuh an der Krippe war zu hören und mitunter ein Stampfen der kleinen Ponys. Fast unwillkürlich warf sie einen Blick in die Ferne, ob sie drunten im Moor die alte Eiche erkennen möchte, den einzigen Baum, der über Tag von hier aus zu entdecken war. Aber sie sah nur die Brunnenstange vor sich in die Nachtluft ragen; wenige Schritte dahinter begann der dunkele Zug der Heide und streckte sich von allen Seiten schwarz und undurchdringlich in die Nacht hinaus. Ein Luftzug regte sich; leise, langsam durch das rauschende Heidekraut hörte sie es auf sich zukommen. So war es da und zog vorüber, bis sich das Rauschen wieder in die Ferne hinter ihr verlor.

Da plötzlich unten vom Moor herauf schlug ein Tierschrei an ihr Ohr, heiser und gewaltsam. Die Alte schauerte, sie legte die Hand auf den Griff des offenstehenden Tores; ihr war, als habe aus der ungeheuren leblosen Natur selbst dieser Laut sich losgerungen, als habe ihn die Heide ausgestoßen, die so schwarz und wild zu ihren Füßen lag. Und dann! Einige tausend Schritt in das Dunkel hinaus, sie wußte das wohl, stand noch der Pfahl und wurde von der Gemeinde des nächsten Dorfes noch unterhalten zum Gedenken, daß hier ein Bauernkind von Wölfen zerrissen worden war. Freilich, das sollte über hundert Jahre her sein; es gab längst keine Wölfe mehr im Lande, die mit heiserm Geheul durch die Finsternis trabten. – Aber konnten die Nebel der Heide sich nicht wieder zu diesen unheimlichen Tiergestalten zusammenballen, damit auch das Entsetzen, das nachts auf diesen Mooren lagerte, seine Stimme wiederbekäme!

Die Alte schüttelte sich ein wenig; denn die dunkeln Vorstellungen des Volksglaubens, welche die Einsamkeit dieser Küstengegend ausgebrütet, lagen auch in ihrer Seele. Aber sie wußte sich zu fassen. Sie räusperte sich ein paarmal herzhaft und laut, damit sie nur wieder einen Ton der Menschenstimme vernehme; und gleich darauf bedachte sie es, daß ja dort unten, von wo der Schrei gekommen, der Bach durch das Bruchland gehe; es mochten zwei Ottern gewesen sein, die sich um einen Fisch oder um einen erhaschten Vogel gerauft. Ja, das war es gewesen; weiter nichts.

Wenn nur die Magd die Enten alle in den Stall getrieben hatte! Die eine mit der grünen Tolle pflegte da hinab an den Strom zu gehen und auch wohl einmal draußen zu bleiben. – Das Wässerchen, worauf sie am Tage ihr Wesen zu treiben pflegten, lag schwarz und glitzernd zu ihren Füßen. Sie ging vorsichtig an dem Rand der Pfütze zur Scheuer hinab und öffnete die

Tür des Hühnerstalles, aber die Dunkelheit ließ nichts erkennen; nur hinten von der Leiter herab kam ein kurzes unwilliges Gekräh des großen Hahnes.

Mamsell Meta kehrte ins Haus zurück. Noch einmal, als sie den Torflügel hinter sich anzog, schlug aus der Ferne der Tierschrei an ihr Ohr. Hastig legte sie den großen Holzriegel vor; dann aber ging sie über die Tenne, an ihrer Stube vorbei, und trat dann aus dem vordem Tor wiederum ins Freie. Das Licht in ihrem Stübchen warf durch die Fenster einen geselligen Schein hinaus, auch war hier gegen Westen der Himmel lichter, und drüben, wohin ihre Augen blickten, lag die Stadt und das Haus ihrer Freunde. Ein heimliches Gefühl als wie von Menschennähe überkam sie. Aber die Stadt war nicht zu sehen, nicht einmal die Kirchturmspitze, die sie am Tage aus ihrem Stubenfenster sah, und ihre Augen hoben sich unwillkürlich zu der großen blitzenden Himmelsglocke, die in feierlicher Ruhe auf dem dunkeln Erdenrunde stand. Es war so still, daß sie droben das leise Brennen der Sterne zu vernehmen meinte. Und immer neue, immer fernere drangen, je länger je mehr, einer hinter dem andern aus dem blauen Abgrund über ihr. Und immer weiter folgte ihr Blick; ihr war, als flöge ihre Seele mit von Stern zu Stern, als sei sie droben mit in der Unendlichkeit. »Du großer, liebreicher Gott«, flüsterte sie, »wie still regierst du deine Welt!« Ein roter Schein flog über den Himmel, es mochte der Strahl eines beginnenden Nordlichts sein; da gedachte sie des Weihnachtabends und sagte: »Christkindlein fliegt!« Die Strahlen breiteten sich aus und schossen bis zum Horizont hinab, und als ihre Augen folgten, gewahrte sie unten auf der Erde, dort, wo die Stadt lag, den Schimmer eines Lichtes. Sie nickte und dachte: »Nun zünden sie die Weihnachtsbäume an.« – Aber es fiel ihr ein, sie hatte abends nie die Lichter der Stadt gewahren können, denn eine Erhöhung des Bodens lag dazwischen, auch wenn es doch nicht gar zu fern gewesen wäre. Und jenes Licht vor ihr, es blieb auch nicht an einer Stelle, es wanderte und strahlte seitdem schon weiter rechts, oben wo die große Straße entlangführte. Auch war es offenbar viel näher, als es ihr zuerst geschienen, und jetzt hörte sie drüben auf dem Steindamm der Chaussee einen Wagen rasseln, und der Schall und das Licht kamen immer näher und waren endlich fast in gleicher Richtung mit dem Hause. Plötzlich hörte das Getöse der Räder auf, aber der Schein brannte fort; es war kein Zweifel, der Wagen mußte von der Chaussee auf den Feldweg gefahren sein, der von dort fast in gerader Richtung auf das kleine Gehöft führte. Und nun hörte sie auch das Schnauben der Pferde und das dumpfe Rumpeln der Räder auf dem unebenen Heideboden. Dann noch ein Peitschenknall, und eine kleine Halbchaise, an welcher vorn zwei Laternen brannten, rollte durch die Lücke des Walles und hielt in dem hellen Schein, der aus den Fenstern brach. In demselben Augenblick vernahm sie auch das Gekläff ihres kleinen Täckels, und schon arbeitete er freudewinselnd mit beiden Vorderpfoten an ihr empor.

»Da wären wir, junger Herr!« rief Martens bekannte Stimme, der nun vom Kutscherstuhl über das Rad hinabkletterte und dann das Deckleder vor der Chaise zurückschlug. »Guten Abend, Mamsell!«

Mamsell nickte nur schweigend; sie wußte nicht, was das bedeuten solle. Aber schon wurde sie von einem stattlichen jungen Mann begrüßt, den sie erstaunt und knicksend in die Stube nötigte. Ein paarmal, während sie eilig die Briefe auf dem Tisch zusammenräumte, wanderte ihr Blick stutzig und forschend zwischen seinem Antlitz und dem noch vor ihr liegenden Lichtbildchen hin und wider. Als er aber nach Ablegung seiner schweren Wildschur mit der Hand über das buschige braune Haar strich und der eigensinnige Wirbel sofort wieder emporschnellte, da flog ein Lächeln glücklicher Gewißheit über ihr Gesicht. Sie streckte beide Arme nach ihm aus; und: »Meine liebe Tante Metal« rief der junge Mann. Und das alte Mädchen, das noch eben so allein gewesen, hielt plötzlich einen ihres Blutes in den Armen; und ein stattlicher Junge war's.

»Aber wo ist dein Vater?« begann sie nach einer Weile, während der Neffe fast verlegen geworden wäre unter dem langen, zärtlichen Blick der Tante. »Er wollte ja doch selber kommen?«

»In der Stadt, Tante Meta; und ich bin hergeschickt, um dich zu holen.«

Sie wurde unruhig, zitternd in großer Erregung ging sie in

der Stube umher; planlos griffen ihre Hände nach dem und jenem und legten es wieder fort. »Aber ich habe die Magd ja fortgeschickt!« sagte sie.

»Aber, Tante, dein alter Marten ist ja wieder da.«

Und sie ging an den Ofen und nahm die Kaffeekanne aus der Röhre. »Ich will mich fertig machen, Friedrich. Trink indes ein Täßchen und setz dich in den Lehnstuhl!«

So, während sie dazwischen bald eine Pfeffernuß auf seine Tasse legte, bald aufs neue wieder einschenkte, hatte sie endlich ihre Pelzkappe aufgesetzt und sämtliche Mäntel und Tücher umgetan. Fast hätte ihr jetzt der Mut gefehlt, ihren jungen Gast zu stören; er saß so lächelnd da, und wie ihm alles schmeckte! Aber die Sehnsucht nach ihrem Bruder gönnte ihr nun selbst keine Ruhe. Nachdem Marten hereingerufen und gehörig instruiert war, traten sie reisefertig vor die Haustür. Der Mond war indessen aufgegangen; unten von den Wiesen blinkte der Strom herauf. Friedrich, während er die Tante in den Wagen hob, stand noch einen Augenblick und sandte wie prüfend seine Augen über die ungeheuere dunkle Fläche. »Und das ist das Wasser, Tante, wo ihr heute die großen Karpfen gefangen habt?«

»Freilich, Friedrich, und den schönen Hecht nicht zu vergessen.«

»Und dort über dem Wasser liegt der Eichenbusch?«

»Woher weißt du denn das alles, Junge?« rief Tante Meta aus dem Fond der Chaise.

»Nun, was hätte dein alter Marten mir denn unterwegs erzählen sollen? – Aber mehr Leute müßtest du haben, und jüngere«, rief er, indem er zu ihr in den Wagen stieg, und es klang der Tante fast ein wenig übermütig, als er lachend und ihre Hand ergreifend hinzusetzte: »Ihr seid hier eine gar zu ehrenfeste Gesellschaft!«

Ihre Antwort verhallte in dem Geräusch des abfahrenden Wagens. Bald hatten sie die Chaussee erreicht, und nach Verlauf einer kleinen Stunde rollten sie über das Straßenpflaster der Stadt. Hie und da sahen sie im Vorüberfahren noch einen verspäteten Weihnachtsbaum brennen; im allgemeinen schien die eigentliche Feierstunde schon vorüber, nur die bettelnden Haufen der kleinen Weihnachtssänger zogen noch unermüdlich von einer Tür zur andern. Ein paar große Gebäude waren besonders hell erleuchtet; aber Tante Meta schloß die Augen, als sie daran vorüberkam; denn hier wohnten die »neuen Beamten«, wie sie noch immer von ihr genannt wurden, obgleich schon ein ganzer Nachwuchs für sich und die verhaßte Sprache Geburts- und Heimatsrechte der deutschen Stadt in Anspruch nahm.

Auf dem Markt vor dem stattlichen Hause des Senators hielt der Wagen. Die Frau Senatorin empfing ihre alte Freundin an der Tür. »Nicht wahr, Meta«, sagte sie, indem sie auf die große Außendiele traten, »weniger tat es nicht, um dich zu deinen Freunden in die Stadt zu bringen?«

Meta war zu bewegt, um zu antworten. Während die Magd ihr die Reisekleider abnahm, blickte sie zur Linken in den geräumigen Kaufladen, wo sie einst mit Ehrenfried in mancher Morgenfrühe vergebliche Pläne für ein bescheidenes Lebensglück entworfen hatte. Aus der Wohnstube an der anderen Seite des Flurs hörte sie zwei Männerstimmen in lautem Gespräch; die eine kannte sie, die andere war ihr fremd geworden. Die Sprechenden mochten beide die Ankunft des Wagens überhört haben.

Als Meta mit ihrem Neffen hereintrat, sah sie neben dem Senator einen kräftigen älteren Mann mit lebhaft gerötetem Antlitz am Ofen stehen; das volle buschige Haupthaar war schneeweiß. Mitten in seiner lauten Rede brach er ab und sah sie wie zweifelnd mit seinen dunklen Augen an, aber in demselben Augenblicke hielt er die alte Schwester in den Armen.

»Da hast du ihn, Meta«, rief der Senator, »es ist noch immer der alte Hoffegut. Wo der keine Rosen sieht, da werden niemals welche wachsen!«

Dann kam die Freude des Wiedersehens; ein langes, inniges Gespräch; ein stilles, gegenseitiges Betrachten. Aber der Erzähler war meist der Bruder; während er vor ihr stehen blieb, hatte sie sich, wie von dem Übermaß der Freude niedergedrückt, auf einen Stuhl gesetzt. Ihre Hände auf die Knie gelegt, sah sie zu ihm empor und lauschte seinen Worten. Fast blieb die Tasse dampfenden Tees unberührt in ihrer Hand, welche die Senatorin ihr gereicht hatte. »Ja, ja, Christian«, sagte sie, »dein Gesicht ist noch das alte; es läßt nur anders bei den weißen Haaren.«

»Meinst du«, rief er lachend, »aber sie lassen sich auch noch jetzt von keinem Schulmeister niederstreichen. Versuch es nur!« Und er legte die Hand der Schwetser auf sein Haupt. »Und nun genug von der Vergangenheit, wir wollen den Weihnachtsabend nicht vergessen!« Dann seinem Sohne und dem Senator einen Wink gebend, führte er sie in das gleichfalls erhellte, hinter der Wohnstube gelegene Zimmer; die andern folgten nach. – Es brannte hier kein Weihnachtsbaum; in diesem Hause hatte seit vielen Jahren keiner mehr gebrannt; denn der Senator war kinderlos. Aber auf dem mit einem grünen Teppich bedeckten Tische standen, jeder mit drei brennenden Kerzen, die sonst nur für die Festtafel bestimmten silbernen Armleuchter; zwischen den Leuchtern vor des Senators emailliertem Schreibgeschirr lag ein beschriebenes Blatt Papier, daneben eine frisch geschnittene Feder.

Meta sah ihren Bruder fragend an.

»Schwester«, sagte er, »du bist es, die bescheren soll; noch einmal sollst du deine gesegnete Hand auftun und diesmal, denke ich, dir zur Freude.«

Und seine Hand auf den beschriebenen Bogen legend, fuhr er fort: »Wir haben die Punktationen eines Kaufkontrakts über den Heidehof aufgesetzt: Verkäufer ist unser Freund Albrecht hier, als Käufer sind aufgeführt die Geschwister Meta und Christian Hansen. Die Vollziehung einer andern Punktation über den Eichenbusch – denn der, wie die Sachverständigen und dein alter Marten sagen, gehört notwendig mit dazu -wartet nur auf den Abschluß dieses Handels.«

»Also du«, sagte Meta, »warst der Käufer?«

»Ich nicht allein, Schwester; du mußt allerwegen mit dabei sein; denn meine Kräfte reichen hier nicht zu. – Ich selber kann nicht bleiben«, fuhr er fort, indem er mit begeisterter Zärtlichkeit auf seinen Sohn blickte, »ich muß zurück an meinen Herd, aber ich schicke einen Jüngeren, der die Sache aus dem Fundament gelernt hat. Schon im Februar mag der Friedrich seinen Einzug bei dir halten und dann könnt ihr bauen und Mergel graben und Heide brennen nach Herzenslust, damit, wenn ich nach ein paar Jahren wiederkehre, aus der braunen Steppe ein grünes Heimwesen mir entgegenleuchte. – Wir wollen einen jungen festen Fuß auf unsere heimatliche Erde setzen; denn trotz alledem«, und seine Stimme sank bei diesem Worte, »ich lasse es mir nicht nehmen, die Herrlichkeit der deutschen Nation ist im Beginnen; und wir von den äußersten deutschen Marken, wir Markomannen, zu Leid und Kampf geboren, wie einst ein alter Herzog uns geheißen – wir gehören auch dazu!«

Der Senator hatte still danebengestanden. »Du irrst dich, Christian«, sagte er jetzt; »es rührt sich keine Hand um uns; oder« – und er nahm ein Zeitungsblatt neben sich von der Kommode, – »wie es hier geschrieben steht:

Die fremde Sprache schleicht von Haus zu Haus
Und deutsches Wort und deutsches Lied löscht aus;
Trotz alledem – es muß beim alten bleiben:
Die Feinde handeln, und die Freunde schreiben.«

Aber der alte Freischärler legte die Faust vor sich auf den Tisch, und die tiefe Narbe über der Stirn begann zu leuchten.

»Mögen sie schreiben!« rief er, »das rechte Wort wandert landaus und -ein, rastlos und unantastbar, bis es sein Fleisch und Bein gefunden hat. Langsam geht es, langsamer als anders wo; aber« – und die breite germanische Männergestalt richtete sich in ihrer ganzen Höhe auf – »das Wachstum der Eiche zählt nur nach Jahrhunderten. Laß dich nicht irren von dem, Schwester! – Lies nur die Bedingungen; der Verkäufer hat uns nirgends übervorteilt.«

Sie hatte teilnehmend diesen Reden zugehört. Nun, während der Senator schweigend seine Zeitung zusammenfaltete, nahm sie das Schriftstück und begann es aufmerksam zu lesen. Die Hand, welche das Blatt hielt, zitterte; aber ihr Antlitz verklärte sich wie von junger aufstrebender Hoffnung, da doch das Leben sich schon abwärtsneigte.

Der Bruder stand ihr gegenüber; die Arme untergeschlagen, gespannt zu ihr hinüberblickend. – Sie hatte ihn wohl verstanden; er wollte ihr nach Kräften einen Ersatz der Lebensgüter bieten, auf die sie einst durch jenes schwesterliche Opfer hatte verzichten müssen. Sie blickte empor, und die Augen der Geschwister begegneten sich. »Du willst mir gar nichts schuldig bleiben!« sagte sie schüchtern; »aber Christian, du zahlst dich arm dabei.«

Der lebhafte Mann schüttelte sein buschiges Haupthaar, als wolle er das Gefühl abschütteln, das ihn überkam. »Nein, nein!« rief er, die Hand wie abwehrend vor sich hinstreckend; »aber ich dächte, Schwester, du hülfest gern deinem Bruderssohn zu Haus und Hof!«

Sie sah ihn an und lächelte; aber noch einmal verschwand das Lächeln für kurze Zeit von ihrem Antlitz, und sie blickte mit fast schmerzlichem Ausdruck auf das vor ihr liegende Schrifttsück. Sie mochte des Toten gedenken, über dessen kleinen Schatz sie jetzt auch verfügen sollte. – Dann, nach einer Weile, tauchte sie die Feder ein und schrieb. »Für mich – und Ehrenfried!« sagte sie.

Der Senator ergriff die Hände des jungen Mannes, der schweigend das Ende der Verhandlungen abgewartet hatte.

Sein etwas finsteres Auge ruhte mit Wohigefallen auf der festen, ausgeprägten Stirn des Jünglings. »Weil du es denn gewollt«, sagte er, zu seinem Freunde hingewandt‹ »dein Sohn soll uns willkommen sein. – Und morgen Weinkauf auf dem Heidehof! Nein, Meta, sorge nur nicht; wir kannten dich ja -die Braten sind schon alle hier gemacht.«

Von Jenseits des Meeres

Das Zimmer im Hotel war durch die gepackten Koffer nicht behaglicher geworden. Mein Vetter, ein junger Architekt, der es seit zwei Tagen bewohnt hatte, ging schweigend und seine Zigarre rauchend auf und ab, wie jemand der ungeduldig ist, eine leere Zeit hinzubringen. – Es war eine milde Septembernacht, die Sterne schienen durch das offene Fenster; drunten auf der Gasse war der Lärm und das Wagengerassel der großen Stadt schon verstummt, so daß man drüben vom Hafen her das Plustern der Nachtluft in den Wimpeln und Tauen der Schiffe vernehmen konnte.

»Wann mußt du fort, Alfred?« fragte ich.

»Um drei Uhr geht das Boot ab, das mich an Bord bringen soll.«

»Willst du nicht noch ein paar Stunden ruhen?«

Er schüttelte den Kopf.

»So laß mich bei dir bleiben. Meinen Schlaf hole ich morgen im Wagen auf der Heimfahrt nach. Und wenn du willst, erzähle mir – von ihr! Ich kenne sie ja nicht; und laß mich wissen, wie alles so gekommen ist.«

Alfred schloß das Fenster und schraubte die Lampe höher, so daß es völlig hell im Zimmer wurde. »Setz dich und habe Geduld«, sagte er, »so sollst du alles wissen.«

»Schon als zwölfjähriger Knabe«, begann er dann, als wir uns jetzt gegenübersaßen, »habe ich mit ihr in meinem elterlichen Hause zusammen gelebt, sie mochte einige Jahre weniger zählen als ich. Ihr Vater lebte derzeit noch auf einer der kleinen Inseln Westindiens, wo er durch Glück und Geschick in verhältnismäßig kurzer Zeit aus einem mittellosen Kaufmann zu einem reichen Plantagenbesitzer geworden war. Seine Tochter hatte er schon vor einigen Jahren nach Deutschland geschickt, um sie in der Sitte seiner Heimat erziehen zu lassen; aber die Anstalt, in der sie sich bisher befunden, war durch den Tod der Vorsteherin aufgelöst, und bis eine neue gefunden wurde, sollte sie unter Obhut meiner Eltern bleiben. Lange schon, ehe ich sie selber sah, war meine Phantasie von ihr beschäftigt worden, besonders aber als meine Mutter nun wirklich ein Kämmerchen neben dem Schlafzimmer der Eltern für sie in Bereitschaft setzte. Denn es war ein Geheimnis um das Mädchen. Nicht nur, daß sie aus einem andern Weltteil kam und daß sie die Tochter eines Pflanzers war, die ich aus meinen Bilderbüchern nur als fabelhaft reiche und höchst grausame Herren hatte kennenlernen; – ich wußte auch, daß ihre Mutter nicht die Frau ihres Vaters sei. Näheres von dieser hatte ich nicht erfahren können; und ich dachte sie mir daher am liebsten als eine schöne ebenholzschwarze Negerin mit Perlenschnüren in den Haaren und blanken Metallringen um die Arme.

Endlich, an einem Februarabend, hielt der Wagen vor unserer Haustreppe. Ein kleiner alter Herr mit weißen Haaren stieg zuerst herab; es war der Kommis eines ihrem Vater befreundeten Handlungshauses, der sie ihren neuen Beschützern überliefern sollte. Bald darauf hob er ein kleines, in viele Tücher und Mäntel gehülltes Mädchen vom Wagen, das er dann mit einer gewissen Feierlichkeit in unsere Wohnung führte und mit einer kleinen wohlgesetzten Rede der Fürsorge des Herrn Senators und Frau Gemahlin empfahl. – Aber wie verwunderte ich mich, als sie den Schleier zurückschlug; sie war nicht schwarz, nicht einmal braun; sie schien mir weißer als irgendein anderes Mädchen aus meiner Bekanntschaft. Ich sehe sie noch, wie sie mit den großen Augen um sich blickte, während sie sich von meiner Mutter das pelzverbrämte Reisemäntelchen von den Schultern ziehen ließ. Als auch Hut und Handschuhe abgenommen waren, und das ganze zierliche Figürchen nun endlich aus allem Reiseplunder herausgeschält dastand, streckte sie meiner Mutter die Hand entgegen und sagte etwas zaghaft: »Bist du denn meine Tante?« Als diese ihr aber die kohlschwarzen Löckchen von der Stirn strich, sie in die Arme schloß und küßte, da sah ich mit Erstaunen, wie leidenschaftlich das Kind diese Liebkosungen erwiderte. Bald zog meine Mutter auch mich zu sich heran. »Und das ist mein Junge!« sagte sie. »Sieh ihn dir an, Jenni; er hat ein gut Gesicht; nur zu wild ist er; und da paßt es sich, daß er jetzt ein Mädchen zur Gespielin bekommt.«

Jenni sah sich um und gab mir die Hand; aber dabei schoß ein Blick von solcher Schelmerei zu mir herüber, als wollte sie sagen: »Wir verstehen uns; guten Tag, Kamerad!«

Und so zeigte es sich schon in den nächsten Tagen; diesem leichten, feingliederigen Kinde war kein Baum zu hoch, kein Sprung zu verwegen. Sie war fast immer mit bei unsern Knabenspielen, und, ohne daß wir es wußten, regierte sie uns alle; durch ihre Kühnheit wohl weniger als durch ihre Schönheit. Mitunter konnte sie uns zu einem wahrhaft wilden Taumel hinreißen, so daß mein Vater von dem Lärm aus seiner Schreibstube aufgeschreckt wurde und dann durch ein unerbittliches Machtwort aller Lust ein Ende machte. Mit diesem, während der Verkehr mit meiner Mutter immer inniger wurde, kam sie nie in ein zutrauliches Verhältnis; er verstand es nicht, mit Kindern umzugehen; dieses eigenartige Wesen schien er mit bedenklichen Blicken zu betrachten. Ebensowenig gelang es ihr mit Tante Josephine, dieser ehrenwerten, aber etwas strengen alten Jungfrau, die sich auf eine recht fatale Weise um das Fertigwerden unserer Schulaufgaben bekümmerte. Und hier, wo Jenni nicht von allzu großem Respekt in Bann gehalten wurde, gab es bald einen kleinen fortgesetzten Guerillakrieg; und die würdige Tante konnte mitunter keine zehn Schritte gehen, ohne zu ihrem Schreck auf irgendeinen lustigen Schabernack zu treten.

Aber es waren nicht bloß Tollheiten, die sie trieb; wir beide konnten auch zusammen plaudern. Sie wußte allerlei Märchen und Geschichten, die sie mit glänzenden Augen und lebhaftem Fingerspiel erzählte; meist wohl aus der Pension, die eine oder andere, wie ich jetzt glaube, auch noch aus ihrer alten Heimat. Und so konnte man uns denn oft abends in der Dämmerung auf der Bodentreppe oder in dem großen Reiseschrank zusammensitzen finden; je heimlicher wir unsern Märchensaal aufgeschlagen hatten, desto lebendiger traten alle die wunderlichen und süßen Gestalten, die verzauberten Ungeheuer, Schneewittchen und die Frau Holle vor unsere Phantasie. Unsere Vorliebe für verborgene Erzählungsplätzchen trieb uns zur Entdeckung immer neuer Schlupfwinkel; ja, ich entsinne mich, daß wir zuletzt eine große leere Tonne dazu ausersehen hatten, die in dem Packhause unweit von meines Vaters Stube stand. In diesem Allerheiligsten kauerten wir abends, wenn ich aus den Privatstunden gekommen war, so gut es ging, zusammen; meine kleine Laterne, die zuvor mit einigen Lichtendchen versehen war, nahmen wir auf den Schoß und schoben dann ein großes auf der Tonne liegendes Brett von innen wieder über die Öffnung, so daß wir wie in einem verschlossenen Stübchen beisammensaßen. Wenn nun die Leute, die abends zu meinem Vater gingen, das Gemurmel aus der Tonne aufsteigen hörten, auch wohl einige Lichtstrahlen daraus hervorschimmern sahen, so konnte unser alter Schreiber, der sein Zimmer gegenüber hatte, kaum den immer neuen Fragen nach dieser verwunderlichen Erscheinung gerecht werden. Waren dann unsere Lichtendchen ausgebrannt oder hörten wir von der Hoftür aus die Magd nach uns rufen, so kletterten wir heimlich wie die Marder aus unserer Tonne, um noch, bevor mein Vater sein Zimmer verließ, in unsere Schlafkammern zu schlüpfen.

Nur von ihren Eltern, besonders über ihre Mutter, sprachen wir niemals miteinander, außer einmal an einem Sonntagmorgen. – Ich spielte mit meinen Kameraden ›Räuber und Soldat.‹ Seitwärts von unserm Hofe und hinter dem Garten lag, noch vom Großvater her, eine ganze Reihe jetzt leerstehender Fabrikgebäude, voll dunkler Keller und Kämmerchen und übereinandergetürmter Dachböden. Die übrigen Räuber waren schon alle in diesen Labyrinthen verschlüpft; nur ich, der ich selbstverständlich auch zu ihnen gehörte, stand noch unschlüssig im Garten. Ich dachte an Jenni, die sonst stets dabei war und im Klettern über Dächer und im Herabspringen durch Falltüren hinter dem wildesten Räuber nicht zurückstand. Heute aber hatte Tante Josephine sie an einen Schulaufsatz gepreßt; ich wußte, sie saß dort in der Hinterstube, deren Fenster auf den Garten ging. Und während ich vom Hofe her unter der Fahrpforte den Anführer der Soldaten seine Truppen harangieren hörte, schlich ich mich vorsichtig längs der Gartenmauer an das Haus heran und blickte, von einem Jasminbusch verborgen, in das Zimmer.

Jenni saß mit aufgestütztem Arm am Tisch vor ihrem Schreibbuch; aber ihre Gedanken schienen nicht bei der Arbeit zu sein; denn, während ihre eine Hand in dem schwarzen krausen Haar begraben lag, zerstampfte sie mit der andern die arme Gänsefeder auf der Tischplatte. – Dicht neben ihrem Schreibzeug lag die wohlbekannte silberne Nadelbüchse der Tante Josephine und nicht weit davon ein mir gehöriger ziemlich starker Magnetstein. Plötzlich, während sie wie in Langerweile darüberhin blickte, schoß ein übermütiger Strahl aus ihren dunklen Augen; die nützliche Verwendung dieser beiden Dinge schien sich in ihrem Köpfchen zu kombinieren. Aus dem trägen Selbstvergessen wurde jetzt die beflissenste Geschäftigkeit. Sie schüttete den ganzen Inhalt von Tante Josephinens Heiligtum auf den Tisch; dann nahm sie den Magnet und begann emsig jede einzelne Nadel damit zu bestreichen. Wie ein kleiner schöner Teufel saß sie da mit ihren schwarzen Augen; sie schien im voraus schon die staunende Entrüstung der alten Jungfrau zu genießen, wenn diese demnächst ihre echt englischen Nähnadeln als ein rätselhaft vereinigtes Bündelchen aus der Büchse ziehen würde. Und während sie immer eifriger an ihrem schadenfrohen Werke arbeitete, zuckte unablässig ein kaum verhaltenes Lachen über ihr Gesichtchen, so daß die weißen Zähnchen hinter den roten Lippen hervorblitzten.

Ich klopfte leise ans Fenster; denn auf dem Hofe erscholl das Signalhorn der ausrückenden Soldaten. Sie fuhr zusammen; als sie aber ihren Kameraden erkannte, nickte sie mir zu und tat rasch ihren ganzen Unfug in Tante Josephinens Nadelbüchse. Dann strich sie das schwarze Haar hinter die Ohren und kam auf den Fußspitzen zu mir heran. »Jenni«, flüsterte ich, »wir spielen Räuber!«

Sie stieß behutsam den Fensterflügel auf. »Wer ist Räuber, Alfred?«

»Du und ich; die anderen sind schon im Versteck.«

»Wart einen Augenblick!« Und sie schlich leise zurück und schob den Riegel vor die Tür, die das Zimmer von der Wohnstube trennte. »Adieu, Tante Josephine!« – Rasch war sie wieder da, und mit einem leichten Sprung stand sie draußen.

Es war ein prächtiger Frühlingstag; Garten und Hof voll von

Sonnenschein. Die alten Birnbäume, die ihre Äste hoch an den Dächern der Gebäude ausbreiteten, waren mit weißen Blüten übersäet, zwischen denen sich überall die jungen lichtgrünen Blätter hervordrängten; aber hier unten im Boskett war das Laub nur noch spärlich am Gesträuch hervorgesproßt. Jennis weißes Kleid konnte uns verraten. Ich faßte ihre Hand und zog sie durch die Büsche, hart an der Gartenmauer entlang, und während wir das Trappen der Soldaten in einem Gange des vordersten Fabrikgebäudes verhallen hörten, schlüpften wir durch eine vom Garten aus hineinführende Tür in den entlegensten Anbau, auf dessen oberstem Boden ich auch meinen Taubenschlag eingerichtet hatte. Als wir auf der dämmerigen Treppe standen, atmeten wir einen Augenblick auf; wir waren glücklich entronnen. Aber wir stiegen höher; auf den ersten und dann auf den zweiten Dachboden; Jenni voran, ich vermochte kaum zu folgen; aber es entzückte mich – das weiß ich noch sehr wohl – wie die geschmeidigen Füßchen mit sichern, fast lautlosen Tritten vor mir die Stufen hinaufflogen. Als wir den letzten Boden erreicht hatten, ließen wir behutsam die Falltür herab und wälzten einen großen länglichen Holzblock darauf, der, Gott weiß bei welcher Gelegenheit, auf dem abgelegenen Boden liegengeblieben war. Einen Augenblick hörten wir auf das Flattern der Tauben, die nebenan in dem Schlage aus- und einflogen; dann setzten wir uns zusammen auf unsern Block und Jenni stützte das Köpfchen schweigend in ihre Hand, daß die krausen Haare ihr über das Gesicht herabhingen.

»Du bist wohl müde, Jenni?« fragte ich.

Sie nahm meine Hand und legte sie an ihre Brust. » Fühl nur, wie es klopft!« sagte sie.

Als ich dabei unwillkürlich auf die schlanken weißen Fingerchen blickte, welche die meinen gefangen hielten, erschien mir daran, ich wußte nicht was, anders, als ich es sonst gesehen hatte. Und plötzlich, während ich darüber nachsann, sah ich es auch. Die kleinen Halbmonde an den Wurzeln der Nägel waren nicht wie bei uns andern heller, sondern bläulich und dunkler als der übrige Teil derselben. Ich hatte damals noch nicht gelesen, daß dies als Kennzeichen jener oft so schönen Parias der amerikanischen Staaten gilt, in deren Adern auch nur ein Tropfen schwarzen Sklavenblutes läuft; aber es befremdete mich und ich konnte die Augen nicht davon wenden.

Es mochte ihr endlich auffallen; denn sie fragte mich: »Was guckst du denn so auf meine Hände?«

Ich entsinne mich, daß ich verlegen wurde über diese Frage. »Sieh nur!« sagte ich, indem ich ihre Finger nebeneinanderlegte, daß die übrigens ganz rosenroten Nägel wie eine Perlenschnur beisammenstanden.

Sie wußte nicht, was ich meinte.

»Was hast du denn da für kleine dunkle Monde?« fuhr ich fort. Sie betrachtete aufmerksam ihre Hand und verglich sie mit der meinen, die ich dagegen hielt. »Ich weiß nicht«, sagte sie dann; »auf St. Croix haben sie das alle. Meine Mutter, glaub ich, hatte noch viel dunklere.« –

Ganz aus der Ferne, aus der Tiefe irgend eines verborgenen Kellers herauf, hörten wir das Getöse der Räuber und Soldaten, die indessen handgemein geworden sein mochten, aber es war noch weit von unserem Zufluchtsort. Meine Gedanken gerieten wieder auf einen andern Weg. »Weshalb bist du nicht bei deiner Mutter geblieben?« fragte ich.

Sie hatte wieder den Kopf gestützt. »Ich glaube, ich sollte was lernen«, sagte sie gleichgültig.

»Konntest du dort nichts lernen?«

Sie schüttelte den Kopf. »Papa sagt, sie sprechen dort so schlecht.«

Es war ganz still auf unserm Dachboden und fast dämmerig, denn die kleinen Fenster waren mit Spinngeweben überzogen; nur vor uns durch eine ausgehobene Dachpfanne kam ein wenig Sonnenschein, soviel sich vor einem blühenden Zweig des großen Birnbaums hereinstehlen konnte. Jenni saß schweigend neben mir; ich betrachtete ihr Gesichtchen; es war sehr blaß, nur unter den Augen lagen seltsam tiefe Schatten.

Auf einmal bewegte sie die Lippen und lachte ganz laut vor sich hin. Ich lachte mit; dann aber fragte ich: »Worüber lachst du denn?«

»Sie konnte Papa nicht leiden!« sagte sie.

»Wer denn?«

»Mamas Meerkatze!«

»War denn Papa nicht gut gegen sie?«

»Doch! – Ich weiß nicht. Sie stahl ihm immer seine Brillantnadel aus dem Jabot, wenn er zu uns kam!«

»Wohnte dein Papa denn nicht bei euch?«

Sie schüttelte den Kopf. »Er kam nur oft des Abends zu uns; er wohnte in einem großen Hause in der Stadt. Mama hat es mir gesagt, ich bin nicht drin gewesen.«

»So! – Wo wohntet ihr denn, du und deine Mutter?«

»Wir wohnten auch sehr schön! Draußen vor der Stadt. Das Haus lag im Garten, hoch über der großen Bai; eine Galerie mit Säulen war davor; da saß ich immer mit Mama, wir konnten alle Schiffe kommen sehen.« – Sie schwieg einen Augenblick: »Oh, sie ist sehr schön, meine Mama!« sagte sie stolz. Dann ließ sie die Stimme sinken und setzte fast traurig hinzu: »Sie hatte so allerliebste schwarze Löckchen vor der Stirn!« Und als sie das gesagt hatte, brach sie in bitterliche Tränen aus.

Nach einer Weile hörten wir unter uns das Getümmel und die Blechhörner der Soldaten; sie schienen an der Treppe des ersten Bodens haltzumachen und sich zu beraten. Ich sprang auf und blickte umher. Das hatten wir nicht bedacht, es war nirgend ein Ausgang. »Wir müssen uns verteidigen«, sagte ich leise; »denn wir sind gefangen.«

Jenni hatte rasch ihre Augen getrocknet. »Noch nicht, Alfred!« Und sie zeigte auf die Dachöffnung uns gegenüber. »Dort mußt du hinaus, und dann über den Bimbaum in den Garten hinab.«

»Das geht nicht; ich darf dich nicht verlassen.«

»Oh!« rief sie, »mich sollen sie nicht fangen!« Dabei blickte sie nach dem dunkelsten Winkel des Daches hinauf. »Geschwind, hilf mir! Ich setze mich dort oben auf den Hahnebalken; dann seh ich's, wie sie unter mir umherrasen !«

Der Rat war gut; und nach ein paar Augenblicken war sie mit meiner Hilfe an den Sparren und Latten emporgeklettert und saß im Dunkeln auf dem kleinen Querbalken unter der höchsten Spitze des Daches. »Siehst du mich?« rief sie, als ich wieder unten stand.

»Ja, ich sehe deine weiße Hand.«

»Noch immer?«

»Nein, ich sehe nun nichts mehr.«

»Dann mach, daß du fortkommst!« –

Aber die Öffnung war zu eng. Ich riß noch eine Pfanne aus und zwängte mich hindurch; denn schon drängten die Verfolger mit lautem Geschrei unter der Falltür unseres Bodens, und ich hörte schon den schweren Holzblock sich bewegen.

Wie es geschah, weiß ich nicht mehr; aber kaum war ich draußen, so fühlte ich die Dachpfannen unter mir fortgleiten; ich kam ins Rutschen, die Zweige des Baumes schlugen mir ins Gesicht, es prasselte rings um mich herum; auf gut Glück, während es immer unhaltbarer abwärts ging, erwischte ich einen Ast, fuhr wie rasend daran hinunter, während ein paar Dachpfannen an mir vorbei in den Garten hinabflogen, und kam endlich mit einem so derben Stoß zu Boden, daß ich fast wie betäubt liegenblieb.

Als ich hinaufblickte, sah ich über mir in der Höhe zwischen den blühenden Zweigen die großen erschreckten Augen und die hängenden schwarzen Locken des schönen Kindes, das sich mit halbem Leibe aus dem zertrümmerten Dache zu mir herabbog. Um ihr ein Zeichen meines Lebens, vielleicht noch mehr meiner Bravour, zu geben, stieß ich, nicht ohne Anstrengung, ein lautes Lachen aus; als ich dann aber den Kopf wandte, sah ich in das strenge Gesicht meines Vaters, der mich mit mehr Verdruß als Sorge zu betrachten schien; auch Tante Josephine Zeigte sich in der Ferne, den unvermeidlichen Strickstrumpf in den vor Schreck erstarrten Händen. Ich begreife noch nicht, wie Jenni so schnell zu uns herabgekommen. Sie hatte sich über mich geworfen und begann emsig mir die Haare aus Gesicht und Schläfen wegzustreichen; in demselben Augenblick aber, als jetzt mein Vater mit einer heftigen Gebärde die Hand ausstreckte, um mir vielleicht etwas unsauft vom Boden aufzuhelfen, sprang sie wie emporgeschnellt wieder auf »Du«, schrie sie, und die ganze kleine Gestalt streckte sich, »rühr ihn nicht an!« Sie hielt ihm das geballte Fäustchen vors Gesicht; im Grund ihrer Augen funkelte etwas, das herausschießen wollte.

Mein Vater, einen Schritt zurücktretend, kniff nach seiner Art die Lippen zusammen und legte die Hände auf den Rücken; dann wandte er sich ab und ging bei sich selber murmelnd in sein Kontor zurück. Mir war, als habe er gesagt: »Das muß ein Ende haben.« Als meine Mutter jetzt in den Garten trat, flog Jenni auf sie zu, und ich sah, wie die milde Frau das zuckende Körperchen des heftig bewegten Kindes unter leisem, mir unhörbarem Zuspruch mit beiden Armen an sich drückte.

Seit diesem Tage war – so glaube ich – in uns beiden ein unbewußtes Gefühl der Zusammengehörigkeit und gegenseitigen Verantwortlichkeit entstanden; es war ein Keim gelegt, der viele Jahre geschlummert hat, aus dem aber dann im Strahl der Mondnacht die blaue Märchenblume emporgeschossen ist, deren Duft mich jetzt berauscht.

Wie soll ich dir diese kleinen ungreifbaren Dinge schildern! Gleich in den ersten Tagen darauf, wenn unter dem Mittagsessen mein Vater mir nach der Magd zu klingeln befahl, so hatte gewiß schon Jenni jedesmal die Schnur gezogen, noch ehe er das Wort ganz ausgesprochen; nur damit mein humpelnder Gang die verhängnisvolle Geschichte nicht in Erinnerung bringe.

Aber die schönen Tage waren vorüber; die Schreckensnachricht kam, daß eine neue Pension für Jenni gefunden sei, und bald war auch der Tag des Abschieds da. – Ich weiß noch wohl, wie ich, in unserm großen Bimbaum sitzend, in einem unklaren Zustand von Trauer und Ingrimm, eine unreife Birne nach der andern abriß und damit nach dem unschuldigen Bodenfenster unseres Nachbarn zielte, bis ich durch ein Geräusch unter mir aufmerksam gemacht wurde und beim Hinabblicken Jenni im Nankingreisemäntelchen einen Zweig um den andern bis zu mir hinauf erklimmen sah. Als sie oben war, schlang sie den Arm um einen Ast; dann zog sie einen kleinen Ring aus der Tasche und steckte ihn an meine Hand. Sie sprach kein Wort, sondern sah mich dabei nur höchst traurig mit ihren großen Augen an. Ich hatte mir das mit der Unbeholfenheit eines aufwachsenden Jungen gefallen lassen, und während ich halb verlegen auf meinen so geschmückten Finger blickte, war Jenni ebenso still wieder verschwunden, wie sie gekommen war. Jetzt erst fuhr ich so rasch von meinem Baum herunter, daß ich fast wieder hinabgestürzt wäre. Da ich aber durch das Haus auf die Gasse hinaus kam, fuhr eben der Wagen fort, und ich sah nur noch ein weißes Tüchelchen, das nach uns zurückwehte.

Da stand ich denn plötzlich von Kummer und Sehnsucht überwältigt und betrachtete mein kleines Angedenken. Es war ein Ring von Schildpatt mit goldner Einfassung. – Ich wußte nicht, daß Jenni mir das Liebste gegeben hatte, was sie zu jener Zeit besaß.«

Alfred hatte während des Erzählens seine Zigarre weggelegt. »Du rauchst nicht!« sagte er; »aber ich kann dich nicht so müßig sitzen sehen, du mußt einen Ableiter für die Langeweile haben.« Er hatte mit diesen Worten einen kleinen Flaschenkeller aufgeschlossen, der neben seinem Reisekoffer stand; und bald hielt ich ein geschliffenes Glas mit duftendem Trank in meiner Hand. »Wein von Alicante!« sagte Alfred; »und hier sind auch Feigen in wilden Thymian verpackt! Ich weiß, du liebst mit dem Erfinder der Urhygiene, was süß und lieblich ist. Es sind Geschenke von Jennis Vater; er hat sie mir selber eingepackt, als ich ihn vor einigen Tagen verließ.«

»Du hast deines älteren Bruders nicht erwähnt«, bemerkte ich, als Alfred sich wieder zu mir gesetzt hatte.

»Mein Bruder Hans«, erwiderte Alfred, »war damals weit vom Hause auf einer landwirtschaftlichen Schule; aber er hat Jenni später kennengelernt; denn seine Frau war mit ihr in seiner Pension zusammen, wo Jenni auch noch nach Beendigung der eigentlichen Schuljahre blieb. – Ich selbst habe sie erst nach zehn Jähren wiedergesehen.

Es war im letzten Juni. Ich hatte, wie du weißt, der reichen Gräfin die kleine Basilika in ihrem Dorfe gebaut und wurde zu guter Letzt noch von dem dort auftretenden Typhus ergriffen. Ich wurde gut gepflegt; aber ich war weit von der Heimat und der Mann mit den langen Knochenarmen hatte scharf nach mir ausgelangt. – Meine Mutter war damals, während mein Vater unter Tante Josephinens Fürsorge zurückblieb, zum Besuch auf dem Gute meines Bruders; dort war sie selbst erkrankt und hatte zu ihrem Schmerz die Pflege ihres Sohnes fremden Händen überlassen müssen. Jetzt aber waren wir beide wieder fast genesen und schon in den nächsten Tagen wollte ich die Heimreise antreten. Das Gut meines Bruders kannte ich noch nicht. Er hatte es kurz vor seiner Hochzeit aus dem Nachlaß eines

Mannes gekauft, von dessen Vorfahr, einem reichen französischen Emigranten, das Herrenhaus gebaut und namentlich der dasselbe umgebende Park in großartiger Weise nach der Gartenkunst Lenotres angelegt sein sollte. Wie meine Mutter schrieb, war ein großer Teil desselben, der sogenannte Lusthain, noch wohl erhalten; sogar von jenen graziösen Statuen, zu denen die schönen Damen vom Hofe Ludwigs des Fünfzehnten das Modell gegeben, sollte noch hie und da an Teichen und stillen Plätzen eine zwischen den hohen Laubwänden wie in verzauberter Einsamkeit stehen.

Kurz vor meiner Abreise kam noch ein Brief von meiner heitern Schwägerin: »Wenn Du bald kommst«, schrieb sie, »so können wir Kindergeschichten zusammen lesen. Ich habe lebendige Bilder dazu; auf dem einen ist eine Räuberbraut; sie hat ein schönes blasses Gesicht und rabenschwarzes Haar. Den Kopf hat sie gesenkt und blickt auf ihren Goldfinger; denn dort hat der Ring gesessen, den sie einst dem treulosen Räuber geschenkt hat.« Den Brief in der Hand, sprang ich auf und kramte zwischen meinen Sachen ein Elfenbeinkästchen hervor, in dem ich allerlei kleine Schätze zu bewahren pflegte. Dort lag auch Jennis Ring. Ein schwarzes Band war daran; denn ich hatte ihn, wie sich von selbst versteht, in der ersten Zeit nach jenem Abschiede ganz heimlich auf dem Herzen getragen. Dann war er zu andern Raritäten in das Kästchen gewandert, das ich auch schon seit lange besessen. Jetzt, als könne es nicht anders sein, tat ich, wie ich als Knabe getan hatte; mit einem Lächeln mich zugleich verspottend und entschuldigend, hing ich mir aufs neue den Ring um den Hals.

Du solltest« – unterbrach sich Alfred – »auf deiner Rückfahrt den kleinen Umweg nicht scheuen! Das Gut liegt ja nur eine Meile von hier; und, wie Hans mir sagt, hast du ihnen schon seit lange deinen Besuch versprochen. Du würdest es in der Tat so finden, wie meine Mutter mir geschrieben. –

Es war nachmittags am letzten Juni, als ich aus der Sonnenhitze des offenen Weges in den Schatten der Kastanienallee hineinfuhr, die zum Hofe hinaufführt; und bald hielt auch der Wagen vor einem schloßartigen Gebäude, das in dem sogenannten Kommodenstil erbaut und mit einem Schwulst von

Ornamenten überladen war, aber dennoch in seinen hervorspringenden Profilen und in den tiefe Schatten werfenden Reliefs einen Eindruck großartiger verschollener Pracht auf mich hervorrief. Auf der Treppe empfingen mich Hans und seine Grete. Als wir durch den geräumigen Flur gingen, erhielt ich die Weisung, leise zu sprechen; denn unsere Mutter hielt noch ihre Mittagsruhe.

Wir waren der Haustür gegenüber in einen großen hellen Saal getreten. Zwei offene Flügeltüren führten auf eine Terrasse; unterhalb dieser breitete sich ein Rasen aus von solchem Umfange, daß von allen Seiten wohl nur ein lauter Ruf herüberreichen mochte. Überall in der grünen Fläche zeigten sich üppige Gruppen hochstämmiger und niedriger Rosen, die eben jetzt in voller Blüte standen und die Luft mit Wohlgerüchen erfüllten. Dahinter war eine Gebüschpartie, die wie die Rasenanlage offenbar aus neuer Zeit stammte; jenseit derselben, aber schon in ziemlich weiter Ferne, erhob sich in der ganzen Breite des Gartens der »Lusthain« des ursprünglichen Begründers mit seinen steilen Laubwänden und regelrechten Einschnitten. Alles dies lag im Glanz der Nachmittagssonne vor mir.

»Was sagst du zu unserm Paradiese?« fragte die junge Frau.

»Was ich sage, Grete? – Wie lange hat denn dein Mann das Gut?«

»Ich denke, seit letzten Mai zwei Jahre.«

»Und dieser praktische Landwirt duldet eine solche Raumverschwendung?«

»Ei was, tu nur nicht, als wenn du die Poesie allein gepachtet hättest!«

Mein Bruder lachte. »Aber recht hat er, Grete! – Die Sache ist die, Alfred; ich darf mich nicht an diesen Herrlichkeiten vergreifen; das ist kontraktlich festgemacht.«

»Gott sei gedankt!«

»Von mir nicht. – Inmitten eines kleinen Wasserspiegels steht dort noch eine Venus im reinsten Stile Louis Quinze; ich hätte sie schon für schweres Geld verkaufen können; aber – wie gesagt!«

In diesem Augenblick hatte Grete meine Hand erfaßt. »Sieh dich um!« rief sie.

Und auf der Türschwelle mir gegenüber stand im weißen Sommerkleide eine Mädchengestalt, die ich nicht verkennen konnte. Das waren noch die fremdartigen Augen der westindischen Pflanzertochter; aber das schwarze, einst so widerspenstige Haar lag jetzt in einem glänzenden Knoten gefesselt, der fast zu schwer schien für den zarten Nacken.

Ich ging ihr entgegen; aber ehe ich den Mund noch aufgetan, war meine heitere Schwägerin schon zwischen uns getreten. »Haltet einen Augenblick!« rief sie. »Ich sehe schon das ‚Sie' und ‚Fräulein Jenni' und alle unmöglichen Titel auf euern Lippen sitzen; und das stört mich in meinen Familiengefühlen. Darum besinnt euch erst einmal auf den alten Birnbaum!«

Die eine Hand legte Jenni der Freundin auf den Mund, die andere streckte sie mir entgegen. »Willkommen, Alfred!« sagte sie.

Ich hatte ihre Stimme seit vielen Jahren nicht gehört; um so tiefer traf mich der eigentümliche Akzent, mit dem sie ganz wie damals meinen Namen sprach. »Ich danke dir, Jenni«, sagte ich, »das klingt noch ganz wie in der Kinderzeit; aber du mußt diesen Namen lange nicht gesprochen haben.«

»Ich bin keinem Alfred sonst begegnet«, erwiderte sie, »und du bist mir ja immer aus dem Wege gegangen.«

Ehe ich noch diesem Vorwurf begegnen konnte, hatte Grete uns schon auseinandergedrängt.

»Das wäre in Ordnung«, rief sie. »Und nun, Jenni, hilf mir den Kaffee besorgen; denn er hat einen langen Weg gemacht, und unsere Mutter wird auch gleich hier sein.«

Das Wiedersehen mit dieser, als sie bald darauf eintrat, war ein erschütterndes. Sie hatte den Sohn schon verloren gegeben; nun hielt sie ihn leibhaftig in ihren Armen und liebkoste ihn und streichelte ihm die Wangen wie einem kleinen Kinde. In dem Augenblick, da ich mich aufrichtete, um meine Mutter zu einem Lehnstuhl zu führen, sah ich Jenni bleich und mit überquellenden Augen an einen Schrank gelehnt. Als wir an ihr vorübergingen, fuhr sie zusammen; eine Porzellanschale, die sie in der Hand hielt, fiel zu Boden und zerbrach. »Verzeih, verzeih mir, süße Grete!« rief sie und schlang den Arm um ihre Freundin.

Diese führte sie sanft aus dem Zimmer.

Mein Bruder lächelte. »Wie das gleich überkocht!« sagte er. »Sie hat ein teilnehmendes Herz, Hans!« bemerkte unsere Mutter, die ihr zärtlich nachgeblickt hatte.

Grete war wieder hereingetreten. »Lassen wir sie einen Augenblick«, sagte sie; »das arme Kind war schon vorhin in Unruhe; ihr Vater hat geschrieben; er wird in den nächsten Tagen kommen, dann soll sie mit ihm nach Pyrmont.«

Ich erfuhr nun, daß der reiche Kaufherr, der bis jetzt ohne eigene Wirtschaft gelebt, nach beendeter Badereise eine neuerbaute Wohnung zu beziehen und in diese seine Tochter als Dame des Hauses einzuführen beabsichtige. – Grete schien eben nicht seine Freundin. »Es ist Jennis Vater«, sagte sie; »aber – oh, ich könnte ihn hassen, diesen Mann, der mit gleichgültiger Hand Tausende für seine Tochter hingäbe, bei dem sie aber vergebens um das kleinste Tausendteilchen seiner eigenen werten Persönlichkeit betteln würde. – Ja, Hans«, fuhr sie fort, als ihr Mann ihr neckend und wie zur Beschwichtigung über das blonde Haar strich, »du solltest nur eine von den Antworten sehen, die Jenni auf ihre Briefe zu bekommen pflegt; ich wenigstens kann sie von Quittungen nicht unterscheiden.«

Meine Mutter nahm die junge Frau bei beiden Händen. »Nun kocht auch unsere Grete über«, sagte sie. »Ich habe den Mann gekannt; in früheren Jahren, heißt das. Aber er hat mit der Not des Lebens kämpfen müssen; und da wird manches hart, was bei uns andern weich geblieben ist. – Mitunter scheint's auch wohl nur so.

Als wir dann später zusammensaßen und ich auf die Fragen der Meinigen alles noch einmal erzählen mußte, was ich in meinen Briefen ihnen schon geschrieben hatte, kam auch Jenni wieder zu uns und setzte sich still an Gretes Seite.

Abends nach herzlichem Zwiegespräch führteHans mich in das Schlafzimmer im oberen Stockwerk. – Noch lange, nachdem er mich verlassen, lag ich wachend aber in behaglichster Ruhe in meinen Kissen; denn die Nachtigallen schlugen überlaut in den Büschen des Gartens, auf den die Fenster hinausführten.

Als ich erwachte, war mein Zimmer erhellt von dem Licht des Sommermorgens. Ein Gefühl von wachsender Gesundheit und Lebensfülle durchströmte mich, wie ich es kaum je empfunden. Ich kleidete mich an und öffnete die Fenster; der weiche Rasen unten lag noch feucht von Tau, und der Duft der Rosen wehte mir frisch und morgenkühl entgegen. Meine Uhr zeigte auf sechs; es war noch eine Stunde bis zum gemeinsamen Frühstück. So sah ich mich denn noch einmal in dem Zimmer um, das, wie Grete mir neckend vertraut hatte, bis zu meiner Ankunft die Residenz meiner Räuberbraut gewesen sei. Und wirklich, in einem Schubfach des Toilettenspiegels, das ich aufzog, lag noch ein Flöckchen rosafarbener Seide, in das sich ein langes glänzend schwarzes Haar so eigensinnig verfangen hatte, daß ich es kaum ohne Verletzung herauszulösen vermochte. Dann, als mir das gelungen, fand ich auf einem Hängebrettchen über dem Bette ein paar Bücher mit Jennis Namen, die ich zu durchblättern begann. Das erste war ein Album, wie man es bei jungen Mädchen findet, vollgeschrieben von allerlei Versen wenig ausgeprägten Inhalts. Dazwischen aber standen andere, wie Disteln zwischen unschuldigem Klee. Gleich das erste, das mir in die Augen fiel:

Ich bin eine Rose, pflück mich geschwind;
Bloß liegen die Würzlein vor Regen und Wind.

Nein, geh nur vorüber und laß du mich los;
Ich bin keine Blume, ich bin keine Ros'.

Wohl wehet mein Röcklein, wohl faßt mich der Wind;
Ich bin nur ein heimat- und mutterlos Kind.

Die letzte Zeile war zwiefach unterstrichen; und desselben Sinnes fanden sich mehrere.

Ich legte das Album fort und nahm das andere Buch. Ich erschrak fast. Es war Sealsfields Pflanzerleben; der Teil, welcher die lebensvolle Erzählung von den Farbigen enthält, jenen anmutigen Kreaturen, denen der Verfasser kaum ein ganzes Menschentum zugesteht, die aber, nach seiner Schilderung, in ihrer verlockenden Schönheit die bösen Genien der eingewanderten Europäer sind. Auch in diesem Buche waren einzelne Stellen mit

Bleistift angestrichen, so scharf mitunter, daß das Papier davon zerrissen war. Mir fiel das Gespräch ein, das ich vor vielen Jahren mit der kleinen Jenni über diesen Gegenstand gehabt hatte; auf alle die Dinge, welche damals ihre Phantasie so harmlos bewahrte, mußte jetzt ein scharfes schmerzendes Licht gefallen sein.

Als ich aufstand und aus dem Fenster sah, ging sie unten auf dem breiten Kieswege des Gartens. Sie trug wie gestern ein weißes Kleid; ich habe sie in jenen Tagen nie anders als in weißen Kleidern gesehen.

Einen Augenblick später war auch ich im Garten. Sie ging vor mir auf dem breiten Steig, der von der Terrasse aus um den Rasen führt; sie ging rasch wie in innerer Erregung und schwenkte ihren Strohhut an den seidenen Bändern. Ich blieb stehen und sah ihr nach. Als sie bald darauf zurückkam, ging ich ihr entgegen. »Verzeih, wenn ich dich störe«, sagte ich; »ich habe die kleine Jenni nicht vergessen, aber ich bin ungeduldig, die große kennenzulernen.«

Sie sah mich rasch mit ihren schwarzen Augen an. »Das wird ein schlechter Tausch, Alfred !« erwiderte sie.

»Ich hoffe, gar keiner. Du hast dich gestern schon verraten; du bist noch ganz die alte herzlich heftige Jenni von vordem; mir war, als müßten sogar deine schwarzen Haare aus dem Knoten springen und sich wieder in kleinen wilden Kinderlöckchen um deine Stirn kräuseln. Und« – fuhr ich fort »laß mich es dir auch sagen, wie jene unwillkürliche Äußerung deiner Teilnahme mich bewegt hat.«

»Ich verstehe dich nicht«, sagte sie.

»Nun, Jenni, was war es denn anders, das dir die Schale aus der Hand warf, als meine Mutter ihren Sohn empfing?«

»Das war keine Teilnahme, Alfred. Du hältst mich für besser, als ich bin.«

»Was war es denn?« fragte ich.

»Neid war es«, sagte sie hart.

»Was sprichst du da, Jenni?«

Sie antwortete nicht; aber während wir nebeneinanderher gingen, sah ich, wie ihre blitzenden Zähne sich in die rote Lippe gruben. Dann brach es hervor. »Ach!« rief sie; »du verstehst das nicht; du hast noch keine Mutter verloren und – oh, eine Mutter, die noch immer lebt! – Daß ich einmal ihr Kind gewesen, mir schwindelt, wenn ich daran denke; denn es liegt tief im Abgrund unter mir. Immer vergebens und immer wieder ringe ich, ihr schönes Antlitz aus der trüben Vergessenheit heraufzubeschwören. Nur ihre zärtliche Gestalt sehe ich noch an meinem Kinderbettchen knien; ein seltsames Lied summt sie und blickt mich mit weichen sammetschwarzen Augen an, bis unwiderstehlich mich der Schlaf befällt.«

Sie schwieg. Als wir uns wieder dem Hause zugewandt hatten, sah ich meine Schwägerin auf der Terrasse, die mit dem Schnupftuch nach uns winkte. Ich faßte die Hand des Mädchens. »Glaubst du mich noch zu kennen, Jenni?« fragte ich.

»Ja, Alfred; und mir ist das wie ein Glück.«

Als wir die Terrasse betraten, drohte Grete uns lächelnd mit dem Finger. »Wenn ihr noch Bedürfnis nach irdischer Speise habt«, sagte sie, so kommt jetzt an den Teetisch!« – Damit trieb sie uns in den Saal, wo wir schon unsere Mutter mit ihrem ältesten Sohne im Gespräch fanden. Und in dieser freundlichen Umgebung schwanden bald die Schatten, die noch eben tief genug auf diesem jungen Antlitz lagen; oder sie traten wenigstens von der Oberfläche unsichtbar in ihr Inneres zurück.

Am Nachmittag fand ich Gelegenheit, mit Jenni unserer gemeinsamen Kindergeschichten zu gedenken, und sie lachte wieder hell und herzlich. Ein paarmal suchte ich das Gespräch von meiner Mutter auf die ihrige zu bringen, aber sie schwieg entweder plötzlich oder redete von anderen Dingen.

Später, als die Sonnenhitze abgenommen, rief mein Bruder uns und seine Frau zum Federballspiel auf den großen Rasen. Es gehörte zu seiner Sonntagsunterhaltung und er hielt streng darauf, daß es nicht versäumt wurde. Für unsere Mutter ließ er einen Polsterstuhl auf die Terrasse tragen, von wo aus sie dem Spiele zusah.

Hier war Jenni in ihrem Elemente. Mit den großen rasch blickenden Augen verfolgte sie den Ball, und ebenso leicht, bald rückwärts, bald zur Seite weichend, flogen ihre Füße über den Rasen. Dann im rechten Augenblick schwang sie mit ihrer kleinen Hand den Ketscher und schlug das herabschießende Federspiel, daß es geflügelt in die Luft zurückstieg. Einmal auch, wie hingerissen in der Aufregung des Spiels, warf sie den Ketscher von sich und unter dem lauten Ruf: »Wie er fliegt! Ihm nach, ihm nach!« flog sie selbst, mit den Fingern wie zum Gruß in die Luft schnalzend, über den Boden dahin. – Oder wenn sie sich bückte und den Ball aufnahm, oder wenn er von der kräftigen Hand meines Bruders getroffen, einmal über sie hinflog, – man mußte es sehen, wie sie dann den Kopf mit dem schweren glänzenden Haar zurückwarf und wie leicht und rasch diese biegsamen Hüften der Wendung des schönen Kopfes folgten. Ich konnte die Augen nicht von ihr wenden; in diesen kräftigen und doch so anmutigen Bewegungen war etwas, das unwillkürlich an die Ursprünglichkeit der Wildnis erinnerte. Auch meine gute Schwägerin schien ganz davon hingerissen. Während Jenni den fliegenden Ball verfolgte, kam sie auf mich zugelaufen und flüsterte: »Du siehst sie doch, Alfred? Du hast doch die Augen offen?« Und als ich erwiderte: »Ach, nur zu sehr, Grete!« sah sie mich mit ihrem schwesterlichsten Lächeln an und sagte heimlich: »Ich gönne sie nur einem; hörst du, nur einem einzigen auf der Welt!«

Dann aber rief uns meine Mutter und sagte: »Es ist genug, Kinder!« Und Jenni kniete vor ihr, und die alte Frau streichelte ihr die heißen Wangen und nannte sie ihr »goldnes Herz.«

Später, nach dem Abendessen, da schon die große Lampe brannte und nachdem meine Mutter sich zur Ruhe begeben, saß ich mit den beiden jungen Frauen in einem dämmerigen Winkel des Saales auf dem Eckdiwan. Mein Bruder war in sein Zimmer gegangen, um noch einige Geschäfte zu besorgen. Die Türflügel nach der Terrasse standen offen und ließen der Abendkühle freien Zugang; wir konnten von unserm Sitze aus über den dunkeln Baumgruppen die Sterne in dem tiefblauen Nachthimmel sehen.

Grete und Jenni versenkten sich in ihre Pensionserinnerungen; sie plauderten lebhaft, ich brauchte nur zuzuhören. So saßen wir lange Zeit. Als aber Grete ausrief: »Das war doch eine glückliche Zeit!« senkte Jenni schweigend den Kopf; so tief, daß ich auf den Scheitel ihres glänzenden Haares sah.

Dann stand sie auf und ging nach der offenen Gartentür, wo sie auf der Schwelle stehenblieb; und da in diesem Augenblick mein Bruder seine Frau zu sich ins Nebenzimmer rief, so trat ich zu ihr. Draußen hatte indes die Mondnacht den Garten in ihren weichen Duft gehüllt; hie und da auf dem Rasen leuchtete eine Rose aus der Dämmerung hervor, deren Kelch dem Strahle des eben aufgehenden Lichtes zugewendet war. Jenseit des Bosketts sah man einen Teil der hohen Laubwände des Lusthains in bläulicher Beleuchtung, während die hineinführenden Gänge schwarz und geheimnisvoll dazwischenstanden. Weder Jenni noch ich versuchten ein Gespräch, aber es war mir süß, so schweigend neben ihr zu stehen und in die ahnungsreiche Nacht hinauszublicken.

Nur einmal sagte ich: »Eines vermisse ich noch an dir; wo sind denn deine schönen Teufeleien geblieben?«

Und sie erwiderte: »Ja, Alfred« – und an ihrer Stimme hörte ich, daß sie lächelte – »wenn wir die Tante Josephine hier hätten! Vielleicht« – setzte sie plötzlich ernst hinzu – »gebrauche ich meine Gedanken anderswie.«

Ich antwortete nicht darauf. Wie gestern schlugen fern und nah die Nachtigallen; wenn sie schwiegen, war es so still, daß ich meinte, von den Sternen herab den Tau auf die Rosen fallen zu hören. Wie lange das gedauert, weiß ich nicht. Plötzlich aber richtete Jenni sich auf und sagte: »Gute Nacht, Alfred!« und reichte mir die Hand.

Ich hätte sie gern zurückgehalten; aber ich sagte nur: »Gib mir noch einmal die Hand! – Nein, hier in meine linke!«

»Da hast du sie. Weshalb aber denn in die linke?«

»Weshalb, Jenni? – Die brauche ich den andern nicht zu geben.«

Und fort war sie; und in den Büschen schlugen noch immerzu die Nachtigallen.

Die Perlenschnur dieser Tage wurde unterbrochen; der nächste wenigstens war ohne Glanz für mich; denn – und so stand es schon mit mir – Jenni war fort; wie sie gesagt hatte, um einen längst bestimmten Besuch auf einem Nachbargute zu machen. Sie war frühmorgens mit der Post gefahren, die auf dem Wege nach hier dort, wie auch an dem Gute meines Bruders vorbeifährt; ihre Rückkunft war erst spät abends zu erwarten.

Den Vormittag hatte ich auf dem Zimmer meiner Mutter in stillem Austausch von Gedanken und Zukunftsplänen zugebracht; am Nachmittag war ich mit meinem Bruder auf die Felder, nach seinen Wiesen, Heiden und Mergelgruben gegangen; dann hatte Grete mir ihre lustige Verlobungsgeschichte erzählt; aber je mehr der Abend dunkelte, desto mehr verlor ich die Ruhe, den Worten meiner Freunde zuzuhören. – Als meine Mutter in ihr Schlafzimmer gegangen war, lehnte ich in der offenen Gartentür, wo ich gestern neben Jenni gestanden hatte; und wieder sah ich über den Rasen weg jenseit des Bosketts die ferne Buchenwand des Lusthains in dem bläulichen Duft der Mondscheinbeleuchtung. Durch Zufall war ich immer noch nicht hineingekommen; jetzt aber lockten mich noch mehr als gestern die tiefen Schatten, durch welche sich die Eingänge kenntlich machten. Mir war, als müsse in jenem Labyrinth von Laub und Schatten das süßeste Geheimnis der Sommernacht verborgen sein. Ich sah in den Saal zurück, ob mich jemand bemerkte; dann stieg ich leise von der Terrasse in den Garten hinab. Der Mond war eben hinter den Kronen der Eichen und Kastanien heraufgestiegen, welche denselben nach Osten hin begrenzen. Ich ging an dieser Seite, die noch ganz im Schatten lag, um den Rasen; eine Rose, die ich im Vorübergehen brach, war schon feucht von Tau. Dem Hause gegenüber gelangte ich in das Boskett. Breite Steige schlangen sich scheinbar regellos zwischen Gebüschen und kleineren Rasenpartien; hier und dort leuchtete noch ein Jasmin mit seinen weißen Blüten aus dem Dunkel. Nach einer Weile trat ich auf einen sehr breiten, quer vor mir liegenden Weg hinaus, jenseit dessen sich majestätisch und hell vom Mond beleuchtet die Laubwände der alten Gartenkunst erhoben. Ich stand einen Augenblick und sah daran empor; ich konnte jedes Blatt erkennen; mitunter schwirrte über mir ein großer Käfer oder ein Schmetterling aus dem Laubgewirr in die lichte Nacht hinaus. Mir gegenüber führte ein Gang in das Innere; ob es derselbe war, dessen Dunkel mich zuvor von der Terrasse aus gelockt, konnte ich nicht entscheiden; denn das Gebüsch verwehrte mir den Rückblick nach dem Herrenhause.

Auf diesen Steigen, die ich nun betrat, war eine Einsamkeit, die mich auf Augenblicke mit einer traumhaften Angst erfüllte, als würde ich den Rückweg nicht zu finden wissen. Die Laubwände an beiden Seiten standen so dicht und waren so hoch, daß ich nur wie abgeschnitten ein Stückchen Himmel über mir erblickte. Wenn ich, wo sich zwei Gänge kreuzten, auf einen etwas freien Platz gelangte, so war mir immer, als müsse aus dem Schatten des gegenüberliegenden Ganges eine gepuderte Schöne in Reifrock und Kontusche am Arm eines Stutzers von anno 1750 in den Mondschein heraustreten. Aber es blieb alles still; nur mitunter hauchte die Nachtluft wie ein Atemzug durch die Blätter.

Nach einigen Kreuz- und Quergängen befand ich mich an dem Rande eines Wassers, das von meinem Standort aus etwa hundert Schritte lang und vielleicht halb so breit sein mochte, und von den es an allen Seiten umgebenden Laubwänden nur durch einen breiten Steig und einzelne am Ufer stehende Bäume getrennt war. Weiße Teichrosen schimmerten überall auf der schwarzen Tiefe; zwischen ihnen aber in der Mitte des Bassins auf einem Postamente, das sich nur eben über dem Wasser erhob, stand einsam und schweigend das Marmorbild der Venus. Eine lautlose Stille war an diesem Platze. Ich ging an den Ufern entlang, bis ich dem Kunstwerke so nahe als möglich gegenüberstand. Es war offenbar eine der schönsten Statuen aus der Zeit Louis Quinze. Den einen der nackten Füße hatte sie ausgestreckt, so daß er wie zum Hinabtauchen in die Flut nur eben über dem Wasser schwebte; die eine Hand stützte sich auf ein Felsstück, während die andere das schon gelöste Gewand über der Brust zusammenhielt. Das Antlitz vermochte ich von hier aus nicht zu sehen; denn sie hatte den Kopf zurückgewandt, als wolle sie sich vor unberufenen Lauschern sichern, ehe sie den enthüllten Leib den Wellen anvertraue.

Der Ausdruck der Bewegung war von so täuschendem Leben und dabei, während sich der untere Teil der Gestalt im Schatten befand, spielte das Mondlicht so weich und leuchtend um die marmorne Schulter, daß mir in der Tat war, als hätte ich mich in das Innerste eines verbotenen Heiligtums eingeschlichen. – Hinter mir an der Laubwand stand eine Holzbank. Von hier aus betrachtete ich noch lange das schöne Bild; und – ich weiß nicht, war es nur die Stimmung, in die ich durch den Anblick der Schönheit versetzt wurde, ich mußte im Hinschauen immer an Jenni denken.

Endlich stand ich auf und irrte wiederum aufs Geratewohl eine Zeitlang in den dunkeln Gängen umher. Unweit des Teiches, den ich eben verlassen, fand ich an einem mit niedrigem Gebüsch bewachsenen Platze auf marmornem Sockel noch den Überrest einer zweiten Statue. Es war ein muskulöser Männerfuß, der sehr wohl einem Polyphem gehört haben konnte; und so hatte der Vetter Philologe vielleicht nicht unrecht, der jenes Marmorbild für eine Galathea erklärt haben sollte, die vor der Eifersucht des ungeschlachten Göttersohns ins Meer entflieht.

Der Kunstmensch wurde in mir lebendig. Ob Galathea oder Venus – es reizte mich, selbst diese Frage zu entscheiden; und so wollte ich noch einmal zurück, um weniger träumerisch als vorhin zu betrachten. Aber so manchen Weg ich einschlug, es wollte mir nicht gelingen, den Teich wieder zu erreichen; endlich, da ich aus einem Seitenweg in einen breiten Laubgang einbog, sah ich am Ende desselben das Wasser glitzern, und bald meinte ich auch an derselben Stelle zu stehen, wo ich das erstemal an das Ufer getreten war. Es war seltsam, daß ich den Ort so hatte verfehlen können. Aber ich traute meinen Augen kaum; dort in der Mitte erhob sich zwar noch das Postament über dem Wasser; auch die Teichrosen schimmerten nach wie vor auf der schwarzen Tiefe; aber das Marmorbild, das dort gestanden, war verschwunden. Ich begriff das nicht, und starrte eine ganze Weile nach dem leeren Fleck. Als ich der Länge nach über den Teich hinblickte, sah ich drüben am jenseitigen Ufer im Schatten der hohen Baumwand eine weiße Frauengestalt. Sie lehnte an einem Baume, der neben dem Wasser stand, und schien in die Tiefe hinabzublicken. Und jetzt mußte sie sich bewegt haben; denn, während sie noch eben ganz im Schatten gewesen, spielte nun das Mondlicht auf ihrem weißen Gewande. – Was war das? Machten die alten Götter die Runde? Es war wohl eine Nacht dazu. Im Wasser zwischen den weißen Blumen spiegelten sich die Sterne; im Laube rieselte der Tau von Blatt zu Blatt; mitunter von den am Ufer stehenden Bäumen fiel ein Tropfen in den Teich, daß es einen leisen Klang gab; vom Garten her, wie aus weiter Ferne, schlug die Nachtigall. Ich ging an der Schattenseite um den Teich herum. Als ich mich näherte, erhob die Gestalt den Kopf, und Jennis schönes blasses Antlitz wandte sich mir entgegen; es war so hell vom Mond beleuchtet, daß ich den bläulichen Schmelz der Zähne zwischen den roten Lippen schimmern sah.

»Du bist es, Jenni!« rief ich.

»Ich, Alfred!« erwiderte sie und trat mir entgegen.

»Wie bist du hierher gekommen?«

»Hinten am Eingange des Parks bin ich abgestiegen.«

»Ich dachte«, sagte ich leise, »es sei die Göttin, die dort vom Postament herabgestiegen ist.«

»Die ist wohl seit lange herabgestiegen, oder vielleicht herabgestürzt; ich habe sie niemals dort gesehen.«

»Aber ich sah sie noch vor einer Viertelstunde!« Sie schüttelte den Kopf. »Du bist drüben an dem andern Teiche gewesen; dort wird das Marmorbild auch jetzt noch stehen. Hier sind keine Götter, Alfred; hier ist nur ein armes, hülfsbedürftiges Menschenkind.«

»Du, Jenni, hülfsbedürftig?«

Sie nickte heftig.

»Wenn du, wie du mir gestern sagtest, mich wirklich noch zu kennen glaubst, so sprich es aus; was ist es, dessen du bedarfst?«

»Geld«, sagte sie.

»Du Geld, Jenni!« Und ich betrachtete erstaunt dieses Kind des Reichtums.

»Frage mich nicht, wozu«, erwiderte sie; »du wirst es bald erfahren.« Dann zog sie ihr Schnupftuch aus der Tasche und nahm daraus einen Schmuck, an dem ich grüne Steine in künstlicher Fassung funkeln sah, als sie ihn jetzt in den Mondschein hinaushielt. »Ich habe keine Gelegenheit, ihn zu verkaufen«, sagte sie; »willst du es morgen für mich versuchen?« Und als ich einen Augenblick zögerte, setzte sie rasch hinzu: »Es ist nichts Geschenktes oder gar Ererbtes; ich habe ihn einst für mein Taschengeld gekauft.«

»Aber, Jenni«, konnte ich nicht unterlassen ihr zu sagen, »weshalb wendest du dich nicht an deinen Vater?«

Sie schüttelte den Kopf.

»Ich dächte«, fuhr ich fort, »er sorgte reichlich für dich.«

»Ja, Alfred; er zahlt für mich – reichlich!« Und während die bitterste Erregung aus ihrer Stimme klang, setzte sie hinzu: »Ich kann den Mann nicht bitten.«

Sie trat einen Schritt zurück und setzte sich auf die Bank, die hinter uns an der Laubwand stand. Dann ließ sie den Kopf in beide Hände sinken.

»Ist es denn ganz notwendig?« fragte ich.

Sie sah zu mir empor und sagte fast andächtig: »Ich muß eine heilige Pflicht damit erfüllen.«

»Und es gibt keinen andern Ausweg?« »Ich weiß keinen.«

»So gib mir den Schmuck.«

Sie tat es, und ich nahm ihn mit innerem Widerstreben. – Jenni hatte sich schweigend zurückgelehnt; ein Streif des Mondlichts beleuchtete die schmale Hand, die in ihrem Schoße lag, und ich sah wieder, wie vor Jahren, die kleinen dunkeln Monde an ihren Nägeln. Ich weiß nicht, weshalb ich darüber fast erschrak, so daß meine Augen wie gebannt waren. Als Jenni es bemerkte, zog sie die Hand leise in den Schatten zurück. »Ich habe noch eine Bitte, Alfred!« sagte sie.

»Sprich nur, Jenni!«

Sie neigte den Kopf ein wenig. »Ich habe dir vor Jahren«, begann sie, »da wir als Kinder voneinander Abschied nahmen, einen kleinen Ring gegeben. Erinnerst du dich dessen noch?«

»Wie kannst du daran zweifeln?«

»Wenn du dieses wertlose Kleinod«, fuhr sie fort, »wenn du es so viel geachtet hättest, daß du es noch besitzest, dann bitte ich dich, gib es mir zurück!«

»Wenn du es zurückverlangst«, erwiderte ich, nicht ohne einen Anflug von Gereiztheit, »so habe ich kein Recht, es ferner zu besitzen.«

»Du mißverstehst mich, Alfred!« rief sie; »ach, es ist das einzige Angedenken von meiner Mutter!«

Ich hatte schon das Bändchen mit dem Ringe unter meinem Halstuche hervorgezogen. »Hier ist er, Jenni; aber – verzeih mir, es tut mir dennoch weh!«

Sie war aufgestanden. Ich sah, wie eine leichte Röte über ihr schönes Gesicht flog; dann aber, wie aus unwillkürlichem Antrieb, streckte sie die Hand nach dem Ringe und erfaßte ihn. Ich konnte mich nicht überwinden, ihn hinzugeben; ich hielt ihn fest. »Vor kurzem«, sagte ich, »war er mir nichts als eine Erinnerung an die anmutige Gespielin aus der Kinderzeit. – Nun ist es anders geworden; mit jedem Tage mehr, den ich hier gelebt.«

Aber ich schwieg; denn sie sah mich an, als hätte ich ihr ein tiefes Leid getan. »Sprich nicht so zu mir, Alfred«, sagte sie.

Ich achtete dieser Worte nicht; ich ergriff ihre Hand, die sie ruhig in der meinen ließ. »Nimm den Ring, Jenni«, sagte ich, »aber gib mir deine Hand dafür!«

Sie schüttelte langsam den Kopf. »Die Hand einer Farbigen«, sagte sie tonlos.

»Deine Hand, Jenni. Was kümmert uns das übrige!«

Sie stand, ohne sich zu regen; nur an dem Zittern der Hand, die noch immer in der meinen lag, fühlte ich, daß sie lebe. »Ich weiß wohl, daß wir schön sind«, sagte sie dann, »verlockend schön, wie die Sünde, die unser Ursprung ist. Aber, Alfred -ich will dich nicht verlocken.«

Und dennoch, als ich schweigend die Arme nach ihr ausbreitete, da lag sie plötzlich an meiner Brust und hatte ihre Hände fest um meinen Nacken geschlossen. Sie sah zu mir empor ihre großen glänzenden Augen waren wie ein Abgrund unter mir. »Ja, Jenni«, und mir war, als wehe ein Schauer von den Bäumen durch mich hin, »du bist betörend schön; sie war nicht schöner, die dämonische Göttin, die einst der Menschen Herz verwirrte, daß sie alles vergaßen, was sie einst geliebt! Vielleicht bist du es dennoch selbst, und gehst nur um in dieser seligen Nacht, um die zu beglücken, die noch an dich glauben. – – Nein, reiße dich nicht los; ich weiß es ja, du bist ein Erdenkind wie ich, machtlos gefangen in deinem eignen Zauber; und wie der Nachthauch durch die Blätter weht – spurlos, so wirst auch du vergehen. – Aber schilt nicht die geheimnisvolle Macht, die uns einander in die Arme warf. Wenn wir auch willenlos das Fundament unserer Zukunft hier empfangen mußten – der Bau, den es einstens tragen soll, liegt doch in unserer Hand.«

Ich löste ihre Hände sanft von meinem Nacken und legte den Arm um ihren Leib. Dann riß ich das Bändchen von dem Ringe und steckte ihn an ihren Finger. Sie lehnte sich an mich wie ein beruhigtes Kind und ließ sich still von mir hinwegführen. – Als wir nach einiger Zeit an den andern Teich gelangten, stand wirklich noch das Bild der Venus zwischen den weißen Wasserrosen, und ich wußte es nun gewiß, daß ich ein irdisches Weib in meinen Armen hatte.

Zögernd, aber endlich dennoch traten wir aus den entlegenen Schattengängen in das Boskett, und aus dem Boskett dem Hause gegenüber ins Freie. Über den Rasen weg durch die offenen Flügeltüren sahen wir drinnen in dem erhellten Saal meinen Bruder mit seiner Frau wie im traulichen Gespräche auf und ab gehen.

Jenni bückte sich und war, ehe ich mich dessen versah, aus meinem Arm entschlüpft; aber ebenso schnell hatte sie auch meine Hand wieder erfaßt. »Tue, was du mir versprochen, Alfred«, sagte sie, »und alles andere«, setzte sie kaum hörbar hinzu, – »vergiß!«

Und als hierauf Grete in die offene Tür trat und in die Nacht hinausrief: »Jenni, Alfred, seid ihr's denn?«, da bat sie dringend: »Sprich nicht davon; auch nicht zu deiner Mutter; wir, dürfen sie nicht betrüben.«

»Aber ich verstehe dich nicht Jenni.«

Sie drückte nur heftig meine Hand. Dann verließ sie mich und stand gleich darauf bei Grete auf der Terrasse, die uns, als wir in den hellen Saal getreten waren, eines um das andere mit schweigendem Kopfschütteln betrachtete.

Am andern Morgen früh ritt ich in die Stadt, um mein Versprechen zu erfüllen. Dort ließ ich von zwei verschiedenen Juwelieren den Wert des Schmuckes schätzen. Er war hoch; aber meine Kasse war damals gerade gefüllt. So konnte ich selbst den Schmuck für Jenni aufheben, und wechselte von meiner mitgenommenen Barschaft eine Rolle Goldes ein, die dem angegebenen Werte entsprach. – Als das besorgt war, ging ich noch eine Weile an dem schönen Hafen auf und ab. Draußen auf der Reede, ganz fern im Sonnenduft, sah ich ein großes Schiff liegen; eine Brigg, wie mir ein Matrose sagte, segelfertig nach Westindien. –

»Nach ihrer Heimat!« dachte ich; und dann übernahm mich das Denken an sie so sehr und ließ mir keine Ruhe, als bis ich wieder auf dem Heimwege war.

Kurz vor Mittag trat ich in den Gartensaal. Es war niemand dort; aber von der Tür aus sah ich in einiger Entfernung Jenni mit einem hageren ältlichen Herrn im Garten stehen. Gleich darauf bot er ihr mit einer gewissen Förmlichkeit den Arm und führte sie dem Hause zu. Als sie näher kamen, sah ich, daß der Mann fast weißes Haar hatte; aber aus dem sehr dunkeln Antlitz blickten zwei scharfe herrische Augen, und die kurzen Bewegungen seines Kopfes zeugten davon, daß er gewohnt sei zu befehlen. Das weiße Halstuch und die große Brillantnadel in dem gekrausten Jabot gehörten wie selbstverständlich zu dieser Gestalt. Ich wußte auch sofort, daß es Jennis Vater sei, der reiche Pflanzer, mein Onkel von Vetters wegen, den ich bis jetzt noch nie gesehen hatte; aber, so wie er war, entsprach er wohl noch meiner Knabenphantasie. Und jetzt hörte ich auch seine fremdklingende Stimme; er sprach in abgestoßenen Worten, die ich nicht verstand, zu seiner Tochter; sie schien nur zuzuhören.

Da ich mich nicht vorbereitet fühlte ihm jetzt entgegenzutreten, so verließ ich, ehe die beiden die Terrasse erreicht hatten, den Saal, und ging in das Oberhaus hinauf. Die Tür zu Jennis Zimmer stand offen. Ich ging hinein und legte unserer Verabredung gemäß den Erlös des Schmuckes in einen Wandschrank, der sich oberhalb der Tür befand. Dann ging ich in mein eigenes Zimmer und warf mich dort aufgeregt und doch ermüdet auf das Sofa.

Es mochten kaum einige Minuten vergangen sein, als ich von der Treppe her Schritte vernahm und bald darauf zwei Personen in das große neben dem meinigen liegende Zimmer treten hörte. Eine von meinem Zimmer da hineinführende Tür befand sich meinem Sitze gegenüber. Sie war zwar jetzt verschlossen; aber sie hatte ein Fenster, das von der andern Seite mit einer weißen Gardine dicht verhangen war.

An der Stimme erkannte ich, daß Jenni und ihr Vater die Eingetretenen seien, obwohl ich, da sie sich am andern Ende des Zimmers befinden mochten, von ihrer Unterhaltung nichts verstand. Als sie sich dann näherten, wollte ich mich leise entfernen; aber die ersten Worte, die mit Deutlichkeit mein Ohr trafen, bewirkten, daß ich regungslos und alles andere vergessend auf meinem Sitze blieb.

»Du konntest dort nicht bleiben!« hörte ich den Vater in der schon vorhin bemerkten abgestoßenen Redeweise sagen.

»Weshalb nicht?« fragte Jenni.

Ich hörte ihn jetzt ein paarmal langsam auf und ab gehen. Dann stand er still. »Du magst es hören«, sagte er, »weil du mich zwingst, es zu sagen. Du hättest bei der Abstammung deiner Mutter niemals die Gesellschaft deines Vaters teilen können.«

»Und bei meiner eignen«, setzte Jenni hinzu. »Ich weiß das.«

»Du weißt das? Wer hat dir diese Dinge gesagt?«

»Niemand; ich habe sie gelesen.«

»Nun, dann weißt du auch, weshalb ich dich nach Europa schicken mußte. Ich meine, du hättest mir das danken sollen.«

»Ja«, sagte sie, »so wie ich dir mein Leben danke.«

Der Vater erwiderte hierauf nichts; aber es wurde ein Fensterflügel aufgestoßen, und an dem Geräusch bemerkte ich, wie er den Kopf in die freie Luft steckte und mit großer Erregung sich räusperte. – Jenni hatte sich mit dem Rücken gegen die Tür gelehnt, welche die beiden Zimmer trennte.

Ich sah durch das verhängte Fenster den Schatten ihres Kopfes und hörte das Rauschen ihres Kleides.

Nach einiger Zeit schien ihr Vater in die Stube zurückgetreten zu sein. »Ich habe«, begann er wieder, »für dich getan, was ich vermochte. Du hast freilich niemals einen Wunsch gegen mich ausgesprochen; aber ich wüßte auch nicht, was du noch zu wünschen gehabt hättest.«

Sie erhob sich und trat ihm langsam einen Schritt entgegen. »Wo ist meine Mutter?« fragte sie.

»Deine Mutter, Jenni!« rief der Mann, als habe er eher alles andere, als eine Frage nach dieser Frau erwartet. »Du weißt es ja, sie lebt; es wird für sie gesorgt.«

»Und«, fuhr das Mädchen unerbittlich fort, »da nun dein großes neues Haus fertig und eingerichtet ist, hast du schon Anstalten getroffen, daß sie herüberkomme, um wieder mit uns zu leben?«

Ich hörte, wie er ein paarmal mit starken Schritten in dem großen Zimmer auf und ab ging. Dann trat er wieder zu seiner Tochter. »Du bist ein Kind, Jenni«, sagte er mit gedämpfter Stimme; aber die Worte klangen dennoch scharf akzentuiert.

»Du kennst die Verhältnisse drüben in deinem Geburtslande nicht; du sollst sie auch nicht kennenlernen.« Und als überkomme ihn, den alten Kaufherrn, plötzlich der Zauber der Erinnerung, fuhr er fort: »Sie war unglaublich schön, jene Frau; unglaublich! – wenn sie sich in ihrer Hängematte schaukelte, in ihren weißen Gewändern zwischen den grünen breiten Blättern der Mangrove, unten die Bai im Sonnenglanz, darüber der stahlblaue Tropenhimmel; wenn sie mit ihren Vögeln spielte oder die goldnen Bälle in die Luft warf! – Aber man durfte sie nicht reden hören; der schöne Mund stümperte in der gebrochenen Sprache der Neger; es war das Geplapper eines Kindes. – Jene Frau, Jenni, war keine Gesellschafterin für dich, wenn du das werden solltest, was du geworden bist.«

Sie hatte sich wieder an die Tür gelehnt. »Und dafür«, sagte sie, »hast du der Mutter das Kind genommen. – Sie schrie; oh, sie schrie, als du mich aus ihren Armen nahmst und über das Brett ins Schiff hinübertrugst. Und das war der letzte Laut, den ich von meiner Mutter hörte. – Ich hatte es lange vergessen; denn ich war ein gedankenloses Kind. Gott verzeihe mir das! – Aber jetzt höre ich es alle Nächte vor meinen Ohren. Wer gab dir das Recht, meine Zukunft mit dem Elend meiner Mutter zu bezahlen!« Und ich sah durch die Gardine, wie sie sich hoch aufrichtete bei diesen Worten.

Der Vater schien ihre Hand zu fassen. »Besinne dich, Jenni«, sagte er; »ich hatte nur die Wahl zwischen dir und ihr; – aber du warst mein Kind.«

Der weiche, fast zärtliche Ton, worin er die letzten Worte sprach, schien ohne Eindruck auf die Tochter zu bleiben. »Du hast mir meine Frage nicht beantwortet«, sagte sie; »der Preis, den du gezahlt hast, war nicht dein und auch nicht mein; er muß zurückerstattet werden, soweit es jetzt noch möglich ist. Antworte mir, ja oder nein, wird meine Mutter in dem neuen Hause mit uns wohnen?«

»Nein, Jenni; das ist unmöglich.«

Auf diese Worte folgte eine lautlose Stille. Was in diesen Augenblicken in dem Innern des Mädchens vorging, was davon etwa in dem Ausdruck ihrer Gebärde oder sonstwie zu Tage trat, konnte ich nicht bemerken.

»Ich habe noch eine Bitte«, sagte sie endlich.

»Sprich nur, Jenni«' erwiderte der Vater hastig; »sprich nur; alles, was sonst in meinen Kräften steht!«

»So bitte ich«, fuhr sie fort, »um die Erlaubnis, während deines Aufenthalts in Pyrmont bei unsern Freunden hier zurückzubleiben.«

Er schwieg einen Augenblick. »Wenn du«, sagte er dann, »es nicht für passender findest, deinen Vater zu begleiten, so wüßte ich nichts dagegen einzuwenden.«

Sie antwortete nicht darauf; sie fragte nur: »Darf ich mich jetzt entfernen?«

»Wenn du mir nichts mehr zu sagen hast; ich werde mit hinabgehen.«

Darauf wurde die Tür geöffnet, und ich hörte, wie ihre Schritte sich draußen auf dem Korridor nach der Treppe zu entfernten. Ich blieb auf meinem Zimmer, bis ich zum Mittagsessen herabgerufen wurde.

Jennis Vater, als mein Bruder mich ihm vorstellte, maß mich mit seinen raschen Augen, so daß ich fühlte, es werde meine Person im Überschlage abgeschätzt. Dann fragte er nach meinen Studien und Reisen, und ob ich Gelegenheit fände, meine Kenntnisse in der Heimat zu verwerten. Das alles geschah in einer Art, die einem Examen nicht unähnlich war. Zuletzt wurde ich höflich eingeladen, über das neuerbaute Haus mein sachverständiges Urteil abzugeben, sobald er von seiner Badereise zurück sein werde. – Von dem, was kurz vorher zwischen ihm und seiner Tochter geschehen, war bei dem förmlichen Wesen des Mannes nichts zu spüren.

Bei Tische saß er neben meiner Mutter und unterhielt sie in aufmerksamster Weise; als diese das Gespräch auf eine gemeinsam verlebte Jugendzeit brachte, verstand er es sogar, zu scherzen. Er erinnerte seine Nachbarin an verschiedene Bälle, auf denen sie in dem Harmoniesaale ihrer Vaterstadt getanzt, und an das lebensgroße Bild eines kleinen wohlbeleibten Amors, das dort an der Tapete gewesen. »Die jungen Damen«, sagte er, »hatten solche Scheu davor, daß es dort immer eine Lücke in der Tanzreihe gab.«

»Und Sie, Herr Vetter«, erwiderte meine Mutter, »waren recht darauf versessen, Ihre Dame immer wieder vor das verfemte Götterbild zu führen.«

Er verneigte sich galant gegen sie. »Ich wußte ja, Frau Cousine«, sagte er, »daß Sie mir gegenüber den Amor nicht zu scheuen hatten.«

Ich sah, wie bei diesen Worten ein zartes Rot das noch immer anmutige Gesicht meiner Mutter überflog; und unwillkürlich dachte ich, ob, wie jetzt ihre Kinder, so vielleicht auch sie in vergangenen Tagen einmal durch gegenseitige Neigung zueinandergezogen gewesen. Auch Jenni, die bisher ohne Zeichen der Teilnahme und kaum die Speisen berührend dagesessen, blickte bei diesen Worten auf; vielleicht hatte sie ihren Vater noch nie über so heitere Dinge reden hören. Dieser selbst richtete über Tisch kein Wort an seine Tochter, sondern sprach wieder über allerlei Verkehrsverhältnisse mit meinem Bruder. Später aber, beim Kaffee, hörte ich ihn zu meiner Mutter sagen: »Jenni wird durch die Güte Ihrer Kinder nun noch eine Zeitlang hier verweilen; ich reise morgen allein weiter. Wir kennen uns seit langen Jahren, Frau Cousine; wenn es die Gelegenheit gibt – erzählen Sie ihr von jenen Tagen. – Sie soll in nächster Zeit mit dem alten Manne leben; es wäre vielleicht gut, wenn sie vorher den jungen etwas kennenlernte.« Und indem er seiner Jugendgenossin die Hand drückte, fügte er aufstehend hinzu: »Sie tun mir damit einen Dienst, Cousine.«

Der Tag ging hin, ohne daß es mir gelang, Jenni allein zu treffen; sie vermied es sichtlich.

Auch Grete war meist draußen in ihrer Wirtschaft. – Am andern Morgen, als sie nach der Abreise unseres Gastes zu mir in den Garten kam, kreuzte sie die Hände auf der Brust und sagte lächelnd und mit einem tiefen Seufzer: »Da wären wir denn nun wieder unter uns!«

Bald aber erfuhr ich zu meinem Schrecken, daß Jenni noch am Vormittag auf mehrere Tage in die Stadt reise, um in dem neuen Hause ihres Vaters mit dessen Wirtschafterin, ich weiß nicht welche Einrichtungen zu beschaffen.

Ich stand allein auf der Terrasse, als sie im Reiseanzug zu mir heraustrat. Sie reichte mir die Hand; aber ich grollte ihr, daß sie mich jetzt verlassen könne. »Warum tust du mir das,

Jenni?« fragte ich. »Hatten denn diese Einrichtungen solche Eile?«

Sie schüttelte den Kopf, indem sie mich groß und ruhig anblickte; in ihren Augen war, ich kann nicht anders sagen, ein Ausdruck von erhabener Schwärmerei.

»Und doch gehst du?« fragte ich wieder, »und gerade jetzt?«

»Ich will dich nicht belügen, Alfred«, sagte sie; »das ist es nicht; aber ich muß; ich kann nicht anders.«

»So komme ich täglich in die Stadt, um dir zu helfen.« Sie erschrak sichtlich. »Nein, nein , rief sie, »das darfst du nicht!«

»Weshalb denn nicht?«

»Ich weiß nicht; frage mich nicht! – O glaub es doch!«

»Kannst du mir nicht vertrauen, Jenni?«

Sie stieß einen Laut der Klage aus, so schmerzlich, wie ich jemals etwas hörte. Dann streckte sie die Arme nach mir aus, unbekümmert, wer es sehen möchte; und wie einmal zuvor im Geheimnis der Nacht, so hielt ich sie jetzt im hellsten Sonnenlicht an meinem Herzen. »So bleib denn nicht zu lange!« bat ich; »mein Vater erwartet mich, meine Zeit hier geht zu Ende.«

Ich sah auf ihr schönes blasses Antlitz, da sie schwieg. Sie hatte die Augen geschlossen und, als wolle sie hier ruhen, den Kopf auf meine Schulter gelegt.

Es war nur ein Augenblick. Sie riß sich los, und wir gingen nach der Vorderseite des Hauses, wo schon der Wagen bereitstand. – Als sie eingestiegen war, hörte ich noch meine Mutter, die ihre Hand gefaßt hatte, sagen: »So weine doch nicht, Kind! Du weinst ja, als ob es dir das Herz abstieße.«

Es folgte jetzt trotz alles Sonnenglanzes für mich eine Reihe von grauen Tagen. Es war noch ein Glück, daß mein Bruder mich mit den Entwürfen zu einem neuen Wirtschaftsgebäude vollständig außer Atem hielt. Es war keine Kleinigkeit, seine praktischen Anforderungen mit den künstlerischen, die ich meinerseits nicht außer acht lassen wollte, zu verbinden. Oft fuhr er mir unbarmherzig mit dem Bleistift in meinen schön gezeichneten Plan hinein; und wir stritten hin und her, bis endlich sogar die beiden Frauen zur Entscheidung aufgerufen wurden.

Es war am vierten Tage nach Jennis Abreise, als ich mit dieser Arbeit beschäftigt auf meinem Zimmer saß. Es wollte indes heute nicht von der Hand gehen, und da ich der armen Reißfeder die Schuld gab, so stand ich auf, um eine andere aus meinem Koffer zu nehmen. Als ich dabei die darin befindliche Wäsche auspackte, fiel mir ein zusammengefaltetes Papier in die Hand. »Von Jenni«, stand darauf; darin lag der kleine Schildpattring, den ich kurz zuvor ihr an den Finger gesteckt hatte, und, dadurch geschlungen, ein langer Streifen seidenschwarzen Haares.

Mein erstes Gefühl war ein Schauer des Entzückens, ein Gefühl unmittelbarer Nähe der Geliebten: dann aber überkam mich eine unbestimmte Besorgnis. Ich betrachtete das Papier von allen Seiten; aber es war kein Buchstabe oder Zeichen sonst daran. – Nachdem ich vergeblich wieder zu arbeiten versucht hatte, ging ich in den Saal hinab, wo ich meinen Bruder mit seiner Frau in einem Gespräche überJenni traf »Aber so etwas von Augen!« hörte ich Grete bei meinem Eintritt sagen.

Ihr Mann schien ihr im Scherz das Widerspiel zu halten; denn er erwiderte: »Du findest diese wilden Augen doch nicht schön?«

»Wild, Hans? Und nicht schön? – Aber freilich, du hast recht, sie sind so schön, daß sie den Widerspruch hervorrufen. Und dies – – !« Sie hielt inne und blickte mit einem mitleidigen Lächeln zu ihrem stattlichen Manne empor.

»Was denn, Grete?«

»Ist nichts als der Anfang einer Verteidigung. Aufrichtig, Hans, du fühlst schon, wie sie dir gefährlich wird!«

»Ja, wenn ich dich nicht hätte!«

»Oh, auch wenn du mich hast.«

Er gab ihr lachend beide Hände. »Halt sie fest«, sagte er, »so soll kein hübscher Teufel mich verführen.«

Aber das ließ seine Frau nicht gelten. »Der Teufel ist in euch Männern!« rief sie. »Überhaupt, was hast du jetzt immer an dem harmlosen Kind zu nörgeln, der du doch sonst allezeit ihr Ritter warst?«

»Sonst, Grete, ja. Aber sie ist anders geworden!« Er besann sich einen Augenblick. »Ich schäme mich fast, es zu sagen. Aber es ist nur zu gewiß; die Kaufmannstochter ist in ihr zum Vorschein gekommen – sie ist geizig geworden.«

»Geizig!« rief Grete. »Nun wird es zu arg! Jenni, die in der Pension nur durch die strengsten Verbote zurückzuhalten war, sich nicht das Kleid vom Leibe fortzugeben!«

»Sie gibt jetzt keine Kleider mehr fort«, erwiderte mein Bruder; »sie verkauft sie an den Trödler; und zwar kann ich dir sagen, daß sie die Preise sehr genau behandelt.«

Ich hatte, ohne mich ins Gespräch zu mischen, aufmerksam zugehört. Bei diesen letzten Worten überfiel mich plötzlich eine erschreckende Klarheit. – Mein Entschluß war rasch gefaßt. »Kann ich dein Pferd bekommen, Hans?« fragte ich.

»Freilich; wohin willst du denn?«

»Ich möchte in die Stadt reiten.

Seine Frau war mir dicht unter die Augen getreten. »Kannst du es denn gar nicht länger aushalten, Alfred?«

»Nein, Grete!«

»Nun, so grüß mir Jenni; oder, noch besser, bring sie uns selber wieder mit zurück!«

Ich sagte nichts; aber gleich darauf saß ich im Sattel; eine Stunde später war ich in der Stadt und bald auch in der mit wohlbekannten Straße, wo das Haus von Jennis Vater liegen sollte. Es war unschwer aufgefunden, und nach mehrmaligem Klingeln wurde die Tür des stattlichen Gebäudes von einer ältlichen Frau geöffnet. Als ich nach Fräulein Jenni fragte, erwiderte sie trocken: »Das Fräulein ist nicht hier.«

»Nicht hier?« wiederholte ich; und mein Gesicht mochte die Bestürzung ausdrücken, die ich bei dieser Antwort empfand; denn die Alte fragte mich nach meinem Namen. Als ich ihr aber gesagt hatte, wer und woher ich sei, setzte sie verdrießlich hinzu: »Was fragen Sie denn? Das Fräulein ist ja den andern Tag schon wieder zurückgereist.«

Ich ließ die Alte stehen und lief aus einer Straße in die andere, bis ich den Hafen erreicht hatte. Die Sonne war schon unter und die Reede weit hinaus mit dem Purpur eines starken Abendrots überglänzt. Dort hatte die Brigg gelegen; jetzt war sie fort, kein Schiff mehr zu sehen. Ich suchte mit den Arbeitern, die umlierstanden, ein Gespräch anzuknüpfen, und erfuhr den Namen des Reeders und Schiffes, und daß es vor drei Tagen in See gegangen sei. Weiteres wußten sie nicht; außer noch die Schlafstelle des

Kapitäns. Ich machte mich sogleich auf den Weg, und dort brachte ich heraus, daß eine junge schöne Dame mit schwarzen Haaren sich am Bord befinden solle. Dann ging ich auf das Kontor des Reeders, wo ich durch Zufall noch den alten Buchhalter an seinem Pulte traf; aber er wußte mir keine weitere Auskunft zu geben; denn die Passagiere seien lediglich Sache des Kapitäns.

Ich kehrte ins Hotel zurück und ließ mein Pferd satteln. Schneller, als mein Bruder es erlaubt haben würde trabte der Rappe heimwärts. Es war schon spät und der Himmel hing voller Wolken. Wenn der Nachtwind durch die Finsternis an mir vorüberwehte, so flogen meine Gedanken mit, und wie einen Spuk vor meinen Augen sah ich das Schiff, das sie hinwegtrug; ein winziger Punkt, schwebend in dem flüssigen Element über den gähnenden Abgründen der Tiefe, umlagert von Nacht in der ungeheuren Öde des Meeres. – Endlich blinkten die Lichter des Gutes vor mir aus den Bäumen.

Hier fand ich alles in Trauer und Bestürzung. Es war ein Brief von Jenni da, datiert vom Bord der Brigg »Elisabeth«. Sie war fort, übers Meer, zu ihrer Mutter; wie sie es mir gesagt hatte, wie sie es hier wiederholte, um eine heilige Pflicht zu erfüllen. In den innigsten, süßesten Worten bat sie alle, ihr zu verzeihen. Mein Name war in dem Briefe nicht genannt; aber ich hatte ja meinen Gruß im stillen schon empfangen. Auch ihres Vaters hatte sie nicht erwähnt.

Am andern Tage waren mein Bruder und ich wieder in der Stadt; aber nur, um dort die Überzeugung zu erlangen, daß die Brigg »Elisabeth« nicht mehr zu erreichen sei.

Dann, ohne erst mit Hans zurückzukehren, reiste ich geradeswegs nach Pyrmont. Einige Augenblicke nach meiner Ankunft stand ich Jennis Vater gegenüber und berichtete ihm die Flucht seiner Tochter. – Ich hatte mir gedacht, den schon ältlichen Mann unter dieser Nachricht zusammenbrechen zu sehen; aber es war kein Schmerz, es war ein Blitz des Jähzornes, der aus seinen Augen fuhr. Die Faust auf dem Tisch ballend, daß die mageren Knöchel scharf hervorstanden, stieß er Verwünschungen gegen seine Tochter aus.« Möge sie gehen, wohin sie gehört!« rief er, »diese Rasse ist nicht zu bessern; verflucht der Tag, wo ich das geglaubt habe!« Dann aber wurde er plötzlich still; er setzte sich und stützte den Kopf in seine Hand. Und wie zu sich selber sprach er: »Was red ich denn! Es ist mein eigen Blut; das andre – ist meine Schuld. Was kann das Kind dafür! Es hat zu seiner Mutter gewollt.« Und die Arme ausstreckend und vor sich hinstarrend rief er laut: »o Jenni, meine Tochter, mein Kind, was hab ich dir getan!« Er schien meine Gegenwart vergessen zu haben, und ich ließ ihn ungestört gewähren. »Wir sind ja Menschen«, fuhr er fort; »du hättest mir das verzeihen sollen; aber ich verstand es nicht, zu dir zu sprechen; das war es, wir konnten nicht zueinander kommen.«

Da, in diesem Augenblicke wagte ich es, seine Aufmerksamkeit zu gewinnen und ihm zu sagen, daß wir uns liebten. Und der gebrochene Mann griff danach wie nach einem Strohhalm und bat mich, ihm sein Kind zurückzubringen.

Was soll ich viel erzählen! Tags darauf reiste ich wieder ab; aber zuvor gab er mir einen Brief an seine Tochter, den er in der Nacht geschrieben hatte. Und glaub mir, diesmal ist es keine Quittung; Zorn und Liebe, Anklage und Entschuldigung, wie sie während des langen Abends, den wir noch zusammensaßen, in seinen Worten wechselten, werden auch in diesem Briefe sein.

Das übrige – so schloß Alfred seine Erzählung – »ist dir bekannt. Hier stehe ich, ausgerüstet mit allen Vollmachten und väterlichen Konsensen, und harre des Glockenschlags, um meine Brautfahrt anzutreten. –

Noch eine Stunde etwa waren wir beisammen; dann schlug es drei vom Kirchturm und ein Packträger kam, um Alfreds Koffer an den Hafen hinabzutragen.

Ich geleitete meinen jungen Freund. Es war eine kühle Nacht; ein scharfer Ostwind regte das Wasser auf und warf das Boot polternd gegen die Hafentreppe. Alfred stieg ein und reichte mir die Hand herüber. »Nicht wahr, Alfred«, sagte ich, die Bewegung des Abschieds in einen Scherz verhüllend; »mit Jenni oder niemals?«

»Nein, nein!« rief er zurück, während schon das Boot in die Nacht hinaussteuerte: »Mit Jenni, aber jedenfalls!«

Über ein halbes Jahr ist seit jener Nacht vergangen. Auf das Gut bin ich noch nicht hinausgekommen; aber eben jetzt, wo die ersten Mailüfte mir ins offene Fenster spielen, ist eine erneuete Einladung an mich eingelaufen, und ich werde mich diesmal nicht vergebens bitten lassen. Vor mir liegen zwei Briefe; beide datiert aus Christiansstadt auf St. Croix; der eine, von Jenni an Alfred, ist in dessen Abwesenheit von seiner Schwägerin erbrochen worden. Er lautet:

»Ich habe meine Mutter gefunden; ohne Mühe, denn sie hält ein großes Logierhaus in der Nähe des Hafens. Sie ist noch schön und von blühender Gesundheit; aber in ihren Zügen, deren Umriß ich zwar noch erkenne, suche ich vergebens, wonach ich die langen Jahre mich gesehnt habe. – Ich muß Dir alles sagen, Alfred; es ist anders, als ich mir gedacht. Ich habe eine Scheu vor dieser Frau; mich schaudert, wenn ich daran denke, wie sie bei der ersten Mittagstafel mich einer Anzahl Herren als ihre Tochter vorstellte. Gleich darauf, in einem Gemisch aller lebenden Sprachen, gab sie laut und prunkend die Geschichte ihrer Jugend preis; – alles, was im geheimen an mir genagt, und was ich in die schwärzeste Nacht hätte verbergen mögen. Die meisten Gäste und Kostgänger sind Farbige; einer von ihnen aber, ein reicher Mulatte, scheint das ganze Hauswesen zu regieren; meiner Mutter begegnet er mit einer Vertraulichkeit, die mir das Blut heiß ins Gesicht jagt. Und dieser Mensch, Alfred – er hat das Zähnefletschen eines Hundes, – verlangt mich zum Weibe; und meine Mutter selbst drängt mich dazu, bald durch ihre ungezähmten Liebkosungen, womit sie mich fast erstickt, bald in aller Fremden Gegenwart mit kreischenden Drohungen und Vorwürfen. – Ich muß mitunter wie sinnverwirrt in das Gesicht dieser Frau starren; mir ist, als sähe ich auf eine Maske, die ich herabreißen müßte, um darunter das schöne Antlitz wiederzufinden, das noch aus meiner Kindheit zu mir herüberblickt; als würde ich dann auch die Stimme wieder hören, die mich einst in den Schlaf gesummt, süß wie Bienengetön. – – Oh es ist alles furchtbar, was mich hier umgibt! Frühmorgens schon, denn meine Schlafkammer liegt nach der Hafenseite, wecken mich die Stimmen der schwarzen Arbeiter und Lastträger. Solche Laute kennt ihr drüben nicht; das ist wie Geheul, wie Tierschrei; ich zittre vor Entsetzen, wenn ich es höre, und begrabe den Kopf in meine Kissen; denn hier in diesem Lande gehöre ich selbst zu jenen; ich bin ihres Blutes, Glied an Glied reicht die Kette von ihnen bis zu mir hinan. Mein Vater hatte recht; und doch – – mir schwindelt, wenn ich in diesen Abgrund blicke. Ich werfe mich an Deine Brust; Alfred, hilf mir, ach, hilf mir!«

Und die Hülfe war nicht fern gewesen; der andere Brief ist von Alfred an seine Schwägerin, und das Datum nur um wenige Tage später. Die frohe Zuversicht, mit der er seine Reise antrat, hat ihm auch dort den Preis gewinnen helfen.

»Schon von Bord aus« – so schreibt er – »wurde ich zu Jennis Mutter ins Quartier gewiesen. Jenni selbst war die erste, die mir bei meinem Eintritt auf dem Flur begegnete; sie flog mit einem Schrei der Freude in meine Arme. – Seither habe ich denn auch die Mutter genügend kennengelernt; sie ist eine wohlbeleibte, noch immer hübsche Frau die in bunten seidnen Kleidern daherrauscht und in einer ganz unmöglichen Sprache redet; je nachdem, ob mit den Gästen oder mit dem Gesinde, in sanften oder auch wohl in etwas kreischenden Tönen. Von Jennis Vater spricht sie mit dankbarem Respekt und nennt ihn den »guten nobelen Herrn«, durch dessen Freigebigkeit sie in diese behaglichen Verhältnisse gekommen sei. Nichts liegt ihr ferner, als ein Verlassen ihrer Heimatinsel oder gar eine Heirat mit dem vornehmen Vater ihrer Tochter. Sie ist hier an ihrem Platze und befindet sich so wohl, daß es für Jenni eine fast herbe Enttäuschung gewesen sein muß, statt des geträumten Elendes, zu dessen Heilung sie alle Bande in der Alten Welt zerrissen hatte, eine so niedrige Region vorzufinden, in der solch edles Leid gar nicht gedeihen kann. – Nichtsdestoweniger hat die Ankunft der Tochter dieser lebhaften Frau eine große Freude bereitet; und sie hat sie oft genug vor meinen Augen mit einer ungestümen, ich möchte sagen, elementarischen Zärtlichkeit überschüttet. Da sie mit dem schönen Mädchen vor den Gästen prunken will, so ist sie unaufhörlich bemüht, sie herauszuputzen, und Jenni hat alle Not, sich der brennenden Farben zu erwehren, welche die Mutter für sie aussucht. Aber nicht genug; sie hatte ihr unter den Gästen des Hauses einen reichen Herrn zum Gemahl ausersehen, in dem mir noch ein erhebliches Maß des hier so verfemten Blutes zu zirkulieren scheint, und zu dem Ende schon die ernstlichsten Anstalten ins Werk gesetzt. Da bin ich denn dazwischengetreten; und der Wille und die Vollmacht des »guten nobelen Herrn« haben alles aufs leichteste geschlichtet.

Ich fühle wohl, es war nicht nur ein Schrei der Freude, sondern auch der Erlösung, womit Jenni mich begrüßte. Aber es ist gut so; sie mußte auch das erst erfahren; denn nur, wie es jetzt geschehen, konnte sie wirklich mein werden; und fehlt ihr der Blick nach rückwärts in eine Familie, so wird sie einen Mann haben, der stolz und glücklich ist, ein neues Haus mit ihr zu gründen und sein künftiges Geschlecht aus ihrem Schoße emporblühen zu sehen. Denn ich schreibe dies an unserem Hochzeits tage. – Ihr hättet nur sehen sollen, in welch leuchtend grüner Seide die wackere bewegliche Dame zwischen den Stammgästen des Hauses der Hochzeitstafel präsidierte, wie stolz sie auf ihre wunderschöne Tochter und – ich kann es nicht leugnen – auch auf ihren Schwiegersohn war, und welche unglaublichen Toaste sie in drei Sprachen zugleich auf das Wohl der Neuvermählten ausbrachte. In den ersten Frühlingstagen hoffen wir bei Euch einzutreffen. Und Du, Grete, wirst nicht eifersüchtig in Deiner Freundschaft werden, wenn ich Dir vertraue, was Jenni mir eben zugeflüstert: ›Nun, Alfred, hilf mir, daß ich zu meinem Vater komme‹!«

Diese Briefe waren dem Einladungsschreiben der beiden Eheleute angeschlossen. »Also kommen Sie« – hieß es in dem letzteren von Frau Gretes Hand – »Jennis Vater ist schon hier; Alfreds Eltern treffen noch heute ein; sogar Tante Josephine kommt, obgleich sie mitunter noch einige Bedenken äußern soll hinsichtlich einer Person, die schon in ihren Kinderjahren so ruchlos mit englischen Nähnadeln umgegangen ist. – Wir sind aus unsern Winterquartieren schon wieder in den hellen Gartensaal eingezogen. Vom Rasen her weht der Duft der Maililien durch die offenen Flügeltüren und drüben im Lusthain am Teiche, wo die Venus steht, sind die Uferränder blau von Veilchen.«

Und in der kräftigen Handschrift meines Freundes Hans stand dahinter: »Die Brigg ›Elisabeth‹ hat am letzten Sonntage Lissabon passiert; Jenni und Alfred sind an Bord; in einigen Tagen können sie bei uns sein; denn schon wehen günstige Winde und bringen die beiden und ihr Glück.«

In St. Jürgen

Es ist nur ein schmuckloses Städtchen, meine Vaterstadt; sie liegt in einer baumlosen Küstenebene, und ihre Häuser sind alt und finster. Dennoch habe ich sie immer für einen angenehmen Ort gehalten, und zwei den Menschen heilige Vögel scheinen diese Meinung zu teilen. Bei hoher Sommerluft schweben fortwährend Störche über der Stadt, die ihre Nester unten auf den Dächern haben; und wenn im April die ersten Lüfte aus dem Süden wehen, so bringen sie gewiß die Schwalben mit, und ein Nachbar sagt's dem andern, daß sie gekommen sind. – So ist es eben jetzt. Unter meinem Fenster im Garten blühen die ersten Veilchen, und drüben auf der Planke sitzt auch schon die Schwalbe und zwitschert ihr altes Lied:

Als ich Abschied nahm, als ich Abschied nahm;

und je länger sie singt, je mehr gedenke ich einer längst Verstorbenen, der ich für manche gute Stunde meiner Jugend zu danken habe.

Meine Gedanken gehen die lange Straße hinauf bis zum äußersten Ende, wo das St. Jürgensstift liegt; denn auch unsere Stadt hat ein solches, wie im Norden die meisten Städte von einiger Bedeutung. Das jetzige Haus ist im sechzehnten Jahrhundert von einem unserer Herzöge erbaut und durch den Wohltätigkeitssinn der Bürger allmählich zu einem gewissen Reichtum gediehen, so daß es nun für alte Menschen, die nach der Not des Lebens noch vor der ewigen Ruhe den Frieden suchen, einen gar behaglichen Aufenthaltsort bildet. – Mit der einen Seite streckt es sich an dem St. Jürgenskirchhof entlang, unter dessen mächtigen Linden schon die ersten Reformatoren gepredigt haben; die andere liegt nach dem innern Hofe und einem angrenzenden schmalen Gärtchen, aus dem in meiner Jugendzeit die Pfründnerinnen sich ihr Sträußchen zum sonntäglichen Gottesdienste pflückten. Unter zwei schweren gotischen Giebeln führt ein dunkler Torweg von der Straße her in diesen Hof, von welchem aus man durch eine Reihe von Türen in das Innere des Hauses, zu der geräumigen Kapelle und zu den Zellen der Stiftsleute gelangt.

Durch jenes Tor bin ich als Knabe oft gegangen; denn seitdem, lange vor meiner Erinnerung, die große St. Marienkirche wegen Baufälligkeit abgebrochen war, wurde der allgemeine Gottesdienst viele Jahre hindurch in der Kapelle des St. Jürgensstiftes gehalten.

Wie oft zur Sommerzeit, ehe ich in die Kapellentür trat, bin ich in der Stille des Sonntagsmorgens zögernd auf dem sonnigen Hofe stehengeblieben, den von dem nebenliegenden Gärtchen her, je nach der Jahreszeit, Goldlack-, Nelken- oder Resedaduft erfüllte. – Aber dies war nicht das einzige, weshalb mir derzeit der Kirchgang so lieblich schien; denn oftmals, besonders wenn ich ein Stündchen früher auf den Beinen war, ging ich weiter in den Hof hinab und lugte nach einem von der Morgensonne beleuchteten Fensterchen im obern Stock, an dessen einer Seite zwei Schwalben sich ihr Nest gebaut hatten. Der eine Fensterflügel stand meistens offen; und wenn meine Schritte auf dem Steinpflaster laut wurden, so bog sich wohl ein Frauenkopf mit grauem glattgescheiteltem Haar unter einem schneeweißen Häubchen daraus hervor und nickte freundlich zu mir herab. »Guten Morgen, Hansen«, rief ich dann; denn nur bei diesem, ihrem Familiennamen, nannten wir Kinder unsere alte Freundin; wir wußten kaum, daß sie auch noch den wohlklingenden Namen »Agnes« führte, der einst, da ihre blauen Augen noch jung und das jetzt graue Haar noch blond gewesen, gar wohl zu ihr gepaßt haben mochte. Sie hatte viele Jahre bei der Großmutter gedient und dann, ich mochte damals in meinem zwölften Jahre sein, als die Tochter eines Bürgers, der der Stadt Lasten getragen, im Stifte Aufnahme gefunden. Seitdem war eigentlich für uns aus dem großmütterlichen Hause die Hauptperson verschwunden; denn Hansen wußte uns allezeit, und ohne daß wir es merkten, in behagliche Tätigkeit zu setzen; meiner Schwester schnitt sie die Muster zu neuen Puppenkleidern, während ich mit dem Bleistift in der Hand nach ihrer Angabe allerlei künstliche Prendelschrift anfertigen oder auch wohl ein jetzt selten gewordenes Bild der alten Kirche nachzeichnen mußte, das in ihrem Besitze war. Nur eines ist mir später in diesem Verkehr aufgefallen; niemals hat sie uns ein Märchen oder eine Sage erzählt, an welchen beiden doch unsere Gegend so reich ist; sie schien es vielmehr als etwas Unnützes oder gar Schädliches zu unterdrücken, wenn ein anderer von solchen Dingen anheben wollte. Und doch war sie nichts weniger als eine kalte oder phantasielose Natur. – Dagegen hatte sie an allem Tierleben ihre Freude; besonders liebte sie die Schwalben und wußte ihren Nesterbau erfolgreich gegen den Kehrbesen der Großmutter zu verteidigen, deren fast holländische Sauberkeit sich nicht wohl mit den kleinen Eindringlingen vertragen konnte. Auch schien sie das Wesen dieser Vögel genauer beobachtet zu haben. So entsinne ich mich, daß ich ihr einst eine Turmschwalbe brachte, die ich wie leblos auf dem Steinpflaster des Hofes gefunden hatte. »Das schöne Tier wird sterben«, sagte ich, indem ich traurig das glänzende braunschwarze Gefieder streichelte; aber Hansen schüttelte den Kopf. »Die?« sagte sie, »das ist die Königin der Luft; ihr fehlt nichts als der freie Himmel! Die Angst vor einem Habicht wird sie zu Boden geworfen haben; da hat sie mit den langen Schwingen sich nicht helfen können.« Dann gingen wir in den Garten; ich mit der Schwalbe, die ruhig in meiner Hand lag, mich mit den großen braunen Augen ansehend. »Nun wirf sie in die Luft!»rief Hansen. Und staunend sah ich, wie, von meiner Hand geworfen, der scheinbar leblose Vogel gedankenschnell seine Schwingen ausbreitete und mit hellem Zwitscherlaut wie ein befiederter Pfeil in dem sonnigen Himmelsraum dahinschoß. »Vom Turm aus«, sagte Hansen, »solltest du sie fliegen sehen; das heißt von dem Turm der alten Kirche, der noch ein Turm zu nennen war.«

Dann, mit einem Seufzer meine Wangen streichelnd, ging sie ins Haus zurück an die gewohnte Arbeit. »Weshalb seufzt denn Hansen so?« dachte ich. – Die Antwort auf diese Frage erhielt ich erst viele Jahre später, aus einem mir damals gänzlich fremden Munde.

Nun war sie in den Ruhestand versetzt, aber ihre Schwalben hatten sie zu finden gewußt, und auch wir Kinder wußten sie zu finden. Wenn ich am Sonntagmorgen vor der Kirchzeit in das saubere Stübchen der alten Jungfrau trat, pflegte sie schon im feiertäglichen Anzuge vor ihrem Gesangbuche zu sitzen. Wollte ich dann neben ihr auf dem kleinen Kanapee Platz nehmen, so sagte sie wohl: »Ei was, da siehst du ja die Schwalben nicht!« Dann räumte sie einen Geranien- oder einen Nelkenstock von der Fensterbank und ließ mich in der tiefen Fensternische auf ihrem Lehnstuhl niedersetzen. »Aber so fechten mit den Armen darfst du nicht«, fügte sie dann lächelnd hinzu; »so junge muntere Gesellen sehen sie nicht alle Tage!« Und dann saß ich ruhig und sah, wie die schlanken Vögel im Sonnenscheine ab und zu flogen, ihr Nest bauten oder ihre Jungen fütterten, während Hansen mir gegenüber von der Herrlichkeit der alten Zeit erzählte; von den Festen im Hause meines Urgroßvaters, von den Aufzügen der alten Schützengilde oder – und das war ihr Lieblingsthema – von der Bilder- und Altarpracht der alten Kirche, in der sie selbst noch zur Enkelin des letzten Türmers Gevatter gestanden hatte; bis dann endlich von der Kapelle her der erste Orgelton zu uns herüberbrauste. Dann stand sie auf, und wir gingen miteinander durch einen schmalen endlosen Korridor, welcher nur durch die verhangenen Türfensterchen der zu beiden Seiten liegenden Zellen ein karges Dämmerlicht empfing. Hier und dort öffnete sich eine dieser Türen, und in dem Schein, der einige Augenblicke die Dunkelheit unterbrach, sah ich alte, seltsam gekleidete Männer und Frauen auf den Gang hinausschlurfen, von denen die meisten wohl schon vor meiner Geburt aus dem Leben der Stadt entschwunden waren. Gern hätte ich dann dies oder jenes gefragt; aber auf dem Wege zur Kirche hatte ich von Hansen keine Antwort zu erwarten; und so gingen wir denn schweigend weiter, am Ende des Ganges Hansen mit der alten Gesellschaft auf einer Hintertreppe nach unten zu den Plätzen der Stiftsleute, ich oben auf das Chor, wo ich träumend dem sich drehenden Glockenspiel der Orgel zusah und, wenn unser Propst die Kanzel bestiegen hatte – ich will es gestehen –, seine gewiß wohlgesetzte Predigt meist nur wie ein eintöniges Wellengeräusch und wie aus weiter Ferne an mein

Ohr dringen fühlte; denn unter mir, gegenüber, hing das lebensgroße Porträt eines alten Predigers mit langen schwarzkrausen Haaren und seltsam geschorenem Schnurrbart, das bald meine ganze Aufmerksamkeit in Anspruch zu nehmen pflegte. Mit den melancholischen schwarzen Augen blickte es so recht wie aus der dumpfen Welt des Wunder- und Hexenglaubens in die neue Zeit hinauf und erzählte mir weiter von der Stadt Vergangenheit, wie es in den Chroniken zu lesen stand, bis hinab zu dem bösen Stegreifjunker, dessen letzte Untat einst das Epitaphium des Ermordeten in der alten Kirche berichtet hatte. – Freilich, wenn dann plötzlich die Orgel das »Unsern Ausgang segne Gott« einsetzte, so schlich ich mich meist verstohlen wieder ins Freie; denn es war kein Spaß, dem Examen meiner alten Freundin über die gehörte Predigt standhalten zu müssen.

Von ihrer eigenen Vergangenheit pflegte Hansen nicht zu erzählen; ich war schon ein paar Jahre lang Student gewesen, als ich bei einem Ferienbesuch in der Heimat darüber zum ersten Mal etwas von ihr erfuhr.

Es war im April, an ihrem fünfundsechzigsten Geburtstage. Wie in früheren Jahren, so hatte ich ihr auch heute die beiden hergebrachten Dukaten von der Großmutter und einige kleine Geschenke von uns Geschwistern überbracht und war von ihr mit einem Gläschen Malaga bewirtet worden, den sie für solche Tage in ihrem Wandschränkchen aufbewahrte. Nachdem wir ein Weilchen geplaudert hatten, bat ich sie, mir heute, wie ich schon lange gewünscht, den Festsaal zu zeigen, in dem seit Jahrhunderten die Vorsteher der Stiftung nach der jährlichen Rechnungsablage ihre Schmäuse zu feiern pflegten. Hansen willigte ein, und wir gingen miteinander den dunkeln Korridor entlang; denn der Saal lag jenseits der Kapelle am andern Ende des Hauses. Als ich beim Hinabsteigen der Hintertreppe ausglitt und die letzten Stufen hinabstolperte, wurde unten auf dem Flur eine Tür aufgerissen, und der unheimliche nackte Kopf eines neunzigjährigen Mannes reckte sich daraus hervor. Er murmelte ein paar halbverständliche Scheltworte und stierte uns dann, bis wir durch die Tür der Kapelle traten, mit den verglasten Augen nach.

Ich kannte ihn wohl; die Stiftsleute hießen ihn den »Spökenkieker«; denn sie behaupteten, er könne »was sehen«.

»Die Augen könnten einen fürchten machen«, sagte ich zu Hansen, als wir durch die Kapelle gingen.

Sie meinte: »Er sieht dich gar nicht; er sieht nur noch rückwärts in sein eignes törichtes und sündhaftes Leben.«

»Aber«, erwiderte ich scherzend, »er sieht doch dort in der Ecke die offenen Särge stehen, während die darin liegen, noch lebend unter euch umherwandern.«

»Das sind auch nur Schatten, mein Kind; er tut nichts Arges mehr. Freilich«, setzte sie hinzu, »ins Stift gehörte er nicht und hat auch nur auf eine der Freistellen des Amtmanns hineinschlüpfen können; denn wir andern müssen unsere bürgerliche Reputation nachweisen, ehe wir hier angenommen werden.«

Wir hatten inzwischen den Schlüssel bei der Wirtschafterin abgelangt und stiegen nun die Treppe zu dem Festsaal hinauf. – Es war nur ein mäßig großes, niedriges Gemach, das wir betraten. An der einen Wand sah man eine altertümliche Stutzuhr aus dem Nachlaß einer hier Verstorbenen, an der gegenüberstehenden hing das lebensgroße Bild eines Mannes in einfachem rotem Wams; sonst war das Zimmer ohne Schmuck. »Das ist der gute Herzog, der das Stift gebaut hat«, sagte Hansen; »aber die Menschen genießen seine Gaben und denken nicht mehr an ihn, wie er es doch bei seiner Lebzeit wohl gewünscht hat.«

»Aber du gedenkst ja seiner, Hansen.«

Sie sah mich mit ihren sanften Augen an. »Ja, mein Kind«, sagte sie, »das liegt so in meiner Natur; ich kann nur schwer vergessen.«

Die Wände nach der Straße und nach dem Kirchhofe hatten eine Reihe Fenster mit kleinen in Blei gefaßten Scheiben; und in jeder fast war ein Name, meist aus mir bekannten angesehenen Bürgerfamilien, mit schwarzer Farbe eingebrannt; darunter: »Speisemeister dahier Anno –«, und dann folgte die betreffende Jahreszahl.

»Siehst du, das ist dein Urgroßvater«, sagte Hansen, indem sie auf eine dieser Scheiben wies; »den vergesse ich auch nicht; mein Vater hat bei ihm die Handlung gelernt und später oft Rat und Tat bei ihm geholt; leider, in der schwersten Zeit, da hatte er schon seine Augen zugetan.«

Ich las einen andern Namen: »Liborius Michael Hansen, Speisemeister Anno 1799.«

»Das war mein Vater!« sagte Hansen.

»Dein Vater? Wie kam es denn eigentlich – –?«

»Daß ich mein halbes Leben gedient habe, meinst du, während ich doch zu den Honoratiorentöchtern gehörte?«

»Ich meine, was war es eigentlich wodurch das Unglück über deine Familie kam?«

Hansen hatte sich auf einen der alten Lederstühle gesetzt. »Das war nichts Besonderes, mein Kind«, sagte sie; »es war Anno sieben, zur Zeit der Kontinentalsperre; damals florierten die Spitzbuben, und die ehrlichen Leute gingen zugrunde. Und ein ehrlicher Mann war mein Vater! – Er hat den Namen auch mit ins Grab genommen«, fuhr sie nach einem kurzen Schweigen fort. »Ich sehe es noch, wie er mir einst, da wir miteinander durch die Krämerstraße gingen, ein altes, nun längst verschwundenes Haus zeigte. »Merke dir das«, sagte er zu mir, »hier wohnte Anno 1549, da am Sonntage Jubilate die große Feuersbrunst ausbrach, der fromme Kaufmann Meinke Graveley. Da die Flammen heranbrausten, sprang er mit Elle und Waage auf die Gasse und flehte zu Gott, wenn er je mit Wissen und Willen seinen Nächsten um eines Körnleins Wert geschädiget, so möge sein Haus nicht verschont bleiben. Aber die Flamme sprang darüber hin, während alles rings in Asche fiel.

»Siehst du, mein Kind«, setzte mein Vater hinzu, indem er seine Hände in die Höhe hob, »das könnte auch ich tun; und auch über unser Haus würde die Strafe des Herrn hinweggehen.« – Hansen sah mich an. »Der Mensch soll sich nicht rühmen«, sagte sie dann. »Du bist nun alt genug, daß ich dir es wohl erzählen mag; du mußt doch von mir wissen, wenn ich nicht mehr bin. – Mein guter Vater hatte eine Schwäche; er war abergläubig. Diese Schwäche brachte ihn dahin, daß er in den Tagen der äußersten Not etwas beging, das ihm bald das Herz brach; denn er konnte seitdem die Geschichte von dem frommen Kaufmann nicht mehr erzählen.

In dem Hause neben uns wohnte ein Tischlermeister. Als er

mit seiner Frau frühzeitig verstarb, wurde mein Vater der Vormund seines nachgelassenen Sohnes. Harre – diesen friesischen Namen führte der Knabe – las gern in den Büchern und war auch schon in der Tertia unserer Lateinischen Schule; aber die Mittel reichten doch nicht zum Studieren; und so blieb er denn bei dem Handwerk seines Vaters. Als er später Geselle wurde und nach zweijähriger Wanderung wieder eine Zeitlang bei einem Meister gearbeitet hatte, wurde es auch bald bekannt, daß er zu den feineren Arbeiten in seinem Fach ein besonderes Geschick habe. Wir beide waren miteinander aufgewachsen; als er noch in der Lehre war, las er mir oft aus den Büchern vor, die er sich von seinen früheren Schulkameraden geliehen hatte. Du weißt, wir wohnten am Markt in dem Erkerhause dem Rathause gegenüber; da steht noch jetzt ein mächtiger Buchsbaum im Garten. Wie oft haben wir mit unserem Buche unter diesem Baum gesessen, während über uns die Bienen in den kleinen grünen Blüten summten! – Nach seiner Rückkehr war das nicht anders geworden, er kam oft in unser Haus; mit einem Wort, mein lieber Junge, wir beiden hatten uns gern und suchten das auch nicht zu verbergen.

Meine Mutter lebte nicht mehr; was mein Vater dazu dachte und ob er überhaupt etwas darüber gedacht, das hab ich nie erfahren. Auch kam es nicht so weit, daß es ein rechtes Verlöbnis wurde.

Eines Morgens in den ersten Frühlingstagen war ich in unsern Garten gegangen; die Krokus und die roten Leberblumen schickten sich schon an zu blühen, es war alles ringsumher so jung und frisch; aber mir selbst war schwer zu Sinne; die Sorgen meines Vaters drückten auch mich. Obwohl er niemals über seine Angelegenheiten zu mir geredet, so fühlte ich doch, daß es immer schneller abwärts ging. In den letzten Monaten hatte ich den Stadtdiener oft und öfter in die Schreibstube gehen sehen; war er fort, so verschloß mein Vater sich stundenlang; und von manchem Mittagessen stand er auf, ohne die Speisen berührt zu haben. In der letzten Woche hatte er einen ganzen Abend damit zugebracht, sich die Karten zu legen; auf meine wie im Scherz hingeworfene Frage, worüber er denn Auskunft von seinem Orakel erwarte, hatte er mich stumm mit der Hand zurückgewiesen und war dann später mit einem kurzen »Gute Nacht« in seine Kammer gegangen.

Das alles lag mir auf dem Herzen; und meine Augen, die nach innen sahen, wußten nichts von dem klaren Sonnenschein, der draußen die ganze Welt verklärte. Da hörte ich unten von der Marsch herauf die Lerchen singen; und du weißt es ja wohl, mein Kind, in der Jugend ist das Herz noch so leicht, der kleinste Vogel trägt es mit empor. Mir war plötzlich, als sähe ich über allen Dunst der Sorge hinweg in eine sonnige Zukunft; als brauchte ich nur den Fuß hineinzusetzen. Ich weiß noch, wie ich an den Beeten hinkniete und mit welcher Freude ich nun die Knospen und das junge Grün betrachtete, das überall aus dem Schoß der Erde hervortrieb. Ich dachte auch an Harre und zuletzt, glaub ich, nur an ihn. Indem hörte ich die Gartentür aufklinken, und wie ich aufsah, kam er selber mir entgegen.

Ob auch ihn die Lerche froh gemacht hatte – er sah aus wie die Hoffnung selbst. »Guten Morgen, Agnes«, rief er, »weiß du was Neues –?«

»Ist's denn was Gutes, Harre?«

»Versteht sich, was sollt es sonst wohl sein! Ich will Meister werden und das in allernächster Zeit.«

Kannst du wohl denken, daß ich ordentlich erschrak! Denn ich dachte doch gleich: Mein Gott, nun braucht er auch die Frau Meisterin!

Ich mag wohl ganz verdutzt ausgesehen haben; denn Harre fragte mich: »Fehlt dir etwas, Agnes?«

»Mir, Harre? Ich glaube nicht«, sagte ich. »Der Wind wehte so kühl über mich hin.« – Das war nun wohl gelogen; allein der liebe Gott hat es nun einmal so eingerichtet, daß wir in solchem Fall nicht sagen können, was der andere eben hören will.

»Aber mir fehlt nun etwas«, sagte Harre, »das Allerbeste fehlt mir!«

Ich antwortete nichts hierauf, kein Wörtlein. Auch Harren ging eine Weile schweigend neben mir; dann fragte er auf einmal: »Was meinst du, Agnes, ob es wohl schon geschehen ist, daß eine Krämerstochter einen Tischlermeister geheiratet hat?«

Als ich aufsah und er mich mit seinen guten braunen Augen

so bittend anblickte, da gab ich ihm die Hand und sagte ebenso: »Das wird wohl nun zum erstenmal geschehen.«

»Agnes«, rief Harre, »was werden die Leute sagen!«

»Ich weiß nicht, Harre. – Aber wenn nun die Krämerstochter arm wäre?«

»Arm, Agnes?« und er faßte mich so recht lustig bei beiden Händen, »ist denn jung und hübsch noch nicht genug?«

Es war ein glücklicher Tag damals; die Frühlingssonne schien, wir gingen Hand in Hand; und während wir schwiegen, sangen über uns die Lerchen aus tausend hellen Kehlen. So waren wir unmerklich an den Brunnen gekommen, der an der Holunderwand des Gartens dem Hause gegenüber lag. Ich blickte über die Brettereinfassung in die Tiefe hinab. »Wie drunten das Wasser glitzert!« sagte ich.

Das Glück macht mutwillig; Harre wollte mich necken. »Das Wasser?« sagte er. »Das ist das Gold, das aus der Tiefe funkelt.« Ich wußte nicht, was er damit meinte.

»Weißt du denn nicht, daß ein Schatz in eurem Brunnen liegt?« fuhr er fort. »Guck nur genau zu; es sitzt ein graues Männlein mit dreieckigem Hut auf dem Grunde. Vielleicht ist's auch nur das brennende Licht in seiner Hand, das drunten so seltsam glitzert; denn er ist der Hüter des Schatzes.«

Mir flog die Not meines Vaters durch den Sinn. Harre hob einen Stein auf und warf ihn hinab, und es dauerte eine Weile, ehe ein dumpfer Schall zu uns zurückkam. »Hörst du, Agnes?« sagte er, »das traf auf die Kiste.«

»Harre, red vernünftig!« rief ich, »was treibst du für Narrenspossen!«

»Ich spreche nur nach, was die Leute vorsprechen!« erwiderte er.

Aber meine Neugierde war geweckt, vielleicht auch die Begierde nach den unterirdischen Reichtümern, die aller Not ein Ende machen konnten.

»Woher hast du das Gerede?« fragte ich nochmals, »ich habe doch nie davon gehört.«

Harre sah mich lachend an: »Was weiß ich! von Hans oder Kunz, ich glaub, am letzten Ende kommt es von dem Halunken, dem Goldmacher.«

»Von dem Goldmacher?« – Mir kamen allerlei Gedanken. Der Goldmacher war ein herabgekommener Trödler; er konnte segnen und raten, Menschen und Vieh besprechen und alle die andern Geheimnisse, womit derzeit noch bei den Leichtgläubigen ein einträgliches Geschäft zu machen war. Es ist derselbe, den sie jetzt den Spökenkieker nennen, welchen Namen er grade so gut wie seinen damaligen verdient hat. Er war in den letzten Tagen, da ich eben auf der Außendiele zu tun hatte, ein paarmal in meines Vaters Schreibstube gegangen und hatte sich dann, ohne auf sein demütig gesprochenes »Herr Hansen bei der Hand?« meine Antwort abzuwarten, mit scheuem Blick an mir vorbeigeschoben. Einmal war er fast eine Stunde drinnen gewesen; kurz vor seinem Fortgehen hatte ich das mir wohlbekannte Pult meines Vaters aufschließen hören; dann war mir gewesen, als vernehme ich das Klirren von Geldstücken. Das alles kam mir jetzt in den Sinn.

Aber Harre rüttelte mich auf. »Agnes, träumst du?« rief er, »Oder willst du Schätze graben?« Ach, er kannte nicht die Not meines Vaters; ihm lag nur die eigene Zukunft in Gedanken, in die auch ich hineingehörte. Er ergriff meine beiden Hände und rief fröhlich: »Wir brauchen keine Schätze, Agnes; mein kleines Erbteil hat dein Vater schon für mich erhoben; das reicht hin, um Haus und Werkstatt einzurichten. Und für das Weitere«, fügte er lächelnd hinzu, »laß diese nicht ganz ungeschickten Hände sorgen!«

Ich vermochte seine hoffnungsreichen Worte nicht zu erwidern; der Schatz und der Goldmacher lagen mir im Sinn; ich weiß nicht, war es eine tollkühne Hoffnung oder der Schatten eines drohenden Unheils, was mir die Brust beklemmte. Vielleicht ahnte es mir, daß kurz darauf der Schatz meines ganzen Lebens in diesen Brunnen fallen würde.

Am andern Tage war ich nach einem benachbarten Dorfe hinausgefahren, wo die uns verwandte Predigerfrau sich wegen Erkrankung eines Kindes meine Hülfe erbeten hatte. Aber ich hatte keine Ruhe dort; mein Vater war in den letzten Tagen so still und doch wieder so unruhig gewesen; ich hatte ihn im Garten auf und ab rennen, dann wieder am Brunnen stehen und in die Tiefe hinabstarren sehen; mir wurde angst, er könne sich ein

Leides antun. Am dritten Tage glaubte ich mich zu entsinnen, daß er mich auf eine seltsam hastige Weise zu der Reise hingedrängt hatte; je mehr es gegen die Nacht ging, je beklommener wurde mir. Da gegen zehn Uhr der Mond aufging, so bat ich meinen Vetter, mich noch heute zur Stadt fahren zu lassen. Und so geschah es; nachdem er mir vergebens meine Unruhe auszureden gesucht hatte, wurde angespannt; und als es Mitternacht vom Turme schlug, hielt der Wagen vor unserm Hause. Es schien alles zu schlafen; erst als ich eine Zeitlang geklopft hatte, wurde drinnen die Kette abgehakt, und der Lehrling, der seine Kammer unten auf dem Flur hatte, öffnete die Haustür. Es war alles, wie es immer gewesen. »Ist der Herr zu Haus?« fragte ich.

»Der Herr ist schon um zehn Uhr schlafen gegangen«, war die Antwort.

Ich stieg leichteren Herzens nach meiner Kammer hinauf, deren Fenster nach dem Garten lagen. – Die Nacht draußen war so hell, daß ich, ohne Licht zu machen, noch einmal ans Fenster trat. Der Mond stand über der Holunderwand, deren noch unbelaubte Zweige sich scharf gegen den Nachthimmel abzeichneten; und meine Gedanken gingen mit meinen Augen über diese Erde hinaus zu dem großen liebreichen Gott, dem ich all meine Sorgen anvertraute. – Da, wie ich eben in das Zimmer zurücktreten wollte, sah ich plötzlich aus der Röhre des Brunnens, welcher dort im Schatten lag, eine rote Glut emporlodern; ich sah die am Rande wuchernden Grasbüschel und dann darüberher die Zweige des Gebüsches wie in goldenem Feuer schimmern. Mich überfiel eine abergläubische Furcht; denn ich dachte an die Kerze des grauen Männleins, das drunten auf dem Grunde hocken sollte. Als ich aber schärfer hinblickte, bemerkte ich eine Leiter an der Brunnenwand, von der jedoch nur das oberste Ende von hier aus sichtbar war. Im selben Augenblicke hörte ich einen Schrei aus der Tiefe; dann ein Gepolter; und ein dumpfes Getöse von Menschenstimmen scholl herauf. Mit einem Male erlosch die Helligkeit; und ich hörte deutlich, wie es sprossenweise an der Leiter emporklomm.

Die Gespensterfurcht verließ mich; aber statt dessen beschlich mich eine unklare Angst um meinen Vater. Mit zitternden Knien ging ich nach seiner Schlafkammer, die neben der meinen lag. Als ich behutsam die Gardine von seinem Bette zurückzog, da beschien der Mond die leeren Kissen; sein armer Kopf hatte wohl schon längst nicht mehr die Ruhe darauf gefunden; jetzt waren sie gänzlich unberührt. In Todesangst lief ich die Treppe hinab nach der Hoftür; aber sie war verschlossen und der Schlüssel abgezogen. Ich ging in die Küche und zündete Licht an; dann nach der Schreibstube, die ebenfalls ihre Fenster nach dem Garten hatte. Eine Zeitlang stand ich ratlos am Fenster und starrte hinaus; ich hörte Tritte zwischen den Holunderbüschen, aber ich konnte nichts unterscheiden; denn die dahinterstehende Planke verbreitete trotz des Mondscheins tiefen Schatten. Da hörte ich draußen die Hoftür aufschließen, und bald darauf wurde auch die Stubentür geöffnet. Mein Vater trat herein. – Ich bin so alt geworden, aber ich habe es nicht vergessen; sein langes graues Haar triefte von Wasser oder Schweiß; seine Kleider, die er sonst so peinlich sauber hielt, waren überall mit grünem Schlamm besudelt.

Er fuhr sichtbar zusammen, als er mich erblickte. »Was ist das! Wie kommst du hieher?« sagte er hart.

»Der Vetter ließ mich herfahren, Vater!«

»Um Mitternacht? – Das hätte er können bleibenlassen.«

Ich sah meinen Vater an; er hatte die Augen niedergeschlagen und stand unbeweglich. »Es ließ mir keine Ruhe«, sagte ich, »Mir war, ich sei hier nötig, als müsse ich zu dir.«

Der alte Mann ließ sich auf einen Stuhl sinken und bedeckte sein Gesicht mit beiden Händen. »Geh in deine Kammer«, murmelte er; »ich will allein sein.«

Aber ich ging nicht. »Laß mich bei dir bleiben«, sagte ich leise. Mein Vater hörte nicht auf mich; er erhob den Kopf und schien nach draußen hinzuhorchen. Plötzlich sprang er auf. »Still!« rief er, »hörst du's?« und sah mich mit weit offenen Augen an.

Ich war ans Fenster getreten und sah hinaus. Es war alles tot und stille; nur die Holunderzweige schlugen, vom Nachtwinde bewegt, gegeneinander. »Ich höre nichts!« sagte ich.

Mein Vater stand noch immer, als höre er auf etwas, das ihn mit Entsetzen erfüllte. »Ich meinte, es sei keine Sünde«, sprach er vor sich hin; »es ist kein gottloses Wesen dabei, und der Brunnen steht, bis jetzt wenigstens, auf meinem Grund.« Dann wandte er sich zu mir. »Ich weiß, du glaubst nicht daran, mein Kind«, sagte er, »aber es ist dennoch gewiß; die Rute hat dreimal geschlagen, und die Nachrichten, die ich nur zu teuer habe bezahlen müssen, stimmen alle überein; es liegt ein Schatz in unserm Brunnen, der zur Schwedenzeit darin vergraben ist. Warum sollte ich ihn nicht heben! – Wir haben die Quelle abgedämmt und das Wasser ausgeschöpft, und heute nacht haben wir gegraben.«

»Wir?« fragte ich. »Von welchem andern sprichst du?«

»Es ist nur einer in der Stadt, der das versteht.«

»Du meinst doch nicht den Goldmacher? Das ist kein guter Helfer!«

»Es ist nichts Gottloses mit dem Rutenschlagen, mein Kind.«

»Aber die es treiben, sind Betrüger.« – –

Mein Vater hatte sich wieder auf den Stuhl gesetzt und sah wie zweifelnd vor sich hin. Dann schüttelte er den Kopf und sagte: »Der Spaten klang schon darauf; aber da geschah etwas«; – und sich unterbrechend, fuhr er fort: »Vor achtzehn Jahren starb deine Mutter; als sie es inne wurde, daß sie uns verlassen müsse, brach sie in ein bitteres Weinen aus, das kein Ende nehmen wollte, bis sie in ihren Todesschlaf verfiel. Das waren die letzten Laute, die ich aus deiner Mutter Mund vernahm.« Er schwieg einen Augenblick, dann sagte er zögernd, als scheue er sich vor dem Laut seiner eignen Stimme: »Heute nacht, nach achtzehn Jahren, da der Spaten auf die Kiste stieß, habe ich es wieder gehört. Es war nicht bloß in meinem Ohr, wie es all die Jahre hindurch so oft gewesen ist; unter mir, aus dem Grund der Erde kam es herauf. – Man darf nicht sprechen bei solchem Werk; aber mir war, als schnitte das Eisen in deiner toten Mutter Herz. – Ich schrie laut auf, da erlosch die Lampe, und – siehst du«, setzte er dumpf hinzu, »deshalb ist alles wieder verschwunden.«

Ich warf mich vor meinem Vater auf die Knie und legte meine Hände um seinen Nacken. »Ich bin kein Kind mehr«, sagte ich, »laß uns zusammenhalten, Vater; ich weiß, das Unglück ist in unser Haus gekommen.«

Er sagte nichts; aber er lehnte seine feuchte Stirn an meine Schulter; es war das erste Mal, daß er an seinem Kinde eine

Stütze suchte. Wie lange wir so gesessen haben, weiß ich nicht. Da fühlte ich, daß meine Wangen von heißen Tränen naß wurden, die aus seinen alten Augen flossen. Ich klammerte mich an ihn. »Weine nicht, Vater«, bat ich, »wir werden auch die Armut ertragen können.«

Er strich mit seiner zitternden Hand über mein Haar und sagte leise, so leise, daß ich es kaum verstehen konnte: »Die Armut wohl, mein Kind, aber nicht die Schuld.«

Und nun, mein Junge, kam eine bittere Stunde; aber eine, die noch jetzt in meinem Alter mir als die trostvollste meines Lebens erscheint. Denn zum ersten Male konnte ich meinem Vater die Liebe seines Kindes geben; und von jenem Augenblicke an blieb sie ihm das Teuerste und bald auch das letzte, was er auf Erden noch sein nannte. Während ich neben ihm saß und heimlich meine Tränen niederschluckte, schüttete mein Vater mir sein Herz aus. Ich wußte nun, daß er vor dem Bankerott stand; aber das war das Schlimmste nicht. In einer schlaflosen Nacht, da er vergebens auf seinem heißen Kissen nach einem Ausweg aus dem Elend gesucht, war ihm die halbvergessene Sage von dem Schatz in unserem Brunnen wieder in den Sinn gekommen. Der Gedanke hatte ihn seitdem verfolgt; tags, wenn er über seinen Büchern saß, des Nachts, wenn endlich ein schwerer Schlummer auf seiner Brust lag. In seinen Träumen hatte er das Gold im dunkeln Wasser brennen sehen; und wenn er morgens aufgestanden, immer wieder hatte es ihn hinaus an den Brunnen getrieben, um wie gebannt in die geheimnisvolle Tiefe hinabzustarren. Da hatte er sich dem argen Gehülfen anvertraut. Aber der war keineswegs sogleich bereit gewesen, sondern hatte vor allem eine bedeutende Summe zu den notwendigen Vorbereitungen des Werkes verlangt. Mein Armer Vater hatte schon keinen Willen mehr; er gab sie hin, und bald eine zweite und dritte. Das Traumgold verschlang das wirkliche, das noch in seinen Händen war; aber dieses Gold war nicht sein eigen; es war das anvertraute Erbe seines Mündels. An Ersatz war nicht zu denken; wir rieten hin und wider; Verwandte, die uns zu helfen vermocht, hatten wir nicht; dein Großvater war nicht mehr; endlich gestanden wir uns, daß von außen keine Hülfe zu hoffen sei. –

Das Licht war ausgebrannt, ich hatte meinen Kopf an meines Vaters Brust gelegt, meine Hand ruhte in der seinen; so blieben wir im Dunkeln sitzen. Was dann weiter im geheimen Zwiesprach dieser Nacht zwischen uns gesprochen wurde, ich weiß es nicht mehr. Aber niemals zuvor, da noch mein Vater unfehlbar vor mir stand, wie fast nur unser Herrgott selber, habe ich solch heilige Zärtlichkeit für ihn gefühlt wie in jener Stunde, da er mir eine Tat vertraut hatte, die wohl nicht bloß vor den Augen der Menschen ein Verbrechen war. – Allgemach erblichen am Himmel draußen die Sterne, ein kleiner Vogel sang aus den Holunderbüschen, und der erste Schein des Morgenrots fiel in das dämmerige Zimmer. Mein Vater stand auf und trat an das Pult, auf dem seine großen Kontobücher lagen. Das lebensgroße Ölbild des Großvaters, mit dem Haarbeutel und dem lederfarbenen Kamisol, schien strenge auf den Sohn herabzusehen. »Ich werde noch einmal rechnen«, sagte mein Vater, »bleibt das Fazit dasselbe«, setzte er zögernd hinzu, indem er wie um Vergebung flehend zu dem Bilde seines Vaters aufblickte, »dann werde ich einen schweren Gang tun; denn ich bedarf der Barmherzigkeit Gottes und der Menschen.«

Auf seinen Wunsch verließ ich jetzt das Zimmer, und bald wurde es laut im Hause; der Tag war angebrochen. Als ich die nötigen Geschäfte besorgt hatte, ging ich in den Garten und durch das Hinterpförtchen auf den Weg hinaus; Harre pflegte hier vorbeizukommen, wenn er morgens nach der Werkstatt ging, in der er bis jetzt noch arbeitete.

Ich brauchte nicht lange zu warten; als die Uhr sechs geschlagen, sah ich ihn kommen. »Harre, einen Augenblick!« sagte ich und winkte ihm, mit mir in den Garten zu treten.

Er sah mich befremdet an; denn meine böse Botschaft war wohl auf meinem Gesicht geschrieben; auch stand ich, als ich ihn in eine Ecke des Gartens gezogen hatte, eine ganze Zeit und hatte seine Hand gefaßt, ohne daß ich ein Wort hervorbringen konnte. Endlich aber sagte ich ihm alles, und dann bat ich ihn: »Mein Vater will zu dir gehen; sei nicht zu hart mit ihm.«

Er war totenblaß geworden, und in seine Augen trat ein Ausdruck, vielleicht nur der Verzweiflung, der mich erschreckte.

»Harre, Harre, was willst du mit dem alten Mann beginnen?« rief ich.

Er drückte die Hand gegen seine Brust. »Nichts, Agnes«, sagte er, indem er mich traurig lächelnd ansah; »aber ich muß nun fort von hier.«

Ich erschrak. – »Weshalb?« fragte ich stammelnd.

»Ich darf deinen Vater nicht wiedersehen.«

»Du wirst ihm ja doch vergeben, Harre!«

»Das wohl, Agnes; ich schulde ihm mehr als das; aber – er soll sein graues Haupt vor mir nicht demütigen. Und dann« – das setzte er wie beiläufig noch hinzu –, »ich glaube auch, es geht jetzt mit dem Meisterwerden nicht.«

Ich sagte nichts hierauf; ich sah nur, wie das Glück, nach dem ich gestern schon die Hand gestreckt, in unsichtbare Ferne schwand; aber es war nichts mehr zu ändern; es war jetzt am besten so, wie es Harre wollte. Nur das sagte ich noch: »Wann wirst du gehen, Harre?« Ich wußte selbst kaum, was ich sprach.

»Sorge nur, daß dein Vater mich heute nicht aufsucht«, erwiderte er; »bis morgen früh bin ich mit allem fertig, was ich noch hier zu tun habe. Kränke dich auch nicht um mich, ich finde leicht ein Unterkommen.«

Nach diesen Worten trennten wir uns; das Herz war wohl zu voll, als daß wir Weiteres hätten sprechen können.« –

Die Erzählerin schwieg eine Weile. Dann sagte sie: »Am andern Morgen sah ich ihn noch einmal, und dann nicht mehr; das ganze lange Leben niemals mehr.«

Sie ließ den Kopf auf ihre Brust sinken; die Hände, die auf ihrem Schoß geruht hatten, wand sie leise umeinander, als müsse sie damit das Weh beschwichtigen, das, wie einst das Herz des jungen blonden Mädchens, so noch jetzt den gebrechlichen Leib der Greisin zittern machte.

Doch sie blieb nicht lange in dieser gebrochenen Stellung; sich gewaltsam aufraffend, erhob sie sich vom Stuhl und trat ans Fenster. »Was will ich klagen!« sagte sie und zeigte mit dem Finger auf die Scheibe, die ihres Vaters Namen trug. »Der Mann hat mehr gelitten als ich. Laß mich auch das dir noch erzählen. –

Harre war fort; er hatte von meinem Vater in einem herzlichen guten Briefe Abschied genommen; gesehen haben sie sich nicht mehr. Bald darauf waren die letzten gerichtlichen Schritte gegen uns getan, und die Eröffnung des Konkurses sollte in nächster Zeit erfolgen.

Es war damals Sitte in unserer Stadt, daß alle öffentlichen Bekanntmachungen nicht wie jetzt durch den Prediger in der Kirche, sondern aus dem offenen Fenster des Ratssitzungssaales durch den Stadtsekretär verlesen wurden; bevor aber dies geschah, wurde eine halbe Stunde lang mit der kleinen Glocke vom Turm geläutet. Da unser Haus dem Rathause gegenüber lag, so hatte ich dies oft beobachtet, und auch, wie sich unter dem Glockenschall Kinder und müßige Leute vor den Rathausfenstern und auf der Treppe über dem Ratskeller versammelten. Das nämliche geschah bei der Publizierung eines Konkursurtels; aber die Leute legten dann der Sache eine üble Bedeutung unter, und das Wort »Die Glocke hat über ihn geläutet«, galt für einen Schimpf. – Ich hatte auch in solchen Fällen ohne viel Gedanken hingehört; jetzt zitterte ich vor dem Eindruck, den dieser Vorgang auf das Gemüt meines ohnehin tiefgebeugten Vaters machen würde.

Er hatte mir vertraut, daß er sich deshalb durch einen befreundeten Ratsherrn an den Bürgermeister gewandt habe; und der Ratsherr, ein gutmütiger Schwätzer, hatte ihm die Zusicherung gegeben, daß die Publikation diesmal ohne die Glocke geschehen würde. Ich selbst aber wußte aus sicherer Quelle, daß diese Zusicherung eine grundlose war. Dennoch ließ ich meinen Vater in seinem arglosen Glauben und bemühte mich nur, ihn für diesen Tag zu einer kleinen Reise aufs Land zu unsern Verwandten zu bereden. Aber er wollte, wie er mit schmerzlichem Lächeln sagte, sein sinkendes Schiff nicht vor dem völligen Untergang verlassen. Da, in meiner Angst, fiel mir ein, daß ich in dem hintersten Verschlage unseres sehr tiefen und gewölbten Kellers die Glocke niemals hatte schlagen hören. Darauf baute ich meinen Plan. Es gelang mir auch, meinen Vater zu bereden, mit mir gemeinschaftlich ein Verzeichnis über die dort lagernden Waren aufzunehmen, wodurch, wenn später die Gerichtspersonen zur Aufnahme des Inventars kämen, eine Abkürzung dieses traurigen Geschäfts herbeigeführt würde.

Als die verhängnisvolle Stunde kam, waren wir schon längst unter der Erde bei unserer Arbeit. Mein Vater sortierte die Waren, ich beim Schein einer Laterne schrieb auf ein Blatt Papier, was er mir diktierte. Ein paarmal war mir wohl gewesen, als hörte ich von fern das Summen einer Glocke; dann sprach ich ein paar laute Worte, bis das Schieben und Rücken mit den Fässern und Kisten allen von außen eindringenden Schall wieder verschlang. Alles schien gut zu gehen, mein Vater war ganz in seine Arbeit vertieft. Da hörte ich plötzlich droben die Kellertür aufreißen; die alte Magd rief, ich weiß nicht mehr weshalb, nach mir, und zugleich drangen auch die klaren Schallwellen der Glocke zu uns herab. Mein Vater horchte auf und setzte die Kiste, die er in den Händen hatte, auf den Boden. »Die Schandglocke!« stöhnte er und fiel wie kraftlos gegen die Wand. »Es wird mir nichts erspart.« – Aber nur einen Augenblick; dann richtete er sich auf, und ehe ich noch Zeit bekam, ein Wort zu reden, hatte er schon den Raum verlassen, und gleich darauf hörte ich ihn die Kellertreppe hinaufsteigen. Auch ich ging jetzt in das Haus hinauf und fand meinen Vater, nachdem ich ihn vergebens in der Schreibstube gesucht, im Wohnzimmer mit gefalteten Händen am offnen Fenster stehen. In diesem Augenblick hörte das Glockenläuten auf; im Rathaus drüben, das von der hellen Morgensonne beleuchtet war, wurden die drei Fensterflügel aufgestoßen, und ich sah den Stadtdiener die roten Polster auf die Fensterbänke legen; an dem Eisengeländer der Ratstreppe hing schon ein ganzer Schwarm von halberwachsenen Buben. Mein Vater stand unbeweglich und sah mit gespannten Augen zu. Ich wollte ihn mit sanften Worten fortziehen. Aber er wehrte mir. »Laß nur, mein Kind«, sagte er, »das geht mich an, ich muß das hören.«

So blieb er denn. Der alte Stadtsekretär mit seinem weißgepuderten Kopf erschien drüben in dem Mittelfenster, und während ihm zur Seite zwei Ratsherren auf den roten Kissen lehnten, verlas er mit seiner scharfen Stimme aus einem Blatt Papier, das er in beiden Händen vor sich hielt, das Konkursurtel. Bei der klaren Frühlingsluft drang jedes Wort verständlich zu uns herüber. Als mein Vater seinen vollen Namen über den Markt hinaussprechen hörte, sah ich ihn zusammenzucken;

aber er hielt dennoch stand, bis alles vorüber war. Dann zog er seine goldene Uhr, die er von seinem Vater ererbt hatte, aus der Tasche und legte sie auf den Tisch. »Sie gehört zur Konkursmasse«, sagte er, »Schließe sie in die Schatulle, damit sie morgen mit versiegelt werde.«

Am andern Tage kamen die Herren zur Versiegelung; aber mein Vater konnte das Bett nicht verlassen; er war in der Nacht vom Schlage getroffen worden. – Als einige Monate später unser Haus verkauft war, wurde er in einem Tragkorb, den wir aus dem Krankenhause geliehen, nach der kleinen Wohnung gebracht, die wir am Ende der Stadt für uns gemietet hatten. Dort hat er noch neun Jahre gelebt; ein gelähmter und gebrochener Mann. In seinen guten Stunden besorgte er kleine Rechnungen und Schreibereien für andere; das meiste habe ich mit meiner Hände Arbeit verdienen müssen. Dann aber ist er in fester Hoffnung auf die Barmherzigkeit Gottes in meinen Armen sanft verschieden. – Nach seinem Tode kam ich zu guten Leuten; es war das Haus deiner Großeltern.«

Meine alte Freundin schwieg. Ich aber dachte an Harre. – »Und hast du denn«, fragte ich, »während der ganzen Zeit auch niemals eine Nachricht von deinem Jugendfreunde erhalten?«

»Niemals, mein Kind«, erwiderte sie.

»Weißt du, Hansen«, sagte ich, »dein Harre gefällt mir nicht, er war kein Mann von Wort!«

Sie legte die Hand auf meinen Arm. »So darfst du nicht sprechen, Kind. Ich habe ihn gekannt; es gibt noch andere Dinge als den Tod, die des Menschen Willen zwingen. – Aber wir wollen nach meinem Zimmer gehen; du hast deinen Hut noch dort, und es mag bald Mittag werden.«

So schlossen wir denn den einsamen Festsaal wieder ab und gingen denselben Weg zurück, den wir gekommen waren. Diesmal öffnete sich die Tür des Spökenkiekers nicht; nur hinter derselben, auf den sandigen Dielen, hörten wir seinen schlurfenden Schritt.

Als wir in Hansens Zimmer waren, wo noch der letzte Strahl der Vormittagssonne in die Fenster schien, zog sie eine Schublade ihrer Schatulle auf und nahm daraus ein Mahagonikästchen, sauber poliert, aber im Geschmack einer vergangenen

Zeit. Es mochte einst ein Geschenk des jungen Tischlers an einem Geburtstage ihrer Jugend gewesen sein.

»Das mußt du auch noch sehen«, sagte Hansen, indem sie das Kästchen aufschloß. Es lagen Wertpapiere darin, welche sämtlich auf Harre Jensen, »Sohn des verstorbenen Tischlermeisters Harre Christian Jensen dahier«, lauteten, deren Datum aber nicht über die letzten zehn Jahre hinabreichte.

»Wie kommst du zu diesen Papieren?« fragte ich.

Sie lächelte. »Ich habe nicht umsonst gedient.«

»Aber die Papiere lauten nicht auf deinen Namen!«

»Es ist die Schuld meines Vaters, die ich zurückerstatte. Deshalb, und weil mein Nachlaß, wie aller, die hier versterben, an das Stift fällt, habe ich das Geld sofort auf Harre Jensens Namen schreiben lassen.« – Einen Augenblick noch, ehe sie es wieder einschloß, wog sie das Kästchen auf der Hand. »Der Schatz ist wieder beisammen«, sagte sie, »aber das Glück, mein Kind, das Glück, das einst darin gewesen ist. das ist nicht mehr darin.«

Als sie diese Worte sprach, schoß draußen ein Schwalbenzug mit lautem Geschrei vorüber, und gleich darauf flatterten zwei dieser Vögel bis nahe an die Scheiben und setzten sich dann zwitschernd auf den offnen Fensterflügel. Es waren die ersten Schwalben, die ich in diesem Frühjahr sah.

»Hörst du die kleinen Gratulanten, Hansen?« rief ich, »just zu deinem Geburtstag sind sie heimgekommen!«

Hansen nickte nur. Ihre noch immer schönen blauen Augen blickten traurig auf die kleinen singenden Freunde. Dann legte sie die Hände auf meinen Arm und sagte freundlich: »Geh nun, mein Kind; ich danke allen, daß sie an mich gedacht. Ich möchte nun allein sein.«

Es war mehrere Jahre später, als ich mich von einer Reise nach dem mittleren Deutschland auf dem Heimwege nach meiner Vaterstadt befand. Auf einer Hauptstation der Eisenbahn – denn die Zeit des Dampfes war damals schon hereingebrochen – stieg ein alter Mann mit weißem Haar zu mir in das Coupé, worin ich mich bisher allein befunden hatte. Er ließ sich einen kleinen Reisekoffer nachreichen, den ich ihm unter den Sitz schieben half, und setzte sich dann mit den freundlichen Worten: »Wir haben auch noch nie beisammengesessen«, mir gegenüber. Als er dies sagte, erschien um den Mund und um die braunen Augen ein Ausdruck der Güte, ich möchte sagen der Teilnahme, der unwillkürlich zu traulichem Gespräche einlud. Die Sauberkeit seiner äußern Erscheinung, die sich nicht bloß in dem braunen Tuchrock und dem weißen Halstuch ausprägte, das feinbürgerliche Wesen des Mannes, alles heimelte mich an, und es dauerte nicht lange, so hatten wir uns in gegenseitige Mitteilungen über unsere Familienverhältnisse vertieft. Ich erfuhr, daß er ein Klaviermacher und in einer mittelgroßen Stadt Schwabens ansässig sei. Dabei fiel mir eines auf; mein Reisegefährte sprach den süddeutschen Dialekt, und doch hatte ich auf seinem Koffer den Namen »Jensen« gelesen, der meines Wissens nur dem nördlichsten Deutschland angehörte.

Als ich ihm das bemerkte, lächelte er. »Ich mag schon ziemlich eingeschwäbelt sein«, sagte er, »denn ich wohne nun seit über vierzig Jahren in diesem guten Lande und habe es in dieser Zeit niemals verlassen; meine Heimat aber liegt im Norden, und daher stammt denn auch mein Name.« Und nun nannte er meine eigene Vaterstadt als seinen Geburtsort.

»So sind wir Landsleute so sehr als möglich«, rief ich, »dort bin auch ich geboren und eben im Begriff, dahin zurückzukehren.«

Der alte Herr ergriff meine beiden Hände und sah mich liebevoll an. »Das hat der liebe Gott gut gemacht«, sagte er, »so reisen wir, wenn es Ihnen recht ist, zusammen. Auch mein Ziel ist unsere Vaterstadt; ich hoffe auf ein Wiedersehen dort – wenn Gott es zuläßt.«

Ich nahm mit Freuden diesen Vorschlag an.

Nachdem wir den derzeitigen Endpunkt der Eisenbahn erreicht hatten, lagen noch fünf Meilen Weges vor uns, und bald saßen wir zusammen in den bequemen Kissen eines Federwagens, dessen Bedachung wir bei dem schönen Herbstwetter zurückgeschlagen hatten. Die Gegend wurde allmählich heimatlicher; die Wälder verschwanden, bald auch die lebendigen Zäune zur Seite des Weges, ja sogar die Wälle, auf denen sie standen, und die weite baumlose Ebene tat sich vor uns auf. Mein Gefährte blickte still vor sich hinaus. »Ich bin dieser Unendlichkeit des Raumes so entwöhnt«, sagte er einmal; »mir ist jetzt hier, als sähe ich nach allen Seiten in die Ewigkeit.« Dann schwieg er wieder, und ich störte ihn nicht.

Als wir etwa auf der Mitte des Weges aus einem Dorfe, durch das die Landstraße führte, wieder ins Freie kamen, bemerkte ich, daß er den Kopf vorbeugte und eifrig auszulugen schien. Dann beschattete er die Augen mit seiner Hand und wurde sichtbar unruhig. »Ich sehe doch sonst noch so gut in die Ferne«, sagte er endlich, »aber ich bemühe mich umsonst, unsern Turm von hier in Sicht zu bekommen, und doch hab ich ihn in meiner Jugend von hier aus immer zuerst begrüßt, wenn ich von einer Wanderung heimkehrte.«

»Sie müssen sich irren«, erwiderte ich, »der niedrige Turm kann in solcher Entfernung noch nicht sichtbar sein.«

»Niedrig!« rief der Alte fast unwillig, »der Turm hat seit Jahrhunderten auf viele Meilen in die See hinaus den Schiffern zum Wahrzeichen gedient!«

Da fiel es mir bei. »Sie denken am Ende«, sagte ich zögernd, »noch an den Turm der alten Kirche, die vor reichlich vierzig Jahren abgebrochen wurde.«

Der Alte sah mich mit seinen großen Augen an, als ob ich faselte. »Die Kirche abgebrochen – und vor über vierzig Jahren! Mein Gott, wie lange bin ich fort gewesen; ich habe niemals etwas davon erfahren!«

Er faltete seine Hände und saß eine ganze Weile wie mutlos in sich zusammengesunken. Dann sagte er: »Auf jenem schönen Turm, der also nur in meinen Gedanken noch vorhanden war, habe ich vor nun bald fünfzig Jahren der das Wiederkommen versprochen, um deren willen ich jetzt diese weite Reise mache. Ich will Ihnen, wenn Sie hören mögen, dies Stück meines Lebens mitteilen; vielleicht, daß Sie mir dann über die Hoffnung, die ich hege, eine Auskunft zu geben vermögen.«

Ich versicherte den alten Herrn meiner Teilnahme; und während unser Postillion in der warmen Mittagssonne auf seinem Sitze einnickte und die Räder langsam durch den Sand mahlten, begann er seine Erzählung:

»In meiner Jugend hätte ich gern den Weg einer gelehrten Bildung eingeschlagen; da aber nach dem frühzeitigen Tode meiner Eltern die Mittel dazu nicht vorhanden waren, so blieb ich bei dem Handwerk meines Vaters, das heißt, ich wurde Tischler. Schon während ich als Geselle auf der Wanderschaft war, hatte ich nicht übel Lust, mich draußen anzusiedeln; denn es fehlte mir nicht ganz an Mitteln; aus dem Verkauf des väterlichen Hauses war mir ein rundes Sümmchen übriggeblieben, das für den Anfang schon genügte. Aber ich kehrte doch wieder heim, und das geschah um eines jungen blonden Mädchens willen. – Ich glaube nicht, daß ich jemals wieder so blaue Augen gesehen habe. Eine Freundin sagte einmal im Scherz zu ihr: »Agnes, ich pflück dir die Veilchen aus den Augen!« Die Worte hab ich nimmer vergessen können.« – Der Alte schwieg eine Weile und blickte verklärt vor sich hin, als sähe er noch einmal in diese Veilchenaugen seiner Jugend. Darauf, während ich fast unwillkürlich den Namen meiner alten Freundin in St. Jürgen bei mir selber sprach, begann er wieder: »Sie war die Tochter eines Krämers, meines Vormundes. Wir wuchsen als Nachbarkinder miteinander auf, während das Mädchen von dem früh verwitweten Vater ziemlich streng und einsam erzogen wurde. Daher mag es gekommen sein, daß sie sich immer mehr dem einzigen Jugendgespielen anschloß. Bald nach meiner Rückkehr waren wir unter uns beiden so gut als verlobt, und es war schon ausgemacht, daß ich in unserer Vaterstadt ein Geschäft begründen sollte, als ich durch einen unerwarteten Zufall mein ganzes kleines Vermögen verlor. – Es kam so, daß ich wieder fort mußte.

Am letzten Tage hatte Agnes mir versprochen, abends noch einmal auf den Weg hinter ihrem Garten hinauszukommen und dort ein letztes Wort mit mir zu reden. Als ich mich aber mit dem bestimmten Glockenschlage einfand, war sie nicht dort. Ich stand lauschend an der Planke unter dem überhängenden Lindengezweig, aber ich wartete vergebens. Das Haus ihres Vaters konnte ich damals nicht betreten; nicht daß ein Zwiespalt zwischen uns gewesen wäre, ich glaube im Gegenteil, daß er mir die Hand seiner Tochter ohne großes Bedenken würde gegeben haben; denn er hielt etwas auf mich und war kein hochmütiger Mann. Es hatte einen andern Grund, den ich nicht gern der Vergessenheit entreißen möchte. – Ich weiß es noch gar wohl. Es war ein dunkler, stürmischer Aprilabend; mehrmals täuschte mich die Wetterfahne auf dem Dache, daß ich glaubte, die mir wohlbekannte Hoftür öffnen zu hören, aber es kam kein Schritt den Gartensteig herab. Noch lehnte ich an der Planke und sah die schwarzen Wolken am Himmel vorüberfliegen; endlich ging ich schweren Herzens fort. – –

Am andern Morgen hatte es eben fünf vom Turme geschlagen, als ich nach einer schlaflosen Nacht die Treppe von meiner Kammer hinabstieg und von meinen Hauswirten Abschied nahm. In den engen, schlecht gepflasterten Straßen war noch die Dunkelheit und der Schmutz des Winters. Die Stadt schien noch im Schlaf zu liegen; von allen bekannten Gesichtern wollte mir keins begegnen, und so ging ich einsam und trübselig meinen Weg. Da, als ich eben nach dem Kirchhof einbiegen wollte, brach ein scharfer Sonnenstrahl hervor, und das alte Haus der Ratsapotheke, das unten mit seinem Löwenschnitzbild noch in dem Dunst der Gasse stand, war oben mit der Spitze des Treppengiebels auf einmal wie in Frühlingsschein gebadet. Zugleich, als ich eben aufschaue, schallt über mir hoch in der Luft ein langgezogener Ton; dann noch einmal und noch einmal, als riefe es weit in die Welt hinaus.

Ich war auf den Kirchhof hinausgetreten und blickte an dem Turm hinauf; da sah ich oben auf der Galerie den Türmer stehen und sah, wie er sein langes Horn noch in der Hand hielt. Ich wußte es nun wohl; die ersten Schwalben waren gekommen, und der alte Jakob hatte ihnen den Willkommen geblasen und es laut über die Stadt gerufen, daß der Frühling ins Land gekommen sei. Dafür bekam er seinen Ehrentrunk im Ratsweinkeller und einen blanken Reichstaler vom Herrn Bürgermeister. – Ich kannte den Mann und war oft droben bei ihm gewesen; als Knabe, um von dort aus meine Tauben fliegen zu sehen, später auch wohl mit Agnes; denn der Alte hatte ein Enkeltöchterchen bei sich, zu dem sie Pate gestanden und deren sie sich auf allerlei Art anzunehmen pflegte. Einmal, am Christabend, hatte ich ihr sogar ein vollständiges Weihnachtsbäumchen den hohen Turm hinaufschleppen helfen. – Nun stand die wohlbekannte Eichentür offen; unwillkürlich trat ich hinein, und in der Finsternis, die mich plötzlich umgab, stieg ich langsam die Treppen und, wo diese aufhörten, die schmalen leiterartigen Stiegen hinan. Nichts hörte ich als das Rasseln der großen Turmuhr, die hier in der Einsamkeit ihr Wesen trieb. Ich weiß es noch gar wohl, mir grauete dermalen vor diesem toten Dinge, und ich hätte, als ich daran vorbeikam, in die eisernen Räder greifen mögen, nur um es stillzumachen. Da hörte ich den alten Jakob von oben herabklettern. Er schien mit einem Kinde zu sprechen, das er zur Vorsicht ermahnte. Ich rief ihm einen »Guten Morgen« in die Dunkelheit hinauf und fragte, ob er die kleine Meta bei sich habe.

»Bist du's, Harre?« rief der Alte zurück, »freilich, die muß mit zum Herrn Bürgermeister.«

Endlich kamen die beiden zu mir herab, während ich seitwärts in eine Schalluke getreten war. Als Jakob mich so reisefertig neben sich sah, rief er verwundert: »Was soll das bedeuten, Harre? Was steigst denn da mit Knüttel und Wachstuchhut in meinen Turm hinauf? Bist doch nicht wieder fremd geworden bei uns daheim?«

»Es ist nicht anders, Jakob«, erwiderte ich, »'s wird hoffentlich nicht auf lange sein.«

»Hatt's mir ganz anders mit dir ausgedacht!« brummte der Alte. »Nun, wenn's denn einmal sein muß, die Schwalben sind wieder da; es ist jetzt schon die beste Zeit zum Wandern. Und hab auch Dank, daß du noch mal gekommen bist!«

»So lebt wohl, Jakob!« sagte ich. »Und wenn Ihr mich von Eurem Turm herab einmal im hellen Sonnenschein wieder ins Tor hineinwandern seht, so blast auch mir einen Willkommen wie heute Euren Schwalben!«

Der Alte schüttelte mir die Hand, indem er sein Enkelchen auf den Arm nahm. »Soll gelten, Meister Harre!« rief er lächelnd; er pflegte mich im Scherze so zu nennen. Als ich mich aber anschickte, wieder mit ihm hinabzusteigen, fügte er noch hinzu: »Wenn du einen guten Weg von der Agnes haben willst, sie ist oben, schon seit früh; sie hat noch ihr Gefallen an den Vögelchen.«

Wohl niemals bin ich so schnell die letzten halsbrechenden Stiegen hinaufgekommen, obgleich mir der Herzschlag fast den Atem versetzte. Als ich aber oben auf die Plattform und in den blendenden Himmelsschein hinaustrat, blieb ich unwillkürlich stehen und tat einen Blick über das Eisengeländer. Da sah ich unter mir in der Tiefe meine Vaterstadt im ersten Schmuck des Frühlings liegen; überall zwischen den Dächern standen die Kirschbäume in Blüte, welche das warme Frühjahr so zeitig hervorgetrieben hatte. Dort der Giebel, dem kleinen Turme des Rathauses gegenüber, gehörte dem Hause meines Vormundes. Ich sah den Garten, den Weg dahinter; mir quoll das Herz, und von Heimweh überwältigt, mag ich unwillkürlich einen Laut ausgestoßen haben; denn ich fühlte plötzlich meine Hand ergriffen, und als ich aufblickte, stand Agnes neben mir. »Harre«, sagte sie, »kommst du noch einmal!« Und dabei flog ein glückliches Lächeln über ihr Gesicht.

»Ich dachte nicht, dich hier zu finden«, erwiderte ich, »nun muß ich fort; weshalb hast mich gestern so vergebens warten lassen?«

Da war alles Glück aus ihrem Antlitz verschwunden. »Ich konnte nicht, Harre; mein Vater wollte mich nicht von sich lassen. Später bin ich in den Garten hinabgelaufen; aber du warst schon fort, du kamst nicht; da bin ich heute früh auf den Turm gestiegen – ich dachte, ich könnte dich doch zum Tor hinauswandern sehen.«

Die Zukunft lag verworren vor mir, aber doch hatte ich einen Plan gefaßt. Schon früher war ich in einer Klavierfabrik beschäftigt gewesen; nun wollte ich wieder diese Arbeit suchen, um dann mit Hülfe des zu erwartenden Verdienstes vielleicht später selbst ein solches Geschäft zu begründen; denn diese Instrumente begannen schon damals eine große Verbreitung zu finden. – Das alles sagte ich jetzt dem Mädchen, und auch, wohin ich mich zunächst zu wenden beabsichtigte.

Sie hatte sich auf das Geländer gelehnt und wie abwesend in den leeren Himmelsraum hinausgeblickt. Jetzt wandte sie langsam den Kopf zurück. »Harre«, sagte sie leise, »geh nicht fort, Harre!«

Als ich sie aber ohne Antwort anblickte, rief sie wieder: »Nein, hör nicht auf mich; ich bin ein Kind, ich weiß nicht, was ich rede.« Der Morgenwind hatte ein paar der blonden Haare gelöst und wehte sie über ihr blasses Gesicht, das jetzt geduldig zu mir aufblickte.

»Wir müssen warten, Agnes«, sagte ich, »das Glück liegt nun in weiter Ferne; ich will versuchen, ob ich es wieder heimbringen kann. Schreiben werd ich nicht; ich komme selber, wenn es Zeit ist.«

Sie sah mich eine Weile mit großen Augen an; dann drückte sie mir die Hand. »Ich warte«, sagte sie mit fester Stimme; »geh denn mit Gott, Harre!«

Ich ging noch nicht. Der Turm, der uns beide trug, ragte so einsam in den blauen Ätherraum; nur die Schwalben, auf deren stahlblauen Schwingen der Sonnenschein wie Funken blitzte, schwebten um uns her und badeten in dem Meer von Luft und Licht. – Ich hielt noch immer ihre Hand; mir war, als könne ich nicht fort von hier, als wären wir beide, sie und ich, schon jetzt hinausgehoben über alle Not der Welt. – Aber die Zeit drängte; unter uns schlug dröhnend die Viertelglocke. Da, als noch die Schallwellen den Turm umfluteten, kam eine Schwalbe geflogen, daß sie uns fast mit ihren Flügeln streifte; furchtlos, nur auf Armeslänge von uns, setzte sie sich auf den Rand des Geländers, und während wir wie gebannt in das kleine glänzende Auge blickten, schmetterte sie plötzlich mit geschwellter Kehle ihre Frühlingslaute in die Luft. Agnes warf sich an meine Brust. »Vergiß das Wiederkommen nicht!« rief sie. Da breitete der Vogel seine Schwingen aus und flog davon. – –

Wie ich durch den dunkeln Turm zur Erde gekommen bin, das weiß ich nicht. Als ich draußen vor dem Stadttor auf der Landstraße war, blieb ich stehen und blickte zurück. Da erkannte ich noch deutlich auf dem von Sonnenglanze umflossenen Turm ihre liebe Gestalt; mir schien, als lehne sie sich weit über den Rand des Geländers hinaus, so daß ich unwillkürlich einen Schreckensruf ausstieß. Aber die Gestalt blieb unbeweglich.

Und endlich wandte ich mich und ging, ohne noch einmal wieder umzusehen, mit raschen Schritten auf der Landstraße fort.«

Der Alte schwieg eine Weile. Dann sagte er: »Sie hat vergebens auf mich gewartet; ich bin niemals wieder heimgekommen. – Ich will Ihnen nun erzählen, wie das geschehen konnte.

Meine erste Arbeit fand ich in Wien, wo damals die besten Klavierfabriken waren; von da kam ich nach anderthalb Jahren ins Württembergische, nach meinem jetzigen Wohnort. Ein Nebengeselle von mir hatte dort einen Bruder, von dem er um die Besorgung eines zuverlässigen Gehülfen gebeten war. – Es war ein noch junges Ehepaar, zu dem ich ins Haus kam. Das Geschäft war klein, aber der Inhaber ein freundlicher und geschickter Mann, bei dem ich bald mehr in diesen Dingen lernte als in der großen Fabrik, wo ich immer nur zu einzelnen Arbeiten gelassen wurde. Da ich mich der Sache nach Kräften annahm und doch auch aus meinen Wiener Erfahrungen manches hinzubrachte, so gewann ich bald das Vertrauen dieser guten Leute. Besondere Freude machte es ihnen, daß ich in meinen Freistunden den ältesten ihrer beiden Knaben in der deutschen Sprache unterrichtete; denn ihnen gefiel meine damals noch norddeutsche Aussprache, und sie wünschten, daß die Kinder auch einmal, wie sie meinten, so reines Deutsch sprechen möchten. Bald wurde auch der jüngere Bruder in den Unterricht hineingezogen, und nun blieb es nicht bei der trockenen Grammatik; ich wußte mir Bücher zu verschaffen, aus denen ich ihnen allerlei Unterhaltendes und Wissenswertes vorzulegen pflegte. So kam es, daß auch die Kinder mit großer Liebe an mir hingen. Als ich nach Jahresfrist zum ersten Mal ohne Beihülfe ein Klavier von besonders schönem Klang zustande gebracht hatte, gab es eine Freude im ganzen Hause, als habe der liebste Angehörige sein Meisterstück gemacht. – Ich aber dachte nun an die Heimkehr.

Da erkrankte mein junger Meister. Aus einer Erkältung entwickelte sich endlich ein ernstliches Brustübel, dessen Keim schon lange in ihm gelegen haben mochte. Die Leitung der Geschäfte kam wie selbstverständlich fast ganz in meine Hände. Ich konnte jetzt nicht fort. Dabei sah ich tiefer in die Verhältnisse der Familie, mit der mich eine immer innigere Freundschaft verband. Eintracht und Fleiß wohnten unter ihrem Dache. Aber es war dennoch ein böses Ding, der dritte Hausgenosse, das diese guten Geister nicht zu vertreiben vermocht hatten. In jedem Winkel, wohin nicht gerade die Sonne schien, sah der kranke Mann es sitzen. – Dieses Ding war die Sorge. – »Nimm den Kehrbesen und feg es weg«, sagte ich oft zu meinem Freunde, »ich will dir helfen, Martin!« Dann drückte er mir wohl die Hand, und eine wehmütige Heiterkeit flog für einen Augenblick über sein blasses Gesicht, bald aber sah er wieder die schwarzen Spinngewebe auf allen Dingen.

Leider waren es keine bloßen Hirngespinste. Das Kapital, womit er sein Geschäft begonnen, war von vornherein zu gering gewesen. In den ersten Jahren hatte er durch schlechte Arbeiter Verluste erlitten, die nicht in Rechnung genommen waren, und auch der Absatz der fertigen Ware wollte nicht so rasch erfolgen, wie es solche Umstände erforderten; nun kam ein aussichtsloser Krankheitszustand noch dazu. Auf mir lag endlich nicht nur die ganze Sorge für den Unterhalt der Familie, ich mußte auch noch der Tröster der Gesunden sein. Die Knaben ließen meine Hand nicht los, wenn wir am Bette des Vaters saßen, das er bald nicht mehr verlassen konnte. Bei diesem aber schien das Erlöschen der Körperkraft die Unruhe des Geistes nur zu steigern; grübelnd lag er auf seinem Kissen und baute Pläne für die Zukunft. Mitunter, wenn die Schauer des nahenden Todes ihn anwehten, richtete er sich plötzlich auf und rief: »Ich kann nicht sterben, ich will nicht sterben!« und dann wieder leise mit gefalteten Händen: »Mein Gott, mein Gott, ich will auch, wenn du willst!«

Und endlich kam die Stunde der Erlösung. Wir waren alle an seinem Bette; er dankte mir, er nahm von uns allen Abschied. Dann aber, als sähe er vor sich etwas, vor dem er sie beschützen müsse, riß er seine Frau und die beiden Knaben hastig an sich, blickte sie mit trostlosen Augen an und stöhnte laut. Und als ich ihm zuredete: »Wirf deine Sorgen auf den Herrn, Martin!«, da rief er verzweifelnd: »Harre, Harre, das sind nicht mehr die Sorgen, das ist die Armut selbst! Bald wird sie über meine Leiche wegkriechen; mein Weib, o meine lieben Kinder, sie werden ihr nicht entrinnen!«

Es ist ein eigen Ding um ein Sterbebett; ich weiß nicht, ob Sie es kennen, mein junger Freund. Aber in diesem Augenblick versprach ich meinem sterbenden Meister, bei den Seinen auszuhalten, bis das Gespenst, das seine letzte Stunde störte, sie nicht mehr würde erreichen können. Und als ich das versprochen, ließ auch der Tod nicht mehr auf sich warten. Leise schritt er zur Tür herein. Martin streckte die Hand aus; ich meinte, er wolle sie mir noch reichen, aber es war der unsichtbare Bote des

Herrn, der sie ergriff; denn ehe ich sie berührte, hatte das Leben meines jungen Meisters aufgehört.«

Mein Reisegefährte nahm seinen Hut ab und legte ihn vor sich auf den Schoß; sein weißes Haar wehte in der lauen Mittagsluft. So saß er schweigend, als weihe er diese Augenblicke dem Andenken des längst verstorbenen Freundes. – Ich aber mußte der Worte gedenken, die meine alte Hansen einst zu mir gesprochen: »Es gibt noch andere Dinge als den Tod, die des Menschen Willen zwingen.« Es war dennoch der Tod gewesen, der die Lebenden getrennt hatte. Denn es versteht sich, daß ich über die Person dessen, der an meiner Seite saß, nicht mehr in Zweifel sein konnte. Nach einiger Zeit begann der Alte seine Erzählung wieder, indem er langsam sein Haupt bedeckte.

»Ich habe mein gegebenes Wort gehalten«, sagte er, »aber da ich es gab, brach ich ein anderes; denn ich habe nun nicht wieder fort gekonnt. Es zeigte sich bald, daß die Verhältnisse noch zerrütteter waren, als ich bisher gewußt. Einige Monate nach dem Tode des Mannes wurde noch ein drittes Kind, ein Mädchen, geboren; unter diesen Umständen eine neue Sorge zu den alten. Ich tat das Meinige; aber Jahr auf Jahr verging, und das Glück wollte immer noch nicht einkehren. Unerachtet ich nicht nur meine ganze Kraft, sondern auch die Ersparnisse der letzten Jahre hingab, gelang es mir noch immer nicht, den Kampf mit jenem Gespenste der Armut siegreich zu beendigen; ich sah es klar, wenn eine auch nur etwas weniger treue und sorgsame Hand an meine Stelle trat, so waren meine Schutzbefohlenen ihm verfallen.

Oft freilich mitten in der Arbeit überfiel mich das Heimweh und nagte und zehrte an mir; mehr als einmal, wenn der Meißel, ohne daß ich darum gewahr wurde, müßig in meiner Hand lag, bin ich erschreckt vor der Stimme der guten Frau zusammengefahren; denn meine Gedanken waren fort in die Heimat, und eine ganze andere Stimme war in meinen Ohren. In meinen Träumen sah ich den Turm unserer Vaterstadt; anfänglich im hellen Sonnenschein, umkreist von einem Heer von Schwalben; später, wenn der Traum mir wiederkam, sah ich ihn schwarz und drohend in den leeren Himmel ragen, der Herbststurm tobte, und ich hörte die großen Glocken anschlagen; aber immer, auch dann, lehnte Agnes oben auf dem Geländer der Plattform; sie trug noch das blaue Kleid, worin sie dort von mir Abschied genommen hatte; nur war es ganz zerrissen, die leichten Fetzen flatterten in der Luft. »Wann kommen die Schwalben wieder?« hörte ich es rufen. Ich erkannte ihre Stimme, aber sie klang trostlos in dem Wehen des Sturmes. – Wenn ich nach solchen Träumen erwachte, so hörte ich wohl im Zwielicht die Schwalben auf der Dachrinne über meinem Fenster zwitschern. In den ersten Jahren hatte ich den Kopf aufgestützt und mir das Herz vollsingen lassen von Sehnsucht und Heimweh; später konnt ich's nimmer ertragen. Mehr als einmal, wenn das Gezwitscher kein Ende nehmen wollte, habe ich das Fenster aufgerissen und die lieben Vögel fortgejagt.

An einem solchen Morgen erklärte ich einmal, daß ich nun fort müsse, daß es jetzt endlich Zeit sei, auch an mein eignes Leben zu denken. Aber die beiden Knaben brachen in laute Wehklagen aus, und die Mutter setzte, ohne ein Wort zu sagen, ihr Töchterchen auf meinen Schoß, das sogleich die kleinen Arme fest um meinen Hals schlang. – Mein Herz hing an den Kindern, lieber Herr; ich konnte die Kinder nicht verlassen. Ich dachte. ›Bleib denn noch ein Jahr.‹ Der Abgrund zwischen mir und meiner Jugend wurde immer tiefer; zuletzt lag alles wie unerreichbar hinter mir, wie Träume, an die ich nicht mehr denken dürfe. – Ich war schon über die Vierzig hinaus, da schloß ich auf den Wunsch der schon herangewachsenen Kinder das Ehebündnis mit der Frau, deren einzige Stütze ich so lange gewesen war.

Und nun geschah mir etwas Seltsames. Ich war der Frau, wie sie es auch gar wohl verdiente, stets von Herzen gut gewesen; nun aber, seit sie mir unauflöslich angehörte, begann in mir ein Widerwille, ja fast ein Haß gegen sie zu wachsen, den ich oft nur mit Mühe zu verbergen wußte. So sind wir Menschen; ich warf in meinem Herzen auf sie die Schuld von allem, was doch nur die Folge meiner eignen Schwäche war. Da führte Gott zu meinem Heil mich in Versuchung.

Es war eines Sonntags in der Hochsommerzeit. Wir machten eine Landpartie nach dem benachbarten Gebirgsdorfe, wo ein Verwandter der Familie wohnte. Die beiden Söhne mit ihrem

Schwesterchen waren uns beiden Alten weit voraus; ihr Plaudern und Lachen war in dem Walde, durch den der Weg führte, schon ganz verschollen. Da machte meine Frau mir den Vorschlag, einen ihr bekannten Richtsteig entlang eines Steinbruches einzuschlagen, um so wo möglich den Jungen auf dem Hauptwege noch zuvorzukommen. »Ich bin als Braut mit Martin hier gegangen«, sagte sie, als wir seitwärts in die Tannen bogen; »etwas weiterhin pflückten wir damals eine dunkelblaue Blume; ich möchte wissen, ob sie noch dort zu finden ist.«

Nach kurzer Zeit hörte an unserer einen Seite der Wald auf, und der Fußweg lief nun dicht an dem Rande des abschüssigen Gesteins hin, während von der andern Seite sich Brombeerranken und anderes Gebüsch dicht herandrängte. – Meine Frau schritt rüstig vor mir auf. Ich folgte langsam und war bald in meine alten Träumereien versunken. Wie die verlorne Seligkeit lag die Heimat vor meinen Sinnen, und grübelnd, aber vergebens suchte ich nach einem Weg dahin. Nur wie durch einen Schleier sah ich, daß es nach dem Bruche zu ganz blau von Gentianen wurde und daß meine Frau sich ein Mal um das andere nach diesen Blumen bückte. Was kümmerte mich das alles! – Da hör ich plötzlich einen Schrei und sehe, wie sie mit den Händen in die Luft greift; ich sehe auch schon, wie unter ihren Füßen das Geröll sich löst und zwischen den Klippen fortpoltert, und zehn Schritt weiter abwärts steht der Fels lotrecht über dem Abgrund.

Ich stand wie gelähmt. Es brauste mir in den Ohren: »Bleib; laß sie stürzen; du bist frei!« Aber Gott half mir. Nur einen Sekundenschlag, da war ich bei ihr; und mich über den Rand des Felsens werfend, ergriff ich ihre Hand und hatte sie glücklich zu mir heraufgezogen. »Harre, mein guter Harre«, rief sie weinend, »schon wieder hat deine Hand mich vom Abgrund gerettet!«

Wie glühende Tropfen fielen diese Worte in meine Seele. In all den Jahren war kein Wort der Vergangenheit über meine Lippen gekommen; zuerst aus jugendlicher Scheu, das Heiligste hinauszugeben, später wohl in dem unbewußten Bedürfnis, den innern Zwiespalt zu verhehlen. Jetzt plötzlich drängte es mich, alles ohne Rücksicht zu offenbaren. Und am Rande des Abgrundes sitzend, schüttete ich mein Herz aus vor der Frau, die ich kurz zuvor darin begraben gewünscht hatte. Auch das verschwieg ich ihr nicht. Sie brach in heftige Tränen aus; sie weinte über mich, über sich selbst, am lautesten klagte sie über Agnes. »Harre, Harre«, rief sie, aber sie legte ihren Kopf an meine Brust; »das habe ich nicht gewußt, aber es ist nun zu spät, und niemand kann diese Sünde von uns nehmen!«

Es war nun an mir, sie zu beruhigen; und erst mehrere Stunden später trafen wir in dem Dorfe ein, wo unsere Kinder uns schon längst erwartet hatten. Aber seit jener Zeit war meine Frau mit ihrem milden und gerechten Herzen meine beste Freundin und kein Geheimnis mehr zwischen uns. – So gingen die Jahre hin. Allmählich schien sie es vergessen zu haben, daß ich ihre und der Kinder Wohlfahrt mit einem fremden Glück bezahlt hatte, und auch in mir wurde es stiller. Nur wenn im Frühling die Schwalben wiederkamen, oder auch später im Jahr, wenn sie in der Dämmerung noch so allein von allen Vögeln ins Abendrot hineinsangen, dann überfiel's mich mit der alten Pein, und ich hörte noch immer die liebe junge Stimme, noch immer klang es mir in den Ohren: »Vergiß das Wiederkommen nicht!«

So war's auch heuer eines Abends. Ich saß vor unserer Haustür auf der Bank und blickte in den vergehenden Tagesschein, der durch eine Lücke der Straße über den jenseitigen Rebhügeln sichtbar war. Ein Töchterchen unseres jüngsten Sohnes war mir auf den Schoß geklettert und hatte es sich spielmüde in Großvaters Arm bequem gemacht. Bald fielen die kleinen Augen zu, und auch das Abendrot verschwand, aber drüben auf des Nachbars Dach saß noch im Dunkeln eine Schwalbe und zwitscherte leise wie von vergangener Zeit.

Da trat meine Frau aus dem Hause. Sie stand eine Weile schweigend neben mir, und als ich nicht aufblickte, fragte sie mich sanft: »Alter, was ist dir?«, und da ich nicht antwortete und nur der Vogelgesang aus der Dämmerung herübertönte: »Ist's denn wieder einmal die Schwalbe?«

»Du weißt's ja, Mutter«, sagte ich, »du hast ja allezeit mit mir Geduld gehabt.«

Aber ich kannte sie noch nicht ganz; sie hatte mehr als das für mich getan. Sie legte beide Hände auf meine Schultern. »Was meinst?« rief sie, indem sie mich mit ihren alten guten Augen anblickte. »Wir können's jetzt ja leisten, du mußt die Agnes wiedersehen, du hättest ja sonst keine Ruh im Grab bei mir!«

Ich war fast erschreckt durch diesen Vorschlag und wollte Einwendungen machen, sie aber sagte: ›Stell's Gott anheim!‹ – –

Das hab ich denn getan; und so ist es gekommen, daß ich noch einmal heimkehre; aber wenn wir durchs Tor fahren, der alte Jakob wird wohl nicht mehr blasen.«

Mein Reisegefährte schwieg. Ich aber hielt nun nicht länger zurück, denn ich war im Innersten bewegt. »Ich kenne Sie«, sagte ich, »ich kenne Sie sehr wohl, Harre Jensen; auch Agnes kenne ich; sie hat viele Jahre im Hause meiner Großmutter gelebt, sie ist mir selbst wie meiner Mutter Mutter. Aus ihrem eignen Munde habe ich alles erfahren, auch das, was Sie verschwiegen haben.« Der Alte faltete die Hände. »Großer, gnädiger Gott!« sagte er, »so lebt sie noch und kann mir noch vergeben!«

Mir ahnte wenig, daß ich eine Hoffnung angeregt hatte, deren Erfüllung schon im Reiche der Schatten lag. Ich erwiderte nur: »Sie kannte ihren Jugendfreund; sie hat ihn niemals angeklagt.« – Und nun erzählte ich. Er hörte in atemlosem Schweigen und nahm begierig jedes Wort von meinen Lippen.

Da klatschte der Postillion mit seiner Peitsche. Der stumpfe Turm unserer Vaterstadt war am Horizonte aufgetaucht. Als ich mit dem Finger dahin wies, faßte der Alte meine Hand. »Mein junger Freund«, sagte er, »ich zittre vor der nächsten Stunde.«

Nicht lange, so rasselte unser Wagen über das Steinpflaster der Stadt. Bei dem schönen Herbstwetter waren viele Leute auf den Straßen, und da ich lange fort gewesen, so erhielt ich als allbekanntes Stadtkind fortwährend lebhafte Grüße von den Vorübergehenden. Den fremden Greis an meiner Seite streifte höchstens ein Blick der Verwunderung oder wohl auch der Neugierde. Endlich hielten wir am Gasthofe, und hier dachte ich für heute von meinem Freunde Abschied zu nehmen, denn er wünschte, seinen ersten Gang nach St. Jürgen allein zu machen.

Ein paar Minuten später war ich zu Hause, umringt von Eltern und Geschwistern. »Alles wohl?« war meine erste Frage.

»Du siehst es, hier ist alles gesund«, erwiderte meine Mutter, »sonst aber – eine findest du nicht mehr.«

»Hansen!« rief ich; denn an wen anders hätte ich denken sollen.

Meine Mutter nickte. »Aber was erschreckt dich so, mein Kind? Ihre Jahre waren daher; heut in der Frühe ist sie in meinen Armen sanft entschlafen.«

Ich erzählte, wen ich mitgebracht, in fliegenden Worten, und während alle noch tief erschüttert standen, verließ ich ohne meine Kleider zu wechseln, das Haus; jetzt durfte ich den alten Mann nicht allein lassen. Ich ging zuerst nach dem Gasthofe und, nachdem ich dort erfahren, daß er fort sei, gradeswegs die Straße hinauf nach St. Jürgen.

Als ich dort anlangte, sah ich den Spökenkieker, den der Tod zu verschmähen schien, mitten auf der Straße vor dem Stiftshause stehen. Die Hände auf dem Rücken, wiegte er sich behaglich in den Knien, während er unter dem breiten Schirme seiner Mütze nach dem einen Giebel hinaufstierte. Als ich mit den Augen der Richtung folgte, sah ich dort auf den obersten Treppen, ja sogar auf der Glocke, die oben in der durchbrochenen Mauer hing, eine große Menge Schwalben eine neben der andern sitzen, während einzelne um sie her schwärmten, sich hoch in die Luft erhoben und dann wieder schreiend und zwitschernd zu ihnen zurückkehrten. Einige von diesen schienen neue Gefährten mitzubringen, die dann neben den andern auf den Mauerzinnen Platz zu finden suchten.

Es hielt mich unwillkürlich fest. Ich sah es wohl, sie rüsteten sich zur Reise; die Sonne der Heimat war ihnen nicht mehr warm genug. – Der alte Mensch neben mir riß die Mütze vom Kopf und schwenkte sie hin und her. »Husch!« lallte er, »fort mit euch, ihr Sakermenters!« – Aber noch eine Weile dauerte das Schauspiel dort oben auf dem Giebel. Da plötzlich, wie emporgeweht, erhoben sich sämtliche Schwalben fast senkrecht in die Luft, und in demselben Augenblick waren sie auch schon spurlos in dem blauen Himmelsraum verschwunden.

Der Spökenkieker stand noch und murmelte unverständliche Worte, während ich durch den dunkeln Torweg in den Hof des Stiftes ging. – Der eine Fensterflügel von Hansens Stube stand wie einstens offen; auch das Schwalbennest war noch da. Zögernd stieg ich die Treppe hinan und öffnete die Stubentür. Da lag meine alte Hansen friedlich und still; das Leintuch, womit man sie bedeckt hatte, war zur Hälfte zurückgeschlagen. Auf der Kante des Bettes saß mein Reisegefährte, aber seine Augen waren über den Leichnam weg auf die nackte Wand gerichtet. Ich sah es wohl, dieser starre Blick ging über eine leere ungeheure Kluft; denn am jenseitigen Ufer stand das unerreichbare Luftbild seiner Jugend, das jetzt mit reißender Schnelle in Dunst zerfloß.

Ich hatte mich, anscheinend ohne von ihm bemerkt zu werden, in den Lehnstuhl an das offene Fenster gesetzt und betrachtete das leere Schwalbennest, aus dem noch die Halme und Federn hervorsahen, die einst der nun flügge gewordenen Brut zum Schutze gedient hatten. Als ich wieder ins Zimmer blickte, war der Kopf des alten Mannes dicht über dem der Leiche. Er schien wie sinnverwirrt dies eingefallene Greisenantlitz zu betrachten, das mit dem drohenden Ernst des Todes vor ihm lag. »Könnte ich nur einmal noch die Augen sehen!« murmelte er. »Aber Gott hat sie zugedeckt.« Dann, als müsse er es sich beweisen, daß sie es dennoch selber sei, nahm er eine Strähne des grauen glänzenden Haares, das zu beiden Seiten vom Haupte auf das Leintuch herabfloß, und ließ es liebkosend durch seine Hände gleiten.

»Wir sind zu spät gekommen, Harre Jensen«, rief ich schmerzlich.

Er blickte auf und nickte. »Um fünfzig Jahre«, sagte er, »das Leben ist auch so vergangen.« Dann, während er langsam aufstand, schlug er das Laken zurück und deckte es über das stille Antlitz der Toten.

Ein Windstoß fuhr gegen das Fenster. Mir war, als höre ich von draußen, fern aus der höchsten Luftströmung, darin die Schwalben ziehen, die letzten Worte ihres alten Liedes:

Als ich wiederkam, als ich wiederkam,
War alles leer.

Novellen
1867–1880

Eine Malerarbeit

Wir saßen am Kamin, Männer und Frauen, eine behagliche Plaudergesellschaft. Der Mensch gab wie immer den besten Unterhaltungsstoff, und endlich waren wir bei einem abwesenden Bekannten angelangt, der aus Mißfallen an seiner übrigens frei gewählten Gattin sein Familienleben fast eigensinnig zu zerstören schien. Es wurde hin und wider gesprochen und Partei genommen: »Mit der ist nicht zu leben«, riefen einige, »man kann's ihm nicht verdenken!«

Der bisher schweigsame Hausarzt, der sich erst seit einigen Jahren in unserem Städtchen niedergelassen, räusperte sich und nahm eine Prise. »Man muß sein Leben aus dem Holze schnitzen, das man hat«, sagte er, »und damit basta!«

»Wenn's aber nichts taugt?« wurde dagegen gesprochen.

»Und wenn es krumm und knorrig wäre«, erwiderte er.

»Doktor«, rief die jugendliche Hausfrau, »ich merke schon, dahinter steckt wieder eine Geschichte, aber die Contes moraux sind aus der Mode gekommen.«

»Nun«, versetzte er, »Sie wissen, wir Ärzte liegen oft im Streite mit dieser Göttin.«

»Laßt unsern Doktor erzählen«, entschied eine junge Dame. »Wenn's nur eine Geschichte ist; es kommt auf die Moral nicht an!«

»Erst ein paar Scheite noch in den Kamin!« sagte der Doktor. »So! – und nun – ich weiß nicht, ob einer der verehrten Anwesenden den kleinen Maler Edde Brunken kennt?«

Die meisten aus der Gesellschaft hatten wohl von ihm gehört, auch einzelne seiner Bilder gesehen, persönlich kannten sie ihn nicht. Nur einer sagte: »Ich habe ihn lange nicht gesehen, aber wir sind aus derselben Stadt gebürtig. Obgleich gänzlich verkrüppelt, hatte ich keinen tolleren Kameraden als ihn. Er war der Sohn eines Seekapitäns, und manches Mal bin ich mit dem kleinen Teufel auf seines Vaters Brigg umhergeklettert; ich seh ihn noch, wie er gleich einem Klümpchen Unglück oben in dem Takelwerke hing.«

»Den also meine ich«, fuhr der Doktor fort, »auch als ich ihn kennenlernte, obgleich ein Mann an die Dreißig, galt er noch immer für einen ziemlich wilden Burschen; es war so recht ein Stückchen der erbarmungslosen Mutter Natur, ein solches Temperament auf dieses Körperchen zu pfropfen. Aber er besaß jenen hülfreichen Freund, den Humor, mit dem er schließlich alles überwand. Dagegen war ihm, vielleicht weil er die körperlichen Hemmnisse stets nur jenseit der äußersten Grenze respektiert hatte, weniger jener schlagfertige Spott eigen, der sich sonst fast bei allen auszubilden pflegt, welche mit der Natur in Zwiespalt leben. Zuweilen, wenn sein Herz ins Spiel kam – und dieser Muskel war bei ihm sehr stark vertreten – ließ er sich zu einem für seine äußere Erscheinung bedenklichen Pathos hinreißen, und konnte dadurch einem wohlgewachsenen Gegner die gefährlichsten Blößen geben.

Bei einer solchen Gelegenheit lernte ich ihn kennen.

Wir saßen eines Abends, eine bunte Gesellschaft von Künstlern, jungen Juristen und Regierungsbeamten in einem Kaffeehause, und wie gewöhnlich bildeten Politik und soziale Fragen das Thema des Gespräches. An meiner Seite saß der mir damals noch wenig bekannte kleine Maler, ihm gegenüber ein Regierungsassessor, ein junger Mann mit einer Brille und einem blonden Fuchskopf, den ich mitunter in dem gastfreien Hause meines Onkels gesehen hatte. Dieser – er ist seitdem übrigens mein Vetter geworden – schien auf die eifrigen Verhandlungen der andern nur wie auf eine Art Komödie herabzusehen, die ihn in einem müßigen Augenblicke unterhalten durfte. Im Laufe des Gespräches kam man auf den Paß- und Reisezwang, vermöge dessen die jungen Handwerker noch immer als präsumtiv verdächtige Subjekte von einem Polizeiamt an das andere geschickt würden; und es erhob sich ein lebhafter Sturm dagegen. Als auch mein kleiner Nachbar seine sittliche Entrüstung in gleichem Sinne kundgegeben, bemerkte der Assessor, nachdem er ihn erst eine Weile durch seine Brillengläser fixiert hatte: »Aber, soviel ich weiß, Herr Brunken« – und er sprach den Namen, als fasse er ihn mit einer Zange an – »sind die Kunstmaler diesem Zwange nicht unterworfen.«

Der Kleine sah mit einem raschen Blicke zu ihm auf. »Wenn Sie damit mein Interesse zur Sache bezeichnen wollen«, erwiderte er und seine Stimme wurde scharf, »so bin ich in der Lage, Ihnen mitzuteilen, daß ich ein ganzes Jahr als Stubenmalergeselle gewandert bin.«

»Das wäre«, meinte der andere, »da sprechen Sie denn freilich aus Erfahrung.«

Aber der Kleine war noch nicht zur Ruhe. Indem er sich in seiner ganzen nicht eben beträchtlichen Höhe aufrichtete, fiel er in sein schwunghaftes Pathos, wobei ihm die Stimme ins Falsett überschlug. So sprach er von verletzter Menschenwürde und dergleichen erhabenen Dingen.

Was half es ihm, daß er die Wahrheit sprach! Der Assessor behielt ruhig seine Hände in den Hosentaschen und betrachtete den kleinen aufgeregten Mann ihm gegenüber, als ob er etwas höchst Amüsantes vor sich habe. – »So«, sagte er endlich, nachdem jener sich erschöpft auf seinen Platz gesetzt hatte, »Herr Brunken, halten Sie so viel auf Menschenwürde?«

Die Sache war weit genug gediehen; der kleine Maler, indem ihm der Atem mühsam aus der Brust hervorkeuchte, erwiderte mit einem Worte, das selbst der Assessor nicht kaltblütig zu hören vermochte, und am anderen Morgen gab es ein Pistolenduell, bei dem ich selbstverständlich als Arzt zugegen war. Trotz der geringeren Schußfläche, die er zu bieten hatte, wurde der Maler in der linken Schulter verwundet, und da die übrigens ungefährliche Verletzung eine sorgfältige ärztliche Behandlung nötig machte, so wurden wir dadurch näher miteinander bekannt und bald befreundet. Noch während seiner Genesung, wo ich darauf denken mußte, seinen ungeduldigen Arbeitstrieb zu zügeln, hatte ich ihn in das Haus meines Onkels eingeführt, mit dessen einziger Tochter Gertrud ich vetterlich und kameradschaftlich aufgewachsen war.

Der Onkel, der es liebte, sich mit jungen Leuten zu umgeben, lernte bald den Menschen wie den Künstler in meinem Freunde schätzen und es dauerte nicht lange, so saß Gertrud vor seiner

Staffelei und ließ ihr blondes Köpfchen von ihm auf die Leinewand bringen. Sie war eine heitere Natur, dazu nur eben über die Kinderschuhe hinaus, und so kamen die beiden in den wiederholten Sitzungen bald auf einen Neckfuß, der für das Mädchen zwar nur eine harmlose Unterhaltung, für das reizbare Temperament meines Freundes aber, wie ich bald bemerkte, nicht ohne tiefere Folgen war. Ich sagte ihr wohl einmal: »Laß unseren Künstler nur nicht zu tief in deine leichtfertigen Augen gucken!« Dann lachte sie mich aus, oder sie sagte: »Aber du bist äußerst komisch!« und begann eins ihrer Schelmenlieder zu trillern, mit denen sie im Hause treppab und -auf zu fliegen liebte.

So stand die Sache, als mein Onkel eines Tags in der schönen Junizeit auf Gertruds Antrieb eine Wald- und Bergpartie veranstaltete, zu der ich außer anderen auch unseren Maler einzuladen hatte. – Als ich am Tage vorher in sein Zimmer trat, fand ich ihn arbeitend vor seiner Staffelei; aber sie war vor den Spiegel gerückt, wo des einfallenden Lichtes wegen augenscheinlich ein schlechter Platz zum Malen war und wo ich sie nie zuvor gesehen hatte. »Laß dich nicht stören!« rief ich ihm zu.

»Nur – ein paar Striche noch!« erwiderte er, und sein Atem ging keuchend aus der Brust hervor, wie es in Aufregung oder Anstrengung bei ihm zu geschehen pflegte. Unter dem Malen bog er den Kopf zur Seite und blickte eine Weile gegenüber in den Spiegel und gleich danach auf eine Statuette der Venus von Milo, die seitwärts auf einem Tischchen stand. Dann, mit einem kurzen scharfen Lachen, das wie ein Hohn aus der Tiefe des gebrechlichen Leibes hervorbrach, ließ er wiederum den Pinsel eifrig auf der Leinwand arbeiten. Ich sah eine Weile zu, dann aber fragte ich: »Was zum Henker treibst denn du da?«

»Ich, Verehrtester? – Ich arbeite in Kontrasten.«

»Das ist eine schlechte Kunst.«

»Es ist gar keine Kunst«, erwiderte er, indem er den Malstock auf den Boden stützte und den Korper wie erschlafft in sich zusammensinken ließ. »Keine Spur von Kunst, Arnold, eitel nichtswürdige Abschrift der Natur. Das kleine borstige Ungeheuer dort im Spiegel ist in seiner Art ebenso vollkommen, wie die Göttliche ohne Arme neben ihm. Mein Gehirn vermag weder hier noch dort etwas hinzuzutun.«

Ich war aufgestanden und hinter seinen Stuhl getreten. Ein kleines aber fast vollendetes Bild in kräftigen Farben stand auf der Staffelei. Es war eine sonnige Parkpartie in altfranzösischem Gartenstil; auf dem freien Platze im Vordergrunde erhob sich aus einem blühenden Rosengebüsch die Statue der Venus; ihr zu Füßen, zu ihr emporschauend, stand in zierlicher Rokokokleidung die Gestalt eines verkrüppelten Mannes, in der ich, unerachtet der struppige Vollbart hier rasiert und das Haar des unbedeckten Hauptes mit Puder bestreut war, sogleich den Maler selbst erkannte. Die langen Finger der beiden Hände, welche aus breiten Spitzenmanschetten hervorsahen, hatten sich um die goldene Krücke eines Bambusrohrs gelegt, auf welche der kleine Mann im veilchenfarbenen Wams sich mühselig zu stützen schien. Er hatte augenscheinlich zuvor auf der Bank geruht, welche im Schatten der hohen Buchenhecke der Statue gegenüber stand; denn das dreieckige Hütchen lag noch dort. Weshalb er aber jetzt in die heiße Sonne hinausgetreten war und so finster zu dem Antlitz der Liebesgöttin emporblickte, wurde erst verständlich, wenn man im Mittelgrunde des Bildes den sonnigen Laubgang hinabsah, durch den sich im traulichsten Behagen ein Liebespaar entfernte. Der Kavalier zeigte nur den Rücken und die eine lebhaft gestikulierende Hand, das zierliche Puderköpfchen des Dämchens aber, das an seinem Arme hing, war zurückgewandt, und schaute übermütig lachend nach dem Krüppel, an dem sie soeben vorübergegangen sein mochten. Ich hätte fast den Namen meines Mühmchens ausgerufen, aber die Ähnlichkeit, ob absichtlich oder zufällig, war doch nur eine flüchtige.

Mein kleiner Freund hatte mich gespannten Blickes angesehen, während ich dies seltsame Bild betrachtete. »Du hast ihr Arme gegeben«, bemerkte ich endlich, um nur etwas zu sagen, indem ich auf die Gestalt der Venus zeigte.

»Freilich«, versetzte er hastig, »schöne, hülfreiche Arme, und sie hilft auch jedem, nur nicht solchen Kreaturen, deren eine dort zu ihren Füßen kriecht.«

»Für wen«, unterbrach ich ihn, »hast du denn eigentlich dieses Bild gemalt?«

»Nur eine Studie zur Selbsterkenntnis, Verehrtester.«

»Freilich«, sagte ich, »einige Selbstkenntnis ist darin. Du hast sehr wohl gewußt, daß du etwas besitzest, das selbst der Königin der Schönheit fehlt, zu der du dort so mißvergnügt hinaufschaust.«

Er sah mich fragend an.

»Du hast in der Tat«, fuhr ich fort, »unerachtet du dir sonst eben nicht geschmeichelt, deine ohnehin nicht übeln Augen in das beste Licht zu setzen gewußt.«

Mein kleiner Freund lächelte. »Meinst du?« sagte er. »Aber was nützen mir die Augen?«

»Nun, ich weiß nicht; aber sie haben schon manchem genützt.« – Wir sprachen weiter in dieses Thema hinein, und es gelang mir nach und nach das Antlitz meines Freundes aufzuhellen. Als ich dann mit meinem Auftrage zum Vorschein kam, war er sogleich bereit, die Partie mitzumachen. Nur wie beiläufig fragte er noch: »Ist auch der Assessor eingeladen?« Und ich antwortete: »Ohne Zweifel; aber Brunken, der hat ja keine Augen, wenigstens nur so etwas wie eine Andeutung davon; und im übrigen, ihr versteht es ja vortrefflich, ohne alle Berührung umeinander herumzugehen.«

Mein Freund lächelte wieder; ich glaube sogar, er zupfte sich die Krawatte zurecht und warf dabei verstohlen einen Blick in den gegenüber hängenden Spiegel.

Am andern Tage leuchtete der hellste Sonnenschein. Zu Leiterwagen, in denen man sich auf langen Brettern gegenübersaß, ging es die erste Meile durch den Wald; alle Altersklassen waren vertreten, Gertrud hatte sogar ein ganzes Rudel Kinder mit zu verpacken gewußt. Unter der Direktion des lebenslustigen Onkels ging dergleichen immer vortrefflich, und so war denn auch heute alles guter Dinge, und die Drosseln im Tannicht sangen nicht heller, als das junge Volk auf den Leiterwagen. Zumal mein kleiner Brunken war heiterer, als ich ihn lange gesehen; wenn die anderen schwiegen, sang er mit seiner starken, aber freilich etwas scharfen Tenorstimme holländische Volkslieder, die er von der Antwerpener Akademie mitgebracht hatte. Er war in solchen Dingen unerschöpflich. Endlich langte man in einem Dorfe unterhalb des Gebirges an, von wo aus es zu Fuße nach der Teufelskanzel hinaufgehen sollte, einem breiten Felsenvorsprunge, zu dem ein ziemlich steiler Weg etwa eine Stunde lang durch niedriges Gebüsch hinaufführte. Die Sonne brannte, und da ich das Bergsteigen unter solchen Umständen für meinen Freund nicht rätlich hielt, so bestieg er eines unserer Wagenpferde, einen alten mageren Urhengst, und, diesen Reiter in der Mitte, zog nun die lustige Schar in der Bergschlucht aufwärts; zwei Bauerburschen folgten mit wohlgepackten Körben, die ein gutes Frühstück am Ziele alles Mühsales verhießen.

Aber wer konnte so lange dursten! Auf der Mitte des Weges wurde Halt kommandiert; die Mädchen schenkten Wein, alles trank, und auch dem Maler wurde von Gertrud ein großer Humpen hinaufgereicht. – Man mußte es sehen, wie die kleine Gestalt mit dem rauhen, mächtigen Kopf auf der hochbeinigen Mähre huckte, wie er das Glas emporhob, daß die Sonne durch den roten Wein funkelte und mit den scharfen schwarzen Augen darnach hinblinzte. »Flüssiger Rubin!« rief er. »Auf das Wohl aller schönen Erdenkinder!« Und dabei goß er den roten Wein hinab.

»Seht da, der Herr des Gebirges!« rief Gertrud.

»Nur der Kobold, schöne Dame!« entgegenete der Maler und setzte seinem Hengst die Fersen in die Weichen.

»Rübezahl, Rübezahl!« schrien die Kinder, und lachend setzte sich der Zug aufs neue in Bewegung. Endlich war die Teufelskanzel erreicht. Sie war nicht unbefugt, diesen Namen zu führen; lotrecht schoß der Fels über hundert Klafter in die Tiefe, wo sich unten im Sonnenglanz die lachendste Landschaft ausbreitete. Durch grüne Wiesen, an Dörfern und Wäldern vorbei, floß in vielen Krümmungen ein glänzender Strom, dessen Rauschen in der Mittagsstille zu uns heraufklang, und drüber her, in gleicher Höhe mit uns, standen die Lerchen flügelschlagend in der Luft und mischten ihren Gesang in die Musik der Wellen. Wer dessen noch fähig war, der mußte hier von Lebens- und Liebeslust bestürmt werden. Brunken, dessen Mähre einem der Bauerburschen zur Obhut übergeben war, stand neben mir und starrte wie verzaubert in die Tiefe.

»Arnold«, sagte er und drückte mir die Hand, »das Leben ist doch schön!«

Nach dem Frühstück stieg der Assessor mit einigen anderen

Herren auf einem Umwege den Berg hinab, um eine von unten herauf schimmernde Marmorader zu untersuchen, die übrigen blieben noch auf der Lagerstelle; Brunken und ich schlenderten in den Wald hinein. Während ich mich hier an einer freien Stelle ins Moos warf, befiel ihn die Kletterlust seiner Jugend; ich sah ihn über mir an einer jungen Buche, wie eine große Spinne von Ast zu Ast hinaufrücken, und nicht lange, so schaukelte er sich im höchsten Wipfel und sang laut über den Wald hinaus. Er war schon mitten in seinem holländischen Lieblingsliede: »Ick see din Bild in de Fonteyn«, oder wie es in der seltsamen Sprache heißen mag, als er plötzlich verstummte. Statt dessen hörte ich Kindergeplauder durch die Bäume und bald sah ich auch Gertrud mit der ganzen Schar heranziehen. Auf meine Einladung lagerte sich alles neben mir auf die weichen Moospolster und die Kinder riefen: »Geschichten erzählen!«

»Was denn erzählen?« fragte Gertrud.

Und die einen wollten von Schneewittchen hören, die andern vom dummen Hansel, bis sich endlich alles in der Geschichte von dem Ungeheuer und der weißen Rose vereinigte. Aber Gertrud kannte die Geschichte nicht. Da, während sie aufs neue die Titel ihres Märchenschatzes auskramte, schwang sich plötzlich Freund Brunken von einem Baumast zur Erde. »Die Geschichte«, sagte er, noch stoßweise mit dem Atem kämpfend, »ist meine Domäne, schöne Dame, ich bitte um die Erlaubnis, sie zu erzählen.« Dann, unter dem Händeklatschen der Kinder, verbeugte er sich tief vor dem jungen Mädchen.

»Und wie, Meister Brunkenius«, sagte diese, »der Sie so unverhofft wie eine reife Frucht vom Baume fallen, wie kommen Sie zu einer solchen Domäne?«

»Ich«, versetzte der Maler, »bin mit dieser Geschichte aufgewachsen, und da ich bekanntlich das normale Maß nicht zu erreichen vermochte, so bin ich niemals über sie hinausgekommen; derohalben glaube ich, sie gründlicher verstehen gelernt zu haben, als ihr anderen großen Menschenkinder.« Er sprach diese Worte mit aufgeregter, unsicherer Stimme; die Wendung, welche die Gedanken unseres Freundes zu nehmen schienen, wollte mir keineswegs gefallen.

Gertrud sagte: »Diese tiefsinnigen Reden gehen freilich über meinen Horizont, aber sie flößen mir hinlänglich Respekt ein; erzählen Sie, ich trete meine Rechte ab.«

Nachdem der Maler hierauf zwischen uns im Moose Platz genommen hatte, begann er zu erzählen. Anfänglich war es die bekannte Geschichte: Das schöne Königstöchterlein, in der richtigen Erkenntnis, daß die Welt sich ihr zu fügen habe, verlangt beim ersten Schneefall eine weiße Rose; und als der gute König selbst sie endlich in einem verzauberten Garten gefunden und selbstverständlich auch gepflückt hat, tritt ihm – wie das schon eher in solchem Fall geschehen – wider alles Erwarten ein Ungeheuer entgegen, dem er als Entgelt das geloben muß, was bei seiner Heimkehr ihm zuerst entgegenkommen werde. Leider geht es ihm, wie dem alten Richter von Israel; das erste, was ihn vor seinem Schlosse begrüßt, ist seine Tochter, und am dritten Tage kommt das Ungeheuer, und holt sich die Prinzessin.

Gertrud unterbrach den Erzähler. »War es denn wirklich so schlimm, Meister Brunkenius?« sagte sie. »Wie sah denn das Ungeheuer aus?«

»Entsetzlich sah es aus!«

»Aber wie denn entsetzlich?«

»Ich weiß nicht; meine Mutter, die mir die Geschichte erzählte, hat es mir nie beschreiben wollen. Aber sahen Sie denn nie ein Ungeheuer, Fräulein Gertrud?«

Sie lächelte. »Was reden Sie doch!«

»Ich weiß wohl, was ich rede, besinnen Sie sich nur!« Und dabei stützte er den borstigen Kopf in seine ausgespreizten Finger, als wolle er sich von ihr betrachten lassen.

Das Mädchen errötete. »Erzählen Sie doch weiter!« sagte sie, und: »Weiter, weiter!« riefen die Kinder, indem sie näher zu ihm heranrochen.

Er warf einen Blick auf die kleine Gesellschaft.

»Ja so«, sagte er, »ihr seid auch noch da. So hört denn!« – Und nun begann er seine Szenen auszupinseln: »Es war eine unabsehbare Wildnis, die sie durchwanderten. Immer höher wucherten Ginster und Heidekraut, aber kein Vogel sang und keine Biene summte; die seidenen Schuhe der Prinzessin zerrissen an den harten Wurzeln, mit denen der Boden übersponnen war. Totenstill lag es über der Steppe, nur dort aus der Ferne, wo eben die Sonne glutrot hinter der schwarzen Heide hinabgesunken war, kam es jetzt herangefahren; das war aber der Nachtwind, der sich aufgemacht hatte, er riß der Prinzessin die weiße Rose aus ihrem blonden Haar und wehte sie fort in die Nacht, die hinter ihnen heraufstieg. Einen Augenblick stand sie still und schloß ihre schönen blauen Augen, und als das Ungeheuer seinen ungestalteten Kopf nach ihr umwandte, sah es nur die langen schwarzen Wimpern auf ihren zarten Wangen liegen. Da streckte es seine Tatze aus und zupfte damit an ihrem weißen Kleide. – Machen Sie nicht so entsetzte Augen, Fräulein Gertrud! Das arme Ungeheuer hatte ja nichts als seine Tatzen. – Aber freilich, als die Prinzessin aufsah, da schauderte sie und grub, wie sie zu tun pflegte, mit ihren weißen Zähnchen in die Lippe, daß sie blutete.«

Die Kinder sahen alle auf Gertrud; denn, wie sie mir später vorplauderten, hatten sie gemeint, daß die Prinzessin mit jedem Zuge ihrer jungen Freundin ähnlicher würde. Auch schien der Erzähler, obgleich er vor sich in das Moos blickte, seine Worte nur an sie zu richten. – »Das«, fuhr er fort, »erbarmte das Ungeheuer, und es wollte ihr ein tröstliches Wort zusprechen; denn ihr wißt wohl, es war selbst nur ein armer verwünschter Prinz. Aber der Laut, der aus seiner Kehle fuhr, war so heiser, als hätte die schwarze Wildnis selbst das Geheul ausgestoßen. Da fiel die Prinzessin vor ihm in die Knie und sah ihn mit entsetzten Augen an, und das Ungeheuer stieß abermals ein Geheul aus, weit grausenhafter als vorhin; denn es war der Schrei einer armen Seele, die nach Erlösung ringt. Es fühlte die innere Wohlgestalt und den edlen Klang der Stimme, die eigentlich sein eigen waren, aber es suchte vergebens die abschreckende Hülle zu sprengen, die alles in bösem Zauberbann verschloß.«

Der Erzähler hielt erschöpft inne, eine unheimliche Erregung brannte in seinen Augen.

»Brunken«, sagte ich, »besinne dich! Ist das ein Kindermärchen, was du da erzählst?«

»Es gilt wenigstens dafür!« erwiderte er.

Aber ehe wir Zeit fanden, unser Gespräch fortzusetzen, bemerkte ich, daß Gertrud aufgestanden war und zwischen den Bäumen fortging. Ich sprang auf. »Erzähle den Kindern deine

Geschichte zu Ende!« sagte ich und folgte dem Mädchen, die schon hinter dem niederhängenden Gezweig verschwunden war. Auch fand ich sie bald; in einer kleinen Lichtung sah ich sie am Boden liegen, ihr Gesichtchen in das Moos gedrückt; ich hörte, wie sie wimmernd vor sich hin sprach: »Was fang ich an, was fang ich an!« – Als ich hinzutrat und ihren Arm berührte, sprang sie auf und schüttelte die erhobenen Hände, ganz wie ein verzweifeltes Kind.

»Gerte, was ist?" fragte ich.

»O Gott«, rief sie, ohne von ihrem kindlichen Gebaren abzulassen, »er liebt mich; o, es ist ganz gewiß, daß er mich liebt!«

»Wer denn? Ist denn das so fürchterlich?«

Sie antwortete nicht, sondern sah mich nur mit großen hülflosen Augen an. Da ich aber Miene machte, fortzugehen, ergriff sie meine Hand. »Bleib, Arnold! Ich will's dir ja sagen, hab doch nur Geduld!«

»Nun so sprich, Gertrud.«

Aber sie schlug die Hände vors Gesicht: »Nein, ich kann's nicht!« rief sie.

»Weshalb nicht? Bin ich nicht dein alter Kamerad?«

»Arnold – ich schäme mich. – Nein, bleib, geh nicht, ich ersticke sonst daran.«

»Nun, Gertrud, wer ist es denn, der dich so erschrecken kann?«

Sie sah mich eine Weile unentschlossen an, dann mit einer raschen Bewegung zu mir tretend, brachte sie den Mund dicht an mein Ohr und rief mit einem Ton des Abscheues: »Der Bucklige!«

»Mein armer Freund!« Ich wußte weiter nichts zu sagen, obgleich es mir seit der letzten halben Stunde nichts Neues war, was ich erfuhr.

Gertrud nickte. »Er hat so gute Augen!« sagte sie. »O, ich weiß es ja, es ist so schlecht von mir!« und dabei fing sie bitterlich zu weinen an.

Nachdem ich sie etwas beruhigt hatte, bat ich sie noch ein paar Augenblicke hier zu verweilen; ich wollte, ehe sie dorthin zurückkehrte, den kleinen Maler aus dem Kinderkreise zu entfernen suchen. Gertrud war damit einverstanden. Als ich aber kaum ein paar Schritte in die Bäume hinein getan hatte, sah ich nicht weit von mir eine arme gebrechliche Gestalt an einen Baum gelehnt.

»Brunken«, rief ich, »was machst du hier?«

»Nicht eben viel«, erwiderte er, »die Kleine da hat mir das Ende meiner Ungeheuergeschichte erzählt; eigentlich freilich hat sie es wohl nur dir erzählen wollen, aber ich habe scharfe Ohren.« Dann ergriff er meine Hand. »Arnold«, sagte er und seine Stimme klang auf einen Augenblick fast weich, »es ist ein schwer Exempel; meine Seele und meine Kunst verlangen nach der Schönheit, aber die langfingerige Affenhand des Buckligen darf sie nicht berühren.«

In solchem Augenblick vermag ein anderer nicht viel; was wir noch gesprochen, dessen erinnere ich mich nicht mehr; ebensowenig, wie der Rest des Tages verlief. Nur das weiß ich noch, daß bei der Rückfahrt der unglückselige Assessor neben Gertrud auf der Leiterbank und Brunken den beiden gegenüber zu sitzen kam. Er hatte während einer ganzen Stunde hinlänglich Gelegenheit, sich das Herz voll Gift und Leidenschaft zu trinken; denn auch mir entging es nicht, daß jene beiden nicht ungern nebeneinander saßen, wie ich es denn auch gestehen muß, daß sie später durch den Segen der Kirche so fest als möglich miteinander verbunden worden sind.

Als wir in der Stadt und vor meines Onkels Hause angekommen waren, sprang Brunken vom Wagen und rannte, ohne einem von uns ein »Gute Nacht« geboten zu haben, die Straße hinab; sein kleiner Radmantel, den er umgebunden hatte, schwebte wie ein Dach über den dünnen Beinen.

»Heisa! Freu dich, Christel!« hörte ich einen Jungen einem alten Weibe zurufen, das sich mit einem Korb voll Wäsche über die Straße schleppte. »Die Schildkröten laufen herum, heute nacht gibt's Regen!« Und beide schlugen ein schallendes Gelächter auf.

Nachdem ich die sämtlichen Damen und Kinder hatte vom Wagen herabheben helfen, nahm ich von meinen Verwandten Abschied und ging in Brunkens Wohnung. Aber ich erfuhr nur, daß er dort gewesen und sogleich, ohne Bescheid zurückzulassen, wieder fortgegangen sei. Nicht besser ging es mir ein paar

Tage darauf; es hieß, Brunken habe sagen lassen, er sei auf den Dörfern in der Umgegend, um dort Studien zu machen; einiges Gerät und Farben zum Aquarellmalen hatte er sich nachkommen lassen. Nach etwa vier Wochen erhielt ich aber einen Brief von ihm aus einer größeren Stadt des mittleren Deutschlands, worin er mir erzählte, daß er dort seinen bleibenden Aufenthalt nehmen werde; der Brief enthielt zugleich die Bitte, ihm seine Habseligkeiten dorthin nachzuschicken. Ich besorgte das alles und seitdem verging eine lange Zeit, während welcher jede Beziehung zwischen uns aufgehört hatte.

Es mochte vier Jahre später sein, als ich auf einer größern Reise eines Vormittags auch in jene Stadt gelangte. Von dem Wirt des Gasthofes, in dem ich abgetreten war, erfuhr ich, daß mein Freund in einem kleinen Landhause vor der Stadt wohne. Als ich mich dann nach dem Wege dahin erkundigte, meinte er, der Pflegesohn des Herrn Professor sei vor einer halben Stunde hier vorbeigegangen und werde bald zurückkommen. »Wenn's gefällig«, setzte er hinzu, »könnten Sie ja mit dem jungen Herrn hinausgehen.«

Ich machte große Augen. »Pflegesohn, Herr Wirt? – Ich spreche von dem Maler Brunken.«

»Ohne Zweifel, mein Herr«; erwiderte dieser, »der Herr Professor sind mir wohl bekannt; sie haben zu Anfang ihres hiesigen Aufenthalts ein Vierteljahr in meinem Hotel zu Mittag gespeist.«

Ich gab mich zufrieden und ging auf mein Zimmer, um mich umzukleiden. Es dauerte auch nicht lange, so wurde angeklopft, und auf mein »Herein« trat ein kräftiger, fast untersetzter junger Mann von etwa neunzehn Jahren in das Zimmer. »Herr Doktor Arnold?« sagte er, indem er mich begrüßte.

Ich betrachtete ihn näher. Auf seinen breiten Schultern erhob sich ein kleiner blasser Kopf, in dessen tiefliegenden Augen ein eigener, fast melancholischer Reiz lag. »Sie wollen die Güte haben«, entgegnete ich, »mich zu meinem Freunde zu führen?«

»Es wird meinem Lehrer eine große Freude sein«; erwiderte er, »er hat mir oft von Ihnen gesprochen.«

»Sie sind auch Maler?« fragte ich.

»Ich suche es zu werden«, versetzte er.

Wir gingen nun zusammen fort. Unterwegs erzählte mir mein junger Begleiter, der auf meine Fragen bescheiden aber ohne Gesprächigkeit antwortete, daß er seinen ersten Unterricht von Brunken erhalten, mit dem er sogleich das derzeit von diesem erkaufte Haus bezogen habe. Aus seinen Äußerungen mußte ich entnehmen, daß er dort seine eigentliche Heimat finde; denn er war auch jetzt nach einem dreijährigen Besuch der Akademie dahin zurückgekehrt.

Unter solchen Gesprächen hatten wir bald die Stadt im Rücken und gingen nun im Schatten einer langen Lindenallee, an deren beiden Seiten sich eine Reihe von zum Teil prächtigen Landhäusern entlangzog. Nach kurzer Zeit bogen wir in eine Seitenstraße, wo die Architektur bescheidenere Formen anzunehmen begann; und hier, auf der Terrasse eines einstöckigen Hauses, erblickte ich die groteske Gestalt meines trefflichen Freundes. Er stand in der vollen Mittagssonne und beschattete die Augen mit der Hand; das mächtige Haupt war noch wie einst mit dem braunen struppigen Vollbart geziert; aber als wir die Tür des Gartengitters öffneten, sah ich, daß er frisch und kräftig ausschaute, wie ich ihn nie gekannt.

»Wen bringst du mir da, mein Sohn Paul?« rief er uns entgegen, während wir um einen kleinen Rasen herum dem Hause zugingen.

Paul lächelte. »Keinen Fremden, denke ich!«

Und schon war Brunken die Stufen in den Garten hinabgekommen und hatte meine beiden Hände ergriffen. »Nein, keinen Fremden!« rief er. »Bei allen Göttern, die den Wanderer beschützen! Sei mir tausendmal gesegnet, Arnold, daß du endlich bei mir einkehrst!«

Ich konnte nicht zu Worte kommen; denn schon war er wieder die Stufen hinauf und rief durch die offene Flügeltür ins Haus: »Martha, Marie, wo steckt ihr denn?« Und dabei schlug ihm die Stimme in seine höchste Fistel über; aber dennoch klang es schön und herzerquickend; und herzerquickend war auch das, was auf seinen Ruf erschien; zuerst wie ein Vogel herangeflogen, ein schlankes, etwa vierzehnjähriges Mädchen; und dann, ihr ruhig folgend, eine ältere Frau mit den schönen

Augen meines Freundes, aber ohne die Gebrechen seines Körpers.

»Dies«, sagte Brunken, indem er ihre Hand ergriff, »ist meine liebe Schwester Martha; wir hausen hier zusammen; den Paul hast du dir schon selber aufgefischt; aber diese meine Nichte muß ich dir noch vorstellen; es ist ein junges, törichtes Geschöpf, das den hehren Namen Maria noch keineswegs verdient hat.« Und dabei zupfte er die kleine Schöne ein paarmal derb an ihren braunen Flechten. »Nicht wahr«, fuhr er zu mir gewendet fort, »du trittst hier in ein kinderreiches Haus! Und sind sie auch nicht so ganz mein eigen, so hab ich doch ein gutes Teil an ihnen.«

Er mußte innehalten, der Atem fing ihm endlich an zu fehlen. Und es brauchte auch keiner weitern Auseinandersetzung; das Mädchen hatte die Arme auf dem Rücken zusammengeschränkt und sah mit den glücklichsten Augen in das gerötete Antlitz des kleinen aufgeregten Oheims.

»Aber Edde?« bemerkte jetzt die Schwester, indem sie fragend von ihm zu mir herüberblickte.

Er hatte sie sogleich verstanden. »Ja so, wer das ist?« rief er. »Den kennt ihr alle; das ist der Arnold, der Doktor; er kommt grade, da die Rosen blühen; und nun soll es auf der Villa Brunken ein paar seelenfrohe Tage geben!«

Und in der Tat, heiter war es auf der Villa Brunken. Nach dem herzlichsten Willkommen saß ich bald unter diesen lieben Menschen an einer wohlgedeckten Mittagstafel in dem freundlichen Gartensaal, dessen Flügeltüren auf die Terrasse hinaus geöffnet blieben; und während wir plauderten und genossen, wehten von Zeit zu Zeit die vorbeiziehenden Sommerlüfte eine ganze Wolke von Rosenduft zu uns herein. – Nachher verstand es sich von selbst, daß ich zur Mittagsruhe in ein kühles Gastzimmerchen verwiesen wurde, das man bei Kündigung der Freundschaft mir auferlegte, mindestens für drei Tage als meine Wohnung anzusehen.

Ich mußte schon nachgeben; und während ich nach der auf der Eisenbahn verwachten Nacht einen erquicklichen Schlaf tat, war Paul zur Stadt gewesen und hatte mein Gepäck aus dem Gasthof herüberschaffen lassen.

Als ich mit Brunken wieder in den Gartensaal trat, wo uns Frau Martha am Kaffeetisch erwartete, klopfte er mich leise auf den Arm und zeigte nach der Terrasse hinaus, zu der auch jetzt die Türen offenstanden. Dort, wo jetzt schon der Schatten des Nachmittags vorgerückt war, wurde augenscheinlich eine Zeichenstunde gegeben. Das hübsche schlanke Mädchen saß eifrig mit dem Bleistift arbeitend an einem Tischchen, während Paul, an ihren Stuhl gelehnt, der kleinen regsamen Hand aufmerksam mit den Augen folgte.

»Nun sieh mir einer diese Hexe!« rief Brunken, »mir läuft sie immer aus der Schule; und seit der Paul da ist, wird Tag für Tag gezeichnet. Versteht er's denn wirklich schon besser, als ich?«

Der junge Mann errötete; Marie aber sagte ohne aufzublicken: »Paul ist so hübsch geduldig, Onkel!«

Brunken drohte mit dem Finger. »Ich muß wohl eifersüchtig werden!« sagte er, und dabei warf er einen Blick des innigsten Behagens auf das junge Menschenpaar.

Nach dem Kaffee lustwandelte ich mit Brunken in seinem Garten, der sich in beträchtliche Tiefe hinter dem Wohnhause erstreckte. Nachdem wir den Duft der Rebenblüte in einem Glashause eingesogen, auch eine Weile von einem Anberge aus nach der Stadt hinübergesehen hatten, von wo das Glockenläuten des morgenden Sonntags zu uns herüberwehte, ließen wir uns schließlich in einer kühlen Laube nieder. Ich bot meinem Freunde eine Zigarre, die er wie immer verschmähte, und zündete mir dann selbst einen Stengel dieses edlen Krautes an. So begannen wir von der vergangenen gemeinsam verlebten Zeit zu plaudern und kamen endlich auch an jenen Abend, wo er uns auf Nimmerwiederkehr entflohen war. Ich sprach darüber mein Bedauern aus; aber Brunken schüttelte, wie er zum Zeichen der Verneinung zu tun pflegte, seinen langen Finger vor der Nase. »Halt, Doktor«, sagte er, »das war eine heilbringende Nacht!«

»So erzähle!« versetzte ich. »Was hast du damals denn getrieben?«

»Kennst du die Fabel aus Campes Kinderbibliothek: Es war einmal ein dicker fetter Mops?«

»Freilich, der Mops bellte den Mond an.«

»Ich habe auch den Mond angebellt, oder, unbildlich gesprochen, ich habe mit dem Herrgott gescholten, daß er mich so ungeschickt nach seinem Ebenbild erschaffen. – Es war damals ein toller Lebensdrang in mir, und dazu dies Gemengsel von Gliedmaßen, vor dem die Mädel sich graueln, wie vor einer Kreuzspinne; Verehrtester, das ist keine Bagatelle!«

»Aber«, unterbrach ich ihn, »wo war denn der Schauplatz dieses Dramas?«

Mein kleiner Freund legte beide Hände in die Seite und sah mich mit dem Ausdruck einer tragikomischen Verzweiflung an. »Ich war über Feld gerannt«, sagte er, »immer grad zu, durch Korn und Dorn, über Wälle und Gräben; endlich saß ich am Rande einer Trinkgrube. Wie ich später erfuhr, war einige Stunden vorher ein junger Bursche daraus aufgefischt, der in dem schwarzen Wässerchen dort unten die Not des Lebens und nebenbei sich selber zu ertränken versucht hatte. Der Mond schien hell; ich konnte alles um mich her betrachten. Das Gras an meiner Seite war noch mit schwarzem Schlamm überzogen; mitten darin stand ein grober Lederschuh, naß und besudelt. Ich glaube noch jetzt, daß dieser Schuh mich damals über Wasser gehalten hat; denn auch ich war schon dem bösen Zauber verfallen, der in solch einsamen Gewässern spuken geht. Es war nicht düster dort; ein Stern nach dem andern drang aus der Tiefe, und immer mehr, je länger ich hinstarrte. Mich überfiel jenes nichtswürdige Mitleid mit dem lieben Ich; und schon dachte ich: ›Versuch es einmal mit der Welt dort unten; Verlust ist keinesfalls dabei‹ –; da traf mein Blick auf jenen groben Schuh, und, gesegnet sei er, er fing an mir Rätsel aufzugeben. Erstens, es gehörte doch ein zweiter noch dazu; wo mochte sein Kamerade sein? Und dann, er konnte doch nicht allein hierher gegangen sein; wo wanderte sein Herr jetzt mit dem zweiten Schuh? – Unter mir in den Binsen saß freilich ein großer Frosch mit seiner ganzen Gesellschaft und suchte mir die Geschichte vorzusingen. Ich merkte wohl, daß sie von allem Bescheid wußten. Aber du weißt, ich bin immer ein schlechter Linguiste gewesen; ich verstand die Kerle nicht. Doch wie nun alles in der Welt zu Ende geht, so ging auch diese Nacht dahin; der Morgenwind fuhr über die Felder und weckte alle Kreaturen; und als die ersten Lerchen aufstiegen, erschien auch die Sonne am Horizont und beleuchtete mich in all meiner Unsauberkeit; ich konnte es nun deutlich an meinen Kleidern nachbuchstabieren, daß ich nicht bloß durch Hecken und Dornen, sondern auch durch Sümpfe und Gräben hierher gelangt sein mußte. Es schauderte mich ein wenig, ich weiß nicht mehr, ob vor Kälte oder Scham, und ich machte mich daran, die Spuren meiner Torheit nach Möglichkeit zu vertilgen. Dann stieg ich auf den Wall des Grundstücks, um eine vernünftige Landstraße zu erspähen; und nachdem ich nicht nur diese, sondern zu Ende derselben auch ein Dorf unter grünen Bäumen entdeckt hatte, marschierte ich bald zwischen wohlnumerierten Chausseesteinen, wie ein verständiger Mann, der die Kühle der ersten Frühe zu seiner Wanderung benutzt.

In dem Dorfe, das ich dann erreichte, war eben das Tagesleben angebrochen; ich hörte in den Gehöften die Leute zu ihren Pferden reden, die zur Heufuhr an die Wagen gespannt wurden. Mitten in der Dorfstraße, in dem Gärtchen vor seinem Hause, stand ein ältlicher Mann und rauchte behaglich seine Morgenpfeife, in dem ich sogleich den Schulmeister des Dorfes erkannte. Auf meinen ›Guten Morgen‹ erhielt ich freundliche Erwiderung und auf meine Frage, wo ich hier ein Frühstück bekommen könne, die Einladung, ins Haus zu treten und mit ihm und seiner Frau den Morgenkaffee einzunehmen. Das tat ich denn, und da die Frau nicht weniger zutraulich war, so saßen wir drei bald im schönsten Plaudern nebeneinander.

Das erste, was ich erfuhr, war die Geschichte jenes Schuhes, bei der mein gütiger Wirt selbst in gewisser Weise beteiligt war. – Als eines Stubenmalers Sohn hielt er die väterliche Kunst noch so weit in Ehren, daß er seinen Schülern wöchentlich eine Stunde Zeichenunterricht erteilte. Er verdiente damit, wie er meinte, freilich weder bei Eltern noch Kindern besonderen Dank; nur der Sohn eines wohlhabenden Bauern, welcher dem Schulhause gegenüber wohnte, hatte so viel Geschick und Eifer gezeigt, daß er bald nicht nur allerlei Dinge, die der Lehrer ihm vorgelegt, nach der Natur gezeichnet, sondern auch zu Hause und auf eigene Hand alles abkonterfeit hatte, was ihm grade in den Weg gekommen. – So weit war alles leidlich gut gegangen, wenn auch der alte Bauer bisweilen über die ›dumme Kritzelei‹ gescholten hatte. ›Da mußte das Unglück‹, erzählte der Lehrer weiter, ›meinen jüngsten Bruder, welcher bei dem Berufe unseres Vaters geblieben ist, auf ein paar Wochen zum Besuch hieher führen. Er versteht ein wenig mehr, als was zum bloßen Handwerk gehört, und pflegt auch in seinen Mußestunden allerlei Blättchen mit Wasserfarben anzufertigen. Ein paar Zeichnungen des Knaben, die ich ihm zeigte, erregten seine Teilnahme, und so dauerte es nicht bis in den dritten Tag, daß die beiden die dicksten Freunde waren. Jeden Abend haben sie hier am Tisch gesessen zu zeichnen und zu pinseln, und da mein Bruder dem Jungen einen Teil seiner Farben zum Geschenk machte, so setzte dieser das Geschäft nach dessen Abreise fort. Seitdem war nichts mit ihm anzufangen, und endlich erklärte er rund heraus, er wolle Maler werden. Sie können sich den Lärm denken; der Vater, der außer ihm nur eine verheiratete Tochter hat, hatte sich immer der starken Gliedmaßen seines Sohnes gerühmt. Nun wurde er konfirmiert und sollte mit an die Feldarbeit; aber er wollte nicht. Manches Mal hat der Alte ihn mit der Peitsche drüben aus dem Walde geholt, wo er irgendeinen schönen Baum zu Papier brachte, und ihm seinen Zeichenkram vor der Nase entzweigerissen. Aber es half alles nichts; ich redete vergebens zum Frieden; der Junge mit seinen Knochen sollte Bauer werden, der Alte wollte nicht für Fremde so viele Acker Heide urbar gemacht haben. Endlich, vorgestern nachmittag beim Heufahren, wurde dem Faß der Boden ausgestoßen. Der arme Bursche vergaß unsers Herrgotts Gebote und sprang in die Trinkgrube; zum Glück waren seines Vaters Leute in der Nähe, die ihn noch zu rechter Zeit herausholten. Mich selbst und meine Zeichenstunden‹, so schloß der Schullehrer seinen Bericht, ›wird diese Geschichte auf lange um allen Kredit gebracht haben.‹

Er stand auf und holte sich eine neue Pfeife aus der Ecke; ich blieb nachdenklich sitzen. – Was hatte denn mich an jenes Wässerchen hinaus gelockt? Die solide Desperation des armen Jungen versetzte mich in die tiefste Beschämung. So viel stand fest, ich mußte ihn kennenlernen; vielleicht daß ich ihm helfen konnte.

›Schulmeister‹, sagte ich endlich, ›ich bin krank gewesen, es würde mir gut tun, ein paar Wochen auf dem Lande zu leben. Könntet Ihr mir wohl Quartier geben?‹

Daß ich ein Maler sei und allerlei für meine Mappen einzusammeln gedachte, verschwieg ich wohlweislich noch; und so war denn auch bald, ›wenn ich nur fürlieb nehmen wollte‹, ein Kämmerchen bei den kinderlosen Leuten für mich bereit. Freilich ließ ich mit einigen Kleidungsstücken auch mein Aquarellkästchen aus der Stadt kommen; aber das blieb vorläufig in dem Reisesack verborgen; auf meinen ersten Streifereien behalf ich mich mit dem Bleistift, womit ich denn noch am selben Nachmittage die Trinkgrube mit dem rettenden Lederschuh zum dankbaren Gedächtnis in mein Taschenbuch eintrug. Am Abend wagte ich mich unter die Dorfleute und endlich auch zu dem alten Kunstfeinde gegenüber, der rauchend in der großen Torfahrt seines Hauses stand. Ich begann ein Gespräch über den Stand der Ernte, ging dann auf die neue Steuer über, schimpfte etwas Weniges auf die Regierung, und so wurden wir bald bekannt. Es ist ein alter knorriger Kerl; du sollst ihn nachher in meiner Mappe sehen, worin er ohne Wissen und Willen hat Platz nehmen müssen. Von dem Sohne sah ich nichts und hütete mich auch wohl seiner zu erwähnen.

Am Abend darauf, nachdem ich den Tag im nahen Walde in Gesellschaft gehöriger Butterschnitte der Frau Schulmeisterin verbracht hatte, war ich wieder zur Stelle, und ebenso am dritten und am vierten Abend; der Alte schien diesmal in einer nachdenklichen Stimmung; er saß ohne seine Pfeife auf dem Stein vor seinem Hause und antwortete kaum auf meine noch so wohlüberlegten Gesprächseinleitungen.

›Wer weiß‹, dachte ich endlich; ›vielleicht ist's just der rechte Augenblick.‹ So fragte ich ihn denn gradezu nach seinem Sohn. ›Ist er nicht zu Hause?‹ fügte ich hinzu. ›Ich habe ja noch nichts von ihm gesehen.‹

Da brach's hervor; mit der geballten Faust drohte er nach dem Schulhause hinüber: ›Der Haselant mit seinen hergelaufenen Faxen!‹ rief er. Und nun klagte er mir seine Not, während zwischendurch immer Flüche auf den armen Schulmeister fielen. ›Der hätte die Prügel haben sollen, die der Junge gekriegt hat; denn bei dem hat's nichts geholfen.‹

›Was macht Euer Sohn denn jetzt?‹ fragte ich.

Der Alte schob die Pudelmütze übers Ohr. ›Das ist ein wunderlich Spiel‹, versetzte er, ›seit er die Dummheit da begangen, ist er mir wie ausgewechselt; als ich ihn gefragt habe: ›Was willst du denn nun eigentlich, Paul?‹ hat er geantwortet: ›Was Ihr wollt, Vater, mir gilt's gleich!‹ Aber gesprochen hat er kein Wort, und nach dem Abendbrote geht er auf seine Kammer; ob er dort schläft oder wacht, ich weiß es nicht. Seht – dies Wesen will mir ebensowenig gefallen. Was meint Ihr, wenn Ihr einmal ein vernünftig Wort mit ihm zu reden suchtet? Ihr könntet mir einen rechten Dienst erweisen; ich selbst verstehe die Worte nicht so zu setzen.‹

Der Mann sah erwartungsvoll zu mir auf; die Sorge um sein Kind stand leserlich in seinen harten Zügen.

›Aber‹, erwiderte ich, ›wenn er nun wieder von seiner Malerei beginnt?‹

›Solch dummes Zeug müßt Ihr ihm eben auszureden suchen!‹

›Aber weshalb denn sollte er nicht Maler werden?‹

›Weshalb? – Er hat eine volle Hufe; er braucht so brotlose Künste nicht zu treiben.‹

Ich wagte einen kühnen Schritt. Als ich meine Wohnung verließ, hatte ich in dem Gedanken, sofort in die weite Welt zu laufen, meine paar Kassenscheine in mein Taschenbuch gesteckt. Jetzt zog ich es hervor und schlug es vor dem Alten auf.

›Was soll's?‹ sagte er, ›das ist ein Päckchen Funfzigtalerscheine.‹

›Das‹, erwiderte ich, ›ist mit der brotlosen Kunst verdient.‹

›Wie meint Ihr das?‹

›Ich meine, daß diese dreihundert Taler der halbe Preis meines letzten Bildes sind; denn ich bin eben auch nur ein Maler.‹

Der Alte sah mich fast erschrocken an. ›Ihr?‹ sagte er; ›da wäre ich ja an den Rechten gekommen. Im übrigen‹, setzte er hinzu indem er mich mitleidig von oben bis unten musterte, ›ist das ein ander Ding; mein Junge hat gesunde Gliedmaßen.‹

›Nun, gute Nacht, Nachbar!‹ sagte ich und machte Miene fortzugehen.

Aber er rief mich zurück. ›Auf ein Wort noch, Herr Brunken‹, begann er wieder, ›dreihundert Taler, sagtet Ihr? Und nur die Hälfte? Wie lange macht Ihr denn an solch einem Bild? – Wird wohl langsame Arbeit sein?‹

Als ich ihn über dieses Bedenken beruhigt hatte, stützte er erst den Kopf in die Hand; dann zog er seine Pfeife aus der Tasche, schlug Feuer und rauchte eine ganze Weile eifrig, aber schweigsam fort. Hierauf folgte eine lange Auseinandersetzung zwischen uns; der Alte meinte, der Junge sei für den Acker da, und ich meinte, der Acker sei für den Jungen da; endlich, als ich ihm auch noch die pausbackige Nachkommenschaft seiner im Dorf verheirateten Tochter zu Gutserben designiert hatte, erhielt ich die Erlaubnis, nach meinem Guthalten mit seinem Sohne zu sprechen. ›Nun macht's wie Ihr könnt‹, schloß der Alte diese Verhandlung; ›und damit hopp und holla! Ich führ selbst in die Grube, wenn ich dem Jungen sein tot Gesicht noch länger ansehen sollte.‹

Eine Stunde später, während welcher die Arbeiter vom Felde zurückgekehrt waren, stand ich vor dem Schulhause und blickte nach des Nachbars Garten hinüber, wo trotz des Johannisabends noch eine Nachtigall in den Holunderbüschen schlug. Da verstummte mit einemmal der Vogelgesang; statt dessen hörte ich Kinderstimmen, und bald sah ich auch ein paar Knaben und ein kleines Mädchen durch die Gartenpforte auf den Weg hinausrennen. Draußen blieben sie stehen und wiesen mit den Fingern auf kleine Papierblättchen, von denen jedes mehrere in Händen hatte; dann gingen sie wieder eine Strecke fort und setzten sich unweit unter einen Zaun am Wege, wo es an ein neues Zeigen und Beschauen ging.

Ich konnte den Zusammenhang dieses Vorganges leicht erraten; und richtig, als ich zu ihnen gegangen, sah ich, daß es lauter bunte Bilderchen waren. ›Wer hat euch die geschenkt?‹ fragte ich.

Sie glotzten mich scheu von der Seite an; nur das kleine Mädchen antwortete endlich auf meine wiederholte Frage: ›Paul Werner!‹

Ich sah mir die Sachen an. Es war ungeschicktes Zeug aus allen vier Naturreichen; eine Kuh, die mit dem Schwanze sich die Bremsen wegpeitscht; ein alter Felsblock; ein Bienenstand mit einem Hund davor und dergleichen mehr; aber aus allem blickte in kleinen Zügen, was ich selber nie so ganz besessen, jenes instinktive Verständnis der Natur; es war alles, so unbehülflich es auch war, dennoch, ich möchte sagen, über das Zufällige hinausgehoben.

Du weißt, der Mensch ist nun einmal eine Kanaille; – und so begann sich denn auch in mir ein ganz lebenskräftiger Neid gegen diesen Bauerburschen zu regen. Da ich mich aber mit Naturdämonen schon hinlänglich behaftet fühlte, so entschloß ich mich kurz diesen neuen Kameraden sofort in der Geburt zu ersticken.

Zum Glück hatte ich einige blanke Münzen bei mir, mit denen es mir bei den Knaben sofort gelang ihnen einige der Blätter abzuhandeln. Nachdem mir beim Nachhausekommen auch der Schulmeister bestätigt hatte, daß diese Bilder von der Hand seines jungen Schülers seien, verbarg ich für diesen Abend die eroberten Schätze in meinem Skizzenbuch.

Am andern Morgen trat ich früh mit der Sonne meine gewöhnliche Wanderung an. Als ich an der Kirchhofsmauer entlang ging, sah ich jenseit derselben einen jungen Mann auf einem Grabe sitzen. Während ich durch das Kreuz der Kirchhofspforte trat, wandte er den Kopf zu mir, und ich sah nun zum erstenmal in jenes blasse Antlitz mit den tiefliegenden Augen, welche das Wesen der Dinge einzusaugen scheinen; mit einem Wort, ich sah den Jungen, in dessen aufstrebender Kunst ich jetzt fast mehr lebe als in meiner eigenen. Aber während ich auf ihn zuging, stand er auf und entfernte sich nach der andern Seite des Kirchhofs; er überschritt den Fahrweg jenseit desselben und entschwand meinen Augen zwischen den Bäumen eines anliegenden Gehölzes. Ich ging zu dem Rasenhügel, den er soeben verlassen, und da ich hier auf dem Grabsteine den Familiennamen unseres Nachbars las, so wußte ich auch, daß ich Paul Werner auf dem Grabe seiner Mutter gesehen hatte. Jetzt machte ich lange Beine; du weißt, daß ich diese Fähigkeit besaß, die mir auch bis jetzt noch nicht abhanden gekommen ist. Als ich meinen Flüchtling drüben auf dem Fußsteige des Wäldchens wieder zu Gesicht bekommen hatte, rief ich ihm schon von weitem meinen ›Guten Morgen‹ nach. Er blickte um, erwiderte meinen Gruß und ging dann nur um so schneller vorwärts.

Ich strengte also noch einmal meine Lungen an. ›Paul Werner!‹ rief ich. ›Warte, ich habe mit dir zu reden!‹

Jetzt blieb er stehen. ›Ich kenne Sie nicht, Herr‹, sagte er; – übrigens, dank seinem alten Schulmeister, in reinem Hochdeutsch.

›Aber ich möchte dich kennenlernen‹, erwiderte ich.

›Mich?‹ fragte er befremdet.

›Dich, Paul!‹ versetzte ich, ›denn ich höre, du willst Maler werden.‹

›Ich will kein Maler werden, Herr.‹

›Aber der Schulmeister sagt es doch.‹

Er schüttelte den Kopf. ›Das ist vorbei‹, sagte er.

Ich nahm nun die erhandelten Bilderchen aus meinem Skizzenbuch. ›Sind das deine Malereien?‹ fragte ich.

Er nickte.

›Wie hast du denn das zustande gebracht?‹

›Ich habe es so gesehen‹, erwiderte er.

›Recht so!‹ rief ich. ›Und es ist auch so; es ist nur seltsam, daß nicht auch die andern – fast hätte ich gesagt: wir andern – es so sehen.‹

Er blickte mich fragend an, er verstand das nicht. Aber ich schrie ihm zu: ›Und du willst kein Maler werden, Junge? Was in aller Welt denn sonst?‹

Eine Weile zupfte er schweigend an seinen Fingern; dann sagte er: ›Ich werde ein Bauer, wie mein Vater.‹

›Und doch, Paul‹, begann ich noch einmal, ›hast du nicht leben wollen, weil du nicht malen durftest.‹

Eine jähe Röte schoß über das blasse Antlitz. ›Weshalb sagen Sie mir das?‹ sagte er zitternd.

›Weil ich dir helfen möchte, Paul‹, erwiderte ich; ›denn bei den Toten ist nun einmal keine Hülfe.‹

Er schlug langsam die Augen zu mir auf und blickte mich fast angstvoll an. ›Ich suche einen tüchtigen Schüler‹, fuhr ich fort. ›Was meinst du, willst du es mit mir versuchen?‹ Dabei gab ich ihm das Skizzenbüchlein aufgeschlagen in die Hand.

Es war doch, als wenn es plötzlich in den dunklen Augen blitzte; wie auf eine Offenbarung schaute er auf die kleine Aquarellskizze. – Und doch, sage ich dir, ist die Zeit nicht fern, daß meine Augen ebenso an seinen Blättern haften werden; denn er ist einer von jenen, nach deren Tode man noch die Papierschnitzel aus dem Kehricht sammelt, auf welchen ihre Hand einmal gekritzelt hat.«

Mein Freund war aufgestanden und stützte sich mit beiden Händen auf den vor uns stehenden Gartentisch; auch in seinen Augen blitzte es jetzt von Liebe und Begeisterung.

»Doch«, fuhr er fort, »damals war er noch ein Bauerbursche und konnte sich nicht satt staunen an meinem Machwerk. – Was soll ich dir das lange noch erzählen! Als ich ihm alles, was ich beabsichtigte und was ich tags zuvor mit seinem Vater verhandelt, mitgeteilt hatte, da habe ich ihn wie einen Trunkenen heimgeführt; denn wir gingen gradeswegs zum alten Werner. Und nachdem ich diesem noch einmal eine Stunde lang tüchtig standgehalten, war endlich alles, so wie ich es wünschte, abgemacht.

Mein alter Schulmeister staunte nicht schlecht, als ich nach dem Frühstück Farben und Palette auspackte und nun mit beiden Beinen als ein fix und fertiger Maler vor ihn hinsprang; und gar als er von der Bekehrung seines Widersachers hörte. ›Da käme ich ja auch wohl wieder zu Ehren!‹ rief er lachend. – Und wirklich, die Versöhnung der beiden langjährigen Nachbarn war denn noch die Krone meines Werkes. Freilich, als dabei der Schulmeister so etwas wie einen Triumphton anstimmen wollte, fuhr der Bauer auf: ›Red't nicht so viel, Schulmeister! Es könnt mir leid werden!‹ Und seitdem genossen wir weislich unseren Sieg im stillen.

Schon am ersten Morgen hatte ich beschlossen, der Verfolgung des Dämon Amor durch rasche Flucht ein Ziel zu setzen. Nun schrieb ich meiner Schwester, die seit kurzem Witwe war, und schlug ihr vor, mit mir hierherzuziehen; und als ihre Zustimmung nach einigen Tagen erfolgte, so war das Fundament dieses wackeren Hauses damit gelegt.

Noch acht Tage blieb ich in dem Dorfe und streifte mit meinem neuen Schüler, der nun plötzlich in reiner Lebensluft atmete, plaudernd und arbeitend durch Berg und Wald. Ich wurde mit jedem Tag gesunder; die freie Luft, das derbe praktische Leben um mich her taten mir wohl. Hier war einmal eine Welt ohne jene betörende Liebe; die Mädchen heirateten, je nachdem, eine ganze, halbe oder viertel Hufe; die respektiven Besitzer gingen mit in den Kauf; – scheußliche Kerle, sag ich dir, mitunter. Mein Bauer war auch mit einem solchen Schwiegersohn versehen; der Mensch war überdies ein Trunkenbold.

Am letzten Abend meiner dortigen Sommerfrische kam die Frau, die übrigens nichts mit ihrem Bruder Paul gemein hat, zu dem Hause ihres Vaters, wo ich mit diesem auf den großen Steinen vor der Torfahrt saß. Sie hatte eines ihrer Kinder auf dem Arm, bei dessen Entstehung auch nicht die Grazien geholfen, dem sie aber doch mit mütterlichem Behagen das Näschen mit der Schürze schneuzte. – Die Frau stellte sich grade vor den Alten hin. ›Vater‹, sagte sie, ›'s ist nicht mehr zum Aushalten!‹

Der Alte blieb ruhig sitzen, tat einen Zug aus seiner Pfeife und fragte: ›Wo steckt's denn schon wieder einmal?‹

›Wo es steckt?‹ rief das Weib; ›der Kerl ist alle Tage dick und voll!‹

›Sonst nichts?‹ meinte der Alte. ›Das haben wir schon allzeit gewußt.‹

›Macht keinen Spaß, Vater; das paßt sich nicht dazu!‹

›Ei was‹, rief der Bauer, indem er aufstand und ins Haus ging. ›Du mußt ihn eben schleißen; ich hab's dir vorhergesagt; 's hat alles sein End in der Welt!‹

Ich fiel über diese Worte in einen Abgrund der Betrachtung. Wem denn, als mir selber, lag die Verpflichtung näher, meine eigene werte Person zu schleißen? – Freilich, wenn es vollbracht war, ich konnte keine Hufe dabei gewinnen; wenigstens keine irdische zu zehntausend Talern Steuerwert. Aber dennoch! – Und am Ende, war denn das Körperchen wirklich so übel? Hatte es mir nicht schon einen wesentlichen Dienst geleistet? Ich dachte an die Prügel des armen Paul. Hätte mein Vater mich nicht unzweifelhaft zum Schiffsmaat geprügelt, wenn ich mit solchen Gliedmaßen auf die Welt gekommen wäre?

Als ich aus der Tiefe dieser Schlußfolgerungen auftauchte, sah ich das Weib schon wieder ruhig plaudernd bei einer Nachbarin stehen, und auch der Alte saß wieder, seine Pfeife schmauchend, neben mir. ›Was simulieret Ihr denn, Herr Brunken?‹ sagte er, als ich mit der Hand mir die Gedanken aus den Augen wischte.

›Ich simuliere‹, erwiderte ich, ›Vater Werner, man soll sein Leben aus dem Holze schnitzen, das man hat.‹

›Da habt Ihr wacker recht‹, sagte der Alte und nickte dazu ein paarmal derb mit seinem harten Kopfe. – Und siehst du, Arnold«, so schloß Freund Brunken seine Erzählung, »diese gute Lehre, die ich zuletzt noch auf den Weg bekam, habe ich festgehalten; ich würde mich jetzt ohne Gefahr sogar den schönen Augen deines Mühmchens aussetzen können.«

»Vielleicht um so mehr«, versetzte ich, »wenn du erfährst, daß sie inzwischen deinen Freund, den Assessor, geheiratet hat.«

Er stutzte doch einen Augenblick. »Ich lasse ihr Glück wünschen«, sagte er dann, »möge sie es nie vermissen! Denn, nichts für ungut, dein Herr Vetter gehört denn doch zu jener Sorte – nun, wir kennen sie sattsam; verderben wir uns die gute Stunde nicht!«

Ich lachte.

»Gehen wir lieber einmal in meine Werkstatt, die du noch nicht gesehen hast«, fuhr er fort, »dort kann ich dir auch die Illustration zu meiner Geschichte zeigen.«

Und so schlenderten wir durch den blühenden Garten nach dem Hause zurück, und betraten bald im oberen Stockwerk ein geräumiges Zimmer mit der ganzen Ausstattung eines rüstigen Malerlebens. Als Brunken die grünen Fenstervorhänge zurückgezogen hatte, entwickelte sich eine reiche Bilderschau; aber er faßte meinen Arm. »Das nachher«, sagte er, und führte mich vor ein kleines Bild, das seitwärts auf einer Staffelei lehnte.

Es war fast dasselbe, wie jene bittere Karikatur seines eigenen Lebens, an der ich ihn einst so eifrig hatte arbeiten sehen; derselbe sonnige Park und im Vordergrunde, aus dem blühenden Rosengebüsch emporsteigend, die Statue der Venus; nur die Stellung der Figuren war eine andere. Das junge Paar, das sich früher mit übermütigem Lachen in dem Laubgange entfernt hatte, sah man jetzt in harmloser Weltvergessenheit zu den Füßen der huldreichen Göttin. Das Mädchen, wie ruhig atmend hingestreckt, lehnte ihr Köpfchen an das Postament, während der jugendliche Kavalier, welcher dem Beschauer jetzt ebenfalls sein Antlitz zeigte, damit beschäftigt war, eine rote Rose in ihrem Haar zu befestigen, die er augenscheinlich eben frisch vom Strauch gebrochen hatte. – Im Hintergrunde des Bildes aber, in bescheidener Ferne, so daß sie nur bei genauerer Betrachtung bemerkt wurde, saß auf einer Bank die Gestalt meines Freundes. Bequem in die Ecke gelehnt, die Krücke seines Stöckleins unterm Kinn, schaute er unverkennbar in heiterer Behaglichkeit den Spielen zu, die bei dem warmen Sonnenschein unseres Herrgotts Geziefer vor ihm in den Lüften aufführten.

»Nun, Arnold?« fragte Brunken, der während meiner langen Betrachtung des Bildes neben mir gestanden.

Ich drückte ihm die Hand. »Da ist Friede«, sagte ich.

»Du siehst«, versetzte er, »es galt nur die Kleinigkeit, das liebe Ich aus dem Vorder- in den Hintergrund zu praktizieren. – Ihr großgewachsenen Menschen versteht es freilich nicht, was für Arbeit dem kleinen Kerl die kurze Strecke Wegs gekostet hat.«

Als ich noch einmal auf das Bild blickte, sah ich auch jetzt wieder eine Ähnlichkeit, aber eine andere als in der ersten Auflage desselben. »Du bist auch hier meinem Mühmchen untreu geworden«, sagte ich lachend; »und wenn vor vier Jahren, da er noch den Laubgang hinabwandelte, der Kavalier sich umgesehen hätte, so würde auch er uns wohl ein anderes Gesicht gezeigt haben.«

»Hast du mich richtig ertappt, Doktor?« rief mein kleiner Freund.

»Paul und Marie!« sagte ich leise.

Brunken lächelte. »Still, Arnold! Du siehst, ich habe noch immer meine Träume. Möge das Leben einst deutlicher reden als das Bild!«

Noch drei heitere Tage verweilte ich auf der Villa Brunken; dann reiste ich ab und besorgte meine Übersiedelung in diese wohllöbliche Stadt. – In den zwei Jahren, die seitdem verflossen, haben Brunken und ich uns nicht wieder vergessen; nach seinen letzten Briefen muß ich annehmen, daß seine selbstlosen Hoffnungen einer frohen Ernte entgegengehen.«

Der Arzt schwieg, und es trat eine kurze Stille ein. Dann aber rief die Hausfrau: »Doktor, Ihr Freund war ja nicht verheiratet. Wie paßt denn das auf unsern Fall?«

»Glauben Sie«, erwiderte der Doktor, indem er wieder eine Prise nahm, »daß man sich selber leichter schleißt als seine Frau? – Unter Umständen können Sie recht haben.«

Eine Halligfahrt

Einst waren große Eichenwälder an unserer Küste, und so dicht standen in ihnen die Bäume, daß ein Eichhörnchen meilenweit von Ast zu Ast springen konnte, ohne den Boden zu berühren. Es wird erzählt, daß bei Hochzeiten, welche durch den Wald zogen, die Braut ihre Krone habe vom Haupte nehmen müssen; so tief hing das Gezweig herab. In den Tagen des Hochsommers war unablässige Schattenkühle unter diesen Waldesdomen, die damals noch der Eber und der Luchs durchstreiften, indessen oben, nur von den Augen der revierenden Falken gesehen, ein Meer von Sonnenschein auf ihren Wipfeln flutete.

Aber diese Wälder sind längst gefallen; nur mitunter gräbt man aus schwarzen Moorgründen oder aus dem Schlamm der Watten noch eine versteinte Wurzel, die uns Nachlebende ahnen läßt, wie mächtig einst im Kampfe mit den Nordweststürmen jene Laubkronen müssen gerauscht haben. Wenn wir jetzt auf unseren Deichen stehen, so blicken wir in die baumlose Ebene wie in eine Ewigkeit; und mit Recht sagte jene Halligbewohnerin, die von ihrem kleinen Eiland zum erstenmal hieher kam: »Mein Gott, was is de Welt doch grot; un et gifft ok noch en Holland!«

Und wie erquicklich die Luft auf diesen Deichen weht! Ich komme eben heim; wo hätte ich besser den Sonntagmorgen feiern können!

Schon hatte unten in den Kögen der erste warme Frühlingsregen die unabsehbaren Wiesenlandschaften grün gemacht; schon weideten wieder die unzähligen Rinder auf der Rasendecke, in welcher die Wassergräben zwischen den einzelnen Fennen wie Silberstreifen in der Morgensonne funkelten. Von hüben und drüben, abwechselnd und sich antwortend, in unendlicher Abtönung, erhob sich Gebrüll und klang weit über die Ebene hinaus. Und wie lebendig die Stare waren, diese geflügelten Freunde der Rinder! In lärmendem Zuge kamen sie vom Koge herauf, schwenkten vor mir hin und wider und fielen dann in dichtem Schwarm auf die Krone des Deiches nieder, um gleich darauf, hurtig um sich pickend, seewärts an der Böschung hinabzuspazieren.

Aber unten entlang dem Strome, der von der Stadt ins Meer hinausführt, schimmerte einladend die neue Strohbestickung, womit zum Schutze gegen die nagende Flut der Saum des Strandes überzogen war. – Wie anmutig es sich auf diesem sauberen Teppich wandelte! – Es war noch in der Morgenfrühe; das traumhafte Gefühl der Jugend überkam mich wieder, als müsse dieser Tag was unaussprechlich Holdes mir entgegenbringen; kommt doch für jeden die Zeit, wo auch die Gespenster des Glückes noch willkommen sind. – Und siehe! – während das Wasser weich, fast lautlos zu meinen Füßen anspülte, plötzlich mit leichten unhörbaren Schritten ging die Erinnerung neben mir. Sie kam weit her aus der Vergangenheit; aber ihr Haar, das sie kurz in freien Locken trug, war noch so blond wie einst. – Es war deine Gestalt, Susanne, in der sie mir erschien; ich sah wieder dein junges, festumrissenes Gesichtchen, die kleine Hand, die lebhaft in die Ferne zeigte, – wie deutlich sah ich es!

Auf einem solchen Teppich an eben diesem Strande schritten wir auch damals nebeneinander. Deine geöffneten Lippen tranken die feuchte erquickende Luft; mitunter, wenn der weiche Südost aufwehte, griff deine Hand nach dem blauen Schleier und legte ihn zurück über das winzige Sommerhütchen. Dann warst du stehengeblieben und horchtest nach oben hinauf; deine jungen neugierigen Augen forschten in der durchsichtigen Luft. »Ich sehe nur eine einzige!« riefst du; »dort steigt sie eben in den Himmel!« Und jetzt vernahm auch ich es; so weit man horchen mochte, zur Höhe wie in die Ferne, der ganze Luftraum schien ein einziges unablässiges Lerchensingen. Die kleinen Sänger selbst aber entschwanden unseren Augen in der blendenden Fülle des Lichtes, das ihn durchströmte. – Und schweigend gingen wir weiter; die Welt war so still und klar, und die Lerchen sangen immerfort; was hätten wir auch reden sollen!

Doch wir waren nicht allein. Die Frau Geheimrätin, Susannens Mutter, ist mir nicht weniger unvergeßlich; sie hatte an der Böschung des Deiches ihr Schnupftuch voll von Champignons gepflückt und wandelte nun wie lauter Erdgeruch an unserer Seite. Es war eine gar stattliche Dame, und selbst die kleinen Ungeheuer der Tiefe, die Seekrabben, schienen ihr den schuldigen Respekt nicht zu verweigern. Sie waren heraufgekrochen, saßen am Rande des Wassers auf der Strohdecke und sonnten sich und drehten ihre knopfartigen Augen; wenn aber das Spiegelbild der Geheimrätin mit der ungeheueren lila Hutschleife über sie hinfiel, klappten sie grimmig mit den Scheren und schossen seitwärts in den Abgrund zurück. – – Nach einer Weile hatten wir ein kleines Schiff bestiegen; »Die Wohlfahrt« hieß es; der Name stand mit goldenen Buchstaben auf dem Spiegel eingegraben. Wir waren alle glücklich an Bord gelangt; nur daß die alte Dame einen zierlichen Schrei ausstieß, als ihre Champignons, die sie den »lieben Schiffer« zu verwahren bat, so ohne Umstände in den offenen Schiffsraum hinabflogen.

Und leise blähten sich die Segel und leise schwamm das Schiff; man hörte das Wasser vorn am Kiele glucksen. Nach einer Stunde hatten wir die nachbarliche große Insel hinter uns und trieben nun auf der breiten Meeresflut. Eine Möwe schwebte über dem Wasser dicht an uns vorüber; ich sah, wie ihre gelben Augen in die Tiefe bohrten. »Rungholt!« rief der Schiffer, der eben das Segel umgelegt hatte.

Die Geheimrätin, die – ich weiß nicht durch welche Künste – ihren Champignonbeutel wieder in der Hand trug, blickte nach allen Seiten um sich. »Ich sehe nur den uferlosen Ozean!« sagte sie, indem sie ihr Augenglas einschlug und wieder in den Gürtel steckte. Der Schiffer, der mit beiden Armen über Bord lehnte, wandte sein wetterbraunes Gesicht der Dame zu; aber nachdem er sie wie in mitleidiger Verachtung einige Sekunden gemustert hatte, starrte er wieder schweigend ins Meer hinaus.

»Sie müssen dorthin blicken«, sagte ich, »wo nach Senekas Ausspruch alle Erdendinge am sichersten verwahrt sind!«

»Und wo wäre das, mein Lieber?«

»In der Vergangenheit; – in diesem sicheren Lande liegt auch Rungholt. Einst zu König Abels Zeiten, und auch später noch, stand es oben im Sonnenlichte mit seinen stattlichen Giebelhäusern, seinen Türmen und Mühlen. Auf allen Meeren schwammen die Schiffe von Rungholt und trugen die Schätze aller Weltteile in die Heimat; wenn die Glocken zur Messe läuteten, füllten sich Markt und Straßen mit blonden Frauen und Mädchen, die in seidenen Gewändern in die Kirche rauschten; zur Zeit der Äquinoctialstürme stiegen die Männer, wenn sie von ihren Gelagen heimkehrten, vorerst noch einmal auf ihre hohen Deiche, hielten die Hände in den Taschen und riefen hohnlachend auf die anbrüllende See hinab: ›Trotz nu, blanke Hans!‹ Aber das rotwangige Heidentum, das hier noch in uns allen spukt –«

»Ich bitte doch, mich freundlich auszunehmen!« schob die Geheimrätin mit etwas strammem Lächeln dazwischen.

Ich verbeugte mich zustimmend. »Es bäumte sich noch einmal auf gegen den blassen aufgedrungenen Christengott; die Männer von Rungholt – so wenigstens haben es die geistlichen Chronisten aufgeschrieben – beriefen eines Tages einen Priester und hießen ihn einer kranken Sau das Abendmahl geben. Da ergrimmte der Herr und ließ wie zu Noä Zeiten seine Wasser steigen; und über die Deiche und Mühlen und Türme schwollen sie; und Rungholt mit seinen blonden Frauen und seinen trotzigen Männern« – und ich wies mit dem Finger rückwärts, wo noch vom Kiel unseres Schiffes das Wasser in der Sonne strudelte – »dort steht es unten, unsichtbar und verschollen auf dem Boden des Meeres. Nur zuzeiten bei hellem Wetter, wenn in der einsamen Mittagsstunde die Wimpel schlaff am Mast herunterhängen und die Schiffer in der Koje schnarchen, dann – wie die Leute sagen – ›dühnt es auf‹. – Wer dann mit wachen Augen über Bord ins Wasser schaut, kann gewahren, wie Türme mit goldnen Gockelhähnen aus der grünen Dämmerung aufsteigen; vielleicht mag er sogar die Dächer der alten Häuser erkennen, und wie zwischen dem Seetang, der sie überstrickt hat, seltsam schwerfälliges Getier umherkriecht, oder zwischen den zackigen Giebeln in die Enge der Gassen hinabschauen, wo Muschelwerk und Bernstein die Tore der Häuser verbaut hat und der nie rastende Flut- und Ebbestrom mit den Schätzen versunkener Schiffe spielt. – Aber auch die Schiffer unter Deck erwachen und richten sich auf; denn unter sich aus der Tiefe hören sie es läuten; das sind die Glocken von Rungholt.«

Susanne war indes herangetreten und hatte mit großen Augen zugehört; aber sie bedurfte für diese Seegeschichte eines sachkundigeren Gewährsmannes.

»Läuten sie wirklich, Schiffer?« fragte sie. »Haben Sie es selbst gehört?«

Das klang so allerliebst, daß auch die Backen der alten Teerjacke sich zu einem Lächeln verzogen; und er spie weit ins Meer hinaus, bevor er antwortete: »Ick hevt min Dag nich hört.«

Und weiter fuhren wir über Rungholt. Aber trotz der kühlen Antwort des Schiffers blickte Susanne noch ein paarmal verstohlen über Bord ins Wasser; begann doch auch jetzt die Mittagseinsamkeit sich brütend auf das Meer zu legen. Und als sie sich von mir ertappt sah, errötete sie nur leicht und lächelte; denn meine Augen mochten es den ihren schon verraten haben, wie gern auch ich an Wunder glaubte.

Vor uns in den Horizont trat jetzt ein grauer Punkt, der sich allmählich in die Breite streckte; und endlich stieg ein grünes Eiland vor uns auf. Eine geflügelte Wache schien es zu umgeben; so weit man an dem Strande entlang sehen konnte, wimmelte es in der Luft von großen weißen Vögeln, welche unablässig wie in stiller Geschäftigkeit durcheinander auf- und abstiegen. Stets in demselben Luftraume beharrend, glichen sie einem ungeheueren schwebenden Gürtel, der das ganze Eiland zu umschließen schien; ihre ausgebreiteten mächtigen Flügel erschienen wie durchsichtiger Marmor gegen den sonnigen Mittagshimmel. – Das war fast wie in einem Märchen; und dazu kam mir in den Sinn: mein Freund Aemil, ein leidenschaftlicher Regattenmann, als er in lauer Sommernacht in seinem Boote hier vorbeigetrieben war, wollte von dorther eine entzückende Musik vernommen haben. Der Mond sei über der stillen Insel gestanden, und während er nach langer Pause heimgerudert, sei in der Nacht und auf dem Meere kein anderer Laut gewesen als diese geisterhaften, allmählich hinter ihm verhallenden Töne.

Aber es war dennoch keine Zauberinsel, sondern eine Hallig des alten Nordfrieslands, das vor einem halben Jahrtausend von der großen Flut in diese Inselbrocken zerrissen wurde; die weißen Vögel waren Silbermöwen, welche dem Strande entlang über ihren Brutplätzen schwebten; larus argentatus, von den Naturforschern längst registriert und in ihren Systemen untergebracht. Als wir bald darauf zu Wagen unter ihrem Ringe durchfuhren, sah ich deutlich über unseren Köpfen die funkelnden Augen und die starken vorn gebogenen Schnäbel. Dabei erklang in kurzen Pausen ein heiseres »Gack! Gack!« ähnlich dem unserer Gänse, nur hastiger und wilder. Susanne drückte ängstlich den Kopf an ihre Mutter; aber unser Fuhrmann klatschte lachend mit der Peitsche, und das luftige Gesindel stob gackernd nach allen Seiten auseinander.

Und dort auf der hohen Werfte, inmitten der öden baumlosen Insel, lag das große Hallighaus mit dem tief hinabreichenden Strohdache, in welchem nun schon seit Jahren »der Vetter«, ein alter trefflicher Junggeselle, sich bei den schweigsamen Bewohnern eingemietet hatte. »Die Räder der Staatsmaschine« – so hatte er mir derzeit seine Übersiedelung angekündigt – »werden mir doch zu indiskret; ich weiß, es gibt Leute, die davon entzückt sind; mich anlangend, so kann ich's nicht ertragen, wenn sie mir fortwährend hinten in die Rockschöße haspeln.« – Und so war er denn mit seiner Bibliothek und seinen allerlei Sammlungen in diese Meereseinsamkeit gezogen, wo er sich seiner Meinung nach außer dem Bereich der verhaßten Maschine befand.

Auf ihn auch war ohne Zweifel jene nächtliche Musik zurückzuführen; denn noch vor einigen Jahren hatte er in der Stadt, in der er damals lebte, für einen großen Geigenspieler gegolten, obgleich er, so lang ich denken konnte, jede Aufforderung zum Spiel mit dem Bemerken ablehnte, daß das vorüber sei. Ich selbst hatte ihn nur einmal, da ich noch im Hause meiner Eltern lebte, spielen hören; dieses eine Mal aber wurde für mich die Ursache wiederholter Täuschungen; denn wenn ich später in den Konzerten weltberühmter Virtuosen saß, so trug ich selten etwas anderes davon, als eine traumhafte Sehnsucht nach jenem Spiel des Vetters. Dennoch sollte er während meiner späteren Abwesenheit von der Heimat noch einmal, jedoch nur auf kurze Zeit, seine Geige wieder zur Hand genommen und, wie einstens, alles mit sich fortgerissen haben. Ein Näheres darüber hatte ich nicht erfahren. Für gewöhnlich war der Vetter ein munterer alter Herr, dem man nicht anmerkte, vor welch tiefer Erregung oft diese freundlichen Augen Wache hielten.

Aber schon war unser Wagen am Fuß der Werfte angelangt, und dort oben in der Tür unter dem steinernen Giebel stand er selbst, der kleine schmächtige Mann mit den tiefliegenden Augen und dem vollen weißen Haupthaar. »Willkommen im Ländchen der Freiheit!« rief er, während er eilig herab kam und dem Dienstjungen die Leiter an den Wagen legen half. Und wahrlich frei genug war es hier; außer der Werfte mit dem breit darauf gelagerten Hause schien aus der grünen Inselfläche nichts hervorzuragen als etwa eine zerstreut umherweidende Schafherde; selbst das Gras war so niedrig, daß es kaum den dazwischen umherkletternden langbeinigen Schnaken ein Hindernis in den Weg legte.

Sein Wohnzimmer hatte sich der Vetter in dem größten Raume des Hauses, dem sogenannten Pesel, eingerichtet. Schränke mit Büchern, mit Konchylien und andern Sammlungen, Karten und Kupferstiche nach Claude Lorrain und Ruisdael bedeckten die übrigens weißgetünchten Wände. Von dem Aufsatze des Schreibtisches schaute neben einer Statuette der Venus mit dem Delphin, die von einem Korallenbaume aus den Südseeinseln gleichsam überschattet war, das markige Antlitz Beethovens in der bekannten Kolossalbüste auf uns herab.

Als wir in die Tür traten, flog uns ein kleiner Vogel entgegen, flatterte einen Augenblick wie zweifelnd hin und her und setzte sich dann auf die Hand seines Herrn, mit dem lebhaft bewegten Köpchen zu ihm aufblickend. »Nur ein Sperling!« sagte der Vetter lächelnd und den verwunderten Blick der alten Dame beantwortend; »Sie wissen, der Sperling gleicht dem Menschen, an sich ist er ohne Wert, aber er trägt die Möglichkeit zu allem Großen in sich. Der Bursche hier und ich, wir leben trefflich miteinander.« – Auf seinen Wink flog der Vogel wieder fort und ließ sich auf einen Ast des Korallenbaumes zu Häupten der schaumgeborenen Göttin nieder, als warte er wie einst darauf, mit lustigen Genossen vor ihren Wagen gespannt zu werden, um sie über das blaue griechische Meer in den Schatten ihrer heiligen Haine zu tragen. Wir aber schlürften bald aus zierlichen Tassen den Trank der modernen Welt; ich meine nicht den Kaffee, sondern den Tee, den wir Küstenbewohner auch an einem heißen Hochsommervormittage nicht verschmähen.

Durch die Fenster, welche in der Front des Hauses gegen Süden lagen, sah man auf die grüne Fläche der Hallig und zern am Strand die Brandung, welche silbern in der Sonne schimmerte. Unser Schiff war von hier aus nicht zu sehen; aber dort zu Westen starrte der Mast eines anderen kleinen Fahrzeugs in die Luft; es war vor kurzem hier gestrandet und jetzt Eigentum der Halligleute. – Was überhaupt war hier nicht Strandgut! Der große schwarze Hund, der jetzt im Hause umherlief, nicht weniger als der edle Alicante, den wir späterhin bei Tische tranken. Und wie stand es um die Bibliothek des Vetters? – Meinem angeborenen Triebe folgend, hatte ich die Bücherschränke durchstöbert und blätterte eben in einem abgegriffenen Exemplar des »Hesperus«, als eine kleine Hand sich leise auf das erste weiße Blatt des Buches legte. Der Name »Emma« stand hier eingeschrieben und ein Kreuz darunter.

Noch höre ich den Laut unschuldiger Teilnahme, den Susanne bei diesem Anblick ausstieß. »Wer war das, Onkel?« rief sie. »Hast du sie gekannt?«

»Gekannt, mein Kind?« wiederholte der Alte und strich mit dem Finger über eine Bücherreihe. »Das ist auch Strandgut; fast alles Antiquaria! Die einstigen Besitzer sind gescheitert oder zugrunde gegangen; ihre Bücher sind in alle Welt getrieben, von geschäftigen Leuten aufgefischt und verkauft; und nun stehen sie hier eine Weile, bis auch ihren jetzigen Besitzer das gleiche Los ereilt. – Aber freilich, dennoch kenne ich diese Emma, wenn sie auch schwerlich davon weiß, daß ich ihre posthume Bekanntschaft gemacht habe.«

Susanne blickte gespannt in die immer lebhafter mitredenden Augen des Vetters.

»Siehst du!« fuhr er fort – und er nahm mir das Buch aus der Hand und schlug einige Seiten darin auf – »hier steht es deutlich: sie liebte, litt und starb. Diese kurze Geschichte erzählen mir hier die Bleistiftstriche unter ihren Lieblingsstellen, das vertrocknete Vergißmeinnicht, dazu das Kreuz. Auch eine alte

Jungfer ist sie gewesen und häßlich genug, daß ihre schönen Augen niemandem haben gefallen wollen; auch dem einen nicht, der nie daran gedacht hat, wie glücklich er sie an jenem Frühlingstage machte, als er die welke Blume so gedankenlos ihr gab, wie er sie vorhin gedankenlos gebrochen hatte. Ein Gesichtchen wie das deine wird das nie verstehen; aber« – und er blickte halb schmerzlich, halb in zärtlicher Bewunderung in das schöne Antlitz des jungen Mädchens – »nicht wahr? durch dich soll niemand Leid erfahren!«

Susanne öffnete die Lippen, als wolle sie eine Frage tun; aber der Vetter strich sanft mit der Hand über ihr blondes Haar; dann wandte er sich ab und setzte mit fast zarter Sorgsamkeit das Buch an seinen Ort. Er mag wohl gefühlt haben, daß ich das bemerkte; denn er sagte lächelnd: »Nun, nun! da ist nicht bloß der Hesperus, da ist auch noch ein armes treues Menschenherz darin.«

Zufällig sah ich in diesem Augenblicke unter dem Bücherschranke den mir von früher wohlbekannten schwarzen Geigenkasten. Was war nach solchen Gesprächen natürlicher, als daß ich den alten Herrn an jene Melodie aus meiner Knabenzeit erinnerte, und in ihn drang, sie mich jetzt noch einmal hören zu lassen. – Aber er schien fast erschrocken. »Nein, nein, mein Junge!« sagte er, den Kasten hastig in die äußerste Ecke schiebend. »Siehst du denn nicht, daß das ein Särglein ist? Man soll die Toten ruhen lassen.«

Und so war denn weiter von dem Geigespielen nicht die Rede.

Nicht zu leugnen stand übrigens, daß die äußerst zarte Organisation des Vetters im Anstoß mit den Außendingen ihn zu einem für Durchschnittsmenschen ziemlich seltsamen Kauz gemacht hatte. Auch verfehlte er nicht, die Frau Geheimrätin, welche ein seltenes Geschick hatte, ihn an seinen heikelen Stellen zu berühren, im Laufe dieses Tages mehr als einmal gründlich in Verwunderung zu setzen.

Die gute Dame konnte es nicht verwinden, daß er, »der hochgebildete Mann«, die feine Gesellschaft seines früheren Wohnorts mit dieser nur von Halligleuten und einem zahmen Sperling bevölkerten Einöde vertauscht habe, und nahm dies Thema stets von neuem wieder auf. – Die kleine Szene, welche zwischen den beiden alten Herrschaften hieraus entsprang, werde ich nie vergessen.

»Frau Cousine!« sagte der Vetter mit großem Nachdruck, indem er eine schon erfaßte Apfelsine in die Kristallschale zurückfallen ließ – denn wir saßen nach beendigter Mittagstafel eben noch am Nachtisch – »wenn in Novembernächten der Sturm hier unser Haus gepackt hat, daß wir aufgeschüttelt aus den Betten springen; – wenn wir dann durchs Fenster in Augenblicken, wo eben die Wolken am Mond vorübergejagt sind, das Meer, aber das vom Sturm gepeitschte Meer hier unten am Fuße unserer Werfte sehen, die allein noch hervorragt aus den schäumenden, tobenden Wasserbergen; – Sie glauben nicht, Frau Cousine, wie erquicklich es ist, sich einmal in einer andern Gewalt zu fühlen als in der unserer kleinen regierungslustigen Mitkreaturen!«

Ich mag wohl stumm dazu genickt haben, denn ich wüßte auch jetzt noch nichts Erkleckliches dagegen einzuwenden; die Frau Cousine aber wollte das allerdings nicht glauben, sondern fuhr fort, heftig für das feste Land und dessen gute Gesellschaft zu plädieren.

Eine Weile hörte der alte Herr geduldig zu; dann aber begann es schalkhaft um seinen noch immer schönen Mund zu zucken.

»So will ich's offen denn bekennen;« sagte er; »die Exzellenzen und die Geheimen Ober-Gott-weiß-was-Räte begannen sich die letzte Zeit in unserer guten Stadt auf eine für mich äußerst beunruhigende Weise zu vermehren.«

Ich sah das herablassendste Lächeln in dem Antlitz der alten Dame aufsteigen.

»Aber, mein Gott, was taten Ihnen denn – ?«

»Mir, Frau Cousine? Ich dächte doch; sie gingen überall dort in der Sonne, wo eben mir zu gehen beliebte. Es sind das aber, solange sie noch in ihren Drähten hängen, oftmals ganz verruchte Figuren, und man muß ihnen ausbiegen, damit man keine Schläge von ihren hölzernen Armen bekommt.«

Die Geheimrätin wurde unruhig.

»Aber, lieber Herr Vetter, mein seliger Mann – «

»Gewiß, gewiß, Frau Cousine!« Und der Vetter legte beschwichtigend seine Hand auf ihren Arm. »Ich kenne eine ganze Blumenlese davon, die alle einen unheimlichen Anstrich mit sich herumtragen; diese Kerle – ich wette! – wischt man ihnen die Staatskalendernummer von der Stirn, so sitzen sie da wie ausgeblasene Hülsen; und ich sehe schon, wie ihnen die Augen verglasen, während das bißchen Akten- und Rangklassenbewußtsein daraus verdunstet.«

»Aber, Herr Vetter!« Und die Geheimrätin benutzte eine augenblickliche Pause; »mein trefflicher seliger Mann – «

Und der Vetter legte wieder beschwichtigend seine Hand auf ihren Arm.

»Gewiß, gewiß, Cousine! Und damit ich niemandem Unrecht tue, es gibt auch recht charmante Leute unter ihnen!«

Und sich plötzlich zu mir wendend, begann er immer schneller und heftiger zu reden, bis er zuletzt einige unleugbar handgreifliche Worte niederzuschlucken sich ehrlich aber vergebens bemühte.

Die Geheimrätin hatte resigniert die Hände gefaltet und sagte gar nichts mehr; der Vetter aber war aufgesprungen, mit erhitztem Gesicht riß er die Stubentür auf und rief: »Mantje, ein Glas Wasser!«

Bevor aber Mantje noch erscheinen konnte, rannte er selber hintennach.

Die alte Dame schien allmählich aufzuatmen.

»Ein angenehmer Mann, der Vetter«, sagte sie hüstelnd, »indes, ich sehe ihn doch am liebsten hier auf seiner Insel.«

Aber schon trat er selber wieder in die Stube.

»Ich habe unziemlicherweise die Tafel abgebrochen«, sagte er entschuldigend; »Sie wissen ja: Herz schon so alt und noch immer nicht klug! – Lassen Sie uns nach Landesbrauch nun Martje Flors Gesundheit trinken!« Er füllte die Gläser und erhob das seine. »Frau Cousine! Susanne! Mein lieber Junge! Auf daß es uns wohl gehe in unseren alten Tagen!«

Und wir tranken, wie das diesem ernstesten aller Trinksprüche eigen zu sein scheint, schweigend, und schüttelten uns die Hände.

Die Geschichte aber, welche demselben zugrunde liegt, verdient es, auch in weiteren Kreisen erzählt zu werden. Als nämlich Tönningen, die größte Stadt der Landschaft Eiderstedt einst von den Schweden belagert wurde, hatte eine Gesellschaft feindlicher Offiziere in dem benachbarten Kathrinenherd Quartier genommen und trieb dort arge Wirtschaft; sie ließen sich Wein auftragen, zechten und lärmten, als seien sie die Herren hier. Martje Flor, die zehnjährige Tochter des Hauses, stand dabei und sah unwillig dem Gelage zu, denn sie gedachte ihrer Eltern, die das unter ihrem Dache dulden mußten. Da reichte einer der Trinker ihr ein volles Glas und rief, was sie so trübselig dastehe, sie solle lieber auch eine Gesundheit ausbringen! Und Martje trat mit ihrem Glase an den Tisch, wo die feindlichen Kriegsleute saßen, und sprach: »Dat et uns wull ga up unse ole Dage!« – Und auf dieses Wort des Kindes wurde es still.

Seitdem versteht es jeder bei uns zu Hause, wenn am Schlusse des Mahles der Wirt es seinen Gästen zubringt: »Und nun noch – Martje Flors!«

Als wir nach aufgehobener Tafel vor die Haustür traten, führte uns der Vetter unter bedeutungsvollem Schweigen am Hause entlang bis an die südwestliche Ecke desselben. Hier stieß er ein unter herabhängendem Holunder fast verborgenes Pförtchen auf; und, wie in ein Wunder blickten wir in einen großen baumreichen Garten hinab, den an diesem Orte, bei der rings umgebenden Öde, wohl niemand hätte vermuten können. – Drunten, von der Insel aus dem Auge ganz verborgen, lag er in einer kesselförmigen Vertiefung der Werfte, an deren schräg abfallenden Wänden sich zwischen verschiedenartigen Obstbäumen eine Reihe üppiger Gemüsebeete entlangzog.

Von unten aus dem Grunde blinkte ein kleiner Teich, ringsum von einem hohen Ligusterzaun umschlossen. Auf dem daran entlangführenden Steige erschien eben, vom Hause hinabspazierend, eine weiße Katze; aber sie verschwand gleich darauf unter dem Schatten der Obstbäume, welche vom Garten aus ihr dichtes Gezweig über den Steig hinüberstreckten. Die blanken Blätter glänzten in dem sattesten Grün, als seien sie nie von einem gefräßigen Insekt berührt worden; nur freilich, wo die Kronen der Bäume den oberen Gartenrand erreichten, waren sie sämtlich wie mit der Zaunschere abgeschoren, was nach des

Vetters Erläuterung von dem Nordwestwinde ohne jegliche Bestellung ausgeführt wurde.

Die Aufmerksamkeit unserer »Maman« war durch eine Pumpe erregt worden, welche unweit des Einganges in dem kleinen Teiche stand; und während der alte Herr, unter lebhaften Schlägen mit dem Schwengel, ihr die Speisung und Bedeutung dieses Süßwasserbehälters der Insel zu erklären begann, gingen Susanne und ich in das trauliche Gartennest hinab, wo der Sonnenschein wie eingefangen auf dem grünen Laube schlief! Wir schritten langsam der weißen Katze nach, und verschwanden gleich ihr unter dem dichten Laube der Apfelbäume, das fast Susannens goldklares Haar berührte; um uns her schwamm der Duft von Federnelken und Rosen, die oben zwischen den Gemüsebeeten blühten. Unmerklich, wenn mich die Erinnerung nicht täuscht, waren wir in jenen träumerischen Zustand geraten, von dem in der Sommerstille, inmitten der webenden Natur so leicht ein junges Paar beschlichen wird: sie schweigen, und sie meinen fast zu reden; aber es ist nur das Getön des unsichtbar in Laub und Luft verbreiteten Lebens, nur das Hauchen der Sommerwinde, die den Staub der Blüten zueinander tragen. Ich glaube, wir saßen auf einer kleinen Holzbank und blickten – wer weiß, wie lange schon! – durch die Lücken des Zauns auf das unten schimmernde Wasser, als plötzlich die akzentuierte Stimme der Geheimrätin mich auf die Oberfläche des Lebens zurückrief; und gleich darauf erschien auch der alte Herr und trieb uns mit munteren Worten zum Kaffee in das Haus.

Aber ich stahl mich bald davon, um mir nach meiner Weise allein und ungestört die verschiedenen Räume des großen, ganz im Viereck gebauten Hauses anzusehen.

Eine Weile stand ich in einer Art von Zimmerwerkstatt und plauderte mit dem Sohne des Hauses, der, gleich Robinson, alle Hantierungen vom Robbenjäger bis zum Zimmermann in sich vereinigte und augenblicklich in letzter Eigenschaft an den Blöcken eines Segelbootes arbeitete, das von einer Nachbarinsel aus bei ihm bestellt war.

Von hier gelangte ich in einen langen, ziemlich düstern Stall. Er war leer, da das Vieh draußen auf der Hallig weidete; nur die weiße Katze saß jetzt hier auf der Krippe, und einige Hühner liefen gackelnd durch das Mauerloch aus und ein; an den Wänden sah ich hie und da ein Seehundsfell zum Trocknen angenagelt.

Zu Ende des Stalles, im rechten Winkel daran stoßend, noch stiller und noch mehr in Dämmerung, lag die Scheune; und dort in ihrer Mitte stand das neue Boot, noch duftend von dem Harz des Waldes, von keiner Welle noch berührt. Wie selbstverständlich, stieg ich ein; ich setzte mich auf die Ruderbank und dachte an den Vetter, weshalb er denn vorhin sein Geigenspiel vor uns verleugnet habe.

Es war völlig einsam hier. Die kleinen überdies mit Spinngewebe überzogenen Fenster lagen so hoch, daß sie keinen Ausblick zuließen. Vom Hause her vernahm ich keinen Laut; aber draußen um die Mauern, obgleich gegen Mittag der Wind sich fast gänzlich gelegt hatte, ertönte eine Art von Luftmusik, die mich die großen Register ahnen ließ, mit denen hier um Allerheiligen der Sturm sein Weltmeerkonzert in Szene zu setzen pflegt. Nach einer Weile mischten sich leichte Schritte, die durch den Stall daherkamen, in dieses Tönen der Luft, und als ich aufblickte, stand Susanne in der Tür, ihr Hütchen am Bande hin und her schwenkend.

»Weshalb sind Sie denn fortgelaufen?« rief sie, indem sie trotzig den Kopf zurückwarf. »Mama sitzt drinnen vor einer Seekarte, und Onkel hat ein großes Teleskop am offenen Fenster aufgestellt. Ich mag aber nicht durch Teleskope sehen.«

»So gehen Sie bei mir an Bord!« erwiderte ich, auf meiner Ruderbank zur Seite rückend, »es ist ein neues sicheres Fahrzeug.«

»In dieses Boot soll ich steigen? Weshalb? Es ist so düster hier.«

»Hören Sie nur, wie die zarten Geister musizieren!«

Sie horchte einen Augenblick, dann kam sie näher und hatte schon ihr Füßchen auf den Rand des Bootes gesetzt.

»Nun, was zögern Sie, Susanne? Haben Sie kein Vertrauen zu meiner Steuerkunst?«

Sie sah mich an; es war etwas von dem blauen Strahl eines Edelsteins in diesem Blicke, und es überfiel mich, ob mir nicht doch von diesen Augen Leids geschehen könne. Ich mag sie dabei wohl seltsam angestarrt haben; denn, als wandle eine Furcht sie an, zog sie langsam ihren Fuß zurück.

»Wir wollen lieber an den Strand hinab!« sagte sie leise. »Ich möchte noch die Nester der Silbermöwen sehen!«

So verließ ich denn mein gutes Fahrzeug, und wir traten aus dem Hause, wo die Tageshelle fast blendend in unsere Augen strömte. – Ohne von den alten Herrschaften etwas wahrzunehmen, gingen wir die Werfte hinab und über die Hallig nach dem Strande zu. Ein Stengel duftenden Seewermuts, eine violette Strandnelke wurde im Vorbeigehen mitgenommen, sonst war hier nichts, das unsere Aufmerksamkeit hätte erregen können. An manchem der oft tiefen Gerinne, womit, wie mit einem Gewebe, die ganze Hallig überzogen war, mußten wir auf und ab wandern, bevor wir eine Stelle zum Hinüberspringen fanden. Aber Susanne hatte die Mädchenturnschule durchgemacht, und an ihren Schultern waren die unsichtbaren Flügel der Jugend; ich hörte deutlich ihr melodisches Rauschen, wenn der kleine Fuß zum Sprunge ansetzte und wenn sie dann so rasch hinüberflog.

Ein leichter Wind hatte sich aufgemacht, als wir den Strand erreichten. Das Meer, das bei der eingetretenen Flut nur etwa einen Büchsenschuß von dem grünen Lande entfernt war, lag jetzt wie fließendes Silber vor den schräg fallenden Strahlen der Nachmittagssonne; bis weit hinaus um den Strand der Insel hörte man das Getöse der Brandung. In der Luft war noch immer, wie am Vormittage, das Steigen und Sinken der großen Silbermöwen, nur daß jetzt, da kein Licht von oben durchschien, das schneeige Weiß ihrer Flügel sich noch mehr gegen den blauen Himmel abhob. Auch kleinere schwarze Vögel mit storchartigem Schnabel sahen wir, die wie mit hellem Kriegsschrei durch das Gewimmel der großen Möwen hin und her schossen.

Und jetzt ließ Susanne einen Ruf des Entzückens hören; in einem Tangbüschel, umgeben von einem rötlichen Kranze zermalmter Schaltiere, lagen zwei der großen graugrünen Eier; sechs Schritte weiter wieder zwei; und dort, etwas seitwärts, schimmerten gar drei von den kleineren Eiern des schwarzen Austerfischers. Die meisten lagen auf dem bloßen Sande; denn, wie der Vetter sagte, »diese Kreaturen machen wenig Umstände mit ihrer Häuslichkeit«. Die Vögel gackerten und schrien; Susanne aber, unbekümmert und mit vor Neugier leuchtenden Augen, schritt immer weiter hinaus, von Nest zu Nest.

Ich hatte mich gegen das Meer hin auf den Rand des Ufers gesetzt. Eine Weile blickte ich Susannen nach; wohin dann meine Gedanken gingen, hätte ich wohl selber kaum zu sagen gewußt, meine Augen aber buchstabierten immer wieder an dem Spiegel unseres unweit auf dem Wasser schaukelnden Schiffes den mir längst bekannten Namen »Die Wohlfahrt«, dessen goldene Buchstaben in der Sonne zu mir herüberglänzten. Das Anrauschen des Meeres, das sanfte Wehen des Windes – es ist seltsam, wie das uns träumen macht.

Als ich aufstand, war von Susanne nichts zu sehen. Ich ging eine Strecke an dem Ufer hin, während über mir die Möwen gleich ungeheueren Schneeflocken in der Luft tanzten. Ich rief, ich sang – keine Antwort. Endlich dort, weitab in einer Bodensenkung sah ich sie im Sande knien. In der scharfen Beleuchtung der schon abendlichen Sonne gewahrte ich eines der großen Eier in ihrer Hand; sie hielt regungslos das Ohr darauf geneigt, als wolle sie das keimende Leben belauschen, das darin verschlossen war. Ihr zu Häupten aber schwebten zwei der mächtigen Vögel, die sich aus der langen Kette losgelöst hatten; sie stießen ihre heiseren Töne aus und schlugen wie zornig mit den weißen Flügeln. Unwillkürlich blieb ich stehen; so wild und doch so anmutvoll war dieses Bild. Die kniende Gestalt des Mädchens regte sich noch immer nicht. Da schoß eines der erzürnten Tiere so jäh auf sie herab, als hätte es mit seinem Schnabel ihre Locken packen müssen.

Susanne stieß einen lauten Schrei aus, daß selbst die Vögel erschreckt zur Seite stoben; dann schleuderte sie das Ei weit von sich, und wie vorhin über die kleinen Abgründe, flog sie auf mich zu und schlang beide Arme um meinen Hals. – –

– »Nur ein Hauch darf beben,
Blitzen nur ein Blick;
Und die Engel weben
Fertig ein Geschick.«

So sagt ein Dichterwort. – Aber dieser Hauch bebt oft auch nicht. – Ich war ein junger Advokat, und längst von wohlmeinender Seite mir bedeutet worden, wenn ich in meinem Berufe »prosperieren« wolle, so müsse ich nicht nur meinen grauen Heckerhut beiseite legen, sondern mir auch den Schnurrbart abrasieren. Beides hatte ich unterlassen, bisher leichtsinnig und wohlgemut; jetzt aber fiel es mir zentnerschwer aufs Herz, und, seltsam, während die Brandung eintönig vor meinen Ohren rauschte und der blonde Mädchenkopf noch immer an meiner Schulter ruhte, konnte ich meine Gedanken zu nichts Besserem bewegen, als sich gegen diese Tyrannei der öffentlichen Meinung immer von neuem in Schlachtordnung aufzustellen; ja der Heckerhut und der Schnurrbart selbst begannen zuletzt wie zwei feindliche Gespenster gegen mich aufzustehen.

»Susanne«, sagte ich endlich resigniert, »wir werden heimgehen müssen, es wird schon spät.«

Es ist dies jedenfalls recht ungeschickt gewesen; denn ich weiß noch gar wohl, wie Susanne mich erschrocken von sich stieß und dann, bis unter ihr lockicht Stirnhaar errötend, wie hülflos vor mir stehenblieb. Und ohne Zweifel war es nicht eben viel geschickter, als ich, um das wieder gut zu machen, ihre beiden Hände ergriff und tröstend zu ihr sagte: »Ich weiß wohl, daß es nur die wilden Vögel waren.«

Aber wie auch immer – da wir nun zurückgingen, es war doch anders als vorhin; sie hatte sich nun einmal doch in meinen Schutz begeben. Noch oft, wenn über uns ein Vogelschrei ertönte, warf sie hastig das Köpfchen herum, ob auch die geflügelten Feinde hinterdreinkämen, um ihre zerstörte Brut zu rächen; und wenn wir dann an ein Gerinne kamen, so reichte sie wie selbstverständlich mir die Hand, und es war unverkennbar, daß wir nun zusammen flogen.

Als wir auf der Werfte anlangten, stand der Vetter in der Tür.

»Susanne, mein liebes Kind«, sagte er mit einem seltsam geheimnisvollen Wesen, »deine Mutter ist drinnen im Zimmer; ich möchte ein Wort mit unserem jungen Freunde reden.«

Somit faßte er mich unter den Arm und führte mich um das Haus bis an die hintere Seite desselben. Hier machte er Halt und sah mir lange und zärtlich in die Augen.

»Mein Herzensjunge!« sagte er dann, »jetzt weiß ich's ja, weshalb du vorhin das alte Liebeslied von mir verlangtest, denn ich will's dir nur gestehen, daß es ein solches war, und zwar ein echtes. Da es dich die langen Jahre und bis zu diesem Ziele begleitet hat«, – der Vetter hielt einen Augenblick inne – »wenn du mich demnächst selbander besuchen wirst, ich glaube wohl, daß ich die Melodie noch wiederfinde.«

Was sollte ich auf so verfängliche Reden antworten!

»Ich verstehe Sie nicht, lieber Vetter!« sagte ich.

»Du verstehst mich nicht?«

Ich mußte wiederholt diese Versicherung geben; dann aber kam es heraus.

Vom Zimmer aus hatte der Vetter sein Teleskop auf immer neue Inseln und Halligen gerichtet, und die Geheimrätin hatte immer treu hindurchgesehen, »bis wir«, fuhr er fort, »zuletzt auch unseren eigenen Strand und als Staffage dich und Susanne vor unser Glas bekamen. Die Frau Cousine blickte mit ganz mütterlichem Stolze auf euch beide hin, auf einmal aber springt sie mit einem ›O mein Himmel!‹ in die Stube zurück. ›Vetter!‹ ruft sie, ›ich verstehe die Situation nicht!‹ und schiebt dann mit großer Hast mich selber vor das Teleskop. Und wie nun ich hindurchsehe, – ›Erstaunlich!‹ rufe auch ich, ›aber doch nicht völlig unverständlich!‹ und ›Meinen herzlichen Glückwunsch, Frau Cousine!‹ Denn, leugne es nur nicht, Vetter! du hieltest sie richtig in deinen Armen, und ich sage nur: Halte fest, mein Junge, halte fest! Denn dieses Kind ist Gott und den Menschen ein Wohlgefallen!«

Das Gesicht des alten Herrn strahlte vor Freude, und mir selbst begann das Herz sehr laut zu klopfen. Aber was half das alles!

»Es tut mir leid«, sagte ich, »aber bestellen Sie den Glückwunsch nur wieder ab; denn es ist nichts, Vetter!«

»Nichts?«

»Nein, nichts!«

Und ich erzählte ihm nun, daß es nur die großen Vögel gewesen seien.

»Erstaunlich!« Er sah mich eine Weile zweifelnd an; dann, wie plötzlich entschlossen, drückte er mir kräftig die Hand und sagte: »Mein Herzensjunge, ich glaube, nun verstehst du die Situation nicht.«

Ob inzwischen auch Susanne ihre Mutter in dieser Weise aufgeklärt hatte, weiß ich nicht; ich bemerkte, da wir ins Zimmer traten, nur ein noch etwas feierlicheres Wesen an der alten Dame, als ihr sonst zu eigen war.

Nicht lange nachher kam die Zeit des Abschiedes. Die Damen fuhren; ich, in Begleitung des Vetters, ging zu Fuß an den Strand hinab. Als der Wagen uns schon fast erreicht hatte, ergriff der Alte noch einmal meinen Arm und führte mich ein Stückchen an dem Wasser hin.

»Also, es ist wirklich nichts, mein Junge?«

»Wirklich nichts, Vetter!«

Er sah mich traurig an.

»Nun, so komm zu mir auf meine Hallig; wir lassen zu Ostern drei Fach für dich anbauen; überleg dir's wohl!«

Und er drückte kräftig meine beiden Hände.

Dann gingen wir zu Schiffe. Als wir schon weit vom Lande auf dem tiefen Wasser schwammen, sahen wir noch lange den Vetter, wie er grüßend seine Mütze schwenkte und wie die Abendsonne auf seine weißen Haare schien.

Nach Sonnenuntergang drehte sich der Wind; eine sanfte Brise wehte aus Südwest; vor uns aus dem dunklen Wasser stieg der Mond und erhellte mit seinem sanften Licht das Meer. Die Geheimrätin hatte ihren Atlasmantel mit Silberfuchs umgetan und der Kühle wegen sich unten in dem offenen Schiffsraume eingerichtet. Susanne, in weiche Tücher eingehüllt, lehnte neben mir an der Schanzkleidung; ihr Antlitz erschien fast blaß in der nächtlichen Beleuchtung.

Einmal aus der Ferne drang das Winseln eines Tieres über das Wasser zu uns her, und die Schiffer sagten, daß es ein junger Seehund sei, der seine Mutter suche. Dann war es wieder still, und nur die Wellen an unserem Schiffe rauschten. Wir aber standen noch immer und blickten über das Meer hinaus. Wohin in dieser leeren Weltenferne unsere Blicke gingen, wer vermöchte das zu sagen! Ob etwa auch Susanne noch an die wilden Vögel dachte? Sie verriet mir nichts davon, und ich habe es auch später nicht erfahren. Ebenso unsicher bin ich, ob der Klabautermann an Bord gewesen ist. Einmal, da ich den Kopf wandte, war mir zwar, als ob dort am Bugspriet unter dem Klüversegel sich etwas wie Nebel zusammenkauere, allein ich achtete nicht darauf. Zwei junge Augen, die sich, still wie diese Nacht, mitunter zu mir wandten, waren ein holderes Geheimnis. Wohl aber fühlte ich, daß Geister mit uns fuhren, denen selbst die Nähe der Geheimrätin kein Gegengewicht zu leisten vermochte.

Als wir dann endlich wieder auf unserem Deiche nach der Stadt zurückkehrten, sang über dem dämmernden Kog unsichtbar noch eine Lerche. Zur anderen Seite stand der Mond und warf gelblich blinkende Lichter auf den von der eintretenden Ebbe bloßgelegten Schlamm.

Es gibt Tage, die den Rosen gleichen; sie duften und leuchten, und alles ist vorüber; es folgt ihnen keine Frucht, aber auch keine Enttäuschung, keine von Tag zu Tag mitschreitende Sorge. – Ich habe meinen Hut und meinen Schnurrbart beibehalten, bis endlich beide zur allgemeinen Mode wurden und darin verschwanden. Es ist mir andererseits verhüllt geblieben, ob etwa im Verlaufe des Lebens der Blick jener blauen Augen neben dem Strahl des Edelsteins nicht auch die Härte desselben angenommen hat. Der Tag auf des Vetters Hallig, und mitten darin Susannens süße jugendliche Gestalt steht mir, wie Rungholt, wohlverwahrt in dem sicheren Lande der Vergangenheit.

Noch einmal, einige Jahre später, habe ich den Vetter auf seiner Hallig besucht; freilich nicht selbander, wie er derzeit es so herzlich mit mir im Sinne hatte. Sein Geist schien noch rüstig, aber mit seinem Körper ruhte er doch am liebsten am Fenster in dem weichen Lehnstuhle und ließ statt seiner Füße nur die Augen über die Hallig nach dem Strande wandern. Als ich hier ihm gegenübersaß, sah ich draußen aus dem blauen Himmel zwei jener weißen Möwen gegen das Haus fliegen. Auf halber Höhe der Werfte ließen sie sich nieder, und der Vetter öffnete das Fenster und warf ihnen Brot- und Fleischschnitte zu, die er neben sich auf der Fensterbank für sie in Bereitschaft hatte. »Früher kam ich zu ihnen«, sagte er, »nun müssen sie schon zu mir kommen.« – –

Jetzt suchen sie vergebens ihren Freund. Zwar ist er auf seiner Hallig geblieben, aber aus dem Hause hat man ihn hinausgetragen; die grüne Rasendecke liegt schützend über ihm. Er hat es gewagt, sich hier zur Ruhe zu begeben; wohl wissend, daß der Sturm die Flut zu seinem Grabe treiben, daß die Flut es aufwühlen und ihn in seinem schmalen Ruhebette auf das weite Meer hinaustragen könne. Aber wie hätte er jene großen Mächte fürchten sollen, in deren Schutz er sich so gern gesichert glaubte!

Mir hatte der treffliche Mann außer seiner Bibliothek und seinem handschriftlichen Nachlasse auch seine Cremoneser Geige vermacht, welche ich zufolge testamentarischer Anordnung, obgleich des Geigenspiels ganz unkundig, weder verschenken noch verkaufen, sondern nur vererben darf. So liegt sie denn jetzt unberührt bei anderen Gedächtnisstücken. Unter den Papieren aber finden sich einige kurze Aufzeichnungen von der Hand des Verstorbenen, welche vermuten lassen, daß derzeit bei seiner Flucht aus der Welt noch ein besonderer Hebel mitgewirkt habe. Auch die Zeit stimmt hiermit überein, denn nach dem beigefügten Datum stammen sie sämtlich aus den letzten Jahren vor seinem Halligleben. Er wohnte damals noch in seinem eigenen Hause, das dicht neben der Stadt in einem baumreichen Garten gelegen war. Aus seinem Wohnzimmer, welches sich im oberen Stocke befand, sah man durch einige davorstehende Lindenbäume über ein paar grüne Felder auf die Heide, die sich damals noch weit nach Westen hinauszog. Ich weiß noch wohl – denn ich habe dort oft bei ihm gesessen – wie sehr er diesen Ausblick liebte. Die Heide war ihm ein vertrauter Ort; nicht nur daß er sie unablässig für seine entomologischen und botanischen Studien durchforschte, sondern er fand dort auch, wie er sich ausdrückte, »die nötige Erholung von dem Menschenleben«.

An diesem Fenster sitzend muß ich mir ihn denken, als er jene Zeilen niederschrieb, die jetzt in seiner kleinen, aber deutlichen Handschrift vor mir liegen.

Sie lauten also:

Wie gut es sich hier in den Oktobernachmittag hinausschaut! So golden scheint noch die Sonne; doch lösen sich unter ihrem Strahle schon die Blätter und sinken lautlos auf den feuchten Rasen; immer sichtbarer werden die nackten Äste. Von drunten aus den Holunderbüschen klang ein Drosselschlag; nach einer Weile rief es noch einmal aus der Ferne – es nimmt alles Abschied.

Die lichtgraue Dämmerung des Herbstabends hat sich verbreitet, Haus und Garten liegen schon im Schatten, hinter der Heide ist die Sonne hinabgegangen. Nur ganz fern am Himmel, dort, wohin wie Schatten jetzt die Vögel fliegen, ist noch eine leuchtende Wolkenschicht gebreitet. Sie steht über einem Lande jenseits des Horizonts, den meine Augen noch erreichen können. Aber auch dort wird bald der goldene Tag erlöschen. – –

Als ich in das Zimmer zurückblickte, lag noch ein Schimmer jenes Abendscheins auf meinem schwarzen Geigenkasten, der nun schon seit Jahren uneröffnet dort unter dem Bücherschranke steht. Die Geige, die er verbirgt, erstand ich einst aus dem Nachlasse eines früh verstorbenen Florentinischen Musikers, und erst seitdem wußte auch ich, daß ich spielen könne. Auf dem innern Rande des Kastens fand ich damals eine italienische Strophe eingeschrieben, und seltsam, da ich sie in unsere Sprache übertrug, war mir's, als hätte ich diese nun deutschen Verse einst selbst gemacht, und suchte lange, wiewohl vergebens, danach unter meinen alten Papieren. Aber sowie ich die Geige mit meinem Bogen anstrich, da sang es und schwoll es an zu einer Gewalt, die mich selbst erbeben machte. Das war nicht ich allein, der diese Töne schuf; ein geistig Erbteil war in dieser Geige, und ich war der rechte Erbe, der es mit eigener Kraft vermehrte. Nun ruht sie seit lange klanglos in ihrer schwarzen Truhe; denn schon vor Jahren hatte ich es erkannt: nur bis zu einer gewissen Grenze des Lebens fließt um unsere Nerven jener elektrische Strom, der uns über uns selbst hinausträgt und auch andere unwiderstehlich mit sich reißt.

Und nun? Und heute abend?

Ich muß vor den Spiegel treten, damit ich meine grauen Haare nicht vergesse.

Nein, nein! Ich will die Geige, meine klingende Seele, aus ihrem Sarge nehmen, und meine Hände sollen nicht zittern.

Eveline führte mich in den Saal. Er war noch leer, aber die Kerzen brannten schon; unter der Kristallkrone stand der geöffnete Flügel.

»Hier sollen Sie spielen!« sagte sie. »Dort auf dem Tischchen steht Ihr Geigenkasten.«

»Soll ich wirklich, Eveline?«

Sie legte, wie sie das zuweilen tat, ihre Wange in die Hand und sah mich ernsthaft an.

»Sie haben es mir doch versprochen!«

»Und vor so hoher Gesellschaft?«

Denn in großen, ziemlich mäßigen Steindrucken, aber aus desto dickeren Goldrahmen schaute fast die ganze erste Rangklasse unseres Staatskalenders von den Wänden herab.

Sie lachte.

»Pst! Nicht spotten! Das sind Papas Penaten. Weshalb sehen Sie nicht auf meine Bilder, die bescheiden, aber tröstlich unter ihnen hängen?«

Und freilich, auch Goethe und Mozart waren, wenn auch in kleinerem Format, vertreten.

Die Gesellschaft drängte aus den anderen Zimmern in den Saal.

»Adieu!« sagte Eveline.

Sie reichte mir flüchtig die Hand, ihr dunkles Auge streifte mich; dann ging sie den Eintretenden entgegen. Ich suchte mir in der fernsten Ecke einen Platz. Der weiche, etwas müde Klang ihrer Stimme lag noch in meinem Ohr; aus ihren einfachsten Worten spricht es oft, ich weiß nicht, wie die schmerzliche Erwartung oder wie die heimliche Zusage eines Glückes. Bald aber gesellte sich mein werter Vetter, der Geheimrat, zu mir und sprach irgend etwas über Kunst; und ich besah mir indes die noch immer unter Geplauder und Komplimenten Platz nehmende Gesellschaft und verglich sie mit der, die an den Wänden hing.

Und jetzt wurde ein Akkord angeschlagen. Unser Adolf, der Musikdirektor, begann das Largo aus Beethovens D-Dur-Sonate. Und es wurde völlig still und blieb es auch; denn er versteht es, wenn die Stunde günstig ist, seinen Beethoven so eindringlich zu Gehör zu bringen, daß es schon sehr große Geister oder aber sehr große Flegel sein müssen, die dabei sich noch selber sollten hören mögen. Mit dem Einsatze der Menuett war mir sogar, als gehe ein Aufatmen des Entzückens durch den ganzen Saal. Ist doch Musik die Kunst, in der sich alle Menschen als Kinder eines Sterns erkennen sollen!

Dann führte der Musikdirektor seine jungen Scharen vor. Es waren frische, anmutige Stimmen darunter, und sie sangen ihre Tee- und Kaffeeliedchen, in denen sie sich so wohl fühlen, die wie die Sommervögel kommen und verschwinden. Sie sangen aber auch von den Liedern des neuen großen Komponisten, durch welchen Eichendorffs wunderbare Lyrik zuerst in der Musik ihren Ausdruck erhalten hat. Ahnungslos schwebten die jungen Stimmen über dem Abgrund dieser Lieder. – Ich weiß nicht, ob der Kapellmeister Johannes Kreisler davongelaufen wäre; ich saß ganz still und horchte auf den süßen, taufrischen Lerchenschlag der Jugend. Dazwischen immer behagliches Klatschen und liebkosende Worte der älteren Herren und Damen und laute Komplimente der jungen Kavaliere. Weshalb denn auch nicht?

Und nun – ich glaube fast, daß mir die Brust beklommen war – stand ich selbst am Flügel. Eveline hatte die Geige schweigend vor mich hingelegt und war dann ebenso zurückgetreten. Spohrs neuntes Konzert lag aufgeschlagen. Adolf sah mich an: »Nun, wollen wir?«

Wir kannten uns. Vor Jahren hatte mancher Abend, manche Nacht uns so vereint gesehen. Schon lag mein Bogen an den Saiten; ein paar Akkorde noch des Flügels, und sicher und kristallhell flog der erste Ton durch den Saal.

Und meine Geige sang, oder eigentlich war es meine Seele. Sie sang wie einst der Neck am Wasserfall, von dem die Kinder sagten, daß er keine Seele habe. – Du weißt es, meine Muse, denn du standest mir gegenüber neben dem Bilde deines Lieblings, des Jünglings Goethe, die schönen Hände in deinem Schoß gefaltet. Deine Augen waren hingegeben offen, und ich trank aus ihnen die entzückende Götterkraft der Jugend. Und die Wände des Gemaches schwanden und der rauschende Wasserfall stand, und alle die jungen Vögel, die eben noch so laut geschlagen hatten, verstummten lauschend. Ich war eins mit dir, schöne jugendliche Göttin, hoch oben stand ich herrschend; ich fühlte, wie die Funken unter meinem Bogen sprühten; und lange, lange hielt ich sie alle in atemlosem Bann.

Wir waren zu Ende. Adolf nahm die Hände vom Klavier, sah zu mir auf und nickte leise.

Und da ich den Bogen fortgelegt hatte, blickten die Jungen auf mich, halb scheu, mit erstaunten großen Augen, als hätten sie plötzlich entdeckt, ich sei noch einer von den Ihren, den sie nicht erkannt, der nun plötzlich die Maske des Alters fortgeworfen habe.

Erst als Adolf seinen Stuhl rückte und aufstand, wurde die Stille unterbrochen und die Gesellschaft drängte sich zu uns. Nur ich wußte, daß plötzlich Evelinens Hand in meiner lag. Oder war es die Hand meiner Muse, die noch einmal flüchtig mich berührte?

Sie haben dich gescholten, Eveline.

Und wenn ihr wahr gesprochen hättet – laßt sie mir! Auch die Natur, von welcher, gleich der Rose, sie nur ein Teil ist, vermag uns nichts zu geben, als was wir selber ihr entgegenbringen. Vielleicht gelangt der Mensch überall nicht weiter, und wir sterben einsam, wie wir einsam geboren wurden. Und dennoch, was wäre das Leben, wenn es keine Rosen gäbe?

Weißt du, daß es Vorgesichte gibt? – Mitunter, als könne sie nicht warten, bis auch ihre Zeit gekommen ist, wirft die Zukunft ihr Scheinbild in die Gegenwart. – Du ahntest nichts davon, aber ich habe es gesehen; es war mitten im kerzenhellen Saale. Du hattest getanzt und lehntest atmend in der Sofaecke; da sah ich dein Antlitz sich verwandeln, deine Züge wurden scharf, deine Wangen schlaff und fahl. Schon streckte meine Hand sich aus, um leis die Rose aus deinem Haar zu nehmen; denn sie saß dort wie ein Hohn für dein armes Angesicht. Aber es verschwand, da ich fest dich anblickte; du lächeltest, du warst wieder nicht älter als deine achtzehn Jahre. Unmächtig wich das Gespenst zurück; nur ich sah es noch immer wie eine verhüllte Drohung in der Ferne stehen.

O Eveline! Der Strom der Schönheit ergießt sich ewig durch

die Welt, aber auch du bist nur ein Wellenblinken, das aufleuchtet und erlischt; und alle Zukunft wird einst Gegenwart.

Im eigenen Herzen geboren,
Nie besessen,
Dennoch verloren.

Wie seltsam, diese Worte auf meinem Geigenkasten! Auch das ist nun vorüber. –

Hier scheinen in den Aufzeichnungen des Vetters ein oder mehrere Blätter zu fehlen; denn das Folgende, womit dort ein neues Blatt beginnt, ist augenscheinlich nur der Schluß eines längeren Aufsatzes.

– – »Aber ein Hauch der ewigen Jugend, die in mir ist, hat doch dein Herz berührt; mögen noch so übermütig deine jungen Lippen zucken. Einst, wenn auch du zu den Schatten gehörst, deren Mund vergebens nach dem Kelche dürstet, aus dem vor ihren Augen die Jugend in vollen Zügen trinkt, wird die Erinnerung an mich dich jäh überfallen; vielleicht am stillen Abend, wenn du hinter abgeheimsten Stoppeln die Sonne sinken siehst, vielleicht – auch das ist möglich – erst in den Schauern des Todes, in jenem letzten Augenblicke, wo alle Erdengeister dich verlassen. – Und nun geh, Eveline; denn jetzt sind sie alle noch in deinem Dienst!«

Ihre Hand zitterte, die, wie ich jetzt erst fühlte, in der meinen lag. Aber sie zog sie schweigend zurück, und ging.

»Gute Nacht, Eveline!«

Du aber, o Muse des Gesanges, verlasse du mich noch nicht! Laß mich mein Haupt an deine Schulter lehnen; denn ich bin müde, müde wie ein gehetztes Wild; und sollte ich heimlich bluten, so lege du die Hand auf meine Wunde! – –

Hier enden diese Aufzeichnungen. Kein Band, keine Locke, keine Blume liegt bei den vergilbten Blättern.

Wer war jene Eveline, welche dies alternde Herz noch einmal so tief zu erschüttern vermochte? – Ich kenne keine ihres Namens. Requiescat! Requiescat!

Draußen im Heidedorf

Es war an einem Herbstabend; ich hatte in der Amtsvogtei ein paar am Mittage eingebrachte Holzfrevler vernommen und ging nun langsam meinem Hause zu. Die Gaserleuchtung war derzeit für unsere Stadt noch nicht erfunden; nur die kleinen Handlaternen wankten wie Irrlichter durch die dunklen Gassen. Einer dieser Scheine aber blieb unverrückt an derselben Stelle und zog dadurch meine müßigen Augen auf sich.

Als ich näher gekommen war, sah ich vor dem Wirtshause, wo damals die nach Ost belegenen Dörfer ihre Anfahrt hatten, noch einen angeschirrten Bauerwagen halten; der alte Hausknecht stand mit der Stalleuchte daneben, während die Leute sich zur Abfahrt rüsteten.

»Macht fertig, Hinrich!« sprach es vom Wagen herab; »Ihr habt nun genug gealbert! Carsten Krügers und Carsten Deckers Frau warten alle beid auf ihre Stunde; es läßt mir nicht Ruh mehr.« – Die etwas ältliche Stimme kam von einer breiten, anscheinend weiblichen Person, welche, in Tücher und Mäntel eingemummt, unbeweglich auf dem zweiten Wagenstuhle saß.

Ich war unwillkürlich an der Ecke der hier abgehenden Querstraße stehengeblieben. Wenn man stundenlang gearbeitet hat, so sieht man gern einmal die andern Menschen eine Szene vor sich abspielen, und der Knecht hielt die Leuchte hoch genug, daß ich alles bequem betrachten konnte.

Neben einer jugendlichen Frauengestalt, deren Wuchs sich auffallend von der gedrungenen Statur unserer gewöhnlichen Landmädchen unterschied, stand ein junger Bauer, dessen blondes krauses Haar unter der Tuchmütze hervorquoll; in der einen Hand hielt er Zügel und Peitsche, mit der anderen hatte er die Lehne eines hölzernen Stuhles gefaßt, der zum Auftritt an den Wagen gerückt war. Es lag etwas Brütendes in dem Gesichte des jungen Menschen; der breite Stirnknochen trat so weit vor, daß er die Augen fast verdeckte. – »Komm, Margret, steig nun auf!« sagte er, indem er nach der Hand des Mädchens haschte.

Aber sie stieß ihn zurück. »Ich brauch dich nicht!« rief sie. »Paß du nur deine Braunen!«

»So laß doch die Narrenspossen, Margret!«

Auf diese mit kaum verhehlter Ungeduld gesprochenen Worte wandte sie den Kopf. Bei dem Schein der Leuchte sah ich nur den unteren Teil des Gesichtes; aber diese weichen, blassen Wangen waren schwerlich jemals dem Wetter der ländlichen Saat- und Erntezeit preisgegeben gewesen; was mir besonders auffiel, waren die weißen spitzen Zähne, die jetzt von den lächelnden Lippen bloßgelegt wurden.

Sie hatte dem jungen Menschen auf seine letzten Worte nichts erwidert; aber nach der Haltung des Kopfes konnte ich annehmen, daß ihre Augen jetzt die Antwort gaben. Zugleich trat sie leis mit einem Fuße auf den Holzstuhl, und als er sie nun umfaßte, ließ sie sich weich an seine Schulter sinken, und ich bemerkte, wie ihre Wangen eine Weile aneinander ruhten. Ich sah aber auch, wie er sie nach dem vorderen Wagensitze hinzudrängen suchte; allein sie entschlüpfte ihm und hatte sich im Augenblick auf dem zweiten Stuhl neben der dicken Frau zurechtgesetzt, die jetzt wieder ein »Mach fertig, Hinrich, mach fertig!« aus ihren Tüchern herausrief.

Der junge Bauer blieb noch wie unentschlossen an dem Wagen stehen. Dann zupfte er dem Mädchen an den Kleidern. »Margret!« stieß er dumpf hervor, »setz dich nach vorne, Margret!«

»Viel Dank, Hinrich!« erwiderte sie laut; »ich sitz hier gut genug.«

Der junge Mensch riß heftiger an ihren Kleidern. »Ich fahr nicht ab, Margret, wenn du nicht bei mir sitzen willst!«

Jetzt bog sie sich über den Rand des Sitzes zu ihm herab; ich sah ein Paar dunkle Augen in dem blassen Antlitz blitzen, und die weißen Zähne wurden wieder sichtbar zwischen den üppigen Lippen. »Willst du dich schicken, Hinrich!« sprach sie leise, fast wie mit verheißender Zärtlichkeit, »oder sollen wir ein andermal mit Hans Ottsen zur Stadt fahren? Er hat mich oft genug darum geplagt.«

Der junge Mann murmelte etwas, das ich nicht verstand; dann sprang er ungestüm zwischen die Pferde durch auf den vorderen Wagensitz, knallte ingrimmig mit der Peitsche und riß in die Zügel, daß die Braunen sich steil in die Höhe bäumten. Und gleich darauf, unter dem Aufschrei der Frauen, rasselte das Gefährt in die Nacht hinaus, daß der Holzstuhl, vom Rade getroffen, zertrümmert auf das Pflaster stürzte und der alte Hausknecht mit einem »Gott bewahr uns in Gnaden« zurücktaumelte und dann scheltend mit seiner Leuchte durch die Haustür verschwand.

Wie ein Schattenspiel war alles vorüber; und nachdenklich setzte ich meinen Weg nach Hause fort.

Etwa ein halbes Jahr danach wurde in der Amtsvogtei der Tod des Eingesessenen Hinrich Fehse zur Anzeige gebracht, der in einem der Ostdörfer eine große, aber, wie mir bekannt war, stark verschuldete Bauernstelle besaß. Da er außer seiner Witwe und einem mündigen Sohne gleichen Namens zwei unmündige Kinder hinterließ, so mußte die Masse in gerichtliche Behandlung genommen werden. Zum Vormunde der Unmündigen wurde, in Ermangelung naher Verwandten, auf den Wunsch der Witwe der frühere Küster des Dorfes bestellt; ein Mann, der während seiner Amtsführung sich weniger um die ihm anvertraute Jugend, als um seinen schon derzeit nicht geringen Landbetrieb bekümmert hatte, seit Niederlegung des Amtes aber seinen einstigen Schülern um so mehr in allen Vorkommnissen des Lebens mit seinem oft nur allzu weltklugen Rat zur Seite stand.

Als ich am Tage der Erbregulierung in die Gerichtsstube trat, fand ich den gewichtigen Mann schon in eifriger Durchsicht der Dokumente neben dem Pulte des Gevollmächtigten sitzen. Nachdem er mich durch seine runden Brillengläser erkannt hatte, strich er bedächtig die Seitenhärchen über seinen kahlen Scheitel und stand dann auf, um mich mit der ihm eigenen Würde zu begrüßen. Zugleich wies er auf einen jungen Menschen, der sich bei meinem Eintritt gleichfalls von einem Stuhl erhoben hatte, und sagte: »Das hier, Herr Amtsvogt, ist Hinrich Fehse, der älteste Sohn des Verstorbenen.«

Mir war in diesem Augenblick, als sei ich diesem eckigen Kopfe schon sonst einmal begegnet; nur über das Wie und Wo konnte ich nicht ins reine kommen. Aber wohl niemals hatte ich auf einem jugendlichen Antlitz einen solchen Ausdruck gleichgültiger Verdrossenheit gesehen: die grauen tiefliegenden Augen schienen es kaum der Mühe wert zu halten, die Wimpern zu mir aufzuheben.

Drüben an der Wand saß eine alte Bäuerin mit harten Zügen und dunkeln Augenbrauen, das graue Haar unter das schwarze Käppchen zurückgestrichen; sie saß unbeweglich und hielt ihre Hände mit dem Sacktuch auf der blaugedruckten Leinwandschürze. Das war die Witwe des verstorbenen Hufners Hinrich Fehse.

Es war mir darum zu tun, die etwas verwickelte Angelegenheit zunächst mit dem Küster allein zu besprechen, und ich trat deshalb mit ihm in mein nebenan liegendes Arbeitszimmer.

»Die Stelle wird sich schwerlich für die Familie halten lassen«, sagte ich, zugleich das Inventurprotokoll der Masse vor ihm aufschlagend: »wir werden leider zum Verkauf genötigt sein.«

Der Küster sah mich mit seinen runden Augen an. »Das bin ich nicht der Meinung!« sagte er dann im gewichtigen Schulton.

Ich wies auf die lange Reihe der im Protokoll verzeichneten Schulden. »Wenn das Altenteil der Witwe noch dazu kommt, so wird dem Annehmer der Stelle nicht genug bleiben, um auch noch die Erbteile der Geschwister auszukehren.«

»Das allerdings nicht!« Und der würdevolle Mann klemmte die fleischigen Lippen ein und blickte auf mich mit einer Sicherheit, als ob er das Gegenmittel schon fix und fertig in der Tasche hätte.

»Und trotz dessen«, fragte ich wieder, »wollen Sie ihn die große Hufe übernehmen lassen?«

»Das wäre so meine Meinung!«

»Und das Geld, woher wollen Sie das bekommen?«

»Dafür müßte freilich schon gesorgt sein!« Und er nannte die Tochter eines wohlhabenden Hufners aus demselben Dorfe. »Gestern«, fuhr er fort, »haben wir bereits den Verspruch gefeiert, und die Fehsesche Stelle kann nun von den beiden jungen Leuten gemeinschaftlich übernommen werden.«

Der Küster legte die Hände auf den Rücken und erwartete gehobenen Hauptes den Ausdruck meiner Bewunderung. Mir aber war es unter dieser Eröffnung plötzlich klargeworden, wo ich dem jungen Hinrich Fehse schon begegnet sei. Ich sah ihn wieder neben jenem gefährlichen Mädchen am Wagen stehen und hörte ihn sein düsteres »Margret, Margret!« ausstoßen. – »Mir ist«, sagte ich endlich, »als hätte ich Ihren Bräutigam schon auf anderen Wegen getroffen! Hat etwa die Hebamme Ihres Dorfes eine besonders hübsche Tochter?«

»Also das wissen Herr Amtsvogt auch schon!« erwiderte etwas überrascht der Küster. »Nun, wir haben das Mädchen sechs Meilen weit in die Stadt als Nähjungfer vermietet, und morgen geht sie dahin ab. Mit solider Bauernarbeit hat die Mamsell sich doch ihr Lebtag nicht befassen mögen.«

Ich mußte lachen. »Und wie haben Sie denn das nur wieder fertiggebracht?«

Das selbstzufriedene Lächeln im Gesichte des Küsters zuckte so tief, als es die starken Wangen zuließen. »Mit Erlaubnis, Herr Amtsvogt, für Geld kann man den Teufel tanzen lassen, warum denn nicht ein altes Weib!«

»In der Tat, Sie haben mehr als recht; und die Tochter der Hebamme ist voraussetzlich ohne Mittel?«

»Mit dem glatten Gesicht, Herr Amtsvogt, konnte uns nicht gedient sein, und sonst ist nichts da, was sie hätte in die Wirtschaft bringen können. Überdies«, und er stimmte seinen Ton zu vertraulichem Flüstern, »ihr Großvater war ein Slowak von der Donau und, Gott weiß wie, bei uns hängengeblieben; dazu die alte Hebamme mit ihrem Kartenlegen und Geschwulstbesprechen, womit sie den Dummen die Schillinge aus der Tasche lockt – das hätte übel gepaßt in eine alte Bauernfamilie!«

»Und hat sich denn Ihr Hinrich so leicht von jenem Mädchen trennen lassen?« fragte ich noch einmal.

Der Küster setzte seinen weltklugen Kopf in Positur. »Wenn ich es geradheraus sagen soll«, erwiderte er ausweichend, »es war noch ganz die Frage, ob die Dirne ihn genommen hätte; da sind noch andere, die sie hinter sich herzieht und die schwerer ins Gewicht fallen. Die junge Frau aber wird nicht mit ihm betrogen, denn das muß ihm jeder lassen, ein Bauer ist er aus dem Fundament!«

Unsere Unterredung war zu Ende. Von Gerichts wegen war gegen den gemachten Vorschlag nichts einzuwenden; im Gegenteil, alle Schwierigkeiten wurden dadurch wie von selbst gelöst.

– – Als wir wieder in die Gerichtsstube traten, hatte sich dort inzwischen auch die Braut mit ihrem Vater eingefunden. Sie mußte fast um zehn Jahre älter sein, als der ihr bestimmte Bräutigam; das Gesicht war wohlgeformt, aber reizlos, wie es bei denen zu sein pflegt, die schon mit ihrer Kinderseele um den Erwerb gerechnet haben; das fahlblonde Haar zeigte deutlich, daß es ungeschützt allem Wetter und Sonnenbrand ausgesetzt wurde. Ihr gegenüber an der andern Wand saß jetzt der Bräutigam; den Kopf gesenkt, die Hände zwischen den gespreizten Beinen vor sich hin gefaltet. – Bei den nun folgenden Verhandlungen zeigte er sich mit allem einverstanden; ein dürftiges »Ja« oder »Nein« oder »Das muß ja denn wohl sein«, war indessen alles, womit er diese Zustimmung ausdrückte; dabei fuhr er mit dem Rücken der Hand ein paarmal über seine Stirn, als wenn es dort etwas fortzuwischen gäbe. Endlich, als mit sämtlichen Beteiligten alles besprochen und das Vereinbarte zu Papier gebracht war, erfolgte, wie Rechtens, die Unterschrift des Protokolls.

Auch Hinrich Fehse, als an ihn die Reihe kam, trat an das Pult des Gevollmächtigten und malte in steilen, widerhaarigen Buchstaben seinen Vornamen unter die Verhandlung; dann aber setzte er mit einem tiefen Atemzug die Feder ab und starrte unbeweglich vor sich hin. Vor seinem inneren Auge mochte jetzt ein üppiger Mädchenkopf erscheinen; vielleicht flog gar der erschütternde Gedanke durch sein Gehirn, den Bann des alten bäuerlichen Herkommens zu durchbrechen. Aber der Küster, der ihn während der ganzen Verhandlung nicht aus den Augen gelassen hatte, trat jetzt, die Hände in den Taschen, zu ihm heran und sagte ruhig: »Bloß deinen Namen, Hinrich; bloß deinen Namen!«

Und Hinrich, wie von der eisernen Notwendigkeit am Draht gezogen, malte nun auch sein »Fehse« in denselben steilen Zügen noch dahinter.

»Actum ut supra« und Sand darauf; die Sache war erledigt. Hinrich Fehse verließ das Gericht als ein gemachter Mann; mit der Frau hatte er das Betriebskapital für die Hufe in Händen; wenn er als Bauer seine Schuldigkeit tat, so konnte es ihm nicht fehlen. – Und bald auch hörte ich, daß die Hochzeit mit allem Pompe bäuerlichen Herkommens gefeiert worden sei.

Der Eindruck, den diese Vorgänge mir gemacht hatten, war allmählich verblaßt. Anfänglich hatte ich wohl darauf geachtet, wenn an Markttagen der junge Bauer mit seiner Frau an mir vorüberfuhr; von der letzteren hatte ich dann auch wohl ein Kopfnicken bekommen, während er selbst, ohne sich umzuwenden, auf seine Pferde peitschte. Dann, geraume Zeit nachher, da es schon spät am Abend war, hatte ich ihn einmal in dem erleuchteten Hausflur jenes Wirtshauses an der Ecke gesehen; es war mir auch damals wohl durch den Kopf gegangen: »Was hat denn der wieder so spät in der Stadt zu tun!« Weitere Gedanken hatte ich mir darüber nicht gemacht. Da – es war wieder einmal Herbst geworden, der November stand schon vor der Tür – ging ich bei der Rückkehr von einer Morgenwanderung durch die Neustadt, wo eben Pferdemarkt gehalten wurde. Die edlen Tiere standen wie gewöhnlich zu beiden Seiten der Straße vor den Häusern angebunden, und ich drängte mich eben durch einen Haufen von Käufern und Verkäufern und vergnügter Stadtjugend, als mir von einem Hause ein lautes Rufen und Händeschlagen entgegenschallte. Im Näherkommen erkannte ich Hinrich Fehse, der mit einem jütischen Bauern in eifrigem Handeln begriffen war. Den Gegenstand, wie mir bald klar wurde, bildeten zwei höchst elend aussehende Pferde, die mit gesenktem Kopf danebenstanden, indes der Jüte den Schweif des einen Tieres lobpreisend zur Seite riß.

»Ja, ja«, sagte der andere, ohne auch nur hinzusehen; »die Schindmähren sind just gut genug.«

»Hundertunddörtig für die beide!« rief der Jüte wieder.

Aber Hinrich zog seine Hand zurück. »Hundertundzwanzig«, sagte er düster; »keinen Schilling mehr.«

Und klatschend fielen die Hände ineinander. Hinrich Fehse schnallte seine lederne Geldkatze los, zahlte dem anderen die harten Taler in die Hand und rüstete sich dann, die erhandelten Tiere von dem Rickwerk loszubinden.

Im Weitergehen, wo ich über den Eindruck des Gesehenen zum deutlicheren Bewußtsein kam, wollte mich bedünken, als ob der junge Bauer seit unserer letzten Begegnung, wie man bei uns sagt, bös verspielt habe. Das Gesicht war scharf und mager geworden, und die ohnehin kleinen Augen waren unter der vortretenden Stirn fast verschwunden; überhaupt, der an sich gewöhnliche Vorgang hatte mir jetzt etwas Auffallendes, so daß ich nicht umhin konnte, mich später beim Eintritt in die Gerichtsstube gegen meinen landkundigen Gevollmächtigten darüber auszusprechen.

Der alte Aktenmann machte vom Pultbock herab seine bedenklichste Handbewegung.

»So«, sagte ich; »die Sachen stehen also schlecht?«

»Gar nicht stehen sie!« erwiderte er. »Seit einem halben Jahr ist die Margret wieder im Dorf, und seitdem sitzt auch der Fehse fast alle Abend bei den Hebammenleuten; sogar in die Stadt ist er ihr nachgelaufen, als sie um Pfingsten in der Anfahrt hier zu nähen saß. Und dabei verkauft er, was los und fest ist, Futter und Saatroggen, so daß zum Winter wohl die leeren Scheunen nachbleiben werden; heut haben nun sogar die schönen braunen Wallachen daran glauben müssen – wissen, Herr Amtsvogt, die im Inventar zu fünfhundert Taler taxiert waren – und statt dessen hat er sich die jütschen Kracken eingehandelt. Dafür aber promeniert draußen im Dorf das Hebammenfräulein in seidenen Jacken und goldenen Vorstecknadeln; mag auch wohl manche Tonne Fehseschen Hafers an ihrem Leibe tragen!« Und der Alte nahm eine große Prise.

»Am Ende auch noch die beiden Wallachen, Brüttner!«

Der kleine graue Mann steckte die Feder hinters Ohr und segelte auf seinem Drehbock vollends zu mir herum. »Nun«, sagte er schmunzelnd, »wohin der Überschuß seinen Weg nimmt, das wäre wohl nicht schwer zu raten!«

»Und woher wissen Sie das alles so genau?«

Brüttner wollte eben antworten, als der Amtsdiener in die Stube trat: »Der Herr Küster ließen grüßen, heut könne er nicht wieder vorkommen; aber nächsten Donnerstag, und da wolle er die beiden Fehseschen Weiber gleich mit aufs Amt bringen.«

»Also der Küster ist hier gewesen?« fragte ich.

»Hm, freilich«, versetzte Brüttner; »und er meinte, nach den letzten Passagen wär's doch am besten, wenn die Frauen den Fehse unter Kuratel stellen ließen; er würde dem Herrn Amtsvogt schon alles auseinandersetzen.«

Bevor jedoch der Küster diesen kühnen Plan in Angriff nehmen konnte, wurde mir – es war an einem Mittwoch – von dem Bauervogt des Dorfes die schriftliche Anzeige gemacht, daß der Eingesessene Hinrich Fehse seit letztem Sonntagabend verschwunden sei. Die Meinung einiger gehe dahin, daß er mit dem neulich aus einem Pferdehandel gewonnenen Gelde auf einem Auswandererschiff von Hamburg fortgegangen sei; andere dagegen hegten die Befürchtung, er könne sich ein Leides angetan haben. Außer dem bekannten Verhältnis mit der Tochter der Hebamme sei ein besonderes Ereignis, welches sein Verschwinden erklären könne, nicht bekannt geworden. Übrigens hätten die angestellten Nachforschungen bis jetzt keinen Erfolg gehabt. –

– – Ich beschloß sofort, noch am Nachmittag die Sache an Ort und Stelle zu untersuchen. – Um desto unbehinderter zu sein, verzichtete ich auf einen Protokollführer und nahm nur den Amtsdiener als Begleitung mit. Wir fuhren auf einem offenen Wagen; denn es war ein milder Herbsttag, wie uns deren in unserer Gegend immer einige vor dem entschiedenen Eintritt des Winters beschert zu werden pflegen. Die lebendigen Hecken, welche wir während der ersten Stunde zu beiden Seiten des Weges hatten, trugen noch einen Teil ihres Laubes; hie und da zwischen Hasel- und Eichenbusch drängte sich ein Spillbaum vor, an dessen dünnen Zweigen noch die roten zierlichen Pfaffenkäppchen schwebten. Meine Augen begleiteten im Vorüberfahren das ebenso sanfte als schwermütige Schauspiel, wie fortwährend unter dem noch warmen Strahl der Sonne sich gelbe Blätter lösten und zur Erde sanken, zumal wenn vor dem Schnauben unserer Pferde eine verspätete Drossel, ihren Angstschrei ausstoßend, durch die Büsche flatterte.

Aber die Gegend wurde anders; die bewachsenen Wälle mit den bebauten Feldern dahinter hörten auf. Statt dessen fuhren wir hart am Rande des sogenannten »Wilden Moors« entlang, das sich derzeit, so weit der Blick reichte, nach Norden hinauszog. Es schien hier, als sei plötzlich der letzte Sonnenschein, der noch auf Erden war, von dieser düsteren Steppe eingeschluckt worden. Zwischen dem schwarzbraunen Heidekraut, oft neben größeren oder kleineren Wassertümpeln, ragten einzelne Torfhaufen aus der öden Fläche; mitunter aus der Luft herab kam der melancholische Schrei des großen Regenpfeifers, der einsam darüber hinflog. Das war alles, was man sah und hörte.

Mir kam in den Sinn, was ich einst – ich meine über die noch von dem slawischen Urstamm bewohnten Steppen an der unteren Donau – gelesen hatte. Dort aus den Heiden erhebt sich in der Dämmerung ein Ding, das einem weißen Faden gleicht und das sie dort den »weißen Alp« nennen. Es wandert gegen die Dörfer, es stiehlt sich in die Häuser, und wenn die Nacht gekommen ist, legt es sich an den offenen Mund der Schlafenden; dann schwillt und wächst der anfänglich dünne Faden zu einer schwerfälligen Ungestalt. Am Morgen darauf ist alles verschwunden; aber der Schläfer, der dann die Augen auftut, ist über Nacht blödsinnig geworden; der weiße Alp hat ihm die Seele ausgetrunken. Er bekommt sie nimmer wieder; weit auf die Heide hinaus in feuchte Schluchten, zwischen Moor und Torf, hat das Unwesen sie verschleppt.

Nicht der weiße Alp war hier zu Hause; aber zu andern, nicht minder unheimlichen Dingen verdichteten sich auch die Dünste dieses Moors, denen manche, besonders der älteren Dorfbewohner, nachts und im Zwielicht wollten begegnet sein.

An der südlichen Grenze desselben lag unser Reiseziel, das Dorf, dessen spitzer Turm und schwarze Strohdächer schon lange vor uns sichtbar gewesen waren. – Als wir endlich anlangten, ließ ich zunächst vor dem Hause des alten Küsters halten, um durch diesen etwas Näheres über die Verhältnisse im Fehseschen Hause zu erfahren. Ich traf ihn mit seinem Knechte beim Aufladen des Düngers beschäftigt, im blauwollenen Futterhemd, die Furke in der Hand; doch war er deshalb nicht weniger würdevoll, als er erst seinen »Goldhaufen« mit der ebenen Erde vertauscht hatte. »Ich will's Ihnen sagen, Herr Amtsvogt«, hub er an, nachdem er zuvor seine Sprachwerkzeuge durch ein paar Ansätze fetten Hustens in Bereitschaft gesetzt hatte, »wem nicht zu raten ist, dem ist auch nicht zu helfen! Dieser Hinrich hat mit Gewalt sein Glück nicht erkennen wollen; Gott weiß, ob's mit der Kuratel noch zu kurieren ist!«

Wir waren unterdessen in das Haus und in die Wohnstube getreten. Hinter dem Ofen, in welchem trotz der milden Witterung ein Feuer brannte, saß ein kränklich aussehendes Mütterchen, fast verdeckt von einer großen Wollenstrickerei, die sie mit ihren mageren Fingern handhabte. Sie entschuldigte sich klagend, daß sie wegen ihrer Kreuzschmerzen nicht vom Lehnstuhl auf könne, um mich zu begrüßen; dann klinkte sie von ihrem Sitze aus die daneben befindliche Küchentür auf und rief mit scharfer Stimme: »Kathrin! Setz den Kessel auf, Kathrin!« Und zugleich hörte ich auch draußen den Dreifuß auf den Herd werfen und im Feuerloch rumoren.

Die Frau Küsterin klappte die Tür wieder zu und strickte weiter; aber ihre kleinen matten Augen folgten unablässig, während ich mit ihrem Eheherrn im Gespräche auf und ab wandelte.

»Wenn's erlaubt ist zu reden, Herr Amtsvogt«, sagte sie endlich, ihr Strickzeug von sich schiebend; »es hat schon einen Vorspuk gegeben; dazumal, als mein Mann hier noch im Amte war. – Ich hab die Rosen so gern«, fuhr sie hüstelnd fort; »es sollte just am andern Tage das Ringlaufen für die Schule sein, und abends dann, mit hoher Erlaubnis, die Tanzlustbarkeit im Kruge; da waren auf einmal alle meine Rosen abgerissen. Ich wußte wohl gleich, wo mein Spitzbube zu suchen war; aber bei unserm Vater in der Schule hat's der Hinrich so zu drehen gewußt, daß das Strafrohr auf seinen Rücken gefallen ist. Und die Dirne saß mausestill dabei und guckte in ihr Gesangbuch.«

»Aber Mutter«, versuchte der Küster einzureden, »so erzähl doch dem Herrn Amtsvogt nicht die alten Kindergeschichten!«

»Meinst du, Vater?« versetzte sie. – »Sie standen beide vor der Konfirmation; es ist nur ein Faden, und der läuft bis heute hin.«

Ich bat höflich um die Fortsetzung des Berichts.

Das Mütterchen nickte. »Ich hatte damals noch meine Gesundheit, Herr Amtsvogt«, begann sie wieder; »aber als ich anderen Abends mit der Frau Pastorin nur kaum in den Tanzsaal getreten war, so sah ich auch schon, daß der Hinrich seinen Willen hatte; denn in dem Kranze, den die Slowakendirne auf ihren schwarzen Haaren trug, saßen richtig meine roten Rosen; und herumgeschwenkt hat sie sich auch mit ihm, daß dem hölzernen Jungen der Schweiß von den Backen rann.

Nun, nun, Vater!« unterbrach sie sich, als der Küster zu einer neuen Bemerkung anhub. »Ich weiß wohl, die Freude dauerte nicht lang; ich will's dem Herrn Amtsvogt alles schon erzählen. Es war nämlich einer unter den größeren Jungen, der nicht wie die andern in das Hebammenmädchen vernarrt war, obschon sie sich genug um ihn zu tun machte; und das war der Sohn von dem reichen Klaus Ottsen hier! – Als eben die Musikanten zu einem neuen Walzer aufspielten, kommt der anstolziert, in seiner blauen Jacke mit Perlmutterknöpfen, die silberne Uhrkette über der Weste, und sieht sich unter den Dirnen um, als wenn sie nur alle so für ihn zu Kauf stünden. Er war aber auch ein schlanker, braunhaariger Junge und hat noch heute so was Stolzes an sich. – Vor Hinrich und Margret, die eben wieder in die Reihe treten wollten, blieb er stehen und sah höhnisch auf sie herab. »Hehler und Stehler?« sagte er lachend. »Der Rosenhinrich und die Slowakenmargret? Ihr macht ein sauberes Paar zusammen!« – Die Dirne glotzte ihn an mit ihren schwarzen Augen. »Läßt d' mich schimpfen, Hinrich?« rief sie. Und im Handumdrehen hatte auch mein Ottsen seine zwei Faustschläge in den Nacken. »Das für die Slowakenmargret! Und das für den Rosenhinrich!« – Und dabei fiedelten die Musikanten, und die Kinder tanzten und stolperten über den Hans, der sich eben vom Fußboden wieder aufsammelte; und in all dem Lärm hör ich die Stimme unseres Herrn Pastors und sehe auch, wie er den Hinrich am Kragen hat und ihn gegen den Türpfosten stellt. »Daß du es weißt, Fehse!« hör ich ihn noch sagen; »mit dem Tanzen ist es heute abend aus für dich!« – Da stand er nun und biß sich die Lippen blutig, und die Margret reckte ihren Schwarzkopf auf und schaute durch den Saal nach einem andern Tänzer aus. – – 's ist aber ein wunderlich Ding, das Menschenherz, Herr Amtsvogt! Schon lange hatt ich gesehen, daß Hans Ottsen dastand, als wenn er die Dirne mit den Augen verschlingen wollte; und es hilft einmal nicht, die gestohlenen Rosen ließen ihr verwettert gut zu ihrem feinen, unverschämten Stumpfnäschen. Und richtig! Sie hatte nun auch den am Band. »Was meinst, Margret?« sagte ganz kleinlaut der Hans Hoffart; »willst jetzt mit mir halten heute abend?« – Erst, als er nach ihrer Hand griff, stieß sie ihn vor die Brust und tat wild wie 'ne Katze; aber als sie merkte, daß es Ernst war, ward sie auch ebenso geschmeidig und lacht' und wies ihre weißen Zähne und tanzte mit ihrem schmucken Hans an dem armen Burschen vorüber, als hätte es für sie nimmer einen Hinrich Fehse auf der Welt gegeben. Der aber stand noch immer wie angenagelt auf seinem Posten; nur seine kleinen Augen fuhren hinter den beiden her; es war ein Glück, daß sie nicht mit Flintenkugeln geladen waren!

Was weiter im Saal passiert ist«, fuhr die Erzählerin fort, nachdem sie eine Weile Atem geschöpft hatte, »das hab ich nicht gesehen; die Frau Pastorin holte mich nach der Hinterstube, wo unsere Männer sich zu ihrem Kartenspiel gesetzt hatten. Die Zeit verging; es war eben Feierabend geboten, ich stand just am Fenster und hörte nach den Wildgänsen droben in der Luft, denn es war eine milde Nacht, und das Getier flog über die Heide nach dem Haff – da auf einmal hieß es: »Wo ist Hinrich Fehse?« – Ja, Hinrich Fehse war nicht da. – »Ich sah ihn draußen im Weg«, meinte einer; »er wird nach Haus gelaufen sein.«- Aber die Mutter kam gejammert; zu Hause war er auch nicht. – Der alte Hinrich Fehse, ein Querkopf trotz seinem Jungen, stand vorn im dicken Haufen in der Schenkstube und stieß sein Glas auf den Tisch, daß er nur noch den Fuß in der Hand behielt, und räsonierte auf den Herrn Pastor; er lasse seinen Jungen nicht kujonieren, wenn er ihn auch nicht wie die reichen Bauern mit Uhrketten und Perlmutterknöpfen besetzen könne; nein, zum Teufel, das leide er nicht!

Ich war in den Tanzsaal zurückgegangen, wo eben die Musikanten ihre Fiedeln in die Ledersäcke steckten. Da stand noch die Hebammendirne mit Hans Ottsen auf der leeren Diele; sie allein schien alles das nicht anzufechten. »Nun, Margret«, fragte ich, »weißt du denn nicht, wo der Hinrich abgeblieben ist?« – »Ich? – Nein!« sagte sie kurz, zog einen ihrer kleinen Schuhe aus und zupfte die rote Bandschleife darauf zurecht; dann funkelte sie wieder auf den Hans mit ihren schwarzen Augen und schlug ihn neckisch auf die Hände: »Du, was hast mich eingestaubt, du! Du bist so wild; wart nur, ich tanz nicht mehr mit solch 'nem Tollen!«

Und das war die Margret, Herr Amtsvogt; der Hinrich aber kam auch am anderen Morgen noch nicht wieder; sie meinten, der Mittag würde ihn nach Hause treiben; aber da hatte auch eine Eule gesessen; das ganze Dorf kam in die Beine, sie suchten ihn mit Leitern und mit Stangen. Und endlich! Wo war er gewesen, Herr Amtsvogt? – Bei den Wasserkröten hatte er in der Nacht gesessen; dort hinten im Moor bei der schwarzen Lake. Der Finkeljochim, der da seine Besen schneidet, kam ins Dorf gelaufen und erzählte es. Da haben sie ihn denn nach Haus geholt mitsamt dem Gliederreißen, das er sich vom feuchten Moorgrund heimgebracht. Ein paar Wochen hat er in den Kissen liegen müssen, und als der Doktor nicht angeschlagen, haben sie die Sympathie gebraucht: und mit drei Tassen Kamillentee und ein paar Handvoll Kirchhofserde ist dann auch alles wieder in seinen Schick gekommen.«

Der Kaffee war inzwischen aufgetragen, und der Küster erinnerte, nicht ohne scheinbare Vorsicht, seine Frau daran, daß der Herr Amtsvogt noch mit ihm zu reden habe.

»Ich will nicht im Wege sein, Vater«, versetzte diese, von ihrem Lehnstuhl aus die Tassen vollschenkend; »ich sage nur und hab's dem Herrn Pastor auch schon gesagt: erst, als die Dirne wieder aus der Stadt zurück war, lief nur der Hinrich bei den Hebammensleuten, und es gefiel ihr schon, daß sie gleich wieder einen hinter sich herzuziehen hatte; und wenn auch nur um die junge Frau zu ärgern, die ihn geheiratet hat; seit es aber mit dem alten Klaus Ottsen aufs Letzte geht und der nicht mehr den Daumen gegenhalten kann, weiß auch sein Hans mit Dunkelwerden den Weg dorthin zu finden. Ich wundre mich nicht, daß der Fehse auch diesmal wieder fortgelaufen ist; denn mit sich selber umzugehen, was doch die größte Kunst vom Menschenleben ist, das hat er immer noch nicht lernen können. Ich begreif nicht, was darum soviel Aufhebens im Dorf ist; er wird schon wiederkommen, wenn er's satt hat!«

Die kleine gebrechliche Frau, deren blasse Wangen unter dem

lebhaften Erzählen wieder aufgeblüht waren, schwieg jetzt und suchte mit der Feuerzange die Kohlen in ihrem Ofen aufzustören. – Ich tat noch diese und jene Frage; dann ließ ich mich von dem Küster, dem draußen sichtlich seine Würde wieder zuwuchs, an meinen Wagen geleiten.

»Ja, ja, mein wohlgeborener Herr Amtsvogt«, sagte er, gleichsam die Summe eines langen Gedankenexempels ziehend; »ich habe manchen Gang um diese Heirat gemacht; aber der Mensch soll ja auf den Dank der Welt nicht rechnen! Nehmen Sie nur die Mamsell Margret aufs Korn; die wird Ihnen über alles Bescheid geben können.«

Unterdessen hatte er das Schutzleder vor meinem Sitze zugeknöpft, und, mit majestätischer Handbewegung entlassen, rumpelte mein Fuhrwerk auf der schlecht gepflasterten Dorfstraße weiter.

Hinter der zur Rechten liegenden Kirche, an deren granitner Mauer ich im Vorüberfahren die Jahreszahl 1470 las, blickte aus jetzt fast entlaubten Holunderhecken ein Häuschen mit grünen Fensterläden.

»Den Hebammensleuten gehört es«, erwiderte auf meine Frage der Amtsdiener, sich vom Kutschersitze zu mir wendend, »sie halten's gewaltig sauber; in Geschäften bin ich ein paarmal dort gewesen.«

Nach einer Weile hörten zur Linken die Häuser auf. Die an der Kirchseite sich noch eine gute Strecke entlangziehenden Gehöfte lagen gegen Westen, nur durch den Weg und einige eingewallte Acker- und Wiesenstücke von dem großen Moor getrennt; das letzte derselben, einsam und weit hinaus belegen, war mir als das des Hinrich Fehse bezeichnet worden.

Vor vielen dieser Häuser bemerkte ich Gruppen von Menschen, anscheinend in lebhafter Unterhaltung, zuweilen auch wohl mit ausgestrecktem Arm nach dem Moor hinausweisend. Es war augenscheinlich eine besondere Aufregung unter den Dorfbewohnern.

Endlich fuhren wir auf die Fehsesche Hofstelle. An dem Hause, welches etwa hundert Schritt vom Wege zurücktrat, waren noch die Früchte der wohlhabenden Heirat sichtbar: die nördliche Hälfte mit dem großen Scheunentor und den halbrunden Stallfenstern war augenscheinlich kaum vor Jahresfrist gebaut, die andere dagegen, welche die Wohnungsräume enthielt, mochte in diesem Zustande schon lange von Vater auf Sohn vererbt worden sein. Vor den niedrigen Fenstern, auf welche das schwere schwarzbraune Strohdach drückte, zog sich ein ziemlich ödes Gartenstück bis an den Weg hinab.

Da sich niemand von den Hausgenossen zeigte, als wir oben vor dem Scheunentor hielten, so schickte ich den Amtsdiener in das Haus, der dann auch bald in Begleitung einer alten Frau wieder an den Wagen trat. Ich wollte sie als Witwe Fehse begrüßen, aber sie erwiderte, sie habe nur als Nachbarin das Haus gehütet; die alte und die junge Frau Fehse seien zum Bauervogt gegangen; denn die Tochter des Finkeljochim hätte erzählt, daß sie noch gestern abend, da eben der Mond aufgegangen sei, den Hinrich dort hinten auf dem Moor gesehen habe; auf diese Nachricht seien wieder Leute zum Suchen hinausgeschickt worden.

Ich fragte näher nach.

»Es wird wohl nichts daran sein, Herr Amtsvogt«, meinte die Alte; »die Dirne ist so was simpel; und seit der Hans Ottsen ihr vergangenen Winter was in den Kopf gesetzt hat, ist sie vollends faselig geworden.«

»Aber wo ist das Mädchen jetzt zu finden?«

»Jetzt bekommen Herr Amtsvogt sie nicht. Sie ist mit den Leuten in die Heide, um ihnen den Platz zu zeigen.«

Ich ließ mich zunächst von der Alten in das Wohnzimmer weisen und einen Tisch in die Mitte stellen, auf welchem ich zur Aufnahme der nötigen Notizen mein mitgebrachtes Schreibmaterial bereitlegte.

Es war ein niedriges, aber geräumiges Zimmer; der weiße Sand auf den Dielen, die blanken Messingknöpfe an dem Beileger-Ofen, alles zeugte von Sauberkeit und Ordnung. Den Fenstern gegenüber befanden sich zwei verhangene Wandbetten; vor dem einen, mit der zwischen Vergißmeinnicht gemalten Überschrift: »Ost un West, to Huus ist best«, stand eine jetzt leere hölzerne Wiege.

Um keine Zeit zu verlieren, hieß ich den Amtsdiener, mir die in der Nähe wohnende Tochter der Hebamme zur Stelle zu bringen, während die Alte es übernahm, die Fehseschen Frauen von der entlegeneren Wohnung des Bauervogtes herbeizuholen. – Ich befand mich allein im Hause; von der Wand tickte der harte Schlag einer Schwarzwälder Uhr; in Erwartung der kommenden Dinge war ich ans Fenster getreten und sah in die gelbe Herbstsonne, die schon tief jenseit der Heide stand.

Das Rauschen von Frauenkleidern weckte mich aus den Gedanken, worin ich mich einzuspinnen begann. Als ich mich umwandte, erblickte ich eine schlanke volle Mädchengestalt in städtischer Kleidung, deren kleine und, wie mir schien, zitternde Hand eben ein schwarzes Kopftuch von dem Nacken streifte.

Ich konnte nicht zweifeln, wen ich vor mir hatte; zum ersten Mal sah ich den verführerischen Kopf jenes Mädchens unverhüllt.

»Sie sind Margarete Glansky!« sagte ich.

Ein kaum hörbares »Ja« war die Antwort.

Ich setzte mich ihr gegenüber an den Tisch und nahm die Feder zur Hand.

»Sie kennen den jungen Hinrich Fehse?« fragte ich weiter.

Ein ebenso leises »Ja« erfolgte.

»Ich meine, Sie haben in näherer Bekanntschaft mit ihm gestanden?«

Sie antwortete nicht. Als ich aufblickte, sah ich, daß sie totenblaß war; ich hörte, wie die weißen Zähnchen aufeinanderschlugen. Die Angst vor äußerlicher Verantwortlichkeit wegen einer vielleicht innerlichen Schuld mochte sie ergriffen haben.

»Weshalb fürchten Sie sich?« fragte ich.

»Ich fürchte mich nicht; – aber die Bauernweiber haben alle einen Haß auf mich.«

»Es handelt sich nicht um Sie, Margarete Glansky, sondern um den jungen Mann, der seit einigen Tagen vermißt wird.«

»Ich weiß nichts davon; ich bin nicht schuld daran!« stieß sie, noch immer nach Atem ringend, hervor.

»Aber wir müssen ihn zu finden suchen«, fuhr ich fort. »Kurz vor seiner Heirat sind Sie in die Stadt gezogen und dann vor einem halben Jahre wieder zurückgekommen?«

»Es gefiel mir dort nicht, ich hatte nicht nötig zu dienen; – es reut mich noch, daß ich so dumm mich hatte fortschicken lassen!« Und die starken Augenbrauen des Mädchens zogen sich dicht zusammen.

»Hinrich Fehse«, sagte ich, »ist dann oft des Abends zu Ihnen gekommen?«

»Wir konnten ihn doch nicht fortjagen.«

»Er kam zuletzt, so sagt man, jeden Abend und blieb dann oft bis Mitternacht.«

»Das lügen die Weiber!«

»Aber Sie haben Geschenke von ihm angenommen?«

Ein heißes Rot flog über ihr Gesicht. »Wer hat das gesagt?«

»Das singen die Spatzen von den Dächern; es hat argen Unfrieden zwischen den Eheleuten gesetzt.«

»Nun, und wenn's auch wäre!« rief sie und warf trotzig ihre roten Lippen auf. »Wer hat sie geheißen, ihn zu heiraten!«

»Und würden Sie ihn denn geheiratet haben?« fragte ich.

Aber bevor sie zu antworten vermochte, wurde die Stubentür aufgerissen, und die beiden Fehseschen Frauen, die junge mit ihrem Kinde auf dem Arm, traten in das Zimmer. Ich sah noch, wie die Augen der alten Bäuerin und der Hebammentochter in unverhohlenem Hasse aufeinander blitzten; dann stellte die Alte sich vor mir hin und sagte zitternd:

»Herr Amtsvogt, was tut die Person da in unserem Hause? Ich bin der Meinung, daß ich das wohl nicht zu leiden brauche!«

»Die Person«, erwiderte ich, und schob dabei die beiden Frauen unmerklich wieder zur Tür hinaus, »wird gerichtlich vernommen und ist von mir hieher beschieden worden.«

Wir standen draußen auf dem Hausflur. Die alte hagere Frau rang die Hände. »Ach, das Elend!« rief sie; »das Elend!« – Die junge Bäuerin trocknete von den Wangen ihres schlafenden Kindes die Tränen, die sie fortwährend darauf weinte.

»Wir hatten es so gut das erste Jahr«, sagte sie, »wenn nur die nicht wiedergekommen wär; unsereins versteht so was nicht; aber sie muß es ihm doch angetan haben! Und das viele Geld, das er neulich für die Pferde gelöst hat; – wir haben die Schatulle und alles durchgesucht, aber es ist nichts davon zu finden.«

Durch die offene Haustür sah ich draußen einen Mann mit

einer langen Stange vorübergehen und den Weg ins Moor hinunter nehmen. Die Alte war hinausgetreten und kam jammernd zurück. Plötzlich aber fuhr sie sich mit der Schürze über die Augen. »Der da oben wird wissen, wo er ist«, sagte sie. »Er war nicht gottlos, mein Hinrich! – Auf die Knie hat er sich geworfen und seinen armen Kopf in meinen Schoß gedrückt; denn er war ja immer doch mein Kind! ›Mutter‹, hat er gesagt, ›Ihr saht mich auf dem Braunen fortreiten, und ich sagte Euch, daß ich wegen der Zinsen zum Müller nach der Nordermühle müßte; – das war gelogen, Mutter; in der Irre bin ich fünf Stunden lang für wild herumgeritten; Ihr habt selbst dem Braunen den Schaum von den Flanken gestrichen, als ich heimgekommen; – ich hab nur nicht zu ihr hinüber wollen; aber es hat mich doch wie bei den Haaren dahin zurückgezogen; – es kriegt mich unter; ich kann's nicht helfen, Mutter!‹

Und er war doch so gut, mein Hinrich!« fuhr die Alte, wie mit sich selber redend, fort. »Noch als das Kind geboren war! In unserm Hof hier, aufs Pferd hab ich's ihm reichen müssen; die Sonne schien so warm, drüben in der Koppel stand die Sommersaat so grün. ›Was meinst, Mutter‹, sagt' er, ›ich könnt es gut ein bißchen mit aufs Feld nehmen!‹ Er war so glücklich über sein Kind; ich hatt meine Not, es ihm wieder abzukriegen; und es war doch erst sechs Wochen alt!«

Ich machte mich von den Frauen los, indem ich ihnen bedeutete, daß sie wegen ihrer eigenen Vernehmung zur Stelle bleiben müßten. Als ich wieder in das Zimmer trat, fielen schon die schrägen Strahlen der Abendsonne durch die Fenster. Das Mädchen stand noch auf demselben Platze wie vorhin; aber sie schien ruhiger geworden und sogar, vielleicht nur weil ich den andern Frauen gegenüber ihre Anwesenheit vertreten hatte, ein Vertrauen zu mir gefaßt zu haben. »Ich will's Ihnen wohl erzählen, Herr Amtsvogt«, begann sie, indem sie mit beiden Händen ihr glänzendschwarzes Haar zurückstrich; – »ob ich ihn geheiratet hätte, wenn er das Geld von der andern nicht hätte brauchen müssen; – ich weiß das nicht, und ist auch wohl übrig jetzt zu fragen; ich bin gut Freund mit ihm gewesen; wir tanzten wohl zusammen; aber – und das ist die Wahrheit! Herr Amtsvogt – ich hatte nicht gedacht, daß er's gar so ernsthaft nehmen würde.«

»Sie wußten doch«, sagte ich, »daß er von Jugend auf Ihnen nachgegangen war; und ich meine, der sah nicht aus, als ob er mit solchen Dingen spielen könnte.«

Sie hatte seitwärts einen raschen Blick in den kleinen, mit Pfauenfedern geschmückten Spiegel geworfen, und eine Sekunde lang brach es wie heiße Lebenslust aus ihren dunklen Augen. »Nun«, sagte sie, »zuletzt hab ich's schon merken müssen; aber da hab ich ihn nicht mehr fortbringen können. Versucht hab ich's genug; denn er plagte mich bis aufs Blut mit seinen Grillen; zumal wenn sonst junge Leute zu uns kamen, wie das doch nicht anders ist. Er konnte mit den Zähnen knirschen, wenn ich nur einen an die Haustür brachte; oder gar, als einmal Hans Ottsen aus Narretei mir die Haarzöpfe losmachen wollte; und er hatte doch sein Weib zu Hause!«

Ich sah sie fest an. »Also der Ottsen kam in der letzten Zeit auch zu Ihnen? Sie wissen vielleicht, daß sein Vater ihm um Johanni die Hufe übergeben hat.«

Sie stutzte einen Augenblick wie verwirrt; dann aber, als habe sie meine Bemerkung nicht gehört, fuhr sie fort: »Manchen Abend, wenn der Wächter zu neun geblasen, hat meine Mutter ihn angerufen, nach Haus zu gehen. Aber er ging nicht. ›Frau Nachbarn‹, sagt' er dann wohl, ›Sie wird mir doch den Stuhl in Ihrem Hause gönnen; ich verlang ja weiter nichts!‹ Und so sind wir denn sitzen geblieben; ich an meinem Nähstein vor der einen Tischschublade, er vor der andern. ›Hinrich‹, hab ich oft gesagt, ›sei nicht so hintersinnig! Du kannst ja Sonntag im Krug mit mir tanzen; nimm doch deine Frau mit, und laß uns alle miteinander vergnügt sein.‹ Aber er stieß dann nur ein höhnisches Lachen aus und sah mich aus seinen kleinen Augen an, als wollte er mir damit ein Leides tun.

Nur einmal«, fuhr sie nach einer Weile fort, »ist er eine Zeitlang weggeblieben; – als ihm das Kind geboren war, und ich dachte schon, er sei nun zur Vernunft gekommen. Da, etwa vier Wochen nachher, wurde seine Frau schwer krank; sie glaubten alle, es geh mit ihr aufs Letzte, auch meine Mutter, die ihr doch in der Geburt hatte beistehen müssen. Und da, Herr Amtsvogt – kam er wieder.«

Das Mädchen atmete schwer auf. – »Er war ganz anders geworden, mehr so wie damals, als er noch ein junger Bursche war; er konnte wieder erzählen und sprach wieder von seiner Wirtschaft und was er tun und treiben wollte. Einmal aber – meine Mutter war eben außer Hause – faßte er mich plötzlich an beiden Schultern und sah mich an, wie unsinnig vor Freude. ›Margret!‹ – rief er, ›denk's einmal aus! Wenn – o wenn!‹ – – Er verstummte dann und ließ mich los; aber ich wußte doch, wie's gemeint war, und hab's auch bald nachher gesehen. Deshalb dachte ich, ihn auf andere Gedanken zu bringen. ›Ist denn der Doktor heute bei euch gewesen?‹ fragte ich. ›Wie geht's mit Ann-Marieken?‹- Es war erst, als wenn er nicht antworten mochte. ›Sie hat wieder ein neues Glas gekriegt‹, sagte er dann; ›ich weiß nicht, was der Doktor meinte.‹ Dabei hatte er sich das Punktierbuch meiner Mutter aus deren Nähkasten gekramt, setzte sich mir gegenüber und fing nun an, mit Kreide auf den Tisch zu stricheln. Er tat das so hastig und wurde so heiß um den Kopf dabei, daß ich ihn fragte: ›Hinrich, auf was punktierst du da?‹

›Laß, laß!‹ sagte er. ›Bleib du bei deiner Näharbeit!‹ Aber ich bog mich unbemerkt über den Tisch und las in dem Buch die Nummer, auf welche er den Finger hielt. Da war es die Frage, ob der Kranke genesen werde? – Ich schwieg und setzte mich wieder an meine Arbeit; und er strichelte weiter, zählte ›Eben‹ oder ›Uneben‹ und punktierte sich nachher die Figuren mit der Kreide auf den Tisch. ›Nun‹, fragte ich, ›bist du fertig? Kann man's jetzt zu wissen kriegen?‹ – Er hatte den Kopf in die Hand gestützt und sah mich schweigend an, aber still und weich, wie er's lang nicht getan hatte. Dann stand er auf und gab mir die Hand. ›Gute Nacht, Margret!‹ sagte er; ›ich muß nun nach Hause.‹ Und somit ging er fort; es war noch früh am Abend. – Da die Figuren auf dem Tische stehengeblieben waren, so schlug ich in dem Büchlein nach. Da lautete die Antwort: ›Tröstet die Seele des Kranken und laßt alle Hoffnung fahren!‹ – – Aber es war diesmal nicht getroffen; die Frau erholte sich bald hernach; und nun ward's mit ihm schlimmer, als es je gewesen war. Glauben Sie's mir, Herr Amtsvogt, wenn ich was an ihm versehen habe, es ist mit Angst und Not gebüßt.«

Da sie bei diesen Worten in ein krampfhaftes Weinen ausbrach, so ließ ich sie auf einen Stuhl niedersitzen. Bald aber erhob sie wieder ihren Kopf, den sie in beide Hände gepreßt hatte, und sah mich an. – Im Zimmer war nur noch das Licht des Sonnenuntergangs, in dem die roten Lippen des Mädchens auffallend gegen ihr blasses Gesicht und ihre dunklen Augen hervortraten.

Aber ich mußte weiterfragen. »Hinrich Fehse«, sagte ich, »hat in der vorigen Woche einen Pferdehandel gemacht, woraus er viel Geld hätte nach Hause bringen müssen; die Fehseschen Frauen aber versichern, daß sie es nirgends haben finden können.«

»Wir haben das Geld nicht, Herr Amtsvogt!« sagte sie düster.

»Und Sie wissen auch nicht, wo es hingekommen ist?«

Sie nickte. »Doch; das weiß ich.«

»Es haben einige gemeint«, fuhr ich fort, »er sei nach Hamburg, um von dort mit einem Auswandererschiff nach Amerika zu gehen?«

»Nein, Herr Amtsvogt; wohin er gegangen ist, das weiß ich nicht; aber mit dem Geld ist er nicht nach Amerika. – Ich will Ihnen auch das erzählen; so wahr, als wenn ich vor Gott stünde! – Am letzten Sonntagabend war's, es mochte gegen acht Uhr sein; meine Mutter, die über Nacht aus gewesen war, saß im Lehnstuhl und nickte über ihrem Strickzeug; wir waren ganz allein, und ich wunderte mich, daß auch Hinrich Fehse nicht kam; denn am Vormittag in der Kirche hatte er mich wieder einmal angestarrt, daß alle Weiber die Köpfe nach mir wandten. – Draußen ging der Sturm; aber zwischen den Windstößen glaubt ich mitunter bei unserm Hause gehen zu hören. Mir war das unheimlich, und ich trat vor die Haustür, um zu sehen, was es gäbe. Es war kein Mondschein, Herr Amtsvogt; aber es war nachthell; ich konnte durch den kahlen Fliederzaun ganz deutlich die Kreuze auf dem Kirchhof unterscheiden, der an unsern Garten stößt; und so sah ich auch, daß unterm Zaune einer stand; und da ich hinzutrat, war es Hinrich Fehse. ›Was stehst du hier und läßt dich durchkälten?‹ sagte ich. ›Warum kommst du nicht herein?‹ – ›Ich muß dich allein sprechen, Margret!‹ erwiderte er. – ›Nun, so sprich, wir sind hier allein; es wird auch niemand kommen in dem Unwetter.‹ – Aber er sprach nicht, bis ich sagte: ›Mich friert; ich will hinein und mein Umschlagetuch holen!‹ Da griff er mich bei der Hand und sagte schwer: ›'s geht so nicht länger, Margret; ich muß ein Ende machen.‹ – Er kam mir so seltsam vor; ich wußte nicht, was ich ihm darauf antworten sollte. ›Hinrich‹, sagte ich; ›am besten wär's, ich ginge wieder fort; dann wird wohl alles noch gut werden!‹ – ›Wir müssen beide fort, miteinander fort, Margret!‹ antwortete er. Dabei zog er einen Beutel hervor und ließ ihn mehrmals auf der Kante des Brunnens klingen, an dem wir in diesem Augenblicke standen. ›Hörst du?‹ sagte er; ›das ist Gold! Vorgestern hab ich meine Braunen verkauft; ich geh zu meinem Vetter über See in die Neue Welt; es ist leicht, dort sein Brot zu finden.‹ – ›Das wirst du deiner Frau nicht antun!‹ sagte ich. – ›Nicht antun, Margret? Es ist kein Segen für sie, wenn ich dableib; die paar tausend Taler, die sie in die Wirtschaft gebracht hat, gehen bald darauf; ich bin kein Bauer mehr, ich hab keine Gedanken ohne dich!‹ – Er wollte mich umfassen, aber ich sprang zurück.

›Das würde mir anstehen‹, sagt ich, ›als deine Beiläuferin mit dir in die weite Welt zu rennen!‹ – ›Hör mich nur‹, begann er wieder; ›wir gehen heimlich fort; meine Frau wird dann auf Scheidung klagen; dann können wir uns dort zusammengeben lassen.‹ – ›Nein, Hinrich; ich tu's nicht, ich geh so nicht fort.‹- Auf diese Worte ward er wie unsinnig; er warf sich auf die Erde, ich weiß nicht, was er alles sprach; auch heulte der Sturm um die Kirche, daß ich's kaum verstehen konnte; meine Kleider flogen, ich war ganz verklommen. ›Geh nach Haus, Hinrich‹, bat ich, ›du bist heut nicht bei dir, laß uns morgen über die Sache sprechen!‹ – Indem hörte ich hinter uns vom Kirchhofsteige laute Stimmen; Hans Ottsen war darunter, und ich horchte nach unserer Pforte; denn er war in den letzten Wochen bisweilen zu uns gekommen. Aber sie mußten vorübergegangen sein; ich hörte das Kreuz im großen Kirchhofstor drehen und bald auch die Stimmen weiter unten auf dem Dorfwege. – Als ich den Kopf zurückwandte, stand Hinrich vor mir. ›Margret‹, sagte er, und er würgte die Worte nur so heraus; ›willst du mit mir gehen?‹ – Aber bevor ich noch zu antworten vermochte, legte er die Hand auf meinen Mund. ›Sprich nicht zu früh!‹ rief er, ›denn ich frag nicht wieder – nimmer wieder.‹ – Ich antwortete nicht; es schnürte mir die Kehle zu; was hätte ich ihm auch antworten sollen! – ›Siehst du!‹ sagte er; ›ich wußte es wohl; du bist falsch, du wartest auf den anderen!‹ – Er machte eine Bewegung mit dem Arm, und gleich darauf hörte ich es auch unten im Brunnen aufklatschen. – ›Hinrich, dein Gold!‹ rief ich. ›Was tust du, Hinrich!‹ – ›Laß nur!‹ sagt' er; ›ich brauch's nun nicht mehr; – aber‹ – und er faßte mich mit beiden Händen und hielt mich vor sich, als ob er wie aus der Ferne mich betrachten wollte – ›küß mich noch einmal, Margret!‹«

– »Und dann?« fragte ich, als das Mädchen stockte.

»Ich will nicht lügen, Herr Amtsvogt; ich hätt's ihm nicht gewehrt: aber er stieß mich plötzlich von sich. – Ich wollte der Haustür zulaufen; da rief er zornig meinen Namen; und als ich darauf nicht hörte, sprang er hinter mir her und packte mich wie mit eisernen Armen. Das Haar war mir losgegangen; er schlang einen meiner Zöpfe um seine Hand und riß mir damit den Kopf in den Nacken. ›Noch einen Augenblick, Margret‹, sagte er, und trotz der Nacht sah ich, wie seine kleinen Augen über mir funkelten; und während der Sturm mir fast die Kleider vom Leibe riß, schrie er mir ins Ohr: ›Ich will dir was Heimliches anvertrauen, Margret; aber sprich's nicht weiter! Für uns beid zusammen ist kein Platz mehr auf der Welt; du sollst verflucht sein, Margret!‹ – Ich stieß einen lauten Schrei aus; ich glaubt, er wolle mich erwürgen. Da ließ er mich los und rannte davon; ich hörte noch, wie er drüben die Kirchhofspforte zuschlug; und gleich darauf war auch meine Mutter vor die Haustür getreten und rief nach mir. – ›Er wird sich morgen schon besinnen‹, sagte sie, nachdem ich ihr alles, so gut als ich es vermochte, erzählt hatte; ›da kann er auch sein Gold sich selber wieder fischen.‹ Dann holte sie ein Vorlegeschloß und legte es vor den Brunnendeckel, den einst mein Großvater ungebetener Gäste wegen hatte machen lassen; es hätte ja jemand anders den Beutel im Eimer mit heraufziehen können. – – Als wir ins Haus gegangen waren, legte meine Mutter sich ins Bett, und ich setzte mich wieder an meine Arbeit. Draußen stürmte es noch immer fort; mitunter hörte ich unten im Dorf den Wächter blasen; im Kirchturm schlug die große Glocke an. Mir war ganz unheimlich; aber es ließ mir keine Ruh; ich dachte immer, er könne sich ein Leids angetan haben. Als ich merkte, daß meine Mutter eingeschlafen war, nahm ich mein Umschlagetuch und schlich mich fort. – Es begegnete mir niemand; die meisten Häuser waren schon dunkel; nur auf der Fehseschen Stelle sah ich vom Wege aus noch Licht durch die Öffnung der Fensterläden scheinen. Ich nahm mir ein Herz und ging den Wall hinauf und in die Gartenpforte. Als ich mich an das Fenster stellte, hörte ich drinnen die Spinnräder schnurren, bisweilen auch ein Wort von der alten Fehse. – ›Was sie nur sprechen mögen!‹ dachte ich und legte das Ohr an den Laden, aber ich konnt es nicht verstehen. Da gewahrte ich unter dem anderen Fenster eine umgestürzte Schubkarre, und als ich hinaufgestiegen war und mich auf den Zehen hob, reichte mein Auge bis an das Herz des Ladens. Ich konnte dort das Wandbett übersehen; auch sah ich, daß jemand darinlag, und als der Kopf sich auf dem Kissen umwarf, erkannte ich, daß es Hinrich war. Mit einem Mal aber richtete er sich in den Kissen auf und stierte mit den Augen auf mich zu. Da befiel mich die Angst, ich sprang von der Karre herab und rannte fort, über den Weg, über den Kirchof; – um die Turmecke pfiff und heulte es; der alte Finkeljochim sagt dann immer, die Toten schreien in den Gräbern. Mir grauste, ich weiß nicht mehr, wie ich wieder ins Haus und ins Bett gekommen bin. – Am andern Morgen aber hieß es, Hinrich Fehse sei in der Nacht verschwunden; ich habe nichts wieder von ihm gesehen.«

Sie schwieg. – Es war inzwischen dämmerig geworden. Als ich durch die kleinen Scheiben einen Blick ins Freie tat, war fern am Horizont nur noch ein schwacher Abendschein; die Bäume im Garten standen schwarz, unten über dem Moor aber zogen die Nebel wie weiße Schleier. – Ich ließ zwei Talgkerzen anzünden und vor mir auf den Tisch stellen; dann rief ich die Fehseschen Frauen in das Zimmer.

»Soll denn die dabei sein?« fragte die alte Bäuerin, indem sie einen halb scheuen, halb haßerfüllten Blick auf das Mädchen warf, die nach meinem Geheiß sich in die eine Fensterecke gesetzt hatte.

»Die wird Sie nicht stören, Frau Fehse!« erwiderte ich.

»Nun, meinethalb; was ich zu sagen habe, kann Gott und alle Welt hören; aber« – und sie erhob drohend ihren dürren Finger – »die Bösen werden ihren Lohn bekommen!«

Das Mädchen schien von diesen Worten nichts zu hören; sie hatte wie erschöpft den Kopf so weit gegen die Wand gelehnt, daß ihr das schwarze Haar von den Schläfen zurückgefallen war. – »Lassen Sie das, Frau Fehse!« sagte ich. »Erzählen Sie mir, wie sich die Sache zutrug.«

Sie schien wie aus tiefen Gedanken aufgestört zu werden.

»Ja«, sagte sie, »er war auch den Abend drüben gewesen, da, bei der! Aber er kam doch früh nach Haus; denn Ann-Marieken lag so schlecht, der Doktor hatte ihr eben ein neues Glas verschrieben, da hat er die ganze Nacht an ihrem Bett gesessen, gewiß, das hat er! und ihre Hand gestreichelt. ›Ann-Marieken‹, sagte er, ›du bist nicht schuld daran; verklag mich nicht zu hart da oben; du wirst's da besser haben als bei mir.‹«

Die junge Frau, die eben ihr Kind in die Wiege legte, brach in bitterliche Tränen aus.

»Ich meine, Frau Fehse«, erinnerte ich, »wie es an dem letzten Abend war, da Euer Sohn das Haus verlassen hat.«

»Ja, wie war's?« erwiderte sie. »'s war am letzten Sonntagabend; das Essen hatten wir abgeräumt, und die Magd war in ihre Kammer gegangen – nein, es muß schon hin um zehn Uhr gewesen sein; Ann-Marieken und ich saßen noch bei unserem Spinnrad. Mein Hinrich war vordem ganz verstürzt nach Hause gekommen, nun lag er schon lange in dem Wandbett da. Aber er schlief wohl nicht, denn er warf sich fleißig herum und stöhnte auch wohl so vor sich hin; wir waren das schon an ihm gewohnt, Herr Amtsvogt. – – Draußen war's Unwetter, wie das jetzt im November wohl zu sein pflegt; der Nordwest war zu Gang und riß die Blätter von den Bäumen; mir bangte immer, er sollte auch den Birnbaum an der Scheune umstürzen; denn mein Vater selig hat ihn bei der Taufe von meinem Hinrich selbst gepflanzt. Da hör ich's draußen leise vor dem Fenster trotten, und ich horchte darauf; denn, Herr Amtsvogt, ich wußte nicht, war es ein Tier oder war es eines Menschen Fußtritt. Ich frag: ›Hörst du das, Ann-Marieken?‹ frag ich. Aber sie greift in ihr Spinnrad und sagt: ›Nein, Mutter, ich höre nichts!‹ – Nun rückt ich 'nen Stuhl zum Fenster und sehe durch das Herz des Fensterladens; denn wir hatten wegen des Unwetters die Läden angeschroben. Da stand der Birnbaum gegen den grauen Nachthimmel und ächzte und wehrte sich zum Erbarmen gegen den Sturm; auch über die Koppeln und die Wischen hinunter konnte ich sehen und sah auch hinten im Moor die Wassertümpel blenkern, denn die Luft war hell dazumalen. Lebiges war nicht zu sehen. Aber das merkt ich wohl, es drückte sich was unter das Fenster, und es rutschte, als scheuere ein Zottelpelz an der Mauer lang. Da ich vom Stuhl herabsteige, kratzt es draußen an dem andern Laden und sogleich hör ich auch drüben in der Wand das Bettband knacken, und mein Hinrich sitzt steidel aufrecht in den Kissen und starrt mit ganz toten Augen nach dem Fenster zu. – Als ich ruf: ›Herr Jes', Hinrich! was ist denn?‹ da ist auch hinten im Stall das Vieh in die Unruhe gekommen, und durch all das Unwetter hör ich den Bullen brüllen und mit Gewalt an seiner Kette reißen. Aber mein Hinrich sitzt noch immer so tot und glasig, daß mir ganz graulich wurde, und als ich mich nun selber umende – Herr, du mein Jesus Christ! –, da guckt' ein Tier durch den Fensterladen! Ich sah ganz deutlich die weißen, spitzen Zähne und die schwarzen Augen!«

Die Alte wischte sich mit der Schürze den Schweiß von der Stirn und begann leise vor sich hinzumurmeln.

»Ein Tier, Frau Fehse?« fragte ich; »habt Ihr denn so große Hunde im Dorf?«

Sie schüttelte den Kopf: »Es war kein Hund, Herr Amtsvogt!«

»Aber Wölfe gibt's hier doch nicht mehr bei uns!«

Die Alte drehte langsam den Kopf nach dem Mädchen und sagte dann mit scharfer Stimme: »Es mag auch wohl kein rechter Wolf gewesen sein!«

»Mutter! Mutter!« rief das junge Weib; »Ihr habt mir doch immer gesagt, es sei die Hebammens-Margret gewesen, die ins Fenster gesehen habe!«

»Hm, Ann-Marieken, ich sage auch nicht, daß sie es nicht gewesen ist.« Und die alte Frau verfiel wieder in ihr unverständliches Klagen und Murmeln.

»Was faselt Ihr, Mutter Fehse!« rief ich. Und doch, als ich das Mädchen so leblos mit ihrem kreideweißen Gesicht und den roten Lippen dasitzen sah – der weiße Alp fiel mir ein aus der Heimat ihres Großvaters, und ich hätte fast hinzugefügt: »Ihr irrt Euch, ich weiß es besser, Mutter Fehse, sie hat ihm die Seele ausgetrunken; vielleicht ist er fort, um sie zu suchen!« Aber ich sagte nur: »Erzählt mir ordentlich, wie wurde es denn weiter mit Euerem Hinrich?«

»Mit meinem Hinrich?« wiederholte sie. »Er griff ans Bettband und war auf einmal mit beiden Füßen auf der Diele. ›Laß mich, Hinrich!‹ sagte ich. Aber er fuhr hastig in die Kleider: ›Nein, nein, Mutter, Ihr haltet den Bullen nicht!‹ und dabei hatte er immer die Augen nach dem Fensterladen. Als er dann im Fortgehen an die Wiege stieß, die so wie heut dort neben dem Bette stand, da streckte das Kleine im Schlaf seine Ärmchen auf und griff mit den Fingerchen in die Luft. Mein Hinrich blieb noch einmal stehen und bückte sich über die Wiege, und ich hörte, wie er bei sich selber sagte: ›Das Kind! Das Kind!‹ Er streckte auch schon seine Hand nach den kleinen Händchen aus, als just der Sturm wieder gegen die Laden stieß und das Rumoren draußen im Stalle wieder anhub. Da tat er einen tiefen Seufzer und ging wie taumelig zur Türe hinaus.« – –

Schon länger hatte ich bemerkt, daß Margret den Kopf wie lauschend gegen das Fenster hielt; jetzt hörte ich auch das dumpfe Rumpeln eines Wagens, der den Weg vom Moor heraufzukommen schien. –

»Und seitdem«, fragte ich die Alte wieder, »habt Ihr Euren Sohn nicht mehr gesehen?«

Ich erhielt keine Antwort. Die Stubentür knarrte, und durch die Türspalte drängte sich ein graues Hündchen, naß und beschmutzt; es lief zu der alten Bäuerin und sah sie einen Augenblick wie fragend an, schnoberte winselnd an der Bettstelle herum und lief dann ebenso wieder zur Tür hinaus. Die beiden Frauen, welche atemlos das Tier mit den Augen verfolgt hatten, brachen in laute Klagen aus. Es war, wie ich daraus entnehmen konnte, der Hund des Vermißten, den er selber aufgezogen und dann immer um sich gehabt hatte; das kleine Tier war seit jenem Abend ebenfalls verschwunden gewesen.

Das Rumpeln des Wagens kam indessen näher, und zugleich sah ich, wie am Fenster das Mädchen ihren Kopf aufreckte und mit weit aufgerissenen Augen hinausstarrte. Die Unschlittkerzen leuchteten nicht so weit, aber es fiel von außen eine Mondhelle durch die Scheiben. Gleich einer Schlange glitt sie in die

Höhe und blieb dann mit offenem Munde stehen. In demselben Augenblick fuhr auch der Wagen dröhnend auf die Tenne des Hauses.

Eine Weile war es lautlos still, dann wurden Männerstimmen auf dem Hausflur laut, die Stubentür wurde weit geöffnet, und ein breitschulteriger Mann trat auf die Schwelle. »Wir sind mit der Leiche da«, sagte er; »hinten im Moor in der schwarzen Lake hat sie gelegen.«

Das Zetergeschrei der Frauen brach herein; das junge Weib hatte sich mit beiden Armen über die Wiege ihres Kindes geworfen, das jetzt, vom Schlafe aufgestört, sein schrilles Stimmchen mit dareinmischte.

Aber die alte Bäuerin besann sich plötzlich; ihre knochige Hand schüttelnd, trat sie vor das Mädchen hin, die noch immer wie versteinert in die leere Nacht hinausstarrte. »Hörst du's?« rief sie; »er ist tot! Geh nun! Du hast hier weiter nichts zu schaffen.«

Das Mädchen wandte den Kopf, als habe sie nichts davon verstanden; aber trotz des verhüllenden Gewandes sah ich, daß ein Schauder über ihre Glieder lief, während sie schweigend zur Tür hinausging. Durch das Fenster sah ich sie den Hof hinabschreiten; sie hatte den Kopf im Nacken, als sei er ihr herumgedreht, der Scheune zugewendet, worin der Tote lag. Plötzlich, als sie den Weg erreicht hatte, begann sie zu laufen, mit aufgehobenen Armen, als sei was hinter ihr, dem sie entrinnen müßte. Bald aber verschwand sie in den weißen Nebeln, die vom Moor herauf den Weg überschwemmt hatten.

Ich ließ anspannen, mein Geschäft war für heut zu Ende. Als ich durch das Dorf fuhr, kam der Küster von seiner Hofstelle mir entgegen und legte die Hand auf meinen Wagen. »Es tut mir leid um den Hinrich, Herr Amtsvogt!« sagte er. »Aber wer weiß, ob es nicht so am besten ist; wir müssen jetzt nur sehen, daß wir einen tüchtigen Setzwirt bekommen, der die Witwe heiraten und die Stelle für den kleinen Hinrich Fehse bewirtschaften kann. Es soll schon alles besorgt werden, Herr Amtsvogt!« Und in seiner alten Unerschütterlichkeit grüßte er gravitätisch mit der Hand, während ich, diese tröstlichen Worte noch im Ohr, aus dem Dorfe hinausfuhr, an dem Moor entlang, das von einem trüben Mond beleuchtet wurde.

Um mit meinem Bericht zu Ende zu kommen: der Brunnen der Hebammensleute wurde schon am andern Tage ausgeschöpft, und der versenkte Schatz kam wirklich wieder an das Tageslicht. Auch der Mann für die junge Witwe fand sich, nachdem das Kind noch binnen Jahresfrist mittels eines Bräune-Anfalls seinem Vater in jenes unbekannte Land gefolgt war. Hans Ottsen zog es vor, statt die verrufene Hebammen-Margret zu seinem Weibe zu machen, zu der väterlichen Hufe auch noch die Fehsesche Stelle auf dem einfachen Wege der Heirat zu erwerben. Und so war denn, nach dem Rezept der Küsterin, mit ein paar Handvoll Kirchhofserde wieder alles in seinen Schick gebracht.

Will man noch nach dem Slowakenmädchen fragen, so vermag ich darauf keine Antwort zu geben; sie soll in ich weiß nicht welche große Stadt gezogen und dort in der Menschenflut verschollen sein.

Beim Vetter Christian

Mein Vetter Christian hatte wirklich schon mit zwanzig Jahren seine schönen blauen Augen; und doch behaupteten die Mädchen, Hand aufs Herz, daß sie ihnen völlig ungefährlich seien. Das aber kam daher, weil derzeit, was allerdings in solchem Alter selten vorkommt, die Elektrizität derselben noch gebunden war; und die Ursache hiervon lag wiederum darin, daß nach des Vaters frühem Tode der Vetter zwischen zwei so überwiegend energischen Frauennaturen aufgewachsen und nach kurzen und fleißig benutzten Universitätsjahren wieder in ihre Obhut zurückgekehrt war.

Die eine derselben, seine Mutter – Gott habe sie selig! – meine gute Tante Jette, hat auch mich als Knaben einmal unter ihrer rührigen Hand gehabt, als Christian und ich uns von ihren großen Schattenmorellen eine Limonade gegen den heißen Sommerdurst bereitet hatten; der anderen verstand ich kunstvoll aus dem Wege zu gehen. Es war dies »die alte Karoline«, welche in schon betagter Jungfräulichkeit als Kindsmagd bei dem kleinen Christian ihren Dienst im Hause angetreten, sich hier nach unbekannt gebliebenen sonstigen Versuchen noch zweimal, wiewohl ohne den gewöhnlich dabei beabsichtigten Erfolg, verlobt hatte und schließlich, nach des Hausherrn Tode, als Magd für alles in der Familie hängengeblieben war. Die Auflösung jener Verlöbnisse sollte lediglich durch die allzu große Tüchtigkeit der Braut herbeigeführt sein, wovor, trotz des annehmlichen und bekannten Barvermögens derselben, sowohl der letzte als der vorletzte Bräutigam zurückgeschreckt waren, welche aber demnächst bei ihrer Herrin eine desto dauerhaftere und erhebendere Anerkennung gefunden hatte.

Meine Tante Jette besaß nach ihres Mannes Tode nur ein schmales Einkommen; aber ein großes Haus. Sie hätte leicht von den leerstehenden Zimmern vermieten können; allein sie gehörte zu den alten Geschlechtern; das ging denn doch nicht wohl. Zum Glück wurde Christian als Kollaborator an unserer Gelehrtenschule angestellt und bezog nun die oberen Zimmer, welche einst von seinem Vater bewohnt gewesen waren. Im übrigen blieb der Hausstand unverändert; Karoline wollte lieber auch für ihren Doktor die Arbeit mittun, als noch so ein junges, flusiges Ding neben sich herumdammeln sehen.

Allein bald nach dem Amtsantritt ihres Sohnes begann Tante Jette zu kränkeln und konnte es sich endlich nicht mehr verhehlen, daß sie das rüstige Leben, das lustige Scheuern und Polieren, das Kochen und Einmachen mit der für sie in keiner Weise passenden ewigen Ruhe werde zu vertauschen haben. Als resolute Frau tat sie indessen auch hier, was not war. Täglich gab sie jetzt ihrem Kollaborator eine Unterrichtsstunde in der praktischen Weisheit ihres Lebens, und der getreue Sohn, wenn er danach in sein Studierzimmer getreten war, unterließ nicht, diese letzten mütterlichen Ratschläge in sauberer Reinschrift zu Papier zu bringen, bis er bemerkte, daß der Zyklus geschlossen und er nach dem Ende wieder in den Anfang hineinzugeraten beginne. Am letzten Tage vor ihrem Ende aber fügte Tante Jette ihren Vorträgen noch gleichsam einen Epilog hinzu. »Und, Christian«, sagte sie und legte alle noch übrige Kraft in ihre Stimme, »daß du mir die alte Karoline nicht von dir lässest! Die Leute sagen zwar, sie sei ein Drache; mir aber, wenn es doch einmal auf einen Vergleich hinaus soll, scheint sie, mit ihren runden Augen in dem breiten Kopfe und den Borstenhärchen unter der krummen Nase, mehr einem alten Schuhu ähnlich zu sein; und du weißt es, daß dieser Vogel in dem Haushalt der Natur eine nicht geringe Stelle einnimmt.«

Und als der Vetter sie zwar ehrerbietig, aber doch mit etwas zweifelhaften Augen anblickte, setzte sie hinzu: »Nein, nein, Christian; glaub mir's, du brauchst eine, die dir die Mäuse wegfängt; und die alte Karoline wird das schon besorgen.«

– – So war denn die Alte auch nach der Mutter Tode im Hause verblieben und ihr junger Herr befand sich leidlich wohl dabei. Denn in der Tat – wovon er freilich keine Ahnung hatte – sie pracherte mit Hökern und Gemüseweibern um den letzten

Dreiling, sie wußte verschämte Bettler und unverschämte in Wein reisende Juden schon auf dem Hausflur abzufangen; die Bauern, die zur Stadt kamen und die Städter mit ihrem Torf betrogen, fürchteten die Alte mehr als ihren Landvogt.

Zwar wenn der Doktor, was ihm wohl geschehen konnte, sich auf seinem Spaziergang nach der Klasse über die Mittagszeit hinaus verspätet hatte, so wurden wohl die Stubentüren etwas härter als nötig zugeschlagen; auch flog wohl einmal nach der Suppe der Bratenteller auf den Tisch, als sei es Trumpf-As, das die alte Karoline vor ihm ausspielte; aber der Vetter hörte das so wenig, wie der Mietsmann eines Bäckers das Geklapper der Beutelmaschine; er befand sich im Geiste vielleicht eben auf dem Markte zu Athen und lauschte der donnernden Philippika des jungen Demosthenes, gegen den offenbar die alte Karoline nicht in Betracht kommen konnte.

Da, nach Verlauf einiger Jahre, geschah es, daß dem Doktor zweierlei in den Schoß fiel: das Subrektorat seiner Gelehrtenschule und eine Erbschaft von einer seiner vielen Tanten. Hatte er, dank seinem Hausdrachen, schon vorher ein hübsches Sümmchen von seinen Einkünften zurücklegen müssen, so wußte er jetzt vollends nicht mehr, wohin damit. Das machte ihn unruhig. Er ging in seinem großen Hause umher: unten in das Wohnzimmer, wo Tisch und Stühle, die Bilder an der Wand, alles noch so war wie zu Lebzeiten der Mutter; in die danebenliegenden Räume, die seit des Vaters Tode unbenutzt gestanden, in das Eßzimmer, dann in das kleinere Spielzimmer. Das Bild seines Vaters, des milden braunlockigen Mannes, war ihm mit einemmal so gegenwärtig; dabei sah er sich selbst als Knaben, im grauen Habit mit runden Perlmutterknöpfchen; er half seinem Vater den Tabak für die Gäste mischen und rote und grüne Federposen auf die Kalkpfeifen setzen, wobei oft eine linde Hand liebkosend über seine Haare strich. – Ihn überfiel, und stärker mit jedem Mal, daß er hier verweilte, eine Sehnsucht, diese Räume aufs neue zu beleben, wenn auch die Toten nicht mehr zu erwecken seien. Die Sippschaft in der Stadt war noch so groß; fast jede Woche mußte er zu irgend einer Familiengesellschaft, war es nun in den Häusern der Verwandten oder sommers in deren Gärten vor der Stadt. Wie hübsch mußte es sein, wie einst sein Vater es getan, sie alle auch nun seinerseits im eigenen Hause zu bewirten! Indessen – das war sonnenklar – die alte Karoline allein vermochte das doch nicht zu leisten.

Der Vetter resolvierte sich kurz und ging zu der Großtante, der alten Frau Bürgermeisterin; und diese, nachdem er seine Sache vorgetragen, empfahl ihm zuerst eine Witwe, die eben ihren dritten Mann begraben, und dann eine reife Jungfrau, welcher – es war himmelschreiende Sünde – die Vorsteher schon wieder den Platz im St.-Jürgens-Stifte abgeschlagen hatten. Da der Vetter jedoch bedachte, daß es in seinem Hause eigentlich an einer Karoline genug sei, so beschloß er, zuvor noch die Meinung seines Onkels, des Senators, einzuholen.

Und in der Tat; der Onkel wußte Besseres zu raten.

»Ich empfehle dir«, sagte er, »mein Patchen, die kleine Julie Hennefeder; ihr Vater – du weißt, unser alter Kontorist – war so etwas von einem Tausendkünstler, er war der ›Hans Michel in de Lämmer-Lämmerstraet‹; er konnte machen, was er sah, ein ›Fleuteken‹ so gut wie einen ›Napoleon‹, und trotzdem blieb er hintenum in seiner Lämmerstraße sitzen. Die Witwe hat es knapp, und ich weiß, daß sie sich schon nach einem soliden Platz für ihre Tochter umgesehen hat. Das wäre ja denn so bei dir, Christian! Übrigens, das Mädchen sieht keineswegs aus, als wenn ihr Familienname für sie erfunden wäre; im Gegenteil, sie ist ein schmuckes, voll ausgewachsenes Menschenkind und soll überdies so manches von der Kunstfertigkeit ihres Vaters ererbt haben, was sich auch besser für ein Hausfrauchen als für einen alten Kontoristen schicken mag.«

Und so setzte denn, als eben Goldregen und Syringen im Garten des Vetters sich zum Blühen anschickten, ein braunes, rosiges Mädchen zum erstenmal den Fuß über die Schwelle seines Hauses; und der Vetter konnte nicht begreifen, weshalb auch drinnen die alten Wände plötzlich zu leuchten begannen. Erst später meinte er bei sich selber, es sei der Strahl von Güte, der aus diesen jungen Augen gehe. Die Großtante freilich schüttelte etwas den Kopf über diese gar so jugendliche Haushälterin, und womit die alte Karoline geschüttelt, das hat der Vetter niemals offenbaren wollen.

Julie war keine schlanke Idealgestalt; sie war lieblich und rundlich, flink und behaglich, ein geborenes Hausmütterchen, unter deren Hand sich die Dinge geräuschlos, wie von selber, ordneten. Dabei, wenn ihr so recht etwas gelungen war, konnte sie sich oft einer jugendlichen Unbeholfenheit nicht erwehren; fast als habe sie für ihre Geschicklichkeit um Entschuldigung zu bitten. Ja, als einmal der Vetter ein lautes Wort des Lobes nicht zurückhalten konnte, sah er zu seinem Schrecken das Mädchen plötzlich wie mit Blut übergossen vor sich stehen und ganz deutlich glaubte er: »O, bitte, wenn Sie nichts dagegen haben!« die buchstäblichen Worte aus ihrem Munde zu vernehmen. In Wirklichkeit freilich hatte er sie nicht gehört; es war nur eine Konjektur, die er aus den braunen Augen herausgelesen hatte.

Als er es später dem Onkel Senator bei einer Nachmittagspfeife anvertraute, nickte dieser und meinte lächelnd, das sei eine Inschrift, züchtig, süß und bescheiden, und wohl passend für ein junges Mädchenangesicht.

Und wie von selber belebten sich die öden Räume des Hauses. Die Fenster füllten sich mit Blumen, und unten vom Wohnzimmer in das Treppenhaus hinauf klang morgens der helle Schlag eines Kanarienvogels; aber ebenso lag auch das Tüchelchen bereit, um ihn zum Schweigen zu bringen, wenn der Herr Doktor noch beim Morgenkaffee seine Pensa durchnahm. Der Onkel, der jetzt öfter bei dem Vetter einsah, behauptete, das ganze Haus habe eine Wendung weiter nach der Sonnenseite hin gemacht.

Selbst die alte Karoline stand eines Tages mit eingestemmten Armen und sah den kunstfertigen Händen der »Mamsell« zu, die eben den Studiersessel des Doktors neu gepolstert hatte und nun so flink einen blanken Nagel um den anderen einschlug. Freilich, als sie sich darauf ertappte, trabte sie eilig in ihre Küche zurück, scheltend über sich selbst und über die fingerfixe Person, die dem Nachbar Sattler das Brot vor dem Munde wegnehme.

Je weniger aber die alte Jungfrau die Tüchtigkeit und die ruhige Freundlichkeit des Mädchens verkennen konnte, desto schärfer spähte sie nach allen Seiten aus, und bald konnte man sie gegen die Mittagsstunde zwischen ihrem Feuerherd und der auf dem Flur stehenden Hausuhr unruhig auf und ab wandern sehen. Es war unzweifelhaft, der Doktor kam niemals mehr zu spät von seinem Mittagsspaziergang; ja, er sah oft ganz erhitzt aus, wenn er anlangte; er mußte schier gerannt sein, um nur die rechte Stunde nicht zu verfehlen. Um ihretwillen, die sie ihn doch auf diesen ihren Armen getragen hatte, war noch niemals ein Tropfen Schweiß vergossen worden!

Die Lippen der Alten begannen vor sich hin zu plappern: sie schluckte, als könne sie es nicht hinunterwürgen.

Es war augenscheinlich, die Küche hatte jene Sonnenwendung des übrigen Hauses nicht mitgemacht.

Inzwischen gingen die Jahreszeiten ihren Gang. Die Rosen im Garten hatten ausgeblüht; Hülsenfrüchte und Spargel waren nicht nur abgeerntet, es stand auch ein gut Teil davon in blanken Konserven in der Vorratskammer; daneben reihten sich sorgsam verpichte Flaschen, voll von Stachelbeeren und von jenen saftreichen Schattenmorellen, deren beliebiger Verwendung jetzt nichts mehr im Wege stand.

Beim Brechen des Kernobstes, das der Garten in den feinsten Arten hervorbrachte, leistete diesmal der Vetter selbst den besten Mann. Kühn wie ein Knabe holte er die großen Gravensteiner Äpfel von den höchsten Zweigen. Von draußen guckten die Nachbarsbuben mit gierigen Augen über die Planke und riefen in ihrem Plattdeutsch: »Lat mi helpen, lat mi helpen. Ick kann ganz baben in de Tipp!« – Aber der Vetter brauchte die Buben gar nicht, er konnte sich allein helfen. Dagegen, in der Freude seines Herzens, warf er oftmals einen Apfel zwischen sie, worüber denn jenseit der Planke ein lustiges Gebalge sich erhob; die schönsten aber, die mit den rotgestreiften Wangen, flogen zu seiner jungen Wirtschafterin hinab, die mit vorgehaltener Schürze unter dem Baume stand. Nur war sie heute nicht geschickt wie sonst; denn ihre Augen folgten dem Vetter ängstlich auf die schwanken Zweige, und ein etwas größerer Apfel schlug ihr fast jedesmal den Schürzenzipfel aus der Hand. Bei dem Bücken nach rechts und links waren die schweren Haarflechten ihr herabgeglitten und hingen lose in den Nacken; nun, da der Äpfel noch immer mehr auf sie zuflogen, bat sie flehentlich um Gnade.

»Christian, mein Junge!« erscholl jetzt plötzlich die Stimme des Onkel Senators, der eben in den Garten getreten war. »Wo steckst du denn? – Beim Gott Merkurius! du scheinst nachgerade nun so jung zu werden, wie du es deinem Taufschein schuldig bist! Aber weißt du denn, daß es eben zwei vom Turme geschlagen hat?«

Da flog noch ein Apfel glücklich in Juliens Schürze; dann kam der Vetter selbst zur ebenen Erde. In der Tat, er hätte fast die Klassenzeit versäumt; ja, noch immer waren seine Gedanken in den grünen Zweigen. »Was meinen Sie, Fräulein Julie«, sagte er und strich sich die gelben Blätter aus den Haaren; »ich denke, um vier Uhr setzen wir die Arbeit fort! Wahrhaftig, Onkel; ich hätte nicht gedacht, daß ich so klettern könnte!«

Nun war es im November. Die Bäume waren leer, der Garten stand verödet; aber Keller und Vorratskammer waren gefüllt; lang und traulich wurden die Abende; die vielbedachte große Familienfestlichkeit sollte nun wirklich vor sich gehen.

Als man die einzuladenden Gäste zusammenrechnete, da waren es sechzehn, die beiden Hausgenossen ungezählt; dazu ein armes Fräulein, das von der Großtante alle Weihnacht ein Liespfund Kaffee und zwei Hut Meliszucker zum Geschenk erhielt.

Zwar Karoline behauptete, es könnten nur achtzehn an dem Ausziehetische sitzen; aber Julie sagte sehr errötend: »Wenn der Herr Doktor es mir vertrauen wollten!« Und der Vetter lächelte still und dachte: »Nun hat sie wieder einen ihrer klugen Einfälle!« Dann setzte er auch den siebzehnten Gast mit auf die Liste.

Und jetzt wurde rüstig angefaßt. Karoline zankte nach Herzenslust mit Schlächtern und Fischfrauen; der Vetter holte staubige Flaschen aus seinem Weinkeller und schnitt dann wieder Fidibus und Leuchtermanschetten vom weißesten Velinpapier; der Onkel Senator mußte, weil auf dergleichen der Vetter sich nicht verstand, einen großen Marzipan aus Lübeck verschreiben; Julie kam mit heißen Wangen bald vom Nachbar Bäcker, wo sie ihre Kuchen und Plätzchen im Ofen hatte, bald draußen vom Gärtner, der ihr für die Festtafel noch einen herbstlichen Strauß zusammensuchen mußte.

Und so war denn eines Sonntags der große Nachmittag herangekommen. Der Weg zum Hause führte durch den seitwärts daran gelegenen Teil des Gartens; aber schon mit Dunkelwerden leuchtete die über der Haustür befindliche Laterne freundlich auf den breiten Steig hinaus.

Drinnen im Wohnzimmer, im Schein der großen Astrallampen, blinkten die Tassen und sauste schon die Teemaschine. Nebenan im Spielstübchen hatte eben der Vetter die Karten ausgebreitet und die Spielmarken zurechtgelegt, während hinter den noch geschlossenen Türen des Eßzimmers Julie die Tafel revidierte, welche nach langen Jahren wieder einmal mit dem geblümten Damastgedeck und den schweren silbernen Leuchtern prangte.

Schon hatte es sechs geschlagen, und der Vetter, seine goldene Taschenuhr in der Hand, durchmaß mit unruhigen Schritten die noch immer leeren Räume. Da endlich begann draußen auf dem Flur das Schellen der Haustürglocke; fröhliche Stimmen, junge und alte, wurden laut und – da kamen sie: der Onkel und die Tante Senator, zwei andere Tanten, zwei Vettern und zwei Muhmen und von übriger Sippschaft sieben, das arme Fräulein ungerechnet. Mitunter war es auch nur ein Windstoß, der die Haustür aufwarf, denn der Nordwest pustete draußen gerade so viel, als es drinnen zur Erhöhung der Behaglichkeit zu wünschen war. Schließlich rollte auch noch die Klosterkutsche vor das Gartentor, die Großtante wurde herausgehoben, und die alte Karoline, in einer großen Haube mit Rosaschleifen, kam zum Vorschein und nahm der Frau Bürgermeisterin den schweren Atlasmantel ab.

Die Gesellschaft war vollzählig. Am Teetisch in der Ecke stand die kleine, freundliche Wirtin des Hauses und drehte das Hähnchen der Teemaschine und schenkte in die Tassen; zwei junge Bäschen gingen umher und präsentierten, die eine den duftenden Trank, die andere die sämtlich nach Familienrezepten gebackenen Kuchen. Eine Luft der Behaglichkeit war verbreitet, daß alles wie von selber an zu plaudern fing. Die Großtante hatte aus der Sofaecke mit ihren noch immer scharfen Augen eine Weile rings umhergesehen und nickte nun beifällig nach dem Ecktischchen hinüber. »Wie gut, mein Lieber«, sagte sie und drückte dem Vetter Christian die Hand, »daß wir die Kutsche in der Stadt haben! Wie hätte ich sonst in all dem Wetter zu dir kommen sollen!« Und Christian verstand gar wohl den Beifall, der in diesen Worten lag; und wäre es in ihrem Kreise Brauch gewesen, er würde gewiß die Hand der alten Dame geküßt haben. So aber ließ er es mit einem dankbaren Gegendruck bewenden.

Nicht lange, so saßen im Nebenzimmer die alten Herrschaften bei ihrer Whistpartie. Julie hatte soeben der Frau Bürgermeisterin ein weiches Fußkissen untergeschoben; als auch der Vetter hereintrat, um dem ehrenfesten Spiele zuzusehen, blickte der Onkel ganz schelmisch zu ihm auf. »Nun, Christian«, sagte er, indem er zierlich einen neuen Stich auf die Tischplatte schnippte, »das ist heut doch ein ander Ding, als vorigen Winter, da du immer allein da droben auf deiner Rauchkammer saßest! Und wie angenehm«, fuhr er, inzwischen immer neue Stiche machend, fort – »unserer kleinen Hennefeder die rosa Busenschleife zu ihren braunen Flechten läßt! Im Vertrauen, Christian, noch hübscher, als deiner Karoline die Schleifen auf ihrer großen Flügelhaube. Auf alle Fälle aber ist Rosa heut die Farbe deines Hauses; und – sieben Trick, groß Schlemm, meine Damen! Was sagst du dazu, Christian!«

Der Vetter nickte und ging vergnügt zu den anderen, die im großen Zimmer schon am Pochbrett saßen. Es war noch ein echtes, altes, ein Erbpochbrett mit Scharwenzel, Vizebuben, Umschlag und Braut und Bräutigam. Und lustig ging es her; die Stimmen riefen durcheinander, die Rechenpfennige klirrten; die Seele des Spieles aber war ein verwachsenes ältliches Jüngferchen' welche den ganzen Kopf voll grauer Pfropfenzieherlöckchen hatte. Sie wurde,weil sie zur Erhöhung ihrer kleinen Person sich beim Sitzen einen ihrer Füße unterzuschieben pflegte, in der Familie »Lehnken Ehnebeen« genannt; und der Vetter hatte ihr einst, da er noch ein kleiner dummer Knabe war, einen gar üblen Streich gespielt. Heimlich war er unter den Tisch gekrochen, an welchem sie mit drei anderen Damen ihr Partiechen machte. Auf einmal rief er: »Ich seh, ich seht« – »Was siehst du denn, mein Jungehen?« fragte sie. – »Ich seh vier Tanten und nur sieben Beine!« Da stach Cousine Ehnebeen die

Force ihrer Partnerin mit Atout-As und verlor darüber den Rubber.

Aber diese garstige Geschichte war jetzt längst vergessen. »Vetter Christian!« rief sie. »Es ist höchst gemütlich bei Ihnen; Sie machen ein reizendes Haus. Aber kommen Sie flink! Ich bin just am Kartengeben.«

»Um Entschuldigung, Cousine; ich bin heute ja der Wirt!« entgegnete der Vetter und winkte mit der Hand.

Da wollte eben die kleine Wirtin des Hauses, mit geleerten Kuchenkörben beladen, an ihm vorübergehen; nun aber stand sie einen Augenblick und sagte schüchtern: »Spielen Sie doch mit, Herr Doktor! Wenn Sie es mir vertrauen wollten, ich würde alles schon besorgen.«

»Gewiß, gewiß, Fräulein Julie! O, ich vertraue Ihnen sehr«, flüsterte der Doktor hastig; und als er sie im Fortgehen anblickte, sah er noch, wie sie über und über rot wurde und wie es ganz deutlich: »O, bitte, wenn Sie nichts dagegen haben!« in ihren jungen braunen Augen stand.

Wie aber diese Augen glänzten, als Julie draußen neben dem alten Drachen in Küche und Speisekammer hantierte, das sah der Vetter nicht mehr; denn er saß drinnen bei Cousine Ehnebeen und spielte Poch und hatte alle Wirtschaftssorgen von sich geworfen; denn – ja, das wußte er gewiß – sie waren in den allerbesten Händen. Nur Karoline musterte bedenklich die Augen ihrer jungen Vorgesetzten; und sie wollten ihr um desto schlechter gefallen, als sie auch in denen ihres Doktors schon öfters jenen ihr widerwärtigen Glanz bemerkt zu haben glaubte.

Aber der Abend rückte weiter. – Um neun Uhr öffneten sich die Flügeltüren des dritten Zimmers; und da strahlte die blumengeschmückte Tafel im hellsten Damast- und Kerzenglanz. Der Vetter bot der Großtante den Arm, der Onkel hatte sich geschickt sein Patchen einzufangen gewußt. Zwar sie meinte, ihr geschehe zu viel Ehre, aber sie mußte.

»Heut, mein kleines Patchen«, sagte der Onkel, »sind Sie die Dame des Hauses und müssen schon einmal mit mir altem Burschen fürlieb nehmen!« worüber denn die junge Dame ganz beschämt wurde und die alte Karoline, welche eben mit einer Schüssel Karpfen in die Stube trat, dem guten Herrn einen giftigen

Blick hinüberschoß, den dieser jedoch, leider, nicht bemerkte. Als man indessen an den Tisch getreten war, machte Julie mit allerliebstem Lächeln einen Knicks, und fort war sie; und da half es nun nicht weiter, der Onkel sah sich plötzlich neben der Großtante eingeschoben und die Tafelreihe geschlossen.

Der Vetter rieb sich vergnügt die Hände, wie er da die ganze Freundschaft so an seinem Tisch beisammen habe; er sah auch wohl, wie Julie neben der alten Karoline hie und da eine Schüssel reichte; aber beim Fischessen muß jeder hübsch die Augen auf dem Teller haben. So bemerkte er nicht einmal, daß er selbst die Karpfen wie den säuerlichen Rahmschaum stets nur von der Hand seiner alten Haustyrannin erhielt, noch weniger, wie diese ihren Schnurrbart sträubte, wenn das junge Kind sich einmal mit einer Schüssel in seine Nähe wagte.

Doch nun erschien der Braten, stattlich, als solle er das Kerzenlicht verdunkeln; und alle Augen und Zungen waren wieder freigegeben. Feierlich stand der Vetter auf und, mit dem Messer an sein Glas klingend, hub er an: »Unsere liebe, allverehrte Großtante, sie lebe – –« Aber er stockte plötzlich, als er in diesem Augenblick zum erstenmal die ganze Tafelrunde überschaute. »Hm!« sagte er. »Wo ist denn Fräulein Julie?«

Da scholl aus der untersten Ecke des Zimmers eine helle Stimme: »Hier bin ich, Herr Doktor!« Und als er hinblickte, da saß sie dort am Katzentischchen.

»Unsere allverehrte Großtante, sie lebe hoch!« sagte nun der Vetter.

»Hoch! Hoch!« Und alle standen auf und klingten mit der Großtante an, und auch Julie tat es; und danach, trotz dem alten Hausdrachen, stieß sie auch noch mit dem Vetter an, und als dieser wie in freundlichem Tadel ihrer selbstgewählten Erniedrigung gegen sie den Kopf schüttelte, blickte sie ihn so demütig und um Verzeihung flehend an, daß er darüber ganz verwirrt wurde. Denn zu seiner eigenen Verwunderung saß er schon wieder auf dem Stuhl, bevor er auch nur mit einem Schlückchen die von ihm selber ausgebrachte Gesundheit bekräftigt hatte; erst als die alte Dame erhobenen Fingers sagte: »Aber, Christian, du meinst es doch wohl ehrlich mit deiner alten Großtante!« stürzte er hastig das ganze Glas hinunter.

Doch schon hatte Cousine Ehnebeen aufs neue ihr Füßchen unten weggezogen und nahm nun in ganzer Gestalt die Aufmerksamkeit der Gesellschaft in Anspruch. Erhobenen Glases stand sie da, und mit angenehmer Krähstimme rief sie:

»Ich bin verliebt!«

und nachdem sie sich herausfordernd im Kreise umgeblickt und niemand gegen diese Behauptung etwas einzuwenden gefunden hatte, fragte sie mit noch nachdrücklicherem Pathos:

»Worin?«

Und als auch hierauf die Gesellschaft schwieg, erteilte sie zur Überraschung aller, welche ihren Trinkspruch noch nicht kannten, deren jedoch zufällig heute niemand zugegen war, die gewiß befriedigende Antwort:

»In Redlichkeit und Treue!
Ein abgesandter Feind von aller Heuchelei!«

Es war ein schöner langer Trinkspruch; aber sie brachte ihn tapfer zu Ende und verneigte sich lustig gegen alle, die ihr das Glas hinüberreichten oder mit ihr anzustoßen kamen. Und das arme Fräulein ging von Lehnken Ehnebeen zuallererst an das Katzentischchen und stieß mit Fräulein Julie an und drückte dabei, wie in zärtlicher Versicherung, mit ihren mageren Fingern die kleine, feste Hand des Mädchens; nein, gewiß, sie beide wollten keine Heuchler sein!

Noch immer heiterer wurde es; und als beim Nachtisch der große Marzipan, worauf sich das Lübecksche Rathaus nebst dem ganzen Markt präsentierte, zuerst herumgereicht und dann von der Großtante zierlich zerlegt war, da befahl der Vetter, seine drei Flaschen noch vom Vater ererbten Johannisbergers aus ihrem staubigen Winkel heraufzuholen, was auf jung und alt den angenehmsten Eindruck nicht verfehlte, da die grimmigen Selbstgespräche, mit denen die alte Karoline die Kellertreppe hinabstapfte, hier oben gar nicht zu hören waren. Und als nun erst die Pfropfen gezogen wurden und der lang verschlossene köstliche Duft herausstieg und das Zimmer wie mit frischer Lebensluft erfüllte, da stimmte der Onkel an:

»Vom hoh'n Olymp herab ward uns die Freude!«

und es half den Jungen nicht, daß sie das Lied veraltet fanden; sie stimmten doch alle mit ein, aus großem Respekt vor dem Onkel.

– – Draußen auf der Gasse, auf seinen Morgenstern gestützt, stand der Nachtwächter, der alte Matthias, der immer so hell die Neujahrsnacht ansang, und hörte zu, bis das Lied zu Ende war. Dann, verwundert, was in dem sonst so stillen Hause des Doktors heute vorgehe, rief er die elfte Stunde und setzte seine Runde fort. – –

Wie aber alle Lust ein Ende nimmt, so war endlich auch auf dem großen Familienfest des Vetters der Johannisberger ausgetrunken. Schon rückte man die Stühle, als der Onkel noch einmal an sein Glas klingte: »Nicht zu vergessen unseren alten Landestrinkspruch! Lieben Freunde, up dat es uns wull ga up unse olen Dage!«

Und auch die Jungen stießen andächtig an, als sähen auch sie den warnenden Finger, der gegen uns alle aus der dunklen Zukunft sich erhebt. Der Vetter aber hatte die Augen nach dem Katzentischchen und dachte: Ja, jetzt, jetzt geht's dir wohl; aber wie wird's dir gehen in deinen alten Tagen?

»Christian, mein Lieber«, sagte die Großtante leise, »das war ja heute fast wie einst bei deinem guten Vater selig.«

Da stand er auf und führte die alte Dame in das Wohnzimmer zurück. Und als alle sich »Gesegnete Mahlzeit« gewünscht hatten, erschien Karoline mit Pelzen, Mänteln und Muffen; draußen klatschte der Kutscher von dem Bock der schon längst wieder vorgefahrenen Klosterkutsche; dann begann wieder die Haustürglocke zu schellen, die Gäste nahmen Abschied und bald waren nur noch der Vetter und Fräulein Julie in den leeren Zimmern. Sie räumten die Karten fort, legten die Teppiche zusammen und löschten die Überzahl der Lichter.

Dem Vetter lag es auf dem Herzen, als habe er Fräulein Julien noch was Besonderes mitzuteilen; er suchte danach in seinem Kopfe, aber er konnte es dort nicht finden. Freilich, daß sie nicht wieder am Katzentischchen sitzen dürfe, das wollte er ihr auch gelegentlich sagen; aber das war es doch so eigentlich nicht. Er rückte hie und da an einigen Stühlen, an denen nichts zu rücken war, und auch Fräulein Julie wischte schon ein ganzes Weilchen mit ihrem Schnupftuch um nichts an einer spiegelblanken Tischplatte; endlich wünschten sich beide gute Nacht. Die alte englische Hausuhr – sie war einst in der Kontinentalsperre konfisziert worden und dann noch einmal um den vollen Preis vom Großvater zurückgekauft – spielte eben vom Flur aus dreimal ihre Glockentonleiter zum letzten Viertel vor Mitternacht. Wie spät das heut geworden war!

Als nach einer Weile draußen auf der Gasse der alte Matthias die zwölfte Stunde abrief, sah er, daß schon alle Fenster dunkel waren. Ein Weilchen stand er noch und wiegte seinen grauen Kopf. Eine Hochzeit konnt's doch nicht gewesen sein! Bei solch einer Familie, da hätten drunten im Hafen die Schiffe doch geflaggt; auch für die Nachtwächter wäre wohl ein gutes Trinkgeld nicht gespart worden! – Und mit sich selber redend setzte der Alte seine Runde fort, bis der neue Stundenschlag ihn auf andere Gedanken brachte.

Noch ganz erfüllt von seinem gestrigen Feste und dem anmutigen Walten seiner kleinen Hausdame griff am anderen Morgen der Vetter nach seiner längsten Pfeife, um mit diesem erprobten Beistande in den Weg des täglichen Lebens wieder einzulenken. Als er in die Küche trat, wo er am Herdfeuer seinen Fidibus anzuzünden pflegte, traf er dort die Alte mit dem Putzen der Gesellschaftsmesser beschäftigt. Er konnte dem Drange seines Herzens nicht widerstehen; »Karoline«, sagte er und tat die ersten kräftigen Züge aus seiner Pfeife, »die Julie ist doch ein gutes Mädchen!«

Karoline arbeitete eifrig an ihrem Messerbrett.

»Hört Sie nicht, Karoline?« wiederholte der Doktor; »ich sage, die Julie ist doch ein sehr gutes Mädchen!«

Die Alte kniff den Mund zusammen, daß sich die Barthärchen auf ihrer Oberlippe sträubten.

»Sie denkt gar nicht an sich selber, das liebe Kind!« fuhr der Doktor rauchend und wie zu sich selber redend fort.

»Gar nicht an sich selber?« Das war der Alten doch zuviel; sie wetzte so wütig, daß die Messer und Gabeln mit großem Geprassel auf die Fliesen stürzten.

Der Vetter, der wohl wußte, daß bei seiner alten Freundin Tag und Stunde nicht gleich seien, fragte ruhig: »Aber, Karoline, was hat Sie denn nur einmal wieder heute?«

»Ich? Ich habe nichts, Herr Doktor!« Und sie bückte sich und warf mit beiden Händen die Messer und Gabeln wieder auf den Küchentisch. »Aber ich sage bloß: lassen Sie sich nur nicht bestricken! Ja, das sage ich, Herr Doktor!« Sie stand schon wieder vor ihrem Herrn und nickte oder zitterte vielmehr heftig mit ihrem großen grauen Kopfe.

Dieser war aufrichtig betreten, so daß er sogar die Pfeife beim Fuß gesetzt hatte; dann aber fragte er nachdenklich: »Bestricken, Karoline? Was meint Sie mit Bestricken?«

»Da kann man viel damit meinen!« erwiderte die Alte unverfroren.

»Das freilich, Karoline; aber hat denn Sie keine bestimmte Meinung?«

»Ich habe so meine Meinung, Herr Doktor; und wenn meine Augen auch alt sind, so sehen sie doch mehr, als manche junge Augen!«

»Nun, nun, Karoline!« – Der Doktor verließ die Küche und ging hinüber in das Wohnzimmer, wo Julie eben den Kaffee in seine Tasse schenkte; sie sah ganz rosig aus in ihrem Morgenhäubchen. Rauchend schritt er ein paarmal auf und ab; dann, als falle ihm das plötzlich schwer aufs Herz, blieb er vor dem Mädchen stehen und sagte: »Bekennen Sie es nur, Fräulein Julie, Sie haben gewiß manchmal Ihre Not mit unserer guten Alten?«

Aber Julie sah ihn mit der ganzen Ehrlichkeit ihrer jungen braunen Augen an. »Wir vertragen uns schon, Herr Doktor«, sagte sie; »wer sollte mit alten Leuten nicht Geduld haben?« Da schlug es an der Hausuhr acht; der Doktor mußte eilen, daß er in die Klasse kam.

Die Wochentage liefen hin. Aber mit jedem Tage wurde es dem Vetter deutlicher, daß er an einer innerlichen Unruhe leide, deren Ursache er jedoch vergebens zu erforschen strebte. Seine Gesundheit ließ nichts zu wünschen übrig, sein Haus war besser bestellt als je zuvor, und auch sein Gewissen – soviel glaubte er behaupten zu können – war im wesentlichen unbelastet. Mitunter fiel ihm ein, wenn er nur einmal recht weit von hier könnte!

Wenn nur die Weihnachtsferien erst da wären, so wollte er fort zu einem Universitätsfreunde, und bei dem das Fest verleben. Aber wenn er dann der Sache näher nachdachte, so überkam es ihn immer wie eine Trostlosigkeit, auch nur einen Tag anderswo als im eigenen Hause zuzubringen. Es war höchst sonderbar.

Freilich, wenn er die alte Karoline gefragt hätte, die würde ihm Bescheid gegeben haben. Sie kannte die Krankheit mit allen ihren möglichen und unmöglichen Folgen und hatte sogar eben erst ein neues Symptom derselben entdeckt. Ja, statt wie sonst um höchstens elf Uhr, ging jetzt der Doktor meistens erst um zwölf nach seinem im Erdgeschoß belegenen Schlafzimmer. So lange saß er oben auf seiner Studierstube; er verachtete den Schlaf, den er sonst so sehr geliebt hatte. Und die alte Karoline verstand es, ihre Schlüsse zu machen! Sie übersprang dabei wahre Abgründe; ja sie erstieg, was nie von einem Akrobaten noch gesehen worden, mit Behendigkeit die höchste Leiter, welche auf ihrer eigenen Nase balancierte, und stand dann schwindellos und triumphierend auf der obersten Sprosse. O, die alte Karoline!

Und nun geschah es am Freitagvormittage, daß sie, wie gewöhnlich, eine Flasche frischen Wassers nach der Stube der »Mamsell« hinauftrug. Aufräumungslustig, wie immer, blickte sie umher; und da kein anderer Gegenstand sich ihren Augen darbot, so nahm sie, damit dem dringenden Triebe doch in etwas Genüge geschehe, ein auf der linken Seite der Tür hängendes Kleid der Mamsell, um es auf den Haken an der rechten Seite der Tür zu hängen. Dabei fiel aus der Tasche des Kleides ein zusammengefaltetes weißes Schnupftuch, das sie an den Namensbuchstaben sofort als das unzweifelhafte Eigentum des Doktors, ihres Herrn, erkannte.

Was bedeutet das? Wie kam das Tuch hieher, in die Tasche der Mamsell? Sie starrte darauf hin, daß ihr die runden Augen aus dem Kopfe traten. Plötzlich fiel ein schneidendes Licht auf den Gegenstand ihrer Betrachtung; der Großtürke – ja, das hatte ihr Bruderssohn, der Schiffer, einmal erzählt – wenn der aufs Freien wollte, so schickte er vorher sein Schnupftuch an das junge Frauenzimmer! Und ihr Herr, der Doktor, er rauchte türkischen Tabak, er hatte vergangenen Sommer türkische Bohnen im Garten gezogen, er war überhaupt sehr für das Türkische! – Eine Vorstellung jagte die andere im Hirn der braven Alten. Herr, du des Himmels! Das Zimmer hier war ja nur durch die kleine Kramstube, in der auch die Mamsell ihre Kommode stehen hatte, von dem Studierzimmer des Doktors getrennt, und die Verbindungstüren waren allzeit unverschlossen! Die Alte schauderte. Der Doktor kannte die Welt nicht; wenn es wirklich nun zu einer Hochzeit käme! Mit einer Person, die aus gar keiner Familie war! – »Hennefeder« hieß sie; sie konnte ebensogut »Hahnewippel« heißen oder sonst dergleichen, was nirgendwo zu Haus gehörte – die sie heute noch betroffen hatte, wie sie einen Weinjuden in das Wohnzimmer komplimentierte, dem man es bei seinem Fortgehen vom Gesichte ablesen konnte, daß der Doktor sich wieder ein teures Fäßchen hatte aufschwatzen lassen! Aber sie, die alte Karoline, wollte ihre Augen offen haben!

Nachdem sie so mit sich aufs reine gekommen war, steckte sie das verdächtige Schnupftuch wieder in die Tasche des Kleides und ging hinab in ihre Küche. Aber den ganzen Tag war sie wie hintersinnig und statt des Kaffeekessels setzte sie die Bratpfanne auf den Dreifuß.

Mit dem Abend steigerte sich ihre Unruhe. Als die Uhr halb elf geschlagen hatte, hörte sie die Mamsell die Treppe hinauf nach ihrem Zimmer gehen; der Doktor war schon seit neun in seiner Studierstube. Mehrmals trat sie aus der Küche in den Hausflur; aber immer pickte die große Uhr so laut, daß sie nichts vernehmen konnte. Endlich schlich sie die Treppe hinauf und legte ihr Ohr zuerst an die Stubentür der Mamsell – da hörte sie es drinnen von Frauenkleidern rauschen; dann an die Stubentür des Doktors – da konnte sie deutlich hören, wie der Vetter seinen Pfeifenkopf am Ofen ausklopfte.

Sie stieg wieder hinab; sie wollte warten, bis ihr Herr in sein Schlafzimmer gegangen wäre. Zitternd und frierend, die Arme in ihre Schürze gewickelt, saß sie neben dem kalten Herde auf dem hölzernen Küchenstuhl; aber die Uhr schlug zwölf, und es rührte sich noch immer nichts. Da hielt sie sich nicht länger; sie war es seiner seligen Mutter schuldig; ja, sie hatte ihn selber mit erzogen; wieder stieg sie die Treppe hinauf, und als dort alles stillblieb, öffnete sie resolut die Tür des Studierzimmers. – Da saß der Doktor in seinem bunten Schlafrock und rauchte aus seiner türkischen Pfeife. Kein Buch, kein Schreibwerk lag vor ihm, er rauchte bloß; die Studierlampe war ausgetan, das Licht, mit dem er in sein Schlafgemach zu gehen pflegte, brannte auf dem Tische mit einer langen Schnuppe. Das alles war höchst verdächtig.

Als ihr Herr sie gar nicht zu bemerken schien, trat sie an den Tisch und putzte das Licht.

Da sah der Vetter auf. »Mein Gott, Karoline, was will Sie denn?«

»Ich wollte nur sagen, Herr Doktor, daß Ihre Schlafstube unten zurecht sei.«

»Das glaube ich wohl, Karoline; aber was ist denn eigentlich die Uhr?«

»Es ist nach Mitternacht, Herr Doktor!«

»Mitternacht? Aber, was wandert Sie bei Ihrem Alter denn so spät im Hause herum! Geh Sie doch schlafen, Karoline!«

»So!« dachte die Alte; »also das ist's! Ich muß erst fort sein in meine Bodenkammer!« Und laut setzte sie hinzu: »Ich war unten in der Küche eingenickt; aber ich will nun schlafen gehen. Gute Nacht, Herr Doktor!«

»Gute Nacht, Karoline.«

Mit harten Tritten stieg sie die Bodentreppe hinauf und klappte dann ebenso vernehmlich die Tür ihrer Kammer auf und zu. Sie hatte aber nur das mitgebrachte Licht hineingestellt. Sie selber tappte zwischen den umherstehenden Kisten und sonstigem Hausgerät auf den dunklen Boden hinaus. Als sie mit der Hand einen Bettschirm fühlte, der noch von der letzten Krankheit der seligen Frau hier oben stand, huckte sie nieder und legte das Ohr auf den Fußboden; der Schirm, das wußte sie, befand sich gerade über der kleinen Kramstube.

Es blieb alles still; nur die türkischen Bohnen, die zum Trocknen reihenweise an aufgespannten Fäden hingen, raschelten im Nachtzuge, der durch die Ritzen des Daches fuhr. Draußen von der nahen Kirche schlug es eins. – Der große Kopf der Alten wurde immer schwerer in der unbequemen Lage; lange war es nicht mehr auszuhalten. Da – was war das? Wie ein Blitz schlug es ihr durch alle Glieder; sie hatte unter sich die eine Tür der

Kramstube knarren hören; aber in demselben Augenblick – denn ihre Beine waren zuckend hintenaus gefahren – stürzte auch der Bettschirm mit Gepolter auf sie herab. Mit dem Kopfe hatte sie die Tapetenbekleidung durchstoßen, und er steckte nun darin wie in einem mittelalterlichen Folterbrette. Eine Katze sprang von einem nebenstehenden Schrank und pustete sie an.

»Pust nur!« sagte die Alte. »Ich werde auch pusten!«

Sie hatte genug gehört; und noch dazu, einen heilsamen Schreck mußte es denen da unten doch gegeben haben; bis morgen würde der schon vorhalten und – übermorgen, da sollte vorher schon noch was anderes passieren! Noch einmal horchte sie, und da nichts sich hören ließ, zog sie behutsam ihren Kopf heraus und kroch zurück in ihre Kammer.

Aber die Pläne, einer noch gewaltsamer als der andere, die ihren Kopf durchkreuzten, ließen sie nicht schlafen. Zehnmal warf sie ihr Kopfkissen herum, sie zerwühlte ihr ganzes Bett und wußte bald nicht mehr, ob sie in der Länge oder in der Quere lag. Als endlich der erste Dämmerschein durch die kleinen Fensterscheiben fiel, saß sie, wirklich einem Schuhu nicht unähnlich, zusammengekauert im Fußende des Bettes. Die Spitze ihrer krummen Nase zuckte auf und ab, die Augenlider mit den grauen Wimpern schossen gichterisch über die offenstehenden Pupillen. Es sah überhaupt aus wie in einem Eulenneste; in der Kammer umher lagen die Bettfedern wie von kleinen zerrissenen Vögelchen. Aber die alte Karoline war fertig mit ihrem Plane. »Der gerade Weg der beste!« brummte sie und stieg – so weit waren ihre Gedanken über die nächsten Dinge hinaus – mit dem linken Bein zuerst aus ihrer Bettstatt.

– – Als Julie am Morgen in die Küche kam und das kümmerliche Aussehen der Alten bemerkte, fragte sie dieselbe teilnehmend, ob sie etwa keine gute Nacht gehabt habe?

Karoline, die am Tische bei ihrem Frühstück saß, pustete erst ein paarmal in den heißen Kaffee; dann, als spräche sie es nur gegen die Wände, aber mit deutlicher Betonung sagte sie: »Es hat mancher schon eine schlechte Nacht gehabt, der doch mit Ehren seinen Kopf aufs Kissen legte.«

»Nun, das tut Sie ja gewiß, Karoline«, erwiderte das Mädchen lächelnd; »aber Sie hat es vielleicht auch oben bei sich spuken hören?«

»Ich dachte, es hätte unten gespukt!« sagte die Alte, ohne aufzublicken.

»O, das war ich, Karoline; ich holte noch etwas aus der Kramstube.«

»Um Glock eins? Ich meinte, die Mamsell sei schon um halb elf nach Ihrem Zimmer gegangen!«

»Aber ich besserte noch an meinen Kleidern.«

Die Alte nickte. »Ja, die Mamsell hat auch eine recht ordentliche Mutter, und auch eine recht sittsame Mutter, die ihren Kindern gewiß kein schlecht Exempel gibt.«

»O, niemals, Karoline! Ich habe eine gute Mutter.« Julie fühlte eine Anzüglichkeit des Tones heraus, aber sie sann vergebens nach, wohin das ziele.

Mittlerweile hatte die Alte ihre Tasse zurückgeschoben und griff schon wieder nach Schaufel und Feuerzange.

»Ich hab heute vormittag noch einen Gang zu tun«, sagte sie, indem sie frischen Torf ins Herdloch warf; »nicht für mich, es ist um anderer Leute willen. Die Kartoffeln sollen auch schon vorher geschält sein.«

»Gewiß, Karoline; Sie wird ja nichts darum versäumen.«

»Nein«, sagte die Alte, »es soll, so Gott will, nichts versäumt werden.«

Und richtig, nach kaum einer Stunde hatte Karoline, welche sonst fast nie das Haus verließ, ihren großen schwarzen Taffethut aufgebunden; und so, einen blaukarierten Regenschirm unter dem Arm, sah Julie von dem Wohnstubenfenster aus sie die Straße hinabsegeln.

Eine Weile später schaute auch Juliens junges Antlitz aus einem schwarzen Sammethütchen, und nachdem sie der Scheuerfrau, die auf dem Flur ihr Sonnabendswerk verrichtete, das Nötige anempfohlen hatte, verließ sie ebenfalls das Haus und trat bald darauf in eine am Markt gelegene Ellenwarenhandlung. Als der Ladendiener mit seinem verbindlichen »Was steht zu Diensten« sich zu ihr hinüberbeugte, legte sie das verhängnisvolle Schnupftuch auf den Ladentisch: »Das Dutzend ist unvollständig geworden; Sie haben doch noch mit solcher Kante?«

Er hatte noch mit solcher Kante, und mit fliegenden Fingern war das Tuch abgerissen und eingewickelt.

Nein, sie hatte sonst nichts zu befehlen; sie war schon wieder draußen, froh über das hergestellte Dutzend, ihren Einkauf in der Tasche. Ein Weilchen stand sie und blickte die lange Straße hinauf, bei sich bedenkend, ob sie noch eine »Stippvisite« bei ihrer Mutter wagen dürfe, die droben in einer Quergasse wohnte. Nun aber sah sie von dort die alte Karoline in die Hauptstraße einbiegen und in voller Arbeit mit Regenschirm und Taffethut nach dem Markt heruntersteuern. Ein Lächeln flog über das Gesicht des Mädchens. »Nein, nein!« sagte sie bei sich selber; »nun geht's nicht, nun wird mit allen Händen angegriffen!« Und munter schritt sie die Marktstraße hinab, dem Hause des Vetters zu, das jetzt ja ihre Heimat war. Sie bemerkte dabei gar nicht, daß ein kleines Schutzengelchen mit weißen Schwingen, lächelnd, wie sie vorhin gelächelt hatte, auf dem ganzen Wege über ihrem Haupte flog.

Oben in seinem Studierzimmer saß der Vetter im Vollgefühl des freien Sonnabendnachmittags, eine Tasse Kaffee neben sich, die Zeitung vor der Nase. Freilich las er nicht allzu eifrig, denn unter ihm im Wohnzimmer saß jetzt, wie er wußte, das treffliche Mädchen und nähte seinen Namen in das neue Schnupftuch; ja, selbst der Lehnstuhl, worin er saß, war von ihrer kleinen Hand gepolstert. Das alles kam zwischen seine Zeitung.

Da tat sich die Tür auf; Karoline trat herein und meldete die Madame Hennefeder.

»Führe Sie die Frau Hennefeder zu ihrer Tochter!« sagte der Vetter.

»Aber sie wünscht den Herrn selber zu sprechen!« Und in der rauhen Stimme der Alten glänzte so etwas, das den Vetter stutzen machte.

Er blickte von seiner Zeitung auf. »Warum sieht Sie denn so vergnügt aus, Karoline?« fragte er. »Sie hat ja ganz blanke Augen!«

»Ich bin nicht vergnügt, Herr Doktor.«

»Nun, so bitte Sie Madame Hennefeder sich hereinzubemühen!«

Die kleine runde Frau, welche draußen vor der Tür gewartet hatte, wurde fast mit etwas liebender Gewalt von Karoline in des Vetters Studierzimmer hineingeschoben. Sie schien in großer Aufregung, die künstlichen Kornblumen unter ihrem Hute zitterten heftig; auf des Vetters Einladung, Platz zu nehmen, setzte sie sich nur auf die eine Ecke des angebotenen Stuhles.

Karoline warf der offenbar verzagten Frau einen halb ermutigenden, halb unwilligen Blick zu, aber es gab keinen Vorwand zu längerem Verweilen. Sie ging hinaus, schlurfte die paar Schritte bis zur Treppe und blieb dann wieder unschlüssig am Geländer stehen. Noch einmal und aus purer Neugierde horchen, das wollte sie denn doch nicht! Die Madame Hennefeder, der sie den ganzen Umstand aufgeklärt hatte, würde ja schon den Mund auftun; sie war sonst als eine tapfere Frau bekannt, sie werde ja auch hier kurzen Prozeß machen und das Mädchen aus dem Hause nehmen. – Aus diesen Gedanken wurde die Alte durch den scharfen Klang der Glocke aufgeschreckt, die, aus des Doktors Zimmer führend, jetzt gerade über ihrem Kopfe läutete.

Als sie nach einer Weile hereintrat, da saß Frau Hennefeder und hatte beide Augen voll Tränen; der Herr Doktor stand noch, den Griff des Klingelzuges in der Hand. »Frau Hennefeder«, sagte er, »läßt Fräulein Julie bitten, zu uns heraufzukommen.«

Karoline suchte in dem Gesicht ihres Herrn zu lesen. Wie stand die Sache? Es war etwas in den Augen ihres kleinen Christian, das ihrer und der mütterlichen Erziehung hohnzusprechen schien. Aber es half nichts, sie mußte den erhaltenen Auftrag ausrichten. Und bald darauf flog ein junger elastischer Tritt die Treppe hinauf und verschwand oben in des Vetters Studierzimmer; die alte Karoline blieb im Unterhause und wanderte unstet, viel unverständliche Worte bei sich murmelnd, zwischen Küche und Hausflur auf und ab.

Da stürmte es die Treppe herunter. Es war der Doktor; sie sah ihn noch eben die Haustür hinter sich zuwerfen; dann war er fort und sah nicht einmal, wie seine alte Karoline stumm und ratlos auf ihrem Küchenstuhl zusammensank. Denn eilig schritt er die Straße hinab, einmal rechts, dann wieder links und dann in das Haus des Onkel Senators. Ohne anzuklopfen trat er in dessen Privatkontor.

»Christian, mein Junge«, sagte der alte Herr, indem er von seinen Büchern aufblickte, »was hast du? – Bist du es denn aber auch selber? Du strahlst ja wie die Morgensonne!«

»Ich weiß nicht, Onkel; aber ich habe dir etwas Außerordentliches mitzuteilen.«

»So setze dich auf diesen Stuhl!«

»Nein, Onkel, ich danke; es ist nicht zum Sitzen.« »Nun, so kannst du stehen! Ich aber darf doch wohl in meinem Schreibstuhl bleiben. So – und nun rede, wenn du magst!«

Der Vetter holte ein paarmal recht tief Atem. »Du weißt es, Onkel«, begann er dann, »ich bin eigentlich ein verwöhnter Mensch; mein seliger Vater –«

»Ja, ja, mein Junge, das war ein guter Mann; aber was denn weiter?«

»Dann, Onkel, war bis vor wenigen Jahren noch meine Mutter da, und als die starb – siehst du! auch die alte Karoline hat es immer gut mit mir gemeint.«

Der Onkel sprang von seinem Sitze auf und legte beide Hände auf des Vetters Schultern. »Christian«, sagte er, »du bist eine Seel von einem Menschen! Aber, was denn nun noch weiter?«

»Nur, Onkel, daß ich heute ein vollständiges Glückskind geworden bin! Die Frau Hennefeder –«

»Was? Auch die, mein Junge?«

»Aber, so höre doch nur! Frau Hennefeder, sie kam vorhin zu mir; sie wollte mich persönlich sprechen; aber ich weiß noch diese Stunde nicht, was die gute Frau eigentlich von mir gewollt hat; zwar wir sprachen allerlei zusammen, doch ich bin gewiß, daß wir uns beide nicht verstanden haben. Dann aber sagte sie seltsamerweise, und ich habe noch immer nicht begriffen, wie sie dazu veranlaßt werden konnte, von solchen Dingen zu mir zu reden, – sie könne ja nicht erwarten, sagte sie, daß ich eine Tochter von meines Onkels Kontoristen heiraten werde, was denn doch offenbar nur auf Julie verstanden werden konnte.«

»Nein«, sagte der alte Herr mit schelmischer Trockenheit, »das konnte sie freilich nicht erwarten.«

Der Vetter stutzte einen Augenblick. »Doch, Onkel«, sagte er, »sie konnte es erwarten. Denn ich für mein Teil hatte nun genug verstanden. Heiraten! Julien heiraten! Siehst du, Onkel, wie ein Sonnenleuchten fuhr es mir durchs Hirn; das war es ja, was mir trotz dreistündigen Rauchens gestern nacht nicht hatte einfallen wollen. Ein rechter Übermut des Glückes überfiel mich; ich zog resolut die Klingelschnur, und auf mein Ersuchen trat nun Julie selbst ins Zimmer.«

»Und das Mädchen hat dir keinen Korb gegeben, Christian?«

»Doch, beinahe, Onkel!« erwiderte der Vetter, und ein Lächeln der vollsten Lebensfreude überzog sein hübsches Antlitz; »denn als ihre Mutter jene heikle Frage an sie tat, nämlich, ob sie meine, des Subrektors Christian, Ehefrau werden wolle, da schlug sie die Augen nieder und stand, mir zum höchsten Schrecken, eine ganze Weile stumm und wie betäubt; nur ihre kleinen Hände falteten sich ineinander. Dann aber, zu meinem Glücke, öffneten sich ihre Lippen und: ›O bitte, wenn Sie nichts dagegen haben‹, tönten aus dem rosigen Tore ihres Mundes zwar leise, aber in entzückender Deutlichkeit jene Worte, die ich bisher nur in stummer Schrift in ihren lieben Augen gelesen hatte. Und nun – wenn auch alles fest und unwiderruflich ist für die kurze Ewigkeit dieses Lebens, mein lieber alter Onkel, so frage ich dich doch: Hast denn du etwas dagegen?«

»Ich? Nein, mein Junge!« Und der alte Herr schloß seinen Neffen fest in seine Arme. »Aber, Christian, was werden die Großtante und die alte Karoline dazu sagen?«

Die Großtante, infolge der geschickten Vermittelung des Onkels und des Wohlgefallens, das sie an dem Mädchen schon vordem gefunden hatte, sagte freilich nicht allzuviel. Bedenklicher war es auf der anderen Seite; denn während obiges im Hause des Onkels geschah, stand in des Vetters Küche die kleine runde Madame Hennefeder, die Augen noch immer in Freudentränen schwimmend, vor der alten Karoline, deren beider Hände sie sich bemächtigt hatte, und rief eins über das andere: »Alles in Ehren, Karoline, alles in Ehren!« und dankte ihr in überströmenden Worten für ihre freundschaftlichen und rechtzeitigen Bemühungen in dieser delikaten Angelegenheit.

Die Alte sagte gar nichts; nur ihr großer Kopf begann allmählich und immer gewaltsamer zu zittern und zu nicken, als würde er durch im Innern heftig arbeitende Gedanken in Bewegung gesetzt, welche vergebens die Erlösung des lebendigen Wortes suchten. Die gute Madame Hennefeder wurde von der unheimlichen Vorstellung befallen, die alte Karoline könne sich am Ende noch den schweren Kopf vom Rumpf herunternicken. Allein plötzlich hatte diese ihre Sprache wiedergefunden. »So«, sagte sie, »so wird man aus dem Hause gestoßen! Aber mein Abschied ist heute noch geschrieben!«

– – Er wurde nicht geschrieben. War es nun die Macht der Tatsachen oder die Liebe für ihren kleinen Christian und für die Wände seines Hauses, die alte Karoline blieb als zwar grimmiger, aber getreuer Hausdrache auf ihrem Posten. Eine Zeitlang waltete sie sogar wie einst allein im Hause; denn Julie war, bürgerlicher Sitte gemäß, in die Obhut ihrer Mutter zurückgekehrt, bis sie der ihres Mannes übergeben würde.

Dann, im wunderschönen Monat Mai, im Hause des Onkels, gab es eine Hochzeit. Mit Goldregen und Syringen war das Haus geschmückt, auf allen Wänden lag der Frühlingssonnenschein; im Hafen flaggten alle Schiffe. Und niemand war vergessen; Küster und Organisten, Nachtwächter und Armenvogt, alle hatten ihren silbernen Freudengruß empfangen; an der Hochzeitstafel aber waltete, zur besonderen Genugtuung des Onkels und aus aller Dienerschaft hervorragend, die alte Karoline in ihrer rosa Flügelhaube. Die Braut durfte keine Schüssel aus einer anderen als aus ihrer Hand empfangen; weiter jedoch dehnte sich ihre Gunst nicht aus; die kleine Madame Hennefeder, die strahlend an des Onkels Seite saß – sie gönnte ihr alles Gute; im übrigen – das konnte niemand von ihr verlangen!

– – Und die Stunden flogen. Lind war die Nacht; drüben in der anderen Straße um das alte Familienhaus stand einsam und dufterfüllt der Garten. Da klirrte die Pforte; es war der Vetter mit seinem jungen Weibe. Der Nachthauch säuselte in den Zweigen, oder waren es nur die Blüten, die aus der Knospenhülle drängten? Wie durch Adams Bäume vor Tausenden von Jahren, so schien auch heute noch der Mond.

Als Hand in Hand das junge Paar die Schwelle seines Hauses

überschritt, hörten sie draußen von der Gasse den alten Matthias singen:

»Wie schön ist Gottes Welt,
Und jedes seiner Werke!«

Vier Jahre sind seitdem verflossen. In dem alten Hause springt jetzt zwischen Christian und Julien ein kleinerer Vetter über Trepp und Gänge, ein allerliebster Bursche. Freilich ist er nicht ganz wie seine Mutter, denn er bittet nicht immer und hat oft sehr viel dagegen. Auf der alten Karoline reitet er sogar, wie Amor auf dem Tiger; man sieht es leicht, er hat sie ganz und gar gezähmt. Es tut ihr gut, der Alten, daß sie ihren Überwinder gefunden hat, sie ist ganz heiteren Gemüts geworden; ja, wenn die Sonne in das Küchenfenster scheint, so kann man mitunter von dort aus einen grunzenden Gesang vernehmen, der zu dem Sausen des Teekessels keine üble Begleitung macht.

– – Aber es ist acht Uhr! Frau Julie erwartet mich an ihrem Teetisch; ich soll ihr beistehen gegen ihren Mann, damit er sich nicht auch noch in die Volksbank wählen lasse. Er wird ihr gar zu regsam, der Vetter, er hat seine Augen und Hände jetzt allenthalben. Frau Julie in ihrer Herzensunschuld ahnt vielleicht nicht, daß sie der Urquell dieses Lebens ist; aber, nichtsdestoweniger, für ein paar Abende der Woche meint sie doch das Recht auf ihren Mann zu haben.

Und also, lieber Leser, gehab dich wohl!

Viola tricolor

Es war sehr still in dem großen Hause; aber selbst auf dem Flur spürte man den Duft von frischen Blumensträußen.

Aus einer Flügeltür der breiten in das Oberhaus hinaufführenden Treppe gegenüber, trat eine alte sauber gekleidete Dienerin. Mit einer feierlichen Selbstzufriedenheit drückte sie hinter sich die Tür ins Schloß und ließ dann ihre grauen Augen an den Wänden entlangstreifen, als wolle sie auch hier jedes Stäubchen noch einer letzten Musterung unterziehen; aber sie nickte beifällig und warf dann einen Blick auf die alte englische Hausuhr, deren Glockenspiel eben zum zweitenmal seinen Satz abgespielt hatte.

»Schon halb!« murmelte die Alte, »und um acht, so schrieb der Herr Professor, wollten die Herrschaften da sein!«

Hierauf griff sie in ihrer Tasche nach einem großen Schlüsselbund und verschwand dann in den hinteren Räumen des Hauses. – Und wieder wurde es still; nur der Perpendikelschlag der Uhr tönte durch den geräumigen Flur und in das Treppenhaus hinauf; durch das Fenster über der Haustür fiel noch ein Strahl der Abendsonne und blinkte auf den drei vergoldeten Knöpfen, welche das Uhrgehäuse krönten.

Dann kamen von oben herab kleine leichte Schritte, und ein etwa zehnjähriges Mädchen erschien auf dem Treppenabsatz. Auch sie war frisch und festlich angetan; das rot und weiß gestreifte Kleid stand ihr gut zu dem bräunlichen Gesichtchen und den glänzendschwarzen Haarflechten. Sie legte den Arm auf das Geländer und das Köpfchen auf den Arm und ließ sich so langsam hinabgleiten, während ihre dunklen Augen träumerisch auf die gegenüberliegende Zimmertür gerichtet waren.

Einen Augenblick stand sie horchend auf dem Flur; dann drückte sie leise die Tür des Zimmers auf und schlüpfte durch die schweren Vorhänge hinein. – Es war schon dämmerig hier, denn die beiden Fenster des tiefen Raumes gingen auf eine von hohen Häusern eingeengte Straße; nur seitwärts über dem Sofa leuchtete wie Silber ein venezianischer Spiegel auf der dunkelgrünen Sammettapete. In dieser Einsamkeit schien er nur dazu bestimmt, das Bild eines frischen Rosenstraußes zurückzugeben, der in einer Marmorvase auf dem Sofatische stand. Bald aber erschien in seinem Rahmen auch das dunkle Kinderköpfchen. Auf den Zehen war die Kleine über den weichen Fußteppich herangeschlichen; und schon griffen die schlanken Finger hastig zwischen die Stengel der Blumen, während ihre Augen nach der Tür zurückflogen. Endlich war es ihr gelungen, eine halb erschlossene Moosrose aus dem Strauße zu lösen; aber sie hatte bei ihrer Arbeit der Dornen nicht geachtet, und ein roter Blutstropfen rieselte über ihren Arm. Rasch – denn er wäre fast in das Muster der kostbaren Tischdecke gefallen – sog sie ihn mit ihren Lippen auf; dann, leise, wie sie gekommen, die geraubte Rose in der Hand, schlüpfte sie wieder durch die Türvorhänge auf den Flur hinaus. Nachdem sie auch hier noch einmal gehorcht hatte, flog sie die Treppe wieder hinauf, die sie zuvor herabgekommen war, und droben weiter einen Korridor entlang, bis an die letzte Tür desselben. Einen Blick noch warf sie durch eines der Fenster, vor dem im Abendschein die Schwalben kreuzten; dann drückte sie die Klinke auf.

Es war das Studierzimmer ihres Vaters, das sie sonst in seiner Abwesenheit nicht zu betreten pflegte; nun war sie ganz allein zwischen den hohen Repositorien, die mit ihren unzähligen Büchern so ehrfurchtgebietend umherstanden. Als sie zögernd die Tür hinter sich zugedrückt hatte, wurde unter einem zur Linken von derselben befindlichen Fenster der mächtige Anschlag eines Hundes laut. Ein Lächeln flog über die ernsten Züge des Kindes; sie ging rasch an das Fenster und blickte hinaus. Drunten breitete sich der große Garten des Hauses in weiten Rasen- und Gebüschpartien aus; aber ihr vierbeiniger Freund schien schon andere Wege eingeschlagen zu haben; so sehr sie spähte, nichts war zu entdecken. Und wie Schatten fiel es allmählich wieder über das Gesicht des Kindes; sie war ja zu was anderem hergekommen; was ging sie jetzt der Nero an!

Nach Westen hinaus, der Tür, durch welche sie eingetreten, gegenüber, hatte das Zimmer noch ein zweites Fenster. An der Wand daneben, so daß das Licht dem daran Sitzenden zur Hand fiel, befand sich ein großer Schreibtisch mit dem ganzen Apparat eines gelehrten Altertumsforschers; Bronzen und Terrakotten aus Rom und Griechenland, kleine Modelle antiker Tempel und Häuser und andere dem Schutt der Vergangenheit entstiegene Dinge füllten fast den ganzen Aufsatz desselben. Darüber aber, wie aus blauen Frühlingslüften heraustretend, hing das lebensgroße Brustbild einer jungen Frau; gleich einer Krone der Jugend lagen die goldblonden Flechten über der klaren Stirn. – »Holdselig«, dies veraltete Wort hatten ihre Freunde für sie wieder hervorgesucht; – einst, da sie noch an der Schwelle dieses Hauses mit ihrem Lächeln die Eintretenden begrüßte. – Und so blickte sie noch jetzt im Bilde mit ihren blauen Kinderaugen von der Wand herab; nur um den Mund spielte ein leichter Zug von Wehmut, den man im Leben nicht an ihr gesehen hatte. Der Maler war auch derzeit wohl darum gescholten worden; später, da sie gestorben, schien es allen recht zu sein.

Das kleine schwarzhaarige Mädchen kam mit leisen Schritten näher; mit leidenschaftlicher Innigkeit hingen ihre Augen an dem schönen Bildnis.

»Mutter, meine Mutter!« sprach sie flüsternd; doch so, als wolle mit den Worten sie sich zu ihr drängen.

Das schöne Antlitz schaute, wie zuvor, leblos von der Wand herab; sie aber kletterte, behend wie eine Katze, über den davor stehenden Sessel auf den Schreibtisch und stand jetzt mit trotzig aufgeworfenen Lippen vor dem Bilde, während ihre zitternden Hände die geraubte Rose hinter der unteren Leiste des Goldrahmens zu befestigen suchten. Als ihr das gelungen war, stieg sie rasch wieder zurück und wischte mit ihrem Schnupftuch sorgsam die Spuren ihrer Füßchen von der Tischplatte.

Aber es war, als könne sie jetzt aus dem Zimmer, das sie zuvor so scheu betreten hatte, nicht wieder fortfinden; nachdem sie schon einige Schritte nach der Tür getan hatte, kehrte sie wieder um; das westliche Fenster neben dem Schreibtische schien diese Anziehungskraft auf sie zu üben.

Auch hier lag unten ein Garten, oder richtiger, eine Gartenwildnis. Der Raum war freilich klein; denn wo das wuchernde Gebüsch sie nicht verdeckte, war von allen Seiten die hohe Umfassungsmauer sichtbar. An dieser, dem Fenster gegenüber, befand sich, in augenscheinlichem Verfall, eine offene Rohrhütte; davor, von dem grünen Gespinste einer Klematis fast bedeckt, stand noch ein Gartenstuhl. Der Hütte gegenüber mußte einst eine Partie von hochstämmigen Rosen gewesen sein; aber sie hingen jetzt wie verdorrte Reiser an den entfärbten Blumenstöcken, während unter ihnen mit unzähligen Rosen bedeckte Zentifolien ihre fallenden Blätter auf Gras und Kraut umherstreuten.

Die Kleine hatte die Arme auf die Fensterbank und das Kinn in ihre beiden Hände gestützt, und schaute mit sehnsüchtigen Augen hinab.

Drüben in der Rohrhütte flogen zwei Schwalben aus und ein; sie mußten wohl ihr Nest darin gebaut haben. Die andern Vögel waren schon zur Ruhe gegangen; nur ein Rotbrüstchen sang dort noch herzhaft von dem höchsten Zweige des abgeblühten Goldregens und sah das Kind mit seinen schwarzen Augen an.

– »Nesi, wo steckst du denn?« sagte sanft eine alte Stimme, während eine Hand sich liebkosend auf das Haupt des Kindes legte.

Die alte Dienerin war unbemerkt hereingetreten. Das Kind wandte den Kopf und sah sie mit einem müden Ausdruck an. »Anne«, sagte es, »wenn ich nur einmal wieder in Großmutters Garten dürfte!«

Die Alte antwortete nicht darauf; sie kniff nur die Lippen zusammen und nickte ein paarmal wie zur Betimmung. »Komm, komm!« sagte sie dann. »Wie siehst du aus! Gleich werden sie da sein, dein Vater und deine neue Mutter!« Damit zog sie das Kind in ihre Arme und strich und zupfte ihr Haar und Kleider zurecht. – »Nein, nein, Neschen! Du darfst nicht weinen; es soll eine gute Dame sein, und schön, Nesi; du siehst ja gern die schönen Leute!«

In diesem Augenblick tönte das Rasseln eines Wagens von der Straße herauf. Das Kind zuckte zusammen; die Alte aber faßte es bei der Hand und zog es rasch mit sich aus dem Zimmer. Sie kamen noch früh genug, um den Wagen vorfahren zu sehen; die beiden Mägde hatten schon die Haustür aufgeschlagen.

– Das Wort der alten Dienerin schien sich zu bestätigen. Von einem etwa vierzigjährigen Manne, in dessen ernsten Zügen man Nesis Vater leicht erkannte, wurde eine junge schöne Frau aus dem Wagen gehoben. Ihr Haar und ihre Augen waren fast so dunkel wie die des Kindes, dessen Stiefmutter sie geworden war; ja man hätte sie, flüchtig angesehen, für die rechte halten können, wäre sie dazu nicht zu jung gewesen. Sie grüßte freundlich, während ihre Augen wie suchend umherblickten; aber ihr Mann führte sie rasch ins Haus und in das untere Zimmer, wo sie von dem frischen Rosenduft empfangen wurde.

»Hier werden wir zusammen leben«, sagte er, indem er sie in einen weichen Sessel niederdrückte, »verlaß dies Zimmer nicht, ohne hier die erste Ruhe in deinem neuen Heim gefunden zu haben!«

Sie blickte innig zu ihm auf. »Aber du – willst du nicht bei mir bleiben?«

– »Ich hole dir das Beste von den Schätzen unseres Hauses.«

»Ja, ja, Rudolf, deine Agnes! Wo war sie denn vorhin?«

Er hatte das Zimmer schon verlassen. Den Augen des Vaters war es nicht entgangen, daß bei ihrer Ankunft Nesi sich hinter der alten Anne versteckt gehalten hatte; nun, da er sie wie verloren draußen auf dem Hausflur stehen fand, hob er sie auf beiden Armen in die Höhe und trug sie so in das Zimmer.

– »Und hier hast du die Nesi!« sagte er und legte das Kind zu den Füßen der schönen Stiefmutter auf den Teppich; dann, als habe er Weiteres zu besorgen, ging er hinaus; er wollte die beiden allein sich finden lassen.

Nesi richtete sich langsam auf und stand nun schweigend vor der jungen Frau; beide sahen sich unsicher und prüfend in die Augen. Letztere, die wohl ein freundliches Entgegenkommen als selbstverständlich vorausgesetzt haben mochte, faßte endlich die Hände des Mädchens und sagte ernst: »Du weißt doch, daß ich jetzt deine Mutter bin, wollen wir uns nicht liebhaben, Agnes?« Nesi blickte zur Seite.

»Ich darf aber doch Mama sagen?« fragte sie schüchtern.

– »Gewiß, Agnes; sag, was du willst, Mama oder Mutter, wie es dir gefällt!«

Das Kind sah verlegen zu ihr auf und erwiderte beklommen: »Mama könnte ich gut sagen!«

Die junge Frau warf einen raschen Blick auf sie und heftete ihre dunkeln Augen in die noch dunkleren des Kindes. »Mama; aber nicht Mutter?« fragte sie.

»Meine Mutter ist ja tot«, sagte Nesi leise.

In unwillkürlicher Bewegung stießen die Hände der jungen Frau das Kind zurück; aber sie zog es gleich und heftig wieder an ihre Brust.

»Nesi«, sagte sie, »Mutter und Mama ist ja dasselbe!«

Nesi aber erwiderte nichts; sie hatte die Verstorbene immer nur Mutter genannt.

– Das Gespräch war zu Ende. Der Hausherr war wieder eingetreten, und da er sein Töchterchen in den Armen seiner jungen Frau erblickte, lächelte er zufrieden.

»Aber jetzt komm«, sagte er heiter, indem er der letzteren seine Hand entgegenstreckte, »und nimm als Herrin Besitz von allen Räumen dieses Hauses!«

Und sie gingen miteinander fort; durch die Zimmer des unteren Hauses, durch Küche und Keller, dann die breite Treppe hinauf in einen großen Saal und in die kleineren Stuben und Kammern, die nach beiden Seiten der Treppe auf den Korridor hinausgingen.

Der Abend dunkelte schon; die junge Frau hing immer schwerer an dem Arm ihres Mannes, es war fast, als sei mit jeder Tür, die sich vor ihr geöffnet, eine neue Last auf ihre Schultern gefallen; immer einsilbiger wurden seine froh hervorströmenden Worte erwidert. Endlich, da sie vor der Tür seines Arbeitszimmers standen, schwieg auch er und hob den schönen Kopf zu sich empor, der stumm an seiner Schulter lehnte.

»Was ist dir, Ines?« sagte er, »du freust dich nicht!«

»O doch, ich freue mich!«

»So komm!«

Als er die Tür geöffnet hatte, schien ihnen ein mildes Licht entgegen. Durch das westliche Fenster leuchtete der Schein des Abendgoldes, das drüben jenseits der Büsche des kleinen Gartens stand. – In diesem Lichte blickte das schöne Bild der Toten von der Wand herab; darunter auf dem matten Gold des Rahmens lag wie glühend die frische rote Rose.

Die junge Frau griff unwillkürlich mit der Hand nach ihrem Herzen und starrte sprachlos auf das süße lebensvolle Bild. Aber schon hatten die Arme ihres Mannes sie fest umfangen.

»Sie war einst mein Glück«, sagte er; »sei du es jetzt!«

Sie nickte, aber sie schwieg und rang nach Atem. Ach, diese Tote lebte noch, und für sie beide war doch nicht Raum in einem Hause!

Wie zuvor, da Nesi hier gewesen, tönte jetzt wieder aus dem großen, zu Norden belegenen Garten die mächtige Stimme eines Hundes.

Mit sanfter Hand wurde die junge Frau von ihrem Gatten an das dorthinaus liegende Fenster geführt. »Sieh einmal hier hinab!« sagte er.

Drunten auf dem Steige, der um den großen Rasen führte, saß ein schwarzer Neufundländer; vor ihm stand Nesi und beschrieb mit einer ihrer schwarzen Flechten einen immer engeren Kreis um seine Nase. Dann warf der Hund den Kopf zurück und bellte, und Nesi lachte und begann das Spiel von neuem.

Auch der Vater, der diesem kindischen Treiben zusah, mußte lächeln; aber die junge Frau an seiner Seite lächelte nicht, und wie eine trübe Wolke flog es über ihn hin. »Wenn es die Mutter wäre!« dachte er; laut aber sagte er: »Das ist unser Nero, den mußt du auch noch kennenlernen, Ines; der und Nesi sind gute Kameraden, sogar vor ihren Puppenwagen läßt sich das Ungeheuer spannen.«

Sie blickte zu ihm auf. »Hier ist so viel, Rudolf«, sagte sie, wie zerstreut, »wenn ich nur durchfinde!«

– »Ines, du träumst! Wir und das Kind, der Hausstand ist ja so klein wie möglich.«

»Wie möglich?« wiederholte sie tonlos, und ihre Augen folgten dem Kinde, das jetzt mit dem Hunde um den Rasen jagte; dann plötzlich, wie in Angst zu ihrem Mann emporsehend, schlang sie die Arme um seinen Hals und bat: »Halte mich fest, hilf mir! Mir ist so schwer.«

Wochen, Monate waren vergangen. – Die Befürchtungen der jungen Frau schienen sich nicht zu verwirklichen; wie von selber ging die Wirtschaft unter ihrer Hand. Die Dienerschaft fügte sich gern ihrem zugleich freundlichen und vornehmen Wesen, und auch wer von außen hinzutrat, fühlte, daß jetzt wieder eine dem Hausherrn ebenbürtige Frau im Innern walte. Für die schärfer blickenden Augen ihres Mannes freilich war es anders; er erkannte nur zu sehr, daß sie mit den Dingen seines Hauses wie mit Fremden verkehre, woran sie keinen Teil habe, das als gewissenhafte Stellvertreterin sie nur um desto sorgsamer verwalten müsse. Es konnte den erfahrenen Mann nicht beruhigen, wenn sie sich zuweilen mit heftiger Innigkeit in seine Arme drängte, als müsse sie sich versichern, daß sie ihm, er ihr gehöre.

Auch zu Nesi hatte ein näheres Verhältnis sich nicht gebildet. Eine innere Stimme – der Liebe und der Klugheit – gebot der jungen Frau, mit dem Kinde von seiner Mutter zu sprechen, an die es die Erinnerung so lebendig, seit die Stiefmutter ins Haus getreten war, so hartnäckig bewahrte. Aber – das war es ja! Das süße Bild, das droben in ihres Mannes Zimmer hing – selbst ihre inneren Augen vermieden, es zu sehen. Wohl hatte sie mehrmals schon den Mut gefaßt; sie hatte das Kind mit beiden Händen an sich gezogen, dann aber war sie verstummt; ihre Lippen hatten ihr den Dienst versagt, und Nesi, deren dunkle Augen bei solcher herzlichen Bewegung freudig aufgeleuchtet, war traurig wieder fortgegangen. Denn seltsam, sie sehnte sich nach der Liebe dieser schönen Frau; ja, wie Kinder pflegen, sie betete sie im stillen an. Aber ihr fehlte die Anrede, die der Schlüssel jedes herzlichen Gespräches ist; das eine – so war ihr – durfte sie, das andere konnte sie nicht sagen.

Auch dieses letzte Hemmnis fühlte Ines, und da es das am leichtesten zu Beseitigende schien, so kehrten ihre Gedanken immer wieder auf diesen Punkt zurück.

So saß sie eines Nachmittags neben ihrem Mann im Wohnzimmer und blickte in den Dampf, der leise singend aus der Teemaschine aufstieg.

Rudolf, der eben seine Zeitung durchgelesen hatte, ergriff ihre Hand. »Du bist so still, Ines; du hast mich heute nicht ein einzig Mal gestört!«

»Ich hätte wohl etwas zu sagen«, erwiderte sie zögernd, indem sie ihre Hand aus der seinen löste.

– »So sag es denn!«

Aber sie schwieg noch eine Weile.

– »Rudolf«, sagte sie endlich, »laß dein Kind mich Mutter nennen!«

– »Und tut sie denn das nicht?«

Sie schüttelte den Kopf und erzählte ihm, was am Tage ihrer Ankunft vorgefallen war.

Er hörte ihr ruhig zu. »Es ist ein Ausweg«, sagte er dann, »den hier die Kinderseele unbewußt gefunden hat. Wollen wir ihn nicht dankbar gelten lassen?«

Die junge Frau antwortete nicht darauf, sie sagte nur: »So wird das Kind mir niemals nahekommen.«

Er wollte wieder ihre Hand fassen, aber sie entzog sie ihm.

»Ines«, sagte er, »verlange nur nichts, was die Natur versagt; von Nesi nicht, daß sie dein Kind, und nicht von dir, daß du ihre Mutter seist!«

Die Tränen brachen ihr aus den Augen. »Aber, ich soll doch ihre Mutter sein«, sagte sie fast heftig.

– »Ihre Mutter? Nein, Ines, das sollst du nicht.«

»Was soll ich denn, Rudolf?«

– Hätte sie die naheliegende Antwort auf diese Frage jetzt verstehen können, sie würde sie sich selbst gegeben haben. Er fühlte das und sah ihr sinnend in die Augen, als müsse er dort die helfenden Worte finden.

»Bekenn es nur!« sagte sie, sein Schweigen mißverstehend, »darauf hast du keine Antwort.«

»O Ines!« rief er. »Wenn erst aus deinem eigenen Blut ein Kind auf deinem Schoße liegt!«

Sie machte eine abwehrende Bewegung; er aber sagte: »Die Zeit wird kommen, und du wirst fühlen, wie das Entzücken, das aus deinem Auge bricht, das erste Lächeln deines Kindes weckt und wie es seine kleine Seele zu dir zieht. – Auch über Nesi haben einst zwei selige Augen so geleuchtet; dann schlug sie den kleinen Arm um einen Nacken, der sich zu ihr niederbeugte, und sagte: ›Mutter!‹ – Zürne nicht mit ihr, daß sie es zu keiner andern auf der Welt mehr sagen kann!«

Ines hatte seine Worte kaum gehört; ihre Gedanken verfolgten nur den einen Punkt. »Wenn du sagen kannst: Sie ist ja nicht dein Kind, warum sagst du denn nicht auch: Du bist ja nicht mein Weib!«

Und dabei blieb es. Was gingen sie seine Gründe an!

Er zog sie an sich; er suchte sie zu beruhigen; sie küßte ihn und sah ihn durch Tränen lächelnd an; aber geholfen war ihr damit nicht. – –

Als Rudolf sie verlassen hatte, ging sie hinaus in den großen Garten. Bei ihrem Eintritt sah sie Nesi mit einem Schulbuche in der Hand um den breiten Rasen wandern, aber sie wich ihr aus und schlug einen Seitenweg ein, der zwischen Gebüsch an der Gartenmauer entlangführte.

Dem Kinde war beim flüchtigen Aufblick der Ausdruck von Trauer in den schönen Augen der Stiefmutter nicht entgangen, und, wie magnetisch nachgezogen, immer lernend und ihre Lektion vor sich her murmelnd, war auch sie allmählich in jenen Steig geraten.

Ines stand eben vor einer in der hohen Mauer befindlichen Pforte, die von einem Schlinggewächs mit lila Blüten fast verhangen war. Mit abwesenden Blicken ruhten ihre Augen darauf, und sie wollte schon ihre stille Wanderung wieder beginnen, als sie das Kind sich entgegenkommen sah.

Nun blieb sie stehen und fragte: »Was ist das für eine Pforte, Nesi?«

– »Zu Großmutters Garten!«

»Zu Großmutters Garten? – Deine Großeltern sind doch schon lange tot!«

»Ja, schon lange, lange.«

»Und wem gehört denn jetzt der Garten?«

– »Uns!« sagte das Kind, als verstehe sich das von selbst.

Ines bog ihren schönen Kopf unter das Gesträuch und begann an der eisernen Klinke der Tür zu rütteln; Nesi stand schweigend dabei, als wolle sie den Erfolg dieser Bemühungen abwarten.

»Aber er ist ja verschlossen!« rief die junge Frau, indem sie abließ und mit dem Schnupftuch den Rost von ihren Fingern wischte. »Ist es der wüste Garten, den man aus Vaters Stubenfenster sieht?«

Das Kind nickte.

– »Horch nur, wie drüben die Vögel singen!«

Inzwischen war die alte Dienerin in den Garten getreten. Als sie die Stimmen der beiden von der Mauer her vernahm, beeilte sie sich, in ihre Nähe zu kommen. »Es ist Besuch drinnen«, meldete sie.

Ines legte freundlich ihre Hand an Nesis Wange. »Vater ist ein schlechter Gärtner«, sagte sie im Fortgehen, »da müssen wir beide noch hinein und Ordnung schaffen.«

– Im Hause kam Rudolf ihr entgegen.

»Du weißt, das Müllersche Quartett spielt heute abend«, sagte er, »die Doktorsleute sind da und wollen uns vor Unterlassungssünden warnen.«

Als sie zu den Gästen in die Stube getreten waren, entspann sich ein langes, lebhaftes Gespräch über Musik; dann kamen häusliche Geschäfte, die noch besorgt werden mußten. Der wüste Garten war für heut vergessen.

Am Abend war das Konzert. – Die großen Toten, Haydn und Mozart, waren an den Hörern vorübergezogen, und eben verklang auch der letzte Akkord von Beethovens C-Moll-Quartett, und statt der feierlichen Stille, in der allein die Töne auf- und niederglänzten, rauschte jetzt das Geplauder der fortdrängenden Zuhörer durch den weiten Raum.

Rudolf stand neben dem Stuhle seiner jungen Frau. »Es ist aus, Ines«, sagte er, sich zu ihr niederbeugend; »oder hörst du noch immer etwas?«

Sie saß noch wie horchend, ihre Augen nach dem Podium gerichtet, auf dem nur noch die leeren Pulte standen. Jetzt reichte sie ihrem Manne die Hand. »Laß uns heimgehen, Rudolf«, sagte sie aufstehend.

An der Tür wurden sie von ihrem Hausarzte und dessen Frau aufgehalten, den einzigen Menschen, mit denen Ines bis jetzt in einen näheren Verkehr getreten war.

»Nun?« sagte der Doktor und nickte ihnen mit dem Ausdruck innerster Befriedigung zu. »Aber kommen Sie mit uns, es ist ja auf dem Wege; nach so etwas muß man noch ein Stündchen zusammensitzen.«

Rudolf wollte schon mit heiterer Zustimmung antworten, als er sich leise am Ärmel gezupft fühlte und die Augen seiner Frau mit dem Ausdrucke dringenden Bittens auf sich gerichtet sah. Er verstand sie wohl. »Ich verweise die Entscheidung an die höhere Instanz«, sagte er scherzend.

Und Ines wußte unerbittlich den nicht so leicht zu besiegenden Doktor auf einen andern Abend zu vertrösten.

Als sie am Hause ihrer Freunde sich von diesen verabschiedet hatten, atmete sie auf wie befreit.

»Was hast du heute gegen unsere lieben Doktorsleute?« fragte Rudolf.

Sie drückte sich fest in den Arm ihres Mannes. »Nichts«, sagte sie; »aber es war so schön heute abend; ich muß nun ganz mit dir allein sein.«

Sie schritten rascher ihrem Hause zu.

»Sieh nur«, sagte er, »im Wohnzimmer unten ist schon Licht, unsere alte Anne wird den Teetisch schon gerüstet haben. Du hattest recht, daheim ist doch noch besser als bei andern.«

Sie nickte nur und drückte ihm still die Hand. – Dann traten sie in ihr Haus; lebhaft öffnete sie die Stubentür und schlug die Vorhänge zurück.

Auf dem Tische, wo einst die Vase von den Rosen gestanden hatte, brannte jetzt eine große Bronzelampe und beleuchtete einen schwarzhaarigen Kinderkopf, der schlafend auf die mageren Ärmchen hingesunken war; die Ecken eines Bilderbuches ragten nur eben darunter hervor.

Die junge Frau blieb wie erstarrt in der Tür stehen; das Kind war ganz aus ihrem Gedankenkreise verschwunden gewesen. Ein Zug herber Enttäuschung flog um ihre schönen Lippen. »Du, Nesi!« stieß sie hervor, als ihr Mann sie vollends in das Zimmer hineingeführt hatte. »Was machst du denn noch hier?«

Nesi erwachte und sprang auf. »Ich wollte auf euch warten«, sagte sie, indem sie halb lächelnd mit der Hand über ihre blinzelnden Augen fuhr.

»Das ist unrecht von Anne; du hättest längst zu Bette sein sollen.«

Ines wandte sich ab und trat an das Fenster; sie fühlte, wie ihr die Tränen aus den Augen quollen. Ein unentwirrbares Gemisch von bitteren Gefühlen wühlte in ihrer Brust; Heimweh, Mitleid mit sich selber, Reue über ihre Lieblosigkeit gegen das Kind des geliebten Mannes; sie wußte selber nicht, was alles jetzt sie überkam; aber – und mit der Wollust und der Ungerechtigkeit des Schmerzes sprach sie es sich selber vor – das war es: ihrer Ehe fehlte die Jugend, und sie selber war doch noch so jung!

Als sie sich umwandte, war das Zimmer leer. – Wo war die schöne Stunde, auf die sie sich gefreut? – Sie dachte nicht daran, daß sie sie selbst verscheucht hatte.

– – Das Kind, welches mit fast erschreckten Augen dem ihm unverständlichen Vorgange zugesehen hatte, war von dem Vater still hinausgeführt worden.

»Geduld!« sprach er zu sich selber, als er, den Arm um Nesi geschlungen, mit ihr die Treppe hinaufstieg; und auch er, in einem andern Sinne, setzte hinzu: »Sie ist ja noch so jung.«

Eine Kette von Gedanken und Plänen tauchte in ihm auf; mechanisch öffnete er das Zimmer, wo Nesi mit der alten Anne schlief und in dem sie von dieser schon erwartet wurde. Er küßte sie und sprach: »Ich werde Mama von dir gute Nacht sagen.« Dann wollte er zu seiner Frau hinabgehen; aber er kehrte wieder um und trat am Ende des Korridors in sein Studierzimmer.

Auf dem Aufsatze des Schreibtisches stand eine kleine Bronzelampe aus Pompeji, die er kürzlich erst erworben und versucheshalber mit Öl gefüllt hatte; er nahm sie herab, zündete sie an und stellte sie wieder an ihren Ort unter das Bildnis der Verstorbenen; ein Glas mit Blumen, das auf der Platte des Tisches gestanden, setzte er daneben. Er tat dies fast gedankenlos; nur, als müsse er auch seinen Händen zu tun geben, während es ihm in Kopf und Herzen arbeitete. Dann trat er dicht daneben an das Fenster und öffnete beide Flügel desselben.

Der Himmel war voll Wolken; das Licht des Mondes konnte nicht herabgelangen. Drunten in dem kleinen Garten lag das wuchernde Gesträuch wie eine dunkle Masse; nur dort, wo zwischen schwarzen pyramidenförmigen Koniferen der Steig zur Rohrhütte führte, schimmerte zwischen ihnen der weiße Kies hindurch.

Und aus der Phantasie des Mannes, der in diese Einsamkeit

hinabsah, trat eine liebliche Gestalt, die nicht mehr den Lebenden angehörte; er sah sie unten auf dem Steige wandeln, und ihm war, als gehe er an ihrer Seite.

»Laß dein Gedächtnis mich zur Liebe stärken«, sprach er; aber die Tote antwortete nicht; sie hielt den schönen, bleichen Kopf zur Erde geneigt; er fühlte mit süßem Schauder ihre Nähe, aber Worte kamen nicht von ihr.

Da bedachte er sich, daß er hier oben ganz allein stehe. Er glaubte an den vollen Ernst des Todes; die Zeit, wo sie gewesen, war vorüber. – Aber unter ihm lag noch wie einst der Garten ihrer Eltern; von seinen Büchern durch das Fenster sehend, hatte er dort zuerst das kaum fünfzehnjährige Mädchen erblickt; und das Kind mit den blonden Flechten hatte dem ernsten Manne die Gedanken fortgenommen, immer mehr, bis sie zuletzt als Frau die Schwelle seines Hauses überschritten und ihm alles und noch mehr zurückgebracht hatte. – Jahre des Glückes und freudigen Schaffens waren mit ihr eingezogen; den kleinen Garten aber, als die Eltern früh verstorben waren und das Haus verkauft wurde, hatten sie behalten und durch eine Pforte in der Grenzmauer mit dem großen Garten ihres Hauses verbunden. Fast verborgen war schon damals diese Pforte unter hängendem Gesträuch, das sie ungehindert wachsen ließen; denn sie gingen durch dieselbe in den fraulichsten Ort ihres Sommerlebens, in welchen selbst die Freunde des Hauses nur selten hineingelassen wurden. – – In der Rohrhütte, in welcher er einst von seinem Fenster aus die jugendliche Geliebte über ihren Schularbeiten belauscht hatte, saß jetzt zu den Füßen der blonden Mutter ein Kind mit dunkeln, nachdenklichen Augen; und wenn er nun den Kopf von seiner Arbeit wandte, so tat er einen Blick in das vollste Glück des Menschenlebens. – – Aber heimlich hatte der Tod sein Korn hineingeworfen. Es war in den ersten Tagen eines Junimondes, da trug man das Bett der schwer Erkrankten aus dem daranliegenden Schlafgemach in das Arbeitszimmer ihres Mannes; sie wollte die Luft noch um sich haben, die aus dem Garten ihres Glückes durch das offene Fenster wehte. Der große Schreibtisch war beiseite gestellt; seine Gedanken waren nun alle nur bei ihr. – Draußen war ein unvergleichlicher Frühling aufgegangen; ein Kirschbaum stand mit Blüten überschneit. In unwillkürlichem Drange hob er die leichte Gestalt aus den Kissen und trug sie an das Fenster. »Oh, sieh es noch einmal! Wie schön ist doch die Welt!«

Aber sie wiegte leise ihren Kopf und sagte: »Ich sehe es nicht mehr.« – –

Und bald kam es, da wußte er das Flüstern, welches aus ihrem Munde brach, nicht mehr zu deuten. Immer schwächer glimmte der Funken; nur ein schmerzliches Zucken bewegte noch die Lippen, hart und stöhnend im Kampfe um das Leben ging der Atem. Aber es wurde leiser, immer leiser, zuletzt süß wie Bienengetön. Dann noch einmal war's, als wandle ein blauer Lichtstrahl durch die offenen Augen; und dann war Frieden.

»Gute Nacht, Marie!« – Aber sie hörte es nicht mehr.

– – Noch ein Tag, und die stille, edle Gestalt lag unten in dem großen, dämmerigen Gemach in ihrem Sarge. Die Diener des Hauses traten leise auf; drinnen stand er neben seinem Kinde, das die alte Anne an der Hand hielt.

»Nesi«, sagte diese, »du fürchtest dich doch nicht?«

Und das Kind, von der Erhabenheit des Todes angeweht, antwortete: »Nein, Anne, ich bete.«

Dann kam der allerletzte Gang, welcher noch mit ihr zu gehen ihm vergönnt war; nach ihrer beider Sinn ohne Priester und Glockenklang, aber in der heiligen Morgenfrühe, die ersten Lerchen stiegen eben in die Luft.

Das war vorüber; aber er besaß sie noch in seinem Schmerze; wenn auch ungesehen, sie lebte noch mit ihm. Doch unbemerkt entschwand auch dies; er suchte sie oft mit Angst, aber immer seltener wußte er sie zu finden. Nun erst schien ihm sein Haus unheimlich leer und öde; in den Winkeln saß eine Dämmerung, die früher nicht dort gesessen hatte; es war so seltsam anders um ihn her; und sie war nirgends.

– – Der Mond war aus dem Wolkendunst hervorgetreten und beleuchtete hell die untenliegende Gartenwildnis. Er stand noch immer an derselben Stelle, den Kopf gegen das Fensterkreuz gelehnt; aber seine Augen sahen nicht mehr, was draußen war.

Da öffnete sich hinter ihm die Tür, und eine Frau von dunkler Schönheit trat herein.

Das leise Rauschen ihres Kleides hatte den Weg zu seinem Ohr gefunden; er wandte den Kopf und sah sie forschend an.

»Ines!« rief er; er stieß das Wort hervor, aber er ging ihr nicht entgegen.

Sie war stehengeblieben. »Was ist dir, Rudolf? Erschrickst du vor mir?«

Er schüttelte den Kopf und versuchte zu lächeln. »Komm«, sagte er, »laß uns hinuntergehen.«

Aber während er ihre Hand faßte, waren ihre Augen auf das von der Lampe beleuchtete Bild und die daneben stehenden Blumen gefallen. – Wie ein plötzliches Verständnis flog es durch ihre Züge. – »Es ist ja bei dir wie in einer Kapelle«, sagte sie, und ihre Worte klangen kalt, fast feindlich.

Er hatte alles begriffen. »Oh, Ines«, rief er, »sind nicht auch dir die Toten heilig!«

»Die Toten! Wem sollten die nicht heilig sein! Aber, Rudolf«, – und sie zog ihn wieder an das Fenster; ihre Hände zitterten und ihre schwarzen Augen flimmerten vor Erregung –, »sag mir, die ich jetzt dein Weib bin, warum hältst du diesen Garten verschlossen und lässest keines Menschen Fuß hinein?«

Sie zeigte mit der Hand in die Tiefe; der weiße Kies zwischen den schwarzen Pyramidensträuchern schimmerte gespenstisch; ein großer Nachtschmetterling flog eben darüber hin.

Er hatte schweigend hinabgeblickt. »Das ist ein Grab, Ines«, sagte er jetzt, »oder, wenn du lieber willst, ein Garten der Vergangenheit.«

Aber sie sah ihn heftig an. »Ich weiß das besser, Rudolf! Das ist der Ort, wo du bei ihr bist; dort auf dem weißen Steige wandelt ihr zusammen; denn sie ist nicht tot; noch eben, jetzt in dieser Stunde warst du bei ihr und hast mich, dein Weib, bei ihr verklagt. Das ist Untreue, Rudolf, mit einem Schatten brichst du mir die Ehe!«

Er legte schweigend den Arm um ihren Leib und führte sie, halb mit Gewalt, vom Fenster fort. Dann nahm er die Lampe von dem Schreibtisch und hielt sie hoch gegen das Bild empor. »Ines wirf nur einen Blick auf sie!«

Und als die unschuldigen Augen der Toten auf sie herabblickten, brach sie in einen Strom von Tränen aus. »Oh, Rudolf, ich fühle es, ich werde schlecht!«

»Weine nicht so«, sagte er. »Auch ich habe unrecht getan; aber habe auch du Geduld mit mir!« – Er zog ein Schubfach seines Schreibtisches auf und legte einen Schlüssel in ihre Hand. »Öffne du den Garten wieder, Ines! – – Gewiß, es macht mich glücklich, wenn dein Fuß der erste ist, der wieder ihn betritt. Vielleicht, daß im Geiste sie dir dort begegnet und mit ihren milden Augen dich so lange ansieht, bis du schwesterlich den Arm um ihren Nacken legst!«

Sie sah unbeweglich auf den Schlüssel, der noch immer in ihrer offenen Hand lag.

»Nun, Ines, willst du nicht annehmen, was ich dir gegeben habe?«

Sie schüttelte den Kopf.

»Noch nicht, Rudolf, ich kann noch nicht, später – später; dann wollen wir zusammen hineingehen.« Und indem ihre schönen dunkeln Augen bittend zu ihm aufblickten, legte sie still den Schlüssel auf den Tisch.

Ein Samenkorn war in den Boden gefallen, aber die Zeit des Keimens lag noch fern.

Es war im November. – Ines konnte endlich nicht mehr daran zweifeln, daß auch sie Mutter werden solle, Mutter eines eigenen Kindes. Aber zu dem Entzücken, das sie bei dem Bewußtsein überkam, gesellte sich bald ein anderes. Wie ein unheimliches Dunkel lag es auf ihr, aus dem allmählich sich ein Gedanke gleich einer bösen Schlange emporwand. Sie suchte ihn zu verscheuchen, sie flüchtete sich vor ihm zu allen guten Geistern ihres Hauses, aber er verfolgte sie, er kam immer wieder und immer mächtiger. War sie nicht nur von außen wie eine Fremde in dies Haus getreten, das schon ohne sie ein fertiges Leben in sich schloß? – Und eine zweite Ehe – gab es denn überhaupt eine solche? Mußte die erste, die einzige, nicht bis zum Tode beider fortdauern? – Nicht nur bis zum Tode! Auch weiter – weiter bis in alle Ewigkeit! Und wenn das? – Die heiße Glut schlug ihr ins Gesicht; sich selbst zerfleischend, griff sie nach den härtesten Worten. – Ihr Kind – ein Eindringling, ein Bastard würde es im eigenen Vaterhause sein!

Wie vernichtet ging sie umher; ihr junges Glück und Leid

trug sie allein; und wenn der, welcher den nächsten Anspruch hatte, es mit ihr zu teilen, sie besorgt und fragend anblickte, so schlossen sich ihre Lippen wie in Todesangst.

– – In dem gemeinschaftlichen Schlafgemache waren die schweren Fenstervorhänge heruntergelassen, nur durch eine schmale Lücke zwischen denselben stahl sich ein Streifen Mondlicht herein. Unter quälenden Gedanken war Ines eingeschlafen, nun kam der Traum; da wußte sie es: sie konnte nicht bleiben, sie mußte fort aus diesem Hause, nur ein kleines Bündelchen wollte sie mitnehmen, dann fort, weit weg – – zu ihrer Mutter, auf Nimmerwiederkehr! Aus dem Garten, hinter den Fichten, welche die Rückwand desselben bildeten, führte ein Pförtchen in das Freie; den Schlüssel hatte sie in ihrer Tasche, sie wollte fort – – gleich. – –

Der Mond rückte weiter, von der Bettstatt auf das Kissen, und jetzt lag ihr schönes Antlitz voll beleuchtet in seinem blassen Schein. – Da richtete sie sich auf. Geräuschlos entstieg sie dem Bett und trat mit nackten Füßen in ihre davor stehenden Schuhe. Nun stand sie mitten im Zimmer in ihrem weißen Schlafgewand; ihr dunkles Haar hing, wie sie es nachts zu ordnen pflegte, in zwei langen Flechten über ihre Brust. Aber ihre sonst so elastische Gestalt schien wie zusammengesunken; es war, als liege noch die Last des Schlafes auf ihr. Tastend, mit vorgestreckten Händen, glitt sie durch das Zimmer, aber sie nahm nichts mit, kein Bündelchen, keinen Schlüssel. Als sie mit den Fingern über die auf einem Stuhl liegenden Kleider ihres Mannes streifte, zögerte sie einen Augenblick, als gewinne eine andere Vorstellung in ihr Raum; gleich darauf aber schritt sie leise und feierlich zur Stubentür hinaus und weiter die Treppe hinab. Dann klang unten im Flur das Schloß der Hoftür, kalte Luft blies sie an, der Nachtwind hob die schweren Flechten auf ihrer Brust.

– – Wie sie durch den finstern Wald gekommen, der hinter ihr lag, das wußte sie nicht; aber jetzt hörte sie es überall aus dem Dickicht hervorbrechen; die Verfolger waren hinter ihr. Vor ihr erhob sich ein großes Tor; mit aller Macht ihrer kleinen Hände stieß sie den einen Flügel auf; eine öde, unabsehbare Heide dehnte sich vor ihr aus, und plötzlich wimmelte es von großen schwarzen Hunden, die in emsigem Laufe gegen sie daherrannten; sie sah die roten Zungen aus ihren dampfenden Rachen hängen, sie hörte ihr Gebell immer näher – tönender – –

Da öffneten sich ihre halbgeschlossenen Augen, und allmählich begann sie es zu fassen. Sie erkannte, daß sie eben innerhalb des großen Gartens stehe; ihre eine Hand hielt noch die Klinke der eisernen Gittertür. Der Wind spielte mit ihrem leichten Nachtgewande; von den Linden, welche zur Seite des Einganges standen, wirbelte ein Schauer von gelben Blättern auf sie herab. – Doch – was war das? – Drüben aus den Tannen, ganz wie sie es vorhin zu hören glaubte, erscholl auch jetzt das Bellen eines Hundes, sie hörte deutlich etwas durch die dürren Zweige brechen. Eine Todesangst überfiel sie. – Und wieder erscholl das Gebell.

»Nero«, sagte sie; »es ist Nero.«

Aber sie hatte sich mit dem schwarzen Hüter des Hauses nie befreundet, und unwillkürlich lief ihr das wirkliche Tier mit den grimmigen Hunden des Traumes in eins zusammen; und jetzt sah sie ihn von jenseits des Rasens in großen Sprüngen auf sich zukommen. Doch er legte sich vor ihr nieder, und jenes unverkennbare Winseln der Freude ausstoßend, leckte er ihre nackten Füße. Zugleich kamen Schritte vom Hofe her, und einen Augenblick darauf umfingen sie die Arme ihres Mannes; gesichert legte sie den Kopf an seine Brust.

Vom Gebell des Hundes aufgewacht, hatte er mit jähem Schreck ihr Lager an seiner Seite leer gesehen. Ein dunkles Wasser glitzerte plötzlich vor seinem inneren Auge; es lag nur tausend Schritte hinter ihrem Garten an einem Feldweg unter dichten Erlenbüschen. Wie vor einigen Tagen sah er sich mit Ines an dem grünen Uferrande stehen; er sah sie bis in das Schilf hinabgehen und einen Stein, den sie vorhin am Wege aufgesammelt, in die Tiefe werfen. »Komm zurück, Ines!« hatte er gerufen, »es ist nicht sicher dort.« Aber sie war noch immer stehengeblieben, mit den schwermütigen Augen in die Kreise starrend, welche langsam auf dem schwarzen Wasserspiegel ausliefen. »Das ist wohl unergründlich?« hatte sie gefragt, da er sie endlich in seinen Armen fortgerissen.

Das alles war in wilder Flucht durch seinen Kopf gegangen, als er die Treppe nach dem Hofe hinabgestürmt. – Auch damals waren sie durch den Garten von ihrem Hause fortgegangen, und jetzt traf er sie hier, fast unbekleidet, das schöne Haar vom Nachttau feucht, der noch immer von den Bäumen tropfte.

Er hüllte sie in den Plaid, welchen er sich selbst vorm Hinuntergehen übergeworfen hatte. »Ines«, sagte er – das Herz schlug ihm so gewaltig, daß er das Wort fast rauh hervorstieß –, »was ist das? Wie bist du hierhergekommen?«

Sie schauerte in sich zusammen.

»Ich weiß nicht, Rudolf – – ich wollte fort – mir träumte; o Rudolf, es muß etwas Furchtbares gewesen sein!«

»Dir träumte? Wirklich, dir träumte!« wiederholte er und atmete auf, wie von einer schweren Last befreit.

Sie nickte nur und ließ sich wie ein Kind ins Haus und in das Schlafgemach zurückführen.

Als er sie hier sanft aus seinen Armen ließ, sagte sie: »Du bist so stumm, du zürnst gewiß?«

»Wie sollt ich zürnen, Ines! Ich hatte Angst um dich. Hast du schon früher so geträumt?«

Sie schüttelte erst den Kopf, bald aber besann sie sich. »Doch – – einmal; nur war nichts Schreckliches dabei.«

Er trat ans Fenster und zog die Vorhänge zurück, so daß das Mondlicht voll ins Zimmer strömte.

»Ich muß dein Antlitz sehen«, sagte er, indem er sie auf die Kante ihres Bettes niederzog und sich dann selbst an ihre Seite setzte. »Willst du mir nun erzählen, was dir damals Liebliches geträumt hat? Du brauchst nicht laut zu sprechen; in diesem zarten Lichte trifft auch der leiseste Ton das Ohr.«

Sie hatte den Kopf an seine Brust gelegt und sah zu ihm empor.

»Wenn du es wissen willst«, sagte sie nachsinnend. »Es war, glaub ich, an meinem dreizehnten Geburtstag; ich hatte mich ganz in das Kind, in den kleinen Christus, verliebt, ich mochte meine Puppen nicht mehr ansehen.«

»In den kleinen Christus, Ines?«

»Ja, Rudolf«, und sie legte sich wie zur Ruhe noch fester in seinen Arm; »meine Mutter hatte mir ein Bild geschenkt, eine

Madonna mit dem Kinde; es hing hübsch eingerahmt über meinem Arbeitstischchen in der Wohnstube.«

»Ich kenne es«, sagte er, »es hängt ja noch dort; deine Mutter wollte es behalten zur Erinnerung an die kleine Ines.« –

– »O, meine liebe Mutter!«

Er zog sie fester an sich; dann sagte er: »Darf ich weiter hören, Ines?«

– »Doch! Aber ich schäme mich, Rudolf.« Und dann leise und zögernd fortfahrend: »Ich hatte an jenem Tage nur Augen für das Christkind; auch nachmittags, als meine Gespielinnen da waren; ich schlich mich heimlich hin und küßte das Glas vor seinem kleinen Munde – – es war mir ganz, als wenn's lebendig wäre – – hätte ich es nur auch wie die Mutter auf dem Bild in meine Arme nehmen können!« – Sie schwieg; ihre Stimme war bei den letzten Worten zu einem flüsternden Hauch herabgesunken.

»Und dann, Ines?« fragte er. »Aber du erzählst mir so beklommen!«

– »Nein, nein, Rudolf! Aber – – in der Nacht, die darauf folgte, muß ich auch im Traume aufgestanden sein; denn am andern Morgen fanden sie mich in meinem Bette, das Bild in beiden Armen, mit meinem Kopf auf dem zerdrückten Glase eingeschlafen.«

Eine Weile war es totenstill im Zimmer.

– – »Und jetzt?« fragte er ahnungsvoll und sah ihr tief und herzlich in die Augen. »Was hat dich heute denn von meiner Seite in die Nacht hinausgetrieben?«

»Jetzt, Rudolf?« – – Er fühlte, wie ein Zittern über alle ihre Glieder lief. Plötzlich schlang sie die Arme um seinen Hals, und mit erstickter Stimme flüsterte sie angstvolle und verworrene Worte, deren Sinn er nicht verstehen konnte.

»Ines, Ines«, sagte er und nahm ihr schönes kummervolles Antlitz in seine beiden Hände.

– »O, Rudolf! Laß mich sterben; aber verstoße nicht unser Kind!«

Er war vor ihr aufs Knie gesunken und küßte ihr die Hände. Nur die Botschaft hatte er gehört und nicht die dunkleln Worte, in denen sie ihm verkündigt wurde; von seiner Seele flogen alle

Schatten fort, und hoffnungsreich zu ihr emporschauend, sprach er leise:

»Nun muß sich alles, alles wenden!«

Die Zeit ging weiter, aber die dunkeln Gewalten waren noch nicht besiegt. Nur mit Widerstreben fügte Ines die noch aus Nesis Wiegenzeit vorhandenen Dinge der kleinen Ausrüstung ein, und manche Träne fiel in die kleinen Mützen und Jäckchen, an welchen sie jetzt stumm und eifrig nähte.

– – Auch Nesi war es nicht entgangen, daß etwas Ungewöhnliches sich vorbereite. Im Oberhause, nach dem großen Garten hinaus, stand plötzlich eine Stube fest verschlossen, in der sonst ihre Spielsachen aufbewahrt gewesen waren; sie hatte durchs Schlüsselloch hineingeguckt; eine Dämmerung, eine feierliche Stille schien darin zu walten. Und als sie ihre Puppenküche, die man auf den Korridor hinausgesetzt hatte, mit Hülfe der alten Anne auf den Hausboden trug, suchte sie dort vergebens nach der Wiege mit dem grünen Taffetschirme, welche, solange sie denken konnte, hier unter dem schrägen Dachfenster gestanden hatte. Neugierig spähte sie in alle Winkel.

»Was gehst du herum wie ein Kontrolleur?« sagte die Alte.

– »Ja, Anne, wo ist aber meine Wiege geblieben?«

Die Alte blickte sie mit schlauem Lächeln an. »Was meinst«, sagte sie, »wenn dir der Storch noch so ein Brüderchen brächte?«

Nesi sah betroffen auf; aber sie fühlte sich durch diese Anrede in ihrer elfjährigen Würde gekränkt. »Der Storch?« sagte sie verächtlich.

»Nun freilich, Nesi.«

– »Du mußt nicht so was zu mir sprechen, Anne. Das glauben die kleinen Kinder; aber ich weiß wohl, daß es dummes Zeug ist.«

»So? – Wenn du es besser weißt, Mamsell Naseweis, woher kommen denn die Kinderchen, wenn nicht der Storch sie bringt, der es doch schon die Tausende von Jahren her besorgt hat?«

– »Sie kommen vom lieben Gott«, sagte Nesi pathetisch. »Sie sind auf einmal da.«

»Bewahr uns in Gnaden!« rief die Alte. »Was doch die Guckindiewelte heutzutage klug sind! Aber du hast recht, Nesi; wenn du's gewiß weißt, daß der liebe Gott den Storch vom Amte gesetzt hat – ich glaub's selber, er wird es schon allein besorgen können. – Nun aber – wenn's denn so auf einmal da wär, das Brüderchen – oder wolltest du lieber ein Schwesterlein? –, würd's dich freuen, Neschen?«

Nesi stand vor der Alten, die sich auf einen Reisekoffer niedergelassen hatte; ein Lächeln verklärte ihr ernstes Gesichtchen, dann aber schien sie nachzusinnen.

»Nun, Neschen«, forschte wieder die Alte. »Würd's dich freuen, Neschen?«

»Ja, Anne«, sagte sie endlich, »ich möchte wohl eine kleine Schwester haben, und Vater würde sich gewiß auch freuen; aber – –«

»Nun, Neschen, was hast du noch zu abern?«

»Aber«, wiederholte Nesi und hielt dann wieder einen Augenblick wie grübelnd inne, – »das Kind würde ja dann doch keine Mutter haben!«

»Was?« rief die Alte ganz erschrocken und strebte mühsam von ihrem Koffer auf; »das Kind keine Mutter! Du bist mir zu gelehrt, Nesi; komm, laß uns hinabgehen! – Hörst du? Da schlägt's zwei! Nun mach, daß du in die Schule kommst!«

Schon brausten die ersten Frühlingsstürme um das Haus; die Stunde nahte. –

– »Wenn ich's nicht überlebte«, dachte Ines, »ob er auch meiner dann gedenken würde?«

Mit scheuen Augen ging sie an der Tür des Zimmers vorüber, welches schweigend sie und ihr künftiges Geschick erwartete; leise trat sie auf, als sei darinnen etwas, was sie zu wecken fürchte.

Und endlich war dem Hause ein Kind, ein zweites Töchterchen geboren. Von außen pochten die lichtgrünen Zweige an die Fenster; aber drinnen in dem Zimmer lag die junge Mutter bleich und entstellt; das warme Sonnenbraun der Wangen war verschwunden; aber in ihren Augen brannte ein Feuer, das den Leib verzehrte. Rudolf saß an dem Bett und hielt ihre schmale Hand in der seinen.

Jetzt wandte sie mühsam den Kopf nach der Wiege, die unter der Hut der alten Anne an der andern Seite des Zimmers stand. »Rudolf«, sagte sie matt, »ich habe noch eine Bitte!«

– »Noch eine, Ines? Ich werde noch viel von dir zu bitten haben.«

Sie sah ihn traurig an; nur eine Sekunde lang; dann flog ihr Auge hastig wieder nach der Wiege. »Du weißt«, sagte sie, immer schwerer atmend, »es gibt kein Bild von mir! Du wolltest immer, es solle nur von einem guten Meister gemalt werden – – wir können nicht mehr warten auf die Meisterhand. – Du könntest einen Photographen kommen lassen, Rudolf; es ist ein wenig umständlich; aber – mein Kind, es wird mich nicht mehr kennenlernen; es muß doch wissen, wie die Mutter ausgesehen.«

»Warte noch ein wenig!« sagte er und suchte einen mutigen Ton in seine Stimme zu legen. »Es würde dich jetzt zu sehr erregen; warte, bis deine Wangen wieder voller werden!«

Sie strich mit beiden Händen über ihr schwarzes Haar, das lang und glänzend auf dem Deckbette lag, indem sie einen fast wilden Blick im Zimmer umherwarf.

»Einen Spiegel!« sagte sie, indem sie sich völlig in den Kissen aufrichtete. »Bringt mir einen Spiegel!«

Er wollte wehren; aber schon hatte die Alte einen Handspiegel herbeigeholt und auf das Bett gelegt. Die Kranke ergriff ihn hastig; aber als sie hineinblickte, malte sich ein heftiges Erschrecken in ihren Zügen; sie nahm ein Tuch und wischte an dem Glase; doch es wurde nicht anders; nur immer fremder starrte das kranke Leidensantlitz ihr entgegen.

»Wer ist das?« schrie sie plötzlich. »Das bin nicht ich! – O, mein Gott! Kein Bild, kein Schatten für mein Kind!«

Sie ließ den Spiegel fallen und schlug die mageren Hände vors Gesicht.

Da drang ein Weinen an ihr Ohr. Es war nicht ihr Kind, das ahnungslos in seiner Wiege lag und schlief; Nesi hatte sich unbemerkt hereingeschlichen; sie stand mitten im Zimmer und sah mit düsteren Augen auf die Stiefmutter, während sie schluchzend in ihre Lippe biß.

Ines hatte sie bemerkt. »Du weinst, Nesi?« fragte sie.

Aber das Kind antwortete nicht.

»Warum weinst du, Nesi?« wiederholte sie heftig.

Die Züge des Kindes wurden noch finsterer. »Um meine Mutter!« brach es fast trotzig aus dem kleinen Munde.

Die Kranke stutzte einen Augenblick; dann aber streckte sie die Arme aus dem Bett, und als das Kind, wie unwillkürlich, sich genähert hatte, riß sie es heftig an ihre Brust. »O Nesi, vergiß deine Mutter nicht!«

Da schlangen zwei kleine Arme sich um ihren Hals, und nur ihr verständlich, hauchte es: »Meine liebe, süße Mama!«

– »Bin ich deine liebe Mama, Nesi?«

Nesi antwortete nicht; sie nickte nur heftig in die Kissen.

»Dann, Nesi«, und in traulich seligem Flüstern sprach es die Kranke, »vergiß auch mich nicht! O, ich will nicht gern vergessen werden!«

– – Rudolf hatte regungslos diesen Vorgängen zugesehen, die er nicht zu stören wagte; halb in tödlicher Angst, halb in stillem Jubel; aber die Angst behielt die Oberhand. Ines war in ihre Kissen zurückgesunken; sie sprach nicht mehr; sie schlief – plötzlich.

Nesi, die sich leise von dem Bett entfernt hatte, kniete vor der Wiege ihres Schwesterchens; voll Bewunderung betrachtete sie das winzige Händchen, das sich aus den Kissen aufreckte, und wenn das rote Gesichtlein sich verzog und der kleine unbeholfene Menschenlaut hervorbrach, dann leuchteten ihre Augen vor Entzücken. Rudolf, der still herangetreten war, legte liebkosend die Hand auf ihren Kopf; sie wandte sich um und küßte die andere Hand des Vaters; dann schaute sie wieder auf ihr Schwesterchen. –

Die Stunden rückten weiter. Draußen leuchtete der Mittagsschein, und die Vorhänge an den Fenstern wurden fester zugezogen. Längst schon saß er wieder an dem Bette der geliebten Frau, in dumpfer Erwartung; Gedanken und Bilder kamen und gingen; er schaute sie nicht an, er ließ sie kommen und gehen. Schon einmal früher war es so wie jetzt gewesen; ein unheimliches Gefühl befiel ihn; ihm war, als lebe er zum zweitenmal. Er sah wieder den schwarzen Totenbaum aufsteigen und mit den düsteren Zweigen sein ganzes Haus bedecken. Angstvoll sah er nach der Kranken; aber sie schlummerte sanft; in ruhigen Atemzügen hob sich ihre Brust. Unter dem Fenster, in den blühenden Syringen sang ein kleiner Vogel immerzu; er hörte ihn nicht; er war bemüht, die trügerischen Hoffnungen fortzuscheuchen, die ihn jetzt umspinnen wollten.

Am Nachmittage kam der Arzt; er neigte sich über die Schlafende und nahm ihre Hand, die ein warmer feuchter Hauch bedeckte. Rudolf blickte gespannt in das Antlitz seines Freundes, dessen Züge den Ausdruck der Überraschung annahmen.

»Schone mich nicht!« sagte er. »Laß mich alles wissen!«

Aber der Doktor drückte ihm die Hand.

– »Gerettet!« – Das einzige Wort hatte er behalten. Er hörte auf einmal den Gesang des Vogels; das ganze Leben kam zurückgeflutet. »Gerettet!« – Und er hatte auch sie schon verloren gegeben in die große Nacht; er hatte geglaubt, die heftige Erschütterung des Morgens müsse sie verderben; doch:

Es ward ihr zum Heil,
Es riß sie nach oben!

In diese Worte des Dichters faßte er all sein Glück zusammen; wie Musik klangen sie fort und fort in seinen Ohren.

– – Immer noch schlief die Kranke; immer noch saß er wartend an ihrem Bette. Nur die Nachtlampe dämmerte jetzt in dem stillen Zimmer; draußen aus dem Garten kam statt des Vogelsangs nun das Rauschen des Nachtwindes; manchmal wie Harfenton wehte es auf und zog vorüber; die jungen Zweige pochten leise an die Fenster.

»Ines!« flüsterte er, »Ines!« Er konnte es nicht lassen, ihren Namen auszusprechen.

Da schlug sie die Augen auf und ließ sie fest und lange auf ihm ruhen, als müsse aus der Tiefe des Schlafes ihre Seele erst zu ihm hinauf gelangen.

»Du, Rudolf?« sagte sie endlich. »Und ich bin noch einmal wieder aufgewacht!«

Er blickte sie an und konnte sich nicht ersättigen an ihrem Anblick. »Ines«, sagte er – fast demütig klang seine Stimme – »ich sitze hier, und stundenlang schon trage ich das Glück wie eine schwere Last auf meinem Haupte; hilf es mir tragen, Ines!«

»Rudolf –!« Sie hatte sich mit einer kräftigen Bewegung aufgerichtet.

– »Du wirst leben, Ines!«

»Wer hat das gesagt?«

– »Dein Arzt, mein Freund; ich weiß, er hat sich nicht getäuscht.«

»Leben! O mein Gott! Leben! – Für mein Kind, für dich!« – Es war, als käme ihr plötzlich eine Erinnerung; sie schlang die Hände um den Hals ihres Mannes und drückte sein Ohr an ihren Mund. »Und für deine – für euere, unsre Nesi!« flüsterte sie. Dann ließ sie seinen Nacken los, und seine beiden Hände ergreifend, sprach sie zu ihm sanft und liebevoll. »Mir ist so leicht!« sagte sie. »Ich weiß gar nicht mehr, warum alles sonst so schwer gewesen ist!« Und ihm zunickend: »Du sollst nur sehen, Rudolf; nun kommt die gute Zeit! Aber –« und sie hob den Kopf und brachte ihre Augen ganz dicht an die seinen – »ich muß teilhaben an deiner Vergangenheit, dein ganzes Glück mußt du mir erzählen! Und, Rudolf, ihr süßes Bild soll in dem Zimmer hängen, das uns gemeinschaftlich gehört; sie muß dabei sein, wenn du mir erzählst!«

Er sah sie an wie ein Seliger.

»Ja, Ines; sie soll dabei sein!«

»Und Nesi! Ich erzähl ihr wieder von ihrer Mutter, was ich von dir gehört habe; – was für ihr Alter paßt, Rudolf, nur das – –«

Er konnte nur stumm noch nicken.

»Wo ist Nesi?« fragte sie dann, »ich will ihr noch einen Gutenachtkuß geben!«

»Sie schläft, Ines«, sagte er und strich sanft mit der Hand über ihre Stirn. »Es ist ja Mitternacht!«

»Mitternacht! So mußt auch du nun schlafen! Ich aber – lache mich nicht aus, Rudolf –, mich hungert; ich muß essen! Und dann, nachher, die Wiege vor mein Bett; ganz nahe, Rudolf! Dann schlaf auch ich wieder; ich fühl's; gewiß, du kannst ganz ruhig fortgehen.«

Er blieb noch.

»Ich muß erst eine Freude haben!« sagte er.

»Eine Freude?«

»Ja, Ines, eine ganz neue; ich will dich essen sehen!«

– »O du!«

– Und als ihm auch das geworden, trug er mit der Wärterin die Wiege vor das Bett.

»Und nun gute Nacht! Mir ist, als sollte ich noch einmal in unseren Hochzeitstag hineinschlafen.«

Sie aber wies glücklich lächelnd auf ihr Kind.

– Und bald war alles still. Aber nicht der schwarze Totenbaum streckte seine Zweige über das Dach des Hauses; aus fernen goldnen Ährenfeldern nickte sanft der rote Mohn des Schlummers. Noch eine reiche Ernte stand bevor.

Und es war wieder Rosenzeit. – Auf dem breiten Steige des großen Gartens hielt ein lustiges Gefährt. Nero war augenscheinlich avanciert; denn nicht vor einem Puppen-, sondern vor einem wirklichen Kinderwagen stand er angeschirrt und hielt geduldig still, als Nesi an seinem mächtigen Kopfe jetzt die letzte Schnalle zuzog. Die alte Anne beugte sich zu dem Schirm des Wägelchens und zupfte an den Kissen, in denen das noch namenlose Töchterchen des Hauses mit großen offenen Augen lag; aber schon rief Nesi: »Hü, hott, alter Nero!«, und in würdevollem Schritt setzte die kleine Karawane sich zu ihrer täglichen Spazierfahrt in Bewegung.

Rudolf und mit ihm Ines, die schöner als je an seinem Arme hing, hatten lächelnd zugeschaut; nun gingen sie ihren eigenen Weg; seitwärts schlugen sie sich durch die Büsche entlang der Gartenmauer, und bald standen sie vor der noch immer verschlossenen Pforte. Das Gesträuch hing nicht wie sonst herab; ein Gestelle war untergebaut, so daß man wie durch einen schattigen Laubengang hinangelangte. Einen Augenblick horchten sie auf den vielstimmigen Gesang der Vögel, die drüben in der noch ungestörten Einsamkeit ihr Wesen trieben. Dann aber, von Ines' kleinen kräftigen Händen bezwungen, drehte sich der Schlüssel, und kreischend sprang der Riegel zurück. Drinnen hörten sie die Vögel aufrauschen, und dann war alles still. Um eine Handbreit stand die Pforte offen; aber sie war an der Binnenseite von blühendem Geranke überstrickt; Ines wandte alle ihre Kräfte auf, es knisterte und knickte auch dahinter; aber die Pforte blieb gefangen.

»Du mußt!« sagte sie endlich, indem sie lächelnd und erschöpft zu ihrem Mann emporblickte.

Die Männerhand erzwang den vollen Eingang; dann legte Rudolf das zerrissene Gesträuch sorgsam nach beiden Seiten zurück.

Vor ihnen schimmerte jetzt in hellem Sonnenlicht der Kiesweg; aber leise, als sei es noch in jener Mondnacht, gingen sie zwischen den tiefgrünen Koniferen auf ihm hin, vorbei an den Zentifolien, die mit Hunderten von Rosen aus dem wuchernden Kraut hervorleuchteten, und am Ende des Steiges unter das verfallene Rohrdach, vor welchem jetzt die Klematis den ganzen Gartenstuhl besponnen hatte. Drinnen hatte, wie im vorigen Sommer, die Schwalbe ihr Nest gebaut; furchtlos flog sie über ihnen aus und ein.

Was sie zusammen sprachen? – Auch für Ines war jetzt heiliger Boden hier. – Mitunter schwiegen sie und hörten nur auf das Summen der Insekten, die draußen in den Düften spielten. Vor Jahren hatte Rudolf es schon ebenso gehört; immer war es so gewesen. Die Menschen starben; ob denn diese kleinen Musikanten ewig waren?

»Rudolf, ich habe etwas entdeckt!« begann jetzt Ines wieder. »Nimm einmal den ersten Buchstaben meines Namens und setz ihn an das Ende! Wie heißt er dann?«

»Nesi!« sagte er lächelnd. »Das trifft sich wunderbar.«

»Siehst du!« fuhr sie fort, »so hat die Nesi eigentlich meinen Namen. Ist's nicht billig, daß nun mein Kind den Namen ihrer Mutter erhält? – Marie! – Es klingt so gut und mild; du weißt, es ist nicht einerlei, mit welchem Namen die Kinder sich gerufen hören!«

Er schwieg einen Augenblick.

»Laß uns mit diesen Dingen nicht spielen!« sagte er dann und sah ihr innig in die Augen. »Nein, Ines; auch mit dem Antlitz meines lieben kleinen Kindes soll mir ihr Bild nicht übermalt werden. Nicht Marie, auch nicht Ines – wie es deine Mutter wünschte – darf das Kind mir heißen! Auch Ines ist für mich nur einmal und niemals wieder auf der Welt.« – Und nach einer

Weile fügte er hinzu: »Wirst du nun sagen, daß du einen eigensinnigen Mann hast?«

»Nein, Rudolf; nur, daß du Nesis rechter Vater bist!«

»Und du, Ines?«

»Hab nur Geduld; – ich werde schon dein rechtes Weib! – Aber –«

»Ist doch noch ein Aber da?«

»Kein böses, Rudolf! – Aber – wenn einst die Zeit dahin ist – denn einmal kommt ja doch das Ende – wenn wir alle dort sind, woran du keinen Glauben hast, aber vielleicht doch eine Hoffnung, – wohin sie uns vorangegangen ist; dann« – und sie hob sich zu ihm empor und schlang beide Hände um seinen Nacken – »schüttle mich nicht ab, Rudolf! Versuch es nicht; ich lasse doch nicht von dir!«

Er schloß sie fest in seine Arme und sagte: »Laß uns das nächste tun; das ist das beste, was ein Mensch sich selbst und andern lehren kann.«

»Und da wäre?« fragte sie.

»Leben, Ines; so schön und lange, wie wir es vermögen!«

Da hörten sie Kinderstimmen von der Pforte her; kleine, zum Herzen dringende Laute, die noch keine Worte waren, und ein helles »Hü!« und »Hott!« von Nesis kräftiger Stimme. Und unter dem Vorspann des getreuen Nero, behütet von der alten Dienerin, hielt die fröhliche Zukunft des Hauses ihren Einzug in den Garten der Vergangenheit.

Pole Poppenspäler

Ich hatte in meiner Jugend einige Fertigkeit im Drechseln und beschäftigte mich sogar wohl etwas mehr damit, als meinen gelehrten Studien zuträglich war; wenigstens geschah es, daß mich eines Tags der Subrektor bei Rückgabe eines nicht eben fehlerlosen Exerzitiums seltsamerweise fragte, ob ich vielleicht wieder eine Nähschraube zu meiner Schwester Geburtstag gedrechselt hätte. Solch kleine Nachteile wurden indessen mehr als aufgewogen durch die Bekanntschaft mit einem trefflichen Manne, die mir infolge jener Beschäftigung zuteil wurde. Dieser Mann war der Kunstdrechsler und Mechanicus Paul Paulsen, auch deputierter Bürger unserer Stadt. Auf die Bitte meines Vaters, der für alles, was er mich unternehmen sah, eine gewisse Gründlichkeit forderte, verstand er sich dazu, mir die für meine kleinen Arbeiten erforderlichen Handgriffe beizubringen.

Paulsen besaß mannigfache Kenntnisse und war dabei nicht nur von anerkannter Tüchtigkeit in seinem eignen Handwerk, sondern er hatte auch eine Einsicht in die künftige Entwicklung der Gewerke überhaupt, so daß bei manchem, was jetzt als neue Wahrheit verkündigt wird, mir plötzlich einfällt: das hat dein alter Paulsen ja schon vor vierzig Jahren gesagt. – Es gelang mir bald seine Zuneigung zu erwerben, und er sah es gern, wenn ich noch außer den festgesetzten Stunden am Feierabend einmal zu ihm kam. Dann saßen wir entweder in der Werkstätte oder sommers – denn unser Verkehr hat jahrelang gedauert – auf der Bank unter der großen Linde seines Gärtchens. In den Gesprächen, die wir dabei führten, oder vielmehr, welche mein älterer Freund dabei mit mir führte, lernte ich Dinge kennen und auf Dinge meine Gedanken richten, von denen, so wichtig sie im Leben sind, ich später selbst in meinen Primaner-Schulbüchern keine Spur gefunden habe.

Paulsen war seiner Abkunft nach ein Friese und der Charakter dieses Volksstammes aufs schönste in seinem Antlitz ausgeprägt; unter dem schlichten blonden Haar die denkende Stirn und die blauen sinnenden Augen; dabei hatte, vom Vater ererbt, seine Stimme noch etwas von dem weichen Gesang seiner Heimatsprache.

Die Frau dieses nordischen Mannes war braun und von zartem Gliederbau, ihre Sprache von unverkennbar süddeutschem Klange. Meine Mutter pflegte von ihr zu sagen, ihre schwarzen Augen könnten einen See ausbrennen, in ihrer Jugend aber sei sie von seltener Anmut gewesen. – Trotz der silbernen Fädchen, die schon ihr Haar durchzogen, war auch jetzt die Lieblichkeit dieser Züge noch nicht verschwunden, und das der Jugend angeborene Gefühl für Schönheit veranlaßte mich bald, ihr, wo ich immer konnte, mit kleinen Diensten und Gefälligkeiten an die Hand zu gehen.

»Da schau mir nur das Buberl«, sagte sie dann wohl zu ihrem Mann; »Wirst doch nit eifersüchtig werden, Paul?«

Dann lächelte Paul. Und aus ihren Scherzworten und aus seinem Lächeln sprach das Bewußtsein innigsten Zusammengehörens.

Sie hatten außer einem Sohne, der damals in der Fremde war, keine Kinder, und vielleicht war ich den beiden zum Teil deshalb so willkommen, zumal Frau Paulsen mir wiederholt versicherte, ich habe grad ein so lustigs Naserl wie ihr Joseph. Nicht verschweigen will ich, daß letztere auch eine mir sehr zusagende, in unserer Stadt aber sonst gänzlich unbekannte Mehlspeise zu bereiten verstand und auch nicht unterließ, mich dann und wann zu Gast zu bitten. – So waren denn dort der Anziehungskräfte für mich genug. Von meinem Vater aber wurde mein Verkehr in dem tüchtigen Bürgerhause gern gesehen. »Sorge nur, daß du nicht lästig fällst!« war das einzige, woran er in dieser Beziehung zuweilen mich erinnerte. Ich glaube indessen nicht, daß ich meinen Freunden je zu oft gekommen bin.

Da geschah es eines Tages, daß in meinem elterlichen Hause einem alten Herrn aus unserer Stadt das neueste und wirklich ziemlich gelungene Werk meiner Hände vorgezeigt wurde.

Als dieser seine Bewunderung zu erkennen gab, bemerkte

mein Vater dagegen, daß ich ja aber auch schon seit fast einem Jahr bei Meister Paulsen in der Lehre sei.

»So, so«, erwiderte der alte Herr; »bei Pole Poppenspäler!«

Ich hatte nie gehört, daß mein Freund einen solchen Beinamen führe, und fragte, vielleicht ein wenig naseweis, was das bedeuten solle.

Aber der alte Herr lächelte nur ganz hinterhältig und wollte keine weitere Auskunft geben. –

Zum kommenden Sonntag war ich von den Paulsenschen Eheleuten auf den Abend eingeladen, um ihnen ihren Hochzeitstag feiern zu helfen. Es war im Spätsommer, und da ich mich frühzeitig auf den Weg gemacht und die Hausfrau noch in der Küche zu wirtschaften hatte, so ging Paulsen mit mir in den Garten, wo wir uns zusammen unter der großen Linde auf die Bank setzten. Mir war das »Pole Poppenspäler« wieder eingefallen, und es ging mir so im Kopf herum, daß ich kaum auf seine Reden Antwort gab; endlich, da er mich fast ein wenig ernst wegen meiner Zerstreuung zurechtgewiesen hatte, fragte ich ihn gradezu, was jener Beiname zu bedeuten habe.

Er wurde sehr zornig. »Wer hat dich das dumme Wort gelehrt?« rief er, indem er von seinem Sitze aufsprang. Aber bevor ich noch zu antworten vermochte, saß er schon wieder neben mir. »Laß, laß!« sagte er, sich besinnend, »es bedeutet ja eigentlich das Beste, was das Leben mir gegeben hat. – Ich will es dir erzählen; wir haben wohl noch Zeit dazu.« –

In diesem Haus und Garten bin ich aufgewachsen, meine braven Eltern wohnten hier, und hoffentlich wird einst mein Sohn hier wohnen! – Daß ich ein Knabe war, ist nun schon lange her; aber gewisse Dinge aus jener Zeit stehen noch, wie mit farbigem Stift gezeichnet, vor meinen Augen.

Neben unserer Haustür stand damals eine kleine weiße Bank mit grünen Stäben in den Rück- und Seitenlehnen, von der man nach der einen Seite die lange Straße hinab bis an die Kirche, nach der anderen aus der Stadt hinaus bis in die Felder sehen konnte. An Sommerabenden saßen meine Eltern hier, der Ruhe nach der Arbeit pflegend; in den Stunden vorher aber pflegte ich sie in Beschlag zu nehmen und hier in der freien Luft und unter erquickendem Ausblick nach Ost und West meine Schularbeiten anzufertigen.

So saß ich auch eines Nachmittags – ich weiß noch gar wohl, es war im September, eben nach unserem Michaelis-Jahrmarkte – und schrieb für den Rechenmeister meine Algebra-Exempel auf die Tafel, als ich unten von der Straße ein seltsames Gefährte heraufkommen sah. Es war ein zweirädriger Karren, der von einem kleinen rauhen Pferde gezogen wurde. Zwischen zwei ziemlich hohen Kisten, mit denen er beladen war, saß eine große blonde Frau mit steifen hölzernen Gesichtszügen und ein etwa neunjähriges Mädchen, das sein schwarzhaariges Köpfchen lebhaft von einer Seite nach der andern drehte; nebenher ging, den Zügel in der Hand, ein kleiner, lustig blickender Mann, dem unter seiner grünen Schirmmütze die kurzen schwarzen Haare wie Spieße vom Kopfe abstanden.

So, unter dem Gebimmel eines Glöckchens, das unter dem Halse des Pferdes hing, kamen sie heran. Als sie die Straße vor unserem Hause erreicht hatten, machte der Karren halt. »Du Bub«, rief die Frau zu mir herüber, »wo ist denn die Schneiderherberg?«

Mein Griffel hatte schon lange geruht; nun sprang ich eilfertig auf und trat an den Wagen. »Ihr seid grad davor«, sagte ich und wies auf das alte Haus mit der viereckig geschorenen Linde, das, wie du weißt, noch jetzt hier gegenüber liegt.

Das feine Dirnchen war zwischen den Kisten aufgestanden, streckte das Köpfchen aus der Kapuze ihres verschossenen Mäntelchens und sah mit ihren großen Augen auf mich herab; der Mann aber, mit einem »Sitz ruhig, Diendl!« und »Schönen Dank, Bub!« peitschte auf den kleinen Gaul und fuhr vor die Tür des bezeichneten Hauses, aus dem auch schon der dicke Herbergsvater in seiner grünen Schürze ihm entgegentrat.

Daß die Ankömmlinge nicht zu den zunftberechtigten Gästen des Hauses gehörten, mußte mir freilich klar sein; aber es pflegten dort – was mir jetzt, wenn ich es bedenke, mit der Reputation des wohlehrsamen Handwerks sich keineswegs reimen will – auch andere, mir viel angenehmere Leute einzukehren. Droben im zweiten Stock, wo noch heute statt der Fenster nur einfache Holzluken auf die Straße gehen, war das hergebrachte

Quartier aller fahrenden Musikanten, Seiltänzer oder Tierbändiger, welche in unserer Stadt ihre Kunst zum besten gaben.

Und richtig, als ich am andern Morgen oben in meiner Kammer vor dem Fenster stand und meinen Schulsack schnürte, wurde drüben eine der Luken aufgestoßen; der kleine Mann mit den schwarzen Haarspießen steckte seinen Kopf ins Freie und dehnte sich mit beiden Armen in die frische Luft hinaus; dann wandte er den Kopf hinter sich nach dem dunklen Raum zurück, und ich hörte ihn »Lisei! Lisei!« rufen. – Da drängte sich unter seinem Arm ein rosiges Gesichtlein vor, um das wie eine Mähne das schwarze Haar herabfiel. Der Vater wies mit dem Finger nach mir herüber, lachte und zupfte sie ein paarmal an ihren seidenen Strähnen. Was er zu ihr sprach, habe ich nicht verstehen können; aber es mag wohl ungefähr gelautet haben. »Schau dir ihn an, Lisei! Kennst ihn noch, den Bubn von gestern? – Der arme Narr, da muß er nun gleich mit dem Ranzen in die Schule traben! – Was du für ein glückliches Diendl bist, die du allweg nur mit unserem Braunen landab, landauf zu fahren brauchst!« – Wenigstens sah die Kleine ganz mitleidig zu mir herüber, und als ich es wagte, ihr freundlich zuzunicken, nickte sie sehr ernsthaft wieder.

Bald aber zog der Vater seinen Kopf zurück und verschwand im Hintergrund seines Bodenraumes. Statt seiner trat jetzt die große blonde Frau zu dem Kinde; sie bemächtigte sich ihres Kopfes und begann ihr das Haar zu strählen. Das Geschäft schien schweigend vollzogen zu werden, und das Lisei durfte offenbar nicht mucksen, obgleich es mehrmals, wenn ihr der Kamm so in den Nacken hinabfuhr, die eckigsten Figuren mit ihrem roten Mäulchen bildete. Nur einmal hob sie den Arm und ließ ein langes Haar über die Linde draußen in die Morgenluft hinausfliegen. Ich konnte von meinem Fenster aus es glänzen sehen; denn die Sonne war eben durch den Herbstnebel gedrungen und schien drüben auf den oberen Teil des Herberghauses.

Auch in den vorhin undurchdringlich dunklen Bodenraum konnte ich jetzt hineinsehen. Ganz deutlich erblickte ich in einem dämmerigen Winkel den Mann an einem Tische sitzen; in seiner Hand blinkte etwas wie Gold oder Silber; dann wieder war's wie ein Gesicht mit einer ungeheueren Nase; aber so sehr ich meine Augen anstrengte, ich vermochte nicht klug daraus zu werden.

Plötzlich hörte ich, als wenn etwas Hölzernes in einen Kasten geworfen würde, und nun stand der Mann auf und lehnte aus einer zweiten Luke sich wieder auf die Straße hinaus.

Die Frau hatte indessen der kleinen schwarzen Dirne ein verschossenes rotes Kleidchen angezogen und ihr die Haarflechten wie einen Kranz um das runde Köpfchen gelegt.

Ich sah noch immer hinüber. »Einmal« dachte ich, »könnte sie doch wieder nicken.«

– – »Paul, Paul!« hörte ich plötzlich unten aus unserem Hause die Stimme meiner Mutter rufen.

»Ja, ja, Mutter!«

Es war mir ordentlich wie ein Schrecken in die Glieder geschlagen.

»Nun«, rief sie wieder, »der Rechenmeister wird dir schön die Zeit verdeutschen! Weißt du denn nicht, daß es lang schon sieben geschlagen hat?«

Wie rasch polterte ich die Treppe hinunter!

Aber ich hatte Glück; der Rechenmeister war grad dabei, seine Bergamotten abzunehmen, und die halbe Schule befand sich in seinem Garten, um mit Händen und Mäulern ihm dabei zu helfen. Erst um neun Uhr saßen wir alle mit heißen Backen und lustigen Gesichtern an Tafel und Rechenbuch auf unseren Bänken.

Als ich um elf, die Taschen noch von Birnen starrend, aus dem Schulhofe trat, kam eben der dicke Stadtausrufer die Straße herauf. Er schlug mit dem Schlüssel an sein blankes Messingbecken und rief mit seiner Bierstimme:

»Der Mechanicus und Puppenspieler Herr Joseph Tendler aus der Residenzstadt München ist gestern hier angekommen und wird heute abend im Schützenhofsaale seine erste Vorstellung geben. Vorgestellt wird: Pfalzgraf Siegfried und die heilige Genoveva, Puppenspiel mit Gesang in vier Aufzügen.«

Dann räusperte er sich und schritt würdevoll in der meinem Heimwege entgegengesetzten Richtung weiter. Ich folgte ihm von Straße zu Straße, um wieder und wieder die entzückende

Verkündigung zu hören; denn niemals hatte ich eine Komödie, geschweige denn ein Puppenspiel gesehen. – Als ich endlich umkehrte, sah ich ein rotes Kleidchen mir entgegenkommen; und wirklich, es war die kleine Puppenspielerin; trotz ihres verschossenen Anzugs schien sie mir von einem Märchenglanz umgeben.

Ich faßte mir ein Herz und redete sie an: »Willst du spazierengehen, Lisei?«

Sie sah mich mißtrauisch aus ihren schwarzen Augen an. »Spazieren?« wiederholte sie gedehnt. »Ach du – du bist g'scheit!«

»Wohin willst du denn?«

– »Zum Ellenkramer will i!«

»Willst du dir ein neues Kleid kaufen?« fragte ich tölpelhaft genug.

Sie lachte laut auf. »Geh! laß mi aus! – Nein; nur so Fetz'ln!«

»Fetz'ln, Lisei?«

– »Freili! Halt nur so Resteln zu G'wandl für die Pupp'n; 's kost't immer nit viel!«

Ein glücklicher Gedanke fuhr mir durch den Kopf. Ein alter Onkel von mir hatte damals am Markte hier eine Ellenwarenhandlung, und sein alter Ladendiener war mein guter Freund. »Komm mit mir!« sagte ich kühn, »es soll dir gar nichts kosten, Lisei!«

»Meinst?« fragte sie noch; dann liefen wir beide nach dem Markt und in das Haus des Onkels. Der alte Gabriel stand wie immer in seinem pfeffer- und salzfarbenen Rock hinter dem Ladentisch, und als ich ihm unser Anliegen deutlich gemacht hatte, kramte er gutmütig einen Haufen »Rester« auf den Tisch zusammen.

»Schau, das hübsch Brinnrot!« sagte Lisei und nickte begehrlich nach einem Stückchen französischen Kattuns hinüber.

»Kannst es brauchen?« fragte Gabriel. – Ob sie es brauchen konnte! Der Ritter Siegfried sollte ja auf den Abend noch eine neue Weste geschneidert bekommen.

»Aber da gehören auch die Tressen noch dazu«, sagte der Alte und brachte allerlei Endchen Gold- und Silberflitter. Bald kamen noch grüne und gelbe Seidenläppchen und Bänder, endlich ein ziemlich großes Stück braunen Plüsches. »Nimm's nur, Kind!« sagte Gabriel. »Das gibt ein Tierfell für euere Genoveva, wenn das alte vielleicht verschossen wäre!« Dann packte er die ganze Herrlichkeit zusammen und legte sie der Kleinen in den Arm.

»Und es kost't nix?« fragte sie beklommen.

Nein, es kostete nichts. Ihre Augen leuchteten. »Schön' Dank, guter Mann! Ach, wird der Vater schauen!«

Hand in Hand, Lisei mit ihrem Päckchen unter dem Arm, verließen wir den Laden; als wir aber in die Nähe unserer Wohnung kamen, ließ sie mich los und rannte über die Straße nach der Schneiderherberge, daß ihr die schwarzen Flechten in den Nacken flogen.

– – Nach dem Mittagessen stand ich vor unserer Haustür und erwog unter Herzklopfen das Wagnis, schon heute zur ersten Vorstellung meinen Vater um das Eintrittsgeld anzugehen; ich war ja mit der Galerie zufrieden, und sie sollte für uns Jungens nur einen Doppeltschilling kosten. Da, bevor ich's noch bei mir ins reine gebracht hatte, kam das Lisei über die Straße zu mir hergeflogen. »Der Vater schickt's!« sagte sie, und eh ich mich's versah, war sie wieder fort; aber in meiner Hand hielt ich eine rote Karte, darauf stand mit großen Buchstaben: Erster Platz.

Als ich aufblickte, winkte auch von drüben der kleine schwarze Mann mit beiden Armen aus der Bodenluke zu mir herüber. Ich nickte ihm zu; was mußten das für nette Leute sein, diese Puppenspieler! »Also heute abend«, sagte ich zu mir selber, »heute abend und – Erster Platz!«

– – Du kennst unsern Schützenhof in der Süderstraße; auf der Haustür sah man damals noch einen schön gemalten Schützen in Lebensgröße, mit Federhut und Büchse; im übrigen war aber der alte Kasten damals noch baufälliger, als er heute ist. Die Gesellschaft war bis auf drei Mitglieder herabgesunken; die vor Jahrhunderten von den alten Landesherzögen geschenkten silbernen Pokale, Pulverhörner und Ehrenketten waren nach und nach verschleudert; den großen Garten, der, wie du weißt, auf den Bürgersteig hinausläuft, hatte man zur Schaf- und Ziegengräsung verpachtet. Das alte zweistöckige Haus wurde von niemandem weder bewohnt noch gebraucht; windrissig und verfallen stand es da zwischen den munteren Nachbarhäusern; nur in dem öden weißgekalkten Saale, der fast das ganze obere Stockwerk einnahm, produzierten mitunter starke Männer oder durchreisende Taschenspieler ihre Künste. Dann wurde unten die große Haustür mit dem gemalten Schützenbruder knarrend aufgeschlossen.

– – Langsam war es Abend geworden; und – das Ende trug die Last, denn mein Vater wollte mich erst fünf Minuten vor dem angesetzten Glockenschlage laufen lassen; er meinte, eine Übung in der Geduld sei sehr vonnöten, damit ich im Theater stille sitze.

Endlich war ich an Ort und Stelle. Die große Tür stand offen, und allerlei Leute wanderten hinein; denn derzeit ging man noch gern zu solchen Vergnügungen; nach Hamburg war eine weite Reise, und nur wenige hatten sich die kleinen Dinge zu Hause durch die dort zu schauenden Herrlichkeiten leid machen können. – Als ich die eichene Wendeltreppe hinaufgestiegen war, fand ich Liseis Mutter am Eingange des Saales an der Kasse sitzen. Ich näherte mich ihr ganz vertraulich und dachte, sie würde mich so recht als einen alten Bekannten begrüßen; aber sie saß stumm und starr und nahm mir meine Karte ab, als wenn ich nicht die geringste Beziehung zu ihrer Familie hätte. – Etwas gedemütigt trat ich in den Saal; der kommenden Dinge harrend, plauderte alles mit halber Stimme durcheinander; dazu fiedelte unser Stadtmusicus mit drei seiner Gesellen. Das erste, worauf meine Augen fielen, war in der Tiefe des Saales ein roter Vorhang oberhalb der Musikantenplätze. Die Malerei in der Mitte desselben stellte zwei lange Trompeten vor, die kreuzweise über einer goldenen Leier lagen; und, was mir damals sehr sonderbar erschien, an dem Mundstück einer jeden hing, wie mit den leeren Augen daraufgeschoben, hier eine finster, dort eine lachend ausgeprägte Maske. – Die drei vordersten Plätze waren schon besetzt; ich drängte mich in die vierte Bank, wo ich einen Schulkameraden bemerkt hatte, der dort neben seinen Eltern saß. Hinter uns bauten sich die Plätze schräg ansteigend in die Höhe, so daß der letzte, die sogenannte Galerie, welche nur zum Stehen war, sich fast mannshoch über dem Fußboden befinden mochte. Auch dort schien es wohlgefüllt zu sein; genau vermochte ich es nicht zu sehen, denn die wenigen Talglichter, welche in Blechlampetten an den beiden Seitenwänden brannten, verbreiteten nur eine schwache Helligkeit; auch dunkelte die schwere Balkendecke des Saales. Mein Nachbar wollte mir eine Schulgeschichte erzählen; ich begriff nicht, wie er an so etwas denken konnte, ich schaute nur auf den Vorhang, der von den Lampen des Podiums und der Musikantenpulte feierlich beleuchtet war. Und jetzt ging ein Wehen über seine Fläche, die geheimnisvolle Welt hinter ihm begann sich schon zu regen; noch einen Augenblick, da erscholl das Läuten eines Glöckchens, und während unter den Zuschauern das summende Geplauder wie mit einem Schlage verstummte, flog der Vorhang in die Höhe. – Ein Blick auf die Bühne versetzte mich um tausend Jahre rückwärts. Ich sah in einen mittelalterlichen Burghof mit Turm und Zugbrücke; zwei kleine ellenlange Leute standen in der Mitte und redeten lebhaft miteinander. Der eine mit dem schwarzen Barte, dem silbernen Federhelm und dem goldgestickten Mantel über dem roten Unterkleide war der Pfalzgraf Siegfried; er wollte gegen die heidnischen Mohren in den Krieg reiten und befahl seinem jungen Hausmeister Golo, der in blauem silbergesticktem Wamse neben ihm stand, zum Schutze der Pfalzgräfin Genoveva in der Burg zurückzubleiben. Der treulose Golo aber tat gewaltig wild, daß er seinen guten Herrn so allein in das grimme Schwerterspiel sollte reiten lassen. Sie drehten bei diesen Wechselreden die Köpfe hin und her und fochten heftig und ruckweise mit den Armen. – Da tönten kleine langgezogene Trompetentöne von draußen hinter der Zugbrücke, und zugleich kam auch die schöne Genoveva in himmelblauem Schleppkleide hinter dem Turm hervorgestürzt und schlug beide Arme über des Gemahls Schultern: »O, mein herzallerliebster Siegfried, wenn dich die grausamen Heiden nur nicht massakrieren!« Aber es half ihr nichts; noch einmal ertönten die Trompeten, und der Graf schritt steif und würdevoll über die Zugbrücke aus dem Hof; man hörte deutlich draußen den Abzug des gewappneten Trupps. Der böse Golo war jetzt Herr der Burg. –

Und nun spielte das Stück sich weiter, wie es in deinem Lesebuch gedruckt steht. – Ich war auf meiner Bank ganz wie verzaubert; diese seltsamen Bewegungen, diese feinen oder schnarrenden Puppenstimmchen, die denn doch wirklich aus ihrem Munde kamen, – es war ein unheimliches Leben in diesen kleinen Figuren, das gleichwohl meine Augen wie magnetisch auf sich zog.

Im zweiten Aufzuge aber sollte es noch besser kommen. – Da war unter den Dienern auf der Burg einer im gelben Nankinganzug, der hieß Kasperl. Wenn dieser Bursche nicht lebendig war, so war noch niemals etwas lebendig gewesen; er machte die ungeheuersten Witze, so daß der ganze Saal vor Lachen bebte; in seiner Nase, die so groß wie eine Wurst war, mußte er jedenfalls ein Gelenk haben; denn wenn er so sein dumm-pfiffiges Lachen herausschüttelte, so schlenkerte der Nasenzipfel hin und her, als wenn auch er sich vor Lustigkeit nicht zu lassen wüßte; dabei riß der Kerl seinen großen Mund auf und knackte, wie eine alte Eule, mit den Kinnbacksknochen. »Pardauz!« schrie es; so kam er immer auf die Bühne gesprungen; dann stellte er sich hin und sprach erst bloß mit seinem großen Daumen; den konnte er so ausdrucksvoll hin und wider drehen, daß es ordentlich ging wie »Hier nix und da nix! Kriegst du nix, so hast du nix!« Und dann sein Schielen; – das war so verführerisch, daß im Augenblick dem ganzen Publikum die Augen verquer im Kopfe standen. Ich war ganz vernarrt in den lieben Kerl!

Endlich war das Spiel zu Ende, und ich saß wieder zu Hause in unserer Wohnstube und verzehrte schweigend das Aufgebratene, das meine gute Mutter mir warm gestellt hatte. Mein Vater saß im Lehnstuhl und rauchte seine Abendpfeife. »Nun, Junge«, rief er, »waren sie lebendig?«

»Ich weiß nicht, Vater«, sagte ich und arbeitete weiter in meiner Schüssel; mir war noch ganz verwirrt zu Sinne.

Er sah mir eine Weile mit seinem klugen Lächeln zu. »Höre, Paul«, sagte er dann, »du darfst nicht zu oft in diesen Puppenkasten; die Dinger könnten dir am Ende in die Schule nachlaufen.«

Mein Vater hatte nicht unrecht. Die Algebraaufgaben gerieten mir in den beiden nächsten Tagen so mäßig, daß der Rechenmeister mich von meinem ersten Platz herabzusetzen drohte. – Wenn ich in meinem Kopfe rechnen wollte: »a + b gleich x – c«, so hörte ich statt dessen vor meinen Ohren die feine Vogelstimme der schönen Genoveva: »Ach, mein herzallerliebster Siegfried, wenn dich die bösen Heiden nur nicht massakrieren!« Einmal – aber es hat niemand gesehen – schrieb ich sogar »x + Genoveva« auf die Tafel. – Des Nachts in meiner Schlafkammer rief es einmal ganz laut »Pardauz«, und mit einem Satz kam der liebe Kasperl in seinem Nankinganzug zu mir ins Bett gesprungen, stemmte seine Arme zu beiden Seiten meines Kopfes in das Kissen und rief grinsend auf mich herabnickend: »Ach, du liebs Brüderl, ach, du herztausig liebs Brüderl!« Dabei hackte er mir mit seiner langen roten Nase in die meine, daß ich davon erwachte. Da sah ich denn freilich, daß es nur ein Traum gewesen war.

Ich verschloß das alles in meinem Herzen und wagte zu Hause kaum den Mund aufzutun von der Puppenkomödie. Als aber am nächsten Sonntag der Ausrufer wieder durch die Straßen ging, an sein Becken schlug und laut verkündigte: »Heute abend auf dem Schützenhof: Doktor Fausts Höllenfahrt, Puppenspiel in vier Aufzügen!« – da war es doch nicht länger auszuhalten. Wie die Katze um den heißen Brei, so schlich ich um meinen Vater herum, und endlich hatte er meinen stummen Blick verstanden. – »Pole«, sagte er, »es könnte dir ein Tropfen Blut vom Herzen gehen; vielleicht ist's die beste Kur, dich einmal gründlich satt zu machen.« Damit langte er in die Westentasche und gab mir einen Doppelschilling.

Ich rannte sofort aus dem Hause; erst auf der Straße wurde es mir klar, daß ja noch acht lange Stunden bis zum Anfang der Komödie abzuleben waren. So lief ich denn hinter den Gärten auf den Bürgersteig. Als ich an den offenen Grasgarten des Schützenhofs gekommen war, zog es mich unwillkürlich hinein; vielleicht, daß gar einige Puppen dort oben aus den Fenstern guckten; denn die Bühne lag ja an der Rückseite des Hauses. Aber ich mußte dann erst durch den oberen Teil des Gartens, der mit Linden- und Kastanienbäumen dicht bestanden war. Mir wurde etwas zag zumute; ich wagte doch nicht weiter vorzudringen. Plötzlich erhielt ich von einem großen, hier angepflockten Ziegenbock einen Stoß in den Rücken, daß ich um zwanzig Schritte weiter flog. Das half; als ich mich umsah, stand ich schon unter den Bäumen.

Es war ein trüber Herbsttag; einzelne gelbe Blätter sanken schon zur Erde; über mir in der Luft schrien ein paar Strandvögel, die ans Haff hinausflogen; kein Mensch war zu sehen noch zu hören. Langsam schritt ich durch das Unkraut, das auf den Steigen wucherte, bis ich einen schmalen Steinhof erreicht hatte, der den Garten von dem Hause trennte. – Richtig! Dort von oben schauten zwei große Fenster in den Hof herab; aber hinter den kleinen in Blei gefaßten Scheiben war es schwarz und leer, keine Puppe war zu sehen. Ich stand eine Weile, mir wurde ganz unheimlich in der mich rings umgebenden Stille.

Da sah ich, wie unten die schwere Hoftür von innen eine Handbreit geöffnet wurde, und zugleich lugte auch ein schwarzes Köpfchen daraus hervor.

»Lisei!« rief ich.

Sie sah mich groß mit ihren dunklen Augen an. »B'hüt Gott!« sagte sie, »hab i doch nit gewußt, was da außa rumkraxln tät! Wo kommst denn du daher?«

»Ich? – Ich geh spazieren, Lisei! – Aber sag mir, spielt ihr denn schon jetzt Komödie?«

Sie schüttelte lachend den Kopf.

»Aber, was machst du denn hier?« fragte ich weiter, indem ich über den Steinhof zu ihr trat.

»I wart auf den Vater«, sagte sie; »er ist ins Quartier, um Band und Nagel zu holen, er macht's halt firti für heunt abend.«

»Bist du denn ganz allein hier, Lisei?«

– »O nei; du bist ja aa no da!«

»Ich meine«, sagte ich, »ob nicht deine Mutter oben auf dem Saal ist?«

Nein, die Mutter saß in der Herberge und besserte die Puppenkleider aus; das Lisei war hier ganz allein.

»Hör«, begann ich wieder, »du könntest mir einen Gefallen tun; es ist unter eueren Puppen einer, der heißt Kasperl; den möcht ich gar zu gern einmal in der Nähe sehen.«

»Den Wurstl meinst?« sagte Lisei und schien sich eine Weile zu bedenken. »Nu, es ging scho; aber g'schwind mußt sein, eh denn der Vater wieder da ist!«

Mit diesen Worten waren wir schon ins Haus getreten und liefen eilig die steile Wendeltreppe hinauf. – Es war fast dunkel in dem großen Saale; denn die Fenster, welche sämtlich nach dem Hofe hinaus lagen, waren von der Bühne verdeckt; nur einzelne Lichtstreifen fielen durch die Spalten des Vorhangs.

»Komm!« sagte Lisei und hob seitwärts an der Wand die dort aus einem Teppich bestehende Verkleidung in die Höhe; wir schlüpften hindurch, und da stand ich in dem Wundertempel. – Aber, von der Rückseite betrachtet, und hier in der Tageshelle, sah er ziemlich kläglich aus; ein Gerüst aus Latten und Brettern, worüber einige buntbekleckste Leinwandstücke hingen; das war der Schauplatz, auf welchem das Leben der heiligen Genoveva so täuschend an mir vorübergegangen war.

Doch ich hatte mich zu früh beklagt; dort, an einem Eisendrahte, der von einer Kulisse nach der Wand hinübergespannt war, sah ich zwei der wunderbaren Puppen schweben; aber sie hingen mit dem Rücken gegen mich, so daß ich sie nicht erkennen konnte.

»Wo sind die andern, Lisei?« fragte ich; denn ich hätte gern die ganze Gesellschaft auf einmal mir besehen.

»Hier im Kast'l«, sagte Lisei und klopfte mit ihrer kleinen Faust auf eine im Winkel stehende Kiste; »die zwei da sind schon zug'richt; aber geh nur her dazu und schau's dir a; er is scho dabei, dei Freund, der Kasperl!«

Und wirklich, er war es selber. »Spielt denn der heute abend auch wieder mit?« fragte ich.

»Freili, der is allimal dabei!«

Mit untergeschlagenen Armen stand ich und betrachtete meinen lieben lustigen Allerweltskerl. Da baumelte er, an sieben Schnüren aufgehängt; sein Kopf war vornübergesunken, daß seine großen Augen auf den Fußboden stierten und ihm die rote Nase wie ein breiter Schnabel auf der Brust lag. »Kasperle, Kasperle«, sagte ich bei mir selber, »wie hängst du da elendiglich.« Da antwortete es ebenso: »Wart nur, liebs Brüderl, wart nur bis heut abend!« – War das auch nur so in meinen Gedanken, oder hatte Kasperl selbst zu mir gesprochen? –

Ich sah mich um. Das Lisei war fort; sie war wohl vor die Haustür, um die Rückkehr ihres Vaters zu überwachen. – Da hörte ich sie eben noch von dem Ausgang des Saales rufen: »Daß d' mir aber nit an die Puppen rührst!« – – Ja, – nun konnte ich es aber doch nicht lassen. Leise stieg ich auf eine neben mir stehende Bank und begann erst an der einen, dann an der andern Schnur zu ziehen; die Kinnladen fingen an zu klappen, die Arme hoben sich, und jetzt fing auch der wunderbare Daumen an, ruckweise hin und her zu schießen. Die Sache machte gar keine Schwierigkeit; ich hatte mir die Puppenspielerei doch kaum so leicht gedacht. – Aber die Arme bewegten sich nur nach vorn und hinten aus; und es war doch gewiß, daß Kasperle sie in dem neulichen Stück auch seitwärts ausgestreckt, ja, daß er sie sogar über dem Kopf zusammengeschlagen hatte! Ich zog an allen Drähten, ich versuchte mit der Hand die Arme abzubiegen; aber es wollte nicht gelingen. Auf einmal tat es einen leisen Krach im Innern der Figur. »Halt!« dachte ich, »Hand vom Brett! Da hättest du können Unheil anrichten!«

Leise stieg ich wieder von meiner Bank herab, und zugleich hörte ich auch Lisei von außen in den Saal treten.

»G'schwind, g'schwind!« rief sie und zog mich durch das Dunkel an die Wendeltreppe hinaus; »'s is eigentli nit recht«, fuhr sie fort, »daß i di eilass'n hab; aber, gel, du hast doch dei Gaudi g'habt!«

Ich dachte an den leisen Krach von vorhin. »Ach, es wird ja nichts gewesen sein!« Mit dieser Selbsttröstung lief ich die Treppe hinab und durch die Hintertür ins Freie.

So viel stand fest, der Kaspar war doch nur eine richtige Holzpuppe; aber das Lisei – was das für eine allerliebste Sprache führte! und wie freundlich sie mich gleich zu den Puppen mit hinaufgenommen hatte! – Freilich, und sie hatte es ja auch selbst gesagt, daß sie es so heimlich vor ihrem Vater getan, das war nicht völlig in der Ordnung. Unlieb – zu meiner Schande muß ich's gestehen – war diese Heimlichkeit mir grade nicht; im Gegenteil, die Sache bekam für mich dadurch noch einen würzigen Beigeschmack, und es muß ein recht selbstgefälliges Lächeln auf meinem Gesicht gestanden haben, als ich durch die Linden- und Kastanienbäume des Gartens wieder nach dem Bürgersteig hinabschlenderte.

Allein zwischen solchen schmeichelnden Gedanken hörte ich

von Zeit zu Zeit vor meinem inneren Ohre immer jenen leisen Krach im Körper der Puppe; was ich auch vornahm, den ganzen Tag über konnte ich diesen, jetzt aus meiner eigenen Seele herauftönenden unbequemen Laut nicht zum Schweigen bringen.

Es hatte sieben Uhr geschlagen; im Schützenhofe war heute, am Sonntagabend, alles besetzt; ich stand diesmal hinten, fünf Schuh hoch über dem Fußboden, auf dem Doppeltschillingsplatze. Die Talglichter brannten in den Blechlampetten, der Stadtmusicus und seine Gesellen fiedelten; der Vorhang rollte in die Höhe.

Ein hochgewölbtes gotisches Zimmer zeigte sich. Vor einem aufgeschlagenen Folianten saß im langen schwarzen Talar der Doktor Faust und klagte bitter, daß ihm all seine Gelehrsamkeit so wenig einbringe; keinen heilen Rock habe er mehr am Leibe, und vor Schulden wisse er sich nicht zu lassen; so wolle er denn jetzo mit der Hölle sich verbinden. – »Wer ruft nach mir?« ertönte zu seiner Linken eine furchtbare Stimme von der Wölbung des Gemaches herab. – »Faust, Faust, folge nicht!« kam eine andere feine Stimme von der Rechten. – Aber Faust verschwor sich den höllischen Gewalten. – »Weh, weh deiner armen Seele!« Wie ein seufzender Windeshauch klang es von der Stimme des Engels; von der Linken schallte eine gellende Lache durchs Gemach. – – Da klopfte es an die Tür. »Verzeihung, Euere Magnifizenz!« Fausts Famulus Wagner war eingetreten. Er bat, ihm für die grobe Hausarbeit die Annahme eines Gehülfen zu gestatten, damit er sich besser aufs Studieren legen könne. »Es hat sich«, sagte er, »ein junger Mann bei mir gemeldet, welcher Kasperl heißt und gar fürtreffliche Qualitäten zu besitzen scheint.« – Faust nickte gnädig mit dem Kopfe und sagte: »Sehr wohl, lieber Wagner, diese Bitte sei Euch gewährt.« Dann gingen beide miteinander fort. – –

»Pardauz!« rief es; und da war er. Mit einem Satz kam er auf die Bühne gesprungen, daß ihm das Felleisen auf dem Buckel hüpfte.

– – »Gott sei gelobt!« dachte ich; »er ist noch ganz gesund; er springt noch ebenso wie vorigen Sonntag in der Burg der schönen Genoveva!« Und seltsam, so sehr ich ihn am Vormittage in meinen Gedanken nur für eine schmähliche Holzpuppe erklärt hatte, – mit seinem ersten Worte war der ganze Zauber wieder da.

Emsig spazierte er im Zimmer auf und ab. »Wenn mich jetzt mein Vater Papa sehen tät«, rief er, »der würd sich was Rechts freuen! Immer pflegt er zu sagen: ›Kasperl, mach, daß du dein Sach in Schwung bringst!‹ – Oh, jetzund hab ich's in Schwung; denn ich kann mein Sach haushoch werfen!« – Damit machte er Miene, sein Felleisen in die Höhe zu schleudern; und es flog auch wirklich, da es am Draht gezogen wurde, bis an die Deckenwölbung hinauf; aber – Kasperls Arme waren an seinem Leibe klebengeblieben; es ruckte und ruckte, aber sie kamen um keine Handbreit in die Höhe.

Kasperl sprach und tat nichts weiter. – Hinter der Bühne entstand eine Unruhe, man hörte leise, aber heftig sprechen, der Fortgang des Stückes war augenscheinlich unterbrochen.

Mir stand das Herz still; da hatten wir die Bescherung! Ich wäre gern fortgelaufen, aber ich schämte mich. Und wenn gar dem Lisei meinetwegen etwas geschähe!

Da begann Kasperl auf der Bühne plötzlich ein klägliches Geheule, wobei ihm Kopf und Arme schlaff herunterhingen, und der Famulus Wagner erschien wieder und fragte ihn, warum er denn so lamentiere.

»Ach, mei Zahnerl, mei Zahnerl!« schrie Kasperl.

»Guter Freund«, sagte Wagner, »so laß Er sich einmal in das Maul sehen!« – Als er ihn hierauf bei der großen Nase packte und ihm zwischen die Kinnladen hineinschaute, trat auch der Doktor Faust wieder in das Zimmer. – »Verzeihen Eure Magnifizenz«, sagte Wagner, »ich werde diesen jungen Mann in meinem Dienst nicht gebrauchen können; er muß sofort in das Lazarett geschafft werden!«

»Is das a Wirtshaus?« fragte Kasperle.

»Nein, guter Freund«, erwiderte Wagner, »das ist ein Schlachthaus. Man wird Ihm dort einen Weisheitszahn aus der Haut schneiden, und dann wird er seiner Schmerzen ledig sein.«

»Ach, du liebs Hergottl«, jammerte Kasperl, »muß mi arms Viecherl so ein Unglück treffen! Ein Weisheitszahnerl, sagt Ihr, Herr Famulus? Das hat noch keiner in der Famili gehabt! Da geht's wohl auch mit meiner Kasperlschaft zu End?«

»Allerdings, mein Freund«, sagte Wagner; »eines Dieners mit Weisheitszähnen bin ich baß entraten; die Dinger sind nur für uns gelehrte Leute. Aber Er hat ja noch einen Brudersssohn, der sich auch bei mir zum Dienst gemeldet hat. Vielleicht«, und er wandte sich gegen den Doktor Faust, »erlauben Eure Magnifizenz!«

Der Doktor Faust machte eine würdige Drehung mit dem Kopfe.

»Tut, was Euch beliebt, mein lieber Wagner«, sagte er; »aber stört mich nicht weiter mit Eueren Lappalien in meinem Studium der Magie!«

– – »Heere, mei Gutester«, sagte ein Schneidergesell, der vor mir auf der Brüstung lehnte, zu seinem Nachbar, »das geheert ja nicht zum Stück, ich kenn's, ich hab es vor ä Weilchen erst in Seifersdorf gesehn.« – Der andere aber sagte nur: »Halt's Maul, Leipziger!« und gab ihm einen Rippenstoß.

– – Auf der Bühne war indessen Kasperle, der zweite, aufgetreten. Er hatte eine unverkennbare Ähnlichkeit mit seinem kranken Onkel, auch sprach er ganz genau wie dieser; nur fehlte ihm der bewegliche Daumen, und in seiner großen Nase schien er kein Gelenk zu haben.

Mir war ein Stein vom Herzen gefallen, als das Stück nun ruhig weiterspielte, und bald hatte ich alles um mich her vergessen. Der teuflische Mephistopheles erschien in seinem feuerfarbenen Mantel, das Hörnchen vor der Stirn, und Faust unterzeichnete mit seinem Blute den höllischen Vertrag:

»Vierundzwanzig Jahre sollst du mir dienen; dann will ich dein sein mit Leib und Seele.«

Hierauf fuhren beide in des Teufels Zaubermantel durch die Luft davon. Für Kasperle kam eine ungeheuere Kröte mit Fledermausflügeln aus der Luft herab. »Auf dem höllischen Sperling soll ich nach Parma reiten?« rief er, und als das Ding wackelnd mit dem Kopfe nickte, stieg er auf und flog den beiden nach.

– – Ich hatte mich ganz hinten an die Wand gestellt, wo ich besser über alle die Köpfe vor mir hinwegsehen konnte. Und jetzt rollte der Vorhang zum letzten Aufzug in die Höhe.

Endlich ist die Frist verstrichen. Faust und Kasper sind beide wieder in ihrer Vaterstadt. Kasper ist Nachtwächter geworden; er geht durch die dunklen Straßen und ruft die Stunden ab:

»Hört ihr Herrn und laßt euch sagen,
Meine Frau hat mich geschlagen;
Hüt't euch vor dem Weiberrock!
Zwölf ist der Klock! Zwölf ist der Klock!

Von fern hört man eine Glocke Mitternacht schlagen. Da wankt Faust auf die Bühne; er versucht zu beten, aber nur Heulen und Zähneklappern tönt aus seinem Halse. Von oben ruft eine Donnerstimme:

»Fauste, Fauste, in aeternum damnatus es!«

Eben fuhren im Feuerregen drei schwarzhaarige Teufel herab, um sich des Armen zu bemächtigen, da fühlte ich eins der Bretter zu meinen Füßen sich verschieben. Als ich mich bückte, um es zurechtzubringen, glaubte ich aus dem dunkeln Raume unter mir ein Geräusch zu hören; ich horchte näher hin; es klang wie das Schluchzen einer Kinderstimme. – »Lisei!« dachte ich; »wenn es Lisei wäre!« Wie ein Stein fiel meine ganze Untat mir wieder aufs Gewissen; was kümmerte mich jetzt der Doktor Faust und seine Höllenfahrt!

Unter heftigem Herzklopfen drängte ich mich durch die Zuschauer und ließ mich seitwärts an dem Brettergerüst herabgleiten. Rasch schlüpfte ich in den darunter befindlichen Raum, in welchem ich an der Wand entlang ganz aufrecht gehen konnte; aber es war fast dunkel, so daß ich mich an den überall untergestellten Latten und Balken stieß. »Lisei!« rief ich. Das Schluchzen, das ich eben noch gehört hatte, wurde plötzlich still; aber dort in dem tiefsten Winkel sah ich etwas sich bewegen. Ich tastete mich weiter bis an das Ende des Raumes, und – da saß sie, zusammengekauert, das Köpfchen in den Schoß gedrückt. Ich zupfte sie am Kleide.

»Lisei!« sagte ich leise, »bist du es? Was machst du hier?«

Sie antwortete nicht, sondern begann wieder vor sich hin zu schluchzen. »Lisei«, fragte ich wieder; »was fehlt dir? So sprich doch nur ein einziges Wort!«

Sie hob den Kopf ein wenig. »Was soll i da red'n!« sagte sie; »Du weißt's ja von selber, daß du den Wurstl hast verdreht.«

»Ja, Lisei!«, antwortete ich kleinlaut; »ich glaub es selber, daß ich das getan habe.«

– »Ja, du! – Und i hab dir's doch g'sagt!«

»Lisei, was soll ich tun?«

– »Nu, halt nix!«

»Aber was soll denn daraus werden?«

– »Nu, halt aa nix!« Sie begann wieder laut zu weinen. »Aber i – wenn i z'Haus komm – da krieg i die Peitsch'n!«

»Du die Peitsche, Lisei!« – Ich fühlte mich ganz vernichtet. »Aber ist dein Vater denn so strenge?«

»Ach, mei guts Vaterl!« schluchzte Lisei.

Also die Mutter! Oh, wie ich, außer mir selber, diese Frau haßte, die immer mit ihrem Holzgesichte an der Kasse saß!

Von der Bühne hörte ich Kasperl, den zweiten, rufen: »Das Stück ist aus! Komm, Gret'l, laß uns Kehraus tanzen!« Und in demselben Augenblick begann auch über unsern Köpfen das Scharren und Trappeln mit den Füßen, und bald polterte alles von den Bänken herunter und drängte sich dem Ausgange zu; zuletzt kam der Stadtmusicus mit seinen Gesellen, wie ich aus dem Tönen des Brummbasses hörte, mit dem sie beim Fortgehen an den Wänden anstießen.

Dann allmählich wurde es still, nur hinten auf der Bühne hörte man noch die Tendlerschen Eheleute miteinander reden und wirtschaften. Nach einer Weile kamen auch sie in den Zuschauerraum; sie schienen erst an den Musikantenpulten, dann an den Wänden die Lichter auszuputzen; denn es wurde allmählich immer finsterer.

»Wenn i nur wüßt, wo die Lisei abblieben ist!« hörte ich Herrn Tendler zu seiner an der gegenüberliegenden Wand beschäftigten Frau hinüberrufen.

»Wo soll't sie sein!« rief diese wieder; »'s ist 'n störrig Ding; ins Quartier wird sie gelaufen sein!«

»Frau«, antwortete der Mann, »du bist auch zu wüst mit dem Kind gewesen; sie hat doch halt so a weichs Gemüt!«

»Ei was«, rief die Frau; »ihr' Straf muß sie hab'n; sie weiß recht gut, daß die schöne Marionett noch von mei'm Vater selig ist! Du wirst sie nit wieder kurieren, und der zweit' Kasper ist doch halt nur ein Notknecht!«

Die lauten Wechselreden hallten in dem leeren Saale wider. Ich hatte mich neben Lisei hingekauert; wir hatten uns bei den Händen gefaßt und saßen mäuschenstille.

»G'schieht mir aber schon recht«, begann wieder die Frau, die eben gerade über unseren Köpfen stand, »warum hab ich's gelitten, daß du das gotteslästerlich Stück heute wieder aufgeführt hast! Mein Vater selig hat's nimmer wollen in seinen letzten Jahren!«

»Nu, nu, Resel!« rief Herr Tendler von der andern Wand; »dein Vater war ein b'sondrer Mann. Das Stück gibt doch allfort eine gute Cassa; und ich mein', es ist doch auch a Lehr und Beispiel für die vielen Gottlosen in der Welt!«

»Ist aber bei uns zum letztenmal heut geb'n. Und nu red mir nit mehr davon!« erwiderte die Frau.

Herr Tendler schwieg. – Es schien jetzt nur noch ein Licht zu brennen, und die beiden Eheleute näherten sich dem Ausgange.

»Lisei«, flüsterte ich, »wir werden eingeschlossen.«

»Laß!« sagte sie, »i kann nit; i geh nit furt!«

»Dann bleib ich auch!«

– »Aber dei Vater und Mutter!«

»Ich bleib doch bei dir!«

Jetzt wurde die Tür des Saales zugeschlagen; dann ging's die Treppe hinab, und dann hörten wir, wie draußen auf der Straße die große Haustür abgeschlossen wurde.

Da saßen wir denn. Wohl eine Viertelstunde saßen wir so, ohne auch nur ein Wort miteinander zu reden. Zum Glück fiel mir ein, daß sich noch zwei Heißewecken in meiner Tasche befanden, die ich für einen meiner Mutter abgebettelten Schilling auf dem Herwege gekauft und über all dem Schauen ganz vergessen hatte. Ich steckte Lisei den einen in ihre kleinen Hände; sie nahm ihn schweigend, als verstehe es sich von selbst, daß ich das Abendbrot besorge, und wir schmausten eine Weile. Dann war auch das zu Ende. – Ich stand auf und sagte: »Laß uns hinter die Bühne gehen; da wirds's heller sein; ich glaub, der Mond scheint draußen!« Und Lisei ließ sich geduldig durch die kreuz und quer stehenden Latten von mir in den Saal hinausleiten.

Als wir hinter der Verkleidung in den Bühnenraum geschlüpft waren, schien dort vom Garten her das helle Mondlicht in die Fenster.

An dem Drahtseil, an dem am Vormittage nur die beiden Puppen gehangen hatten, sah ich jetzt alle, die vorhin im Stück aufgetreten waren. Da hing der Doktor Faust mit seinem scharfen blassen Gesicht, der gehörnte Mephistopheles, die drei kleinen schwarzhaarigen Teufelchen, und dort neben der geflügelten Kröte waren auch die beiden Kasperls. Ganz stille hingen sie da in der bleichen Mondscheinbeleuchtung; fast wie Verstorbene kamen sie mir vor. Der Hauptkasperl hatte zum Glück wieder seinen breiten Nasenschnabel auf der Brust liegen, sonst hätte ich geglaubt, daß seine Blicke mich verfolgen müßten.

Nachdem Lisei und ich eine Weile, nicht wissend, was wir beginnen sollten, an dem Theatergerüste umhergestanden und -geklettert waren, lehnten wir uns nebeneinander auf die Fensterbank. – Es war Unwetter geworden; am Himmel, gegen den Mond, stieg eine Wolkenbank empor; drunten im Garten konnte man die Blätter zu Haufen von den Bäumen wehen sehen.

»Guck«, sagte Lisei nachdenklich, »wie's da aufi g'schwomma kimmt! Da kann mei alte gute Bas' nit mehr vom Himm'l abi schaun.«

»Was für eine alte Bas', Lisei?« fragte ich.

– »Nu, wo i g'west bin, bis sie halt g'storb'n ist.«

Dann blickten wir wieder in die Nacht hinaus. – Als der Wind gegen das Haus und auf die kleinen undichten Fensterscheiben stieß, fing hinter mir an dem Drahtseil die stille Gesellschaft mit ihren hölzernen Gliedern an zu klappern. Ich drehte mich unwillkürlich um und sah nun, wie sie, vom Zugwind bewegt, mit den Köpfen wackelten und die steifen Arm' und Beine durcheinanderregten. Als aber plötzlich der kranke Kasperl seinen Kopf zurückschlug und mich mit seinen weißen Augen anstierte, da dachte ich, es sei doch besser, ein wenig an die Seite zu gehen.

Unweit vom Fenster, aber so, daß die Kulissen dort vor dem Anblick dieser schwebenden Tänzer schützen mußten, stand die große Kiste; sie war offen; ein paar wollene Decken, vermutlich zum Verpacken der Puppen bestimmt, lagen nachlässig darüber hingeworfen.

Als ich mich eben dorthin begeben hatte, hörte ich Lisei vom Fenster her so recht aus Herzensgrunde gähnen.

»Bist du müde, Lisei?« fragte ich.

»O, nein«, erwiderte sie, indem sie ihre Ärmchen fest zusammenschränkte; »aber i frier halt!«

Und wirklich, es war kalt geworden in dem großen leeren Raume, auch mich fror. »Komm hierher!« sagte ich, »wir wollen uns in die Decken wickeln.«

Gleich darauf stand Lisei bei mir und ließ sich geduldig von mir in die eine Decke wickeln; sie sah aus wie eine Schmetterlingspuppe, nur daß oben noch das allerliebste Gesichtchen herausguckte. »Weißt«, sagte sie, und sah mich mit zwei großen müden Augen an, »i steig ins Kistl, da hält's warm!«

Das leuchtete auch mir ein; im Verhältnis zu der wüsten Umgebung winkte hier sogar ein traulicher Raum, fast wie ein dichtes Stübchen. Und bald saßen wir armen törichten Kinder wohlverpackt und dicht aneinandergeschmiegt in der hohen Kiste. Mit Rücken und Füßen hatten wir uns gegen die Seitenwände gestemmt; in der Ferne hörten wir die schwere Saaltür in den Falzen klappen; wir aber saßen ganz sicher und behaglich.

»Friert dich noch, Lisei?« fragte ich.

»Ka bisserl!«

Sie hatte ihr Köpfchen auf meine Schulter sinken lassen; ihre Augen waren schon geschlossen. »Was wird mei guts Vaterl –« lallte sie noch; dann hörte ich an ihren gleichmäßigen Atemzügen, daß sie eingeschlafen war.

Ich konnte von meinem Platze aus durch die oberen Scheiben des einen Fensters sehen. Der Mond war aus seiner Wolkenhülle wieder hervorgeschwommen, in der er eine Zeitlang verborgen gewesen war; die alte Bas' konnte jetzt wieder vom Himmel herunterschauen, und ich denke wohl, sie hat's recht gern getan. Ein Streifen Mondlicht fiel auf das Gesichtchen, das nahe an dem meinen ruhte; die schwarzen Augenwimpern lagen wie seidene Fransen auf den Wangen, der kleine rote Mund atmete leise, nur mitunter zuckte noch ein kurzes Schluchzen aus der Brust herauf; aber auch das verschwand; die alte Bas' schaute gar so mild vom Himmel. – Ich wagte mich nicht zu rühren. »Wie schön müßte es sein«, dachte ich, »wenn das Lisei deine Schwester wäre, wenn sie dann immer bei dir bleiben könnte!« Denn ich hatte keine Geschwister, und wenn ich auch nach Brüdern kein Verlangen trug, so hatte ich mir doch oft das Leben mit einer Schwester in meinen Gedanken ausgemalt, und konnte es nie begreifen, wenn meine Kameraden mit denen, die sie wirklich besaßen, in Zank und Schlägerei gerieten.

Ich muß über solchen Gedanken doch wohl eingeschlafen sein; denn ich weiß noch, wie mir allerlei wildes Zeug geträumt hat. Mir war, als säße ich mitten in dem Zuschauerraum, die Lichter an den Wänden brannten, aber niemand außer mir saß auf den leeren Bänken. Über meinem Kopfe, unter der Balkendecke des Saales, ritt Kasperl auf dem höllischen Sperling in der Luft herum und rief einmal übers andere: »Schlimms Brüderl! Schlimms Brüderl!« oder auch mit kläglicher Stimme: »Mein Arm! Mein Arm!«

Da wurde ich von einem Lachen aufgeweckt, das über meinem Kopfe erschallte; vielleicht auch von dem Lichtschein, der mir plötzlich in die Augen fiel. »Nun seh mir einer dieses Vogelnest!« hörte ich die Stimme meines Vaters sagen, und dann etwas barscher: »Steig heraus, Junge!«

Das war der Ton, der mich stets mechanisch in die Höhe trieb. Ich riß die Augen auf und sah meinen Vater und das Tendlersche Ehepaar an unserer Kiste stehen; Herr Tendler trug eine brennende Laterne in der Hand. Meine Anstrengung, mich zu erheben, wurde indessen durch Lisei vereitelt, die, noch immer fortschlafend, mit ihrer ganzen kleinen Last mir auf die Brust gesunken war. Als sich aber jetzt zwei knochige Arme ausstreckten, um sie aus der Kiste herauszuheben, und ich das Holzgesicht der Frau Tendler sich auf uns niederbeugen sah, da schlug ich die Arme so ungestüm um meine kleine Freundin, daß ich dabei der guten Frau fast ihren alten italienischen Strohhut vom Kopfe gerissen hätte.

»Nu, nu, Bub!« rief sie und trat einen Schritt zurück; ich aber, aus unserer Kiste heraus, erzählte mit geflügelten Worten, und ohne mich dabei zu schonen, was am Vormittag geschehen war.

»Also, Madame Tendler«, sagte mein Vater, als ich mit meinem Bericht zu Ende war, und machte zugleich eine sehr verständliche Handbewegung, »da könnten Sie es mir ja wohl überlassen, dieses Geschäft allein mit meinem Jungen abzumachen.«

»Ach ja, ach ja!« rief ich eifrig, als wenn mir soeben der angenehmste Zeitvertreib verheißen wäre.

Lisei war indessen auch erwacht und von ihrem Vater auf den Arm genommen worden. Ich sah, wie sie die Arme um seinen Hals schlang und ihm bald eifrig ins Ohr flüsterte, bald ihm zärtlich in die Augen sah oder wie beteuernd mit dem Köpfchen nickte. Gleich darauf ergriff auch der Puppenspieler die Hand meines Vaters. »Lieber Herr«, sagte er, »die Kinder bitten füreinander. Mutter, du bist ja auch nit gar so schlimm! Lassen wir es diesmal halt dabei!«

Madame Tendler sah indes noch immer unbeweglich aus ihrem großen Strohhute. »Du magst selb schauen, wie du ohne den Kasperl fertig wirst!« sagte sie mit einem strengen Blick auf ihren Mann.

In dem Antlitz meines Vaters sah ich ein gewisses lustiges Augenzwinkern, das mir Hoffnung machte, es werde das Unwetter diesmal so an mir vorüberziehen; und als er jetzt sogar versprach, am andern Tage seine Kunst zur Herstellung des Invaliden aufzubieten, und dabei Madame Tendlers italienischer Strohhut in die holdseligste Bewegung geriet, da war ich sicher, daß wir beiderseits im trocknen waren.

Bald marschierten wir unten durch die dunkeln Gassen, Herr Tendler mit der Laterne voran, wir Kinder Hand in Hand den Alten nach. – Dann: »Gut Nacht, Paul! Ach, will i schlaf'n!« Und weg war das Lisei; ich hatte gar nicht gemerkt, daß wir schon bei unseren Wohnungen angekommen waren.

Am anderen Vormittage, als ich aus der Schule gekommen war, traf ich Herrn Tendler mit seinem Töchterchen schon in unserer Werkstatt. »Nun, Herr Kollege«, sagte mein Vater, der eben das Innere der Puppe untersuchte, »das sollte denn doch schlimm zugehen, wenn wir zwei Mechanici den Burschen hier nicht wieder auf die Beine brächten!«

»Gel, Vater«, rief das Lisei, »da werd aa die Mutter nit mehr brumm'n.«

Herr Tendler strich zärtlich über das schwarze Haar des Kindes; dann wendete er sich zu meinem Vater, der ihm die Art der beabsichtigten Reparatur auseinandersetzte. »Ach, lieber Herr«, sagte er, »ich bin kein Mechanicus, den Titel hab ich nur so mit den Puppen übernommen; ich bin eigentlich meines Zeichens ein Holzschnitzer aus Berchtesgaden. Aber mein Schwiegervater selig – Sie haben gewiß von ihm gehört –, das war halt einer, und mein Reserl hat noch allweg ihr kleins Gaudi, daß sie die Tochter vom berühmten Puppenspieler Geißelbrecht ist. Der hat auch die Mechanik in dem Kasperl da g'macht; ich hab ihm derzeit nurs G'sichtl ausgeschnitten.«

»Ei nun, Herr Tendler«, erwiderte mein Vater, »das ist ja auch schon eine Kunst. Und dann – sagt mir nur, wie war's denn möglich, daß Ihr Euch gleich zu helfen wußtet, als die Schandtat meines Jungen da so mitten in dem Stück zum Vorschein kam?«

Das Gespräch begann mir etwas unbehaglich zu werden; in Herrn Tendlers gutmütigem Angesicht aber leuchtete plötzlich die ganze Schelmerei des Puppenspielers. »Ja, lieber Herr«, sagte er, »da hat man halt für solch Fäll sein Gspaßerl in der Taschen! Auch ist da noch so ein Bruderssöhnerl, ein Wurstl Nummer zwei, der grad 'ne solche Stimm hat, wie dieser da!«

Ich hatte indessen die Lisei am Kleide gezupft und war glücklich mit ihr nach unserem Garten entkommen. Hier unter der Linde saßen wir, die auch über uns beide jetzt ihr grünes Dach ausbreitet; nur blühten damals nicht mehr die roten Nelken auf den Beeten dort; aber ich weiß noch wohl, es war ein sonniger Septembernachmittag. Meine Mutter kam aus ihrer Küche und begann ein Gespräch mit dem Puppenspielerkinde; sie hatte denn doch auch so ihre kleine Neugierde.

Wie es denn heiße, fragte sie, und ob es denn schon immer so von Stadt zu Stadt gefahren sei? – – Ja, Lisei heiße es – ich hatte das meiner Mutter auch schon oft genug gesagt –, aber dies sei seine erste Reis'; drum könne es auch das Hochdeutsch noch nit so völlig firti krieg'n. – – Ob es denn auch zur Schule gegangen sei. – – Freili; es sei scho zur Schul gang'n; aber das Nähen und Stricken habe es von seiner alten Bas' gelernt; die habe auch so a Gärtl g'habt, da drin hätten sie zusammen auf dem Bänkerl gesessen; nun lerne es bei der Mutter, aber die sei gar streng!

Meine Mutter nickte beifällig. – Wie lange ihre Eltern denn

wohl hier verweilen würden? fragte sie das Lisei wieder. – – Ja, das wüßt es nit, das käme auf die Mutter an; doch pflegten sie so ein vier Wochen am Ort zu bleiben. – – Ja, ob's denn auch ein warmes Mäntelchen für die Weiterreise habe; denn so im Oktober würde es schon kalt auf dem offenen Wägelchen. – – Nun, meinte Lisei, ein Mäntelchen habe sie schon, aber ein dünnes sei es nur; es hab sie auch schon darin gefroren auf der Herreis'.

Und jetzt befand sich meine gute Mutter auf dem Fleck, wonach ich sie schon lange hatte zusteuern sehen. »Hör, kleine Lisei«, sagte sie, »ich hab einen braven Mantel in meinem Schranke hängen, noch von den Zeiten her, da ich ein schlankes Mädchen war; ich bin aber jetzt herausgewachsen und habe keine Tochter, für die ich ihn noch zurechtschneidern könnte. Komm nur morgen wieder, Lisei, da steckt ein warmes Mäntelchen für dich darin.«

Lisei wurde rot vor Freude und hatte im Umsehen meiner Mutter die Hand geküßt, worüber diese ganz verlegen wurde; denn du weißt, hierzulande verstehen wir uns schlecht auf solche Narreteien! – Zum Glück kamen jetzt die beiden Männer aus der Werkstatt. »Für diesmal gerettet«, rief mein Vater; »aber – –!« Der warnend gegen mich geschüttelte Finger war das Ende meiner Buße.

Fröhlich lief ich ins Haus und holte auf Geheiß meiner Mutter deren großes Umschlagtuch; denn, um den kaum Genesenen vor dem zwar wohlgemeinten, aber immerhin unbequemen Zujauchzen der Gassenjugend zu bewahren, das ihn auf seinem Herwege begleitet hatte, wurde der Kasper jetzt sorgsam eingehüllt; dann nahm Lisei ihn auf den Arm, Herr Tendler das Lisei an der Hand, und so, unter Dankesversicherungen, zogen sie vergnügt die Straße nach dem Schützenhof hinab.

Und nun begann eine Zeit des schönsten Kinderglückes. – Nicht nur am andern Vormittage, sondern auch an den folgenden Tagen kam das Lisei; denn sie hatte nicht abgelassen, bis ihr gestattet worden, auch selbst an ihrem neuen Mäntelchen zu nähen. Zwar war's wohl mehr nur eine Scheinarbeit, die meine Mutter in ihre kleinen Hände legte; aber sie meinte doch, das Kind müßte recht ordentlich angehalten sein. Ein paarmal setzte ich mich daneben und las aus einem Bande von Weißens Kinderfreunde vor, den mein Vater einmal auf einer Auktion für mich gekauft hatte, zum Entzücken Liseis, der solche Unterhaltungsbücher noch unbekannt waren. »Das is g'schickt!« oder »Ei du, was geit's für Sachan auf der Welt!« Dergleichen Worte rief sie oft dazwischen und legte die Hände mit ihrer Näharbeit in den Schoß. Mitunter sah sie mich auch von unten mit ganz klugen Augen an und sagte: »Ja, wenn's Geschichtl nur nit derlog'n is!« – Mir ist's, als hörte ich es noch heute.«

– – Der Erzähler schwieg, und in seinem schönen männlichen Antlitz sah ich einen Ausdruck stillen Glückes, als sei das alles, was er mir erzählte, zwar vergangen, aber keineswegs verloren. Nach einer Weile begann er wieder:

»Meine Schularbeiten machte ich niemals besser als in jener Zeit; denn ich fühlte wohl, daß das Auge meines Vaters mich strenger als je überwachte und daß ich mir den Verkehr mit den Puppenspielerleuten nur um den Preis eines strengen Fleißes erhalten könne. »Es sind reputierliche Leute, die Tendlers«, hörte ich einmal meinen Vater sagen; »der Schneiderwirt drüben hat ihnen auch heute ein ordentliches Stübchen eingeräumt; sie zahlen jeden Morgen ihre Zeche; nur, meinte der Alte, sei es leider blitzwenig, was sie draufgehen ließen. – Und das«, setzte mein Vater hinzu, »gefällt mir besser als dem Herbergsvater; sie mögen an den Notpfennig denken, was sonst nicht die Art solcher Leute ist.« – – Wie gern hörte ich meine Freunde loben! Denn das waren sie jetzt alle; sogar Madame Tendler nickte ganz vertraulich aus ihrem Strohhute, wenn ich – keiner Einlaßkarte mehr bedürftig – abends an ihrer Kasse vorbei in den Saal schlüpfte. – Und wie rannte ich jetzt vormittags aus der Schule! Ich wußte wohl, zu Hause traf ich das Lisei entweder bei meiner Mutter in der Küche, wo sie allerlei kleine Dienste für sie zu verrichten wußte, oder es saß auf der Bank im Garten, mit einem Buche oder mit einer Näharbeit in der Hand. Und bald wußte ich sie auch in meinem Dienste zu beschäftigen; denn nachdem ich mich genügend in den inneren Zusammenhang der Sache eingeweiht glaubte, beabsichtigte ich nichts Geringeres, als nun auch meinerseits ein Marionettentheater einzurichten. Vorläufig begann ich mit dem Ausschnitzen der Puppen, wobei Herr

Tendler, nicht ohne eine gutmütige Schelmerei in seinen kleinen Augen, mir in der Wahl des Holzes und der Schnitzmesser mit Rat und Hülfe zur Hand ging; und bald ragte auch in der Tat eine mächtige Kasperlenase aus dem Holzblöckchen in die Welt. Da aber andererseits der Nankinganzug des »Wurstl« mir zuwenig interessant erschien, so mußte indessen das Lisei aus »Fetz'ln«, die wiederum der alte Gabriel hatte hergeben müssen, gold- und silberbesetzte Mäntel und Wämser für Gott weiß welche andere künftige Puppen anfertigen. Mitunter trat auch der alte Heinrich mit seiner kurzen Pfeife aus der Werkstatt zu uns, ein Geselle meines Vaters, der, solang ich denken konnte, zur Familie gehörte; er nahm mir dann wohl das Messer aus der Hand und gab durch ein paar Schnitte dem Dinge hie und da den rechten Schick. Aber schon wollte meiner Phantasie selbst der Tendlersche Haupt- und Prinzipalkasperl nicht mehr genügen; ich wollte noch ganz etwas anderes leisten; für den meinigen ersann ich noch drei weitere, nie dagewesene und höchst wirkungsvolle Gelenke, er sollte seitwärts mit dem Kinne wackeln, die Ohren hin und her bewegen und die Unterlippe auf- und abklappen können; und er wäre auch jedenfalls ein ganz unerhörter Prachtkerl geworden, wenn er nur nicht schließlich über all seinen Gelenken schon in der Geburt zugrunde gegangen wäre. Auch sollte leider weder der Pfalzgraf Siegfried noch irgendein anderer Held des Puppenspiels durch meine Hand zu einer fröhlichen Auferstehung gelangen. – Besser glückte es mir mit dem Bau einer unterirdischen Höhle, in der ich an kalten Tagen mit Lisei auf einem Bänkchen zusammensaß und ihr bei dem spärlichen Lichte, das durch eine oben angebrachte Fensterscheibe fiel, die Geschichten aus dem Weißeschen Kinderfreunde vorlas, die sie immer von neuem hören konnte. Meine Kameraden neckten mich wohl und schalten mich einen Mädchenknecht, weil ich, statt wie sonst mit ihnen, jetzt mit der Puppenspielertochter meine Zeit zubrachte. Mich kümmerte das wenig; wußte ich doch, es redete nur der Neid aus ihnen, und wo es mir zu arg wurde, da brauchte ich denn auch einmal ganz wacker meine Fäuste.

– – Aber alles im Leben ist nur für eine Spanne Zeit. Die Tendlers hatten ihre Stücke durchgespielt; die Puppenbühne auf dem Schützenhofe wurde abgebrochen; sie rüsteten sich zum Weiterziehen.

Und so stand ich denn an einem stürmischen Oktobernachmittage draußen vor unserer Stadt auf dem hohen Heiderücken, sah bald traurig auf den breiten Sandweg, der nach Osten in die kahle Gegend hinausläuft, bald sehnsüchtig nach der Stadt zurück, die in Dunst und Nebel in der Niederung lag. Und da kam es herangetrabt, das kleine Wägelchen mit den zwei hohen Kisten darauf und dem munteren braunen Pferde in der Gabeldeichsel. Herr Tendler saß jetzt vorn auf einem Brettchen, hinter ihm Lisei in dem neuen warmen Mäntelchen neben ihrer Mutter. – Ich hatte schon vor der Herberge von ihnen Abschied genommen; dann aber war ich vorausgelaufen, um sie alle noch einmal zu sehen und um Lisei, wozu ich von meinem Vater die Erlaubnis erhalten hatte, den Band von Weißens Kinderfreunde als Angedenken mitzugeben; auch eine Düte mit Kuchen hatte ich um einige ersparte Sonntagssechslinge für sie eingehandelt. »Halt! Halt!« rief ich jetzt und stürzte von meinem Heidehügel auf das Fuhrwerk zu. – Herr Tendler zog die Zügel an, der Braune stand, und ich reichte Lisei meine kleinen Geschenke in den Wagen, die sie neben sich auf den Stuhl legte. Als wir uns aber, ohne ein Wort zu sagen, an beiden Händen griffen, da brachen wir armen Kinder in ein lautes Weinen aus. Doch in demselben Augenblicke peitschte auch schon Herr Tendler auf sein Pferdchen. »Ade, mein Bub! Bleib brav und dank aa no schön dei'm Vaterl und dei'm Mutterl!«

»Ade! Ade!« rief das Lisei; das Pferdchen zog an, das Glöckchen an seinem Halse bimmelte; ich fühlte die kleinen Hände aus den meinen gleiten, und fort fuhren sie, in die weite Welt hinaus.

Ich war wieder am Rande des Weges emporgestiegen, und blickte unverwandt dem Wägelchen nach, wie es durch den stäubenden Sand dahinzog. Immer schwächer hörte ich das Gebimmel des Glöckchens; einmal noch sah ich ein weißes Tüchelchen um die Kisten flattern; dann allmählich verlor es sich mehr und mehr in den grauen Herbstnebeln. – Da fiel es plötzlich wie eine Todesangst mir auf das Herz: du siehst sie nimmer, nimmer wieder! – »Lisei!« schrie ich, »Lisei!« – Als aber dessenungeachtet, vielleicht wegen einer Biegung der Landstraße, der nur noch im Nebel schwimmende Punkt jetzt völlig meinen Augen entschwand, da rannte ich wie unsinnig auf dem Wege hintendrein. Der Sturm riß mir die Mütze vom Kopf, meine Stiefel füllten sich mit Sand; aber so weit ich laufen mochte, ich sah nichts anderes als die öde baumlose Gegend und den kalten grauen Himmel, der darüberstand. – Als ich endlich bei einbrechender Dunkelheit zu Hause wieder angelangt war, hatte ich ein Gefühl, als sei die ganze Stadt indessen ausgestorben. Es war eben der erste Abschied meines Lebens.

Wenn in den nun folgenden Jahren der Herbst wiederkehrte, wenn die Krammetsvögel durch die Gärten unserer Stadt flogen und drüben vor der Schneiderherberge die ersten gelben Blätter von den Lindenbäumen wehten, dann saß ich wohl manchesmal auf unserer Bank und dachte, ob nicht endlich einmal das Wägelchen mit dem braunen Pferdchen wie damals wieder die Straße heraufgebimmelt kommen würde.

Aber ich wartete umsonst; das Lisei kam nicht wieder.

Es war um zwölf Jahre später. – Ich hatte nach der Rechenmeisterschule, wie es damals manche Handwerkersöhne zu tun pflegten, auch noch die Quarta unserer Gelehrtenschule durchgemacht und war dann bei meinem Vater in die Lehre getreten. Auch diese Zeit, in der ich mich, außer meinem Handwerk, vielfach mit dem Lesen guter Bücher beschäftigte, war vorübergegangen. Jetzt, nach dreijähriger Wanderschaft, befand ich mich in einer mitteldeutschen Stadt. Es war streng katholisch dort, und in dem Punkte verstanden sie keinen Spaß; wenn man vor ihren Prozessionen, die mit Gesang und Heiligenbildern durch die Straßen zogen, nicht selbst den Hut abnahm, so wurde er einem auch wohl heruntergeschlagen; sonst aber waren es gute Leute. – Die Frau Meisterin, bei der ich in Arbeit stand, war eine Witwe, deren Sohn gleich mir in der Fremde arbeitete, um die nach den Zunftgesetzen vorgeschriebenen Wanderjahre bei der späteren Bewerbung um das Meisterrecht nachweisen zu können. Ich hatte es gut in diesem Hause; die Frau tat mir, wovon sie wünschen mochte, daß es in der Ferne andere Leute an ihrem Kinde tun möchten, und bald war unter uns das Vertrauen so gewachsen, daß das Geschäft so gut wie ganz in meinen Händen lag. – Jetzt steht unser Joseph dort bei ihrem Sohn in Arbeit, und die Alte, so hat er oft geschrieben, hätschelt mit ihm, als wäre sie die leibhaftige Großmutter zu dem Jungen.

– – Nun, damals saß ich eines Sonntagnachmittags mit meiner Frau Meisterin in der Wohnstube, deren Fenster der Tür des großen Gefangenenhauses gegenüberlagen. Es war im Januar; das Thermometer stand zwanzig Grad unter Null; draußen auf der Gasse war kein Mensch zu sehen; mitunter kam der Wind pfeifend von den nahen Bergen herunter und jagte kleine Eisstücke klingend über das Straßenpflaster.

»Da behagt 'n warmes Stübchen und 'n heißes Schälchen Kaffee«, sagte die Meisterin, indem sie mir die Tasse zum dritten Male vollschenkte.

Ich war ans Fenster getreten. Meine Gedanken gingen in die Heimat; nicht zu lieben Menschen, die hatte ich dort nicht mehr, das Abschiednehmen hatte ich jetzt gründlich gelernt. Meiner Mutter war mir noch vergönnt gewesen selbst die Augen zuzudrücken; vor einigen Wochen hatte ich nun auch den Vater verloren, und bei dem damals noch so langwierigen Reisen hatte ich ihn nicht einmal zu seiner Ruhestatt begleiten können. Aber die väterliche Werkstatt wartete auf den Sohn ihres heimgegangenen Meisters. Indes, der alte Heinrich war noch da und konnte mit Genehmigung der Zunftmeister die Sache schon eine kurze Zeit aufrechterhalten; und so hatte ich denn auch meiner guten Meisterin versprochen, noch ein paar Wochen bis zum Eintreffen ihres Sohnes bei ihr auszuhalten. Aber Ruhe hatte ich nicht mehr, das frische Grab meines Vaters duldete mich nicht länger in der Fremde.

In diesen Gedanken unterbrach mich eine scharfe scheltende Stimme drüben von der Straße her. Als ich aufblickte, sah ich das schwindsüchtige Gesicht des Gefängnisinspektors sich aus der halbgeöffneten Tür des Gefangenenhauses hervorrecken; seine erhobene Faust drohte einem jungen Weibe, das, wie es schien, fast mit Gewalt in diese sonst gefürchteten Räume einzudringen strebte.

»Wird wohl was Liebes drinnen haben«, sagte die Meisterin, die von ihrem Lehnstuhle aus ebenfalls dem Vorgange zugesehen hatte; »aber der alte Sünder da drüben hat kein Herz für die Menschheit.«

»Der Mann tut wohl nur seine Pflicht, Frau Meisterin«, sagte ich, noch immer in meinen eigenen Gedanken.

»Ich möcht nicht solche Pflicht zu tun haben«, erwiderte sie und lehnte sich fast zornig in ihren Stuhl zurück.

Drüben war indes die Tür des Gefangenenhauses zugeschlagen, und das junge Weib, nur mit einem kurzen wehenden Mäntelchen um die Schultern und einem schwarzen Tüchelchen um den Kopf geknotet, ging langsam die übereiste Straße hinab. – Die Meisterin und ich waren schweigend auf unserem Platz geblieben; ich glaube – denn auch meine Teilnahme war jetzt geweckt –, es war uns beiden, als ob wir helfen müßten und nur nicht wüßten, wie.

Als ich eben vom Fenster zurücktreten wollte, kam das Weib wieder die Straße herauf. Vor der Tür des Gefangenenhauses blieb sie stehen und setzte zögernd einen Fuß auf den zur Schwelle führenden Treppenstein; dann aber wandte sie den Kopf zurück, und ich sah ein junges Antlitz, dessen dunkle Augen mit dem Ausdruck ratlosester Verlassenheit über die leere Gasse streiften; sie schien doch nicht den Mut zu haben, noch einmal der drohenden Beamtenfaust entgegenzutreten. Langsam und immer wieder nach der geschlossenen Tür zurückblickend, setzte sie ihren Weg fort; man sah es deutlich, sie wußte selbst nicht, wohin. Als sie jetzt aber an der Ecke der Gefangenanstalt in das nach der Kirche hinaufführende Gäßchen einbog, riß ich unwillkürlich meine Mütze vom Türhaken, um ihr nachzugehen.

»Ja, ja, Paulsen, das ist das Rechte!« sagte die gute Meisterin; »geht nur, ich werde derweil den Kaffee wieder heiß setzen!«

Es war grimmig kalt, als ich aus dem Hause trat; alles schien wie ausgestorben; von dem Berge, der am Ende der Straße die Stadt überragt, sah fast drohend der schwarze Tannenwald herab; vor den Fensterscheiben der meisten Häuser saßen die weißen Eisgardinen; denn nicht jeder hatte, wie meine Meisterin, die Gerechtigkeit von fünf Klaftern Holz auf seinem Hause. – Ich ging durch das Gäßchen nach dem Kirchenplatz; und dort vor dem großen hölzernen Kruzifixe auf der gefrorenen Erde lag das junge Weib, den Kopf gesenkt, die Hände in den Schoß gefaltet. Ich trat schweigend näher; als sie aber jetzt zu dem blutigen Antlitz des Gekreuzigten aufblickte, sagte ich: »Verzeiht mir, wenn ich Eure Andacht unterbreche; aber Ihr seid wohl fremd in dieser Stadt?«

Sie nickte nur, ohne ihre Stellung zu verändern.

»Ich möchte Euch helfen!« begann ich wieder, »sagt mir nur, wohin Ihr wollt!«

»I weiß nit mehr, wohin«, sagte sie tonlos und ließ das Haupt wieder auf ihre Brust sinken.

»Aber in einer Stunde ist es Nacht; in diesem Totenwetter könnt Ihr nicht länger auf der offenen Straße bleiben!«

»Der liebi Gott wird helfen«, hörte ich sie leise sagen.

»Ja, ja«, rief ich, »und ich glaube fast, er hat mich selbst zu Euch geschickt!«

Es war, als habe der stärkere Klang meiner Stimme sie erweckt; denn sie erhob sich und trat zögernd auf mich zu; mit vorgestrecktem Halse näherte sie ihr Gesicht mehr und mehr dem meinen, und ihre Blicke drangen auf mich ein, als ob sie mich damit erfassen wolle. »Paul!« rief sie plötzlich, und wie ein Jubelruf flog das Wort aus ihrer Brust – »Paul! Ja di schickt mir der liebe Gott!«

Wo hatte ich meine Augen gehabt! Da hatte ich es ja wieder, mein Kindsgespiel, das kleine Puppenspieler-Lisei! Freilich, eine schöne schlanke Jungfrau war es geworden, und auf dem sonst so lachenden Kindergesicht lag jetzt, nachdem der erste Freudenstrahl darüberhingeflogen, der Ausdruck eines tiefen Kummers.

»Wie kommst du so allein hierher, Lisei?« fragte ich. »Was ist geschehen? Wo ist denn dein Vater?«

»Im Gefängnis, Paul.«

»Dein Vater, der gute Mann! – Aber komm mit mir; ich stehe hier bei einer braven Frau in Arbeit; sie kennt dich, ich habe ihr oft von dir erzählt.«

Und Hand in Hand, wie einst als Kinder, gingen wir nach dem Hause meiner guten Meisterin, die uns schon vom Fenster aus entgegensah. »Das Lisei ist's!« rief ich, als wir in die Stube traten, »denkt Euch, Frau Meisterin, das Lisei!«

Die gute Frau schlug die Hände über ihre Brust zusammen. »Heilige Mutter Gottes, bitt für uns! das Lisei! – also so hat's ausgeschaut! – Aber«, fuhr sie fort, »wie kommst denn du mit dem alten Sünder da zusammen?« – und sie wies mit dem ausgestreckten Finger nach dem Gefangenhause drüben – »der Paulsen hat mir doch gesagt, daß du ehrlicher Leute Kind bist!«

Gleich darauf aber zog sie das Mädchen weiter in die Stube hinein und drückte sie in ihren Lehnstuhl nieder, und als jetzt Lisei ihre Frage zu beantworten anfing, hielt sie ihr schon eine dampfende Tasse Kaffee an die Lippen.

»Nun trink einmal«, sagte sie, »und komm erst wieder zu dir; die Händchen sind dir ja ganz verklommen.«

Und das Lisei mußte trinken, wobei ihr zwei helle Tränen in die Tasse rollten, und dann erst durfte sie erzählen.

Sie sprach jetzt nicht, wie einst und wie vorhin in der Einsamkeit ihres Kummers, in dem Dialekt ihrer Heimat, nur ein leichter Anflug war ihr davon geblieben; denn waren ihre Eltern auch nicht mehr bis an unsere Küste hinabgekommen, so hatten sie sich doch meistens in dem mittleren Deutschland aufgehalten. Schon vor einigen Jahren war die Mutter gestorben. »Verlaß den Vater nicht!« das hatte sie der Tochter im letzten Augenblicke noch ins Ohr geflüstert, »sein Kindsherz ist zu gut für diese Welt.«

Lisei brach bei dieser Erinnerung in heftiges Weinen aus; sie wollte nicht einmal von der aufs neue vollgeschenkten Tasse trinken, mit der die Meisterin ihre Tränen zu stillen gedachte, und erst nach einer ziemlichen Weile konnte sie weiterberichten.

Gleich nach dem Tode der Mutter war es ihre erste Arbeit gewesen, an deren Stelle sich die Frauenrollen in den Puppenspielen von ihrem Vater einlernen zu lassen. Dazwischen waren die Bestattungsfeierlichkeiten besorgt und die ersten Seelenmessen für die Tote gelesen; dann, das frische Grab hinter sich lassend, waren Vater und Tochter wiederum ins Land hineingefahren und hatten, wie vorhin, ihre Stücke abgespielt, den verlorenen Sohn, Die heilige Genoveva und wie sie sonst noch heißen mochten.

So waren sie gestern auf der Reise in ein großes Kirchdorf gekommen, wo sie ihre Mittagsrast gehalten hatten. Auf der harten Bank vor dem Tische, an welchem sie ihr bescheidenes Mahl verzehrten, war Vater Tendler ein halbes Stündchen in einen festen Schlaf gesunken, während Lisei draußen die Fütterung ihres Pferdes besorgt hatte. Kurz darauf, in wollene Decken wohlverpackt, waren sie aufs neue in die grimmige Winterkälte hinausgefahren.

»Aber wir kamen nit weit«, erzählte Lisei; »gleich hinterm Dorf ist ein Landreiter auf uns zugeritten und hat gezetert und gemordiot. Aus dem Tischkasten sollt dem Wirt ein Beutel mit Geld gestohlen sein, und mein unschuldigs Vaterl war doch allein in der Stube dort gewesen! Ach, wir haben kei Heimat, kei Freund, kei Ehr; es kennt uns niemand nit!«

»Kind, Kind«, sagte die Meisterin, indem sie zu mir hinüberwinkte, »versündige dich auch nicht!«

Ich aber schwieg, denn Lisei hatte ja nicht unrecht mit ihrer Klage. – Sie hatten in das Dorf zurückgemußt; das Fuhrwerk mit allem, was daraufgeladen, war vom Schulzen dort zurückgehalten worden; der alte Tendler aber hatte die Weisung erhalten, den Weg zur Stadt neben dem Pferde des Landreiters herzutraben. Lisei, von dem letzteren mehrfach zurückgewiesen, war in einiger Entfernung hinterhergegangen, in der Zuversicht, daß sie wenigstens, bis der liebe Gott die Sache aufkläre, das Gefängnis ihres Vaters werde teilen können. Aber – auf ihr ruhte kein Verdacht; mit Recht hatte der Inspektor sie als eine Zudringliche von der Tür gejagt, die auf ein Unterkommen in seinem Hause nicht den geringsten Anspruch habe.

Lisei wollte das zwar noch immer nicht begreifen; sie meinte, das sei ja härter als alle Strafe, die später doch gewiß den wirklichen Spitzbuben noch ereilen würde; aber, fügte sie gleich hinzu, sie wolle ihm auch so harte Strafe nit wünschen, wenn nur die Unschuld von ihrem guten Vaterl an den Tag komme; ach, der werd's gewiß nit überleben!

Ich besann mich plötzlich, daß ich sowohl dem alten Korporal da drüben als auch dem Herrn Kriminalkommissarius eigentlich ein unentbehrlicher Mann sei; denn dem einen hielt ich seine Spinnmaschinen in Ordnung, dem andern schärfte ich seine kostbaren Federmesser; durch den einen konnte ich wenigstens Zutritt zu dem Gefangenen erhalten, bei dem andern konnte ich ein Leumundszeugnis für Herrn Tendler ablegen und ihn vielleicht zur Beschleunigung der Sache veranlassen. Ich bat Lisei, sich zu gedulden, und ging sofort in das Gefangenhaus hinüber.

Der schwindsüchtige Inspektor schalt auf die unverschämten Weiber, die immer zu ihren spitzbübischen Männern oder Vätern in die Zellen wollten. Ich aber verbat mir in betreff meines alten Freundes solche Titel, solange sie ihm nicht durch das Gericht »von Rechts wegen« beigelegt seien, was, wie ich sicher wisse, nie geschehen werde; und endlich, nach einigem Hin- und Widerreden, stiegen wir zusammen die breite Treppe nach dem Oberbau hinauf.

In dem alten Gefangenhause war auch die Luft gefangen, und ein widerwärtiger Dunst schlug uns entgegen, als wir oben durch den langen Korridor schritten, von welchem aus zu beiden Seiten Tür an Tür in die einzelnen Gefangenzellen führte. An einer derselben, fast zu Ende des Ganges, blieben wir stehen; der Inspektor schüttelte sein großes Schlüsselbund, um den rechten herauszufinden; dann knarrte die Tür, und wir traten ein.

In der Mitte der Zelle, mit dem Rücken gegen uns, stand die Gestalt eines kleinen mageren Mannes, der nach dem Stückchen Himmel hinaufzublicken schien, das grau und trübselig durch ein oben in der Mauer angebrachtes Fenster auf ihn herabdämmerte. An seinem Haupte bemerkte ich sogleich die kleinen abstehenden Haarspieße; nur hatten sie, wie jetzt draußen die Natur, sich in die Farbe des Winters gekleidet. Bei unserem Eintritt wandte der kleine Mann sich um.

»Sie kennen mich wohl nicht mehr, Herr Tendler?« fragte ich.

Er sah flüchtig nach mir hin. »Nein, lieber Herr«, erwiderte er, »hab nicht die Ehre.«

Ich nannte ihm den Namen meiner Vaterstadt und sagte: »Ich bin der unnütze Junge, der Ihnen damals Ihren kunstreichen Kasperl verdrehte!«

»Oh, schad't nichts, gar nichts!« erwiderte er verlegen und machte mir einen Diener; »ist lange schon vergessen.«

Er hatte offenbar nur halb auf mich gehört; denn seine Lippen bewegten sich als spräche er zu sich selber von ganz anderen Dingen.

Da erzählte ich ihm, wie ich vorhin sein Lisei aufgefunden habe, und jetzt erst sah er mich mit offenen Augen an. »Gott Dank! Gott Dank!« sagte er und faltete die Hände. »Ja, ja, das kleine Lisei und der kleine Paul, die spielten derzeit miteinander! – Der kleine Paul! Seid Ihr der kleine Paul? O, i glaub's Euch schon; das herzige G'sichtl von dem frischen Bub'n, das schaut da no heraus!« Er nickte mir so innig zu, daß die weißen Haarspießchen auf seinem Kopfe bebten. »Ja, ja, da drunten an der See bei euch; wir sind nit wieder hingekommen; das war no gute Zeit dermal; da war aa noch mein Weib, die Tochter vom großen Geißelbrecht, dabei! ›Joseph!‹ pflegte sie zu sagen, ›wenn nur die Menschen aa so Dräht an ihre Köpf hätten, da könntst du aa mit ihne firti werd'n!‹ – Hätt sie nur heute noch gelebt, sie hätten mich nicht eingesperrt. Du lieber Gott; ich bin kein Dieb, Herr Paulsen.«

Der Inspektor, der draußen vor der angelehnten Tür im Gange auf und ab ging, hatte schon ein paarmal mit seinem Schlüsselbund gerasselt. Ich suchte den alten Mann zu beruhigen und bat ihn, sich bei seinem ersten Verhör auf mich zu berufen, der ich hier bekannt und wohlgeachtet sei.

Als ich wieder zu meiner Meisterin in die Stube trat, rief diese mir entgegen: »Das ist ein trotzigs Mädel, Paulsen; da helft mir nur gleich ein wenig; ich hab ihr die Kammer zum Nachtquartier geboten; aber sie will fort, in die Bettelherberg oder Gott weiß wohin!«

Ich fragte Lisei, ob sie ihre Pässe bei sich habe.

»Mein Gott, die hat der Schulz im Dorf uns abgenommen!«

»So wird kein Wirt dir seine Tür aufmachen«, sagte ich, »das weißt du selber wohl.«

Sie wußte es freilich, und die Meisterin schüttelte ihr vergnügt die Hände. »Ich denk wohl«, sagte sie, »daß du dein eignes Köpfchen hast; der da hat mir's haarklein erzählt, wie ihr zusammen in der Kiste habt gesessen; aber so leicht wärst du doch nicht von mir fortgekommen!«

Das Lisei sah etwas verlegen vor sich nieder; dann aber fragte sie mich hastig aus nach ihrem Vater. Nachdem ich ihr Bescheid gegeben hatte, erbat ich mir ein paar Bettstücke von der Meisterin, nahm von den meinigen noch etwas hinzu und trug es selbst hinüber in die Zelle des Gefangenen, wozu ich vorhin von dem Inspektor die Erlaubnis erhalten hatte. – So konnten wir, als nun die Nacht herankam, hoffen, daß im warmen Bette und auf dem besten Ruhekissen, das es in der Welt gibt, auch unseren alten Freund in seiner öden Kammer ein sanfter Schlaf erquicken werde.

Am anderen Vormittage, als ich eben, um zum Herrn Kriminalkommissarius zu gehen, auf die Straße trat, kam von drüben der Inspektor in seinen Morgenpantoffeln auf mich zugeschritten. »Ihr habt recht gehabt, Paulsen«, sagte er mit seiner gläsernen Stimme, »für diesmal ist's kein Spitzbube gewesen; den Richtigen haben sie soeben eingebracht; Euer Alter wird noch heute entlassen werden.«

Und richtig, nach einigen Stunden öffnete sich die Tür des Gefangenhauses, und der alte Tendler wurde von der kommandierenden Stimme des Inspektors zu uns hinübergewiesen. Da das Mittagessen eben aufgetragen war, so ruhte die Meisterin nicht, bis auch er seinen Platz am Tische eingenommen hatte; aber er berührte die guten Speisen kaum, und wie sie sich auch um ihn bemühen mochte, er blieb wortkarg und in sich gekehrt neben seiner Tochter sitzen; nur mitunter bemerkte ich, wie er deren Hand nahm und sie zärtlich streichelte. Da hörte ich draußen vom Tore her ein Glöckchen bimmeln; ich kannte es ganz genau, aber es läutete mir weither aus meiner Kinderzeit.

»Lisei!« sagte ich leise.

»Ja, Paul, ich hör es wohl.«

Und bald standen wir beide draußen vor der Haustür. Siehe, da kam es die Straße herab, das Wägelchen mit den beiden hohen Kisten, wie ich daheim es mir so oft gewünscht hatte. Ein Bauernbursche ging nebenher mit Zügel und Peitsche in der Hand; aber das Glöckchen bimmelte jetzt am Halse eines kleinen Schimmels.

»Wo ist das Braunchen geblieben?« fragte ich Lisei.

»Das Braunchen«, erwiderte sie, »das ist uns eines Tags vorm

Wagen hingefallen; der Vater hat sogleich den Tierarzt aus dem Dorfe geholt; aber es hat nimmer leben können.«

Bei diesen Worten stürzten ihr die Tränen aus den Augen.

»Was fehlt dir, Lisei?« fragte ich, »es ist ja nun doch alles wieder gut!«

Sie schüttelte den Kopf. »Mein Vaterl gefallt mir nit; er ist so still; die Schand, er verwind't es nit.«

– – Und Lisei hatte mit ihren treuen Tochteraugen recht gesehen. Als kaum die beiden in einem kleinen Gasthofe untergebracht waren, und der Alte schon seine Pläne zur Weiterfahrt entwarf – denn hier wollte er jetzt nicht vor die Leute treten – da zwang ihn ein Fieber, im Bett zu bleiben. Bald mußten wir einen Arzt holen, und es entwickelte sich ein längeres Krankenlager. In Besorgnis, daß sie dadurch in Not geraten könnten, bot ich Lisei meine Geldmittel zur Hülfe an; aber sie sagte: »I nimm's ja gern von dir; doch sorg nur nit, wir sind nit gar so karg.« Da blieb mir denn nichts anderes zu tun, als in der Nachtwache mit ihr zu wechseln oder, als es dem Kranken besser ging, am Feierabend ein Stündchen an seinem Bett zu plaudern.

So war die Zeit meiner Abreise herangenaht, und mir wurde das Herz immer schwerer. Es tat mir fast weh, das Lisei anzusehen; denn bald fuhr es ja auch mit seinem Vater von hier wieder in die weite Welt hinaus. Wenn sie nur eine Heimat gehabt hätten! Aber wo waren sie zu finden, wenn ich Gruß und Nachricht zu ihnen senden wollte! Ich dachte an die zwölf Jahre seit unserem ersten Abschied; – sollte wieder so lange Zeit vergehen oder am Ende gar das ganze Leben?

»Und grüß mir aa dein Vaterhaus, wenn du heimkommst!« sagte Lisei, da sie am letzten Abend mich an die Haustür begleitet hatte. »I seh's mit mein' Augen, das Bänkerl vor der Tür, die Lind im Gart'l; ach, i vergiß es nimmer; so lieb hab ich's nit wieder g'funden in der Welt!«

Als sie das sagte, war es mir, als leuchte aus dunkler Tiefe meine Heimat zu mir auf; ich sah die zärtlichen Augen meiner Mutter, das feste ehrliche Antlitz meines Vaters. »Ach, Lisei«, sagte ich, »wo ist denn jetzt mein Vaterhaus! Es ist ja alles öd und leer.«

Lisei antwortete nicht; sie gab mir nur die Hand und blickte mich mit ihren guten Augen an.

Da war mir, als hörte ich die Stimme meiner Mutter sagen: »Halte diese Hand fest und kehr mit ihr zurück, so hast du deine Heimat wieder!« – und ich hielt die Hand fest und sagte: »Kehr du mit mir zurück, Lisei, und laß uns zusammen versuchen, ein neues Leben in das leere Haus zu bringen, ein so gutes, wie es die geführt haben, die ja auch dir einst lieb gewesen sind!«

»Paul«, rief sie, »was meinst du? I versteh di nit.«

Aber ihre Hand zitterte heftig in der meinen, und ich bat nur: »Ach, Lisei, versteh mich doch!«

Sie schwieg einen Augenblick. »Paul«, sagte sie dann, »i kann nit von mei'm Vaterl gehen.«

»Der muß ja mit uns, Lisei! Im Hinterhause, die beiden Stübchen, die jetzt leer stehen, da kann er wohnen und wirtschaften; der alte Heinrich hat sein Kämmerchen dicht daneben.« Lisei nickte. »Aber Paul, wir sind landfahrende Leut. Was werden sie sagen bei dir daheim?«

»Sie werden mächtig reden, Lisei!«

»Und du hast nit Furcht davor?«

Ich lachte nur dazu.

»Nun«, sagte Lisei, und wie ein Glockenlaut schlug es aus ihrer Stimme, »wenn du sie hast – i hab schon die Kuraschi!«

»Aber tust du's denn auch gern?«

»Ja, Paul, wenn i 's nit gern tät«, – und sie schüttelte ihr braunes Köpfchen gegen mich – »gel, da tät i 's nimmermehr!« –

»Und, mein Junge«, unterbrach sich hier der Erzähler, »wie einen bei solchen Worten ein Paar schwarze Mädchenaugen ansehen, das sollst du nun noch lernen, wenn du erst ein Stieg Jahre weiter bist!«

»Ja, ja«, dachte ich, »zumal so ein Paar Augen, die einen See ausbrennen können!«

»Und nicht wahr«, begann Paulsen wieder, »nun weißt du auch nachgerade, wer das Lisei ist?«

»Das ist die Frau Paulsen!« erwiderte ich. »Als ob ich das nicht längst gemerkt hätte! Sie sagt ja noch immer ›nit‹ und hat auch noch die schwarzen Augen unter den feingepinselten Augenbrauen.«

Mein Freund lachte, während ich mir im stillen vornahm, die Frau Paulsen, wenn wir ins Haus zurückkämen, doch einmal recht darauf anzusehen, ob noch das Puppenspieler-Lisei in ihr zu erkennen sei. – »Aber«, fragte ich, »wo ist denn der alte Herr Tendler hingekommen?«

»Mein liebes Kind«, erwiderte mein Freund, »wohin wir schließlich alle kommen. Drüben auf dem grünen Kirchhof ruht er neben unserem alten Heinrich; aber es ist noch einer mehr in sein Grab mit hineingekommen; der andere kleine Freund aus meiner Kinderzeit. Ich will dir's wohl erzählen; nur laß uns ein wenig hintenaus gehen; meine Frau könnte nachgerade einmal nach uns sehen wollen, und sie soll die Geschichte doch nicht wieder hören.«

Paulsen stand auf, und wir gingen auf den Spazierweg hinaus, der auch hier hinter den Gärten der Stadt entlangführt. Nur wenige Leute kamen uns entgegen; denn es war schon um die Vesperzeit.

»Siehst du« – begann Paulsen seine Erzählung wieder – »der alte Tendler war derzeit mit unserem Verspruch gar wohl zufrieden; er gedachte meiner Eltern, die er einst gekannt hatte, und er faßte auch zu mir Vertrauen. Überdies war er des Wanderns müde; ja, seit es ihn in die Gefahr gebracht hatte, mit den verworrensten Vagabunden verwechselt zu werden, war in ihm die Sehnsucht nach einer festen Heimat immer mehr heraufgewachsen. Meine gute Meisterin zwar zeigte sich nicht so einverstanden; sie fürchtete, bei allem guten Willen möge doch das Kind des umherziehenden Puppenspielers nicht die rechte Frau für einen seßhaften Handwerksmann abgeben. – Nun, sie ist seit lange schon bekehrt worden!

– – Und so war ich denn nach kaum acht Tagen wieder hier, von den Bergen an die Nordseeküste, in unserer alten Vaterstadt. Ich nahm mit Heinrich die Geschäfte rüstig in die Hand und richtete zugleich die beiden leerstehenden Zimmer im Hinterhause für den Vater Joseph ein. – Vierzehn Tage weiter – es strichen eben die Düfte der ersten Frühlingsblumen über die Gärten – da kam es die Straße heraufgebimmelt. »Meister, Meister«, rief der alte Heinrich, »sie kommen, sie kommen!« Und da hielt schon das Wägelchen mit den zwei hohen Kisten vor unserer Tür. Das Lisei war da, der Vater Joseph war da, beide mit munteren Augen und roten Wangen; und auch das ganze Puppenspiel zog mit ihnen ein; denn ausdrückliche Bedingung war es, daß dies den Vater Joseph auf sein Altenteil begleiten solle. Das kleine Fuhrwerk dagegen wurde in den nächsten Tagen schon verkauft.

Dann hielten wir die Hochzeit; ganz in der Stille; denn Blutsfreunde hatten wir weiter nicht am Ort; nur der Hafenmeister, mein alter Schulkamerad, war als Trauzeuge mit zugegen. Lisei war, wie ihre Eltern, katholisch; daß aber das ein Hindernis für unsere Ehe sein könne; ist uns niemals eingefallen. In den ersten Jahren reiste sie wohl zur österlichen Beichte nach unserer Nachbarstadt, wo, wie du weißt, eine katholische Gemeinde ist; nachher hat sie ihre Kümmernisse nur noch ihrem Mann gebeichtet.

Am Hochzeitsmorgen legte Vater Joseph zwei Beutel vor mir auf den Tisch, einen größeren mit alten Harzdritteln, einen kleinen voll Kremnitzer Dukaten.

»Du hast nit danach fragt, Paul!« sagte er. »Aber so völlig arm is doch mein Lisei dir nit zubracht. Nimm's! i brauch's allfurt nit mehr.« –

Das war der Sparpfennig, von dem mein Vater einst gesprochen, und er kam jetzt seinem Sohne beim Neubeginn seines Geschäfts zu ganz gelegener Zeit. Freilich hatte Liseis Vater damit sein ganzes Vermögen hingegeben und sich selbst der Fürsorge seiner Kinder anvertraut; aber er war dabei nicht müßig; er suchte seine Schnitzmesser wieder hervor und wußte sich bei den Arbeiten in der Werkstatt nützlich zu machen.

Die Puppen nebst dem Theater-Apparat waren in einem Verschlage auf dem Boden des Nebenhauses untergebracht. Nur an Sonntagnachmittagen holte er bald die eine, bald die andere in sein Stübchen herunter, revidierte die Drähte und Gelenke und putzte oder besserte dies und jenes an den selben. Der alte Heinrich stand dann mit seiner kurzen Pfeife neben ihm und ließ sich die Schicksale der Puppen erzählen, von denen fast jede ihre eigene Geschichte hatte; ja, wie es jetzt herauskam, der so wirkungsvoll geschnitzte Kasper hatte einst für seinen jungen Verfertiger sogar den Brautwerber um Liseis Mutter abgegeben. Mitunter wurden zur besseren Veranschaulichung der einen oder anderen Szene auch wohl die Drähte in Bewegung gesetzt;

Lisei und ich haben oftmals draußen an den Fenstern gestanden, die schon aus grünem Weinlaub gar traulich auf den Hof hinausschauten; aber die alten Kinder drinnen waren meist so in ihr Spiel vertieft, daß ihnen erst durch unser Beifallklatschen die Gegenwart der Zuschauer bemerklich wurde. – – Als das Jahr weiterrückte, fand Vater Joseph eine andere Beschäftigung; er nahm den Garten unter seine Obhut, er pflanzte und erntete, und am Sonntage wandelte er, sauber angetan, zwischen den Rabatten auf und ab, putzte an den Rosenbüschen oder band Nelken und Levkojen an feine selbstgeschnitzte Stäbchen.

So lebten wir einig und zufrieden; mein Geschäft hob sich mehr und mehr. Über meine Heirat hatte unsere gute Stadt sich ein paar Wochen lebhaft ausgesprochen; da aber fast alle über die Unvernunft meiner Handlungsweise einig waren, und dem Gespräche so die gedeihliche Nahrung des Widerspruches vorenthalten blieb, so hatte es sich bald selber ausgehungert.

Als es dann abermals Winter wurde, holte Vater Joseph an den Sonntagen auch wieder die Puppen aus ihrem Verschlage herunter, und ich dachte nicht anders, als daß in solchem stillen Wechsel der Beschäftigung ihm auch künftig die Jahre hingehen würden. Da trat er eines Morgens mit gar ernsthaftem Gesichte zu mir in die Wohnstube, wo ich eben allein an meinem Frühstück saß. »Schwiegersohn«, sagte er, nachdem er sich wie verlegen ein paarmal mit der Hand durch seine weißen Haarspießchen gefahren war, »ich kann's doch nit wohl länger ansehn, daß ich alleweil so das Gnadenbrot an euerm Tische soll essen.«

Ich wußte nicht, wo das hinaussollte, aber ich fragte ihn, wie er auf solche Gedanken komme; er schaffe ja mit in der Werkstatt, und wenn mein Geschäft jetzt einen größeren Gewinn abwerfe, so sei dies wesentlich der Zins seines eigenen Vermögens, das er an unserem Hochzeitsmorgen in meine Hand gelegt habe.

Er schüttelte den Kopf. Das reiche alles nicht; aber eben jenes kleine Vermögen habe er zum Teil einst in unserer Stadt gewonnen; das Theater sei ja noch vorhanden, und die Stücke habe er auch alle noch im Kopfe.

Da merkte ich's denn wohl, der alte Puppenspieler ließ ihm keine Ruhe; sein Freund, der gute Heinrich, genügte ihm nicht mehr als Publikum, er mußte einmal wieder öffentlich vor versammeltem Volke seine Stücke auffuhren.

Ich suchte es ihm auszureden; aber er kam immer wieder darauf zurück. Ich sprach mit Lisei, und am Ende konnten wir nicht umhin, ihm nachzugeben. Am liebsten hätte nun freilich der alte Mann gesehen, wenn Lisei wie vor unserer Verheiratung die Frauenrollen in seinen Stücken gesprochen hätte; aber wir waren übereingekommen, seine dahin zielenden Anspielungen nicht zu verstehen; für die Frau eines Bürgers und Handwerksmeisters wollte sich das denn doch nicht ziemen.

Zum Glück – oder, wie man will, zum Unglück – war derzeit ein ganz reputierliches Frauenzimmer in der Stadt, die einst bei einer Schauspielertruppe als Souffleuse gedient hatte und daher in derlei Dingen nicht unbewandert war. Diese – Kröpel-Lieschen nannten sie die Leute von wegen ihrer Kreuzlahmheit – ging sofort auf unser Anerbieten ein, und bald entwickelte sich am Feierabend und an den Sonntagnachmittagen die lebhafteste Tätigkeit in Vater Josephs Stübchen. Während vor dem einen Fenster der alte Heinrich an den Gerüststücken des Theaters zimmerte, stand vor dem andern zwischen frisch angemalten Kulissen, die von der Zimmerdecke herunterhingen, der alte Puppenspieler und exerzierte mit Kröpel-Lieschen eine Szene nach der anderen. Sie sei ein dreimal gewürztes Frauenzimmer, versicherte er stets nach solcher Probe; nicht einmal die Lisei hab es so schnell kapiert; nur mit dem Singen ginge es nit gar so schön; sie grunze mit ihrer Stimme immer in der Tiefe, was für die schöne Susanne, die das Lied zu singen habe, nicht eben harmonierlich sei.

Endlich war der Tag der Aufführung festgesetzt. Es sollte alles möglichst reputierlich vor sich gehen; nicht auf dem Schützenhofe, sondern auf dem Rathaussaale, wo auch die Primaner um Michaelis ihre Redeübungen hielten, sollte jetzt der Schauplatz sein; und als am Sonnabendnachmittage unsere guten Bürger ihr frisches Wochenblättchen auseinanderfalteten, sprang ihnen in breiten Lettern die Anzeige in die Augen:

»Morgen Sonntagabend sieben Uhr auf dem Rathaussaale Marionetten-Theater des Mechanicus Joseph Tendler hieselbst. Die schöne Susanna, Schauspiel mit Gesang in vier Aufzügen.«

Es war aber damals in unserer Stadt nicht mehr die harmlose schaulustige Jugend aus meinen Kinderjahren; die Zeiten des Kosakenwinters lagen dazwischen, und namentlich war unter den Handwerkslehrlingen eine arge Zügellosigkeit eingerissen; die früheren Liebhaber unter den Honoratioren aber hatten ihre Gedanken jetzt auf andere Dinge. Dennoch wäre vielleicht alles gutgegangen, wenn nur der schwarze Schmidt und seine Jungen nicht gewesen wären.« – –

Ich fragte Paulsen, wer das sei, denn ich hatte niemals von einem solchen Menschen in unserer Stadt gehört.

»Das glaub ich wohl«, erwiderte er, »der schwarze Schmidt ist schon vor Jahren im Armenhaus verstorben; damals aber war er Meister gleich mir; nicht ungeschickt, aber lüderlich in seiner Arbeit wie im Leben; der sparsame Verdienst des Tages wurde abends im Trunk und Kartenspiel vertan. Schon gegen meinen Vater hatte er einen Haß gehabt, nicht allein, weil dessen Kundschaft die seinige bei weitem überstieg, sondern schon aus der Jugend her, wo er dessen Nebenlehrling gewesen und wegen eines schlechten Streiches gegen ihn vom Meister fortgejagt worden war. Seit dem Sommer hatte er Gelegenheit gefunden, diese Abneigung in erhöhtem Maße auch auf mich auszudehnen; denn bei der damals hier neu errichteten Kattunfabrik war, trotz seiner eifrigen Bemühung um dieselbe, die Arbeit an den Maschinen allein mir übertragen worden, infolgedessen er und seine beiden Söhne, die bei dem Vater in Arbeit standen und diesen an wüstem Treiben womöglich überboten, schon nicht verfehlt hatten, mir ihren Verdruß durch allerlei Neckereien kundzugeben. Ich hatte indessen jetzt keine Gedanken an diese Menschen.

So war der Abend der Aufführung herangekommen. Ich hatte noch an meinen Büchern zu ordnen und habe, was geschah, erst später durch meine Frau und Heinrich erfahren, welche zugleich mit unserem Vater nach dem Rathaussaale gingen.

Der Erste Platz dort war fast gar nicht, der Zweite nur mäßig besetzt gewesen; auf der Galerie aber hatte es Kopf an Kopf gestanden. – Als man vor diesem Publikum das Spiel begonnen, war anfänglich alles in der Ordnung vorgegangen; die alte Lieschen hatte ihren Part fest und ohne Anstoß hingeredet. – Dann aber kam das unglückselige Lied! Sie bemühte sich vergebens, ihrer Stimme einen zarteren Klang zu geben; wie Vater Joseph vorhin gesagt hatte, sie grunzte wirklich in der Tiefe. Plötzlich rief eine Stimme von der Galerie: »Höger up, Kröpel-Lieschen! Höger up!« Und als sie, diesem Rufe gehorsam, die unerreichbaren Diskanttöne zu erklettern strebte, da scholl ein rasendes Gelächter durch den Saal.

Das Spiel auf der Bühne stockte, und zwischen den Kulissen heraus rief die bebende Stimme des alten Puppenspielers: »Meine Herrschaft'n, i bitt g'wogentlich um Ruhe!« Kasperl, den er eben an seinen Drähten in der Hand hielt und der mit der schönen Susanna eine Szene hatte, schlenkerte krampfhaft mit seiner kunstvollen Nase.

Neues Gelächter war die Antwort. »Kasperl soll singen!« – »Russisch! Schöne Minka, ich muß scheiden!« – »Hurra für Kasperl!« – »Nichts doch; Kasperl sein' Tochter soll singen!« – – »Jawohl, wischt euch's Maul! Die ist Frau Meisterin geworden, die tut's halt nimmermehr!«

So ging's noch eine Weile durcheinander. Auf einmal flog, in wohlgezieltem Wurfe, ein großer Pflasterstein auf die Bühne. Er hatte die Drähte des Kasperls getroffen; die Figur entglitt der Hand ihres Meisters und fiel zu Boden.

Vater Joseph ließ sich nicht mehr halten. Trotz Liseis Bitten hat er gleich darauf die Puppenbühne betreten. – Donnerndes Händeklatschen, Gelächter, Fußtrampeln empfing ihn, und es mag sich freilich seltsam genug präsentiert haben, wie der alte Mann, mit dem Kopf oben in den Suffitten, unter lebhaftem Händearbeiten seinem gerechten Zorne Luft zu machen suchte. – Plötzlich, unter allem Tumult, fiel der Vorhang, der alte Heinrich hatte ihn herabgelassen.

– – Mich hatte indes zu Hause bei meinen Büchern eine gewisse Unruhe befallen; ich will nicht sagen, daß mir Unheil ahnte, aber es trieb mich dennoch fort, den Meinigen nach. – Als ich die Treppe zum Rathaussaal hinaufsteigen wollte, drängte eben die ganze Menge von oben mir entgegen. Alles schrie und lachte durcheinander. »Hurra! Kasper is dod! Lott is dod. Die Kamedie ist zu End!« – Als ich aufsah, erblickte ich die schwarzen Gesichter der Schmidt-Jungen über mir. Sie waren augenblicklich still und rannten an mir vorbei zur Tür hinaus; ich aber hatte für mich jetzt die Gewißheit, wo die Quelle dieses Unfugs zu suchen war.

Oben angekommen, fand ich den Saal fast leer. Hinter der Bühne saß mein alter Schwiegervater wie gebrochen auf einem Stuhl und hielt mit beiden Händen sein Gesicht bedeckt. Lisei, die auf den Knien vor ihm lag, richtete sich, da sie mich gewahrte langsam auf. »Nun, Paul«, fragte sie, mich traurig ansehend, »hast du noch die Kuraschi?«

Aber sie mußte wohl in meinen Augen gelesen haben, daß ich sie noch hatte; denn bevor ich noch antworten konnte, lag sie schon an meinem Halse. »Laß uns nur fest zusammenhalten, Paul!« sagte sie leise.

– – Und siehst du! Damit und mit ehrlicher Arbeit sind wir durchgekommen.

– – Als wir am andern Morgen aufgestanden waren, da fanden wir jenes Schimpfwort »Pole Poppenspäler« – denn ein Schimpfwort sollte es ja sein – mit Kreide auf unsere Haustür geschrieben. Ich aber habe es ruhig ausgewischt, und als es dann später noch ein paarmal an öffentlichen Orten wieder lebendig wurde, da habe ich einen Trumpf daraufgesetzt; und weil man wußte, daß ich nicht spaße, so ist es danach still geworden. – – Wer dir es jetzt gesagt hat, der wird nichts Böses damit gemeint haben; ich will seinen Namen auch nicht wissen.

Unser Vater Joseph aber war seit jenem Abend nicht mehr der alte. Vergebens zeigte ich ihm die unlautere Quelle jenes Unfugs und daß derselbe ja mehr gegen mich als gegen ihn gerichtet gewesen sei. Ohne unser Wissen hatte er bald darauf alle seine Marionetten auf eine öffentliche Auktion gegeben, wo sie zum Jubel der anwesenden Jungen und Trödelweiber um wenige Schillinge versteigert waren; er wollte sie niemals wiedersehen. – Aber das Mittel dazu war schlecht gewählt; denn als die Frühlingssonne erst wieder in die Gassen schien, kam von den verkauften Puppen eine nach der andern aus den dunkeln Häusern an das Tageslicht. Hier saß ein Mädchen mit der heiligen Genoveva auf der Haustürschwelle, dort ließ ein Junge den Doktor Faust auf seinem schwarzen Kater reiten; in einem Garten in der Nähe des Schützenhofes hing eines Tages der Pfalzgraf Siegfried neben dem höllischen Sperling als Vogelscheuche in einem Kirschbaum. Unserem Vater tat die Entweihung seiner Lieblinge so weh, daß er zuletzt kaum noch Haus und Garten bei uns verlassen mochte. Ich sah es deutlich, daß dieser übereilte Verkauf an seinem Herzen nagte, und es gelang mir, die eine und die andere Puppe zurückzukaufen; aber als ich sie ihm brachte, hatte er keine Freude daran; das Ganze war ja überdies zerstört. Und, seltsam, trotz aller aufgewendeten Mühe konnte ich nicht erfahren, in welchem Winkel sich die wertvollste Figur von allen, der kunstreiche Kasperl, verborgen halte. Und was war ohne ihn die ganze Puppenwelt!

Aber vor einem andern, ernsteren Spiel sollte bald der Vorhang fallen. Ein altes Brustleiden war bei unserem Vater wieder aufgewacht, sein Leben neigte sich augenscheinlich zu Ende. Geduldig und voll Dankbarkeit für jeden kleinen Liebesdienst lag er auf seinem Bette. »Ja, ja«, sagte er lächelnd und hob so heiter seine Augen gegen die Bretterdecke des Zimmers, als sähe er durch dieselbe schon in die ewigen Fernen des Jenseits, »es is scho richtig g'wes'n: mit den Menschen hab' ich nit immer könne firti werd'n; da drobn mit den Engeln wird's halt besser gehn; und – auf alle Fäll, Lisei, i find ja doch die Mutter dort.«

– – Der gute kindliche Mann starb; Lisei und ich, wir haben ihn bitterlich vermißt; auch der alte Heinrich, der ihm nach wenigen Jahren folgte, ging an seinen noch übrigen Sonntagnachmittagen umher, als wisse er mit sich selber nicht wohin, als wolle er zu einem, den er doch nicht finden könne.

Den Sarg unseres Vaters bedeckten wir mit allen Blumen des von ihm selbst gepflegten Gartens; schwer von Kränzen wurde er auf den Kirchhof hinausgetragen, wo unweit von der Umfassungsmauer das Grab bereitet war. Als man den Sarg hinabgelassen hatte, trat unser alter Propst an den Rand der Gruft und sprach ein Wort des Trostes und der Verheißung; er war meinen seligen Eltern stets ein treuer Freund und Rater gewesen; ich war von ihm konfirmiert, Lisei und ich von ihm getraut worden. Ringsum auf dem Kirchhofe war es schwarz von Menschen; man schien von dem Begräbnisse des alten Puppenspielers noch ein ganz besonderes Schauspiel zu erwarten. – Und etwas Besonderes geschah auch wirklich; aber es wurde nur von uns bemerkt, die wir der Gruft zunächst standen. Lisei, die an meinem Arme mit hinausgegangen war, hatte eben krampfhaft meine Hand gefaßt, als jetzt der alte Geistliche dem Brauche gemäß den bereitgestellten Spaten ergriff und die erste Erde auf den Sarg hinabwarf. Dumpf klang es aus der Gruft zurück. »Von der Erden bist du genommen!« erscholl jetzt das Wort des Priesters; aber kaum war es gesprochen, als ich von der Umfassungsmauer her über die Köpfe der Menschen etwas auf uns zufliegen sah. Ich meinte erst, es sei ein großer Vogel; aber es senkte sich und fiel grade in die Gruft hinein. Bei einem flüchtigen Umblick – denn ich stand etwas erhöht auf der aufgeworfenen Erde – hatte ich einen der Schmidt-Jungen sich hinter die Kirchhofmauer ducken und dann davonlaufen sehen, und ich wußte plötzlich, was geschehen war. Lisei hatte einen Schrei an meiner Seite ausgestoßen, unser alter Propst hielt wie unschlüssig den Spaten zum zweiten Wurfe in den Händen. Ein Blick in das Grab bestätigte meine Ahnung: oben auf dem Sarge, zwischen den Blumen und der Erde, die zum Teil sie schon bedeckte, da hatte er sich hingesetzt, der alte Freund aus meiner Kinderzeit, Kasperl, der kleine lustige Allerweltskerl. – Aber er sah jetzt gar nicht lustig aus; seinen großen Nasenschnabel hatte er traurig auf die Brust gesenkt; der eine Arm mit dem kunstreichen Daumen war gegen den Himmel ausgestreckt; als solle er verkünden, daß, nachdem alle Puppenspiele ausgespielt, da droben nun ein anderes Stück beginnen werde.

Ich sah das alles nur auf einen Augenblick, denn schon warf der Probst die zweite Scholle in die Gruft: »Und zur Erde wieder sollst du werden!« – Und wie es von dem Sarg hinabrollte, so fiel auch Kasperl aus seinen Blumen in die Tiefe und wurde von der Erde überdeckt.

Dann mit dem letzten Schaufelwurf erklang die tröstliche Verheißung: »Und von der Erden sollst du auferstehen!«

Als das Vaterunser gesprochen war und die Menschen sich verlaufen hatten, trat der alte Propst zu uns, die wir noch immer in die Grube starrten. »Es hat eine Ruchlosigkeit sein sollen«, sagte er, indem er liebreich unsere Hände faßte. »Laßt uns es anders nehmen! In seiner Jugendzeit, wie ihr es mir erzähltet, hat der selige Mann die kleine Kunstfigur geschnitzt, und sie hat einst sein Eheglück begründet; später, sein ganzes Leben lang, hat er durch sie, am Feierabend nach der Arbeit, gar manches Menschenherz erheitert, auch manches Gott und den Menschen wohlgefällige Wort der Wahrheit dem kleinen Narren in den Mund gelegt; – ich habe selbst der Sache einmal zugeschaut, da ihr noch beide Kinder waret. – Laßt nur das kleine Werk seinem Meister folgen; das stimmt gar wohl zu den Worten unserer Heiligen Schrift! Und seid getrost; denn die Guten werden ruhen von ihrer Arbeit.«

– Und so geschah es. Still und friedlich gingen wir nach Hause; den kunstreichen Kasperl aber und unseren guten Vater Joseph, haben wir niemals wiedergesehen.

– – Alles das«, setzte nach einer Weile mein Freund hinzu, »hat uns manches Weh bereitet; aber gestorben sind wir beiden jungen Leute nicht daran. Nicht lange nachher wurde unser Joseph uns geboren, und wir hatten nun alles, was zu einem vollen Menschenglück gehört. An jene Vorgänge aber werde ich noch jetzt Jahr um Jahr durch den ältesten Sohn des schwarzen Schmidt erinnert. Er ist einer jener ewig wandernden Handwerksgesellen geworden, die, verlumpt und verkommen, ihr elendes Leben von den Geschenken fristen, die nach Zunftgebrauch auf ihre Ansprache die Handwerksmeister ihnen zu verabreichen haben. Auch meinem Hause geht er nie vorbei.«

Mein Freund schwieg und blickte vor sich in das Abendrot, das dort hinter den Bäumen des Kirchhofs stand; ich aber hatte schon eine Zeitlang über der Gartenpforte, der wir uns jetzt wieder näherten, das freundliche Gesicht der Frau Paulsen nach uns ausblicken sehen. »Hab ich's nit denkt!« rief sie, als wir nun zu ihr traten. »Was habt ihr wieder für ein Langes abzuhandeln? Aber nun kommt ins Haus! Die Gottsgab steht auf dem Tisch; der Hafenmeister is auch schon da; und ein Brief vom Joseph und der alt Meisterin! – – Aber was schaust mi denn so an, Bub?«

Der Meister lächelte. »Ich hab ihm was verraten, Mutter. Er will nun sehen, ob du auch richtig noch das kleine Puppenspieler-Lisei bist!«

»Ja, freili!« erwiderte sie, und ein Blick voll Liebe flog zu ihrem Mann hinüber. »Schau nur richti zu, Bub! Und wenn du es nit kannst find'n – der da, der weiß es gar genau!«

Und der Meister legte schweigend seinen Arm um sie. Dann gingen wir ins Haus zur Feier ihres Hochzeitstages. –

Es waren prächtige Leute, der Paulsen und sein Puppenspieler-Lisei.

Waldwinkel

Über dem Dache des Rathauses, das zugleich die Wohnung des städtischen Bürgermeisters bildete, kreuzten die ersten Schwalben in der Frühjahrssonne; auf der Vorstraße standen die »Bürgermeistersbuben« und suchten vergebens die Königin der Luft mit den Lehmkugeln ihres Pustrohrs zu erreichen. Drinnen aber in seinem Geschäfts- und Arbeitszimmer saß der Gestrenge selbst, der außer dem genannten Amte auch das eines Gerichtsdirektors und Polizeimeisters in seiner Person vereinigte, vertieft in ein dickes Aktenfaszikel, nicht achtend des heiteren Glanzes, der durch die Fenster zu ihm hereinströmte. Da wurde draußen flüchtig an die Tür gepocht, und auf das verdrossene »Herein!« des Beamten trat ein brauner stattlicher Mann über die Schwelle, der indes die erste Hälfte der Vierziger schon erreicht haben mochte.

Der Bürgermeister erhob das rote behagliche Gesicht aus seinen Akten, warf einen flüchtigen Blick auf den Eintretenden und sagte, als er die feinere Kleidung desselben bemerkt hatte, mit einer runden Handbewegung: »Wollen Sie gefälligst Platz nehmen; ich werde gleich zu Ihren Diensten sein.« Dann steckte er den Kopf wieder in die Akten.

Der andere aber war einen Schritt näher getreten. »Bist du jetzt immer so fleißig, Fritz?« sagte er. »Du littest ehemals nicht an dieser Krankheit.«

Der Bürgermeister fuhr empor, hakte die Brille von der Nase und starrte den Sprecher aus seinen kleinen gutmütigen Augen an. »Richard, du bist es!« rief er. »Mein Gott, wie gut du mich noch kennst! Und doch, mein Scheitel ist kahl und der Rest des Haares grau geworden! Ja, ja, ein solches Bürgermeisteramt!«

Die kleine beleibte Gestalt war hinter dem Aktentisch hervorgekommen. Voll Erstaunen blickte er in das Antlitz des ihn fast um Kopfeshöhe überragenden Freundes. »Das«, sagte er und tätschelte mit seiner kurzen Hand über das noch glänzend braune Haar desselben, »das ist natürlich nur Perücke; aber die Augen, diese unnatürlich jungen Augen, das sind doch wohl noch die echten, alten aus unseren lustigen Tagen!«

Der Gast ließ lächelnd diesen Strom des Geplauders über sich ergehen, während der Bürgermeister ihn neben sich aufs Sofa niederzog. »Und nun«, fuhr der letztere fort, »wo kommst du her, was bist du, was treibst du?«

»Ich, Fritz?« erwiderte scherzend der andere, »ich suche einen Inhalt für das noch immer leere Gefäß meines Lebens; oder vielmehr«, fügte er etwas ernster hinzu, »ich suche ihn nicht, ich leide nur ein wenig an dieser Leere.«

Der Bürgermeister sah ihm treuherzig in die Augen. »Du, Richard?« sagte er, »der auf der Universität alle Fakultäten abgeweidet hat! Will doch ein alter Kamerad unter einem gewissen Anonymus sogar deine Feder in einer botanischen Zeitschrift entdeckt haben!«

»Wirklich, Fritz? – Er hat nicht fehlgesehen.«

Der kleine dicke Mann besann sich. »Du bist noch ledig?« fragte er. »Ja? Noch immer? Hm! Du warst ein Schwärmer, Richard! Weißt du noch, als wir Studenten auf der Dornburg tanzten? Du hattest derzeit die Braut zu Hause; du wolltest nicht tanzen; du saßest in der Ecke bei dem langen Wassermann, der wegen seiner großen Stiefel nicht tanzen konnte, und trankst nur Wein, sehr viel Wein, Richard! Du wolltest die seligen Tänze nicht entweihen, die du daheim mit ihr getanzt hattest!«

Der andere war ein wenig still geworden, während der Bürgermeister in plötzlicher Unruhe seine goldene Uhr aus dem Abgrund seiner Tasche zog. »Sag mir, Liebster«, begann er wieder, du schenkst mir doch den heutigen Tag?«

»Ich muß am Nachmittag noch weiter.«

»Immer noch der alte Meister Unruh?«

»Verzeih, die Extrapost ist schon bestellt! Ihr habt hier einige Meilen nördlich zwischen Heidesumpf und Wald noch eine wenig abgesuchte Flora!«

»Aha!« rief der Bürgermeister, »bei Föhrenschwarzeck, wo die verrückten Junker wohnen, die weder einen Baum fällen noch ein Stück Heide aufbrechen wollen!«

Der Gast nickte. »So sagte man mir. Es soll dort in heimlichen Gründen noch allerlei sonst Verschwundenes zu finden sein.«

»Nun, Richard, da könntest du dich ja im Narrenkasten einquartieren!«

»Im Narrenkasten?«

»Freilich! Der Vater der jetzigen Herren hatte noch seine Spezialtollheit! Da ihm sein Schloß zu groß wurde, so baute er sich hinaus zwischen Heide und Wald; ein Häuslein, alle Fenster nach einer Seite und drum herum eine Ringmauer, zwanzig Fuß hoch! Und das Kastellchen nannte er den ›Waldwinkel‹ die Leute aber nennen's noch heut den ›Narrenkasten‹. Dort hat er mitten zwischen all dem Unkraut seine letzten Jahre abgelebt.«

Der andere hatte aufmerksam zugehört. »Wer wohnt denn jetzt darin?« fragte er.

»Jetzt? ich denke, niemand; oder doch nur Eulen und Iltisse.«

– – Im Nebenzimmer schlug eine Uhr. Der Bürgermeister war aufgesprungen. »Schon elf!« sagte er. »Weißt du, Alter! Ich habe noch einen gerichtlichen Aktus vor mir; du warst ja in der Verbindung unser Schriftwart«, und schmunzelnd fuhr er fort: »da du so eilig bist, wir würden noch ein Plauderstündchen mehr gewinnen, wenn du heute dieses Amt noch einmal im Dienste unserer hochnotpeinlichen Gerichtsbarkeit verrichten wolltest!«

Richard lachte. »Hast du denn keinen Protokollführer?«

»Nein, Liebster; da ich die Würde und das Salarium eines Stadtsekretarius ebenfalls in meiner Person vereinige, so muß ich auch die Lasten dieses Amtes tragen, wenn nicht der Zufall einen so fähigen und gefälligen Freund mir in das Haus bringt.«

– – Einige Minuten später saßen beide am grünen Tisch in dem nebenan liegenden Gerichtszimmer. »Du wirst dich vielleicht noch des gelbhaarigen Theologen erinnern«, sagte der Bürgermeister, während er sich mit behaglicher Würde in dem etwas erhöhten Präsidentensessel niederließ, »den wir seinerzeit wohl nicht mit Unrecht den Denunzianten nannten! Wir haben ihn seit Jahren hier am Ort; der Herr Magister betreibt ein einträgliches Pensionat und steht bei Adel und Honoratioren in hohem Ansehen; man wollte ihn eben auch noch mit dem Gottesdienst an unserem Landeszuchthaus hier betrauen.«

»Was ist mit ihm?« fragte der improvisierte Aktuarius, der schon seine Feder geschnitzt und den gebrochenen Bogen vor sich hingelegt hatte. »Ich entsinne mich eigentlich nur seines abgetragenen Frackes und seiner großen roten Hände.«

»Du wirst ihn gleich erscheinen sehen«, sagte der Bürgermeister, mit der einen Hand den über dem grünen Tisch hängenden Glockenstrang erfassend; »er hatte die Vormundschaft über ein elternloses Mädchen; sie ist jahrelang in seinem Hause gewesen, und er hat sie teilweise mit durch seine Schule laufen lassen. Jetzt ist er eines versuchten Verbrechens gegen dieses Mädchen auf das kläglichste verdächtig; es handelt sich heut nur noch um eine Gegenüberstellung beider.«

Der Bürgermeister zog die Klingel, und der eintretende Gefangenwärter erhielt Befehl, den Magister vorzuführen.

Es war eine widerwärtige Erscheinung, die sich jetzt, an dem an der Tür zurückbleibenden Gefängniswärter vorbei, mit einem geschmeidigen Bückling in das Zimmer hineinwand.

»Sie brauchen nicht zu weit vorzutreten!« sagte der Bürgermeister, und der Magister zuckte sogleich um einige Fußbreit wieder rückwärts; gleich darauf erhob er seinen platten Kopf mit dem wie angeklebten Gelbhaar gegen die Zimmerdecke und begann sich zu den schwersten Eiden für seine Unschuld zu erbieten.

Ohne darauf zu achten, zog der Bürgermeister aufs neue die Glocke, und »Franziska Fedders« trat herein.

Es war die schmächtige Gestalt eines eben aufgeblühten Mädchens; sie war nicht grade hübsch zu nennen; den Kopf mit den aufgesteckten dunkelblonden Flechten trug sie etwas vorgebeugt, der Mund war vielleicht zu voll, die Nase ein wenig zu scharf gerissen; und als sie jetzt ihre tiefliegenden grauen Augen aufschlug, murmelte der Aktuarius unwillkürlich vor sich hin: »Scientes bonum et malum.«

Mit abgewandtem Kopf und mit Glut übergossen, aber mit unverrückter Sicherheit wiederholte sie jetzt die Hauptangaben ihrer früheren Aussagen gegen ihren einstigen Vormund, während dieser seine knochigen Hände rang und seufzende Beteuerungen ausstieß.

Als sie geendet hatte, begann der Magister erst andeutungsweise, dann immer deutlicher, sie eines Verhältnisses mit seinem Gehülfen zu beschuldigen; sie seien verschworen, ihn zu stürzen, um dann selbst das einträgliche Pensionat zu übernehmen.

Mit offenem Munde und vorgestrecktem Halse horchte das Mädchen diesen Beschuldigungen. Richard, der die Feder hingelegt hatte, glaubte zu sehen, wie von der Glut des Hasses ihre Augen dunkler wurden. Plötzlich warf sie den Kopf empor. »Sie lügen, Sie!« rief sie, und wie eine scharfe Schneide fuhr es aus dieser jungen Stimme. Aber wie über sich selbst erschrocken, flogen ihre Blicke unstet und hülfesuchend umher, bis sie in den ernsten Männeraugen haftenblieben, die so ruhig zu ihr hinüberblickten.

Der Magister hatte beide Arme zum Himmel aufgestreckt. »Sie! Du nennst mich Sie, Franziska! Du, die ich dich in der Liebe des Lammes –« Er brach in sentimentale Tränen aus; er hatte etwas vom winselnden Affen an sich.

»Ich nenne Sie gar nicht mehr!« sagte Franziska ruhig, und ihre Augensterne ruhten noch immer in denen des ihr fremden Mannes, als habe sie hier einen Halt gefunden, den sie nicht mehr zu verlassen wage.

– – Über dessen Seele fuhr es wie ein Traum: das stille Haus am Waldesrand tauchte vor seinem innern Auge auf; ein einsamer Mann und ein verlassenes Mädchen wohnten dort. Sie waren nicht mehr einsam und verlassen; aber um sie her in der lauen Sommerluft war nur der schwimmende Duft der Kräuter, das Rufen der Vögel und fernab aus der stillen Lichtung der unablässige Gesang der Grillen. – –

Der Klang der Botenglocke schrillte durch das Zimmer. Als Richard aufblickte, sah er eben das Mädchen aus der Tür verschwinden, der Magister wurde vom Gefängniswärter abgeführt. – – »Ein gescheites Rackerchen, diese Franziska«, sagte der Bürgermeister, indem er das sauber abgefaßte Protokoll durch seine Namensunterschrift vollzog. »Schade, daß sie nichts in bonis hat; wir wissen nicht recht, wohin mit ihr; für den gewöhnlichen Mägdedienst hat sie zuviel, für eine höhere Stellung zuwenig gelernt.«

Sein Gast war im Zimmer auf und ab gegangen. »Freilich, ein

anziehendes Köpfchen!« sagte er; aber seine Worte klangen tonlos, als sei in der Tiefe die Seele noch mit anderem beschäftigt.

»Hm, Richard«, fuhr der Bürgermeister, seine Akten zusammenbindend, fort, »da stimmst du mit unserem Physikus, er meint – er hat mitunter solche Einfälle – die Augen seien ein halbes Dutzend Jahre älter, als das Mädchen selbst.«

»Und wer ist jetzt ihr Vormund, Fritz?«

»Ihr Vormund? – Sie hat keinen Verwandten; wir hatten augenblicklich keinen andern, es ist der Schustermeister an der Hafenecke; seit Beginn der Untersuchung wohnt sie auch bei ihm.«

– – Eine Stunde später sah man den Gast des Bürgermeisters aus einem kleinen Hause an der Hafenecke treten und durch eine gegenüberliegende Straße aus der Stadt hinausschreiten.

Draußen vor den letzten Häusern hielt ein offener Wagen. Ein großer, löwengelber Hund, den der auf dem Kutschersitze nickende Postillion an der Leine hatte, riß sich los und sprang, freudewinselnd und mit der mächtigen Rute den Staub der Straße peitschend, dem Kommenden entgegen.

»Leo, mein Hund, bist du da? Ja, ich komme, ich komme schon!« Ein lebensfroher Ton klang aus diesen Worten, unter denen der Hund die Liebkosungen seines Herrn entgegennahm.

Vor ihnen, im hellsten Sonnenscheine, breitete sich ein weites Tiefland aus, zu dem in Wellenlinien sich der Weg hinuntersenkte. Bald saß der Wanderer auf dem Wagen, und während der Hund in großen Sätzen nebenher sprang, rollte das Gefährt in den jungen Frühling hinaus, der blauen Waldferne zu, die in kaum erkennbaren Zügen den Horizont begrenzte.

Oben in den Eichbäumen, die vor dem Kruge des Dorfes Föhrenschwarzeck standen, lärmten die Elstern, welche ihr Nest gegen zwei rotbrustige Turmfalken zu verteidigen suchten; die Gäste in der Schenkstube konnten kaum ihr eigenes Wort verstehen.

»Weiß der Henker!« rief der Krämer aus dem Nachbarstädtchen, der eben mit dem gegenübersitzenden Wirte sein Quartalgeschäft gemacht hatte, »was Euch hier alles für Raubzeug um die Ohren fliegt! Dürfen auch die Falken nicht geschossen werden, Inspektor?«

Der alte graubärtige Mann in brauner Joppe, an den diese Worte gerichtet waren, nahm mit der kleinen Messingzange eine Kohle aus dem auf dem Tische stehenden Becken, legte sie auf seine eben gestopfte kurze Pfeife und sagte dann, während er inmittelst die ersten Dampfwolken stoßweise über den Tisch blies: »Ich weiß nicht, Pfeffers, ich bin nicht für die Falken; da müßt Ihr den neuen Förster fragen.« Er schien, obschon es noch in der Morgenfrühe war, schon weit im Feld umher gewesen und nur zu kurzer Rast hier eingekehrt zu sein; denn die hellen Schweißperlen standen noch auf seiner Stirn und seinen Strohhut hatte er vor sich auf dem Schoße liegen.

»Ein neuer Förster?« fragte der Krämer. »Wo habt Ihr den denn herbekommen?«

»Weiß nicht genau«, erwiderte der Alte; »da droben aus dem Reich, mein' ich; aber schießen kann er wie gehext, und auf die Dirnen ist er wie der Teufel!«

»Oho, Kasper-Ohm! Da nehmt Eure Ann-Margret in Obacht!«

»Wird sich schon selber wehren, Pfeffers«, meinte der Wirt.

Aber der Krämer hatte noch mehr zu fragen. »Hm, Inspektor!« sagte er, »Ihr bekommt ja allerlei Neues in Euren Wald; Euere Herren müssen auf einmal ganz umgängliche Leute geworden sein! Habt Ihr denn wirklich den alten ›Narrenkasten‹ an einen Fremden, an einen ganz landfremden Mann vermietet?«

»Diesmal trefft Ihr ins Schwarze, Pfeffers«, sagte der Alte, indem er einen ungeheuren, roh gearbeiteten Schlüssel aus der Seitentasche seiner Joppe hervorzog; »ein paar Wagen mit Ingut sind schon gestern aus- und eingepackt worden; hab des Teufels Arbeit damit gehabt und muß auch jetzt wieder hin, um Fenster aufzusperren und nach dem Rechten zu sehen; meinen Phylax hab ich gestern abend hinter die hohe Hofmauer gesperrt, damit doch eine vernünftige Kreaturenseele bei all den Siebensachen über Nacht bliebe.«

»Und woher ist dieser Mietsmann denn gekommen?« fragte der Krämer wieder.

»Weiß nicht, Pfeffers; kümmert mich auch nicht«, erwiderte der Alte, »kann's selbst nicht klein kriegen. Aber der Herr soll ein Botanikus sein; dergleichen Schlages liebt ja auch alles, was wild zusammenwächst.«

Der Wirt, der inzwischen seine mit Kreide auf die Tischplatte geschriebene Abrechnung mit dem Krämer noch einmal revidiert hatte, beugte sich jetzt vor und sagte, seine Stimme zu vertrautem Flüstern dämpfend, obgleich niemand außer den Dreien im Zimmer war: »Wißt Ihr noch, vor Jahren, als in den Blättern soviel von der großen Studentenverschwörung geschrieben wurde, als sie die Könige all vom Leben bringen wollten – da soll er mit dabeigewesen sein!«

Der Krämer ließ einen langgezogenen Pfiff ertönen. »Da liegt's, Inspektor!« sagte er. »Ich weiß, Ihr hört's nicht gern; aber die Junker, wenn sie jung sind, haben schon mitunter solche Mucken; Euer Junker Wolf ist ja derzumalen auch bei dem Wartburgstanze mitgewesen.«

Der Alte sagte nichts darauf; aber der Wirt wußte noch Weiteres zu erzählen, als wenn seine klugen Elstern ihm's von allen Seiten zugetragen hätten. – Hier aus der Gegend sollte der Fremde sein; aber drüben bei den Preußen hatte man ihn jahrelang in einem dunkeln Kerkerloch gehalten; weder die Sonne noch die Sterne der Nacht hatte er dort gesehen; nur der qualmige Schein einer Tranlampe war ihm vergönnt gewesen; dabei hatte er ohne Kunde, ob Morgen oder Mitternacht, tagaus, tagein gesessen und viele dicke Bücher durchstudiert.

»Aber Kasper-Ohm«, sagte der Krämer und hielt dem Wirte seine offene Tabaksdose hin, »Ihr seid doch nicht etwa wieder in einen Grenzprozeß verzwirnet?«

»Ich? Wie meint Ihr das, Pfeffers?«

»Nun, ich dachte, Ihr wärt wieder einmal in der Stadt bei dem Winkeladvokaten, dem Aktuariatsschreiber gewesen, bei dem man für die Kosten die Lügen scheffelweis draufzubekommt.«

Kasper-Ohm nahm die dargebotene Prise. »Ja, ja, Pfeffers«, sagte er, einen Blick durchs Fenster werfend, »wenn sie einen nicht in Frieden leben lassen! Hört einmal, wie die armen Heisters schreien!«

»Freilich, Kasper-Ohm. Aber wie ging's denn weiter mit dem Herrn Botanikus?«

»Mit dem? – Nun, glaubt es oder nicht! Eines Tages ist er

plötzlich zu Hause angekommen; aber es ist für ihn doch immer noch zu früh gewesen; denn als er mit seinen blinden Augen über die Straße stolpert, wird er von einer Karriole zu Boden gefahren, die eben lustig über das Pflaster rasselt.«

»Das verdammte Gejage!« rief der Krämer.

»Ja, ja, Pfeffers; Ihr kennt das nicht, Ihr seid ein lediger Mensch; aber der Herr und die feine Dame, die darin saßen, konnten nicht zwischen die Pferdeohren hindurchsehen; sie hatten zuviel an ihren eigenen Augen zu beobachten.«

»Und hatte er Schaden genommen, der arme Herr?«

»Nein, Pfeffers, nein, das nicht! Aber es ist seine eigene Frau gewesen, die Dame, die mit dem Baron in der Karriole saß.«

Der Krämer ließ wieder seinen langen Pfiff ertönen. »Das ist 'ne Sache; so ist er verheiratet gewesen, als die Preußen ihn gefangen haben! Nun, die Frau wird er wohl nicht mit sich bringen!«

»Sollte man nicht glauben«, meinte Kasper-Ohm; »denn er soll sich's noch einen meilenlangen Prozeß haben kosten lassen, um nur den Kopf aus diesem Eheknoten freizukriegen.«

»Und der Baron, was ist mit dem geworden?«

»Den Baron, Pfeffers? Den hat er totgeschossen, und dann ist er in die weite Welt gegangen, um sich all den Verdruß an den Füßen wieder abzulaufen. Nein, Freundchen, die feine Dame wird er wohl nicht mit herbringen, aber die alte taube Wieb Lewerenz aus Eurer Stadt, und das ist auch eine gute Frau. Sie hat ihren Dienst als Waisenmutter quittiert und kommt nun auf ihre alten Tage in den Narrenkasten.«

Der Inspektor war inzwischen aufgestanden. – »Schwatzt Ihr und der Teufel!« sagte er, indem er lachend auf die beiden andern herabsah; dann trank er sein Glas aus und schritt, den schweren Schlüssel in der Hand, zur Tür hinaus.

– – Unter dem Eichbaum durch, auf welchem der Falke von dem indes eroberten Neste auf ihn herabsah, ging er aus dem Gehöfte auf den Weg hinaus, welcher hier, vom Nordende des Dorfes, zwischen dicht mit Haselnußbüschen bewachsenen Wällen auf die Hauptlandstraße hinausführte. Schon auf der Mitte desselben aber bog er durch eine Lücke des Walles nach links in einen Fußweg ein; in der schon drückenden Sonne schritt er auf diesem über einige grüne, wellenförmig sich erhebende Saatfelder einer mit Eichenbusch besetzten Moorstrecke zu, hinter welcher in breitem Zuge und noch in dem bläulichen Duft des Morgens ein aus Eichen und stattlichen Buchen gemischter Laubwald seine weichen Linien gegen den blauen Himmel abzeichnete. Der Alte trocknete mit seinem Tuch den Schweiß sich von der Stirn, als er endlich in diese kühlen Schatten eintrat; über ihm aus einer hohen Baumkrone schmetterte eine Singdrossel ihren Gesang ins weite Land hinaus.

Ein Viertelstündchen mochte er so gewandert sein, und der ihn umgebende Laubwald hatte inzwischen einem Tannenforste Platz gemacht, als sich, aus einem Seitensteige kommend, zwei andere Wanderer zu ihm gesellten.

»Geht's denn recht hier nach dem Narrenkasten?«

Ein Bauerbursche fragte es, der einem zwar einfach, aber städtisch gekleideten Mädchen ihren Koffer nachtrug.

Der Alte nickte. »Ihr könnt nur mit mir gehen.«

»Aber ich will zum Waldwinkel«, sagte das Mädchen.

»Wird wohl auf eins hinauslaufen. Wenn Sie im Waldwinkel was zu bestellen haben, so ist's schon richtig hier.«

»Ich gehöre dort zum Hause«, erwiderte sie.

Der Alte, der bisher seinen Weg ruhig fortgesetzt hatte, wandte sich nach ihr zurück, und seine Augen blickten immer munterer, während er sich das junge Wesen ansah. »Nun«, sagte er, »die Frau Lewerenz hätte ich mir, so zu verstehen, um ein paar Jährchen älter vorgestellt.«

Aber das Mädchen schien für solche Späße wenig eingenommen. Sie sah ihn mit ihren grauen Augen an und sagte: »Ich heiße Franziska Fedders. Die Frau Lewerenz wird wohl mit dem Herrn schon dort sein.«

»Da irren Sie denn doch, Mamsellchen«, meinte der Alte, indem er mit der einen Hand vor ihr den Hut zog und mit der andern ihr den großen Schlüssel zeigte; »die Herrschaft kommt erst heute abend; aber Einlaß sollen Sie drum doch schon bekommen.«

Sie stutzte; aber nur einen Augenblick ruhte der Zeigefinger an der Lippe. »Es ist gut«, sagte sie, »es paßte nicht anders mit dem Fuhrmann; lassen Sie uns gehen, Herr Inspektor!«

Und so wanderten sie auf dem schattigen, mit trockenen Tannennadeln bestreuten Steige miteinander fort; immer riesiger wurden die Föhren, die zu beiden Seiten aufstiegen und ihre Zweige über sie hinstreckten. Plötzlich öffnete sich das Dickicht; eine mit Wiesenkräutern bewachsene, muldenartige Vertiefung, gleich dem Bette eines verlassenen Flusses, zog sich quer zu ihren Füßen hin, während jenseits auf der Höhe wiederum ein Eichen- und Buchenwald seine Laubmassen ausbreitete. Nur ihnen gegenüber zeigte sich eine Lücke, durch welche man bis zum Horizont auf ein braunes Heideland hinausblickte. Zur Linken dieser Durchsicht aber, mit der andern Seite sich hart an den Wald hinandrängend, ragte ein altes Backsteingebäude, das durch sein hohes Dach ein fast turmartiges Aussehen erhielt; eine Mauer, über welcher nur die vier Fenster des oberen Stockwerks sichtbar waren, trat, von den beiden Ecken der Front auslaufend, in ovaler Rundung fast an den Rand der Wiesenmulde hinaus.

Der Alte, der während des Gehens Franziska von seinen Einzugsmühen unterhalten hatte, war stehengeblieben und wies schweigend nach dem mit schwerem Metallbeschlag bedeckten Tore, das sich gegenüber in der Mitte der Mauer zeigte. Oberhalb desselben in einer Sandsteinverzierung befand sich eine Inschrift, deren einst vergoldete Buchstaben bei dem scharfen Sonnenlichte auch aus der Ferne noch erkennbar waren. »Waldwinkel« buchstabierte Franziska.

»Oho, Phylax!« rief der Inspektor. »Hören Sie ihn, Mamsellchen; er hat schon meinen Schritt erkannt!«

Aus dem verschlossenen Hofe drüben hatte sich das Bellen eines Hundes hören lassen; zugleich erhob sich von einem Eichenaste, der aus dem Walde auf das Dach hinüberlangte, ein großer Raubvogel und kreiste jetzt, seinen wilden Schrei ausstoßend, hoch über dem einsamen Bauwerk.

Sie waren indes auf der kaum noch sichtbaren Fortsetzung des Waldsteiges in die Wiesenmulde hinabgegangen. Die nach Süden gelegene Frontseite des immer näher vor ihnen aufsteigenden Gebäudes war von der Sonne hell beleuchtet, sogar an den Drachenköpfen der Wasserrinnen, welche unterhalb des Daches gegen den Wald hinausragten, sah man die Reste einstiger Vergoldung schimmern. Von den beiden Wetterfahnen, mit welchen an den Endpunkten die kurze First des Daches geziert war, hatte die eine sich fast ganz im grünen Laub versteckt, während die andere sich regungslos am blauen Himmel abzeichnete.

Und jetzt war das jenseitige Ufer erstiegen, und der Inspektor hatte den Schlüssel in dem Bohlentore umgedreht.

Ein schattiger, mit Steinplatten ausgelegter Hof empfing sie, während der Pudel mit Freudensprüngen an seinem Herrn emporstrebte. – Zur Linken des Eingangs war ein steinerner Brunnen, neben dem ein augenscheinlich neu angefertigter, mit Wasser gefüllter Eimer stand; an der Mauer des Hauses, an welcher eben der Sonnenschein hinabrückte, wucherten hohe, mit Knospen übersäete Rosenbüsche; die zu beiden Seiten der Haustür auf den Hof gehenden Fenster wurden fast davon bedeckt. »Der alte Herr«, sagte der Inspektor, »hat sie selber noch gepflanzt.«

Dann traten sie über ein paar Stufen in das Haus. – Zur Linken des Flurs lag die Küche; zur Rechten ein einfensteriges Zimmer, dessen Ausrüstung schon die künftige Bewohnerin erkennen ließ. Zwar das hohe Bettgerüst dort entbehrte noch des Umhanges wie des schwellenden Inhalts; aber in der Ecke standen Spinnrad und Haspel, und über der altfränkischen Kommode hing ein desgleichen Spiegelchen, hinter welchem nur noch die kreuzweis aufgesteckten Pfauenfedern fehlten. »Also, das ist nicht Ihr Zimmer, Mamsellchen!« sagte der Alte, noch einmal einen Scherz versuchend.

Als er keine Antwort erhielt, deutete er auf seinen Pudel, der lustig die zum oberen Stockwerk führende Treppe hinaufsprang. »Folgen wir ihm!« sagte er, »dort hinten sind nur noch die Vorratskammern.«

Oben angekommen, schloß er die Tür zu einem mäßig großen Zimmer auf, das bis auf die Vorhänge völlig eingerichtet schien. Die beiden Fenster, mit denen es über die Wiesenmulde auf den Tannenwald hinaussah, waren die mittleren von den vieren, welche sie von drüben aus erblickt hatten. Vor dem zur Linken stand ein weichgepolsterter Ohrenlehnstuhl, an der Seitenwand des andern ein Schreibtisch mit vielen Fächern und

Schiebladen; neben diesem, bereits im Tick-tack ihren Pendel schwingend, hing eine kleine Kuckucksuhr, wie sie so zierlich weit droben im Schwarzwalde verfertigt werden. Eine altmodische, aber noch wohlerhaltene Tapete, mit rot und violett blühendem Mohn auf dunkelbraunem Grund, bekleidete die Wände.

Schweigend, aber aufmerksam betrachtete Franziska alles, während sie dem Alten die Fensterflügel öffnen half.

Zu jeder Seite dieses Blumenzimmers, und durch eine Tür damit verbunden, lag ein schmäleres; beide nur mit einem Fenster auf den Tannenwald hinausgehend. In dem zur Linken befanden sich außer einigen Stühlen nur noch ein eisernes Feldbett und ein paar hohe Reisekoffer. Franziska warf nur einen flüchtigen Blick hinein, während ihr Führer schon die Tür des gegenüberliegenden geöffnet hatte,

»Und nun gibt's was zu lesen!« rief dieser. »Der Herr Doktor ist selbst hier außen gewesen und hat einen ganzen Tag da drinn' gesessen.«

Und wirklich, es war eine stattliche Hausbibliothek, die hier in sauberem Einband auf offenen Regalen an den Wänden aufgestellt war. Aber während das Mädchen einen Band von Okens Isis herauszog, der ihr aus des Magisters Pensionat bekannt war, hatte der Alte dem Fenster gegenüber schon eine weitere Tür erschlossen.

Das Zimmer, in welches sie hineinführte, lag gegen Westen und im Gegensatz zu den sonnigen Räumen der Vorderseite noch in der Schattendämmerung des unmittelbar daran grenzenden Waldes.

»Sie müssen nicht erschrecken, Mamsellchen«, sagte der Alte, indem er auf ein Eisengitter zeigte, womit das einzige Fenster nach außen hin versehen war. »Es ist kein Gefängnis, sondern auch nur so eine Liebhaberei vom alten Herrn gewesen.«

»Ich erschrecke nicht so leicht«, sagte das Mädchen, indem sie, ihm nach, über die Schwelle trat.

»Nun, so wollen wir den Burschen Ihr Gepäck heraufbringen lassen; denn dort das Bettchen und das Jungfernspiegelchen hier auf der Kommode werden doch wohl für Sie dahin beordert sein.«

Als Franziska ihre Sachen in Empfang genommen und den Burschen abgelohnt hatte, meinte der Alte: »Und jetzt, Mamsellchen, werd ich Sie ins Dorf zurückbegleiten; es ist zwar ein Stündchen Wandern, aber einen guten Eierkuchen wird Ihnen Kaspers Margret schon zu Mittag backen, und gegen Abend wird der Herr Doktor dort zu Wagen einkehren, um von mir den Schlüssel in Empfang zu nehmen.«

Allein das Mädchen schüttelte den Kopf. »Ich bin nun einmal hier; zu essen hab ich noch in meiner Reisetasche.«

Der Alte rieb sich das bärtige Kinn mit seiner Hand. »Aber ich werde Sie einschließen müssen; ich muß dem Herrn Doktor selbst den Schlüssel überliefern.«

»Schließen Sie nur, Herr Inspektor!«

»Hm! – Soll ich Ihnen auch den Phylax hierlassen?«

»Den Phylax? Weshalb das? Da könnt's am Ende doch noch auf eine Hungersnot hinauslaufen.«

»Nun, nun ich dachte nur er ist so unterhaltsam.«

»Aber ich habe keine Langeweile.«

»Ja, ja; Sie haben recht.«

»Also, Herr Inspektor!«

»Also, Mamsellchen, soll ich schließen?«

Sie nickte ernsthaft; dann, ruhig hinter ihm herschreitend, begleitete sie den Alten auf den Hof hinab. Als dieser aus der Ringmauer hinausgetreten und das schwere Tor hinter ihr abgeschlossen war, flog sie behende in das Haus zurück. Mit dem Kopf an den Fensterbalken lehnend, blickte sie droben vom Wohnzimmer aus dem Fortgehenden nach, der eben durch die Kräuter an der jenseitigen Höhe emporschritt. Als er nebst seinem Hunde drüben zwischen den Föhren verschwunden war, trat sie in die Mitte des Zimmers zurück; sie erhob ihre kleine Gestalt auf den Zehen, atmete tief auf, und langsam um sich blickend, drückte sie beide Hände auf ihr Herz. Ein zufriedenes Lächeln flog über das in diesem Augenblicke besonders scharf gezeichnete Gesichtchen.

Gleich darauf ging sie durch die Bibliothek in ihre Kammer, wohin nun auch der Sonnenschein den Weg gefunden hatte. Vor den Spiegel tretend, löste sie ihre schweren Flechten, daß das dunkelblonde Haar wie Wellen an ihr herabflutete. So kniete sie vor ihren Koffer hin, kramte zwischen ihren Habseligkeiten und räumte sie in die leeren Schubladen der Kommode. Ein Kästchen mit Saftfarben, Pinseln und Zeichenstiften, einige Blätter mit nicht ungeschickten Blumenmalereien waren dabei auch zum Vorschein gekommen. Als alles geordnet war, flocht sie sich das Haar aufs neue und kleidete sich dann so zierlich, als der mitgebrachte Vorrat es nur gestatten wollte.

Wie beiläufig hatte sie inzwischen ein paar Butterbrötchen aus ihrer Reisetasche verzehrt; jetzt, als müsse sie innerhalb dieser Mauern jedes Fleckchen kennenlernen, schlüpfte sie auf leichten Füßen noch einmal durch das ganze Haus; durch alle Zimmer, in die Küche, in den von dort hinabführenden Keller; dann stieg sie auf einer bald von ihr erspähten Treppe auf den Hausboden, über welchem hoch und düster sich das Dach erhob. Es huschte etwas an ihr vorbei, es mochte ein Iltis oder ein Marder gewesen sein; sie achtete nicht darauf, sondern tappte sich nach einer der insgesamt geschlossenen Luken und rüttelte daran, bis sie aufflog. Es war die Hinterseite des Daches, und unter ihr unabsehbar dehnte sich die Heide aus, immer breiter aus dem Walde herauswachsend.

Hier in dem dunkeln Rahmen der Dachöffnung kauerte sie sich nieder; nur ihre grauen Falkenaugen schweiften lebhaft hin und her, bald zur Seite über die in der Mittagsglut wie schlummernd ruhenden Wälder, bald hinab auf die kargen Räderspuren, welche über die Heide zu der soeben von ihr verlassenen Welt hinausliefen.

In der Zeit, die hierauf folgte, erfuhr das Wild in der Umgebung des »Narrenkastens« eine ihm dort ganz ungewohnte Beunruhigung in der Stille seines Sommerlebens. Aus den Kräutern der jungen Tannenschonung springt plötzlich der Hirsch empor und stürmt, nicht achtend seines knospenden Geweihes, in das nahe Waldesdickicht; draußen im Moorgrund fliegen zwei stahlblaue Birkhähne glucksend in die Höhe, die seit Jahren hier unbehelligt ihre Tänze aufführen durften; selbst Meister Reineke bleibt nicht ungestört.

In einem alten Riesenhügel hat er sein Malepartus aufgeschlagen und sitzt jetzt in der warmen Mittagssonne vor einem seiner Ausgänge, bald behaglich nach den über der Heide spielenden Mücken blinzelnd, bald auf seine jungen Füchslein schauend, die um ihn her ihre ersten Purzelbäume versuchen. Da plötzlich streckt er den Kopf und bewegt horchend seine spitzen Ohren; drüben, vom Saum des Buchenwaldes, hat die Luft einen ungehörigen Laut ihm zugetragen.

Einige Minuten später schreitet ein nicht mehr junger, aber kräftiger Mann über die Heide; ein großer, löwengelber Hund springt ihm voraus und steckt die Schnauze in den Eingang des Hünengrabes, durch welchen kurz vorher der Fuchs und seine Brut verschwunden sind; doch sein Herr ruft ihn zurück, und er gehorcht ihm augenblicklich. Sie kommen eben aus dem Walde; jetzt schreiten sie weiter über die Heide; bald werden sie zusammen dort den Sumpf durchwaten. Sie sind unzertrennlich, sie tun das alle Tage; aber die Tiere brauchen sich vor ihnen nicht zu fürchten; denn der Hund hat nur Augen für seinen Herrn und dieser nur für die stille Welt der Pflanzen, welche, einmal aufgefunden, seiner Hand nicht mehr entfliehen können; heute sind es besonders die Moose und einige Zwergbildungen des Binsengeschlechts; die er unbarmherzig in seine grüne Kapsel sperrt.

Mitunter geht auch ein Mädchen an seiner Seite; doch dies geschieht nur selten und bei kürzeren Wanderungen. Meistens ist sie drüben an der Wiesenmulde, hinter den hohen Mauern des »Waldwinkels«; dort geht sie in Küch und Keller einer alten Frau zur Hand, deren gutmütiges Gesicht schon durch die Einförmigkeit seines Ausdrucks eine langjährige Taubheit verraten würde, wenn dies nicht noch deutlicher durch ein Hörrohr geschähe, das sie wie ein Jägerhörnchen am Bande über der Schulter trägt. Das Mädchen weiß, daß die Alte einst die Wärterin ihres jetzigen Herrn gewesen ist; sie zeigt sich ihr überall gefällig und sucht ihr alles an den Augen abzusehen. – Anders steht sie mit dem Herrn selber; er hat keinen Blick wieder von ihr erhalten, wie damals in der Gerichtsstube, als er der Aktuar des Bürgermeisters war, so ungeduldig er auch oft darauf zu warten scheint. Zuweilen, wenn sie nach dem Mittagstische die Zimmer oben geordnet hat, was stets mit pünktlicher Sauberkeit geschieht, sitzt sie auch wohl am Fenster des kleinen Bibliothekszimmers und malt auf bräunliche Papierblättchen eine Rispe oder einen Blütenstengel, den der Doktor allein oder sie mit ihm aus der Wildnis draußen heimgebracht hat. Dieser selbst steht dann oft lange neben ihr und blickt schweigend und wie verzaubert auf die kleine, regsame Hand.

So war es auch eines Nachmittags, da schon manche Woche ihres Zusammenlebens hingeflossen war. Er hatte einen Strauß aus Wollgras und gesterntem Bärenlauch vor ihr zurechtgelegt, und sie war emsig beschäftigt, ihn aufs Papier zu bringen. Mitunter hatte er ein kurzes Wort zu ihr gesprochen, und sie hatte ebenso, und ohne aufzublicken ihm geantwortet.

»Aber sind Sie denn auch gern hiehergekommen?« fragte er jetzt.

»Gewiß! Weshalb denn nicht? Bei dem Schuster roch das ganze Haus nach Leder; und Bettelleute waren es auch.«

»Bettelleute? – Weshalb sprechen Sie so hart, Franziska?« – Es schien, als wenn er ihr zu zürnen suche; aber er vermochte es schon längst nicht mehr. Eine Weile ließ er seine Augen auf ihr ruhen, während sie eifrig an einem Blättchen fortschattierte; als keine Antwort erfolgte, sagte er: »Ich bin kein Bettelmann, aber einsam ist es hier für Sie.«

»Das hab ich gern«, erwiderte sie leise und tauchte wieder den Pinsel in die Farbe.

Neben ihr auf dem Tische lagen mehrere fertige Blättchen; er nahm eines derselben, auf dem eine Blüte der Cornus suecica gemalt war, und schrieb mit Bleistift darunter:

Eine andre Blume hatt ich gesucht –
Ich konnte sie nimmer finden;
Nur da, wo zwei beisammen sind,
Taucht sie empor aus den Gründen.

Er hatte das so beschriebene Blatt vor sie hingelegt; aber sie warf nur einen raschen Blick darauf und schob es dann, ohne aufzusehen, wieder unter die andern Blätter, indem sie sich tief auf ihre Zeichnung bückte.

Noch eine Weile stand er neben ihr, als könne er nicht fort; da sie aber schweigend in ihrer Arbeit fortfuhr, so pfiff er seinem Hunde und schritt mit diesem in den Wald hinaus.

Es war ihm seltsam ergangen mit dem Mädchen. In augenblicklicher Laune, fast gedankenlos hatte er sie in den Kreis seines Lebens hineingezogen; eine Zutat nur, eine Bereicherung für die einförmigen Tage hatte sie ihm sein sollen; – und wie anders war es nun geworden! Freilich, die alte Frau Wieb, für die trotz ihrer Taubheit die Welt kein störendes Geheimnis barg, vermochte es nicht zu sehen; aber selbst der löwengelbe Hund sah es, daß sein Herr in den Bann dieses fremden Kindes geraten, daß er ihr ganz verfallen sei; denn mehr wie je drängte er sich an ihn und blickte ihn mit fast vorwurfsvollen Augen an.

Lange waren sie zweck- und ziellos miteinander umhergestreift; jetzt, da schon die Dämmerung in den Wald herabsank, lagerten Herr und Hund unweit des Fußsteiges unter einem großen Eichenbaum, in dem um diese Zeit die Nebelkrähen sich zu versammeln pflegten, bevor sie zu ihren noch abgelegeneren Schlafplätzen flogen.

Der Doktor hatte den Kopf gegen einen moosbewachsenen Granitblock gelehnt, auf dem Franziska sich einige Male ausgeruht, wenn sie mit ihm von einem Ausfluge hier vorbeigekommen war. Seine Augen blickten in das Geäst des Baumes über ihm, wo Vogel um Vogel niederrauschte, wo sie durcheinander hüpften und krächzten, als hätten sie die Chronik des Tages miteinander festzustellen; aber die schwarzgrauen Gesellen kümmerten ihn im Grunde wenig; durch seine Phantasie ging der leichte Tritt eines Mädchens, desselben, deren müde Füßchen noch vor kurzem an diesem Stein herabgehangen hatten, gegen den er jetzt seinen grübelnden Kopf drückte.

Was hatte eine Betörung über ihn gebracht, wie er sie nie im Leben noch empfunden hatte? – Alles andere, was er ein halbes Leben lang wie ein unerträgliches Leid mit sich umhergeschleppt, es war wie ausgelöscht, er begriff es fast nicht mehr. War es nur der Taumel, nach einem letzten Jugendglück zu greifen? Oder war es das Geheimnis jener jungen Augen, die mitunter plötzlich in jähe Abgründe hinabzublicken schienen? – So manches hatte er an ihr bemerkt, das seinem Wesen widersprach; es blitzten Härten auf, die ihn empörten, es war eine Selbständigkeit in ihr, die fast verachtend jede Stütze abwies.

Aber auch das ließ ihm keine Ruhe; es war ein Feindseliges, das ihn zum Kampf zu fordern schien, ja, von dem er zu ahnen glaubte, es werde, wenn er es bezwungen hätte, mit desto heißeren Liebeskräften ihn umfangen.

Er war aufgesprungen; er streckte die Arme mit geballten Fäusten in die leere Luft, als müsse er seine Sehnen prüfen, um sogleich auf Leben und Tod den Kampf mit der geliebten Feindin zu bestehen.

Über ihm in der Eiche rauschten noch immer die Vögel durcheinander; da schlug der Hund an, und die ganze Schar erhob sich mit lautem Krächzen in die Luft. Aber aus dem Walde hörte er ein anderes Geräusch; kleine leichte Schritte waren es, die eilig näher kamen, und bald gewahrte er zwischen den Baumstämmen das Flattern eines Frauenkleides. Er drückte die Faust gegen seine Brust, als könnte er das rasende Klopfen seines Blutes damit zurückdrängen.

Atemlos stand sie vor ihm.

»Franziska!« rief er. »Wie blaß Sie aussehen!«

»Ich bin gelaufen«, sagte sie, »ich habe Sie gesucht.«

»Mich, Franziska? Es wird schon dunkel hier im Walde.«

Sie mochte die Antwort, nach der ihn dürstete, in seinem Antlitz lesen; aber sie sagte einfach – und es war der Ton der Dienerin, welche ihrem Herrn eine Bestellung ausrichtet: »Es ist jemand da, der Sie zu sprechen wünscht.«

»Der mich zu sprechen wünscht, Franziska?«

Sie nickte. »Es ist der Vormund, der Schuster«, sagte sie beklommen, als fühle sie das Pech an ihren Fingern.

»Ihr Vormund! Was kann der von mir wollen?«

»Ich weiß es nicht; aber ich habe Angst vor ihm.«

»So kommen Sie, Franziska!«

Und rasch schritten sie den Weg zurück.

– – Es war ein untersetztes Männlein mit wenig intelligentem, stumpfnasigem Antlitz, das in dem Stübchen der Frau Lewerenz auf sie gewartet hatte. Richard führte ihn nach dem Wohnzimmer hinauf, wohin Franziska schon vorangegangen war.

»Nun, Meister, was wünschen Sie von mir?« sagte er, indem er sich auf den Sessel vor seinem Schreibtisch niederließ.

Der Handwerker, der trotz des angebotenen Stuhles wie verlegen an der Tür stehen blieb, brachte zuerst in ziemlicher Verworrenheit einige Redensarten vor, mit denen er die Veranlassung seines heutigen Besuches zum voraus zu entschuldigen suchte. Endlich aber kam er doch zur Hauptsache. Ein alter Bäckermeister, reich – sehr reich und ohne Kinder, wollte Franziska zu sich nehmen; er hatte fallen lassen, daß er sie sogar in seinem Testament bedenken werde, wenn sie treulich bei ihm aushalte; für ihn, den Vormund, sei es Gewissenssache, ein solches Glück für seine Mündel nicht von der Hand zu weisen.

Richard hatte, wenigstens scheinbar, geduldig zugehört. »Ich muß Ihre Fürsorglichkeit anerkennen, Meister«, sagte er jetzt, indem er gewaltsam seine Erregung unterdrückte; »aber Franziska wird nicht schlechter gestellt sein in meinem Hause; ich bin bereit, Ihnen die nötigen Garantien dafür zu geben.«

Der Mann drehte eine Weile den Hut in seinen Händen. »Ja«, sagte er endlich, »es wird denn doch nicht anders gehen.«

»Und weshalb denn nicht?«

Er erhielt keine Antwort; der Angeredete blickte mürrisch auf den Boden.

Das Mädchen hatte während dieser Verhandlung laut- und regungslos am Fenster gestanden. Als Richard jetzt den Kopf zurückwandte, sah er ihre großen grauen Augen weit geöffnet; angstvoll, in flehender Hingebung, alles Sträuben von sich werfend, blickte sie ihn an.

»Franziska!« murmelte er. Einen Augenblick war es totenstill im Zimmer.

Dann wandte er sich wieder an den Vormund; sein Herz schlug ihm, daß er nur in Absätzen die Worte hervorbrachte. »Sie verschweigen mir den wahren Grund, Meister«, sagte er; »erklären Sie sich offen, wir werden schon zusammen fertig werden.«

Der andere erwiderte nur:»Ich habe nichts weiter zu erklären.«

Franziska, die mit vorgebeugtem Kopf und offenem Munde den beiden zugehört hatte, war hinter des Doktors Stuhl getreten. »Soll ich den Grund sagen, Vormund?« fragte sie jetzt; und aus ihrer Stimme klang wieder jener schneidende Ton, der wie ein verborgenes Messer daraus hervorschoß.

»Sagen Sie, was Sie wollen«, erwiderte der Handwerker, seine Augen trotzig auf die Seite wendend.

»Nun denn, wenn Sie es selbst nicht sagen wollen, – der Bäckermeister hat eine Hypothek auf Ihrem Hause; ich weiß, Sie werden jetzt von ihm gedrängt!«

Richard atmete auf. »Ist dem so?« fragte er.

Der Mann mußte es bejahen.

»Und wie hoch beläuft sich Ihre Schuld?«

Es wurde eine Summe angegeben, die für die Verhältnisse eines kleinen Handwerkers immerhin beträchtlich war.

»Nun, Meister«, erwiderte Richard rasch; aber bevor er seinen Satz vollenden konnte, fühlte er wie einen Hauch Franziskas Stimme in seinem Ohr: »Nicht schenken! Bitte, nicht schenken!« Und ebenso leise, aber wie in Angst, fühlte er seinen Arm von ihr umklammert.

Er besann sich; er hatte sie sofort verstanden.

»Meister«, begann er wieder; »ich werde Ihnen das Geld leihen; Sie können es sofort erhalten und brauchen mir nur einen Schuldschein auszustellen. Verstehen Sie mich wohl – solange Ihre Mündel sich in meinem Hause befindet, verlange ich keine Zinsen! Sind Sie das zufrieden?«

Der Mann hatte noch allerlei Bedenken, aber es war nur des schicklichen Rückzugs halber; nach einigem Hin- und Widerreden erklärte er sich damit einverstanden.

»So gedulden Sie sich einen Augenblick! Ich werde Ihnen den erforderlichen Auftrag an meinen Anwalt mitgeben.«

Franziska hatte sich aufgerichtet; Richard rückte seinen Sessel an den Schreibtisch. Man hörte die Feder kritzeln; denn die Hand flog, die jene Worte schrieb.

Rasch war der Brief versiegelt und wurde von begierigen Händen in Empfang genommen.

Gleich darauf hatte Richard den Mann zur Tür geleitet; Franziska stand noch an derselben Stelle. Wie gebannt, ohne sich zu rühren, blickten beide auf die Tür, die sich eben wieder geschlossen hatte; als käme es darauf an, sich der schwerfälligen Schritte zu versichern, die jetzt langsam die Treppe hinab verhallten. Einen Augenblick noch, und auch das Auf- und Zuschlagen der Haustür und nach einer Weile das des Hoftores klang zu ihnen herauf. Da wandte er sich gegen sie. »Komm!« sagte er leise und öffnete die Arme.

Es mußte laut genug gewesen sein; denn sie flog an seine Brust, und er preßte sie an sich, als müsse er sie zerstören, um sie sicher zu besitzen. »Franzi! Ich bin krank nach dir; wo soll ich Heilung finden?«

»Hier!« sagte sie und gab ihm ihre jungen roten Lippen. – –

Ungehört von ihnen war die Zimmertür zurückgesprungen; ein schöner schwarzgelber Hundekopf drängte sich durch die Spalte, und bald schritt das mächtige Tier selbst fast unhörbar in das Zimmer. Sie bemerkten es erst, als es den Kopf an die Hüfte seines Herrn legte und mit den schönen braunen Augen wie anklagend zu ihm aufblickte.

»Bist du eifersüchtig, Leo?« sagte Richard, den Kopf des Tieres streichelnd; »armer Kamerad, gegen die sind wir beide wehrlos.«

– – Auch auf diesen Abend war die Nacht gefolgt. Auf der Schwarzwälder Uhr hatte eben der kleine Kunstvogel zehnmal unter Flügelschlagen sein »Kuckuck« gerufen, und Richard holte den großen Schlüssel aus seiner Schlafkammer, um, wie jeden Abend, das Hoftor in der Mauer abzuschließen.

Als unten auf dem Flur Franziska aus der Küche trat, haschte er im Dunkeln ihre Hand und zog sie mit sich auf den Hof hinab. Schweigend hängte sie sich an seinen Arm. So blickten sie aus dem geöffneten Tor noch eine Weile in die Nacht hinaus.

Es stürmte; die Tannen sausten, hinter dem Wald herauf jagte schwarzes Gewölk über den bleichen Himmel; aus dem Dickicht scholl das Geheul des großen Waldkauzes. Das Mädchen schauderte. »Hu, wie das wüst ist!«

»Du, hast du Furcht?« sagte er. »Ich dachte, du könntest dich nicht grauen.«

»Doch! jetzt!« Und sie drängte ihren Kopf an seine Brust.

Er trat mit ihr zurück und warf den schweren Riegel vor die Pforte; von oben aus den Fenstern fiel der Lampenschimmer in den umschlossenen Hof hinab. »Der nächtliche Graus bleibt draußen!« sagte er.

Sie lachte auf. »Und auch der Vormund!« raunte sie ihm ins Ohr.

Er nahm sie wie berauscht auf beide Arme und trug sie in das Haus. – Und auch hier drehte sich nun der Schlüssel, und wer draußen gestanden hätte, würde es gehört haben, wie auf diesen Klang der große Hund sich innen vor der Haustür niederstreckte.

Bald war auch in den Fenstern oben das Licht erloschen, und das Haus lag wie ein kleiner dunkler Fleck zwischen unzähligen andern in der großen Einsamkeit der Waldnacht.

Franziska war mit dürftiger Kleidung in ihre neue Stellung eingetreten, und obgleich Richard bei seiner ersten Verhandlung mit dem Vormunde in dieser Beziehung alle Fürsorge auf sich genommen hatte, so war bei dem abwehrenden Wesen des Mädchens doch noch kein Augenblick gekommen, in dem er Näheres hierüber hätte mit ihr reden mögen. Freilich war auch dies Gepräge der Armut und nicht weniger die Scham, womit sie bemüht war, es ihm zu verdecken, nur zu einem neuen Reiz für ihn geworden; ein süßes, schmerzliches Licht schien ihm bei solchen Anlässen von ihrem jungen, sonst ein wenig herben Antlitz auszustrahlen. – Jetzt aber durfte es so nicht länger bleiben.

Drei Meilen südlich von ihrem Waldhäuschen lag eine große Handelsstadt, und eines Morgens in der Frühe hielt draußen vor dem Tore ein leichter, wohlbespannter Wagen, um sie dorthin zu bringen. Leo war im Hinterhause eingesperrt worden. Frau Wieb, nachdem sie von beiden noch einige freundliche Worte durch ihr Hörrohr in Empfang genommen hatte, nickte munter nach dem Wagensitz hinauf, und fort rollten sie über die holperigen Geleise der Heide in die Welt hinaus.

Auf halbem Wege waren sie in einem Dorfkruge abgestiegen. Als die Wirtin die bestellte Milch brachte, fragte sie, auf Richard zeigend: »Der Herr Vater nimmt doch auch ein Glas?«

»Freilich«, wiederholte Franziska, »der Herr Vater nimmt das andre Glas.«

Mit übermütiger Schelmerei blickte sie zu ihm hinauf.

Es war noch früh am Vormittage, als sie die große Stadt erreichten.

Zuerst wurde für die Oberkleider eingekauft; klare, feingeblümte Stoffe für die heißen, weiche, einfarbige Wollenstoffe für die kalten Tage. Die Anfertigung der Kleider wurde in demselben Geschäft besorgt, und Franziska mußte mit einer Schneiderin in ein anliegendes Kabinett gehen, um sich die Maße nehmen zu lassen. Zuvor aber waren von Richard, unter lebhafter Mißbilligung der Verkäufer, die einfachsten Schnitte zur Bedingung gemacht: »Fürs Haus und für den Wald!« Und Franzi hatte die mitleidigen Blicke, womit die jungen Herren des Ladens sie über den Eigensinn des »Herrn Vaters« zu trösten suchten, ohne eine Miene zu verziehen, über sich ergehen lassen.

Sie gaben ihre Adresse ab und gingen weiter.

Nachdem unterwegs Franziskas Malgerät vervollständigt und bei einer Modistin zwei einfache aber zierliche Strohhüte eingehandelt waren, traten sie in ein Weißwarengeschäft. Bevor noch Franziska ein Wort dareinreden konnte, hatte er ein Dutzend fertiger Hemden eingekauft.

»Sie sind ein Verschwender!« sagte sie; »das hätte ich alles selber nähen können.«

»Du hast recht!« erwiderte er und kaufte das Zeug zu einem zweiten Dutzend.

»Wenn Sie so fortfahren, Richard, so gehe ich in keinen Laden mehr.«

»Nur noch zum Schuhmacher! – Aber was soll das Sie? Bist du mir böse, Franzi?«

»Nein, du; aber du siehst mir heut so vornehm aus.«

»Weiter!« sagte er.

Bald darauf standen sie in dem elegantesten Schuhwarenmagazin; und die Ladendame, nachdem sie etwas herabsehend die unscheinbare Gestalt des Mädchens gemustert hatte, breitete gleichgültig einen Haufen Schuhwerk vor ihnen aus.

Ein Zug der Verachtung spielte um Franzis Lippen, als sie auf diese Mittelware blickte; denn sie besaß eine Schönheit, welche an diesem Orte als die höchste gelten mußte, und deren sie sich vollständig bewußt war. Aber sie setzte sich gleichwohl auf den bereitstehenden Sessel und zog ihr Kleid bis an die Knöchel in die Höhe.

Das Frauenzimmer, das mit dem Schuhwerk vor ihr hingekniet war, stieß einen Ruf des Entzückens aus. »Ah! Welch ein Aschenbrödelfüßchen! Da muß ich Kinderschuhe bringen.«

Wie eine Fürstin saß Franzi auf ihrem Sessel; Richard, der diesen Sieg vorausgesehen hatte, verschlang den triumphierenden Blick, den sie zu ihm hinaufsandte.

Die Ladendame aber erschien ganz wie verwandelt; ihre Käufer waren offenbar plötzlich in die Aristokratie der Kundschaft hinaufgerückt; sie holte eifrig eine Menge zierlicher Stiefelchen von allen Farben und Arten aus den Glasschränken hervor, die aber sämtlich nach dem Gebot der Mode mit hohen Absätzen versehen waren.

»Nein, nein«, sagte Richard lächelnd, »das mag für gewöhnliche Damenfüße gut genug sein; Füße aus dem Märchen dürfen nicht auf solchen Klötzen gehen!«

»Sie haben recht, mein Herr«, sagte die Ladendame, »aber für die gewöhnliche Kundschaft müssen wir uns nach der Mode richten.« Dann kramte sie wieder in ihren Schränken; und nun brachte sie Stiefelchen, so leicht, so weich – die Elfen hätten darauf tanzen können; gleich das erste Paar glitt wie angegossen über Franzis schlanke Füßchen.

Noch einige Paare wurden ausgesucht, auch für die gemeinschaftlichen Wanderungen zu hoch hinaufreichenden ledernen Waldstiefelchen das Maß genommen; dann trieben die beiden weiter durch die wimmelnde Menschenflut der großen Stadt. Sie hing an seinem Arm; er fühlte mit Entzücken jeden ihrer leichten Schritte, und unwillkürlich ging er immer rascher, als wolle er den Vorübergehenden jeden Blick auf das bezaubernde Geheimnis dieser Füßchen unmöglich machen, die nur ihm und keinem andern je gehören sollten.

Mit sinkendem Abend hielt der Wagen wieder vor dem Hause des Waldwinkels.

– – Einige Tage später brachte die Botenfrau große Packen aus der Stadt; alle Bestellungen waren auf einmal eingetroffen. Franziska trug die Herrlichkeiten auf ihr Zimmer und schloß sich darin ein. Als sie nach geraumer Zeit in die Wohnstube trat, ging sie auf Richard zu, nahm ihn schweigend um den Hals und küßte ihn; dann lief sie in die Küche, um Frau Wieb heraufzuholen.

Es war aber nur noch ein Teil der Sachen und nur das Einfachste, das jetzt, auf Bett und Kommode ausgebreitet, der gutmütigen Alten zur Bewunderung vorgezeigt wurde. Dagegen hatte Franziska derzeit nicht vergessen, Richard an den Einkauf eines guten Kleiderstoffs und einer bunten Sonntagshaube für die Alte zu erinnern. Und jetzt, trotz deren Bitten, sie möge ihr eigen Weißzeug darum nicht versäumen, gab sie keine Ruhe, bis sie zu dem neuen Staat ihr Maß genommen hatte und andern Tages schon zwischen zerschnittenen Stoffen und Papiermustern in Frau Wiebs Kämmerchen am Schneidertische saß. So geschickt wußte sie es der alten Frau vorzustellen, daß sie noch keineswegs zu alt sei, um hier eine Rosette, dort eine Puffe oder Schleife aufgesetzt zu bekommen, daß diese immer öfter aus ihrer Küche in die Zauberwerkstatt hinüberlief und ihrem Herrn beteuerte, die Franziska mache sie noch einmal wieder jung.

Richard schien kaum dies Treiben zu beachten; nur einmal, als er dem Mädchen auf dem Flur begegnete, da sie eben mit allerlei Nähgerät die Treppe herabgekommen war, hielt er sie an und sagte: »Aber Franzi, was stellst du denn mit unserer guten Alten auf? Sie wird ja eitel wie Bathseba auf ihre alten Tage.

Franziska ließ eine Weile ihre Augen in den seinen ruhen. »Laß nur«, sagte sie dann, »die Alte muß auch ihre Freude haben!« Und schon war sie durch die Kammertür verschwunden.

Sie wohnten zwischen der Heide und dem Walde, in welche seit hundert Jahren keine Menschenhand hineingegriffen hatte; rings um sie her waltete frei und üppig die Natur.

Die Menschen waren fern, nur die Bienen kamen und summten einsam über die Heide. Einmal zwar war der alte Inspektor eingekehrt und hatte wegen der nötigen Feuerung mit der alten Frau Wieb einen Zwiesprach in deren Stübchen abgehalten; dann ein paar Tage später war ein mächtiges Fuder schwarzen Torfes durch den Wald dahergekommen und vor dem Hause abgeladen worden; einmal auch hatte der Krämer aus der Stadt mit seinen neugierigen Augen sich herangedrängt, hatte glücklich ein Geschäft gemacht, war dann aber mit der Weisung entlassen worden, daß in Zukunft alles brieflich solle bestellt werden. Sonst war niemand da gewesen, als die Botenfrau, die zweimal wöchentlich Briefe und Blätter, und was ihr sonst zu bringen aufgetragen war, unten in der Küche niederlegte. Einen

Besuch auf dem jenseit des Waldes liegenden Schlosses hatte Richard den Junkern zwar versprochen, aber er wurde immer wieder hinausgeschoben. So kam auch von dort niemand herüber. Selbst die Zeitungen, welche von draußen aus der Welt Kunde bringen sollten, wurden seit Wochen ungelesen in einem unteren Fache des Schreibtisches aufgehäuft.

– – Aber an jedem Morgen fast schritten jetzt die beiden miteinander in die würzige Sommerluft hinaus; Franzi in ihren hohen ledernen Waldstiefelchen, die Kleider aufgeschürzt, über der Schulter eine kleine Botanisiertrommel, die er für sie hatte anfertigen lassen. Meistens sprang auch der große Hund an ihrer Seite; mitunter aber, wenn der Himmel mit Duft bedeckt war, wenn still, wie heimlich träumend, die Luft über der Heide ruhte und der Wald wie dämmerndes Geheimnis lockte, dann wurde wohl der Löwengelbe, wenn er neben ihnen aus der Haustür stürmte, in schweigendem Einverständnis von ihnen zurückgetrieben; hastig warfen sie dann das schwere Hoftor zurück und achteten nicht des Winselns und Bellens, das von dem verschlossenen Hofe aus hinter ihnen herscholl. Eilig gingen sie fort, und endlich zwischen Busch und Heide erreichte es sie nicht mehr. Nichts unterbrach die ungeheure Stille um sie her, als mitunter das Gleiten einer Schlange oder von fern das Brechen eines dürren Astes; im Laube versteckt saßen die Vögel, mit gefalteten Flügeln hingen die Schmetterlinge an den Sträuchern.

Am Waldesrande waren jetzt in seltener Fülle die tiefroten Hagerosen aufgebrochen. Wenn gar so schwül der Duft auf ihrem Wege stand, ergriffen sie sich wohl an den Händen und erhoben schweigend die glänzenden Augen gegeneinander. Sie atmeten die Luft der Wildnis, sie waren die einzigen Menschen, Mann und Weib, in dieser träumerischen Welt.

– – Einmal, nach langer Wanderung, da die Sonne funkelte und schon senkrecht ihre Mittagsstrahlen herabsandte, waren sie unerwartet an den Rand des Waldes gekommen. Sanft ansteigend breitete ein unabsehbares Kornfeld sich vor ihnen aus; es war in der Blütezeit des Roggens; mitunter wehten leichte Duftwolken darüber hin; bis gegen den Horizont erblickte man nichts als das leise Wogen dieser bläulichsilbernen Fluten.

Da klang von fern das Gebimmel einer Glocke; weit hinten, drüben aus dem Grunde, wo wohl das Schloß gelegen sein mochte; gleich einem Rufen klang es durch die stille Mittagsluft, und wie hingezogen von den Lauten schritt Franziska in das wogenden Ährenfeld hinein, während Richard, an einen Buchenstamm gelehnt, ihr nachblickte. – Immer weiter schritt sie; es wallte und flutete um sie her; und immer ferner sah er ihr Köpfchen über dem unbekannten Meere schwimmen. Da überfiel's ihn plötzlich, als könne sie ihm durch irgendwelche heimliche Gewalt darin verlorengehen. Was mochte auf dem unsichtbaren Grunde liegen, den ihre kleinen Füße jetzt berührten? Vielleicht war es keine bloße Fabel, das Erntekind, von dem die alten Leute reden, das dem, der es im Korne liegen sah, die Augen brechen macht! Es lauert ja so manches, um unsere Hand, um unsern Fuß zu fangen und uns dann hinabzureißen. – – »Franzi!« rief er; »Franzi!«

Sie wandte den Kopf. »Die Glocke!« kam es zurück. »Ich will nur wissen, wo die Glocke läutet!«

»Das gilt nicht uns, Franzi; das ist die Mittagsglocke auf dem Schloß!«

Sie wandte sich um und kam zurück. Er schloß sie leidenschaftlich in die Arme. »Weißt du nicht, daß das gefährlich ist, so tief in ein Ährenfeld hineinzugehen?«

»Gefährlich?« Sie sah ihn seltsam lächelnd an. Dann tauchten sie in ihren Wald zurück.

– – Ein andermal, nach einem schwülen Tage, waren sie erst spät am Nachmittag hinausgegangen. – Als der Abend schon tief herabsank, ruhten sie am Ufer eines großen Waldwassers, das rings von hohen Buchen eingefaßt war. Zu ihren Füßen, trotz der regungslosen Stille, schwankte das Schilf mit leisem Rauschen aneinander; drüben hinter dem jenseitigen Walde, der seine Schatten auf den Wasserspiegel warf, zuckte dann und wann ein Wetterschein empor; Irisduft wehte über den See, und ein lautloser Blitz erleuchtete ihn.

Er hatte sich über sie gebeugt und ließ es wie ein Spiel an sich vorübergehen, wenn ihr blasses Antlitz aus dem Dunkel auftauchte und wieder darin verschwand. »Weißt du«, sagte er, – »es heißt, man solle in den Augen eines Weibes noch mitunter das

Schillern der Paradiesesschlange sehen. Eben, da der Blitz flammte, sah ich es in deinen Augen.«

»Schillerte es denn schön?« fragte sie und hielt ihre Augen offen ihm entgegen.

»Betörend schön.«

Und wieder flammte ein Blitz.

»Du bist ein Tor, Richard!«

»Ich glaube es selber, Franzi.«

Und er legte den Kopf in ihren Schoß, und, zu ihr emporblickend, sah er wieder und wieder die Wetterscheine in ihren dunklen Augen zucken.

– – So floß die Zeit dahin. Eines Vormittags aber, als von den Fenstern des Wohnzimmers aus vor dem niederrauschenden Regen der Tannenwald nur noch wie eine graue Nebelwand erschien und die Drachenköpfe unaufhörlich Wasser von sich spien, stand Richard sinnend und allein an seinem Schreibtische, nur mitunter wie abwesend in den trüben Tag hinausblickend.

Franzi trat herein; er hatte sie heute noch nicht gesehen; am Frühstückstische hatte er vergebens auf sie gewartet. Jetzt ging sie schweigend auf ihn zu, drückte ihre Augen gegen seine Brust und hing an seinem Halse, als sei sie nur ein Teil von ihm. Er legte seinen Arm um sie, aber er küßte sie nicht; seine Gedanken waren bei anderen Dingen. Er merkte es kaum, als sie plötzlich wieder aus seinem Arm und aus dem Zimmer sich hinweggestohlen hatte.

Als bald darauf wegen einer wirtschaftlichen Bestellung Frau Wieb ins Zimmer trat, fand sie ihren Herrn vor einer aufgezogenen Schieblade stehen, aus der er allerlei Papiere auf die Tischplatte hervorgekramt hatte. Es waren zum Teil Scheine, deren Vorlegung bei gewissen Lebensakten die bürgerliche Ordnung von ihren Mitgliedern zu verlangen pflegt.

»Sag mir, Wieb«, rief er der Eintretenden zu, »in welcher Kirche bin ich denn getauft? Du bist ja damals doch dabeigewesen.«

»Wie?« fragte die Alte und hielt ihr Hörrohr hin. »In welcher Kirche?«

»Nun ja; mir fehlt der Taufschein; man muß seine Papiere doch in Ordnung haben.«

Nachdem er noch einmal in das Hörrohr gerufen hatte, nannte sie ihm die Kirche.

Aber er hörte schon kaum mehr darauf.

»Nein, nein!« sagte er mit leisen, aber scharfen Lauten vor sich hin, indem er wie abwehrend seine Hand ausstreckte. »Wen geht's was an! Es soll mir niemand daran rühren!«

Als er sich umwandte, stand seine alte Wirtschafterin noch im Zimmer; das Muster der Tapete, das sie mit Aufmerksamkeit betrachtete, schien sie festgehalten zu haben. Er fragte sie: »Was siehst du denn an den verblichenen Blumen, Wieb?«

Die Alte nickte. »Die sitzen da nicht von ungefähr«, erwiderte sie. »Der Herr Inspektor, da er neulich wegen der Feuerung da war, hat es mir erzählt. Vergessen und Vergessenwerden, Herr Richard!

Wer lange lebt auf Erden,
Der hat wohl diese beiden
Zu lernen und zu leiden!

Der alte Herr vom Schlosse drüben – der Großvater ist's gewesen von dem jetzigen – hat nur einen Sohn gehabt, den aber hat er fast übermäßig geliebt und ihn nimmer, auch da er schon in die reiferen Jahre gekommen war, aus seiner Nähe lassen wollen; der junge Herr wäre darüber fast zum Hagestolz geworden. Endlich gab's denn doch noch eine Hochzeit, und wie der Vater in ihn, so ist der Sohn in seine junge Frau vernarrt gewesen. Der alte Herr aber hat es nicht verwinden können, daß seines Kindes Augen jetzt immer nur nach einer Fremden gingen; er hat den beiden das Schloß gelassen und hat sich in die Einsamkeit hinausgebaut. Die Tapete hier in diesem Zimmer, wo er noch jahrelang gelebt, ist derzeit von ihm selber ausgewählt; es seien die Blumen des Schlafes und der Vergessenheit, so soll er oft gesagt haben. – Haben Sie noch etwas zu befehlen, Herr Richard?«

Er hatte nichts.

Als die Alte hinausgegangen war, blickte auch er noch eine Weile auf die roten und violetten Mohnblumen; dann fielen seine Augen auf ein Wandgemälde, das oberhalb der vom Flur hereinführenden Tür die Tapetenbekleidung des Zimmers unterbrach.

Es war eine weite Heidelandschaft, vielleicht die an dem Waldwinkel selbst belegene, hinter welcher eben der erste rote Sonnenduft heraufstieg; in der Ferne sah man, gleich Schattenbildern, zwei jugendliche Gestalten, eine weibliche und eine männliche, die Arm in Arm, wie schwebend, gegen den Morgenschein hinausgingen; ihnen nachblickend, auf einen Stab gelehnt, stand im Vordergrunde die gebrochene Gestalt eines alten Mannes.

Als Richard jetzt von dem Bilde auf die Umrahmung desselben hinüberblickte, trat ihm dort, hab versteckt zwischen allerlei Arabesken, eine Schrift entgegen, die bei näherem Anschauen in phantastischen Buchstaben um das ganze Bild herumlief.

Dein jung Genoß in Pflichten
Nach dir den Schritt tät richten;
Da kam ein andrer junger Schritt,
Nahm deinen jung Genossen mit;
Sie wandern nach dem Glücke,
Sie schaun nicht mehr zurücke.

So lauteten die Worte. Lange stand Richard vor dem Bilde, das er früher kaum beachtet hatte.

Würde das Antlitz jenes einsamen Alten, wenn es sich plötzlich zu ihm wendete, die Züge des Erbauers dieser Räume zeigen, oder war diese Gestalt das Alter selbst, und würde sie – nur eines vermessenen Worts bedurfte es vielleicht – sein eigenes Angesicht ihm zukehren? – Wehte nicht schon ein gespenstisch kalter Hauch von dem Bilde zu ihm herab? – Unwillkürlich griff er sich in Bart und Haar und richtete sich rasch und straff empor. – Nein, nein; es hatte ihn noch nicht berührt. Aber wie lange noch, so mußte es dennoch kommen. Und dann? – –

Er wandte sich langsam ab und trat an seinen Schreibtisch. Die Papiere, die dort noch umherlagen, legte er in die Schublade zurück, aus der er sie vorhin genommen hatte. – Draußen strömte unablässig noch der Regen.

In den nächsten Tagen schien wieder die Sonne; nur der Wald war noch nicht zu begehen. Aber durch die Heide hatten Richard und Franziska am Nachmittage einen weiten Ausflug gemacht; auf dem Riesenhügel, in welchem Meister Reineke wohnte, hatten sie ihr mitgenommenes Vesperbrot verzehrt, während Leo, der diesmal nicht zurückgetrieben war, an den Eingängen des geheimnisvollen Baues seine vergeblichen Untersuchungen fortgesetzt hatte.

Mit der Dämmerung waren sie heimgekehrt. –

Als Franzi in das Wohnzimmer trat, ging sie schon wieder in den leichten Stiefeln, die sie stets im Hause zu tragen pflegte.

»Du bist blaß«, sagte Richard; »es ist zu weit für dich gewesen.«

»Oh, nicht zu weit.«

»Aber du bist ermüdet, komm!« Und er drückte sie in den großen Polsterstuhl, der dicht am Fenster stand.

Sie ließ sich das gefallen und legte den Kopf zurück an die eine Seitenlehne; die schmächtige Gestalt verschwand fast in dem breiten Sessel.

»Wie jung du bist!« sagte er.

»Ich? – ja, ziemlich jung.«

Sie hatte ihr Füßchen vorgestreckt, und er sah wie verzaubert darauf hinab. »Und was für eine Wilde du bist«, sagte er, »da geht schon wieder quer über den Spann ein Riß!« Er hatte sich gebückt und ließ seine Finger über die wunde Stelle gleiten. »Wieviel Paar solcher Dinger verbrauchst du denn im Jahr, Prinzeßchen?«

Aber sie legte nur ihren kleinen Fuß in seine Hand, löste ihre schwere Haarflechte, die sie drückte, so daß sie lang in ihren Schoß hinabfiel, und streckte sich dann mit geschlossenen Augen in die weichen Polster.

Im Zimmer dunkelte es allgemach; draußen in der Wiesenmulde stiegen weiße Dünste auf, und drüben im Tannenwalde war schon die Schwärze der Nacht. – Da schlug draußen im Hofe der Hund an, und Franzi fuhr empor und riß ihre großen, grauen Augen auf.

Nein, es war wieder still; aber von jenseits des Waldes kam jetzt mit dem Abendwind Musik herübergeweht.

»Laß doch«, sagte Richard, »das kommt nicht zu uns.«

Aber sie hatte sich vollends aufgerichtet und sah neugierig in die Abenddämmerung hinaus.

»Es ist nur eine Hochzeit, Franzi; sie werden mit der Aussteuer drüben am Waldesrand herumfahren.«

»Eine Hochzeit! Wer heiratet denn?«

»Wer? Ich glaube: des Bauervogts Tochter; ich weiß es nicht. Was kümmert es uns; wir kennen ja die Leute nicht.«

»Freilich.«

Sie standen jetzt beide am Fenster; er hatte den Arm um sie gelegt, sie lehnte den Kopf an seine Brust. Ein paarmal, aber immer schwächer, wehten noch die Töne zu ihnen her; dann wurde alles still, so still, daß er es hörte, wie ihr der Atem immer schwerer ging.

»Fehlt dir etwas, Franzi?« fragte er.

»Nein; was sollte mir fehlen?«

Er schwieg; aber sie drängte ihr Köpfchen fester an seine Brust.

»Du!« sagte sie, als brächte sie es mühsam nur hervor.

»Ja, Franzi?«

»Du – warum heiraten *wir* uns nicht?«

Es durchfuhr ihn wie ein elektrischer Schlag; eine Kette qualvoller Erinnerungen tauchte in ihm auf; die Welt streckte ihre grobe Hand nach seinem Glücke aus.

»*Wir*, Franzi?« wiederholte er scheinbar ruhig. »Wozu? – Was würde dadurch anders werden?«

»Freilich!« Sie sann einen Augenblick nach. »Aber wir lieben uns ja doch!«

»Ja, Franzi! Aber« – er blickte ihr tief in die Augen, und seine Stimme sank zu einem Flüstern, als wage er die Worte nicht laut werden zu lassen – »es könnte einmal ein Ende haben – plötzlich!«

Sie starrte ihn an. »Ein Ende? – Dann müßte ich wohl fort von hier!«

»Müssen, Franzi? Weh mir, wenn du es müßtest!«

Sie schwiegen beide.

»Wie alt bist du, Franzi?« begann er wieder.

»Du weißt es ja, ich werde achtzehn.«

»Ja, ja, ich weiß es, achtzehn; ich bin ein Menschenalter dir voraus. Über diesen Abgrund bist du zu mir hinübergeflogen, mußt du immer zu mir hinüber. – Es könnte ein Augenblick kommen, wo dir davor schauderte.«

»Was sprichst du da?« sagte sie. »Ich versteh das nicht.«

»Versteh es nimmer, Franzi!«

Aber während sie atemlos zu ihm emporblickte, zuckte es plötzlich um ihren jungen Mund; es war, als flöhe etwas in ihr Innerstes zurück.

Hatten seine Worte die Schärfe ihres Blicks geweckt, und sah sie, was ihr bisher entgangen war, einen Zug beginnenden Verfalls in seinem Antlitz? – Doch schon hatte sie sein Haupt zu sich herabgezogen und erstickte ihn fast mit ihren Küssen. Dann riß sie sich los und ging rasch hinaus.

Als sie fort war, machte er sich an seinem Schreibtische zu tun. Mit einem besonders künstlichen Schlüssel öffnete er ein Fach desselben, in welchem er seine Wertpapiere verwahrt hielt. Er nahm aus den verschiedenen Päckchen einzelne hervor, schlug einen weißen Bogen darum und setzte eine Schrift darauf. Als das geschehen war, nahm er einen zweiten, dem, womit er das Fach geöffnet hatte, völlig gleichen Schlüssel, paßte ihn in das Schlüsselloch und legte ihn dann neben die Papiere auf die Tischplatte.

Der Abend war schon so weit hereingebrochen, daß er alles fast im Dunkeln tat; über den Tannen drüben war schon der letzte Hauch des braunen Abenddufts verglommen.

Als Franziska nach einer Weile mit der brennenden Lampe hereingetreten war und schweigend das Zimmer wieder verlassen wollte, ergriff er ihre Hand und zog sie vor den Schreibtisch.

»Kennst du das, Franziska?« fragte er, indem er einige der Papiere vor ihr entfaltete.

Sie blickte scharf darauf hin. »Ich kenne es wohl«, erwiderte sie; »es ist so gut wie Geld.«

»Es sind Staatspapiere.«

»Ja, ich weiß; ich habe bei dem Magister einmal zu solchen ein Verzeichnis machen müssen.«

Er zeigte ihr ein Konvolut, worauf in frischer Schrift ihr Name stand, und nannte ihr den Betrag, der darin enthalten war. »Es ist dein Eigentum«, sagte er.

»Mein, das viele Geld?« Sie blickte mit scharfen Augen auf das verschlossene Päckchen.

»Versteh mich, Franzi«, begann er wieder; »schon jetzt ist es dein; am allermeisten aber« – und er verschlang die junge Gestalt mit seinen Blicken – »in dem Augenblicke, wo du selber nicht mehr mein bist. Du wirst dann völlig frei sein; du sollst es jetzt schon sein.«

Er sah sie an, als erwartete er von ihr eine Frage, eine Bitte um Erklärung; da sie aber schwieg, sagte er in einem Tone, der wie scherzend klingen sollte: »Da du jetzt eine Kapitalistin bist, so muß ich dir auch den nötigen Eigentumssinn einzupflanzen suchen.«

Und er nahm eine von den Zeitungen, die umherlagen, zog die Geliebte auf seinen Schoß und begann die Rubrik der Kurse mit ihr durchzugehen. Dann aber, als sie ihm aufmerksam zuzuhören schien, lachte er selbst über sein schulmeisterliches Bemühen. »Es ist spaßhaft! Du und Staatspapiere, Franzi! Du hast natürlich kein Wort von alledem verstanden!«

Aber sie lachte nicht mit ihm; sie war von seinem Schoße herabgeglitten und begann eingehende Fragen über das eben Gehörte an ihn zu richten.

Er sah sie verwundert an. »Du bist gefährlich klug, Franzi!« sagte er.

»Magst du lieber, daß ich's nicht verstehe, wenn du mich belehrst?«

»Nein, nein; wie sollte ich!« – –

Sie wollte gehen, aber er rief sie zurück. »Vergiß den Schlüssel nicht!« Und indem er sie an den Schreibtisch führte, setzte er hinzu: »Dieses Fach enthält jetzt mein und auch dein Eigentum. Möge es nie getrennt werden!«

Sie hatte indessen eine Schnur von ihrem Halse genommen, woran sie eine kleine golde Kapsel mit den Haaren einer frühverstorbenen Schwester auf der Brust trug, und war eben im Begriff, daneben auch den Schlüssel zu befestigen; aber ihre geschäftigen Hände wurden zurückgehalten.

»Nein, nein, Franzi!«, sagte er. »Was beginnst du!« – Er hatte das Mädchen zu sich herangezogen und küßte sie mit Leidenschaft. – »Leg ihn fort, weit fort! zu deinen anderen Dingen. Was denkst du denn! Soll ich den Kassenschlüssel an deinem Herzen finden?«

Sie wurde rot. »Was du auch gleich für Gedanken hast!«, sagte sie und steckte den Schlüssel in die Tasche.

Es war in der ersten Hälfte des August. Schwül waren die Tage; trübselig in der Mauser saßen die Vögel im Walde; nur einzelne prüften schon das neue Federkleid zum weiten Abschiedsfluge; aber desto schöner waren die Nächte mit ihrer erquickenden Kühle. Draußen im Waldwasser, wo vordem die Iris blühten, wie auf dem Hofe in der Tiefe des offenen Brunnens spiegelten sich jetzt die schönsten Sterne; im Nordosten des nächtlichen Himmels ergoß die Milchstraße ihre breiten, leuchtenden Ströme.

Richard hatte während einiger Tage den nächsten Umkreis des Waldwinkels nicht verlassen; ein Körperleiden aus den Jahren seiner Kerkerhaft, die nicht nur im Kopfe des Winkeladvokaten spukte, war wieder aufgetaucht und hatte wie eine lähmende Hand sich auf ihn gelegt.

Jetzt saß er, die linde Nacht erwartend, auf einer Holzbank, welche draußen vor der Umfassungsmauer angebracht war; an seiner Seite lag sein löwengelber Hund. Stern um Stern brach über ihm aus der blauen Himmelsferne; er mußte plötzlich seines Jugendglücks gedenken. – Wo – was war Franziska zu jener Zeit gewesen? – Ein Nichts, ein schlafender Keim! Wie lange hatte er schon gelebt! – – Die Talmulde entlang begann ein kühler Hauch zu wehen; er hätte wohl lieber nicht in der Abendluft dort sitzen sollen.

Da schlug der Hund an und richtete sich auf. Gegenüber aus den Tannen ließen sich Schritte vernehmen, und bald erschien die schlanke Gestalt eines Mannes, rasch auf dem Fußsteige hinabschreitend. »Ruhig, Leo!« sagte Richard, und der Hund legte sich gehorsam wieder an seine Seite.

Der Fremde war indessen näher gekommen, und Richard erkannte einen jungen Mann in herkömmlicher Jägertracht, mit dunklem krausen Haar und kecken Gesichtszügen; sehr weiße Zähne blinkten unter seinem spitzen Zwickelbärtchen, als er jetzt, leichthin die Mütze rückend, »guten Abend« bot.

»Sie wünschen etwas von mir?« sagte Richard, indem er sich erhob.

»Von Ihnen nicht, mein Herr; ich wünsche das junge Mädchen in Ihrem Hause zu sprechen.«

Es war eine Zuversichtlichkeit des Tons in diesen Worten, die

Richard das Blut in Wallung brachte. »Und was wünschen Sie von ihr?« fragte er.

»Wir jungen Leute haben auf Sonntag einen Tanz im Städtchen drüben; ich bin gekommen, um sie dazu einzuladen.

»Darf ich erfahren, wem sie diese Ehre danken sollte? Ihrer Sprache nach sind Sie nicht aus dieser Gegend.«

»Ganz recht«, erwiderte in seiner unbekümmerten Weise der andere; »ich verwalte nur während der Vakanz die erledigte Försterei der Herrschaft.«

»Aber Sie irren sich, Herr Förster; die junge Dame, die in meinem Hause lebt, besucht nicht solche Tänze.«

»Oh, mein Herr, es ist die anständigste Gesellschaft!«

»Ich zweifle nicht daran.«

Der andere schwieg einen Augenblick. »Ich möchte doch die junge Dame selber fragen!«

»Es wird nicht nötig sein.«

Richard wandte sich nach der Pforte. Da der Förster auf ihn zutrat, als wollte er ihn zurückhalten, streckte der Hund seinen mächtigen Nacken und knurrte ihn drohend an.

»Bemühen Sie sich nicht weiter, Herr Förster!« sagte Richard.

Ein scharfer Blitz fuhr aus den Augen des jungen Gesellen; er biß in seinen Zwickelbart; dann drückte er, wie zuvor, leichthin die Mütze und ging, ohne ein Wort zu sagen, den Fußsteig, den er gekommen war, zurück. Auf halbem Wege wandte er sich noch einmal um und warf einen Blick nach den Fenstern des Waldwinkels; bald darauf verschwand er drüben in dem schwarzen Schatten der Tannen. –

– Während der Hund, wie zur Wache, noch unbeweglich an dem Rand der Wiesenmulde stand, war Richard ins Haus zurückgegangen. Als er oben in das Wohnzimmer trat, sah er Franziska am Fenster stehen, die Stirn gegen eine der Glasscheiben gedrückt; ein Staubtuch, das sie vorher gebraucht haben mochte, hing von ihrer Hand herab.

»Franzi!« rief er.

Sie kehrte sich, wie erschrocken, zu ihm.

»Sahst du den jungen Menschen, Franzi?« fragte er wieder; »es war derselbe, der uns in letzter Zeit ein paarmal im Oberwald begegnet ist.«

»Ja, ich bemerkte es wohl.«

»Hast du ihn sonst gesehen?« In Richards Stimme klang etwas, das sie früher nie darin gehört hatte.

Sie blickte ihn forschend an. »Ich?« sagte sie. »Wo sollte ich ihn sonst gesehen haben?«

»Nun – er war so gütig, dich zum Tanze zu laden.«

»Ach, tanzen!« Und ein Blitz von heller Jugendlust schoß durch ihre grauen Augen.

Er sah sie fast erschrocken an. »Was meinst du, Franzi?« sagte er. »Ich habe ihn natürlich abgewiesen.«

»Abgewiesen!« wiederholte sie tonlos, und der Glanz in ihren Augen war plötzlich ganz erloschen.

»War das nicht recht, Franzi? Soll ich ihn zurückrufen?«

Aber sie winkte nur abwehrend mit der Hand. – Ohne ihn anzusehen, doch mit jenem scharfen Klang der Stimme, der sich zum erstenmal jetzt gegen ihn wandte, fragte sie nach einer Weile: »Hast du je getanzt, Richard?«

»Ich, Franzi? Warum fragst du so? – Ja, ich habe einst getanzt.«

»Nicht wahr, und es ist dir eine Lust gewesen?«

»Ja, Franzi«, sagte er zögernd, »ich glaube wohl, daß ich es gern getan.«

»Und jetzt«, fuhr sie in demselben Tone fort, »jetzt tanzest du nicht mehr?«

»Nein, Franzi; wie sollte ich? Das ist vorbei. – Aber du nimmst mich ja förmlich ins Verhör!« Er versuchte zu lächeln; aber als er sie anblickte, standen die grauen Augen so kalt ihm gegenüber. »Vorbei«, sagte er leise zu sich selber. »Der Schauder hat sie ergriffen; sie kommt nicht mehr herüber.«

Er ließ es still geschehen, als sie nach einer Weile an seinem Halse hing und ihm eifrig ins Ohr flüsterte: »Vergib! Ich habe dumm gesprochen! Ich will ja gar nicht tanzen.«

Richards Unwohlsein hatte in einigen Wochen so zugenommen, daß er das Zimmer nicht verlassen konnte. Ein Arzt wurde nicht zugezogen, da ihm aus früheren Zufällen die Behandlung selbst geläufig war; sogar Frau Wiebs aus Wachs und Baumöl gekochte Salben wurden unerbittlich zurückgewiesen. Besser wußte Franziska es zu treffen. Sie saß neben seinem Lehnstuhl, wo er, an einem künstlich von ihr aufgebauten Pulte, einen Aufsatz über hier aufgefundene seltene Doldenpflanzen begonnen hatte; sie holte ihm die betreffenden Exemplare aus dem mit ihrer Hülfe angelegten Herbarium oder aus der Bibliothek die Bücher, deren er bedurfte; sie suchte darin die einschlagenden Stellen für ihn auf und las sie vor. »Wenn ich noch einmal Professor werde«, sagte er heiter, »welch einen Famulus besitz ich schon!« Aber sie war nicht nur sein Famulus, sie war auch das Weib, deren stille Nähe ihm wohltat, die schweigend seine Hand, wenn sie von der Arbeit ruhte, in die ihre nahm, die ihm die Polster und den Schemel rückte und ihm mit sanfter Stimme den Trost auf baldige Genesung zusprach.

Heute – es war am Nachmittag – hatte er sie fortgeschickt, um ein buntes Lippenblümchen aufzusuchen, das nach seiner Rechnung sich jetzt erschlossen haben mußte; am Waldwasser, das sie beide zu allen Tageszeiten oft besucht hatten, standen hier und da die Pflänzchen. – Er selbst war in seinem Lehnsessel bei der begonnenen Arbeit zurückgeblieben; auf allen Stühlen um ihn her lagen Bücher und Blätter, von Franziskas Hand vor ihrem Weggange sorgsam nahe gerückt und geordnet. Eben hatte er eine ihrer Zeichnungen hervorgesucht, die nach seiner Absicht dem Aufsatze beigedruckt werden sollte; aber seine Gedanken gingen über das Blatt nach der Malerin selbst, die jetzt dort drüben der Wald vor ihm verbarg. Ihre hingebende Sorge an seinem Krankenstuhle wollte ihm auf einmal fast unheimlich scheinen; denn – er konnte es sich nicht verhehlen – Franzi hatte sich in der letzten Zeit ihm zu entziehen gesucht; sie war fast wieder scheu geworden wie ein Mädchen. Sollte dies demütige Dienen ein Ersatz sein? Es war etwas Müdes in ihrem ganzen Tun und Wesen.

Richard hatte den Kopf zurückgelehnt und blickte aus dem Fenster, in dessen Nähe seine Krankenstatt aufgeschlagen war. Durch die klare Luft flog eben ein Zug von Wandervögeln; als der verschwunden war, fielen seine Augen auf einen Vogelbeerbaum, der drüben vor den Tannen an der Wiesenmulde stand; eine Schar von Drosseln tummelte sich flatternd und kreischend zwischen den schon roten Traubenbüscheln, die in dem scharfen Strahl der Nachmittagssonne aus dem Grün hervorleuchteten.

Fern aus dem Walde hallte ein Schuß.

»Bartholomäustag!« sagte Richard bei sich selbst. – »Die Junker haben ihre Jagd eröffnet. – Wenn nur Franzi schon zurück wäre!«

Eine ungeduldige Sehnsucht nach ihr ergriff ihn. Er hatte ihr etwas versagt, woran sie nur einmal und nie wieder erinnert hatte; aber es schien ihm plötzlich klargeworden, dies Versagen drückte sie. Wenn er nur erst gesund wäre! Sie konnten hier nicht ewig bleiben; auch er fühlte jetzt mitunter eine Beklommenheit in dieser Stille, einen Drang, an den Dingen da draußen wieder frischen Anteil zu nehmen. Dann, wenn sie unter Menschen lebten, mußte schon alles nachgeholt sein; was er ihr und sich selber einst entgegengesetzt hatte, er schalt es kranke Träume, die den Dünsten des öden Moors entstiegen seien. Nein, nein! Sein junges Weib zur Seite, wollte er wieder ins volle Leben hinaus; ein ganzer froher Mann, befreit von allem grauen Spinngewebe der Vergangenheit. »Franzi, süße Franzi!« rief er und streckte beide Arme nach ihr aus.

Aber sie kam noch nicht.

Er versuchte es, seine Arbeit wiederaufzunehmen, er blätterte in den umherliegenden Büchern, er schrieb eine Zeile, dann legte er die Feder wieder hin. – Von den Eichbäumen, die zu Westen der Umfassungsmauer standen, fielen die Schatten schon über den ganzen Hof; nur seitwärts durch die oberen Scheiben drang noch ein Sonnenstrahl ins Zimmer. Da sah er es drüben aus den Tannen schimmern; Franziska trat aus dem Dunkel und schritt langsam auf dem Fußsteige hin; ein paarmal blieb sie wie aufatmend stehen, während sie durch die Wiesenmulde heraufkam.

Als sie dann zu ihm ins Zimmer getreten war, legte sie einen Strauß von blauem Enzian und Heideblüten vor ihm hin; auch ein Stengel jenes Lippenblümchens war dabei, aber die Knospen waren noch nicht erschlossen; vergebens – so sagte sie – habe sie sich überall nach einer aufgeblühten Pflanze umgesehen; aber morgen oder übermorgen werde sie gewiß schon eine bringen können.

Ihre Augen glänzten, ihre Wangen waren heiß. Er ergriff ihre Hand und wollte sie an sich ziehen.

»Du hast wohl sehr weit umhergesucht?« sagte er.

Aber er fühlte ein leises Widerstreben. »Oh, ziemlich weit! Es war ein wenig feucht, ich muß die Schuhe wechseln.«

»So tu das erst, komm aber bald zurück! Ich habe fast um dich gesorgt.«

»Um mich? Das war nicht nötig.«

»Ja, Franzi, wenn man krank im Lehnstuhl sitzt! – Ich hörte schießen, drüben vom Waldwasser her. Hast du es nicht gehört?«

»Ich? Nein, ich hörte nichts.« Sie hatte im selben Augenblick den Kopf gewandt. »Ich komme gleich zurück«, sagte sie, ohne umzusehen, und ging rasch zur Tür hinaus.

Als sie gegangen war, kam der Hund herein, der es bald gelernt hatte, mit seiner breiten Pfote die Zimmertür zu öffnen. Er legte den Kopf auf seines Herrn Schoß und blickte ihn wie fragend mit den braunen Augen an. Richard ließ seine Hand liebkosend über den Rücken des schönen Tieres gleiten.

»Sei ruhig, Leo!« sagte er, »wir beide bleiben doch beisammen!« – Er teilte mit den Fingern das seidenweiche Haar unter dem Behang des Kopfes. »Laß sehen! Hast du denn die Narbe noch? – Das war ein wilder Strauß mit dem lombardischen Strauchdieb damals! So tolle Wege gehen wir nun nicht mehr! – Aber schön wird doch auch die neue Fahrt mit deiner jungen Herrin, wenn sie mit ihren lichten Falkenaugen in die vorüberfliegende Landschaft blickt, und du, mein Hund, voran in weiten Sprüngen, wie einstens, da wir noch allein die Welt durchstreiften! Denn hinaus wollen wir wieder, weit hinaus, und du, mein Tier – gewiß, wir bleiben beieinander!«

Er hatte sich hinabgebeugt, aber Leo schloß wie beruhigt seine Augen, und nur die Fahne des mächtigen Schweifes bekundete in sanften Bewegungen die Zufriedenheit seines Innern. So saßen sie still beisammen, wie sie es sonst so oft getan, tags an der offenen Landstraße, wie abends im behaglichen Quartier. Der reichbegabte Mann und die scheinbar so weit von ihm getrennte Kreatur – in diesem Augenblick legte sich das Gefühl der gegenseitigen Treue wie erquickender Tau auf beider Haupt.

– – Richard war nicht dazu gekommen, Franzi seinen so freudig gefaßten Entschluß mitzuteilen; auch als sie bald darauf wieder eintrat, und selbst in den folgenden Tagen, gelangte er nicht dazu. – Franzi ging wiederholt in den Wald hinaus. Sie brachte ihm die erschlossene Blume, um deren willen sie zuerst hinausgegangen war; sie brachte auch andere, die zu seiner Arbeit in Beziehung standen; jedesmal hatte sie etwas Neues vorzulegen. In der Vase, welche auf dem Schreibtische stand, ordnete sie fast täglich einen neuen Strauß von Gräsern und wilden Blumen, zwischen denen jetzt auch schon Zweige mit roten und schwarzen Beeren glänzten.

Wenn sie ihn verlassen hatte, fühlte er eine Unruhe, die er sich selber zu gestehen schämte. Denn was konnte ihr geschehen hier im Walde! – Einen Schuß hatte er nicht wieder gehört; die Jagd mußte, wenn sie überhaupt betrieben wurde, nach einem entfernteren Teile des Reviers verlegt sein.

Aber allmählich und immer rascher fühlte er sich genesen; bald ging er im Hause, bald mit Leo und Franzi auch schon draußen in der nächsten Umgebung desselben umher; mit vollen Zügen atmete er die klare, würzige Herbstluft. Und jetzt erfaßte ihn aufs neue eine Ungeduld, bevor noch hier die Blätter fielen, seine Pläne zu verwirklichen. Mit raschem Entschluß setzte er sich an den Schreibtisch und teilte seinem Freunde, dem Bürgermeister, seine Absicht nebst einer dessen Persönlichkeit entsprechenden Begründung mit, zugleich kündigte er seinen Besuch auf die nächsten Tage an. Neben ihm unter dem Briefbeschwerer lag die jüngst verfaßte Arbeit, in sauberer Reinschrift von Franziskas Hand und fertig zur Versendung an die Redaktion einer botanischen Zeitschrift. Alles sollte noch heute die Botenfrau zur Post bringen.

Als er die Abhandlung hervorzog, um sie einzusiegeln, kreuzte beim flüchtigen Einblick ein Gedanke seinen Kopf, der ihn antrieb, noch einmal ein in seiner Bibliothek befindliches Fachwerk nachzuschlagen.

Gleich, nachdem er das Zimmer verlassen hatte, kam Franziska durch die Außentür herein. Als sie den offenen, frisch geschriebenen Brief auf dem Tische liegen sah, trat sie auf leisen Sohlen näher; vorsichtig reckte sie den Kopf, und ihre Augen flogen darüber hin, als wollten sie die Schrift einsaugen. Ein paar Sekunden stand sie noch, ihre Finger fuhren an die Zähne, ein heftiges Erschrecken lag auf ihrem Antlitz. Dann, als nebenan in der Bibliothek sich Schritte rührten, entfloh sie aus dem Zimmer, aus dem Hause und draußen über den Hof; an die Mauer gedrückt, lief sie in die Heide hinaus, die an der Rückseite des Gebäudes lag. Eine Weile saß sie hier zwischen dem Eichengebüsch auf dem Boden, die Hände um die Knie gefaltet; ihre Blicke flogen von den Wetterfahnen des Hauses, welche goldschimmernd in der Morgensonne aus dem Laub hervorragten, nach dem Wald hinüber und vom Walde zurück zu dem alten Gemäuer, das dort so friedlich in dem Grün der Bäume stand. Plötzlich sprang sie auf; die ganze schmächtige Gestalt bebte, aber ihre Augen blickten entschlossen nach dem Walde hinüber. Durch das Gebüsch der Heide lief sie seitwärts an der Wiesenmulde entlang. Als sie beim Zurückblicken das Haus nicht mehr gewahren konnte, ging sie durch die wuchernden Kräuter in dieselbe hinab und verschwand dann jenseits zwischen den Stämmen der Waldbäume.

– Als sie nach reichlich einer Stunde wieder ins Haus trat, schien jede Spur einer Aufregung aus ihrem Angesicht verschwunden.

»Bist du endlich da, Franzi?« sagte Richard, der ihr auf dem Flur entgegenkam, »ich suche dich seit einer Stunde.«

Franziska drückte ihm leicht die Hand. »Verzeih, daß ich dir's nicht sagte. Mir war der Kopf benommen, ich mußte einen Gang ins Freie machen.«

Er legte ihren Arm in seinen. »Komm!« sagte er und zog sie mit sich die Treppe hinauf nach dem Wohnzimmer. Hier faßte er sie an beiden Händen und blickte sie lang und liebevoll mit seinen ernsten Augen an.

Sie senkte den Kopf ein wenig und fragte: »Was hast du, Richard? Du bist so feierlich.«

»Franzi«, sagte er, »gedenkst du wohl noch der Hochzeitsmusik, die abends vom Waldesrand zu uns herüberwehte?«

Sie nickte, ohne aufzusehen.

»Und jener Worte, die ich damals zu dir sprach? – Ich war ein Tor, Franzi; die ungewohnte Einsamkeit hatte mir den Mut gelähmt. Doch jetzt bin ich ein eigensüchtiger Mensch; ich kann nicht anders, ich muß dich halten, unauflöslich fest, auch wenn du gehen wolltest! Ich ertrag's nicht länger, daß du frei bist. – Das ist Selbsterhaltung, Franzi, ich kann nicht leben ohne dich.«

Immer inniger ruhten seine Augen auf ihr, immer mehr hatte er sie an sich gezogen.

Bebend hing sie in seinen Armen. »Wann«, sagte sie, »wann denkst du, daß es sein sollte?«

»Macht's dich beklommen, Franzi?« – Er legte seine Hand auf ihre dicke, seidene Flechte und drückte ihren Kopf zurück, daß er ihr Antlitz sehen konnte. »Ich hab dich überrascht, besinne dich! – Wir brauchen keine Hochzeitsmusik; in dieser Stille, wo du mein geworden bist, mag auch die Außenwelt ihr Recht bekommen. Die alte gute Wieb, ihr Freund, der Inspektor; wir brauchen keine andern Zeugen! Und übermorgen reise ich zu deinem Vormund, zu unserem Freund, dem Bürgermeister; die paar Tage noch bist du Strohwitwe; dann, Franzi, dann verlassen wir uns nicht mehr.« Er schwieg.

Sie öffnete die Lippen; aber es war, als wenn die Worte nicht hinüber wollten. »Und wann«, sagte sie endlich, »wirst du wiederkommen?«

»Am Sonnabend reise ich; am Dienstag bin ich wieder da. Dann hoff ich alles mitzubringen: die nötigen Scheine, die Lizenz, das Hochzeitskleid. – – Ja, Franzi, die Tage deiner Freiheit sind gezählt! Du wirst mir doch indes nicht etwa fortgeflogen sein?«

Mit dem glücklichsten Lächeln blickte er sie an. »Und nun geh, mein geliebtes Weib! Ich hab noch mancherlei für uns zu ordnen.«

Die letzte Nacht vor der Abreise war gekommen. – Die drei Bewohner des Waldwinkels befanden sich in ihren Schlafgemächern; Leo, der treue Wächter, lag, wie stets um diese Zeit, unten im Flur quer vor der Haustür hingestreckt. Im Hause war alles still, wenn nicht mitunter ein Husten der alten Frau Wieb aus deren Gardinenbett hervorbebte oder droben im Wohnzimmer der Uhrenkuckuck von Stunde zu Stunde die Stationen der Nacht in die schweigenden Räume hinausrief. – Draußen aber wühlte der

Wind in den Bäumen; die Wetterfahnen kreischten auf dem Dache, und allerlei Stimmen schwebten, wenn der Sturm zu neuem Zuge den Atem anhielt, aus dem Walde herüber.

– – Horch! Klang da nicht ein Fenster? Das einzige an der Westseite des Hauses, wo die Eichenzweige die Mauer fast berühren?

Nein, nur in den Lüften brauste es stärker; es schien sich weiter nichts zu rühren; die alte Frau Wieb hustete; oben rief der Kuckuck eins! – Die Nacht rückte weiter; nichts, was nicht sonst auch da war, ließ sich hören. Die wenigen Sterne, die durch die vorüberjagenden Wolken blinkten, erblichen nach und nach.

– – In der ersten Dämmerung stand Franziska vor Richards Bette. Er schlief noch; sie kniete nieder und küßte seine Hand, die über den Rand des Bettes herabhing; und als er die Augen aufschlug, sagte sie: »Du mußt aufstehen, Richard; der Wagen wird bald da sein!«

»Franzi!« rief er, die Augen zu ihr aufschlagend, und nach einer Weile, da der Nebel des Schlafs von seiner Stirn gewichen war, setzte er hinzu: »Hast du den Eulenschrei gehört, heut nacht? Auf der Uhr drinnen rief es just zu eins.«

Sie zuckte leise in den Schultern. »Das hören wir ja jede Nacht«, sagte sie leise.

»Nein, nein, Franzi; es war nicht der Waldkauz, den wir hierherum haben; es klang ganz anders, seltsam! Ich zweifelte zuerst, ob's auch nur einer seiner Vettern sei; drunten vom Flur herauf hörte ich, wie Leo sich aufrichtete, und einige Male hin und wider ging.«

»Ich hab es nicht bemerkt«, sagte sie leise.

»Dann hast du fest geschlafen, Franzi; denn das Tier muß in einem der nächsten Bäume hier gesessen haben.«

Sie saßen noch beim Frühstück miteinander, aber Franzi brachte kaum ein Krümchen über ihre Lippen. Dann stieg er in den Wagen. »Vergiß es nicht; drei Tage!« rief er ihr noch zurück, und fort rollte das Gefährt über die Heide; mit lautem Bellen sprang der Hund voraus.

Lange stand sie und blickte mit unbeweglichen Augen hinterher, bis nur noch die dunkle Linie des Steppenzuges sich am Horizonte abhob.

Am Nachmittag trat Richard zu seinem Freunde, dem Bürgermeister, in das Zimmer.

»Nun, Waldmensch!« rief dieser, ihm drohend die kleine runde Hand entgegenschüttelnd, »was treibst du denn für Streiche?«

»Du hast also meinen Brief erhalten?«

»Freilich! Wie du einen alterieren kannst! Es sind natürlich lauter Scherze!«

»Ich bin in vollem Ernst zu dir gekommen.«

»Höchst merkwürdig!« sagte der Bürgermeister »romantisch, ganz romantisch! – Ich wette, du weißt noch nicht einmal, wer Vater und Mutter zu dem Mädchen gewesen sind.«

»Was geht das mich an!«

»Nun, nun; du brauchst aber doch einen Taufschein –«

»Ich brauche noch mehr, Fritz! Vielleicht gar deine obervormundschaftliche Hülfe, wenn der wackere Schuster seine Mündel etwa wieder bei einem reichen Bäcker sollte in Versorgung geben wollen.«

»Meine Hülfe, Richard? Nein, nein; wo denkst du hin? Das ginge denn doch gegen mein Gewissen.«

Richard lächelte. »Aber du bist ja nicht mein Obervormund; ist dir der Mann nicht gut genug für deine Mündel?«

»Bei Gott, du hast recht, Richard! Mir war in diesem Augenblick, als seist du noch mein Leibfuchs. Da werd ich freilich nichts dagegen machen können.« Der Bürgermeister hatte seine goldene Brille von der Nase genommen, putzte die Gläser mit seinem gelbseidenen Schnupftuche und sah dabei den Freund kopfschüttelnd aus seinen kleinen Augen an. »Hm, solch ein Schwärmer!« sagte er »es ist doch seltsam, daß eure Sorte immer – –«

Aber Richard ergriff den kleinen guten Mann bei beiden Händen. »Du disputierst sie mir nicht ab«, sagte er innig. »Laß gut sein, Fritz; sprich lieber, wie steht es mit dem Herrn Magister?«

»Er sitzt!« erwiderte der Bürgermeister mit einem höchst fröhlichen Erwachen seiner Stimme.

»Aber sein Prozeß?«

»Still; weck ihn nicht! Der schläft.«

»Und Franziska?«

»Wird nicht mehr beunruhigt werden. Die Akten sind eingesandt; das Urteil kommt schon zu seiner Zeit.«

»Nun, Fritz, so hilf mir und laß uns alles rasch besorgen!«

– – Und alles wurde besorgt; schon am nächsten Vormittage hatte Richard die Lizenz und alle nötigen Scheine in seinen Händen. Es war sein Plan gewesen, die Reise noch auf jene Großstadt auszudehnen; aber wieder befiel ihn eine fast angstvolle Sehnsucht und trieb ihn nach dem Wald zurück; die beabsichtigten Einkäufe ließen sich ja auch am besten in Gemeinschaft mit Franziska machen.

So befahl er denn die Heimkehr.

»Frisch zu, Kutscher«, sagte er; »es gibt ein doppeltes Trinkgeld.« Der Kutscher brauchte seine Peitsche; noch am Nachmittag erreichten sie das Dorf; aber auf dem holperigen Steinpflaster lief ein Rad von der Achse, und zur Ausbesserung bedurfte es einer halbstündigen Arbeit in der Dorfschmiede. Richard, von Leo begleitet, war nach dem Krug hinübergegangen. Bei seinem Eintritt in die Außendiele stieß der Hund ein dumpfes Knurren aus, und in demselben Augenblick ging der junge Förster, der eben aus der Gaststube trat, ohne Gruß an ihm vorüber aus der Haustür; nur ein flüchtiger Blick der blanken Augen hatte ihn gestreift.

Richard blieb unwillkürlich stehen. Als er durch die offene Haustür wahrnahm, daß der andere den Hof verlassen hatte, ging auch er wieder hinaus und sah ihn eilig auf dem nach Norden führenden Landwege dahinschreiten. Der Mensch war ihm verhaßt; er wußte selber kaum, weshalb er hier am Wege stand, ihm nachzublicken.

Er wandte sich rasch wieder nach dem Hause. Dort hörte er von der Gaststube aus lebhaftes und vielstimmiges Gespräch, wovon er bei seiner ersten Einkehr nichts bemerkt hatte. Als er mit seinem Hunde eintrat, fand er viele Gäste an den Tischen sitzen, denn es war Sonntagnachmittag. Aber das Gespräch verstummte plötzlich; statt dessen kam der Wirt ihm entgegen und erkundigte sich geflissentlich nach seiner Reiseungelegenheit. Von einem der Tische her hörte er noch den Namen des Försters, den er zufällig erfahren hatte; doch der Sprecher erhielt von seinem Nachbar einen Stoß mit dem Ellenbogen, und allmählich kam wieder ein lautes Gespräch in Gang, wie es die Bauern über Ernte und Fruchtpreise um solche Jahreszeit zu führen pflegen.

Endlich war die Achse hergestellt, und der Wagen rollte fort. Richard saß in sich versunken; eine unklare, unbehagliche Stimmung hatte ihn ergriffen; er konnte sich nicht freuen auf die Heimkehr, formlose gespenstische Gebilde aus irgendeinem fernen grauen Nebel drangen auf ihn ein. Wenn er nur erst da wäre, nur erst Franziskas Antlitz wiedersähe!

Und weiter ging es, und immer näher kam er zu den Wäldern. Schon rumpelte der Wagen zwischen dem Eichenbusch über den harten Heideboden, und endlich stieg das Dach des Hauses vor ihm auf, und er sah die Wetterfahnen in der Abendsonne schimmern.

Aber dort, was seitwärts aus dem Schatten des Waldes trat, das war sie ja selbst; ihr helles Kleid, ihr Strohhütchen, ganz deutlich hatte er es erkannt. Sie schien den Wagen nicht bemerkt zu haben, denn sie schlug die Richtung nach dem Hause ein; aber er beugte sich vor und rief über die Heide: »Franzi! Franzi!« – Da blieb sie stehen, und als er noch einmal gerufen hatte, wandte sie sich und kam langsam näher. Endlich konnte er ihr Antlitz sehen; die Augen standen so groß und dunkel über den blassen Wangen; er meinte, sie noch niemals so gesehen zu haben. Bevor der Wagen hielt, war er schon hinabgesprungen und schloß sie in die Arme. »Gott sei gedankt!« rief er und atmete auf, als fiele eine Bergeslast von seiner Brust, »mir war, als könnt ich dich verloren haben!«

Sie sagte nur: »Was du für Träume hast!«

Aber während ihr Kopf an seinem Herzen lag, waren ihre Augen auf den an ihrer Seite stehenden Hund gefallen. Der hatte die Nase nach dem Walde ausgestreckt, der Richtung nach, in welcher Franzi ihn soeben verlassen hatte, und schnoberte immer heftiger in der Luft umher. Fast mechanisch griff ihre kleine Hand in das metallene Halsband des Tieres. »Laß uns heim, Richard«, sagte sie hastig; »und halte den Hund, damit er nicht wie neulich nach den Rehen jagt.«

Er sah nicht hin, er hatte nur Augen für die junge Gestalt, die er in seinen Armen hielt, die er wie ein Kind jetzt in den Wagen hob. Dann pfiff er seinem Hunde und bald hatten sie die kurze Strecke bis zum Hause zurückgelegt.

Er fand dort alles in gewohnter Ordnung; die alte Wieb trat im saubersten Sonntagsanzug ihm entgegen, voll Freude über seine unerwartete schnelle Heimkehr. Aber er sagte ihr, daß der Wagen schon auf morgen wieder bestellt sei, daß er in der großen Stadt zu tun habe und daß Franziska mit ihm reisen werde. Und dieser flüsterte er zu: »Du bist es doch zufrieden, Franzi? Wir gehen wieder zu der entzückten Ladendame; kleine seidene Stiefelchen soll sie dir anmessen! Du sollst dir alles selber aussuchen – doch nein! Du bist zu anspruchslos, du würdest doch nur Kleider für dich kaufen. – Ich aber – in weißen Duft will ich dich hüllen, so leicht wie ein Nichts, so zart, daß auch eine Wolke davon das Leuchten einer Rose nicht verbergen könnte.«

Er sah es nicht, wie sie die weißen Zähnchen aufeinanderbiß und wie ihre Lippen zitterten.

»Nun, Franzi?« fuhr er fort, »was meinst du, bist du es zufrieden?«

Sie zog schweigend seine Hand an ihre Lippen; dann sagte sie mit jenem scharfen Klang der Stimme: »Ich meine, daß du wieder einmal verschwenden willst, und daß du dich täuschest über mich arme Dirne, die ich bin.«

»Und ich meine, daß jetzt du die Törin bist.«

Der Abend kam. Richard hatte wie gewöhnlich das äußere Bohlentor und die Haustür abgeschlossen; vor der letzteren auf dem Hausflur lag der Hund, der große Schlüssel zu dem ersteren hing an dem Türpfosten in seinem Schlafgemache. Dann legte er sanft den Arm um Franzis Leib, die müßig am Fenster des Wohnzimmers stand und nach dem dunklen Wald hinüberschaute, und führte sie durch die Bibliothek bis an die Schwelle ihrer Kammer. Sie war ihm wieder wie eine unberührte Braut, er überschritt die Schwelle nicht. »Schlafe süß, meine Franzi!« sagte er. »Mir ist auf einmal wieder, als stünde das Glück mir noch in ungewisser Ferne.«

Sie hatte schon die Tür geöffnet; da riß er sie noch einmal an sich. »Gute Nacht, gute Nacht, Franzi!« Dann war sie fort; nur ihre kleinen, leichten Schritte hörte er noch hinter der geschlossenen Tür.

Langsam ging er durch das Wohnzimmer. Im Vorübergehen hob er die brennende Kerze, welche er dort vom Tisch genommen hatte, gegen das alte Türbild und warf einen flüchtigen Blick darauf; dann trat er in sein Schlafgemach.

Und bald, nach den Ermüdungen dieser letzten Tage, lag er in festen Schlaf gesunken. Weder das Rauschen der Wälder draußen in der dunkeln Herbstnacht noch der Zeitruf des kleinen Kunstvogels aus der nebenan liegenden Stube drang in die Tiefe seines Schlummers. Schon war die höchste Stufe der Nacht erklommen; zwölfmal hatte es drüben von der Uhr gerufen; er schlief traumlos weiter, und weiter rückte die Nacht. Eins rief es von der Uhr; – dann zwei; – dann drei! Da kamen die Träume; und was am Tage nur wie beängstigender Nebel vor seinem Blick geschwommen, jetzt wurde es zu farbigen Gestalten, von grellem oder fahlem Licht beleuchtet, das keiner Zeit des Tages angehörte. – Wie bleich ihm Franzi in den Armen hing! Und seltsam, immer wollten ihre Augen ihn nicht ansehen! Aber dort hinter den Bäumen stand der Jäger. – – Stöhnend warf er sich umher auf seinem Lager; aus seinem Munde brachen heftige, zusammenhangslose Laute. Plötzlich fuhr er empor und saß aufgerichtet in den Kissen, der Nachhall irgendeines Schalles lag in seinen Ohren; und jetzt schon wußte er es, vom Hofe drunten mußte es gekommen sein. Im selben Augenblicke stand er auch am Fenster; kaum die erste graue Dämmerung war angebrochen; aber dennoch sah er es, wie eben das schwere Hoftor zuschlug. Wie noch im Traume hatte er eine seiner beiden Pistolen von der Wand gerissen; eine Fensterscheibe klirrte, und klatschend fuhr die Kugel drunten in das Bohlentor.

Dann blieb alles still. Er riß die andere Pistole von der Wand, und ohne Kleidung, im nackten Hemde, stürzte er aus dem Zimmer; im Hinausgehen griff er nach dem Haken an der Tür, aber der Schlüssel fehlte.

»Leo, Leo!« rief er auf der Treppe draußen. »Mein Hund, wo bist du?« – Nichts regte sich. Noch einmal rief er und stieg dann in den noch dunkeln Hausflur hinab.

Da wurden seine Füße durch etwas aufgehalten, was nicht weichen wollte; als er sich bückte, fuhr seine Hand über langes seidenweiches Haar. – Er stieß einen lauten Schrei aus. Noch einmal bückte er sich; dann rannte er – er wußte selbst nicht weshalb – in die Kammer seiner alten Dienerin; aber die taube alte Frau lag ruhig atmend in ihrem Bette; er nahm das auf dem Tische stehende Licht, zündete es an und trat wieder auf den Flur hinaus. Da lag sein Hund, die Beine steif gestreckt, die braunen Augensterne groß und offen. Er warf sich nieder und leuchtete mit der Kerze dicht hinan; ein bläulicher Flor schien den Glanz der Augen zu bedecken; kalt und wie in stummer Klage starrten sie ihn an. – – Auf einmal war ihm, als würden die Mauern durchsichtig, als sähe er zwei jugendliche Gestalten über die Heide fliehen und im brennenden Morgenschein verschwinden.

Er sprang auf und stand im nächsten Augenblicke in Franziskas Kammer. – Sie war leer, das Bett nur leicht berührt; man sah, sie hatte nur zu flüchtiger Rast sich auf die Decke hingestreckt; das Kissen zeigte noch den Eindruck, wo sie ihren Arm gestützt hatte. Er hätte es nicht lassen können, er legte seine Hand hinein, als liebkoste er noch diese letzte Spur ihres Lebens. Da klirrte durch eine zufällige Berührung die Waffe in seiner andern Hand, und jäh schoß ein neuer Gedankenstrom durch seinen Kopf. Schon war er draußen auf der Treppe; aber er kam nicht weiter. – Was wollte er denn noch? – Schon einmal waren seine Hände rot geworden. Langsam stieg er die Treppe hinauf nach seiner Schlafkammer; er hängte die Schußwaffe an ihren Platz; dann kleidete er sich völlig an. Als er fertig war, trat er in das Wohnzimmer, zog die Vorhänge der Fenster auf und öffnete dann mit seinem Schlüssel das Fach des Schreibtisches, worin die Wertpapiere ihren Platz hatten.

Er wußte vorher schon, was er finden würde. Was ihm gehörte, lag unberührt; das Päckchen mit Franziskas Namen war verschwunden. – Eine Weile suchte er noch nach einem Zettelchen von ihrer Hand, einem Wort des Abschieds oder was es immer sei; er räumte das ganze Fach aus, aber es fand sich nichts.

Durch die Fenster brach der erste Morgenschein und ließ das

alte Türbild aus der Dämmerung hervortreten. Als er zufällig den Blick dahin warf, überkam ihn ein wunderlicher Sinnentrug; der einsame Alte dort am Wege hatte ja den Kopf gewandt und sah ihn an.

Die Sonne stieg höher, an den Tapeten leuchteten die Blumen der Vergessenheit. Richard hatte die Augen noch immer nach dem Bilde. Es war sein eigenes Angesicht, in das er blickte.

Der Oktober war ins Land gekommen. Im Kruge zu Föhrenschwarzeck saßen eines Nachmittags der Wirt und der kleine Krämer aus der Stadt sich gegenüber. Der ganze Tisch war voll von Kreidezahlen; sie hatten wieder einmal Quartalstag gehalten, das Fazit war gezogen und genehmigt worden; die noch übrige Zeit gehörte vergnüglicheren Gesprächen, und sie waren auch schon in vollem Gange.

Kasper-Ohm begann soeben von dem Boden der gemeinen Wirklichkeit emporzusteigen. »Ihr mögt mir's glauben«, sagte er geheimnisvoll, »es ist sein eigen Blut gewesen; freilich hat er's nicht Wort haben wollen, denn sie ist auf den Namen Fedders getauft und bei einem Magister aufgezogen worden; sogar einen eigenen Vormund hat er ihr von Gerichts wegen setzen lassen!«

»Kasper-Ohm!« sagte der kleine Krämer, »Ihr seid wieder einmal bei Eurem Advokaten in der Stadt gewesen!«

»Nun, nun, Pfeffers, glaubt's oder glaubt's nicht! Der Vormund ist selbst bei mir eingekehrt gewesen; da, wo Ihr jetzt sitzt, hat er gesessen und seinen Schnaps getrunken; sie haben's drüben im Narrenkasten eben mitsammen fertig gehabt, daß das arme Kind einen reichen Bäckermeister freien sollte, so einen alten wurmstichigen Mehlkneter; denn sie ist was wild gewesen, und die alte Waisenwieb hat nicht recht mehr mit ihr hausen können. – Nun, Pfeffers, was soll man dazu sagen, daß sie lieber mit dem schwarzen Krauskopf – –« Er nickte dem Krämer zu und blies bedeutsam durch seine ausgespreizten Finger.

»Das ist eine gewaltige Geschichte, die Ihr da erzählt, Kasper-Ohm«, meinte der andre, »und stimmt nicht ganz mit dem Kalender; denn der Doktor ist bei der Geburt des Mädels ja schon drei Jahr außer Landes gewesen! Aber laßt uns einmal anstoßen, und freut Euch, daß der Krauskopf Eure Ann-Margaret nicht auch noch mitgenommen hat; denn er sah mir just nicht aus, als wenn er lange mit einer einzigen zufrieden wäre.«

Kasper-Ohm lachte und blickte durch die Fensterscheiben. »Da kommt auch der Inspektor!« sagte er.

Der Genannte war eben in Begleitung seines Pudels unter der alten Eiche durchgegangen, in deren Wipfel jetzt das leere Nest zwischen den schon gelichteten Zweigen sichtbar war.

Der Wirt empfing ihn an der Stubentür. »Nun, Herr Inspektor!« rief er munter, »alles wieder auf dem alten Stand?«

»Ausgekehrt und abgeschlossen!« erwiderte der Alte, indem er den großen Schlüssel zum Außentor des Waldwinkels auf den Tisch und sich selbst auf einen Stuhl warf. »Gestern ging das letzte Fuder nach der Stadt, um dort unterm Hammer weggeschlagen zu werden; all das schöne Ingut! Die alte Lewerenz bekommt das ganze Geld dafür.«

»Und der Herr Doktor?« fragte der Wirt. »Wo ist denn der geblieben?«

»Weiß nicht«, sagte der Alte, »kümmert mich auch nicht; – fort – in die weite Welt.«

Der kleine Pfeffers nahm den Schlüssel von der Tischplatte und hielt ihn über den Köpfen der beiden andern: »Wer bietet auf den ›Narrenkasten‹? – Nummer eins: der alte Herr; Nummer zwei: der Herr Botanikus; – wer bietet zum dritten auf den ›Narrenkasten‹?«

»Laßt die Possen, Pfeffers!« sagte der Alte und nahm ihm den Schlüssel aus der Hand. »Mir tut's nur leid um den Löwengelben; ich sag Euch, es war ein Kapitalvieh; er ging noch über meinen Phylax.«

Ein stiller Musikant

Ja, der alte Musikmeister! – Christian Valentin hieß er. – Zuweilen in der Dämmerstunde, wenn ich vor meinem Ofenfeuer träume, wandelt auch seine hagere Gestalt in dem abgetragenen schwarzen Tuchröckchen an mir vorüber; und wenn er dann gleich all dem anderen Besuch, den ich schweigend und ungesehen hier empfange, allmählich wieder meinem Blick entschwindet, zurückwandelnd in den dichten Nebel, aus dem er kurz zuvor emporgetaucht ist, so zittert oft etwas in meinem Herzen, als müßte ich die Arme nach ihm ausstrecken, um ihn zu halten und ihm ein Wort der Liebe auf seinem einsamen Wege mitzugeben. – –

In einer norddeutschen Stadt hatten wir beide mehrere Jahre nebeneinander gelebt, und der kleine Mann mit dem dürftigen blonden Haar und den blaßblauen Augen war ebensooft gesehen als unbeachtet an mir vorübergegangen, bis ich eines Tages in dem Laden eines Antiquars mit ihm zusammentraf. Von diesem Augenblick an begann unsere Bekanntschaft; wir waren beide Büchersammler, wenn auch jeder in seiner eigenen Art. Bei meinem Eintritt hatte ich eine illustrierte Ausgabe von Hauffs »Lichtenstein« in seiner Hand bemerkt, worin er, am Ladentische lehnend, sich mit Behagen zu vertiefen schien.

»Das ist ein liebes Buch, das Sie da haben«, sagte ich gleichsam als Erwiderung seines Grußes, mit dem er trotz seines eifrigen Blätterns mich empfangen hatte.

Er blickte mich an. »Wirklich!« sagte er mit einem Aufleuchten seiner blassen Augen, und ein wahres Kinderlächeln verklärte sein sonst wenig schönes Antlitz; »lieben Sie es auch? Das freut mich; ich kann es immer wieder lesen!«

Wir kamen nun ins Gespräch, und ich erzählte ihm, daß ich im vorigen Jahre den Ort der Dichtung besucht und zu meiner

Freude die Büste des Dichters auf einem Felsenvorsprunge neben der von ihm verherrlichten Burg gesehen hätte. Aber er war keineswegs damit zufrieden. »Eine Büste nur?« sagte er. »Dem Mann hätten sie doch wohl ein ganzes Standbild setzen können! Sie lachen über mich!« setzte er gleich darauf mit derselben bescheidenen Freundlichkeit hinzu. »Nun freilich, mein Geschmack mag wohl eben nicht der höchste sein.«

– – Ich lernte ihn später näher kennen. Sein Geschmack war keineswegs ein niedriger; aber wie er in der Musik bei seinem Haydn und seinem Mozart blieb, so waren es in der Poesie die klaren Frühlingslieder Uhlands oder auch wohl die friedhofstillen Dichtungen Höltys, die ich aufgeschlagen auf seinem Tische zu finden pflegte.

Wenn wir nach dieser Zeit uns wieder bei dem Antiquar oder auch nur auf der Straße trafen, so pflegten wir wohl noch ein Stückchen Weges miteinander zu verplaudern, und ich erfuhr nun, daß er hier in seiner Vaterstadt als Klavierlehrer lebe, aber nur in den Häusern des mittleren Bürgerstandes oder in mittellosen Beamtenfamilien seine Stunden gebe; auch verhehlte er mir nicht, daß sein Erwerb nur zu einer bescheidenen Wohnung ausreiche, welche er dicht vor der Stadt in dem Hause eines Bleichers schon seit Jahren innehabe. »Ei was!« sagte er, »es ist schon recht für einen alten Junggesellen; man soll sich nur keine dummen Gedanken machen! Wenn sie nicht mit Wäsche zugedeckt ist, sehe ich aus meinen Fenstern auf die schöne grüne Bleichwiese; ich hab als Knabe schon darauf gespielt, wenn ich unseren Mägden die schweren Zeugkörbe dort hinaustragen half; und auch der Apfelbaum, der damals so oft für mich geschüttelt wurde, steht noch ganz auf seiner alten Stelle.«

Und in der Tat, ich fand das Stübchen so übel nicht, als ich eines Nachmittags nach einem gemeinsamen Spaziergange mit ihm dort eintrat; die Wiese war auch eben wäschefrei und sandte ihren grünen Schein ins Fenster. An der Wand über dem Sofa hingen zwei der bekannten Lessingschen Waldlandschaften, aus dem Nachlasse seines Vaters, wie er mir erzählte; über dem offenstehenden, wohlerhaltenen Klavier hing, umgeben von einem dichten Immortellenkranz, ein weiblicher Profilkopf in trefflicher Kreidezeichnung. Als ich betrachtend davor stehenblieb, trat er zu mir und begann fast schüchtern: »Ich muß es Ihnen wohl sagen; denn Sie würden es sonst kaum glauben, daß dieses edle Antlitz meiner lieben Mutter einst gehörte; aber es ist wirklich so.«

»Ich glaube es gern!« erwiderte ich; denn sein Antlitz stand vor mir, wie es mir nun schon oft von Freundlichkeit verklärt erschienen war.

Und als habe er meine Gedanken erraten, setzte er hinzu: »Lächeln hätten Sie sie sehen sollen; das Bild ist doch nur tot.«

Als wir später auf seine Lieblingskomponisten zu sprechen kamen, griff er gleichsam zur Erläuterung dann und wann ein paar Takte aus diesem oder jenem Satz auf den Tasten; da ich ihn dann aber ersuchte, nun doch weiterzuspielen, wurde er fast verlegen und suchte mir auszuweichen; endlich, als ich dringender wurde, sagte er ängstlich: »O, bitten Sie mich nicht darum, ich spiele seit vielen Jahren schon nicht mehr.«

»Aber hier!« erwiderte ich und wies auf eine Partitur der ›Jahreszeiten‹, die aufgeschlagen auf dem Pulpete lag, »das können Ihre Schüler doch nicht spielen.«

Er nickte eifrig. »Ja, ja; aber das lese ich nur; man muß so etwas haben bei dem steten Elementarunterricht; – es ist riesig, wie ein Mensch das alles so hat schreiben können!« Und er schlug begeistert die Blätter in dem großen Notenbuche hin und her.

Als ich nach einiger Zeit fortging, sah ich draußen an seiner Zimmertür einen Zettel mit Oblaten angeklebt, worauf einige Takte aus einem Mozartschen ›Ave verum‹ in etwas stakigen Noten hingeschrieben waren; bei späterer Wiederholung meines Besuches bemerkte ich, daß dieser Zettel von Zeit zu Zeit erneuert wurde und entweder mit dem Spruch eines Schriftstellers oder, was meistens der Fall war, mit ein paar Takten aus irgendeinem älteren Tonwerke beschrieben war. Als ich ihn dann einmal wegen dieser Seltsamkeit befragte, sah ich wieder jenes Kinderlächeln in seinem Antlitz aufleuchten. »Ist das nicht ein guter Gruß«, sagte er herzlich, »wenn man müde in sein kleines Heim zurückkehrt!«

Wir hatten solcherweise schon längere Zeit in einem gewissen Verkehr gestanden, ohne daß ich Näheres von ihm erfahren hätte; da war es eines Herbstabends, als ich ihn beim Schein der Straßenlaterne, die eben angezündet wurde, aus dem Torweg eines großen Hauses kommen sah. Da ich nichts vorhatte, als nach angestrengter Arbeit mich durch ein weniges Straßauf-und-abgehen zu erfrischen, so rief ich ihn an, und er nickte freundlich, da er mich erkannte.

»Seit wann, lieber Freund«, fragte ich, »geben Sie denn bei Präsidentens Stunde?«

Er lachte. »Ich? Sie scherzen wohl! Nein, die Stunden hat der junge Leipziger Doktor. Sie kennen ihn doch! Ein exzellenter Musiker; er hat mir neulich wohl über eine Stunde vorgespielt; ich versichere Sie, ein herrlicher junger Mann!«

»Kennen Sie ihn schon so genau?« fragte ich lächelnd.

»O nein, nicht weiter; aber ein solcher Musiker muß auch ein guter Mensch sein!«

Dagegen war nichts einzuwenden.

»Können Sie ein wenig mit mir schlendern?« fragte ich.

Er nickte und ging schon die Straße mit mir hinab. »Ich gab soeben meine letzte Stunde«, sagte er; »der Tochter eines Schullehrers, der dort hinten auf dem Hofe wohnt. Das ist auch so ein goldenes Herz und ein Musikgenie dazu.«

»Aber lassen Sie die Kinder nicht in Ihre Wohnung kommen? Es ist ja nicht so weit dahin.«

Er schüttelte lachend den Kopf. »Nein, nein, das dürfte ich wohl nicht verlangen! Aber sie freilich, sie kommt auch zu mir heraus; nur ist sie eben jetzt aus einer schweren Krankheit aufgestanden. Sie fängt schon an, den Mozart zu traktieren; und eine Stimme hat sie! – Aber das ist fürs erste noch zu früh, denn sie zählt erst dreizehn Jahre.«

»Sie geben also auch Gesangunterricht?« fragte ich. »Da werden Sie der einzige hier sein, der das versteht!«

»Ei, Gott bewahre!« erwiderte er; »aber bei ihr, da der Schulmeisterstochter die großen Meister unerschwinglich sind, möchte ich es gleichwohl doch versuchen, wenn Gott uns Leben schenkt. – Ich habe früher einmal mit einer alten ausgebrauchten Sängerin unter einem Dache gewohnt, die einst zu Mozarts Zeiten eine Rolle gespielt und auch ihm selber wohl zu Dank gesungen hatte. Ihre arme alte Kehle war freilich jetzt nicht viel besser als eine Türangel; ja, ein mutwilliges Mädchen – es war die Tochter meines damaligen Wirtes«, setzte er leise hinzu – »meinte sogar, sie gleiche der unseres gesangliebenden Haustieres, und nannte die gute Alte stets ›Signora Katerina‹; aber Signora Katerina wußte gleichwohl, was Gesang war, und wir beide haben manches fürchterliche Duo miteinander ausgeführt. Sie konnte nie genug davon bekommen; ich aber lernte dabei nach und nach ihre ganze Gesangsmethode kennen. ›Merken Sie wohl auf, Monsieur Valentin!‹ pflegte sie zu sagen, hob sich dabei auf den Zehen und faßte mit den Fingerspitzen der einen Hand in ihre stets nicht eben saubere Tüllhaube: ›So wollte es der große Maestro!‹ Und dann schoß mit ungemeiner Sicherheit und oft überraschenden Akzenten eine Koloratur zu irgendeiner Mozartschen Arie aus dem alten dürren Halse. – Hatte ich nach ihrer Meinung meine Sachen gut gemacht, dann zog sie wohl ihr stets gefülltes kristallenes Naschdöschen aus der Tasche und steckte mir mit eigenen dürren Fingern eine Pfefferminzpastille in den Mund. – Gott hab sie selig, meine alte Freundin!« sagte er mit plötzlich weicher Stimme. »Wer weiß! Vielleicht kann noch ein junges Leben von diesen letzten Anstrengungen einer Greisin profitieren; denn« – und er klopfte mit dem Finger gegen seine Stirn – »hier hab ich alles wohl verwahrt, wie es einst der unsterbliche Meister von der jungen Primadonna gesungen haben wollte.«

– – »Sie haben mir«, begann ich, da mein Freund jetzt schwieg, »noch nie von Ihrer Jugendzeit gesprochen. Wurde in Ihrem Elternhause auch Musik getrieben?«

»Freilich«, erwiderte er; »weshalb wäre ich denn sonst ein Musiker geworden!«

»Nur deshalb, lieber Freund? Das glaube ich Ihnen nicht.«

»Nun, nun; es mag auch wohl mein wirklicher Beruf gewesen sein; aber eine Kopfschwäche hat mich immer sehr behindert; oh, Sie denken nicht, wie sehr! – Als ich in einer Dorfkirche zum ersten Mal die Orgel hörte, brach ich in Schluchzen aus, daß man es gar nicht stillen konnte. Das war nicht die Gewalt der Musik; denn eine Türschelle, die unversehens über mir läutete, hatte ganz dieselbe Wirkung; – es war mein armer schwacher Kopf, den ich schon als Knabe zwischen meinen Schultern trug.« – Er blieb einen Augenblick stehen, und ich hörte ihn seufzen, als wenn er eine Trauer niederkämpfe.

»Mein Vater«, fuhr er nach einer Weile fort, »wußte von solchen Dingen nichts; er war ein Mann auf den Punkt, ein angesehener, vielbeschäftigter Advokat in dieser Stadt. Meine liebe Mutter verlor ich schon in meinem zwölften Jahre; seitdem lebte ich mit ihm allein; denn meine Geschwister waren älter als ich und alle schon von Hause fort. Außer seinen Akten und einer ausgewählten geschichtlichen Büchersammlung, die ich trotz aller Ermahnung nicht zu benutzen verstand, hatte er nur eine Liebhaberei, und das war die Musik; ja, ich kann wohl sagen, daß ich meinen hauptsächlichsten Unterricht von ihm erhalten habe. – Es wäre vielleicht besser von einem anderen geschehen. – – Sie werden mich nicht mißverstehen! Mir fehlt nicht das dankbare Gedächtnis für seine liebevollen Mühen; aber er wurde, wenn meine Kopfschwäche mich befiel, leicht ungeduldig, heftig, was mich doch nur ganz verwirrte. Ich habe derzeit viel dadurch gelitten; jetzt weiß ich's wohl, er konnte nicht dafür; bei seinem raschen Sinn konnte er nicht verstehen, was in mir vorging; er sah darin nichts als eine angeborene Trägheit, die nur aufgerüttelt werden müsse. Aber an einem Tage – ich stand schon vor der Konfirmation – da kam ihm dennoch das Verständnis. O mein guter Vater, ich werde das nie vergessen!« Er streckte die Arme aus und ließ sie wieder sinken; dann fuhr er fort: »Wir saßen im Wohnzimmer am Klavier und spielten eine vierhändige Sonate von Clementi. Ich hatte am vorhergehenden Abend noch spät an einem schwierigen Kapitel der Harmonielehre gesessen und hatte davon, wie meine selige Mutter zu sagen pflegte, einen ›dünnen‹ Kopf in den andern Tag hinübergenommen. Mitten im Rondo der Sonate verwirrten sich meine Gedanken, ich griff wiederholt falsch, und mein Vater rief heftig: »Wie ist das möglich? Du hast das ja schon zwanzigmal gepielt.« – Er schlug die Blätter zurück, und wir begannen den Satz von neuem; aber es half nicht, ich kam über die verhängnisvolle Stelle nicht hinüber. Da sprang er auf und warf seinen Stuhl zurück. – – Ich weiß nicht, wie es in andern Familien zugeht – bei all seiner Heftigkeit, ich hatte nie von meinem Vater einen Schlag erhalten. Es mag ihm wohl sonst noch etwas im

Gemüt gelegen haben; denn jetzt, da ich schon fast kein Knabe mehr war, wurde er so von seinem Zorne hingerissen.

Die Noten waren vom Pulpet herab auf den Fußboden gefallen; ich hob sie schweigend auf; meine Wange brannte, und in der Brust quoll es mir auf, als solle das Blut über meine Lippen stürzen; aber ich setzte mich wieder zurecht und legte meine zitternden Hände auf die Tasten. Auch mein Vater saß wieder neben mir, und ohne daß ein Wort oder auch nur ein Blick zwischen uns gewechselt wäre, spielten wir die Sonate weiter. Ich weiß auch noch sehr wohl – und ich habe mich später oft selbst gefragt, ob wohl der große Schmerz für Augenblicke meine Kraft so wunderbar belebt habe – aber es wurde mir plötzlich leicht, die Noten wurden wie von selbst zu Tönen, als wären gar keine weißen und schwarzen Tasten mehr dazwischen, die meine unbeholfene Hand zu treffen hatte.

»Siehst du«, sagte mein Vater; »wenn du nur willst!«

Die Sonate war zu Ende; er legte, da es jetzt so ungewöhnlich glückte, gleich noch ein anderes Musikstück aufs Pulpet, das ich allein zu spielen hatte. – Ich fing auch tapfer an; aber da mein Vater nicht selbst mitspielte, sondern, mich scharf beobachtend, neben mir stand, so wurde ich verwirrt und mühte mich vergebens, die mich so plötzlich überkommene Sicherheit festzuhalten. Vielleicht auch, daß jener herbe Zauber überhaupt nicht weiter reichte! Es schwamm schon wieder wie Nebel um mich her, meine alte Angst befiel mich, und – da gingen die Gedanken hin; wie fliegende Vögel, die schon weit von mir in der grauen Luft verschwanden.

Ich spielte nicht mehr. »Schlage mich nicht, Vater«, rief ich und stieß mit beiden Händen gegen seine Brust; »es fehlt mir etwas; es ist in meinem Kopf; ich kann ja nicht dafür!«

Mein Vater, da ich so zu ihm aufblickte, sah mich heftig an; aber ich mag wohl totenblaß gewesen sein; ich hatte ohnedies nur wenig Farbe.

»Spiele es noch einmal für dich!« sagte er ruhig. Dann verließ er mich, und ich hörte, wie er den Gang hinauf nach seinem Zimmer ging.

Aber ich konnte nicht spielen. Eine Trostlosigkeit überfiel mich, wie ich sie nie empfunden hatte; ein Mitleid mit mir selber, als müsse es mir die Seele fortschwemmen. Über dem Klavier hing das Bildnis meiner Mutter, welches Sie neulich bei mir gesehen haben. Ich weiß noch, wie ich meine Hände dahin ausstreckte und in kindischem Unverstand einmal über das andre wiederholte: »Ach, hilf mir, Mutter! O meine liebe Mutter, hilf mir!« Dann legte ich den Kopf in meine Hände und weinte bitterlich.

Wie lange ich so gesessen habe, weiß ich nicht. Schon länger hatte ich es draußen auf dem Hausflur gehen hören, aber ich hatte mich nicht gerührt, obgleich ich wußte, daß hier vorne niemand außer mir im Hause war; endlich, da von draußen an die Tür geklopft wurde, stand ich auf und öffnete. Es war ein mir bekannter Handwerker, der meinen Vater in einer Geschäftssache zu sprechen wünschte. – »Sind Sie krank, junger Herr?« fragte der Mann. Ich schüttelte den Kopf und sagte: »Ich werde fragen, ob es paßt.«

Als ich in meines Vaters Zimmer trat, stand er an einem seiner großen Bücherregale; ich hatte ihn oft so gesehen, das eine oder andere Buch hervorziehend, darin blätternd und es dann wieder an seinen Platz stellend; aber heute war es anders, er hatte den Arm auf eines der Borte gestützt und seine Augen mit der Hand bedeckt.

»Vater!« sagte ich leise.

– »Was willst du, Kind?«

»Es ist jemand da, der dich zu sprechen wünscht.«

Er antwortete nicht darauf; er nahm die Hand von den Augen und rief leise meinen Namen.

Dann lag ich an meines Vaters Brust; zum ersten Mal in meinem Leben. Ich fühlte, daß er zu mir sprechen wollte; aber er streichelte nur mein Haar und sah mich bittend an. »Mein armer, lieber Junge!« war alles, was er über seine Lippen brachte. Ich schloß die Augen; mir war, als sei ich nun vor aller Lebensnot geborgen. – Trotz meiner Mutter Tod vergaß ich immer wieder, daß alles stirbt und wechselt.

Aber es war eine glückliche Zeit, die ich von nun an noch zu Hause verlebte; mein Vater war nie wieder heftig gegen mich, eine Mutter hätte nicht zarter mit mir umgehen können; auch der Frühling brach damals in einer Schönheit an, wie ich mich dessen nicht wieder zu erinnern meine. – Hinter der Stadt zwischen Hecken und Wällen war ein wüster Platz, wo einst ein Gartenhaus gestanden hatte, um den sich aber niemand mehr zu kümmern schien. Von den Blumen, die dort einst gepflegt sein mochten, sah man nur noch die Veilchen, die hier schon in den ersten Frühlingstagen blühten. Ich ging oft dahin; auch später, wenn in der Hecke sich der Hagedorn mit seinem Blumenschnee bedeckte oder wenn alles ausgeblüht hatte, und nur noch die Hänflinge und der Emmerling durch die Büsche schlüpften. Manche Stunde habe ich hier im Grase gelegen; es war so still und feierlich; nur die Blätter und die Vögel sprachen. – Aber niemals sah ich diesen Ort in solcher Schönheit wie in jenem Frühling. Gleich mir waren auch die Bienen schon ins Feld hinausgezogen; wie Musik wob und summte es über tausend Veilchenkelchen, die wie ein blauer Schein aus Gras und Moos hervorbrachen. Mein ganzes Schnupftuch pflückte ich voll; mir war wie ein Seliger in diesem Duft und Sonnenschein. Dann setzte ich mich ins Gras, nahm etwas Bindfaden, den ich immer bei mir führte, und begann gleich einem Mädchen einen Kranz zu binden; über mir im Blauen sang so herzkräftig eine Lerche. »Du liebe, schöne Gotteswelt!« dachte ich; und dann geriet ich sogar ins Versemachen. Freilich, es waren nur kindische Gedanken in den hergebrachten Reimen; aber mir war sehr froh dabei zu Sinne.

– – Als ich nach Hause kam, hing ich den Kranz in meines Vaters Stube; ich weiß noch wohl, wie glücklich ich mich fühlte, daß ich mir jetzt solche Allotria bei ihm erlauben durfte.

– Noch eines muß ich sagen! Später, in seinem Nachlaß, fand ich ein Sparkassenbuch auf meinen Namen und über eine große Summe; die erste Post derselben war, wie das Datum auswies, an jenem unglücklich-glücklichen Tage von ihm belegt worden. Es hat mich sehr erschüttert, als ich das Buch bei seinem Testamente fand; zum Glück bedurfte ich der Unterstützung nicht.«

– – Wir waren eben aus entlegeneren Gassen, die wir bei unserem Gespräche unwillkürlich aufgesucht hatten, wieder in eine der Hauptstraßen eingebogen. Während ich fast verstohlen den schon alternden Mann an meiner Seite betrachtete, legte er plötzlich die Hand auf meinen Arm. »Wollen Sie es einmal ansehen!« sagte er. »Hier wohnten wir, als meine Eltern lebten; es war unser eigenes Haus; aber nach unseres Vaters Tode mußte es verkauft werden.«

Als ich aufblickte, sah ich, daß die stattliche Fensterreihe des oberen Stockwerks hell erleuchtet war.

»Ich hätte einmal ein paar schöne Unterrichtsstunden dort bekommen können«, begann er wieder; »aber ich mochte es mir nicht zuleide tun; ich fürchtete, ich könne einmal auf der Treppe drinnen einem armen blassen Jungen begegnen, einem Menschen, aus dem nicht viel geworden ist.« – –

Er schwieg.

»Sprechen Sie nicht so!« sagte ich. »Ich habe bisher geglaubt, Sie seien nicht weniger glücklich als wir andern Menschen.«

»Nun ja!« versetzte er fast verlegen und lüftete ein paarmal seinen grauen Filzhut; »ich bin's ja auch, ich bin's ja auch! Es war nur so ein Einfall; ich weiß sonst wohl, daß man sich keine dummen Gedanken machen soll!«

Schon längst hatte ich bemerkt, daß diese letzte Phrase ihm gleichsam als Riegel diente, um alle vergeblichen Hoffnungen und Wünsche von sich abzusperren.

– – Eine Viertelstunde später befanden wir uns auf meinem Zimmer, wohin ich ihn, mein Abendbrot zu teilen, eingeladen hatte. Während ich mich bemühte, über meiner Spiritusmaschine ein Kännchen nordischen Punsches zu brauen, stand er an meinem Bücherbrett und besichtigte mit offenbarem Vergnügen die hübsche Reihe meiner Chodowiecki-Ausgaben. »Aber eine fehlt Ihnen doch!« sagte er. »Die Bürgerschen Gedichte mit dem langen Subskribentenverzeichnis! Es ist schon ein Spaß, unter all den alten Herrschaften die eigenen Urgroßväter aufzusuchen; von den Ihrigen würden Sie gewiß auch darunter finden.« Er sah mich mit seinem herzlichen Lächeln an. »Ich habe das Buch zufällig doppelt; wollen Sie sich das eine Exemplar gelegentlich bei mir abholen?«

Ich nahm das dankend an. Und bald saßen wir nebeneinander im Sofa, die dampfenden Gläser vor uns, er aus meiner längsten Pfeife rauchend, die er statt der vor ihm liegenden Zigarren sich erbeten hatte. – Als er den Probeschluck getan, hielt er das Glas noch in der Hand und sagte darauf hinnickend: »Das tranken wir zu Hause immer am Neujahrsabend; einmal als Knabe trank ich mir sogar einen argen Rausch darin, so daß mir viele Jahre ein Widerwille gegen dieses edle Kunstgebräu geblieben ist. Aber jetzt – jetzt schmeckt es wieder!« Er tat einen behaglichen Zug und setzte sein Glas dann auf den Tisch.

Wir rauchten, wir plauderten, und das Gespräch ging hin und her. – »Nein«, sagte er, »die Dinger, die man Konservatorien nennt, gab es derzeit wohl noch nicht in unserm Deutschland; ich ward zu einem tüchtigen Klaviermeister in die Lehre getan und habe mich dort ein paar Jahre lang mit Theorie und Technik redlich abgearbeitet. Außer mir war noch einer da, der schon nach kurzer Zeit den Hofpianistentitel in der Tasche hatte; und doch, wenn ich bisweilen so saß und seinem Spiele zuhörte, hab ich mir's nicht ausreden können, daß ich, Christian Valentin, das alles noch viel besser machen würde, wenn – ja wenn nur die Finger und die Gedanken bei mir so fix zusammengegangen wären. Sie sehen«, setzte er hinzu, indem er mit dem Daumen und kleinen Finger ein paar weite Spannungen auf der Tischdecke machte, »daran liegt es nicht; das sind die schulgerechten Klavizimbelschläger.«

»Vielleicht«, warf ich ein, »sind Sie gegen sich selber zu gewissenhaft gewesen; den gröberen Naturen kommt niemals etwas zwischen Finger und Gedanken.«

Er schüttelte den Kopf. »Es ist doch anders; und wenn auch – ich kann das nicht regieren. – – Bevor ich mich hier dauernd niederließ, habe ich längere Zeit in einer andern Stadt als Musiklehrer gelebt; und da man keine Konzertvorträge von mir verlangte, so habe ich dort vielleicht das Meinige geleistet. Auch war es mir trotz des damals überall nur mäßigen Honorars schon in den ersten Jahren gelungen, ein Sümmchen für die Zukunft hinzulegen; ob für ein einsames Junggesellenalter oder ob – –«

Er nahm sein Glas und leerte es auf einen Zug. »So«, sagte er, »nun habe ich mir Mut getrunken! Ihnen erzähl ich's gern; ja, mir ist, als könnt ich Ihnen noch einmal meinen Mozart spielen!«

Er hatte meine beiden Hände ergriffen; seine blassen Wangen waren leicht gerötet. – »Ich wohnte damals bei einem Buchbindermeister«, begann er wieder, »der nebenbei ein kleines Antiquariat betrieb; o, manches liebe Büchlein ist damals in meine Bibliothek gewandert! Wer mich aber auslachte, wenn ich mit solch einem Scharteklein wie mit einem kostbaren Raube nach meinem Zimmer hinaufstolperte, das war die eigene Tochter meines Antiquars; sie trug den schönen Namen ›Anna‹; aber sie hielt nicht viel von Büchern. Desto lieber sang sie; Volkslieder und Opernarien – Gott weiß, woher ihre jungen Ohren das alles aufgefangen hatten! Und eine Stimme war das! Signora Katerina, die im selben Hause ein Mansardenstübchen innehatte, war in stetiger Entrüstung, daß dieser ›Kindskopf‹ sich nicht von ihr wollte in die Schule nehmen lassen. »Monsieur Valentin!« rief sie einmal, als die Anna nach einer langen Ermahnung lachend vor ihr stand; »sehen Sie dieses Mädchen! Sie hat das Glück im Hause, aber sie stößt es mit ihren kleinen Füßen von sich, und dann – ja, ja, Kindchen; unversehens kommt das Alter! Wie ich hier vor Ihnen stehe, ich hätte Fürsten und Exzellenzen heiraten können!«

»Und ich«, sagte der Kindskopf, »kann noch einen Prinzen heiraten; und ich tu's gewiß, wenn er erst in seiner goldenen Kutsche vorgefahren kommt! Aber, Signora, können Sie mir das nachmachen?« – Und nun sang sie mit der unglaublichsten Zungenfertigkeit eines jener aus sinnlosen Silben zusammengefügten Reimgesätze; vor- und rückwärts, hinauf und hinunter. »Sehen Sie, Signora, das sind Naturgaben!«

Die alte Kunstsängerin würdigte sie auf solchen Übermut meist keiner Antwort; auch jetzt wickelte sie sich schweigend in ihren roten Schal, den sie selbst im Hause nie von ihren Schultern ließ, und stieg mit würdevoll erhobener Nase nach ihrem Mansardenstübchen hinauf.

Als sie fort war, legte Ännchen die Hände auf den Rücken, und so vor mir stehend wie ein Vogel auf dem Zweige, hub sie aufs neue an zu singen: »Schwäbische, bayrische Dirndel, juchhe!« Gleich einer Leuchtkugel stieg das Juchhe in die Luft! – Dann sah sie mich mit ihren braunen Augen an und fragte treuherzig: »Das ist aber doch schön? Nicht wahr, Herr Valentin?«

Wir befanden uns auf meiner Stube, wohin Ännchen mir immer mein Abendbrot heraufbrachte. Ich hatte mich ans Klavier gesetzt. »Singen Sie weiter, Ännchen!« sagte ich; und so, während ich eine einfache Begleitung spielte, sang sie das Lied zu Ende, und dann ein zweites, ein drittes, und ich weiß nicht, wie viele ihrer hübschen und törichten Lieder noch. Ich weiß nur, mir war unsäglich wohl dabei. – »Nein; wie ist's nur menschenmöglich«, rief das liebe Kind; »kennen Sie denn alle meine Lieder? Aber, wissen Sie was, Herr Valentin? Das hat durchs ganze Haus geschallt! Die Signora Katerina sitzt gewiß droben ganz in ihren Schal verwickelt!«

– – Seit jenem Tage gab es in Ännchens Kopfe keine musikalische Unmöglichkeit mehr für mich; ja, allmählich bestrickte auch mich selbst die einfältige Bewunderung und machte mich ganz zuversichtlich; einmal, da sie eben von mir gegangen war, setzte ich mich sogar hin und berechnete eifrig meine Vermögensumstände. Was soll ich's Ihnen lang erzählen! Das Mädchen, der Kindskopf, spukte mir plötzlich durch alle meine Gedanken. Aber – da kamen die Liedertafeln in die Mode!«

»Die Liedertafeln?« fragte ich verwundert, benutzte aber zugleich die Pause, um das Glas meines Freundes wiederum aus dem belebenden Quell zu füllen, den ich vor uns über dem blauen Flämmchen glühend erhielt.

»Leider, die Liedertafeln!« wiederholte er, indem er heftig an seiner Pfeife sog und große Dampfringe vor sich hin stieß. »Sie sind mir niemals recht gewesen; der ewige Männergesang! Es ist, als ob ich jahraus, jahrein nur immer in den unteren Oktaven spielen wollte! Auch war gar bald der Geruch der Bierbank von ihnen unzertrennlich. – Gleichwohl konnte ich nicht umhin, die mir angetragene Direktion der neuen Liedertafel zu übernehmen. Es war eine bunte Gesellschaft: Handwerker, Kaufleute, Beamte; sogar ein Nachtwächter, der ein ordentlicher Mann und ein außerordentlicher Bassist war, wurde aufgenommen. Und das mit Recht; denn die Kunst scheint mir so heilig, daß die Erdenunterschiede in ihr keine Geltung haben können. – –

– Ich muß sagen, daß die Übungen derzeit mit Ernst und Eifer vor sich gingen; während die eine Stimme geübt wurde, standen die anderen nicht zu schwatzen, sondern hatten hübsch das Buch vor der Nase und buchstabierten in Gedanken ihre

Stimme mit. Solcherweise hatten wir denn auch schon zwei unserer Winterkonzerte glücklich hinter uns; da, einige Tage vor dem dritten, erkrankte der Haupt-Tenorsänger – ein weißer Rabe mit dem hohen b – ohne den mehrere mühsam eingeübte Nummern ganz unmöglich wurden.

Ich ging umher und sann, wie die Lücken auszufüllen seien; aber Ännchen hatte längst für mich beschlossen: »Lassen Sie Ihr Klavier in den Saal tragen und spielen Sie selber etwas! Was wollen Sie Ihre schöne Musik immer nur an mich dummes Ding und da droben an unsere alte Kunstfigur verschwenden!«

Ich drohte ihr zwar mit dem Finger; aber es wurde dennoch so, wie sie es wollte.

Zu meinem Vortrage hatte ich mir die Mozartsche Phantasie-Sonate gewählt, die damals noch nicht so von allen Musikschülern abgeleiert war. Morgens vor und abends nach meinen Unterrichtsstunden saß ich eifrig übend am Klavier; und wenn ich so allein mich in das Werk vertiefte, war mir mitunter, als nicke mir der große Meister zu, und ich hörte ordentlich seine Stimme: ›Schon recht, schon recht, lieber Valentin! So hab ich mir's gedacht, ganz gerade so!‹ – – Einmal, da ich eben das Adagio geschlossen hatte, stand plötzlich die Signora Katerina in der offenen Stubentür und lachte gläsern mit ihrer zerbrochenen Sopranstimme, was mir damals höchst abscheulich klang; aber sie behauptete, noch immer lachend, ich habe selber und gar laut und andachtsvoll jene ermutigenden Worte ausgerufen. Dann wieder klopfte sie mir die Wangen mit ihrer vollberingten mageren Hand. »Nun, nun, caro amico«, sagte sie, »der große Meister selbst ist nicht mehr da; aber seine Schülerin ist zugegen gewesen, und die ruft: Bravo, bravissimo! Aber jetzt auch da capo! Wir werden einiges zu bemerken haben!«

Und jetzt, während ich das Adagio wiederholte, stand sie, leise Winke und Worte gebend, hinter meinem Stuhl; Sie glauben nicht, was für Musik in dieser alten Seele steckte! — Und dennoch hatten fast alle Mühe, das Lachen zu verbeißen, wenn einmal in anderer Gegenwart die Wut des Gesanges sie befiel. Nur mich wandelte nie dergleichen an; mich erfüllte diese Wirkung, die sie mit all ihrer Kunst nur noch allein hervorzubringen vermochte – ich kann nicht sagen, mit Erbarmen – denn dessen bedurfte sie nicht – als vielmehr mit einem unerklärlichen Gefühl des Schreckens; fast als sei ich es selber, der dadurch preisgegeben wurde. – Sie freilich ahnte nichts von alledem; stolz wie eine Königin, mit ihrem roten Kaschmirschale sich drapierend, stellte sie sich in die Mitte des Zimmers und schmetterte ihre großen Arien herunter. Ja, ich muß gestehen, wenn wir beide allein waren, so hörte auch ich, in meinem Trieb zu lernen, mehr ihre Seele als ihre Kehle singen; denn was sie ausdrücken wollte und was ich bald genug herauszuhören verstand, schien mir fast immer das Rechte.

Und so saß ich auch jetzt am Vorabend des Konzertes als ihr gehorsamer und aufmerkender Schüler am Klavier; es störte mich selbst nicht, als ich draußen kleine bekannte Tritte die Treppe heraufkommen hörte; ja, ich sah nur kaum die strenge Handbewegung der Signora, mit der das leise eintretende Ännchen an die Tür verwiesen wurde. – Aber, wie hergezogen war sie allmählich näher gekommen, und bald, beide Arme in ihr Schürzchen gewickelt, lehnte sie neben mir auf dem Klavier, und ich fühlte, wie sie mich mit ihren großen braunen Augen unverwandt betrachtete. Ich spielte voll Begeisterung weiter. Als ich zu Ende war, stieß Ännchen einen tiefen Seufzer aus. »Das war schön!« sagte sie. »Mein Gott, Herr Valentin, was können Sie doch spielen!‹ – Die Signora legte wie segnend die beringte Hand auf meinen Kopf. »Mein Lieber, Sie werden einen schönen Sukzeß erringen!« Und im selben Augenblick fühlte ich auch eine Pfefferminzpastille zwischen meinen Zähnen.

Sie hatten gut reden: ein harmloses Kind, das im Bewundern seine Freude fand, die alte musikalische Seele, die mir studieren half, dann noch Ännchens Wachtelhund, der kleine schwarzgefleckte Polly, der, wie ich jetzt bemerkte, mäuschenstill auf der Türschwelle gesessen hatte – das war ein Publikum, wie ich es brauchen konnte. – Aber später, vor all den fremden Menschen!

Freilich, eine Beruhigung hatte ich: der berühmte Orgelspieler, den man zur Prüfung der neuen Kirchenorgel herberufen hatte, sollte erst am Tage nach dem Konzert eintreffen; ja, ich will es nur gestehen, ich selber hatte eine kleine List gebraucht, um die Dinge so zu schieben.

– – Etwas beklommener als sonst betrat ich am andern

Abend unseren Konzertsaal; er war so gedrängt voll, daß selbst einzelne Damen nicht zum Sitzen gelangen konnten. Aber die Gesänge, mit denen wir nun den Anfang machten, gingen bescheidenen Ansprüchen nach vortrefflich; denn war auch unser Tenor geschwächt, so besaßen wir immerhin noch Kräfte, um die mancher große Verein uns hätte beneiden können; schon der Nachtwächter und unser dicker Schulrektor waren ein paar Füllebässe, die in alle Ritzen quollen, welche die dünneren Stimmen offengelassen hatten. Es wurde lebhaft applaudiert; das singende und das hörende Städtchen waren im besten Einverständnis.

So rückte denn das Programm allmählich bis zur Phantasie-Sonate vor. Der Beifall nach Ludwig Bergers schönem Liede »Als der Sandwirt von Passeyer« verhallte eben, als ich mich ans Klavier setzte; und eine erwartungsvolle Stille war eingetreten. Mit ein paar tiefen Atemzügen schlug ich die Noten auf; dann warf ich darüberhin einen flüchtigen Blick in den Saal; aber die vielen Gesichter, die mich alle anstarrten, übten eine Art von Schrecken auf mich aus. Da zum Glück entdeckte ich auch Ännchens braune Augen, die groß und freudig zu mir hinblickten; und im selben Augenblick hatte das vielköpfige Ungeheuer sich in ein mir hold geneigtes Wesen umgewandelt. Mutig schlug ich ein paar Akkordfolgen an, um den Beginn meines Spieles anzukündigen; und dann: ›O heiliger Meister, ich will sie ihnen schon ans Herz legen, deine goldenen Töne! Alle, alle sollen durch dich selig werden!‹ So flog es durch mich hin, und ich begann meinen Mozart, das Adagio zuerst. – – Ich glaube wirklich, ich habe damals gut gespielt; denn mich erfüllte nichts als die Schönheit des Werkes und der begeisterte Drang, die Freude des Verständnisses auch andern mitzuteilen; meine alte Meisterin hätte mich gelobt, so denke ich noch jetzt; aber sie besuchte niemals eine öffentliche Aufführung.

Schon war ich auf der letzten Seite des Andantino, als hie und da ein Flüstern aus dem Saale mir zwischen meine Töne drang. Ich erschrak: sie hörten nicht! Das lag an mir; am Mozart konnte es nicht liegen! – – Mit einem Gefühl von Unbehagen begann ich das Allegro der Sonate; um so mehr, da ich eine Stelle im zweiten Teile besonders hatte üben müssen. Aber ich beruhigte mich; es gab ja Menschen, denen nur Trompetenmusik verständlich war; was gingen sie mich an! Nur eines störte mich; der dicke Schulrektor war während meines Spieles mir immer näher auf den Leib gerückt. Er konnte allerlei böse Absichten hegen: er wollte vielleicht die Lichter putzen, wobei die große messingene Lichtschere auf die Tasten fallen konnte, oder gar mir die Notenblätter umwenden, was ich durchaus von keinem andern leiden konnte! Ich eilte mich, die zweite Blattseite herunterzuspielen, damit nur seine dicke Hand mir nicht zu früh in meine Noten griffe. Das half; der Rektor blieb wie gebannt auf seinem Platze stehen; schon hatte ich umgeschlagen und spielte ganz mutig auf die heikle Stelle los; da hörte ich unten die Tür des Saales knarren und konnte nicht umhin, zu sehen, wie überall die Köpfe sich nach rückwärts wandten. Wieder wurde geflüstert, und mehr noch als zuvor: – ich wußte nicht weshalb, aber der Atem stand mir still. Da hörte ich neben mir ganz deutlich eine Stimme sagen: »Aber ich dachte, er käme erst morgen; wie hübsch, daß er heut schon da ist!« – Er war also dennoch angekommen! – Es war ein betäubender Schlag, der mich getroffen hatte. – Was konnte ich dem Manne, dem großen Künstler, mit meinem Spiel noch bringen! – Wo dort unten im Saale mochte er jetzt stehen oder sitzen? – Aus all den Hunderten von Gesichtern starrten mich seine Augen an; und nun – ich fühlte es – neigte er das Ohr, um jeden meiner Töne aufzufangen. Eine wahre Jagd von Angstgedanken raste durch meinen Kopf; noch ein paar Takte versuchten es meine plötzlich wie gelähmten Finger; dann überfiel mich eine ratlose Gleichgültigkeit, zugleich eine seltsame Entrückung in längst vergangene Zustände. Mir war auf einmal, als stehe das Klavier auf seinem alten Platz im elterlichen Wohnzimmer; auch mein Vater stand plötzlich neben mir; und statt in die Tasten griff ich nach seiner Schattenhand.

Was weiter geschah, weiß ich kaum. Als ich mich wieder auf mich selbst besann, saß ich auf einem Stuhl in dem hinter dem Podium des Saales befindlichen Zimmer, in dem wir unsere Überkleider abzulegen pflegten. Ich sei krank geworden – so war mir, als hätte ich drinnen noch gesagt.

Ein Licht mit langer Schnuppe brannte auf dem Tische; die

matt erleuchteten Wände des Zimmers, die vielen dunkeln Kleider, die überall umherlagen: es sah recht öde aus. – So hatte ich einst als Knabe gesessen, nur nicht so ganz vernichtet; auch fühlte ich, daß jetzt meine Augen trocken waren, und niemand pochte an, der mich zu meinem Vater schicken wollte. Ich war ja jetzt ein Mann – – »Mein armer, lieber Junge!« – – wie lange war er tot, der diese Worte einst gesprochen hatte!

Da drang aus dem Saale drüben ein wirres Stimmengetöse zu mir her. – Ich weiß nicht, hatte ich es vorhin nur nicht gehört, oder war es eben erst hervorgebrochen; aber wie jähes Entsetzen fiel es mich an; es jagte mich aus dem Zimmer, aus dem Hause. Barhaupt, ohne Mantel rannte ich auf die Straße hinaus und weiter, ohne umzusehen, durch das Tor ins Freie. Der Stadt zunächst standen alte Lindenalleen; dann kam die breite, wüste Landstraße. Ich wanderte immer weiter, ohne Zweck, ohne Gedanken; nur die Angst vor der Welt, vor den Menschen fieberte mir im Gehirn.

Weit hinter der Stadt führte die Straße über eine Anhöhe, die nach der einen Seite jählings in die Tiefe schoß. Unten ging ein reißendes Wasser; es rauschte fortwährend neben mir dahin. Ich weiß noch wohl, im Osten stand die schmale Mondsichel; sie leuchtete nicht, aber sie zeichnete sich scharf auf dem dunklen Nachthimmel ab; es war fast finster auf der Erde. – Als ich den höchsten Punkt erreicht hatte, bemerkte ich einen großen Feldstein, der dort oberhalb des Wassers unter einem Baume lag; ich wußte nicht weshalb, aber ich setzte mich darauf. Es war noch früh im März; die Zweige über mir waren noch nackt und schlugen im Nachtwind aneinander; dann und wann fielen Tropfen in mein Haar und rieselten kühl über mein Gesicht. Aber hinter mir in der Tiefe rauschte das Wasser, unaufhörlich, eintönig, zum Schlaf verlockend wie ein Wiegenlied.

Ich hatte den Kopf gegen den feuchten Stamm gelehnt und lauschte der verführerischen Melodie der Wellen. ›Ja‹, dachte ich, ›schlafen! Wer nur schlafen dürfte!‹ – Und wie Stimmen tauchte es auf und rief zu mir empor: ›Ach, unten, da unten die kühle Ruh!‹ Immer bestrickender in Schuberts süßen, schwermütigen Tönen drang es mir ans Herz. – Da hörte ich Schritte aus der Ferne, und plötzlich, wie wach geworden, sprang ich auf. Ich war ja nicht jener lyrische Müllergesell des Schubertschen Gesanges, ich war eines tüchtigen, praktischen Mannes Sohn, an so etwas durfte ich auch jetzt nicht denken!

Und immer näher von der Gegend der Stadt her kamen die Schritte auf mich zu; daneben erkannte ich noch andere, trippelnde wie von einem kleinen Hunde. Ich zweifelte nicht mehr, sie war es, ihr kleiner Wachtelhund begleitete sie; es gab noch eine Menschenseele, die mich nicht vergessen hatte! Das Herz schlug mir in den Hals hinauf; ich weiß nicht, war's vor Freude, oder war's die Angst, daß ich mich dennoch täuschen könne. Aber da kam schon aus dem Dunkel wie ein Lichtstrahl ihre liebe Stimme: »Herr Valentin! Sind Sie es denn, Herr Valentin?«

Und beschämt erwiderte ich: ›Ja, Ännchen, ich bin es freilich! – Wie kommen Sie hierher?‹

Sie stand schon vor mir und legte die Hand auf meinen Arm. »Ich – ich habe in der Stadt gefragt; man hatte Sie aus dem Tore gehen sehen.«

»Aber das ist kein Weg für Sie; so allein auf der wüsten Straße!«

»Ich hatte solche Angst; Sie waren krank geworden. Mein Gott, warum sind Sie nicht nach Haus gegangen?«

»Nein, Ännchen«, sagte ich, »ich bin nicht krank geworden; das war eine von den Lügen, welche die Not oder die Scham uns auf die Lippen treibt. Ich hatte nur etwas übernommen, wozu mir Gott die Fähigkeit versagt hat.«

Da schlangen sich zwei junge Arme um meinen Hals, und Ännchens übermütiges Köpfchen lag schluchzend an meiner Brust. – »Und wie Sie aussehen!« flüsterte sie. »Sie haben keinen Hut auf dem Kopfe, keinen Mantel!«

– »Ja, Ännchen – ich habe das wohl vergessen, da ich fortging.«

Und die kleinen Hände umschlossen mich noch fester. – Es war so still im weiten dunklen Felde; der kleine Hund hatte sich zu unseren Füßen gelagert. Wenn eines Menschen Auge uns jetzt erblickt hätte, er würde geglaubt haben, es sei ein Bund fürs Leben hier geschlossen worden. Und es war doch nur ein Abschied.« – Der stille Mann blickte bei diesen Worten in sein Glas, das er vorhin ergriffen hatte, als könnten aus dessen

Grunde die Träume seiner Jugend auferstehen. – Durch das Fenster, dessen einer Flügel offenstand, tönte aus der Luft herab der Schrei eines vorüberziehenden Vogels.

Er blickte auf. »Hörten Sie das?« sagte er. »Ein solcher Schrei von Wandervögeln trieb uns auch in jener Nacht nach Hause. Wir gingen dann den ganzen Weg noch Hand in Hand.

– – Am andern Morgen stieg auch die alte Signora Katerina aus ihrem Mansardenkäfig zu mir herab. Sie war völlig außer sich. »Und vor diesen Kleinstädtern!« rief sie. »Sie wissen nur nicht aufzutreten, Monsieur Valentin! Sehen Sie, so – so trat ich zu meinen Zeiten vor die Lampen!« Und sofort stand sie, mit ihrem Schal drapiert, in einer heroischen Attitüde vor mir da. »Ich möchte den sehen, der mir die Kehle hätte zuschnüren wollen! Selbst vor dem großen Meister hab ich nur ein weniges gezittert.«

Allein, was half das mir! – Noch am selben Tage erfuhr ich überdies, daß mein alter Lerngenosse sich ebenfalls als Musiklehrer dort niederzulassen gedachte. Es mochte ihm mit seinem Virtuosentum auf die Dauer nicht geglückt sein; aber er besaß doch, was mir fehlte. Ich wußte wohl, ich mußte gehen.

Schon nach wenigen Tagen half Ännchen mir meine kleinen Kisten packen, und manche Träne aus ihren mitleidigen Augen fiel dabei auf meine alten Bücher; ich mußte zuletzt sie gar noch selber trösten.

– Wohin ich meine Schritte richten sollte, darüber war ich nicht in Bedenken; ich besaß hier in meiner Vaterstadt zwar nicht Haus und Hof, aber eben vor dem Tor doch meiner Eltern Grab. – Als ich, hier angelangt, meine Habseligkeiten wieder aus den Kisten packte, fand ich unter meinen Noten das wohlbekannte Kristalldöschen bis zum Rande voll von Pfefferminzpastillen. – Die gute Signora Katerina – sie hatte mir doch den Ehrenpreis noch reichen wollen.

Aber es ist zu spät«, sagte er, jetzt plötzlich aufstehend, indem er eine große goldene Uhr aus seiner Tasche zog; »weit über Bürgerbettzeit! Was werden meine alten Bleichersleute denken!«

»Und Ännchen?« fragte ich. »Was ist aus der geworden?«

Er war eben beschäftigt, die lange Pfeife wieder an den Haken zu hängen, von dem ich sie vorhin für ihn herabgenommen hatte. Jetzt wandte er sich zu mir, und in seinem Antlitz stand wieder das stille kindliche Lächeln, das ihn so sehr verschönte.

»Aus Ännchen?« wiederholte er. »Was immer aus einem übermütigen jungen Mädchen werden sollte, eine ernste Frau und Mutter. Nachdem sie unserer Signora ihren schweren Abtritt von der Erdenbühne durch treue Pflege, wie ich es hoffen will, ein wenig tröstlicher gemacht hatte, hat sie zwar keinen Prinzen, aber doch, was sie auch noch der alten Freundin demütig eingestanden, einen braven Schullehrer geheiratet. Sie wohnen seit Jahren hier am Ort; vorhin, da Sie mich trafen, kam ich just aus ihrer Wohnung.«

»So ist also Ännchen die Mutter Ihrer Lieblingsschülerin?«

Er nickte. »Nicht wahr, das Leben ist ganz leidlich mit mir umgegangen? – Aber nun gute Nacht, vergessen Sie den Bürger nicht!« Er nahm seinen grauen Hut und ging.

Ich hatte mich ins offene Fenster gelegt und rief ihm noch eine »Gute Nacht!« zu, als er unten aus der Haustür trat, und sah ihm nach, wie er zwischen den schwach brennenden Laternen die Straße hinabeilte und endlich in der Finsternis verschwand.

Die nächtliche Stille war schon völlig eingetreten. Zwischen dem Dunkel der Erde und der dunkeln Kluft des Himmels lag das schlummernde Menschenleben mit seinem ungelösten Rätsel.

Etwa acht Tage später befand ich mich auf dem Wege nach dem Bleicherhäuschen. Schon ehe ich es erreicht hatte, hörte ich von dort her Klaviermusik. »Ei«, dachte ich, »jetzt fängst du ihn in voller Begeisterung über seinem Mozart!« Als ich aber durch die offene Haustür eingetreten und vor dem Zimmer meines Freundes stehengeblieben war, hörte ich, daß drinnen Schuberts moments musicals gespielt wurden; auch war es keine Männerhand, welche diese Töne hervorrief.

»Portamento, nicht staccato!« sagte jetzt die Stimme meines Freundes.

Aber eine andere jugendliche, von besonders reinem Klange antwortete: »Ich weiß wohl, Onkel; aber klingt das staccato hier nicht viel, viel schöner!«

»Ei, du Guckindiewelt!« hieß es wieder, »schreib erst selber so etwas, dann kannst du's halten, wie du willst.«

Noch eine kleine Stille; dann folgte ein Portamento, ich sah es ordentlich, wie die jungen Finger den Ton von einer Taste zu der andern trugen.

»Und nun noch einmal, ob du's sicher hast!«

Und nun kam es noch einmal, und in vollkommener Sicherheit.

Vor mir an der Tür klebte heute ein augenscheinlich neuer Zettel:

> Und sie genas! Wie sollt ich Gott nicht loben;
> Die Erde ist so schön,
> Ist herrlich doch, wie seine Himmel oben,
> Und lustig drauf zu gehn!

Der Vers war aus dem Wandsbecker Boten; ich kannte ihn wohl, aber Freund Valentin hatte sich diesmal eine kleine Änderung gestattet; denn der alte Asmus sprach in jenem Gedichte doch nur von seiner eigenen Genesung.

Als ich, solches erwägend, die Tür öffnete, sah ich neben Valentin ein noch kindliches Mädchen am Klavier sitzen, die mit großen aufmerkenden Augen zu ihm aufblickte.

Mit seinem lieben, jetzt etwas verlegenen Lächeln war er aufgestanden.

»Unsere kleine Sitzung neulich ist Ihnen doch wohl bekommen?« fragte ich, ihm die Hand reichend.

»Mir?« erwiderte er. »O vortrefflich! Aber Ihnen? Ich mag recht viel erzählt haben; Sie wissen, so zu zweien und beim guten Glase!« Er sagte das fast flüsternd und als müsse er Entschuldigung für sich erbitten, während seine blaßblauen Augen mit einem unbeschreiblichen Ausdruck von Innigkeit auf mich gerichtet waren.

»Im Gegenteil«, sagte ich, »ich bin noch nicht zufrieden; Sie werden noch mehr erzählen müssen! Aber«, fügte ich leiser hinzu, »erst beenden Sie Ihre Stunde mit Ihrem Liebling dort! – denn sie ist es ja doch wohl! – Ich suche mir derweil den Bürger von Ihrem Bücherbrett.«

Er nickte eifrig. »Wir sind gleich zu Ende!« und ging wieder zu seiner Schülerin.

Ich suchte unter seinen kleinen Bücherschätzen und hatte bald die beiden Chodowiecki-Bürger gefunden, von denen ich auf gut Glück das eine Exemplar für mich herauszog. Während ich das Titelbild betrachtete, wo der große Balladendichter in einer Allongenperücke auf offenem Markt die Harfe schlägt, und dabei die moments musicals mir in die Ohren tönten, war eine Magd mit Kaffeegeschirr und Kuchenteller in die Stube eingetreten.

Sie spreitete eine blütenweiße Serviette über den Sofatisch und setzte alles dort zurecht; zwei blau und weiße Tassen standen bald neben der Bunzlauer Kaffeekanne; aber auf einen sehr geschickt von Valentin gegebenen Wink erschien noch eine dritte. Das hatte ich noch bemerkt, als ich auf dem vorgebundenen weißen Blatte meines Büchleins ein geschriebenes Gedicht entdeckte, das meine ganze Aufmerksamkeit in Anspruch nahm; es waren nur kindliche, einfältige Verse, und dennoch, wie Frühlingsatem wehte es mich daraus an.

Du liebe schöne Gotteswelt,
Wie hast du mir das Herz erhellt!
So schaurig war's noch kaum zuvor,
Da taucht ein blauer Schein empor;
Der Rasen hauchet süßen Duft,
Ein Vogel singt aus hoher Luft:
»Wer treuen Herzens fromm und rein,
Der stimm in meine Lieder ein!«
Da sang auch ich in frohem Mut:
Ich wußte ja, mein Herz war gut!

Ich las es wieder und wieder; das waren jene Verse von dem Veilchenplatze! Der ganze Valentin war darin; so kannte ich ihn, so mußte auch der junge einst gewesen sein.

Und da stand er selber vor mir, das schlanke, etwas blasse Mädchen mit dem glänzendbraunen Haar an seiner Hand. »Ja«, sagte er, »das ist meine liebe Marie; wir feiern heut zum ersten Male wieder unseren Sonntagnachmittag; und, in der Tat, es macht mir riesig Freude, daß auch Sie dazu gekommen sind!«

Dann aber, das Buch mit dem beschriebenen Blatt in meiner Hand erblickend, errötete er plötzlich wie ein Mädchen. »Nehmen Sie das andere Exemplar für sich«, sagte er, »ich bitte darum, die Stiche sind ungleich kräftiger.«

Aber ich suchte meinen Besitz zu behaupten. »Darf ich nicht dies behalten? Oder trennen Sie sich nicht davon? Ich seh, es ist aus Ihrer Knabenzeit.«

Er blickte mich fast dankbar an. »Ist das Ihr Ernst?« sagte er. »So ist es in guten, – in den allerbesten Händen.«

Dann saßen wir zu dreien um den sonntäglichen Kaffeetisch; die kleine Dame machte gar anmutig die Wirtin und hörte im übrigen schweigend unseren Gesprächen zu.

»Also, Freund Valentin«, sagte ich, »noch eines müssen Sie erzählen; auch dieser braune Trank öffnet ja die Lippen der Menschen. Was ist aus Ihrem Veilchenplatz geworden? Sieht ihn die Frühlingssonne noch, oder ist er, wie so manches Schöne, in einen Kartoffelacker umgewandelt?«

Über Valentins Gesicht glitt ein frohes, fast ein wenig schlaues Lächeln. »Sie wissen wohl noch nicht«, sagte er, »daß ich ein heimlicher Verschwender bin!«

»Oho, Freund Valentin!«

»Doch, doch! Der Platz gehörte einem alten Sonderling. Ich bin sein Erbe geworden; das heißt, ich habe aus seinem Nachlaß dieses unnütze Grundstück um blankes Silbergeld erstanden. – Aber nicht wahr, Marie?« und er nickte seinem Liebling zu, »wir beide kennen seinen Wert, wir wissen auch, zu welchem Geburtstage wir notwendig dort die Veilchen pflücken müssen!«

Da legte das schlanke Mädchen den Kopf auf seine Schulter und schlang die Arme um seinen Hals. »Zu Mutters Geburtstage«, sagte sie leise; »aber Onkel, das ist jetzt noch lange hin.«

»Nun, nun, es wird ja wieder Frühling werden!«

»Das wolle Gott, Freund Valentin!« sagte ich. »Darf ich dann mitgehen und die Kränze binden helfen?«

Zwei Hände streckten sich mir entgegen: die eine war schlank und schön und jung, die andere – ich wußte es, das war eine treue Hand.

Ich bin nicht hingekommen; noch bevor der Winter zu Ende

ging, hatte mich das Leben weit von dieser Stadt hinweggetrieben. Noch einmal durch einen gemeinsamen Bekannten erhielt ich einen Gruß von Valentin; noch einige Male, wenn es Frühling wurde, dachte ich an seinen Veilchenplatz, und dann nicht mehr. Andere Gestalten drängten sich herbei, hinter denen allmählich die des stillen Musikanten ganz verschwunden war.

Etwa zehn Jahre später kam ich auf einer längeren Reise durch eine der größeren mitteldeutschen Städte, deren Orchesterverein damals auch in weiteren Kreisen eines wohlverdienten Rufes genoß; nicht allein durch die eigenen tüchtigen Leistungen, sondern ebensosehr, weil die Direktion es verstand, mit ihren verhältnismäßig bescheidenen Mitteln fast für jedes Konzert auch von außen her irgendeinen bedeutenden Künstler mit heranzuziehen.

Es war im Spätherbst und schon Abend, als ich ankam. Ein dort wohnender musikliebender Freund, der mich am Bahnhof erwartet hatte, kündigte mir an, es sei Orchestervereinskonzert heute abend; ich müsse sogleich mit ihm kommen, es sei die höchste Zeit.

Ich wußte aus Erfahrung, gegen diesen Enthusiasten war nicht aufzukommen, und so übergab ich denn meinen Gepäckschein nebst überschüssigem Reisegerät dem Diener irgendeines Hotels; gleich darauf saßen wir in einer Droschke, die uns gegen doppelten Fuhrlohn in raschem Trabe nach dem mir schon früher bekannten »Museum« brachte. Unterwegs hatte ich noch erfahren, daß für den heutigen Abend eine junge Sängerin gewonnen sei, eine Art von unicum für klassische Musik, die außerdem die Schrulle habe, sich stets als die Schülerin eines gänzlich unbekannten Menschen aufzuführen.

Das Konzert hatte bei unserer Ankunft schon begonnen, und wir mußten an der geschlossenen Tür des Saales warten, bis die letzten Takte der Hebriden-Ouvertüre verklungen waren. Als die Türen wieder geöffnet wurden, steckte mein Freund mir ein inzwischen von ihm besorgtes Programm in die Brusttasche meines Rockes, zog mich bei der Hand in den gefüllten Saal und hatte bald, ich weiß nicht wie, zwei Plätze für uns frei gemacht. Neben mir saß ein alter weißhaariger Herr mit ein paar dunklen Augen in dem feingeschnittenen Gesichte. »Nun also Mozart!«

sagte er vor sich hin und faltete die Hände auf dem gelbseidenen Taschentuche, das er über seine Knie gebreitet hatte.

Bald darauf, während ich bei dem hellen Licht der Gaskronen die einfach, aber mit besonderem Farbensinn dekorierten Wände des Saales betrachtete, war gegenüber auf dem Podium die Sängerin aufgetreten: ein blasses Mädchen mit ein Paar dunkeln Flechten an den Schläfen. Das Orchester intonierte die ersten Takte zu der Arie der Elvira aus dem zweiten Akte des Don Juan. Und nun hob sie das Notenblatt in ihrer Hand: ›In quali eccessi, o numi!‹ Mir war, als hätte ich niemals einen zugleich so anspruchlosen und so ergreifenden Gesang gehört; der alte Herr an meiner Seite nickte immer nachdrücklicher mit dem Kopfe; das war die Kunst, die alles Erdenleid in Wohllaut löste! Aber dann – wie alles Schöne – war es schon zu Ende, als eben das Ohr am trunkensten lauschte.

Ein paar scharf akzentuierte Bravos flogen durch den Saal, ein vereinzeltes Händeklatschen; aber der Beifall war nicht allgemein. Der flott frisierte Kopf eines vor uns sitzenden jungen Mannes bog sich nach dem alten Herrn zurück. »Was sagst du, Onkel? Hübsche Stimme; aber etwas seltsam; autodidaktisch!«

Der Alte blickte ihn mit sehr feinen Augen an. »So, mein Herr Neffe«, sagte er, »hast du das herausgehört!« Und mit einer höflichen Bewegung sich zu mir wendend, setzte er fast feierlich hinzu: »Das war der Mozart, wie ich ihn in meiner Jugend hörte!«

Aber das Konzert ging weiter. »Nun kommen die Kunstversuche des Vereins!« flüsterte an der anderen Seite mein Freund mir in die Ohren.

Und so war es in der Tat: ein Geigenquartett von einem lebenden Meister kam zur Aufführung, aber alle Sorgfalt und Sicherheit der Spielenden konnte diesen Kunstfiguren keine Seele einhauchen; ein müdes, zweckloses Umschauen ging durch die Reihen der Zuhörer. Der alte Mozartianer an meiner Seite hatte schon ein paarmal den Ansatz eines Gähnkrampfes in seinem gelbseidenen Schnupftuche verbissen; endlich war denn auch der dritte Satz und zwar im Fünfachteltakte glücklich an uns vorbeigehüpft.

Die Spieler traten ab und die Pulte wurden zurückgesetzt; im

Zuhörerraume aber saßen die meisten mit sehr dummen Gesichtern; sie wußten offenbar nicht, was sie aus der Sache machen sollten. – Da trat die junge Sängerin wieder auf das Podium, eine kleine Notenrolle in der Hand. Ihr Antlitz trug einen schalkhaften, fast siegesbewußten Ausdruck, und mir kam schon der Verdacht, sie wolle den modernen Geigencancan durch ein noch entschiedeneres Bravourstück der vox humana aus dem Felde schlagen.

Ich hatte mich zum Glück geirrt. Es galt ja auch noch nicht einmal eine Orchesterbegleitung: nur der Kapellmeister saß am Flügel, der inzwischen in den Vordergrund geschoben war. Ein paar einleitende Akkorde wurden angeschlagen, und dann begann ein Vorspiel von ebenso großer Einfachheit als süßem Wohllaut; wie ein frohes Aufleuchten flog es plötzlich durch den ganzen Saal, und dann kam es, mit der stillen Gewalt der Menschenstimme:

Du liebe schöne Gotteswelt,
Wie hast du mir das Herz erhellt!

Aber was war denn das? Das kannte ich; das stand ja vorn auf dem weißen Blatt in meinem »Bürger«; das waren ja die Worte meines alten Musikmeisters Christian Valentin. Mein Gott, wie lange hatte ich nicht an ihn gedacht!

Von reinen jugendlichen Tönen getragen, klang es durch den Saal; eine unbeschreibliche Rührung befiel mich. Ob er denn auch die Melodie zu seinen Worten selbst gefunden hatte? – Die Notenrolle in der herabhängenden Hand, stand die Sängerin da; eine Begeisterung, eine hingebende Liebe sprach aus ihrem jungen Antlitz; und jetzt in unaussprechlich süßen Tönen erschollen die letzten Worte:

Da sang auch ich in frohem Mut!
Ich wußte ja, mein Herz war gut!

Eine lautlose Stille herrschte, als sie geendet hatte. Dann aber brach ein stürmischer, nicht endenwollender Beifall los; der alte Herr an meiner Seite hatte, ohne daß ich es bemerkte, meine Hand ergriffen und drückte sie jetzt aufs zärtlichste. »Das ist Seele, – Seele!« sagte er und wiegte seinen grauen Kopf. Ich aber riß hastig das Programm aus meiner Tasche; und richtig, da stand der Name meines alten Freundes, zweimal stand er da: zuerst bei dem der jungen Sängerin, die sich als seine Schülerin bezeichnete, dann als Komponist des Liedes, das soeben diesen Raum belebt hatte.

Ich war aufgestanden und blickte um mich her; mir war, als müßte ich irgendwo unter den Zuhörern doch auch ihn selbst entdecken, sein altes liebes Gesicht, um dessen Mund noch immer ein Kinderlächeln spielte. – Es war eine Täuschung; mein alter Freund hatte den süßen Lerchenton seines Jugendliedes nicht gehört, aber auf dem Antlitz der Zuhörer lag es wie eine stille Freude; mir selber war, als sei ich eben nun doch noch mit dem stillen Meister auf seinem Veilchenplatz gewesen.

Von dem noch übrigen Teil des Konzertes hatte ich nicht viel vernommen. Aber auf dem verhaßten Schrägpfühl des Hotelbettes, worauf ich bald wie ein Gekreuzigter ruhte, trösteten mich bis zum endlichen Einschlummern die lieblichen Töne jenes Liedes, die zwischen dem vor den Fenstern tosenden Oktobersturm wie mit Kinderstimmen immer wieder vor meinem innern Ohre hallten. Dabei gaukelte vor den geschlossenen Augen das etwas blasse Antlitz der Sängerin. – – So hatte er es also doch erreicht! Die ganze Kunst der alten Signora Katerina sang mit Glockenstimme aus diesem jungen Menschenkind! Denn keinen Augenblick war ich in Zweifel, wen ich hatte singen hören, obgleich ich mich der Züge jenes zwiefach geliebten Kindes nicht mehr erinnerte und auch der Familienname desselben niemals mir bekannt geworden war. Ich nenne ihn auch hier nicht. Zwar machte sie damals von sich reden, ja sie stellte sogar für eine kurze Zeit die neue und die alte Musikwelt einander in hellem Streite gegenüber; bald aber tauchte sie in die große Menge derer zurück, die ihr Leid und Freud' in kleinem Kreise ausleben, von denen nicht geredet wird.

Mein erster Gedanke am anderen Morgen war selbstverständlich, sie aufzusuchen und Nachricht von dem fast vergessenen Freunde einzuholen; aber eine unvorhergesehene Verlängerung einiger Geschäfte hinderte mich daran. Da half der Freund, der mich gestern so entschlossen ins Konzert geführt hatte und nach Beendigung desselben ziemlich treulos von mir verlassen war. In seinem Hause traf ich abends mit ihr zusammen.

Es waren viele Gäste dort versammelt; wie ich bald bemerkte, lauter Musikfreunde reinsten Stiles; auch mit dem alten Mozartianer von gestern vollbrachte ich ein verständnisvolles Händeschütteln.

Aber dort stand sie selbst, freundlich plaudernd mit einem hübschen Töchterchen des Hauses, von dem sie, wie es schien, soeben als Gegenstand der Anbetung eingefangen war.

Als ich, nach Begrüßung der Hausfrau, ihr von meinem Freunde vorgestellt wurde, legte sie den Arm um den Nacken des Kindes und zog es zärtlich an sich. Eine Weile ruhte ihr Blick prüfend auf meinem Antlitz; dann reichte sie mir die Hand.

»Nicht wahr«, sagte ich, »Sie sind es? Wir feierten einstmals einen Sonntagnachmittag zusammen?«

Sie nickte lächelnd. »Ich habe es nicht vergessen! Mein alter Freund und Lehrer hat noch oft von Ihnen gesprochen; besonders wenn es Frühling ward; Sie wollten ja mit uns nach seinem Veilchenplatze!«

»Mir ist«, erwiderte ich leise, »als seien gestern abend wenigstens wir beide dort gewesen.«

Ein herzlicher Blick flog zu mir hinüber. »Sie waren im Konzert? O das freut mich!« Dann schwiegen wir eine Weile, während sie sich zu dem Kinde hinabbeugte, das sich noch immer an sie schmiegte.

– »Sie haben sich«, begann ich wieder, »im Programm als seine Schülerin bezeichnet; es ist sonst nicht die Weise der Künstlerinnen, mit einem alten Lehrer ihren Ruhm zu teilen!«

Sie errötete tief. »Oh«, rief sie, »ich habe an so etwas nicht gedacht! Ich weiß nicht, weshalb ich es getan; es verstand sich so von selbst, mir ist, als werde ich noch immer von seiner Hand gehalten; ich danke ihm so viel!«

»Aber er selbst«, erwiderte ich, »unser Meister Valentin, was meinte er dazu?«

Sie sah mich mit ihren stillen Augen an. »Das ist es eben«, sagte sie, »er ist schon lange nicht mehr auf dieser Erde.«

Auch die junge Sängerin habe ich nicht wiedergesehen. Hoffentlich ist sie seit Jahren eine glückliche Mutter; und in der Dämmerstunde, wenn die Arbeit ruht und die heilige Stille der Nacht sich vorbereitet, dann öffnet sie wohl auch einmal den Flügel und singt ihren Kindern das süße Lerchenlied des längst verstorbenen Freundes.

Und auch das ist ein gesegnetes Angedenken.

Psyche

Es war an einem Vormittage im August und die Sonne schien; aber das Wetter war rauh, der Wind kam hart aus Nordwest, und Wind und Flut trieben ungestüm die schäumenden Wellen in den breiten Meeresarm, der zwischen zweien Deichen von draußen an die Stadt hinanführte. Die Brettergebäude der beiden Badeflöße, welche in einiger Entfernung voneinander am Ufer angekettet lagen, hoben und senkten sich; im Binnenlande würde man wohl von einem Sturm gesprochen haben, und selbst hier an der Küste schien dieselbe Ansicht zu herrschen, denn der sonst so belebte Badeplatz war heute gänzlich leer. Nur dort vor dem Schuppen, der auf dem Vorlande neben dem der Stadt am fernsten Floße lag, stand die knochige Gestalt der alten Badefrau; die langen Bänder ihres großen verschossenen Taffethuts flatterten knitternd in der Luft, den Friesrock hielt sie sich mit beiden Händen fest. Sie hatte nichts zu tun; Badekappen und Handtücher der Damen und Kinder lagen drinnen im Schuppen ruhig in ihren Fächern. »Ich geh nach Haus«, sagte sie bei sich selber; »'s kommt niemand in dem Mordwetter.«

Sie haschte ihre Hutbänder, die ihr über die Augen flogen, und sah am Deich entlang nach der Stadt hinab. Die Schafe, welche auf dem Vorlande angetüdert waren, hatten, so weit die Stricke reichten, sich gruppenweise mit dem Rücken gegen den Wind gestellt; sonst war nichts zu sehen. – – Aber doch! Dort auf dem Deiche kamen zwei Männer angegangen und stiegen dem nächsten Badefloße gegenüber, das der Uferbeschaffenheit wegen der Männerwelt hatte überlassen werden müssen, an der Außenseite des Deiches herab; ihre Leintücher, die sie mit sich führten, ließen sie dabei mit erhobener Hand über ihren Köpfen fliegen; ihre jugendlichen Stimmen, ihr helles Lachen konnte nicht zu der Alten dringen, denn der Wind nahm es ihnen vom Munde und verwehte es in der Richtung nach der Stadt zu.

»Hätten auch zu Haus bleiben können«, brummte die Alte, als sie die beiden in eine der Türen des Badefloßes hatte verschwinden sehen; »aber 's kümmert mich nicht; ich geh nach Haus!« Sie holte eine große tombakne Taschenuhr hinter ihrem Gürtel hervor und zählte mit den Fingern die Zahlen auf dem Zifferblatt. »Es könnt nur eine kommen bei dem Unwetter, aber ihre Zeit ist schon vorüber; die Flut muß bald eine halbe Stunde stehen, und die, die kann schon immer nicht 'nmal das erste Wasser abwarten.« Schon hatte sie die gegen Norden nach dem Deiche zu befindliche Tür des Schuppens in der Hand, als sie bei einem Blick, den sie noch zur Stadt hinüberwarf, mit beiden Händen an ihren Taffethut fuhr. »Heilige Mutter Maria!« rief sie; »man könnte katholisch werden! Da kommt ein Frauenzimmer, da kommt sie!« Und wirklich, es war ein Frauenzimmer, das dort auf dem Deiche von der Stadt herkam; es war sogar ein Mädchen, ja es war nur eine Mädchenknospe; und sie kam rasch trotz Wind und Wetter näher. Der flache Strohhut war ihr längst vom Kopfe gerissen, und sie trug ihn am Bande in der Hand; den Knoten des sonnenblonden Haares hatte der Wind gelöst, daß es frei von dem jungen Nacken wehte; immer rascher ging sie, und ihre dunklen Augen spähten in die Ferne. Als sie die knochige Gestalt der Alten, die noch immer vor dem Schuppen stand, erkannt hatte, flog sie an der Seite des Deiches hinunter und dann über das Vorland zu ihr hinüber. »Kathi«, rief sie, »Kathi, ich konnt nicht eher kommen; ich fürchtete schon, du seist nach Haus gegangen!«

»Ja, ja«, murmelte die Alte; »wär ich nur so klug gewesen!«

»Kathi! Nicht brummen!« Und während sie drohend den Finger gegen die Alte erhob, schaute sie ihr fast zärtlich in die Augen.

»Aber, 's geht ja doch nicht, Frölen!« meinte noch einmal die Alte, indem sie dem Mädchen das blonde Haar von der Stirn zurückstrich.

»Aber es geht erst recht, Kathi! Heute gibt's hier weder Wickelkinder noch alte Tanten; ganz allein hab ich heut das Reich, ich und über mir die Vögel in der Luft! Sieh nur da die schöne Silbermöwe! Hurra, Kathi, 's wird 'ne Lust!«

»Ja, ja, Frölen, selbst das Vogelzeug fliegt heut ans Land.«

»Oder vielmehr, sie werden vom Wind dahin geworfen! Aber ich, Kathi; so etwas lasse ich mir nicht gefallen!«

Die Alte sah sie voller Staunen an. »Aber, Kind, so sehen Sie doch nur, daß Floß wippelt ja wie ein Schaukelpferd; der Weg dahin ist fußtief unter Wasser!«

Die junge Dame hob sich auf den Zehen und blickte zum Strand hinab. »Freilich«, sagte sie, lustig nickend, »ich muß mir Schuh und Strümpfe in deinem Schuppen ausziehen.«

In der Abteilung desselben, welche die beiden jetzt betraten, sah es in diesem Augenblicke wohnlich genug aus. Freilich waren auch drinnen nur die nackten Bretterwände; aber der Tür gegenüber stand eine mit bunten Polstern belegte Ruhebank, an der einen Seite befand sich neben den Fächern für die Badeutensilien ein mit braunen Kaffeekännchen, Dosen und Tassen besetztes Regal, und durch das der Stadt zu gelegene kleine Fenster schien die Mittagssonne und erwärmte und erleuchtete den ganzen Raum.

»Hm«, sagte das Mädchen und nickte lächelnd nach dem Regal hinauf, »die Frau Kammerrätin und die Frau Kriegsrätin und die Frau Baronin, die haben alle die Schlüssel zu ihren Kaffee- und Zuckerdosen in ihren Taschen; schau nur, da baumeln allenthalben die Vorhängeschlösser; da können wir nicht daran, Kathi.«

»Aber, Frölen, Sie trinken ja doch keinen Kaffee nach dem Bade, wie die drei alten Damen.«

»Nein, ich nicht, Kathi; aber du, wie bekommst du denn deine Tasse?«

»Ich, Frölen? Ich hab zu Haus meinen Zichorie; dann kriegt der Kater auch sein Teil.«

Die Mädchenknospe aber langte in den Schlitz ihres Kleides und legte gleich darauf zwei zierliche Papierdüten auf den unter dem Tassenregal stehenden Tisch. »Mokka«, sagte sie feierlich, »und – feinste Raffinade! Mama hat's mir eigens für dich eingewickelt; sie wußte wohl, daß du für mich allein heut Wache stehen müßtest. Und nun zünd dir die Spritmaschine an und koch dir deinen Kaffee, und – deinen Kater laß ich grüßen!«

Sie hatte sich aufs Sofa gesetzt und begann sich Schuhe und

Strümpfe auszuziehen. Die alte Frau stand vor ihr und sah sie zärtlich an; aber sie dankte ihr nicht mit Worten, sie sagte nur: »Mama vergißt mich nicht«, und nach einer Weile: »Aber, Frölen, wollte denn Mama Sie gehen lassen?«

»Mich gehen lassen? – Mama ist nicht so ein Hasenfuß wie du! Sollt'st dich schämen, Kathi, so ein langer Kerl, wie du bist!«

»Ja, ja, Frölen, ich streit auch nicht. – Ich vergeß es nimmer – da ich Kindsmagd bei Ihrem Großvater, beim alten Bürgermeister war – die Angst, die ich oftmals ausgestanden; die Frau Mama – sie wird's mir nicht verübeln – war dazumalen grad nicht anders als wie das junge Frölen heute!«

Das junge Frölen hatte die nackten Füßchen zu sich auf die Sofakante gezogen und ließ sie behaglich von dem warmen Sonnenschein beleuchten. »Erzähl's nur noch einmal, Kathi!« sagte sie.

Die Alte hatte sich neben sie auf das Sofa gesetzt. »Ja, ja, Frölen; ich hab's Ihnen schon oft erzählt. Aber ich seh sie noch immer vor mir, die Frau Mama; will sagen, das acht- oder neunjährige Dingelchen. Ebenso schöne gelbe Haare, wie das Frölen!«

»Gelbe, Kathi? – Dank dir auch vielmals!«

»Sind sie nicht gelb, Frölen? – Nun, aber schön sind sie doch?«

»Ja, Kathi! Aber Mama ihre sind noch heut viel schöner, als meine. Nicht wahr? Sie trug sie immer in zwei langen, dicken Zöpfen?«

Die Alte nickte. »Und wie die flogen, wenn sie lief und sprang!«

»Aber, Kathi, ging sie denn niemals ordentlich, so wie ich und andere Menschen?«

»Das Frölen meint, so wie vorhin den Deich herunter?« Und die Alte streichelte mit ihrer harten Hand den Kopf des schönen Mädchens, das lachend zu ihr aufblickte. »Ja, ja, es hat richtig genug nachgeerbt! – Aber einmal, eines Morgens, da ging's mit dem Springen noch nicht hoch genug! Auf der sieben Fuß hohen Gartenmauer saß das Dingelchen mit ihrem Lehnstühlchen, mit ihrem Kindertischchen und ihrem ganzen Puppenteeservice darauf. An der Mauer stand ein alter krummer

Syringenbaum; daran hatte sie das alles hinaufgearbeitet und sich selber auch; und nun saß sie da, wie in 'ner Laube, mitten zwischen all den Blüten, die just damals aufgebrochen waren.«

– Die Mädchenknospe neckte ihre alte Freundin nicht mehr; nicht nur die kleinen Ohren, auch der geöffnete Mund und die dunklen Augen schienen die Geschichte mitzuhören. –

»Ich war die Kindsmagd für das jüngere Schwesterchen, für die Frau Tante Elsabe«, fuhr die Alte fort; »ich sollt wohl auch nach der Mama sehen; doch wer konnt allzeit den Wildfang hüten? Und das Stück Mauer war ganz unten in dem großen Garten, wo nicht alle Tage einer hinkam. – Aber heute, just da das Spiel am schönsten war, mußten wir nun doch dahin kommen; der Herr Bürgermeister hatte noch seinen geblümten Schlafrock an und die Zipfelmütze auf dem Kopfe. Er war immer ein leutseliger Herr gewesen. ›Komm, Kathi‹, rief er; ›nimm die kleine Elsabe auf den Arm; ich will euch mein Ranunkelbeet da oben an der Mauer zeigen!‹ – – Aber, was sahen wir, Frölen, was sahen wir!« – Das Frölen nickte. – »Da saß das feine Dingelchen auf der halsbrechenden Mauer, wie die Prinzeß im Kinderdöntje, und die Blumen hingen um sie herum; sie rührte eben mit einem Löffelchen in der kleinen Tasse, die sie in der Hand hielt, und brachte sie dann an den Mund, als wenn sie wirklich tränke, und nickte ihrer großen Puppe zu, die auch, in einem Korbstühlchen, ihr gegenüber an dem Tische saß. – Es schlug mir durch die Glieder; ich hätte bald das Tantchen Elsabe aus meinen Armen fallen lassen, und dem Herrn Bürgermeister stiegen die Haare und die Zipfelmütze in die Höhe; da stand er in seinem schönen Schlafrock und wagte weder A noch B zu sagen. – Doch nun war sie uns gewahr geworden: ›O Papa! – Papa und Kathi!‹ sagte sie erstaunt und drehte ganz zierlich das Hälschen zu uns hin. – Aber Papa winkte nur stumm mit seinen Händen. – ›Was soll ich, lieber Papa? Soll ich zu dir hinunterkommen? – Gleich, gleich! Aber dann fang, Papa!‹ – Und eh wir's uns versahen, warf sie dem Herrn Bürgermeister all ihre Puppentäßchen und Löffelchen zu, und er sagte gar nichts und suchte sie nur, so gut er konnte, einzufangen. Und dann, als das Tischchen leer war, nahm sie ihre Puppe in den Arm, ging wie ein Seiltänzer ein paar Schritte auf der runden Mauer hin, und –

Herr Jesus! ich und der Herr Bürgermeister und das Tantchen Elsabe schrien alle miteinander auf – da flog der kleine Unband mit der großen Puppe selbst herab und mitten in des Herrn Bürgermeisters Ranunkelbeet hinein!«

Die Augen des jungen Mädchens glänzten. »Weißt du, Kathi«, sagte sie, »Mama muß reizend gewesen sein! Hätte ich sie so nur einmal sehen können! – Meine Mama ist noch reizend, und jung, Kathi! Ich glaub, sie könnt noch heute von der Mauer springen.«

Die Alte schüttelte den Kopf. »Was das Frölen für Gedanken hat! Aber freilich, dazumalen gab's Tag für Tag was Neues mit dem hübschen Kindchen.«

Sie hatte eben zu weiterem Erzählen die Hände übers Knie gefaltet, als die Tür des Schuppens von einem Windstoß aufgerissen wurde; ein vorbeifliegender Brachvogel stieß seinen weithin hallenden Schrei aus; vom Ufer herauf konnte man das Wasser klatschen hören.

Die leichte Gestalt des Mädchens stand plötzlich hoch aufgerichtet vor der Alten. »Oh, du betrügerische Kathi!« rief sie und hob drohend ihre kleine Faust; »nun merk ich's erst, du wolltest mich hier festerzählen, bis deine große Tombakuhr auf eins marschierte und ich dann zu Mama nach Hause müßte! Aber diesmal Kathi!« – – Noch einen anmutigen Knicks vor der Alten, und schon war sie draußen und machte mit den kleinen Händen eine Schwimmbewegung in die Luft.

Die Alte war mit hinausgelaufen; aber sie sah ihr Spiel verloren. »Nur ums Himmels willen, Kind! Sie wollen doch heut nicht aus dem Floß hinausschwimmen?«

»Und warum nicht, Kathi? Du weißt ja, ich versteh's! Und ich sag dir, es wird 'ne Lust!

Der Fisch und der Vogel
Der Wind und die Wellen
Sind alle meine Spielgesellen !«

Und singend schritt sie über das grüne Vorland zum Ufer hinab, den schönen Kopf dem Winde zugewandt; über den nackten Füßchen flatterte das leichte Sommerkleid.

Kopfschüttelnd ging die Alte in ihren Schuppen zurück. Strümpfe und Schühchen ihres Lieblings, die diese allerdings vor der Ruhebank hatte liegen lassen, legte sie fein beiseit; dann goß sie aus einem Kruge Wasser in einen kleinen Blechkessel und zündete die Spritmaschine an. »Das Kind wird heute auch wohl eine Tasse nehmen«, sagte sie, indem sie eins der braunen Kännchen von dem Regal herabnahm und den Inhalt des Kaffeedütchens in den daraufgesetzten Trichter leerte.

Aber es ließ ihr doch keine Ruhe; ihr war wie der Henne, die einen Wasservogel ausgebrütet hat. Ein paarmal hatte sie schon den Kopf zur Tür hinausgesteckt; jetzt lief sie vollends an den Strand hinab. Der Steg zum Badefloß war völlig überschwemmt, so daß das schaukelnde Bretterhaus ohne alle Verbindung mit dem Lande schien. Weithin dehnte sich die grüne, wogende Wasserfläche; das jenseitige Vorland war so weit überflutet, daß ihre Augen nur noch undeutlich dort den grünen Ufersaum erkennen konnten. – »Frölen!« rief sie; »Frölen!«

Es kam keine Antwort, der Wind hatte vielleicht ihren Ruf verweht; aber ein Plätschern scholl jetzt aus dem Floß herauf. Und zufrieden nickend, trabte die Alte wieder in ihren Schuppen.

Drüben auf dem ersten Floß in dem gemeinsamen Ankleideraum hatten indes die jungen Männer auch geplaudert. Der größere mit dem braunen Lockenkopf war ein junger Bildhauer und erst vor einem Vierteljahre aus Italien und Griechenland in die norddeutsche Hauptstadt, seinen Geburtsort, zurückgekehrt; vor einigen Tagen war er noch eine Strecke weiter nördlich, in diese Küstenstadt, gegangen, um endlich den Freund wiederzusehen, mit dem er während beider Studienzeit im südlichen Deutschland im innigsten Verkehr gelebt hatte. Die Tage ihres jetzigen Beisammenseins hatten noch lange nicht gereicht, die Fülle der Erlebnisse zu erschöpfen, die es sie beide drängte, einander mitzuteilen.

»Und du willst wirklich schon heute abend wieder fort und mich in meinem Aktenstaub allein lassen, nachdem du diese Fülle der Gesichte vor mir heraufbeschworen hast?«

Halb lächelnd, halb sinnend blickte der junge Künstler auf

den Freund. »Warum griffest du nicht selbst zu Meißel oder Pinsel? Jetzt nimm es als dein Schicksal und trag es, wie dein Stammbaum dich!«

»Aber das ist kein Grund, mich heut schon zu verlassen!«

»Ich muß, Ernst! Ich habe meiner Mutter versprochen, spätestens morgen wieder bei ihr zu sein; und überdies – du weißt ja, meine Brunhild beunruhigt mich.« Er fuhr mit der Hand durch seine braunen Locken, und über den grauen, hellblickenden Augen faltete sich seine Stirn wie in beginnender geistiger Arbeit.

»Brunhild!« wiederholte der andere, »ich begreife doch noch immer nicht, wie du gerade an die geraten bist!«

»Du meinst: was ist mir Hekuba? – Ich weiß es nicht; einmal, in einer Stunde, hatte sie, wie ich glaubte, es mir angetan; aber – –«

»Aber«, unterbrach ihn sein Freund, »du wirst einen Kommentar in den Sockel deiner Statue einmeißeln müssen! Warum in so entlegene Zeiten greifen? Als wenn nicht jede Gegenwart ihren eignen Reichtum hätte!«

»Warum? – Erneste! Du sprichst ja fast wie, ich weiß nicht, welcher große Kritikus über Immermanns Tristan und Isolde. Was geht den Künstler die Zeit, ja was geht der Stoff ihn an? – Freilich, aus dem Himmel, der über uns Lebenden ist, muß der zündende Blitz fallen; aber was er beleuchtet, das wird lebendig für den, der sehen kann, und läge es versteinert in dem tiefsten Grabe der Vergangenheit.«

Wie drüben die Augen des schönen Mädchens in ihrer kindlichen Liebe, so glänzten jetzt die Augen des jungen Künstlers in Begeisterung.

»Wir wollen heut nicht streiten«, sagte der andere und blickte herzlich zu ihm auf; »aber – wann leuchtet dieser Blitz?«

»Sei nur fromm und ehre die Götter! – Es gilt dann nur, das neuerwachte Leben in das Licht des Tages hinaufzuschaffen, und ich dächte, auch du hättest mir es zugegeben, daß ein paarmal schon meine Augen sehend und meine Hände stark und keusch genug gewesen sind. – Aber das ist es eben«, fuhr er fort, während der Freund ihm seinen stolzen Glauben durch einen Händedruck bestätigte, »ich fürchte, ich habe dieses Mal nicht recht gesehen, oder – ich war zu kurz in der Heimat; die furchtbare Walküre des Nordens verschwindet mir noch immer vor dem heiteren Gedränge der antiken Götterwelt; selbst aus diesen grünen Wellen der Nordsee taucht mir das Bild der Leukothea empor, der rettenden Freundin des Odysseus. – Laß mich jetzt – ich tauge dir doch nicht mehr!«

Sie hatten während dieses Gespräches ihre Kleider abgeworfen und traten nun auf die offene Galerie hinaus, bereit, sich in das Meer zu stürzen.

Man hätte wünschen mögen, daß nicht eben der Künstler der noch Schönere von ihnen gewesen wäre, oder lieber noch, daß außer ihnen noch ein anderes Künstlerauge hätte zugegen sein können, um sich zu künftigen Werken an der Schönheit dieser jugendlichen Gestalten zu ersättigen.

Noch standen sie gefesselt von dem Anblick der bewegten Wasserfläche, die sich weithin vor ihnen ausdehnte. Rastlos und unablässig rollten die Wellen über die Tiefe, wurden flüchtig vom Sonnenstrahl durchleuchtet und verschäumten dann, und andere rollten nach. Die Luft tönte von Sturmeshauch und Meeresrauschen; zuweilen schrillte dazwischen noch der Schrei eines vorüberschießenden Wasservogels. Eine starke Woge zerschellte eben an dem Gerüst, worauf die jungen Männer standen, und übersprühte sie mit ihrem Schaum.

»Holla, sie werden ungeduldig!« rief der junge Aktenmann. »Komm jetzt, und wie Tritonen wollen wir durch den grünen Kristall hindurchschießen!«

Aber sein Freund, der Künstler, blickte in die Ferne und schien ihn nicht zu hören.

»Was hast du, Franz?«

»Dort! Vom Frauenfloß her! Sieh doch!« Und er wies mit ausgestrecktem Arm auf die schäumende Wasserfläche hinaus.

Der andere stieß einen Laut des Schreckens aus. »Ein Weib! – Ein Kind!«

»So scheint es; aber keine Okeanide!«

»Nein, nein; sie kämpft vergebens mit den Wellen. Und das meerbesänftigende Muschelhorn hat leider ja nur der alte Vater Triton!«

Er machte Miene, sich hineinzustürzen, aber mit rascher Hand hielt ihn sein Freund zurück. »Du nicht, Ernst! Du weißt, ich bin der bessere Schwimmer, und einer ist genug. Lauf zu der alten Badehexe dort am Schuppen und sag ihr, was zu sagen ist!«

Kaum war das letzte flüchtige Wort gesprochen, so spritzten auch schon die Wasser hoch empor, und bald, auf Armeslänge von dem Floß, tauchte der braune Lockenkopf des Schwimmers auf. Mit den kräftigen Armen die Wellen teilend, flog er dahin; überall vor seinen Augen flirrte und sprühte es; aber je nach ein paar Schlägen stieg er mit der Brust über die Flut empor, und seine hellen Blicke flogen über die schäumenden Wasser.

Noch fern von ihm spielten die Wellen mit schönen sonnenblonden Haaren; zwei kleine Hände griffen noch mitunter durch den beweglichen Kristall, aber auch mit ihnen spielten schon die Wellen. Eine Seeschwalbe tauchte dicht daneben in die Flut, erhob sich wieder und schoß, wie höhnend ihren rauhen Schrei ausstoßend, seitwärts vor dem Wind über die Wasserfläche dahin.

Die alte Frau Kathi war vor ihrer brodelnden Kaffeemaschine doch auch wieder von ihrer Unruhe befallen worden. Der Sturm rüttelte an den Brettern ihres Schuppens, dann und wann schlug von draußen aus der Luft ein verwehter Vogelschrei herein; es litt sie nicht mehr auf ihrem Holzstuhle. Sie war wieder hinausgegangen, ja sie hatte ebenfalls ihr Schuhzeug abgetan, um zum Floß hinüberzuwaten, und stand jetzt dort, mit ihrer harten Hand bald an diese, bald an jene Badezelle pochend. »Frölen, ach liebes Frölen, so antworten Sie mir doch!«

Aber es kam keine Antwort; nicht einmal ein Plätschern ließ sich drinnen hören; nur das Rauschen und Klatschen der Wellen zog eintönig, unablässig ihrem Ohr vorüber.

Als sie ratlos nach dem Land zurückblickte, sah sie einen Mann auf ihren Schuppen zulaufen, und gleich darauf hörte sie ihn rufen. – »Frau Kathi! Frau Kathi Wulff!« rief er durch den Wind hindurch.

»Hier! Um Gottes willen, hier!« – Und eilig watete die Alte über den schaukelnden Steg ans Land zurück. »Oh, mein Gott, Herr Baron, Sie sind es! Ach, das Kind, das Kind!«

Er faßte sie, ohne etwas zu sagen, an den Armen, drehte sie

mit einem kräftigen Ruck herum und wies mit der Hand auf die offene Wasserfläche hinaus.

»Ist das der andere Herr? Sucht er das Kind?«

Der junge Mann nickte.

»Allbarmherziger Gott! Man soll nicht räsonieren! Ich räsonierte, Herr Baron, als ich vorhin Sie beide da auf dem Deich herauskommen sah! Man soll nicht räsonieren; nein, niemals, niemals!«

Der Baron antwortete nicht; er sah mit gespannten Augen auf die Flut hinaus. Ein paar Augenblicke noch – weit von draußen her ließ sich der dumpfe Donner der offenen See vernehmen – und er packte wieder den Arm der Alten: »Jetzt, Frau Kathi, da sehen Sie hin! Nun sucht er sie nicht mehr; er trägt sie schon in seinen Armen.«

Die Alte stieß einen lauten Schrei aus.

Da tauchte die Gestalt des Schwimmers mit der breiten Brust aus den schäumenden Wogen auf und bald darauf sah man ihn langsam, aber sicher an dem abschüssigen Ufer emporsteigen. In seinen Armen, an seiner Brust ruhte ein junger Körper, gleich weit entfernt von der Fülle des Weibes wie von der Hager keit des Kindes; ein Bild der Psyche, wenn es jemals eins gegeben hatte. Aber der kleine Kopf war zurückgesunken; leblos hing der eine Arm herab. – Aus der Mittagshöhe des Himmels fiel der volle Sonnenschein auf die beiden schimmernden Gestalten.

»Wie in den Tagen der Götter!« murmelte der junge Mann, der atemlos diesem Vorgange zugesehen hatte. – »Aber jetzt, Frau Kathi, an den Strand hinab! Nehmen Sie das Kind in Empfang; ich laufe zur Stadt und bringe einen Arzt; er könnte nötig sein!«

Noch eine kurze, eindringliche Anweisung über die zunächst von der Alten vorzunehmenden Dinge, dann eilte er fort; nicht einmal den Namen des Mädchens hatte er erfahren.

Einige Minuten später lag drinnen im Schuppen die zarte Gestalt in ihrer ganzen Hülflosigkeit auf dem Ruhebette, bis zur Brust von dem roten Umschlagetuch der Alten zugedeckt. Zitternd, ihr lautes Schluchzen gewaltsam niederkämpfend, stand diese vor ihr; sie hatte eben ein Leintuch genommen und schickte sich an, mit dem jungen Körper alles vorzunehmen, was ihr von dem einen wie dann auch von dem anderen der beiden Männer eingeschärft worden war. Nur noch einmal bückte sie sich, um ihrem Liebling ins Gesicht zu sehen.

– »Kathi!« –

Die jungen Lippen hatten es gerufen, und die jungen Augen blickten sie voll und lebenskräftig an. »Kathi, ich bin ja nicht ertrunken!«

Die Alte stürzte vor ihr nieder und bedeckte unter hervorströmenden Tränen die Hände, die Brust, die Wangen des Kindes mit ihren Küssen. »Ach Frölen, Herzenskindchen, was haben Sie uns für Angst gemacht! Wenn nun der liebe junge Herr nicht gewesen wäre! Und ich räsonierte, ich alte Einfalt, als ich ihn auf dem Deich herauskommen sah!«

Das Mädchen streckte mit einer jähen Bewegung ihr die Hand entgegen. »Um Gottes willen, Kathi, schweig! Ich will seinen Namen nicht wissen, nie!«

»Frölen, ich weiß ihn ja selber nicht; ich hab den jungen Herrn ja nimmer noch gesehen; er muß wohl nicht von hier sein.«

Die junge Gestalt richtete sich auf und starrte düster vor sich hin, indem sie den Kopf in ihre Hand stützte. »Kathi«, sagte sie, »Kathi, – ich wollte, er wäre tot.«

»Kind, Kind!« rief die Alte, »versündige dich nicht! – Ach, Frölen, der gute junge Mann; er hat ja doch auch sein Leben um Sie gewagt!«

»Sein Leben! Wirklich, sein Leben? – Ach, ich habe nicht daran gedacht!«

»Nun, Frölen, hätten Sie nicht beide da versinken können?«

»Beide! Wir beide!« – – Und sie schloß wie im Traum die Augen; aber dennoch sah sie ein schönes blasses Jünglingsantlitz, das in Angst und Zärtlichkeit auf sie herniederblickte.

Die Alte hatte wieder das Tuch genommen und begann ihr das lange feuchte Haar zu trocknen; mitunter strich sie leise mit ihrer harten Hand über die weiße Stirn des Mädchens.

»Kathi«, begann diese wieder, »nein, nicht er, aber ich! – O, meine arme Mutter!« Und dabei drängte sich eine Träne nach der anderen durch die geschlossenen Wimpern. »Kathi! Ich kann ihm nicht danken! Nie, niemals! O, wie unglücklich bin ich!«

»Nun«, meinte Kathi begütigend, »Sie brauchen das ja auch nicht zu tun, Frölen; Mama wird das ja alles schon besorgen.

»Mama!« rief das Mädchen.

»Mein Gott, Frölen, hat Sie das erschreckt?«

Aber das Kind saß da, die nackten Arme vor sich hingestreckt, in ihrer hülflosen Schönheit selbst für die Augen des armen alten Weibes ein bezaubernder Anblick. »Mama!« rief sie abermals. »Ja, ja, Kathi, die würde es tun; und wenn ich sie noch so viel bäte, sie würde es dennoch tun. – Kathi, sie darf es nie erfahren; versprich es mir, schwöre es mir, Kathi!« Sie hatte die Arme um den Hals der alten Frau gelegt, die neben ihr niedergekniet war.

»Ja, ja, Frölen, wenn Sie nur ruhig werden, ich will schweigen wie das Grab.«

»Nein, Kathi, schwöre es mir ordentlich! Sage: Bei Gott! daß du schweigen willst!«

»Nun, Frölen: bei Gott! – Es hätt's auch ohne dies getan.«

»Ich danke dir, alte Kathi! Aber es war noch einer da. – War es nicht?«

»Ja, Frölen, es war – – «

»Nein, nein, nicht seinen Namen, Kathi!« Und sie verschloß den Mund der Alten mit ihrer kleinen kalten Hand. »Sage nur, hat er mich erkannt, kann er mich erkannt haben?«

»Ich glaube nicht, Frölen. Als Sie auf den Deich gegangen kamen, war er mit dem anderen drüben auf dem Floß. Nachher war er zu weit entfernt; auch ist er gleich zur Stadt zurückgegangen.«

Das Mädchen nickte und legte sich, wie um auszuruhen, auf das harte Kissen der Ruhebank zurück, die Hände hinten um den Kopf gefaltet.

Die Alte war aufgestanden. »Ich komme gleich zurück«, sagte sie; »ich geh nur, um dem anderen Herrn zu sagen, daß das Frölen munter ist, und daß wir keinen Doktor brauchen.«

»Aber vergiß nicht, Kathi!«

»Nicht doch, Frölen; ich hab es ja geschworen.«

– – Als die Alte nach einiger Zeit zurückkam, fand sie ihren jungen Gast schon völlig angekleidet, eben damit beschäftigt, ein weißes Schnupftuch sich um den Kopf zu knoten. Aber die gute Alte ließ sie so nicht fort; der Kaffee war ja noch heiß, und das Kind, da es so fror, ließ sich eine Tasse schon gefallen. »Und nun«, sagte die Alte, »wenn Frölen warten wollen, können wir gleich zusammen gehen.«

Aber das Frölen wollte nicht auf dem graden Wege nach der Stadt zurück; das Frölen wollte den weiten Umweg durch den Koog machen. Die Alte meinte zwar: »Um Gottes willen, Kind, wenn Sie so bange sind, vor dem jungen Herrn, – er wird gleich von dem Floß herauskommen; wir warten nur ein Weilchen, dann ist er lange vor uns schon zur Stadt!«

Aber das Frölen wollte doch nicht.

»Nun«, sagte die Alte, »so geh ich mit Ihnen; bei mir zu Haus wartet keiner als mein Hinz, und der wartet auch nicht, der schläft unterm Kachelofen; – Sie können da nicht allein gehen, über all die Stege und durch all das Viehzeug hindurch.«

Aber das Frölen wollte auch das nicht; sie wollte eben ganz allein gehen. »Kathi, alte Kathi!« sagte sie und streichelte mit ihrer kleinen Hand die runzeligen Wangen der alten Frau; »die Küh' und Ochsen tun mir nichts. Siehst du, ich bin ja ganz in Weiß; kein Läppchen Rot an mir!« Und sie schlug mit beiden Händen das luftige Sommerkleid zurütk. »Da ist ja festes Land; ich laufe rasch hindurch; dann schlüpf ich hinten in unseren Garten, und – siehst du, niemand hat mich gesehen, als du, alte Kathi; und du – du hast geschworen!«

Die Alte schüttelte den Kopf. Aber schon war sie zur Tür hinaus, und wie ein scheuer Vogel flog sie die Grasdecke des Deiches hinan und ebenso an der Binnenseite wieder hinunter. Einen Augenblick stand sie still, als sei sie hier geborgen; aber der alte Mutwille, der der Alten gegenüber noch eben auf ihrem Antlitz gespielt hatte, war ganz verschwunden. Als das sinnende Köpfchen sich von der Brust emporhob, blickten die großen Augen fast mehr als ernst über die grüne Marschniederung, die sich unabsehbar ihr zur Seite dehnte. Es war nicht viel zu sehen dort; zwischen den blinkenden Wassergräben, die auf eine Strecke hinaus ihrem Auge sichtbar blieben, ragte nichts aus der ungeheuren Fläche, als die zerstreut auf ihr weidenden Rinder und die niedrigen Heckpforten, welche von einer Fenne zu der anderen führten; sie kannte das alles, sie hatte es oft gesehen.

Und jetzt ging sie, die Stadt im Rücken lassend, auf dem schmalen Wege weiter, der zwischen den zu ihrer Rechten sich hinziehenden Gräben und dem hohen Deiche entlangführte. Da der Wind aus Nordwest kam, so war sie demselben hier noch mehr als an der Seeseite des Deiches ausgesetzt. Einmal wurde der Strohhut, den sie auch jetzt in der Hand trug, ihr entrissen und gegen den Deich geschleudert; ein paarmal mußte sie stehenbleiben, um das flatternde Tuch sich fester unter das Kinn zu knüpfen. Dann blickte sie ängstlich hinter sich zurück, aber kein Mensch war zu sehen; nur ihr zu Häupten schoß mitunter ein Strandvogel von draußen in das Land hinein, oder ein Kiebitz flog schreiend aus dem Kooge auf.

Und jetzt legte sich ein dunkles Wasser vor ihren Weg; vor Hunderten von Jahren hatte die Flut den Deich durchbrochen und hier sich eingewühlt. Aber der Deich, wie er gegenwärtig lag, war vor dem Rand der Wehle zurückgetreten; das Wasser spritzte auf den Weg, als das Mädchen daran vorübereilte; zwei graue Tauchenten, die inmitten der schwarzen Tiefe sich auf den Wellen schaukeln ließen, verschwanden lautlos unter der Oberfläche.

Hinter der Wehle machte der Deich gegen Westen einen Bogen, und bald führte von hier aus ein schmaler grasbewachsener Weg zwischen Gräben in den Koog hinein. Als das Mädchen das Ende desselben erreicht hatte, von wo aus es nur noch von Heck zu Heck über die Fennen zur Stadt hinaufging, gewahrte sie unten am Ausgang des Deiches die Gestalt eines Mannes; fern, fast nur wie einen Schatten.

Wie von einem jähen Schreck fuhr sie zusammen; ihr Fuß, der schon den Brettersteg am Heck betreten hatte, zuckte zurück, während ihre Arme wie zum Halt sich um den Heckpfahl schlangen. Gleich einem vom Sturm geworfenen Vogel hing sie an dem morschen Holze; ihre Lippen waren regungslos geöffnet, nur ihre dunklen Augen waren lebendig; sie folgten wie gebannt dem fernen Schatten, wie er mehr und mehr auf dem Hintergrunde der Stadt verschwand. Einen Laut, so leise wie das Springen einer Knospe, verwehte der Wind von den jungen Lippen in die leere Luft; dann schwang sie sich über den Steg und ging wie träumend weiter. Mitunter kamen die Rinder erhobenen Schweifes auf sie zugerannt; aber sie sah es nicht, und die Tiere standen und glotzten sie mit ihren dummen Augen an, bis sie vorüber war.

– Drüben auf dem Deiche stand, unbeachtet von den jungen Augen, noch eine andere Gestalt und hob sich wie eine riesige Silhouette von dem hellen Mittagshimmel ab; es war eine weibliche, die nach oben zu in einem ungeheuren Hute abschloß, wie ihn die Damenwelt vor etwa dreißig Jahren trug.

Dieser Hut stand so lange am Himmel, bis drunten aus dem Kooge das weiße Kleid verschwunden war.

Es war inzwischen Winter geworden. – Der erste Streifen des Dezember-Morgenrotes stand am Himmel und warf seinen Schein in die Dämmerung einer Künstlerwerkstatt. Abgüsse antiker Bilderwerke und einzelne Modelle von des Künstlers eigener Hand standen überall umher; an der einen Wand hingen Reliefstücke eines Bacchuszuges, an der anderen von den inneren Friesen des Parthenon; aber alles warf noch tiefe Schatten, nur einem: Flöte spielenden Faun waren von dem jungen Licht des Morgens die Wangen rosig angehaucht. In der Ecke rechts vom Eingange ragte, aus dunklem Ton geformt, die übermenschliche Gestalt einer nordischen Walküre aus der dort noch herrschenden Dämmerung hervor; aber nur der obere Teil mit dem einen Arm, den sie dräuend in die Luft erhob, war vollendet; nach unten zu war noch die ungestalte Masse des Tons, als wäre die Gestalt aus rauhem Fels emporgewachsen. Es mochte die furchtbare Brunhilde selber sein, die hier finsteren Auges auf die heiteren Griechenbilder herabsah.

– – Von draußen drehte sich ein Schlüssel in der Eingangstür. Der Künstler selbst war es, der jetzt in seine Werkstatt trat, ein schlanker, jugendlicher Mann mit grauen, hellblickenden Augen und dunklem Lockenkopf. Doch weder fremde, noch eigene Gebilde schienen heute seinen Blick zu reizen; achtlos ging er an ihnen vorüber und griff wie mit sehnsüchtiger Hast nach einem offenen Briefe, der auf der Scheibe eines Modellierblockes lag; dann warf er sich in einen danebenstehenden Sessel und begann zu lesen. Aber nur an einer bestimmten Stelle des Briefes, die er gestern schon mehr als einmal gelesen hatte, hafteten seine Augen.

»Du traust es mir wohl zu, Franz«, – so las er heute wieder – »daß ich unseren beschworenen Vertrag gehalten habe. Weder einem profanen, noch einem heiligen Ohre habe ich Deine Tat verraten; gewissenhaft habe ich jede Begierde zur Nachforschung über Person und Namen Deiner Geretteten in mir ertötet; ja selbst, als eines Tages das Geheimnis mir so nahe schien, daß ich nur einen Gartenzaun auseinander zu biegen brauchte, bin ich, wenn auch zögernd, mit katonischer Strenge vorübergegangen. – Auch auf der anderen Seite ist alles stumm geblieben, und selbst unserer alten Badehexe muß durch irgendwelche Zauberkraft der Mund wie mit sieben Siegeln verschlossen sein. – Und dennoch, ohne mein Zutun beginnt der Schleier sich vor mir zu heben.

Es gibt eine sehr junge Dame in unserer Stadt, kühn wie ein Knabe und zart wie ein Schmetterling. Obgleich sie erst mit den letzten Veilchen aus der Schulstube ans Tageslicht gekommen ist, so mag doch schon so mancher junge Gesell in schwüler Sommernacht davon geträumt haben, sie winters im geschlossenen Ballsaal an den Flügeln zu haschen; und ich will ehrlich sein – und zürne mir nicht – zu diesen kühnen Träumern habe auch ich gehört. Die alte Bürgermeisterin – mir ist das zufällig zu Ohren gekommen – die eine Art von Götzendienst mit diesem Kinde treibt, hatte mit vorausberechnender Kunst eine weiße Kamelie für sie gezogen, und das Glück war diesmal günstig gewesen, eben am Tage vor dem Balle war sie aufgeblüht. – Aber weder die Kamelie, noch das blonde Götterkind selbst erschienen bei dem Feste; keine silbernen Füßchen berührten den Boden, nur die Alltagsmenschenkinder mit erhitzten Gesichtern flogen, keines Künstlerauges würdig, durcheinander.

Und so ist es fortgegangen. Auch auf dem gestrigen Balle blieb alles dunkel; nichts als der gewöhnliche Erdenstaub. – Nur in den vertrautesten Kreisen, zu denen ich leider nicht gehöre, soll sie zu erblicken sein; ja schon seit dem Nachsommer soll sie das Haus und den Garten ihrer Mutter fast nicht mehr verlassen haben; auf dem Deiche und am Strande ist seit jenem Tage eine gewisse sehr jugendliche kühne Schwimmerin nicht wieder gesehen worden.

Geredet wird viel darüber. Einige meinen, sie sei schon in der

Wiege irgendeinem in unbekannter Abwesenheit lebenden Vetter verlobt worden, der weder das Tanzen noch das Schwimmen leiden könne, und der nun plötzlich seine Rechte geltend mache; andere sagen einfach, sie sei – verliebt. Nur für mich liegt alles in deutlicher Folge wie unter einem durchsichtigen Schleier.

Nein, nein; fürchte nicht, daß ich den Namen nenne! Ich kenne Dich ja. Der grelle Tag soll die Dämmerung Deiner Phantasie mit keinem Strahl durchbrechen; Deine leiblichen Augen sollen sie nie gesehen haben! So seid ihr beide sicher, Du in Deinem Künstlertum und sie in ihrer heiligen Jungfräulichkeit, die Du mir übrigens – o rätselhafter Widerspruch des Menschenherzens! – mit fast eigennützigem Eifer zu behüten scheinst.«

– – Er las nicht weiter; er hatte den Brief aus der Hand fallen lassen und stand jetzt, die Hände auf dem Rücken, vor dem düsteren Bilde seiner nordischen Walküre. Aber sie war ihm in diesem Augenblicke nichts, als nur der Hintergrund, auf dem vor seinem inneren Auge ein anderes, lichtes Bild sich abhob. Langsam wandte er sich ab und trat ans Fenster.

Das Haus lag in einer der Vorstädte, welche die nordische Hauptstadt umgürten, und gewährte noch den freien Ausblick über Hecken und Felder, bis zum fernen Rand des Himmels, der jetzt ganz von leuchtendem Morgenrot überflutet war. Ein Schimmer des rosigen Lichtes lag auf dem Antlitze des jungen Künstlers selbst, der regungslos hinausschaute, als sähe er dort fern am Horizonte, was sich in seinem Inneren leis emporgedrängte und mehr und mehr Gestalt gewann. – – »Arme Psyche!« sprach er bei sich selber; »armer gaukelnder Schmetterling! Von der blumigen Wiese, die deine Heimat war, hattest du dich aufs fremde Meer hinausgewagt. – – – Nein, Franz!« und es war, als ob er tiefer ins Morgenrot hineinschaute – »betrüge dich nicht selbst; du täuschest es doch nicht mehr hinweg! – Psyche, die knospende Mädchenrose, das schlummernde Geheimnis aller Schönheit, sie war es selbst. – – Wie gierig die Wellen nach ihr leckten! Wie sie mit den zarten Libellenflügeln spielten! – – War ich's denn wirklich, der auf diesen Armen sie emportrug?«

– Er war ins Zimmer zurückgetreten; unwillkürlich hatten seine Hände einen auf der Modellierscheibe liegenden Klumpen weichen Tons ergriffen; dann bald auch eines der Modellierhölzchen, die dicht daneben lagen. –

»Wie erzählt nur Apulejus das anmutige Märchen? – Psyche, das arme leichtgläubige Königskind, hatte den neidischen Schwestern ihr Ohr geliehen: ein Ungeheuer sei der Geliebte, der nur in purpurner Nacht bei ihr verweilen wolle. Nach dem Rate der Argen, mit brennender Lampe und mit scharfem Stahl bewehrt, war sie an das Lager des Schlafenden getreten und erkannte, bebend vor Entzücken, den schönsten aller Götter. Aber die Lampe schwankte in der kleinen Hand, ein Tropfen heißen Öls erweckte den Schlafenden, und zürnend entriß der Gott sich ihren schwachen Armen und hob sich in die Luft. Aus dem Wipfel einer Zypresse schalt er die törichte Geliebte; dann breitete er aufs neue die Schwingen aus und flog zu unsichtbaren Höhen. – – – O süße Psyche! Als im leeren Luftraum dein Auge ihn verlor, da hörtest du die Wellen des nahen Stromes rauschen; da sprangst du auf und stürztest dich hinein; dein zartes Leben sollte untergehen in den kalten Wassern!

Doch der Gott des Stromes, fürchtend den mächtigeren Gott, der selbst das Meer erglühen macht, trug dich auf seinen Armen sanft empor und legte dich auf die blühenden Kräuter seines Ufers. – – Nahmen nicht oft die Götter die Gestalt der Menschen an? – Vielleicht nahm er die meine, und mir träumte nur, ich sei es selbst gewesen. O, süße Psyche, ich hätte dich an keinen Gott zurückgegeben!«

Nur in seinem Innern, unhörbar hatte er alle diese Worte gesprochen. – Draußen am Himmel war das Morgenrot verschwunden, und dem schönen Aufgang war ein grauer Tag gefolgt. Der Flöte spielende Faun, wie alles andere, stand jetzt im kalten Schein des Winterhimmels; nur auf dem Antlitz des Künstlers selber schien noch ein Abglanz des jungen Lichts zurückgeblieben. Aber aus dem bunten Szenenwechsel, der vor seinem inneren Auge vorbeigezogen war, sah ihn stumm und rührend, wie um Gestaltung flehend, das eine Bild nur an. – Und seine Hände hatten nicht gerastet; schon war aus dem ungestalten Tonklumpen ein zarter Mädchenkopf erkennbar, schon sah man die geschlossenen Augen und die Wölbung des kleinen, leicht geöffneten Mundes.

Die Mittagshelle des Wintertages war heraufgezogen; da klopfte es von draußen mit leisem Finger an die Tür. – Er merkte es nicht; Ohr und Auge waren versunken in die eigene Schöpfung, die er aus dem Chaos an das Licht emportrug. – Da klopfte es noch einmal; dann aber wurde die Tür geöffnet.

Eine alte Frau war eingetreten. »Aber Franz, willst du denn gar kein Frühstück?«

»Mutter, du!« – Er war aufgesprungen und hatte hastig ein neben ihm liegendes Tuch über das junge Werk geworfen.

»Soll ich's nicht sehen, Franz? Hast du ein neues Werk begonnen? Du bist ja sonst nicht so geheimnisvoll.«

»Ja, Mutter, und diesmal fühl ich's, ist's das rechte. – Aber deshalb – noch nicht sehen! Auch du nicht, meine liebe alte Mutter!«

Der Sohn hatte den Arm um sie gelegt. So führte er sie aus seiner Werkstatt, während sie zärtlich nickend zu ihm aufblickte, und bald traten die beiden in das freundliche Wohnzimmer, wo seit lange der Frühstückstisch für ihn bereitstand.

Es war Winter gewesen und Frühling geworden; aber auch der und der halbe Sommer waren schon dahingegangen; die Linden in der breiten Straße der Hauptstadt standen bestaubt, mit fast verdorrten Blättern. Statt der Natur, die hier so früh schon ihre Herrlichkeit zurücknahm, hatte die Kunst ihre Schätze ausgebreitet. Es war das Jahr der Kunstausstellung; die Tore des Akademiegebäudes hatten schon seit einigen Wochen dem Publikum offengestanden.

Unter den Werken der Bildhauerkunst war es besonders eine in halber Lebensgröße ausgeführte Marmorgruppe, welche die Teilnahme von alt und jung in Anspruch nahm. Ein junger, schilfbekränzter Stromgott, an abschüssigem Ufer emporsteigend, hielt eine entzückende Mädchengestalt auf seinen Armen. Trotz des zurückgesunkenen Hauptes und der geschlossenen Augenlider der letzteren sah man fast wie lauschend die Menschen an das Bild herantreten, als ob sie in jedem Augenblick den ersten neuerwachten Atemzug in der jungen Brust erwarten müßten. »Die Rettung der Psyche« war das Werk im Katalog bezeichnet.

Der Name des noch jungen Künstlers ging von Mund zu Mund; fortwährend war sein Werk von einer Menge von Bewunderern umdrängt; die Neugierigen, wo sie ihn erwischen konnten, plagten ihn auch wohl mit Fragen. »Nicht wahr, Verehrtester«, meinte ein alter Kunstmäzen, der vor dem Ausstellungsgebäude seinen Arm erhascht hatte und ihn nun innig festhielt, »das ist noch ein Motiv aus Ihrem römischen Aufenthalt? Wo haben Sie nur das allerliebste Köpfchen aufgefischt?«

Auf die erste Frage blieb der Künstler die Antwort schuldig; auf die zweite gab er bereitwillig Auskunft. »Ich liebe es, im Winter über Land zu schweifen; da sah ich eines Tages den Vorhang des Olympos wehen und war so glücklich, einen Blick hineinzutun.«

Der Alte sah ihn schelmisch an. »Sie wollen mir ausweichen. Nun – es muß ein langer Blick gewesen sein!«

Der junge Künstler schüttelte den Kopf.

»Aber, Verehrtester, Sie schauen ja plötzlich ganz melancholisch drein!«

»Ich? Nun, vielleicht, – Sie wissen wohl, man schaut nicht ungestraft ein Götterantlitz.«

»Ja, ja, Sie haben recht!« Und der Alte ließ sein Opfer für dieses Mal entwischen.

Wie es zu geschehen pflegt, nachdem die Bewunderung sich sattgesprochen, kam auch der Tadel dann zu Worte. Man fand das ganze zu wenig stilvoll, das Herabhängen des einen Armes der Psyche insbesondere zu naturalistisch.

»Aber, ihr Männer, könnt ihr denn gar nicht sehen?« rief eine muntere, hellblickende Dame, die im Angesichte des Kunstwerks eben mit solchen Bemerkungen unterhalten wurde; »dieser schöne Arm ist eine Reminiszenz! Glauben Sie mir, das da hat seine lebendige Geschichte, das Bildwerk ist ein Denkmal; vielleicht – – «

»Auf dem Grabe einer Liebe?«

»Vielleicht! Wer weiß!«

»O, gnädige Frau, Sie wissen mehr; verraten Sie es nur!«

»Ich weiß nichts, und wenn ich wüßte, so etwas wird von keiner Frau verraten.«

»Aber da wären wir ja mit aller Kritik am Ende!«

»Ich dächte, ja!«

Noch andere Ohren hatten dies Gespräch gehört. Ein junger Maler, ein Freund des Künstlers, trat bald danach in dessen Werkstätte und erstattete getreulichen Bericht.

Der Bildhauer hatte auffallend schweigsam zugehört. Er lehnte mit dem Rücken gegen das Fenster, die Arme ineinandergeschränkt, gleich einem Mann, der seine Arbeit für getan hält. In der Ecke am Eingange stand, noch immer unvollendet, die dräuende Walküre, neben dem Bacchuszuge blies der Faun noch seine Flöte; die Morgensonne leuchtete hell herein, aber Spuren eines neuen Werkes waren nicht zu sehen.

»Willst du noch weiter hören, Franz?« fragte der Maler. »Es gibt des Unsinns noch einen ganzen Haufen mehr.«

Der andere bewegte leicht den Kopf.

»Nun also, zunächst! – Warum ist dein bekränzter Stromgott, gleich der Psyche, so entzückend jung? Die Wirkung durch den Gegensatz wäre ja doch unendlich packender und das Gefühl des dezenten lieben Publikums zugleich so schön gesichert gewesen, wenn du statt dieser gefährlichen Jugend einen alten Stromian genommen hättest, so einen mit ellenlangem Schilfbart, in dem ein Dutzend Krebse und Garnelen auf und ab geklettert wären! – Du siehst nun, Franz, du bist ein höchst kurzsichtiger und einfältiger Patron gewesen!«

Der Bildhauer antwortete auch jetzt nicht; aber er war leise in sich zusammengezuckt. An einen alten Stromgott hatte er weder bei der Entstehung noch bei der dann rasch erfolgten Ausführung seines Werkes gedacht; die jugendliche Gestalt desselben war ihm der gegebene Stoff gewesen.

»Und nun«, fuhr der Maler fort, »nun kommt der letzte Trumpf; der junge Stromgott sollst du selber sein! – Nein, nicht du selber gerade; aber die Ähnlichkeit will man unverkennbar finden!«

»Was sagst du? Die Ähnlichkeit mit mir?« Die stumme Gestalt am Fenster war plötzlich lebendig geworden. Unruhig begann er in seiner Werkstatt auf und ab zu gehen; er bestritt es heftig, ja er suchte es Zug für Zug zu widerlegen.

Der Maler sah ihn fragend an. »Du scheinst dir das sehr zu Herzen zu nehmen.«

Der andere verstummte wieder.

Als gleich darauf das Dienstmädchen mit einer Bestellung hereinkam, fragte er sie hastig: »Sind keine Briefe für mich da?«

Aber der Postbote war noch nicht vorbeigekommen.

Der Maler, da nicht wie sonst ein Gespräch zwischen ihnen in Fluß kommen wollte, hatte sich bald entfernt. Der Zurückbleibende war ans Fenster getreten und blickte durch die Lücken der Bäume in das Feld hinaus. Es stand jetzt kein Wintermorgenrot am Horizont; der Himmel war eintönig weiß von der Mittagssonne des Nachsommers.

In seinen Gedanken wiederholte sich ein Gespräch, das er in den letzten Tagen mit seiner Mutter gehabt hatte. »Du solltest ein wenig reisen, Franz«, hatte sie gesagt; »du bist ermüdet von der angestrengten Arbeit.« – – »Ja, ja, Mutter«, hatte er erwidert, »es mag sein.« – – »Und daß du nach deiner Art mir jetzt nicht gleich was Neues anfängst!« – – »Meinst du! Aber mir ist im Gegenteil, es wäre das vielleicht das beste.« – – Fast ein wenig unwillig war die Mutter geworden. »Was redst du denn, Franz! Du widersprichst dir selbst.« – – »Sorge nicht, Mutter! ich kann nichts Neues machen.« – Es war ein so seltsamer Ton gewesen, womit er das gesprochen; die kleine Frau hatte sich an seinen Arm gehangen: »Aber mein Sohn, du suchst mir etwas zu verbergen!« – – Und liebevoll sich zu ihr niederbeugend, hatte er erwidert: »Für wen, als für dich, Mutter, habe ich zuerst das Tuch von meiner Psyche aufgehoben? Laß es auch hier noch eine kurze Zeit bedeckt, so lang nur, bis ich weiß, ob es Gestalt gewinnen kann. Wenn nicht – –« Er hatte den Satz nicht ausgesprochen; aber die beiden Arme der Mutter hatten den großen Mann umfangen. »Vergiß es nicht, daß du noch immer unter meinem Herzen liegst!« – Ein paar Tränen hatte sie sich abgetrocknet; dann aber hatten ihre Augen ganz mutig zu ihm aufgeblickt. »Aber du mußt dennoch reisen, Franz! Dein Freund da unten an der Nordsee, der paßt für dich und hat ein heiteres Gemüt; er hat dich ja schon wieder dringend eingeladen.«

Unbewußt hatte die Mutter ein erschütterndes Wort gesprochen; der Sohn hatte ihr nicht geantwortet, er hatte es vor plötzlichem gewaltigen Herzklopfen nicht gekonnt; aber noch am selben Abend war ein Brief nach der Küstenstadt der Nordsee abgegangen.

Die Antwort darauf konnte er heute schon erwarten. Und jetzt wurde die Tür geöffnet. Da war der Brief. – »Von Ernst!« Aus beklommener Brust hatte er es herausgestoßen; die Hülle flog zu Boden, und seine Augen verschlangen die vertraute Schrift des Freundes.

»Ich wußte wohl« – so schrieb der junge Aktenmann – »ich wußte wohl, daß Du mir kommen würdest. – Seitdem Dein Marmorbild die Stille Deiner Werkstatt verlassen hat und aller Welt zur Schau steht, ist es nicht mehr sie; es ist, wie anderes, nur noch eine Schöpfung Deiner Kunst. Nun streckst Du nach der Lebendigen Deine Arme aus; der Verlauf ist so natürlich, daß jeder Arzt ihn Dir vorausgesagt hätte.

Ob Du unerkannt ihr würdest nahen können, ob die Gewalt der Wellen – oder welche andere? – ihr damals tief genug die hellen Augen geschlossen hat, wer möchte das entscheiden! Glaub es immerhin! Ich rufe Dir Deinen eignen Wahlspruch zu: Sei nur fromm und ehre die Götter.

Dein Zimmer und Freundeshände sind für Dich bereit. Aber, Franz – und jetzt höre mich ruhig an! – Du weißt es wohl noch, denn Du hast ja auch Deinen Ovid gelesen – irgendwo in der Welt, an der dreifachen Scheide von Erde, Luft und Wasser steht auf einsamen Gipfel das eherne Haus der Fama; unzählbare Eingänge hat es, die tags und nächtens offenstehen; keine Ruh ist drinnen, in keinem Winkel ein Schweigen; wie ein Schwarm unsichtbarer Schlänglein läuft an den Decken der Säle das Gemurmel; ewig dröhnt es vom Geräusch aus- und einziehender Stimmen; kein noch so leises Flüstern, kein Seufzer einer Menschenbrust, und wenn aus tausend Meilen weiter Ferne, dessen letzter Hall hier nicht aufgefangen würde, den hier die tönenden Wände nicht hin und wider werfen und verdoppelt und verzehnfacht an das gierige Ohr der Welt hinaussenden.

Von dort muß es gekommen sein; denn die alte Bade-Kathi sieht mir nicht aus wie eine Schwätzerin. Aber sie wissen es, wissen es wirklich; sie reden davon, alle und überall; nur Deinen Namen – vielleicht hat das Wellenrauschen ihn derzeit übertönt – scheint das eherne Haus nicht mit hinabgesandt zu haben. Ich habe meine gerechte Schadenfreude, wie sie mit den Nasen in der Luft forschen, wie vor Gier ihre Ohren in den Urzustand zurückkehren und wieder beweglich werden und dennoch nichts erhaschen.

Aber hundert täppische und tückische Hände griffen nach Deinem schönen Schmetterling, um ihm den Schmelz von seinen Flügeln abzustreifen.

Da hat er sich denn einfach aufgeschwungen und ist davongeflogen; wohin, das hat auch mir die Fama bis jetzt noch nicht verraten wollen.«

– – Schon längere Zeit hatte die Mutter vor dem Lesenden gestanden und ihm in das erregte Angesicht geblickt. Jetzt wandte er ihr langsam seine Augen zu.

»Ich werde meine Psyche von der Ausstellung zurückziehen«, sagte er düster, »und dann, Mutter, reise ich; aber nicht nach der nordischen Küstenstadt.«

Der andere Tag war angebrochen.

So viel stand fest, er wollte fort; er hatte das Bedürfnis, ganz mit sich allein zu sein; kein Sohn einer Mutter, kein Freund eines Freundes. Er dachte an den Spreewald mit seinem Netz von hundert stillen Wasserarmen, in dessen Schatten er sich einmal mit seinem Freunde, dem Maler, einen schönen Sommermonat lang verloren hatte. Auf einsamen Nachen unter überhängenden Erlen hinzufahren, zwischen flüsterndem Schilfrohr oder durch die breiten schwimmenden Blätter der Wasserlilie – wie erquickende Kühle wehte es ihn an. Er ging rascher unter den bestaubten Linden der Hauptstadt dahin; er konnte morgen, ja schon heute abreisen. Nur noch einmal wollte er seine Psyche sehen und dann einem diensteifrigen Freunde alles übrige wegen Zurücknahme des Werkes übertragen.

Die Sonne stand noch schräg am Himmel. Die Säle des Akademiegebäudes waren zwar schon offen, aber die herkömmliche Stunde des Besuches war noch nicht gekommen. Nur in dem oberen Stockwerke, in welchem die Gemäldeausstellung ihren Platz hatte, standen einzelne Fremde hie und da vor einem Bilde; in den unteren Räumen, wo sich die Werke der Bildhauerkunst befanden, schien noch alles leer. Da sie gegen Westen lagen, auch ein paar Kastanienbäume unweit der Fenster ihre laubreichen Zweige ausbreiteten, so entbehrten sie noch des helleren Lichtes; es war noch etwas von der unberührten Morgenfrühe in diesen hohen Sälen, und die Marmorbilder standen da in einsamer Schönheit und wie in feierlichem Schweigen.

Und doch, auch hier mußte schon ein Besucher sich eingefunden haben; denn ein leiser, tastender Schritt war eben in dem letzten der drei Säle verschollen, als der junge Bildhauer die Tür des Eingangssaales hinter sich geschlossen hatte. Auch er trat, wenngleich sicher wie im eigenen Hause, so doch fast behutsam auf, als scheue er sich, den Widerhall zu wecken, der nur leicht in diesen Räumen schlief.

Im mittleren Saale blieb er vor einer Venus stehen, die aus einer eben geöffneten Muschel zum erstenmal in die Welt des Sonnenlichts hinauszublicken schien. Aber seine Augen lagen nur wie abwesend auf der üppigen Gestalt, die hier von sinnentrunkener Künstlerhand geschaffen war; er hätte wohl selber nicht zu sagen gewußt, weshalb er vor diesem ihm so fremden Bild verweilte. Sein eigenes Werk befand sich nebenan im letzten Saale; er war ja nur gekommen, um einmal noch zu prüfen, wieviel von seinem Geheimnis es ihm unbewußt verraten haben könne, vielleicht auch – um in dem Marmorbild noch einen Abschied von der Lebenden zu nehmen. War es ihm doch plötzlich, als sei es in der lautlosen Stille dieser Hallen noch einmal wieder sein geworden, ja fast, als müsse er durch die offene Flügeltür das Atmen des schönen Steins vernehmen.

Da – es war keine Täuschung – schlug von dort ein leiser Klagelaut ihm an das Ohr; nur einmal, aber im freien Walde von einer verwundeten Hindin, meinte er solchen Ton gehört zu haben.

Rasch war er auf die Schwelle getreten; aber er kam nicht weiter. Dort an einer der großen Porphyrsäulen, welche hier die Decken der Säle tragen, lehnte ein Mädchen, noch immer eine Mädchenknospe, wie in sich zusammenbrechend, und starrte mit aufgerissenen Augen seine Marmorgruppe an; ein kleiner Sonnenschirm, ein Sommerhut lagen am Boden neben ihr.

Nun wandte sie den Kopf, und ihre Augen trafen sich. Es war nur wie ein Blitz, der blendend zwischen ihnen aufgeleuchtet:

aber das schöne, ihm zugewandte Mädchenantlitz war von einem Ausdruck des Entsetzens wie versteinert. Den schlanken Körper wie zur Flucht gebogen, und doch mit niederhängenden Armen, stand sie da; nur ihre Augen irrten jetzt umher, als ob sie einen Ausgang suchten.

Vergebens! Dort auf der Schwelle, die allein zur Freiheit führte, stand der schöne, furchtbare Mann, dem – seit wie lange schon! – selbst ihre Gedanken zu entfliehen strebten; zwar, wie sie selbst, noch immer unbeweglich; aber seine Arme waren nach ihr ausgestreckt.

Noch einmal wagte sie, ihn anzublicken; dann, wie ein ratloses Kind, vergrub sie das Gesicht in ihren Händen; all ihre Kühnheit hatte sie verlassen.

– – Und nur einen Augenblick noch schwankte das Zünglein der Waage zwischen Tod und Leben; aber dann nicht länger.

»Psyche! Süße, holde Psyche!« – Seine Lippen stammelten; und an beiden Händen hielt er sie gefangen.

Sie bog den Kopf zurück, und wie zwei Sterne sah er ihre Augen untergehen. Er ließ sie nicht; in trunkenem Jubel hob er sie auf seine Arme; er bog den Mund zu ihrem kleinen Ohre nieder, und leise, aber mit einer Stimme, die vor Entzücken bebte, sprach er, was er einst nur fern von ihr gedacht: »Nun laß ich dich nicht mehr; ich gebe dich an keinen Gott heraus!«

Da regte auch der schöne Mund des Mädchens sich. »Sage: nie!« kam es wie ein Hauch zu ihm herauf; »sonst muß ich heute noch vor Scham erblinden!«

»Nie!« rief er laut; und wie Donner des Weltgeschickes hallte es von den Wänden des hohen Saales ihm zurück. »Nie, so lang ich hier im Lichte wandle!«

»Nein; sage: nie in alle Ewigkeit!«

»Nie in alle Ewigkeit! – Auch drunten, unter den flüsternden Schatten will ich bei dir sein!«

Seine Augen ruhten auf dem süßen Antlitz, das sie noch immer mit geschlossenen Lidern ihm entgegenhielt. Nun aber schlug sie leise die Wimpern auf; erst noch ein wenig zögernd, dann immer vertrauender blickte sie ihn an, und immer sonniger wurde der Ausdruck ihres lieblichen Gesichtes.

Wie lange er sie so an seiner Brust gehalten? – Wer könnte es sagen! – Ein Vogel, der von draußen aus den Kastanienbäumen gegen die Fensterscheiben flog, brachte den ersten Laut der Außenwelt zu ihren Ohren.

Da ließ er sie sanft zu Boden gleiten; nur mit einem Arm noch hielt er die leichte Gestalt umfangen. »Aber du !« sagte er – und es war, als wenn er plötzlich mit Erstaunen sie betrachte – »du schöne Lebendige, wie bist du nur hieher geraten? Oder versteht vielleicht das Glück sich ganz von selbst?«

Sie wies mit scheuem Finger auf die Marmorgruppe und barg zugleich den Kopf an seiner Brust. »Das da«, sagte sie. »Sie sprachen davon, daß es das Lieblichste von allem sei.« – Und kaum hörbar, so daß er sich tief zu ihrem Munde neigte, setzte sie hinzu: »Ich mußte es allein sehen, eh die anderen mit mir kamen. Mich trieb eine Angst – – nein, frag mich nicht! Ich weiß nicht, was! Aber hier hab ich mich sehr gefürchtet.«

»Welche anderen?« fragte er.

»Die mit mir hier sind: mein Oheim und meine Mutter. Ich war mit ihnen oben in den Gemäldesälen; ganz heimlich bin ich ihnen fortgelaufen.«

Dann plötzlich schoß es wie ein Blitz des alten Übermutes über das ein wenig blasse Antlitz. »Aber«, rief sie, »wie heißt du denn? Mein Gott, ich weiß nicht einmal deinen Namen!«

»Ja, rat einmal!«

Sie schüttelte das Köpfchen, daß die blonden Haare ihr in die Stirn fielen. »Nein, rate du zuerst!«

»Ich? Was soll ich raten?«

»Was du raten sollst? Als ob ich keinen Namen hätte!«

»Aber den kenne ich ja längst!« Er strich das seidene Haar ihr von der Stirn. »Sieh nur hin! Das bist du ja! Und glaub es nur, ich habe jeden Tag zu dir gesprochen in all der langen, langen Zeit.«

Von dunklem Purpur übergossen, schlang sie die Hände um seinen Hals und ließ ihn tief in ihre Augen blicken, »welch ein Glück, daß du der Künstler bist!«

Mit beiden Armen umfaßte er die Geliebte und küßte zum ersten Male den jungfräulichen Mund. – Dann aber flüsterten sie sich ihre Namen zu, ganz leise, als seien es Geheimnisse, die selbst die steinernen Gestalten um sie her nicht wissen dürften;

und als sie seinen Namen hörte, rief sie: »O wie schön! Du konntest gar nicht anders heißen!« Er aber blickte ganz träumerisch auf sie nieder; er konnte es nicht verstehen, daß sie »Maria« heiße.

Sie lachte, als er ihr das sagte, und flüsterte ihm zu: »Die alte Bürgermeisterin sagt es auch, ich sei verkehrt getauft.«

»Getauft!« wiederholte er fast staunend. »Wie seltsam doch, daß du getauft bist!«

Einen Augenblick sah sie ihn fragend an; dann wie zwei glückliche Kinder, lachten beide miteinander.

Aber sie waren hier nicht mehr allein. Vom Eingange her nahten sich Schritte, und im mittleren Saale wurde eine noch immer schöne Frau am Arme eines älteren Mannes sichtbar.

»Dein Töchterchen«, sagte dieser, nicht ohne einen Ausdruck von Besorgnis, »scheint doch nicht hier zu sein.«

Die Frau an seinem Arme lächelte. »Du mußt dich schon daran gewöhnen, daß sie ihre eigenen Wege geht; sie wird wohl oben noch von irgend einem Bild gefangen sein. Aber die gerettete Psyche, wo ist denn die?«

Sie erhielt keine Antwort; denn in demselben Augenblicke hing auch das Kind an ihrem Halse. »Hier ist sie, Mutter; deine Tochter ist es! O, seid beide gut und freundlich!« Die jungen Augen glänzten; über die geöffneten Lippen ging schwer der Atem aus und ein.

»Mein Kind, mein liebes Kind!«

Die Mutter wollte sie beruhigen; aber schon hatte sie in freudiger Hast deren beide Hände ergriffen und zog sie über die Schwelle in den letzten Saal, wo der Geliebte in stummer Erwartung neben seinem Werke stand.

Daheim in der Werkstatt des Künstlers ging derweile zwischen den Statuen und Modellen eine kleine, alte Frau umher. Sie schien so recht nicht etwas vorzuhaben, trotz des Staubtuches in ihrer Hand, mit dem sie hie und da an den umherstehenden Dingen sich zu tun machte. Endlich hatte sie sich in den Sessel neben der Modellierscheibe niedergelassen, ein stiller Seufzer ging über ihre Lippen, ein Seufzer, daß doch die großen Kinder, ja, auch die allerbesten, sich von dem Mutterherzen lösen. Sinnend blickte sie auf die leere Stelle, die noch vor kurzem das letzte Werk ihres Sohnes eingenommen hatte.

Da wurden Schritte und Stimmen auf dem Hausflur laut, und noch bevor sie aus ihren schweren Gedanken sich emporgearbeitet hatte, waren durch die geöffnete Tür zwei Paare zu ihr eingetreten. Das ältere war ihr gänzlich unbekannt, aber hinter diesem, der junge Mann, an dessen Arm das schöne Mädchen hing – so konnten ihre alten Augen sie nicht trügen – das war denn doch ihr Sohn!

Voll Verwirrung war sie aufgestanden: aber schon hatten die jungen schönen Menschen sich ihr genähert und ihre Hand gefaßt. »Mutter«, sagte der Sohn, »hier hast du mein Geheimnis! Dies Kind behauptet zwar, daß sie Maria heiße; aber du siehst ja wohl, daß es die Psyche ist, die lebendige, meine Psyche, durch die nun ich und meine Werke leben werden!« Und sich freudig aufrichtend und drüben seinem unvollendeten Werke zunickend, setzte er hinzu: »Auch dich, Walküre, wird sie aus deinem Bann erlösen!«

Die alte Frau aber hielt jetzt die Psyche an ihren beiden kleinen Händen; sie betrachtete sie aufmerksam, ja fast mit Staunen; aber immer inniger wurde dieser Blick, bis dann das ganz erschütterte Kind in ihren mütterlichen Armen lag.

Der junge Künstler stand, wie träumend, das Haupt geneigt; ihm war, als höre er in weiter Ferne das Wellenrauschen der Nordsee. Und auch die Geliebte schien er mit sich dahin gezogen zu haben; denn aus ihren Tränen wandte sie plötzlich den Kopf zu ihm empor und sagte: »Aber du, die alte Bade-Kathi muß doch mit zu unserer Hochzeit!«

Da löste sich die Stille in ein heiteres Lachen des Glückes; ganz vernehmlich blies der Faun auf seiner Flöte, und am Himmel draußen stand in vollem Glanz die Sonne, noch immer die Sonne Homers, und beleuchtete wieder einmal ein junges aufblühendes Menschenschicksal.

Am anderen Morgen aber flog mit dem ersten Bahnzuge, der nach Norden ging, ein kurzer jubelnder Brief nach der alten Stadt an der Meeresküste.

Im Nachbarhause links

Wenn du es hören willst«, sagte mein Freund und streifte mit dem kleinen Finger die Asche von seiner Zigarre. »Aber die Heldin meiner Geschichte ist nicht gar zu anziehend; auch ist es eigentlich keine Geschichte, sondern nur etwa der Schluß einer solchen.«

»Danke es«, versetzte ich, »unserer heurigen Novellistik, daß mir das letzte jedenfalls besonders angenehm erscheint.«

»So? – Nun also!

Es sind jetzt dreißig Jahre, daß ich als Stadtsekretär in diese Lreffliche See- und Handelsstadt kam, in welcher die Groß- und Urgroßväter meiner Mutter einst als einflußreiche Handelsherren gelebt hatten. Das derzeit von mir gemietete Wohnhaus stand zwischen zwei sehr ungleichen Nachbarn: an der Südseite ein saubergehaltenes Haus voll lustiger Kinderstimmen, mit hellpolierten Scheiben und blühenden Blumen dahinter; nach Norden ein hohes düsteres Gebäude; zwar auch mit großen Fenstern, aber die Scheiben derselben waren klein, zum Teil erblindet und nichts dahinter sichtbar, als hie und da ein graues Spinngewebe. Der einstige Ölanstrich an der Mauer und der mächtigen Haustür war gänzlich abgeblättert, die Klinke und der Messingklopfer mit dem Löwenkopf von Grünspan überzogen. Das Haus stand am hellen Tage und mitten in der belebten Straße wie in Todesschweigen; nur nachts, sagten die Leute, wenn es anderswo still geworden, dann werde es drinnen unruhig.

Wie ich von meinem Steinhofe aus übersehen konnte, erstreckte sich dasselbe noch mit einem langen Flügel nach hinten zu. Auch hier war in dem oberen Stockwerke, das ich der hohen Zwischenmauer wegen allein gewahren konnte, eine stattliche Fensterreihe, vermutlich einem einstigen Festsaal angehörig; ja, als einmal die Sonne auf die trüben Scheiben fiel, ließen sich deutlich die schweren Falten seidener Vorhänge dahinter erkennen.

Nur eine einzige Menschenseele – so sagte man mir –, die uralte Witwe des längst verstorbenen Kaufherrn Sievert Jansen hause in diesen weitläuftigen Räumen; wenigstens glaube man, daß sie noch darin lebendig sei; gesehen wollte sie keiner von denen haben, welche ich zu befragen Gelegenheit hatte. Aber ich möchte nur aufpassen, ob nicht frühmorgens, bevor die anderen Häuser aufgeschlossen würden, eine alte Brotfrau dort an die Haustür komme. Dann werde diese, nachdem die Frau ein dutzendmal mit dem Löwenklopfer aufgeschlagen, eine Spalte weit geöffnet, und eine dürre Hand lange daraus hervor und nehme sich ein paar trockene Semmeln aus dem Korbe.

Ich habe diese Beobachtungen nicht angestellt. Doch ging bald darauf bei einer amtlichen Durchsicht der Depositen ein von meiner unsichtbaren Nachbarin bei dem Stadtgerichte niedergelegtes wohlversiegeltes Testament durch meine Hände. Sie lebte also, und hatte ohne Zweifel auch noch ihre Beziehungen in das Leben; nur im Munde des Volkes war sie fast zur Sage geworden.

Als ich und meine Frau, der hier noch bestehenden guten Sitte folgend, der Kaufmannsfamilie in dem freundlichen Hause rechts unseren Nachbarbesuch abstatteten, wurden wir von den heiteren Leuten fast ausgelacht, daß wir es wagen wollten, auch zur Linken an die Nachbarstür zu klopfen.

»Sie kommen nicht hinein!« sagte der Hausherr; »ich glaube, es ist seit Jahren niemand hineingekommen: denn, Gott weiß, wie sie es macht, aber die alte Dame wirtschaftet ganz allein. Wenn es Ihnen aber auch gelänge, den Eingang zu erzwingen, so würden Sie mit Ihrer Aufmerksamkeit nur den Verdacht erwecken, Sie hätten es auf die nachbarliche Erbschaft abgesehen!«

»Aber ihr Testament«, bemerkte ich, »liegt ja seit Jahren schon im Stadtgerichte; und überdies – wie mir erzählt wurde – ein Viertel an die Stadt, drei Viertel an eine milde Stiftung; das lautet doch nicht eben menschenfeindlich.«

Mein Nachbar nickte. »Freilich! Aber zum ersten war sie

durch das Testament ihres Seligen gezwungen; das andere – eine schöne Stiftung, dieses Land- und Seespital!«

Ich fragte näher nach.

»Sie werden«, fuhr der Nachbar fort, »es bei der Kürze Ihres hiesigen Aufenthalts noch kaum gesehen haben: es ist eine reichdotierte Versorgungsanstalt für ausgebrauchte Seeleute und Soldaten, das heißt für die unterste Klasse derselben. Die Stiftung rührt von einem reichen kinderlosen Geschwisterpaare her, einem alten Major und einer Seekapitänswitwe. Unter den Linden vor dem schönen Hause, draußen auf einem Hügel vor dem Nordertore, das sie in den letzten Jahren gemeinschaftlich bewohnten, sieht man jetzt reihenweis die alten Burschen mit ihren blauroten Nasen vor der Tür sitzen; die einen in alten roten oder blauen Soldatenröcken, die andern in schlotterigen Seemannsjacken, alle aber mit einem Pfeifenstummel im Munde und einem Schrotdöschen in der Westentasche. Bleibt man ein Weilchen auf dem Wege stehen, so sieht man sicher bald den einen, bald den anderen ein grünes oder blaues Fläschchen aus der Seitentasche holen und mit wahrhaft weltverachtendem Behagen an die Lippen setzen. Die pläschchen, über deren Inhalt kein gerechter Zweifel sein kann, nennen sie ihre ›Flötenvögel‹; und für diese Vögel, welche – getreu dem Willen der Stifter – nur zu oft gefüllt werden, sind jene drei Viertel des ungeheueren Vermögens bestimmt worden.«

»Und welches Interesse«, fragte ich, »kann die Testatrix an diesen alten Branntweinsnasen haben?«

»Interesse? – Ich denke, keins; als daß das Geld aus einem Rumpelkasten in den anderen kommt.«

»Hm! Die Alte muß doch eine merkwürdige Frau sein; ich denke, wir versuchen dennoch unsere Visite!«

Man wünschte uns lachend Glück auf den Weg.

Aber wir kamen nicht hinein. Zwar öffnete sich die Haustür; aber nur eine Handbreit, so stieß sie auf eine von innen vorgelegte Kette. Ich schlug den Messingklopfer an und hörte, wie es drinnen widerhallte und in der Tiefe wie in leeren Räumen sich zu verlieren schien; dann aber folgte eine Totenstille. Als ich noch einmal hämmern wollte, zupfte meine Frau mich am Ärmel: »Du, die Leute lachen uns aus!« Und, wirklich, die Vorübergehenden schienen uns mit einer gewissen Schadenfreude zu betrachten.

So ließen wir es denn an unserer guten Absicht genug sein und kehrten in unser eigenes Heim zurück.

Gleichwohl sollte sich bald darauf eine gewisse Beziehung zwischen mir und der Nachbarin links ergeben.

Es war im Nachsommer, als ich und meine Frau in den Garten gingen, um uns das Vergnügen einer kleinen Obsternte zu verschaffen. Der Augustapfelbaum, an den ich schon vorher eine Leiter hatte ansetzen lassen, befand sich dicht an der hohen Mauer, welche unseren Garten von dem des Jansenschen Hauses trennte. Meine Frau stand mit einem Korbe in der Hand und blickte behaglich in das Gezweige über ihr, wo die roten Äpfel aus den Blättern lugten; ich selbst begann eben die Leiter hinaufzusteigen, als ich von der anderen Seite einen scharfen Steinwurf gegen die Mauer hörte, und gleich darauf unser dreifarbiger Kater mit einem Angstsatz von drüben zu uns herabsprang.

Neugierig über dieses Lebenszeichen aus dem Nachbargarten, von wo man sonst nur bei bewegter Luft die Blätter rauschen hörte, lief ich rasch die Leiter hinauf, bis ich hoch genug war, um in denselben hinabzusehen.

– Mir ist niemals so ellenlanges Unkraut vorgekommen! Von Blumen oder Gemüsebeeten, überhaupt von irgendeiner Gartenanlage war dort keine Spur zu sehen; alles schien sich selbst gesäet zu haben: hoher Gartenmohn und in Saat geschossene Möhren wucherten durcheinander: in geilster Üppigkeit sproßte überall der Hundsschierling mit seinem dunklen Kraute. Aus diesem Wirrsal aber erhoben sich einzelne schwer mit Früchten beladene Obstbäume; und unter einem derselben stand eine fast winzige zusammengekrümmte Frauengestalt. Ihr schwarzes verschossenes Kleid war von einem Stoffe, den man damals Bombassin nannte; auf dem Kopfe trug sie einen italienischen Strohhut mit einer weißen Straußenfeder. Sie stand knietief in dem hohen Unkraut, und jetzt tauchte sie gänzlich in dasselbe unter, kam aber gleich darauf mit einem langen Obstpflücker wieder daraus zum Vorschein, den sie vermutlich bei dem Angriff auf meinen armen Kater von sich geworfen hatte. – Obgleich sie das Ding nur mühsam zu regieren schien, stocherte sie doch emsig damit zwischen den Zweigen umher und brachte auch rasch genug eine Birne nach der anderen herunter, die sie dann scheinbar in das Unkraut, in Wirklichkeit aber wohl in ein darin verborgenes Gefäß mit einer gewissen feierlichen Sorgfalt niederlegte.

Ich beobachtete das alles mit großer Aufmerksamkeit, und fühlte erst jetzt, daß meine Frau in ihrer weiblichen Ungeduld mich in höchst gefährlicher Weise von der Leiter zu schütteln suchte; aber ich blieb standhaft und umklammerte schweigend einen derben Ast; denn in demselben Augenblicke war der Alten drüben eine Birne aus ihrem Obstpflücker gefallen, und als sie sich wandte, um sie aufzuheben, war sie mich gewahr geworden. Sie war sichtlich erschrocken und blieb ganz unbeweglich stehen; aus dem verfallenen Antlitz einer Greisin starrten unter dem großen Strohhute mich ein Paar schwarze Augen so grellen Blickes an, daß ich fast gezwungen war, eine unverkennbar scharfe Musterung über mich ergehen zu lassen. Aber auch ich betrachtete mir indessen das Gesicht der alten Dame, das zu beiden Seiten der ziemlich feingeformten Nase mit einigen Rollen falscher Locken eingerahmt war, wie sie vordem auch wohl von jüngeren Frauen getragen wurden. Als ich dann fast verlegen meinen Hut vom Kopfe zog, erwiderte sie dies Kompliment durch einen feierlichen Knicks im strengsten Stile, wobei sie ihren Obstbrecher wie eine Partisane in der Hand hielt.

Aber meine Frau begann wieder zu schütteln, und nun stieg ich als guter Ehemann zur Erde nieder.

Natürlich hatte ich Rechenschaft zu geben. »Wo sind die Äpfel, Mann?«

– »Wo sie immer waren, droben im Baume.«

»Aber, was hast du denn getrieben?«

– »Ich habe der Madame Sievert Jansen unsere Nachbarvisite abgestattet.« Und nun erzählte ich.

– – Am anderen Morgen in der Frühe brachte eine alte Frau, voraussetzlich die bewußte Brotfrau, uns einen Korb voll Birnen und eine Empfehlung von Madame Jansen, der Herr Stadtsekretär möge doch einmal ihre Moule-Bouches probieren; sie hätten immer für besonders schön gegolten.

Wir waren sehr erstaunt; aber die Birnen waren köstlich, und ich konnte es nicht unterlassen, meinem Nachbar zur Rechten diese kleinen Vorfälle mitzuteilen, als wir uns bald danach vor unseren Häusern begegneten.

»Das bedeutet den Tod der Alten«; sagte er, »oder aber« – und er betrachtete mich fast bedenklich von oben bis unten – »Sie müssen einen ganz besonderen Zauber an sich haben!«

»Der, leider, von jüngeren Augen bisher noch nicht entdeckt wurde«, erwiderte ich.

Und wir schüttelten uns lachend die Hände.

Im Garten fiel schon das Laub von den Bäumen, und noch immer hatte ich einen Besuch nicht ausgeführt, den ich mir eigentlich als den allerersten vorgenommen hatte.

Er galt freilich nur einer Erinnerung.

Aus dem Flur meines elterlichen Hauses führten ein paar Stufen zu einem nach dem Garten liegenden Zimmer, dessen Fenster ich mir noch heute nicht ohne Sonnenschein und blühende Topfgewächse zu denken vermag. Der Pfleger derselben war ein schöner milder Greis, der Vater meiner Mutter, welcher hier nach einem einst bewegten Leben die stillen Tage seines Alters auslebte. Wie oft habe ich als Knabe neben seinem Lehnstuhl gesessen; wie oft ihn gebeten, mir aus seinem Leben in fernen Ländern zu erzählen! Aber es dauerte immer nicht lange, so waren wir in seiner Vaterstadt, auf den Spielplätzen seiner Jugend. Das urgroßelterliche Haus mit allen Treppen und Winkeln kannte ich bald so genau, daß ich eines Tages die sämtlichen drei Stockwerke ohne alle Nachhülfe zu Papier gebracht hatte. Da leuchteten die Augen des alten Herrn. »Wenn du einmal dahin gelangen solltest«, sagte er und legte die Hand auf meinen Kopf, »geh nicht daran vorüber!«

Plötzlich war er aufgestanden und hatte die Klappe seines an Erinnerungsschätzen reichen Mahagonischrankes aufgeschlossen. »Sieh dir doch die einmal an!« Mit diesen Worten legte er ein Miniaturbild in silberner Fassung vor mir hin. »Das war mein Spielkamerad: sie wohnte Haus an Haus mit uns. Auf ihrer Außendiele hing ein Ungeheuer, ein ausgestopfter Hai, da sah man gleich, daß ihr Vater Kapitän auf dem großen Ozean war.«

Ich hatte nichts geantwortet; aber meine Knabenaugen glühten; es war ein Mädchenkopf von bestrickendem Liebreiz.

»Gefällt sie dir?« fragte der Großvater. »Aber hier ist sie als Braut gemalt; in deinen Jahren hättest du den kleinen wilden Schwarzkopf sehen sollen!«

Und nun erzählte er mir von diesem hübschen Spielgesellen. – Allerlei Zeitvertreib, Schmuck und farbige Gewänder hatte der selten daheim weilende Vater dem einzigen Töchterlein von seinen Reisen mitgebracht; von ausländischen goldenen Münzen und Schaustücken hatte sie eine ganze Sparbüchse voll gehabt. In ihrem Garten war ein seltsames Lusthäuschen gewesen, das der Vater einmal aus den Trümmern eines früheren Schiffes hatte bauen lassen. »Dort«, sagte der Großvater, »auf den Treppenstufen saßen wir oft zusammen, und ich durfte dann mit ihr den goldenen Schatz besehen, den sie aus der Blechbüchse in ihren Schoß geschüttet hatte.«

Er ging, während er so erzählte, langsam auf und ab; an seinem Lächeln konnte ich sehen, wie eine Erinnerung nach der anderen in ihm aufstieg. »Min swartes Mäusje!« sagte er. »Ja, so pflegte der alte Seebär das verzogene Kind zu nennen; aber wenn sie so im goldgestickten griechischen Jäckchen, mit allerlei Federschmuck ausstaffiert, in ihrem Gärtchen umherstolzierte, dann hätte man sie wohl noch mehr einem bunten fremdländischen Vogel vergleichen mögen. O, und auch fliegen konnte sie! Über der Tür des Lusthauses war die frühere Gallion des Schiffes angebracht, eine schöne hölzerne Fortuna, die mit vorgestrecktem Leibe aus dem Frontespice hervorragte. Dort oben auf deren Rücken war der Lieblingsplatz des Kindes; dort lag sie stundenlang; ein buntes chinesisches Schirmchen über sich, oder im Sonnenschein mit ihren goldenen Münzen Fangball spielend.«

Noch vielerlei erzählte mir der Großvater, aber nur jenes eine Mal; auch das verführerische Bildchen zeigte er mir niemals wieder. Obgleich meine Augen oft begehrlich an dem Schranke hingen, so wagte ich doch nicht, ihn darum anzugehen; denn als er es mir damals endlich wieder aus der Hand genommen hatte, war der alte Herr so seltsam feierlich gewesen und hatte es in so viele Seidenpapierchen eingewickelt, daß das Ganze einer symbolischen Beisetzung nicht ungleich war.

– – Wie es nun geschieht, seit Monden war ich jetzt hier in der Geburtsstadt meines Großvaters, und doch, erst heute ging ich zu diesem Besuche der Vergangenheit in den schon winterlichen Tag hinaus.

Absichtlich hatte ich jede Erkundigung unterlassen; wenn auch der Name der Straße mir nicht mehr erinnerlich war, ich hoffte mich schon allein zurechtzufinden. So hatte ich schon verschiedene Stadtteile kreuz und quer durchwandert, als mir plötzlich durch eine offene Haustür die schwebende Ungestalt eines Haies in die Augen fiel. – Ich stutzte; – aber weshalb sollte denn der ausgestopfte Hai nicht noch am Leben sein? Das Haus sah völlig danach aus, als sei es mit allen seinen Raritäten von einem Besitzer auf den anderen fortgeerbt. Und richtig! als ich in die Höhe blickte, da drehte sich auch ein Schiffchen auf der Wetterstange des Daches! Das war das Haus des schönen Nachbarkindes; das urgroßelterliche mußte nun dicht daneben sein! Aber – es war überhaupt kein Haus mehr da; nur ein leerer Platz mit Mauerresten und gähnenden Kellerhöhlen; auch frischbehauene Granitblöcke zum Fundament eines Neubaues lagen rings umher.

Ich sah es wohl, ich war zu spät gekommen. Sinnend schritt ich über die wüste Stätte, die einst für Menschen meines Blutes eine kleine Welt getragen hatte. Ich ging in den dahinterliegenden Steinhof und blickte in den Brunnen, mit dessen Eimer der Großvater einmal, wie er mir erzählt hatte, in die Tiefe hinabgeschnurrt war; dann trat ich auf einen Haufen Steine, von wo aus ich über eine Grenzplanke in den Nachbargarten sehen konnte. Und dort – kaum wollte ich meinen Augen trauen – stand, unverkennbar, noch das seltsame Lusthäuschen, und auch die hölzerne Fortuna streckte sich noch gar stattlich in die Luft; ja die Wangen waren noch ganz ziegelrot, und lichtblaue Perlenschnüre zogen sich durch die gelben Haare; sie war augenscheinlich erst neulich wieder aufgemuntert.

Wie lebendig trat mir jetzt alles vor die Seele! Jener Efeu, der die Mauer des Gartenhäuschens überzog, war schon damals dort gewesen; an seinen Trieben war der kleine wilde Schwarzkopf auf- und abgeklettert; drüben von dem Rücken der Fortuna herab war ihr neckendes Stimmlein erschollen, wenn der gutmütige Nachbarsjunge unten im Gebüsche des Gartens nach ihr gesucht hatte. Ich mußte plötzlich eines Wortes gedenken, das der Großvater, so vor sich hin redend, und wie mit einem Seufzer über Unwiederbringliches, seiner damaligen Erzählung beigefügt hatte. »Sie war eigentlich schon damals eine kleine Unbarmherzige«, hatte er gesagt; »das eine Füßchen mit dem roten Saffianschühchen baumelte ganz lustig in der Luft; aber ich stand unten und mußte ihr die goldenen Stücke wieder zuwerfen, wenn sie bei ihrem Spiel zur Erde fielen, und oft sehr lange betteln, bis das Vögelchen zu mir herunterkam.«

– Schon damals unbarmherzig? – Es war mir niemals eingefallen, den Großvater zu fragen, inwiefern oder gegen wen sie es späterhin gewesen, oder wie überhaupt das Leben seiner schönen Spielgenossin denn verlaufen sei. – Freilich hätte auch wohl der Knabe keine Antwort darauf erhalten; denn als nach seinem Tode das kleine Bild noch einmal durch meine Hand ging, vertraute mein Vater mir, daß dieses schöne Mädchen nicht nur die Jugendgespielin, sondern ganz ernstlich die Jugendliebe des alten Herrn gewesen sei. Zuletzt, als junger Kaufmann, sei er in Antwerpen mit ihr zusammengetroffen, habe aber bald darauf – wie es geheißen, durch ein Zerwürfnis mit ihr getrieben – einen Platz in einem überseeischen Handlungshause angenommen, von wo er erst in reiferen Mannesjahren zurückgekehrt sei. – Weiteres wußte auch er nicht zu berichten; nur daß die gute Großmutter, die er dann geheiratet habe, mitunter wirklich eifersüchtig auf das kleine Bild gewesen sei.

– – Voll Gedanken über das schöne schwarzköpfige Mädchen war ich zu Hause angelangt; immer sah ich sie vor mir, bald auf dem Rücken der Fortuna mit den goldenen Münzen spielend, bald in ihrer üppigen Mädchenschönheit, wie jenes Bild sie mir gezeigt hatte, mit dem übermütigen Füßchen den armen Großvater in die Welt hinausstoßend.

»Seltsam«, sagte ich zu meiner Frau, »woran ich als Knabe nie gedacht, – jetzt brenne ich vor Begierde, noch einmal den Vorhang aufzuheben, hinter dem sich jenes nun wohl längst verrauschte Leben birgt.«

»Vielleicht«, erwiderte sie, »wenn du die Ureinwohner dieser Stadt zu Protokoll vernimmst!«

»Zum Beispiel, unsere Nachbarin links!« sagte ich lächelnd.

»Warum denn nicht? Sie wird ja doch einmal deine Visite par distance erwidern.«

Wir sprachen nicht weiter von der Sache; aber im stillen dachte ich selber auch: »Warum denn nicht?«

Es war Winter geworden. Ein klingender Frost war eingefallen, der eisige Nordost blies durch alle Ritzen. Ich schüttete eben eine Ladung Steinkohlen in meinen Ofen und verhandelte dabei mit meiner Frau, ob wir nicht aus schierer Barmherzigkeit unsere Hühner schlachten sollten, denen wir keinen warmen Stall zu bieten hatten; da – es war noch früh am Morgen – trat fast ohne Anklopfen mein jetzt verstorbener Freund, der Bürgermeister, in das Zimmer. Auf meine Frage, was ihn schon jetzt aus Schlafrock und Pantoffeln herausgebracht habe, erklärte er, meine Nachbarin, die alte Madame Jansen, sei soeben besinnungslos und fast verklommen auf ihrer Bodentreppe gefunden worden »Der alte Geizdrache«, setzte er hinzu, »heizt nur mit dem Fallholz aus dem Apfelgarten; es ist kein warmer Fleck in dem ganzen Rumpelkasten; und nachts, wenn ehrliche Leute in ihren Betten liegen, kriecht sie vom Boden bis zum Keller, um ihre Schätze zu beäugeln, die sie überall hinter Kisten und Kasten weggestaucht hat.«

»So sagt man«, ließ ich einfließen.

– »Freilich, und so wird's auch sein! Wie ein toter Alraun huckte sie in dem dunklen Treppenwinkel, ein ausgebranntes Diebslaternchen noch in der erstarrten Hand. Das Schlimmste bei der Geschichte ist, sie hat das Leben wiederbekommen; aber nach Angabe des Polizeimeisters, der – glaub ich – ein Verwandter von ihr ist, soll der Verstand zum Teufel sein; sonderbar genug, daß der die alte Hexe nicht auf einmal ganz geholt hat!«

»Nun aber, Verehrtester«, sagte ich, als der Bürgermeister innehielt, »was können wir beide bei der Sache machen?«

»Wir? – Hm, sie könnte in diesem Zustande Unheil anrichten; es wird schon der Stadt wegen unsere Pflicht erheischen, ihr causa cognita einen Kurator zu bestellen.«

»Sie meinen des Vermächtnisses wegen? Aber ich dächte, das beruhe auf einer Disposition des seligen Herrn Sievert Jansen!«

»Da liegt es gerade; die Sache ist nicht völlig außer Frage.«

So mußte ich denn in den sauren Apfel beißen, und versprach, die alte Dame noch heute zu besuchen.

Indem der Bürgermeister sich entfernte, fragte ich noch: »Was war denn der Selige für ein Mann?«

»Hm! Ich denke, ein Lebemann!« erwiderte er. »Es ist einst flott hergegangen dort; man sagt, das Ehepaar habe sich einander nichts vorzuwerfen gehabt. Ich war damals ein Junge; aber sie sah noch nicht so übel aus, als der Alte in die Grube fuhr, und es gab noch manches Gläserklingen mit jungen vornehmen Herren in dem großen Saale des Hinterflügels; aber endlich – das Lustfeuerwerk ist verpufft, der schmucke Leib verdorrt; statt der Gläser läßt sie jetzt ihre Gold- und Silberstücke klingen.«

– – Bald darauf trat ich ohne Hindernis in das Haus und in das Zimmer der Kranken, zu welchem letzteren eine von der Stadt bestellte Wärterin mir die Tür geöffnet hatte.

Es war ein seltsamer Anblick. Auf den Stühlen, von deren Polstern die Fetzen herabhingen, lagen auf den einen verschlissene Kleider und Hüte, auf den anderen standen Töpfe und Pfannen mit kärglichen Speiseresten; an der schweren Stuckdecke und an den gardinenlosen Fenstern hing es voll von Spinngeweben. Eine seltsam tote Luft hielt mich einen Augenblick zurück, so daß ich mich nur langsam dem großen an der einen Wand stehenden Himmelbette näherte.

Als die Wärterin die bestäubten Vorhänge zurückzog, hörte ich ein Klirren wie von einem schweren Schlüsselbunde, das, wie ich nun sah, von einer kleinen dürren Hand umklammert war, und eine winzige, in einen alten Soldatenmantel eingeknöpfte Gestalt suchte sich aus den Kissen aufzurichten. Das kleine runzelige Gesicht meiner Nachbarin starrte mich aus seinen grellen Augen an. »Jag die Hexe fort!« schrie sie und schlug mit den Schlüsseln gegen die Vorhänge, daß die Wärterin erschreckt zurücksprang; dann, sich zu mir wendend, setzte sie in hohem Ton hinzu: »Sie wollten sich nach meinem Befinden erkundigen, Herr Nachbar; ich danke für Ihre Aufmerksamkeit;

aber – man hat mir eine Person hier aufgedrängt; es scheint, als wolle man mich überwachen!«

»Aber Sie hatten einen Unfall; Sie bedürfen ihrer!« sagte ich.

»Ich bedarf keiner bestellten Wärterin; ich kenne diese Person nicht!« erwiderte sie scharf. »Allerdings, heute nacht – man hat mich berauben wollen; es tappte auf dem Hausboden, vermummte Gestalten stiegen zu den Dachluken herein; es klingelte im ganzen Hause – «

»Klingelte?« unterbrach ich sie und mag dabei wohl etwas verwundert ausgesehen haben; »das pflegen doch die Räuber nicht zu tun.«

»Ich sage, es klingelte!« wiederholte sie mit Nachdruck. »Mein Herr Neffe, der Chef der hiesigen Polizei – ich pflege ihn nur das Schaf der Polizei zu nennen – ist zu dumm, um die Spitzbuben einzufangen! Er war höchstpersönlich hier und suchte mir einzureden, daß ich das alles nur geträumt hätte. – Geträumte Spitzbuben!« – Ein unaussprechlich höhnisches Kichern brach aus dem zahnlosen Munde. – »Er möchte wohl, daß auch mein Testament nur so geträumt wäre!«

Der Polizeimeister hatte ein kinderreiches Haus und eine nicht zu große Einnahme. Ich dachte deshalb ein gutes Wort für die Blutsverwandtschaft einzulegen und fragte wider besseres Wissen: »Ihr Herr Neffe befindet sich also nicht unter Ihren Testamentserben?«

Die Alte fuhr mit dem Arm über die Bettdecke und öffnete und schloß die Hand, als ob sie Fliegen fange. »Unter meinen Erben? – – Nein, mein Lieber; mein Erbe ist der, den ich zu bestimmen beliebe; – und ich habe ihn bestimmt!«

Sie begann nun mit sichtlicher Genugtuung mir den Inhalt des Testamentes auseinanderzusetzen, wie er mir im wesentlichen schon bekannt war.

»Aber jene Stiftung«, sagte ich, »soll ja an sich sehr reich dotiert sein!«

»So, meinen Sie?« erwiderte die Alte. »Aber es ist nun einmal meine Freude! Die alten Taugenichtse sollen was Besseres in ihre Fläschchen haben; bis jetzt wird es wohl nur Kartoffelfusel gewesen sein. Nach meinem Abscheiden sollen sie Jamaika-Rum trinken, der dreimal die Linie passiert ist.«

»Und die vielen hübschen Kinder Ihres Verwandten?«

»Ja, ja!« sagte sie grimmig. »Das vermehrt sich und will dann aus anderer Leute Beutel leben! Ich, mein Herr Stadtsekretär«, – sie schnarrte das Wort mit einer besonderen Schärfe heraus – »ich habe keine Kinder.«

Noch einmal strengte ich meine Wohlredenheit an; sie möge wenigstens ein Kodizill machen, um für die Aussteuer der armen Mädchen ein paar tausend Taler auszusetzen.

Aber da kam ich übel an.

»Tausend Taler!« Sie schrie es fast, und der greise Kopf zitterte auf und ab. »Keinen Schilling sollen sie haben; keinen Schilling!«

Sie legte sich erschöpft zurück, und ich betrachtete mit Grauen dies zerbrechliche Wesen, dessen Glieder nur noch in den Zuckungen des Hasses zu leben schienen. »Keinen Schilling!« wiederholte sie noch einmal.

Der kleine runde Polizeimeister war ein Mann, der als armer Familienvater stark aufs Karrieremachen aus war, der aber sonst ganz hübsch im großen Haufen mitging. »Was haben Sie gegen Ihren Herrn Neffen?« fragte ich. »Hat er Sie irgendwie beleidigt?«

»Mich? – Nein, mein Lieber«, erwiderte sie. »Im Gegenteil; er machte mir sogleich die feierliche Visite, als er nur eben seine segensreiche Wirksamkeit in dieser Stadt begonnen hatte; natürlich« – sie schien mit Behagen auf diesem Worte zu verweilen – »natürlich, um zu erbschleichen; aber das tut ja nichts zur Sache! O, ein ganz scharmanter Mann! Ich hatte vorher nicht das Vergnügen ihn zu kennen; aber das ging so glatt: ›Liebe Tante‹ hinten und ›Liebe Tante‹ vorn.« Sie streckte einen Arm unter der Decke hervor und ließ die Hand wie eine Puppe gegen sich auf- und abknicksen.

»Ich habe ihn aber nicht eingeladen«, fuhr sie fort; »ich mache kein Haus mehr, es ist zu unbequem in meinem hohen Alter.«

Es mochte ihren argwöhnischen Augen nicht entgangen sein, daß bei dieser Äußerung meine Blicke unwillkürlich die traurige Wüstenei des Zimmers überflogen hatten.

»Sie wundern sich wohl«, sagte sie, »wie es hier unten bei mir aussieht! Aber oben in der Beletage habe ich meine Prunkgemächer! Einst, mein Herr Stadtsekretär, waren sie oft genug geöffnet! Karossen mit Rappen und Isabellen hielten vor meiner Tür, und Grafen und Generalkonsuln fremder Staaten haben an meiner Tafel gesessen!«

Dann sprang sie wieder auf jenen Antrittsbesuch ihres Neffen über. »Er hatte mir auch sein ältestes Mädchen hergebracht – eine Dame, sag ich Ihnen; o, eine ganze Dame! Das müssen reiche Leute sein, der Herr Neffe und seine Demoisellen Töchter; ein Kleid mit echten Spitzen, eine römische Kamee zur Vorstecknadel! Aber sagen tat sie just nicht viel; sie war auch wohl nur da, damit ich in das schmucke Lärvchen mich verliebe! – Ich!« – sie lachte voll Verachtung – »ich brauchte einst nicht aus der Tür zu gehen, um ganz was anderes zu erblicken! Aber das Mündchen wurde so süß, so unschuldsvoll; – es tat einem leid, zu denken, daß dadurch auch die liebe Leibesnotdurft, gebratene Hühnchen und Krammetsvögelchen hineinspazieren mußten. Nicht wahr, Herr Stadtsekretarius, ein schönes Weib ist doch auch nur ein schönes Raubtier?«

Sie nickte vor sich hin, als gedächte sie mit Befriedigung einer Zeit, wo auch sie selber beides dies gewesen sei. Plötzlich aber den Kopf zu mir wendend, mit einem Aufblitzen der Augen, als käme es aus dem Abgrund, worin ihre Jugend begraben lag, sagte sie mit einem zitternden Pathos: »Sehen Sie mich an; ich bin einst sehr schön gewesen!«

Ich erschrak fast, als ich die kleine dürre Gestalt wie durch einen Ruck sich kerzengrade in den Kissen aufrichten sah; aber schon waren die großen Augen wieder grell und kalt.

»Nicht wahr, Sie sehen das nicht mehr? denn ich bin alt, und« – sie sprach das fast nur flüsternd – »der Tod ist hinter mir her; des Nachts, immer nur des Nachts! Ich muß dann wandern; es ist nur gut, daß mein Haus so groß ist.«

»Sie leiden an Schlaflosigkeit«, sagte ich, »es ist das Leiden vieler alter Leute!«

Sie schüttelte den Kopf. »Nein, nein, mein Lieber; ich halte mich gewaltsam wach; merken Sie wohl – gewaltsam! Ich fürchte den Hans Klapperbein auch nur im Schlaf; er hat schon manchen so erwürgt; aber – ich bin nicht so dumm, er soll mich noch so bald nicht kriegen! Die Herren von der Stadt hätten freilich nichts dagegen; – aber sie sollen sich in acht nehmen! Am liebsten, glaub ich, möchten sie mich gar noch unmündig machen.«

Auf einmal schien ihr etwas aufzudämmern. »Sie sind auch bei der Stadt angestellt, mein Lieber!« sagte sie und sah mich mit einem unbeschreiblich lauernden Blicke an.

»Sie wissen das«, antwortete ich; »Sie haben mich ja mehrfach mit meinem Amtstitel angeredet.«

»Ja, allerdings!« Ihr Blick hatte mich noch immer festgehalten. »Hat man Sie«, fragte sie vorsichtig, »vielleicht mit einem Auftrage zu mir geschickt?«

Ich stutzte einen Augenblick; dann aber beschloß ich, ihr die ganze Wahrheit zu sagen. »Man hatte freilich gefürchtet«, sagte ich, »daß Ihre Altersschwäche die Einleitung einer Kuratel erforderlich machen würde.«

Sie wurde sehr aufgeregt. »Schwach!« schrie sie, und es war eine dünne gläserne Stimme, die mir in die Seele schnitt. – »Nein, nicht schwach; reich bin ich – reich! Und plündern will man mich! Aber ich werde mein Haus vermauern lassen, und sollte ich darin verhungern!« Sie griff in die Vorhänge und suchte die Füße aus dem Bett zu stecken; sie wollte heraus, sie wollte zeigen, daß sie kräftig und gesund sei.

Die Wärterin kam herbei, ich redete ihr zu; aber wir suchten vergebens sie zu beruhigen. Dabei hatte ich meinen Stuhl verlassen, auf dem ich bisher mit dem Rücken gegen die Fenster gesessen hatte, und stand jetzt so, daß mein Gesicht in der vollen Tagesbeleuchtung der Alten gegenüber war. Plötzlich wurde sie still, sie schien sogar meinen Worten zuzuhören. Ich konnte ihr jetzt sagen, daß nach meiner Ansicht zu einer Kuratel bei ihr keine Veranlassung sei, daß aber das unnütze Aufspeichern ihrer großen Zinsenernten den Verdacht einer Unfähigkeit zur eignen Vermögensverwaltung erregen könne, und schlug ihr endlich vor, einem Mann, dem sie vertraue, dieselbe zu übertragen.

Schon während des Sprechens hatte ich gefühlt, daß ihre Augen fest auf mein Gesicht gerichtet waren, fast wie bei unserer ersten Begegnung in den beiderseitigen Gärten. »Vertrauen! Ja, vertrauen!« stieß sie ein paarmal hervor; dabei wand sie die

Hände umeinander, als wenn sie einen inneren Kampf zu überstehen habe. Plötzlich griff die eine Hand nach meiner und hielt sie fest. »Sie!« sagte sie hastig. »Ja, wenn Sie es wollten!«

»Ich, Madame Jansen! Sie kennen mich ja nicht!«

Wieder sah sie mir musternd in die Augen.

»Nein«, sagte sie dann; »Sie sind ein junger Mann; aber ich weiß es, Sie werden ein armes altes Weib nicht hintergehen.«

Ob das der Zauber war, den mein heiterer Nachbar bei mir voraussetzte! Aber ich gab meine Einwilligung und machte nur zur Bedingung, daß die Überlieferung unter Zuziehung eines Notars geschehen solle; Tag und Stunde möge sie mir selbst bestimmen.

Noch immer hielt sie meine Hand, und als ich jetzt gehen wollte, schien sie sie nur zögernd loszulassen.

Beim Abschiede fragte ich sie, ob ich ihr einen Arzt besorgen dürfe, damit sie rascher wieder zu Kräften komme.

Sie blickte mich an, als suche sie in meinen Augen die Bestätigung einer Teilnahme, die sie in dem Ton meiner Worte gefühlt haben mochte; dann aber streckte sie mir lachend ihre linke Hand entgegen, in der, wie ich jetzt sah, zwei Finger steif geschlossen lagen. »Ein Meisterstück unseres berühmten Dr. Nicolovius!« sagte sie in ihrer alten bitteren Weise. »Hat er denn noch nicht, wie seine Kollegen, die Quacksalber, einen trompetenden Hanswurst vor seiner Bude stehen? – – Nein, nein, mein Lieber, keinen Arzt! Ich selber kenne meine Natur am besten.«

So war meine Aufgabe für heute denn beendet.

Wenigstens das rätselhafte Klingeln schien nicht nur geträumt zu sein. Eine große Schleiereule hatte sich – mit einigem Rechtsgrund, wie mir schien – auf den einsamen Böden einquartiert und mochte bei einer vergeblichen Mausjagd die Klingeldrähte gestreift haben, die durch das ganze Haus und auch dort hinaufliefen. Die alte Dame selbst war schon am zweiten Tage wieder aufgestanden, ja, sie hatte sich sogar mit Hülfe der Wärterin aus der Stange ihres Obstpflückers und einem Tonnenbande einen Ketscher angefertigt und solcherweise den keine Miete zahlenden Vogel wie einen Nachtschmetterling ebenso eifrig als vergeblich über alle Böden hin verfolgt.

Ich erfuhr dies alles, als ich eines Vormittags zu dem verabredeten Geschäfte mit einem befreundeten Notar wieder in das Haus trat. Wir wurden in den dritten Stock hinaufgeführt; hier öffnete die Wärterin eine Tür, an der von einer eisernen Krampe ein schweres Vorlegeschloß herabhing.

Es war eine mäßig große düstere Kammer; in deren Mitte stand die alte Madame Jansen vor einem Tische und sortierte emsig allerlei Päckchen, wie sich nachher ergab, mit den verschiedensten Wertpapieren; rings herum an den Wänden, so daß nur wenig Platz neben dem Tische blieb, standen eine Menge straff gefüllter Geldbeutel, von denen die meisten aus den Resten alter, sogar seidener Frauenkleider angefertigt schienen.

So gesprächig die Alte bei meinem ersten Besuche gewesen war, so wortkarg war sie heute; mit zitternden Händen setzte sie einen Beutel nach dem anderen vor uns hin; mit stummen fast schmerzlichen Blicken verfolgte sie das Zählen des Geldes, das Versiegeln der Beutel, das Numerieren der Etiketten. – Obwohl die einzelnen Münzsorten sorgsam voneinander gesondert waren, so dauerte die Aufnahme der Wertpapiere und des Barbestandes doch bis in den Abend hinein; zuletzt arbeiteten wir bei dem Lichte einer Talgkerze, die in einem dreiarmigen Silberleuchter brannte.

Endlich wurde der letzte Beutel ausgeschüttet. Er enthielt jene schon derzeit seltenen Vierschillingstücke mit dem Perückenkopfe Christians des Vierten, welche in dem Rufe eines besonders feinen Silbergehaltes standen. Als auch der beseitigt war, fragte ich, ob das nun alles, ob nichts mehr zurück sei.

Die Alte blickte unruhig zu mir auf. »Ist das nicht genug, mein Lieber?«

– »Ich meinte nur, weil sich gar keine Goldmünzen unter dem Barbestande finden.«

»Gold? – In Gold bezahlen mich die Leute nicht.«

– Somit wurde das Protokoll abgeschlossen, und, nachdem die Alte in zwar unsicherer aber immer noch zierlicher Schrift ihr »Botilla Jansen« daruntergesetzt hatte, war das Geschäft beendet; die Wertpapiere wurden in eine Kiste gelegt, deren Schlüssel ich an mich nahm; diese selbst und die Barbestände sollten am anderen Tage in mein Haus geschafft werden.

Als ich mit dem Notar auf die Straße hinausgetreten war, bemerkte ich, daß mir ein silberner Bleistifthalter fehle, den ich bei dem Notieren der Geldsummen benutzt hatte. Ich kehrte sofort um und lief rasch die Treppen wieder hinauf; aber ich prallte fast zurück, als ich nach flüchtigem Anklopfen die Tür der Kammer öffnete. Im Schein der Unschlittkerze sah ich die Alte noch immer an dem Tische stehen; ihre eine Hand hielt einen leeren Beutel von rotem Seidendamast, die andere wühlte in einem Haufen Gold, der vor ihr aufgeschüttet lag.

Sie stieß einen Schreckensruf aus, als sie mich erblickte, und streckte beide Hände über den funkelnden Haufen; gleich darauf aber erhob sie sie bittend gegen mich und rief: »O lassen Sie mir das! Es ist meine einzige Freude; ich habe ja sonst gar keine Freuden mehr!« Eine scharfe zitternde Stimme war es und doch der Ton eines Kinderflehens, was aus der alten Brust hervorbrach.

Dann griff sie nach meiner Hand, riß mich an die Tür und zeigte in das dunkle gähnende Treppenhaus hinab. »Es ist alles leer!« sagte sie; »alles! Oder glauben Sie, mein Lieber, daß die Tochter aus Elysium hier diese Stufen noch hinaufmarschiert? – Nur das Gold – nehmen Sie mir es nicht – ich bin sonst ganz allein in all den langen Nächten!«

Ich beruhigte sie. Ich hatte kein Recht zu nehmen, was sie mir nicht gab; und übrigens – das Spielwerk war zwar kostbar; aber weshalb sollte die reiche Frau es sich denn nicht erlauben! – Rasch nur noch meinen Bleistift, und dann fort aus dieser erdrückenden Umgebung, in die ich den ganzen Tag hineingebannt gewesen war.

Als ich im Vorbeigehen einen Blick auf die blinkenden Goldhaufen warf, bemerkte ich, daß auch Schaustücke und fremde, namentlich mexikanische und portugiesische Goldmünzen darunter waren. Das erinnerte mich an die Spielgesellin meines Großvaters; der reizende Mädchenkopf, der schon mein Knabenherz erglühen machte, tauchte plötzlich mit all dem erlösenden Zauber der Schönheit vor mir auf, und einen Augenblick dachte ich daran, jetzt meine Erkundigungen nach ihr anzustellen; aber die arme Greisin mir gegenüber befand sich in so fieberhafter Aufregung, daß ich nicht dazu gelangen konnte. Ich verschob es auf gelegenere Zeit; und eilte, daß ich in die frische Winternacht hinauskam.

Es war inzwischen Frühling geworden; die Buchenwälder um die schönen Ufer unserer Meeresbucht lagen im lichtesten Maiengrün. Zwischen uns und der Familie des Polizeimeisters hatten sich gewisse Beziehungen ergeben; besonders hatte sich dessen älteste Tochter meiner Frau in jugendlicher Freundschaft angeschlossen. Das frische Mädchen mit den weitblickenden Augen gefiel uns beiden wohl; mir niemals besser, als an einem Sonntagmorgen, da wir mit einer größeren Gesellschaft auf einem Dampfschiffe über die blaue Föhrde hinfuhren.

An der Schanzkleidung standen junge Damen mit ebenso jungen Offizieren in einer jener wohlgezirkelten Unterhaltungen, die meistens harmlos genug, mitunter aber auch um desto übler sind, je mehr die jungen Köpfe nur die gedankenlosen Träger der Armseligkeiten zu sein pflegen, die darin zutage kommen. Der Gegenstand mußte diesmal sehr anregend sein; die Gesichter der hübschen Frauenzimmer strahlten vor Entzücken.

Unsere junge Freundin – sie trug den etwas ungewöhnlichen Namen »Mechtild« – war nicht darunter; sie stand unweit davon, die Hände auf dem Rücken, an dem Schiffsmast, und wiegte wie im Vollbehagen ihrer Jugendkraft den schlanken Oberkörper auf und ab, wie die Wellen das Schiff, von welchem sie getragen wurde. Die Stattlichkeit dieser Mädchengestalt war mir noch niemals so in die Augen gefallen, wie hier unter dem blauen Frühlingshimmel, wo der Seewind ihr in Haar und Kleidern wühlte, und ihre blauen Augen in die Ferne nach den waldbekränzten Ufern schweiften.

Drüben unter der jungen Gruppe war das Gespräch indessen lauter geworden; eine Majorstochter erzählte eben, Mama wolle noch eine große Tanzgesellschaft geben; einige Kaufmannstöchter würden dann natürlich auch mit eingeladen, aber das mache ja gar nichts! – O nein, das mache ja nichts, so in größerem Zirkel! Die jungen Damen hatten alle nichts dagegen. – Die jungen Herren vom Degen und ein junger auf Besuch anwesender Gesandtschaftsattaché meinten auch, das gehe ja ganz vortrefflich! So zum Tanzen, und – was freilich nicht gesagt wurde – zum Heiraten, wenn sie reich seien; warum denn nicht!

Mechtild hatte den Kopf gewandt und schien aufmerksam zu lauschen. Ein überlegenes Lächeln spielte mehr und mehr um ihren schönen aber keineswegs kleinen Mund; und jetzt mit allem Übermut der Jugend brach es hervor. Es war ein köstlicher Brustton dieses Lachen; die jungen Damen drüben verstummten plötzlich wie erschrocken.

Dann rief eine zu ihr hinüber: »Was hast du, Mechtild? Warum lachst du so?«

– »Ich freu mich über euch!«

»Über uns? Weshalb, was hast du wieder?«

– »Daß ihr so allerliebste Wachspuppen seid!«

»Was soll denn das nun wieder heißen?«

– »Oh, ich meine nur! Und das so hier, unter des lieben Gottes offenem Angesicht.«

»Ach was! Komm her, und sei nicht immer so apart!«

Aber sie kam doch nicht; ein wilder Schwan mit blendend weißen Schwingen flog, rasch unser Fahrzeug überholend, in der hohen Luft dahin; dem folgten ihre Augen. – Ich betrachtete sie; sie sah gar nicht aus wie die Tochter eines Karriere machenden Vaters; ja, ich schämte mich aufrichtig, mich so kleinlich um eine Aussteuer für sie mit dem alten Alraun umhergezankt zu haben.

Dennoch reizte es mich; ich trat zu ihr und fragte: »Mechtild, möchten Sie wohl eine Erbschaft machen?«

Sie sah mich groß an. »Eine Erbschaft? Ach, das möcht ich wohl!« Sie sagte das fast traurig, als ob eine Hoffnung daran hinge.

Die Stadt, von der wir uns mehr und mehr entfernten, war in der klaren Luft noch deutlich sichtbar. »Sehen Sie zwischen den kleineren Häusern das hohe graue Gebäude?« fragte ich. »Dort lebt eine alte Frau; die weiß, auch heute, nichts von Licht und Sonnenschein!«

»Ja, ich sehe das Haus; wer wohnt darin?«

»Eine Tante von Ihnen oder Ihrem Vater.«

»O die! – das ist nicht meine Tante; meine Großmutter war nur Geschwisterkind mit ihr; wir sind auch einmal dort gewesen.« Sie schüttelte sich ein wenig. »Nein, die möcht ich nicht beerben.«

»Aber sonst?« sagte ich und sah ihr forschend in die Augen.

»Sonst? Ach ja!« und die helle Lohe schlug dem schönen Mädchen ins Gesicht, daß ihre Augen dunkel wurden.

»Vertrauen wir den reinen Sternen, Mechtild!« sagte ich und drückte ihr die Hand. Ich hatte wohl gehört, daß sie einem jungen Offizier ihre Neigung geschenkt habe, daß aber die Armut beider einer näheren Verbindung im Wege stehe; jetzt wußte ich es denn.

»Mamas« große Tanzgesellschaft hatte richtig stattgefunden, und unter anderem die praktische Folge gehabt, daß einer der Offiziere, der sogenannte »blaue Graf«, – ich weiß nicht, ob so genannt wegen seines besonders blauen Blutes oder weshalb sonst – sich kurz danach mit einer der zu dieser Festlichkeit befohlenen reichen Kaufmannstöchter verlobt hatte. Die ganze Stadt, namentlich die junge Damenwelt, besprach den Fall auf das gewissenhafteste.

Aber die Folgen von »Mamas Tanzgesellschaft« sollten sich noch weiter fortsetzen. Eines Morgens kam die bewußte Brotfrau, vermutlich die Hauptvermittlerin zwischen meiner verehrlichen Mandantin und der Außenwelt, und brachte mir eine Empfehlung von der Madame Jansen, ich möchte doch nicht unterlassen noch heute bei ihr vorzusprechen.

Kurz danach trat ich in das bewußte Zimmer; das Haus hatte ich offen gefunden, obgleich die Wärterin schon seit lange von ihr entlassen war. Ich traf meine alte Freundin unruhig mit einem Krückstock auf und ab wandernd, trotz des heißen Junitages in ihren grauen Soldatenmantel eingeknöpft; dabei hatte sie eine schwarze Tüllhaube auf dem Kopfe, worin eine dunkelrote Rose nickte; die falschen Locken waren auch schon vorgebunden.

»Ich habe Wichtiges mit Ihnen zu besprechen«; hub sie in ihrer feierlichen Weise an. »Man hat mir gesagt, daß eine reiche Kaufherrntochter dieser Stadt einen Grafen heiraten wird. – Ich sehe nicht ein, warum meine Erbin nicht auch eine Grafenkrone tragen sollte?«

»Aber ich dachte«, wagte ich zu bemerken, »die Spitalleute vor dem Nordertore – –«

»Mein Herr Stadtsekretär«, fiel sie mir ins Wort, »wenn Sie gleich mein Mandatar sind, – ich habe volle Gewalt, mein Testament zu ändern.«

Ich bestätigte das nach Kräften. Die kleine Greisin schien in großer Aufregung; sie mußte oftmals innehalten beim Sprechen. »Es soll hier ja noch so ein hungriger Graf herumlaufen«, begann sie wieder; »dem könnte auch geholfen werden! Meine Nichte – –«

»Sie meinen die älteste Tochter des Polizeimeisters!«

»Freilich, die Tochter des Chefdirektors der hiesigen Polizei. Sie ist eine ganz andere Schönheit als die semmelblonde Grafenbraut von heute; sie erinnerte mich bei dem kurzen Besuche, wo ich das Vergnügen hatte sie zu sehen, sogar an meine eigene Jugend; die junge Dame scheint eine vorzügliche Bildung genossen zu haben; – ich werde ihr ein fürstliches Vermögen hinterlassen.«

Ich war sehr erstaunt; aber ich hielt mich vorsichtig zurück und beschloß der Kugel ihren Lauf zu lassen; die Mechtild sollte schon stillhalten, wenn ihr die Hunderttausende in den Schoß fielen; und der Graf – diese Luftspiegelung würde wohl von selbst verschwinden.

Während solcher Gedanken ersuchte mich die Alte, auf morgen alles Nötige zur Errichtung eines neuen Testamentes vorzubereiten. »Denn es hat Eile«, setzte sie hinzu. »Meine Nichte könnte bei ihrer Schönheit sonst gar leicht eine Verbindung unter ihrem jetzigen Stande eingehen. – Schon in nächster Woche werde ich meine Prunkgemächer öffnen; ich werde den Herrn Grafen einladen und ihm meine Erbin vorstellen; mein Neffe, der Herr Chefdirektor, wird es übernehmen, die Honneurs zu machen! – – Aber jetzt, mein Lieber, begleiten Sie mich nach oben; wir wollen doch ein wenig revidieren!«

Bei diesen Worten hatte sie das große Schlüsselbund unter dem Kopfkissen ihres Bettes hervorgeholt; dann steckte sie ohne weiteres ihre kleine Knochenhand unter meinen Arm, und so krochen wir miteinander die breiten Treppen zu dem oberen Stockwerk hinauf.

Es war ein großer nach hinten zu belegener Saal, den wir jetzt betraten, nachdem der Schlüssel sich kreischend und nur mit meiner Hülfe im Schloß herumgedreht hatte; die Wände mit einer verblichenen gelben Tapete bekleidet, in deren Muster sich kannelierte Säulen zu der mit Rosen verzierten Stuckdecke hinaufstreckten, die Möbeln alle in den graden Linien der Napoleonszeit, in den Aufsätzen der Spiegel jene Glasmalereien mit auffahrenden Auroras oder einem speerwerfenden Achilleus. Auf den Fensterbänken lagerte dicker Staub und eine Schar von toten Nachtschmetterlingen.

Die Alte erhob ihren Stock und zeigte nach den beiden Kronleuchtern von geschliffenem Glase und nach den Fenstern auf die verschossenen Seidengardinen, die vorzeiten gewiß im leuchtendsten Rot geprangt hatten; dann ließ sie meinen Arm los und begab sich an eine Untersuchung der mit Schutzdecken versehenen Stuhlpolster.

Mich hatte indes ein anderer Gegenstand gefesselt. An der Wand den Fenstern gegenüber hingen, je über einem Sofa, zwei lebensgroße gut gemalte Brustbilder. Das eine zeigte einen schon älteren, etwas korpulenten Mann mit fleischigen Wangen und kleinen genußsüchtigen Augen. Das andere war das Bild eines bacchantisch schönen Weibes; eine weiße Tunika umschloß die volle Brust, durch das dunkle kurzverschnittene Haar, von dem nur eine Locke sich über der weißen Stirn kräuselte, zog sich ein kirschrotes Band mit leichter Schleife an der einen Seite; darunter blitzten ein Paar Augen von unersättlicher Lebenslust.

Fast wie ein Schrecken hatte es mich befallen, als ich dieses Bild erblickte; denn ich kannte es seit lange ganz genau. Es konnte kein Zweifel sein, dies war das Original jenes kleinen Porträts aus der Stube meines Großvaters; es war Zug für Zug dasselbe, nur mit allen Vorzügen eines lebensgroßen und in unmittelbarer Gegenwart gemalten Bildes. Ein bestrickender Sinnenzauber ging von dem jugendlichen Antlitz aus, das hier in wahrhaft funkelnder Schönheit auf mich herabsah. Tausend Gedanken kreuzten sich in meinem Hirn, ich hatte fast vergessen, wo ich mich befand.

Da rührte der Krückstock der Alten an meinen Arm; sie mußte leise herangeschlichen sein und stand jetzt schmunzelnd neben mir. »Es soll den höchsten Grad der Ähnlichkeit besessen haben«, sagte sie pathetisch, mit ihrer Krücke nach dem schönen Weiberkopfe deutend, »nur wurde derzeit die Meinung ausgesprochen, daß die Frische meiner Farben und der Glanz meiner Augen doch nicht ganz erreicht seien.«

»Es ist Ihr Porträt?« fragte ich.

– »Wessen sollte es denn sonst sein? – Der berühmte Hamburger Gröger hat mich derzeit als Braut gemalt; mein Gemahl zahlte ihm später sechshundert Dukaten für die beiden Bilder.«

Es war freilich eine müßige Frage, die ich getan hatte; aber ich war im Innersten verwirrt; seltsame Gedanken umschwirrten mich: als hätte ich möglicherweise nicht ich selber, als hätte ich der Enkel jener schönen Bacchantin sein können: die Welt der Erscheinungen fing mir an zu schwanken; die Alte an meiner Seite flößte mir fast Grauen ein.

Aber ich wollte noch größere Gewißheit haben. »Waren Sie je in Antwerpen?« fragte ich.

– »In Antwerpen!« – Sie schien das Unvermittelte meiner Frage nicht zu fühlen; die alten Augen wurden noch greller als zuvor; mit beiden Händen auf der Krücke und vor Erregung mit dem Kopfe zitternd, stand sie vor mir. »Ob ich in Antwerpen gewesen bin? – – In der höchsten Blüte meiner Schönheit! – Mein Vater führte eins der größten Kauffahrteischiffe dieser Handelsstadt; er nahm mich mit dahin; sechs Wochen lang verweilten wir dort im Hafen. Ob ich in Antwerpen gewesen bin!«

Die Alte begann an ihrem Stabe in dem öden Saale auf und ab zu wandern, immer eifriger dabei erzählend: »Es war derzeit ein außerordentliches Leben dort; eine russische Flottille lag auf der Reede, die Offiziere gaben Bälle auf den breiten Orlogschiffen; und gar bald hatten sie denn auch entdeckt, daß am Bord meines Vaters sich eine Schönheit ersten Ranges befinde, wie sie dieselbe unter den niederländischen Juffrouwen auch mit der schärfsten Brille nicht hätten entdecken können. Bald war ich zu allen Bällen eingeladen – ich war die Königin des Festes!«

Sie stieß heftig mit ihrem Stock auf den Fußboden, daß die Glasbehänge der Kronleuchter aneinanderklirrten. »In einem mit farbigen Wimpeln und Bändern geschmückten Boote wurde ich von meines Vaters Schiff geholt! Unter den russischen Offizieren war ein griechischer Prinz; Konstantin Paläologus hieß er, der letzte Sprosse der alten byzantinischen Kaiserfamilie; – er ließ es sich nicht nehmen, mich selbst auf seinen Armen von Bord zu heben und mich sanft auf den seidenen Polstersitz des Bootes niederzulassen. Nur in französischer Sprache konnten wir uns unterhalten: ›Rose du Nord!‹ sagte er, indem er schmachtend zu mir aufblickte, und breitete mit eigenen Händen einen kostbaren Teppich unter meine Füße. – O mein Herr Stadtsekretär!« – sie schnarrte das Wort noch schärfer heraus als sonst – »wie damals das Meer und meine schwarzen Augen glänzten! Sie lagen alle zu meinen Füßen; alle! Der Prinz, die Offiziere, die Söhne der großen deutschen Handelshäuser, welche damals auf den Kontoren dort ihre Ausbildung erhielten, und von denen die vornehmsten auch zu diesen Bällen eingeladen wurden. – – Ich habe sie alle fortgestoßen, alle! – Und das freut mich noch!«

Sie focht mit dem Stocke durch die Luft, daß der Soldatenmantel von ihrer Schulter glitt, und sie nun in ihrer ganzen dürren Winzigkeit vor mir stand. In dem langen Spiegel drüben, wie in der Ferne, sah ich noch einmal eine solche Gestalt und mich an ihrer Seite stehen; noch einen zweiten Saal mit dem verblichenen Säulenmuster, den steifen Sofas und mit den großen Glaskronen, deren Kristallbehänge vergebens unter dem Staube zu glitzern suchten, womit still, aber emsig die Zeit sie überzogen hatte. Mir war, als befinde ich mich in einer gespenstischen Welt, deren Wirklichkeit seit lange schon versunken sei.

Als ich den Mantel aufgehoben und ihn der Alten wieder unter dem Kinn zugeknöpft hatte, sah sie mich lange schweigend an. Die runzeligen Wangen waren gerötet; aber dennoch sah sie erschreckend verfallen aus; und jetzt sagte sie mit einer so milden Stimme, daß ich sie dieser Menschenmumie nicht zugetraut hätte: »Wissen Sie, mein Lieber, warum ich Ihnen mein Vertrauen schenkte? Gleich, da ich Sie sah – Ihnen allein von allen Menschen? – – Sie haben eine Ähnlichkeit«; fuhr sie fort, als sie keine Antwort von mir erhielt, »eine Ähnlichkeit! – – Unter den jungen deutschen Kaufleuten war einer; ich kannte ihn seit lange! – Junger Mann, haben Sie es schon erlebt, daß ein Menschenkind mit sehenden Augen sein bestes Glück mit Füßen von sich stieß? – War er nicht schön? – Ja, er war schön wie ein Johannes! – War er nicht reich? – Freilich, der da hatte mehr!« und sie wies mit dem Stabe auf das Seitenstück ihres Jugendbildes.

»Es ist das Bild Ihres seligen Mannes?« fragte ich dazwischen.

»Selig?« – Sie lachte grimmig in sich hinein; dann fuhr sie in ihrem Frage- und Antwortspiele fort: »Und war er nicht auch gut?« Sie lachte wieder. »Ja, ja, er war auch gut; aber da lag es! Ich glaube, ich konnte es nicht leiden, daß er gar so gut war! – – Und er hat mich geliebt, der arme Narr; ich weiß, er ließ sich heimlich eine Kopie von meinem Bilde machen und ging dann in die weite Welt. – – Vorbei, längst vorbei!« murmelte sie leise in sich hinein und begann wieder auf und ab zu wandern.

Plötzlich blieb sie stehen. »Wenn ich wüßte, ob er noch am Leben sei oder seine Kinder oder seine Enkel!« Sie ließ den Krückstock fallen und faltete wie betend ihre Hände; ich sah, wie die ganze Gestalt der kleinen Greisin bebte.

Ein namenloses Mitleid befiel mich; und schon öffnete ich die Lippen, um ihr zuzurufen: ich bringe dir den Gruß deiner Jugendliebe, ich bin seines Blutes, du sollst nicht sterben in der Verlassenheit des Hasses!

Da setzte sie hinzu: »Wenn ich es wüßte, ich würde auch das schöne Lärvchen laufen lassen! Sie, keine anderen sollten meine Erben sein!«

Das verschloß mir den Mund.

Sie nannte mir den Familiennamen meines Großvaters.

– »Ich habe ihn nie gehört«, sagte ich.

Die Greisin seufzte. Sie sah sich noch einmal in dem Saale um. »Es ist alles vorzüglich wohlerhalten!« sprach sie dann wieder in ihrer alten hochtrabenden Weise; »machen wir das Testament in Ordnung! – Aber, mein Lieber, keine fremden Leute mir ins Haus! Der Mann der alten Brotfrau und ihr Enkelsohn können Zeugen sein; die sind dumm genug dazu!«

Sie nahm den Krückstock, den ich ihr aufgehoben hatte, und hing sich wieder an meinen Arm; aber sie umklammerte mich jetzt, als fürchte sie zu fallen, und da ich zu ihr hinabblickte, starrte eine wahre Totenmaske mir entgegen; die einstmals schöne Nase stand scharf und hippokratisch zwischen den großen grellen Augen.

Ich erschrak und suchte sie nochmals zu bewegen, sich einem Arzte anzuvertrauen; aber sie schüttelte nur den Kopf, obgleich ihre Kinnbacken wie im Fieber aneinanderschlugen. »Die Ähnlichkeit!« hörte ich sie nochmals vor sich hin murmeln; »o, die Ähnlichkeit!«

Sie war so schwach, daß ich sie die Treppe fast hinuntertragen mußte; dennoch, als wir unten angelangt waren, schleppte sie sich an die Haustür, und ich hörte, wie sie hinter mir die Kette einhakte.

– – Beim Austritt aus dem Hause sah ich unsere junge Freundin Mechtild die Straße herabkommen. Schon verspürte ich eine Neigung, ihr womöglich zu entweichen – denn ich schämte mich etwas meines Jesuitismus zu ihren Gunsten – als ich in ihrer heiteren Weise von ihr angerufen wurde.

»Nun, Herr Stadtsekretär? Sie kommen aus dem Hause meiner Tante?«

»Freilich«, erwiderte ich, »die, wie Sie sagen, nicht Ihre Tante ist.«

– »Was hatten Sie dort zu tun? Am Ende sind Sie es, der mir die große Erbschaft wegfischt!«

»Gewiß! Warten Sie nur noch ein paar Tage, da werden sich große Dinge offenbaren.«

– »Und Sie glauben wohl, ich werde Ihnen jetzt eine Szene weiblicher Neugierde zum besten geben! Sie irren sich, Herr Stadtsekretär! Aber« – und sie zeigte mit ihrem Sonnenschirm nach dem finsteren Hause – »wenn Sie dort Gewalt haben, reißen Sie doch einmal alle Fenster auf. Die arme alte Frau – das wird ihr wohltun, wenn diese Frühlingsluft das Haus durchweht!«

Sie nickte mir zu und ging die Straße hinab.

Ich sah ihr lange nach und dachte: »Komm du nur selbst hinein! Dir wird auf die Länge auch jenes arme alte Herz nicht widerstehen; du selber bist der rechte Frühlingsschein!«

»Das Testament! Die Alte sagt, es habe Eile!« Mit diesem Gedanken war ich am anderen Morgen schon früh an meinem

Schreibtisch, um einen möglichst vollständigen Entwurf desselben auszuarbeiten.

Während ich damit beschäftigt war, brachte meine Frau mir den Kaffee, den ich mir heute nicht Zeit ließ im Familienzimmer einzunehmen.

»Du«, sagte sie, »es soll die Nacht wieder recht unruhig gewesen sein im Hause links.«

»Schön!« erwiderte ich. »Nächstens soll es darin auch bei Tage unruhig werden!«

»Nein, ohne Scherz! Die Mägde – ihre Kammer liegt ja nach jener Seite hin – sie haben es klirren hören, als wenn ein schwerer Geldsack auf den Boden fiel.«

»Torheit!« sagte ich und schrieb, ohne aufzusehen, weiter; »die Alte hat gar keinen Geldsack mehr im Hause, nur einen Haufen goldener Spielmarken.«

Da klopfte es.

Auf mein »Herein« reckte sich ein alter Weiberkopf ins Zimmer. »Keine Menschenmöglichkeit, bei der Madame Jansen 'reinzukommen!« sagte die Brotfrau, die jetzt völlig zu uns eintrat. »Schon Glock Sechsen hab ich mit dem Klopfer aufgeschlagen, daß die Nachbarsleute vor die Türen kamen; es muß absolut was passiert sein, Herr Stadtsekretär!«

Das machte mich doch von meinem Tische aufspringen; denn das Klopfen hatte ich freilich auch gehört.

Als wir auf die Straße kamen, war schon ein benachbarter Schlosser mit seinem Werkzeug angelangt. Ich hieß ihn die Haustür öffnen und, als das geschehen war, die innen vorgelegte Kette durchfeilen. Dann traten wir in das untere Zimmer.

Es sah noch wüster als gewöhnlich aus. Schränke und Kommoden waren von den Wänden abgerückt, das Bettzeug bis auf die unterste Strohmatratze ausgepackt; sogar der große Spiegel, wie beim Auflüpfen verschoben, hing fast quer vor den beiden Fenstern; es mußte hier allerdings recht unruhig zugegangen sein.

Aber noch mehr des nächtlichen Spukes bestätigte sich: der Fußboden war mit blanken Speziestalern wie besäet; in der Mitte desselben lag der alte Soldatenmantel; ein offener, aber noch halb gefüllter Geldsack ragte daraus hervor, augenscheinlich das Füllhorn, dem diese blinkenden Schätze entrollt waren.

Eine Weile standen wir, ohne eine Hand zu rühren; dann bückte sich der Schlosser und hob den Mantel auf. Ein kleiner zusammengekrümmter Leichnam lag darunter, die Leiche meiner Nachbarin Madame Sievert Jansen. – Das schöne übermütige Kind, das einst das Knabenherz des Großvaters mit so unvergänglicher Leidenschaft erfüllt hatte, das lebensprühende Frauenbild, dessen Scheingestalt noch jetzt von der Wand des öden Saales herabblickte – was hier zu meinen Füßen lag, es war der Rest davon.

Was soll ich weiter erzählen! Eine förmliche Haussuchung, die nach dem Begräbnis der alten Dame abgehalten wurde, ergab, daß überall, im Keller wie auf den Böden, hinter Dachsparren und Paneelen, noch mancher Jahrgang ihrer Zinsenernten versteckt lag; nur der rotseidene Beutel mit den fremden Goldmünzen ist niemals aufgefunden worden.

Das neue Testament war nicht zustande gekommen; und so ist das bedeutende, wenn auch nicht fürstliche Vermögen, wie vorher bestimmt war, mit drei Vierteln an das Land- und Seespital gefallen. – Ob die blaunasigen alten Burschen jetzt alten Jamaika-Rum in ihren Flötenvögeln haben, bin ich nicht in die Lage gekommen, zu untersuchen; nur weiß ich, daß sie jetzt in doppelten Reihen auf den Bänken sitzen und ihren Vogel nach wie vor recht fleißig aus der Tasche holen.

Und Mechtild? – Sie hat dennoch ihren Leutnant geehelicht, der jetzt sogar ein Oberstleutnant ist. Da sie bald nach ihrer Verheiratung unsere Stadt verließ, so vermag ich Näheres über sie nicht zu berichten; hoffen wir indes, daß sie auch in ihrem späteren Alter ein wenig höher geblieben ist, als das um sie herum. Mitunter ist ja doch dergleichen vorgekommen.

In dem alten Hause spukt es selbstverständlich, zumal wenn sich die Todesnacht der armen Greisin jährt; dann hört man sie auf Trepp' und Gängen stöhnen, als jammere sie über die vergrabenen Schätze ihrer Jugend.

Und daß es noch dergleichen in der Welt gibt« – so schloß mein Freund seine Erzählung, indem er sich statt der längst in

Rauch aufgegangenen eine neue Zigarre anzündete – »das und den Dampf einer guten Importierten, beides finde ich unter Umständen außerordentlich tröstlich.«

Aquis submersus

In unserem zu dem früher herzoglichen Schlosse gehörigen, seit Menschengedenken aber ganz vernachlässigten »Schloßgarten« waren schon in meiner Knabenzeit die einst im altfranzösischen Stile angelegten Hagebuchenhecken zu dünnen, gespenstischen Alleen ausgewachsen; da sie indessen immerhin noch einige Blätter tragen, so wissen wir Hiesigen, durch Laub der Bäume nicht verwöhnt, sie gleichwohl auch in dieser Form zu schätzen; und zumal von uns nachdenklichen Leuten wird immer der eine oder andere dort zu treffen sein. Wir pflegen dann unter dem dürftigen Schatten nach dem sogenannten »Berg« zu wandeln, einer kleinen Anhöhe in der nordwestlichen Ecke des Gartens oberhalb dem ausgetrockneten Bette eines Fischteiches, von wo aus der weitesten Aussicht nichts im Wege steht.

Die meisten mögen wohl nach Westen blicken, um sich an dem lichten Grün der Marschen und darüberhin an der Silberflut des Meeres zu ergötzen, auf welcher das Schattenspiel der langgestreckten Insel schwimmt; meine Augen wenden unwillkürlich sich nach Norden, wo, kaum eine Meile fern, der graue, spitze Kirchturm aus dem höher belegenen, aber öden Küstenlande aufsteigt; denn dort liegt eine von den Stätten meiner Jugend.

Der Pastorssohn aus jenem Dorfe besuchte mit mir die »Gelehrtenschule« meiner Vaterstadt, und unzählige Male sind wir am Sonnabendnachmittage zusammen dahinaus gewandert, um dann am Sonntagabend oder montags früh zu unserem Nepos oder später zu unserem Cicero nach der Stadt zurückzukehren. Es war damals auf der Mitte des Weges noch ein gut Stück ungebrochener Heide übrig, wie sie sich einst nach der einen Seite bis fast zur Stadt, nach der anderen ebenso gegen das Dorf erstreckt hatte. Hier summten auf den Blüten des duftenden Heidekrauts die Immen und weißgrauen Hummeln und rannte unter den dürren Stengeln desselben der schöne, goldgrüne Laufkäfer; hier in den Duftwolken der Eriken und des harzigen Gagelstrauches schwebten Schmetterlinge, die nirgends sonst zu finden waren. Mein ungeduldig dem Elternhause zustrebender Freund hatte oft seine liebe Not, seinen träumerischen Genossen durch all die Herrlichkeiten mit sich fortzubringen; hatten wir jedoch das angebaute Feld erreicht, dann ging es auch um desto munterer vorwärts, und bald, wenn wir nur erst den langen Sandweg hinaufwateten, erblickten wir auch schon über dem dunkeln Grün einer Fliederhecke den Giebel des Pastorhauses, aus dem das Studierzimmer des Pastors mit seinen kleinen, blinden Fensterscheiben auf die bekannten Gäste hinabgrüßte.

Bei den Pastorsleuten, deren einziges Kind mein Freund war, hatten wir allezeit, wie wir hier zu sagen pflegen, fünf Quartier auf der Elle, ganz abgesehen von der wunderbaren Naturalverpflegung. Nur die Silberpappel, der einzig hohe und also auch einzig verlockende Baum des Dorfes, welche ihre Zweige ein gut Stück oberhalb des bemoosten Strohdaches rauschen ließ, war gleich dem Apfelbaum des Paradieses uns verboten und wurde daher nur heimlich von uns erklettert; sonst war, soviel ich mich entsinne, alles erlaubt und wurde ja nach unserer Altersstufe bestens von uns ausgenutzt.

Der Hauptschauplatz unserer Taten war die große »Priesterkoppel«, zu der ein Pförtchen aus dem Garten führte. Hier wußten wir mit dem den Buben angebotenen Instinkte die Nester der Lerchen und der Grauammern aufzuspüren, denen wir dann die wiederholtesten Besuche abstatteten, um nachzusehen, wie weit in den letzten zwei Stunden die Eier oder die Jungen nun gediehen seien; hier auf einer tiefen und, wie ich jetzt meine, nicht weniger als jene Pappel gefährlichen Wassergrube, deren Rand mit alten Weidenstümpfen dicht umstanden war, fingen wir die flinken schwarzen Käfer, die wir »Wasserfranzosen« nannten, oder ließen wir ein andermal unsere auf einer eigens angelegten Werft erbaute Kriegsflotte aus Walnußschalen und Schachteldeckeln schwimmen. Im Spätsommer geschah es dann auch wohl, daß wir aus unserer Koppel einen Raubzug nach des Küsters Garten machten, welcher gegenüber dem des Pastorates an der anderen Seite der Wassergrube lag; denn wir hatten dort von zwei verkrüppelten Apfelbäumen unseren Zehnten einzuheimsen, wofür uns freilich gelegentlich eine freundschaftliche Drohung von dem gutmütigen alten Manne zuteil wurde. – So viele Jugendfreuden wuchsen auf dieser Priesterkoppel, in deren dürrem Sandboden andere Blumen nicht gedeihen wollten; nur den scharfen Duft der goldknopfigen Rainfarren, die hier haufenweis auf allen Wällen standen, spüre ich noch heute in der Erinnerung, wenn jene Zeiten mir lebendig werden.

Doch alles dieses beschäftigte uns nur vorübergehend; meine dauernde Teilnahme dagegen erregte ein anderes, dem wir selbst in der Stadt nichts an die Seite zu setzen hatten. – Ich meine damit nicht etwa die Röhrenbauten der Lehmwespen, die überall aus den Mauerfugen des Stalles hervorragten, obschon es anmutig genug war, in beschaulicher Mittagsstunde das Aus- und Einfliegen der emsigen Tierchen zu beobachten; ich meine den viel größeren Bau der alten und ungewöhnlich stattlichen Dorfkirche. Bis an das Schindeldach des hohen Turmes war sie von Grund auf aus Granitquadern aufgebaut und beherrschte, auf dem höchsten Punkt des Dorfes sich erhebend, die weite Schau über Heide, Strand und Marschen. – Die meiste Anziehungskraft für mich hatte indes das Innere der Kirche; schon der ungeheure Schlüssel, der von dem Apostel Petrus selbst zu stammen schien, erregte meine Phantasie. Und in der Tat erschloß er auch, wenn wir ihn glücklich dem alten Küster abgewonnen hatten, die Pforte zu manchen wunderbaren Dingen, aus denen eine längst vergangene Zeit hier wie mit finstern, dort mit kindlich frommen Augen, aber immer in geheimnisvollem Schweigen zu uns Lebenden aufblickte. Da hing mitten in die Kirche hinab ein schrecklich übermenschlicher Crucifixus, dessen hagere Glieder und verzerrtes Antlitz mit Blute überrieselt waren; dem zur Seite an einem Mauerpfeiler haftete gleich einem Nest die braungeschnitzte Kanzel, an der aus Frucht- und Blattgewinden allerlei Tier- und Teufelsfratzen sich hervorzudrängen schienen. Besondere Anziehung aber übte der große, geschnitzte Altarschrank im Chor der Kirche, auf dem in bemalten Figuren die Leidensgeschichte Christi dargestellt war; so seltsam wilde Gesichter, wie das des Kaiphas oder die der Kriegsknechte, welche in ihren goldenen Harnischen um des Gekreuzigten Mantel würfelten, bekam man draußen im Alltagsleben nicht zu sehen; tröstlich damit kontrastierte nur das holde Antlitz der am Kreuze hingesunkenen Maria; ja, sie hätte leicht mein Knabenherz mit einer phantastischen Neigung bestricken können, wenn nicht ein anderes mit noch stärkerem Reize des Geheimnisvollen mich immer wieder von ihr abgezogen hätte.

Unter all diesen seltsamen oder wohl gar unheimlichen Dingen hing im Schiff der Kirche das unschuldige Bildnis eines toten Kindes, eines schönen, etwa fünfjährigen Knaben, der, auf einem mit Spitzen besetzten Kissen ruhend, eine weiße Wasserlilie in seiner kleinen, bleichen Hand hielt. Aus dem zarten Antlitz sprach neben dem Grauen des Todes, wie hülfeflehend, noch eine letzte holde Spur des Lebens; ein unwiderstehliches Mitleid befiel mich, wenn ich vor diesem Bilde stand.

Aber es hing nicht allein hier; dicht daneben schaute aus dunklem Holzrahmen ein finsterer schwarzbärtiger Mann in Priesterkragen und Sammar. Mein Freund sagte mir, es sei der Vater jenes schönen Knaben; dieser selbst, so gehe noch heute die Sage, solle einst in der Wassergrube unserer Priesterkoppel seinen Tod gefunden haben. Auf dem Rahmen lasen wir die Jahreszahl 1666; das war lange her. Immer wieder zog es mich zu diesen beiden Bildern; ein phantastisches Verlangen ergriff mich, von dem Leben und Sterben des Kindes eine nähere, wenn auch noch so karge Kunde zu erhalten; selbst aus dem düsteren Antlitz des Vaters, das trotz des Priesterkragens mich fast an die Kriegsknechte des Altarschranks gemahnen wollte, suchte ich sie herauszulesen.

– – Nach solchen Studien in dem Dämmerlicht der alten Kirche erschien dann das Haus der guten Pastorsleute nur um so gastlicher. Freilich war es gleichfalls hoch zu Jahren, und der Vater meines Freundes hoffte, so lange ich denken konnte, auf einen Neubau; da aber die Küsterei an derselben Altersschwäche litt, so wurde weder hier noch dort gebaut. – Und doch, wie freundlich waren trotzdem die Räume des alten Hauses; im

Winter die kleine Stube rechts, im Sommer die größere links vom Hausflur, wo die aus den Reformationsalmanachen herausgeschnittenen Bilder in Mahagonirähmchen an der weißgetünchten Wand hingen, wo man aus dem westlichen Fenster nur eine ferne Windmühle, außerdem aber den ganzen weiten Himmel vor sich hatte, der sich abends in rosenrotem Schein verklärte und dann das ganze Zimmer überglänzte! Die lieben Pastorsleute, die Lehnstühle mit den roten Plüschkissen, das alte tiefe Sofa, auf dem Tisch beim Abendbrot der traulich sausende Teekessel, – es war alles helle, freundliche Gegenwart. Nur eines Abends – wir waren derzeit schon Sekundaner – kam mir der Gedanke, welch eine Vergangenheit an diesen Räumen hafte, ob nicht gar jener tote Knabe einst mit frischen Wangen hier leibhaftig umhergesprungen sei, dessen Bildnis jetzt wie mit einer wehmütig holden Sage den düsteren Kirchenraum erfüllte.

Veranlassung zu solcher Nachdenklichkeit mochte geben, daß ich am Nachmittage, wo wir auf meinen Antrieb wieder einmal die Kirche besucht hatten, unten in einer dunklen Ecke des Bildes vier mit roter Farbe geschriebene Buchstaben entdeckt hatte, die mir bis jetzt entgangen waren.

»Sie lauten C. P. A. S.«, sagte ich zu dem Vater meines Freundes; »aber wir können sie nicht enträtseln.«

»Nun«, erwiderte dieser; »die Inschrift ist mir wohl bekannt; und nimmt man das Gerücht zu Hülfe, so möchten die beiden letzten Buchstaben wohl mit ›Aquis submersus, also mit ›Ertrunken‹ oder wörtlich ›Im Wasser versunken‹ zu deuten sein; nur mit dem vorangehenden C. P. wäre man dann noch immer in Verlegenheit! Der junge Adjunktus unseres Küsters, der einmal die Quarta passiert ist, meint zwar, es könne ›Casu periculoso‹ – ›Durch gefährlichen Zufall‹ heißen; aber die alten Herren jener Zeit dachten logischer; wenn der Knabe dabei ertrank, so war der Zufall nicht nur bloß gefährlich.«

Ich hatte begierig zugehört. »Casu« sagte ich; »es könnte auch wohl ›Culpa‹ heißen?«

»Culpa?« wiederholte der Pastor. »Durch Schuld? – aber durch wessen Schuld?«

Da trat das finstere Bild des alten Predigers mir vor die Seele, und ohne viel Besinnen rief ich: »Warum nicht: Culpa Patris?«

Der gute Pastor war fast erschrocken. »Ei, ei, mein junger Freund«, sagte er und erhob warnend den Finger gegen mich. »Durch Schuld des Vaters? – So wollen wir trotz seines düsteren Ansehens meinen seligen Amtsbruder doch nicht beschuldigen. Auch würde er dergleichen wohl schwerlich von sich haben schreiben lassen.«

Dies letztere wollte auch meinem jugendlichen Verstande einleuchten; und so blieb denn der eigentliche Sinn der Inschrift nach wie vor ein Geheimnis der Vergangenheit.

Daß übrigens jene beiden Bilder sich auch in der Malerei wesentlich vor einigen alten Predigerbildnissen auszeichneten, welche gleich daneben hingen, war mir selbst schon klargeworden; daß aber Sachverständige in dem Maler einen tüchtigen Schüler altholländischer Meister erkennen wollten, erfuhr ich freilich jetzt erst durch den Vater meines Freundes. Wie jedoch ein solcher in dieses arme Dorf verschlagen worden, oder woher er gekommen und wie er geheißen habe, darüber wußte auch er mir nichts zu sagen. Die Bilder selbst enthielten weder einen Namen noch ein Malerzeichen.

Die Jahre gingen hin. Während wir die Universität besuchten, starb der gute Pastor, und die Mutter meines Schulgenossen folgte später ihrem Sohne auf dessen inzwischen anderswo erreichte Pfarrstelle; ich hatte keine Veranlassung mehr, nach jenem Dorfe zu wandern. – Da, als ich selbst schon in meiner Vaterstadt wohnhaft war, geschah es, daß ich für den Sohn eines Verwandten ein Schülerquartier bei guten Bürgersleuten zu besorgen hatte. Der eigenen Jugendzeit gedenkend, schlenderte ich im Nachmittagssonnenscheine durch die Straßen, als mir an der Ecke des Marktes über der Tür eines alten hochgegiebelten Hauses eine plattdeutsche Inschrift in die Augen fiel, die verhochdeutscht etwa lauten würde:

Gleich so wie Rauch und Staub verschwindt,
Also sind auch die Menschenkind.

Die Worte mochten für jugendliche Augen wohl nicht sichtbar sein; denn ich hatte sie nie bemerkt, so oft ich auch in meiner Schulzeit mir einen Heißewecken bei dem dort wohnenden

Bäcker geholt hatte. Fast unwillkürlich trat ich in das Haus; und in der Tat, es fand sich hier ein Unterkommen für den jungen Vetter. Die Stube ihrer alten »Möddersch« (Mutterschwester) – so sagte mir der freundliche Meister –, von der sie Haus und Betrieb geerbt hätten, habe seit Jahren leer gestanden; schon lange hätten sie sich einen jungen Gast dafür gewünscht.

Ich wurde eine Treppe hinaufgeführt, und wir betraten dann ein ziemlich niedriges, altertümlich ausgestattetes Zimmer, dessen beide Fenster mit ihren kleinen Scheiben auf den geräumigen Marktplatz hinausgingen. Früher, erzählte der Meister, seien zwei uralte Linden vor der Tür gewesen; aber er habe sie schlagen lassen, da sie allzusehr ins Haus gedunkelt und auch hier die schöne Aussicht ganz verdeckt hätten.

Über die Bedingungen wurden wir bald in allen Teilen einig; während wir dann aber noch über die jetzt zu treffende Einrichtung des Zimmers sprachen, war mein Blick auf ein im Schatten eines Schrankes hängendes Ölgemälde gefallen, das plötzlich meine ganze Aufmerksamkeit hinwegnahm. Es war noch wohlerhalten und stellte einen älteren, ernst und milde blickenden Mann dar, in einer dunklen Tracht, wie in der Mitte des siebzehnten Jahrhunderts sie diejenigen aus den vornehmeren Ständen zu tragen pflegten, welche sich mehr mit Staatssachen oder gelehrten Dingen als mit dem Kriegshandwerke beschäftigten.

Der Kopf des alten Herrn, so schön und anziehend und so trefflich er immer gemalt sein mochte, hatte indessen nicht diese Erregung in mir hervorgebracht; aber der Maler hatte ihm einen blassen Knaben in den Arm gelegt, der in seiner kleinen schlaff herabhängenden Hand eine weiße Wasserlilie hielt; – und diesen Knaben kannte ich ja längst. Auch hier war es wohl der Tod, der ihm die Augen zugedrückt hatte.

»Woher ist dieses Bild?« fragte ich endlich, da ich plötzlich innewurde, daß der vor mir stehende Meister mit seiner Auseinandersetzung innegehalten hatte.

Er sah mich verwundert an. »Das alte Bild? Das ist von unserer Möddersch«, erwiderte er; »es stammt von ihrem Urgroßonkel, der ein Maler gewesen und vor mehr als hundert Jahren hier gewohnt hat. Es sind noch andre Siebensachen von ihm da.«

Bei diesen Worten zeigte er nach einer kleinen Lade von Eichenholz, auf welcher allerlei geometrische Figuren recht zierlich eingeschnitten waren.

Als ich sie von dem Schranke, auf dem sie stand, herunternahm, fiel der Deckel zurück, und es zeigten sich mir als Inhalt einige stark vergilbte Papierblätter mit sehr alten Schriftzügen.

»Darf ich die Blätter lesen?« frug ich.

»Wenn's Ihnen Pläsier macht«, erwiderte der Meister, »so mögen Sie die ganze Sache mit nach Hause nehmen; es sind so alte Schriften; Wert steckt nicht darin.«

Ich aber erbat mir und erhielt auch die Erlaubnis, diese wertlosen Schriften hier an Ort und Stelle lesen zu dürfen; und während ich mich dem alten Bilde gegenüber in einen mächtigen Ohrenlehnstuhl setzte, verließ der Meister das Zimmer, zwar immer noch erstaunt, doch gleichwohl die freundliche Verheißung zurücklassend, daß seine Frau mich bald mit einer guten Tasse Kaffee regalieren werde.

Ich aber las und hatte im Lesen bald alles um mich her vergessen.

So war ich denn wieder daheim in unserm Holstenlande; am Sonntage Cantate war es Anno 1661! – Mein Malgeräth und sonstiges Gepäcke hatte ich in der Stadt zurückgelassen und wanderte nun fröhlich fürbaß, die Straße durch den maiengrünen Buchenwald, der von der See ins Land hinaufsteigt. Vor mir her flogen ab und zu ein paar Waldvöglein und letzeten ihren Durst an dem Wasser, so in den tiefen Radgeleisen stund; denn ein linder Regen war gefallen über Nacht und noch gar früh am Vormittage, so daß die Sonne den Waldesschatten noch nicht überstiegen hatte.

Der helle Drosselschlag, der von den Lichtungen zu mir scholl, fand seinen Widerhall in meinem Herzen. Durch die Bestellungen, so mein theurer Meister van der Helst im letzten Jahre meines Amsterdamer Aufenthalts mir zugewendet, war ich aller Sorge quitt geworden; einen guten Zehrpfennig und einen Wechsel auf Hamburg trug ich noch itzt in meiner Taschen; dazu war ich stattlich angethan: mein Haar fiel auf mein Mäntelchen mit feinem Grauwerk, und der Lütticher Degen fehlte nicht an meiner Hüfte.

Meine Gedanken aber eilten mir voraus; immer sah ich Herrn Gerhardus, meinen edlen großgünstigen Protector, wie er von der Schwelle seines Zimmers mir die Hände würd' entgegenstrecken, mit seinem milden Gruße: »So segne Gott deinen Eingang, mein Johannes!«

Er hatte einst mit meinem lieben, ach, gar zu früh in die ewige Herrlichkeit genommenen Vater zu Jena die Rechte studiret und war auch nachmals den Künsten und Wissenschaften mit Fleiße obgelegen, so daß er dem Hochseligen Herzog Friederich bei seinem edlen, wiewohl wegen der Kriegsläufte vergeblichen Bestreben um Errichtung einer Landesuniversität ein einsichtiger und eifriger Berather gewesen. Obschon ein adeliger Mann, war er meinem lieben Vater doch stets in Treuen zugethan blieben, hatte auch nach dessen seligem Hintritt sich meiner verwaiseten Jugend mehr, als zu verhoffen, angenommen und nicht allein meine sparsamen Mittel aufgebessert, sondern auch durch seine fürnehme Bekanntschaft unter dem Holländischen Adel es dahin gebracht, daß mein theuer Meister van der Helst mich zu seinem Schüler angenommen.

Meinte ich doch zu wissen, daß der verehrte Mann unversehrt auf seinem Herrenhofe sitze, wofür dem Allmächtigen nicht genug zu danken; denn, derweilen ich in der Fremde mich der Kunst beflissen, war daheim die Kriegsgreuel über das Land gekommen; so zwar, daß die Truppen, die gegen den kriegswüthigen Schweden dem Könige zum Beistand hergezogen, fast ärger als die Feinde selbst gehauset, ja selbst der Diener Gottes mehrere in jämmerlichen Tod gebracht. Durch den plötzlichen Hintritt des Schwedischen Carolus war nun zwar Friede; aber die grausamen Stapfen des Krieges lagen überall; manch Bauern- oder Käthnerhaus, wo man mich als Knaben mit einem Trunke süßer Milch bewirthet, hatte ich auf meiner Morgenwanderung niedergesenget am Wege liegen sehen und manches Feld in ödem Unkraut, darauf sonst um diese Zeit der Roggen seine grünen Spitzen trieb.

Aber solches beschwerete mich heut nicht allzu sehr; ich hatte nur Verlangen, wie ich dem edlen Herrn durch meine Kunst beweisen möchte, daß er Gab und Gunst an keinen Unwürdigen verschwendet habe; dachte auch nicht an Strolche und verlaufen Gesindel, das vom Kriege her noch in den Wäldern Umtrieb halten sollte. Wohl aber tückete mich ein anderes, und das war der Gedanke an den Junker Wulf. Er war mir nimmer hold gewesen, hatte wohl gar, was sein edler Vater an mir gethan, als einen Diebstahl an ihm selber angesehen; und manches Mal, wenn ich, wie öfters nach meines lieben Vaters Tode, im Sommer die Vacanz auf dem Gute zubrachte, hatte er mir die schönen Tage vergället und versalzen. Ob er anitzt in seines Vaters Hause sei, war mir nicht kund geworden, hatte nur vernommen, daß er noch vor dem Friedensschlusse bei Spiel und Becher mit den Schwedischen Offiziers Verkehr gehalten, was mit rechter Holstentreue nicht zu reimen ist.

Indem ich dieß bei mir erwog, war ich aus dem Buchenwalde in den Richtsteig durch das Tannenhölzchen geschritten, das schon dem Hofe nahe liegt. Wie liebliche Erinnerung umhauchte mich der Würzeduft des Harzes; aber bald trat ich aus dem Schatten in den vollen Sonnenschein hinaus; da lagen zu beiden Seiten die mit Haselbüschen eingehegten Wiesen, und nicht lange, so wanderte ich zwischen den zwo Reihen gewaltiger Eichbäume, die zum Herrensitz hinaufführen.

Ich weiß nicht, was für ein bang Gefühl mich plötzlich überkam, ohn alle Ursach, wie ich derzeit dachte; denn es war eitel Sonnenschein umher, und vom Himmel herab klang ein gar herzlich und ermunternd Lerchensingen. Und siehe, dort auf der Koppel, wo der Hofmann seinen Immenhof hat, stand ja auch noch der alte Holzbirnenbaum und flüsterte mit seinen jungen Blättern in der blauen Luft.

»Grüß dich Gott!« sagte ich leis, gedachte dabei aber weniger des Baumes, als vielmehr des holden Gottesgeschöpfes, in dem, wie es sich nachmals fügen mußte, all Glück und Leid und auch all nagende Buße meines Lebens beschlossen sein sollte, für jetzt und alle Zeit. Das war des edlen Herrn Gerhardus Töchterlein, des Junkers Wulfen einzig Geschwister.

Item, es war bald nach meines lieben Vaters Tode, als ich zum ersten Mal die ganze Vacanz hier verbrachte; sie war derzeit ein neunjährig Dirnlein, die ihre braunen Zöpfe lustig fliegen ließ; ich zählte um ein paar Jahre weiter. So trat ich eines Morgens aus dem Thorhaus; der alte Hofmann Dieterich, der ober der Einfahrt wohnt und neben dem als einem getreuen Mann mir mein Schlafkämmerlein eingeräumt war, hatte mir einen Eschenbogen zugerichtet, mir auch die Bolzen von tüchtigem Blei dazu gegossen, und ich wollte nun auf die Raubvögel, deren genug bei dem Herrenhaus umherschrien; da kam sie vom Hofe auf mich zugesprungen.

»Weißt du, Johannes«, sagte sie; »ich zeig dir ein Vogelnest; dort in dem hohlen Birnbaum; aber das sind Rotschwänzchen, die darfst du ja nicht schießen!«

Damit war sie schon wieder vorausgesprungen; doch eh sie noch dem Baum auf zwanzig Schritte nah gekommen, sah ich sie jählings stillestehn. »Der Buhz, der Buhz!« schrie sie und schüttelte wie entsetzt ihre beiden Händlein in der Luft.

Es war aber ein großer Waldkauz, der ober dem Loche des hohlen Baumes saß und hinabschauete, ob er ein ausfliegend Vögelein erhaschen möge. »Der Buhz, der Buhz!« schrie die Kleine wieder. »Schieß, Johannes, schieß!« – Der Kauz aber, den die Freßgier taub gemacht, saß noch immer und stierete in die Höhlung. Da spannte ich meinen Eschenbogen und schoß, daß das Raubthier zappelnd auf dem Boden lag; aus dem Baume aber schwang sich ein zwitschernd Vöglein in die Luft.

Seit der Zeit waren Katharina und ich zwei gute Gesellen mit einander; in Wald und Garten, wo das Mägdlein war, da war auch ich. Darob aber mußte mir gar bald ein Feind erstehen; das war der Kurt von der Risch, dessen Vater eine Stunde davon auf seinem reichen Hofe saß. In Begleitung seines gelahrten Hofmeisters, mit dem Herr Gerhardus gern der Unterhaltung pflag, kam er oftmals auf Besuch; und da er jünger war als Junker Wulf, so war er wohl auf mich und Katharinen angewiesen; insonders aber schien das braune Herrentöchterlein ihm zu gefallen. Doch war das schier umsonst; sie lachte nur über seine krumme Vogelnase, die ihm, wie bei fast allen des Geschlechtes, unter buschigem Haupthaar zwischen zwo merklich runden Augen saß. Ja, wenn sie seiner nur von fern gewahrte, so reckte sie wohl ihr Köpfchen vor und rief. »Johannes, der Buhz, der Buhz!« Dann versteckten wir uns hinter den Scheunen oder rannten wohl auch spornstreichs in den Wald hinein, der sich in einem Bogen um die Felder und danach wieder dicht an die Mauern des Gartens hinanzieht.

Darob, als der von der Risch deß inne wurde, kam es oftmals zwischen uns zum Haarraufen, wobei jedoch, da er mehr hitzig denn stark war, der Vortheil meist in meinen Händen blieb.

Als ich, um von Herrn Gerhardus Urlaub zu nehmen, vor meiner Ausfahrt in die Fremde zum letzten Mal, jedoch nur kurze Tage, hier verweilte, war Katharina schon fast wie eine Jungfrau; ihr braunes Haar lag itzt in einem goldnen Netz gefangen; in ihren Augen, wenn sie die Wimpern hob, war oft ein spielend Leuchten, das mich schier beklommen machte. Auch war ein alt gebrechlich Fräulein ihr zur Obhut beigegeben, so man im Hause nur »Bas' Ursel« nannte; sie ließ das Kind nicht aus den Augen und ging überall mit einer langen Tricotage neben ihr.

Als ich so eines Octobernachmittags im Schatten der Gartenhecken mit beiden auf und ab wandelte, kam ein lang aufgeschossener Gesell, mit spitzenbesetztem Lederwams und Federhut ganz alamode gekleidet, den Gang zu uns herauf; und siehe da, es war der Junker Kurt, mein alter Widersacher. Ich merkte allsogleich, daß er noch immer bei seiner schönen Nachbarin zu Hofe ging; auch, daß insonders dem alten Fräulein solches zu gefallen schien. Das war ein »Herr Baron« auf alle Frag' und Antwort; dabei lachte sie höchst obligeant mit einer widrig feinen Stimme und hob die Nase unmäßig in die Luft; mich aber, wenn ich ja ein Wort dazwischen gab, nannte sie stetig »Er« oder kurzweg auch »Johannes«, worauf der Junker dann seine runden Augen einkniff und an seinem Teile that, als sähe er auf mich herab, obschon ich ihn um halben Kopfes Länge überragte.

Ich blickte auf Katharinen; die aber kümmerte sich nicht um mich, sondern ging sittig neben dem Junker, ihm manierlich Red und Antwort gebend; den kleinen rothen Mund aber verzog mitunter ein spöttisch stolzes Lächeln, so daß ich dachte: »Getröste dich, Johannes; der Herrensohn schnellt itzo deine Waage in die Luft!« Trotzig blieb ich zurück und ließ die andern dreie vor mir gehen. Als aber diese in das Haus getreten waren und ich davor noch an Herrn Gerhardus' Blumenbeeten stand, darüber brütend, wie ich, gleich wie vormals, mit dem von der Risch ein tüchtig Haarraufen beginnen möchte, kam plötzlich Katharina wieder zurückgelaufen, riß neben mir eine Aster von den Beeten und flüsterte mir zu: »Johannes, weißt du was? Der Buhz sieht einem jungen Adler gleich; Bas' Ursel hat's gesagt!« Und fort war sie wieder, eh ich mich's versah. Mir aber war auf einmal all Trotz und Zorn wie weggeblasen. Was kümmerte mich itzund der von der Risch! Ich lachte hell und fröhlich in den güldnen Tag hinaus; denn bei den übermüthigen Worten war wieder jenes süße Augenspiel gewesen. Aber diesmal hatte es mir gerad ins Herz geleuchtet.

Bald danach ließ mich Herr Gerhardus auf sein Zimmer rufen; er zeigte mir auf einer Karte noch einmal, wie ich die weite Reise nach Amsterdam zu machen habe, übergab mir Briefe an seine Freunde dort und sprach dann lange mit mir, als meines lieben seligen Vaters Freund. Denn noch selbigen Abends hatte ich zur Stadt zu gehen, von wo ein Bürger mich auf seinem Wagen mit nach Hamburg nehmen wollte.

Als nun der Tag hinabging, nahm ich Abschied. Unten im Zimmer saß Katharina an einem Stickrahmen; ich mußte der Griechischen Helena gedenken, wie ich sie jüngst in einem Kupferwerk gesehen; so schön erschien mir der junge Nacken, den das Mädchen eben über ihre Arbeit neigte. Aber sie war nicht allein; ihr gegenüber saß Bas' Ursel und las laut aus einem französischen Geschichtenbuche. Da ich näher trat, hob sie die Nase nach mir zu. »Nun, Johannes«, sagte sie, »Er will mir wohl Ade sagen? So kann Er auch dem Fräulein gleich Seine Reverenze machen!« – Da war schon Katharina von ihrer Arbeit aufgestanden; aber indem sie mir die Hand reichte, traten die Junker Wulf und Kurt mit großem Geräusch ins Zimmer; und sie sagte nur: »Leb wohl, Johannes!« Und so ging ich fort.

Im Thorhaus drückte ich dem alten Dieterich die Hand, der Stab und Ranzen schon für mich bereit hielt; dann wanderte ich zwischen den Eichbäumen auf die Waldstraße zu. Aber mir war dabei, als könne ich nicht recht fort, als hätt ich einen Abschied noch zu Gute, und stand oft still und schaute hinter mich. Ich war auch nicht den Richtweg durch die Tannen, sondern, wie von selber, den viel weiteren auf der großen Fahrstraße hingewandert. Aber schon kam vor mir das Abendroth überm Wald herauf, und ich mußte eilen, wenn mich die Nacht nicht überfallen sollte. »Ade, Katharina, ade!« sagte ich leise und setzte rüstig meinen Wanderstab in Gang.

Da, an der Stelle, wo der Fußsteig in die Straße mündet – in stürmender Freude stund das Herz mir still – plötzlich aus dem Tannendunkel war sie selber da; mit glühenden Wangen kam sie hergelaufen, sie sprang über den trocknen Weggraben, daß die Fluth des seidenbraunen Haars dem güldnen Netz entstürzete; und so fing ich sie in meinen Armen auf. Mit glänzenden Augen, noch mit dem Odem ringend, schaute sie mich an. »Ich – ich bin ihnen fortgelaufen!« stammelte sie endlich; und dann, ein Päckchen in meine Hand drückend, fügte sie leis hinzu: »Von mir, Johannes! Und du sollst es nicht verachten!« Auf einmal aber wurde ihr Gesichtchen trübe; der kleine schwellende Mund wollte noch was reden, aber da brach ein Thränenquell aus ihren Augen, und wehmüthig ihr Köpfchen schüttelnd, riß sie sich hastig los. Ich sah ihr Kleid im finstern Tannensteig verschwinden; dann in der Ferne hörte ich noch die Zweige rauschen, und dann stand ich allein. Es war so still, die Blätter konnte man fallen hören. Als ich das Päckchen auseinander faltete, da war's ihr güldner Pathenpfennig, so sie mir oft gewiesen hatte; ein Zettlein lag dabei, das las ich nun beim Schein des Abendrothes. »Damit du nicht in Noth gerathest«, stund darauf geschrieben. – Da streckt ich meine Arme in die leere Luft: »Ade, Katharina, ade, ade!« – wohl hundertmal rief ich es in den stillen Wald hinein; – und erst mit sinkender Nacht erreichte ich die Stadt.

– – Seitdem waren fast fünf Jahre dahingegangen. – Wie würd' ich heute alles wiederfinden?

Und schon war ich am Thorhaus und sah drunten im Hof die alten Linden, hinter deren lichtgrünem Laub die beiden Zackengiebel des Herrenhauses itzt verborgen lagen. Als ich aber durch den Thorweg gehen wollte, jagten vom Hofe her zwei fahlgraue Bullenbeißer mit Stachelhalsbändern gar wild gegen mich heran; sie erhuben ein erschreckliches Geheul, der eine sprang auf mich und fletschete seine weißen Zähne dicht vor meinem Antlitz. Solch einen Willkommen hatte ich noch niemalen hier empfangen. Da, zu meinem Glück, rief aus den Kammern ober dem Thore eine rauhe, aber mir gar traute Stimme. »Hallo!« rief sie; »Tartar, Türk!« Die Hunde ließen von mir ab, ich hörte es die Stiege herabkommen, und aus der Thür, so unter dem Thorgang war, trat der alte Dieterich.

Als ich ihn anschaute, sahe ich wohl, daß ich lang in der Fremde gewesen sei; denn sein Haar war schlohweiß geworden, und seine sonst so lustigen Augen blickten gar matt und betrübsam auf mich hin. »Herr Johannes!« sagte er endlich und reichte mir seine beiden Hände.

»Grüß Ihn Gott, Dieterich!« entgegnete ich. »Aber seit wann haltet Ihr solche Bluthunde auf dem Hof, die die Gäste anfallen gleich den Wölfen?«

»Ja, Herr Johannes«, sagte der Alte, »die hat der Junker hergebracht.«

»Ist denn der daheim?« Der Alte nickte.

»Nun«, sagte ich, »die Hunde mögen schon vonnöthen sein; vom Krieg her ist noch viel verlaufen Volk zurückgeblieben.«

»Ach, Herr Johannes!« Und der alte Mann stund immer noch, als wolle er mich nicht zum Hof hinauf lassen. »Ihr seid in schlimmer Zeit gekommen!«

Ich sah ihn an, sagte aber nur: »Freilich, Dieterich; aus mancher Fensterhöhlung schaut statt des Bauern itzt der Wolf heraus; hab dergleichen auch gesehen; aber es ist ja Frieden worden, und der gute Herr im Schloß wird helfen, seine Hand ist offen.«

Mit diesen Worten wollte ich, obschon die Hunde mich wieder anknurreten, auf den Hof hinausgehen; aber der Greis trat mir in den Weg. »Herr Johannes«, rief er, »ehe Ihr weiter gehet, höret mich an! Euer Brieflein ist zwar richtig mit der Königlichen Post von Hamburg kommen; aber den rechten Leser hat es nicht mehr finden können.«

»Dieterich!« schrie ich. »Dieterich!«

»- Ja, ja, Herr Johannes! Hier ist die gute Zeit vorbei; denn unser theurer Herr Gerhardus liegt aufgebahret dort in der Kapellen, und die Gueridons brennen an seinem Sarge. Es wird nun anders werden auf dem Hofe; aber – ich bin ein höriger Mann, mir ziemet Schweigen.«

Ich wollte fragen: »Ist das Fräulein, ist Katharina noch im Hause!« Aber das Wort wollte nicht über meine Zunge.

Drüben, in einem hinteren Seitenbau des Herrenhauses, war eine kleine Kapelle, die aber, wie ich wußte, seit lange nicht benutzt war. Dort also sollte ich Herrn Gerhardus suchen.

Ich fragte den alten Hofmann: »Ist die Kapelle offen?«, und als er es bejahete, bat ich ihn, die Hunde anzuhalten; dann ging ich über den Hof, wo niemand mir begegnete; nur einer Grasmücke Singen kam oben aus den Lindenwipfeln.

Die Thür zur Kapellen war nur angelehnt, und leis und gar beklommen trat ich ein. Da stund der offene Sarg, und die rothe Flamme der Kerzen warf ihr flackernd Licht auf das edle Antlitz des geliebten Herrn; die Fremdheit des Todes, so darauf lag, sagte mir, daß er itzt eines andern Lands Genosse sei. Indem ich aber neben dem Leichnam zum Gebete hinknien wollte, erhub sich über den Rand des Sarges mir gegenüber ein junges blasses Antlitz, das aus schwarzen Schleiern fast erschrocken auf mich schaute.

Aber nur, wie ein Hauch verweht, so blickten die braunen Augen herzlich zu mir auf, und es war fast wie ein Freudenruf. »O, Johannes, seid Ihr's denn? Ach, Ihr seid zu spät gekommen!« Und über dem Sarge hatten unsere Hände sich zum Gruß gefaßt; denn es war Katharina, und sie war so schön geworden, daß hier im Angesicht des Todes ein heißer Puls des Lebens mich durchfuhr. Zwar, das spielende Licht der Augen lag itzt zurückgeschrecket in der Tiefe; aber aus dem schwarzen Häubchen drängten sich die braunen Löcklein, und der schwellende Mund war um so röther in dem blassen Antlitz.

Und fast verwirret auf den Todten schauend, sprach ich: »Wohl kam ich in der Hoffnung, an seinem lebenden Bilde ihm mit meiner Kunst zu danken, ihm manche Stunde genüber zu sitzen und sein mild und lehrreich Wort zu hören. Laßt mich denn nun die bald vergehenden Züge festzuhalten suchen.«

Und als sie unter Thränen, die über ihre Wangen strömten, stumm zu mir hinübernickte, setzte ich mich in ein Gestühlte und begann auf einem von den Blättchen, die ich bei mir führte, des Todten Antlitz nachzubilden. Aber meine Hand zitterte; ich weiß nicht, ob alleine vor der Majestät des Todes.

Währenddem vernahm ich draußen vom Hofe her eine Stimme, die ich für die des Junker Wulf erkannte; gleich danach schrie ein Hund wie nach einem Fußtritt oder Peitschenhiebe; und dann ein Lachen und einen Fluch von einer andern Stimme, die mir gleicherweise bekannt deuchte.

Als ich auf Katharinen blickte, sah ich sie mit schier entsetzten Augen nach dem Fenster starren; aber die Stimmen und die Schritte gingen vorüber. Da erhub sie sich, kam an meine Seite und sahe zu, wie des Vaters Antlitz unter meinem Stift entstund. Nicht lange, so kam draußen ein einzelner Schritt zurück; in demselben Augenblick legte Katharina die Hand auf meine Schulter, und ich fühlte, wie ihr junger Körper bebte.

Sogleich auch wurde die Kapellenthür aufgerissen; und ich erkannte den Junker Wulf, obschon sein sonsten bleiches Angesicht itzt roth und aufgedunsen schien.

»Was huckst du allfort an dem Sarge!« rief er zu der Schwester. »Der Junker von der Risch ist da gewesen, uns seine Condolenze zu bezeigen; du hättest ihm wohl den Trunk kredenzen mögen!«

Zugleich hatte er meiner wahrgenommen und bohrete mich mit seinen kleinen Augen an. – »Wulf«, sagte Katharina, indem sie mit mir zu ihm trat; »es ist Johannes, Wulf.«

Der Junker fand nicht vonnöthen, mir die Hand zu reichen; er musterte nur mein violenfarben Wams und meinte: »Du trägst da einen bunten Federbalg; man wird dich ›Sieur‹ nun tituliren müssen!«

»Nennt mich, wie's Euch gefällt!« sagte ich, indem wir auf den Hof hinaustreten. »Obschon mir dorten, von wo ich komme, das ›Herr‹ vor meinem Namen nicht gefehlet – Ihr wißt wohl, Eueres Vaters Sohn hat großes Recht an mir.«

Er sah mich was verwundert an, sagte dann aber nur: »Nun wohl, so magst du zeigen, was du für meines Vaters Gold erlernet hast; und soll dazu der Lohn für deine Arbeit dir nicht verhalten sein.«

Ich meinete, was den Lohn anginge, den hätte ich längst voraus bekommen; da aber der Junker entgegnete, er werd es halten, wie sich's für einen Edelmann gezieme, so fragte ich, was für Arbeit er mir aufzutragen hätte.

»Du weißt doch«, sagte er und hielt dann inne, indem er scharf auf seine Schwester blickte – »wenn eine adelige Tochter das Haus verläßt, so muß ihr Bild darin zurückbleiben.«

Ich fühlte, daß bei diesen Worten Katharina, die an meiner Seite ging, gleich einer Taumelnden nach meinem Mantel haschte; aber ich entgegnete ruhig: »Der Brauch ist mir bekannt; doch, wie meinet Ihr denn, Junker Wulf?«

»Ich meine«, sagte er hart, als ob er einen Gegenspruch erwarte, »daß du das Bildniß der Tochter dieses Hauses malen sollst!«

Mich durchfuhr's fast wie ein Schrecken; weiß nicht, ob mehr über den Ton oder die Deutung dieser Worte; dachte auch, zu solchem Beginnen sei itzt kaum die rechte Zeit.

Da Katharina schwieg, aus ihren Augen aber ein flehentlicher Blick mir zuflog, so antwortete ich: »Wenn Eure edle Schwester es mir vergönnen will, so hoffe ich Eueres Vaters Protection und meines Meisters Lehre keine Schande anzuthun. Räumet mir nur wieder mein Kämmerlein ober dem Thorweg bei dem alten Dieterich, so soll geschehen, was Ihr wünschet.«

Der Junker war das zufrieden und sagte auch seiner Schwester, sie möge einen Imbiß für mich richten lassen.

Ich wollte über den Beginn meiner Arbeit noch eine Frage thun; aber ich verstummte wieder, denn über den empfangenen Auftrag war plötzlich eine Entzückung in mir aufgestiegen, daß ich fürchtete, sie könne mit jedem Wort hervorbrechen. So war ich auch der zwo grimmen Köter nicht gewahr worden, die dort am Brunnen sich auf den heißen Steinen sonnten. Da wir aber näher kamen, sprangen sie auf und fuhren mit offenem Rachen gegen mich, daß Katharina einen Schrei that, der Junker aber einen schrillen Pfiff, worauf sie heulend ihm zu Füßen krochen. »Beim Höllenelemente«, rief er lachend, »zwo tolle Kerle; gilt ihnen gleich, ein Sauschwanz oder Flandrisch Tuch!«

»Nun, Junker Wulf«, – ich konnte der Rede mich nicht wohl enthalten –, »soll ich noch einmal Gast in Eueres Vaters Hause sein, so möget Ihr Euere Thiere bessere Sitte lehren!«

Er blitzte mich mit seinen kleinen Augen an und riß sich ein paar Mal in seinen Zwickelbart. »Das ist nur so ihr Willkommsgruß, Sieur Johannes!«, sagte er dann, indem er sich bückte, um die Bestien zu streicheln. »Damit jedweder wisse, daß ein ander Regiment allhier begonnen; denn – wer mir in die Quere kommt, den hetz ich in des Teufels Rachen!«

Bei den letzten Worten, die er heftig ausgestoßen, hatte er sich hoch aufgerichtet; dann pfiff er seinen Hunden und schritt über den Hof dem Thore zu.

Ein Weilchen schaute ich hinterdrein; dann folgte ich Katharinen, die unter dem Lindenschatten stumm und gesenkten Hauptes die Freitreppe zu dem Herrenhaus emporstieg; ebenso schweigend gingen wir mitsammen die breiten Stufen in das Oberhaus hinauf, allwo wir in des seligen Herrn Gerhardus Zimmer traten. – Hier war noch alles, wie ich es vordem gesehen; die goldgeblümten Ledertapeten, die Karten an der Wand, die saubern Pergamentbände auf den Regalen, über dem Arbeitstische der schöne Waldgrund von dem älteren Ruisdael – und dann davor der leere Sessel. Meine Blicke blieben daran haften; gleichwie drunten in der Kapellen der Leib des Entschlafenen, so schien auch dies Gemach mir itzt entseelet und, obschon vom Walde draußen der junge Lenz durchs Fenster leuchtete, doch gleichsam von der Stille des Todes wie erfüllet.

Ich hatte auf Katharinen in diesem Augenblicke fast vergessen. Da ich mich umwandte, stand sie schier reglos mitten in dem Zimmer, und ich sah, wie unter den kleinen Händen, die sie daraufgepreßt hielt, ihre Brust in ungestümer Arbeit ging. »Nicht wahr«, sagte sie leise, »hier ist itzt niemand mehr; niemand als mein Bruder und seine grimmen Hunde?«

»Katharina!« rief ich; »was ist Euch? was ist das hier in Eueres Vaters Haus?«

»Was es ist, Johannes?« Und fast wild ergriff sie meine beiden Hände; und ihre jungen Augen sprühten wie in Zorn und Schmerz. »Nein, nein; laß erst den Vater in seiner Gruft zur Ruhe kommen! Aber dann – du sollst mein Bild ja malen, du wirst eine Zeitlang hier verweilen – dann, Johannes, hilf mir; um des Todten willen, hilf mir!«

Auf solche Worte, von Mitleid und von Liebe ganz bezwungen, fiel ich vor der Schönen, Süßen nieder und schwur ihr mich und alle meine Kräfte zu. Da lösete sich ein sanfter Thränenquell aus ihren Augen, und wir saßen nebeneinander und sprachen lange zu des Entschlafenen Gedächtniß.

Als wir sodann wieder in das Unterhaus hinabgingen, fragte ich auch dem alten Fräulein nach.

»O«, sagte Katharina, »Bas' Ursel! Wollt Ihr sie begrüßen? Ja, die ist auch noch da; sie hat hier unten ihr Gemach, denn die Treppen sind ihr schon längsthin zu beschwerlich.«

Wir traten also in ein Stübchen, das gegen den Garten lag, wo auf den Beeten vor den grünen Heckenwänden soeben die Tulpen aus der Erde brachen. Bas' Ursel saß, in der schwarzen Tracht und Krepphaube nur wie ein schwindend Häufchen anzuschauen, in einem hohen Sessel und hatte ein Nonnenspielchen vor sich, das, wie sie nachmals mir erzählte, der Herr Baron – nach seines Vaters Ableben war er solches itzund wirklich – ihr aus Lübeck zur Verehrung mitgebracht.

»So«, sagte sie, da Katharina mich genannt hatte, indeß sie behutsam die helfenbeinern Pflöcklein um einander steckte, »ist Er wieder da, Johannes? Nein, es geht nicht aus! O, c'est un jeu très-compliqué!«

Dann warf sie die Pflöcklein übereinander und schauete mich an. »Ei«, meinte sie, »Er ist gar stattlich angethan; aber weiß Er denn nicht, daß Er in ein Trauerhaus getreten ist?«

»Ich weiß es, Fräulein«, entgegnete ich; »aber da ich in das Thor trat, wußte ich es nicht.«

»Nun«, sagte sie und nickte gar begütigend; »so eigentlich gehöret Er ja auch nicht zur Dienerschaft.«

Über Katharinens blasses Antlitz flog ein Lächeln, wodurch ich mich jeder Antwort wohl enthoben halten mochte. Vielmehr rühmte ich der alten Dame die Anmuth ihres Wohngemaches; denn auch der Epheu des Thürmchen, das draußen an der Mauer aufstieg, hatte sich nach dem Fenster hingesponnen und wiegete seine grünen Ranken vor den Scheiben.

Aber Bas' Ursel meinete, ja, wenn nur nicht die Nachtigallen wären, die itzt schon wieder anhüben mit ihrer Nachtunruhe; sie könne ohnedem den Schlaf nicht finden; und dann auch sei es schier zu abgelegen; das Gesinde sei von hier aus nicht im Aug zu halten; im Garten draußen aber passire eben nichts, als etwan, wann der Gärtnerbursche an den Hecken oder Buchsrabatten putze.

– Und damit hatte der Besuch seine Endschaft; denn Katharina mahnte, es sei nachgerade an der Zeit, meinen wegemüden Leib zu stärken.

Ich war nun in meinem Kämmerchen ober dem Hofthor einlogiret, dem alten Dieterich zur sondern Freude; denn am Feierabend saßen wir auf seiner Tragkist, und ließ ich mir, gleich wie in der Knabenzeit, von ihm erzählen. Er rauchte dann wohl eine Pfeife Tabak, welche Sitte durch das Kriegsvolk auch hier in Gang gekommen war, und holete allerlei Geschichten aus den Drangsalen, so sie durch die fremden Truppen auf dem Hof und unten in dem Dorf hatten erleiden müssen; einmal aber, da ich seine Rede auf das gute Frölen Katharina gebracht und er erst nicht hatt ein Ende finden können, brach er gleichwohl plötzlich ab und schauete mich an.

»Wisset Ihr, Herr Johannes«, sagte er, »'s ist grausam schad, daß Ihr nicht auch ein Wappen habet gleich dem von der Risch da drüben!«

Und da solche Rede mir das Blut ins Gesicht jagete, klopfte er mit seiner harten Hand mir auf die Schulter, meinend: »Nun, nun, Herr Johannes; 's war ein dummes Wort von mir; wir müssen freilich bleiben, wo uns der Herrgott hingesetzet.«

Weiß nicht, ob ich derzeit mit solchem einverstanden gewesen, fragete aber nur, was der von der Risch denn itzund für ein Mann geworden.

Der Alte sah mich gar pfiffig an und paffte aus seinem kurzen Pfeiflein, als ob das theure Kraut am Feldrain wüchse. »Wollet Ihr's wissen, Herr Johannes?« begann er dann. »Er gehöret zu denen muntern Junkern, die im Kieler Umschlag den Bürgersleuten die Knöpfe von den Häusern schießen; Ihr möget glauben, er hat treffliche Pistolen! Auf der Geigen weiß er nicht so gut zu spielen; da er aber ein lustig Stücklein liebt, so hat er letzthin den Rathsmusikanten, der überm Holstenthore wohnt, um Mitternacht mit seinem Degen aufgeklopfet, ihm auch nicht Zeit gelassen, sich Wams und Hosen anzuthun. Statt der Sonnen stand aber der Mond am Himmel, es war octavis trium regum und fror Pickelsteine; und hat also der Musikante, den Junker mit dem Degen hinter sich, im blanken Hemde vor ihm durch die Gassen geigen müssen! – – Wollet Ihr mehr noch wissen, Herr Johannes? – Zu Haus bei ihm freuen sich die Bauern, wenn der Herrgott sie nicht mit Töchtern gesegnet; und dennoch – – aber nach seines Vaters Tode hat er Geld, und unser Junker, Ihr wisset's wohl, hat schon vorher von seinem Erbe aufgezehrt.«

Ich wußte freilich nun genug; auch hatte der alte Dieterich schon mit seinem Spruche: »Aber ich bin nur ein höriger Mann«, seiner Rede Schluß gemacht.

– – Mit meinem Malgeräth war auch meine Kleidung aus der Stadt gekommen, wo ich im Goldenen Löwen Alles abgeleget, so daß ich anitzt, wie es sich ziemete, in dunkler Tracht einherging. Die Tagesstunden aber wandte ich zunächst in meinen Nutzen. Nämlich, es befand sich oben im Herrenhause neben des seligen Herrn Gemach ein Saal, räumlich und hoch, dessen Wände fast völlig von lebensgroßen Bildern verhänget waren, so daß nur noch neben dem Kamin ein Platz zu zweien offen stund. Es waren das die Voreltern des Herrn Gerhardus, meist ernst und sicher blickende Männer und Frauen, mit einem Antlitz, dem man wohl vertrauen konnte; er selbsten in kräftigem Mannesalter und Katharinens früh verstorbene Mutter machten dann den Schluß. Die beiden letzten Bilder waren gar trefflich von unserem Landsmanne, dem Eiderstedter Georg Ovens, in seiner kräftigen Art gemalet; und ich suchte nun mit meinem Pinsel die Züge meines edlen Beschützers nachzuschaffen; zwar in verjüngtem Maßstabe und nur mir selber zum Genügen; doch hat es später zu einem größeren Bildniß mir gedienet, das noch itzt hier in meiner einsamen Kammer die theuerste Gesellschaft meines Alters ist. Das Bildniß seiner Tochter aber lebt mit mir in meinem Innern.

Oft, wenn ich die Palette hingelegt, stand ich noch lange vor den schönen Bildern. Katharinens Antlitz fand ich in dem der beiden Eltern wieder: des Vaters Stirn, der Mutter Liebreiz um die Lippen; wo aber war hier der harte Mundwinkel, das kleine Auge des Junker Wulf? – Das mußte tiefer aus der Vergangenheit heraufgekommen sein! Langsam ging ich die Reih der älteren Bildnisse entlang, bis über hundert Jahre weit hinab. Und siehe, da hing im schwarzen, von den Würmern schon zerfressenen Holzrahmen ein Bild, vor dem ich schon als Knabe, als ob's mich hielte, still gestanden war. Es stellete eine Edelfrau von etwa vierzig Jahren vor; die kleinen grauen Augen sahen kalt und stechend aus dem harten Antlitz, das nur zur Hälfte zwischen dem weißen Kinntuch und der Schleierhaube sichtbar wurde. Ein leiser Schauer überfuhr mich vor der so lang schon heimgegangenen Seele; und ich sprach zu mir: »Hier, diese ist's! Wie räthselhafte Wege gehet die Natur! Ein saeculum und drüber rinnt es heimlich wie unter einer Decke im Blute der Geschlechter fort; dann, längst vergessen, taucht es plötzlich wieder auf, den Lebenden zum Unheil. Nicht vor dem Sohn des edlen Gerhardus; vor dieser hier und ihres Blutes nachgeborenem Sprößling soll ich Katharinen schützen.« Und wieder trat ich vor die beiden jüngsten Bilder, an denen mein Gemüthe sich erquickte.

So weilte ich derzeit in dem stillen Saale, wo um mich nur die Sonnenstäublein spielten, unter den Schatten der Gewesenen.

Katharinen sah ich nur beim Mittagstische, das alte Fräulein und den Junker Wulf zur Seiten; aber wofern Bas' Ursel nicht in ihren hohen Tönen redete, so war es stets ein stumm und betrübsam Mahl, so daß mir oft der Bissen im Munde quoll. Nicht die Trauer um den Abgeschiedenen war deß Ursach, sondern es lag zwischen Bruder und Schwester, als sei das Tischtuch durchgeschnitten zwischen ihnen. Katharina, nachdem sie fast die Speisen nicht berührt, entfernte sich allzeit bald, mich kaum nur mit den Augen grüßend; der Junker aber, wenn ihm die Laune stund, suchte mich dann beim Trunke festzuhalten; hatte mich also hiegegen und, so ich nicht hinaus wollte über mein gestecktes Maß, über dem wider allerort Flosculn zu wehren, welche gegen mich gespitzet wurden.

Inzwischen, nachdem der Sarg schon mehrere Tage geschlossen gewesen, geschahe die Beisetzung des Herrn Gerhardus drunten in der Kirche des Dorfes, allwo das Erbbegräbniß ist und wo itzt seine Gebeine bei denen seiner Voreltern ruhen, mit denen der Höchste ihnen dereinst eine fröhliche Urständ wolle bescheren!

Es waren aber zu solcher Trauerfestlichkeit zwar mancherlei

Leute aus der Stadt und den umliegenden Gütern gekommen, von Angehörigen aber fast wenige und auch diese nur entfernte, maßen der Junker Wulf der Letzte seines Stammes war und des Herrn Gerhardus Ehgemahl nicht hiesigen Geschlechts gewesen; darum es auch geschahe, daß in der Kürze alle wieder abgezogen sind.

Der Junker drängte nun selbst, daß ich mein aufgetragen Werk begönne, wozu ich droben in dem Bildersaale an einem nach Norden zu belegenen Fenster mir schon den Platz erwählet hatte. Zwar kam Bas' Ursel, die wegen ihrer Gicht die Treppen nicht hinaufkonnte, und meinete, es möge am besten in ihrer Stuben oder im Gemach daran geschehen, so sei es uns beiderseits zur Unterhaltung; ich aber, solcher Gevatterschaft gar gern entrathend, hatte an der dortigen Westsonne einen rechten Malergrund dagegen, und konnte alles Reden ihr nicht nützen. Vielmehr war ich am andern Morgen schon dabei, die Nebenfenster des Saales zu verhängen und die hohe Staffelei zu stellen, so ich mit Hülfe Dieterichs mir selber in den letzten Tagen angefertigt.

Als ich eben den Blendrahmen mit der Leinwand darauf gelegt, öffnete sich die Thür aus Herrn Gerhardus' Zimmer, und Katharina trat herein. – Aus was für Ursach, wäre schwer zu sagen; aber ich empfand, daß wir uns dießmal fast erschrocken gegenüberstanden; aus der schwarzen Kleidung, die sie nicht abgeleget, schaute das junge Antlitz in gar süßer Verwirrung zu mir auf.

»Katharina«, sagte ich, »Ihr wisset, ich soll Euer Bildniß malen; duldet Ihr's auch gern?«

Da zog ein Schleier über ihre braunen Augensterne, und sie sagte leise: »Warum doch fragt Ihr so, Johannes?«

Wie ein Thau des Glückes sank es in mein Herz. »Nein, nein, Katharina! Aber sagt, was ist, worin kann ich Euch dienen? – Setzet Euch, damit wir nicht so müßig überrascht werden, und dann sprecht! Oder vielmehr, ich weiß es schon. Ihr braucht mir's nicht zu sagen!«

Aber sie setzte sich nicht, sie trat zu mir heran. »Denket Ihr noch, Johannes, wie Ihr einst den Buhz mit Euerem Bogen niederschosset? Das thut dießmal nicht noth, obschon er wieder ob dem Neste lauert; denn ich bin kein Vöglein, das sich von ihm zerreißen läßt. Aber, Johannes – ich habe einen Blutsfreund –, hilf mir wider den!«

»Ihr meinet Eueren Bruder, Katharina!«

– »Ich habe keinen andern. – – Dem Manne, den ich hasse, will er mich zum Weibe geben! Während unseres Vaters langem Siechbett habe ich den schändlichen Kampf mit ihm gestritten, und erst an seinem Sarg hab ich's ihm abgetrotzt, daß ich in Ruhe um den Vater trauern mag; aber ich weiß, auch das wird er nicht halten.«

Ich gedachte eines Stiftsfräuleins zu Preetz, Herrn Gerhardus' einzigen Geschwisters, und meinete, ob die nicht um Schutz und Zuflucht anzugehen sei.

Katharina nickte. »Wollt Ihr mein Bote sein, Johannes? – Geschrieben habe ich ihr schon, aber in Wulfs Hände kam die Antwort, und auch erfahren habe ich sie nicht, nur die ausbrechende Wuth meines Bruders, die selbst das Ohr des Sterbenden erfüllet hätte, wenn es noch offen gewesen wäre für den Schall der Welt; aber der gnädige Gott hatte das geliebte Haupt schon mit dem letzten Erdenschlummer zugedecket.«

Katharina hatte sich nun doch auf meine Bitte mir genüber gesetzet, und ich begann die Umrisse auf die Leinewand zu zeichnen. So kamen wir zu ruhiger Berathung; und da ich, wenn die Arbeit weiter vorgeschritten, nach Hamburg mußte, um bei dem Holzschnitzer einen Rahmen zu bestellen, so stelleten wir fest, daß ich alsdann den Umweg über Preetz nähme und also meine Botschaft ausrichtete. Zunächst jedoch sei emsig an dem Werk zu fördern.

Es ist gar oft ein seltsam Widerspiel im Menschenherzen. Der Junker mußte es schon wissen, daß ich zu seiner Schwester stand; gleichwohl – hieß nun sein Stolz ihn, mich geringzu schätzen, oder glaubte er mit seiner ersten Drohung mich genug geschrecket –, was ich besorget, traf nicht ein; Katharina und ich waren am ersten wie an den andern Tagen von ihm ungestöret. Einmal zwar trat er ein und schalt mit Katharinen wegen ihrer Trauerkleidung, warf aber dann die Thür hinter sich, und wir hörten ihn bald auf dem Hofe ein Reiterstücklein pfeifen. Ein ander Mal noch hatte er den von der Risch an seiner Seite. Da Katharina eine heftige Bewegung machte, bat ich sie, auf ihrem Platz zu bleiben, und malete ruhig weiter. Seit dem Begräbnißtage, wo ich einen fremden Gruß mit ihm getauschet, hatte der Junker Kurt sich auf dem Hofe nicht gezeigt; nun trat er näher und beschauete das Bild und redete gar schöne Worte, meinete aber auch, weshalb das Fräulein sich so sehr vermummt und nicht vielmehr ihr seidig Haar in freien Locken auf den Nacken habe wallen lassen; wie es ein Engelländischer Poet so trefflich ausgedrücket, »rückwärts den Winden leichte Küsse werfend?« Katharina aber, die bisher geschwiegen, wies auf Herrn Gerhardus' Bild und sagte: »Ihr wisset wohl nicht mehr, daß das mein Vater war!«

Was Junker Kurt hierauf entgegnete, ist mir nicht mehr erinnerlich; meine Person aber schien ihm ganz nicht gegenwärtig oder doch nur gleich einer Maschine, wodurch ein Bild sich auf die Leinewand malete. Von letzterem begann er über meinen Kopf hin dieß und jenes noch zu reden; da aber Katharina nicht mehr Antwort gab, so nahm er alsbald seinen Urlaub, der Dame angenehme Kurzweil wünschend.

Bei diesem Wort jedennoch sah ich aus seinen Augen einen raschen Blick gleich einer Messerspitze nach mir zücken.

– – Wir hatten nun weitere Störniß nicht zu leiden, und mit der Jahreszeit rückte auch die Arbeit vor. Schon stand auf den Waldkoppeln draußen der Roggen in silbergrauem Blust, und unten im Garten brachen schon die Rosen auf; wir beide aber – ich mag es heut wohl niederschreiben –, wir hätten itzund die Zeit gern stille stehen lassen; an meine Botenreise wagten, auch nur mit einem Wörtlein, weder sie noch ich zu rühren. Was wir gesprochen, wüßte ich kaum zu sagen; nur daß ich von meinem Leben in der Fremde ihr erzählte und wie ich immer heim gedacht; auch daß ihr güldner Pfennig mich in Krankheit einst vor Noth bewahrt, wie sie in ihrem Kinderherzen es damals fürgesorget, und wie ich später dann gestrebt und mich geängstet, bis ich das Kleinod aus dem Leihhaus mir zurückgewonnen hatte. Dann lächelte sie glücklich; und dabei blühete aus dem dunkeln Grund des Bildes immer süßer das holde Antlitz auf; mir schien's, als sei es kaum mein eigenes Werk. – Mitunter war's, als schaue mich etwas heiß aus ihren Augen an; doch wollte ich es dann fassen, so floh es scheu zurück; und dennoch floß es durch den Pinsel heimlich auf die Leinewand, so daß mir selber kaum bewußt ein sinnberückend Bild entstand, wie nie zuvor und nie nachher ein solches aus meiner Hand gegangen ist. – – Und endlich war's doch an der Zeit und festgesetzet, am andern Morgen sollte ich meine Reise antreten.

Als Katharina mir den Brief an ihre Base eingehändigt, saß sie noch einmal mir genüber. Es wurde heute mit Worten nicht gespielet; wir sprachen ernst und sorgenvoll mitsammen; indessen setzete ich noch hie und da den Pinsel an, mitunter meine Blicke auf die schweigende Gesellschaft an den Wänden werfend, deren ich in Katharinens Gegenwart sonst kaum gedacht hatte.

Da, unter dem Malen, fiel mein Auge auch auf jenes alte Frauenbildniß, das mir zur Seite hing und aus den weißen Schleiertüchern die stechend grauen Augen auf mich gerichtet hielt. Mich fröstelte, ich hätte nahezu den Stuhl verrücket.

Aber Katharinens süße Stimme drang mir in das Ohr: »Ihr seid ja fast erbleichet; was flog Euch übers Herz, Johannes?«

Ich zeigte mit dem Pinsel auf das Bild. »Kennet Ihr die, Katharina? Diese Augen haben hier all die Tage auf uns hingesehen.«

»Die da? – Vor der hab ich schon als Kind eine Furcht gehabt, und gar bei Tage bin ich oft wie blind hier durchgelaufen. Es ist die Gemahlin eines früheren Gerhardus; vor weit über hundert Jahren hat sie hier gehauset.«

»Sie gleicht nicht Euerer schönen Mutter«, entgegnete ich; »dies Antlitz hat wohl vermocht, einer jeden Bitte nein zu sagen.«

Katharina sah gar ernst zu mir herüber. »So heißt's auch«, sagte sie »sie soll ihr einzig Kind verfluchet haben; am andern Morgen aber hat man das blasse Fräulein aus einem Gartenteich gezogen, der nachmals zugedämmet ist. Hinter den Hecken, dem Walde zu, soll es gewesen sein.«

»Ich weiß, Katharina; es wachsen heut noch Schachtelhalm und Binsen aus dem Boden.«

»Wisset Ihr denn auch, Johannes, daß eine unseres Geschlechtes sich noch immer zeigen soll, sobald dem Hause Unheil droht? Man sieht sie erst hier an den Fenstern gleiten, dann draußen in dem Gartensumpf verschwinden.«

Ohnwillens wandten meine Augen sich wieder auf die unbeweglichen des Bildes. »Und weshalb«, fragte ich, »verfluchete sie ihr Kind?«

»Weshalb?« – Katharina zögerte ein Weilchen und blickte mich fast verwirret an mit allem ihrem Liebreiz. »Ich glaub, sie wollte den Vetter ihrer Mutter nicht zum Ehgemahl.«

– »War es denn ein gar so übler Mann?«

Ein Blick fast wie ein Flehen flog zu mir herüber, und tiefes Rosenroth bedeckete ihr Antlitz. »Ich weiß nicht«, sagte sie beklommen; und leiser, daß ich's kaum vernehmen mochte, setzte sie hinzu: »Es heißt, sie hab einen andern liebgehabt; der war nicht ihres Standes.«

Ich hatte den Pinsel sinken lassen; denn sie saß vor mir mit gesenkten Blicken; wenn nicht die kleine Hand sich leis aus ihrem Schoße auf ihr Herz geleget, so wäre sie selber wie ein leblos Bild gewesen.

So hold es war, ich sprach doch endlich: »So kann ich ja nicht malen; wollet Ihr mich nicht ansehen, Katharina?«

Und als sie nun die Wimpern von den braunen Augensternen hob, da war kein Hehlens mehr; heiß und offen ging der Strahl zu meinem Herzen. »Katharina!« Ich war aufgesprungen. »Hätte jene Frau auch dich verflucht?«

Sie athmete tief auf. »Auch mich, Johannes!« – Da lag ihr Haupt an meiner Brust, und fest umschlossen standen wir vor dem Bild der Ahnfrau, die kalt und feindlich auf uns niederschauete.

Aber Katharina zog mich leise fort. »Laß uns nicht trotzen, mein Johannes!« sagte sie. – Mit Selbigem hörte ich im Treppenhause ein Geräusch, und war es, als wenn etwas mit dreien Beinen sich mühselig die Stiegen heraufarbeitete. Als Katharina und ich uns deshalb wieder an unsern Platz gesetzet und ich Pinsel und Palette zur Hand genommen hatte, öffnete sich die Thür, und Bas' Ursel, die wir wohl zuletzt erwartet hätten, kam an ihrem Stock hereingehustet. »Ich höre«, sagte sie, »Er will nach Hamburg, um den Rahmen zu besorgen; da muß ich mir nachgerade doch Sein Werk besehen!«

Es ist wohl männiglich bekannt, daß alte Jungfrauen in Liebessachen die allerfeinsten Sinne haben und so der jungen Welt gar oft Bedrang und Trübsal bringen. Als Bas' Ursel auf Katharinens Bild, das sie bislang noch nicht gesehen, kaum einen Blick geworfen hatte, zuckte sie gar stolz empor mit ihrem runzeligen Angesicht und frug mich allsogleich: »Hat denn das Fräulein Ihn so angesehen, als wie sie da im Bilde sitzet?«

Ich entgegnete, es sei ja eben die Kunst der edlen Malerei, nicht bloß die Abschrift des Gesichts zu geben. Aber schon mußte an unsern Augen oder Wangen ihr Sonderliches aufgefallen sein, denn ihre Blicke gingen spähend hin und wider. »Die Arbeit ist wohl bald am Ende?« sagte sie dann mit ihrer höchsten Stimme. »Deine Augen haben kranken Glanz, Katharina; das lange Sitzen hat dir nicht wohl gedienet.«

Ich entgegnete, das Bild sei bald vollendet, nur an dem Gewande sei noch hie und da zu schaffen.

»Nun, da braucht Er wohl des Fräuleins Gegenwart nicht mehr dazu! – Komm, Katharina, dein Arm ist besser als der dumme Stecken hier!«

Und so mußt ich von der dürren Alten meines Herzens holdselig Kleinod mir entführen sehen, da ich es eben mir gewonnen glaubte; kaum daß die braunen Augen mir noch einen stummen Abschied senden konnten.

Am andern Morgen, am Montage vor Johannis, trat ich meine Reise an. Auf einem Gaule, den Dieterich mir besorget, trabte ich in der Frühe aus dem Thorweg; als ich durch die Tannen ritt, brach einer von des Junkers Hunden herfür und fuhr meinem Thiere nach den Flechsen, wann schon selbiges aus ihrem eigenen Stalle war; aber der oben im Sattel saß, schien ihnen allzeit noch verdächtig. Kamen gleichwohl ohne Blessur davon, ich und der Gaul, und langeten abends bei guter Zeit in Hamburg an.

Am andern Vormittage machte ich mich auf und befand auch bald einen Schnitzer, so der Bilderleisten viele fertig hatte, daß man sie nur zusammenzustellen und in den Ecken die Zieraten darauf zu thun brauchte. Wurden also handelseinig, und versprach der Meister, mir das alles wohl verpacket nachzusenden.

Nun war zwar in der berühmten Stadt vor einen Neubegierigen gar vieles zu beschauen, so in der Schiffergesellschaft des Seeräubern Störtebeker silberner Becher, welcher das zweite Wahrzeichen der Stadt genennet wird, und ohne den gesehen zu haben, wie es in einem Buche heißt, niemand sagen dürfe, daß er in Hamburg sei gewesen; sodann auch der Wunderfisch mit eines Adlers richtigen Krallen und Fluchten, so eben um diese Zeit in der Elbe war gefangen worden und den die Hamburger, wie ich nachmalen hörete, auf einen Seesieg wider die türkischen Piraten deuteten; allein, obschon ein rechter Reisender solcherlei Seltsamkeiten nicht vorbeigehen soll, so war doch mein Gemüthe, beides, von Sorge und von Herzenssehnen, allzusehr beschweret. Derohalben, nachdem ich bei einem Kaufherrn noch meinen Wechsel umgesetzet und in meiner Nachtherbergen Richtigkeit getroffen hatte, bestieg ich um Mittage wieder meinen Gaul und hatte allsobald allen Lärmen des großen Hamburg hinter mir.

Am Nachmittage danach langete ich in Preetz an, meldete mich im Stifte bei der hochwürdigen Dame und wurde auch alsbald vorgelassen. Ich erkannte in ihrer stattlichen Person allsogleich die Schwester meines theueren seligen Herrn Gerhardus; nur, wie es sich an unverehelichten Frauen oftmals zeiget, waren die Züge des Antlitzes gleichwohl strenger als die des Bruders. Ich hatte, selbst nachdem ich Katharinens Schreiben überreichet, ein lang und hart Examen zu bestehen; dann aber verhieß sie ihren Beistand und setzete sich zu ihrem Schreibgeräthe, indeß die Magd mich in ein ander Zimmer führen mußte, allwo man mich gar wohl bewirthete.

Es war schon spät am Nachmittage, da ich wieder fortritt; doch rechnete ich, obschon mein Gaul die vielen Meilen hinter uns bereits verspürete, noch gegen Mitternacht beim alten Dieterich anzuklopfen. – Das Schreiben, das die alte Dame mir für Katharinen mitgegeben, trug ich wohl verwahret in einem Ledertäschlein unterm Wamse auf der Brust. So ritt ich fürbaß in die aufsteigende Dämmerung hinein; gar bald an sie, die eine, nur gedenkend und immer wieder mein Herz mit neuen lieblichen Gedanken schreckend.

Es war aber eine lauwarme Juninacht; von den dunkelen Feldern erhub sich der Ruch der Wiesenblumen, aus den Knicken duftete das Geißblatt; in Luft und Laub schwebete ungesehen das kleine Nachtgeziefer oder flog auch wohl surrend meinem schnaubenden Gaule an die Nüstern; droben aber an der blauschwarzen ungeheueren Himmelsglocke über mir strahlte im Südost das Sternenbild des Schwanes in seiner unberührten Herrlichkeit.

Da ich endlich wieder auf Herrn Gerhardus' Grund und Boden war, resolvirte ich mich sofort, noch nach dem Dorfe hinüberzureiten, welches seitwärts von der Fahrstraßen hinterm Wald belegen ist. Denn ich gedachte, daß der Krüger Hans Ottsen einen paßlichen Handwagen habe; mit dem solle er morgen einen Boten in die Stadt schicken, um die Hamburger Kiste für mich abzuholen; ich aber wollte nur an sein Kammerfenster klopfen, um ihm solches zu bestellen.

Also ritte ich am Waldesrande hin, die Augen fast verwirret von den grünlichen Johannisfünkchen, die mit ihren spielerischen Lichtern mich hier umflogen. Und schon ragete groß und finster die Kirche vor mir auf, in deren Mauern Herr Gerhardus bei den Seinen ruhte; ich hörte, wie im Thurm soeben der Hammer ausholete, und von der Glocken scholl die Mitternacht ins Dorf hinunter. »Aber sie schlafen alle«, sprach ich bei mir selber, »die Todten in der Kirchen oder unter dem hohen Sternenhimmel hieneben auf dem Kirchhof, die Lebenden noch unter den niedern Dächern, die dort stumm und dunkel vor dir liegen.« So ritt ich weiter. Als ich jedoch an den Teich kam, von wo aus man Hans Ottsens Krug gewahren kann, sahe ich von dorten einen dunstigen Lichtschein auf den Weg hinausbrechen, und Fiedeln und Klarinetten schalleten mir entgegen.

Da ich gleichwohl mit dem Wirthe reden wollte, so ritt ich herzu und brachte meinen Gaul im Stalle unter. Als ich danach auf die Tenne trat, war es gedrang voll von Menschen, Männern und Weibern, und ein Geschrei und wüst Getreibe, wie ich solches, auch beim Tanz, in früheren Jahren nicht vermerket. Der Schein der Unschlittkerzen, so unter einem Balken auf einem Kreuzholz schwebten, hob manch bärtig und verhauen Antlitz aus dem Dunkel, dem man lieber nicht allein im Wald begegnet wäre. – Aber nicht nur Strolche und Bauerbursche schienen hier sich zu vergnügen; bei den Musikanten, die drüben vor der Döns auf ihren Tonnen saßen, stund der Junker von der Risch; er hatte seinen Mantel über dem einen Arm, an dem andern hing ihm eine derbe Dirne. Aber das Stücklein schien ihm nicht zu gefallen; denn er riß dem Fiedler seine Geigen aus den Händen, warf eine Handvoll Münzen auf seine Tonne und verlangte, daß sie ihm den neumodischen Zweitritt aufspielen sollten. Als dann die Musikanten ihm gar rasch gehorchten und wie toll die neue Weise klingen ließen, schrie er nach Platz und schwang sich in den dichten Haufen; und die Bauerburschen glotzten drauf hin, wie ihm die Dirne im Arme lag, gleich einer Tauben vor dem Geier.

Ich aber wandte mich ab und trat hinten in die Stube, um mit dem Wirth zu reden. Da saß der Junker Wulf beim Kruge Wein und hatte den alten Ottsen neben sich, welchen er mit allerhand Späßen in Bedrängniß brachte; so drohete er, ihm seinen Zins zu steigern, und schüttelte sich vor Lachen, wenn der geängstete Mann gar jämmerlich um Gnad und Nachsicht supplicirte. – Da er mich gewahr worden, ließ er nicht ab, bis ich selbdritt mich an den Tisch gesetzet; frug nach meiner Reise und ob ich in Hamburg mich auch wohl vergnüget; ich aber antwortete nur, ich käme eben von dort zurück, und werde der Rahmen in Kürze in der Stadt eintreffen, von wo Hans Ottsen ihn mit seinem Handwäglein leichtlich möge holen lassen.

Indeß ich mit letzterem solches nun verhandelte, kam auch der von der Risch hereingestürmet und schrie dem Wirthe zu, ihm einen kühlen Trunk zu schaffen. Der Junker Wulf aber, dem bereits die Zunge schwer im Munde wühlete, faßte ihn am Arm und riß ihn auf den leeren Stuhl hernieder.

»Nun, Kurt!« rief er. »Bist du noch nicht satt von deinen Dirnen! Was soll die Katharina dazu sagen? Komm, machen wir alamode ein ehrbar hazard mitsammen!« Dabei hatte er ein Kartenspiel unterm Wams hervorgezogen. »Allons donc! – Dix et dame! – Dame et valet!«

Ich stand noch und sah dem Spiele zu, so dermalen eben Mode worden; nur wünschend, daß die Nacht vergehen und der Morgen kommen möchte. – Der Trunkene schien aber dieses Mal des Nüchternen Übermann; dem von der Risch schlug nacheinander jede Karte fehl.

»Tröste dich, Kurt!« sagte der Junker Wulf, indeß er schmunzelnd die Speciesthaler auf einen Haufen scharrte:

»Glück in der Lieb
Und Glück im Spiel,
Bedenk, für einen
Ist's zu viel!

Laß den Maler dir hier von deiner schönen Braut erzählen! Der weiß sie auswendig; da kriegst du's nach der Kunst zu wissen.«

Dem andern, wie mir am besten kund war, mochte aber noch nicht viel von Liebesglück bewußt sein; denn er schlug fluchend auf den Tisch und sah gar grimmig auf mich her.

»Ei, du bist eifersüchtig, Kurt!«, sagte der Junker Wulf vergnüglich, als ob er jedes Wort auf seiner schweren Zunge schmeckete; »aber getröste dich, der Rahmen ist schon fertig zu dem Bilde; dein Freund der Maler, kommt eben erst von Hamburg.«

Bei diesem Worte sah ich den von der Risch aufzucken gleich einem Spürhund bei der Witterung. »Von Hamburg heut? – So muß er Fausti Mantel sich bedienet haben; denn mein Reitknecht sah ihn heut zu Mittag noch in Preetz! Im Stift, bei deiner Base ist er auf Besuch gewesen.«

Meine Hand fuhr unversehens nach der Brust, wo ich das Täschlein mit dem Brief verwahret hatte; denn die trunkenen Augen des Junkers Wulf lagen auf mir; und war mir's nicht anders, als sähe er damit mein ganz Geheimniß offen vor sich liegen. Es währete auch nicht lange, so flogen die Karten klatschend auf den Tisch. »Oho!« schrie er. »Im Stift, bei meiner Base! Du treibst wohl gar doppelt Handwerk, Bursch! Wer hat dich auf den Botengang geschickt?«

»Ihr nicht, Junker Wulf!« entgegnet ich; »und das muß Euch genug sein!« – Ich wollt nach meinem Degen greifen, aber er war nicht da; fiel mir auch bei nun, daß ich ihn an den Sattelknopf gehänget, da ich vorhin den Gaul zu Stalle brachte.

Und schon schrie der Junker wieder zu seinem jüngeren Kumpan: »Reiß ihm das Wams auf, Kurt! Es gilt den blanken Haufen hier, du findest eine saubere Briefschaft, die du ungern möchtst bestellet sehen!«

Im selbigen Augenblick fühlte ich auch schon die Hände des von der Risch an meinem Leibe, und ein wüthend Ringen zwischen uns begann. Ich fühlte wohl, daß ich so leicht, wie in der Bubenzeit, ihm nicht mehr über würde; da aber fügete es sich zu meinem Glücke, daß ich ihm beide Handgelenke packte und er also wie gefesselt vor mir stund. Es hatte keiner von uns ein Wort dabei verlauten lassen; als wir uns aber itzund in die Augen sahen, da wußte jeder wohl, daß er's mit seinem Todfeind vor sich habe.

Solches schien auch der Junker Wulf zu meinen; er strebte von seinem Stuhl empor, als wolle er dem von der Risch zu Hülfe kommen; mochte aber zu viel des Weins genossen haben, denn er taumelte auf seinen Platz zurück. Da schrie er, so laut seine lallende Zung es noch vermochte: »He, Tartar! Türk! Wo steckt ihr! Tartar, Türk!« Und ich wußte nun, daß die zwo grimmen Köter, so ich vorhin auf der Tenne an dem Ausschank hatte lungern sehen, mir an die nackte Kehle springen sollten. Schon hörete ich sie durch das Getümmel der Tanzenden daher schnaufen, da riß ich mit einem Rucke jählings meinen Feind zu Boden, sprang dann durch eine Seitenthür aus dem Zimmer, die ich schmetternd hinter mir zuwarf, und gewann also das Freie.

Und um mich her war plötzlich wieder die stille Nacht und Mond- und Sternenschimmer. In den Stall zu meinem Gaul wagt ich nicht erst zu gehen, sondern sprang flugs über einen Wall und lief über das Feld dem Walde zu. Da ich ihn bald erreichet, suchte ich die Richtung nach dem Herrenhofe einzuhalten; denn es zieht sich die Holzung bis hart zur Gartenmauer. Zwar war die Helle der Himmelslichter hier durch das Laub der Bäume ausgeschlossen; aber meine Augen wurden der Dunkelheit gar bald gewohnt, und da ich das Täschlein sicher unter meinem Wamse fühlte, so tappte ich rüstig vorwärts; denn ich gedachte den Rest der Nacht noch einmal in meiner Kammer auszuruhen, dann aber mit dem alten Dieterich zu berathen, was allfort geschehen solle; maßen ich wohl sahe, daß meines Bleibens hier nicht fürder sei.

Bisweilen stund ich auch und horchte; aber ich mochte bei meinem Abgang wohl die Thür ins Schloß geworfen und so einen guten Vorsprung mir gewonnen haben: von den Hunden war kein Laut vernehmbar. Wohl aber, da ich eben aus dem Schatten auf eine vom Mond erhellete Lichtung trat, hörete ich nicht gar fern die Nachtigallen schlagen; und von wo ich ihren Schall hörte, dahin richtete ich meine Schritte; denn mir war wohl bewußt, sie hatten hier herum nur in den Hecken des Herrengartens ihre Nester; erkannte nun auch, wo ich mich befand, und daß ich bis zum Hofe nicht gar weit mehr hatte.

Ging also dem lieblichen Schallen nach, das immer heller vor mir aus dem Dunkel drang. Da plötzlich schlug was anderes an mein Ohr, das jählings näher kam und mir das Blut erstarren machte. Nicht zweifeln konnt ich mehr, die Hunde brachen durch das Unterholz; sie hielten fest auf meiner Spur, und schon hörete ich deutlich hinter mir ihr Schnaufen und ihre gewaltigen Sätze in dem dürren Laub des Waldbodens. Aber Gott gab mir seinen gnädigen Schutz; aus dem Schatten der Bäume stürzte ich gegen die Gartenmauer, und an eines Fliederbaums Geäste schwang ich mich hinüber. Da sangen hier im Garten immer noch die Nachtigallen; die Buchenhecken warfen tiefe Schatten. In solcher Mondnacht war ich einst vor meiner Ausfahrt in die Welt mit Herrn Gerhardus hier gewandelt. »Sieh dir's noch einmal an, Johannes!« hatte dermalen er gesprochen; »es könnt geschehen, daß du bei deiner Heimkehr mich nicht daheim mehr fändest, und daß alsdann ein Willkomm nicht für dich am Thor geschrieben stünde; – ich aber möcht nicht, daß du diese Stätte hier vergäßest.«

Das flog mir itzund durch den Sinn, und ich mußte bitter lachen; denn nun war ich hier als ein gehetzet Wild; und schon hörete ich die Hunde des Junker Wulf gar grimmig draußen an der Gartenmauer rennen. Selbige aber war, wie ich noch tags zuvor gesehen, nicht überall so hoch, daß nicht das wüthige Gethier hinüber konnte; und rings im Garten war kein Baum, nichts als die dichten Hecken und drüben gegen das Haus die Blumenbeete des seligen Herrn. Da, als eben das Bellen der Hunde wie ein Triumphgeheule innerhalb der Gartenmauer scholl, ersahe ich in meiner Noth den alten Epheubaum, der sich mit starkem Stamme an dem Thurm hinaufreckt; und da dann die Hunde aus den Hecken auf den mondhellen Platz hinausraseten, war ich schon hoch genug, daß sie mit ihrem Anspringen mich nicht mehr erreichen konnten; nur meinen Mantel, so von der Schulter geglitten, hatten sie mit ihren Zähnen mir herabgerissen.

Ich aber, also angeklammert und fürchtend, es werde das nach oben schwächere Geäste mich auf die Dauer nicht ertragen, blickte suchend um mich, ob ich nicht irgend besseren Halt gewinnen möchte; aber es war nichts zu sehen als die dunklen Epheublätter um mich her. – Da, in solcher Noth, hörete ich ober mir ein Fenster öffnen, und eine Stimme scholl zu mir herab – möchte ich sie wieder hören, wenn du, mein Gott, mich bald nun rufen läßt aus diesem Erdenthal! – »Johannes!« rief sie; leis doch deutlich hörete ich meinen Namen, und ich kletterte höher an dem immer schwächeren Gezweige, indeß die schlafenden Vögel um mich auffuhren und die Hunde von unten ein Geheul heraufstießen. – »Katharina! Bist du es wirklich, Katharina?«

Aber schon kam ein zitternd Händlein zu mir herab und zog mich gegen das offene Fenster; und ich sah in ihre Augen, die voll Entsetzen in die Tiefe starrten.

»Komm!« sagte sie. »Sie werden dich zerreißen.« Da schwang ich mich in ihre Kammer. – Doch als ich drinnen war, ließ mich das Händlein los, und Katharina sank auf einen Sessel, so am Fenster stund, und hatte ihre Augen dicht geschlossen. Die dicken Flechten ihres Haares lagen über dem weißen Nachtgewand bis in den Schoß hinab; der Mond, der draußen die Gartenhecken überstiegen hatte, schien voll herein und zeigete mir alles. Ich stund wie fest gezaubert vor ihr; so lieblich fremde und doch so ganz mein eigen schien sie mir; nur meine Augen tranken sich satt an all der Schönheit. Erst als ein Seufzen ihre Brust erhob, sprach ich zu ihr: »Katharina, liebe Katharina, träumet Ihr denn?«

Da flog ein schmerzlich Lächeln über ihr Gesicht: »Ich glaub wohl fast, Johannes! – Das Leben ist so hart; der Traum ist süß!«

Als aber von unten aus dem Garten das Geheul aufs neu heraufkam, fuhr sie erschreckt empor. »Die Hunde, Johannes!« rief sie. »Was ist das mit den Hunden?«

»Katharina«, sagte ich, »wenn ich Euch dienen soll, so glaub ich, es muß bald geschehen; denn es fehlt viel, daß ich noch einmal durch die Thür in dieses Haus gelangen sollte.« Dabei hatte ich den Brief aus meinem Täschlein hervorgezogen und erzählete auch, wie ich im Kruge drunten mit den Junkern sei in Streit gerathen.

Sie hielt das Schreiben in den hellen Mondenschein und las; dann schaute sie mich voll und herzlich an, und wir beredeten, wie wir uns morgen in dem Tannenwalde treffen wollten; denn Katharina sollte noch zuvor erkunden, auf welchen Tag des Junker Wulfen Abreise zum Kieler Johannismarkte festgesetzet sei.

»Und nun, Katharina«, sprach ich, »habt Ihr nicht etwas, das einer Waffe gleich sieht, ein eisern Ellenmaß oder so dergleichen, damit ich der beiden Thiere drunten mich erwehren könne?«

Sie aber schrak jäh wie aus einem Traum empor. »Was sprichst du, Johannes!« rief sie; und ihre Hände, so bislang in ihrem Schoß geruhet, griffen nach den meinen. »Nein, nicht fort, nicht fort! Da drunten ist der Tod; und gehst du, so ist auch hier der Tod!«

Da war ich vor ihr hingeknieet und lag an ihrer jungen Brust, und wir umfingen uns in großer Herzensnoth. »Ach, Käthe«, sprach ich, »was vermag die arme Liebe denn! Wenn auch dein Bruder Wulf nicht wäre; ich bin kein Edelmann und darf nicht um dich werben.«

Sehr süß und sorglich schauete sie mich an; dann aber kam es wie Schelmerei aus ihrem Munde: »Kein Edelmann, Johannes? – Ich dächte, du seiest auch das! Aber – ach nein! Dein Vater war nur der Freund des meinen – das gilt der Welt wohl nicht!«

»Nein, Käthe; nicht das, und sicherlich nicht hier«, entgegnete ich und umfaßte fester ihren jungfräulichen Leib; »aber drüben in Holland, dort gilt ein tüchtiger Maler wohl einen deutschen Edelmann; die Schwelle von Mynherr van Dycks Palaste zu Amsterdam ist wohl dem Höchsten ehrenvoll zu überschreiten. Man hat mich drüben halten wollen, mein Meister van der Helst und andre! Wenn ich dorthin zurückginge, ein Jahr noch oder zwei; dann – wir kommen dann schon von hier fort; bleib mir nur feste gegen euere wüsten Junker!«

Katharinens weiße Hände strichen über meine Locken; sie

herzete mich und sagte leise: »Da ich in meine Kammer dich gelassen, so werd ich doch dein Weib auch werden müssen.«

– – Ihr ahnete wohl nicht, welch einen Feuerstrom dies Wort in meine Adern goß, darin ohnedies das Blut in heißen Pulsen ging. – Von dreien furchtbaren Dämonen, von Zorn und Todesangst und Liebe ein verfolgter Mann, lag nun mein Haupt in des vielgeliebten Weibes Schoß.

Da schrillte ein geller Pfiff, die Hunde drunten wurden jählings stille, und da es noch einmal gellte, hörete ich sie wie toll und wild von dannen rennen.

Vom Hofe her wurden Schritte laut; wir horchten auf, daß uns der Athem stille stund. Bald aber wurde dorten eine Thür erst auf-, dann zugeschlagen und dann ein Riegel vorgeschoben. »Das ist Wulf«, sagte Katharina leise; »er hat die beiden Hunde in den Stall gesperrt.« – Bald hörten wir auch unter uns die Thür des Hausflurs gehen, den Schlüssel drehen und danach Schritte in dem untern Corridor, die sich verloren, wo der Junker seine Kammer hatte. Dann wurde alles still.

Es war nun endlich sicher, ganz sicher; aber mit unserem Plaudern war es mit einem Male schier zu Ende. Katharina hatte den Kopf zurückgelehnt; nur unser beider Herzen hörete ich klopfen. – »Soll ich nun gehen, Katharina?« sprach ich endlich.

Aber die jungen Arme zogen mich stumm zu ihrem Mund empor; und ich ging nicht.

Kein Laut war mehr als aus des Gartens Tiefe das Schlagen der Nachtigallen und von fern das Rauschen des Wässerleins, das hinten um die Hecken fließt. – –

Wenn, wie es in den Liedern heißt, mitunter noch in Nächten die schöne heidnische Frau Venus aufersteht und umgeht, um die armen Menschenherzen zu verwirren, so war es dazumalen eine solche Nacht. Der Mondschein war am Himmel ausgethan, ein schwüler Ruch von Blumen hauchte durch das Fenster, und dorten überm Walde spielete die Nacht in stummen Blitzen. – O Hüter, Hüter, war dein Ruf so fern?

– – Wohl weiß ich noch, daß vom Hofe her plötzlich scharf die Hähne krähten, und daß ich ein blaß und weinend Weib in meinen Armen hielt, die mich nicht lassen wollte, unachtend, daß überm Garten der Morgen dämmerte und rothen Schein in unsre Kammer warf. Dann aber, da sie deß inne wurde, trieb sie, wie von Todesangst geschreckt, mich fort.

Noch einen Kuß, noch hundert; ein flüchtig Wort noch: wann für das Gesind zu Mittage geläutet würde, dann wollten wir im Tannenwald uns treffen; und dann – ich wußte selber kaum, wie mir's geschehen – stund ich im Garten, unten in der kühlen Morgenluft.

Noch einmal, indem ich meinen von den Hunden zerfetzten Mantel aufhob, schaute ich empor und sah ein blasses Händlein mir zum Abschied winken. Nahezu erschrocken aber wurd ich, da meine Augen bei einem Rückblick aus dem Gartensteig von ungefähr die unteren Fenster neben dem Thurme streiften; denn mir war, als sähe hinter einem derselbigen ich gleichfalls eine Hand; aber sie drohete nach mir mit aufgehobenem Finger und schien mir farblos und knöchern gleich der Hand des Todes. Doch war's nur wie im Husch, daß solches über meine Augen ging; dachte zwar erstlich des Märleins von der wiedergehenden Urahne; redete mir dann aber ein, es seien nur meine eigenen aufgestörten Sinne, die solch Spiel mir vorgegaukelt hätten.

So, deß nicht weiter achtend, schritt ich eilends durch den Garten, merkete aber bald, daß in der Hast ich auf den Binsensumpf gerathen; sank auch der eine Fuß bis übers Änkel ein, gleichsam, als ob ihn was hinunterziehen wollte. »Ei«, dachte ich, »faßt das Hausgespenste doch nach dir!« Machte mich aber auf und sprang über die Mauer in den Wald hinab.

Die Finsterniß der dichten Bäume sagte meinem träumenden Gemüthe zu; hier um mich her war noch die selige Nacht, von welcher meine Sinne sich nicht lösen mochten. – Erst da ich nach geraumer Zeit vom Waldesrande in das offene Feld hinaustrat, wurd ich völlig wach. Ein Häuflein Rehe stund nicht fern im silbergrauen Thau, und über mir vom Himmel scholl das Tageslied der Lerche. Da schüttelte ich all müßig Träumen von mir ab; im selbigen Augenblick stieg aber auch wie heiße Noth die Frage mir ins Hirn: »Was weiter nun, Johannes? Du hast ein theures Leben an dich rissen; nun wisse, daß dein Leben nichts gilt als nur das ihre!«

Doch was ich sinnen mochte, es deuchte mir allfort das beste, wenn Katharina im Stifte sichern Unterschlupf gefunden, daß ich dann zurück nach Holland ginge, mich dort der Freundeshülf versicherte und allsobald zurückkäm, um sie nachzuholen. Vielleicht, daß sie gar der alten Base Herz erweichet'; und schlimmsten Falles – es mußte auch gehen ohne das!

Schon sahe ich uns auf einem fröhlichen Barkschiff die Wellen des grünen Zuidersees befahren, schon hörete ich das Glockenspiel vom Rathhausthurme Amsterdams und sah am Hafen meine Freunde aus dem Gewühl hervorbrechen und mich und meine schöne Frau mit hellem Zuruf grüßen und im Triumph nach unserem kleinen, aber trauten Heim geleiten. Mein Herz war voll von Muth und Hoffnung; und kräftiger und rascher schritt ich aus, als könnte ich bälder so das Glück erreichen.

– Es ist doch anders kommen.

In meinen Gedanken war ich allmählich in das Dorf hinabgelanget und trat hier in Hans Ottsens Krug, von wo ich in der Nacht so jählings hatte flüchten müssen. – »Ei, Meister Johannes«, rief der Alte auf der Tenne mir entgegen; »was hattet Ihr doch gestern mit unseren gestrengen Junkern? Ich war just draußen bei dem Ausschank; aber da ich wieder eintrat, flucheten sie schier grausam gegen Euch; und auch die Hunde raseten an der Thür, die Ihr hinter Euch ins Schloß geworfen hattet.«

Da ich aus solchen Worten abnahm, daß der Alte den Handel nicht wohl begriffen habe, so entgegnete ich nur: »Ihr wisset, der von der Risch und ich, wir haben uns schon als Jungen oft einmal gezauset; da mußt's denn gestern noch so einen Nachschmack geben.«

»Ich weiß, ich weiß!« meinte der Alte; »aber der Junker sitzt heut auf seines Vaters Hof; Ihr solltet Euch hüten, Herr Johannes; mit solchen Herren ist nicht sauber Kirschen essen.«

Dem zu widersprechen, hatte ich nicht Ursach, sondern ließ mir Brot und Frühtrunk geben und ging dann in den Stall, wo ich mir meinen Degen holete, auch Stift und Skizzenbüchlein aus dem Ranzen nahm.

Aber es war noch lange bis zum Mittagläuten. Also bat ich Hans Ottsen, daß er den Gaul mit seinem Jungen mög zum Hofe bringen lassen; und als er mir solches zugesaget, schritt ich wieder hinaus zum Wald. Ich ging aber bis zu der Stelle auf dem

Heidenhügel, von wo man die beiden Giebel des Herrenhauses über die Gartenhecken ragen sieht, wie ich solches schon für den Hintergrund zu Katharinens Bildniß ausgewählet hatte. Nun gedachte ich, daß, wann in zu verhoffender Zeit sie selber in der Fremde leben und wohl das Vaterhaus nicht mehr betreten würde, sie seines Anblicks doch nicht ganz entrathen solle; zog also meinen Stift herfür und begann zu zeichnen, gar sorgsam jedes Winkelchen, woran ihr Auge einmal mocht gehaftet haben. Als farbig Schilderei sollt es dann in Amsterdam gefertigt werden, damit es ihr sofort entgegengrüße, wann ich sie dort in unsre Kammer führen würde.

Nach ein paar Stunden war die Zeichnung fertig. Ich ließ noch wie zum Gruß ein zwitschernd Vögelein darüber fliegen; dann suchte ich die Lichtung auf, wo wir uns finden wollten, und streckte mich nebenan im Schatten einer dichten Buche; sehnlich verlangend, daß die Zeit vergehe.

Ich mußte gleichwohl darob eingeschlummert sein; denn ich erwachte von einem fernen Schall und wurd deß inne, daß es das Mittagläuten von dem Hofe sei. Die Sonne glühte schon heiß hernieder und verbreitete den Ruch der Himbeeren, womit die Lichtung überdeckt war. Es fiel mir bei, wie einst Katharina und ich uns hier bei unseren Waldgängen süße Wegzehrung geholet hatten; und nun begann ein seltsam Spiel der Phantasie; bald sahe ich drüben zwischen den Sträuchern ihre zarte Kindsgestalt, bald stund sie vor mir, mich anschauend mit den seligen Frauenaugen, wie ich sie letzlich erst gesehen, wie ich sie nun gleich, im nächsten Augenblicke, schon leibhaftig an mein klopfend Herze schließen würde.

Da plötzlich überfiel mich's wie ein Schrecken. Wo blieb sie denn? Es war schon lang, daß es geläutet hatte. Ich war aufgesprungen, ich ging umher, ich stund und spähete scharf nach aller Richtung durch die Bäume; die Angst kroch mir zum Herzen; aber Katharina kam nicht; kein Schritt im Laube raschelte; nur oben in den Buchenwipfeln rauschte ab und zu der Sommerwind.

Böser Ahnung voll ging ich endlich fort und nahm einen Umweg nach dem Hofe zu. Da ich unweit dem Thore zwischen die Eichen kam, begegnete mir Dieterich. »Herr Johannes«, sagte er und trat hastig auf mich zu, »Ihr seid die Nacht schon in Hans Ottsens Krug gewesen; sein Junge brachte mir Euren Gaul zurück; – was habet Ihr mit unsern Junkern vorgehabt?«

»Warum fragst du, Dieterich?«

– »Warum, Herr Johannes? – Weil ich Unheil zwischen euch verhüten möcht.«

»Was soll das heißen, Dieterich?« frug ich wieder; aber mir war beklommen, als sollte das Wort mir in der Kehle sticken.

»Ihr werdet's schon selber wissen, Herr Johannes!« entgegnete der Alte. »Mir hat der Wind nur so einen Schall davon gebracht; vor einer Stund mag's gewesen sein; ich wollte den Burschen rufen, der im Garten an den Hecken putzte. Da ich an den Thurm kam, wo droben unser Fräulein ihre Kammer hat, sah ich dorten die alte Bas' Ursel mit unserem Junker dicht beisammenstehen. Er hatte die Arme unterschlagen und sprach kein einzig Wörtlein; die Alte aber redete einen um so größeren Haufen und jammerte ordentlich mit ihrer feinen Stimme. Dabei wies sie bald nieder auf den Boden, bald hinauf in den Epheu, der am Thurm hinaufwächst. – Verstanden, Herr Johannes, hab ich von dem allem nichts; dann aber, und nun merket wohl auf, hielt sie mit ihrer knöchern Hand, als ob sie damit drohete, dem Junker was vor Augen; und da ich näher hinsah, war's ein Fetzen Grauwerk, just wie Ihr's da an Euerem Mantel traget.«

»Weiter, Dieterich!« sagte ich; denn der Alte hatte die Augen auf meinen zerrissenen Mantel, den ich auf dem Arme trug.

»Es ist nicht viel mehr übrig«, erwiderte er; »denn der Junker wandte sich jählings nach mir zu und frug mich, wo Ihr anzutreffen wäret. Ihr möget mir es glauben, wäre er in Wirklichkeit ein Wolf gewesen, die Augen hätten blutiger nicht funkeln können.«

Da frug ich: »Ist der Junker im Hause, Dieterich?«

– »Im Haus? Ich denke wohl; doch was sinnet ihr, Herr Johannes?«

»Ich sinne, Dieterich, daß ich allsogleich mit ihm zu reden habe.«

Aber Dieterich hatte bei beiden Händen mich ergriffen. »Gehet nicht, Johannes«, sagte er dringend; »erzählet mir zum wenigsten, was geschehen ist; der Alte hat Euch ja sonst wohl guten Rath gewußt!«

»Hernach, Dieterich, hernach!« entgegnete ich. Und also mit diesen Worten riß ich meine Hände aus den seinen.

Der Alte schüttelte den Kopf. »Hernach, Johannes«, sagte er, »das weiß nur unser Herrgott!«

Ich aber schritt nun über den Hof dem Hause zu. – Der Junker sei eben in seinem Zimmer, sagte eine Magd, so ich im Hausflur drum befragte.

Ich hatte dieses Zimmer, das im Unterhause lag, nur einmal erst betreten. Statt wie bei seinem Vater sel. Bücher und Karten, war hier vielerlei Gewaffen, Handröhre und Arkebusen, auch allerart Jagdgeräthe an den Wänden angebracht; sonst war es ohne Zier und zeigete an ihm selber, daß niemand auf die Dauer und mit seinen ganzen Sinnen hier verweile.

Fast wär ich an der Schwelle noch zurückgewichen, da ich auf des Junkers ›Herein‹ die Thür geöffnet; denn als er sich vom Fenster zu mir wandte, sah ich eine Reiterpistole in seiner Hand, an deren Radschloß er hantirete. Er schauete mich an, als ob ich von den Tollen käme. »So!« sagte er gedehnet; »wahrhaftig, Sieur Johannes, wenn's nicht schon sein Gespenste ist!«

»Ihr dachtet, Junker Wulf«, entgegnet ich, indem ich näher zu ihm trat, »es möcht der Straßen noch andre für mich geben, als die in Euere Kammer führen!«

– »So dachte ich, Sieur Johannes! Wie Ihr gut rathen könnt! Doch immerhin, Ihr kommt mir eben recht; ich hab Euch suchen lassen!«

In seiner Stimme bebte was, das wie ein lauernd Raubthier auf dem Sprunge lag, so daß die Hand mir unversehens nach dem Degen fuhr. Jedennoch sprach ich: »Höret mich und gönnet mir ein ruhig Wort, Herr Junker!«

Er aber unterbrach meine Rede: »Du wirst gewogen sein, mich erstlich auszuhören! Sieur Johannes«, – und seine Worte, die erst langsam waren, wurden allmählich gleichwie ein Gebrüll – »vor ein paar Stunden, da ich mit schwerem Kopf erwachte, da fiel's mir bei und reuete mich gleich einem Narren, daß ich im Rausch die wilden Hunde dir auf die Fersen gehetzet hatte; – seit aber Bas' Ursel mir den Fetzen vorgehalten, den sie dir aus deinem Federbalg gerissen, – beim Höllenelement! mich reut's nur noch, daß mir die Bestien solch Stück Arbeit nachgelassen!«

Noch einmal suchte ich zu Worte zu kommen; und da der Junker schwieg, so dachte ich, daß er auch hören würde. »Junker Wulf«, sagte ich, »es ist schon wahr, ich bin kein Edelmann; aber ich bin kein geringer Mann in meiner Kunst und hoffe, es auch wohl noch einmal den Größeren gleich zu thun; so bitte ich Euch geziementlich, gehet Euere Schwester Katharina mir zum Ehgemahl – –«

Da stockte mir das Wort im Munde. Aus seinem bleichen Antlitz starrten mich die Augen des alten Bildes an; ein gellend Lachen schlug mir in das Ohr, ein Schuß – – – dann brach ich zusammen und hörete nur noch, wie mir der Degen, den ich ohn Gedanken fast gezogen hatte, klirrend aus der Hand zu Boden fiel.

Es war manche Woche danach, daß ich in dem schon bleicheren Sonnenschein auf einem Bänkchen vor dem letzten Haus des Dorfes saß, mit matten Blicken nach dem Wald hinüberschauend, an dessen jenseitigem Rande das Herrenhaus belegen war. Meine thörichten Augen suchten stets aufs neue den Punkt, wo, wie ich mir vorstellete, Katharinens Kämmerlein von drüben auf die schon herbstlich gelben Wipfel schaue; denn von ihr selber hatte ich keine Kunde.

Man hatte mich mit meiner Wunde in dies Haus gebracht, das von des Junkers Waldhüter bewohnt wurde; und außer diesem Mann und seinem Weibe und einem mir unbekannten Chirurgus war während meines langen Lagers niemand zu mir gekommen. – Von wannen ich den Schuß in meine Brust erhalten, darüber hat mich niemand befragt, und ich habe niemandem Kunde gegeben; des Herzogs Gerichte gegen Herrn Gerhardus' Sohn und Katharinens Bruder anzurufen, konnte nimmer mir zu Sinne kommen. Er mochte sich dessen auch wohl getrösten; noch glaubhafter jedoch, daß er allen diesen Dingen trotzete.

Nur einmal war mein guter Dieterich da gewesen; er hatte mir in des Junkers Auftrage zwei Rollen Ungarischer Dukaten überbracht als Lohn für Katharinens Bild, und ich hatte das Gold genommen, in Gedanken, es sei ein Theil von deren Erbe, von dem sie als mein Weib wohl später nicht zu viel empfahen würde. Zu einem traulichen Gespräch mit Dieterich, nach dem mich sehr verlangete, hatte es mir nicht gerathen wollen, maßen das gelbe Fuchsgesicht meines Wirthes allaugenblicks in meine Kammer schaute; doch wurde so viel mir kund, daß der Junker nicht nach Kiel gereiset, und Katharina seither von niemandem weder in Hof noch Garten war gesehen worden; kaum konnte ich noch den Alten bitten, daß er dem Fräulein, wenn sich's treffen möchte, meine Grüße sage, und daß ich bald nach Holland zu reisen, aber bälder noch zurückzukommen dächte, was alles in Treuen auszurichten er mir dann gelobete.

Überfiel mich aber danach die allergrößeste Ungeduld, so daß ich gegen den Willen des Chirurgus und bevor im Walde drüben noch die letzten Blätter von den Bäumen fielen, meine Reise ins Werk setzete; langete auch schon nach kurzer Frist wohlbehalten in der holländischen Hauptstadt an, allwo ich von meinen Freunden gar liebreich empfangen wurde, und mochte es auch ferner vor ein glücklich Zeichen wohl erkennen, daß zwo Bilder, so ich dort zurückgelassen, durch die hilfsbereite Vermittelung meines theueren Meisters van der Helst beide zu ansehnlichen Preisen verkaufet waren. Ja, es war dessen noch nicht genug: ein mir schon früher wohlgewogener Kaufherr ließ mir sagen, er habe nur auf mich gewartet, daß ich für sein nach dem Haag verheirathetes Töchterlein sein Bildniß malen möge; und wurde mir auch sofort ein reicher Lohn dafür versprochen. Da dachte ich, wenn ich solches noch vollendete, daß dann genug des helfenden Metalles in meinen Händen wäre, um auch ohne andere Mittel Katharinen in ein wohl bestellet Heimwesen einzuführen.

Machte mich also, da mein freundlicher Gönner desselbigen Sinnes war, mit allem Eifer an die Arbeit, so daß ich bald den Tag meiner Abreise gar fröhlich nah und näher rücken sahe, unachtend, mit was vor üblen Anständen ich drüben noch zu kämpfen hätte.

Aber des Menschen Augen sehen das Dunkel nicht, das vor ihm ist. – Als nun das Bild vollendet war und reichlich Lob und Gold um dessen willen mir zu Theil geworden, da konnte ich nicht fort. Ich hatte in der Arbeit meiner Schwäche nicht geachtet, die schlecht geheilte Wunde warf mich wiederum danieder. Eben wurden zum Weihnachtsfeste auf allen Straßenplätzen die Waffelbuden aufgeschlagen, da begann mein Siechthum und hielt mich länger als das erste Mal gefesselt. Zwar der besten Arzteskunst und liebreicher Freundespflege war kein Mangel, aber in Ängsten sahe ich Tag um Tag vergehen, und keine Kunde konnte von ihr, keine zu ihr kommen.

Endlich nach harter Winterzeit, da der Zuidersee wieder seine grünen Wellen schlug, geleiteten die Freunde mich zum Hafen; aber statt des frohen Muthes nahm ich itzt schwere Herzensorge mit an Bord. Doch ging die Reise rasch und gut von Statten.

Von Hamburg aus fuhr ich mit der königlichen Post; dann, wie vor nun fast einem Jahre hiebevor, wanderte ich zu Fuße durch den Wald, an dem noch kaum die ersten Spitzen grüneten. Zwar probten schon die Finken und die Ammern ihren Lenzgesang; doch was kümmerten sie mich heute! – Ich ging aber nicht nach Herrn Gerhardus' Herrengut; sondern, so stark mein Herz auch klopfete, ich bog seitwärts ab und schritt am Waldesrand entlang dem Dorfe zu. Da stund ich bald in Hans Ottsens Krug und ihm gar selber gegenüber.

Der Alte sah mich seltsam an, meinete aber dann, ich lasse ja recht munter. »Nur«, fügte er bei, »mit den Schießbüchsen müsset Ihr nicht wieder spielen; die machen ärgere Flecken als so ein Malerpinsel.«

Ich ließ ihn gern bei solcher Meinung, so, wie ich wohl merkete, hier allgemein verbreitet war, und that vors erste eine Frage nach dem alten Dieterich.

Da mußte ich vernehmen, daß er noch vor dem ersten Winterschnee, wie es so starken Leuten wohl passiret, eines plötzlichen, wenn auch gelinden Todes verfahren sei. »Der freuet sich«, sagte Hans Ottsen, »daß er zu seinem alten Herrn da droben kommen; und ist für ihn auch besser so.«

»Amen!« sagte ich; »mein herzlieber alter Dieterich!«

Indeß aber mein Herz nur, und immer banger, nach einer Kundschaft von Katharinen seufzete, nahm meine furchtsam Zunge einen Umweg, und ich sprach beklommen: »Was machet denn Euer Nachbar, der von der Risch?«

»Oho«, lachte der Alte; »der hat ein Weib genommen, und eine, die ihn schon zu Richte setzen wird.«

Nur im ersten Augenblick erschrak ich, denn ich sagte mir sogleich, daß er nicht so von Katharinen reden würde; und da er dann den Namen nannte, so war's ein ältlich, aber reiches Fräulein aus der Nachbarschaft; forschete also muthig weiter, wie's drüben in Herrn Gerhardus' Haus bestellet sei, und wie das Fräulein und der Junker miteinander hauseten.

Da warf der Alte mir wieder seine seltsamen Blicke zu. »Ihr meinet wohl«, sagte er, »daß alte Thürm' und Mauern nicht auch plaudern könnten!«

»Was soll's der Rede?« rief ich; aber sie fiel mir centnerschwer aufs Herz.

»Nun, Herr Johannes«, und der Alte sahe mir gar zuversichtlich in die Augen, »wo das Fräulein hinkommen, das werdet doch Ihr am besten wissen! Ihr seid derzeit im Herbst ja nicht zum letzten hier gewesen; nur wundert's mich, daß Ihr noch einmal wiederkommen; denn Junker Wulf wird, denk ich, nicht eben gute Mien zum bösen Spiel gemachet haben.«

Ich sah den alten Menschen an, als sei ich selber hintersinnig worden; dann aber kam mir plötzlich ein Gedanke. »Unglücksmann!« schrie ich, »Ihr glaubet doch nicht etwan, das Fräulein Katharina sei mein Eheweib geworden?«

»Nun, lasset mich nur los!« entgegnete der Alte – denn ich schüttelte ihn an beiden Schultern. – »Was geht's mich an! Es geht die Rede so! Auf alle Fäll'; seit Neujahr ist das Fräulein im Schloß nicht mehr gesehen worden.«

Ich schwur ihm zu, derzeit sei ich in Holland krank gelegen; ich wisse nichts von alledem.

Ob er's geglaubet, weiß ich nicht zu sagen; allein er gab mir kund, es sollte dermalen ein unbekannter Geistlicher zur Nachtzeit und in großer Heimlichkeit auf den Herrenhof gekommen sein; zwar habe Bas' Ursel das Gesinde schon zeitig in ihre Kammern getrieben; aber der Mägde eine, so durch die Thürspalt gelauschet, wolle auch mich über den Flur nach der Treppe haben gehen sehen; dann später hätten sie deutlich einen Wagen aus dem Thorhaus fahren hören, und seien seit jener Nacht nur noch Bas' Ursel und der Junker in dem Schloß gewesen.

– – Was ich von nun an alles und immer doch vergebens unternommen, um Katharinen oder auch nur eine Spur von ihr zu finden, das soll nicht hier verzeichnet werden. Im Dorf war nur das thörichte Geschwätz, davon Hans Ottsen mich die Probe schmecken lassen; darum machete ich mich auf nach dem Stifte zu Herrn Gerhardus' Schwester; aber die Dame wollte mich nicht vor sich lassen; wurde im übrigen mir auch berichtet, daß keinerlei junges Frauenzimmer bei ihr gesehen worden. Da reisete ich wieder zurück und demüthigte mich also, daß ich nach dem Hause des von der Risch ging und als ein Bittender vor meinen alten Widersacher hintrat. Der sagte höhnisch, es möge wohl der Buhz das Vöglein sich geholet haben; er habe dem nicht nachgeschaut; auch halte er keinen Aufschlag mehr mit denen von Herrn Gerhardus' Hofe.

Der Junker Wulf gar, der davon vernommen haben mochte, ließ nach Hans Ottsens Kruge sagen, so ich mich unterstünde, auch zu ihm zu dringen, er würde mich noch einmal mit den Hunden hetzen lassen. – Da bin ich in den Wald gegangen und hab gleich einem Strauchdieb am Weg auf ihn gelauert; die Eisen sind von der Scheide bloß geworden; wir haben gefochten, bis ich die Hand ihm wund gehauen und sein Degen in die Büsche flog. Aber er sahe mich nur mit seinen bösen Augen an; gesprochen hat er nicht. – Zuletzt bin ich zu längerem Verbleiben nach Hamburg kommen, von wo aus ich ohne Anstand und mit größerer Umsicht meine Nachforschungen zu betreiben dachte.

Es ist alles doch umsonst gewesen.

Aber ich will vors erste nun die Feder ruhen lassen. Denn vor mir liegt dein Brief, mein lieber Josias; ich soll dein Töchterlein, meiner Schwester sel. Enkelin, aus der Taufe heben. – Ich werde auf meiner Reise dem Walde vorbeifahren, so hinter Herrn Gerhardus' Hof belegen ist. Aber das alles gehört ja der Vergangenheit.

*

Hier schließt das erste Heft der Handschrift. – Hoffen wir, daß der Schreiber ein fröhliches Tauffest gefeiert und inmitten seiner Freundschaft an frischer Gegenwart sein Herz erquickt habe.

Meine Augen ruhten auf dem alten Bild mir gegenüber: ich konnte nicht zweifeln, der schöne ernste Mann war Herr Gerhardus. Wer aber war jener tote Knabe, den ihm Meister Johannes hier so sanft in seinen Arm gebettet hatte? – Sinnend nahm ich das zweite und zugleich letzte Heft, dessen Schriftzüge um ein weniges unsicherer erschienen. Es lautete wie folgt:

Geliek as Rook un Stoof verswindt,
Also sind ock de Minschenkind.

Der Stein, darauf diese Worte eingehauen stehen, saß ob dem Thürsims eines alten Hauses. Wenn ich daran vorbeiging, mußte ich allzeit meine Augen dahin wenden, und auf meinen einsamen Wanderungen ist dann selbiger Spruch oft lange mein Begleiter blieben. Da sie im letzten Herbste das alte Haus abbrachen, habe ich aus den Trümmern diesen Stein erstanden, und ist er heute gleicherweise ob der Thüre meines Hauses eingemauert worden, wo er nach mir noch manchen, der vorübergeht, an die Nichtigkeit des Irdischen erinnern möge. Mir aber soll er eine Mahnung sein, ehbevor auch an meiner Uhr der Weiser stillesteht, mit der Aufzeichnung meines Lebens fortzufahren. Denn du, meiner lieben Schwester Sohn, der du nun bald mein Erbe sein wirst, mögest mit meinem kleinen Erdengute dann auch mein Erdenleid dahin nehmen, so ich bei meiner Lebzeit niemandem, auch, aller Liebe ohnerachtet, dir nicht habe anvertrauen mögen.

Item: anno 1666 kam ich zum ersten Mal in diese Stadt an der Nordsee; maßen von einer reichen Branntweinbrenner-Witwen mir der Auftrag worden, die Auferweckung Lazari zu malen, welches Bild sie zum schuldigen und freundlichen Gedächtniß ihres Seligen, der hiesigen Kirchen aber zum Zierath zu stiften gedachte, allwo es denn auch noch heute über dem Taufsteine mit den vier Aposteln zu schauen ist. Daneben wünschte auch der Bürgermeister, Herr Titus Axen, so früher in Hamburg Thumherr und mir von dort bekannt war, sein Conterfey von mir gemalet, so daß ich für eine lange Zeit allhier zu schaffen hatte. – Mein Losament aber hatte ich bei meinem einzigen und älteren Bruder, der seit lange schon das Secretariat der Stadt bekleidete; das Haus, darin er als unbeweibter Mann lebte, war hoch und räumlich, und war es dasselbig Haus mit den zwo Linden an der Ecken von Markt und Krämerstraße, worin ich, nachdem es durch meines lieben Bruders Hintritt mir angestorben, anitzt als alter Mann noch lebe und der Wiedervereinigung mit den vorangegangenen Lieben in Demuth entgegenharre.

Meine Werkstätte hatte ich mir in dem großen Pesel der Witwe eingerichtet; es war dorten ein gutes Oberlicht zur Arbeit und bekam alles gemacht und gestellet, wie ich es verlangen mochte. Nur daß die gute Frau selber gar zu gegenwärtig war; denn allaugenblicklich kam sie draußen von ihrem Schenktisch zu mir hergetrottet mit ihren Blechgemäßen in der Hand; drängte mit ihrer Wohlbeleibtheit mir auf den Malstock und roch an meinem Bild herum; gar eines Vormittages, da ich soeben den Kopf des Lazarus untermalet hatte, verlangte sie mit viel überflüssigen Worten, der auferweckte Mann solle das Antlitz ihres Seligen zur Schau stellen, obschon ich diesen Seligen doch niemalen zu Gesicht bekommen, von meinem Bruder auch vernommen hatte, daß selbiger, wie es die Brenner pflegen, das Zeichen seines Gewerbes als eine blaurothe Nasen im Gesicht herumgetragen; da habe ich denn, wie man glauben mag, dem unvernünftigen Weibe gar hart den Daumen gegenhalten müssen. Als dann von der Außendiele her wieder neue Kundschaft nach ihr gerufen und mit den Gemäßen auf den Schank geklopfet, und sie endlich von mir lassen müssen, da sank mir die Hand mit dem Pinsel in den Schoß, und ich mußte plötzlich des Tages gedenken, da ich eines gar andern Seligen Antlitz mit dem Stifte nachgebildet, und wer da in der kleinen Kapelle so still bei mir gestanden sei. – Und also rückwärts sinnend, setzete ich meinen Pinsel wieder an; als aber selbiger eine gute Weile hin und wider gegangen, mußte ich zu eigener Verwunderung gewahren, daß ich die Züge des edlen Herrn Gerhardus in des Lazari Angesicht hineingetragen hatte. Aus seinem Leilach blickte des Todten Antlitz gleichwie in stummer Klage gegen mich, und ich gedachte: So wird er dir einstmals in der Ewigkeit entgegentreten!

Ich konnte heut nicht weiter malen, sondern ging fort und schlich auf meine Kammer ober der Hausthür, allwo ich mich ans Fenster setzte und durch den Ausschnitt der Lindenbäume auf den Markt hinabsah. Es gab aber groß Gewühl dort, und war bis drüben an die Rathswaage und weiter bis zur Kirchen alles voll von Wagen und Menschen; denn es war ein Donnerstag und noch zur Stunde, daß Gast mit Gaste handeln durfte, also daß der Stadtknecht mit dem Griper müßig auf unseres Nachbaren Beischlag saß, maßen es vor der Hand keine Brüchen zu erhaschen gab. Die Ostenfelder Weiber mit ihren rothen Jacken, die Mädchen von den Inseln mit ihren Kopftüchern und feinem Silberschmuck, dazwischen die hochgethürmeten Getreidewagen und darauf die Bauern in ihren gelben Lederhosen – dies alles mochte wohl ein Bild für eines Malers Auge geben, zumal wenn selbiger, wie ich, bei den Holländern in die Schule gegangen war; aber die Schwere meines Gemüthes machte das bunte Bild mir trübe. Doch war es keine Reu, wie ich vorhin an mir erfahren hatte; ein sehnend Leid kam immer gewaltiger über mich; es zerfleischete mich mit wilden Krallen und sah mich gleichwohl mit holden Augen an. Drunten lag der helle Mittag auf dem wimmelnden Markte; vor meinen Augen aber dämmerte silberne Mondnacht, wie Schatten stiegen ein paar Zackengiebel auf, ein Fenster klirrte, und gleich wie aus Träumen schlugen leis und fern die Nachtigallen. O du mein Gott und mein Erlöser, der du die Barmherzigkeit bist, wo war sie in dieser Stunde, wo hatte meine Seele sie zu suchen? – –

Da hörete ich draußen unter dem Fenster von einer harten Stimme meinen Namen nennen, und als ich hinausschaute, ersahe ich einen großen hageren Mann in der üblichen Tracht eines Predigers, obschon sein herrisch und finster Antlitz mit dem schwarzen Haupthaar und dem tiefen Einschnitt ob der Nase wohl eher einem Kriegsmann angestanden wäre. Er wies soeben einem andern, untersetzten Manne von bäuerischem Aussehen, aber gleich ihm in schwarzwollenen Strümpfen und Schnallenschuhen, mit seinem Handstocke nach unserer Hausthür zu, indem er selbst zumal durch das Marktgewühle von dannen schritt.

Da ich dann gleich darauf die Thürglocke schellen hörte, ging ich hinab und lud den Fremden in das Wohngemach, wo er von dem Stuhle, darauf ich ihn genöthigt, mich gar genau und aufmerksam betrachtete.

Also war selbiger der Küster aus dem Dorfe norden der Stadt, und erfuhr ich bald, daß man dort einen Maler brauche, da man des Pastors Bildniß in die Kirche stiften wolle. Ich forschete ein wenig, was für Verdienst um die Gemeine dieser sich erworben hätte, daß sie solche Ehr ihm anzuthun gedächten, da er doch seines Alters halben noch nicht gar lang im Amte stehen könne; der Küster aber meinete, es habe der Pastor freilich wegen eines Stück Ackergrundes einmal einen Proceß gegen die Gemeine angestrenget, sonst wisse er eben nicht, was Sondres könne vorgefallen sein; allein es hingen allbereits die drei Amtsvorweser in der Kirchen, und da sie, wie er sagen müsse, vernommen hätten, ich verstünde das Ding gar wohl zu machen, so sollte der guten Gelegenheit wegen nun auch der vierte Pastor mit hinein; dieser selber freilich kümmere sich nicht eben viel darum.

Ich hörete dem allen zu; und da ich mit meinem Lazarus am liebsten auf eine Zeit pausiren mochte, das Bildniß des Herrn Titus Axen aber wegen eingetretenen Siechthums desselbigen nicht beginnen konnte, so hub ich an, dem Auftrage näher nachzufragen.

Was mir an Preis für solche Arbeit nun geboten wurde, war zwar gering, so daß ich erstlich dachte: sie nehmen dich für einen Pfennigmaler, wie sie im Kriegstrosse mitziehen, um die Soldaten für ihre heimgebliebenen Dirnen abzumalen; aber es muthete mich plötzlich an, auf eine Zeit allmorgendlich in der goldnen Herbstessonne über die Heide nach dem Dorf hinauszuwandern, das nur eine Wegstunde von unserer Stadt belegen ist. Sagete also zu, nur mit dem Beding, daß die Malerei draußen auf dem Dorfe vor sich ginge, da hier in meines Bruders Hause paßliche Gelegenheit nicht befindlich sei.

Deß schien der Küster gar vergnügt, meinend, das sei alles hiebevor schon fürgesorget; der Pastor habe sich solches gleichfalls ausbedungen; item, es sei dazu die Schulstube in seiner Küsterei erwählet; selbige sei das zweite Haus im Dorfe und liege nahe am Pastorate, nur hintenaus durch die Priesterkoppel davon geschieden, so daß also auch der Pastor leicht hinübertreten könne. Die Kinder, die im Sommer doch nichts lernten, würden dann nach Haus geschicket.

Also schüttelten wir uns die Hände, und da der Küster auch

die Maße des Bildes fürsorglich mitgebracht, so konnte alles Malgeräth, deß ich bedurfte, schon Nachmittages mit der Priesterfuhr hinausbefördert werden.

Als mein Bruder dann nach Hause kam – erst spät am Nachmittage; denn ein Ehrsamer Rath hatte dermalen viel Bedrängniß von einer Schinderleichen, so die ehrlichen Leute nicht zu Grabe tragen wollten –, meinete er, ich bekäme da einen Kopf zu malen, wie er nicht oft auf einem Priesterkragen sitze, und möchte mich mit Schwarz und Braunroth wohl versehen; erzählete mir auch, es sei der Pastor als Feldcapellan mit den Brandenburgern hier ins Land gekommen, als welcher er's fast wilder als die Offiziers getrieben haben solle; sei übrigens itzt ein scharfer Streiter vor dem Herrn, der seine Bauern gar meisterlich zu packen wisse. – Noch merkete mein Bruder an, daß bei desselbigen Amtseintritt in unserer Gegend adelige Fürsprach eingewirket haben solle, wie es heiße, von drüben aus dem Holsteinischen her; der Archidiaconus habe bei der Klosterrechnung ein Wörtlein davon fallen lassen. War jedoch Weiteres meinem Bruder darob nicht kund geworden.

So sahe mich denn die Morgensonne des nächsten Tages rüstig über die Heide schreiten, und war mir nur leid, daß letztere allbereits ihr rothes Kleid und ihren Würzeduft verbrauchet und also diese Landschaft ihren ganzen Sommerschmuck verloren hatte; denn von grünen Bäumen war weithin nichts zu ersehen; nur der spitze Kirchthurm des Dorfes, dem ich zustrebte – wie ich bereits erkennen mochte, ganz von Granitquadern auferbauet – stieg immer höher vor mir in den dunkelblauen Octoberhimmel. Zwischen den schwarzen Strohdächern, die an seinem Fuße lagen, krüppelte nur niedrig Busch- und Baumwerk; denn der Nordwestwind, so hier frisch von der See heraufkommt, will freien Weg zu fahren haben.

Als ich das Dorf erreichet und auch alsbald mich nach der Küsterei gefunden hatte, stürzete mir sofort mit lustigem Geschrei die ganze Schul entgegen; der Küster aber hieß an seiner Hausthür mich willkommen. »Merket Ihr wohl, wie gern sie von der Fibel laufen!« sagte er. »Der eine Bengel hatte Euch schon durchs Fenster kommen sehen.«

In dem Prediger, der gleich danach ins Haus trat, erkannte ich denselbigen Mann, den ich schon tags zuvor gesehen hatte. Aber auf seine finstere Erscheinung war heute gleichsam ein Licht gesetzet; das war ein schöner blasser Knabe, den er an der Hand mit sich führete; das Kind mochte etwan vier Jahre zählen und sahe fast winzig aus gegen des Mannes hohe knochige Gestalt.

Da ich die Bildnisse der früheren Prediger zu sehen wünschte, so gingen wir mitsammen in die Kirche, welche also hoch belegen ist, daß man nach den anderen Seiten über Marschen und Heide, nach Westen aber auf den nicht gar fernen Meeresstrand hinunterschauen kann. Es mußte eben Fluth sein; denn die Watten waren überströmet und das Meer stund wie ein lichtes Silber. Da ich anmerkete, wie oberhalb desselben die Spitze des Festlandes und von der andern Seite diejenige der Insel sich gegeneinander strecketen, wies der Küster auf die Wasserfläche, so dazwischen liegt. »Dort«, sagte er, »hat einst meiner Eltern Haus gestanden; aber anno 34 bei der großen Fluth trieb es gleich hundert anderen in den grimmen Wassern; auf der einen Hälfte des Daches ward ich an diesen Strand geworfen, auf der anderen fuhren Vater und Bruder in die Ewigkeit hinaus.«

Ich dachte: »So stehet die Kirche wohl am rechten Ort; auch ohne den Pastor wird hier vernehmentlich Gottes Wort geprediget.«

Der Knabe, welchen letzterer auf den Arm genommen hatte, hielt dessen Nacken mit beiden Ärmchen fest umschlungen und drückte die zarte Wange an das schwarze bärtige Gesicht des Mannes, als finde er so den Schutz vor der ihn schreckenden Unendlichkeit, die dort vor unseren Augen ausgebreitet lag.

Als wir in das Schiff der Kirche eingetreten waren, betrachtete ich mir die alten Bildnisse und sahe auch einen Kopf darunter, der wohl eines guten Pinsels werth gewesen wäre; jedennoch war es alles eben Pfennigmalerei, und sollte demnach der Schüler van der Helsts hier in gar sondere Gesellschaft kommen.

Da ich solches eben in meiner Eitelkeit bedachte, sprach die harte Stimme des Pastors neben mir: »Es ist nicht meines Sinnes, daß der Schein des Staubes dauere, wenn der Odem Gottes ihn verlassen; aber ich habe der Gemeine Wunsch nicht widerstreben mögen; nur, Meister, machet es kurz; ich habe besseren Gebrauch für meine Zeit.«

Nachdem ich dem finsteren Manne, an dessen Antlitz ich gleichwohl für meine Kunst Gefallen fand, meine beste Bemühung zugesaget, fragete ich einem geschnitzten Bilde der Maria nach, so von meinem Bruder mir war gerühmet worden.

Ein fast verachtend Lächeln ging über des Predigers Angesicht. »Da kommet ihr zu spät«, sagte er, »es ging in Trümmer, da ich's aus der Kirche schaffen ließ.«

Ich sah ihn fast erschrocken an. »Und wolltet Ihr des Heilands Mutter nicht in Euerer Kirche dulden?«

»Die Züge von des Heilands Mutter«, entgegnete er, »sind nicht überliefert worden.«

– »Aber wollet Ihr's der Kunst mißgönnen, sie in frommem Sinn zu suchen?«

Er blickte eine Weile finster auf mich herab; denn, obschon ich zu den Kleinen nicht zu zählen, so überragte er mich doch um eines halben Kopfes Höhe; – dann sprach er heftig: »Hat nicht der König die holländischen Papisten dort auf die zerrissene Insel herberufen; nur um durch das Menschenwerk der Deiche des Höchsten Strafgericht zu trotzen? Haben nicht noch letzlich die Kirchenvorsteher drüben in der Stadt sich zwei der Heiligen in ihr Gestühlte schnitzen lassen? Betet und wachet! Denn auch hier geht Satan noch von Haus zu Haus! Diese Marienbilder sind nichts als Säugammen der Sinnenlust und des Papismus; die Kunst hat allzeit mit der Welt gebuhlt!«

Ein dunkles Feuer glühte in seinen Augen, aber seine Hand lag liebkosend auf dem Kopf des blassen Knaben, der sich an seine Knie schmiegte.

Ich vergaß darob des Pastors Worte zu erwidern; mahnete aber danach, daß wir in die Küsterei zurückgingen, wo ich alsdann meine edele Kunst an ihrem Widersacher selber zu erproben anhub.

Also wanderte ich fast einen Morgen um den andern über die Heide nach dem Dorfe, wo ich allzeit den Pastor schon meiner harrend antraf. Geredet wurde wenig zwischen uns; aber das Bild nahm desto rascheren Fortgang. Gemeiniglich saß der Küster neben uns und schnitzete allerlei Geräthe gar säuberlich aus Eichenholz, dergleichen als eine Hauskunst hier überall betrieben wird; auch habe ich das Kästlein, woran er derzeit arbeitete, von ihm erstanden und darin vor Jahren die ersten Blätter dieser Niederschrift hinterleget, alswie denn auch mit Gottes Willen diese letzten darin sollen beschlossen sein. –

In des Predigers Wohnung wurde ich nicht geladen und betrat selbige auch nicht; der Knabe aber war allzeit mit ihm in der Küsterei; er stand an seinen Knien, oder er spielte mit Kieselsteinchen in der Ecke des Zimmers. Da ich selbigen einmal fragte, wie er heiße, antwortete er: »Johannes!« – »Johannes?« entgegnete ich, »so heiße ich ja auch!« – Er sah mich groß an, sagte aber weiter nichts.

Weshalb rühreten diese Augen so an meine Seele? – Einmal gar überraschete mich ein finsterer Blick des Pastors, da ich den Pinsel müßig auf der Leinewand ruhen ließ. Es war etwas in dieses Kindes Antlitz, das nicht aus seinem kurzen Leben kommen konnte; aber es war kein froher Zug. So, dachte ich, sieht ein Kind, das unter einem kummerschweren Herzen ausgewachsen. Ich hätte oft die Arme nach ihm breiten mögen; aber ich scheuete mich vor dem harten Manne, der es gleich einem Kleinod zu behüten schien. Wohl dachte ich oft: »Welch eine Frau mag dieses Knaben Mutter sein?« –

Des Küsters alte Magd hatte ich einmal nach des Predigers Frau befraget; aber sie hatte mir kurzen Bescheid gegeben: »Die kennt man nicht; in die Bauernhäuser kommt sie kaum, wenn Kindelbier und Hochzeit ist.« – Der Pastor selbst sprach nicht von ihr. Aus dem Garten der Küsterei, welcher in eine dichte Gruppe von Fliederbüschen ausläuft, sahe ich sie einmal langsam über die Priesterkoppel nach ihrem Hause gehen; aber sie hatte mir den Rücken zugewendet, so daß ich nur ihre schlanke jugendliche Gestalt gewahren konnte, und außerdem ein paar gekräuselte Löckchen, in der Art, wie sie sonst nur von den Vornehmeren getragen werden, und die der Wind von ihren Schläfen wehte. Das Bild ihres finsteren Ehgesponsen trat mir vor die Seele, und mir schien, es passe dieses Paar nicht wohl zusammen.

– – An den Tagen, wo ich nicht da draußen war, hatte ich auch die Arbeit an meinem Lazarus wieder aufgenommen, so daß nach einiger Zeit diese Bilder miteinander nahezu vollendet waren.

So saß ich eines Abends nach vollbrachtem Tagewerke mit meinem Bruder unten in unserem Wohngemache. Auf dem Tisch am Ofen war die Kerze fast herabgebrannt, und die holländische Schlaguhr hatte schon auf Elf gewarnt; wir aber saßen am Fenster und hatten der Gegenwart vergessen; denn wir gedachten der kurzen Zeit, die wir mitsammen in unserer Eltern Haus verlebet hatten; auch unseres einzigen lieben Schwesterleins gedachten wir, das im ersten Kindbette verstorben und nun seit lange schon mit Vater und Mutter einer fröhlichen Auferstehung entgegenharrete. – Wir hatten die Läden nicht vorgeschlagen; denn es that uns wohl, durch das Dunkel, so draußen auf den Erdenwohnungen der Stadt lag, in das Sternenlicht des ewigen Himmels hinauszublicken.

Am Ende verstummten wir beide in uns selber, und wie auf einem dunklen Strome trieben meine Gedanken zu ihr, bei der sie allzeit Rast und Unrast fanden. – – Da, gleich einem Stern aus unsichtbaren Höhen, fiel es mir jählings in die Brust: Die Augen des schönen blassen Knaben, es waren ja ihre Augen! Wo hatte ich meine Sinne denn gehabt! – – Aber dann, wenn sie es war, wenn ich sie selber schon gesehen? – Welch schreckbare Gedanken stürmten auf mich ein!

Indem legte sich die eine Hand meines Bruders mir auf die Schulter, mit der andern wies er auf den dunkeln Markt hinaus, von wannen aber itzt ein heller Schein zu uns herüberschwankte. »Sieh nur!« sagte er. »Wie gut, daß wir das Pflaster mit Sand und Heide ausgestopfet haben! Die kommen von des Glockengießers Hochzeit; aber an ihren Stockleuchten sieht man, daß sie gleichwohl hin und wider stolpern.«

Mein Bruder hatte recht. Die tanzenden Leuchten zeugeten deutlich von der Trefflichkeit des Hochzeitschmauses; sie kamen uns so nahe, daß die zwei gemalten Scheiben, so letzlich von meinem Bruder als eines Glasers Meisterstück erstanden waren, in ihren satten Farben wie in Feuer glühten. Als aber dann die Gesellschaft an unserem Hause laut redend in die Krämerstraße einbog, hörete ich einen unter ihnen sagen: »Ei freilich; das hat der Teufel uns verpurret! Hatte mich leblang darauf gespitzet, einmal eine richtige Hex so in der Flammen singen zu hören!«

Die Leuchten und die lustigen Leute gingen weiter, und draußen die Stadt lag wieder still und dunkel.

»O weh!« sprach mein Bruder; »den trübet, was mich tröstet.«

Da fiel es mir erst wieder bei, daß am nächsten Morgen die Stadt ein grausam Spectacul vor sich habe. Zwar war die junge Person, so wegen einbekannten Bündnisses mit dem Satan zu Aschen sollte verbrannt werden, am heutigen Morgen vom Frone todt in ihrem Kerker aufgefunden worden; aber dem todten Leibe mußte gleichwohl sein peinlich Recht geschehen.

Das war nun vielen Leuten gleich einer kalt gestellten Suppen. Hatte doch auch die Buchführer-Witwe Liebernickel, so unter dem Thurm der Kirche den grünen Bücherschranken hat, mir am Mittage, da ich wegen der Zeitung bei ihr eingetreten, aufs heftigste geklaget, daß nun das Lied, so sie im voraus darüber habe anfertigen und drucken lassen, nur kaum noch passen werde, wie die Faust aufs Auge. Ich aber, und mit mir mein viellieber Bruder, hatte so meine eigenen Gedanken von dem Hexenwesen, und freuete mich, daß unser Herrgott – denn der war es doch wohl gewesen – das arme junge Mensch so gnädiglich in seinen Schoß genommen hatte.

Mein Bruder, welcher weichen Herzens war, begann gleichwohl der Pflichten seines Amts sich zu beklagen; denn er hatte drüben von der Rathhaustreppe das Urthel zu verlesen, sobald der Racker den todten Leichnam davor aufgefahren, und hernach auch der Justification selber zu assistiren. »Es schneidet mir schon itzund in das Herz«, sagte er, »das greuelhafte Gejohle, wenn sie mit dem Karren die Straße herabkommen; denn die Schulen werden ihre Buben und die Zunftmeister ihre Lehrburschen loslassen. – An deiner Statt«, fügete er bei, »der du ein freier Vogel bist, würde ich aufs Dorf hinausmachen und an dem Conterfey des schwarzen Pastors weitermalen!«

Nun war zwar festgesetzet worden, daß ich am nächstfolgenden Tage erst wieder hinauskäme; aber mein Bruder redete mir zu, unwissend, wie er die Ungeduld in meinem Herzen schürete; und so geschah es, daß alles sich erfüllen mußte, was ich getreulich in diesen Blättern niederschreiben werde.

Am andern Morgen, als drüben vor meinem Kammerfenster nur kaum der Kirchthurmhahn in rothem Frühlicht blinkte, war ich schon von meinem Lager aufgesprungen; und bald schritt ich über den Markt, allwo die Bäcker, vieler Käufer harrend, ihre Brotschragen schon geöffnet hatten; auch sahe ich, wie an dem Rathhause der Wachtmeister und die Fußknechte in Bewegung waren, und hatte Einer bereits einen schwarzen Teppich über das Geländer der großen Treppe aufgehangen; ich aber ging durch den Schwibbogen, so unter dem Rathause ist, eilends zur Stadt hinaus.

Als ich hinter dem Schloßgarten auf dem Steige war, sahe ich drüben bei der Lehmkuhle, wo sie den neuen Galgen hingesetzet, einen mächtigen Holzstoß aufgeschichtet. Ein paar Leute hantirten noch daran herum, und mochten das der Fron und seine Knechte sein, die leichten Brennstoff zwischen die Hölzer thaten; von der Stadt her aber kamen schon die ersten Buben über die Felder ihnen zugelaufen. – Ich achtete deß nicht weiter, sondern wanderte rüstig fürbaß, und da ich hinter den Bäumen hervortrat, sahe ich mir zur Linken das Meer im ersten Sonnenstrahl entbrennen, der im Osten über die Heide emporstieg. Da mußte ich meine Hände falten:

O Herr, mein Gott und Christ,
Sei gnädig mit uns allen,
Die wir in Sünd gefallen,
Der du die Liebe bist! – –

Als ich draußen war, wo die breite Landstraße durch die Heide führte, begegneten mir viele Züge von Bauern; sie hatten ihre kleinen Jungen und Dirnen an den Händen und zogen sie mit sich fort.

»Wohin strebet ihr denn so eifrig?« fragte ich den einen Haufen; »es ist ja doch kein Markttag heute in der Stadt.«

Nun, wie ich's wohl zum voraus wußte, sie wollten die Hexe, das junge Satansmensch, verbrennen sehen.

– »Aber die Hexe ist ja todt!«

»Freilich, das ist ein Verdruß«, meineten sie; »aber es ist unserer Hebamme, der alten Mutter Siebenzig, ihre Schwestertochter; da können wir nicht außen bleiben und müssen mit dem Reste schon fürliebnehmen.« –

– – Und immer neue Scharen kamen daher; und itzund taucheten auch schon Wagen aus dem Morgennebel, die statt mit Kornfrucht heut mit Menschen voll geladen waren. – Da ging ich abseits über die Heide, obwohl noch der Nachtthau von dem Kraute rann; denn mein Gemüth verlangte nach der Einsamkeit; und ich sahe von fern, wie es den Anschein hatte, das ganze Dorf des Weges nach der Stadt ziehen. Als ich auf dem Hünenhügel stund, der hier inmitten der Heide liegt, überfiel es mich, als müsse auch ich zur Stadt zurückkehren oder etwan nach links hinab an die See gehen, oder nach dem kleinen Dorfe, das dort unten hart am Strande liegt; aber vor mir in der Luft schwebete etwas wie ein Glück, wie eine rasende Hoffnung, und es schüttelte mein Gebein, und meine Zähne schlugen aneinander. »Wenn sie es wirklich war, so letzlich mit meinen eigenen Augen ich erblicket, und wenn dann heute –« Ich fühlte mein Herz gleich einem Hammer an den Rippen; ich ging weit um durch die Heide; ich wollte nicht sehen, ob auf der Wagen einem auch der Prediger nach der Stadt fahre. – Aber ich ging dennoch endlich seinem Dorfe zu.

Als ich es erreichet hatte, schritt ich eilends nach der Thür des Küsterhauses. Sie war verschlossen. Eine Weile stund ich unschlüssig; dann hub ich mit der Faust zu klopfen an. Drinnen blieb alles ruhig; als ich aber stärker klopfte, kam des Küsters alte halbblinde Trienke aus einem Nachbarhause.

»Wo ist der Küster?« fragte ich.

– »Der Küster? Mit dem Priester in die Stadt gefahren.«

Ich starrete die Alte an; mir war, als sei ein Blitz durch mich dahingeschlagen.

»Fehler Euch etwas, Herr Maler?« frug sie.

Ich schüttelte den Kopf und sagte nur: »So ist wohl heute keine Schule, Trienke?«

– »Bewahre! Die Hexe wird ja verbrannt!«

Ich ließ mir von der Alten das Haus aufschließen, holte mein Malergeräthe und das fast vollendete Bildniß aus des Küsters Schlafkammer und richtete, wie gewöhnlich, meine Staffelei in dem leeren Schulzimmer. Ich pinselte etwas an der Gewandung;

aber ich suchte damit nur mich selber zu belügen; ich hatte keinen Sinn zum Malen; war ja um dessen willen auch nicht hieher gekommen.

Die Alte kam hereingelaufen, stöhnte über die arge Zeit und redete über Bauern- und Dorfsachen, die ich nicht verstund; mich selber drängete es, sie wieder einmal nach des Predigers Frau zu fragen, ob selbige alt oder jung, und auch, woher sie gekommen sei; allein ich brachte das Wort nicht über meine Zungen. Dagegen begann die Alte ein lang Gespinste von der Hex und ihrer Sippschaft hier im Dorfe und von der Mutter Siebenzig, so mit Vorspuksehen behaftet sei; erzählete auch, wie selbige zur Nacht, da die Gicht dem alten Weibe keine Ruh gelassen, drei Leichlaken über des Pastors Hausdach habe fliegen sehen: es gehe aber solch Gesichte allzeit richtig aus, und Hoffart komme vor dem Falle; denn sei die Frau Pastorin bei aller ihrer Vornehmheit doch nur eine blasse und schwächliche Kreatur.

Ich mochte solch Geschwätz nicht fürder hören; ging daher aus dem Hause und auf dem Wege herum, da wo das Pastorat mit seiner Fronte gegen die Dorfstraße liegt; wandte auch unter bangem Sehnen meine Augen nach den weißen Fenstern, konnte aber hinter den blinden Scheiben nichts gewahren als ein paar Blumenscherben, wie sie überall zu sehen sind. – Ich hätte nun wohl umkehren mögen; aber ich ging dennoch weiter. Als ich auf den Kirchhof kam, trug von der Stadtseite der Wind ein wimmernd Glockenläuten an mein Ohr; ich aber wandte mich und blickte hinab nach Westen, wo wiederum das Meer wie lichtes Silber am Himmelssaume hinfloß, und war doch ein tobend Unheil dort gewesen, worin in einer Nacht des Höchsten Hand viel tausend Menschenleben hingeworfen hatte. Was krümmete denn ich mich so gleich einem Wurme? – Wir sehen nicht, wie seine Wege führen!

Ich weiß nicht mehr, wohin mich damals meine Füße noch getragen haben; ich weiß nur, daß ich in einem Kreis gegangen bin; denn da die Sonne fast zur Mittagshöhe war, langete ich wieder bei der Küsterei an. Ich ging aber nicht in das Schulzimmer an meine Staffelei, sondern durch das Hinterpförtlein wieder zum Hause hinaus. – –

Das ärmliche Gärtlein ist mir unvergessen, obschon seit jenem Tage meine Augen es nicht mehr gesehen. – Gleich dem des Predigerhauses von der anderen Seite, trat es als ein breiter Streifen in die Priesterkoppel; inmitten zwischen beiden aber war eine Gruppe dichter Weidenbüsche, welche zur Einfassung einer Wassergrube dienen mochten; denn ich hatte einmal eine Magd mit vollem Eimer wie aus einer Tiefe daraus hervorsteigen sehen.

Als ich ohne viel Gedanken, nur mein Gemüthe erfüllet von nicht zu zwingender Unrast, an des Küsters abgeheimseten Bohnenbeeten hinging, hörete ich von der Koppel draußen eine Frauenstimme von gar holdem Klang, und wie sie liebreich einem Kinde zusprach.

Unwillens schritt ich solchem Schalle nach; so mochte einst der griechische Heidengott mit seinem Stabe die Todten nach sich gezogen haben. Schon war ich am jenseitigen Rande des Holundergebüsches, das hier ohne Verzäunung in die Koppel ausläuft, da sahe ich den kleinen Johannes mit einem Ärmchen voll Moos, wie es hier in dem kümmerlichen Grase wächst, gegenüber hinter die Weiden gehen; er mochte sich dort damit nach Kinderart ein Gärtchen angeleget haben. Und wieder kam die holde Stimme an mein Ohr: »Nun heb nur an; nun hast du einen ganzen Haufen! Ja, ja; ich such derweil noch mehr; dort am Holunder wächst genug!«

Und dann trat sie selber hinter den Weiden hervor; ich hatte ja längst schon nicht gezweifelt. – Mit den Augen auf dem Boden suchend, schritt sie zu mir her, so daß ich ungestöret sie betrachten durfte; und mir war, als gliche sie nun gar seltsam dem Kinde wieder, das sie einst gewesen war, für das ich den »Buhz« einst von dem Baum herabgeschossen hatte; aber dieses Kinderantlitz von heute war bleich und weder Glück noch Muth darin zu lesen.

So war sie mählich näher kommen, ohne meiner zu gewahren; dann kniete sie nieder an einem Streifen Moos, der unter den Büschen hinlief; doch ihre Hände pflückten nicht davon; sie ließ das Haupt auf ihre Brust sinken, und es war, als wolle sie nur ungesehen vor dem Kinde in ihrem Leide ausruhen.

Da rief ich leise: »Katharina!«

Sie blickte auf, ich aber ergriff ihre Hand und zog sie gleich einer Willenlosen zu mir unter den Schatten der Büsche. Doch als ich sie endlich also nun gefunden hatte und keines Wortes mächtig vor ihr stund, da sahen ihre Augen weg von mir, und mit fast einer fremden Stimme sagte sie: »Es ist nun einmal so, Johannes! Ich wußte wohl, du seiest der fremde Maler; ich dachte nur nicht, daß du heute kommen würdest.«

Ich hörete das, und dann sprach ich es aus: »Katharina, – – so bist du des Predigers Eheweib?«

Sie nickte nicht; sie sah mich starr und schmerzlich an. »Er hat das Amt dafür bekommen«, sagte sie, »und dein Kind den ehrlichen Namen.«

– »Mein Kind, Katharina?«

»Und fühltest du das nicht? Er hat ja doch auf deinem Schoß gesessen; einmal doch, er selbst hat es mir erzählet.«

– – Möge keines Menschen Brust ein solches Weh zerfleischen! – »Und du, du und mein Kind, ihr solltet mir verloren sein!«

Sie sah mich an, sie weinte nicht, sie war nur gänzlich todtenbleich.

»Ich will das nicht!« schrie ich; »ich will ...« Und eine wilde Gedankenjagd rasete mir durchs Hirn.

Aber ihre kleine Hand hatte gleich einem kühlen Blatte sich auf meine Stirn gelegt, und ihre braunen Augensterne auf dem blassen Antlitz sahen mich flehend an. »Du, Johannes«, sagte sie, »du wirst es nicht sein, der mich noch elender machen will.«

– »Und kannst denn du so leben, Katharina?«

»Leben? – – Es ist ja doch ein Glück dabei; er liebt das Kind; – was ist denn mehr noch zu verlangen?«

– »Und von uns, von dem, was einst gewesen ist, weiß er davon?« – –

»Nein, nein!« rief sie heftig. »Er nahm die Sünderin zum Weibe: mehr nicht. O Gott, ist's denn nicht genug, daß jeder neue Tag ihm angehört!«

In diesem Augenblicke tönete ein zarter Gesang zu uns herüber. – »Das Kind«, sagte sie. »Ich muß zu dem Kinde; es könnte ihm ein Leids geschehen!«

Aber meine Sinne zieleten nur auf das Weib, das sie begehrten. »Bleib doch«, sagte ich, »es spielet ja fröhlich dort mit seinem Moose.«

Sie war an den Rand des Gebüsches getreten und horchete hinaus. Die goldene Herbstsonne schien so warm hernieder, nur leichter Hauch kam von der See herauf. Da hörten wir von jenseit durch die Weiden das Stimmlein unseres Kindes singen:

Zwei Englein, die mich decken,
Zwei Englein, die mich strecken,
Und zweie, so mich weisen
In das himmlische Paradeisen.

Katharina war zurückgetreten, und ihre Augen sahen groß und geisterhaft mich an. »Und nun leb wohl, Johannes«, sprach sie leise; »auf Nimmerwiedersehen hier auf Erden!«

Ich wollte sie an mich reißen; ich streckte beide Arme nach ihr aus; doch sie wehrete mich ab und sagte sanft: »Ich bin des anderen Mannes Weib; vergiß das nicht.«

Mich aber hatte auf diese Worte ein fast wilder Zorn ergriffen. »Und wessen, Katharina«, sprach ich hart, »bist du gewesen, ehe bevor du sein geworden?«

Ein weher Klaglaut brach aus ihrer Brust; sie schlug die Hände vor ihr Angesicht und rief. »Weh mir! O wehe, mein entweihter armer Leib!«

Da wurd ich meiner schier unmächtig; ich riß sie jäh an meine Brust, ich hielt sie wie mit Eisenklammern und hatte sie endlich, endlich wieder! Und ihre Augen sanken in die meinen, und ihre rothen Lippen duldeten die meinen; wir umschlangen uns inbrünstiglich; ich hätte sie tödten mögen, wenn wir also miteinander hätten sterben können. Und als dann meine Blicke voll Seligkeit auf ihrem Antlitz weideten, da sprach sie, fast erstickt von meinen Küssen: »Es ist ein langes, banges Leben! O, Jesu Christ, vergib mir diese Stunde!«

– – Es kam eine Antwort; aber es war die harte Stimme jenes Mannes, aus dessen Munde ich itzt zum ersten Male ihren Namen hörte. Der Ruf kam von drüben aus dem Predigergarten, und noch einmal und härter rief es: »Katharina!«

Da war das Glück vorbei; mit einem Blicke der Verzweiflung sahe sie mich an; dann stille wie ein Schatten war sie fort.

– – Als ich in die Küsterei trat, war auch schon der Küster wieder da. Er begann sofort von der Justification der armen

Hexe auf mich einzureden. »Ihr haltet wohl nicht viel davon«, sagte er; »sonst wäret Ihr heute nicht aufs Dorf gegangen, wo der Herr Pastor gar die Bauern und ihre Weiber in die Stadt getrieben.«

Ich hatte nicht die Zeit zur Antwort; ein gellender Schrei durchschnitt die Luft; ich werde ihn leblang in den Ohren haben.

»Was war das, Küster?« rief ich.

Der Mann riß ein Fenster auf und horchete hinaus; aber es geschah nichts weiter. »So mir Gott«, sagte er, »es war ein Weib, das so geschrien hat; und drüben von der Priesterkoppel kam's.«

Indem war auch die alte Trienke in die Thür gekommen. »Nun, Herr?« rief sie mir zu. »Die Leichlaken sind auf des Pastors Dach gefallen!«

– »Was soll das heißen, Trienke?«

»Das soll heißen, daß sie des Pastors kleinen Johannes soeben aus dem Wasser ziehen.«

Ich stürzete aus dem Zimmer und durch den Garten auf die Priesterkoppel; aber unter den Weiden fand ich nur das dunkle Wasser und Spuren feuchten Schlammes daneben auf dem Grase. – Ich bedachte mich nicht, es war ganz wie von selber, daß ich durch das weiße Pförtchen in des Pastors Garten ging. Da ich eben ins Haus wollte, trat er selber mir entgegen.

Der große knochige Mann sah gar wüste aus; seine Augen waren geröthet und das schwarze Haar hing wirr ihm ins Gesicht. »Was wollt Ihr?« sagte er.

Ich starrete ihn an; denn mir fehlete das Wort. Ja, was wollte ich denn eigentlich?

»Ich kenne Euch!« fuhr er fort. »Das Weib hat endlich alles ausgeredet.«

Das machte mir die Zunge frei. »Wo ist mein Kind!« rief ich.

Er sagte: »Die beiden Eltern haben es ertrinken lassen.«

– »So laßt mich zu meinem todten Kinde!«

Allein, da ich an ihm vorbei in den Hausflur wollte, drängete er mich zurück. »Das Weib«, sprach er, »liegt bei dem Leichnam und schreit zu Gott aus ihren Sünden. Ihr sollt nicht hin, um ihrer armen Seelen Seligkeit!«

Was dermalen selber ich gesprochen, ist mir schier vergessen;

aber des Predigers Worte gruben sich in mein Gedächtniß. »Höret mich!« sprach er. »So von Herzen ich Euch hasse, wofür dereinst mich Gott in seiner Gnade wolle büßen lassen, und Ihr vermuthendlich auch mich, – noch ist Eines uns gemeinsam. – Geht itzo heim und bereitet eine Tafel oder Leinewand! Mit solcher kommet morgen in der Frühe wieder und malet darauf des todten Knaben Antlitz. Nicht mir oder meinem Hause; der Kirchen hier, wo er sein kurz unschuldig Leben ausgelebet, möget Ihr das Bildniß stiften. Mög es dort die Menschen mahnen, daß vor der knöchern Hand des Todes alles Staub ist!«

Ich blickte auf den Mann, der kurz vordem die edle Malerkunst ein Buhlweib mit der Welt gescholten; aber ich sagte zu, daß alles so geschehen möge.

– – Daheim indessen wartete meiner eine Kunde, so meines Lebens Schuld und Buße gleich einem Blitze jählings aus dem Dunkel hob, so daß ich Glied um Glied die ganze Kette vor mir leuchten sahe.

Mein Bruder, dessen schwache Constitution von dem abscheulichen Spectacul, dem er heute assistiren müssen, hart ergriffen war, hatte sein Bette aufgesucht. Da ich zu ihm eintrat, richtete er sich auf. »Ich muß noch eine Weile ruhen«, sagte er, indem er ein Blatt der Wochenzeitung in meine Hand gab; »aber lies doch dieses! Da wirst du sehen, daß Herrn Gerhardus' Hof in fremde Hände kommen, maßen Junker Wulf ohn Weib und Kind durch eines tollen Hundes Biß gar jämmerlichen Todes verfahren ist.«

Ich griff nach dem Blatte, das mein Bruder mir entgegenhielt; aber es fehlte nicht viel, daß ich getaumelt wäre. Mir war's bei dieser Schreckenspost, als sprängen des Paradieses Pforten vor mir auf; aber schon sahe ich am Eingange den Engel mit dem Feuerschwerte stehen, und aus meinem Herzen schrie es wieder: O Hüter, Hüter, war dein Ruf so fern! – – Dieser Tod hätte uns das Leben werden können; nun war's nur ein Entsetzen zu den andern.

Ich saß oben auf meiner Kammer. Es wurde Dämmerung, es wurde Nacht; ich schaute in die ewigen Gestirne, und endlich suchte auch ich mein Lager. Aber die Erquickung des Schlafes ward mir nicht zu Theil. In meinen erregten Sinnen war es mir gar seltsamlich, als sei der Kirchthurm drüben meinem Fenster nah gerückt; ich fühlte die Glockenschläge durch das Holz der Bettstatt dröhnen, und ich zählete sie alle die ganze Nacht entlang. Doch endlich dämmerte der Morgen. Die Balken an der Decke hingen noch wie Schatten über mir, da sprang ich auf, und ehbevor die erste Lerche aus den Stoppelfeldern stieg, hatte ich allbereits die Stadt im Rücken.

Aber so frühe ich auch ausgegangen, ich traf den Prediger schon auf der Schwelle seines Hauses stehen. Er geleitete mich auf den Flur und sagte, daß die Holztafel richtig angelanget, auch meine Staffelei und sonstiges Malergeräth aus dem Küsterhause herübergeschaffet sei. Dann legte er seine Hand auf die Klinke einer Stubenthür.

Ich jedoch hielt ihn zurück und sagte: »Wenn es in diesem Zimmer ist, so wollet mir vergönnen, bei meinem schweren Werke allein zu sein!«

»Es wird Euch niemand stören«, entgegnete er und zog die Hand zurück. »Was Ihr zur Stärkung Eueres Leibes bedürfet, werdet Ihr drüben in jenem Zimmer finden.« Er wies auf eine Thür an der anderen Seite des Flures; dann verließ er mich.

Meine Hand lag itzund statt der des Predigers auf der Klinke. Es war todtenstill im Hause; eine Weile mußte ich mich sammeln, bevor ich öffnete.

Es war ein großes, fast leeres Gemach, wohl für den Confirmandenunterricht bestimmt, mit kahlen weißgetünchten Wänden; die Fenster sahen über öde Felder nach dem fernen Strand hinaus. Inmitten des Zimmers aber stund ein weißes Lager aufgebahret. Auf dem Kissen lag ein bleiches Kinderangesicht; die Augen zu; die kleinen Zähne schimmerten gleich Perlen aus den blassen Lippen.

Ich fiel an meines Kindes Leiche nieder und sprach ein brünstiglich Gebet. Dann rüstete ich alles, wie es zu der Arbeit nöthig war; und dann malte ich – rasch, wie man die Todten malen muß, die nicht zum zweiten Mal dasselbig Antlitz zeigen. Mitunter wurd ich wie von der andauernden großen Stille aufgeschrecket; doch wenn ich innehielt und horchte, so wußte ich bald, es sei nichts da gewesen. Einmal auch war es, als drängen leise Odemzüge an mein Ohr. – Ich trat an das Bette des Todten, aber da ich mich zu dem bleichen Mündlein niederbeugete, berührte nur die Todeskälte meine Wangen.

Ich sahe um mich; es war noch eine Thür im Zimmer; sie mochte zu einer Schlafkammer führen, vielleicht daß es von dort gekommen war! Allein so scharf ich lauschte, ich vernahm nichts wieder; meine eigenen Sinne hatten wohl ein Spiel mit mir getrieben.

So setzete ich mich denn wieder, sahe auf den kleinen Leichnam und malete weiter; und da ich die leeren Händchen ansahe, wie sie auf dem Linnen lagen, so dachte ich: »Ein klein Geschenk doch mußt du deinem Kinde geben!« Und ich malete auf seinem Bildniß ihm eine weiße Wasserlilie in die Hand, als sei es spielend damit eingeschlafen. Solcher Art Blumen gab es selten in der Gegend hier, und mocht es also ein erwünschet Angebinde sein.

Endlich trieb mich der Hunger von der Arbeit auf, mein ermüdeter Leib verlangte Stärkung. Legete sonach den Pinsel und die Palette fort und ging über den Flur nach dem Zimmer, so der Prediger mir angewiesen hatte. Indem ich aber eintrat, wäre ich vor Überraschung bald zurückgewichen; denn Katharina stund mir gegenüber, zwar in schwarzen Trauerkleidern, und doch in all dem Zauberschein, so Glück und Liebe in eines Weibes Antlitz wirken mögen.

Ach, ich wußte es nur zu bald; was ich hier sahe, war nur ihr Bildniß, das ich selber einst gemalet. Auch für dieses war also nicht mehr Raum in ihres Vaters Haus gewesen. – Aber wo war sie selber denn? Hatte man sie fortgebracht oder hielt man sie auch hier gefangen? – Lang, gar lange sahe ich das Bildniß an; die alte Zeit stieg auf und quälete mein Herz. Endlich, da ich mußte, brach ich einen Bissen Brot und stürzete ein paar Gläser Wein hinab; dann ging ich zurück zu unserem todten Kinde.

Als ich drüben eingetreten und mich an die Arbeit setzen wollte, zeigete es sich, daß in dem kleinen Angesicht die Augenlider um ein weniges sich gehoben hatten. Da bückete ich mich hinab, im Wahne, ich möchte noch einmal meines Kindes Blick gewinnen; als aber die kalten Augensterne vor mir lagen, überlief mich Grausen; mir war, als sähe ich die Augen jener Ahne des Geschlechtes, als wollten sie noch hier aus unseres Kindes Leichenantlitz künden: »Mein Fluch hat doch euch beide eingeholet!« – Aber zugleich – ich hätte es um alle Welt nicht lassen können – umfing ich mit beiden Armen den kleinen blassen Leichnam und hob ihn auf an meine Brust und herzete unter bitteren Thränen zum ersten Male mein geliebtes Kind. »Nein, nein, mein armer Knabe, deine Seele, die gar den finstern Mann zur Liebe zwang, die blickte nicht aus solchen Augen; was hier herausschaut, ist alleine noch der Tod. Nicht aus der Tiefe schreckbarer Vergangenheit ist es heraufgekommen; nichts anderes ist da als deines Vaters Schuld; sie hat uns alle in die schwarze Fluth hinabgerissen.«

Sorgsam legte ich dann wieder mein Kind in seine Kissen und drückte ihm sanft die beiden Augen zu. Dann tauchete ich meinen Pinsel in ein dunkles Roth und schrieb unten in den Schatten des Bildes die Buchstaben: C. P. A. S. Das sollte heißen: Culpa Patris Aquis Submersus, »Durch Vaters Schuld in der Fluth versunken«. – Und mit dem Schalle dieser Worte in meinem Ohre, die wie ein schneidend Schwert durch meine Seele fuhren, malete ich das Bild zu Ende.

Während meiner Arbeit hatte wiederum die Stille im Hause fortgedauert, nur in der letzten Stunde war abermalen durch die Thür, hinter welcher ich eine Schlafkammer vermuthet hatte, ein leises Geräusch hereingedrungen. – War Katharina dort, um ungesehen bei meinem schweren Werk mir nah zu sein? Ich konnte es nicht enträthseln.

Es war schon spät. Mein Bild war fertig, und ich wollte mich zum Gehen wenden; aber mir war, als müsse ich noch einen Abschied nehmen, ohne den ich nicht von hinnen könne. –

So stand ich zögernd und schaute durch das Fenster auf die öden Felder draußen, wo schon die Dämmerung begunnte sich zu breiten; da öffnete sich vom Flure her die Thür, und der Prediger trat zu mir herein.

Er grüßte schweigend; dann mit gefalteten Händen blieb er stehen und betrachtete wechselnd das Antlitz auf dem Bilde und das des kleinen Leichnams vor ihm, als ob er sorgsame Vergleichung halte. Als aber seine Augen auf die Lilie in der gemalten Hand des Kindes fielen, hub er wie im Schmerze seine beiden

Hände auf, und ich sahe, wie seinen Augen jählings ein reicher Thränenquell entstürzete.

Da streckte auch ich meine Arme nach dem Todten und rief überlaut: »Leb' wohl, mein Kind! O mein Johannes, lebe wohl!«

Doch in demselben Augenblicke vernahm ich leise Schritte in der Nebenkammer; es tastete wie mit kleinen Händen an der Thür; ich hörte deutlich meinen Namen rufen – oder war es der des todten Kindes? – Dann rauschte es wie von Frauenkleidern hinter der Thüre nieder, und das Geräusch vom Falle eines Körpers wurde hörbar.

»Katharina!« rief ich. Und schon war ich hinzugesprungen und rüttelte an der Klinke der fest verschlossenen Thür; da legte die Hand des Pastors sich auf meinen Arm: »Das ist meines Amtes!« sagte er. »Gehet itzo! Aber gehet in Frieden; und möge Gott uns allen gnädig sein!«

– – Ich bin dann wirklich fortgegangen; ehe ich es selbst begriff, wanderte ich schon draußen auf der Heide auf dem Weg zur Stadt.

Noch einmal wandte ich mich um und schaute nach dem Dorf zurück, das nur noch wie Schatten aus dem Abenddunkel ragte. Dort lag mein todtes Kind – Katharina – alles, alles! – Meine alte Wunde brannte mir in meiner Brust; und seltsam, was ich niemals hier vernommen, ich wurde plötzlich mir bewußt, daß ich vom fernen Strand die Brandung tösen hörete. Kein Mensch begegnete mir, keines Vogels Ruf vernahm ich; aber aus dem dumpfen Brausen des Meeres tönete es mir immerfort, gleich einem finsteren Wiegenliede: Aquis submersus – aquis submersus!

*

Hier endete die Handschrift.

Dessen Herr Johannes sich einstens im Vollgefühl seiner Kraft vermessen, daß er's wohl auch einmal in seiner Kunst den Größeren gleich zu tun verhoffe, das sollten Worte bleiben, in die leere Luft gesprochen.

Sein Name gehört nicht zu denen, die genannt werden, kaum dürfte er in einem Künstlerlexikon zu finden sein; ja selbst in seiner engeren Heimat weiß niemand von einem Maler seines

Namens. Des großen Lazarusbildes tut zwar noch die Chronik unserer Stadt Erwähnung, das Bild selbst aber ist zu Anfang dieses Jahrhunderts nach dem Abbruch unserer alten Kirche gleich den anderen Kunstschätzen derselben verschleudert und verschwunden.

Aquis submersus.

Carsten Curator

Eigentlich hieß er Carsten Carstens und war der Sohn eines Kleinbürgers, von dem er ein schon vom Großvater erbautes Haus an der Twiete des Hafenplatzes ererbt hatte und außerdem einen Handel mit gestrickten Wollwaren und solchen Kleidungsstücken, wie deren die Schiffer von den umliegenden Inseln auf ihren Seefahrten zu gebrauchen pflegten. Da er indes von etwas grübelnder Gemütsart und ihm, wie manchem Nordfriesen, eine Neigung zur Gedankenarbeit angeboren war, so hatte er sich von jung auf mit allerlei Büchern und Schriftwerk beschäftigt und war allmählich unter seinesgleichen in den Ruf gekommen, daß er ein Mann sei, bei dem man sich in zweifelhaften Fällen sicheren Rat erholen möge. Gerieten, was wohl geschehen konnte, durch seine Leserei ihm die Gedanken auf einen Weg, wo seine Umgebung ihm nicht hätte folgen können, so lud er auch niemanden dazu ein und erregte folglich dadurch auch niemandes Mißtrauen. So war er denn der Curator einer Menge von verwitweten Frauen und ledigen Jungfrauen geworden, welche nach der damaligen Gesetzgebung bei allen Rechtsgeschäften noch eines solchen Beistandes bedurften.

Da bei ihm, wenn er die Angelegenheiten anderer ordnete, nicht der eigene Gewinn, sondern die Teilnahme an der Arbeit selbst voranstand, so unterschied er sich wesentlich von denen, welche sonst derartige Dinge zu besorgen pflegten; und bald wußten auch die Sterbenden als Vormund ihrer Kinder und die Gerichte als Verwalter ihrer Konkurs- und Erbmassen keinen besseren Mann als Carsten Carstens an der Twiete, der jetzt unter dem Namen »Carsten Curator« als ein unantastbarer Ehrenmann allgemein bekannt war.

Der kleine Handel freilich sank bei so vielen Vertrauensämtern, welche seine Zeit in Anspruch nahmen, zu einer Nebensache herab und lag fast nur in den Händen einer unverheirateten Schwester, welche mit ihm im elterlichen Hause zurückgeblieben war.

Im übrigen war Carsten ein Mann von wenig Worten und kurzem Entschluß und, wo er eine niedrige Absicht sich gegenüber fühlte, auch auf eigene Kosten unerbittlich. Als eines Tages ein sogenannter »Ochsengräser«, der seit Jahren eine Fenne Landes, nach derzeitigen Verhältnissen zu billigem Zinse, von ihm in Heuer gehabt hatte, unter Beteuerungen versicherte, daß er für das nächste Jahr bei solchem Preise nicht bestehen könne, und endlich, als er damit kein Gehör fand, sich dennoch zu dem früheren und, da jetzt auch dieses Angebot zurückgewiesen wurde, sogar zu einem höheren Heuerzinse verstand, erklärte Carstens ihm, daß es keinesweges seine Sache sei, jemanden mit seiner Fenne in unbedachten Schaden zu bringen, und gab hierauf das Landstück zu dem alten Preise an einen Bürger, der ihn früher darum angegangen war.

Und dennoch hatte es einen Zeitraum in seinem Leben gegeben, wo man auch über ihn die Köpfe schüttelte. Nicht als ob er in den ihm anvertrauten Angelegenheiten etwas versehen hätte, sondern weil er in der Leitung seiner eigenen unsicher zu werden schien; aber der Tod, bei einer Gelegenheit, die er öfters wahrnimmt, hatte nach ein paar Jahren alles wieder ins gleiche gebracht. – Es war während der Kontinentalsperre, in der hier sogenannten Blockadezeit, wo die kleine Hafenstadt sich mit dänischen Offizieren und französischem Seevolk und andererseits mit mancher Art fremder Spekulanten gefüllt hatte, als einer der letzteren auf dem Boden seines Speichers erhängt gefunden wurde. Daß dies durch eigene Hand geschehen, war nicht anzuzweifeln; denn die Verhältnisse des Toten waren durch rasch folgende Verluste in Ruin geraten; der einzige Aktivbestand seines Nachlasses, so wurde gesagt, sei seine Tochter, die hübsche Juliane; aber bis jetzt hätten sich viele Beschauer und noch keine Käufer gefunden.

Schon am anderen Vormittag gelangte von dieser die Bitte an Carstens, sich der Regulierung ihrer Angelegenheiten zu unterziehen; aber er wies das Ansuchen kurz zurück: »Ich will mit den Leuten nichts zu tun haben.« Als indessen der alte Hafenarbeiter, der dasselbe überbracht hatte, am Nachmittage wiederkam: »Seid nicht so hart, Carstens; es ist ja nur noch das Mädchen da; sie schreit, sie müsse sich ein Leides tun«, da stand er rasch auf, nahm seinen Stock und folgte dem Boten in das Sterbehaus.

In der Mitte des Zimmers, wohinein ihn dieser führte, stand der offene Sarg mit dem Leichnam; daneben auf einem niedrigen Schemel, mit angezogenen Knien, saß halb angekleidet ein schönes Mädchen. Sie hatte einen schildpattenen Frisierkamm in der Hand und strich sich damit durch ihr schweres goldblondes Haar, das aufgelöst über ihren Rücken herabhing; dabei waren ihre Augen gerötet, und ihre Lippen zuckten von heftigem Weinen; ob aus Ratlosigkeit oder aus Trauer über ihren Vater, mochte schwer entscheidbar sein.

Als Carstens auf sie zuging, stand sie auf und empfing ihn mit Vorwürfen. »Sie wollen mir nicht helfen?« rief sie; »und ich verstehe doch nichts von alledem. Was soll ich machen? Mein Vater hat viel Geld gehabt; aber es wird wohl nichts mehr da sein! Da liegt er nun; wollen Sie, daß ich auch so liegen soll?«

Sie setzte sich wieder auf ihren Schemel, und Carstens sah sie fast staunend an. »Sie sehen ja, Mamsell«, sagte er dann, »ich bin eben hier, um Ihnen zu helfen; wollen Sie mir die Bücher Ihres Vaters anvertrauen?«

»Bücher? Ich weiß nichts davon; aber ich will suchen.« Sie ging in ein Nebenzimmer und kam bald wieder mit einem Schlüsselbund zurück. »Da«, sagte sie, indem sie es vor Carstens auf den Tisch legte; »Sie sollen ein guter Mann sein; machen Sie, was Sie wollen; ich kümmere mich nun um nichts.«

Carstens sah verwundert, wie anmutig es ihr ließ, da sie diese leichtfertigen Worte sprach; denn ein Aufatmen ging durch ihren ganzen Körper und ein Lächeln wie plötzlicher Sonnenschein über ihr hübsches Angesicht.

Und wie sie es gesagt hatte, so ward es: Carstens arbeitete, und sie kümmerte sich um nichts; wozu sie eigentlich ihre Zeit verbrauchte, konnte er nie erforschen. Aber die frischen roten Lippen lachten wieder, und der schwarze Traueranzug ward an ihr zum verführerischen Putze. Einmal, da er sie seufzen hörte, fragte er, ob sie Kummer habe; sie möge es ihm sagen. Sie sah ihn mit einem halben Lächeln an. »Ach, Herr Carstens«, sagte sie und seufzte noch einmal; »es ist so langweilig, daß man in den schwarzen Kleidern gar nicht tanzen darf!« Dann, wie ein spiellustiges Kind, fragte sie ihn, was er meine, ob sie dieselben nicht bald, mindestens für einen Abend, einmal würde wechseln können; der Vater hab sie immer tanzen lassen, und nun sei er ja auch längstens schon begraben.

Als Carstens dem ungeachtet es verneinte, ging sie schmollend fort. Sie hatte längst gemerkt, daß sie ihn so für seine Sittenstrenge am besten strafen könne; denn während unter seiner Hand die Vermögensverwirrung des Toten sich wenigstens insoweit gelöst hatte, daß Gut und Schuld sich auszugleichen schienen, war er selbst in eine andere Verwirrung hineingeraten; die lachenden Augen der schönen Juliane hatten den vierzigjährigen Mann betört. Was ihn sonst wohl stutzen gemacht hätte, erschien in dieser Zeit, wo der gleichmäßige Gang des bürgerlichen Lebens ganz zurückgedrängt war, weit weniger bedenklich, und da andererseits das der Arbeit ungewohnte Mädchen einen sicheren Unterschlupf den sie sonst erwartenden Mühseligkeiten vorzog, so kam trotz Schwester Brigittens Kopfschütteln zwischen diesen beiden ungleichen Menschen ein rasch geschlossener Ehebund zustande. Die Schwester freilich, die jetzt in der Wirtschaft nur um so unentbehrlicher war, hatte nichts als eine doppelte Arbeitslast dadurch empfangen; den Bruder aber erfüllte der plötzliche Besitz von soviel Jugend und Schönheit, worauf er nach seiner Meinung weder durch seine Person noch durch seine Jahre einen Anspruch hatte, mit einem überströmenden Dankgefühl, das ihn nur zu nachgiebig gegen die Wünsche seines jungen Weibes machte. So geschah es, daß man den sonst so stillen Mann bald auf allen Festlichkeiten finden konnte, mit denen die stadt- und landfremden Offiziere bemüht waren, die Überfülle ihrer müßigen Stunden zu beseitigen; eine Geselligkeit, die nicht nur über seinen Stand und seine Mittel hinausging, sondern in die man ihn auch nur seines Weibes wegen hineinzog, während er selbst dabei eine unbeachtete und unbeholfene Rolle spielte.

Doch Juliane starb im ersten Kindbett. – »Wenn ich erst wieder tanzen kann!« hatte sie während ihrer Schwangerschaft mehrmals geäußert; aber sie sollte niemals wieder tanzen, und somit war für Carsten die Gefahr beseitigt. Freilich auch zugleich das Glück; denn mochte sie auch kaum ihm angehört haben, wie sie vielleicht niemandem angehören konnte, und wie man sie auch schelten mochte, sie war es doch gewesen, die mit dem Licht der Schönheit in sein Werktagsleben hineingeleuchtet hatte; ein fremder Schmetterling, der über seinen Garten hinflog und dem seine Augen noch immer nachstarrten, nachdem er längst schon seinem Blick entschwunden war. Im übrigen wurde Carstens wieder, und mehr noch, als er es zuvor gewesen, der verständige, ruhig abwägende Mann. Den von der Toten nachgelassenen Knaben, der sich bald als der körperliche und allmählich auch als der geistige Erbe seiner schönen Mutter herausstellte, erzog er mit einer seinem Herzen abgekämpften Strenge; dem gutmütigen, aber leicht verführbaren Liebling wurde keine verdiente Züchtigung erspart; nur wenn die schönen Kinderaugen, wie es in solchen Fällen stets geschah, mit einer Art ratlosen Entsetzens zu ihm aufblickten, mußte der Vater sich Gewalt tun, um nicht den Knaben gleich wieder mit leidenschaftlicher Zärtlichkeit in seine Arme zu schließen.

Seit Julianens Tode waren über zwanzig Jahre vergangen. Heinrich – so hatte man nach seines Vaters Vater den Knaben getauft – war in die Schule und aus der Schule in die Kaufmannslehre gekommen; aber in seinem angeborenen Wesen hatte sich nichts Merkliches verändert. Seine Anstelligkeit ließ ihn sich leicht an jedem Platz zurechtfinden; aber auch ihm, wie einst seiner Mutter, stand es hübsch, wenn er den Kopf mit den lichtbraunen Locken zurückwarf und lachend seinen Kameraden zurief: »Muß gehen! Wir kümmern uns um nichts!« Und in der Tat war dies der einzige Punkt, in dem er gewissenhaft sein Wort zu halten pflegte; er kümmerte sich um nichts oder doch nur um Dinge, um die er besser sich nicht gekümmert hätte. Tante Brigitte weinte oftmals seinetwegen, und auch mit Carsten legte sich abends in seinem Alkovenbette etwas auf das Kissen, was ihm, er wußte nicht wie, den Schlaf verwehrte; und wenn er sich aufrichtete und sich besann, so sah er seinen Knaben vor sich, und ihm war, als sähe er mit Angst ihn größer werden.

Aber Heinrich blieb nicht das einzige Kind des Hauses. – Ein entfernter Verwandter, der mit Carstens durch gegenseitige Anhänglichkeit verbunden war, starb plötzlich mit Hinterlassung eines achtjährigen Mädchens; und da das Kind die Mutter bereits bei seiner Geburt verloren hatte, so wurde nach dem Wunsche des Verstorbenen Carstens nicht nur der Vormund der kleinen Anna, sondern sie kam auch völlig zu Kost und Pflege in sein Haus. Seine Treue gegen den Heimgegangenen aber bewies er insbesondere damit, daß er durch Leistung von Vorschüssen und derzeit nicht gefahrloser Bürgschaft für dessen Tochter derselben einen kleinen Landbesitz erhielt, der später unter verbesserten Zeitläuften zu erhöhtem Werte veräußert werden konnte.

Anna war einer anderen Mutter nachgeartet als der um ein Jahr ältere Heinrich. Dieser, trotz des besten Willens, brachte es nie zustande, so wenig wie sein eigenes, so auch nur der Allernächsten Wohl und Wehe bei seinem Treiben zu bedenken; bei Anna dagegen – wie oft griff Tante Brigitte in die Tasche und gab ihr zur Schadloshaltung einen Dreiling und einen derben Schmatz dazu: »Du dumme Trine, hast dich denn richtig wieder selbst vergessen!« Zu ihrem Bruder aber, wenn sie ihn erwischen konnte, sprach sie dann wohl: »Der Vetter Martin hat's doch gut mit uns gemeint; er hat uns seinen Segen nachgelassen!«

Bei aller Herzensgüte war das Wesen des Mädchens doch von einer frohen Sicherheit, und wenn Carstens auf seine mitunter ängstliche Erkundigung nach Heinrich von Brigitte die Antwort erhielt: »Er ist bei Anna; sie näht ihm Segel zu seinen Schiffen«, oder: »Sie hat ihn sich geholt; er muß ihr die Kirschbaumnetze flicken helfen«, dann nickte er und setzte sich beruhigt an seine Arbeit. – Zur Zeit, wo wir diese Erzählung weiterführen, an einem Spätsommervormittage, war das Mädchen eben mündig geworden und stand, eine vollausgewachsene blonde Jungfrau, mit ihrem grauhaarigen Vormunde auf dem Rathause vor dem Bürgermeister, um die infolgedessen nötigen Handlungen zu vollziehen.

»Ohm«, hatte sie vor dem Eintritt in das Gerichtszimmer gesagt, »ich fürcht mich.«

– »Du, Kind? Das ist nicht deine Art.«

»Ja, Ohm; aber auf Herrendiele!«

Der alte hagere Mann, der dort ganz zu Hause war, hatte lächelnd auf das frische Mädchenantlitz geblickt, das mit heißen Wangen zu ihm aufsah, und dann die Tür des Gerichtszimmers aufgedrückt.

Aber der Bürgermeister war ein alter jovialer Herr. »Mein liebes Kind«, sagte er, mit Wohlgefallen sie betrachtend, »Sie wissen doch, daß Sie noch einmal wieder unmündig werden müssen; freilich nur, wenn Sie sich den goldenen Ring an den Finger stecken lassen! Mög dann Ihr Leben in ebenso getreue Hand kommen!«

Er warf einen herzlichen Blick zu Carstens hinüber. Dem Mädchen aber, obgleich ein leichtes Rot ihr hübsches Antlitz überflog, war bei diesem Lobe ihres Vormundes alle Befangenheit vergangen. Ruhig ließ sie sich den Bestand ihres Vermögens vorlegen und sah, wie man es von ihr verlangte, alles sorgfältig und verständig durch; dann aber sagte sie fast beklommen: »Achttausend Taler! Nein, Ohm, das geht nicht.«

– »Was geht nicht, Kind?« fragte Carstens.

»Das da, Ohm, das mit den vielen Talern« – und sie richtete sich in ihrer ganzen jugendlichen Gestalt vor ihm auf – »was soll ich damit machen? Ihr habt mich das nicht lernen lassen; nein, Herr Bürgermeister, verzeiht, ich kann heute noch nicht mündig werden.«

Da lachten die beiden Alten und meinten, das hülfe ihr nun nichts; mündig sei sie und mündig müsse sie für jetzt auch bleiben. Aber Carstens sagte: »Sei ruhig, Anna; ich werde dein Curator; bitte nur den Herrn Bürgermeister, daß er mich dazu bestelle.«

– »Curator, Ohm? Ich weiß wohl, daß die Leute Euch so heißen.«

»Ja, Kind; aber diesmal ist es so: du behältst mein und meiner alten Schwester Leib und Seele in deiner Obhut, und ich helfe dir wie bisher die bösen Taler tragen; so wird's wohl richtig sein.«

»Amen«, sagte der alte Bürgermeister; dann wurde die Quittung über richtige Verwaltung des Vermögens von Anna durch ihre saubere Namensunterschrift vollzogen.

Während sie und Carsten sich hierauf beurlaubten, hatte der

Bürgermeister, wie von Geschäften aufatmend, einen Blick auf die Straße hinaus getan.

»O weh!« rief er; »Herr Makler Jaspers! Was mag der Stadtunheilsträger mir wieder aufzutischen haben!«

Carsten lächelte und faßte unwillkürlich die Hand seiner Pflegetochter.

Als die beiden draußen die breite Treppe ins Unterhaus hinabzusteigen begannen, stieg ein kleiner ältlicher Mann in einem braunen abgeschlissenen Rock dieselbe in die Höhe. Auf dem Treppenabsatz angelangt, stützte er sich keuchend auf sein schwankes Stöckchen und starrte aus kleinen grauen Augen zu den Herabsteigenden hinauf, indem er ein paarmal seinen hohen Zylinderhut über einer fuchsigen Perücke lüftete.

Carsten wollte mit einem kurzen »Guten Tag« vorbeipassieren; aber der andere streckte seinen Stock vor den beiden aus. »Oho, Freundchen!« – Und es war eine wirkliche Altweiberstimme, die aus dem kleinen faltigen Gesicht herauskrähte. – »So kommt Ihr mir nicht durch!«

»Der Bürgermeister wartet schon auf Euch«, sagte Carsten und schob den Stock zur Seite.

»Der Bürgermeister?« Herr Jaspers lachte ganz vergnüglich. »Laßt ihn warten! Dieses Mal war's auf Euch abgesehen, Freundchen; ich wußte, daß Ihr hierherum zu haben waret.«

»Auf mich, Jaspers?« wiederholte Carstens, und aus seiner Stimme klang eine Unsicherheit, die ihm sonst nicht eigen war. Wie schon seit lange bei allem Unerwarteten, das ihm angekündigt wurde, war der Gedanke an seinen Heinrich ihm durch den Kopf gefahren. Derselbe stand seit kurzem bei einem hiesigen Senator im Geschäft; aber der strenge alte Herr, mit dem Carstens selbst einst bei dessen Vater in der Kaufmannslehre gewesen war, hatte sich bis jetzt zufrieden gezeigt und nur einmal ein scharfes Wort über den jungen Menschen fallenlassen. Erst gestern, am Sonntag, war Heinrich von einer Geschäftsreise für seinen Prinzipal zurückgekehrt. Nein, nein; von Heinrich konnte Herr Jaspers nichts zu erzählen haben.

Dieser hatte indes mit offenem Munde zu dem weit größeren Carstens aufgeblickt und voll augenscheinlichen Behagens dessen wechselnden Gesichtsausdruck beobachtet. »He, Freundchen!« rief er jetzt, und es klang eine einladende Munterkeit aus seiner Stimme. »Ihr wißt ja, 's kann immer noch schlimmer kommen; und wenn der Kopf auch weggeht, es bleibt doch immer noch ein Stummel sitzen.«

»Was wollt Ihr von mir, Jaspers?« sagte Carstens düster. »Tut's nur hier gleich von Euch, so seid Ihr die Last ja los.«

Doch Herr Jaspers zog ihn am Rockschoß zu sich herab. »Das sind nicht Dinge, von denen man hier im Rathaus spricht.« Dann, sich zu dem Mädchen wendend, setzte er hinzu: »Die Mamsell Anna findet wohl allein den Weg nach Hause.«

Und mit seiner haspeligen Hand, die immer nach etwas zu greifen schien, noch einmal den Zylinder lüftend, stapfte er geschäftig die Treppe wieder hinab.

Als sie aus dem Hause getreten waren, wies er mit seinem Stöckchen nach einer Nebengasse, an deren Ecke seine Wohnung lag. Anna blickte fragend ihren Vormund an; der aber winkte ihr schweigend mit der Hand und folgte wie unter lähmendem Bann dem »Stadtunheilsträger«, der jetzt an seiner Seite eifrig die Straße hinaufstrebte.

In dem kleinen Hofe hinter dem Hause an der Twiete stand außer dem Kirschbaum, für den die Kinder einst die Netze flickten, an der Längsseite eines schmalen Bleichplätzchens ein mächtiger Birnenbaum, der die Freude der Nachbarkinder und zugleich eine Art Familienheiligtum war; denn der Großvater des jetzigen Besitzers hatte ihn gepflanzt, der Vater selbst in seiner Lehrzeit ihn aus den in der Stadt beliebtesten Sorten mit drei verschiedenen Reisern gepfropft, die jetzt, zu vielverzweigten Ästen aufgewachsen, je nach der ihnen eigenen Zeit eine Fülle saftiger Früchte reiften. Was davon mit der Brunnenstange zu erreichen war, das pflegte freilich nicht ins Haus zu kommen; sonst hätten die Kinder bei Jungfer Anna nicht so freien Anlauf haben müssen. So aber, wenn von den nach Westen anliegenden Höfen aus die Nachbarn ein herzliches Mädchenlachen hörten, wußten sie auch schon, daß Anna an dem Baum zu Gange war, und daß die junge Brut sich auf dem Rasen um die herabgeschlagenen Früchte balgte.

Auch jetzt, als sie vom Rathaus kommend ins Haus treten

wollte, hatte Anna ein solches Nachbarspummelchen sich aufgesackt. Im Pesel, einem kühlen mit Fliesen ausgelegten Raume hinter dem Hausflur, legte sie Hut und Tuch ab und trat dann, das Kind rittlings vor sich auf den Armen haltend, durch die von hier nach dem Hofe führende Tür in den Schatten des mächtigen Baumes.

»Siehst du, Levke«, sagte sie, »da oben liegt die Katz; die möchte auch die schöne gelbe Birne haben! Aber wart nur, ich will die Stange holen.«

Als sie sich aber hierauf dem hinter der Hoftür des Hauses befindlichen Brunnen zuwandte, stieß sie einen Schrei aus und ließ das Kind fast hart zu Boden fallen. Auf der vermorschten Holzeinfassung, deren Erneuerung nur durch einen Zufall verzögert war, saß ihr Jugendgenosse, ihr Kindsgespiel, die Füße über der Tiefe hängend, den Kopf wie schon zum Sturze vorgebeugt.

Im selben Augenblicke aber war sie auch schon dort, hatte von hinten mit beiden Armen ihn umschlungen und zog ihn rückwärts, daß die morschen Bretter krachend unter ihm zusammenbrachen. Sie war in die Knie gesunken, während der blasse, fast weiblich hübsche Kopf des jungen Menschen noch an ihrer Brust ruhte.

Dieser rührte sich nicht; es war, als wenn er sich allem, was ihm geschähe, willenlos überlassen habe. Auch als das Mädchen endlich aufsprang, blieb er, ohne sie anzusehen, mit aufgestütztem Kopfe zwischen den Brettertrümmern liegen. Sie aber sah ihn fast zornig an, indem ein paar Tränen in ihre blauen Augen sprangen. »Was fehlt dir, Heinrich? Warum hast du mich so erschreckt? Weshalb bist du nicht auf deinem Kontor beim Senator?«

Da strich er sich das seidenweiche Haar aus der Stirn und sah sie müde an. »Zum Senator geh ich nicht wieder«, sagte er.

»Nicht wieder zum Senator?«

»Nein; denn ich habe nur noch zwei Wege; entweder hier in den Brunnen oder zum Büttel ins Gefängnis.«

»Was sprichst du für dummes Zeug! Steh auf, Heinrich! Bist du toll geworden?«

Er stand gehorsam auf und ließ sich von ihr nach der kleinen Bank unter dem Birnbaum führen. – Aber da war noch das Kind, das mit verwunderten Augen dem allen zugesehen hatte.

»Armes Ding«, sagte Anna, »hast noch immer keine Birne! Da, kauf dir heute einen Dreilingskuchen!«

Und als das Kind mit der geschenkten Münze davongelaufen war, stand das Mädchen wieder vor dem jungen Menschen.

»Nun sprich!« sagte sie, während sie sich den dicken blonden Zopf wieder aufsteckte, der ihr vorhin in den Nacken gestürzt war. »Sprich rasch, bevor dein Vater wieder da ist!«

Mit fliegendem Atem harrte sie einer Antwort; aber er schwieg und sah zur Erde.

»Du kamst am Sonnabend von Flensburg!« sagte sie dann. »Du hattest Geld für den Senator einzukassieren!«

Er nickte, ohne aufzublicken.

»Sag's nur! Ich kann's schon denken – du bist einmal wieder leichtsinnig gewesen; du hast das Geld umherliegen lassen, im Gastzimmer oder sonstwo! Und nun ist's fort!«

»Ja, es ist fort«, sagte er.

»Aber vielleicht ist es noch wiederzubekommen! Warum sprichst du nicht? So erzähl doch!«

»Nein, Anna – es ist nicht so verloren, wie du es meinst. Wir waren lustig; es wurde gespielt – «

»Verspielt, Heinrich? Verspielt?« Die Tränen stürzten ihr aus den Augen, und sie warf sich an seine Brust, mit beiden Armen seinen Hals umschlingend.

Oben in der Krone des Baumes rauschte ein leiser Wind in den Blättern; sonst war nichts hörbar, als dann und wann ein tiefes Schluchzen des Mädchens, in der alle kurz zuvor entwickelte Tätigkeit gebrochen schien.

Aber der junge Mensch selbst suchte sie jetzt mit sanfter Abwehr zu entfernen; die schöne Last, die das Mitleid ihm an die Brust geworfen hatte, schien ihn zu erdrücken. »Weine nicht so«, sagte er; »ich kann das nicht ertragen.«

Es hätte dieser Mahnung nicht bedurft; Anna war schon von selber aufgesprungen und suchte eilig ihre Tränen abzutrocknen. »Heinrich«, rief sie, »es ist schrecklich, daß du es getan hast; aber ich habe Geld, ich helfe dir!«

»Du, Anna?«

»Ja, ich! Ich bin ja mündig geworden. Sag nur, wieviel du dem Senator abzuliefern hast.«

»Es ist viel«, sagte er zögernd.

»Wieviel denn? Sprich nur rasch!«

Er nannte eine nicht eben kleine Summe.

»Nicht mehr? Gott sei Dank! Aber« – und sie stockte, als sei ein neues Hindernis ihr aufgestiegen – »du hättest heute auf deinem Kontor sein sollen. Wenn er fragt, was willst du dem Senator sagen?«

Heinrich schüttelte sich die weichen Locken von der Stirn, und schon flog wieder der alte Ausdruck sorglosen Leichtsinns über sein Gesicht. »Dem Senator, Anna? Oh, der wird nicht fragen; und wenn auch, das laß meine Sorge sein.«

Sie blickte ihn ernsthaft an. »Siehst du; nun müssen wir auch schon lügen!«

»Nur ich, Anna; und ich versprech es dir, nicht mehr, als nötig ist. Und das Geld – «

»Ja, das Geld!«

»Ich verzins' es dir, ich stelle dir einen Schuldschein aus; du sollst keinen Schaden bei mir leiden.«

»Sprich nicht wieder so dummes Zeug, Heinrich. Bleib hier im Garten; wenn dein Vater kommt, werd ich ihn um die Summe bitten.«

Er wollte etwas erwidern; aber sie war schon ins Haus zurückgegangen. Behutsam schlich sie an der Küche vorüber, wo heute Tante Brigitte für sie am Herd hantierte, und dann hinauf in ihre Kammer, um sich zunächst die verweinten Augen klar zu waschen.

Nicht viel jüngeren Datums als der alte Birnbaum waren Einrichtung und Gerät des schmalen Wohnzimmers, das mit seinen Ausbaufenstern nach dem Hafenplatz hinauslag. In dem Alkovenbette dort in der Tiefe desselben, dessen Glastüren über Tag geschlossen waren, hatten schon die Eltern des Hausherrn sich zum nächtlichen und nacheinander auch zum ewigen Schlafe hingelegt; schon derzeit, wie noch heute, stand in der Westecke des Ausbaues der lederbezogene Lehnstuhl, in dem nach beendigtem Einkauf die alten Kapitäne vor dem ihnen gegenübersitzenden Hausherrn ihr Gespinste abzuwickeln pflegten. Die Sachen waren dieselben geblieben; nur den Menschen hatten sich unmerklich andere untergeschoben; und während einst dem weiland Vater Carstens derlei Berichte aus fremden Welten nur einen Stoff zum behaglichen Weitererzählen geliefert hatten, regten sie in dem Sohne oft eine Kette von Gedanken an, für deren Verarbeitung er nur auf sich selber angewiesen war.

Auch der Tisch, der zwischen einem Stuhle und dem Ledersessel unter den Ausbaufenstern stand, hatte seinen alten Platz behauptet; nur waren die ausländischen Muscheln, welche jetzt auf demselben als Papierbeschwerer für allerlei Schriftwerk dienten, früher eine Zierde der seitwärts stehenden Schatulle gewesen; statt dessen hatte auf dieser der jetzige Besitzer ein kleines Regal errichten lassen, auf welchem außer einzelnen mathematischen Werken und den Chroniken von Stadt und Umgegend auch Bücher wie Lessings »Nathan« und Hippels »Lebensläufe in auf- und absteigender Linie« zu finden waren.

Ein Kanapee war nicht ins Zimmer gekommen; es wäre auch kein Platz dazu gewesen. Andererseits aber fehlte es nicht an einem ziemlich stattlichen Ahnenbilde, in dessen Anschauung der kleinbürgerliche Mann, wenn auch nicht in der französischen Formulierung »Noblesse oblige«, in schweren Stunden sein wankendes Gemüt zu stärken pflegte.

Es war dies freilich kein farbenbrennendes Ölbild, sondern ganz im Gegenteil nur eine mächtig große Silhouette, welche, in braun untermalten Glasleisten eingerahmt, an der westlichen Wand zunächst dem Ausbaue hing, so daß der Hausherr von seinem Arbeitstische aus die Augen darauf ruhen lassen konnte. Sein Vater, von dem freilich nicht viel mehr zu sagen ist, als daß er ein einfacher und sittenstrenger Mann gewesen, hatte es bald nach dem Tode seiner Ehefrau von einem durchreisenden Künstler anfertigen lassen; so zwar, daß es einen Abendspaziergang der nun halbverwaisten Familie darstellte. Voran ging der Vater selbst, wie jetzt der Sohn, eine hagere Gestalt, im Dreispitz und langem Rockelor, eine gebückte alte Frau, die Mutter der Verstorbenen, am Arme führend; dann kam ein hoher Baum von unbestimmter Gattung, sonst aber augenscheinlich auf den Spätherbst deutend; denn seine Äste waren fast entlaubt, und unter dem Glase der Schilderei klebten hier und dort kleine schwarze Fetzchen, die man mit einiger Phantasie als herabgewehte Blätter erkennen mochte. Dahinter folgte ein etwa vierjähriger Junge, gar munter mit geschwungener Peitsche auf einem Steckenpferde reitend; den Beschluß machten ein stakig aufgeschossenes Mädchen und ein anderer, etwa zehnjähriger Knabe mit einer tellerrunden Mütze, welche beiden, wie es schien, in bewundernder Betrachtung des munteren Steckenreiters, keinen Blick für die Anmut der Abendlandschaft übrig hatten. Und doch war hierzu just die rechte Stunde und solches auch in dem Bilde sinnig ausgeführt; denn während im Vordergrunde Baum und Menschen aus tiefschwarzem Papier geschnitten waren, zogen sich dahinter, abendliche Ferne andeutend, die Linien einer sanft gehobenen Ebene, aus dunklem und dann aus lichtgrauem Löschpapier gebildet. Das übrige aber hatte die Malerei vollendet; hinter der letzten Ferne ergoß sich durch den ganzen Horizont ein mild leuchtendes Abendrot, das die Schatten der sämtlichen Spaziergänger nur um so schärfer hervortreten ließ; darüber in braunvioletter Dämmerung kam dann die Nacht herab.

Das lustige Reiterlein war bald nach Anfertigung des Bildes von den schwarzen Blattern hingerafft, und nur sein Steckenpferdchen hatte noch lange in dem Gehäuse der Wanduhr gestanden, die dem Bilde gegenüber noch jetzt wie damals mit gleichmäßigem Ticktack die fliegende Zeit zu messen suchte. Von den fünf Abendspaziergängern lebten nur noch die beiden älteren Geschwister, wie damals unter demselben Dache und, selbst während der kurzen Ehe des Bruders, ungetrennt. Manchmal, in stiller Abendstunde oder wenn ein Leid sie überfiel, hatten sie – sie wußten selbst kaum wie – sich vor dem Bilde Hand in Hand gefunden und sich der Eltern Tun und Wesen aus der Erinnerung wachgerufen. »Da sind wir übrigen denn noch beisammen«, hatte der Vater gesagt, als er das Bild an demselben Stifte an die Wand hing, der es auch noch heute trug; »eure Mutter ist nicht mehr da, dafür ist nun das Abendrot am Himmel«; und dann nach einer Weile, nachdem er den Kindern sein Antlitz abgewendet und einige starke Hammerschläge auf den Stift getan: »Auch von den Toten bleibt auf Erden noch ein Schein zurück; und die Nachgelassenen sollen nicht vergessen, daß sie in seinem Lichte stehen, damit sie sich Hände und Antlitz rein erhalten.«

Tante Brigitte, die als alte Jungfer von etwas seufzender Gemütsart war und es liebte, mit völliger Uneigennützigkeit Luftschlösser in die Vergangenheit hineinzubauen, pflegte nach solchen Erinnerungen, auf den Schatten des kleinen Steckenreiters deutend, wohl hinzuzusetzen:

»Ja, Carsten, wenn nur unser Bruder Peter noch am Leben wäre! Meinst du nicht auch, daß er von uns dreien doch der Klügste war?« Und das Gespräch der Geschwister mochte dann etwa folgenden Verlauf nehmen.

»Wie meinst du das, Brigitte?« entgegenredete der Bruder. »Er starb ja schon in seinem fünften Jahre.«

»Freilich starb er leider dessen, Carsten; aber du weißt doch, wie unsere große gelbbunte Henne immer ihre Eier hinter dem Aschberg weglegte! Er war erst vier Jahre alt, aber er war schon klüger als die Henne; er ließ sie erst ihre Eier legen, und dann eines schönen Morgens brachte er sein ganzes Schürzchen voll mit in die Küche. Ach, Carsten, des Senators Vater hatte ja zu ihm Gevatter gestanden; er würde gewiß auf die Lateinische Schule gekommen sein und nicht wie du bloß beim Rechenmeister.«

Und der lebende Bruder ließ sich eine solche Bevorzugung des früh Verstorbenen allzeit gern gefallen. – – Das Zimmer mit seinem alten Geräte und seinen alten Erinnerungen war noch immer leer, obgleich nur die vor dem Hause stehende Lindenreihe die Strahlen der schon hochgestiegenen Mittagssonne abhielt. Der weiße Seesand, womit Anna vor ihrem Gange nach dem Rathause die Dielen bestreut hatte, zeigte noch fast keine Fußspur, und die alte Wanduhr tickte in der Einsamkeit so laut, als wolle sie ihren Herrn an die gewohnte Arbeit rufen. Da endlich schellte die Haustürglocke, und Anna, die oben harrend in ihrer Kammer saß, hörte den Schritt ihres Pflegevaters, der gleich darauf unten in dem Wohnzimmer verschwand. Noch eine kleine Weile, dann richtete sie sich zu raschem Entschluß auf, drückte noch ein paarmal mit einem feuchten Tuch auf ihre Augen und ging ins Unterhaus hinab.

Als sie das Wohnzimmer betrat, sah sie ihren Pflegevater noch mit Hut und Stock in der Hand stehen, fast als müsse er sich erst besinnen, was er in seinen eigenen Wänden jetzt beginnen solle. Eine Furcht befiel das Mädchen; es kam ihr vor, als sei er auf einmal unsäglich alt geworden. Gern wäre sie unbemerkt wieder fortgeschlichen; aber sie hatte ja keine Zeit zu verlieren.

»Ohm!« sagte sie leise.

Der Ton ihrer Stimme machte ihn fast zusammenschrecken als er aber das Mädchen vor sich stehen sah, trat ein freundliches Licht in seine Augen. »Was willst du von mir, mein Kind?« sagte er milde.

»Ohm!« – Nur zögernd brachte sie es heraus. »Ich bin doch mündig; ich möchte etwas von meinem Vermögen haben; ich brauche es ganz notwendig.«

»Jetzt schon, Anna? Das geht ja schnell.«

»Nicht viel, Ohm; das heißt, ich habe ja noch so viel mehr; nur etwa hundert Taler.«

Sie schwieg; und der alte Mann sah eine Weile stumm auf sie herab. »Und wozu wolltest du das viele Geld gebrauchen?« fragte er dann.

Ein flehender Blick traf ihn aus ihren Augen; sie murmelte etwas, das er nicht verstand.

Er faßte ihre Hand. »So sag es doch nur laut, mein Kind!«

»Ich wollte es nicht für mich«, erwiderte sie zögernd.

»Nicht für dich, für wen denn anders?«

Sie hob wie ein bittendes Kind beide Hände gegen ihn auf. »Laß mich's nicht sagen, Ohm! Oh, ich muß, ich muß es aber haben!«

»Und nicht für dich, Anna?« – Wie in plötzlichem Verständnis ließ er die Augen auf ihr ruhen. »Wenn du es für Heinrich wolltest – da sind wir beide schon zu spät gekommen.«

»O nein, Ohm! O nein!« Und sie schlang ihre Arme um den Hals des alten Mannes.

»Doch, Kind! Was meinst du, daß Herr Jaspers mir anders zu erzählen hatte? Schon gestern war der Senator von allem unterrichtet.«

»Aber wenn doch Heinrich ihm das Geld nun bringt?«

»Ich habe es ihm selber bringen wollen; aber er wollte weder mein Geld noch meinen Sohn. Und was das letzte anbelangt, – ich konnte nichts dawider sagen.«

»Ach, Ohm, was wird mit ihm geschehen?«

»Mit ihm, Anna? Er wird mit Schande das ehrenwerte Haus verlassen.«

Als sie erschreckt das reine Antlitz zu dem ihres Pflegevaters emporhob, blickte ihr daraus ein Gram entgegen, wie sie ihn nie in einem Menschenangesichte noch gesehen hatte. »Ohm, Ohm!« rief sie. »Was aber habt denn Ihr verbrochen?« Und aus den jungfräulichen Augen brach ein so mütterliches Erbarmen, daß der alte Mann den grauen Kopf auf ihren Nacken senkte.

Dann aber, sich wieder aufrichtend und die Hand auf ihren blonden Scheitel legend, sprach er ruhig: »Ich, Anna, bin sein Vater. Geh nun und rufe mir meinen Sohn!«

Auch dieser Tag verging. Nach dem schweren Vormittag eine Mittags- und später ebenso eine Abendmahlzeit, bei der die Speisen, fast wie sie aufgetragen, wieder abgetragen wurden; dazwischen ein nicht enden wollender Nachmittag, während dessen Heinrich, durch den überlegenen Willen des Vaters gezwungen, noch einmal zum Senator mußte und von dem entlassen wurde. – Auch dieser Tag war endlich nun vergangen und die Nacht gekommen. Nur der Hausherr wanderte noch unten im Zimmer auf und ab; mitunter blieb er vor dem Bilde mit den Familienschatten stehen, bald aber strich er mit der Hand über die Stirn und setzte sein unruhiges Wandern fort. Daß Anna in raschem jugendlichem Entschlusse ebenfalls bei dem Senator gewesen war, davon hatte er ebensowenig etwas erfahren, als daß dieser ihr gegenüber nur kaum, aber schließlich dennoch seine Unerbittlichkeit behauptet hatte.

Die kleine Schirmlampe, welche auf dem Arbeitstische brannte, beleuchtete zwei Briefe, der eine nach Kiel, der andere nach Hamburg adressiert; denn für Heinrich mußten auswärts neue Wege aufgesucht werden.

Carsten war ans Fenster getreten und blickte in die mondhelle Nacht hinaus; es war so still, daß er weit unten das Rinnenwasser in den Hafen strömen hörte, mitunter ein mattes Flattern in den Wimpeln der Halligschiffe. Jenseit des Hafens zog sich der Seedeich wie eine schimmernde Nebelbank; wie oft an der Hand seines Vaters war er als Knabe dort hinausgewandert, um ihre derzeit erworbene Fenne zu besichtigen!

Carsten wandte sich langsam um; dort lagen die beiden Briefe auf seinem Arbeitstische; er hatte ja jetzt selber einen Sohn.

In der Tiefe des Zimmers waren die Glastüren des Alkovens, wie jeden Abend, von Anna offengestellt, und die abgedeckten Kissen des darin stehenden Bettes schienen den an gute Bürgerszeit Gewöhnten einzuladen, dem überlangen Tag ein Ende zu machen. Er nahm auch seine große silberne Taschenuhr aus dem Gehäuse und zog sie auf. »Mitternacht!« sagte er, indem er in den Alkoven trat. Als er aber, wie er zu tun pflegte, die Uhr am Bettpfosten aufhängen wollte, hatte die stählerne Kette sich in einen goldnen Ring verhäkelt, den er am kleinen Finger trug, daß dieser herabgerissen wurde und klirrend auf dem Boden fortrollte. Mit fast jugendlicher Raschheit bückte sich der alte Mann danach, und als der Ring wieder in seiner Hand war, trat er in das Zimmer zurück und hielt ihn sorgsam unter den Schirm der Lampe. Seine Augen schienen nicht loszukönnen von dem Weibernamen, der auf der inneren Seite eingegraben war; aber aus seinem Munde brach ein Stöhnen, wie um Erlösung flehend.

Da hörte er auf dem Flur die Stiegen der Treppe krachen. Er machte eine hastige Bewegung, als wolle er den Ring an den Finger stecken, als eine Hand sich sanft auf seinen Arm legte. »Bruder Carsten«, sagte seine alte Schwester, die in ihrem Nachtgewande zu ihm eingetreten war, »ich hörte dich hier unten wandern; willst du noch nicht zur Ruhe gehen?«

Er sah ihr wie erwägend in die Augen. »Es gibt Gedanken, Brigitte, die uns keine Ruhe gönnen, die immer wieder ins Gehirn steigen, weil sie nie herausgelassen werden.«

Die alte Jungfrau blickte ihren Bruder völlig ratlos an. »Ach, Carsten«, sagte sie, »ich bin eine alte einfältige Person! Wäre unser Bruder Peter nur am Leben geblieben; vielleicht wäre er jetzt unser Pastor und hätte unseren Heinrich getauft und konfirmiert; der hätte gewiß auch heute Rat gewußt.«

»Vielleicht, Brigitte«, erwiderte der Bruder sanft; »vielleicht auch hätten wir uns nicht so ganz verstanden; du aber lebst und bist meine alte treue Schwester.«

»Ja, ja, Carsten, leider Gottes! Wir beide sind allein noch übrig.«

Er hatte ihre Hand gefaßt. »Brigitte«, sagte er hastig, »sahst du, wie blaß der Junge heute abend war, als er in seine Kammer hinaufging? Noch nimmer hat er seiner Mutter so geglichen; so sah Juliane in ihren letzten Tagen aus, als schon der Tod die irdischen Gedanken von ihr genommen hatte.«

»Sprich nicht von ihr, Bruder; das tut dir jetzt nicht gut; sie ruht ja längst.«

»Längst, Brigitte; – aber nicht hier, hier nicht!« Und er drückte die Hand, in der er noch den Ring umschlossen hielt, an seine Brust. »Es kommt mir alles immer wieder; am letzten Ostersonntag waren es grade dreiundzwanzig Jahre!«

»Am letzten Ostersonntage? Ja, ja, Bruder, ich weiß es nun wohl; ihr waret dazumal beide, wo ihr nimmer hättet sein sollen.«

»Schilt jetzt nicht, Schwester«, sagte Carsten; »du selber konntest nicht die Augen von ihr wenden, als du ihr damals die blaue Schärpe umgeknüpft hattest. Ich weiß jetzt wohl, daß sie nicht für mich ihr schönes Haar aufsteckte und die Atlasschuhe über ihre kleinen Füße zog; ich gehörte nicht in diese Gesellschaft vornehmer und ausgelassener Leute, wo sich niemand um mich kümmerte, am wenigsten mein eigenes Weib.

Nein, nein!« rief er, da die Schwester ihn unterbrechen wollte. »Laß mich es endlich einmal sagen! – Siehst du, ich wollte zwar auch meinen Platz ausfüllen, ich tanzte ein paarmal mit meiner Frau; aber sie wurde mir immer von den Offizieren fortgeholt. Und wie anders tanzte sie mit diesen Menschen! Ihre Augen leuchteten vor Lust; sie ging von Hand zu Hand; ich fürchtete, sie würden mir mein Weib zu Tode tanzen. Sie aber konnte nicht genug bekommen und lachte nur dazu, wenn ich sie bat, daß sie sich schonen möchte. Ich ertrug das nicht länger und konnt es doch nicht ändern; darum setzte ich mich in die Nebenstube, wo die alten Herren an ihrem L'Hombre saßen, und nagte an meinen Nägeln und an meinen eigenen Gedanken.

Du weißt, Brigitte; der französische Kaperkapitän, den die anderen den ›schönen Teufel‹ nannten – wenn ich je zuweilen in den Saal hineinguckte, immer war sie mit ihm am Tanzen.

Als es gegen drei Uhr und der Saal schon halb geleert war, stand sie neben ihm am Schenktisch, beide mit einem vollen Glas Champagner in der Hand. Ich sah, wie sie rasch atmete, und wie seine Worte, die ich nicht verstehen konnte, einmal über das andere ein fliegendes Rot über ihr blasses Gesicht jagten; sie selber sagte nichts, sie stand nur stumm vor ihm; aber als beide jetzt das Glas an ihre Lippen hoben, sah ich, wie ihre Augen ineinandergingen. – Ich sah das alles wie ein Bild, als sei es hundert Meilen von mir; dann aber plötzlich überfiel es mich, daß jenes schöne Weib dort mir gehöre, daß sie mein Weib sei; und dann trat ich zu ihnen und zwang sie, mit mir nach Hause zu gehen.«

Carsten stockte, als habe er die Grenze seiner Erzählung erreicht; seine Brust hob sich mühsam, sein hageres Gesicht war gerötet. Aber er war noch nicht zu Ende; nur blickte er nicht wie vorhin zur Schwester hinab, er sprach über ihren Kopf weg in die leere Luft.

»Und als wir dann in unserer Kammer waren, als sie mir keinen Blick gönnte, sondern wie zornig Gürtel und Mieder von sich warf, und als sie dann mit einem Ruck den Kamm aus ihren Haaren riß, daß es wie eine goldene Flut über ihre Hüften stürzte – es ist nicht immer, wie es sein sollte, Schwester – denn was mich hätte von ihr stoßen sollen, – ich glaub fast, daß es mich nur mehr betörte.«

Die Schwester legte sanft die Hand auf seinen Arm. »Laß das Gespenst in seiner Gruft, Bruder; laß sie, sie gehörte nicht zu uns.«

Er achtete nicht darauf. »So« – sprach er weiter – »hatte ich nimmer sie gesehen; nicht in unserer kurzen Ehe und auch im Brautstande nicht. Aber es war nicht die Schönheit, die unser Herrgott ihr gegeben hatte, es war die böse Lust, die sie so schön machte, die noch in ihren Augen spielte. – Und so wie an jenem Abend und in jener Nacht war es noch viele Male, viele Wochen und Monde, bis nur ein halbes Jahr vor ihrem Tode übrig war; – als alle diese Fremden unsere Stadt verließen.«

»Bruder Carsten«, sagte Brigitte wieder, »hast du nicht neues Leid genug? Wenn du schwach warst gegen dein Weib, weil du sie lieber hattest, als dir gut war – es ist schon bald ein

Menschenleben darüber hin; was quälst du dich noch jetzt damit!«

»Jetzt, Brigitte? Ja, warum sprech ich denn dies alles jetzt zu dir? – War sie mein Eheweib in jener Zeit, wo ihre Sinne von leichtfertigen Gedanken taumelten, die nichts mit mir gemein hatten? – Und doch – aus dieser Ehe wurde jener arme Junge dort geboren. Meinst du« – und er bückte sich hinab zum Ohr der Schwester – »daß die Stunde gleich sei, in der unter des allweisen Gottes Zulassung ein Menschenleben aus dem Nichts hervorgeht? – Ich sage dir, ein jeder Mensch bringt sein Leben fertig mit sich auf die Welt; und alle, in die Jahrhunderte hinauf, die nur einen Tropfen zu seinem Blute gaben, haben ihren Teil daran.«

Draußen vom Kirchturm schlug es eins. »Stell es dem lieben Gott anheim, Bruder«, sagte Brigitte; »ich versteh das nicht, was aus deinen Büchern dir im Kopf herumgeht; ich weiß nur, daß der Junge, leider Gottes, nach der Mutter eingeschlagen ist.«

Carsten fühlte wohl, daß er eigentlich nur mit sich selbst gesprochen habe und daß er nach wie vor mit sich allein sei. »Geh schlafen, meine gute alte Schwester«, sagte er und drängte sie sanft auf den Flur hinaus; »ich will es auch versuchen.«

Auf der untersten Treppenstiege, wo Brigitte es zuvor gelassen hatte, brannte ein Licht mit langer Schnuppe. Sie blickte noch einmal mit fest geschlossenen Lippen und gefalteten Händen den Bruder an; dann nickte sie ihm zu und ging mit dem Lichte in das Oberhaus hinauf.

Aber Carsten dachte nicht an Schlaf; nur allein hatte er wieder sein wollen. Noch einmal nahm er den kleinen Ring und hielt ihn vor sich hin; durch den engen Rahmen sah er, wie tief in der Vergangenheit, die Luftgestalt des schönen Weibes, deren außer ihm kein Mensch auf Erden noch gedachte. Ein seliges Selbstvergessen lag auf seinem Antlitz; dann aber zuckte plötzlich ein Schmerz darüber hin: sie schien so gar verlassen ihm dort unten. – Als er sich aufrichtete, steckte er den Ring an seinen Finger; und es geschah das mit einer feierlichen Innigkeit, als wolle er die Tote sich noch einmal, und fester als zuvor im Leben, anvermählen; so wie sie einst gewesen war, in ihrer Schönheit und in ihrer Schwäche und mit der kargen Liebe, die sie einst für ihn gehegt hatte. Dann schritt er zur Tür und horchte auf den Flur hinaus; als alles ruhig blieb, ging er zur Treppe und stieg behutsam zur Kammer seines Sohnes hinauf. Er fand den jungen Menschen ruhig atmend und in tiefem Schlafe, obgleich der Mond sein volles Licht über das unter dem Fenster stehende Bett ausgoß. Bei dem gelockten lichtbraunen Haar, das sich seidenweich an die Schläfen legte, hätte man das hübsche blasse Antlitz des Schlafenden für das eines Weibes halten können.

Carsten war dicht herangetreten; ein leises Zittern lief durch seinen Körper. »Juliane!« sagte er. »Dein Sohn! Auch er wird mir das Herz zerreißen!« Und gleich darauf: »Mein Herr und Gott, ich will ja leiden für mein Kind, nur laß ihn nicht verlorengehen!«

Bei diesen unwillkürlich laut gesprochenen Worten schlug der Schlafende die Augen auf; seine Seele aber mochte schlummernd in den Schrecknissen des vergangenen Tages fortgeträumt haben; denn als er plötzlich in der Nacht die brennenden Augen und den zitternd über ihn erhobenen Arm des alten Mannes erblickte, stieß er einen Schrei aus, als ob er den Todesstoß von seines Vaters Hand erwarte; dann aber streckte er flehend beide Arme zu ihm auf.

Und mit einem Laut, als müsse es ihm die Brust zersprengen: »Mein Kind, mein einziges Kind!« brach der Vater an dem Bette des verbrecherischen Sohns zusammen.

Durch einen Freund in Hamburg hatte Carstens es möglich gemacht, seinen Sohn dort in einem kleineren Geschäfte unterzubringen. Indessen war trotz der Achtung, der er sich erfreute, dies Ereignis seines Hauses schonungslos genug in der kleinen Stadt besprochen, freilich bei dieser Gelegenheit auch das Gedächtnis der armen Juliane nicht eben sanft aus ihrer Gruft hervorgeholt worden. Nur Carsten selbst erfuhr nichts davon. Als er eines Tages aus einem befreundeten Bürgerhause auffallend gedrückt nach Haus gekommen war, fragte Brigitte ihn besorgt: »Was ist dir, Carsten? Du hast doch nichts Schlimmes über unseren Heinrich gehört?« – »Schlimmes?« erwiderte der Bruder; »o nein, Brigitte; man hat, seit er fort ist, auch nicht einmal seinen Namen gegen mich genannt.« – Und mit gesenktem Haupte ging er an seinen Arbeitstisch.

Briefe von Heinrich kamen selten, und oftmals forderten sie Geld, da mit dem geringen Gehalte sich dort nicht auskommen lasse. – Sonst ging das Leben seinen stillen Gang; der alte Birnbaum im Hofe hatte wieder einmal geblüht und dann zur rechten Zeit und zur Freude der Nachbarkinder seine Frucht getragen. Besonderes war nicht vorgefallen, wenn nicht, daß Anna den Heiratsantrag eines wohlstehenden jungen Bürgers abgelehnt hatte; sie war keine von den Naturen, die durch ihr Blut der Ehe zugetrieben werden: sie hatte ihre alten Pflegeeltern noch nicht verlassen wollen.

Als aber kurz vor Weihnachten Carstens seinem Sohne den plötzlich eingetroffenen Tod des Senators gemeldet hatte, erfolgte in einigen Tagen schon eine Antwort, worin Heinrich seinen Besuch zum Weihnachtabend ansagte. Eine Geldforderung enthielt der Brief nicht; nicht einmal die Reisekosten hatte er sich ausgebeten.

Es war doch eine Freudenbotschaft, die sofort im Hause verkündigt wurde. Und wie eine glückliche Unruhe kam es über alle, da nun das Fest heranrückte; die Händedrücke, die Carsten im Vorbeigehen mit seiner alten Schwester zu wechseln pflegte, wurden inniger; mitunter haschte er sich die geschäftige Pflegetochter, hielt sie einen Augenblick an beiden Händen und sah ihr zärtlich in die heiteren Augen.

Endlich war der Nachmittag des heiligen Abends herangekommen. Im Hause hatte eine erwartungsvolle Tätigkeit gewaltet; doch bald schien alles zum Empfange des Christkinds und des Gastes vorbereitet. Vom Arbeitstische, der heute von allen Rechnungs- und Kontobüchern entlastet war, blinkte auf schneeweißem Damast das Teegeschirr mit goldenen Sternchen, während daneben die frischgebackenen Weihnachtskuchen dufteten. Der Tür gegenüber auf der Kommode war Heinrichs Bescherung von den Frauen ausgebreitet: ein Dutzend Strümpfe aus feinster Zephirwolle, woran die sorgsame Tante das ganze Jahr gestrickt hatte; daneben von Annas sauberen Händen eine reichgestickte Atlasweste und eine grünseidene Börse, durch deren Maschen die von Carsten gespendeten Dukaten blinkten.

Dieser selbst ging eben in den Keller, um aus seinem bescheidenen Vorrat zwei ganz besondere Flaschen heraufzuholen, die er vor Zeiten von einem dankbaren Schutzbefohlenen zum Geschenk erhalten hatte; es sollte heute einmal nichts gespart werden.

Statt seiner trat Tante Brigitte herein, zwei blankpolierte Leuchter in den Händen, auf denen schneeweiße russische Lichte in ebenso weißen Papiermanschetten steckten, denn schon war die Dämmerung des heiligen Abends hereingebrochen; draußen zogen schon die Scharen der kleinen Weihnachtsbettler, und ihr Gesang tönte durch die Straßen: »Vom Himmel hoch, da komm ich her.«

Als Carsten wieder eintrat, brannten auch die Lichter schon; die Stube sah ganz festlich aus. Die alten Geschwister wandten die Gesichter gegeneinander und blickten sich herzlich an. »Es wird auch Zeit, Carsten!« sagte Brigitte; »die Post pflegt immer schon um vier zu kommen.«

Carsten nickte, und nachdem er noch eilig seine Flaschen hinter dem warmen Ofen aufgepflanzt hatte, langte er mit zitternder Hand seinen Hut vom Türhaken.

»Soll ich nicht mit Euch, Ohm?« rief Anna; »hier ist für mich nichts mehr zu tun.«

– »Nein, nein, mein Kind; das muß ich ganz allein.« Mit diesen Worten nahm er sein Bambusrohr aus dem Uhrgehäuse und ging hinaus.

Das Postgebäude lag derzeit hoch oben in der Norderstraße; aber es war völlig windstill, ein leichter Frostschnee sank ebenmäßig herab. Carsten schritt rüstig vorwärts, ohne rechts oder links zu sehen; als er jedoch fast sein Ziel erreicht hatte, hörte er sich plötzlich angerufen: »He, Freundchen, Freundchen, nehmt mich mit!« Und Herrn Jaspers' selbst in der Dunkelheit nicht zu verkennende Gestalt schritt aus einer Nebenstraße, munter mit dem Schnupftuche winkend, auf ihn zu. »Merk's schon«, sagte er, »Ihr wollt Euern Heinrich von der Post holen? Hab nur gehört, soll ein Staatskerl geworden sein, der junge Schwerenöter!«

»Aber«, sagte Carsten, indem er längere Schritte machte, denen der andere, mit beiden Armen schaukelnd, nachzukommen strebte, »ich dächte, Jaspers, Ihr hättet niemanden zu erwarten!«

»Nein, Gott sei Dank, Carsten! Nein, niemanden! Aber – zum Henker, Ihr braucht nicht so zu rennen! – man muß doch sehen, was zum lieben Fest für Gäste kommen.«

Sie waren an einer Straßenecke in der Nähe des Posthauses angelangt, wo sich bereits eine Anzahl Menschen angesammelt hatte, um die Ankunft der Post hier abzuwarten, als Herr Jaspers von einem vorübergehenden Amtsschreiber angerufen wurde.

»Hört Ihr nicht, Jaspers? Der Mann wünscht Euch zu sprechen«, sagte Carsten, der eben aus der Tiefe der Straße das Rummeln eines schweren Wagens heraufkommen hörte.

Aber der andere stand wie gemauert. »Ei, Gott bewahre, Carsten! Laßt den Hasenfuß laufen! Ich bleibe bei Euch, Freundchen; wer weiß, was noch passieren kann! Ihr kennt doch die Geschichte von dem Flensburger Kandidaten, der seine Liebste aus der Kutsche heben wollte und dem ein schwarzer Negerjunge auf den Nacken sprang!«

»Ich kenne alle Eure Geschichten, Jaspers«, erwiderte Carsten ungeduldig; »aber wenn Ihr's denn wissen wollt, ich wünsche meinen Sohn allein zu empfangen; ich brauche Euch nicht dabei!«

Herrn Jaspers' unerschütterliche Antwort wurde von Peitschenknall und dem schmetternden Klang eines Posthorns übertönt; und gleich darauf rollte auch der schwerfällige Wagen vor die Tür des Posthauses, in den matten Schein, den die darüber befindliche Laterne auf die leicht beschneite Straße hinauswarf. Dann sprang der Postillion vom Bock, vom Schirrmeister wurde die Wagentür aufgerissen, und die Leute drängten sich herzu, um die Fahrgäste aussteigen zu sehen.

Carsten war etwas zurück im Schatten der Mauer stehengeblieben. Da er von hoher Statur war, so konnte er auch von hier aus die in Mäntel und Pelze vermummten Gestalten, welche eine nach der anderen aus dem Wagenkasten auf die Straße traten, deutlich genug erkennen.

»Niemand mehr darin?« frug der Schirrmeister.

»Nein, nein!« tönte es von mehreren Seiten; und die Wagentür wurde zugeworfen.

Carsten umklammerte die Krücke seines Stockes und stützte sich darauf; sein Heinrich war nicht gekommen. – Er blickte wie abwesend auf die dampfenden Pferde, die auf dem Pflaster scharrten und klirrend ihre Messingbehänge schüttelten, und wollte sich endlich schon zum Gehen wenden, als er bemerkte, daß er hier nicht der einzige Getäuschte sei. Eine junge Dirne hatte sich an den Postillion herangemacht, der eben die Decken über seine Tiere warf, und schien ihn mit aufgeregten Fragen zu bedrängen. »Ja, ja, Mamsellchen«, hörte er diesen antworten, »es kann noch immer sein; es kommt noch eine Beichaise.«

»Noch eine Beichaise!« Carsten wiederholte die Worte unwillkürlich; ein tiefer Atemzug entrang sich seiner Brust. Der Postillion war ihm bekannt; er hätte ihn fragen können: »Sitzt denn mein Heinrich mit darin?« Aber er vermochte sich nicht vom Fleck zu rühren; mit geschlossenen Lippen stand er und sah bald darauf den Wagen fortfahren und blickte auf die leeren Geleise, die in dem Schnee erkennbar waren, auf welche leis und unaufhaltsam neuer Schnee herabsank und sie bald bedeckte.

Um ihn her war es ganz still geworden, selbst Herr Jaspers schien verschwunden; das Mädchen hatte sich schweigend neben ihn gestellt, die Arme in ihr Umschlagetuch gewickelt. Mitunter klingelte eine Türschelle, dann sangen die Kinderstimmen: »Vom Himmel hoch, da komm ich her!« Die kleinen Weihnachtsbettler mit ihrem tröstlichen Verkündigungsliede zogen noch immer von Haus zu Haus.

Endlich kam es abermals die Straße herauf, näher und näher kam es, noch einmal knallte die Peitsche und schmetterte das Posthorn, und jetzt rollte die verheißene Beichaise in den Laternenschein des Posthauses hinein.

Und ehe die Pferde noch zum Stehen gebracht waren, sah Carsten die Gestalt eines hohen Mannes behende aus dem Wagen springen und gegen sich herankommen. »Heinrich!« rief er und stürzte vorwärts, daß er fast gestrauchelt wäre; aber der Mann wandte sich zu dem Mädchen, die jetzt mit einem Freudenschrei an seinem Halse hing. »Ich dachte schon, du wärst nicht mehr gekommen!« – »Ich? Nicht kommen, am Weihnachtabend? Oh!«

Carsten blickte den beiden nach, wie sie durch den fallenden

Schnee Arm in Arm die Straße hinabgingen; als er sich umwandte, war auch der Platz vor dem Hause leer, wo vorhin die Chaise gehalten hatte. »Er ist nicht gekommen, er wird krank geworden sein«, sagte er halblaut zu sich selber.

Da legte sich eine breite Hand auf seinen Arm. »Oho, Freundchen!« sprach dicht neben ihm Herrn Jaspers' wohlbekannte Stimme, »dachte ich's nicht, daß Ihr Euch Grillen fangen würdet! Krank, meint Ihr? Nein, Carsten, das laßt Euch den Heiligen Abend nicht verderben. Ihr wißt doch, in Hamburg gibt's ganz andere Weihnachten für die jungen Bursche als in Eurem alten Urgroßvaterhause an der Twiete. Aber, seht Ihr, war's nicht hübsch, daß ich Euch warten half? Da habt Ihr doch Gesellschaft auf dem Rückweg!«

Herrn Jaspers' Stimme hatte einen fast zärtlichen Ausdruck angenommen; aber Carsten hörte nicht darauf. Auch auf dem Rückwege ließ er Herrn Jaspers ungestört an seiner Seite traben; er war ein geduldiger Mann geworden.

Als er wieder in sein Haus trat, hörte er rasch die Stubentür von innen anziehen. »Noch einen Augenblick Geduld!« rief Annas helle Stimme; dann gleich darauf wurde die Tür weit aufgeschlagen und die schlanke Mädchengestalt stand wie in einem Bilderrahmen auf der Schwelle. Sie schritt auch nicht hinaus, sie starrte regungslos auf ihren alten Pflegevater.

»Allein, Ohm?« fragte sie endlich.

»Allein, mein Kind.«

Dann gingen beide zu Tante Brigitte in die festlich aufgeschmückte Stube, und die Frauen, während Carsten schweigend in dem Ledersessel daneben saß, erschöpften sich in immer neue Mutmaßungen, was es nur gewesen sein könne, das ihnen alle Freude so zerstört habe, bis endlich der Abend vergangen war und sie still die Lichter löschten und die Geschenke wieder forträumten, welche sie kurz zuvor so geschäftig zusammengetragen hatten.

Auch die Weihnachtsfeiertage verflossen, ohne daß Heinrich selber oder ein Lebenszeichen von ihm erschienen wäre. Als auch der Neujahrsabend herankam und die langerwartete Poststunde wieder so vorüberging, hatten in dem alten Manne die

Sorgen der letzten Tage sich zu einer fast erstickenden Angst gesteigert. Was konnte geschehen sein? Wenn Heinrich krank läge dort in der großen fremden Stadt! Die diesmal ruhigere Überlegung der Frauen vermochte ihn nicht zurückzuhalten, er mußte selber hin und sehen. Vergebens stellten sie ihm die Beschwerlichkeit der langen Reise bei dem eingetretenen scharfen Frost vor Augen; er suchte sich das nötige Reisegeld zusammen und hieß Brigitte seinen Koffer packen; dann ging er in die Stadt, um sich zum anderen Morgen Fuhrwerk zu verschaffen.

Als er nach vielfachem Umherrennen erschöpft nach Hause kam, war ein Brief von Heinrich da; ein Versehen des Postboten hatte die Abgabe verspätet. Hastig riß er das Siegel auf; die Hände flogen ihm, daß er kaum seine Brille aus der Tasche ziehen konnte. Aber es war ein ganz munterer Brief; Herr Jaspers hatte recht gehabt: mit Heinrich war nichts Besonderes vorgefallen; er hatte nur gedacht, es sei doch richtiger, den Weihnachtsmarkt in Hamburg zu genießen und dann später nach Haus zu kommen, wenn erst im Hof der große Birnbaum blühe und sie miteinander auf den Deich hinausspazieren könnten; dann folgte die lustige Beschreibung verschiedener Feste und Schaustellungen; von den Kümmernissen, die er den Seinen zugefügt, schien ihm keine Ahnung gekommen zu sein.

Auch eine Nachschrift enthielt der Brief: er habe auf eigene Hand mit einem guten Freunde einige Geschäfte eingefädelt, die schon hübschen Gewinn abgeworfen hätten; er wisse jetzt, wo Geld zu holen sei, sie würden bald noch anderes von ihm hören. – Wie gewagt, nach mehr als einer Seite hin, diese Geschäftsverbindung sei, davon freilich war nichts geschrieben.

Carsten, da er alles einmal und noch einmal gelesen hatte, lehnte sich müde in seinen Stuhl zurück; der Name »Juliane« drängte sich unwillkürlich über seine Lippen. Aber jedenfalls – Heinrich war gesund; es war nichts Schlimmes vorgefallen.

»Nun, Ohm?« fragte Anna, die auf Mitteilung harrend mit Tante Brigitte vor ihm stand.

Er reichte ihnen den Brief. »Leset selbst«, sagte er, »vielleicht daß ich heute einmal besser schlafe! Und dann, Anna, bestelle mir den Fuhrmann ab, meine alten Beine können nun nicht mehr!«

Er sah fast glücklich aus bei diesen Worten; ein Ruhepunkt war eingetreten, und er wollte ihn redlich zu benutzen suchen.

Am anderen Morgen wurden die Weihnachtsgeschenke aus den Schubladen wieder hervorgeholt und, sorgsam in ein Kistchen verpackt, an Heinrich auf die Post gegeben; oben auf lag ein Brief von Anna, voll herzlichen Zuredens und voll ehrlicher Entrüstung. Als Antwort erhielt sie nach einigen Monaten ein Osterei von Zucker, aus welchem, da es sich öffnen ließ, eine goldene Vorstecknadel zum Vorschein kam; einige neckende Knittelverse, welche für die guten Lehren dankten, waren auf einem Papierstreifchen darumgewunden.

Wenn die goldene Nadel ein Ertrag der eingefädelten Geschäfte war, so blieb sie jedenfalls das einzige Zeichen, das davon nach Haus gelangte; in den spärlichen Briefen geschah derselben entweder gar nicht oder nur noch in allgemeinen Andeutungen Erwähnung.

Die Zeit rückte weiter, und nach den Ostern war jetzt der Nachmittag des Pfingstfestes herangekommen. Die Frauen befanden sich beide auf dem sonnigen Hausflur in emsiger Beschäftigung; Tante Brigitte hatte das Gardinenbrett des Ladenfensters vor sich auf dem Zahltisch liegen, bemüht, einen blütenweißen Vorhang daran festzunadeln; Anna, der eine Anzahl grüner Waldmeisterkränze über dem einen Arm hingen, suchte gegenüber an der frisch getünchten Wand nach Haken oder Nägeln, um daran den Festschmuck zu befestigen. Zwei der Kränze waren glücklich angebracht; bei dem dritten saß der Nagel doch zu hoch, als daß der ausgestreckte Arm des schlanken Mädchens ihn mit dem Kranz erreichen konnte.

»Kind, Kind!« rief Tante Brigitte vom Ladentisch herüber; »du wirst ja kochheiß, so hol doch einen Schemel!«

»Nein, Tante, es muß!« erwiderte Anna lachend und begann unter herzlichem Stöhnen ihre vergeblichen Anstrengungen zu erneuern.

Plötzlich wurde die Haustür aufgerissen, daß das Läuten der Schelle betäubend durch den Flur schallte; dazwischen rief eine jugendliche Männerstimme: »Mannshand oben!« und zugleich war auch der Kranz aus Annas aufgestreckter Hand genommen und hing im selben Augenblicke oben an dem Nagel. Anna selbst sah sich in den Armen eines schönen Mannes mit gebräuntem Antlitz und stattlichem Backenbarte, dessen Kleidung den Großstädter nicht verkennen ließ. Aber schon hatte sie mit einer so kräftigen Bewegung ihn von sich gestoßen, daß er geradewegs auf Tante Brigitte zuflog, die vor ihrem Gardinenbrett beide Hände über dem Kopf zusammenschlug. Da brach der Mißhandelte in ein lustiges Gelächter aus, das noch das Ausläuten der Türschelle übertönte.

»Heinrich, Heinrich! Du bist es!« riefen die Frauen wie aus einem Munde.

»Nicht wahr, Tante Brigitte, das nennt man überraschen!«

»Junge«, sagte die Alte noch halb erzürnt; »in deinem modischen Rock steckt doch noch der alte Hans Dampf; wenn du dich ansagst, kann man sich zu Tode warten, und wenn du kommst, könnte man vor Schreck den Tod davon haben.«

»Nun, nun, Tante Brigitte, ihr sollt mich auch bald genug schon wieder loswerden; unsereiner hat nicht lange Zeit zu feiern.«

»Ei, Heinrich«, sagte die gute Tante, indem sie ihn mit sichtlicher Zufriedenheit betrachtete, »so sollte es nicht gemeint sein! Was du gesund aussiehst, Junge! Nun aber hilf auch mir noch ein paar Augenblicke mit deiner hübschen Leibeslänge!«

Mit einem Satz war Heinrich über den Ladentisch hinüber und stand gleich darauf auf der Fensterbank, das Gardinenbrett mit den daranhängenden weißen Fahnen in den Händen.

Als kurz darauf ein gemessenes Läuten der Türschelle die Ankunft des bisher abwesenden Hausherrn anzeigte, saß Heinrich bereits wohlversorgt im Zimmer vor dem Kaffeetische, den aufhorchenden Frauen die Wunder der Großstadt und seiner eigenen Tätigkeit verkündend. Gleich darauf stand er dem Vater gegenüber, und dieser ergriff seine beiden Hände und sah ihm mit verhaltenem Atem in die Augen. »Mein Sohn!« sagte er endlich; und Heinrich fühlte, wie aus dem Körper des alten Mannes ein Zittern in den seinen überging.

Noch lange, als sie schon mit den anderen am Tische saßen, hingen so die Blicke des Vaters an des Sohnes Antlitz, während dessen bald wieder in Fluß gekommene Reden fast unverstanden an seinem Ohr vorübergingen. Heinrich schien ihm äußerlich fast ein Fremder; die Ähnlichkeit mit Juliane war zurückgetreten, er sagte sich das mit schmerzlicher Befriedigung; die Zeit seines Fortganges aus der Vaterstadt, obgleich nur wenige Jahre seitdem vergangen waren, lag jetzt weit dahinter. Ein freudiger Gedanke erfüllte plötzlich das Herz des Vaters: was auch damals geschehen war, es war nur der Fehler eines in der Entwickelung begriffenen, noch knabenhaften Jünglings, wofür die Verantwortlichkeit dem jetzt vor ihm sitzenden Manne nicht mehr aufgebürdet werden konnte. Carsten faltete unwillkürlich seine Hände; als Annas Blicke sich zufällig auf ihn wandten, hörte auch sie nicht mehr auf Heinrichs Wunderdinge: ihr alter Ohm saß da, als ob er betete.

Später freilich, als Sohn und Vater sich allein gegenübersaßen, mußte Heinrich auch diesem Rede stehen. Er war jetzt auf einer Geschäftsreise für seine Firma; am zweiten Festtag schon mußte er weiter, dem Norden zu. Aus dem eleganten Taschenbuche, das Heinrich hervorzog, wurde Carsten in manche Einzelheiten eingeweiht, und er nickte zufrieden, da er den Sohn in wohlgeordneter Tätigkeit erblickte. Weniger deutlich waren die Mitteilungen, die Heinrich über seine auf eigene Hand betriebenen Geschäfte machte; er verstand es, über diese selbst mit leichter Andeutung fortzugehen und sich dagegen ausführlich über neue Unternehmungen auszulassen, die mit dem unzweifelhaften Gewinn der ersteren begonnen werden sollten. Carsten war in solchen Dingen nicht erfahren; aber wenn in Heinrichs wortreicher Darlegung die Projekte immer höher stiegen und das Gold aus immer reicheren Quellen floß, dann war es ihm mitunter, als blickten plötzlich wieder Julianens Züge aus des Sohnes Antlitz, und zugleich in Angst und Zärtlichkeit ergriff er dessen Hände, als könnte er ihn so auf festem Boden halten.

Dennoch, als sie am anderen Vormittage miteinander in der Kirche saßen, konnte er sich einer kleinen Genugtuung nicht erwehren, wenn über den Gesangbüchern in allen Bänken sich die Köpfe nach dem stattlichen jungen Mann herumwandten; ja, es war ihm fast leid, daß heute nicht auch Herr Jaspers aus seinem gewohnten Stuhl herüber psalmodierte.

Am Nachmittage, während drinnen Carsten und Brigitte ihr

Schläfchen hielten, saßen Heinrich und Anna draußen auf der Bank unter dem Birnbaume. Auch sie hielten Mittagsruhe, nur daß die jungen Augen nicht zufielen wie die alten drinnen; zwar sprachen sie nicht, aber sie hörten auf den Sommergesang der Bienen, der tönend aus dem mit Blüten überschneiten Baume zu ihnen herabklang. Bisweilen, und dann immer öfter, wandte Anna den Kopf und betrachtete verstohlen das Gesicht ihres Jugendgespielen, der mit seinem Spazierstöckchen den Namen einer berühmten Kunstreiterin in den Sand schrieb. Sie konnte sich noch immer nicht zurechtfinden; der bärtige Mann an ihrer Seite, dessen Stimme einen so ganz anderen Klang hatte, war das der Heinrich noch von ehedem? – Da flog ein Star vom Dach herab auf die Einfassung des Brunnens, blickte sie mit seinen blanken Augen an und begann mit geschwellter Kehle zu schnattern, als wollte er ihr ins Gedächtnis rufen, wer dort statt seiner einst gesessen habe. Anna öffnete die Augen weit und blickte hinauf nach einem Stückchen blauen Himmels, das durch die Zweige des Baumes sichtbar war; sie fürchtete den Schatten, der drunten aus der Brunnenecke in diesen goldenen Sommertag hineinzufallen drohte.

Aber auch Heinrichs Erinnerung war durch den geschwätzigen Vogel geweckt worden; nur sahen seine Augen keinerlei Schatten aus irgendeiner Ecke. »Was meinst du, Anna«, sagte er, mit seinem Stöckchen nach dem Brunnen zeigend; »glaubst du, daß ich damals wirklich in das dumme Ding hineingesprungen wäre?«

Sie erschrak fast über diese Worte. »Wenn ich es glauben müßte«, erwiderte sie, »so wärest du jedenfalls nicht wert gewesen, daß ich dich davon zurückgerissen hätte.«

Heinrich lachte. »Ihr Frauen seid schlechte Rechenmeister! Dann hättest du mich ja jedenfalls nur sitzen lassen können!«

»O Heinrich, sage lieber, daß so etwas nie – nie wieder geschehen könne!«

Statt der Antwort zog er seine kostbare goldene Uhr aus der Tasche und ließ diese und die Kette vor ihren Augen spielen. »Wir machen jetzt selbst Geschäfte«, sagte er dann; »nur noch einige Monate weiter, da werfe ich den Erben des Senators die paar lumpigen Taler vor die Füße; wollen sie's nicht aufheben, so mögen sie es bleibenlassen; denn freilich, bezahlt muß so was werden.«

»Sie werden es schon nehmen, wenn du es bescheiden bietest«, sagte Anna.

»Bescheiden?« Er hatte sich vor ihr hingestellt und sah ihr ins Gesicht, das sie sitzend zu ihm erhoben hatte. »Nun, wenn du meinst«, setzte er wie gedankenlos hinzu, während seine Augen den Ausdruck aufmerksamer Betrachtung annahmen. »Weißt du wohl, Anna«, rief er plötzlich, »daß du eigentlich ein verflucht hübsches Mädchen bist!«

Die Worte hatten so sehr den Ton unwillkürlicher Bewunderung, daß Anna fast verlegen wurde. »Du hast dir wohl andere Augen aus Hamburg mitgebracht«, sagte sie.

»Freilich, Anna; ich verstehe mich jetzt darauf! Aber weißt du auch wohl, daß du nun bald dreiundzwanzig Jahre alt bist! Warum hast du immer noch keinen Mann?«

»Weil ich keinen wollte. Was sind das für Fragen, Heinrich!«

»Ich weiß wohl, was ich frage, Anna; heirate mich, dann bist du aus aller Verlegenheit.«

Sie sah ihn zornig an. »Das sind keine schönen Späße!«

»Und warum sollen es denn Späße sein?« erwiderte er und suchte ihre Hand zu fassen.

Sie richtete sich fast zu gleicher Höhe vor ihm auf. »Nimmer, Heinrich, nimmer.« Und als sie diese Worte, heftig mit dem Kopfe schüttelnd, ausgestoßen hatte, machte sie sich los und ging ins Haus zurück; aber sie war blutrot dabei geworden bis in ihr blondes Stirnhaar hinauf.

Die Geschäfte, von denen Heinrich sich goldene Berge versprochen hatte, mußten doch einen anderen Erfolg gehabt haben. Kaum einen Monat nach seiner Abreise kamen Briefe aus Hamburg, von ihm selbst und auch von Dritten, deren Inhalt Carsten den Frauen zu verbergen wußte, der ihn aber veranlaßte, sich bei seinem Gönner, dem sowohl im bürgerlichen als im peinlichen Rechte wohlerfahrenen alten Bürgermeister, eine vertrauliche Besprechung zu erbitten. Und schon am nächsten Abend im Ratsweinkeller rannte Herr Jaspers bei seinem Spitzglas Roten seinem Nachbar, dem Stadtwaagemeister, zu, der alte Carstens –

der Narr mit seinem liederlichen Jungen – es sei aus guter Quelle, daß er vormittags mehrere seiner besten Hypothekverschreibungen mit einer hübschen Draufgabe gegen Bares umgesetzt habe. Der Stadtwaagemeister wußte schon noch mehr: das Geld, eine große Summe, war bereits am Nachmittage nach Hamburg auf die Post gegeben. Man kam überein, es müsse dort etwas geschehen sein, das rasche und unabweisbare Hülfe erfordert habe. »Hülfe!« wiederholte Herr Jaspers, mit den dünnen Lippen behaglich den Rest seines Roten schlürfend; »Hans Christian wollte auch der Ratze helfen und füllte kochend Wasser in die Kesselfalle!«

Jedenfalls, wenn eine Gefahr vorhanden gewesen war, so schien sie für diesmal abgewendet; selbst Herr Jaspers konnte nichts Weiteres erkundschaften, und was an Gesprächen darüber in der kleinen Stadt gesummt hatte, verstummte allmählich. Nur an Carsten zeigte sich von dieser Zeit an eine auffallende Veränderung; seine noch immer hohe Gestalt schien plötzlich zusammengesunken, die ruhige Sicherheit seines Wesens war wie ausgelöscht; während er das eine Mal ersichtlich den Blicken der Menschen auszuweichen suchte, schien er ein andermal in ihnen fast ängstlich eine Zustimmung zu suchen, die er sonst nur in sich selbst gefunden hatte. Über mancherlei unbedeutende Dinge konnte er in jähem Schreck zusammenfahren; so, wenn unerwartet an seine Stubentür geklopft wurde, oder wenn der Postbote abends zu ihm eintrat, ohne daß er ihn vom Fenster aus vorher gesehen hatte. Man hätte glauben können, der alte Carsten habe sich noch in seinen hohen Jahren ein böses Gewissen zugelegt.

Die Frauen sahen das; sie hatten auch wohl ihre eigenen Gedanken, im übrigen aber trug Carsten seine Last allein; nur sprach er mitunter sein Bedauern aus, daß er statt aller anderen Dinge nicht lieber seine ganze Kraft auf die Vergrößerung des ererbten Geschäftes gelegt habe, so daß Heinrich es jetzt übernehmen und in ihrer aller Nähe leben könnte. – Es stand nicht zum besten in dem Hause an der Twiete; denn auch Tante Brigitte, deren sorgende Augen stets an ihrem Bruder hingen, kränkelte; nur aus Annas Augen leuchtete immer wieder die unbesiegbare Heiterkeit der Jugend.

Es war an einem heißen Septembernachmittag, als die Glocke an der Haustür läutete und gleich darauf Tante Brigitte aus der Küche, wo sie mit Anna beschäftigt war, auf den Flur hinaustrat. »In Christi Namen!« rief sie, »da kommt der Stadtunheilsträger, wie der Herr Bürgermeister ihn nennt! Was will der von uns!«

»Fort mit Schaden!« sagte Anna und klopfte mit dem Messer, das sie in der Hand hielt, unter den Tisch. »Nicht wahr, Tante, das hilft?«

Mittlerweile stand der Berufene schon vor der offenen Küchentür. »Ei, schönsten guten Tag miteinander!« rief er mit seiner Altweiberstimme, indem er mit seinem blaukarierten Taschentuche sich die Schweißtropfen von den Haarspitzen seiner fuchsigen Perücke trocknete. »Nun, wie geht's, wie geht's? Freund Carstens zu Hause? Immer fleißig an der Arbeit?«

Aber bevor er noch eine Antwort bekommen konnte, hatte er die alte Jungfrau mit einem neugierigen Blick gemustert. »Ei, ei, Brigittchen, Ihr seht übel aus; Ihr habt verspielt, seit wir uns nicht gesehen.«

Tante Brigitte nickte. »Freilich, es will nicht mehr so recht; aber der Physikus meint, jetzt bei dem schönen Wetter werd es besser werden.«

Herr Jaspers ließ ein vergnügliches Lachen hören. »Ja, ja, Brigittchen, das meinte der Physikus auch bei der kleinen dänischen Marie im Kloster, als sie die Schwindsucht hatte. Ihr wißt, sie nannte ihr Stübchen immer ›min lütje Paradies‹« – er lachte wieder höchst vergnüglich – »aber sie mußte doch fort aus dat lütje Paradies.«

»Gott bewahr uns in Gnaden«, rief Tante Brigitte, »Ihr alter Mensch könntet einem ja mit Euren Reden den Tod auf den Hals jagen!«

»Nun, nun, Brigittchen; alte Jungfern und Eschenstangen, die halten manche Jahre!«

»Jetzt aber macht, daß Ihr aus meiner Küche kommt, Herr Jaspers«, sagte Brigitte; »mein Bruder wird Euch besser auf Eure Komplimente dienen.«

Herr Jaspers retirierte; zugleich aber hob er sich die dampfende Perücke von seinem blanken Schädel und reichte sie auf einem Finger gegen Anna hin. »Jungfer«, sagte er, »sei Sie doch so gut und hänge Sie mir derweile das Ding zum Trocknen auf Ihren Plankenzaun; aber paß Sie auch ein wenig auf, daß es die Katze nicht holt.«

Anna lachte. »Nein, nein, Herr Jaspers; tragt Euer altes Scheusal nur selbst hinaus! Und unsere Katz, die frißt solch rote Ratzen nicht.«

»So, so? Ihr seid ja ein naseweises Ding!« sagte der Stadtunheilsträger, besah sich einen Augenblick seinen abgehobenen Haarschmuck, trocknete ihn mit seinem blaukarierten Taschentuche, stülpte ihn wieder auf und verschwand gleich darauf in der Tür des Wohnzimmers.

Als Carsten, der bei seinen Rechnungsbüchern saß, Herrn Jaspers' vor Geschäftigkeit funkelnde Äuglein durch die Stubentür erscheinen sah, legte er mit einer hastigen Bewegung seine Feder hin. »Nun, Jaspers«, sagte er, »was für Botschaft führt Ihr denn heute wiederum spazieren?«

»Freilich, freilich, Freundchen«, erwiderte Herr Jaspers, »aber Ihr wißt ja, des einen Tod, des anderen Brot!«

»Nun, so macht es kurz und schüttet Eure Taschen aus!«

Herr Jaspers schien den gespannten Blick nicht zu beachten, der aus den großen, tiefliegenden Augen auf sein kleines, faltenreiches Gesicht gerichtet war. »Geduld, Geduld, Freundchen!« sagte er und zog sich behaglich einen Stuhl herbei – »also: der kleine Krämer in der Süderstraße, wo die Ostenfelder immer ihre Notdurft holen – Ihr kennt ihn ja; das Kerlchen hatte immer eine blanke wohlgekämmte Haartolle; aber das hat ihm nichts geholfen, Carsten, nicht für einen Sechsling! Ich hoffe nicht, daß Ihr mit diesem kleinen Kiebitz irgendwo verwandt seid.«

»Ihr meint durch meinen Geldbeutel? Nein, nein, Jaspers; aber was ist mit dem? Es war bei seinen Eltern eine gute Brotstelle. «

»Allerdings, Carsten; aber eine gute Brotstelle und ein dummer Kerl, die bleiben doch nicht lang zusammen; er muß verkaufen. Ich hab's in Händen; viertausend Taler Anzahlung, fünftausend protokollierte Schulden gehen in den Kauf. – Nun? Guckt Ihr mich an? – Aber ich dachte gleich, das wäre so etwas für Euren Heinrich, wie es Euch nicht alle Tage in die Hände läuft!«

Carsten hörte das; er wagte nicht zu antworten; unruhig schob er die Papiere, die vor ihm lagen, durcheinander. Dann aber sagte er, und die Worte schienen ihm schwer zu werden: »Das geht noch nicht; mein Heinrich muß erst noch älter werden!«

»Älter werden?« Herr Jaspers lachte wieder höchst vergnüglich. »Das meinte auch unser Pastor von seinem Jungen; aber, Freundchen, was zu einem Esel geboren ist, wird sein Tage nicht kein Pferd.«

Carsten spürte starken Drang, gegen seinen Gast sein Hausrecht zu gebrauchen; aber er fürchtete unbewußt, die Sache selber mit zur Tür hinauszuwerfen.

»Nein, nein, Freundchen«, fuhr der andere unbeirrt fort; »ich weiß Euch besseren Rat: eine Frau müßt Ihr dem Heinrich schaffen, versteht mich, eine fixe; und eine, die auch noch so ein paar Tausende in bonis hat! Nun« – und er machte mit seiner Fuchsperücke eine Bewegung nach der Gegend der Küche hin – »Ihr habt ja alles nahebei.«

Carsten sagte fast mechanisch: »Was Ihr Euch doch um anderer Leute Kinder für Sorgen macht!«

Aber Herr Jaspers war aufgestanden und sah mit einem schlauen Blick auf den Sitzenden hinab. »Überlegt's Euch, Freundchen, ich muß noch auf die Kämmerei; bis morgen halt ich Euch die Sache offen.«

Er war bei diesen Worten schon zur Tür hinaus. Carsten blieb mit aufgestütztem Kopf an seinem Tische sitzen; er sah es nicht, wie gleich darauf, während Herrn Jaspers' hoher Zylinder sich draußen an den Fenstern vorüberschob, die kleinen zudringlichen Augen noch einen scharfen Blick ins Zimmer warfen.

Die Vorschläge des »Stadtunheilsträgers« schienen dennoch nachgewirkt zu haben. – Das war es ja, wonach Carsten sich so lange umgesehen; das zu Kauf gestellte, jetzt zwar herabgekommene Geschäft konnte bei guter Führung und ohne zu hohe Zinsenlast als eine sichere Versorgung gelten. Hier am Orte konnte der Vater selbst ein Auge darauf halten, und Heinrich würde allmählich auf sich selber stehen lernen. Carsten faßte sich ein Herz; mit zitternder Hand holte er noch einmal aus seinem Schreibpult jene Hamburger Briefe, die ihm vor nicht langer Zeit den größten Teil seines kleinen Vermögens gekostet hatten, und las sie, einen nach dem andern, sorgsam durch. Dem letzten lag ein quittierter Wechsel bei; der Name unter dem Akzept war mit vielen Strichen unleserlich gemacht.

Wie oft hatte er jene Briefe nicht schon durchgesehen, um immer aufs neue sich zu überzeugen, daß alles geordnet sei, daß für die Zukunft kein Unheil mehr daraus entstehen könne! Aber sie sollten endlich nun vernichtet werden. Er zerriß sie in kleine Fetzen und warf sie in den Ofen, wo dann das erste Winterfeuer sie ganz verzehren mochte.

Als habe er heimlich eine böse Tat begangen, so leise drückte er die Tür des Ofens wieder zu. Dann stand er lange noch vor seinem offenen Pulte, den Schlüssel in der Hand; er atmete mühsam, und sein grauer Kopf sank immer tiefer auf die Brust. Aber dennoch – und immer wieder stand ihm das vor Augen – wozu die Verhältnisse der Großstadt den schwachen Sohn verführt hatten, hier in der kleinen Stadt war das unmöglich! Wenn er ihn nur bald, nur gleich zur Stelle hätte! Eine fieberhafte Angst befiel ihn, sein Sohn könne eben jetzt, im letzten Augenblick, wo doch vielleicht der sichere Hafen ihm bereitstehe, noch einmal sich in einen Strudel wagen.

Das Pult zwar wurde endlich abgeschlossen; aber wohl eine Stunde lang ging der sonst nie müßige Mann wie zwecklos in Haus und Hof umher, sprach bald mit den Frauen ein Wort über Dinge, um die er sich nie zu kümmern pflegte, bald ging er durch den Pesel in den Hof, um die seit lange hergestellte Brunneneinfassung zu besichtigen. Von hier zurückkommend, öffnete er eine Tür, die aus dem Pesel in einen Seitenbau und in dessen oberem Stockwerk zu Julianens Sterbekammer führte. Die schmale, seit Jahren nicht gebrauchte Treppe krachte unter seinen Tritten, als führe die alte Zeit aus ihrem Schlafe auf. Droben in der Kammer, unter dem Fenster, das auf die düstere Twiete ging, stand ein leeres, von Würmern halb zerstörtes Bettgestell. Carsten zog den einzigen Stuhl heran und blieb hier sitzen. Vor seinen Augen füllten sich die nackten Bretter; aus weißen Kissen sah ein blasses Antlitz, zwei brechende Augen blickten ihn an, als wollten sie ihm jetzt verheißen, was zu gewähren doch zu spät war.

Erst spät am Nachmittage saß Carsten wieder an seinem Arbeitstisch. Doch waren es nicht die gewohnten Dinge, die er heute vornahm; eine Kuratelrechnung, obwohl sie morgen zur Konkurssache eingereicht werden sollte, war beiseite geschoben und dagegen ein kleines Buch aus dem Pult genommen, das den Nachweis des eigenen Vermögensstandes enthielt; die großen dunkeln Augen irrten unstet über die aufgeschlagenen Paginas. Der Alte seufzte; über die besten Nummern war ein roter Strich gezogen. Dennoch begann er sorgsam seinen Status aufzustellen: was gegenwärtig an Mitteln noch vorhanden war, worauf er in Zukunft noch zu rechnen hatte. Da es nicht reichen wollte, kalkulierte er überdies den Wert seiner kleinen Marschfenne, die er bisher noch immer festgehalten hatte; aber die Landpreise waren in jener Zeit nur unerheblich. Er dachte daran, zu seinen übrigen Arbeiten noch ein städtisches Amt zu übernehmen, das man ihm neulich angeboten, das er aber seiner geschwächten Gesundheit halber nicht anzunehmen gewagt hatte; nun meinte er, er sei zu zag gewesen; gleich morgen wolle er sich zu der noch immer unbesetzten Stelle melden. Und aufs neue machte er seine Berechnung; aber das gehoffte Resultat wollte nicht erscheinen. Er legte die Feder hin und wischte sich den Schweiß aus seinen grauen Haaren.

Da klang ihm vor den Ohren, was Herr Jaspers ihm geraten hatte, und seine Gedanken begannen in den wohlhabenden Bürgerhäusern herumzuwandern. Freilich, es waren schon Mädchen dort zu finden, wirtschaftlich und sittsam, und einzelne – so dachte er – wohl fest genug, um einen schwachen Mann zu stützen; aber würde er für seinen Heinrich dort anzuklopfen wagen?

Während er sich selbst zur Antwort langsam seinen Kopf schüttelte, trat Anna in der ganzen heiteren Entschlossenheit ihres Wesens in die Stube; wie ein Aufleuchten flog es über seine Augen, und unwillkürlich streckte er beide Arme nach ihr aus.

Anna sah ihn befremdet an. »Wolltet Ihr was, Carsten Ohm?« fragte sie freundlich.

Carsten ließ die Arme sinken. »Nein, Kind«, sagte er fast beschämt, »ich wollte nichts; laß dich nicht stören; du wolltest wohl zum Vesperbrote anrichten.«

Er nahm wieder die Feder, als wolle er in der vor ihm liegenden Berechnung fortfahren; aber seine Augen blieben an dem Mädchen hängen, während diese den Klapptisch von der Wand ins Zimmer rückte und dann, kaum hörbar, mit ihrer sicheren Hand die Dinge zum gewohnten Abendtee zurechtsetzte. Ein Bild der Zukunft stieg in seiner Seele auf, vor dem er alle seine Sorgen niederlegte. – – Aber nein, nein; er hatte immer treu für dieses Kind gesorgt! Ja, wenn das letzte nicht geschehen wäre!

Er war aufgestanden und vor sein bescheidenes Familienbild getreten. Als er es ansah, schien ihm das gemalte Abendrot zu flammen, und die Schattengestalten begannen einen Körper anzunehmen. Er nickte ihnen zu; ja, ja, das war sein Vater, seine Großmutter; das waren ehrliche Leute, die da spazierengingen!

– – Als bald darauf die Hausgenossen beim Abendbrot zusammensaßen, forschten Brigittens schwesterliche Augen immer eindringlicher in des Bruders Antlitz, das den Ausdruck der Verstörung nicht verhehlen konnte. »Tu's von dir, Carsten!« sagte sie endlich, seine Hand erfassend. »Was für eine Tracht Unheils hat der elende Mensch denn dieses Mal auf dich abgeladen?«

»Kein Unheil just, Brigitte«, erwiderte Carsten, »nur eine Hoffnung, die sich nicht erfüllen kann.« Und dann berichtete er den Frauen von dem Angebot des Geweses, von seinen Wünschen und endlich – daß es sich denn doch nicht zwingen lasse.

Es folgte eine Stille nach diesen Worten. Anna schaute auf das Teekraut in ihrer leeren Tasse; aber sie fand kein Orakel darin, wie die alten Weiber das verstehen. Ihr kleiner Reichtum drückte sie wieder einmal; endlich faßte sie sich Mut, und die Augen zu ihrem Pflegevater aufhebend, sagte sie leise: »Ohm!«

»Was meinst du, Kind?«

– »Zürnt mir nicht, Ohm! Aber Ihr habt nicht gut gerechnet!«

»Nicht gut gerechnet! Anna, willst du es etwa besser machen?«

»Ja, Ohm!« sagte sie fest, und ein paar helle Tränen sprangen aus ihren blauen Augen; »sind meine dummen Taler denn auch dieses Mal nicht zu gebrauchen?«

Carsten blickte eine Weile schweigend zu ihr hinüber. »Ich hätte es mir von dir wohl denken sollen«, sagte er dann; »aber nein, Anna, auch diesmal nicht.«

– »Weshalb nicht? Saget nur, weshalb nicht?«

»Weil eine solche Vermögensanlage keine Sicherheit gewährt.«

»Sicherheit?« – – Sie war aufgesprungen, und seine beiden Hände ergreifend, war sie vor ihm hingekniet; ihr junges Antlitz, das sie jetzt zu ihm erhob, war ganz von Tränen überströmt. »Ach, Ohm, Ihr seid schon alt; Ihr haltet das nicht aus; Ihr solltet nicht so viele Sorgen haben!«

Aber Carsten drängte sie von sich. »Kind, Kind, du willst mich in Versuchung führen; weder ich noch Heinrich dürfen solches annehmen.«

Hülfesuchend wandte Anna den Kopf nach Tante Brigitte; die aber saß wie ein Bild, die Hände vor sich auf den Tisch gefaltet. »Nun, Ohm«, sagte sie, »wenn Ihr mich zurückstoßet, so werde ich an Heinrich selber schreiben.«

Carsten legte sanft die Hand auf ihren Kopf. »Gegen meinen Willen, Anna? Das wirst du nimmer tun.«

Das Mädchen schwieg einen Augenblick; dann schüttelte sie leise den Kopf unter seiner Hand. »Nein, Ohm, das ist wohl wahr, nicht gegen Euren Willen. Aber seid nicht so hart: es gilt ja doch sein Glück!«

Carsten hob ihr Antlitz von seinen Knien zu sich auf und sagte: »Ja, Anna, das denk ich auch; aber den Einsatz darf nur einer geben; der eine, der ihm auch das Leben gab. Und nun, mein liebes Kind, nichts mehr von dieser Sache!«

Er drückte sie sanft von sich ab; dann schob er seinen Stuhl zurück und ging hinaus.

Anna blickte ihm nach; bald aber sprang sie auf und warf sich Tante Brigitte in die Arme.

»Wir wollen es dem lieben Gott anheimstellen«, sagte die alte Frau; »ich habe dieses Mal meinen Bruder wohl verstanden.« Dann hielt sie das große Mädchen noch lange in ihren Armen.

– – Carsten war in den Hof gegangen. In der schon eingetretenen Dunkelheit saß er unter dem alten Familienbaum, der längst von Früchten leer war und aus dessen Krone er jetzt Blatt um Blatt neben sich zu Boden fallen hörte. Er dachte rückwärts in die Vergangenheit; und bald waren es Bilder, die von selber kamen und vergingen. Die Gestalt seines schönen Weibes zog an ihm vorüber, und er streckte die Arme in die leere Luft; er wußte selbst nicht, ob nach ihr oder nach dem fernen Sohn, der ihn noch unauflöslicher an ihren Schatten band. Dann wieder sah er sich selber auf der Bank sitzen, wo er gegenwärtig saß; aber als einen Knaben, mit einem Buche in der Hand; aus dem Hause hörte er die Stimme seines Vaters, und der kleine Peter kam auf seinem Steckenpferde in den Hof geritten. Bald aber mußte er sich fragen, weshalb dieses friedensvolle Bild ihn jetzt mit solchem Weh füllte. Da überkam's ihn plötzlich: »Damals – – ja, damals hatte er sein Leben selbst gelebt; jetzt tat ein anderer das; er hatte nichts mehr, das ihm selbst gehörte – – keine Gedanken – – keinen Schlaf –«

Er ließ seinen müden Körper gegen den Stamm des Baumes sinken; fast beruhigend klang der leise Fall der Blätter ihm ins Ohr.

– – Aber es sollte noch ein anderes geschehen, ehe dieser Tag zu Ende ging. – Drinnen hatte Brigitte sich endlich in gewohnter Weise an ihr Spinnrad gesetzt, und Anna begann den Tisch abzuräumen. Als sie mit dem Geschirr auf den Flur hinaustrat, ging eben der Postbote vorüber. »Für die Mamsell«, sagte er und reichte ihr einen Brief durch die halboffene Haustür. Bei dem Lichte, das auf dem Ladentisch brannte, erkannte Anna mit Verwunderung in der Adresse Heinrichs Handschrift; er hatte niemals so an sie geschrieben. Nachdenklich nahm sie das Licht und zog, als sie hineingetreten war, die Tür der Küche hinter sich ins Schloß.

Es dauerte lange, bevor sie wieder in die Stube kam; aber Brigitte hatte es nicht gemerkt; ihr Spinnrad schnurrte gleichmäßig weiter, während Anna wie alle Tage jetzt den Tisch zusammenklappte und wieder an die Wand setzte. Nur etwas unsicherer und lauter geschah das heute; von dem Briefe sagte sie weder der alten Frau noch ihrem Pflegevater, als dieser nach einiger Zeit ins Zimmer kam und sich an seine Bücher setzte.

Endlich gingen die Frauen in das Oberhaus nach ihrer gemeinschaftlichen Schlafkammer, welche gegen den Hof hinaus lag. Die Fenster hatten offengestanden und die Abendfrische eingelassen; aber Anna konnte den Schlaf nicht finden; in das Rauschen des Birnbaums trug der Wind in langen gemessenen Pausen den Schall der Kirchenuhr herüber, und sie zählte eine Stunde nach der anderen.

Auch Brigitte schien heute nicht zu ihrem Recht zu kommen; denn sie setzte sich auf und sah nach dem Bette des Mädchens, das dem ihrigen gegenüber an der Wand stand. »Kind, hast du noch immer nicht geschlafen?« fragte sie.

– »Nein, Tante Brigitte.«

»Nicht wahr, du grämst dich um meinen alten Bruder? Aber ich kenne ihn, bitte ihn nicht mehr darum; es wäre ganz um seine Ruh geschehen, wenn du ihn bereden könntest.«

Anna antwortete nicht.

»Schläfst du, Kind?« fragte Brigitte wieder.

– »Ich will es versuchen, Tante.«

Brigitte fragte nicht mehr; Anna hörte sie bald im ruhigen Schlummer atmen.

Es war fast Vormittag, als das junge Mädchen aus einem tiefen Schlaf erwachte, den sie endlich doch gefunden und aus dem die gute Tante sie nicht hatte wecken wollen. Rasch war sie in den Kleidern und ging ins Unterhaus hinab, wo sie durch die offene Tür des Pesels Brigitte an einem der dort befindlichen großen Schränke beschäftigt sah; aber sie ging nicht zu ihr, sondern in die Küche und ließ sich auf dem hölzernen Stuhl am Herde nieder. Nachdem sie von dem Kaffee, der für sie warm gestellt war, in eine Tasse geschenkt, eine Weile müßig davor gesessen und dann dieselbe zur Hälfte ausgetrunken hatte, stand sie mit einer entschlossenen Bewegung auf und trat gleich darauf ins Wohnzimmer.

Carsten stand am Fenster und schaute müßig auf den Hafenplatz hinaus. Jetzt wandte er sich langsam zu der Eintretenden: »Du hast nicht schlafen können«, sagte er, ihr die Hand reichend.

– »O doch, Ohm; ich hab ja nachgeschlafen.«

»Aber du bist blaß, Anna. Du bist zu jung, um für anderer Leute Sorgen deinen Schlaf zu geben.«

»Anderer Leute, Ohm?« Sie sah ihm eine Weile ruhig in die Augen. Dann sagte sie: »Ich habe auch für mich selber viel zu denken gehabt.«

– »So sprich es aus, wenn du meinst, daß ich dir raten kann!«

»Sagt mir nur«, erwiderte sie hastig, »ist das Gewese in der Süderstraße noch zu kaufen? Ich hab's doch nicht verschlafen? Herr Jaspers ist doch nicht schon wieder hier gewesen?«

Carsten sagte fast hart: »Was soll das, Anna? Du weißt, daß ich es nicht kaufen werde.«

– »Das weiß ich, Ohm, aber – – «

»Nun, Anna, was denn: aber?«

Sie war dicht vor ihn hingetreten. »Ihr sagtet gestern, ich dürfe nicht zu Heinrichs Glück den Einsatz geben, aber – wenn Ihr gestern recht hattet, es ist nun anders geworden über Nacht.«

»Laß das, Kind!« sagte Carsten; »du wirst mich nicht bereden.«

»Ohm, Ohm!« rief Anna, und eine freudige Zärtlichkeit klang aus ihrer Stimme; »es hilft Euch nun nichts mehr, denn Euer Heinrich hat mich zur Frau verlangt, und ich werde ihm mein Jawort geben.«

Carsten starrte sie an, als sei der Blitz durch ihn hindurchgeschlagen. Er sank auf den neben ihm stehenden Ledersessel, und mit den Armen um sich fahrend, als müsse er unsichtbare Feinde von sich abwehren, rief er heftig: »Du willst dich uns zum Opfer bringen! Weil ich dein Geld allein nicht wollte, so gibst du dich nun selber in den Kauf!«

Aber Anna schüttelte den Kopf. »Ihr irrt Euch, Ohm! So lieb ihr mir auch alle seid, das könnt ich nimmer; danach bin ich nicht geschaffen.«

Zaghaft, als könne sein Wort das nahende Glück zerstören, entgegnete Carsten: »Wie ist denn das? Ihr waret doch allzeit nur wie Geschwister!«

»Ja, Ohm!« und ein fast schelmisches Lächeln flog über ihr hübsches Angesicht; »ich habe das auch gemeint; aber auf einmal war's doch nicht mehr so.« Dann, plötzlich ernst werdend, zog sie einen Brief aus ihrer Tasche. »Da leset selbst«, sagte sie, »ich erhielt ihn gestern vor dem Schlafengehen.«

Seine Hände griffen danach; aber sie bebten, daß seine Augen kaum die Zeilen fassen konnten.

Was sie ihm gegeben hatte, war der Brief eines Heimwehkranken. »Ich tauge nicht hier!« schrieb Heinrich; »ich muß nach Hause; und wenn Du bei mir bleiben willst, Du, Anna, mein ganzes Leben lang, dann werde ich gut sein, dann wird alles gut werden.«

Der Brief war auf den Tisch gefallen; Carsten hatte mit beiden Armen das Mädchen zu sich herabgezogen. »Mein Kind, mein liebes Kind«, flüsterte er ihr zu, während unaufhörlich Tränen aus seinen Augen quollen, »ja, bleibe bei ihm, verlaß ihn nicht; er war ja doch ein so guter kleiner Junge!«

Aber plötzlich, wie von einem inneren Schrecken getrieben, drückte er sie wieder von sich. »Hast du es bedacht, Anna?« sagte er; – »ich könnte dir nicht raten, meines Sohnes Frau zu werden.«

Ein leichtes Zucken flog über das Gesicht des Mädchens, während der alte Mann mit geschlossenen Lippen vor ihr saß. Ein paarmal nickte sie ihm zu. »Ja, Ohm«, sagte sie dann, »ich weiß wohl, er ist nicht der Bedachteste, sonst hättet Ihr ja keine Sorgen; aber was damals, vor Jahren hier geschah, Ihr sagtet selbst einmal, Ohm, es war ein halber Bubenstreich; und wenn er auch den Ersatz noch nicht geleistet hat, so etwas ist doch nicht mehr vorgekommen.«

Carsten erwiderte nichts. Unwillkürlich gingen seine Blicke nach dem Ofen, worin die Fetzen jener Briefe lagen. – Wenn er sie jetzt hervorholte! Wenn er vor ihren Augen sie jetzt wieder Stück für Stück zusammenfügte! – Weder Anna noch Brigitte wußten von diesen Dingen.

Seine Tränen waren versiegt; aber er nahm sein Schnupftuch, um sich die hervorbrechenden Schweißperlen von der Stirn zu trocknen. Er versuchte zu sprechen; aber die Worte wollten nicht über seine Lippen.

Das schöne blonde Mädchen stand wieder aufgerichtet vor ihm; mit steigender Angst suchte sie die Gedanken von seinem stummen Antlitz abzulesen.

»Ohm, Ohm!« rief sie. »Was ist geschehen? Ihr waret so still und sorgenvoll die letzte Zeit!« – Aber als er wie flehend zu ihr aufblickte, da strich sie mit der Hand ihm die gefurchte Wange. »Nein, sorget Euch nur nicht so sehr; nehmt mich getrost zur Tochter an; Ihr sollet sehen, was eine gute Frau vermag!«

Und als er jetzt in ihre jungen mutigen Augen blickte, da vermochte er das Wort nicht mehr hervorzubringen, vor dem mit einem Schlag seines Kindes Glück verschwinden konnte.

Plötzlich ergriff Anna, die einen Blick durchs Fenster getan hatte, seine Hände. »Da kommt Herr Jaspers!« sagte sie. »Nicht so? Ihr macht nun alles richtig?« Und ohne eine Antwort abzuwarten, ging sie rasch zur Tür hinaus.

Da wurde ihm die Zunge frei. »Anna, Anna!« rief er; wie ein Hülferuf brach es aus seinem Munde. Aber sie hörte es nicht mehr; statt ihrer schob sich Herrn Jaspers' Fuchsperücke durch die Stubentür, und mit ihm hinein drängten sich wieder die schmeichelnden Zukunftsbilder und halfen, unbekümmert um das Dunkel hinter ihnen, den Handel abzuschließen.

Mit dem Eckhause an der andern Seite der Twiete beginnt vom Hafenplatz nach Osten zu die Krämerstraße, deren gegenüberliegende Häuserreihe, am Markt vorüber, sich in der langen Süderstraße fortsetzt. Dort, in einem geräumigen Hause, wohnten Heinrich und Anna. Vor dem Laden auf dem geräumigen Hausflur wimmelte es an den Markttagen jetzt wieder von einkaufenden Bauern, und Anna hatte dann vollauf zu tun, die Gewichtigeren von ihnen in die Stube zu nötigen, zu bewirten und zu unterhalten; denn das gewandte und umgängliche Wesen ihres Mannes hatte die Kundschaft nicht nur zurückgebracht, sondern auch vermehrt.

Carsten konnte es sich nicht versagen, täglich einmal bei seinen Kindern vorzugucken. Von dem Hafenplatze, dort wo die Schleuse nach Osten zu die Häuserreihe unterbricht, führte ein anmutiger Fußweg hinter den Gärten jener Straßen, auf welchem man derzeit zu einer bestimmten Vormittagsstunde ihn unfehlbar wandern sehen konnte. Aber er gönnte sich Weile; gestützt auf seinen treuen Bambus, stand er oftmals im Schatten der hohen Gartenhecken und schaute nach der anderen Seite auf die Wiesen, durch welche der Meerstrom sich ins grüne Land hinausdrängt; jetzt zwar gebändigt durch die Schleuse, im

Herbst oder Winter aber auch wohl darüber hinstürzend, die Wiesen überschwemmend und die Gärten arg verwüstend. – Bei solchen Gedanken kamen Stock und Beine des Alten wieder in Bewegung: er mußte sogleich doch Anna warnen, daß sie zum Oktober ihre schönen Sellerie zeitig aus der Erde nehme. Hatte er dann das Lattenpförtchen zu Annas Garten erreicht, so kam die hohe Frauengestalt ihm meistens auf dem langen Steige schon entgegen; ja, als es zum zweiten Male Sommer wurde, kam sie nicht allein; sie trug einen Knaben auf ihrem Arm, der ihr eigen und der auf den Namen seines Vaters getauft war. Und wie gut ihr das mütterliche Wesen ließ, wenn sie, die frische Wange an die ihres Kindes lehnend, leise singend den Garten hinabschritt! Selbst Carsten hatte auf diesen Gängen jetzt Gesellschaft; denn durch das Kind war, trotz ihrer vorgeschrittenen Altersschwäche, auch Brigitte in Bewegung gebracht. Unten am Pförtchen schon, wenn droben kaum die junge Frau mit dem Kinde aus den Bäumen trat, riefen die alten Geschwister den beiden zärtliche Worte zu. Brigitte nickte, und Carsten winkte grüßend mit seinem Bambusrohr, und wenn sie endlich nahe gekommen waren, so konnte Brigitte an dem Anblick des Kindes, Carsten noch mehr an dem der Mutter sich kaum ersättigen.

– – Das Glück ging vorüber, ja, es war schon fort, als Carsten und Brigitte noch in seinem Schein zu wandeln glaubten; ihre Augen waren nicht mehr scharf genug, um die feinen Linien zu gewahren, die sich zwischen Mund und Wangen allmählich auf Annas klarem Antlitz einzugraben begannen.

Heinrich, der anfänglich mit seinem rasch verfliegenden Feuereifer das Geschäft angefaßt hatte, wurde bald des Kleinhandels und des dabei vermachten persönlichen Verkehrs mit dem Landvolke überdrüssig. Zu mehrerem Unheil war um jene Zeit wieder einmal ein großsprechender Spekulant in die Stadt gekommen, nur wenig älter als Heinrich und dessen Verwandter von mütterlicher Seite; er war zuletzt in England gewesen und hatte von dort zwar wenig Mittel, aber einen Kopf voll halbreifer Pläne mit herübergebracht, für die er bald Heinrichs lebhafte Teilnahme zu entzünden wußte.

Zunächst versuchte man es mit einem Viehexport auf England, der bisher in den Händen einer günstig belegenen Nachbarstadt gewesen war. Nachdem dies mißlungen war, wurde draußen vor der Stadt unter dem Seedeich ein Austerbehälter angelegt, um mit den englischen Natives den hiesigen Pächtern Konkurrenz zu machen; aber dem an sich aussichtslosen Unternehmen fehlte überdies die sachkundige Hand, und Carsten, dessen Warnung man vorher verachtet hatte, mußte einen Posten nach dem andern decken und eine Schuld über die andere auf seine Grundstücke einschreiben lassen.

Anna sah jetzt ihren Mann nur selten einen Abend noch im Hause; denn der unverheiratete Vetter nahm ihn mit in eine Wirtsstube, in der er den Beschluß seines Tagewerkes zu machen pflegte. Hier beim heißen Glase wurden die Unternehmungen beraten, womit man demnächst die kleine Stadt in Staunen setzen wollte; nachher, wenn dazu der Kopf nicht mehr taugte, kamen die Karten auf den Tisch, wo Einsatz und Erfolg sich rascher zeigte.

Heinrich hatte bei alledem die Augen für sein Weib noch nicht verloren. Warf das Glück ihm einen augenblicklichen Gewinn zu, der ihn in seinem Sinne jedesmal zum reichen Manne machte, so gab er wohl die Hälfte davon hin, sei es für goldene Ketten oder Ringe oder für einen kostbaren Stoff, um ihren schönen Leib damit zu schmücken. Aber was sollte Anna, als die Frau eines Kleinhändlers, mit diesen Dingen, zumal da nach und nach die ganze Leitung des Ladengeschäftes auf ihre Schultern gekommen war?

Eines Sonntags – die erste Ladung Austern war damals eben rasch und glücklich ausverkauft – da sie, ihren Knaben auf dem Arm, im Zimmer auf und ab ging, trat Heinrich rasch und fröhlich zu ihr ein. Nachdem er eine Weile seine Augen auf ihrem Antlitz hatte ruhen lassen, führte er sie vor den Spiegel und legte dann plötzlich ein Halsband mit à jour gefaßten Saphiren um ihren Nacken; glücklich wie ein Kind betrachtete er sie. »Nun, Anna? – Laß dir's gefallen, bis ich dir Diamanten bringen kann!«

Der Knabe griff nach den funkelnden Steinen und stieß Laute des Entzückens aus, aber Anna sah ihren Mann erschrocken an. »O Heinrich, du hast mich lieb; aber du verschwendest! Denk an dich, an unser Kind!«

Da war die Freude auf seinem Antlitz ausgelöscht; er nahm den Schmuck von ihrem Halse und legte ihn wieder in die Kapsel, aus der er ihn zuvor genommen hatte. »Anna!« sagte er nach einer Weile und ergriff fast demütig die Hand seiner Frau, »ich habe meine Mutter nicht gekannt, aber ich habe von ihr gehört – nicht zu Hause, mein Vater hat mir nie von ihr gesprochen; ein alter Kapitän in Hamburg, der in seiner Jugend einst ihr Tänzer war, erzählte mir von ihr – sie ist schön gewesen; aber sie hat auch nichts anderes wollen, als nur schön und fröhlich sein; für meinen Vater ist ihr Tod vielleicht ein Glück gewesen – ich hatte oftmals Sehnsucht nach dieser Mutter; aber, Anna – ich glaube, ihren Sohn, den hättest du besser nicht zum Mann genommen.«

In leidenschaftlicher Bewegung schlang das junge Weib den freien Arm um ihres Mannes Nacken. »Heinrich, ich weiß es, ich bin anders als du, als deine Mutter; aber darum eben bin ich dein und bin bei dir; wolle auch du nur bei mir sein, geh nur abends nicht immer fort, auch um deines alten Vaters willen tu das nicht! Er grämt sich, wenn er dich in der Gesellschaft weiß.«

Aber bei Heinrich hatte infolge der letzten Worte die Stimmung schon gewechselt. Er löste Annas Arm von seinem Halse, und mit einem Scherz, der etwas unsicher über seine Lippen kam, sagte er: »Was kann denn ich dafür, wenn der Wein, den ich trinke, meinem Vater Kopfweh macht?«

Mit einer heftigen Bewegung schloß Anna den Knaben an ihre Brust. »Sei versichert, Heinrich, ich werde treulich sorgen, daß dieses Kind das nicht dereinst von seinem Vater sage!«

»Nun, nun, Anna! Es war ja nicht so bös gemeint.«

– – Wie es immer gemeint sein mochte, anders war es deshalb nicht geworden. Der Nachtwächter, wenn er derzeit auf seiner Runde sich Heinrichs Hause näherte, sah oft den Kopf der jungen Frau aus dem offenen Fenster in die nächtlich stille Gasse hinaushorchen; er kannte sie wohl, denn er war der Vater jenes Nachbarkindes, mit dem Anna sich einst so liebreich umhergeschleppt hatte. Ehrerbietig, ohne von ihr bemerkt zu werden, zog er im Vorübergehen seinen Hut und rief erst weit hinter ihrem Hause die späte Stunde ab. Aber Anna hatte doch jeden Glockenschlag gezählt, und wenn endlich der bekannte Schritt von unten aus der Straße ihr entgegenscholl, so war er meistens nicht so sicher, als sie ihn am Tage doch noch zu hören gewohnt war. Dann floh sie ins Zimmer zurück und warf angstvoll die Arme über die Wiege ihres Kindes.

In der Stadt schüttelten schon längst die klugen wie die dummen Leute ihre Köpfe, und abends im Ratskeller konnte man von vergnüglichem Lachen die Fuchsperücke auf Herrn Jaspers' Haupte hüpfen sehen; ja, er konnte sich nicht enthalten, seinem Freunde, dem Stadtwaagemeister, wiederholt die tröstliche Zuversicht auszusprechen, daß das Haus in der Süderstraße bald noch einmal durch seine schmutzigen Maklerhände gehen werde.

Indessen hatte Carsten einen stillen, immer wiederkehrenden Kampf mit seinem eigenen Kinde zu bestehen. Damals bei Eingehung der Ehe hatte er es bei den Brautleuten durchgesetzt, daß ein Teil von Annas Vermögen als deren Sondergut unter seiner Verwaltung geblieben war; jetzt sollte auch dieses in das Kompaniegeschäft hineingerissen werden; aber Anna, welche, seit sie Mutter geworden war, diesen Rest als das Eigentum ihres Kindes betrachtete, hatte alles in ihres Ohms und Vaters treue Hand gelegt. – Stöhnend, wenn nach solcher Verhandlung der Sohn ihn unwillig verlassen hatte, blickte der Greis wohl nach dem Ofen, in dem vor Jahren die Reste jener Briefe verbrannt waren, oder er stand vor seinem Familienbilde und hielt stummen, schmerzlichen Zwiesprach mit dem Schatten seiner eigenen Jugend.

Ein anscheinend unbedeutender Umstand kam noch hinzu. In einer Nacht, es mochte schon gegen zwei Uhr morgens sein, erkrankte die alte Brigitte plötzlich, und da nur über Tag eine Aushülfsfrau im Hause war, so machte Carsten sich selber auf, den Arzt zu holen.

Sein Rückweg führte ihn an jener vorerwähnten Wirtsstube vorüber, aus deren Fenstern allein in der dunkeln Häuserreihe noch ein Lampenschein auf die Straße hinausfiel. Gäste schienen nicht mehr dort zu sein, denn es war ganz still darinnen; und schon hatte Carsten das Haus im Rücken, da drang von dort ein heiserer Laut in seine Ohren, der ihn plötzlich stillstehen machte; in dieser häßlichen Menschenstimme, in der sich eine andere, ihm bekannte zu verstecken schien, war etwas, das ihn auf den Tod erschreckte. Er konnte nicht weiter, er mußte zurück; lauernd und gierig, noch einmal und genauer dann zu hören, stand er unter dem Fenster der verrufenen Kneipe. Und noch einmal kam es, müde, wie von lallender Zunge ausgestoßen. Da schlug der Alte beide Hände über dem Kopf zusammen, und sein Stock fiel schallend auf die Steine.

Brigitte genas allmählich, soweit man im fünfundsiebzigsten Jahre noch genesen kann; Carsten aber hatte seit jener Nacht auch seinen letzten Schlaf verloren. Immer meinte er, von jener Trinkstube her, die doch mehrere Straßen weit entfernt lag, die heisere Stimme seines Sohnes zu hören; er setzte sich auf in seinen Kissen und horchte auf die Stille der Nacht; aber immer wieder in kleinen Pausen löste sich aus ihr jener furchtbare Ton; seine hagere Hand griff in das Dunkel hinein, als wolle sie die des Sohnes fassen; aber schlaff fiel sie alsbald über den Rand des Bettes nieder.

Seine Gedanken flogen zurück in Heinrichs Kinderzeit; er suchte sich das glückliche Gesicht des Knaben zurückzurufen, wenn es hieß: »Am Deich spazieren gehen«; er suchte seinen Jubel zu hören, wenn ein Lerchennest gefunden oder eine große Seespinne von der Flut ans Ufer getrieben wurde. Aber auch hier kam etwas, um seinen kargen Schlaf mit ihm zu teilen. Nicht nur, wenn es von den Nordseewatten her an sein Fenster wehte, sondern auch in todstiller Nacht, immer war jetzt das eintönige Tosen des Meeres in seinen Ohren; wie zur Ebbezeit von weit draußen, hinter der Schmaltiefe schien es herzukommen; statt des glücklichen Gesichtes seines Knaben sah er die bloßgelegten Strecken des gärenden Wattenschlamms im Mondschein blänkern, und daraus flach und schwarz erhob sich eine öde Hallig. Es war dieselbe, bei der er einst mit Heinrich angefahren, um Möwen- oder Kiebitzeier dort zu suchen. Aber sie hatten keine gefunden; nur den aufgeschwemmten Leichnam eines Ertrunkenen. Er lag zwischen dem urweltlichen Kraut des Queller, von großen Vögeln umflogen, die Arme ausgestreckt, das furchtbare Totenantlitz gegen den Himmel gekehrt. Schreiend, mit entsetzten Augen, hatte bei diesem Anblick der Knabe sich an den Vater angeklammert.

Immer wieder, ja selbst im Traum, wohin diese Vorstellungen ihn verfolgten, suchte der Greis seine Gedanken nach friedlicheren Orten hinzulenken; aber jedes Wehen der Luft führte ihn zurück auf jenes furchtbare Eiland.

Auch die Tage waren anders geworden; der alte Carsten Curator führte zwar noch diesen seinen Beinamen; aber er führte ihn fast nur noch wie ein pensionierter Beamter seinen Amtstitel, und freilich ohne alle Pension. Die meisten seiner derartigen Geschäfte waren in jüngere Hände übergegangen; nur das kleine städtische Amt, das er derzeit wirklich erhalten hatte, wurde noch von ihm bekleidet, und auch der Wollwarenhandel ging in Brigittens alternder Hand seinen, freilich immer schwächeren Gang.

Es war an einem Nachmittag zu Anfang des November. Der Wind kam steif aus Westen; der Arm, mit dem die Nordsee in Gestalt des schmalen Hafens in die Stadt hineinlangt, war von trübgrauem Wasser angefüllt, das kochend und schäumend schon die Hafentreppen überflutet hatte und die kleinen vor Anker liegenden Inselschiffe hin und wider warf. Hie und da begann man schon vor Haustüren und Kellerfenstern die hölzernen Schotten einzulassen, zwischen deren doppelte Wände dann der Dünger eingestampft wurde, der schon seit Wochen auf allen Vorstraßen lagerte.

Aus dem Hause an der Twiete trat, von Brigitte zur Tür geleitet, ein junger Schiffer, der sich mit einer wollenen Jacke für den Winter ausgerüstet hatte; aber der Sturm riß ihm das Papier von seinem Packen und den Hut vom Kopfe. »Oho, Jungfer Brigitte«, rief er, indem er seinem Hute nachlief, »der Wind ist umgesprungen; das gibt bös Wasser heut!«

»Herr du mein Jesus!« schrie die Alte; »sie dämmen überall schon vor! Christinchen, Christinchen!« – sie wandte sich zu einem Nachbarskinde, das sie in Abwesenheit der Eltern in ihrer Obhut hatte – »die Schotten müssen aus dem Keller! Lauf in die Krämerstraße; der lange Christian, er muß sogleich herüberkommen!«

Das Kind lief; aber der Sturm faßte es und hätte es wie einen armen Vogel gegen die Häuser geworfen, wenn nicht zum Glück der lange Christian schon gekommen wäre und es mit zurückgebracht hätte.

Die Schotten wurden herbeigeholt und vor der Haustür bis zu halber Manneshöhe eingelassen. Als die Dämmerung herabfiel, war fast der ganze Hafenplatz schon überflutet; aus den dem Bollwerk nahe gelegenen Häusern brachte man mit Böten die Bewohner nach den höheren Stadtteilen. Die Schiffe drunten rissen an den Ankerketten, die Masten schlugen gegeneinander; große weiße Vögel wurden mitten zwischen sie hineingeschleudert oder klammerten sich schreiend an die schlotternden Taue.

Brigitte und das Kind hatten eine Zeitlang der Arbeit des langen Christian zugesehen; jetzt saßen sie im Dunkeln in der Stube hinter den fest angeschrobenen Fensterläden. Draußen das Klatschen des Wassers, das Pfeifen in den Schiffstauen, das Rufen und Schreien der Menschen; wie grimmig zerrte es an den Läden, als wollte es sie herunterreißen. »Hu«, sagte das Kind, »es kommt herein, es holt mich!«

»Kind, Kind«, rief die Alte, »was sprichst du da? Was soll hereinkommen?«

»Ich weiß nicht, Tante; das, was da außen ist!«

Brigitte nahm das Kind auf ihren Schoß.

»Das ist der liebe Gott, Christinchen; was der tut, das ist wohlgetan. – Aber komm wir wollen oben nach meiner Kammer gehen!«

Währenddessen war Carsten hinten im Pesel beschäftigt; er packte die in dem einen Schranke lagernden alten Papiere und Rechnungsbücher aus und trug sie nach der Kammer des Seitenbaues hinauf; denn erst nach etwa einer Stunde war hohe Flut; das untere Haus war heute nicht sicher vor dem Wasser.

Eben trat er, eine brennende Unschlittkerze in der Hand, wieder in den Pesel; das im Zuge qualmende Licht, welches er in Ermangelung eines Tisches auf die Fensterbank niedersetzte, ließ den hohen Raum mit den mächtigen Schränken nur um so düsterer erscheinen; bei dem schräg von Westen einfallenden Sturme rasselten die in Blei gefaßten Scheiben, als sollten sie jeden Augenblick auf die Fliesen hinabgeschleudert werden.

Der Greis schien es desungeachtet und trotz der Schreie und Rufe, die von der Straße zu ihm hereindrangen, nicht eben eilig mit seiner Arbeit zu haben. Sein Haus, das steinerne, würde schon stehenbleiben; ein anderer Untergang seines Hauses stand ihm vor der Seele, dem er nicht zu wehren wußte. Am Vormittage war Anna dagewesen und hatte, als letzte Rettung ihres Mannes, nun selbst die Auslieferung ihrer Wertpapiere von ihm verlangt; aber auch ihr, die zu dieser Forderung berechtigt war, hatte er sie abgeschlagen. »Verklage mich; dann können sie mir gerichtlich abgenommen werden!«

Er wiederholte sich jetzt diese Worte, mit denen er sie entlassen hatte, und Annas gramentstelltes Antlitz stand vor ihm auf, eine stumme Anklage, der er nicht entgehen konnte.

Als er sich endlich wieder an dem Schranke niederbückte, hörte er draußen die Tür, welche von der Twiete in den Hof führte, gewaltsam aufreißen; bald darauf wurde auch die Hoftür des Pesels aufgeklinkt, und wie vom Sturm hereingeworfen, stand mitten in dem düsteren Raume eine Gestalt, in der Carsten allmählich seinen Sohn erkannte.

Aber Heinrich sprach nicht und machte auch keine Anstalt, die Tür, durch welche der Sturm hereinblies, wieder zu schließen. Erst nachdem sein Vater ihn aufgefordert hatte, tat er das; doch war ihm mehrmals die Klinke dabei aus der Hand geflogen.

»Du hast mir noch keinen guten Abend geboten, Heinrich«, sagte der Alte.

»Guten Abend, – Vater.«

Carsten erschrak, als er den Ton dieser Stimme hörte; nur einmal, in einer Nacht nur hatte er ihn gehört. »Was willst du?« frug er. »Weshalb bist du nicht bei Frau und Kind? Das Wasser wird schon längst in eurem Garten sein.«

Was Heinrich hierauf erwiderte, war bei dem Tosen, das von allen Seiten um das Haus fuhr, kaum zu hören.

»Ich verstehe dich nicht! Was sagst du?« rief der Greis. – »Das Geld? Die Papiere deiner Frau? – Nein, die gebe ich nicht!«

»Aber – ich bin bankerott – schon morgen!« Die Worte waren gewaltsam hervorgestoßen, und Carsten hatte sie verstanden.

»Bankerott!« Wie betäubt wiederholte er das eine Wort. Aber bald danach trat er dicht zu seinem Sohn, und die hagere Hand wie zu eigener Stütze gegen seine Brust pressend, sagte er fast ruhig: »Ich bin weit mit dir gegangen, Heinrich; Gott und dein armes Weib wollen mir das verzeihen! Ich gehe nun nicht weiter; was morgen kommt, – wir büßen beide dann für eigene Schuld.«

»Vater! mein Vater!« stammelte Heinrich. Er schien die Worte, die zu ihm gesprochen wurden, nicht zu fassen.

In jähem Andrang streckte der Greis beide Arme nach dem Sohne aus; und wenn die in dem großen Raume herrschende Dämmerung es gestattet hätte, und wenn seine Augen klar genug gewesen wären, Heinrich hätte vor dem Ausdruck in seines Vaters Angesicht erschrecken müssen; aber die Schwäche, welche diesen für einen Augenblick überwältigt hatte, ging vorüber. »Dein Vater?« sagte er, und seine Worte klangen hart. »Ja, Heinrich! – Aber ich war noch etwas anderes – die Leute nannten mich danach – nur ein Stück noch habe ich davon behalten; sieh zu, ob du es aus meinen alten Händen reißen kannst! Denn – betteln gehen, das soll dein Weib doch nicht, weil ihr Curator sie für seinen schlechten Sohn verraten hat!« Von draußen drang ein Geschrei herein, und aus entfernten Straßen scholl der dumpfe herkömmliche Notruf: »Water! Water!«

»Hörst du nicht?« rief der Alte; »die Schleuse ist gebrochen! Was stehst du noch? Ich habe keine Hülfe mehr für dich!«

Aber Heinrich antwortete nicht; er ging auch nicht; mit schlaff herabhängenden Armen blieb er stehen.

Da, wie in plötzlicher Anwandlung, griff Carsten nach der flackernden Unschlittkerze und hielt sie dicht vor seines Sohnes Angesicht.

Zwei stumpfe gläserne Augen starrten auf ihn hin.

Der Greis taumelte zurück. »Betrunken!« schrie er, »du bist betrunken!«

Er wandte sich ab; mit der einen Hand die qualmende Kerze vor sich haltend, die andere abwehrend hinter sich gestreckt, wankte er nach der Tür des Seitenbaues. Als er hindurchschritt, fühlte er sich an seinem Rocke gezerrt; aber er machte sich los, es wurde finster im Pesel, und von der andern Seite drehte sich der Schlüssel in der Tür.

Der Trunkene war plötzlich seiner Sinne mächtig geworden. Wie aus dem Nebel eines Traumes erwachend, fand er sich allein in dem ihm wohlbekannten dunklen Raume; er wußte mit einem Male jedes Wort, das zu ihm gesprochen war. Er tastete an der verschlossenen Tür, er rüttelte daran. »Vater! hör mich!« rief er, »hilf mir, mein Vater! nur noch dies eine, letzte Mal!« Und wieder rüttelte er, und noch einmal mit lauter Stimme rief er es. Aber, ob der Sturm es verwehte, oder ob seines Vaters Ohr für ihn verschlossen war, ihm wurde nicht geöffnet; nichts hörte er als das Toben in den Lüften und zwischen den Schluchten der Höfe und Häuser.

Eine Weile noch stand er, das Ohr gegen die Tür gedrückt; dann endlich ging er fort. Aber nicht durch den Hof nach der Twiete, wo die Tür vielleicht noch frei von Wasser war; er ging durch den Flur an die Schotten der offenen Haustür, an denen schon bis zur halben Höhe das Wasser hinaufklatschte. Der Mond war aufgestiegen; aber am Himmel flogen die Wolken; Licht und Dunkel jagten abwechselnd über die schäumenden Wasser. Vor ihm über der Schleuse, wo es ostwärts durch die Häuserlücke nach den Gärten und Wiesen geht, schien jetzt ein mächtiger Strom hinabzuschießen; er glaubte den Todesschrei der Tiere zu hören, welche die erbarmungslosen Naturgewalten wie im Taumel dort vorüberrissen. Ihn schauderte; – was wollte er hier? – Aber gleich darauf warf er den bleichen, noch immer jugendlich schönen Kopf zurück. »Oiho, Jens!« rief er plötzlich; er hatte seitwärts unter den Häusern ein mit zwei Leuten bemanntes Boot erblickt, das zu einem der früheren Austerschiffe gehörte. Ein trotziger Übermut sprühte aus seinen eben noch so stumpfen Augen. »Gib mir das Boot, Jens! Oder habt ihr selbst noch was damit?«

»Diesmal nicht!« scholl es zurück. »Aber wohin will der Herr?«

»Wohin? Ja, wohin? Dort, nur querüber nach der Krämerstraße!«

Das winzige Boot legte sich an die Schotten.

»Steigt ein, Herr; aber setzt uns hier nebenan beim Schlachter ab!«

Heinrich stieg ein, und die beiden andern wurden, wie sie es verlangten, ausgesetzt. Als sie aber dort hinter den Schotten in der Haustür standen, sahen sie bald, daß das Boot nicht, wie Heinrich angegeben, in den sicheren Paß der Straße lenkte. »Herr, zum Teufel«, schrie der eine, »wo wollt Ihr hin?«

Heinrich war noch im Schutze der Häuserreihe.

»Nach Haus!« rief er zurück. »Hintenum nach Haus!«

»Herr, seid Ihr toll! Das geht nicht! Das Boot kentert, eh Ihr um die Schleuse seid!«

»Muß gehen!« kam es noch einmal halb verweht zurück; dann schoß das Boot in den wüsten Wasserschwall hinaus. Noch einen Augenblick sahen sie es wie einen Schatten von den Wellen auf- und abgeworfen; als es über der Schleuse in die Häuserlücke gelangte, wurde es vom Strom gefaßt. Die Leute stießen einen Schrei aus; das Boot war jählings ihrem Blick verschwunden. – –

»War mir doch«, sagte Brigitte oben in ihrer Kammer zu dem Kinde, »als hätte ich vorhin des Onkel Heinrichs Stimme gehört! Aber wie sollte der hierherkommen!« Dann ging sie hinaus und rief von der Treppe in den dunkeln Flur hinab: »Heinrich, bist du da, Heinrich?« – Als keine Antwort kam, schüttelte sie den Kopf und horchte noch einmal; aber nur das Wasser klatschte gegen die Schotten.

Sie ging vollends in das Unterhaus hinab, entzündete mit Mühe ein Licht und stellte es in das Ladenfenster; dann, nachdem sie den Wasserstand besichtigt hatte, stieg sie wieder hinauf in ihre Kammer. »Sei ruhig, Christinchen, das Wasser kommt heute nicht ins Haus; aber der Onkel Heinrich ist auch nicht dagewesen.«

Wohl eine Viertelstunde war vergangen; draußen schien es ruhiger zu werden, die Leute saßen abwartend in ihren Häusern. Da setzte Brigitte plötzlich das Kind von ihrem Schoße. »Was war das? Hörtest du das, Christinchen?« Und wieder lief sie nach der Treppe. »Ist jemand unten?« rief sie in den Flur hinab.

Eine Männerstimme antwortete durch die offene Haustür.

»Was wollt Ihr? Seid Ihr's denn, Nachbar?« fragte die Alte. »Wie seid Ihr an das Haus gekommen?«

»Ich hab ein Boot, Brigitte, aber kommt einmal herab!«

So rasch sie vor dem Kinde konnte, das sich wieder an ihren Rock geklammert hatte, stieg sie die Treppe hinab. »Was ist denn, Nachbar? Gott schütze uns vor Unglück!«

»Ja, ja, Brigitte, Gott schütze uns! Aber hinter der Krämerstraße auf den Fennen ist ein Mensch in Not.«

»Allbarmherziger Gott, ein Mensch! Wollt Ihr das große Tau von unserem Boden?«

Der Mann schüttelte den Kopf. »Es ist zu weit, der Mensch sitzt auf dem hohen Scheuerpfahl, der nur noch eben über Wasser ist. Hört nur! Man kann ihn schreien hören! – Nein, nein, es war nur der Wind. Aber drüben von des Bäckers Hausboden können sie ihn sehen.«

»Bleibt noch!« sagte die Alte. »Ich will Carsten rufen; vielleicht weiß der noch Rat.«

Ein paar Worte noch wechselten sie; dann lief Brigitte nach dem Pesel. Aber es war dunkel, Carsten war nicht dort. Als sie sich mit dem Kinde nach der Ecke des Seitenbaues hingetastet hatte, fand sie die Tür verschlossen.

»Carsten, Carsten!« rief sie und schlug mit beiden Händen darauf los. Endlich kam es die Treppe herab, der Schlüssel drehte sich, und Carsten mit der heruntergebrannten Kerze in der Hand trat ihr totenbleich entgegen.

»Um Gottes willen, Bruder, wie siehst du aus! Warum verschließt du dich? Was hast du oben in der Totenkammer aufgestellt?«

Er sah sie ruhig, aber wie abwesend aus seinen großen Augen an.

»Was willst du, Schwester?« fragte er. »Ist denn das Wasser schon im Fallen?«

»Nein, Bruder; aber es hat ein Unglück gegeben!« Und sie berichtete mit fliegenden Worten, was der Nachbar ihr erzählt hatte.

Die steinerne Gestalt des Alten wurde plötzlich lebendig. »Ein Mensch? Ein Mann, Brigitte?« rief er und packte den Arm seiner alten Schwester.

»Freilich, freilich; ein Mann, Bruder!«

Das Kind, das Brigittens Rock nicht losgelassen hatte, streckte jetzt sein Köpfchen vor. »Ja, Carsten Ohm«, sagte es wichtig, »und der Mann ruft immer nach seinem Vater! Von Nachbar Bäcker seinem Boden können sie ihn schreien hören!«

Carsten ließ das Licht auf die Fliesen fallen und stürzte fort. Er war schon drunten vor den Schotten und wäre in das Wasser hinausgestiegen, wenn ihm der Nachbar nicht noch zur Not ins Boot geholfen hätte.

Einige Augenblicke später stand er drüben in der Krämerstraße auf dem dunklen Boden des Bäckers und ließ durch die offene Luke seine Blicke in den nächtlichen Graus hinausirren.

»Wo? wo?« fragte er zitternd.

»Guckt nur gradeaus! Der Pfahl auf Peter Hansens Fenne!« antwortete der dicke Bäcker, der, mit den Daumen in den Armlöchern seiner Weste, neben ihm stand; »'s ist nur zu dunkel jetzt; Ihr müßt warten, bis der Mond wieder vorkommt! Aber ich geh nach unten; ich bin zu weich; ich halt's nicht aus, das Schreien hier mit anzuhören.«

»Schreien? Ich höre nichts!«

»Nicht? Nun, helfen kann's dem drüben auch nicht weiter.«

Eine blendende Mondhelle brach durch die vorüberjagenden Wolken und beleuchtete das geisterbleiche Gesicht des Greises, der sein fliegendes Haar mit beiden Händen hielt, während die großen Augen angstvoll über die schäumende Wasserwüste schweiften.

Plötzlich zuckte er zusammen.

»Carsten, alle Teufel, Carsten!« rief der Bäcker, der trotz seines weichen Herzens noch zur Stelle war; denn in demselben Augenblicke war Carsten lautlos in die Arme des dicken Mannes hingefallen.

»Ja, so«, setzte der hinzu, als er nun auch einen Blick durch die Luke tat; »der Pfahl ist, bei meiner armen Seele, leer! Aber was zum Henker ging denn das den Alten an!«

Es ist zwar nie ermittelt worden, wer der Mensch gewesen, dessen Notschrei derzeit von der Flut erstickt wurde; gewiß aber ist es, daß Heinrich weder in jener Nacht noch später wieder nach Hause gekommen oder überhaupt gesehen worden ist.

Im übrigen hat Herrn Jaspers' fröhliche Zuversicht sich mehr noch als bewährt; nicht nur das Haus in der Süderstraße, auch das an der Twiete ging bald durch seine Hände. Nur Tante Brigittens Sarg stand noch im kühlen Pesel und wurde von da zur ewigen Ruhe hinausgetragen. Carsten mußte ausziehen; während drinnen der Auktionshammer schallte, ging er, von Anna gestützt, aus seinem alten Hause, um es niemals wieder zu betreten. Oben in der Süderstraße, weit hinter Heinrichs früherem

Gewese, dort wo die letzten kleinen Häuser mit Stroh gedeckt sind, war jetzt ihre gemeinschaftliche Heimat. Ein Amt bekleidete Carsten nicht mehr, auch sonst betrieb er keine Geschäfte; denn in jener Nacht war er vom Schlage getroffen worden, und sein Kopf hatte gelitten; dagegen war er noch wohl geeignet, den kleinen Heinrich zu warten, welcher den halben Tag auf seines Großvaters Schoße zubrachte. Not litt der Alte nicht, obgleich Anna auch den letzten Bruchteil ihres Vermögens um des Gedächtnisses ihres Mannes willen hingegeben hatte; aber ihre Hände und ihr Mut waren nimmer müde. Sie war völlig verblüht, nur ihr schönes blondes Haar hatte sie noch behalten; aber eine geistige Schönheit leuchtete jetzt von ihrem Antlitz, die sie früher nicht besessen hatte; und wer sie damals in ihrer hohen Gestalt zwischen dem Kinde und dem zum Kind gewordenen Manne erblickt hat, dem mußten die Worte der Bibel ins Gedächtnis kommen: Stirbt auch der Leib, doch wird die Seele leben!

Für den Greis aber bildete es eine täglich wiederkehrende Lust, die Züge der Mutter in dem kleinen Antlitz seines Enkels aufzusuchen. »Dein Sohn, Anna; ganz dein Sohn!« pflegte er nach längerer Betrachtung auszurufen. »Er hat ein glückliches Gesicht!« Dann nickte Anna und sagte lächelnd: »Ja, Großvater; aber der Junge hat ganz Eure Augen.«

Und so geht es fort in den Geschlechtern: die Hoffnung wächst mit jedem Menschen auf; aber keiner denkt daran, daß er mit jedem Bissen seinem Kinde zugleich ein Stück des eigenen Lebens hingibt, das von demselben bald nicht mehr zu lösen ist.

Heil dem, dessen Leben in seines Kindes Hand gesichert ist; aber auch dem noch, welchem von allem, was er einst besessen, nur eine barmherzige Hand geblieben ist, um seinem armen Haupte die letzten Kissen aufzuschütteln.

Renate

In einiger Entfernung von meiner Vaterstadt, doch so, daß es für Lustfahrten dahin nicht zu weit ist, liegt das Dorf Schwabstedt, welcher Name nach einigen Chronisten soviel heißen soll als: Suavestätte, d. i. lieblicher Ort. Hoch oberhalb des weiten wiesenreichen Treenetales, durch welches sich der Fluß in schönen Krümmungen windet, ist der alte Kirchspielskrug, dessen Wirt bis zu der neuesten, alle Traditionen aufhebenden Zeit immer Peter Behrens hieß, und wo »Mutter Behrens«, je nach den Geschlechtern eine andere, aber immer eine saubere, sei es junge oder alte Frau, als eine wahre Mutter für die Leibesnotdurft ihrer Gäste sorgte. Die lange Lindenlaube mit dem »schlohweiß« gedeckten Kaffeetisch darunter, die steile granitne Treppe, die unter den alten Silberpappeln zum Fluß hinabführte, die Kahnfahrten zwischen den schwimmenden Teichrosen, diese Dinge werden bei vielen älteren Leuten ein hübsches Abseits ihres Jugendparadieses bilden.

Und Schwabstedt bot noch anderes für die jugendliche Phantasie; denn Sage und halb erloschene Geschichte flechten ihren dunklen Efeu um diesen Ort. Freilich, wenn man sichtbare Spuren aufsuchen wollte, so mußte man genügsam sein: wo einst osten dem Dorfe ein Hafen der gefürchteten Vitalienbrüder gewesen sein sollte, sah man jetzt nur aus dem Flußtal eine Schlucht ins Land hinein; von dem festen Hause der schleswigschen Bischöfe, welches sich einst oberhalb des Flusses hart am Dorf erhob, war nichts mehr übrig als die Vertiefungen der Burggräben und karge Mauerreste, die hie und da aus dem Rasen hervorsahen; wenn man nicht etwa die Zähne von Wildschweinen hinzurechnen will, deren wir Knaben einmal eine Menge unter der Grasnarbe hervorwühlten, so daß wir das Zeugnis des großen Wild- und Waldreichtums, der einst hier geherrscht haben sollte, leibhaftig in den Händen hielten.

Aber mehr noch als durch diese Örtlichkeiten wurde meine Neugier durch ein sichtlich dem Verfalle preisgegebenes Gehöft erregt, das seitwärts von der Bischofshöhe lag, fast versteckt unter uralten hohen Eichbäumen. Das Haus, das schon durch seine zwei Stockwerke sich von den übrigen Bauernhäusern unterschied, gewann allmählich eine geheimnisvolle Anziehungskraft für mich, aber die Blödigkeit der Jugend hinderte mich, näher heranzugehen. Ich mochte schon ein hoch aufgeschossener Junge sein, als ich dieses Wagstück ausführte; ich entsinne mich dessen noch mit allen Umständen.

Während ich zögernd auf der einsamen Hofstätte umherging und bald auf die blinden Fenster des Hauses blickte, bald hinauf in das Gezweig der alten Bäume, wo ein paar Elstern aus ihrem Neste schrien, kam ein altes Weib um die Ecke, die von dem herabgefallenen Astholz in ihre Schürze sammelte. Als ich ihr unter den groben Strohhut guckte, erkannte ich das braune scharfe Gesicht der allbekannten »Mutter Pottsacksch«, welche je nach der Jahreszeit mit Maililien und Waldmeisterkränzen oder Nüssen und Moosbeeren in der Stadt hausieren ging.

»Mutter Pottsacksch!« rief ich, »wohnt Sie hier in dem großen Hause?«

»Je, junge Herr«, erwiderte in ihrem Platt die Alte; »ick hol de Kram hier man wat uprecht!«

Und auf weitere Fragen erfuhr ich, daß einst ein großes Bauerngut bei diesem Hause gewesen, daß aber schon vor hundert Jahren das Land davon gekommen sei und in nächster Zeit auch der Hof – denn so werde das Haus noch jetzt genannt – auf Abbruch verkauft und die Bäume niedergeschlagen werden sollten.

Mich dauerten die armen Elstern, die droben so mühsam sich ihr Nest gebaut hatten; dann aber fragte ich: »Und vor hundert Jahren, wer hat denn damals hier gewohnt?«

»Dotomal?« rief die Alte und stemmte die freie Hand in ihre Seite. »Dotomal hätt de Hex hier wahnt!«

»De Hex?« wiederholte ich. »Hat's denn Hexen hier bei Euch gegeben?«

Die Alte winkte mit der Hand. »Oha! Lat de Herr dat man

betämen!« Womit sie sagen wollte, ich solle das nur sachte angehen lassen, es sei damit auch heut noch nicht geheuer.

Als ich frug, ob jene Hexe denn verbrannt sei, schüttelte sie heftig ihren alten Kopf. »Oha, Oha!« rief sie wieder und gab dann zu verstehen, der Amtmann und der Landvogt hätten nur nicht heran wollen; denn – na, ich verstünde wohl – –; und nun machte sie unter bedeutsamem Kopfnicken die Gebärde des Geldzählens. Die Zerstückelung des Gutes sei nämlich erst nach dem Tode der Hexe vor sich gegangen, sie selber habe noch ihre Wirtschaft streng betrieben und sei eine gewaltige Bäuerin gewesen.

Was diese Hexe denn aber eigentlich gehext habe, davon schien Mutter Pottsacksch nichts zu wissen. »Düwelswark, Herr!« sagte sie. »Wat so 'n Slag bedrivt!« Soviel jedoch sei sicher: Sonntags, wenn andre Christenmenschen in der Kirche gesessen hätten, um Gottes Wort zu hören, dann habe sie sich auf ein Pferd gesetzt und sei nach Norden zu in Heide und Moor hinausgeritten; was sie dort betrieben habe, davon sei wohl übel Nachricht einzuholen. Plötzlich aber habe dieses aufgehört, und seitdem habe sie sonntags ihr großes düsteres Zimmer nicht mehr verlassen; noch Mutter Pottsacksch Urgroßmutter habe das blasse Gesicht mit den großen brennenden Augen hinter den kleinen Fensterscheiben sitzen sehen.

Mehr vermochte ich von der Alten nicht herauszubringen.

»Und war das Pferd, worauf sie ritt, denn schwarz?« fragte ich endlich, um mein schnell geschaffenes Phantasiebild doch in etwas zu vervollständigen.

»Swart?« schrie Mutter Pottsacksch, wie entrüstet über eine so überflüssige Frage. »Gnidderswart! Dat mag de Herr wull löwen (glauben)!«

Noch lange mußte ich an die Schwabstedter Hexe denken; auch tat ich nach verschiedenen Seiten hin noch manche Fragen nach ihrem näheren Geschick; allein was Mutter Pottsacksch nicht erzählt hatte, das konnten auch andere nicht erzählen. Mir ahnte freilich nicht, daß ich die Antwort in nächster Nähe, daß ich sie auf dem Boden meines elterlichen Hauses hätte suchen sollen.

Viele Jahre nachher, da ich diese Dinge längst vergessen hatte, saß ich vor einer dort beiseite gestellten Schatulle aus meines Großvaters Hausrat und kramte in ihren Schubfächern nach dessen Bräutigamsbriefen an meine Großmutter. Bei dieser Gelegenheit fiel mir ein Heft in augenscheinlich noch viel älterer Schrift in die Hände, welches ich, nachdem später noch ein demnächst zu erwähnender Fund hinzugekommen, nunmehr in nachstehendem mitteile.

An der Schreib- und Vortragsweise habe ich soviel geändert, als zur lebendigeren Darstellung des Inhalts nötig erschien; an einzelnen Stellen für manche Leser vielleicht kaum genug; an dem Inhalte selbst ist nicht von mir gerührt worden.

Und somit möge der Schreiber jenes alten Aufsatzes selbst das Wort nehmen.

*

1700. Um diese Zeit war mein lieber nun in Gott ruhender Vater Capellan oder Diaconus im Dorfe Schwesen, allwo er seine dürftige Einkünfte, als mehrentheils an Butter, Korn und Fleisch, von Haus zu Hause einsammeln und überdieß zu seinem Predigtdienst auch noch die Schule halten mußte. Da aber meine lieben Eltern sich alles an ihrem Munde absparten und anderseits wohlgesinnte Leute mir mittags einen Platz an ihrem Tische gönneten, so kam ich auf die Lateinische Schule zu Husum, welcher derzeit der treffliche Nicolaus Rudlof als Rector vorstund, und hatte bei einer frommen Schneiderswitwen mein Quartier. War auch mit Gottes Hülfe schon in die Secunda aufgerücket, als mir eine Leibesgefahr widerfuhr, welche gar leicht allen Studien eine plötzliche Endschaft hätte bereiten können.

So war es am Nachmittage letzten Sonntages Octobris, daß ich nach der gewöhnten Sonnabendseinkehr unter mein elterlich Dach von unserem Dorfe wieder nach der Stadt zurückwanderte! Ich hatte mich jedoch zuvor schon müd gelaufen; denn da die Gemeinde einen Schweinehirten, wie mein Vater selig zu sagen pflegte, einen Gergesener, in den letzten Jahren nicht mehr dulden wollen, so waren unsere Ferkel von dem grünen Weideplane äußerst des Dorfes ausgerissen, also daß wir an diesem letzten heißen Tage des Jahres eine gar tolle Jagd hatten anstellen müssen. Schritt aber desunerachtet auch itzt, da es über solchem Beginnen spät geworden und schon die sinkende Sonne einen rothen Dunst über die Heide warf, mit eilenden Schritten fürbaß; streifete nämlich nach dem erst jüngst verglichenen Kriege mit dem Könige von Dänemark allerlei loses Volk umher und verübte Raub und Einbruch; auch sollten drüben nach dem Holze zu, wo die alten Weiber die Moosbeeren holen, in voriger Nacht die Irrwisch gar arg getanzet haben, dessen Anblick in alle Wege besser zu umgehen.

Da ich endlich in die Stadt und nach dem Markt hinunterkam, stunden schon die Giebel der Häuser dunkel gegen den Abendhimmel, und war ob des Sonntags eine große Stille auf der Gassen; nur aus der alten Kirche hinter den Lindenbäumen tönete ein sanftes Orgelspiel.

Ich wußte wohl, es sei der Organiste Georg Bruhn, des noch berühmteren Nicolaus Bruhn Bruder und successor, der es liebte, in den Schummerstunden nur für sich und seinen Gott seine meisterliche Kunst zu üben; und da ich inne ward, daß die Kirchthür unter den sogenannten Mutterlinden offen stund, so ging ich hinein und setzete mich in der Nordseite still in eines der alten Mönchsgestühlte. Es war aber, wenn gleich die Bäume draußen schon die meisten Blätter abgeworfen hatten, hier innen eine Dämmerung, daß ich die Bilder und Figuren an den Epitaphien, so diese gewaltige Kirche zieren, nur kaum erkennen mochte. Gleichwohl spielte da droben der unvergleichliche Meister noch immerzu; und wie ich so in meiner Ecken saß, ganz allein hier unten, und von dem Dunkel immer mehr umhüllet ward, in das hinein die lieblichen Tongänge der Flöten und Oboen gleich sanften Lichtern spielten, da war mir, als wenn die beiden Engel drüben von dem Crucifix des Altarbildes zu mir herabflögen und mich mit ihren goldenen Flügeln deckten. Wie lange ich in solcher Huth geruhet, ist mir unbewußt; schreckte aber itzt davon empor, daß der Schlag der Thurmuhr dröhnend in den weiten Raum hinunter hallte. Durch die nahezu kahlen Bäume schien der Mond in die hohen Fenster; insonders war das mächtige Reiterstandbild des St. Jürgen mit dem Drachen, so eigentlich dem Gasthaus angehörte, zur Zeit aber hier neben dem Altar aufgestellet war, in einer so hellen Beleuchtung, daß ich das grimme Antlitz des Ritters und unter den Hufen des bäumenden Hengstes gleicherweise den aufgesperrten Schlund des Drachen von meinem Sitze aus gar wohl erkennen mochte.

Aber das Tonspiel droben von der Orgel hatte aufgehört, und drüben an dem Altarbilde schwebten wieder die Engel zur Seiten des Gekreuzigten. Es war eine große Stille um mich her; nur da ich, um hinauszugehen, die Thür des Gestühltes öffnete, scholl es von meinen Tritten weithin durch das Schiff der Kirchen. Eilends rannte ich, erst an die Norder-, dann an die Thurm-, dann an die Süderthür, fand aber alle fest geschlossen, und alles Klopfen, so ich mit meinen Fäusten itzt vollführete, schien an keines Menschen Ohr zu reichen. Da ich mich dann rathlos umwandte, fielen meine Blicke auf das große Epitaphium, das sich gegenüber an dem Pfeiler zeigt, bei dessen Fuße der alte Bürgermeister Ägidius Herfort begraben lieget. Man hatte aber an selbigem vorgestellet, daß der Tod, als ein natürliches Gerippe ganz aus Holz geschnitzt, gleich einer ungeheueren Spinnen an dem Conterfey des seligen Mannes heraufkriechet. Solches wollte mir anitzt nicht eben wohl gefallen; denn durch die Schatten der vor den Fenstern wankenden Gezweige, so mit den Mondlichtern ihr Spiel darüber trieben, wollte mich fast bedünken, als ob das grimmig Unwesen mit dem Kopfe rucke und die spitzen Knochenfinger an des Seligen Gesicht hinaufstrecke. Da fuhr es mir gar noch durch den Sinn, selbiges könne auch wohl einmal abwärts an dem Pfeiler hinunterklettern oder sich gar umwenden und auf das nächste Gestühlte zuspringen. Wußte zwar, es sei das nur ein thörichtes Phantasma, drückte mich aber doch längs dem Steige nach dem großen Reiterbilde des Heiligen, fast unwillens wähnend, daß ich bei selbigem Schutz und Hülfe finden müsse. Freilich fiel mir bei, daß dieß papistische Gedanken und das hölzern Standbild nur gleichsam als ein Symbolum zu betrachten sei, legte aber doch meine Hand um den gespornten Fuß des Ritters. Da vernahm ich, wie drüben in der Vorderthür der große Schlüssel rasselte, und wollte schon dem Ausgange zustürzen, als ich die schwere Thür sich aufthun, aber in selbigem Augenblick sich wieder schließen sahe. Darauf vermochte ich hier innen weder etwas zu sehen noch eines Menschen Tritte zu vernehmen. Däuchte mir aber gleichwohl, daß etwas mit mir in der Kirchen sei, und itzo, da ich mit beklommenem Odem lauschte, hörte ich es deutlich schnaufen und drunten durch den Quergang trotten. Zitternd setzte ich meinen Fuß auf den des Reiterbildes, um solcher Weise mich auf das hölzern Roß hinaufzuschwingen. Es mochte dabei einiges Geräusch erfolget sein; denn mit selbigem erscholl ein furchtbar dröhnend Geheul, und in weiten Sprüngen sahe ich einen schwarzen gar gewaltigen Hund gegen mich daher rennen. Aber schon stund ich oben auf dem Bug des Pferdes; die eine Hand hatte ich um des Ritters Hals geleget, mit der andern nach des barmherzigen Gottes Eingebung dessen Lanze herausgerissen, so nur lose durch den Handschuh steckte.

Da gab es einen Kampf zwischen einem vierzehnjährigen Buben und einer gar grimmigen und starken bestia. Mit funkelnden Augen sprang das Unthier an mir auf, mit seinen Tatzen riß es an meinem Schuhzeug, und ich sahe in den offenen Rachen mit der rothen dampfenden Zunge; nur einer Spannen Weite brauchte es, so hatten die weißen Zähne, so gegen mich gefletschet waren, mich gefaßt und auf den Grund gerissen. Aber ich wehrte mich meines Leibes und stach dem Unthier mit meiner Lanzen in sein zottig Fell, daß es mehrmals heulend auf die Seite flog.

Mir ist nicht bewußt, daß ich in solcher Noth der Menschen Hülfe angerufen, nur ein stumm und heiß Gebet zu Gott und seinen Engeln stieg aus meiner Brust; auch meiner lieben Eltern gedachte ich, wenn sie mich hier an Gottes Altar so elendiglich zerrissen finden sollten. Denn da das Thier unter heiserem Geschnaufe allzeit aufs neue gegen mich sprang, so sahe ich wohl, daß ich aufs letzt ihm doch zur Beute werden mußte. Schon begunnten die Sinne mir zu schwinden, und war mir, als sei es nun nicht mehr der Hund, sondern der Tod selber sei von dem Epitaphio herabgeklommen und von einem der Gestühlte auf mich zu gesprungen. Schon packten die knöchern Hände meine Lanze, da vernahm ich drunten in der Kirchen ein Rufen und Getöse, und wurde mir allzugleich, als flöge oben von dem Crucifix der eine Engel wiederum zu mir herab und risse mit seinen Armen den grimmen Tod von meinem jungen Leibe.

»Türk, Türk, du Mordshund!« hörte ich eine kleine tapfere Stimme unter mir, und als ich schwindelnd niederblickte, sah ich hart an dem rauhen Kopf des Unthiers ein gar lieblich Angesicht, das mit zwei dunklen Augen angstvoll zu mir emporstarrete. Wohl strebte das Unthier noch mit Gewinsel zu mir auf; aber zwei braune Ärmchen hatten sich um seinen Hals geklammert und ließen es nicht los; auch leckte des Thieres Zunge ein paarmal wie liebkosend nach dem schönen Antlitz hin. Das alles gewahrte ich gleichsam mit einem Blick, da der Mond noch hell durch die Kirchenfenster leuchtete. Noch hörte ich eine Männerstimme rufen: »Ein Kind, ein Knabe, des Pastors Sohn aus Schwesen!«, dann vergingen mir die Sinne, und ich stürzte von dem hölzern Roß herab.

– – Da ich meiner wieder mächtig worden, fand ich mich in meinem Logement in meiner Bettstatt liegend und sahe meine alte Schneiderswitwen neben mir auf dem Stuhle, ihr grünes Fläschchen mit den Herztropfen auf dem Schoße. Ich that aber gleichwohl, als ob ich noch in Ohnmacht läge; denn das Gesichtlein neben dem Kopf des grimmen Thieres stand mir gar lieblich vor, sobald ich nur die Augen schloß; erwog auch bei mir selber, wenn es ein Engel möge gewesen sein, so hab es doch das Haar unter ein goldglitzernd Käpplein zurückgestrichen gehabt, wie es am Sonntag hierherum die Dirnen auf den Dörfern tragen; ja, überkam mich fast die Lust, noch einmal auf St. Jürgens Gaul hinaufzuklettern. Erst als das gute Mütterchen mit der qualmenden Lampe mir unter die Nase fuhr, richtete ich mich auf in meinen Kissen. Da rief sie einmal über das andere ein großes Lobe-Gott, dann zapfte sie mir aus ihrer grünen Flaschen und sagte: »Es ist gut, Josias, daß du heut morgen bei deinem Vater Gottes Wort gehört; denn unter dem Thurm bei dem alten Taufstein soll unterweilen itzt der Teufel sitzen und bös Ding sein, mit weltlichen Gedanken ihm vorbeizukommen.«

Ich aber frug gar ängstlich, ob sie mich denn dort hinausgetragen.

»Freilich, Josias«, entgegnete sie; »'s war ja der Küster; wer im Beruf gehet, der braucht sich nicht zu fürchten.«

Da freute ich mich, daß ich meiner Sinne ganz unmächtig gewesen; denn ob meine Engelgedanken, die ich aus der Kirchen mitgenommen, geistlich oder aber weltlich seien, das wollte mir allganz nicht deutlich werden. Im übrigen fiel mir bei, daß der grausame Quadrupede, mit welchem ich gekämpfet, des Küsters Albert Carstens seiner müsse gewesen sein; er hatte, wie ich wußte, einem dänischen Capitän gehört, der bei letzterem in Quartier gelegen, bei der Berennung der Finkenhausschanze aber sein Leben hatte lassen müssen. Und erzählete mir auch das gute Mütterlein, daß der vielen Einbrüch wegen sie den Hund zur Wache hätten in die Kirchen eingelassen. Woher aber der Engel kommen, der mich vor ihm bewahret, das wurde mir nicht kund; mochte auch späterhin, aus weß Ursach war mir selber nicht bewußt, bei anderen Leuten mich nicht darum befragen. Und ist mir in meiner noch übrigen Schulzeit, so viel ich an den Markttagen danach spähete, das lieblich Antlitz mit dem glitzernden Käpplein niemalen mehr begegnet.

Anno Dom. 1705. Es gab zwar zu Zeiten des Administratoris, Hochfürstlichen Durchlaucht Christian August, mit denen geistlichen Ämtern sonderbaren Umgang; hatte doch der gewaltige Rath von Goertz das Pastorat zu Böel in Angeln auf der Hamburger Börsen an den Meistbietenden verkaufen lassen; an einen Schlemmer und Spielbruder, dem man, da es hernach mit ihm zum Sterben ging, die Karten vorgehalten, ob er daran die Farben noch erkennen möge. Gleichwohl glückete es meinem lieben Vater, daß er aus seinem elendigen Diaconate zu Schwesen in das einträglichere Pastorat zu Schwabstätte gelangte und darin bestätiget wurde. Da ich bereits auf der Universität zu Kiel inscribiret war, so machten mich die von meinen lieben Eltern nun viel reichlicher fließende Subsidien für eine Weile gar übermüthig; denn ich stolzirte in hohen Stiefeln und einem rothen Rockelor mit einem Degen an der Seiten; ja, hatte gar einmal einen Ehrenhandel mit einem aus dem Adel, maßen selbiger meines Hauswirths ehrbare Tochter, so mich aber sonsten nichts anging, vor eine Studentenmetze proclamiret hatte. Im übrigen blieb ich nicht dahinter, weder in theologicis noch in philosophicis; hielt mich in ersteren aber meist zu denen älteren professoribus; denn insonders unter den magistri legenties waren derer, so entgegen der Lehre Pauli und unseres Dr. Martini die

Macht des Teufels zu verkleinern und sein Reich bei den Kindern dieser Welt aufzuheben trachteten. Solches aber war nicht in meinem und meines lieben Vaters Sinne.

Weil nun aber nach dem alten Spruche die Repetition die Mutter der Studien ist, so wurde nach absolvirtem biennio unter uns beschlossen, daß ich zu solchem Zwecke den Sommer des obbezeichneten Jahres im elterlichen Hause verleben, sodann aber zu weiterer Erudition für eine Zeitlang noch die berühmte Universität zu Halle beziehen solle. Langte also eines Nachmittages mit guter Gelegenheit in Husum an und bedienete mich für die noch übrige zwo Meilen der Beförderung der heiligen Apostel.

Ich war freilich bislang in Schwabstätte noch nicht gewesen und des Weges unbekannt; es führete selbiger aber zuerst durch die Marsch, wo er auf dem Lagedeiche geradehin läuft; und wo es aufwärts dann in Sand und Heide ging, zeigte sich wohl hie und da eine Kathe, so daß ich mich leichtlich weiterfragen mochte. Plötzlich, da der Weg sich zu einer Anhöhe hinaufgewunden und schon der Abend seine Schatten warf, sahe ich unter mir das Dorf mit seinen rauchenden Dächern, wie es zwischen Busch und Bäumen längs dem Ufer des lieblichen Treeneflusses hingestrecket lag. Da klopfte mir das Herz, daß ich zu meinen lieben Eltern käme, und warf nur kaum noch einen Blick auf den Thurm des alten Bischofshauses, der im Abendgeleucht wie gülden an der Wasserseite aufragete, sondern schwang meinen Stab und sang gar lustig:

»Hier oben von der Höhe
Da kommt der Herr Student!
Herr Vater, o Frau Mutter,
Nun schüttelt mir die Händ!

Mit solchem war ich auch schon unten, und die Dorfshunde fuhren bellend nach meinen Stiefeln, die Weiber, so vor den Thüren stunden, glotzeten nach meinem rothen Rocke und stießen sich mit den Ellenbogen. Da ich aber durch die kleinen Häuser in das Dorf hineinschritt, erblickte ich hinter denselben, nach dem Flusse zu, ein groß und zweistöckig Gebäu, das lag wie in Einsamkeit und nahezu versteckt unter gewaltigen Bäumen; war auch kein lebend Wesen dort zu sehen, weder am Hause noch an der Scheune, so dahinter lag; nur oben aus den Baumkronen erhub sich groß Gevögel und flog dazwischen hin und wider.

Da frug ich einen Alten: »Wer wohnet denn dort unten?«

– »Das wisset Ihr nicht?«

»Nein; ich frage Euch eben derohalben.«

– »Dort wohnet der Hofbauer«, entgegnete er, strich mit der Hand um seinen Stoppelbart und ging in seine Kathen.

Schritt also mit solchem Bescheide fürbaß; wandte aber, unwillens fast, wiederholentlich den Kopf und sehe rückwärts nach den Fenstern, die dorten so schwarz und heimlich unter den düsteren Bäumen glitzerten. Da, wie ich so eine Weile fast in Gedanken fortgegangen, hörete ich plötzlich »Josias, Josias!« wie aus der Luft zu mir herabgerufen. Und war es mein lieb Mütterlein, die stund oberhalb des Kirchhofes auf der Höhe, darauf sie das Glockenhaus gebaut, und hatte durch den Abend nach mir ausgesehen. Da war ich flugs an ihrer Seiten und hielt sie an meiner Brust und frug alsbald, wo unsere Heimstätte itzo denn belegen sei; und da sie nur über den Weg hinüber auf ein freundlich Haus und Garten zeigte, hub ich die fein und handlich Frau auf meine Arme und trug sie den Berg hinab.

Und wiederum, aber solches Mal vom Hause her, rief es: »Josias, Josias!« und unter herzlichem Lachen: »Aber gehet man so mit seiner Mutter um!« Das war mein lieber Vater; der war vor die Tür getreten und nahm sich nun die Mutter aus des Sohnes Armen; denn er war von denen, welche wohl wissen, was ein Scherz bedeute, der aus reiner Herzensfreud quillet. Da aber mein Mütterlein nach ihrer lebhaften Art ihn drängte, ihren stattlichen Sohn gleich ihr mit Worten zu bewundern, entgegnete er fürsichtig: »Ja, ja, Mutter; ich sehe, der Bruder studiosus ist gar wohl gerathen; wollen sehen, ob der theologus darum nicht schlechter sei.«

Dann führten die Eltern mich in meine Kammer; die lag anmuthig nach dem Wald hinaus, und hat selbiger mich dorten oftmals nach meinem Nachtgebete sanft in Schlaf gerauschet. Zwar war der Fußboden nur mit Backsteinen ausgelegt; aber mein Mütterlein hatte eine Decken übergebreitet, wie solche von den kleinen Leuten hier aus den Flußbinsen angefertigt werden.

Bald stellete ich meine Bücher und die wohlgebundenen Collegienhefte auf den großen Tisch und saß zu meines lieben Vaters Freude mit großem Eifer über meiner Arbeit. Meine Mutter aber störete mich dann wohl, suchte mich ins Freie hinauszutreiben und sprach: »Was sollten doch die Leute denken, so dir in deiner Mutter Pflege die frischen Wangen einfielen!« Und eines Abends, da es eben neun vom Glockenthurm geschlagen hatte, rief sie gar: »Da sitzest du noch, Josias, und weißt doch, daß des Kirchenältesten Tochter Hochzeit hält! Da will es sich schicken, daß auch des Pastors Sohn mit der Braut ein Tänzchen mache!« Dann hub sie meinen Rock vom Nagel, bürstete ihn säuberlich und steckte mir einen Hochzeitsthaler in die Taschen. Und itzt vernahm ich auch von fern das Fiedeln und Trompetten, und währete es nicht lang, so war ich mitten in der Hochzeit.

Es sind aber nach altsächsischer Art die Häuser hier gebaut, also daß das Vieh, welches, wie dazumal im Sommer, auf den Koppeln oder Fennen weidet, zur Winterszeit zu beiden Seiten der großen Diele seinen Stand hat, die Stuben für den Bauern und seine Leute aber, was sie »Döns« benennen, der Thorfahrt gegenüber zu unterst an der Dielen liegen.

Da ich nun von draußen aus der sommerlichen Abendstille eintrat, war mir erstan, als sähe ich ein seltsam und beweglich Schattenspiel; denn die Unschlittkerzen an den Ständern warfen nur karge rothe Lichter über die Köpfe derer, die hier sich durch einander drängten oder zu Paaren ihren Zweitritt tanzten und mit Juchzen und Gestampf den Musikanten Hülfe gaben. Und da der große Raum mit Gästen fast gefüllt war, so dauerte es eine Weile, ehe ich die Flitterkrone der Braut daraus emportauchen sahe; machte dann meine Reverenz und drehte mich, obschon in dem Gedrang eine eigene Baurenkunst dazu gehörte, ein Dutzend Male mit selbiger hindurch. Hienach aber setzete ich mich zu einem Krämer aus der Stadt, so von der Schulzeit mir bekannt war, oder zu dem und jenen von denen älteren Bauren, die unter den Tonnen der Musikanten oder drinnen in der Döns an ihrem Bierkrug saßen.

Es mochte solcher Weise die Zeit bis Mitternacht verflossen sein, da sahe ich auf dem Tritt zur Oberstuben eine Dirne stehen, abseits von den andern, als zieme ihr nicht, sich in den Haufen zu verlieren; und da ich ihr im Rücken näher trat, gewahrete ich, daß sie zwar in Baurentracht gekleidet, ihr Röcklein aber von schwarzem Seidentaffet und das Käppchen auf ihrem braunen Haar von rothem Sammet und gar reich mit Gold gesticket war. Mit dem, da itzt die Musikanten auf einen neuen Tanz anhuben, war ein junger Knecht zu ihr herangetreten; der stieß einen Juchzer aus und winkte ihr, daß sie mit ihm in die Reihe träte. Aber sie wandte nur leichthin den Kopf, als sähe sie ihn kaum, und rührte sich nicht von ihrem Platze. Da stampfte der Bursche gar grimmig und mit einem Fluche auf den Boden; und dauerte es nicht lang, so sahe ich ihn mit einer andern im Gedrang verschwinden.

Die zierliche Dirn aber stund noch an dem Thürgerüste; und hatte ich, da sie vorhin den Kopf gewandt, bemerket, daß sie die Kinderschuh noch nicht gar lang verworfen habe; denn ihre bräunlichen Wangen waren noch wie von zartem Pfirsichflaum bedecket.

»Saget mir«, frug ich ein altes Weib, so eben mit einem Fäßchen Bier an mir vorüber wollte, »wer ist die feine Dirne dort?«

»Die, Jungherr? Das ist die Renate vom Hof.«

– »Vom Hof? Da norden vor dem Dorf?«

»Ja, ja, Herr! Oh, die ist stolz! Wollen immer was Bessers sein, die vom Hof; sind aber auch nur Bauern, sind sie!«

– »Und wer war«, frug ich wieder, »der junge Knecht, den sie soeben fortschickte?«

»Hab's nicht gesehen, Herr; wird aber wohl nicht hoch genug gewesen sein.«

Nach solchem sahe ich gar fröhlich auf meinen rothen Rock und meine hohen Stiefel, zu mir selber sprechend: »Du bist der Rechte!« Ging also näher, und indem ich sanft mit der Hand an ihren Arm fassete, sprach ich: »Mit Verlaub, Jungfer, wir tanzen wohl einmal mitsammen!« Erhielt aber auf so zierliche Anrede von dem kleinen Ellenbogen einen Stoß, daß ich fast getaumelt wäre. »Was will der dumme Jung!« rief sie; und als sie dabei das

Köpfchen zu mir kehrte, da blickten ein Paar großer dunkler Augen gar zornig auf mich hin.

Da ich dann entgegnete: »Das war nicht fein, Jungfer; aber ich hab dich wohl erschrecket«, geschah es mit einem Male, als fiele es mir wie Schuppen von den Augen: der Engel von Sanct Jürgens Standbild, er war es, und hatte mich gar eben kräftiglich gegrüßet! Da sie aber noch stumm mit offenem Mündlein mir ins Antlitz blickte, rief ich: »Ja, ja, Jungfer, gucket nur; ich bin's und habe den Engel nicht vergessen!«

Bei solchen Worten flog ein lieblich Roth über ihr junges Gesicht; da ich nun aber dachte, sie zum Tanze frisch weg von ihrem Tritt herabzuziehen, setzten jählings die Musikanten Ihre Geigen und Trompetten ab, und lief alles in großem Tumulte auf der Dielen durch einander; angesehen nunmehro die Überreichung der Hochzeitsgaben vor sich gehen sollte. War auch bald eine Tafel hergerichtet; dahinter saßen Braut und Bräutigam, jeder von ihnen mit einer irden Schüsseln vor sich. Da drängte alles sich heran und brachte, wie es Brauch ist, der eine einen Kronthaler, der andere ein lübisch Markstück, die Fürnehmeren auch wohl ein silbern Geräthstück; und in wessen Schüssel es geleget wurde, der trank dem Geber aus einem Glase zu, so neben einer Flasche Weines gleichfalls vor ihrer jedem stund. Griff also auch in meine Taschen und hatte nicht groß Mühe, das schöne Silberstück darin zu finden; doch waren meine Gedanken bei dem Dirnlein, das ich schier nirgendwo erschauen mochte. So trat ich auf die Stufen, da sie zuvor gestanden; und siehe, mitten im Gedrange glitzerte das güldne Käplein; gewahrete auch einen silbern Suppenlöffel, so von einer kleinen Faust emporgehalten wurde. Aber hart vor dem Mädchen spreizete sich der junge Knecht, dem sie zuvor den Tanz versaget hatte; der winkte seinen Kameraden, worauf alle sich fest zusammenschlossen und also das Mädchen nicht mehr vorwärts konnte.

Ei Tausend, war ich rasch von meinem Tritt herunter und brauchte meine Arme, bis ich gar bald an ihrer Seiten war. »Renate«, frug ich, »darf ich dir helfen?«

Da nickte sie fast scheu zu mir hinüber; ich aber in dem dichten Haufen, wo wir stunden, suchte ihre freie Hand und sprach:

»Nun danke ich dir auch herzlich für dazumalen an St. Jürgens Reiterbildniß.«

Sie schlug die Augen nieder und entgegnete: »O ja, Ihr hattet meinem armen Türk gar jämmerlich das Fell zerstochen!«

»Und wolltest du denn lieber, daß mich das grimmig Vieh zerrissen hätte?«

Da lachte sie leise auf; dann aber sprach sie traurig: »Das war ja gar kein grimmig Vieh; das war der frömmste Hund im ganzen Dorf!«

»Möchte ihm doch lieber nicht begegnen!« sagte ich.

»Begegnet ihm hier auch keiner mehr«, entgegnete sie; »die Tatern haben ihn über Nacht verlockt; er muß nun wohl ihre Karren ziehen oder ihre schmutzigen Kinder auf sich reiten lassen.«

Indem sie dieses sagte, rückten vor uns die Bursche nach dem Brauttische zu. Da fassete ich ihre kleine Hand fest in die meine. »Jetzt!« raunte ich ihr ins Ohr, und mit einem Rucke brach ich für uns beide Bahn; merkete aber noch, wie Renate das Näschen hob, als wolle sie ihrer keinen sehen, so da mit einem Fluche oder höhnischem Lachen auf die Seiten wichen. Dann aber traten wir mitsammen vor die Hochzeitleute. Ich warf mein Silberstück in des Bräutigams Schüssel und leerete das Glas, daraus er mir zutrank, auf einen Zug; da ich mich aber nach dem Mädchen wandte, sahe ich wohl, daß sie von ihrem Munde das volle Glas der Braut zurückgab.

Als wir sodann uns wieder rückwärts durch den Haufen drängten, erhub sich wiederum ein spöttlich Reden hinter uns, so daß ich sagte: »Du hast dir übel Feindschaft gemacht, Renate; war dir der junge Knecht nicht gut genug zum Tanze?«

Da sahe sie mich gar fürnehm aus ihren dunkeln Augen an: »Den kennet Ihr nicht, Herr Studiosi; das ist des Bauervogten Sohn; der ist ein Prunkhans, er trotzet auf seines Vaters Geldsack und meinet, er brauche nur zu winken.«

Gläubete wohl ihrer Rede; denn es kostete dazumal noch die Last Gerste hundert und der Weizen mehr denn hundertundfünfzig Thaler; das machte die Bauern überthätig, die Jungen mehr noch denn die Alten.

Wir stunden aber wiederum in dem offenen Thürgerüste zu der Oberstuben, darin von den städtischen Gästen mit den fürnehmeren Bauern am Kartentische saßen und viele Lichter brannten. So konnte ich in rechter Muße ihr Angesicht betrachten.

Betrachtete es also, so daß ich es von Stund an nimmer hab vergessen können; des klage ich zu Gott und danke ihm doch dafür. Es war aber von lieblich ovaler Bildung, die Stirn fast schmal und die obere Lippe ihres Mündleins ein wenig aufgeworfen, als hebe es eben an zu sprechen: »Ja, gläubet nur, ich laß mir so nicht winken!«

Schon war der Brauttisch fortgeräumt, und die Musikanten von ihren hohen Sitzen probireten wieder ihre Instrumente. »Wie wird's, Renate«, wollte ich eben fragen, »tanzen wir denn itzo miteinander?« Da hörte ich neben aus der Stuben des Mädchens Namen rufen; und da ich den Kopf wandte, sahe ich sie schon am Stuhle eines hageren Mannes stehen, der hatte gleich ihr so dunkle, spitze Wimpern an den Augen, und dachte wohl, daß es ihr Vater wäre. Sie hatte aber ihren Arm um des Mannes Nacken und er den seinen um ihren Leib geleget; so hielt er müßig in der Hand sein Kartenspiel und schaute in seines Kindes Angesicht, unachtend, daß die andern Trumpf und Herzendaus von ihm verlangten. Da Renate aber meines Vaters Namen nannte, so trat ich näher und grüßete den Mann.

Selbiger streifte mit einem scharfen Blick an meinem prunkenden Habit und sprach: »Ihr schaut gar lustig aus, Herr Studiosi; werden aber wohl bald die schwarzen Federn darüber wachsen!«

Worauf in gleichem Scherz ich gegenredete, die müßten freilich noch schon wachsen; gäb's ohne solche ja auch keinen ausgewachsenen Raben, der doch, wie wohlbekannt, der Pastor unter dem Vogelvolke sei.

Hierauf sah er mich wieder mit seinen scharfen Augen an und meinete, er kenne auch so was die modi auf denen Universitäten; »denn«, sagte er, »Ihr wisset wohl, drüben in Husum meines Schwagers Sohn gehöret auch zu Euerem Orden.«

Da frug ich geziementlich, wie denn der Name sei, und erhielt die Antwort: »Es ist der Küster Albert Carstens; meine Renate war das letzte Jahr in seinem Hause, damit sie ein wenig mehr erlerne, als hier in der Bauernschul zu kaufen ist.«

Hierüber erschrak ich sehr und dachte: »Weh deinem armen Engel, daß er unter eines solchen Atheisten Dach gerathen!« War mir nämlich bewußt, daß selbiger Carstens, als derzeit noch ein studiosus, hier im Dorf gewesen und gar heftig gegen den exorcismum geredet, auch ein alt mandatum, so die Gottorpischen Calvinisten im vorigen saeculo zuwege gebracht, wieder vorgekramet habe, wonach es in der Taufeltern Belieben war gestellet worden, ob sie den Antichrist in ihrem Kinde wollten beschworen haben oder nicht. Deß hatte mein Vater als bei seinem hiesigen Amtsantritte große Noth gehabt, maßen der redefertige Neuerer auch den Diaconum und manchen sonst gläubigen Christen in seine Schwärmerei hineingezogen hatte.

Da mir nun solches gar widerwärtig meinen Sinn durchkreuzete, fühlte ich plötzlich meine Hand ergriffen: »Aber, Herr Studiosi«, sprach Renate, »Ihr wolltet ja mit des Hofbauern Tochter tanzen!«

»Ja, ja«, fügte der Bauer bei, »tanzet nun miteinander; Renate hat es in der Stadt gelernt. Und besuchet uns einmal, Herr Studiosi; der Hofbauer hat wohl noch eine Flasche Rheinischen in seinem Keller.«

Da flogen all schwere Gedanken fort. Mit dem schönen Dirnlein an der Hand tauchte ich gleichsam in das dunkle Gedräng hinab, so daß mir däuchte, wir seien schier darin verloren. Über uns weg von ihren Tonnen bliesen und fiedelten die Musikanten; und um uns her stampfeten und schrien die jungen Knechte und Dirnen. Kümmerte aber das alles uns nicht sehr; so nur ein freier Raum entstund, fassete ich sie um und schwenkte das leichte Kind in meinen Armen, und wenn's nicht weiter gehen wollte, stunden wir still und schaueten uns voll Freud und Neugier in die Augen. Und wenn ich heut zurücke denke, so wüßt ich nicht zu sagen, wobei sich mein Herz zumeist ergötzete; auch nicht, wie in solch anmuthigem Wechsel uns die Nacht zerronnen; denn da ich einmal über der Tänzer Köpfen nach dem offenen Thore blickte, waren am Himmel schier die Stern' erblichen und streifete ein bleicher Schein die Balken an der Bodendecke. »Sieh, Renate«, sprach ich, »so geht die Lust zu End.«

Da fühlte ich, daß sie sich leise an mich drängte; aber sie entgegnete nichts und schaute auch nicht auf. Als ich aber gewahrete, wie ihre Wangen glühten, frug ich: »Dürstet dich auch, Renate? So wollen wir drüben zu dem Tische gehen.«

Und da sie nickte, gingen wir hin; und ich nahm einer frischen Dirne, so eben dort getrunken hatte, das Glas aus der Hand, um es aus einem Bierkrug wiederum zu füllen. Aber Renate ergriff ein anderes, das auf dem Tische stund, und bückte sich damit zu einem Eimer Wasser.

»Ei«, rief ich lachend, »trinkst du mit den Vögeln, was unser Herrgott selbst gebrauet?« Doch sie hatte das Glas nur ausgeschwenkt.

»O nein, Herr Studiosi«, entgegnete sie fast verschämet; »schenket nur ein; ich trink schon, was die Männer trinken!«

Da sie dann aber ihr Hälschen aufreckte und gar durstig trank, kam eine sehr alte Frau mit einer schwarzen Kappen auf dem greisen Haar gelaufen, zupfte sie an ihrem Taffetröckchen und raunete: »Der Bauer ist schon heim; der Bauer ist schon heim!«

Und als Renate ihr Glas hinsetzte, rufend: »Marik', ich komme schon, Marik'!« da war die Alte nimmermehr zu schauen.

Ich aber haschte des Mädchens Hand und sagte: »Du wolltest mir doch also nicht entlaufen? Ich gehe schon mit dir, Renate, so du gehst!«

Und so gingen wir schweigend mitsammen aus dem Hochzeithause. Und da wir auf die Höhe vor dem Bischofshause kamen, wo der Steig hinüberführt, blieben wir unter dem Thurme stehen und schauten in die Tiefe unter uns; denn vor dem aufsteigenden Morgen floß dorten der Strom mit dunkelrothem Glanze in das noch dämmerige Land hinaus. Zugleich aber wehete eine scharfe Luft von Osten her, und da Renaten schauderte, legte ich meinen Arm ihr um das nackte Hälschen und zog ihre Wange dicht zu mir heran. Da wehrete sie mir sanft. »Lasset, Herr Studiosi«, sprach sie, »ich muß nun heim!«, und wies hinab nach ihres Vaters Hause, so seitwärts unter den düsteren Bäumen lag. Und als nun gar ein heller Hahnenkraht daraus emporstieg, da sahe ich sie schon den Berg hinunterlaufen; dann aber wandte sie sich und schaute unverhohlen mit ihren dunkeln Augen zu mir auf.

»Renate!« rief ich.

Da nickte sie noch einmal und schritt dann eilig über die bethauten Wiesen nach dem Hofe zu. Ich aber stund noch lange oben in der scharfen Morgenluft und starrete hinunter auf die düsteren Eichen, aus deren dürrer Krone itzt ein paar Elstern aufflogen und krächzend den Nachtschlaf von den schweren Flügeln schüttelten.

Andern Tages fiel die Sonne schon hoch in meine Kammer, da mein Mütterlein mir die Morgensuppe an meine Bettstatt brachte; und da sie in ihrer liebreichen Weise mich über die Lustbarkeit befragte, hörete sie nicht ungern von der Bekanntschaft mit des reichen Hofbauren Tochter und spann, wie die Mütter pflegen, schon ihre festen Fäden für die Zukunft. Als sie dann aber nachmittags, da ihr Gespinste nahezu fertig war, solches voll Freudigkeit vor meinem lieben Vater auszubreiten begann, schien selbiger nicht völlig gleichen Sinnes, sondern rieb sich, wie er in Zweifelsfällen es gewöhnt war, bedächtig mit dem Finger an der Nasen und wiegte schweigend seinen Kopf dazu.

»Wie, Vater«, brausete die Mutter auf, »ist dir die liebe Gottesgabe, das Geld und Gut, etwan im Wege? Und meinest du, daß ein künftiger Diener Gottes müsse allemal in Armuth leben, weil solches, leider Gottes, unser Theil gewesen ist?«

»Nein, o nein, Mutter!« entgegnete er. »Nein, das gewißlich nicht!«

»Nun, Gott sei gedanket!« rief die Mutter. »Was ist denn nun noch für ein Aber?«

– »Ja, Mutter, ihr Weiber wollet euch gar am eignen Sohn den Kuppelpelz verdienen; aber – ich denke, der Josias geht wohl andere Wege.«

Damit ging er in seine Kammer und setzete sich zu seiner morgenden Sonntagspredigt; und hatte ich, der fast beschämt dabeigestanden, nun wohl vermerket, daß mein lieber Vater von diesen Dingen nicht mehr wolle geredet haben; – nicht minder, daß wegen der Hofleute was immer für eine Bedenklichkeit in ihm versire.

Ich war aber hiedurch in eine gar üble Unruhe versetzet worden. Ich lief aus dem Hause und über den Weg auf den

Glockenberg und sahe hinüber nach dem Schloßthurm, von wo ich in der Frühe mit Renaten in das stille Land hinausgeblicket; lief wiederum zurücke, warf mich an meine Arbeit und brachte aber nichts zustande, als daß ich den Buchstaben R wohl hundertmal in meine Hefte malte, gleichsam als hätt ich's wegen dieses einen noch von der Schreibstub nachzuholen.

Drum, als es Abend wurde, trieb mich's nach dem Kruge, der oberhalb der Treene liegt, ob ich dorten was erfahren möchte; redete auch mit dem und jenem und kehrete dann gelegentlich das Wort auch auf den Hofbauren. Da sahe ich wohl, daß er geringen Anhang hatte; redeten ihm nach, obschon er weitaus noch kein Bauer aus dem Fundamente sei, so schlage alles ihm doch zu! denn da vor Jahren hier die Seuche in das Vieh gekommen, so sei in seinem Stalle ihm kein Stück gefallen, und wenn auf ihrem Boden die Mäus' und Ratzen ihnen das Korn zerschroten, so habe in einer mondhellen Herbstnacht der Feldhüter es mit leiblichen Augen angesehen, wie aus des Hofbauren Scheune, gar greulich anzuschauen, sothanes Geschmeiß in hellen Haufen zur Treene hinabgerannt und sich mit Quieksen und Gepfeife in den Fluß gestürzet habe. Zog mich sogar der blasse Dorfschneider bei einem Rockknopf in die Ecken und sprach gar heimlich: »Jungherr, Jungherr! Wisset Ihr, was die schwarze Kunst bedeutet?« Schlug sich dann aufs Maul und zeigte mit der Hand dahin, als wo der Hof belegen.

War mir nun zwar bewußt, daß wohl gar geistliche Herren sich mit solcher Kunst befasset, wie denn der vorig Pastor in Medelbye darin gar sonderbar geschickt sollte gewesen sein; auch daß solches, wenn gleich kein endgültig Pactum mit dem Seelenfeinde, so doch ein frevelig Spiel um Seel und Seligkeit sei, so bei der menschlichen Schwachheit gar leicht in das ewige Verderben führen könne; sahe aber gleicher Weise, daß diese Leute dem Hofbauren seinen Reichthum neideten, ihm auch aufsätzig waren wegen seiner Hoffart und schon von seines Vaters wegen nicht vergessen konnten, daß selbiger gegen der Gemeinde Willen sich einen Emporstuhl in der Kirchen durchgesetzet.

– – Schritt also, wie ich dem Hofbauren das versprochen, am andren Nachmittage nach der Predigt über die Bischofshöhe den Fußsteig zu dem Hof hinab. Da ich herzutrat, lag das große

Gebäu gar stille unter seinen alten Eichbäumen; bellte auch kein Hund vom Flur heraus; nur droben in den Wipfeln erhuben die Elstervögel ein Gekrächze, als ob sie hier die Wacht am Hause hätten. Indem vernahm ich einen Tritt von drinnen, und das alte Baurenweib, so in der Nacht Renaten von der Hochzeit abgerufen hatte, öffnete die Hausthür; dabei hatte sie einen langen Wollenstrumpf in Händen, an welchem sie sogleich wieder zu stricken fortfuhr.

»Ist Er des Priesters Sohn?« frug sie; und als ich das bejahete, that sie ein Zimmer auf und sagte: »Geh Er nur hinein; da steht auch eine Faulbank; ich will den Bauern rufen.«

Und war das ein breit und hoch, aber gleichwohl düsteres Gemach; denn zu Nord und Osten, überall vor den Fenstern, hing das Gezweig herab, so daß man aus den letzteren nur kaum noch an den Fluß hinunterschauen mochte. Unter den Stühlen war wohl auch ein Kanapee; sonst aber an den weißgetünchten Wänden ein paar große Tragkisten und sonstig Bauerngeräth; doch prunkete auf einer Schatullen eine Theekanne mit einem halben Dutzend Tassen, desgleichen ich bei Bauern bislang nur noch auf den großen Marschhöfen gesehen hatte. Daneben aber erblickte ich, und däuchte mir solches wohl ein seltsam Zierath, ein unförmlich und scheußlich Graunbild, fast eines Fußes hoch und, wie mir schien, aus rothem Thon gebildet. Da ich solch Unding noch mit widerwilliger Neubegier betrachtete, trat der Bauer in die Stuben. »Ja, ja, Herr Studiosi«, sprach er und reichte mir die Hand, »beschaut's Euch nur! Wird in der Welt zu allerlei Ding gebetet! Der Rothe hier, das ist ein Heidengötze, den hat mein Vaterbruder, so ein Steuermann gewesen, mit über See gebracht.«

Ich sahe nun erst, welch ein groß gewachsener Mann es war, der solches redete. Sein Antlitz war etwas bleich; aber er trug seinen Kopf mit dem schwarzen Bart und dem dunkelen, kurz geschorenen Haupthaar gar hoch auf seinen Schultern.

Das alte Weib, das mit dem Bauren eingetreten und mit ihrem langen Strickstrumpf auf und ab gewandert war, zeigete mit selbigem auf den Götzen und raunte mir ins Ohr: »Das ist der Fingaholi! Der Pastor darf's nicht wissen; aber gläub Er's mir, der ist gar gut gegen die Mäus' und Ratten.«

Mir fielen die Reden des Schneiders bei; aber der Bauer, der es wohl vernommen hatte, lachete und sprach: »Ich meint, daß du mir die vertrieben hättst, Marike!«

Die Alte warf ihm einen bösen Blick zu und begann, vor sich hin scheltend und strickend, wieder auf und ab zu wandern.

Draußen in den Bäumen schrachelten die Elstern; mir war's mit einem Mal gar einsam in dem großen, düsteren Gemache.

Da that die Thür sich abermalen auf und geschahe mir, als sei es itzt jählings helle worden; und war doch nur ein braun und bläßlich Dirnlein, so hereingetreten ein Brett mit Flasch und Gläsern worauf setzete sie vor dem Kanapee auf den Tisch und der Bauer rief: »Da kommt der Rheinische, Herr Studiosi; setzet Euch nun, so wollen wir eins mitsammen reden.«

Renate aber, welche itzt ein sorglich Auge auf die alte Frau gewendet, hing sich an deren Arm und redete ihr leise zu, indes sie einige Male mit ihr auf und ab wanderte. So wurde die Alte wieder ruhig und ging gar bald hinaus. »Es ist meines Vaters Kindsmagd, Herr Studiosi«, sprach das Mädchen; »sie meinet noch immer, sie allein nur könne ihm die Strümpfe stricken. Sonst aber ist sie nur schwach – wisset, da, hier herum!« Und dabei strich sie mit dem Finger über ihre Stirn. Dann trat sie zu dem Bauren, der schon den hellen Wein in die Gläser goß, und wie im Scherze mit ihrer kleinen Faust ihm drohend, sprach sie: »Vater, Vater, was hat Er mit Seiner Marike wieder angestellt.«

Der aber sahe sie unwirsch an und sagte: »Laß gut sein, Renate; das alte Tropf, es könnt mich noch zu Ding und Recht reden! Kommet, Herr Studiosi«, fügte er bei, »und probet einmal! Weiß nicht, ob im Pastorshause besserer zu haben ist.«

That also Bescheid und entgegnete, im Pastorshause sei der Wein gar selten; aber daß in dem dumpfen Keller gar das Bier verderben müsse, des habe mein lieber Vater arge Noth.

Da lachte der Mann und griff sich in die silbern Knöpfe seines Wamses: »Lasset den Pastor nur mit dem Hofbauren reden; er soll bald einen Keller für sein Bier bekommen.«

Ich sahe auf Renaten, die am Fenster saß und an einem Namentüchlein stichelte. Dachte immer, sie solle einmal wieder die großen Augen auf mich wenden; aber sie schaute nur auf ihre Arbeit, und ich, des jungfräulichen Herzens unkundig, wurde in mir fast unwillig, daß sie unsere Bekanntschaft also verleugnen mochte. Dachte aber, ich müsse der höflichen Anerbietung des Bauren eins entgegenbringen und begann also die anmuthige Lage seines Hofes oberhalb des Treeneflusses in das Licht zu stellen, was er gar gern zu hören schien.

»Das möget Ihr wohl sagen, Herr Studiosi«, hub er an, »und hat auch seine eigene Bewandtniß. Der stammet noch aus der katholischen Zeit vom alten Gottorpschen Bischof Schondeleff, der drüben in dem wüsten Thurmgebäu residiret, wo später der König seinen Amtmann sitzen hatte. Müsset nämlich wissen, bevor sie Anno 1621 da drunten die Stadt und die große Eiderschleuse bauten, kam die Fluth auch hier herauf, und was Ihr drunten durch das Fenster sehet, war damals ein breit und mächtig Wasser, so mit seinen Buchten in den Wald hineinging. Trieb sich aber damals auf allen Meeren ein wild und gefährlich Gesindel um, die sich Likedeler hießen; Ihr wisset, die Vitalienbrüder unter dem Godeke Michels und dem Störtebeker, dem sie auf dem Hamburger Grasbrooke den Kopf herunterschlugen.«

Von denen hatte ich denn freilich wohl vernommen. Nicht minder, daß selbige, so sie von den Hansestädten oder den Mecklenburgern gejaget wurden, sich oftmalen mit ihren Schiffen die Treene hier herauf retiriret hätten, allwo ihnen der dicke Wald im Rücken war. Merkte das also an und sagte auch: »Es wird aber erzählet, der Bischof selber habe hier den Räubern einen Hafen angewiesen.«

Da lachte der Bauer und griff in seinen schwarzen Bart: »Ihr meinet nach der Regel, wo der Marder sein Nest hat, da holet er die Hühner nicht! Ist aber Altweiberrede; der alte Schondeleff hatte gar übeln Vertrag mit denen und hätte wohl gar sein Leben an sie lassen müssen, wenn meiner Mutter Urahn ihn nicht mit seiner guten Axt herausgehauen hätte. Derohalben aber hat er ihn mit diesem Hof nebst Wald und Gründen begabt und ihm den Namen ›Ohm‹ beigeleget, weil er nicht als ein Diener, sondern als ein Freund und Ohm an ihm gehandelt habe.«

Und da ich frug, wo solche Kriegsthat denn geschehen sei, antwortete der Bauer: »Es ist nur ein Viertelstündchen osten dem Dorfe, an dem Vitalienhafen, der freilich itzo nichts als eine leere Höhlung ist, darum sie es auch ›Holbek‹ zu nennen pflegen; aber hart dahinter stehet noch der Wald wie dazumal, und von der Höhe ist ein Ausblick weit in das Dithmarscher Land hinaus.«

Muß wohl bekennen, daß bei solchem Zwiesprach meine Gedanken nur halb zugegen waren; sie gingen nach drüben zu dem Fenster, daran Renate saß; noch immer über ihre Nähterei geneiget. Hier innen war's noch düsterer geworden; aber draußen hinter den Bäumen spieleten die Lichter der Nachmittagssonne, daß sich der Abriß ihres lieblichen Angesichtes gleich einem Schattenbilde auf grüngüldenem Grunde abhub.

»Nun, Herr Studiosi«, rief der Bauer, da ich im Hinschauen wohl schier mochte verstummet sein, »was gucket Ihr so ans Fenster? Ihr meinet auch wohl, ich sollte ein paar Klaftern Holz aus meinen alten Bäumen hauen?«

Da stürzte ich rasch mein Glas herunter; war es mir doch schier, als sei ich auf verbotenem Weg ertappet worden; ingleichen aber, als ob der Bauer mit seinem Rheinischen mich hier am Tisch gefangen halte. Sprang also von meinem Stuhle auf und sprach: »Was meinet Ihr, Hofbauer; draußen ist noch lichter Tag; kommet mit Eurer Tochter und zeiget mir, wo Euer Ohm den Bischof freigehauen!«

Der Bauer entgegnete, er wolle schon mit durchs Dorf hinaus; danach aber habe er noch einen Gang aufs Moor, wo in der Woche seine Leute bei dem Torf gearbeitet; doch werde seine Tochter mir den Weg schon weisen.

Und als ich hinsah, nickte Renate ihrem Vater zu und stund von ihrem Stuhle auf; der Bauer aber ging noch erst mit mir auf seine Hofstelle und durch Stall und Scheuer; und gewahrete ich darinnen manches, das däuchte mir anders und auch verständiger, als wie es sonst von Vater auf den Sohn die Bauren sich herzurichten pflegen.

»Sehet einmal hier, Herr Studiosi«, sagte der Hofbauer, »Ihr mögt's mir glauben, um dieser Rinne wegen möchten die Kerle hier mich gar am liebsten fressen; nur weil ich letzt beim Neubau den alten Ungeschick nicht wiederum verneuern wollte. Aber, 's ist schon richtig, die Ochsen, wenn sie ziehen sollen, müssen das Brett vorm Kopfe haben.« Er nahm eine Furke, so am Wege lag, und warf sie mit kraftvollem Schwung in eine Ecken.

Als wir aus dem Stalle traten, kam Renate zu uns, und wir schritten miteinander durch das Dorf. Einen Büchsenschuß dahinter, unweit des Waldes, nahm der Bauer seinen Abschied. »Ihr kennet nun den Hof«, sagte er; »und vergesset das Wiederkommen nicht; ich muß hier nach Norden zu. In Husum der Rathsverwandte Feddersen soll ein Dutzend Tagesgrift für seine Brauerei geliefert haben, da muß ich schauen, ob auch die richtige Stückzahl in den Ringeln ist.«

Und dann gingen wir zu zweien weiter.

Nur das Moor liegt zwischen hier und dorten, ein Vogel mag sich bald hinüberschwingen; aber auch wohl dreißig Jahre sind seit jenem Tag zur Ewigkeit gegangen – ohne sie zu mehren; denn nur der Mensch ist in der Zeitlichkeit – im Dorfe Ostenfelde sitze ich hier als ein zu früh mit Körperschwäche befallener emeritus und leidiger Kostgänger bei dem pastor loci, meinem lieben kerngesunden Vetter Christian Mercatus. Hätte somit der Muße genug, um, wie meine übrige Lebensumstände, so auch die Vorgänge jenes Nachmittages aufzuzeichnen. Lieget mir selbiger doch gleich einem Überschwang holdseliger Erinnerung im Gemüthe; habe auch einen ganzen Bogen Papieres dazu hergerichtet und mir die Federn von dem Küster schneiden lassen, und nun vermag mein inneres Auge nichts zu sehen als vor mir einen einsamen Weg zwischen grünen Knicken, der sich allgemach zum Wald hinaufwindet. Weiß aber wohl, es ist der Weg, den wir dazumal an jenem Nachmittage gingen, und ist mir, als wehe noch ein sommerlich Düften von Geißblatt und Hagerosen um mich her. – –

»Renate!« sagte ich, nachdem wir lange stumm dahingeschritten.

»Ja, Herr Studiosi?« Sie hatte den Kopf gewandt und hielt die dunkeln Augen mir entgegen.

Da wußt ich nimmer, was ich sagen sollte, und dachte doch: »Es muß nicht gelten, daß ein Studirter und zukünftiger Kanzelmann einem Bauerdirnlein gegenüber also den Text verlieret.« Aber selbiges Dirnlein war ja der Engel von St. Jürgens

Bildniß, und so fiel's mir bei: »Renate«, frug ich, »habet Ihr denn itzo keinen Hund auf Eurem Hofe?«

»Einen Hund? Nein, Herr Studiosi; es wollt nicht gehen mit dem Aufziehn. Ich mag auch keinen, seit sie meinen Türk gestohlen haben.«

– »Ich mein aber, der Türk habe dem Küster in Husum zugehört?«

»Freilich; aber er hatte sich mir zugewöhnt und ist mir nachgelaufen; da hat ihn der Vetter mir gelassen.«

– »Und nun«, sagte ich, »habet Ihr nur die Krähenvögel in Eueren alten Bäumen.«

»Ihr spaßet, Herr Studiosi«, entgegnete sie; »aber es braucht bei uns kaum eines Hundes; mein armer Vater leidet an der Luft und schläft allzeit nur leis. Wenn es arg ihn überfällt, rufet er wohl nach mir; wir wandern dann gar manche Stunde mit einander, in der Stube und über den Flur in den Pesel, wo das Bild vom Schloß und von dem alten Bischof hängt. Da sind die draußen nimmer sicher, daß nicht ein Paar Augen durchs Fenster in die Nacht hinausschauen.«

Sie sahe gar bekümmert aus, da sie solches erzählte, und ich sagte: »Du bist doch noch so jung, Renate!«

– »Ja; aber mein Vater hat gar niemanden sonst; meine Mutter ist lang schon tot.«

Und somit waren wir unter die breiten Buchen in den Wald geschritten; da schlug noch eine Drossel aus dem Wipfel eines Baumes, und in der Ferne hörten wir es durch die Büsche brechen. »Das sind die Hirsche«, sagte das Mädchen; »zu Herzog Adolfs Zeiten soll die Unmenge hier gewesen sein.«

Dann theilete sie mit den Händen das Gezweige voneinander und sprach: »Hier ist's, Herr Studioi!« – Und wir standen oben an Störtebekers Hafen und sahen unter uns in das weite Treenethal hinaus. Es war aber nur eine Höhlung, so in das sandige Hochland hier hineinging; das Wasser floß itzt fern davon in seinem schön geschlängelten Laufe durch die Wiesen. Renate führte mich zu einer dicken schrundigen Eichen und zeigete auf einen schier vernarbten Spalt in deren Stamme. »Sehet, Herr Studiosi, hier hat der Urahn seine Axt hineingehauen, als die Kriegsarbeit gethan war und die Räuber da hinab zu ihren

Schiffen rannten. Er hat auch eine Tochter gehabt, die hat, wie ich, Renate geheißen, und weil ihr Vater im Gefecht es so gelobet, so hat sie in ein Kloster sollen; da sie aber aufgewachsen, hat sie dazu nein gesprochen und ist hernach dann meine Ahne worden.«

Sie hatte sich an den Baum gelehnt und ihre Hände vor sich in den Schoß gefaltet; so schauete sie in das Abendgold hinaus, das itzo allgemach am Erdenrand emporglomm. Ich aber blickte auf dies junge ernste Antlitz und mußte mich fast sorglich fragen, was denn wohl sie in solchem Fall gesprochen haben würde; und lobete im stillen unsern Vater, Dr. Martinum, daß er dem Unwesen der Klöster bei uns ein Ziel gesetzet.

Indem ich solches dachte, richtete sie sich jählings auf. »Nehmt's nicht für ungut«, sprach sie hastig; »aber ich bitt Euch, wollet itzo mit mir durch das Holz gehen; es führt von hier ein Richtsteig nach dem Moor hinüber.«

Und da ich eine Unruhe auf ihrem Antlitze las, so frug ich, ob sie etwan um ihren Vater sorge.

Da schüttelte sie sich als wie aus einem Traume und sagte: »Es wird nichts sein, Herr Studiosi; aber wenn Ihr wollt, so lasset uns eilen; vielleicht, er mag uns dann entgegenkommen!«

So gingen wir in den tiefen Wald hinein. Immer stiller wurde es um uns her, und immer mächtiger wuchs die Dunkelheit; nur kaum noch mochte ich Renatens anmuthige Gestalt erkennen, wie selbige unter den hohen Stämmen so rasch vor mir dahinschritt. War mir mitunter, als gaukele vor mir dort mein Glück, und müsse ich es halten, wenn ich's nicht verlieren wolle. Wußte aber gar wohl, daß des Mädchens Sinnen itzo auf nichts als einzig nur auf ihren Vater zielete.

Endlich dämmerte es durch die Bäume wie graues Abendlicht, der Wald hörete auf, und da lag es vor uns – weit und dunstig; hie und da blänkerte noch ein Wassertümpel, und schwarze Torfringeln rageten daneben auf; ein großer dunkler Vogel, als ob er Verlorenes suchte, revierete mit trägem Flügelschlage über dem Boden hin. An meiner Seite stund Renate; ich hörte ihren Odem gehen und konnte gewahren, wie ihre Augen angstvoll und nach allen Seiten in die vor uns hingestreckte Nacht hinausschauten; denn uns im Rücken hinter den gewaltigen Schatten des Waldes lag das letzte Tageleuchten. Da mußte ich mit dem Psalmisten sprechen: »Herr, du machest Finsterniß, und es wird Nacht; aber Himmel und Erde sind dein: denn du hast sie gegründet und alles, was darinnen ist!«

Indem aber rührete Renate mit der einen Hand an meine Schulter, und mit der anderen wies sie auf das Moor hinaus.

»Was meinest du, Renate?« frug ich.

– »Sehet Ihr nicht? Dort?«

Und da ich meine Augen anstrengte, meinete ich fern im Duste einen Schatten schreiten zu sehen; aber nur eines Athemzuges lang. »War das dein Vater?« frug ich wieder.

Da nickte sie und sprach: »Verzeihet, meine Angst war thöricht; er ist schon jenseits unseres Moores auf der festen Geest.«

»So lasset uns eilen«, rief ich; »ob wir ihn noch erreichen mögen!«

Aber sie ergriff mit beiden Händen meinen Arm: »Das Moor, Herr Studiosi, kennet Ihr das Moor? Wir können nimmermehr hinüber!« Dann, als ob ein plötzlich Grauen sie befiele, zog sie mich zurück und sagte »Kommet, hier führt der Weg am Wald hinab!« und ließ meine Hand nicht los, so lange wir den düstern Ungrund an unserer Seiten …

*

Die Handschrift ist hier lückenhaft; zunächst fehlen einige Blätter gänzlich, das dann Folgende ist durch Wasserflecke fast zerstört. Doch ist zu ersehen, daß der Studiosus Josias ein Musikfreund und mit seinem Vater der Ansicht Dr. Luthers war, die lateinische Sprache habe viel feiner musica und Gesanges in sich, daher man sie keineswegs aus dem Gottesdienste solle wegkommen lassen. – Schon als Knabe hatte er zu den auserwählten Schülern gehört, welche dem derzeitigen Husumer Kantor Petrus Steinbrecher vor der Frühpredigt assistierten und »zur Ehre Gottes und zur Erweckung eines jedes Christen Devotion« von der Orgel in die damalige gewaltige Kirche hinab das Te Deum laudamus mitgesungen. Hier in Schwabstedt werden derzeit sich auch noch Reste des lateinischen Kirchengesanges erhalten haben; denn es gelingt ihm – wo, ist nicht ersichtlich – eine Anzahl junger Kirchensänger und -sängerinnen um sich zu versammeln, wie es heißt, »zur besseren Einübung der bekannten, sowie Erlernung einiger neu hinzugebrachter Lieder«. Renatens Stimme, welche »gleich einem silbern Licht ob allen andern schwebete«, scheint den Zauber noch verstärkt zu haben, den die Bauerntochter so unbewußt auf unseren Gottesgelahrten ausübte. Worauf sonst in jenem Sommer der Verkehr der beiden jungen Menschen sich erstreckt habe, ist nicht erkennbar; erst mit dem Ende desselben beginnen wieder die bis zu einem gewissen Punkte fortlaufend erhaltenen Teile der Handschrift, der nun wieder wie vorhin das Wort gelassen wird.

*

... war es eines Abends Ende Septembris, als ich mit meinem Vater sel. in dessen Studirstüblein über Abfassung einer Supplike an unsern allergnädigsten Herzog beisammensaß; denn da meinen lieben Vater wegen übermäßiger studia in seiner Jugend eine Augenschwäche befallen, so hatte er es gern, wenn ich für ihn die Feder führete. Wollte nämlich die Angelegenheit mit unserem Keller noch immer keinen Fortgang nehmen. Zwar hatte der Hofbauer, nur auf meine frühere Rede – denn mein Vater wollte ihn nicht um seine Dienste angehen – die Sache noch einmal in der Gemeinde fürbracht; aber die Bauren hatten ihm erwidert, der alte Pastor habe bei seinem Bier gut predigen können, so werd der Keller auch wohl für den neuen reichen.

Es war nun an diesem Abend ein gar wüstes Wetter, und brausete es draußen von dem Walde her, daß man hier innen oft die Worte kaum erfassen konnte.

»Schreibe nun so«, sagte mein Vater, indem er zu mir rückte: »Obgleich die meisten meiner Beichtkinder mir herzlich gern einen besseren Keller gönneten, so waren doch derer, die halsstarrig dawider stritten; von Mitten Maji bis hieher habe kein frisch und kühl, sondern nur sauer Bier gehabt; und was mir das vor eine Plage gewesen, ist Gott am besten bekannt; wie viel aber von solchen Gaben Gottes, salvo honore, zum Schweinetrank hingießen lassen, will ich hier seufzend übergehen.«

Ich entsinne mich noch aller dieser Worte meines lieben Vaters; denn ich setzte die Feder ab, weil mich ein Bedenken anwandelte, Hochfürstliche Gnaden also wegen des pastoris sauerem Bier in Compassion zu nehmen. Als ich aber solches eben nur geäußert, hörte ich draußen auf der Hausdiele ein laut Gerede mit unserer alten Margreth. Wurde dann auch unsere Stubenthür gewaltsam aufgerissen, und erschien ein Mann in schier beschmutzten Reisekleidern, scheinbar von meines Vaters Alter und auch wohl geistlichen Standes, aber mit vollem braunrothen Antlitz, daraus ein Paar kleine blanke Augen gar hurtige Blicke über uns hinlaufen ließen. »Salve, Christiane, confrater dilectissime!« schrie er; »komme gar spät unter dein gastlich Dach! Aber der Teufel, der mir als seinem scharfen Widersacher allzeit auf den Hacken ist, hatte mit seiner höllischen Kunst meinen Gaul vom Wege in das Moor hineingegaukelt, also daß ich ihn durch ein paar Käthner zwischen den Bülten habe müssen herausgraben lassen; der Unsaubere hatte es wohl gerochen, daß ich unter meinem Wamse eine neu geschmiedete Waffen gegen ihn am Leibe trug.« Und dabei schlug der heftige Mann gegen seine Brust und zog alsdann unter seinem Mantel ein dick manuscriptum herfür; das warf er vor uns auf den Tisch in meine Schreiberei hinein. »Siehe da«, rief er, »mein ›Höllischer Morpheus‹ hat zwar dem holländischen Schwarmgeist, dem unverschämten Dr. Balthasar Beckern und seiner ›Bezauberten Welt‹, den Text gefeget; aber der verworfenen Zauberer- und Hexenadvokaten erstehen immer mehr! Nitimur in vetitum, Herr Bruder! Es thut Noth, der unvernünftigen Vernunft den Daumen gegenzuhalten!«

Aus solcher Rede wurd mir inne, daß ein gar hochgelahrter Mann in unser Haus getreten; und war es Herr Petrus Goldschmidt, derzeitiger Pastor zu Sterup, welcher als ein Husumer einstmals mit meinem lieben Vater auf dortiger Schulen und später auf der Universität beisammen gewesen. Er hatte aber nach seinem hochberühmten ›Morpheus‹ ein zweites Werk fertiggestellet, und zwar gegen den Hallischen Professor Thomasius, der in seinem derzeit erst verdeutscheten Buche »De crimine magiae« all Teufelsbündniß vor ein Hirngespinst erkläret und solcher Weise als ein rechter advocatus das unselige Hexen- und Trudenvolk der irdischen Gerechtigkeit zu entreißen strebte. Fehlete dem Herrn Petrus zur Edirung seines neuen

Werkes nur noch die Einsicht etlicher Schriften, so er selber nicht besaß, aber wußte, daß selbige unter meines Vaters Büchern seien; ad exemplum des Remigii Daemonologia, des Christ. Kortholdi Traktätlein von dem glüenden Ringe und etliche andere.

»Habe zwar einen festen Kopf, Christiane«, rief er; »mißtraue aber weislich der menschlichen Schwachheit; und würde doch dem Pastor zu Sterup übel anstehen, sich von dem Vater der Lügen über faulen Citaten ertappen zu lassen!«

Da nun mein Vater ihn willkommen hieß, warf er Hut und Mantel hochvergnüget von sich, und hörete ich mit Attention der beeden wohlerfahrenen Männer Wechselreden, so bald emsig hin und wider gingen. Zwar hatte ich wegen meiner Studien und um jugendlicher allotria willen, mit denen ich meine Zeit erfüllet, weder den Goldschmidtischen Morpheus noch seiner Widersacher Schriften gelesen, fassete aber gegen letztere, da der gelahrte Mann sie explicirte, gar bald einen lebhaften Abscheu und wurde auch, da ich solchen kund that, von selbigem weidlich belobt und verwarnet, daß ich auch künftighin mich nicht zu denen Atheisten und Schwarmgeistern gesellen möge.

Auch über dem Reisbrei, den meine liebe Mutter dem Gaste zu Ehren auf die Abendtafel brachte, nahmen diese Gespräche ihren Fortgang, so daß mein Mütterlein wohl gern von anderem gehöret hätte, und sie lieber anhub, ihr mäßig Bier mit vielen Worten zu entschuldigen und die Elendigkeit des Kellers zu beklagen.

Der Mann Gottes aber ergriff den vor ihm stehenden vollen Krug, stürzete ihn mit eins hinunter und sprach mit gravitätischer Verbeugung: »Frau Pastorin, man soll auch so der Gottesgabe nicht verschmähen!« Dann stäubte er sich mit der Hand die Tropfen aus dem Barte und begann ein neu Gespräch vom exorcismo, so daß meiner lieben Mutter nichts verblieb, als den geleerten Krug zu neuer Füllung an das Faß zu tragen. Herr Petrus aber frug nun meinen Vater, was eine formula bei der Taufen allhier gebräuchlich sei, und da dieser entgegnete, daß er zum Täufling rede: »Entsagest du dem bösen Geist und seinen Werken?« so sprang der gewaltige Mann von seinem Stuhle auf, daß ihm der Löffel über den Tisch hinüberflog. »Christiane, eheu

Christiane!« rief er. »Was weiß denn solch ein Saugkalb, ob es den Widerchrist in seinen dünnen Därmen hat! Exi immunde spiritus! Fahre aus, unsauberer Geist! So sollst du sprechen! Dann mag es dir wohl glücken, daß du den Argen als einen stinkenden Rauch aus des Täuflings Mündlein herfürgehen siehest!« Er ergriff aufs neue seinen Löffel, den meine Mutter auf seinen Platz zurückgelegt, und that der wohlmeinenden Gastfreundschaft meiner lieben Eltern nochmals alle Ehre an. Da aber mein Vater geziementlich fürbrachte, daß doch das Kind durch der Gevattern Mund die Antwort gebe, da schüttelte Herr Petrus nur seinen Löwenkopf und meinete: »Ja, wenn die Klotzköpfe der unsauberen Geister nur nicht in ihrem eigenen Leibe hätten!«

Über solcher Materie war es nach Mitternacht worden, daß wir den verehrten Mann zum Schlaf in seine Kammer brachten.

»Laß dich nicht stören, Petre, so du etwas hören solltest«, sagte mein Vater, indem er ihm das Nachtlicht auf den Tisch setzte; »es sind nur die Ratten, die auf unserem Boden hausen.«

Da entfuhr mir das Wort, das ich im Scherze sagte: »Wir müssen den Hofbauren nur um seinen Fingaholi bitten!«

Auf solches stutzete der Gast und frug: »Was ist das mit dem Fingaholi?«

Und da ich's ihm erzählet hatte, kniff er mit Daumen und Zeigefinger sich seine starken Lippen und sagte: »Der Fingaholi, wie Ihr ihn nennet, junger Mann, ist nur ein Fetisch; aber dem mit unseres Gottes Zulassung die Herrschaft über das Geschmeiß verliehen wurde, ist gar ein anderer und kein leblos und unmächtig Bild gleich diesem Heidengötzen oder den papistischen Heiligen.«

Hierauf entgegnete ich, es sei das nur ein alt und schwachsinnig Weib, das diese Dinge hingeredet habe. Er aber wandte sich zu meinem Vater und rief abermalen: »Christiane, Christiane! Siehe zu in der Gemeinde! Und packe den höllischen Gaukelnarren, so du ihn findest, feste bei den Ohren, daß du ihn samt seinem Sauschwanze fundatim exstirpiren mögest!«

– – In dieser Nacht lag ich gar lange wachend in meiner Bettstatt, sahe durch die Scheiben die schwarzen Wolken über den hellen Himmel fliegen und hörte auf das Brausen, das vom Wald herüberfuhr. Wollte mich fast reuen, daß ich das von dem

Fingaholi gegen unsern Gast herausgeredet; denn an die leutselige Art meines lieben Vaters gewöhnet, wollte dessen gewaltige Rede mir nicht sogleich gefallen, obschon seine geistliche Weisheit und Eifer für das Reich Gottes meine gerechte Ehrerbietung heischeten.

Er selber aber schien indessen eines gar kräftigen Schlafes zu genießen; denn da gegen Morgen draußen das Toben sich geleget hatte, hörte ich durch Böden und Wände von der Gastkammer herauf sein mächtig und ebenmäßig Schnarchen.

In den zweien Tagen, welche Herr Petrus Goldschmidt noch bei uns verblieb, saß selbiger am Vormittage eifrig unter meines Vaters Büchern, wobei er, wenn ich zu ihm eintrat, durch seine prompte Kenntniß der sonderbarsten loci mein gerechtes Staunen herausforderte. Meine Anerbietung, ihm dabei zu dienen, wies er mit einer ruhevollen Bewegung seiner Hand zurück: »Betreibet Euere eigenen studia, junger Mann! Was einer vermag, dazu soll man nicht zweie brauchen!«

Am Nachmittage aber, wenn mein lieber Vater der Ruhe pflegte, nahm er seinen Stock und Dreispitz und wanderte im Dorf umher, redete mit Weibern und Greisen und klopfete die Kinder auf ihre blonden Köpfe, daß am anderen Tage schon alles vor die Thüren lief, da er wieder mit seinem tönenden Räuspern nur von fern dahergeschritten kam.

Als sodann am dritten Tage der merkwürdige Mann seinen Gaul bestiegen hatte und davongeritten war, wurde es gar still in unserem Hause. Mein lieber Vater sahe ein wenig müde aus, und meine Mutter sagte scherzend: »Ich muß dich pflegen, Christian; eine so gewaltige und robuste Gottesgelahrtheit ist nicht vor eines jeden Constitution!«

Im Dorfe aber war es wie in einem Bienenstocke, der da schwärmen soll; überall ein Gemunkel, welches nicht laut werden wollte und doch nicht stumm sein konnte; die Älteren redeten wieder von der Hexen, so sie vor zwanzig Jahren in Husum hätten einäschern sehen sollen, der aber die Nacht zuvor in der Fronerei ihr Herr und Meister das Genick gebrochen; aus Flensburg kam einer, der hatte auf dem Südermarkt gehört, die Hexen hätten wieder einmal in der Förde alle Fisch vergiftet; im

Dorfe selber wurde Unheimliches auf den und jenen gedeutet; so fast beklommen ich aber aufmerkete, des Hofbauren geschah darunter nicht Erwähnung.

So rückete die Zeit heran, daß auch ich, und auf gar lange, meinen Abschied nehmen sollte. Renate war seit etlichen Tagen bei dem Husumer Küster auf Besuch, und da ich abends vor meiner Abreise auf den Hof kam, war sie noch nicht wieder da. »Ich hätt sie heut erwartet«, sagte der Bauer; »nun wird's wohl morgen werden; da möget Ihr sie unterweges treffen oder in Husum zu dem Küster gehen!«

Mit dem kam die alt Marike mit ihrem langen Strickstrumpf in die Thür, sahe den Bauer fast verstöret an und wollte wieder fort. Der aber rief ihr zu, sie solle heut als wie zum Abschiedstrunke noch eine von den Rheinischen aus dem Keller holen; und die Alte brummelte so etwas für sich hin und lief zur Thür hinaus. Nach einer Weile kam auch die Jungmagd und setzete eine Flasche auf den Tisch; aber der gute Wein wollte mir heut gar übel munden, da wir in dem weiten Gemache so allein beisammensaßen. Nahm deshalben auch bald meinen Abschied und war mir gar seltsam im Gemüthe, da ich aus dem Hause unter die alten Eichen hinaustrat, welche mit ihrem gelben Herbstlaub schon den Grund bestreuet hatten.

Der Hofbauer stund noch und hatte meine Hand gefaßt. »Lebet wohl, Herr Studiosi«, sagte er; »habet nur da draußen recht die Augen offen; und wenn Ihr heimkommet, ich denke, des Hofbauren Thür, die werdet Ihr wohl wiederfinden!«

Er schaute mich mit seinen dunklen Augen an, als wolle er mich noch zurückhalten oder als habe er noch etwas mir zu sagen. Aber er sprach nichts mehr, und ich ging fort, ohn' Ahnung, daß ich diesen Mann niemalen sollte wiedersehen.

– – Da ich an diesem Abend meinen lieben Eltern gute Nacht gegeben hatte, öffnete ich mein Kammerfenster und schaute auf das Dorf hinaus. Eine Weile sahe ich nach einem einzeln Lichtschein drüben in des diaconi Hause, bis auch der erlosch; aber mein Gemüthe war voll Unruh, und endlich, da es vom Glockenthurm die eilfte Stunde schlug, war ich schon draußen in der freien Nacht und schritt bald danach über die Bischofshöhe den bekannten Steig hinab.

Es war aber Anfang Octobris, und eine klare Mondhelle stund über der schönen Gotteswelt; der Hof unter seinen düsteren Bäumen lag, als ob er schliefe, in dem mit sanftem Licht erfülleten Erdenraume. Es war so still, daß ich nur das Fallen der Blätter hörte und unterweilen den Schrei eines Hirschen aus dem Wald herüber. Ich horchte nach dem Hause; aber dorten war kein Laut zu hören; dann trat ich unter die Bäume und schaute durch ein Fenster in die große Stube. Dicht vor mir sahe ich die Lehne von Renatens Stuhle ragen; sonst war es still und finster drinnen. Ich konnte gleichwohl nicht von hinnen finden und ging hart an der Mauer und um die Ecke herum, bis wo die Hausthür ist. Dort, in dem tiefen Schatten, regete sich etwas, und ein Freudenschauer überströmete mein Herz; denn obschon ich nichts gewahren konnte, so wußte ich doch, es war das Rauschen ihres Kleides, welches ich vernommen hatte.

»Renate!« rief ich.

Da lagen ein Paar warme Hände in den meinen. »Ich wußte wohl, Josias, daß Ihr kommen würdet!«

Sie horchte noch einmal in die Thür; dann zog ich sie in den hellen Mondenschein hinaus; denn mich verlangte sehr nach ihrem Anblick.

Wir schlossen unsere Hände ineinander und schritten so mitsammen über die weite Hofstatt nach dem Flusse zu. Was wir sprachen, mag nicht viel gewesen sein; doch ist mir noch bewußt, wir sahen beid auf unsere Schatten, wie sie vereinet vor uns auf den Rasen fielen, und so das Mondlicht zwischen ihnen Platz gewinnen wollte, neigeten wir uns schweigend zueinander und schaueten darauf hin, wie sie aufs neue in eins zusammenflossen. Dann stunden wir auf der Uferhöhe und sahen schweigend in das Land hinaus und hörten auf das Strömen des Flusses, der darunten mit seinen Wassern nach dem Meer hinabzog.

Da schlug es Mitternacht vom Dorfe herüber; und mit jedem Schlage, auf den wir mit verhaltenem Odem lauschten, schlossen unsere Hände sich fester ineinander. »Renate«, sagte ich leise; »das war der letzte Tag.«

»Ja, Josias!« entgegnete sie ebenso.

– »Und werde ich dich denn hier noch finden, so ich wieder heimgekommen?«

»Ich denke; wer sollte mich denn holen?«

– »Wer, Renate? Versuch es nur, sie nicht mehr fortzustoßen!«

Ich weiß nicht, was mich also zwang zu reden; denn einem Geier gleich hatte plötzlich die Angst der Eifersucht mich überfallen. Sie aber warf das Köpfchen in den Nacken, daß das Gold auf ihrem Käpplein glitzerte.

»Was redet Ihr, Josias!« sprach sie. »Mit denen Lümmeln hab ich nichts zu schaffen; sie mögen kommen oder nicht!«

Das war nun wohl ein hoffärtig Wort; und müßte doch lügen, daß es sich mir derzeit nicht wie Balsam auf mein Herz geleget.

Aber es kam itzt ein anderes, das solche Gedanken jählings von mir nahm. Wir stunden nämlich, da wir solches sprachen, vor dem großen Scheunenthor, welches fast taghell vom Mond beleuchtet war. Vor etlichen Wochen hatte ich dort unter Peitschenknall den schweren Gottessegen einfahren sehen; nun lag alles da in großer Stille.

Und doch; oder hatte mich mein Ohr getäuscht? Da drinnen in der Scheuer rührete es sich; Renatens Hand zuckte in der meinen, und ihre Augen starreten; und itzt, gleich einem breiten grauen Schatten, quoll es unter dem Scheunenthor herfür, immer mehr und mehr, als ob's von unhörbarem Peitschenschlag getrieben würde. Das rannte, daß wir kaum die Füße wahreten, an uns vorbei und über die bethaueten Wiesen nach dem Fluß hinab; und weiß ich nimmer, wo es in der Nacht verschwunden blieb.

Wohl merkte ich, wie Renate am ganzen Leibe bebte; ich aber schwieg lange Zeit, denn was meine Augen hier gesehen, das konnte ich fürder nicht vor mir verleugnen. Endlich sagte ich: »Das war gar wunderbar, Renate; du bist gar sehr erschrocken!«

Da richtete sie sich auf und sprach: »Die Ratten machen mich nicht fürchten, die laufen hier und überall; aber ich weiß gar wohl, was sie von meinem Vater reden, ich weiß es gar wohl! Aber ich hasse sie, das dumm und übergläubig Volk! Wollt nur, daß er über sie käme, den sie allezeit in ihren bösen Mäulern führen!«

Wegen solcher Rede entsetzete ich mich arg, denn das Mädchen hatte dräuend ihre kleine Faust zum Himmel aufgehoben. »Renate!« rief ich, »Renate!«

»Ja, ja; ich wollt es!« sprach sie wieder. »Aber er ist unmächtig; er kann nicht kommen!«

Ich hatte ihre erhobene Hand herabgezogen. »Berufe ihn nicht, Renate«, rief ich; »bete zu Gott und unserem Heiland, daß sie ihn von dir halten! Aber es ist der Geist des Husumer Atheisten, der aus deinem jungen Munde redet.«

»Atheist?« frug sie. »Ich kenne das Wort nicht; wen wollt Ihr damit schelten?«

Was Art Erklärung ich ihr hierauf gegeben, entsinne mich nicht mehr. Aber sie schüttelte nur den Kopf und sagte traurig: »Und unser arm alt Mariken, das haben sie mir nun auch allganz verwirret, daß schier nicht mehr mit ihr zu hausen ist! Es wird gar einsam werden, wenn auch Ihr nicht mehr kommt, Josias.«

Ich nahm ihr Antlitz in meine beiden Hände, und da ich es gegen das volle Mondlicht wandte, sahe ich, daß es sehr blaß war und ihre Augen voll von Thränen stunden. Da konnte ich es nicht lassen, daß ich sie an mich zog; und sie duldete es und legte ihren Kopf, als ob sie müde sei, in meinen Arm und sahe zu mir auf, als ob sie also ruhen möchte.

Im selbigen Augenblick aber wurde aus der Tiefe des Hauses, so daß ich schier davor erschrak, mit einer angstvollen und stöhnenden Stimme ihr Namen wiederholentlich gerufen.

»Mein Vater! Mein armer, lieber Vater!« stieß sie da herfür. Dann fühlte ich ihre Arme um meinen Hals und einen warmen Kuß auf meinem Munde. »Leb wohl, Josias! Lieber Josias, lebe wohl!«

Und da sich dann von innen auch die Hausthür schloß, so stund ich alleine auf der Hofstatt und hörete wieder nur den Fall des Laubes und den leisen nächtlichen Gesang der Wasser. Aber das unheimlich Wesen, das vorhin ich hatte tagen sehen, lag noch gleich einem Schauder auf mir und stritt wider meines jungen Herzens Seligkeit.

Am andern Morgen, da ich von meinen lieben Eltern Abschied genommen hatte und schon auf den Wagen steigen wollte, kam der blasse Schneider angelaufen, bittend, er solle zur Stadt zum Ellenkrämer, ob er mit dem Jungherrn die Gelegenheit benützen dürfe. Hatte also einen Reisegefährten; dazu einen, dem allezeit das Maul überlief, während ich doch lieber mit meinem bedrängten Herzen allein dahingefahren wäre. Wickelte mich auch in meinen Mantel und hörete nur halb im Traum, wie seine unruhige Zunge in allem Unholden rührete, was die letzte Zeit unter den Dorfleuten war im Schwang gewesen.

Als wir aber eben von der Sandgeest in die Marsch hinunterfuhren, hub er an und mochte wohl wissen, daß er damit sich Gehör erwerbe. »Ja, Jungherr«, sprach er; »Ihr kennet ihn ja besser als wie ich, den fremden Pastor; aber das ist einer, so ein Allerweltskerl! Auch dem alt Mariken auf dem Hofe hat er das Maul aufgethan. Ihr habet wohl gesehen, Jungherr, wie dem Bauren allzeit der eine Strumpf um seine Hacke schlappet! Hat immer schon geheißen, er dürfe nur ein Knieband tragen, sonst sei es mit all seinem Reichthum und mit ihm selbst am bösen Ende; möcht Euch aber gerathen haben, rühret nicht daran; denn da mich eines Tages der Fürwitz plagte, fuhr er mir übers Maul: ›Ja, Schneider‹, sprach er, ›das eine hat die Katz geholt; willt du das ander haben, um deinen dürren Hals daran zu henken?‹«

Als ich entgegnete, daß ich dergleichen an des Bauren Strümpfen nicht gesehen, meinte er:

»Ja, ja; Ihr kommet nur des Sonntags auf den Hof, da trägt der Bauer seine hohen Stiefeln!«

Da sich das in Wahrheit also verhielt, so schwieg ich; der Schneider schob sich einen Schrot Tabak hinter seine magere Wange und sagte, seinen Hals zu meinem Ohre reckend: »Es liegen wohl oftmalen zwei der Strumpfbänder vor seinem Bette; aber der Bauer hütet sich; er weiß es wohl, wer ihm das zweite hingelegt! Die alt Marike hat zwar versucht, die Strümpf ihm enger zu stricken, damit sie nicht herunterfallen; aber wenn sie dran kommt – sie hat's mir gestern selbst erzählt –, so tanzet es ihr wie Fliegen vor den Augen oder wimmelt wie Unzeug über ihren alten Leib. Will auch wohl scheinen, als ob dem – Ihr wisset, wen ich meine, Jungherr – das Spiel schon allzu lange währe; denn der Bauer hat nächtens oft harte Anfechtungen zu bestehen, daß er in seinem Bett nicht dauern kann; es wälzet sich was über ihn und dränget ihm den Odem ab; dann springt er auf und wandert umher in seinen finsteren Stuben und schreit nach seinem Kinde.«

Als ich bei diesen Worten mich in meinem Sitze aufhub, sagte der Schneider: »Ich weiß, Jungherr, Ihr habet vielen Aufschlag gehabt mit dem Mädchen; wüßt auch kein Unthätlein an ihr, als daß sie gar stolz thut gegen unser einen; mag aber auch besser zu Euresgleichen passen!«

Der Mann redete in solcher Art noch lange fort, obschon ich fürder mit keinem Wörtlein ihn ermunterte. War aber eine üble Wegzehrung, welche ich also mitbekommen. Zwar sagte ich mir zu hundert Malen: es war ein Schwätzer, der dir solches zutrug, so einer, der die schwimmenden Gerüchte sich fetzenweise aus der Luft herunterholet, um seinen leeren Kopf damit zu füllen; wollte aber gleichwohl der bittere Schmack mir nicht von meiner Zungen weichen.

1706. In Anbetracht meiner Studien zu Halle will hier nur anmerken, daß ich dort manche hochberühmte Theologos und andere zu meinem Zwecke arbeitende Männer hörte und deren collegia gewissenhaft frequentirte, so daß ich hoffen durfte, in kurzem eine solide systematische Erudition mir anzueignen. Spürete auch kein Verlangen, meinen schwarzen Habit, so ich vor meiner Abreise mir von dem blassen Schneider hatte anmessen lassen, aufs neu mit einem rothen zu vertauschen.

Nur unterweilen, zumal wenn ich zum abendlichen Spaziergange dem Ufer der Saale entlang wandelte, wenn die Wasser sich rötheten und ihr sanftes Strömen an mein Ohr klang, überfielen mich wohl schwere sehnende Gedanken nach der Heimath; und wenn dann im Südost der Mond emporstieg und mit seinem bleichen Licht die Gegend füllte, so sahe ich in jedem düstern Fleck den Hof am fernen Treeneflusse, und mein Herz schrie nach dem Mädchen, so ich dort verlassen hatte.

Nach einem solchen Gange, da schon ein Jahr verflossen und wiederum der Herbst sein rothes Laub verstreuete, kam ich eines Abends heim auf meine Kammer, und da ich das Licht mir angezündet, fand ich einen dicken Brief mit meines lieben Vaters Handschrift auf dem Tische liegen. Ich brach das Siegel, und meine Hände zitterten vor Freude; denn auch meine Mutter pflegte stets ein Blättlein anzulegen, und wenn auch nur ein kurz und unterlaufend Wörtlein von Renaten drinnen stand, so konnt ich's wohl zu hundert Malen lesen. Aber das Schreiben, so ich gleich den wenigen, welche ich noch von dieser verehrten Hand erhalten sollte, getreulich aufbewahret, war allein von meinem Vater und lautete nach viel herzlichen Worten, wie hier folget:

»Was aber die Gemeinde in solche Wirrniß setzet, daß selbst mein mahnend Wort nur kaum gehöret wird, das darf auch Dir, mein Josias, nicht gar verschwiegen bleiben.

Es war am letzten Sonnabend, da ich nachmittags an meiner Predigt saß, als der Höftmann Hansen mit ungestümen Schritten zu mir eintrat. ›Was habt Ihr, Höftmann?‹ sagte ich; ›Ihr wisset, daß ich um diese Zeit ungern gestöret bin.‹

›Ja, ja, Herr Pastor‹, sprach er; ›wisset Ihr's denn schon? Fort ist er und wird nicht wiederkommen!‹

Und da ich schier erschrocken nachfrug: ›Wer ist denn fort?‹, entgegnete er: ›Wer anders als der Hofbauer! Hab's mir schon lang gedacht, daß es so kommen müsse!‹

›So sprecht, Höftmann‹, sagte ich und schob mein Schreibewerk zurück; ›was ist's mit dem?‹

›Weiß nicht, Herr Pastor; aber ein Stöhnen und Ramenten haben die Mägde nachts von seiner Kammer aus gehört; doch da die Tochter nicht daheim ist, so hat keine sich hinein getrauet; erst als die alt Marike aufgestanden, haben sie der sich an den Rock gehangen. Ist auch ein groß Geschrei geworden, da sie in die Kammerthür getreten; denn als sei die ganze Bettstatt umgestürzet, so hat alles, Pfühl und Kissen, über den Fußboden hin verstreut gelegen; das alte Weib aber ist auf ihren Knien in dem Wust umhergerutschet, hat darin umhergefunselt und jedes Häuflein Bettstroh sorgsam aufgehoben, als wolle sie darunter ihren Bauren suchen, von dem doch keine Spur zu finden war.‹

›Nun, Höftmann‹, sagte ich fürsichtig; ›es ist noch früh am Tage; der Hofbauer wird schon wiederkommen.‹

Der aber schüttelte den Kopf: ›Herr Pastor, es ist schon über eine Stunde Mittag.‹

Da ich dann erfuhr, daß die Tochter wieder einmal bei dem Küster und Klosterprediger Carstens in Husum auf Besuch sei, so vermochte ich den Höftmann, ihres Vaters Wagen mit Botschaft nach der Stadt zu schicken. Aber schon um drei Uhr ist sie von selber wieder auf dem Hof gewesen; und hat es die Weiber, welche dort zusammengelaufen, schier verwundert, daß das Mädchen, so doch kaum achtzehn Jahre alt, so schweigend zwischen ihnen hingegangen und nicht geweinet, noch eine Klage um den Vater ausgestoßen; nur ihre Augen seien noch viel dunkler in dem blassen Angesicht gestanden. In den alten Bäumen – so wird erzählet – habe es von den Vögeln an diesem Tag gelärmet, als seien alle Elstern aus dem ganzen Wald dahin berufen worden.

Das Mädchen hat aber fürgeben, ihr Vater müsse auf dem Moor bei seinem Torf verunglückt sein, wo er die letzten Tage noch habe fahren lassen; da sie jedoch außer ihren beiden Knechten noch Leute aus dem Dorf hat aufbieten wollen, so sind nur gar wenige ihr dahin gefolget, denn sie fand keinen Glauben mit ihren Worten, und auch die Wenigen sind schon vor Dunkelwerden heimgekehret; denn bei den Torfgruben sei vom Bauer keine Spur zu finden, und sei das Moor zu unermeßlich groß, um alle Sümpf und Tümpel darin durchzusuchen.

Als nun der allmächtige Gott Wald und Felder und auch das wüste Moor mit Finsterniß gedecket, ist der Schmied Held Carstens, der seine Schwiegermutter, so ihrer Tochter in den Wochen beigestanden, nach Ostenfeld zurückgebracht, um Mitternacht am Rand des Waldes wieder heimgefahren. Der Mann hat sein alt treuherzig Gespann am Zügel gehabt und ist schier ein wenig eingenicket; da aber die sonst so frommen Gäule plötzlich unruhig worden und mit Schnauben nach der Waldseite zu gedränget, so hat er sich ermuntert und ist nun selber schier erschrocken; denn drüben auf dem Moore hat aus der Finsterniß ein Schein gleich einem Licht gezucket; das ist bald stillgestanden, bald hat es hin und her gewanket. Er hat gemeinet, daß die Irrwisch ihren Tanz beginnen würden, hat aber als ein beherzter Mann während dem Fahren noch mehrmals hingesehen, und da es letztlich näher kommen, ist eine dunkle Gestalt ihm kenntlich worden, so neben dem Irrschein zwischen den schwarzen Gruben und Bülten umgegangen. Da hat er ein still Gebet gesprochen und auf seine Gäule losgepeitschet, damit er nur nach Hause komme. Am andern Morgen in der Frühe aber haben die Leute drunten an der Straße des Hofbauren Tochter ohne Kappe, mit zerzausetem Haar und eine zertrümmerte Laterne in der Hand, langsam nach ihres Vaters Hofe zuschreiten sehen.

Als ich am Vormittage dann dahin ging, wie es meine Amtspflicht heischet, vernahm ich, daß sie abermalen mit ihren Knechten nach dem Moor hinaus sei; da ich aber spät am Nachmittage wiederkam, trat sie in schier zerrissenen und besudelten Kleidern mir entgegen und sahe mich fast finster aus ihren dunkeln Augen an. Ich wollte sie auf den verweisen, ohn dessen Hülf und Willen all unsre Kraft nur eitel Unmacht ist; allein sie sprach: ›Habet Dank, Herr Pastor, für die gute Meinung; aber es ist nicht Zeit zu dem; schaffet mir Leute, so Ihr helfen wollet!‹ Was ich entgegnete, hörte sie schon nicht mehr; denn sie war nach Leitern und Stricken mit ihren Knechten der Scheune zugegangen. Auf dem Heimweg, den ich also nothgedrungen antrat, glückte es mir, ihr ein paar junge Burschen nachzusenden; und auf Deiner guten Mutter Zureden, dem jungen Blut zum Troste, wie sie meinte, hat auch unsere Margreth sich denselben angeschlossen. Diese verständige und, wie auch Dir bekannt, in keine Wege schreckbare Person ist jedoch am späten Abend mit wankenden Knien und verstürzetem Antlitz wieder heimgekommen. Das Suchen nach dem verlorenen Mann – so berichtete sie, alsbald sie ihres Odems wieder Herr geworden – sei ganz umsonst gewesen. Aber da endlich alle jungen Knechte schier verdrossen fortgegangen und Margreth mit dem Mädchen, das nicht wegzubringen gewesen, nun dorten ganz allein verblieben, so ist mit Dunkelwerden ein Irrwisch nach dem andern aus dem Moore aufgeduket und ein Gemunkel und Geflimmer angegangen, daß sie das Blänkern des Wassertümpels habe sehen können, an welchem dieser gräueliche Tanz sich umgedrehet. – Lasse das dahingestellet. Es ist aber noch ein anderes geschehen, und will Dir zuvor ins Gedächtniß bringen, daß wir unsre Margreth auf einer Lügen niemals noch betreten haben.

Als nämlich die Irrwisch so getanzet, hat des Bauren Tochter gleich einer stummen Säulen darauf hingeschaut; da aber Margreth sie bei der Hand gezogen, daß sie schleunig mit ihr heimgehe, hat sie plötzlich überlaut um ihren Vater gejammert und wie in das Leere hineingeschrien, ob ihr etwas von ihm Kunde geben möchte. Und hat es darauf eine kurze Weile nur gedauert, so ist aus der finsteren Luft gleich wie zur Antwort ein erschreckliches Geheul herabgekommen, und es ist gewesen, als ob hundert Stimmen durcheinanderriefen und eine mehr noch habe künden wollen als die andere.

Da hat die Alte Gott und seine Heerscharen angerufen, hat aber das Mädchen, als ob es angeschmiedet gewesen, mit ihren starken Armen nicht vom Platze bringen können, als bis das Toben über ihnen, gleich wie es gekommen, so wieder in der Finsterniß verschollen war.

Wenn Dich, mein Josias, schmerzet, was ich hier hab schreiben müssen, da des Mädchens irdische Schönheit, wie mir wohl bewußt, Dein unerfahren Herz bethöret hat, so gedenke dessen und baue auf ihn, welcher gesprochen: ›Wer sein Leben verlieret um meinetwillen, der findet es.‹ Und sinne diesem nach, daß Du das Rechte wählest!

Will dann zum Schlusse noch Erwähnung thun, daß unser Gastfreund Petrus Goldschmidt, welchen in meiner geistlichen Bedrängniß wegen obbemeldter Dinge ich mir vielmals hergewünschet, letzthin zum Superintendenten in der Stadt Güstrow, sowie ob seiner Gelahrtheit und Verdienste um das Reich Gottes von der... (die Handschrift ist hier unleserlich) Fakultät zum Doctor honoris causa ist creiret worden.«

– – Also lautete meines lieben Vaters Brief. Und will hier nicht vermerken, was Herzensschwere ich davon empfangen, wie ich in vielen schlaflosen Nächten mit mir und meinem Gott gerungen, auch gemeinet, ich könne nicht anders, als daß ich heim müsse, um der Armen Leib und Seel zu retten, und wie dann immer das erwachend Tageslicht mir die Unmöglichkeit für solch Beginnen klargeleget.

Aber, wie die Rede ist, es sei das eine Leid ein Helfer für das andre, so geschahe es auch mir. Denn noch vor dem heiligen Christfeste empfing ich von meiner Mutter einen Brief, daß mein lieber Vater mit unvermutheter Schwachheit befallen sei und selbige allen gebrauchten irdischen Mitteln entgegen ihn fast sehr entkräftet habe; und dann nach wenig Wochen einen zweiten, der mich drängte, meine Studien zu vollenden, da der theuere und getreue Mann nicht lang mehr selber seines Amtes werde warten können.

Solche mein Herz aufs neu erschütternde Nachrichten trieben mich früh und spät zu strenger Arbeit, und wurd ich bald auch dessen inne, daß ich nur so den Weg zur Heimat kürzen könne.

1707. Es währete doch noch bis gegen den März des beigefügeten Jahres, daß ich als ordinirter Adjunctus meines Vaters in meiner lieben Eltern Hause eintraf. Nur noch zum Troste, nicht zur Freude; denn ich fand meinen Vater auf seinem Siechbette, von dem ich wohl sahe, daß er nach Gottes allweisem Ratschluß nicht mehr erstehen solle. Da er nun in den Tagen, die er als seine letzten wohl erkannte, seines einzigen Kindes nicht entbehren mochte, so hatte ich niemanden aus dem Dorfe noch gesehen; auch Renaten nicht. Meine Eltern itzt nach ihr zu fragen, trug ich billig Scheu, und so hörete ich nur noch einmal von unserer alten Margreth, was ich in meines Vaters Briefe schon gelesen hatte.

Es war aber am Sonntage Reminiscere, an welchem ich zum ersten Male für meinen lieben Vater predigen sollte. Er hatte das heilige Abendmahl seit lange nicht ertheilen können, und so hatten viele sich gemeldet, um es bei seinem Sohne zu empfangen. Dachte auch, Renate würde unter ihnen kommen; aber sie kam nicht.

Die Nacht zuvor, in welcher mit meiner lieben Mutter ich die Krankenwacht getheilet, hatte der Sturm gar laut gebraust; nun aber lag alles in der lichten Morgensonne, und eben, da ich in den Kirchhof eintrat, scholl mir gleich Auferstehungsgruß ein Drosselschlag vom Wald herüber. Und währete es nicht lange, so stund ich in der Kirchen vor dem Altar und sprach aus inbrünstigem Herzen das »Ostende nobis, Domine, misericordiam tuam«; und die Gemeinde respondirte andächtig: »Et salutare tuum da nobis!« »Ja, Gott Vater«, sprach ich leise nach, »dein Heil schenke uns; und auch ihr, für die ich hier im Staube zu dir flehe!« Und da itzt der Gesang anhub: »Benedicamus Domino«, wobei die rauhen Kehlen der Männer mit dareinsangen, da schwamm gleich einem silbern Lichtlein ein Ton dazwischen, der leuchtete hinab in mein bekümmert Herz; denn ich wußte, welche Stimme ich gehöret hatte.

Also in fast freudigem Muthe erstieg ich die Stufen zu der Kanzel, und da ich die Augen aufhub, sahe ich gegenüber in dem Emporstuhl ein blasses Angesicht, das ich des Gitters ohnerachtet wohl erkennen mochte. Da hub ich meine Predigt an: »Und siehe, ein kananäisch Weib schrie ihm nach: ›Ach, Herr, du Sohn Davids, erbarme dich meiner; meine Tochter wird vom Teufel übel geplaget!‹, und er entgegnete ihr kein Wort. Da aber die Jünger sprachen: ›Laß sie von dir, Herr; denn sie schreiet uns nach‹, antwortete er und sprach: ›Ich bin nicht gesandt, denn nur zu den verlorenen Schafen von dem Hause Israel!‹« Und mein Herz schwoll mir, und das Wort kam auf meine Lippen; was ich daheim für meine Predigt angemerket, war nur ein Staub, darüber meine Seele sich erhob, und meine Rede ging hervor einem Strome gleich aus heiligen Quellen. In der vollen Kirchen war kaum eines Odems Leben; Männer und Greise sahen zu mir auf, und die Weiber in ihren Gestühlten saßen mit betendem Angesicht. Neben mir in dem Stundenglase verrann der Sand; aber ich merkte es nicht und wußte nicht, wie ich an das Ende meiner Rede kam: »Herr, Herr! Locke sie mit deiner lieblichen Stimme; denn ein Tisch steht bereitet, wo sie dich empfahen mögen und dein Heil und deine Gnade. Amen.«

Und da ich nach dem Vaterunser einen Blick gegenüber nach dem Gitter warf, sahe ich in dem blassen Angesicht die großen dunklen Augen starr auf mich gerichtet.

»Mit deiner Stimme, Herr, o locke sie!« So betete ich nochmals und schritt dann hinab in die Sacristey, um mit dem feierlichen Meßgewand mich zu bekleiden, so derzeit noch gebräuchlich war.

Da ich dann vor den Altar trat, brannten auf selbigem schon die Kerzen in den großen Leuchtern, und aus den Gestühlten drängten sie sich heran, Mann und Weib, Alt und Jung; doch indeß ich den Leib des Herrn austheilete und den Kelch an aller Lippen reichte, rief es unaufhörlich in meinem Herzen: »Herr, bringe auch sie, auch sie zu deinem Tische!« Aber über dem Gesang der Gemeinde schwebte noch immerfort der silberne Ton ihrer Stimme. Da plötzlich, als schon die Letzten sich dem Altar naheten, verstummte er, und ich vernahm einen leichten Schritt die Stufen des Emporstuhles herabkommen. – Aber noch waren andre, so auch des Heils begehrten; ein Greis und eine Greisin, von ihren Enkeln unterstützet, kamen herangewankt und schauten mit blöden Augen zu mir auf; und da ich ihnen den Kelch bot, vermochten ihre zitternden Lippen den Rand desselben kaum zu fassen.

Sie wurden hinweggeführet; und dann stund sie, Renate, vor mir; blaß und mit gesenkten Augen, in schwarz Gewand gekleidet, ein schwarzes Käpplein auf den braunen Haaren. Nach fast zwei Jahren sahe ich sie hier zum ersten Male wieder; ich zögerte, denn mein Herz wallete mir über; und indem ich dann die Hostie aus der Patene nahm und zwischen ihre Lippen legte, betete ich: »Herr, mache meine Seele heilig!« Dann erst sprach ich: »Nimm hin! Dies ist mein Leib, der für euch gegeben wurde!«

Ich wandte mich zum Altare und nahm den Kelch. Da ich aber selbigen an ihre Lippen brachte, sahe ich, wie ihr schönes Antlitz sich verzog und wie sie schauderte ob dem Trunke, der darinnen war. Da sprach ich die Einsetzungsworte: »Das ist mein Blut, das für euch vergossen wurde!« Und sie neigete ihr Antlitz in den fast geleerten Kelch; ob ihre Lippen ihn berühret, vermochte ich nicht zu sehen. Da ich aber – aus weß Ursach, vermag ich nicht zu sagen – auf die Seite blickte, gewahrete ich die Hostie in dem Schmutz des Fußbodens; ihre Lippen hatten sie verschmähet, und die Spitze ihres Schuhes trat das Brot, so als den Leib des Herren sie empfangen hatte.

Mein Gebein erzitterte, und fast wäre der Kelch aus meiner Hand gestürzet. »Renate!« rief ich leise; in Todesangst brach dieser Ruf aus meinem Munde: »Renate!«

Wohl sahe ich, daß ein Zittern über die schöne Gestalt des Mädchens hinlief; dann aber, ohne aufzusehen, ihr weißes Sacktuch in die Hände pressend, wandte sie sich ab, und bei dem Schlußgesange der Gemeinde sahe ich sie langsam den langen Steig hinabschreiten.

– – Wie ich mein Meßgewand abgeleget und in meiner Eltern

Haus zurückgekommen, vermöchte ich kaum zu sagen; wußte nur, als ich daheim an meinem Pulte stand, daß auch wohl ein junger Prediger, der ich war, nicht mit also ungestümen Schritten über den Kirchsteig hätte dahinstürmen sollen. An meines Vaters Krankenbette vermochte ich itzo nicht zu treten; ich stützte den Kopf in beide Hände, und mit geschlossenen Augen spähete ich nach dem Weg der Pflicht, den ich zu gehen hatte.

Aber nur eine kurze Weile; dann schritt ich den wohlbekannten Fußsteig nach dem Hof hinab. Wieder, wie vor Jahren, schrien die Elstern oben in den Bäumen; und da ich links vom Flur in das Zimmer eingetreten war, schien es mir weiter und einsamer, als ich es zuvor gesehen. Dennoch hatte ich Renaten sogleich erblickt; sie saß drüben auf ihrem Platz am Fenster, den Kopf gesenkt, die Hände vor sich hin gefaltet. Da ich dann näher trat, erhub sie sich langsam, als ob sie müde sei; und in dem langen, schwarzen Gewande, das sie itzo trug, erschien sie mir größer und fast gleich einer Fremden. Als ich aber stehen blieb und sie mit ihrem Namen anredete, rief auch sie: »Josias!« und streckte beide Arme gegen mich.

War es die Liebe, so Gott zwischen Mann und Weib gesetzet, die aus ihrer Stimme klang, oder war es ein Hülferuf, ich vermochte das nicht zu erkennen; aber ich zog sie nicht an meine Brust, wozu mein Herz mich mit gewaltigen Schlägen drängte, sondern beharrete auf meinem Platz und sprach: »Du irrest, Renate; es ist nicht Josias, es ist der Priester, der hier vor dir stehet.«

Da ließ sie die Arme sinken und sagte dumpfen Tones: »So sprecht! Was habt Ihr mir zu sagen?«

Und wie sie mich itzt aus dem ernsten Antlitz mit ihren großen Augen ansah, da schrie es in mir auf: »Du kannst sie nimmer lassen; in diesem Weibe ist all dein irdisch Glück!« Aber ich rief zu meinem Gott, und er half mir, bei meinem heiligen Amte die weltlichen Gedanken in die Tiefe bannen.

»Renate!« sprach ich; »wer war es, der dich zu der Todsünde versuchte, daß du den Leib des Herrn von deinen Lippen spieest? Nenne seinen Namen, daß wir mit Gottes Engeln ihn besiegen!«

Aber sie wiegete nur das Haupt. »O die armen alten Leute!« rief sie. »Ich weiß, es war eine Sünde! Aber da ich ihr Antlitz sahe, von den greisenhaften Gebresten so ganz entstellt, da schauderte mich, daß ich mit ihnen aus einem Kelche trinken sollte, und die heilige Hostie entfiel meinen Lippen in den Staub. Bete für mich, Josias, daß ich dieser Schuld entlastet werde!«

Ich glaubte ihren Worten nicht. »So«, dachte ich, »will der Versucher dir entrinnen«, und sprach laut: »Vor einem Schenkenglase mag dir ekeln; aber der Kelch des Herrn ist rein für alle, denen er geboten wird! Ein höllisch Blendwerk hat dein Aug verwirret; und es kommt von dem, mit welchem auch dein Vater sein unselig Spiel getrieben, bis Leib und Seele ihm dabei verloren worden.«

Bei diesen meinen Worten stürzete sie auf ihre Kniee und hub die Arme auf und schrie: »Mein Vater, o mein armer Vater!«

»Ja, schreie nur um ihn, Renate!« sprach ich. »Und möge unseres Gottes Allbarmherzigkeit in seinen tiefen Pfuhl hinunterleuchten!«

Sie sahe zu mir auf und sprach mit fester Stimme: »Die wird ihm leuchten, Josias, so gut wie allen andern, die ein jäher Tod ereilet!«

Ich aber rief: »Das ist des Teufels Hochmuth, der von deinen Lippen redet! Demüthige dich gegen den, bei dem alleine Rettung ist, und schütte dein Herz aus vor mir, der hier stehet an seiner Statt!« Und da sie hierauf schwieg, so sprach ich weiter: »Da du mit unserer alten Margreth nächtens auf dem Moore gingest, wen hast du angerufen, daß er dir von deinem Vater Kunde brächte, und was war es, das aus der leeren Luft herab mit schrecklichem Geheul dir Antwort gab?«

»Ich weiß von keinem Geheul«, entgegnete sie; »aber du, Priester Gottes«, – und ein trotzig Feuer brannte in ihren schönen Augen – »so ich wüßte, daß dort Kunde wär, zur Stund noch ging' ich und schriee meine Noth ins Moor hinaus und fragete nicht viel, von wannen mir die Antwort käme!«

»Renate!« rief ich. »Exi immunde spiritus!« und spreizete beide Hände ihr entgegen. »Bekenne! Bekenne, mit welch argen Geistern hast auch du dein Spiel getrieben!«

Sie hatte sich vom Boden aufgerichtet; und da ich sie anschaute, war ein kalter Glanz in ihren Augen. Sie strich mit den

Händen über ihr Gewand und sagte: »Ich verstehe nicht, was Ihr redet; aber mir ist, als sei das große Gemach hier so düster, wie es nimmer noch gewesen.« Und da in diesem Augenblicke an die Thür gepocht ward, welcher ich den Rücken wandte, und selbige sich aufthat, setzete sie hinzu: »Tretet näher, Margreth! Euer Herr ist hier!«

Ich aber wandte mich um und sahe unsre alte Margreth vor mir stehen; die schaute mich gar ernsthaft an und sprach nach einer Weile: »Kommet heim, Herr Josias; denn Euer lieber Vater will nun sterben, und ihn verlangt nach einem letzten Wort mit Euch.«

Da war mir, als bräche der Boden unter mir zusammen, und ich verließ Renaten und eilete nach meines Vaters Sterbekammer. – Da ich eintrat, saß er laut redend in seinen Kissen, aber seine Stimme däuchte mir fremd, gleich als hätt ich nimmer sie gehöret.

»Es ist dein Großvater, von dem er redet«, raunete mir meine Mutter zu.

»Er sieht mich nicht, Mutter!« entgegnete ich leise.

»Nein, Josias, er ist bei denen, die ihm zu Gottes Thron vorausgegangen.«

Und mein Vater sahe mit glänzenden Augen vor sich hin und redete weiter: »Lang, gar lange habe ich für ihn gepredigt – Josias thäte das gar gerne auch für mich – denn er wurde sehr alt; sein leiblich Augenlicht war erloschen und der Schall der Welt drang nur verworren noch zu seinem Ohre. Aber da er seine Stunde nahen fühlte, hieß er mich und meine Schwestern ihn in die Kirche führen, und wir geleiteten ihn auf die Kanzel. Da wandte er sein Antlitz rings umher und grüßte unmerklich mit der Hand; und sein silbern Haar hing über seine blinden Augen. Er meinete, es sei Sonntag und die Gemeinde sei versammelt. Er irrte; die Schwestern waren oben an seiner Seiten, und drunten war nur ich allein. Aber der Greis auf der Kanzel erhub seine Stimme, und sie scholl stark in der leeren Kirchen; denn er nahm Abschied und redete erschütternd zu allen, die hier nicht zugegen waren.«

Der Kranke hatte die Arme über das Deckbett hingestrecket, und sein abgezehrtes Antlitz leuchtete wie von innerem Lichte.

»Ja, mein Vater«, rief er, »aus der Ewigkeit herüber höre ich deine Stimme, wie du sprachest: ›Und so wie einst herauf, so führe an deiner Hand mich jetzt hinab von dieser Stätte! Aber, mein Gott und Herr, du hellest das Dunkel vor mir; gleich meinen Vätern werden Sohn und Enkelsöhne von deinem Stuhle aus dein Wort verkünden. Laß sie dein sein, o Herr! Nimm ihren schwachen Geist in deiner Gnaden Schutz‹!«

Nach diesen Worten schwieg mein lieber Vater; und als nun meine Mutter ihre Arme um ihn schlang, da sank sein Haupt zurück auf ihre Schulter. – Aber er erhub es wieder; und da sie zu ihm redete: »Mein Christian, spare deine Kräfte und ruhe nun«, da schüttelte er leise mit dem Haupt und sagte nur: »Nachher, nachher, Maria!« Dann sahe er liebevoll, aber mit fast flehentlichen Blicken zu mir auf und sprach langsam und wie mit großer Mühe: »Du kommst vom Hof, Josias; ich weiß es. Der Bauer ist nicht mehr, und möge Gott ihm ein barmherziger Richter sein – aber seine Tochter lebt! Josias, das rechte Leben ist erst das, wozu der Tod mir schon die Pforten aufgethan!«

Die Hand des Sterbenden haschete ins Leere nach der meinen, und da ich sie ihm gegeben, hielt er sie sehr fest in seinen magern Fingern.

Noch einmal begann er: »Wir sind ein alt Geschlecht von Predigern; die ersten von den Unsern saßen zu Dr. Martini und Melanchthons Füßen. Josis!« er rief meinen Namen, daß es gleich Schwertesschnitt durch meine Seele ging – »vergiß nicht unseres heiligen Berufes! – – Des Hofbauren Haus ist keines, daraus der Diener Gottes sich das Weib zur Ehe holen soll!«

Der Odem des Sterbenden wurde stärker; aber seine Stimme sank zu einem Flüstern, und da wir lautlos horchten, kamen wie fernhin verhallend noch die Worte: »Versprich – – das Irdische ist eitel – –«

Darauf verstummete er ganz; seine Finger löseten sich von meiner Hand, und der Friede des Herrn ging über sein erbleichend Angesicht. Ich aber neigete mich zu dem Ohr des Todten und rief: »Ich gelobe es, mein Vater! Mög die entfliehende Seele noch deines Sohnes Wort vernehmen!«

Da sahe meine Mutter mich voll Mitleid an; dann zog sie das

Laken über das geliebte Todtenantlitz, fiel an dem Bette nieder und sprach: »Gott gebe uns selige Nachfolge und sammle uns wieder in der frohen Ewigkeit.«

Als meines lieben Vaters Grab geschlossen war, kamen noch mehr der ersten Frühlingstage; von dem Strohdach unseres Hauses tropfete der Schnee herab, und die Vögel trugen den Sonnenschein auf ihren Schwingen; aber das Schöpfungswort: »Es werde Licht!« wollte sich noch nicht an mir bewähren. Da geschahe es am Sonntage danach, nachmittages, daß ich von dem Dorfe Hude auf dem Fußsteig nach Schwabstedte zurückging; ich war in meiner Amtstracht, denn ich hatte einen Kranken mit den Tröstungen unserer heiligen Religion versehen. Die ersten Tage meines Amtes waren schwer gewesen, und ich ging dahin in tiefem Sinnen.

Unweit vom Dorfe aber schneidet ein Bach den Weg, der aus dem Walde zu dem Treenefluß hinabgeht. An selbigem pflegen die Vögel sich zu sammeln, welche das Wasser lieben, und war auch itzt von Finken und Amseln hier ein fröhlich Schallen, als wollten sie schon des Maien Ankunft melden. Und so von des Ortes Lieblichkeit gehalten, schritt ich nicht über den Steg, der von dem Fußweg hinüberführet, sondern ging diesseits ein paar Schritte an den Wald hinauf und setzete mich an das Ufer, wo sich der Bach zu einem kleinen Teich erweitert. Das Wasser aber, wie es um diese Zeit zu sein pflegt, war so klar, daß ich am tiefen Grunde das Wurzelgeflecht der Teichrosen und die daran keimenden Blätter gar leicht erkennen und also Gottes Weisheit auch in diesen kleinen Dingen bewundern mochte, so für gewöhnlich unserem Aug verborgen sind.

Da wurd ich jählings aufgeschrecket, und auch die Vögel, die eben ihren durch meine Ankunft gestöreten Gesang aufs neue anhuben, rauschten auf und flogen fort; denn von jenseit des Baches kam ein Geschrei: Hoido! hoido! und war es, als wie bei der Kloppjagd die Bauerkerle den Hirsch zu jagen pflegen. Da ich aber den Kopf wandte, sahe ich drüben aus den Tannen einen Haufen junger Knechte hervorbrechen. »Schwimmen! Schwimmen!« schrien sie. »Ins Wasser mit der Hex!« Und jetzt erst gewahrte ich unter ihnen ein Frauenbild, das gescheuchet vor dem einen und dem anderen floh und nach dem Stege zu entkommen suchte. Aber einer von den Burschen sprang voran dahin und versperrete ihr so den Weg. Ich kannte ihn wohl, von Zeit der großen Hochzeit schon; denn es war der Sohn des Bauernvogten; und das Wild, so hier gejaget wurde, war Renate.

Nun kam ich eilends auf die Füße, lief zu dem Steg hinab und rief hinüber: »Ihr dort, was wollet ihr beginnen?«

Da schrien sie hinwieder: »Die Hex! Die Hex!«

Ich aber frug sie: »Wollet ihr richten? Wer hat zu Richtern euch bestellt?«

Und als sie hierauf schwiegen, trat einer aus dem Haufen und sprach: »Das Brennholz ist theuer worden; die Unholden laufen frei herum, und der Amtmann und der Landvogt fassen sie nicht an.« Und alle schrien wieder: »Hoido! hoido! Ins Wasser mit der Hex!«

Da setzete ich meinen Fuß auf den Steg und rief: »Rühret sie nicht an! Im Namen Gottes, ich gebiete es euch!«

Aber der Bursche, welcher auf dem Stege war, drängte mich zurück. »Ihr trotzet auf Euer Priesterkleid!« sprach er. »Ihr würdet sonst die großen Worte sparen; ich rath Euch, thut das nicht zu sicher!« Und dabei stund er vor mir mit gekniffenen Fäusten, und unter seinem Kraushaar funkelten die kleinen Augen.

Da überkam es mich, und ich lösete mein geistlich Gewand und warf es von mir auf den Boden; denn das junge Blut war damals noch in meinen Adern. Und als ich einen Blick nach drüben that, sahe ich, daß einer von den Burschen Renaten gefaßt hatte und ihr die Hände über ihren Rücken hielt; ihre Augen aber ruheten auf mir und waren wie leuchtend in dem blassen Angesicht.

»Gib Raum!« schrie ich und packte den Burschen mit meinen beiden Fäusten; und ich bin mir heut noch wohl bewußt, in den tiefsten Abgrund hätt ich ihn gestürzet, so ich das vermocht und solcher unter uns gewesen wäre.

Einen Augenblick wurd eine Todtenstille; denn er hatte auch mich ergriffen, und wir stunden wie in Erz gegossen aneinander. Da gewahrete ich, daß sie Renaten an den Bach hinabzuzerren strebten; und ohne Laut zu geben, rang ich mit meinem Feinde, Knie an Knie und Aug in Aug. »Geduld, du Hexenpriester!« schrie er mit heiserer Stimme. »Erst soll sie schwimmen, eh sie der Teufel dir ins Brautbett leget!«

Ein laut Gelächter und Hoido von drüben scholl als Antwort; vergebens suchte ich Renaten zu erblicken. Aber schon hatte ich den Burschen auf den Steg zurückgedrängt und griff nach seinem Hals, um ihn hinabzuwerfen, da empfing ich selber einen Stoß auf meine Brust, und mit einem Schrei, der mir unwillens von dem jähen Schmerz entfuhr, sank ich zu Boden.

Es mochte ein Schrecken dadurch in die ganze Schar gefallen sein; denn ich fühlte nicht, daß eine fremde Hand noch an mir sei, und hörte, wie jenseit des Wassers der Trupp von dannen zog.

Als ich aber mich mühselig aufgerichtet hatte, da schlangen zwei Weiberarme sich um meinen Hals, und die Stimme, welche ich niemalen hab vergessen können, sprach leise meinen Namen: »Josias, ach, Josias!« Und da ich mit der Hand des Mädchens Haar zurückstrich, so ihr wirr auf Stirn und Augen fiel, da sahe ich um ihren Mund, was ich noch itzt ein selig Lächeln nennen muß, und ihr Antlitz erschien mir in unsäglicher Schönheit.

»Renate!« rief ich leise, und meine Augen hingen in sehnsüchtiger Begier an ihren Lippen.

Sie regeten sich noch einmal, als wollten sie mir Antwort geben; aber ich lauschte vergebens; des Mädchens Arme sanken von meinem Halse, ein Zittern flog um ihren Mund, und ihre Augen schlossen sich.

Ich starrte angstvoll auf sie hin und wußte nicht, was ich beginnen sollte. Als ich aber auf dem schönen Antlitz das Leben also in den Tod vergehen sahe, wurd mir mit einem Male, als blickten meine Augen weithin über den Rand der Erde, und vor meinen Ohren hörte ich meines sterbenden Vaters Stimme: »Vergiß nicht unseres heiligen Berufes! – – – Das Irdische ist eitel!«

Und da ich noch die ohnmächtige Gestalt in meinen Armen hielt, gewahrete ich, daß unser Nachbar, der Schmied Held Carstens, mit seinem Weibe von diesseits des Weges dahergegangen kam. Da erzählete ich ihnen, wie von den jungen Knechten das Mädchen sei geschrecket worden, und bat, daß sie sich um sie annehmen möchten; denn es sei eine andre Pflicht, so mich von hinnen rufe.

Der Schmied aber trat nur zögernd näher; und auf die Ohnmächtige hinblickend, sprach er: »Die da? –– Nun, wenn Ihr es heischet, Herr Josias?«

Da bat ich abermalen; und itzt kam auch das Weib heran, welches als gar verständig im ganzen Dorf berufen ist. Als ich dann aber des Mädchens Leib aus meinen Armen in die ihren sinken ließ, durchstach mir ein jäher Schmerz die Brust, daß nicht viel fehlete, es hätte mich aufs neu dahingeworfen.

Und so, zwiefach verwundet, ging ich heim und sahe nicht mehr hinter mich zurück. Aber in meines Vaters Sterbekammer hab ich an diesem Abend lang inbrünstiglich gebetet.

Was meine liebe Mutter auch dagegen reden mochte, und obschon die Nachfolge in meines Vaters Amte mir so gut wie zugesaget war, ich wußte doch, daß meines Bleibens nicht mehr hier am Orte sei. Und so reisete ich schon andern Tags nach Schleswig, um mich nach einem andern Amte umzusehen. Aber dort angekommen, befiel mich eine Schwäche, daß meine Mutter zu meinem Krankenbett herbeigeholet werden mußte. Und als dann eines Nachts gar ein Blutstrom aus meinem Mund hervorbrach, da schrie sie laut, daß sie anitzo auch ihr einzig Kind dahingeben müsse.

Aber ich genas mit Gottes Hülfe, erhielt auch ein geistlich Amt im Norden unseres Landes, von Schwabstedte viele Meilen fern, und dienete noch über zwanzig Jahre dieser Gemeinde mit redlichem Willen und nach meinen besten Kräften. Ich begrub dort meine liebe Mutter und beweinete sie sehr; nach ihrem Tode hatte ich keine, in der die Liebe so sichtbarlich an meiner Seite ging.

Von Renaten hörete ich noch einige Male; zunächst und bald nach meinem Fortgange, daß sie derzeit über das Wasser und auf den Blättern der Teichrosen, welche sie getragen hätten, zu mir hingelaufen sei. Ich aber weiß von solchem nichts; müßte auch ein Gaukelwerk des argen Geistes gewesen sein, maßen ich ja selbst die Mummelblätter unter dem Kristall des Wassers noch in ihren Hüllen hatte liegen sehen.

Dann, wohl fünf Jahre später, von einem Manne, der mit Binsenmatten durch das Land ging, wurde mir erzählet, daß eines Abends ein mächtig großer schwarzer Hund auf ihren Hof gekommen sei, beschmutzt und abgemagert und mit einem abgerissenen Strick an seinem Halse. Da sei sie zu ihm hingeknieet und habe mit beiden Armen das alte Thier umfangen und seinen rauhen Kopf an ihre Brust gezogen.

– Ob sie noch itzt auf dieser Erde ist, ob Gott sich ihrer schon barmherzig angenommen, darüber ist mir keine Kunde mehr geworden.

*

So weit die Handschrift.

Aber der Zufall, der uns vergönnt hat, das Bahrtuch über einem verschollenen Menschenleben aufzuheben, lüpft es noch einmal; wenn auch weniger, als manche, die dies lesen, wünschen mögen.

Die zu Anfang der Erzählung erwähnte Schatulle auf dem Boden unseres alten Erbhauses ward eine tönende Vergangenheit, sobald man Mut und Geduld hatte, den Staub in ihrem Innern aufzuregen. Ich hatte das nicht immer. Aber ein paar Jahre nach dem Funde unserer Handschrift, an einem herbstlichen Sonntagnachmittage, saß ich doch wieder einmal vor ihren eingeklemmten Schubfächern und zog, oft mühsam, eines um das andere auf. Papiere über Papiere; und fast überall jene anheimelnde leserliche Schrift des vorigen Jahrhunderts. Von vielen Päckchen hatte ich schon die Bindfäden aufgelöst und sie, nachdem ich dies und das darin gelesen, wiederum zu ihrer Ruh gelegt. Da kam ich an eines, welches allerlei Papiere über die Erbschaft eines alten Predigers in Ostenfeld enthielt; ein Bruder meines Urgroßvaters, wie ich aus beiliegenden, an ihn gerichteten Briefen sah, hatte sich dieser Angelegenheit für eine in Husum wohnende Predigerwitwe angenommen. Und bald nahm ein ungewöhnlich langes Schreiben, datiert von 1778 aus einem ostschleswigschen Dorfe und unterschrieben »Jensen, past.«, meine ganze Aufmerksamkeit in Anspruch; denn es war augenscheinlich der Begleitbrief, mit dem einst das Manuskript des Pastors Josias, allerdings sub pet. rem., an meinen Urgroßonkel übersandt war.

Die ersten Seiten beschäftigten sich unter Beifügung eines sauber ausgeführten Stammbaumes nur mit den Erbverhältnissen jenes Ostenfelder Pastors; wie bald ersichtlich, des Vetters unseres Josias, in dessen Hause er das Gedächtnis seines Jugendlebens niederschrieb. Dann aber hieß es weiter:

Unseres von Dir erwähnten Schülerbesuches bei meinen Junggesellen-Onkeln in dem Ostenfelder Pastorate entsinne ich mich gar wohl; und daß Du den Onkel Josias in so warmer Affection behalten, hat mir insonders wohlgethan; die Fragen aber, die Du über ihn gestellet, wirst Du indessen hier angeschlossener eigener Handschrift insgesamt beantwortet finden.

In Wahrheit, es waren zwei recht verschiedene Menschen, der Herr Josias mit seinem Johanneskopfe und der derbe aufbrausende pastor loci. Oftmals in meiner eigenen Amtsthätigkeit habe ich des ersten Sonntags dort gedenken müssen; Du kamest erst des Abends zu uns, ich aber saß schon vormittags an Onkel Josias' Seite in der Kirche. Noch sehe ich unter den Abendmahlsgästen die leidtragenden Frauen vor dem Altare, welche nach damaliger Sitte bis über das Kinn in schwarze Decken eingehüllt waren; und wie der Onkel Pastor der einen mit den durch die ganze Kirche hin vernehmlichen Worten »Weg, weg damit!« die Decken voll Ungeduld zur Seite riß, indeß er mit der anderen Hand den Kelch emporhielt. Onkel Josias aber schüttelte still den Kopf und lehnte mit einem Lächeln sich in seinen Stuhl zurück. Gleichwohl, wie ich später beobachtet, da ich den letzten Sommer vor dem großen Examen dort meine Repetitionen machte, lebten die beiden Verwandten in guter Eintracht miteinander. Beide waren Männer, die, wie man sagt, das Ihrige gelernet hatten und dies nicht in Vergessenheit gerathen lassen wollten. Sie unterhielten sich oft über gelehrte Gegenstände und disputirten dann, auch wohl lateinisch, miteinander.

In einem Punkte aber stimmten sie völlig überein; sie beide glaubten noch an Teufelsbündnisse und an schwarze Kunst und erachteten solch thörichten Wahn für einen nothwendigen Theil des orthodoxen Christenglaubens. Der Ostenfelder Pastor that dieses im zornigen Bewußtsein eines wohlgerüsteten Kämpfers, der Onkel Josias dagegen, zu dessen zarter Gemüthsbeschaffenheit dieser wilde Glaube gar übel paßte, schien selbigen mir gleich einer Last zu tragen. Deshalb suchte ich oft, wenn wir alleine waren, mit Gründen aus der Heiligen Schrift wie aus der menschlichen Vernunft ihm solches auszureden; allein mit allem seinem Scharfsinn, wenngleich als wie in schmerzlicher Ergebung, vertheidigte er die gottlose Macht des Erzfeindes.

Als der Sommer zu Ende ging, wurde für seine Gesundheit die strengste Vorsicht nöthig; er durfte Sonntags die Kirche nicht mehr besuchen, kaum noch das Haus verlassen; aber seine milde Freundlichkeit und seine, ich möchte sagen, schwermuthsvolle Heiterkeit blieben sich auch dann noch gleich.

Da war es kurz vor meiner Abreise an einem Morgen im October; der erste Reif war gefallen und eine frische Klarheit durch die Luft verbreitet. Ich wandelte im Garten auf und ab und sah dabei bisweilen in die Zeitung, welche der Stadtbote mir soeben durch den Zaun gereicht hatte. Als ich nun las, daß der einst vielberühmte, aber seit lange seines Amtes wegen Simonie entsetzte Petrus Goldschmidt als ein Schenkenwirth bei Hamburg das Zeitliche gesegnet habe, eilete ich ins Haus und dachte, nicht ohne eine kleine Schadenfreude, solches dem Onkel Josias zu verkünden.

Als ich zu ihm eintrat, war mir, als sei auch in dieses sonst etwas dunkle Zimmer der schöne lichte Morgen eingedrungen; denn trotz des brennenden Ofenfeuers standen beide Fensterflügel offen, und der Schall von den benachbarten Dreschtennen und von hellen Kinderstimmen hatte freien Eingang.

Aber zu meiner beabsichtigten Mittheilung kam ich nicht.

Feierlich, mit strahlendem Antlitz, trat Herr Josias mir entgegen. »Mein Andreas«, rief er, »wir werden fürder nicht mehr disputiren; ich weiß es itzt in diesem Augenblick: der Teufel ist nur ein im Abgrund liegender unmächtiger Geist!«

Indeß ich vor Erstaunen schier verstummte, gewahrte ich das Buch des Thomasius von dem Laster der Zauberei auf seinem Tische aufgeschlagen. Ich hatte es nach unserer letzten Disputation dort heimlich hingelegt und frug nun, ob ihm daraus die heilvolle Erkenntniß zugekommen.

Aber Herr Josias schüttelte den Kopf. »Nein«, sprach er, »nicht aus jenem guten Buch; es hat das Licht sich plötzlich in mein Herz ergossen. Ich denke so, Andreas: die Schatten des Todes wachsen immer höher; da will der Allbarmherzige die anderen Schatten von mir nehmen.«

Seine Augen leuchteten wie in überirdischer Verklärung; er wandte sich gegen das Licht und breitete die Arme aus.

»O Gott der Gnaden«, rief er, »aus meiner Jugend tritt ein Engel auf mich zu; verwirf mich nicht ob meiner finsteren Schuld!«

Ich wollte ihn stützen, denn er wurde todtenbleich, und mir war, als sähe ich ihn wanken; er aber lächelte und sprach: »Ich bin nicht schwach in diesem Augenblick.«

Dann ging er an seinen Schrank und reichte mir daraus dasselbe manuscriptum, welches Du mit diesem Brief empfängst.

»Nimm es, mein Andreas«, sagte er, »und bewahre es zu meinem Gedächtniß; ich bedarf desselbigen nun nicht mehr.«

– – Kurz darauf reiste ich ab; und was nun folget, hat mir erst lange nachher der Sohn des dortigen Küsters erzählt, welcher einige Jahre hier im Dorfe Lehrer war.

Noch in dem Monat meiner Abreise nämlich verbreitete sich das Gerücht im Dorfe: wenn Sonntags alles in der Kirche und die Straßen leer seien, so stehe ein fahlgraues Pferd, desgleichen man sonst in der Gemeinde nicht gesehen, vor der Pforte des Pastorates angebunden; und bald danach: es komme von Süden her ein Weib über die Heide geritten, die binde ihr Pferd an den Mauerring und kehre im Pastorate ein; wenn aber der Pastor und der Strom der Gemeinde aus der Kirche heimkomme, dann sei sie jedesmal schon wieder fortgeritten.

Daß dieses Weib den Herrn Josias besuche, war unschwer zu errathen; denn um solche Stunde weilte niemand außer ihm im Hause. Dabei aber ereignete sich gar Sonderliches; denn obschon sie unzweifelhaft schon in älteren Jahren gestanden, so ist doch von etlichen, welche sie gesehen haben, dawider gestritten und behauptet worden, daß sie noch jung, von anderen, daß sie auch schön gewesen sei; wenn man aber des Näheren nachgefragt, so hatten sie nichts wahrgenommen als zwei dunkle Augen, aus denen das Weib sie im Vorüberreiten angeblicket.

Im ganzen Dorfe ist nur ein einziger gewesen, der von diesen Dingen nichts erfahren hat, und zwar der Pastor selber, denn alle haben des Mannes aufflammende Heftigkeit gefürchtet, und alle haben den Onkel Josias lieb gehabt.

Aber eines Sonntages, da es wieder Frühling worden und die Veilchen in den Gärten schon geblüht haben, ist die Heidefrau auch wieder da gewesen; und auch diesmal, da der Pastor aus der Kirche heimgekommen, hat er weder sie noch ihren Gaul gesehen; es ist wie immer alles still und einsam gewesen, da er seinen Hof und dann sein Haus betreten hat. Und da er, wie er itzo nach der Kirche pflegte, in seines Verwandten Zimmer ging, war es auch dort sehr still. Die Fenster standen offen, so daß von draußen aus dem Garten die Frühlingsdüfte den ganzen Raum erfüllet hatten, und der Eintretende sah Herrn Josias in seinem großen Lehnstuhl sitzen; doch, was ihn wundernahm, ein kleiner Vogel saß furchtlos auf einer seiner Hände, die er vor sich auf dem Schoß gefaltet hatte. Aber der Vogel flog fort und in die freie Himmelsluft hinaus, als der Pastor itzt mit seinem schweren Schritt herankam und sich über den Lehnstuhl beugte.

Herr Josias saß noch immer unbeweglich, und sein Angesicht war voller Frieden; nur war derselbe nicht von dieser Welt.

– Nun aber hat es bald ein laut Gerücht im Dorf gegeben, und auch dem Onkel Pastor haben alle es erzählt, von denen er es hat hören wollen; man wisse nun, die Hexe von Schwabstedte sei es gewesen, die auf ihrem Roß all Sonntags in das Dorf gekommen; ja derer etliche hatten sichere Kunde, daß sie, unter Vorspiegelung trügerischer Heilkunst, dem armen Herrn Josias das Leben abgewonnen habe.

Wir aber, wenn Du alles nun gelesen, Du und ich, wir wissen besser, was sie war, die seinen letzten Hauch ihm von den Lippen nahm.

Zur »Wald- und Wasserfreude«

Im dritten Hause von der Marktecke, wo in dem Schaufenster der Tempel aus weißem Dragant mit Rosengirlanden und fliegenden Amoretten zwischen einer Garnitur von Franz- und Sauetbrötchen prangte, wohnte derzeit Herr Hermann Tobias Zippel. Er hatte vordem in einer anderen Stadt des Landes allerlei Handelsgeschäfte getrieben, war aber, nachdem er sich solcherweise ein kleines Vermögen erworben hatte, seiner unruhigen Natur gemäß von dort verzogen, um einmal anderswo was anderes zu beginnen. In seinem jetzigen Hause hatte er eine Konditorei und eine Bäckerei errichtet, deren notwendige Verbindung dem beschränkten Geiste dieser Stadt bisher noch unentdeckt geblieben war; nach Erbauung des weißen Dragant-tempels wurde dann auch noch eine Tapetenhandlung angelegt; d. h. was man wirklich so Tapeten nennen konnte; denn vor ihm, wie er händereibend zu versichern pflegte, hatten die Leute sich ihre Stuben nur mit einer Art von buntem Löschpapier verkleistert.

Herr Zippel war ein blasses Männchen mit vollem dunklem Haupthaar, das er, um seinem arbeitenden Gehirne Luft zu schaffen, alle Augenblicke mit seinen fünf gespreizten Fingern in die Höhe zog. Wohl zehnmal in einer Stunde, gleich einem Marionettenmännchen, erschien und verschwand er in dem Rahmen seiner allzeit offenen Haustür; und den an dem gegenüberliegenden Straßenfenster strickenden Damen begann etwas zu fehlen, sobald das gewohnte Spiel einmal versagte.

Das einzige Kind des Hauses war eine Tochter, ein braunes, grätiges Ding mit zwei langen schwarzen Zöpfen und damals kaum dreizehn Jahre alt. In der Taufe hatte sie den Namen »Rosalie« erhalten, und wenn Herr Zippel, sei es pathetisch oder auch nur zornig war, dann wurde sie auch so von ihm gerufen, für gewöhnlich aber nannte man sie, aus Gott weiß welchem Grunde, »Kätti«. Herr Zippel schickte seine Tochter in die beste Mädchenschule, aber sie war eine berufen schlechte Schülerin. Nur in der Geographiestunde pflegte sie mitunter aufzumerken; der Lehrer war einst in vielen Ländern herumgekommen, und seine Vorträge gewannen zuweilen den Ton der Sehnsucht in die weite, weite Welt; dann starrten ihn die schwarzen Augensterne an, und die mageren Arme des Kindes reckten sich über den Schultisch immer weiter ihm entgegen. Auch in den Klavierstunden, die ihr der Vater geben ließ, blieb sie nicht dahinter; ja sie zeigte bisweilen eine Auffassung, die über ihre Jahre hinauszugehen schien, und es konnte dann wohl geschehen, daß sie mitten im Stücke aufsprang und davonlief, als ob was Fremdes über sie hereingebrochen sei.

Aber der schwere Klavierkasten, der so fest gegen die Wand geschoben stand, war nicht das Instrument, das ihre eigenste Natur verlangte. Ein solches, das sie bis jetzt nur in den Händen durchziehender Künstlerinnen gesehen hatte, sollte ihr erst jetzt zuteil werden.

Auf dem Boden des langgestreckten Hauses befand sich nach dem Hofe zu eine Giebelstube, in welche unlängst bei Beginn des Sommersemesters ein schon älterer Primaner eingezogen war. Aus irgendeinem Winkel hatte Kätti von rotbemützten jungen Herren nebst vielen Büchern auch eine Gitarre hineintragen und mit verlangenden Augen hinter der sich schließenden Stubentür verschwinden sehen. Aber eines Nachmittags, da sie ihren Hausgenossen sicher in seiner Gelehrtenschule wußte, und während sie selber freilich in ihrer Mädchenschule sitzen sollte, huschte sie leise über den Boden und blickte durch die geöffnete Tür in die leere Stube. Als sie die Gitarre gegenüber an der Wand hängen sah, schlüpfte sie hinein und zog hinter sich die Tür ins Schloß.

Ebenso ging es am folgenden Nachmittage und noch ein paar Tage weiter; endlich kam Klage aus der Mädchenschule; Kätti hatte die letzte Woche jeden Nachmittag gefehlt. Es war kein Zweifel, sie mußte sich bis dahin zierlich durchgelogen haben; nun aber brach das Wetter über sie herein. Herr Zippel erinnerte sich plötzlich ihres Taufnamens; mit gesträubtem Haupthaar lief er im Hause umher; den Brief der Lehrerin hielt er in der einen Hand und schlug ihn mit der andern. »Rosalie!« rief er, »Rosalie! Wo hat das Unglückskind sich wieder hinverflogen!«

Endlich, irgend woher, erschien sie vor ihm; halb lauernd, halb ängstlich sah sie ihren Vater an. »Weißt du, daß du mein einziges Kind bist«, sprach Herr Zippel nachdrücklich, »und daß deine Mutter in der Erde ruht?«

Kätti ließ das Köpfchen hängen, daß ihr die langen Flechten über die Brust herabfielen.

»Kannst du lesen?« fragte Herr Zippel wieder.

Sie antwortete nicht.

»Da!« sagte er und gab ihr den Brief der Lehrerin. »Versuch es; aber es ist geschriebene Schrift! Wie kann man geschriebene Schrift lesen, wenn man nicht zur Schule geht!«

»Ich kann wohl lesen!« sagte sie trotzig und erschrak doch, als sie einen Blick hineingetan hatte. Aber sie kannte ihren Vater, sie mußte ihn ruhig austoben lassen.

Er hatte den Brief ihr aus der Hand gerissen und vollzog an diesem aufs neue seine symbolische Züchtigung; dabei sagte er seiner Tochter, sie würde seinen sauer erworbenen Ruf zugrunde richten, sein schwarzes Haar würde vor Weihnachten noch weißer als der Schnee sein und sie selber würde am Ende ihres Lebens an einem sehr hohen Galgen hängen.

Das war denn doch zuviel; Kätti brach in bittere Tränen aus.

»Aber, Unglückskind, was hast du denn getrieben?« Herr Zippel hatte ihre Hände ergriffen und blickte zweifelnd und ratlos auf sie hin.

»Ich habe nicht gefaulenzt«, sagte Kätti.

»Nicht gefaulenzt! Aber was denn sonst?«

»Ich habe nur was anderes getan, als was sie in der Schule tun!« Und dabei zeigte sie ihrem Vater die Fingerspitzen ihrer beiden Händchen.

Herr Zippel besichtigte eine nach der andern mit wachsendem Erstaunen. »Aber, zum Erbarmen! die sind ja alle wund, die einen noch schlimmer als die anderen!«

»Ja«, sagte Kätti, »das ist auch nicht so leicht!«

»Aber, um des Himmels willen, wo hast du denn gesteckt?«

Sie schwieg einen Augenblick, dann sagte sie: »Ist der Primaner zu Hause?«

»Der Primaner? Nein, der ist eben fortgegangen. Aber was soll denn der Primaner?«

»Komm!« sagte sie. Und schon hatte sie ihres Vaters Hand ergriffen und zog ihn mit sich fort: die Treppe hinauf, über den Boden, dann in das Giebelstübchen.

Rasch langte sie die Gitarre von der Wand, setzte ihr eines Füßchen auf ein dickes Lexikon, das auf dem Fußboden lag, und ein paar voll gegriffene Akkorde erklangen unter ihren Fingern.

Herr Zippel stand mit untergeschlagenen Armen und weit aufgerissenen Augen gegen die Wand gelehnt. Er hatte eine Lieblingskanzonetta. »Kätti«, sagte er mit vor Erwartung bebender Stimme: »Es ritten drei Reiter zum Tore hinaus!«

Kätti hatte es tausendfach von ihrem Vater singen, pfeifen und brummen gehört; es war auch das erste gewesen, wozu sie sich die Begleitung auf dem Instrument zusammengelesen hatte. Und nun, während die kleinen Finger aufs neue das Griffbrett faßten, hub sie an und sang mit ihrer etwas schrillen Kinderstimme: »Es ritten drei Reiter zum Tore hinaus, ade!«

»Ade!« sang Herr Zippel schüchtern und wie fragend mit.

»Und wenn es denn soll geschieden sein – «

Herr Zippel hatte sich hoch aufgerichtet; seine Augen begannen zu leuchten, bald schlug er die Hände über dem Rücken ineinander, bald fuhr er damit durch seine aufgeregten Haare; dann aber, als der Refrain wiederkehrte, setzte er mutig mit seiner scharfen Tenorstimme ein, und bald sangen Vater und Tochter miteinander, daß es durch Haus und Boden schallte:

»Ade, ade, ade!
Ja Scheiden und Meiden tut weh!«

»Rosalie! Mein Kind, mein Genie!« Herr Zippel schloß das winzige Geschöpfchen in seine Arme und betaute es mit seinen Tränen. »Ja, ja, die alte Schulmamsell mit ihrem Strickstrumpf, mit ihrer trockenen gelben Jungfernnase, was weiß auch die – «

Als er infolge eines Geräusches umblickte, stand die dicke Magd mit ihrem Kochlöffel in der offenen Stubentür. »Herr

Zippel, vorm Laden ist ein Junge, der will für 'n Schilling Butterkringel!«

»Der Junge soll zum Teufel gehen!«

»Aber, Herr Zippel!«

»So ruf den Burschen!«

»Herr Zippel, ich weiß nicht, wo der Bursche ist.«

»Nun, so gib ihm selbst die Kringel!«

»Aber ich bin nicht für den Laden, Herr Zippel!«

Er stieß die dicke Magd zur Seite und rannte scheltend über den Boden in das Unterhaus hinab. Die Magd sah ihm ruhig nach und watschelte dann langsam hinterdrein.

Kätti war allein. Sie setzte sich ans Fenster, hauchte auf ihre Fingerchen, stützte dann ihr Köpfchen an den Hals der Gitarre und blickte nachdenklich in das Gezweige des großen im Hofe stehenden Walnußbaumes, wo ihr grauer Kater »Nickebold« sich mit der Sperlingsjagd beschäftigte. Was half das alles! Das häusliche Ungewitter war zwar vorübergezogen; aber in die dumme Schule mußte sie ja nun doch wieder jeden Nachmittag; und außer den Schulstunden – wann war sie dann vor dem Überfalle des Primaners sicher? – Plötzlich trat ein entschlossener Zug um ihren hübschen Mund; aber da sie eben wie zur Ermutigung einen nach dem anderen ihrer eingelernten Akkorde griff, schallten junge Männerstimmen von unten und jetzt schon aus dem Treppenhaus hinauf.

Im Nu hing die Gitarre an der Wand, und Kätti war wie fortgeblasen.

Ein paar Stunden später saß der hübsche Primaner – Wulf Fedders hieß er – in voller Arbeitstätigkeit an seinem Tische. Vor sich hatte er die Tür nach dem weiten Boden offenstehen; vermutlich nur weil der geschlossene Stubenraum ihm seinen Geist beengte; denn er blickte nicht hinaus, sondern war emsig bemüht, für seinen deutschen Aufsatz eine Kette von Satzfolgen zu Papier zu bringen, welche er eben auf einem Spaziergange in Gedanken sich zurechtgelegt hatte. Anmutig schwebte ihm bei seiner Arbeit das sonst so griesgrämige Gesicht des alten Rektors vor; er hatte ihm heute bei seiner Verdeutschung des Thukydides so wohlgefällig zugenickt; Wulf Fedders sah schon deutlich dasselbe Nicken bei Rückgabe dieses Aufsatzes. Und die Feder des jungen Primaners arbeitete behaglich weiter.

Als er aufblickte, stand Kätti ihm gegenüber; es war ihr eigen, plötzlich da zu sein, ohne daß man sie hatte kommen hören.

»Du!« rief er. »Bist du schon lange da?«

Sie nickte.

»Was willst du, Kind?« sagte er und betrachtete das braune Köpfchen, das er bisher nur ein paarmal flüchtig hatte vorüberhuschen sehen.

Kätti zeigte auf das vor ihm liegende Papier und sagte: »Haben Sie noch mehr darauf zu schreiben?«

Er schüttelte sein blondes Haar aus der Stirn und lachte. »Noch ein paar Sätze; dann ist's vorläufig genug.«

»Darf ich so lang hier bleiben?«

»Weshalb nicht? Setz dich!« sagte er, indem er schon wieder weiterschrieb.

Sie setzte sich auf den Stuhl am Fenster; aber ihre Augen ruhten unablässig auf dem Antlitze des Schreibenden, als wolle sie erwägen, was hinter den gesenkten Lidern sich verbergen möge. Als er dann die Feder wegwarf, schrak sie fast zusammen. »Fertig!« rief er. »Nun, Kätti? – Du heißt doch Kätti?«

»Ja, Kätti.«

»Nun, so komm her und sprich, was du auf dem Herzen hast!«

Sie war zögernd wieder vor den Tisch getreten. »Wollen Sie auch nicht böse werden?«

»Das werd ich nicht so leicht; aber ich kann's dir doch im voraus nicht versprechen.«

Sie besann sich eine Weile. »Dann mögen Sie auch böse werden«, sagte sie und zeigte nach der Wand; »ich habe alle Nachmittag auf Ihrer Gitarre da gespielt.«

»Und weshalb erzählst du mir das jetzt? Nur, weil es die Wahrheit ist?«

Sie schüttelte heftig mit dem Kopfe.

»Nein? Aber weshalb denn?«

»Ich möcht es lernen«, sagte sie leise; »aber es ist hier keiner, der darin Stunden gibt!«

»Ja so! – Nun, Fräulein Kätti, was ich davon verstehe, ist zu Diensten!«

Freudenrot und zitternd folgte das Kind mit seinen dunklen Augen, wie er jetzt die Bücher fortschob und die Gitarre von der Wand herunterlangte.

Und somit wurde das erste Ringlein fertig als Glied zu einer feinen unsichtbaren Kette.

Wie von selbst waren die Stunden herausgefunden, in denen der kleine musikalische Verkehr sich ungestört entfalten konnte; Kätti säumte nicht zu kommen, und auch Wulf Fedders blickte mitunter über seine Bücher nach der halboffenen Stubentür, ob denn das braune Köpfchen noch nicht durch die Spalten gucke. Wenn sie dann eintrat, hatte er oftmals Mühe, seine bewundernden Augen abzuwenden, damit – so warnte er sich selber – das Kind nicht eitel werde. Er hatte freilich nicht gesehen, wie sie kurz zuvor an ihrem aufgezogenen Schubfache kniete, um ein bestes Krägelchen oder ein anderes Putzstück daraus hervorzukramen; hatte er doch nicht einmal bemerkt, daß erst seit ein paar Tagen eine rote Seidenschleife gleich einem angeflogenen Schmetterling auf ihrem schwarzen Haare saß.

Übrigens waren Kättis musikalische Fortschritte unverkennbar; was der junge Lehrer an Griffen und Fingersatz ihr beizubringen wußte, war alles rasch erlernt worden. Dagegen kam eines Tages wieder Klage aus der Mädchenschule; als Wulf Fedders nach der Klasse in das Haus trat, zog Herr Zippel ihn in die Stube und rief ihn gegen das ungelehrige Kind zu Hülfe. Und der blonde Primaner, unter dessen Scheitel sich neben anderem auch ein Quintchen Altklugheit versteckte, redete zu Herrn Zippels Entzücken in das arme Ding hinein, daß sie schier verblasen dastand und in den nächsten Tagen brennend fleißig war.

Ganz anders freilich geschah es, wenn sie oben in der Giebelstube saßen, wo die grünen Zweige des Nußbaums in das offene Fenster nickten und wo von solchen heiklen Dingen nie die Rede war. Zwar hatte bei Wulf Fedders die Gitarre keine weitere Bedeutung als das Vögelsingen, wenn es Frühling ist; dennoch hörte es sich anmutig, wenn er mit seinem weichen Bariton aus seinem Liederschatz zum besten gab.

»Ein Vöglein singt so süße
Vor mir von Ort zu Ort!«

Wenn er das anhub, saß Kätti gewiß auf ein paar übereinandergepackten Büchern zu seinen Füßen, und wenn er geendet hatte, sprach sie ebenso gewiß: »Noch einmal, bitte!« Und dann sang er es noch einmal. Der Worte dieses Liedes wurde sie sich kaum bewußt, es war ihr nur die Melodie zu der sich dunkel regenden Empfindung, mit der sie in das hübsche Jünglingsantlitz blickte.

Eine unschuldige Heimlichkeit begleitete dies Beisammensein. Kätti schwieg gegen jedermann, aus unbestimmter Furcht, es könne ihr geraubt werden; den jungen Primaner aber hielt eine sehr bewußte Scheu zurück, seinen Verkehr mit dem eigenartigen Backfischchen der Kritik seiner Kommilitonen auszusetzen. Und da Kätti für jeden Ton das feinste Ohr hatte, so entging es ihr nie, wenn unten durch die Haustür ein Gymnasiastenschritt hereinstürmte. Bevor er noch die unterste Treppenstufe erreicht hatte, war sie jedesmal verschwunden und huschte später aus irgendeinem Bodenwinkel in das Unterhaus hinab.

Und dennoch einmal! Wulf Fedders hatte eben ihr Lieblingslied gesungen, und Kätti saß vor ihm auf ihren dicken Büchern, die dunklen Augen wie im Traum auf ihn gerichtet, die eine ihrer schwarzen Flechten um die Hand geschlungen.

»Die Blumen in dem Walde,
Die Blumen auf der Halde,
Die blühn im Dunkeln fort.«

Er hatte kaum geendet, da trat, ohne daß einer von beiden es bemerkte, der »forscheste« aller künftigen Studenten in das Zimmer und warf mit einem derben »'n Morgen!« – es war nicht einmal Morgen – seine rote Mütze neben ihnen auf den Tisch.

Im Nu war Kätti aufgesprungen und flog an ihm vorüber.

»Was war denn das für eine schwarze Katze?« rief der Forsche.

»Es ist die Wirtstochter«, entgegnete Wulf nicht ohne sichtbare Verlegenheit.

Der andere klopfte ihm vertraulich auf die Schulter. »Ja so! – Du scheinst mit ihr zu schwärmen, alter Freund!«

»Sie ist ein Kind; sie hatte mir den Tee gebracht.«

Kätti stand noch hinter der halboffenen Stubentür und machte mit ihren kleinen Händen ein paar Krallen gegen den groben Eindringling, bevor sie ganz verschwand. Mit ihrem Freunde war sie wohl zufrieden. »Wirtstochter!« Nur »die Wirtstochter!« das Wort war ihr eben recht; auch er hatte nichts verraten wollen.

– – Aber das letzte Semester des Schülerlebens ging zu Ende. Als Wulf Fedders, um von seinem Wirte Abschied zu nehmen, in dessen Wohnzimmer trat, kam ihm dieser mit einer Rolle in der Hand entgegen. »Leben Sie wohl, Herr Fedders«, rief er; »es ist ganz recht, daß Sie dem Nest den Rücken kehren! Sehen Sie da!« und er entrollte eine wirklich prächtige Tapete. »Zehn Mark Kurant per Stück, ich hab sie selbst für feste Rechnung; aber glauben Sie, daß diese knickerige Gesellschaft auch nur zu einem Ofenschirm davon gekauft hat? Wenn Sie wieder diese werte Stadt besuchen sollten, nach Hermann Tobias Zippel brauchen Sie nicht mehr zu fragen.«

Kätti wurde vergebens gerufen; erst als das Fortrollen des Wagens durch das Haus dröhnte, schlüpfte sie oben aus einem dunkeln Seitenraume des Bodens.

In der Giebelstube war alles ausgeräumt; nur die Gitarre hing noch an der Wand. »Für Kätti« stand auf dem Zettel, der durch die Saiten geschlungen war. Jetzt wurde leis die Tür geöffnet, und auf den Zehen, als fürchte es auch jetzt noch überrascht zu werden, schlich das Kind herein. Als sie die Worte auf dem Papierstreifen gelesen hatte, drückte sie ihre Lippen darauf und brach in lautes Schluchzen aus.

Zum Amtsbezirke der Stadt gehörig, aber reichlich eine Meile südwärts, lag ein großes Dorf; im Rücken Buchen- und Tannenwälder, vor sich das breite silberne Band eines Flusses, der ein weites Wiesental durchströmte. Auf einem Vorsprunge oberhalb des Wassers stand der Kirchspielskrug mit seinem alten wetterbraunen Strohdach, den seit Menschengedenken stets der Sohn von dem noch immer rüstigen Vater überkommen hatte. Land-

und Gastwirtschaft gingen Hand in Hand: die Gäste fanden neben bäuerlicher Behaglichkeit billige Preise, frische Butter zum selbstgebackenen Brote und goldgelben Rahm zum wohlgekochten und geklärten Kaffee.

Unterhalb des Gartens, der sich schräg abfallend bis fast an das Flußufer hinabzog, war das Abnahmehaus, wo noch vor kurzem der Vater des letzten bäuerlichen Wirtes wohnte. Zwar hatte auch er, gleich seinen Vorvätern, den Staven mit allen Gerechtigkeiten seinem Sohne abgetreten; aber an Sonn- und Festtagen, wenn die Gäste zu Wasser und zu Lande aus den benachbarten Städten heranzogen, stieg er in seinem besten Staate nach seiner alten Wirtschaft hinauf, um vorne in der kleinen Gaststube den Ausschank zu verwalten und dabei seine Geschichten von Anno damals an den Mann zu bringen. Und selbst die Stammgäste hörten es gern noch einmal, wie er im Walde drüben den großen Wildeber von seines Vaters gelben Sauen abgejagt, oder wie er drunten am Flusse den Ottern aufgelauert hatte, die in mondhellen Nächten an dem Dorf vorbeigeschwommen waren.

Aber die bäuerlichen Besitzer hatten Haus und Garten verkauft und sich weit vom Dorfe auf ihr Land hinausgebaut; und mit ihnen verschwanden neben den alten Geschichten auch die billigen Preise, der goldgelbe Rahm und die frischgekarnte Butter.

– – Der neue Wirt war Herr Zippel. Es schien unglaublich, was er alles leistete, noch mehr, was er alles leisten wollte. Sein jetzt schon ziemlich angegrautes Haar befand sich stets im Zustande höchster Aufgeregtheit; er wollte zeigen, was aus diesem Erdenfleck zu machen sei, den seine dummen Vorgänger so lange als totes Kapital von Hand zu Hand gegeben hatten; nicht einmal einen Namen hatten sie für ihr »Etablissement« ersinnen können. Es sollte gründlich anders werden.

Und schon war der hinter der Gaststube liegende Tanzsaal durchbrochen worden und daran nach der Flußseite eine große Veranda in den Garten hinausgebaut. Eben wurde von den Zimmerleuten eine schwere Bekrönung darauf befestigt, welche auf blauem Grunde in goldenen Buchstaben eine fußhohe Inschrift in die Welt hinausstrahlte.

Herr Zippel selber stand betrachtend der Veranda gegenüber neben einem alten Bauer aus der Nachbarschaft. Der Alte rauchte behaglich seine kurze Pfeife; Herr Zippel hatte die vor fünf Minuten angezündete Zigarre schon bis zur Unkenntlichkeit zerbissen, seine Augen leuchteten, seine Finger spielten unruhig in der Luft; als nun aber endlich da droben der letzte Hammerschlag verhallt war, las er halblaut, mit vor Erregung bebender Stimme: »Hermann Tobias Zippels Wald- und Wasserfreude!« Dann nickte er bestätigend mit dem Kopfe, ergriff den Arm seines Nachbarn und zeigte nach dem Fluß hinab, wo an zwei neuen, weiß und grün gestrichenen Böten dieselbe Inschrift auf dem Wasser schaukelte.

»Ja, ja, Nawer«, sagte der Bauer in seinem Platt, »dat kost't wat!« dann nickte er auch und rauchte ruhig weiter.

Herr Zippel sah ihn fast entsetzt an. »Kost't was, meint Ihr? – Bringt was ein, lieber Freund! Bringt was ein!« Und liebreich, aber mit begeisterter Überlegenheit klopfte er dem Alten auf die Schulter.

»Ihr versteht das nicht«, fuhr er fort, da jener statt der Antwort nur ein paarmal hustete; »wird auch kein Mensch von Euch verlangen!«

Damit führte er den ruhig Fortrauchenden durch die offene Veranda in den Tanzsaal und blieb derselben gegenüber vor einem Pianino stehen, dessen Deckel er mit gewandter Hand zurückklappte.

»Hm!« sagte der Alte, nachdem er sich die Sache eine Zeitlang angesehen hatte.

»Nun?« frug Herr Zippel.

Und endlich kam die ersehnte Gegenfrage, ob denn die Tochter, »dat lütt Deern«, auf diesem Ding da spiele.

Jetzt aber war Herr Zippel in seinem Fahrwasser: das Kind, das Genie, das sie in ihren roten, fünf Zoll langen Schühchen schon gewesen! Sein unerschöpfliches Thema war angebrochen.

Der alte Nachbar betrachtete unterdessen eine seitwärts angebrachte Einrichtung; es war eine Estrade mit einem kleinen Sitz und einem beweglichen Notenpult davor, alles hübsch in Holzmanier gestrichen und lackiert. Diese Einrichtung war für ein zweites Genie, das der neue Wirt schon innerhalb der ersten acht Tage hier im Dorfe selbst entdeckt hatte. Es steckte in einem kleinen hinkenden Schneider, welcher die Violine spielte und von dem einmal ein Musikfreund gesagt hatte, es sei schade, daß er nichts gelernt habe. In der Tat aber hatte er sich zu einer Art natürlicher Fertigkeit hinaufgearbeitet, ja mitunter brach durch seine ungeschulten Töne etwas, das aus der Tiefe der Menschenbrust zu kommen schien und selbst den kundigen Hörer stutzen machte. Er hieß Peter Jensen; die Bauern aber, vielleicht in unbewußter Anerkennung, nannten ihn »Sträkelstrakel«. – Das dürre Männchen saß jetzt fast alle Feierabend auf dem Bänkchen der Estrade und blickte auf ein dunkelfarbiges Mädchen, das schräg ihm gegenüber am Klaviere saß. Und nicht nur Tänze und Liedermelodien, selbst eine Mozartsche Sonate hatte die junge Virtuosin mit ihm einstudiert. Herr Zippel unterstützte das nach Kräften; denn es gehörte mit zu seiner »Wald- und Wasserfreude«; während draußen in der Veranda die Gäste seinen Wein tranken und seine »Soupers« und »Dejeuners« verzehrten, sollte vom Saale aus die Kunst ihre höhere Natur ergötzen.

»Seht Ihr, Nachbar«, schloß er seine beredte Auseinandersetzung; »das ist es, was in der Bauernwirtschaft hier gefehlt hat!«

Der Alte nickte ein paarmal, während er wie prüfend mit seiner rauhen Hand das Notenpult betastete. »Süh, süh!« sagte er endlich, ohne aufzublicken, »ward uns' Sträkelstrakel noch up sin olen Dagen en Staatsmusikant!«

Aber Herr Zippel wurde von einem Arbeiter in den Garten gerufen, und der Alte wanderte langsam hinterher, um zu sehen, was es denn dorten wieder Neues gäbe.

Statt ihrer traten aus der Tür der Gaststube zwei andere Gestalten in den dämmerigen Raum des Saales. Kätti, sie war die eine, obgleich jetzt volle siebzehn Jahre alt, glich fast noch einem halberwachsenen Kinde, nur ihre Wangen waren jetzt sanft gerundet, und das bleiche Braun derselben war von einem roten Hauch durchbrochen. Ihr schwarzes Haar aber trug sie noch immer in zwei langen Zöpfen; sie war eigensinnig, sie wollte es nicht anders, und auch die rote Schleife an der linken Seite durfte niemals fehlen.

Mit ihr, Geige und Bogen in der Hand, war der kleine Musikant hereingetreten. Er pflegte sonst nicht so früh am Nachmittage, sondern erst zu dem stets für ihn bereiten Abendbrot sich einzustellen; aber heute galt es, die Mozartsonate zu dem Einweihungsfeste der Veranda einzuüben. Nun hatte er auf den Ruf seiner jungen Meisterin mitten im Tagewerke Nadel und Bügeleisen fortgeworfen.

Es war etwas Stilles in der Erscheinung des Mädchens, wie sie jetzt ans Klavier schritt und die Noten auflegte, während der kleine Mann schweigend seinen Platz erkletterte und, den Bogen im Anstrich, erwartend nach ihr hinblickte.

Plötzlich, »Allegro, Sträkelstrakel!« rief eine junge Stimme, und dahin brausten die Töne der ungeschulten aber tapferen Musikanten. Mitunter freilich, wenn es gar zu sorglos überhin ging, gebot dieselbe auch wohl »Halt«, und wieder »Halt«; und der Geigenbogen stockte endlich, nachdem er noch eine Weile feurig in die Figuren der nächsten Takte hinausgeschossen war.

Der kleine Geiger hörte sich nicht gern bei seinem Übernamen nennen; wenn aber bei solcher Gelegenheit Kätti ihren Finger hob und mit einer eigentümlich lieblichen Betonung sagte: »Sträkel – Strakel?« dann krümmte er sich vor Wohlbehagen auf seinem lackierten Holzbänkchen, und unermüdlich wurden hierauf die hapernden Takte wiederholt, bis das dunkle Köpfchen nickte und es wiederum mit losen Zügeln weiterging.

Als sie mit der Sonate fertig waren, hob Kätti sich auf den Fußspitzen und langte über dem Klaviere ihre Gitarre von der Wand. »Nun zur Belohnung!« sagte sie, lächelnd auf ihren Spielgenossen blickend, und dieser, als ob er nun das Höchste leisten müsse, drehte emsig an den Stimmwirbeln, klimperte und strich und drückte fast das Ohr an seine Geige.

»Sträkel – Strakel!« rief wiederum die junge Stimme; da kletterte er eilig von seinem Thron herab, und bald wanderten die beiden nebeneinander im Saale auf und ab; sie leicht dahinschreitend und mit ihrer lichten Sopranstimme singend, daß es von den leeren Wänden schallte; er mit seinem lahmen Fuße stets nach einer Seite wippend und zu ihrer Gitarre begeistert seine Geige streichend. Was hatten sie nicht alles schon gesungen, den »Jäger aus Kurpfalz« nicht weniger als »So viel Stern' am

Himmel stehen«. Plötzlich mitten in einem Schelmenliedchen brach sie ab; »Sträkelstrakel!« rief sie, indem sie stehenblieb.

Er war in seinem Perpendikelgange schon um ein paar Schritte weiter; als er Posto gefaßt hatte, wandte er sich um, und das schlichte staubfarbene Haar von seiner mageren Nase streichend, erwartete er ehrerbietig das Orakel aus ihrem jungen Munde.

»Peter Jensen!« sagte Kätti feierlich und nannte ihn bei seinem vollen Taufnamen; »was kann Er geigen!«

»O, aber Mamsellchen!«

»Und ist Er auch noch niemals draußen in der Welt gewesen?«

»Draußen in der Welt? – Was sollt ich da, Mamsellchen?«

»Ja«, sagte sie träumerisch und heftete die Augen auf das arme Körperchen des Musikanten, als wolle sie selbst das Wunder nun vollbringen; »wenn Er doch jung und hübsch wär, Sträkelstrakel!«

Er nickte nachdenklich, als ob ihm das schon wohl gefallen mochte. »Was dann, Mamsellchen?« frug er schüchtern.

»Dann – aber das versteht Er nicht, dann wollten wir beide miteinander in die Welt hinaus!«

Er sagte nichts; er kniff die dünnen Lippen zusammen und sah sie halb anbetend und halb traurig an.

»Nun?« frug sie endlich.

Der arme, kleine Musikant hatte sie wirklich nicht verstanden, er fand es hier im Dorfe jetzt so schön wie niemals noch zuvor bei seinen jetzt bald vierzig Jahren. »Warum denn in die weite Welt, Mamsellchen?«

»Warum?« – Aber sie blieb selbst die Antwort schuldig; der Anfang eines Liedes tauchte plötzlich in ihr auf, dessen Worte sie kaum jemals recht gefaßt hatte. Wie tastend griff sie einen Akkord und hob mit halber Stimme an:

»Ein Vöglein singt so süße
Vor mir von Ort zu Ort;
O meine müden Füße!
Das Vöglein singt so süße;
Ich wandre immerfort.«

Sträkelstrakel hatte sich selig lauschend gegen die Wand gelehnt, Geige und Bogen müßig in der herabhängenden Hand. »Geht es nicht weiter?« frug er leise, als Kätti nach dieser ersten Strophe schwieg.

»O doch! Aber ich weiß nur noch das Ende!« Dann griff sie wieder in die Saiten und sang aufs neue:

»Wo ist nun hin das Singen?
Schon sank das Abendrot –
Die Nacht hat es verstecket,
Hat alles zugedecket;
Wem klag ich meine Not?

Kein Sternlein blinkt im Walde,
Weiß weder Weg noch Ort;
Die Blumen an der Halde,
Die Blumen in dem Walde,
Die blühn im Dunkeln fort.«

Von der offenen Veranda her erscholl ein lautes Händeklatschen: »Bravo, bravissimo!« – Herr Zippel war während der letzten Strophe ein ungesehener Zuhörer gewesen und jetzt im besten Ansatz, seiner Begeisterung Luft zu machen. Aber Kätti hatte wohl diesmal keine Neigung gehabt, den Reden ihres Vaters standzuhalten; als er in den Saal trat, fand er nur noch den kleinen Musikanten, der sich mit seinem blaukarierten Taschentuch die Augen wischte.

Das Einweihungsfest und noch verschiedene andere Feste, Wald- und Wasserfahrten, waren unter lebhafter Beteiligung vorübergegangen; als dann der Winter seine dunkle Eisdecke über den Fluß breitete, standen Herrn Zippels fröhlich bewimpelte Zelte auf derselben, und aus der an der Flußmündung belegenen Nachbarstadt flogen Schlitten und Schlittschuhläufer ab und zu. Der hagere, milzsüchtige Pastor, der die neue Wirtschaft nie anders als »Zipperleins Wald- und Wasserleiden« nannte, hatte in seiner Sonntagspredigt schon die deutlichsten Anspielungen auf Sodom und Gomorra fallen lassen.

Dann aber kam die trübe Zeit, wo alles in Tau- und Schlakkerwetter untergeht, und dann der Frühling und der neue Sommer. Die goldene Inschrift über der Veranda hatte nun schon fast eines vollen Jahres Glut und Winterungemach bestehen müssen, sie leuchtete nicht mehr so lustig wie im vorigen Sommer, und vielleicht mochte es damit zusammenhängen, daß jetzt selbst an Sonntagen die Zahl der Gäste nur eine dürftige war, ja daß man allerlei unbillige und bedenkliche Vergleiche zwischen dem neuen und dem alten bäuerlichen Wirte anzustellen begann. Soviel war gewiß, Kätti hatte eine Menge Zeit und wußte nicht recht, wohin damit. Sie musizierte wohl noch an einzelnen Abenden mit Sträkelstrakel in dem leeren Saale, sie sang und spielte auch wohl einmal, wenn Gäste unter der Veranda saßen; aber sie tat das eine mehr, um die schüchtern fragenden Augen des kleinen Musikanten zu befriedigen, das andere nach dem Willen ihres Vaters, dem sie nicht entgehen konnte. Mit den Töchtern der Bauern wußte sie nichts zu reden und diese nichts mit ihr; nur der junge Unterlehrer, ein gutmütiger Mensch mit Plattfüßen und gelbblonden Haaren, saß oft stundenlang neben ihr am Klavier und blickte, gleich Sträkelstrakel, in stummer Anbetung zu ihr auf. Aber was kümmerten sie eigentlich diese beiden Menschen!

Manchmal nahm sie das kleinste der beiden weiß und grün gestrichenen Böte und ruderte den Fluß hinauf, bis wo am Ufer entlang sich große Binsenfelder streckten. Durch einige führte eine Wasserstraße wieder auf die Flußbreite hinaus; in anderen gelangte sie nach einer schmalen Öffnung, durch welche das Boot nur mit eingezogenen Rudern hindurchglitt, auf einen stillen, rings umschlossenen Wasserspiegel. Hier, an schwülen Sommernachmittagen, legte sie gern ihr Fahrzeug in den Schatten einer hohen Binsenwand; auf dem Boden des Bootes hingestreckt, die schmalen Hände über dem schwarzen Haar gefaltet, konnte sie ganze Stunden hier verbringen. Die Abgeschiedenheit des Ortes, das leise Rauschen der Binsen, über denen das lautlose Gaukeln der Libellen spielte, versenkte sie in einen Zustand der Geborgenheit vor jener doch so nahen Welt ihres Vaterhauses, in der sie immer weniger sich zurechtzufinden wußte.

Da sie nach einer solchen Ausflucht eines Nachmittags durch

den Garten ging, sah sie in einer der Lauben den Unterlehrer vor einem leeren Bierglas sitzen. Bei ihrer Annäherung stand er schüchtern auf. »O bitte, Fräulein«, sagte er, »ich habe Ihrer lange hier gewartet.« Da sie aber frug, was er denn von ihr begehre, stammelte er etwas und bat sie endlich, ihm ein Seidel Bier zu bringen.

Kätti ging mit dem Glase in das Haus; als sie in die leere Gaststube trat, sah sie ihren Vater vor einem Papiere sitzen, auf dem er lebhaft mit einem Bleistift hin und wieder arbeitete. »Unausläßlich!« murmelte er. »Unausläßlich! Das reine Wald- und Wiesenwasser! Daß einem das nicht schon im vorigen Sommer eingefallen ist!«

»Was denn, Vater?« frug Kätti.

Aber er beachtete sie gar nicht; sein schon recht grau gewordenes Haar mit allen Fingern in die Höhe ziehend, fuhr er fort zu murmeln und zu stricheln.

Kätti zapfte das Bier ein und ging mit ihrem vollen Seidel fort. Als sie im Garten zu der Laube kam, stand dort der Unterlehrer und hatte gleichfalls einen beschriebenen Bogen in der Hand, den er eben auseinanderfaltete, in der offenbaren Absicht, seinen Inhalt vorzutragen. »Fräulein«, sagte er demütig, »Sie werden mich nicht verkennen!«

»Gewiß nicht, Herr Petersen«, erwiderte Kätti, indem sie das Bier neben ihm auf den Tisch stellte; der Unterlehrer erschien ihr noch wunderlicher als ihr Vater.

Herr Petersen räusperte sich und begann hierauf zu lesen; aber schon nach den ersten Versen – denn Verse waren es – die von der Seligkeit des Himmels handelten, geriet er ins Stocken und wurde von irgendeiner ihn bestürmenden Erregung so kirschbraun im Gesicht, daß Kätti sich im Ernst um ihn zu ängstigen begann.

»Lesen Sie doch weiter, Herr Petersen«, bat sie; »es klingt ganz hübsch; haben Sie das selbst gemacht?«

Aber er wagte keinen weiteren Versuch; noch einmal, wie in gewaltsamer Ermutigung, sah er sie mit aufgerissenen Augen an; dann drückte er hastig das Papier in ihre Hand, und Bier und Mütze auf dem Tisch im Stiche lassend, stolperte er auf seinen Plattfüßen eiligst die Steige nach dem Fluß hinab.

Kätti sah ihm ziemlich gleichgültig nach; als sie jedoch in dem anvertrauten Schriftwerk weiterlas, schlug eine flammende Röte ihr ins Angesicht; auf dem großen Papierbogen in schulgemäßer Schrift und zwischen ausgelöschten Bleistiftlinien stand hinter der Seligkeit des Himmels eine unverkennbar irdische Liebeserklärung, der ein gut bürgerlicher Heiratsantrag folgte.

Ihre Hand ließ das Papier zur Erde fallen, und fast zuckte eins der flinken Füßchen danach hin; aber es kam nicht weiter! Kätti schüttelte sich nur ein wenig; dann hob sie das verachtete Schriftstück auf und trug es sorgsam in die Küche, wo eben ein einsames Feuer unter dem großen Kessel lohte.

Noch einen Augenblick, und die Flammen hatten die ungelegene Liebeserklärung ergriffen; und Kätti schaute sorgsam zu, bis auch das letzte Wort davon vernichtet war.

– – Am Abend dieses Tages hatte ein Bruchteil von einer versprengten Sängerbande sich ins Dorf verschlagen, und Herr Zippel versäumte nicht, mit derselben für den folgenden Tag eine jener Festivitäten zu veranstalten, die so wenig den Beifall seines Seelenhirten fanden. Die Gesellschaft bestand zunächst aus einem Geschwisterpaar, einem Geiger und einer Harfenspielerin; letztere wenig hübsch und mürrisch um sich schauend, aber, gleich dem ansehnlicheren Bruder, von geschmeidigem Wuchse. Neben ihnen war noch eine Gitarrspielerin, ein blondes bewegliches Ding, mit zwei blauen verliebten Augen; sie lief sogleich durch Hof und Haus und machte sich überall zu schaffen. Als draußen der Mond am Himmel stand, schob sie ihren Arm in Kättis Arm und zog diese mit sich in den Garten. »Komm«, sagte sie, »ich muß meinen Mund einmal wieder laufen lassen; da drinnen die Gundel und ihr Bruder könnten einen schier zu Tode schweigen!«

»Was schauen Sie mich denn so an?« fuhr sie fort, als Kätti ihre dunkeln Augen auf dem hübschen lachenden Antlitz ruhen ließ. »Meine Schwester hätten Sie sehen sollen; ach, war die schön! Nur gut, daß ich nicht mehr neben der zu singen brauche; sie hat einen reichen Mann geheiratet; o, es heiraten viele von uns sehr reiche Männer!«

»So?« sagte Kätti. »Wo wohnt denn Ihre Schwester?«

»In Wien, in einem sehr schönen Hause; ihr Mann ist ein berühmter Uhrenhändler.«

»In Wien?« Kättis Aufmerksamkeit wurde jetzt doch rege. »Kommen Sie so weit herum?«

– »So weit? Wir kommen allenthalben. Aber Sie singen und spielen ja auch; Sie sollten mit uns kommen; was wollen Sie hier länger auf dem Dorfe sitzen! Ich freilich muß noch morgen von den anderen fort; ich muß zu meinem schwedischen Grafen, der erwartet mich!«

»Ein Graf!« wiederholte Kätti voll Bewunderung. »Werden Sie sich mit dem verheiraten?«

»Weshalb denn nicht? Erst reisen wir zusammen auf ein paar Monate nach Baden-Baden.«

Kätti kannte den Ort aus ihren Geographiestunden. »Nicht wahr«, sagte sie, »da wo die vornehmen Leute hinreisen und ihr Geld verspielen?«

Die andere nickte. »Ich bin schon einmal dort gewesen; das sollten sie sehen, die schönen Menschen, die großen Feuerwerke, als ob auf einmal alle Sterne vom Himmel herunterfallen; wie in einem Märchen, sagt mein Graf!«

Noch lange gingen Kätti und die Gitarrspielerin Arm in Arm auf den mondhellen Gartensteigen: der hübsche Plaudermund des fahrenden Mädchens wußte immer Neues zu erzählen; vor Kättis Augen stiegen die Zauber der Ferne auf.

»Ein Vöglein singt so süße
Vor mir von Ort zu Ort.«

Sie wußte nicht, warum die Melodie ihr immer vor den Ohren summte.

Etwa vier Wochen später und etwa zwanzig Meilen weiter südlich ins deutsche Land hinein geschah es, daß eines Vormittages Wulf Fedders, der einstige Primaner, jetzt doctor juris utriusque, in einer mittelgroßen Stadt aus einem Wochenwagen stieg. Eine Weile sah er die Straße hinauf, wo eben Jahrmarkt war, warf noch einen Blick auf das Schild zum blauen Löwen, unter dem der Wagen hielt, und trat dann ins Haus, um sich zur Weiterreise auf der von hier nach Norden hin beginnenden Eisenbahn zu stärken.

In der Tür zur Gaststube ging ein etwas bleicher, aber stattlich aussehender Herr an ihm vorüber, der sich sein weißes Schnupftuch gegen die eine Wange drückte. Der junge Doktor sah das; aber er achtete nicht weiter darauf, sondern setzte sich an einen Tisch und ließ sich auftragen.

Außer einigen Gästen, welche aus und ein gingen, bemerkte er nur ein Musikantenpaar, einen Geiger und eine Harfenspielerin, welche neben dem Eingang saßen und der Stunde zu harren schienen, wo der leere Raum sich wieder füllen würde. Wulf Fedders hatte freilich wenig Teilnahme für seine Umgebung, er schmeckte vielleicht nicht einmal die Speisen, die dessen ungeachtet rasch genug von seinem Teller verschwanden; denn in seinem Kopfe kreuzten sich allerlei Gedanken. Er hatte eben seinen »Doktor« cum laude absolviert, und da der Tod beider Eltern ihn in die Lage gebracht hatte, ein paar Jahre vom eigenen Kapital zu zehren, so stand die akademische Lehrkanzel als längst geplantes Ziel vor seinen Augen. Zunächst freilich nach all der angestrengten Arbeit mußte er sich ein paar Monden Ruhe gönnen; das heißt, was solche junge Büchermenschen Ruhe nennen; denn die Doktorabhandlung, die nur eine Quintessenz enthielt, sollte zu einem epochemachenden Werke ausgearbeitet, allerlei emsig gesammelte Drucke und Exzerpte nun erst gründlich benutzt werden. – Als den Ort seiner Sommerfrische hatte er sich das große wald- und wasserreiche Dorf ersehen, in dessen patriarchalischer Krugwirtschaft es ihm an manchem Sommersonntag seiner Primanerzeit so wohl gewesen war. Er dachte es sich lebhaft, wie in solch ländlicher Ruhe das neue Werk gedeihen und wie er außerdem zu gesundheitstärkenden Wanderungen die Mußezeit benutzen werde. Und dann! Ja, auch das noch kam hinzu: die Stadt seines Schülerlebens war von dort in ein paar Stunden zu erreichen, und in jener Stadt – er wußte das aus bester Quelle – war für die nächsten Monate eine junge Dame auf Besuch, eine blonde blauäugige Majorstochter, die er im letzten Winter bei einem Professorentee gesehen hatte und die seitdem mit dem epochemachenden Buche sich geschwisterlich in sein Herz teilte. – –

Der Doktor Wulf Fedders hatte es nicht bemerkt, daß während seiner nachdenklichen Mahlzeit zwar nicht zwei blaue, aber doch zwei glänzend schwarze Augen unablässig auf ihn gerichtet waren. Als er jetzt aufblickte, sah er eine junge Gitarrspielerin, welche abgesondert mit ihrem Instrumente in der Ofenecke saß. Er erschrak fast, als ihre Blicke sich begegneten; wie um erst sich zu besinnen, wandte er seine Augen ab; dann blickte er wieder hin, um schärfer zu betrachten. Plötzlich stand er auf und ging gerade auf das Mädchen zu, während sie, ohne sich zu regen, ihn näher kommen ließ.

»Kätti!« rief er, als er vor ihr stand.

Sie ließ den Kopf auf ihre Brust sinken. »Ja, Kätti«, sagte sie leise.

Als sie dann die Augen langsam zu ihm aufhob, machte die eigentümliche Schönheit des Mädchens ihn fast verstummen. Erst als aus der Musikantenecke ein herrischer Ruf an sie erging, brach es hervor. »Also zu denen da gehörst du?« rief er – und es war fast derselbe Ton, womit er einst das faule Schulkind abgekanzelt hatte – »eine fahrende Marktsängerin ist aus dir geworden, und ich selber hab wohl gar noch dazu helfen müssen! Ich kann's mir denken, du hast dich in den jungen Vagabonden da verliebt und bist mit ihm davongelaufen!«

Kätti sah ihn ganz erschrocken an und schüttelte heftig ihr dunkles Köpfchen.

»Nicht? Aber weshalb bist du denn fortgegangen?«

»Ich weiß nicht«, sagte sie schüchtern; »ich glaube, ich mochte nicht mehr mit Sträkelstrakel spielen.«

Er lachte doch. »Was ist das: Sträkelstrakel?«

»Ein kleiner Schneider, der bei uns die Violine spielt.«

»Mamsell!« rief es wieder aus der Musikantenecke. »Kommen Sie an Ihren Platz!«

»Und weshalb«, frug der Doktor, ohne auf diesen Ruf zu achten, »sitzest du hier so abseits? Hast du Streit mit jenen Leuten?«

Kätti schwieg erst einen Augenblick; dann sagte sie: »Er ist frech gegen mich gewesen; ich will nicht spielen.«

Wulf Fedders trat an den Musikantentisch.

»Wie kommt Ihr zu dem Mädchen?« frug er drohend; »sie ist guter Leute Tochter.«

Der Bursche sah ihn an und nahm einen Schluck aus dem Glase, das er vor sich hatte. »Weiß schon«, sagte er, »wo sie zu Haus ist!«

»Sie ist ein halbes Kind«, fuhr der Doktor fort, »Ihr könnt dafür bestraft werden, Ihr durftet sie nicht mit Euch nehmen!«

»Sind Sie dabei gewesen, Herr?« rief der Bursche und stieß mit seiner Geige tönend auf die Tischplatte. »Mitten in der Nacht, da wir mit unserem Fuhrwerk eine Viertelstunde hinterm Dorfe waren, ist sie mit ihrer Gitarre aus dem Busch hervorgesprungen; sie hat sich meinem Bräunchen an den Zügel gehängt, daß ich nicht hab fahren können, und hat gebettelt und geweint, daß wir sie mit uns nehmen möchten.«

Der Geigenspieler hielt einen Augenblick inne; denn der Herr, der zuvor hinausgegangen war, setzte sich draußen vor dem Fenster auf die Bank.

»Nun?« rief Wulf Fedders ungeduldig.

»Nun, Herr? – Es fand sich just ein leerer Platz im Karren, weil unsere vorige Mamsell uns durchgegangen war. Da ließ ich sie drauf hinsitzen, um dem Lamento nur ein End zu machen.«

»Der Tausch mag Euch schon angestanden haben«, sagte der Doktor; »Ihr habt Euch wohl nicht gar zu lang bedacht!«

»Meinen Sie, Herr? – Nun, allzuviel hat sie uns just nicht zugebracht; sie trägt schon meiner Schwester Hemd am Leibe, und die Schuhe werden auch wohl bald zerrissen sein!«

Der junge Doktor warf unwillkürlich einen Blick in die andere Ecke, wo Kätti, den Kopf an ihre Gitarre lehnend, unbeweglich mit geschlossenen Augen saß. Die Schuhe an ihren über Kreuz gelegten Füßchen waren freilich in erbarmungswertem Zustande.

»Aber«, sagte er und wandte sich wieder zu dem Geiger, »Ihr seid unehrerbietig gegen das Kind gewesen; was habt Ihr mit ihr vorgehabt?«

Der Bursche stieß lachend seine Schwester an, eine Dirne mit harten Zügen, welche, ihre Harfe im Arm, die Pause zur Verspeisung eines Butterbrots benutzte. »Da hör, Gundel!« rief er. »Hörst du, was ich gewesen bin?«

Dann wandte er sich wieder zu seinem jungen Gegner und sagte nachdrücklich: »Ich weiß eben nicht, warum ich Euch hier

Antwort steh; aber der Herr da draußen ist einer von unseren Freunden; er hatte sein Späßchen mit der neuen Mamsell, wie er's mit der andern auch gehabt hat; aber der schwarze Fratz tat wild wie eine Katze und hat ihm seine Wange aufgerissen!«

»Und dann?« frug Wulf und faßte krampfhaft seinen Ziegenhainer, den er vorhin fast unwillkürlich in die Hand genommen hatte.

»Dann? – Nun, Herr, Ihr seht's ja, daß ich sie nicht gefressen habe!« Der Mensch zeigte seine weißen Zähne und stieß sein Trinkglas auf den Tisch, daß die Scherben dem Doktor um Gesicht flogen.

Wulf Fedders verlor für einen Augenblick seine sonstige Besonnenheit; ein zorniges Wort, ein Schlag mit dem geschwungenen Ziegenhainer war die augenblickliche Erwiderung. Aber der Schlag ging fehl; Kätti, die bei den heftigen Worten auf ihn zugeflogen war, taumelte mit blutender Stirn an seine Brust.

Der junge Vagabond, eine breite muskulöse Gestalt, war hinter seinem Tische aufgesprungen. Er hatte die Faust, aus der er die Geige fallen ließ, schon dräuend über seinen Kopf erhoben; aber es kam nicht so weit, er schien sich zu besinnen, der Handel mochte ihm doch bedenklich scheinen. »Mag der Herr die Mamsell behalten, wenn sie sonst noch zu kurieren ist«, rief er höhnend; »es laufen der Dirnen noch genug herum!«

Das leicht rieselnde jungfräuliche Blut hatte indessen die Sache schlimmer erscheinen lassen, als sie war. Die kleine Streifwunde hatte keine Bedeutung, und auch der Schrecken war bald überwunden; für den Doktor aber erschien nun die Pflicht, sich der Verlassenen anzunehmen, nur um so deutlicher; und schon am anderen Nachmittage langten beide wohlbehalten vor der »Wald- und Wasserfreude« an.

Die dicke Magd, welche als perfekte Köchin aus dem früheren Wohnorte mit herübergenommen war, schlug die Hände über den Kopf zusammen, da sie ihren alten Primaner so plötzlich mit ihrer verschwundenen Mamsell aus einem Wagen steigen sah. Übrigens enthielt sie sich aller unnützen Reden, und als der Doktor nach dem Hausherrn frug, streckte sie die Hand nach der Flußseite und sagte: »Ich bin bloß für die Küche; aber gehen Sie nur dreist hinunter!«

Und wirklich, hier stand Herr Zippel barfuß bis an die Knie im Wasser, und um ihn her eine Schar von Arbeitern, welche Pfähle in den Flußgrund rammten. Sein Haar flog im Winde, und Kätti, die hinter ihrem Beschützer herschlich, spähte voll Angst, ob es – wie ihr Vater einstens prophezeit hatte – vor Kummer über sie nicht schon schneeweiß geworden sei. Aber er sah nicht anders aus, als da sie fortgegangen war. Dagegen schien der Augenblick nicht eben angetan, um eine besondere Erregung des Wiedersehens in Herrn Zippels Herzen zu erwecken. Erst als der Doktor ihn wiederholt mit lautem Ruf begrüßt hatte, kam er an das Ufer gewatet, nachdem er noch zweimal seinen Arbeitern einen Befehl zurückgerufen und ihn dann zum dritten Male widerrufen hatte.

Er erkannte sogleich seinen alten Mietsmann und machte ihm einige rasch hervorgestoßene Komplimente über seine stattlichere Gestalt und seinen Backenbart; dann aber, zur Hauptsache kommend, beschrieb er mit ausgespreizten Fingern einen Halbkreis nach dem Lande zu. »Das hier«, sagte er, »wenn Sie es früher gesehen haben, Sie werden es nicht wiedererkennen! Nun wollen wir dem Fluß noch seine Ehre tun! Dort sehen Sie die Böte; hier entsteht das neue Bad; in all den tausend Jahren ist das keinem eingefallen! Das reine Wald- und Wiesenwasser, das Entzücken aller Ärzte auf zehn Meilen in die Runde!«

In diesem Augenblicke erst bemerkte er seine Tochter, welche ein paar Schritte seitwärts stand. »Kätti! Rosalie! Beim Himmel, die Rosalie!« rief er und schleuderte beide Arme in die Luft. »Herr Fedders«, wandte er sich an diesen, »haben Sie meine Aufrufe in den Blättern gelesen? Die Dummheit hat mir einen Haufen Geld gekostet!« – Aber damit schien auch die Sache abgetan; das von dem Mädchen so sehr gefürchtete Wiedersehen ging nach einigen weiteren Ausrufungen wie ein beiläufiges Zwischenspiel in dem großen Werke des Wald- und Wiesenwasserbades beinahe unbemerkt vorüber.

Erst nach Stunden, da er zufällig ins Haus hinaufgelaufen kam, frug Herr Zippel seine Tochter, ob sie denn mit dem Primaner Fedders – »Doktor« sagte Kätti – also dem Doktor Fedders heimgereist sei, und ob sie unterwegs wohl ein so wundersam belegenes Bad gesehen habe, als dieses bisher unbekannte Dorf ihm jetzt verdanken werde. »Wenn wir nur auch den Sträkelstrakel wieder hätten!« setzte er hinzu. »Ich hab es ausprobiert; die Badenden werden es im Wasser hören können, wenn ihr hier oben musiziert!«

»Sträkelstrakel!« rief Kätti; »was ist mit dem?«

Herr Zippel lachte. »Als die Gitarre fort war, ist die Violine hinterdreingelaufen; er war ohne dich doch auch nur eine magere Verzierung für die Wald- und Wasserfreude!«

Kätti sprang voll Schrecken von ihrem Stuhle auf. »Er ist fort? und noch nicht wieder da?«

»Nein, noch nicht. Aber, der Tausend, ich muß nach meinen Leuten sehen!«

Dem Doktor, welcher sich entschlossen hatte, hier seine Sommerfrische zu genießen, waren in dem unten am Flußufer belegenen Abnahmehause ein paar Zimmer eingeräumt, in denen für die künftigen Badegäste die erste Einrichtung schon getroffen war. Seine Aufwartung hatte Kätti übernommen, und sie tat alles mit einer so stillen nie nachlassenden Aufmerksamkeit, daß er dem sonst so flüchtigen Mädchen oft verwundert zusah; auch als nach einigen Tagen seine Kiste mit Büchern und Papieren anlangte, ging sie so anstellig ihm zur Hand, als wüßte sie von selbst, wohin er jegliches geordnet haben wollte.

»Wie dir das ansteht, Kätti!« sagte er scherzend. »Nicht wahr, du läufst nicht wieder in die Welt hinaus?«

Bei ihrer schmächtigen Gestalt und den herabhängenden Zöpfen, die sie in seiner Primanerzeit schon ebenso getragen, konnte er sich nicht entwöhnen, sie auch jetzt noch gleich einem halben Kinde zu behandeln; aber sie stand bei diesen Worten plötzlich todbleich vor ihm.« o, bitte!« sagte sie und hob flehend die Augen zu ihm auf.

Er warf einen fast erstaunten Blick auf sie. »Verzeih, Kätti«, sagte er dann; »wir reden niemals mehr davon.«

Zum Singen, wie einstens in der Giebelstube, wurde sie nicht mehr von ihm aufgefordert, er selber hatte sein Musizieren wie eine Jugendtorheit hinter sich gelassen; zum Ausgleich schädlichen Studierensitzens fand er es weit ersprießlicher, statt der Gitarre sich eine Botanisiertrommel umzuhängen und so, zugleich lernend und marschierend, seine Mußestunden zu verwerten.

Zu solchen Wanderungen war hier die weiteste Gelegenheit; aber es waren nicht die einzigen, welche von ihm unternommen wurden; schon mehrere Male war er in der Stadt gewesen und dann immer erst am nächsten Tage heimgekehrt.

Bei solcher Rückkunft fand er stets einen frischen Blumenstrauß auf seinem Tische; aber obgleich er wissen mußte, daß nur Kätti ihn dahingestellt haben konnte, so erhielt diese doch nie ein freundliches Wort darüber. Anfänglich verwunderte sie sich nur; dann aber begann es sie lebhaft zu beschäftigen, und endlich beschloß sie, ihm an solchen Tagen lieber gar nicht mehr vor Augen zu kommen; und so fand er denn künftig neben dem Blumenstrauß auch sein Abendbrot als wie von unsichtbaren Händen aufgetragen. Sie dachte nicht, daß er auch hierin nichts Besonderes fand.

Einmal aber, da er von solcher Wanderung in sein Zimmer trat, fand er das Mädchen weinend an der Haustür stehen. Nun sah er sie denn doch.

»Kätti! Kind! Was fehlt dir?« frug er.

Ihr fehlte nichts; aber Sträkelstrakel war vor einer Stunde per Schub von der Polizei ins Dorf zurücktransportiert worden. »Um meinetwegen!« rief Kätti, und ihre Tränen brachen reichlicher hervor. »Und seine Geige – er hat sie versetzen müssen, weil er gehungert hat; er hat nicht einmal spielen dürfen; denn er hat keine Konzession gehabt!«

Der Doktor hörte schon nicht mehr, was sie noch weiter sprach; was kümmerte ihn der kleine Fiedelmusikante, den er nie gesehen hatte!

»Aber er muß seine Geige wiederhaben!« sagte Kätti; und da der Doktor hierauf nur wie in Gedanken mit dem Kopfe nickte, rief sie, ihre schmalen Hände ringend: »Ich habe kein Geld! ich habe nichts!«

Sie wollte dem jungen Manne zu Füßen fallen; da schüttelte er die Träume, die er von der Stadt mit hergebracht hatte, aus seinen blonden Haaren und fing sie mit beiden Armen auf.

Kätti, Kätti! Besinne dich! Wie heißt der Mann? Ich will ihm seine Geige wiederschaffen!«

Bis sie plötzlich fort war, blieb er wie gefangen in der Glut der stummen Dankbarkeit, die aus den dunklen Augen ihm entgegenströmte. Bald aber, da er allein an seinem Arbeitstische saß, schalt er sich selbst darüber und suchte seine Gedanken auf den Weg zur Stadt zurückzubringen.

Schon am anderen Tage ging er selbst dahin, ja er blieb dort auch den folgenden; als er am dritten Tage endlich wiederkam, schien er absichtlich Kättis Gegenwart zu meiden. Gekränkt und grübelnd ging das Kind umher: was hatte sie ihm denn getan? Sie verlangte ja nichts weiter als freundlichen »guten Tag« und »guten Weg«!

Da geschah es eines Nachmittags, daß Herr Zippel seinen Wachtelhund vermißte. Da das Tier schon seit gestern nicht mehr gesehen war, so lief Kätti von Haus zu Haus, um es zu suchen, denn es war fast mit ihr aufgewachsen. Aber sie erfuhr nichts Bestimmtes; nur ein Kind behauptete, es habe die lange Trina, die dort hinterm Holze wohne, mit einem schwarz und weiß gefleckten Hündchen auf dem Weg gesehen.

»O weh!« sagte die dicke Magd, als Kätti mit diesem Bericht nach Hause kam.

»Warum o weh, Anngretje?«

»Darum«, sagte die Magd, »weil das Fidélchen immer Buttersemmeln aß und sehr gut bei Schicke war.«

»Deshalb?« – Kätti mußte lachen.

»Ja, ja, Kättichen; die lange Trina schlachtet die kleinen fetten Hunde; das Fett verkauft sie an den Apotheker in der Stadt und macht auch Sympathie damit.«

Nun erschrak das Mädchen ernstlich; aber Herr Zippel, der eben hinzutrat, langte in die Tasche und drückte ihr ein Geldstück in die Hand. »Geh selbst und kauf's der alten Hexe ab«, sagte er; »Fidélchen wird schon noch am Leben sein!«

– – Es führte durch den Wald ein Weg und von diesem ein Fußsteig zu der Wohnung der langen Trina; Kätti aber fürchtete sich zu verirren, und ging lieber im weiten Bogen um den Wald herum. Als sie nach stundenlanger Wanderung die Kate erreicht hatte, welche im Schatten eines Tannenschlages lag, fiel ihr Blick zuerst auf ein gegen die Mauer gelehntes Brett, an dem die Felle von allerlei kleinem Getier, dem Anscheine nach zum Trocknen, festgeheftet waren; Kätti besah eines nach dem anderen, doch schien Fidélchens Fell noch nicht dabei zu sein.

Bei ihrem Eintritt in die Wohnung saß die hagere Alte vor einer dampfenden Kaffeetasse. Sie hatte früher einmal bei einer verwitweten Kammerherrin in der Stadt gedient und nach deren Tode nebst anderem Plunder auch die schwarzen Kreppهauben der Dame zum Geschenk erhalten, welche sie seitdem, mit bunten Bänderfetzen verziert, auf ihrem eigenen Kopfe trug. Kätti, obwohl vom Dorfe her die lange Trina ihr nicht unbekannt war, erschrak hier in der Einsamkeit doch vor dem knochigen Bauernantlitz, das so grotesk unter dem Flitterputz hervorschaute.

Aber die Alte rückte ihr einen Stuhl zum Tische und nötigte sie wiederholt, wenn auch vergebens, ein Schlückchen aus ihrer Tasse zu probieren; von dem Hunde aber wollte sie nichts gesehen haben. »Es ist meine Katze gewesen«, sagte sie; »die läuft mir oftmals nach; sieh nur, dort liegt sie unterm Ofen!«

Und wirklich lag dort eine schwarz und weiß gefleckte Katze, die sich, wie ihr behagliches Schnurren zu erkennen gab, um all die abgezogenen Fellchen draußen wenig zu bekümmern schien.

Aber Kätti traute doch nicht; sie drückte dem Weibe das Geldstück in die Hand und sagte: »Da habt Ihr ein Trinkgeld; mein kleiner Hund heißt Fidél, und wenn Ihr ihn uns wiederbringt, so gibt mein Vater Euch gern das Doppelte!«

»Ich weiß nichts von deinem Hund«, rief die Alte unwirsch.

»Aber«, fuhr sie wie in plötzlichem Besinnen fort, »du sollst den Weg doch nicht umsonst gemacht haben! Kennst du, was man den Speiteufel heißt?«

Kätti schüttelte den Kopf.

»Es ist ein Pilz, und es gibt deren blaue, rote und auch grüne; aber von dem roten muß es sein; er wächst hier im Holze, just um diese Zeit.«

Das Mädchen sah gespannt die Alte an.

»Wenn du dir wieder ein Hündchen ziehen willst, so tupfe

mit dem Finger in den roten Schaum, der auf dem Hute liegt, und netze das mit deinen Lippen! Es brennt ein wenig; aber das schadet nicht. Warte nur, es ist auch ein Spruch dabei!« Sie zog ihre Tischschublade auf, kramte darin umher und holte endlich einen schmutzigen Zettel daraus hervor, den sie Kätti vor die Augen hielt. »Das muß dabei gesprochen werden«, sagte sie; »wenn dann das Hündchen davon frißt, so wird es nimmer von dir weichen.«

Die lange Trina rückte näher und fuhr mit ihrer harten Hand über die Wange des Mädchens. »Es hilft nicht bloß für Hündchen«, sagte sie heimlich; »die gelbe Marthe weiß wohl, warum sie jetzund auf der großen Hufe sitzt; der Niklas hatte zwei und wußte nicht, an welche er sich hängen sollte.«

Kätti saß plötzlich wie mit abwesenden Augen; ihr dunkles Gesicht war merklich bleich geworden.

Die Alte sah sie schmunzelnd an; dann ergriff sie eine ihrer schwarzen Flechten und zog den Kopf des Mädchens an den ihren, während ein lüsterner Zug den groben Mund umspielte. »Du«, flüsterte sie, »du bist wohl gar um dessentwillen hergekommen; du hast wohl auch so einen Hin-und-wieder-Burschen! Streich's ihm auf ein Brötchen, auf ein Stückchen Zucker; es gibt Rat für alles in der Welt! Nur merk's dir, fürsichtig mußt du sein; ein wenig macht lebendig, zu viel – da könnt der Teufel leicht sein Spiel gewinnen!«

Wie aus einem bösen Traume sprang das Kind empor. »Nein, nein! Laßt mich los; ich will nichts von Euren Teufelskünsten wissen!«

Sie war schon draußen vor der Haustür; aber das Weib kam hinterher. »Narre, Narre, wohin läufst du?« rief sie, als sie das Mädchen auf dem Wege sah, der um das Holz herumführte. Sie war zu ihr getreten und zeigte auf einen Eingang in den Tannenschlag: »Dort«, sagte sie, »und immer gradeaus, so kommst du auf den Fahrweg!« Sie führte Kätti an der Hand, bis wo der Fußsteig deutlich zu erkennen war. »Nun lauf; und wenn du dich besonnen hast, in einem halben Stündchen kannst du bei mir sein!«

Fast willenlos hatte Kätti sich in den finsteren Tannensteig hineinführen lassen. In ihrem Köpfchen war kein Raum jetzt für die

Furcht; das Hündchen freilich war vergessen, aber statt seiner hatte ein Menschenbild sich unerbittlicher als je der jungen Phantasie bemächtigt. Schon vordem, mit der qualvollen Spürkraft der Eifersucht, hatte sie herausempfunden, wohin die Stadtbesuche ihres Gastes zielten; bei den aufregenden Worten des argen Weibes hatten plötzlich alle Zweifel sie verlassen; aber zugleich auch war eine wilde Hoffnung in ihr aufgestiegen, die sie vergebens zu verjagen strebte. Wie betäubt ging sie jetzt dahin auf dem einsamen Waldsteige; immer wieder schwebte der schmutzige Zettel ihr vor Augen, und mechanisch murmelten ihre Lippen die unverständlichen Worte, die sie darauf gelesen hatte.

Dann wieder sah sie jäh empor, als suche sie Zuflucht in dem reinen Ätherblau, das hoch über ihr am Himmel stand; sie schüttelte wie zornig ihr dunkles Köpfchen, als könne sie so die unheimlichen Gedanken von sich werfen; aber immer wieder und immer unabwehrbarer drang es auf sie ein. Unwillkürlich suchten ihre Blicke hin und wider, und bald folgten auch die Füße seitwärts vom Wege ab; ihre Augen streiften alles, was hier durcheinander aus dem Dunst des Bodens aufgeschossen war; auch Pilze von allerlei Form und Farben sah sie, nur waren es die rechten nicht. Und weiter ging sie, ohne auf den Weg zu achten, ohne aufzusehen; da, am Rande einer feuchten Lichtung stockten ihre Schritte. Sie glaubte erst, es sei eine Blume, was so zinnoberrot unter dem grünen Farrenkraut hervorleuchtete; aber bald sah sie es deutlich, es war der Hut eines großen Pilzes, der hier jetzt dicht vor ihren Füßen stand.

Ein Laut gleich einem Stöhnen kam über ihre Lippen; sie schloß die Augen wie vor einem bösen Trugbild; aber als sie sie wieder öffnete, stand es noch immer da und bot, wie in einem Näpfchen, ihr den roten Schaum entgegen. Ohne daß sie es wollte, hatte sie sich hinabgebückt; in ihren Gedanken rief es: »Gift! Gift! Es ist Gefahr dabei!« aber ihre stürmenden Pulse antworteten: »Es ist um desto besser!«

Ihre Lippen begannen wieder die unsinnigen Worte herzusagen, und schon hatte sie den Arm, den Finger ausgestreckt, da bewegte sich der Hut des Pilzes; ein Schauer zog durch den Wald und die Bäume rauschten wie vom Odem eines Unsichtbaren angehaucht.

Es war nur der Abendwind, der sich erhoben hatte; aber das Mädchen war aufgesprungen; vom Schrecken der Einsamkeit erfaßt, rannte sie ohne Aufhör in den Wald hinein; ohne umzusehen, ohne zu achten, daß die Fetzen ihrer Kleider an den Büschen blieben, bis sie endlich in gutem Glücke auf den ihr bekannten Fahrweg hinauskam.

Ihr wurde plötzlich leicht ums Herz; sie atmete auf, als ob sie jetzt dem Zauberbaum der argen Frau entronnen wäre. Ihr fiel nicht bei, daß noch ein anderer sie gefangen halte, aus dem sie nicht so leicht entrinnen sollte.

Am nächsten Sonntage, es war schon gegen Abend, fuhr in drei Wagen eine Gesellschaft feiner Leute an der »Wald- und Wasserfreude« vor. Herr Zippel, dem vorher nichts angemeldet worden, geriet in große Aufregung, als man ihm ankündigte, hier sei die letzte Station der heutigen Lustfahrt; man wolle nun mit Abendbrot und Tanz den Kehraus machen. Der Doktor dagegen schien von allem unterrichtet; er war sogleich zur Stelle, half den alten und jungen Damen vom Wagen und schalt die jungen Herren, daß sie sich unterwegs so lange aufgehalten.

Kätti stand, nach der Flußseite, halb verdeckt hinter der Ecke des Hauses. Untätig, mit düsteren Augen und herabhängenden Armen, hörte und beobachtete sie alles, was hier vorging; dann, als die Gäste von ihrem Vater in das Haus hineinkomplimentiert waren, schlich sie sich zögernd durch den Garten in die Küche.

Nicht lange nachher erschien sie mit Tischzeug und Geschirr in der Veranda und begann unter Herrn Zippels kreuz- und querfliegenden Befehlen die Abendtafel herzurichten. Während sie leicht und sicher eines nach dem anderen an seinen Platz setzte, wandelte die Gesellschaft plaudernd und lachend auf den Gängen des sich unterhalb ausbreitenden Gartens, und Kätti konnte es nicht lassen, mitunter halb beklommen einen Blick hinauszuwerfen. Die jungen Damen waren ihr fast alle bekannt, mit mehreren hatte sie einst auf derselben Schulbank gesessen, und – sie zog grübelnd eine ihrer schwarzen Flechten über die Brust hinab – von keiner war sie noch begrüßt worden. Aber freilich, sie war bei ihrer Ankunft ja auch hinten um das Haus herumgelaufen! – Nur eine, die hübscheste, ein schlankes blondes Mädchen war ihr fremd; sie hatte was Vornehmes in dem lässigen Neigen ihres Kopfes, und Kätti selber mußte immer die Augen nach ihr wenden. Aber es war noch ein anderes, wodurch die blonde Dame wie magnetisch die Blicke des braunen Mädchens auf sich zog. Es war nicht zu verkennen, daß sie sich immer wieder wie von selber mit dem Doktor Fedders zusammenfand, und eben jetzt gingen beide ohne Begleitung den Seitensteig zum Flusse hinab und konnten der überhängenden Büsche wegen von der Veranda aus nicht mehr gesehen werden. Kätti blickte auf die Stelle, wo die jugendlichen Gestalten verschwunden waren, bis sie vor der scharfen Stimme ihres Vaters aufschreckte und nun emsig in ihrer Arbeit fortfuhr.

Als sie die letzte Schüssel aufgesetzt hatte, sah sie das Paar aus der Tiefe des schon dämmerigen Gartens auf dem an der Veranda vorbeiführenden Steige heraufkommen. Das blonde Mädchen hatte eine feine weiße Hand erhoben und redete lebhaft zu dem jungen Doktor. Gewiß, sie war die Hübscheste; aber – Kätti wußte nicht recht weshalb – auch wohl die Stolzeste!

Und jetzt näherten die beiden sich der Veranda, und da sie auf dem Steige langsam vorübergingen, ließ die junge Dame ihre blauen Augen eine Weile betrachtend auf Kättis Antlitz ruhen und fragte dann wie gleichgültig, sich wieder zu ihrem Begleiter wendend: »Wer ist das Mädchen?« Sie hatte laut genug gesprochen, und in dem Ton der Frage lag kein Bemühen, sie vor ihrem Gegenstande zu verbergen.

»Es ist die Wirtstochter«, sagte der Doktor leise und schien rascher vorübergehen zu wollen.

Aber Kättis feine Ohren hatten auch das gehört.

Die junge Dame hob den blonden Kopf und sprach lächelnd ein paar Worte auf französisch, und Wulf Fedders erwiderte ihr in derselben Sprache. Dann gingen sie vorüber, und Kätti hörte sie von hinten in den Saal treten.

Der Garten drunten hatte sich geleert; die übrige Gesellschaft war am Flußufer auf und ab gegangen und kam jetzt die große Felstreppe wieder herauf, welche zu der Anfahrt des Hauses führte.

Die braune schmächtige Wirtstochter stand noch immer in der Veranda, unbeweglich an derselben Stelle; sie wußte selbst nicht, was sie überkommen war; aber sie fühlte, wie ihr das Herz fast schmerzhaft schlug und wie ihr ganzer Körper bebte. Plötzlich warf sie, was an Gerät noch in ihren Händen war, fort und lief in den Garten hinab. – Noch eine Weile saß sie unten vor der Abnahmewohnung auf dem großen Feldstein, der unter den Fenstern ihres Gastes lag. Es war ganz einsam hier; nur der Fluß rollte in dem Abendwind, der sich erhoben hatte, eintönig seine Wellen an dem Uferrand hinauf. Kätti starrte auf das immer wiederkehrende Spiel des Wassers; sie hatte keinen Gedanken, sie fühlte sich nur ganz verachtet und vernichtet. Aber jetzt hörte sie oben vom Hause her die Stimme ihres Vaters »Kätti! Kätti!« rufen und dann schärfer und lauter: »Rosalie!«, und noch einmal: »Rosalie!«

Sie wußte wohl, jetzt, während die Gäste in der Veranda tafelten, sollte sie mit Sträkelstrakel spielen und zur Gitarre ihre Lieder singen. Aber – vor jenem blonden Mädchen? Sie hätte sich eher die Zunge abgebissen. Und selbst vor ihren früheren Schulkameradinnen – auch vor denen nicht; nein, nun und nimmer wieder!

Vorsichtig stand sie auf; aber sie ging nicht, wohin sie gerufen wurde. Seitwärts unter alten Nußbüschen war ein niedriges Rohrdach auf dem Boden hingebaut, ein Aufbewahrungsort für allerlei Gerümpel, noch von dem vorigen Wirte her. In dem hintersten Winkel, hinter leeren Tonnen und Bienenkörben hatte Kätti sich zusammengekauert. Sie hörte noch einmal ihren Vater rufen, aber sie achtete nicht darauf; sie hielt sich mit beiden Händen die Ohren zu und stützte die Arme auf ihre Kniee. Doch saß sie jetzt nicht mehr in dumpfem Hinbrüten; »die Wirtstochter!« sprach sie halblaut vor sich hin, »nur die Wirtstochter!« – Er hatte vor Jahren auf dieselbe Frage ja ganz dieselbe Antwort gegeben, und sie hatte sich damals kindisch darüber gefreut; warum denn brannte heut das Wort wie eine Kränkung in ihrer jungen Brust? – Aber es war ja auch nicht jenes Wort allein; wie anders als gegen sie war sein Benehmen jenem blonden Mädchen gegenüber? Sie hatte früher nie daran gedacht; aber jetzt wallte es siedend in ihr auf: er hatte keinen Anstand genommen, sie noch immerfort zu duzen, sie wie so selber es bisweilen mit dem armen Sträkelstrakel machte!

Sie richtete sich jäh empor, daß sie den Kopf an einen Sparren stieß. – War das eine Mahnung, daß sie sich nicht zu hoch erheben sollte? – Freilich, sie hatte nichts gelernt, sie konnte nicht Französisch mit ihm sprechen, in der Schule war sie immer faul gewesen. Aber sie besaß noch ihre Bücher; es war noch Zeit, um das Versäumte nachzuholen; nur das Lexikon fehlte ihr – aber unter des Doktors Büchern hatte sie eins gesehen; gleich morgen wollte sie ihn darum bitten! Nein, keine Teufelskünste, wozu die lange Trina sie verführen wollte; aber lernen, lernen! Er sollte sehen, daß sie keiner etwas nachgab.

Sie legte wieder den Kopf in ihre Hände. Da hörte sie es von oben aus dem Garten herabkommen, und bald darauf unterschied sie ein Saitenklimpern und daneben den ungleichen Tritt des kleinen Musikanten. Gewiß, mit seiner Geige unter dem Arme wanderte er umher, um sie zu suchen. Aber sie regte sich nicht, und die Schritte entfernten sich wieder. Einmal flog es durch sie hin, und ihr war, als stocke jählings ihr Herz, ob denn nicht er, er selber sie vermissen würde? – Aber es kam niemand mehr. Statt dessen hörte sie bald vom Saal herab das Getöse des Tanzes, Geigenstriche und fröhliches Lachen.

Qualvolle Stunden vergingen; endlich wurde es still und die Wagen fuhren ab. Kätti schlüpfte aus ihrem Versteck, ließ einen Augenblick noch den feuchten Nachtwind über ihre Wangen gehen und schlich sich dann im Dunkeln fort auf ihre Kammer.

Am anderen Tage, da es noch morgenfrisch vom Fluß heraufwehte, kam Kätti wie gewöhnlich mit dem aus Brot und Milch bestehenden Frühstücke des Doktors nach dem Abnahmehaus herab; vor der Haustür aber zögerte sie und holte ein paarmal tiefen Atem. Sie sah etwas bleich und anders aus als sonst; die dunkelrote Schleife saß zwar noch in dem glänzend schwarzen Haar; aber die langen Zöpfe waren am Hinterkopf zu einem Knoten aufgesteckt. Sie wollte nicht mehr wie ein Kind vor ihm erscheinen.

Als sie eintrat, stand der Doktor vor einer aufgezogenen Schublade und kramte in seiner Wäsche, wandte aber auf das Geräusch des Türöffnens den Kopf und sah die Eintretende voll Erstaunen an. »Kätti! Fräulein Rosalie!« rief er scherzend. »Du bist ja ganz verwandelt. In welchem Zauberwinkel warst du gestern uns verschwunden?«

Sie hob den Kopf, und aus dem Spalt der halbgeschlossenen Lider flog es wie ein Blick des Hasses auf ihn hin. »Ich bin krank gewesen«, sagte sie düster. Als sie aber den plötzlichen Ausdruck der Teilnahme auf seinem Antlitz sah, öffnete sie die Augen weit und blickte mit kindlicher Hülflosigkeit zu ihm auf.

»Du hättest noch ruhen sollen«, sagte er; »ich hätte mein Frühstück mir schon selbst geholt!«

Sie schüttelte den Kopf und zeigte auf ein kleines Diktionär, das zwischen anderen Büchern auf einem Seitentische lag. »Wollen Sie mir das leihen?« frug sie. »Darf ich es mit nach Haus nehmen?«

»Das? Was willst du damit?«

»Ich will Französisch lernen.«

Das Antlitz des jungen Mannes verriet eine flüchtige Verlegenheit, die Kättis scharfen Augen nicht entging. Sie dachte: »Was mag er gestern über dich gesprochen haben?«

Aber der Doktor lachte schon wieder. »Wäre es nicht besser«, sagte er, »du bliebest beim Nähen und Stricken? Mich dünkt, du warst früher gerade kein Held darin.«

Sie antwortete ihm nicht darauf; sie wiederholte nur ihre Frage, ob er das Diktionär ihr leihen wolle.

»Gewiß, Kätti«, sagte er harmlos, »und behalte es, so lange es dir gefällt.«

Sie nahm das Buch und wollte eben gehen, als sie von ihm zurückgerufen wurde. »Sieh da«, sagte er und zeigte ihr einige auf dem Tische liegende Leinwandstücke, die augenscheinlich Teile eines zugeschnittenen Hemdes waren; »ich habe bei meiner plötzlichen Abreise das letzte vom Dutzend so mit fortnehmen müssen; habt ihr eine leidliche Näherin im Dorf?«

Sie schüttelte erst den Kopf; dann aber sagte sie hastig: »O ja doch, es wird schon gehen; ich weiß doch eine.«

– »Dann sei so gut, es zu besorgen!«

Sie packte rasch die Leinwand zusammen und ging mit dieser und dem Buche fort. Als sie draußen am Fenster vorüberschritt, sah er ihr durch die Scheiben nach, ja er öffnete das Fenster, um ihr noch weiter nachzusehen, und er tat es, bis das feine

Köpfchen mit dem glänzend schwarzen Haarknoten droben im Gebüsch verschwunden war. »Vraiment, une petite princesse dans son genre!« Halblaut wiederholte er sich diese Worte, durch welche gestern die blonde Majorstochter sich mit der eigentümlichen Anmut des Mädchens abgefunden hatte.

Er stieß auch noch die anderen Fensterflügel auf, um die frische Morgenluft hereinzulassen. »Dans son genre?« murmelte er vor sich hin. – »Nur dans son genre?« Und nachdenklich setzte er sich an den Tisch, um das ihm von der petite princesse gebrachte Frühstück zu verzehren.

– – Inzwischen schritt Kätti, nachdem sie oben am Hause das Diktionär in ein offenes Fenster gelegt hatte, die Dorfstraße hinab, bis sie an das niedrige Strohdach des Musikanten kam. Als sie zu ihm in die Stube trat, rutschte er mit möglichster Behendigkeit von seinem Schneidertisch herab und stand in seinen wollenen Strümpfen vor ihr auf dem Lehmboden.

»Sträkelstrakel!« sagte Kätti, während der kleine Mann sie halb verwundert, halb besorgt betrachtete. »Er kann doch Weißzeug nähen, Sträkelstrakel?«

Seine schmalen Lippen zogen sich zu einer harmlosen Selbstverspottung zusammen. »Ei freilich, Mamsellchen; ein Schneider im Dorf kann alles nähen: Hemden und Pudelmützen, und was Sie sonst noch lustig sind, Mamsellchen!«

Sie nickte und kramte ihre Leinwandstücke auf dem Arbeitstische aus. »So hilf mir! Nähen kann ich's schon; ich weiß nur nicht, wie es zusammengeht.«

Bald lehnten beide gegen den Tisch und suchten die zusammengehörigen Stücke aneinanderzupassen. Der Schneider geriet wirklich ein paarmal in Verlegenheit, denn so ein Stadtherrending war doch was anderes als ein gewöhnliches Bauernhemd. Endlich aber kam's zurecht. »So!« rief er und betrachtete jetzt etwas verwundert die Länge und Breite des Gewandes. »Ich hätte noch kaum den Herrn Zippel für eine so ansehnliche Person gehalten!«

Kätti wurde glühend rot. Aber der Schneider bemerkte das nicht, und sie selber sah sich nicht veranlaßt, ihn über ihren Arbeitsgeber aufzuklären. Zärtlich, als verhülle sie ein Geheimnis, rollte sie die Leinwand wieder auf; dann fragte sie noch statt des

Dankes: »Was meint Er, wollen wir einmal heut abend unsere Sonate spielen?«

Sträkelstrakel warf einen Blick auf seine Geige, die glücklich wieder an der Wand hing. »Ach ja, Mamsellchen«, sagte er freudig, »die von dem großen Mozart; und wir haben sie so lange nicht gespielt! – Freilich«, setzte er hinzu, »Sie haben jetzt auch viel zu schaffen; die Aufwartung da drunten bei dem guten jungen Herrn.« – –

Er sah ihr seufzend nach, da sie mit einem freundlichen Nicken ihn jetzt verließ. Noch immer vermochte er ein neidisches Gefühl nicht ganz zu unterdrücken, daß der junge vornehme Herr das Mädchen so ohne alle Mühe vom Wege aufgelesen hatte. Aber die angeborene Dankbarkeit seines Herzens trug den Sieg davon. »Pfui! Pfui!« sagte er zu sich selber. Dann hinkte er an die Wand, langte Geige und Bogen von ihrem Haken, und bald erklangen aus dem niedrigen Stübchen in reinen Tönen die lieblichsten Passagen der Mozart-Sonate.

Als es an diesem Abend elf vom Glockenturm geschlagen hatte, stand der Doktor von seiner Arbeit auf und setzte sich auf den großen Stein vor seiner Haustür, um der Nachtkühle zu genießen und vor dem Schlaf noch eine Weile lieblichen Gedanken nachzuhängen, wie sie die zukunftsreiche Jugend zu besuchen pflegen. Nur eine Weile ruhten seine Blicke auf der Landschaft, die in verschwimmendem Umriß sich vor ihm ausbreitete; was sonst getrennt war, die Welt seines Innern und die da draußen, im schützenden Dämmer der Nacht traten sie traulich zueinander und verwebten sich in eins. Wie traumredend durch die weite Stille rauschte der Fluß in seinen Ufern, und in dem silbernen Lichte des Sternenhimmels tauchte die Gestalt des blonden blauäugigen Mädchens wie Anadyomene aus der Flut. Er sah sie deutlich vor sich; nur der Saum ihres weißen Gewandes verlor sich in den Wellen; mit jenem lässigen Neigen des Hauptes lächelte sie ihn an, und in dem Rauschen des Schilfes unterschied er deutlich ihre Stimme: »Vraiment, une petite princesse dans son genre!« Aber sie war jetzt nicht mehr drunten über dem Wasser; sie wandelte an seiner Seite, sie beide vor den Säulen der Veranda; sie flüsterte noch etwas, aber er verstand es nicht.

Als er unwillkürlich den Kopf nach dem Lande zurückwandte, wo droben über dem Gebüsch der Giebel des Haupthauses sich gegen den Nachthimmel abhob, sah er zu seiner Verwunderung noch ein Licht durch die Zweige schimmern, und bald auch, daß es aus dem Fenster strahlte, hinter welchem, wie er wußte, Kättis Kammer war.

Er hatte so spät dort niemals Licht erblickt. Was mochte das wunderliche Mädchen jetzt noch treiben? Französisch? Aber weshalb denn, da sie es als Kind so gründlich doch verabscheut hatte? – Gleichviel; was kümmerte es ihn!

Aber dennoch sah er sie vor sich; das müde Köpfchen auf die Hand gestützt und gleichwohl eifrig in seinem Diktionär blätternd.

Er wandte sich wieder ab. Der Fluß rauschte noch wie zuvor in seinen Ufern; aber die blonde Majorstochter wollte nicht wieder aus seiner Flut emporsteigen, so ernstlich der junge Doktor auch seinen Willen darauf zu richten suchte. Unwillkürlich wandte er immer wieder seine Augen nach dem Lichte, das landwärts durch die Bäume schien; es schlug schon Mitternacht vom Turme; und erst, als es längere Zeit nachher erlosch, stand er von seinem Steine auf und ging in seine Kammer.

– – Die nächste und die darauffolgende Nacht war es ebenso. Am Morgen des dritten Tages, da Kätti ihm das Frühstück brachte, legte sie die fertige Näharbeit auf den Tisch.

Er nahm sie und betrachtete sie genau, während das Mädchen gespannt zu ihm hinüberblickte. »Das ist gut!« sagte er. »Lache nur nicht; ich verstehe mich darauf.« Er war, wie manche Männer, fast pedantisch in bezug auf seine Leibwäsche. »Und was kostet es?«

»Es kostet nichts«, erwiderte sie.

»Nichts? Lassen die Näherinnen hier sich nicht bezahlen?«

»Es gibt hier keine; ich selber habe es genäht. – Aber, wollen Sie mir jetzt auch diese Arbeit durchsehen?« Und damit legte sie ein mit französischen Themen beschriebenes Heftchen vor ihm hin.

Er nahm es schweigend und begann zu lesen, während sie mit beklommenem Atem vor ihm stand. Einmal zuckte sie erschreckt zusammen, da er einen Bleistift nahm und damit zwischen ihre Schrift hineinschrieb; endlich gab er ihr das Heft zurück. »Das ist auch gut!« sagte er und sah sie voll mit seinen blauen Augen an, während ein helles Freudenrot über des Mädchens Antlitz flog.

»Aber bist du denn nicht mehr die alte Kätti; wer hätte dich früher an den Nähtisch oder an die Bücher bringen können? Und nun? – Wie geht das zu? Oder ist es am Ende gar ein Wunder?«

Ihre Augen öffneten sich weit und sahen ihn an, bis sie sich mit Tränen füllten. »Ich weiß nicht«, stammelte sie verworren, »aber darf ich mit meinen Themen wiederkommen?«

Und als er ihr das zugesagt hatte, nahm sie ihr Heft und verließ eilig das Zimmer.

An Sträkelstrakels Geige war tags vorher die G-Saite gesprungen; nun kam er gegen Mittag aus der Stadt, wo er sich eine neue eingehandelt hatte. Müde, wie er war, bog er dennoch von der Dorfstraße in den Weg zur »Wald- und Wasserfreude« ein und wollte eben die steile Felstreppe nach dem Fluß hinunter, als Kätti aus dem Hause ihm entgegenkam.

»Wenn's nicht zuviel gebeten ist, Mamsellchen«, sagte er, seine große tellerrunde Mütze lüftend, »Sie kommen doch nach unten zum Herrn Doktor; Sie könnten mir eine Bestellung abnehmen, die sie in der Stadt mir aufgetragen haben!«

Kätti nickte und begleitete ihn nach der Straßenecke, während er ihr seinen Auftrag mitteilte. Sie nickte dann noch einmal; aber sie fühlte selbst, wie ihr die Hände plötzlich eiskalt geworden waren.

Als sie eben zurückgehen wollte, sah sie die lange Trina aus einem Hause treten; die Alte hatte ihre Krepphaube auf dem Kopf und einen schmutzigen gefüllten Sack auf ihrem Rücken; so stapfte sie an einem langen Knotenstock die Dorfstraße hinab.

Kätti machte eine Bewegung des Abscheus, aber Peter Jensen lachte: »Sie hat sich Schnaps gekauft«, sagte er; »mit ihrem Kräuterbeutel geht sie in die Stadt, mit einem Haarbeutel kommt sie heute abend wieder!«

»Erst abends?« fragte Kätti; es schien ihr plötzlich was durch den Kopf zu gehen.

»O, auch wohl nachts oder morgens! Die schläft am Weg so gut als wie zu Hause! Also, Mamsellchen«, setzte er hinzu, »nachmittags fünf Uhr, wenn Sie es nicht vergessen wollen!«

»Nein, nein«, erwiderte sie hastig, »geht nur und ruht Euch aus; ich werde Euch was Guts zu Mittag schicken.« Ein heißes Rot hatte ihr Antlitz überzogen, während sie langsam ihrem Hause zuging; der empfangene Auftrag schien sie sehr erregt zu haben.

Aber erst am Nachmittage kurz vor der genannten Stunde stieg sie die Fels entreppe hinab; sie hätte näher durch den Garten gehen können; aber sie schien absichtlich, als wolle sie sich selbst noch einen Aufschub gönnen, diesen weiteren Weg zu wählen. Als sie vor der Schwelle des Abnahmehauses stand, erschrak sie fast, da sie die Haustür offen sah; auch mußte sie sich erst den einen kleinen Finger mit ihrem Tuche wischen; denn sie hatte ihn blutig gebissen, während sie von der letzten Treppenstufe bis hieher gegangen war.

Als aber Wulf Fedders mit seinem blonden Kopfe etwas verwirrt aus der vor ihm liegenden Arbeit auftauchte, sah er sie plötzlich vor sich stehen, und wie damals in ihrer Kinderzeit rief er: »Du, Kätti? Bist du schon lange hier?«

Sie schüttelte den Kopf; aber als sie sprechen wollte, fehlte ihr der Atem.

»Nun«, sagte er; »ich hab schon so viel Zeit, dich anzuhören.«

Kätti blickte gegen die Wand und erwiderte stockend: »Ich glaube doch, daß die lange Trina unseren Fidél geschlachtet hat.«

»Meinst du? Aber was ist dabei zu machen?«

»Ich möchte bitten, daß Sie mit mir hingehen, ich habe Furcht allein.«

»Aber, Kätti, wenn er tot ist, bekommst du ihn ja doch nicht wieder.«

»Ich möchte es nur wissen«, sagte sie leise. »Wollen Sie nicht mit mir gehen?«

Der Doktor zögerte; es war, wie er sich ausdrückte, »ein Knacken« in seiner Arbeit, den er heut noch überwinden möchte; als aber Kätti vor ihm stehenblieb, nur die dunkeln Augen in angstvoller Erwartung auf ihn richtend, stand er auf und packte seine Bücher fort. »Wenn es denn sein muß, Kätti!« sagte er. »Aber was ist dir heute? Deine Wangen wetteifern ja mit deiner roten Schleife!«

Er erhielt keine Antwort; Kätti war schon draußen vor der Haustür.

Kopfschüttelnd nahm der Doktor seine Botanisiertrommel von der Wand, und bald gingen sie nebeneinander über die Felder nach dem Walde zu; sie hörten es eben hinter sich im Dorfe fünf vom Kirchturm schlagen, als sie ihn erreichten.

»Wollen wir nicht etwas rascher gehen?« sagte der Doktor, da Kätti jetzt absichtlich ihren Schritt zu hemmen schien.

»Ja, ja; ein wenig rascher!« – Sie tat es auch, bald aber wurden ihre Schritte zögernd wie vorher.

Er schien es nicht beachtet zu haben, daß sie um den äußeren Rand des Waldes herumgingen; denn es wuchs und blühte hier manches, das seine Aufmerksamkeit erregte, und Kätti hatte immer Neues ihm zu zeigen und zu fragen. Plötzlich aber, da er um sich blickte, rief er: »Weshalb gehen wir denn hier? Der Fahrweg durch den Wald muß ja viel näher sein.«

»Der Fahrweg?« – Kätti hatte den Kopf gewandt und sprach es in die Luft hinaus: »Es kann wohl sein; ich dachte nicht daran!«

»Aber du warst vorhin doch selbst so eilig!«

»O nein; ich habe Zeit genug.«

»Du bist ein wunderliches Mädchen, Kätti.«

Es dauerte lange, bis sie an die Kate der langen Trina kamen. Das baufällige Häuschen lag schon im tiefen Tannenschatten; aber die Tür war verschlossen, und Wulf Fedders trommelte daran mit beiden Fäusten, ohne daß geöffnet wurde. Als er durch die blinden Fenster hineinzublicken suchte, sprang von drinnen die schwarz und weiß gefleckte Katze gegen die Scheiben und sah ihn mit ihren grünen Augen an. »Brr!« sagte er; »nur der Haushund ist da drinnen.« In demselben Augenblicke aber, da er einen Schritt zurücktrat, gewahrte er das gegen die südliche Hausmauer angelehnte Brett, woran auch heute noch eine Anzahl von Tierfellen, mit der Rauchseite nach innen, angeheftet hing. »Kätti!« rief er; »wo bist du, Kätti?«

Sie stand seitwärts unter einer einzelnen Tanne und schien

auf das Moor hinauszublicken, das sich hier vor der Hütte der Alten in unerkennbare Ferne hinausstreckte; mit der einen Hand hatte sie über sich einen Ast ergriffen, so daß sie ihr Köpfchen an dem eigenen Arme ruhte.

Als Wulf Fedders die schlanke Mädchengestalt so fast wie schwebend gegen den schon goldig angehauchten Himmel sah, zögerte er einen Augenblick; dann rief er noch einmal, aber leise ihren Namen; da wandte sie sich und kam langsam zu ihm.

»Ist das Fidél?« fragte er und hob mit einem abgerissenen Zweige die Rauchseite eines noch blutigen Felles in die Höhe.

Sie hielt ein Weilchen wie gezwungen die Augen darauf gerichtet und schüttelte dann den Kopf.

Er hob noch andere Felle auf. »Ein Iltis und zwei Katzen! Gott weiß, was die Alte mit dem Unzeug anfängt! – Wir können nun nur wieder heimgehen«, setzte er hinzu. »Und hier führt auch der Fußsteig in die Tannen!«

Sie stutzte erst und blickte unsicher vor sich hin; dann ging sie rasch voran.

Als sie eine Weile zwischen den dunkeln Bäumen fortgeschritten waren, ließen sich ganz deutlich seitwärts aus der Tiefe des Waldes Geigentöne hören.

Kätti fuhr sichtlich zusammen.

»Was hast du?« sagte er. »Bist du so schreckhaft heute? Die neuen Buchen werden nicht weit sein; es ist eine Tanzgesellschaft, und dein Sträkelstrakel spielt die Geige!«

Sie antwortete nicht; aber ein Seitensteig führte hier in die entgegengesetzte Richtung, und sie ging eilig darauf vorwärts, als ob sie vor jenen Tönen fliehen müsse. Und bald auch wieder war um sie her nichts anderes vernehmbar als das eintönige Kochen und Weben in den Tannenwipfeln, die der Abendwind bewegte. Er folgte ihr in einiger Entfernung, doch nicht weiter, als daß er um so besser die anmutige Gestalt betrachten konnte; und seine Augen sahen bald nichts anderes als sie. Im Gehen streifte ein überhängender Zweig die rote Schleife aus ihrem Haar; sie hatte es nicht bemerkt; aber er hob sie auf und zeigte sie ihr. »Warte!« sagte er; »ich weiß wohl, wie sie sitzen soll!«

Sie neigte demütig das Haupt und duldete es, daß seine ungeschickten Finger sich mit dem Bande mühten.

»Habe ich es recht gemacht?« frug er leise; noch einen Augenblick ruhte seine Hand auf ihrem Haar.

Sie nickte nur; es kam kein Hauch von ihrem Munde. Dann gingen sie aufs neue weiter; das Rauschen in den Wipfeln hatte aufgehört, es wurde immer stiller um sie her.

Jetzt öffnete sich eine Lichtung, in der das Gold des Abendhimmels auf Hülsen- und Farrenkräutern lag, die hier in unberührter Einsamkeit beisammenstanden. »Weißt du denn wirklich, wo wir sind?« sagte Wulf, als Kätti vor ihm in das Gewirre hineinschritt. »Mir ist, als kämen wir niemals mehr aus diesem Wald!«

Ein gellender Schrei antwortete ihm.

»Kätti, liebe Kätti!« Er war im Nu an ihrer Seite.

Vor den Füßen des Mädchens lag eine Schlange, auf deren Rücken das Kainszeichen in dem schwarzen Zickzack deutlich zu erkennen war. Der tellerförmig aufgerollte Leib schien wie am Boden festgeheftet; nur die Muskeln spielten in unablässiger Bewegung, und der flache Kopf mit den glühenden Augen war drohend in die Luft emporgerichtet.

»Da, da!« stammelte Kätti und erhob mühsam wie im Traume ihre Hand.

Ein wütender Biß der Schlange zuckte nach ihr hin; aber Wulf Fedders hatte sie schon auf seinen Arm gehoben und trug sie fort, immer weiter, er wußte selber nicht, wohin; aus dem Tannen- in den Buchenschlag und aus den Buchen endlich an den Rand des Waldes; sie hatte die Arme um seinen Hals geschlungen und ruhte wie ein Kind mit ihrer Wange an der seinen.

Nun ließ er sie sanft zur Erde nieder; allein sie blieb noch mit geschlossenen Augen an ihm ruhen.

»Kätti«, sagte er sanft; »besinne dich; die Gefahr ist jetzt vorüber.«

Sie hob den Kopf und sah ihn an, als seien ihre Gedanken ganz wo anders.

»Die Schlange!« sagte er. »Weißt du nicht? Sie hätte dich doch fast gebissen!«

»Ja, ja, die Schlange!« wiederholte sie und trat von ihm zurück; aber das Wort schien keine Bedeutung mehr für sie zu haben.

»Nicht wahr«, fuhr er fort, »sie ist weit, ganz weit von uns entfernt; du fürchtest sie nun nicht mehr?«

Sie schüttelte den Kopf und sah ihn dennoch angstvoll an.

»Kätti«, rief er bittend, »mach nicht so heimatlose Augen!«

Und da sie noch immer stumm blieb, streckte er in heftiger Bewegung beide Arme ihr entgegen.

Einen Augenblick neigte auch sie sich gegen ihn; dann aber richtete sie sich jäh empor. »Nein, nein«, schrie sie, und ihre kleinen Hände stießen ihn zurück; »ich kann nicht, ich bin falsch gewesen!«

»Falsch? Du, Kätti? Du kannst ja gar nicht falsch sein!«

»Doch«, sagte sie und nickte ein paarmal wie zur Beteuerung ihrer Schuld; »das Weib hat unseren Fidél gar nicht getötet; ich wußte das, denn sie fanden ihn heute in der Trinkgrube neben unserem Garten.«

Wulf Fedders schüttelte den Kopf. »Aber weshalb sind wir dann hier hinausgewandert?«

»Es war eine Gesellschaft aus der Stadt«, entgegnete sie stockend; »sie wollten in unserer Wirtschaft vorfahren; ich sollte es an Sie bestellen.«

»Und das wolltest du nicht?«

»Nein, ich wollte es nicht.«

»Und weshalb?« frug er gespannt.

Sie schwieg eine Weile; dann sah sie ihn fest mit ihren schwarzen Augensternen an und sagte: »Weil auch die blonde Dame mit in der Gesellschaft ist.«

»Darum also; – die Tochter der Majorin meinst du?« Es klang ein plötzlich kühler Ton aus diesen Worten; die blonde Dame war auf einmal wieder in der Welt.

Da Kätti keine Antwort gab, so schwiegen beide und gingen langsam nebeneinander auf dem Wege hin. Als sie sich dem Tore des Geheges näherten, hörten sie wiederum die Geige aus dem Walde tönen. Kättis weiße Zähnchen gruben sich in ihre Lippe; aber Wulf Fedders schritt, als habe er nichts gehört, vorüber.

»Wollen Sie nicht hineingehen?« sagte sie leise. »Sie treffen die Gesellschaft noch beisammen.«

Er schüttelte den Kopf. »Ein andermal, Kätti.« – Und stumm

wie vorhin gingen sie auf dem fast dunklen Wege fort. Als sie das Dorf erreicht hatten, bogen sie von der Straße ab und schritten unten am Flußufer entlang. An der Felstreppe, die zur »Wald- und Wasserfreude« hinaufführte, blieb der Doktor stehen. »Gute Nacht, Kätti!«

»Gute Nacht«, hauchte sie; sie gaben sich nicht die Hände; wie ein gescheuchter Vogel flog sie die Stufen hinauf, bis er sie oben in der Dämmerung verschwinden sah.

– – An diesem Abend saß der Doktor noch lange auf dem großen Stein vor seiner Haustür und blickte auf den Fluß hinaus, der ruhig im Sternenlicht dahinzog; aber aus seinen Wellen wollte heute kein anmutiges Mädchenbild emporsteigen. Vor der nahen Wirklichkeit konnte das Spiel der Phantasie sich nicht entzünden; die nüchternen Gedanken hatten allein jetzt die Gewalt. – –

Wulf Fedders war der Sohn eines höheren Beamten, den bei schon reiferer Jungfräulichkeit eine Dame alten Geschlechts geehelicht hatte; und es geschah wie meist in solchen Ehen: da die Frau nicht umhin konnte, ihres Mannes bürgerlichen Stand zu teilen, so suchte sie wenigstens von der früheren »Exklusivität« noch so viel festzuhalten, als ihre kleinen Hände es vermochten. Die damit durchsetzte Luft des Hauses war auf den Sohn, der seine Mutter nach Verdienst verehrte, nicht ohne Einfluß geblieben; trotz guten Willens wurde es ihm meistens schwer, ja fast unmöglich, den Menschen ohne Rücksicht auf seinen Ursprung oder die ihm angeborene Vergangenheit zu schätzen. So wollte er wohl gern ein bedeutender Rechtslehrer, ein großer Staatsmann werden; aber hätte er dafür der Sohn eines Stallknechts sein und die Jugend eines solchen Kindes als Vorleben mit in Kauf nehmen müssen, er hätte sich doch sehr bedacht.

Nun saß er in der Einsamkeit der Nacht, in sich erschrocken über die Vorgänge dieses Nachmittages, die mit zudringlicher Deutlichkeit vor seinen Augen standen. Nur Kätti selber hatte ihn zurückgehalten, sich ihr für immer zu geloben; und Wulf Fedders war nicht der Mann, eine deutlich eingegangene Verpflichtung nicht auch mit allen Opfern zu erfüllen. Aber der gefährliche Augenblick war vorüber und konnte niemals wiederkehren. »Hermann Tobias Zippels Schwiegersohn!« Er schüttelte sich ein wenig, wie einstens Kätti vor dem armen Unterlehrer; dann stand er langsam auf und ging in seine Kammer.

An einem der nächsten Tage wurde Kätti von einem Glücksfalle betroffen, den sie freilich für den Augenblick wohl kaum zu schätzen wußte. Zufolge Testamentes einer verstorbenen Patin wurde ihr nicht nur ein straffes Beutelchen mit silbernen und goldenen Schaumünzen eingehändigt, es war ihr außerdem eine nicht unansehnliche Summe ausgesetzt, welche zu Herrn Zippels Entrüstung nicht durch ihn als väterlichen Vormund, sondern durch eine dritte Person bis zu ihrer Mündigkeit verwaltet werden sollte.

Und als wäre es noch nicht Glückes genug, so begann auch der Unterlehrer, der seit seiner erfolglosen Liebeswerbung fortgeblieben war, aufs neue in der »Wald- und Wasserfreude« einzukehren. Da er die sichere Aussicht auf einen guten Schuldienst in der Stadt hatte, so suchte er sich der Tochter des Hauses wiederum mit allerlei Gespräch zu nähern, wobei er allmählich ein ganz munteres und zuversichtliches Wesen angenommen hatte. Als Wulf Fedders einmal darüber zukam, war ihm im ersten Augenblicke, als ob ein Dorftölpel in seinen Blumengarten steigen wolle, und schon saß ein überlegenes Wort gegen den jungen Menschen auf seinen Lippen. Aber er besann sich; was kümmerte es ihn? Er wollte ja kein Recht an dieser Blume haben. Er ging fort, und Kätti sah ihm mit großen Augen nach, während die Reden des Schulmeisters wie leeres Wellengeräusch an ihrem Ohr vorübergingen.

Im übrigen wollte der Sonnenschein, der draußen fortdauernd vom Himmel auf die Erde glänzte, in der »Wald- und Wasserfreude« nicht zur Geltung kommen. Der Doktor zeigte sich nur selten oben in der Wirtschaft; wenn er nicht an seiner Arbeit saß, so lief er allein durch Wald und Feld, oder er war drüben in der Stadt, oft mehrere Tage nacheinander. Herr Zippel fuhr sich mehr als jemals unwirsch durch die Haare; denn von seinen Badarbeitern war ihm die Hälfte fortgelaufen, sei es, daß Herr Zippels Anweisungen ihnen unausführbar geschienen, sei es, daß, wie hie und da gemunkelt wurde, der Lohn nicht prompt genug gefallen war. Noch unwirscher wurde er, wenn er die Tochter ansah: »Seit du vor lauter Eigensinn nicht mehr hast singen wollen, kommen immer weniger Gäste aus der Stadt; was soll denn daraus werden?« – Es zuckte schmerzlich durch das junge Gesicht; aber sie wußte nichts darauf zu sagen.

Dennoch waren wieder eines Tages Gäste angesagt. Kätti hatte, wie bestellt, den Kaffeetisch in der Veranda hergerichtet; vom Glockenturme schlug es drei, die junge Gesellschaft, welche für diesen Sommer sich zusammengefunden hatte, mußte bald erscheinen. Noch einmal übersah Kätti mit Sorgsamkeit ihr Werk; denn die Bedienung selbst hatte sie der dicken Köchin überwiesen, die eben dabei war, sich in ihren Sonntagsstaat zu werfen. Trotz ihres Vaters Mahnung, sie vermochte es nicht, auch nur zur Aufwartung zwischen diesen Gästen einherzugehen.

Auf ein Geräusch horchte sie hinaus, ob nicht das Rollen der ankommenden Wagen schon vernehmbar sei; aber es war nur der wohlbekannte ungleiche Schritt des kleinen Musikanten, was jetzt von der Anfahrt den Gartensteig entlang kam. Und bald erschien auch Sträkelstrakels dürftige Gestalt auf den Stufen der Veranda; obwohl eine auffallend milde Sonne heut am Himmel stand, trocknete er sich doch mit seinem karierten Schnupftuch die hellen Perlen von der Stirn.

Schon längst, mit dem Instinkt der Liebe, hatte er herausgefunden, weshalb seit nun schon vielen Tagen sein Liebling so seltsam stumm und blaß einherschlich; als er ihr jetzt in das erregte junge Antlitz blickte, dessen Züge heut eine eigentümliche Schärfe zeigten, ergriff er lebhaft ihre beiden Hände: »O Mamsellchen«, sagte er und hob seine grauen Augen in anbetender Entsagung zu ihr auf; »Sie sollten sich das nicht gar zu sehr zu Herzen nehmen; es gibt noch andere, die es ehrlich meinen!«

Sie blickte ihn traurig, aber freundlich an: »Ich weiß das, guter Sträkelstrakel; aber ich versteh dich nicht.«

»Wenn ich nur reden dürfte, Mamsellchen!«

»Weshalb denn solltest du nicht reden dürfen?« – Sie horchte noch einmal hinaus; aber es war nichts zu hören.

Sträkelstrakel hatte sich abermals die Stirn getrocknet. »Der Unterlehrer«, sagte er, »er ist kein feiner Herr; aber ich kenne ihn, er ist ein guter Mensch; Sie wissen, Mamsellchen, er versteht auch seine Orgel recht mit Schick zu spielen, und er hat doch nun das schöne Brot dort in der Stadt bekommen – wenn Sie gütigst ihm erlauben wollten, wieder einmal anzufragen!«

Ruhig hatte Kätti ihm zugehört. »Am Ende bist du schon als Freiwerber an mich abgesandt!« sagte sie und lehnte müde das dunkle Köpfchen an eine der Verandasäulen.

Sträkelstrakel wurde sehr verlegen. »O Mamsellchen«, sagte er zögernd; »aber wenn es denn so wäre!«

Sie antwortete nicht; sie hatte sich jählings aufgerichtet. Von der Dorfstraße her kam deutlich das rasche Rollen mehrerer Wagen.

Rasch trat sie auf den kleinen Musikanten zu und legte fest die Hand auf seinen Arm: »Schweig, Sträkelstrakel! Sprich nicht mehr; ich will nichts weiter von dem Narren hören!«

Als er sich umblickte, war sie verschwunden; draußen bei der Anfahrt aber erhob sich das Getöse der ankommenden Gäste, und von der Felstreppe herauf erschien der Doktor, um sie zu begrüßen.

– – Der Nachmittag verging, während Kätti hinter verschlossener Tür in ihrer Kammer saß; als es drunten stiller geworden war, ging sie vorsichtig in das Haus hinab. Der Saal war leer, in der Veranda sah sie zwei ältere Damen beim Pikettspiel sitzen; aber hinter dem Garten, vom Fluß herauf, scholl ein fröhliches Stimmengewirr. Ein paar Augenblicke stand Kätti, den Kopf vorgeneigt und mit verhaltenem Atem, als ob sie aus dem fernen Schall sich einzelne Worte aufzuhaschen mühe; dann, fast wider ihren Willen, schlich sie in den Garten.

Die jugendliche Gesellschaft hatte das größte der beiden Böte losgekettet und war jetzt im Begriff sich einzuschiffen; der Doktor und die blonde Dame waren die letzten, und eben ergriff sie seine Hand, um einzusteigen. Kätti sah es genau aus ihrem Versteck, und ihre Augen verschlangen alles, was sie sahen. Als das Boot stromaufwärts abgefahren war, blieb sie zuerst in dumpfem Sinnen stehen. Aber nicht lange, so war sie auch zum Fluß hinabgegangen; und bald folgte jenem größeren Boote das zweite kleinere mit gleichmäßigem leisem Ruderschlag; die Schifferin, die es lenkte, verstand es, stets denselben gemessenen Raum zwischen beiden Böten innezuhalten. – Was wollte sie? –

Sie wußte es selber nicht; aber ihre Augen hafteten wie gebannt an dem vollen Nachen, der im Glanz der Abendsonne mit Lachen und Gesang vor ihr den Strom hinauffuhr.

Weiter oben, an derselben Seite, wo auch das Dorf belegen war, erhob sich ein mäßig großer Hügel, den, wie eben jetzt, die Gäste der »Wald- und Wasserfreude« der schönen Aussicht halber aufzusuchen pflegten, um dann durch Wald und Wiesen wieder heimzukehren. Auch heute hatte man einen Burschen vorausgeschickt, der später mit dem leeren Boot zurückzurudern hatte; denn auf dem Hinwege freilich ließen die jungen Männer es sich nicht nehmen, ihre Damen selbst zu fahren.

Kätti wußte das; es war gewöhnlich so. Und endlich sah sie, wie das Boot vor ihr an jener Anhöhe landete und wie die Damen unter Handreichung der Herren an das Ufer sprangen. – Leise hielt sie ihr Ruder an. Aber was hatte die Gesellschaft dort? Es mußte ein Unfall geschehen sein; man drängte sich zusammen und schien lebhaft zu verhandeln. Dann wurde eine von den Damen – Kätti konnte nicht erkennen, welche – mit Hülfe eines Herrn in das Boot zurückgeführt; es war augenscheinlich, daß sie hinkte, sie mochte sich den Fuß vertreten haben. Jetzt gingen wieder alle an das Fahrzeug, und aufs neue schien man hin und her zu reden; die Verletzte schien dankend, aber lebhaft abzuwehren. Bei dem Flimmern der Abendsonne sah Kätti alles wie ein Schattenspiel; jetzt aber gewahrte sie deutlich, wie die Dame, von dem Arm des Herrn gehoben, in das Bobt hinübertrat, wie dieser sich dann rasch nach einem Ruder bückte und vom Ufer abstieß, während die übrigen unter Tücherschwenken dem Hügel zugingen.

Kätti fuhr mit der Hand nach ihrem Herzen; sie zweifelte nicht, wer jene beiden waren, die jetzt selbander den einsamen Strom herabgefahren kamen. Ihr eigenes Boot befand sich eben seitwärts von der Einfahrt in den kleinen Binsenhafen; jetzt lenkte sie hinüber, und mit eingezogenen Rudern glitt es durch die enge Öffnung. Aus dem rings umschlossenen Raum war es nicht möglich, den Fluß hinaufzusehen; aber nach der einen Seite standen die Halme weniger dicht, so daß sie das Boot hineindrängen konnte und von hier aus eine Durchsicht nach dem Wasser zu gewann. Von drüben trat gleicherweise eine hohe

Binsenwand so nah heran, und die Wasserbahn an dieser Stelle war dadurch so schmal, daß niemand unerkannt vorüberkonnte.

Das Mädchen hatte die Hände über ihre Knie gefaltet und den dunklen Kopf daraufgelegt; man hätte glauben können, daß sie betete; aber ihr Ohr horchte stromaufwärts in die Ferne, ihre Pulse hämmerten; was sie an Gedanken hatte, ging diesen einen Weg. Und jetzt, jetzt endlich in der ungeheuren Stille, erfaßte ihr Ohr das Rauschen eines Ruderschlags. Sie fuhr empor und streckte sich mit dem ganzen Leibe nach jener Richtung, während ihre Hände sich an den Rand des Bootes klammerten. Gierig, als passe sie auf eine Beute, lauschte sie auf das nah und näher tönende Geräusch, das gerade auf sie zuzukommen schien. Allein sie hörte nichts von dem, was sie zu hören dachte: keine Worte, keinen Laut von Menschenlippen! Jetzt aber – es war, als ob die Ruder eingezogen würden, sie vernahm deutlich das Abtropfen des Wassers; und jetzt, vom Strom getragen, glitt draußen das Boot rauschend an ihrer Binsenwand entlang.

Kätti hatte sich aufgerichtet, zitternd bogen ihre Hände die nächsten Halme auseinander; aber, so weit sie ihre Augen öffnete, es ward nicht anders: Wulf Fedders war der Schiffer, das blonde Mädchen lag in seinen Armen. Aber nur noch einen Augenblick, dann fuhr sie jäh empor. »Es lachte jemand!« rief sie und sah sich mit erschreckten Augen um.

Der Doktor ließ sich nicht so leicht beirren. Aufs neue umschlang er seine Braut und küßte sie. »Du träumst«, sagte er zärtlich; »wir sind allein; wer sollte denn auch lachen, daß du mein geworden bist!«

Aber ungesehen hinter der dunklen Binsenwand war in diesem Augenblick ein verbleichendes junges Antlitz auf den Rand des Bootes hingesunken. – Das Abendrot überglänzte den Himmel und verging, der Tau versilberte das schwarze Haar des schönen Mädchenkopfes, und fern im lichten Blau des Äthers schimmerte der Stern der Liebe. Da erst richtete sich Kätti wieder auf. Lange blickte sie in den milden Glanz des ruhigen Gestirnes; dann betrachtete sie aufmerksam ihre Hände, ihre kleinen Füße; sie löste ihr schönes Haar und ließ es durch die Finger gleiten, bis sich plötzlich ihre Arme streckten und sie mit beiden

Händen nach den Rudern griff. »Nur die Wirtstochter!« rief sie. »Die Tochter aus der Wald- und Wasserfreude!« Ein bitteres Lächeln flog um ihren Mund; vielleicht auch hat sie wieder laut gelacht; aber niemand hat es hören können, das Fahrzeug, welches die beiden Glücklichen trug, war längst den Strom hinab.

Der Doktor hatte, wie er der Kühle wegen wohl zu tun pflegte, während dieser Nacht ein Fenster seines Wohnzimmers offengelassen. Als am anderen Morgen sein Blick dahin fiel, gewahrte er auf der Fensterbank das französische Diktionär, das Kätti an jenem Morgen so eifrig mit sich fortgenommen hatte. Sie hatte es also schweigend ihm zurückgebracht und wollte es nun nicht mehr gebrauchen.

Da er zögernd das vom Nachttau feuchte Buch in seine Hand nahm, fiel ein Zettel mit Kättis kleiner Schrift heraus: »Das Beutelchen mit den Gold- und Silbermünzen« – so hatte das rechtsunkundige Kind geschrieben – »nehme ich mit mir, und es braucht daher keiner meinethalben zu sorgen. Aber meine übrigen Erbgelder soll mein Vater haben; nur soll er davon an Sträkelstrakel hundert Taler geben. Ich darf wohl hoffen, daß Sie dies für mich besorgen werden.«

Und weiter nichts; der Name »Kätti« stand darunter.

Bestürzt starrte Wulf Fedders auf diese Zeilen; das Lachen, das gestern seine schöne Braut erschreckt hatte, fiel ihm plötzlich schwer aufs Herz. Grübelnd sann er nach, ob er irgendeine Schuld an sich entdecken könne; aber er fand keine. Eine heftige Sehnsucht nach dem Mädchen wallte in ihm auf; aber er sagte sich mit Nachdruck, daß das nur Mitleid sei.

Noch ein paar Augenblicke; dann ging er durch den Garten nach dem Haupthause hinauf, wo er Herrn Zippel, wie zur Reise gerüstet, mit Hut und Stock im Gastzimmer antraf. »Ist Kätti hier?« frug er hastig.

»Kätti?« entgegnete Herr Zippel zerstreut. »Sie wird noch in den Federn liegen!«

»Nein, nein! Sie ist fort!«

»Fort?« Herr Zippel rannte aus der Tür und kam nach ein paar Augenblicken wieder. »Ja, ja! Ihr Bett ist unberührt! Aber weshalb? Warum?«

»Ich weiß es nicht«, erwiderte der Doktor mit etwas unsicherer Stimme; »aber lesen Sie das!«

Herr Zippel nahm ihm den dargebotenen Zettel aus der Hand. »Hm, richtig! Richtig!« rief er, indem er mit ausgespreizten Fingern sich alle Haare in die Höhe zog. »Wieder die alte Dummheit! Aber wissen Sie, dies da mit dem Gelde, das ist eine neue! Auf das Gekritzel zahlt mir niemand auch nur einen Schilling. Nun, es schadt nichts; leben Sie wohl, Herr Doktor; ich will in die Stadt!«

Der Doktor hielt ihn noch zurück. »Was wollen Sie dort? Wollen Sie es wieder in die Blätter setzen lassen?«

»Wie meinen Sie das! Ja freilich wird es in die Blätter kommen! – Aber meine Kätti ist dennoch ein Genie; sie hat das rechte Teil erwählt; mit diesem Publikum ist nichts zu machen! Glauben Sie, daß die ›Wald- und Wasserfreude‹ existieren kann, wenn keine Gäste kommen? Oder glauben Sie es nicht?« Er sah ein paar Sekunden lang dem Doktor starr ins Angesicht, dann streckte er wie beschwörend seine Hand gegen das Fenster, durch welches man auf die Gartenanlagen und die Trümmer des neuen Wald- und Wiesenwasserbades sah. »Irgend ein dummer Esel«, rief er, »welcher nach mir kommt, wird aus meinen Gedanken sich Dukaten prägen; das ist der Lauf der Welt! – Ich gehe aufs Gericht, um meine Insolvenz zu Protokoll zu geben!«

Er erhob stolz den Kopf, und seinen Spazierstock schwingend, schritt er zur Tür hinaus.

– – Einige Tage später saß drüben in der Stadt Wulf Fedders neben seiner hübschen blonden Braut. Sie plauderte schon lange und schien eifriger zu fragen, als er zu antworten.

»Und sie ist jetzt zum zweiten Male fortgelaufen?« hub sie aufs neue an.

»Ja, zum zweiten Male.«

»Und ihr habt keine Spur von ihr gefunden, gar keine?«

Er schüttelte den Kopf. »Nicht weiter als bis unten an der Flußmündung, wo auch das Boot gefunden wurde.«

»Du Ärmster, wie hast du dich wohl abgemüht.«

»Du übertreibst, Cäcilie; ich habe mich nicht abgemüht.«

Sie neigte den Kopf und sah ihn von unten auf mit ihren

blauen Augen an. »Leugne es nur nicht! Und – weißt du? – wäre es eine andere gewesen, ich hätte eifersüchtig werden können!«

Ein leichtes Rot überflog sein Antlitz.

»Du?« rief sie neckisch drohend und erhob den Finger ihrer weißen Hand.

Wulf Fedders sah sie düster an. »Wollen wir nicht lieber von etwas anderem reden als immer nur von jenem armen Mädchen?«

Die junge Dame strich sich sorgsam ihre Kleider glatt und richtete sich in ihrem Sessel auf. »Weißt du?« sagte sie. »Sie interessierte mich doch; ich wußte nur nicht, wo ich sie hintun sollte; nach dieser Geschichte aber bin ich ganz im reinen! Nicht wahr, sie hatte so ruhelose Augen? Es war ein rechtes Vagabondenangesicht!«

Ein Vierteljahrhundert ist seitdem vergangen. Das Gewese der »Wald- und Wasserfreude« wurde schon derzeit in dem Zippelschen Konkurse von dem früheren Besitzer für seinen ältesten Sohn zurückerworben, und mit diesem ist die alte patriarchalische Bauernwirtschaft, sind die billigen Preise und die Gäste wieder eingezogen. – Vor dem Abnahmehause, drunten am Flußufer, liegt noch immer der große Stein, auf welchem einst Wulf Fedders seine Anwandlung jugendlicher Träumereien überstand. Statt seiner konnte man noch vor wenig Jahren einen kleinen alten Mann dort sitzen sehen, der bei einer der jetzt in dem Hause wohnenden Arbeiterfamilien von der Gemeinde in die Kost verdungen war. Zuweilen, an milden Sommerabenden, wenn drinnen die Hausbewohner schon zur Ruhe waren und nur die einsame Sternennacht im Flusse widerschien, zogen von dorther klare Geigentöne über Dorf und Anger. Wer noch wach war und aufmerksam hinüberlauschte, hätte wohl einzelne Passagen eines Mozartschen Adagios erkennen mögen; dazwischen tauchte eine sehnsüchtige Melodie empor und verklang und kehrte wieder, bis oft in später Nacht – das Geigenspiel verstummte.

Drüben aber in der Stadt, in dem Archiv der alten Landvogtei, zu deren Bezirk die einstige »Wald- und Wasserfreude« gehört, liegt unter den Akten über Verschollene ein Heft mit ganz vergilbtem Deckel; es enthält die Verwaltungsnachweise über Kättis Erbgelder, deren Zinsen längst das Kapital verdoppelt haben.

Der gegenwärtige Landvogt ist Wulf Fedders, welcher bald nach seiner Verlobung alle Gedanken an künftigen Gelehrtenruhm mit der sicherer zum häuslichen Herde führenden Beamtenlaufbahn vertauscht hatte. Alle Jahre einmal, bei der Revision der Vormundschaften und Kuratelen, gehen jene Akten durch seine Hände. Dann gedenkt er plötzlich wieder der dunkelfarbigen Kätti und seiner Schülerzeit und jener Tage in der »Wald- und Wasserfreude«. Aber er hat gar viele Akten und zu Hause eine blonde Frau und viele Kinder; bevor er noch den Weg vom Amtslokale nach seiner Wohnung zurückgegangen ist, haben diese Erinnerungen ihn schon längst verlassen.

Im Brauerhause

Es war in einem angesehenen Bürgerhause, wo wir am Abendteetisch in vertrautem Kreise beisammensaßen. Unsere Wirtin, eine Fünfzigerin von frischem Wesen, mit einem Anflug heiterer Derbheit, stammte nicht aus einer hiesigen Familie; sie war in ihrer Jugend als wirtschaftliche Stütze in das elterliche Haus ihres jetzigen Mannes, unseres treiflichen Wirtes, gekommen und hatte in solchem Verhältnisse dort gelebt, bis der einzige Sohn so glücklich gewesen war, sie als seine Ehefrau bleibend festzuhalten. Das Vertrauen, womit des Bräutigams Mutter gleich nach der Hochzeit der Jüngeren ihren eigenen Platz im Hause einräumte, hatte diese nun schon manches Jahr über das Leben ihrer beiden Schwiegereltern hinaus gerechtfertigt. Bei ihrem jetzt den Siebenzigern nahen Ehemann begann schon das Greisenalter seine leise Spur zu ziehen; aber wo ihm eine Kraft versagte, da suchte sie unbemerkt die ihre einzusetzen; wo ihrerseits eine Entsagung nötig oder auch nur erwünscht schien, da blickte sie nur mit um so freundlicheren Augen auf ihren Mann und blieb bei ihm allein, wenn andere dem Vergnügen nachgingen. Der alte Herr selber war nicht von vielen Worten; aber die ruhige Sicherheit einer gegenseitig bewährten Liebe war in diesem Hause allen fühlbar, und alle fühlten sich dort wohl.

Am heutigen Abend jedoch wollte das gewohnte Gespräch, worin man sich sonst über Stadt- und Landesangelegenheiten mit Behaglichkeit erging, noch immer nicht in rechten Fluß geraten; denn in einer unserer Nachbarstädte war früh am Morgen etwas Ausnahmsweises und Entsetzliches, es war die Hinrichtung eines Raubmörders dort vollzogen worden, und die Luft schien mit diesem Unterhaltungsstoffe so erfüllt, daß kaum etwas anderes daneben zur Geltung kommen konnte. Hier war nun überdies noch ein abergläubischer Unfug im Gefolge der

Exekution gewesen; ein Epileptischer hatte von dem noch rauchenden Blute des Justifizierten trinken und dann zwischen zwei kräftigen Männern laufen müssen, bis er plötzlich, von seinen Krämpfen befallen, zu Boden gestürzt war. Dennoch galt dies Verfahren als ein untrügliches Heilmittel seiner Krankheit. Und noch zu anderen Kuren und sympathetischen Wundern sollten Haare, Blut und Fetzen von der Kleidung des Hingerichteten unter die Leute gekommen sein.

An unserem Teetisch erhob sich darüber ein lebhaftes Durcheinanderreden; all diese Dinge wurden gleichzeitig als unzulässig und strafbar, als verabscheuungswürdig und als lächerlich bezeichnet. Nur unsere verehrte, sonst so teilnehmende Wirtin saß plötzlich so still und in sich versunken, daß endlich alle es bemerken mußten.

Als wir sie eben darauf ansahen, rief ihre älteste Tochter zu ihr hinüber: »Mutter, du denkst gewiß an Peter Liekdoorns Finger!«

»Ja, ja, Peter Liekdoorn!« sagte nun auch der alte Herr; »das ist eine Geschichte! Erzähl sie nur, Mutter; deine Gedanken kommen sonst ja doch nicht davon los; und zu verschweigen ist ja nichts dabei!«

»Nein, mein Vater«, sagte die alte Dame; »es ist ja einstens auch genug davon geredet worden«

Dann sah sie uns alle der Reihe nach mit ihren freundlichen Augen an, und als auch wir dann baten, begann sie in ihrer mitteilsamen Weise: »Mein seliger Vater hatte, wie das Ihnen allen wohlbekannt ist, eine Brauerei; keine bayerische, wie sie heutzutage sind; es wurde nur Gutbier und Dünnbier gebraut; aber beides war gut für den Durst und nicht so gallenbitter wie das jetzige, das nicht einmal zu einer Biersuppe zu gebrauchen ist.«

Wir lachten, und sie lachte herzlich mit uns.

»Das Geschäft«, fuhr sie dann fort, »war noch von Großvaters Zeiten her und lange das einzige am Ort gewesen; im Jahre meiner Konfirmation aber wurde von einem reichen Bäcker noch ein zweites etabliert. Wenn man hinten aus unserem Brauhause auf den Weg hinaustrat, konnte man am Nordende der Stadt das neue rote Dach über den Gartenbäumen scheinen sehen; und ich glaube freilich nicht, daß mein Vater, und noch viel weniger, daß unser alter Brauknecht Lorenz es eben mit Vergnügen sah; aber unser Bier hatte doch seinen alten Ruf, und die Kundschaft blieb groß genug, daß wir alle satt hatten und mein Vater jedem zahlen konnte, was er schuldig war.

Da, nicht lange nachher, geschah es, daß auch bei uns ein ganz abscheulicher Kerl hingerichtet wurde. Wie er eigentlich hieß, weiß ich nicht einmal; aber die Leute nannten ihn ›Peter Liekdoorn‹; denn er hatte nichts gelernt und suchte sich deshalb als Hühneraugen-Operateur durchzuhelfen. Nun, ich hätte den Kerl nicht an meinen Hühneraugen haben mögen! – Da er viel Branntwein trank und wenig in der Tasche hatte, so brachte er seine eigene fast neunzigjährige Tante ums Leben, von der er wußte, daß sie einen Strumpfsocken mit Banktalern in ihrem Bettstroh aufbewahrte; aber bevor er noch einen davon ins Wirtshaus tragen konnte, so hatten sie ihn schon fest und auf der Fronerei; und endlich war denn auch sein Prozeß zu Ende; er sollte draußen auf dem Galgenberg enthauptet und dann sein Körper auf das Rad geflochten werden. Und das war wohlverdient; denn die alte Tante hatte den Bengel, der eine Waise war, vorjahren mit Not und Hunger aufgezogen, und die Banktaler hatte sie sich zum ehrlichen Begräbnis aufgespart.

Wie ich schon sagte, hatten wir derzeit noch unseren alten Brauknecht Lorenz, der wie das Geschäft selbst auch noch von meinem Großvater stammte; eine treue, fromme Seele! Über sein Wandbett hatte er sich mit Kreide den halb plattdeutschen Spruch geschrieben:

»Lorenz Hansen is mein Nam;
Gott hilf, daß ich in'n Himmel kam!«

Und so oft auch die Magd ihn am Sonnabend mit der Seifenbürste wegwusch, er malte ihn am Sonntag immer geduldig wieder hin. Uns Kindern, wenn wir abends in der Brauerei am großen Steinbottich bei ihm saßen, wußte er Geschichten zu erzählen, daß wir zuletzt vor Gruseln ihm alle auf den Schoß gekrochen waren, und wie das heutzutage kein Mensch mehr so versteht. Das war nun gut; aber warum er solche Geschichten so erzählen konnte, das war nun nicht so gut! Er glaubte nämlich selber an all das dumme Zeug, womit er uns traktierte. Am

Paaschabend, wenn er sein Dutzend Ostereier ausgelöffelt hatte, schlug er sorgsam alle Schalen entzwei; sonst, sagte er, könnten die Hexen darin nisten; beim Bierbrauen legte er allemal ein Kreuz von Holz über den Gärkübel, so konnte keiner den Gest (Hefe) rauben, und das Bier konnte nicht verrufen werden. Meiner Mutter, die uns auch oft beim Geschichtenerzählen auseinanderjagte, war all so etwas in den Tod zuwider; sie schalt ihn oft darüber und auch auf meinen Vater, daß er solche Narrenspossen unter seinem Dache leide. Aber unser Vater war eben, wie wir auf plattdeutsch sagen, ein ›liedsamer‹, ein gelassener Mann; er strich schmunzelnd seiner kleinen lebhaften Frau mit der Hand übers Gesicht und sagte:

»Mutter, laß mir den alten Lorenz; so einen Brauknecht gibt es keinen zweiten; er meint's gut, und es schadet keinem.«

Damit war meine kleine Mutter allemal fertig, zumal wenn sie noch einen Kuß dazubekam; aber recht hatte er darum doch nicht; denn dumm ist dumm, und es sollte niemand sagen, daß die Dummheit keinen Schaden tue.

Als es nun so weit war, daß tags darauf der Mörder Peter Liekdoorn sich durch Hingabe seines irdischen Leibes mit seinem Gott versöhnen sollte, hatte unser Lorenz es sich von dem Bürgermeister und seinem Brotherrn ausgebeten, daß er dem armen Sünder in seiner letzten Nacht Gesellschaft leisten durfte; denn sie waren Nachbarskinder gewesen, und in der Schule hatte Lorenz ihm oft die eine Hälfte von seinem Butterbrot gegeben, und Peter Liekdoorn hatte sich dann die andre noch dazugestohlen. Aber als nun der gute Lorenz mit ihm beten und seiner armen Seele beistehen wollte, trieb der schändliche Bösewicht nur Possen und Eulenspiegeleien.

Herr Amtsrichter«, fuhr die Erzählerin fort, sich voll nachträglicher Entrüstung zu mir wendend – »man mag es ja kaum erzählen! ›Juckst du noch‹, hatte er zu seinem Kopf gesagt, indem er sich in seinen dünnen Haaren kratzte. ›Und morgen sollst du schon herunter?‹ Der alte Lorenz hat das nie vergessen können.

Der Richtplatz auf dem Galgenberg war so nahe bei dei Stadt, daß man von unserem obersten Brauhausboden alles deutlich hätte mit ansehen können; aber während die halbe Stadt hinausgezogen war, steckte ich in dem dunkelsten Verschlage unter der Bodentreppe; denn ich hatte trotz meiner sechzehn Jahre die dumme Idee, daß ich es sonst überall im Hause hören müßte, wenn dem Bösewicht der Kopf herabgeschlagen würde. Erst als meine Mutter anklopfte und rief: »Es ist vorbei; sie kommen alle schon zurück!« kroch ich wieder an das Tageslicht. Ich hör es noch vor meinen Ohren, wie es in dicken Haufen draußen auf der Gasse vorbeizog, und ein Gemurmel und ein Summen als wie in einem Immenschwarm.

Und das Gerede kam auch noch in Wochen nicht zur Ruh; denn draußen auf dem Richtplatz hart an der Landstraße lag ja Peter Liekdoorns Körper auf das Rad geflochten. Wenn meine beiden jüngeren Geschwister aus der Schule kamen, warfen sie die Bücher hin und liefen auf den Brauhausboden; dann kamen sie mit großen Augen wieder in die Stube; bald hatte meine Schwester zwei Raben auf dem Rade sitzen sehen, bald hatte mein Bruder ganz deutlich wahrgenommen, wie der auf dem Pfahle steckende Kopf mit den dünnen Haaren vom Wind herumgekreiselt war, bis zuletzt mein guter Vater ein Schloß vor die Bodenluke legte und einen Trumpf darauf setzte, es solle von diesen abscheulichen Dingen fürderhin kein Wort im Hause mehr gesprochen werden.«

Die Erzählerin nahm ein Schlückchen aus ihrer Tasse und fuhr dann fort:

»Nicht lange nachher saßen wir – ich weiß noch, es war an einem Sonntag – bei unserer Abendmahlzeit. Da es Reisbrei mit Kaneel und Zucker gab, so hatte ich auch noch unseren Nachbar Ivers dazuholen müssen, dessen Leibgericht das war. Wir hatten uns schon alle zu Tisch gesetzt; auch Lorenz und die Magd; allein mein Bruder fehlte noch. Mein Vater sah sich eben recht verdrießlich nach ihm um, als erst die Haustür und dann die Tür zur Stube aufgerissen wurde und der Junge mit einer Fahrt hereingestürzt kam.

»Mein Gott, Christian«, rief meine Mutter, »weshalb kommst du nicht zu rechter Zeit? Du weißt doch, daß dein Vater das nicht leiden kann!«

»Ja«, sagte er; »aber die Jungens sind alle auf dem Markt zusammengelaufen!«

– »Die Jungens? Was haben die des Abends auf dem Markt zu tun?«

»Nichts«, sagte Christian; »sie sprechen nur miteinander.« »Nun, so sprich du auch jetzt!« sagte mein Vater. »Laß ihn reden, Mutter!«

Aber der Junge schwieg und sah seinem Vater starr ins Angesicht.

»Christian, so sprich doch, Christian !« rief meine Mutter.

»Ich darf ja nicht«, entgegnete er; »Vater hat ja gesagt, er wolle von dem dummen Zeug nun nichts mehr hören.«

»Nachbar«, sagte der alte Ivers, der ein Junggeselle und sehr neugierig war, »so lassen Sie den Jungen doch seine Geschichte von sich tun!«

Mein Vater klopfte den Alten mit seinem schelmischen Lachen auf die Schulter. »Nun, Christian, so schieß denn los; du sollst doch Nachbar Ivers nicht die Nachtruh vorenthalten!«

»Ja«, sagte der Junge; aber er sah sich erst mal um, ob doch auch alle andern hörten; »es ist ganz gewiß, sie haben Peter Liekdoorn seinen einen Finger weggestohlen!«

– »Wer hat euch das gesagt?«

»Das hat Ratsdieners Ferdinand uns selbst erzählt.«

»Ei was! Der Fuchs wird ihn geholt haben«, sagte mein Vater; »wer sollte denn dergleichen stehlen!«

»Nein, nein, Vater; das Rad ist viel zu hoch, da können die Füchse nicht daran!«

Der alte Ivers hatte schweigend zugehört. »Sag mir einmal, mein Jüngelchen«, begann er jetzt, »was ist's denn eigentlich für ein Finger?«

– »Wie meinst du das, Nachbar Ivers?«

»Nun, ich meine, ist's der kleine Finger oder der Goldfinger oder –«

»Nein, nein; es ist der Daumen!« unterbrach ihn Christian; »ich weiß aber nicht, von welcher Hand.«

»So«, sagte Ivers, »der Daumen! Das hatte ich mir gedacht. Er braucht eigentlich nur von einem Dieb zu sein; aber besser ist gewißlich immer besser; nein, den Daumen hat sich nicht der Fuchs geholt, den können ganz andere Leute noch gebrauchen! Da fragt nur Euren Lorenz, wenn Ihr's nicht selber wißt!«

Aber Lorenz sah auf seinen Teller und aß schweigsam seinen Reisbrei.

»So erzählt es doch nur, Nachbar!« sagte meine Mutter, denn sie wollte nicht, daß er den alten Lorenz necken sollte. »Kann leicht geschehen, Frau Nachbarn«, erwiderte er; »aber wißt Ihr das denn nicht? Wer solch einen Finger unter seinem Drümpel eingegraben hat, dem strömt die Kundschaft in das Haus hinein! – Nun«, setzte er gutmütig hinzu, »hier, Gott sei Dank, sind solche Künste nicht vonnöten!«

»Das walte Gott!« sprach meine Mutter leise und klopfte unter den Tisch, um die üble Berufung abzuwenden. Denn solche Dinge zählte sie nicht zum Aberglauben, und sie konnte ganz böse werden, wenn man ihr dawiderstritt; dagegen wußte sie wohl, daß das großväterliche Vermögen in viele Teile gegangen und die Brauerei derzeit mit schweren Schulden von ihrem Manne übernommen war.

Mein Vater war ganz ernst geworden. »Setz dich, Christian«, sagte er zu dem Jungen, der noch immer auf der Diele herumstand, »und mach, daß du mit deinem Reisbrei fertig wirst!«

Ich weiß noch wohl, unsere Mahlzeit ging ganz still zu Ende.«

Nachdem auf Befragen einer mitteldeutschen Anverwandten noch erklärt war, daß unter dem plattdeutschen Worte »Drümpel« eine Türschwelle zu verstehen sei, begann die Erzählerin wieder: »Man hätte glauben sollen, daß wir nun endlich mit Peter Liekdoorn fertig gewesen wären; aber, leider Gottes, das alles war nur erst der Anfang.

Es war im Juli und ungewöhnlich heiß; die Ernte hatte schon begonnen. Von den umliegenden Dörfern kam ein Wagen nach dem andern hinten vor unserem Brauhaus angefahren, um Gut- und Dünnbier für Herrschaft und Leute abzuholen, und nicht nur viertel und halbe, sondern fast immer ganze Tonnen wurden aufgeladen. Mein Vater und unser alter Lorenz arbeiteten in hellem Schweiße, aber mit vergnügten Angesichtern. In unserer hohen kühlen Außendiele, unter dem Fenster, lagen zwei Fässer für den Hausverkauf; ich habe manches Maß voll da herausgezapft, denn seit meiner Konfirmation hatte ich das zu besorgen. Aber jetzt ließ es mich in Wahrheit kaum zu Atem kommen; ich merkte wohl, auch die Leute in der Stadt hatten bei der grausamen Hitze einen schönen Durst; Kopf an Kopf stand es oft um mich herum, und mit all den Krügen und Kannen, die sie gegen mich streckten, trieben sie mich eines Tages so in die Enge, daß ich erst auf einen Tritt und dann oben auf die Fensterbank mich retirieren und von dort aus eine ordentliche Rede halten mußte, bevor ich nur wieder zu meinem Faß hinunterkonnte.«

Die Erzählerin sah uns an und nickte. »Ja«, sagte sie, »es mag wunderlich ausgesehen haben; aber ich war damals auch noch eine flinke, leichte Dirne! Und was war das für eine Freude, wenn ich so mittags und abends zwei schwere blanke Hände voll vor meinem Vater auf den Tisch schütten konnte! Ich weiß noch, morgens, bevor die Zeit herangekommen war, wie ich in der Stube am Fenster stand und es nicht erwarten konnte, bis ich den ersten mit Krug oder Blechgemäß unserm Haus zusteuern sah.

So stand ich auch eines Vormittags und konnte nicht begreifen, daß das lustige Geldeinnehmen noch immer nicht in Gang kommen wollte; denn es war schon über zehn, und im Flur draußen von unserer Hausuhr schlug es erst ein Viertel, dann halb; aber es kam noch immer niemand. Endlich ging ich hinaus und vor die Haustür da kamen zwei arme Kinder mit ihren kleinen Töpfen, dann hintereinander noch ein paar andere Leute von dem äußersten Ende der Stadt, und als ich die abgefertigt hatte, schlug die Uhr zu meinem großen Schrecken elf; denn ich wußte nun, daß die Verkaufszeit für diesen Vormittag so gut als wie vorüber sei.

Ich hatte endlich nur ein paar armselige Schillinge, die ich mittags vor meinem Vater hinlegen konnte.

»Was ist das, Nane?« sagte er. »Weshalb gibst du mir nicht alles?«

»Das ist alles, Vater.«

– »Alles? Das ist ja sonderbar.« Weiter sagte er nichts.

Aber auch am Nachmittage und den zweiten und die folgenden Tage blieb es ebenso; ja selbst die Wagen von den Dörfern kamen immer weniger, und aus einem großen Dorfe, wo wir sonst die beste Kundschaft hatten, blieben sie völlig weg. »Lorenz«, hörte ich einmal, da ich über den Hof ging, unsern Vater fragen, »wann hat Marx Sievers zum letztenmal geholt?«

»Ich denke, Herr, die andre Woche geht eben heut zu Ende.«

»Bei der grausamen Hitze? – Lorenz«, und an meines Vaters Stimme hörte ich, wie er voll Angst und Sorge war; »was ist passiert, Lorenz? Wir haben nimmer besser Bier gehabt!«

»Weiß nicht, Herr!« erwiderte der Alte düster.

Ich mochte nicht stehenbleiben und hören, was sie weitersprachen; aber ich wußte wohl, Marx Sievers war der größte Bauer in jenem Dorfe, und wie jetzt, in der Ernte, pflegte sein Fuhrwerk sonst fast jeden dritten Tag zu kommen.

In der nächsten Zeit wurden die Darre und die Braupfannen auf das sorgfältigste nachgesehen und gereinigt; mein Vater untersuchte jeden Sack mit Hopfen, ob auch irgendwo eine Verstockung sich eingenistet habe; aber er kam stets kopfschüttelnd von solchem Tun zurück; es war nichts zu finden, was nicht in der Ordnung war.

Wir gingen alle wie verstört umher; denn jeder wußte, die Erntezeit sollte den Hauptverdienst des ganzen Jahres bringen; und die paar guten Tage, die so schnell vorübergegangen waren, konnten dabei nichts verschlagen. Bei den Mahlzeiten wurde jetzt kein Wort gesprochen, die Augen unserer Mutter gingen angstvoll nach ihres Mannes Angesicht, während sie uns schweigend zuteilte. Der alte Lorenz aber war plötzlich ein ganz wunderlicher träger Mensch geworden; nicht, weil er keine Geschichten mehr erzählte, denn wer hätte Lust gehabt, die jetzt zu hören! Sogar die Kinder nicht! Aber, was nimmer noch passiert war, zu zweien Malen, als ich ihn zum Mittagessen rufen wollte, fand ich ihn bei hellichtem Tage hinter einem Braufaß eingeschlafen. Und da ich ihn weckte, sagte er nur: »Danke, Nane, danke!« Als ob das ganz so in der Ordnung wäre. Mir aber war das ganz unheimlich, denn der alte Lorenz war ja fast die halbe Brauerei.

Da, eines Sonntagmorgens, kam mein Bruder Christian wieder einmal mit solcher Fahrt hereingestürzt, wie er es allemal tat, wenn er was Besonderes zu verkünden hatte. Aber, Gott bewahre, wie sah der Junge in seinen Sonntagskleidern aus! Das ganze Gesicht voll Blut; das eine Auge dick verschwollen!

»Wo kommst du her?« rief mein Vater. »Bist du in dem Krieg gewesen?«

»Nein«, sagte der Junge; »wir haben uns nur geprügelt.«

»Schon wieder einmal? Und das am heiligen Sonntag? Was ist denn heute wieder los gewesen?«

»Ja, Vater«, sagte Christian und wischte sich erst mit dem Ärmel das Blut von seiner Backe; »sie haben schon mehrmals so gelogen, ich hab es euch nur nicht erzählen mögen; die Jungens sagen, Peter Liekdoorns Finger ist in unserm Bier gewesen!«

Meine Mutter schrie laut auf; mein Vater war nur totenbleich geworden. »Darum also!« sagte er leise.

In diesem Augenblick wurde angeklopft, und Nachbar Ivers trat herein, der lang nicht dagewesen war.

»Nun, Ivers!« sagte mein Vater, »kommt Ihr auch einmal? Ihr wagt's ja auch nicht mehr, von unserem Bier zu trinken!«

»Hm!« machte der Alte und sah meinen Vater mit seinen klugen Augen an. »Aber um Christi willen, was ist mit dem Jungen da passiert!«

– »Ja, was ist mit ihm passiert! Erzähl's nur selber, Christian, warum du dich geschlagen hast.«

»Ja, Nachbar Ivers«, sagte Christian, »die Jungens sagen alle, Peter Liekdoorns Finger ist in unserem Bier gewesen!«

– »Hm – so, mein Jüngelchen! Und da hast du mit allen dich deshalb geschlagen?«

»Nein, nicht mit allen; nur mit ein Stücker viere, aber tüchtig!«

Der Alte sah ihm in sein verschwollenes Angesicht und nickte. »Aber es nützt nur nicht viel, Christian, und wenn du es auch mit allen fertiggebracht hättest. – Nachbar Ohrtmann«, wandte er sich dann zu meinem Vater, »ich komme just um dessenwillen zu Euch; ich möcht Euch raten, nehmt Eueren alten Lorenz einmal tüchtig ins Gebet! Ihr wisset wohl nicht, weshalb er mit seinem alten Kameraden durchaus die Henkersnacht hat teilen wollen?«

»Ei freilich!« rief meine Mutter; »er hat ihm für die gestohlenen Butterbröte die himmlische Wegzehrung wollen bereiten helfen!«

»Das nebenbei, Frau Nachbarn«, sagte Ivers, »vor allem aber hat er ihm noch bei lebendigem Leibe seinen Daumen abgekauft; die alten Weiber in der Stadt erzählen sich das ganz genau.

»Habt Ihr nichts anderes zu berichten, Ivers, als dies dumme Zeug?« frug mein Vater.

»Nein, Nachbar Ohrtmann; aber vergesset nicht, den Alten quält die neue Brauerei, wenn sich das Bier mit Eurem gleich nicht messen kann; und dann – der Finger war ja hinterher auch ohne Kauf zu haben! Nach der Hexenweisheit war es zwar genug, ihn unterm Drümpel einzugraben, aber besser ist gewißlich immer besser; und so wird er denn gleich in den Braukessel selbst hineingekommen sein.

Mein Vater schüttelte den Kopf »Ihr wollt mich doch nicht glauben machen, daß unser alter Lorenz sich den Finger von dem Hochgericht geholt habe?«

»Das will ich allerdings, Nachbar! Wißt Ihr, beim Reisbrei damals, als er nicht Antwort geben wollte, da ich von der Sache anfing?«

»Ei, Ivers; Lorenz ist nicht gewöhnt, an seiner Herrschaft Tische mitzureden; und überdies, er fühlte wohl, daß Ihr ihn necken wolltet.«

»Mag sein«, versetzte Ivers; »aber was hat er bei nachtschlafender Zeit da draußen an dem Galgenberg herumzukriechen?«

»Was sagt Ihr, Nachbar?« rief meine Mutter.

»Ich sag nur«, erwiderte er, »was die Hebamme Clasen mir selbst erzählt hat; vorgestern nach Mitternacht, als sie dort vorbeigefahren, hat sie etwas von oben den Galgenberg hinunterlaufen sehen, und da sie ihre Laterne, die sie bei sich hatte, darauf hingewandt hat, ist die Gestalt in einen Busch gesprungen; aber an den großen blanken Knöpfen auf der Jacke, die sonst kein Mensch hier trägt, hat sie genug erkennen können, wer der Mann gewesen ist. Und auch noch andere wollen ihn dort des Nachts gesehen haben.«

Ich war sehr erschrocken, als der Nachbar das erzählte; denn ich sah, was ich keinem verraten hatte, den alten Lorenz wieder bei hellem Tage zwischen seinen Fässern schlafen.

»Aber Ivers«, sagte mein Vater; »das Unheil, wenn denn Lorenz es sollte angestiftet haben, war ja schon geschehen; was konnte er jetzt noch auf der Richtstatt suchen wollen!«

»Nun, Nachbar«, – und der alte Junggesell steckte sein Schalksgesicht auf, was er mitunter bei den traurigsten Geschichten nicht unterlassen konnte – »Peter Liekdoorn hat doch jedenfalls noch einen Daumen mehr gehabt; vielleicht sollte der nun unter den Drümpel, da der andere so sichtlich den verkehrten Weg gegangen war! Aber er ist nur nicht so leicht zu haben; denn auf dem Rade soll bei Nachtzeit etwas sitzen, das einen Christenmenschen nicht heranläßt!«

Mein Bruder Christian blinkte mich aus seinen dicken Augen an. »Wärst du bang, Nane?« blies er mir durch die hohle Hand ins Ohr. »Ich nicht!«

Unser Vater hatte am Tisch gesessen, den Kopf schwer auf seinen Arm gestützt. Nun stand er auf und sagte: »Der Spaß will diesmal nichts verschlagen, Nachbar Ivers. Aber, wenn Ihr's nicht ungut nehmen wollt, so lasset uns jetzt allein; denn ich möchte gleich jetzt mit meinem Lorenz reden!«

An dem sauersüßen Gesicht, das der alte Junggeselle machte, sah man wohl, wie bitterlich gern er dageblieben wäre; aber er verabschiedete sich denn doch mit guter Manier, und gleich darauf wurde ich ins Brauhaus geschickt, um unseren alten Knecht hereinzurufen.

»Lorenz«, sagte mein Vater, als wir zusammen in die Stube getreten waren, »du siehst uns hier alle ratlos beieinandersitzen; der Finger des Mörders soll in unserem Bier gefunden sein!«

Der Alte fuhr sichtlich zusammen. »Herr«, sagte er traurig, »so wissen Sie das auch schon?«

»Ich habe es eben erst erfahren; aber du, wenn du es wußtest, weshalb hast du es mir verschwiegen?«

»Ja, Herr, ich seh nun wohl, daß ich zu dumm gewesen bin; ich dachte mir, ich wollte es allein herausbekommen.«

»Aber man meint, du selber wärst es, der sich den Finger geholt hat; du hättest, um die Kundschaft unserem Hause zu bewahren, eine Sympathie damit gemacht!«

Als mein Vater das gesprochen hatte, stand der alte Lorenz auf einmal wie ein Soldat, beide Arme glatt am Leibe herunter. »Herr!« rief er, »alles für meine Herrschaft; aber wir sollen Gott fürchten und lieben, auf daß wir bei seinem Namen nicht zaubern, lügen oder trügen! So etwas ist keine Sympathie; das tun nur Menschen ohne Christentum, und mit Hülfe dessen, den ich hier nicht nennen will!«

»Nun, Lorenz, dann ist es ja gewißlich nicht deine Sache; aber man will dich mehrmals in der Nacht am Galgenberg gesehen haben!«

»Ja, Herr, das ist es eben, und es war dunkel genug; aber die alte Hebamme kutschierte da vorbei, mit ihrer großen Leuchte in der Hand!«

»Um Christi willen!« rief meine Mutter; »so ist Er wirklich da gewesen?«

»Die Frau soll nicht erschrecken«, erwiderte Lorenz, »ich dachte nur, wer sich den einen Daumen holte, der kann sich auch den andern holen; und von gar so weit mag er auch wohl nicht gekommen sein! Denn – so klug bin ich doch – es ist diesmal kein Zauberwerk, sondern ein Schabernack gegen uns gewesen; aber die da« – und er erhob die Faust und zeigte drohend nach der Gegend, wo die neue Brauerei gelegen war – »sie sollen keinen Segen davon haben!«

»Lorenz, Lorenz!« rief mein Vater, »sprich nicht so in deinem blinden Hasse, den du nicht einmal für dich, sondern nur um unseretwillen hegest! Wir sorgen jeder für unser Brot; und am Ende ist gar alles nur ein leer Gerede!«

Aber Lorenz schüttelte den Kopf. »Sie wissen, Herr, ich geh nicht gern hinten aus unserer Brauhaustür, seit einem da das rote Dach so in die Augen scheint; aber gestern hatte unser Pikas sich von der Kette losgerissen. Als ich eben auf den Weg hinaustrete, seh ich Marx Sievers seinen Ältesten mit zwei Tonnen auf dem Wagen von dort oben herunterkommen. ›Na, Hans‹, sag ich, als er näher kommt, ›du holst dir auch wohl dein Bier jetzt von dem neuen Brauer?‹ – ›Ja‹, sagt er, ›Lorenz, das tu ich.‹ – ›Und warum‹, frag ich, ›tust du das? Seit deines Großvaters Zeiten habt ihr euer Bier doch immer nur bei uns geholt.‹ – ›Ja‹, antwortet er und schlägt schon wieder auf seine Pferde; ›dazumal lebte auch Peter Liekdoorn noch, und wir hatten noch keinen Finger in unserm Bier gefunden!‹ Und damit war er schon in vollem Trab davongefahren.«

Unser Vater sah voll Bekümmernis auf seinen alten Knecht. Als dieser schwieg, sagte er leise: »Dann stehe Gott uns bei; denn Marx Sievers und seine Söhne sind wahrhaftige Leute!«

Meine Mutter hatte seine Hand ergriffen; aber er entzog sie

ihr und ging unruhig in der Stube auf und ab. Als jedoch Lorenz Miene machte, sacht hinauszugehen, zog er seine Uhr und sagte: »Das hat uns auch um Gottes Wort gebracht; es ist zu spät, um nun noch in die Kirche zu gehen. Spann den Braunen vor die Karriole, Lorenz! Ich will gleich selber mit Marx Sievers sprechen.«

– – So fuhren sie denn hinaus; und mein Vater hat es uns damals und auch später oft genug erzählt! »Unterweges«, sagte er, »nahm ich Lorenz Zügel und Peitsche aus der Hand, weil er mir immer noch zu langsam fuhr; aber mit unserer Ungeduld ist nichts getan!«

Als sie endlich vor Marx Sievers' großem Haustor hielten und dann mein Vater in die weite Loodiele trat, war dort alles tot und still und keine Menschenseele sichtbar. Nach einer Weile kam eine Magd. »Sie sind noch alle in der Kirche«, sagte sie, »des Pastors Sohn, der Student, predigt; aber es muß bald aus sein.« – »So will ich warten«, sagte mein Vater und ließ sich die Tür zur Wohnstube öffnen. Aber der junge Gottesmann mußte einen weiten Weg genommen haben bis zum heiligen Vaterunser. Draußen saß Lorenz auf der Karriole und klatschte dann und wann mit seiner Peitsche; drinnen stand mein Vater und studierte die Glasmalerei auf den alten Fensterscheiben, welche die Belagerung Tönnings durch den General Steenbock darstellte. »Wohl hundertmal«, sagte er, »hatte ich schon die schwedischen Soldaten gezählt, ohne was dabei zu denken, oder doch nur, um wieviel leichter es sein müßte, in diesem gelben Kriegshaufen mitzufechten, als eine Reise zu tun, wie ich sie heute tun mußte.«

Endlich aber war es draußen auf der Loodiele lebendig geworden; nach ein paar mit der Magd gewechselten Worten trat der Bauer mit seinem ältesten Sohn ins Zimmer. Den Gruß meines Vaters erwiderte er kurz und trocken und ging erst an den Türhaken, um seinen Hut daran zu hängen; dann stemmte er beide Fäuste mit den Knöcheln auf den Tisch und sagte:

»Ihr Fuhrwerk, Herr Ohrtmann, wär ich am mindsten vor meiner Tür vermuten gewesen; aber Sie kommen wohl, um sich das Geld für Ihre letzte Tonne Bier zu holen?«

Und bevor mein Vater ihm darauf antworten konnte, fuhr er

fort: »Bin ich Ihnen auch nur einmal einen Sechsling in der Schuld geblieben? Ich denk doch nicht! Aber diese letzte Tonne« – und dabei schlug er heftig auf den Tisch – »die bleib ich schuldig bis in alle Ewigkeit! Und wollen Sie mir was, so zitieren Sie mich vor meinen Landvogt; hier bin ich nicht für Sie zu sprechen!«

»So hört doch«, rief mein Vater; »ich will kein Geld von Euch; um dessenwillen bin ich nicht gekommen!«

»So«, sagte der Bauer; »was wollen Sie denn?«

– »Ihr hättet's Euch wohl denken können, Sievers; die Leute reden ja, Ihr hättet was in meinem Bier gefunden, was nicht in der Ordnung ist!«

Der Bauer lachte. »Nicht in der Ordnung? Nein, bei dem Teufel! So was ist nicht in der Ordnung!«

»Es soll der Daumen von dem Hingerichteten gewesen sein«, fuhr mein Vater fort; »und ich wollte Euch nur bitten, mich das sehen zu lassen, was Ihr gefunden habt.«

»Die Leute reden nicht umsonst«, sagte der Bauer; »das Ding ist drin im Hahn gesessen; meine Nachbarn haben beide das gesehen.«

»Nun, so zeigt es jetzt auch mir!«

»Da hätten Sie früher kommen sollen; ich weiß nicht, wo das Ding geblieben ist!«

»Sievers!« rief mein Vater, »so sucht oder lasset suchen; das ist Eure Schuldigkeit! Denn dieser Finger steht als ein Kläger wider mich auf und drohet, mich zum armen Mann zu machen; er muß mir Rede stehen, wie er in mein Gebräu gekommen ist!«

Aber der Bauer sagte: »Das ist Ihre Sache, Herr Ohrtmann; ich laß mein Bier bei einem anderen holen, und damit hopp und holla!«

Mein Vater besann sich ein paar Augenblicke, während Marx Sievers seine Pfeife vom Haken nahm und aus dem zinnernen Tabakskasten stopfte. Als er schon angezündet hatte und die Rauchwolken trotzig vor sich hin blies, begann mein Vater wieder: »Ich hab doch recht vernommen, Sievers? Ihr wollt mir diese letzte Tonne nicht bezahlen?«

– »Ganz recht, Herr Ohrtmann; ich denk, ich hab das deutlich genug gesagt!«

»Nun, ich verlange das auch nicht; aber wenn Ihr mein Bier nicht bezahlt, so gehört mir auch der Finger, der darin gewesen ist!«

Der Bauer stutzte; aber nicht lange, so zog er seinen vollen Lederbeutel aus der Tasche und zählte das Geld für die Tonne Bier in blanken Banktalern vor meinem Vater auf den Tisch. »Nun ist der Finger mein«, sagte er, »und ich tu damit nach meinem Dünken.«

Es wäre wohl umsonst gewesen, daß mein Vater das Geld zurückschob, wenn nicht der Sohn sich jetzt hineingemischt hätte. »Vater«, sagte er, »soll ich den Finger holen? Ich mein', er liegt in unserm Nagelkasten.«

Der Alte brummte etwas in den Bart; aber der Sohn ging hinaus und kam bald darauf mit einem Kasten voll alten Eisenzeuges wieder in die Stube. Als er darin umherkramte, gewahrte mein Vater ein gelblichgraues Ding, das er nicht anders als für den Daumen eines Menschen anerkennen konnte; zwar schien er dick mit Gest oder, wie es auf hochdeutsch heißt, mit Hefe überzogen; aber auch die Form des Nagels war noch deutlich sichtbar.

»Und das hier«, frug er den Bauern, »habt Ihr in meinem Bier gefunden?«

»Ich sagte es schon«, versetzte dieser; »als wir das letzte aus der Tonne zapfen wollten, da hat's den Hahn verstopft.«

»Nun, Marx Sievers, Ihr könnt wohl denken, daß ich mir dies Unheil nicht selber angerichtet habe! Ihr seid sonst als ein gerechter Mann bekannt, so bitt ich Euch, fahrt jetzt gleich mit mir zum Bürgermeister und gebt da Zeugnis, wo und wann Ihr dieses Ding gefunden habt; denn jeder neue Tag ist mir zu Spott und Schaden!«

Der Bauer hatte sich breit in seinen Lehnstuhl niedergelassen. »Ins Gericht, Herr Ohrtmann? Zum Bürgermeister? – Ja, wenn meine eigene Obrigkeit mir das befiehlt; sonst nicht. Ich habe Spott und Schaden auch in meinem Haus; meine Frau ist heut noch krank vor lauter Abscheu!«

Mein Vater mußte sich das alles bieten lassen; denn der Finger lag leibhaftig vor ihm, und die Sievers waren als wahrhaftige Leute überall bekannt; er stand, wie er selber sagte, da als ein geschlagener Mann.

Endlich wurde dennoch ein Abkommen getroffen; der Sohn durfte das unheimliche Ding in eine Schachtel packen und damit und mit meinem Vater in die Stadt zum Bürgermeister fahren. – – Daß dies geschehen war, aber von Weiterem auch nichts, erfuhren wir zu Hause schon durch Lorenz, der zu Fuße wieder ankam, während wir noch immer mit dem Mittag warteten und vor Angst und Spannung nicht wußten, wie wir unsere Zeit verbringen sollten.

Endlich kam unser Vater, und ich sah, wie seine Hand zitterte, als er die unserer Mutter drückte und lange in der seinen hielt. »Übermorgen«, sagte er, »soll ich wieder zum Bürgermeister kommen. Wenn es doch erst übermorgen wäre!«

Als er sich dann nicht an den gedeckten Tisch, sondern an dem kalten Ofen in den Lehnstuhl gesetzt hatte, standen wir alle um ihn her, bis er endlich zu erzählen anhub. – In dem Studierzimmer des Bürgermeisters, als er mit dem jungen Sievers dorthin kam, war eben der alte lustige Apotheker Hennings zugegen gewesen. Der hatte geraten, den Finger erst ein paar Tage in Spiritus zu setzen, damit sich der Überzug von Hefe löse, und dann gründlich untersucht werden könne, ob er zu der Hand des Hingerichteten gehöre oder nicht. Nach der Zustimmung des Bürgermeisters war er selbst nebenan in seine Apotheke gelaufen und bald mit einem vollen Glashafen zurückgekommen. Sehr genau hatte er hierauf den Finger besehen, dann gerieben und geschabt und ihn um und um gewandt. »Aber ein wunderlicher Kauz«, sagte mein Vater, »ist der alte Hennings doch; denn er schmunzelte dabei, als ob er einen Allerweltsspaß in den Händen drehe!« – »Man sollte kaum meinen«, hatte er zuletzt gesagt und dabei meinen Vater ganz listig durch seine runden Brillengläser angesehen, »daß Peter Liekdoorn bei seinen Lebzeiten mit diesem Daumen allzuviele Hühneraugen hätte operieren können!«

Weiteres war aus ihm nicht herauszubringen gewesen; aber übermorgen sollte mein Vater wieder zum Bürgermeister kommen. Der Finger war in den mit Spiritus gefüllten Glashafen getan und dieser, nachdem man ihn mit dem Gerichtspetschaft versiegelt hatte, in dem großen Aktenschrank verschlossen worden. – –

Nun, es wurde denn auch übermorgen; – langsam genug. – Um elf Uhr vormittags ging mein Vater aus dem Hause. Während meine Mutter und ich uns durch Putzen und Scheuern die Angst von der Seele wegzuarbeiten suchten, kam unsere alte Krautfrau zu uns in die Küche und erzählte, Peter Liekdoorn habe heute nacht in der Bürgermeisterei ans Fenster geklopft; denn er habe seinen Daumen wiederhaben wollen, der jetzt dort in dem großen Schrank verschlossen liege. »Letzten Sonntag«, sagte sie, »haben die Diebe ihn über die Türschwelle dem Bürgermeister in das Haus geschoben, weil sie vor dem Gespenste keine Nacht mehr Ruhe hatten; aber heut vormittag ist groß Verhör, und dann kommt alles an den Tag; und hernach mögen alle Reu und Leid geben, die so ihre bösen Mäuler über unserem Herrn Ohrtmann haben laufen lassen! Gott soll mich bewahren, daß ich an so was nur gedacht hätte!«

Ich seh das alte dumme Weib noch vor mir«, sagte unsere treffliche Wirtin, »wie sie das alles wie Kraut und Rüben durcheinanderwelschte; Gott weiß, wo sie es sich aufgesammelt hatte! Wir freuten uns nur, da sie endlich fort war und wir wieder, wie am Sonntag, hangend und bangend allein beieinander in der Stube saßen.

Da endlich hörten wir die Haustür gewaltsam aufreißen. »Das ist Christian!« sagte meine Mutter. »Was wird der wieder zu erzählen haben!« Aber es war unser Vater, dem freilich Christian mit seiner Rechentafel auf dem Fuße folgte.

»Nun«, rief meine Mutter, »haben sie gestanden? Sind die Diebe festgenommen?«

Aber er schüttelte den Kopf und schwenkte, ganz außer Atem, ein beschriebenes Papier in seiner Hand. »Mutter! Kinder!« rief er endlich, »es ist lauter Dunst gewesen; nun wird alles wieder gut! Aber dem alten Hennings, dem Mann hätt ich die Füße küssen mögen! Und das, das hier – das kommt ins Wochenblatt!« Seine Augen glänzten, seine Stimme bebte; uns war, als ob er alles durcheinanderspräche. Aber dann gab er mir das Blatt und sagte: »Lies, Nane; aber laut und deutlich! Siehst du, des Bürgermeisters Name steht darunter, und das Siegel ist auch dabeigedrückt!«

Und dann las ich, und noch heute weiß ich jedes Wort; denn

uns allen war, als ob eine Himmelsbotschaft in unser dunkles Haus gekommen wäre. »Wenn« – so stand da – »einer unserer geachtetsten Mitbürger, der Brauer Josias Christian Ohrtmann, durch unbedachte Zungen in Verdacht geraten, als ob der von dem Körper des hieselbst hingerichteten armen Sünders abhanden gekommene Finger sich in seinem Biere vorgefunden, so wird zur Steuer der Wahrheit, und um unverdienten Schaden von einem ehrenwerten Manne abzuwenden, hiedurch bekanntgegeben, daß nach sorgsamer, durch den hiesigen Herrn Apotheker Hennings unter Zuziehung der Behörde vorgenommener Untersuchung der Verdacht erregende Gegenstand sich lediglich als eine verhärtete Gest- oder Hefemasse herausgestellet, welche durch besondere Zufälligkeiten die Form eines menschlichen Daumens angenommen hatte.«

So lautete der Inhalt Wort fürWort«, sagte die Erzählerin; »wer sollte so was auch vergessen können! Mein Vater aber hatte plötzlich seine Hände vor der Brust gefaltet. »Mutter! Kinder!« sagte er ruhig, »Gott ist barmherzig und ein Gott der Liebe! Er prüfet wohl; doch er verlässet keinen, der in seiner Schwachheit gerecht vor ihm zu wandeln trachtet!« Und dann betete er laut; ich habe niemals ein so heißes Dankgebet aus eines Menschen Munde gehört. Meine vierzehnjährige Schwester war auf die Knie gesunken und sprach ebenso laut die Worte nach, die über seine Lippen strömten.

Auf unseren Christian aber hatte die Freudenbotschaft auch noch eine andere Wirkung. Als wir noch alle schweigend um unseren Vater standen, bemerkte ich auf einmal, daß er wiederholt mit der doppelten Faust als wie zur Übung in die leere Luft hineinschlug.

»Christian! Christian!« rief unsere Mutter, »was treibst du da für Faxen?«

Christian tat erst noch einen Lufthieb und schaute dabei sehr fröhlich aus seinem heut ganz braun und blauen Angesicht. »Verdamm mich, Mutter!« sagte er, denn er fluchte wirklich mitunter ganz gotteslästerlich; »verdamm mich, Mutter! Nun sollen die Jungens aber Prügel haben!«

»Pfui, schäm dich!« rief sie. »In solchem Augenblick an so was nur zu denken!«

Er ließ zwar etwas beschämt den Kopf hängen, dann aber murmelte er: »Ja, Mutter, verdamm mich! Sie sollen es aber doch!« Und geschwind tat er noch einmal einen Fausthieb durch die Luft.

Mein Vater, der dergleichen sonst nicht leiden konnte, strich heute seinem hitzköpfigen Knaben nur lächelnd übers Gesicht; er war zu glücklich, um jetzt ein tadelndes Wort zu sprechen. »Hole mir lieber unsern Lorenz, Christian«, sagte er, »damit wir auch ihm den Stein von seinem Herzen nehmen!«

Und dann wurde Lorenz geholt; und ich las noch einmal. Als ich fertig war, standen dem alten Menschen die Augen dick voll Tränen.

»Sehen Sie wohl, Herr!« sagte er und schlug sich leise mit der Hand gegen seine Brust,

»Lorenz Hansen is mein Nam;
Gott hilf, daß ich in'n Himmel kam!«

»Amen«, sagte mein Vater. Dann wurde Christian mit dem Schriftstück in die Druckerei geschickt.

– Als wir später bei unserem Nachmittagskaffee saßen, bemerkte ich, daß unser Vater einige Male ganz schelmisch nach seinem Pfeifenbrett hinüberblinzelte. »Was meinst du, Nane«, sagte er heiter, »wenn du mir heut einmal den großen Meerschaum stopftest?« – Ich war fast verwundert; denn da er das Rauchen eigentlich nur für reiche Leute schicklich hielt, so erlaubte er sich sonst nie vor Feierabend seine Pfeife Portoriko; die silberbeschlagenen Meerschaumköpfe aber, die beide sorgsam mit einem Seidentuch umwunden waren, die kamen stets nur sonntags von der Wand. Als ich dessenungeachtet jetzt die schöne Pfeife stopfte, nickte er mir freundlich zu: »Und nun geh auch in die Küche«, fuhr er fort, »und brenne sie mir selber an; und wenn du das getan hast, dann hole den Kalender und ziehe unter diesen Tag mit deinem Rotstift einen breiten Strich! Unser Wandsbecker Bote hat so viele Haus- und Jahresfeste; nun haben auch wir eines! Und wenn der Tag sich jährt, dann vergiß niemals, mir schon beim Kaffee meinen großen Meerschaumkopf zu stopfen!«

– Unser Vater war wohl kein schöner Mann, er hatte nur seine treuen blauen Augen; aber an diesem Tage, und wie er so seelenfroh aus seinem Meerschaum rauchte, fanden meine Schwester und ich ihn beide so hübsch, daß wir gegenseitig ihn uns immer wieder zeigen mußten.«

Die alte Dame schwieg, als ob ihre Erzählung hier zu Ende sei; mir aber war, als sei das eigentliche Ziel derselben noch von ihr zurückgehalten.

»Und weiter?« frug ich nach einer Weile, da auch niemand anders sprach.

»Weiter?« rief eine muntere Frau an meiner Seite. »Was wollen Sie noch weiter? Ende gut, alles gut! Es war ja alles nur um nichts gewesen!«

Ich sah auf unsere Wirtin, deren sonst so heitere Augen jetzt mit einem durchdringenden Blicke auf die Sprecherin gerichtet waren. »Da haben Sie recht«, sagte sie; »es war alles nur um nichts.«

»Aber die Kundschaft«, frug ich, »sie kam jetzt doch wieder? Und in der nächsten Erntezeit mußte die flinke Nane vor all den durstigen Krügen und Gemäßen doch wieder auf den Tritt und von dem Tritt aufs Fenster flüchten?«

Die alte Dame tat einen tiefen Atemzug: »Nein«, sagte sie, »so etwas ist niemals wieder vorgekommen; in der Erntezeit des folgenden Jahres passierte etwas anderes, das ich gleichfalls nie vergessen werde. Nein, die Kundschaft, wie wir sie früher hatten, kam nicht wieder, obgleich es an redlichem Willen im Hause und an Bemühungen gutherziger Freunde nicht gefehlt hat. Der alte Hennings, wenn die Bauern in seine Apotheke kamen, ließ nicht ab, ihnen die Geschichte von dem Gestfinger und die Güte des Ohrtmannschen Bieres zu verdeutschen; und zuweilen kam er selber mit einer so eroberten Bestellung angelaufen; aber Marx Sievers nebst seinem ganzen Dorfe hat niemals wieder unseren Hof betreten; vielleicht – ich hab das später mehr erfahren – weil er dem sich zu begegnen scheute, gegen den er sich im Unrecht wußte. – Die Geschichte wurde weit und breit bekannt; aber nur der arge Teil davon fand Glauben! Wenn auswärts Freunde unser Bier empfahlen, so hieß es jetzt wohl: ›Ohrtmann, Ohrtmann? Ist das nicht der Mann, der den Finger in seinem Biere hatte?‹ Und wurde dann auch der ganze Dunst ersichtlich aufgeklärt, es hieß am Ende doch: ›Man braucht ja eben nicht vor diese Tür zu gehen; es gibt ja andere noch, bei denen gutes Bier zu haben ist!‹

Dergleichen kam uns oft genug zu Ohren. Ja, ein verkommener Winkelschreiber, ein Altersgenosse meines Vaters, wagte es sogar, ihm seine Hülfe anzubieten und zutraulich dabei zu äußern, die zwölf Wochenblattszeilchen hätten ihm wohl einen schönen Haufen Geld gekostet; aber das brauche man ja keinem auf die Nas' zu binden.

Es mochte nicht viel helfen, daß mein Vater den miserablen Kerl zur Tür hinauswarf; es wurde vielleicht nur um desto mehr geglaubt.

»Der sprach für viele!« sagte mein Vater, als er uns voll Entrüstung das erzählte. Sonst habe ich ihn niemals klagen hören; er war nur stiller, als er sonst gewesen, und es kam mir oft, als ob sein heißes Dankgebet ihm auf die Seele drücke. Dagegen bemerkte ich, daß er, zumal an Markttagen, jetzt öfters aus dem Brauhaus auf den Weg hinaustrat; nicht als ob dort die Wagen nach dem roten Dach jetzt weniger als sonst vorbeigefahren wären; aber es war, als triebe ihn etwas hinaus, daß er sie alle zählen müsse.

Meine Mutter vermochte das Unglück und die Entbehrnngen, die es mit sich brachte, nicht immer so geduldig zu ertragen; das fühlten nicht bloß wir Kinder; sie konnte mitunter sogar dahin geraten, ihrem guten Manne die Schuld des ganzen Unheils beizumessen; und immer kam sie dann auf die schon früher getadelte Nachsicht, womit er das abergläubische Getue seines Knechts geduldet habe. »Ich laß es mir nicht nehmen«, sagte sie eines Abends, »hättest du ihm nur das Salzen und Bekreuzen ausgetrieben, die Leute wären nimmer auf das Stück gekommen, den dummen Finger in unserem Bier zu suchen! Aber konnte er den einen Hokuspokus machen, warum denn nicht den anderen? Und warum nicht heute oder morgen wieder einen anderen?«

Für gewöhnlich ging Derartiges, da mein Vater seine kleine heftige Frau immer bald wieder ins gleiche brachte, ohne weitere Spur vorüber. Das aber sollte diesmal nicht so sein. Es war eben vor dem Abendessen, und beide standen schon an ihren Stühlen, wobei sie die Stubentür im Rücken hatten; nur ich hatte gesehen, wie diese sich auftat und Lorenz, im Begriff hereinzutreten, plötzlich stehenblieb, eben als meine Mutter jenen wohl nicht ganz unbegründeten Vorwurf aussprach. Bevor ich mich in meinem Schrecken noch besann, hatte schon die Tür sich wieder leis geschlossen; dann kamen die Kinder und die Magd herein; aber Lorenz mußte erst durch Christian gerufen werden.

Noch heute danke ich meinem Schöpfer, daß ich damals meinen Eltern nichts verraten habe; denn von nun an war Lorenz wie verwandelt: vor den Gebinden, die im Hausflur lagen, oder hinten vor seiner Braupfanne, oder auch nur vor einem Tisch oder Stuhl im Hause konnte er lange mit starren Augen stehenbleiben; ging er aber fort, so sah ich mehrmals, wie er mit der Faust sich über beide Augen fuhr.

»Was mag denn Lorenz fehlen?« hörte ich eines Abends meine Mutter fragen, die sonst dem alten Manne herzlich gut war. »Er geht ja umher, als ob er über schwere Dinge brüte.«

Mein Vater schüttelte den Kopf. »Ich denke, nichts weiter als uns anderen auch; du weißt, er trägt an unseren Sorgen allzeit schwerer als an seinen eigenen.«

Aber am anderen Morgen trat Lorenz vor ihn hin und bat um seinen Abschied; er wisse einen jungen Menschen, der sogleich an seine Stelle treten könne. Mein Vater äußerte nachher, ihm sei gewesen, als ob sein altes Erbhaus über ihm zusammenbräche. Doch Lorenz wollte sich nicht halten lassen.

»Ich habe mich mit meinem Gott beraten.« Auf alle Fragen hatte er nur diese eine Antwort; er mochte fürchten, sonst nicht stark genug zu sein.

Und so ging er denn, nachdem er über ein Menschenalter dagewesen war; wie er sagte, um einer verwitweten Schwester, die in einem entfernten Dorfe wohnte, in ihrer kleinen Bauernwirtschaft beizustehen. – Aber er hatte die Trennung doch nicht überwinden können; durch Aufkäufer, die im Lande herumreisten, kamen bald wunderliche Nachrichten von dorther; und kurz vor Weihnachten mußten wir erfahren, daß unser alter Lorenz als Geisteskranker in die Landesanstalt aufgenommen sei.

Das waren trübe Festtage; einen Weihnachtsbaum ohne Lorenz hatten wir Kinder uns ohnehin nicht denken können. Ich allein wußte, weshalb er das Haus verlassen hatte, in dem allein noch seine Heimat war, und ich trug schwer daran; denn sein Opfer war umsonst gewesen. Mein Vater plagte sich mit dem jungen Knecht, aber die Kundschaft besserte sich nicht; es hatte nicht mehr geholfen als die tapferen Kämpfe, die unser Christian unermüdlich für die gute Sache ausfocht.

So ging der Winter zu Ende, und so kam der neue Sommer und endlich auch die Erntezeit. Nur für uns war sie es nicht.

Wir hatten schon die letzten Tage im August. Unsere zwei Stock hohe Außendiele kam mir so groß und einsam vor, seitdem nicht jeden Augenblick die Haustürglocke läutete; dennoch konnte ich es nicht lassen, wenn die altgewohnte Verkaufszeit heranrückte, mich dort aufzuhalten, um meistens müßig durchs Fenster auf die Straße hinauszustarren. – So stand ich auch eines Vormittags; es waren kalte trübe Tage eingefallen, und von dem Lindenbaum, der hier vor dem Fenster stand, wehten schon einzelne gelbe Blätter. Ich merkte wohl, daß mein Vater neben mich getreten war; aber ich rührte mich nicht; wir sahen beide, wie die Blätter niederwehten, und mochten beide wohl dieselben Gedanken haben.

Da ging draußen ein halb bäuerlich gekleideter Mann mit einem sogenannten Quäkerhut vorüber; er schien ein Fremder; aber dennoch war mir, als müßte ich ihn schon gesehen haben. Bevor ich mich jedoch darüber noch besinnen konnte, bemerkte ich eine hastige Bewegung an meinem Vater, und als ich aufblickte, sah ich, daß er den Mund fest geschlossen hatte; aber ich sah auch, wie seine Lippen zitterten. »Vater«, sagte ich, »fehlt dir etwas? Wer war doch der Mann?«

Aber er drückte nur heftig meine Hand und ging dann, ohne ein Wort zu sagen, nach dem Hof hinaus. Es war, als wenn uns alles jetzt zum Schrecken werden sollte.

Endlich schlug es wieder einmal elf auf unserer Dielenuhr, und ich ging in die Stube und setzte mich an meine Näharbeit. Eben, als meine Mutter aus der Küche hereintrat, läutete es von der Haustür, und als ich durchs Guckfenster auf den Flur hinaussah, da war es der Fremde von vorhin. Ich erkannte ihn jetzt wohl; es war ein Hopfenhändler aus Franken, der um diese Zeit zu kommen pflegte, um neue Bestellungen entgegenzunehmen und sein Geld für die alte Ware einzukassieren; er hatte vor zwei Jahren sogar einen Abend bei uns zugebracht. »Geh«, sagte meine Mutter; »hole deinen Vater und sag ihm, daß Herr Abel da sei.«

Die alte Dame machte eine Pause. »Ich glaube«, sagte sie dann, »dem Angedenken meines seligen Vaters nicht zu nahezutreten, wenn ich auch dies wenige noch erzähle; denn wo wäre der Mensch, der der Not des Lebens in jedem Augenblicke standgehalten hätte! –

Herr Abel hatte sich gesetzt; ich ging ins Brauhaus, weil ich dachte, daß mein Vater dort beschäftigt sei; aber er war nicht dort. Auf dem Rückwege begegnete mir der neue Knecht: auch er wußte nichts; er war im Keller bei der Gerste gewesen; vielleicht, meinte er, sei der Herr hinten auf den Weg hinausgetreten. Ich kehrte deshalb noch einmal wieder um; aber da ich auch dort ihn nicht gewahren konnte, lief ich ins Haus zurück. Ich suchte im Pesel und in allen Stuben, stieg halb die Bodentreppe hinauf und rief so laut ich konnte: »Vater! Vater!« Aber es war alles umsonst.

»Vater muß ausgegangen sein«, sagte ich, als ich wieder in die Stube trat.

»Ei was!« rief meine Mutter. »Dort hängt ja sein Hut am Türhaken; ihr Kinder versteht nur nicht zu suchen!«

Damit ging sie zur Stube hinaus; und ich hörte sie im Hause und vom Hof her rufen. Aber auch sie kam kopfschüttelnd zurück. »Ich kann das nicht begreifen«, sagte sie.

Herr Abel stand auf! Es habe keine Eile, er solle jetzt noch weiter nach dem Norden; aber um drei Wochen werde er auf hier zurückkommen; er könne ja auch dann seine Geschäfte mit Herrn Ohrtmann regulieren.

Ich weiß nicht weshalb; aber als der Mann das sagte, mir war, als wisse ich jetzt alles, was noch kommen müsse.

– – Ein paar Minuten, nachdem er fortgegangen war, trat mein Vater in das Zimmer.

»Wo bleibst du denn, Josias!« rief meine Mutter. »Herr Abel ist eben dagewesen; wir haben dich durchs ganze Haus gerufen!«

»Ich weiß das«, erwiderte er – und es war gar nicht, als ob das seine Stimme wäre – »ich habe es gehört; ich hatte den Mann auch kommen sehen.«

Meine Mutter starrte ihn an. »Was sagst du, Josias? – Mein Gott, und wie du aussiehst!«

Ich bemerkte das nun auch; sein Haar und seine Kleider waren ganz bedeckt mit Staub und Spinngeweben.

»So sprich doch!« rief meine Mutter wieder. „Um Gottes willen, Josias, was ist geschehen? Wo bist du gewesen?«

Da riß mein Vater uns mit beiden Armen an sich und drückte uns heftig gegen seine Brust. »Mutter! – Nane!« – er sprach leise aber hastig, als ob er es von sich stoßen müsse – »ich hatte mich versteckt! – Es war das erste Mal, daß ich nicht zahlen konnte!« – – Er wollte weitersprechen; aber der starke Mann brach in lautes Schluchzen aus.

Meine Mutter hatte ihre Arme sanft um seinen Hals gelegt; mein junger Kopf aber war vor Schrecken über das Gehörte ganz von Sinnen; ich klammerte mich mit beiden Händen an meines Vaters Arm, denn mir war, als müßten wir jetzt alle fort ins Elend wandern. Da hörte ich seine Stimme und fühlte seine Hand auf meinem Kopfe: »Laß, Nanel« sagte er ruhig; »hole mir den anderen Rock, mein Kind! Herr Abel wird noch in der Stadt sein, ich will jetzt zu ihm gehen.«

Wie betäubt tat ich, was er mir befohlen hatte; dann lief ich in die Küche und setzte mich in einen dunklen Winkel. Erst als ich meines Vaters Schritte über den Hausflur und dann gleich danach die Türschelle läuten hörte, überfiel mich das Leid um ihn, und ich weinte mich von Herzen satt.

– – Wie die Verhandlung mit Herrn Abel ausgefallen, habe ich nicht erfahren; ich weiß nur, daß wenige Tage darauf die beiden Meerschaumköpfe von der Wand verschwunden waren und daß ich unseren Vater niemals wieder weder seine Abend- noch seine Sonntagspfeife habe rauchen sehen. Den Kalender mit dem rot angestrichenen Festtage bewahrte ich noch lange unter meinen alten Sachen; gefeiert ist der Tag nicht worden, aber wir konnten ihn dessenungeachtet nicht vergessen.«

Die Erzählerin verschloß nach diesen Worten ihre Lippen, und ihre Augen blickten seitwärts, als sei das nicht für fremde

Ohren, was jetzt noch aus der Vergangenheit an ihr vorüberziehen mochte.

Ein junger, eifriger Prediger, ihr Neffe, welcher mit in der Gesellschaft war, hatte schon zuvor durch ein vergebliches »Aber liebe Tante!« zu erkennen gegeben, wie notwendig er seinen Beispruch zu dieser Geschichte halte; jetzt begann er mit merklicher Unruhe auf seinem Stuhl zu rucken. Aber unsere Wirtin war selber eine zu unerschütterliche Christin und fühlte zu genau, wo er hinauswollte, als daß sie seinem drohenden Einwande nicht sogleich die Spitze abgebrochen hätte. »Lieber Hieronymus«, sagte sie, »es ist wohl niemand hier, der an Gottes Barmherzigkeit einen Zweifel hegen möchte, obwohl – die Wahrheit zu sagen – deine Großeltern in ihrem langen Leben wenig genug davon erfahren haben; aber wir wissen ja auch, daß sie oftmals im Verborgenen ihre Ader fließen läßt, um dann am rechten Orte desto segensreicher aufzusprudeln. Freilich, der Segen kam zumeist auf ihre Kinder; und auch ich mußte später, als meine kleine Schwester groß und kräftig geworden war, bei fremden Leuten dienen; aber dadurch« – und sie warf einen unaussprechlich herzlichen Blick auf ihren alten neben ihr sitzenden Mann – »kam ich zu dir, mein Vater, und die fremden Leute wurden meine eigenen! Und wie es dann gekommen, daß mein Bruder, der wilde Christian, ein stattlicher Bürger und gar der zweitgrößte Brauer in unserem Lande wurde, – um das zu erzählen, bin ich eine viel zu gehorsame Ehefrau.«

Der Neffe wollte wieder etwas sagen, aber seine Tante ließ ihn wieder nicht zu Worte kommen, »Gewiß, lieber Hieronymus«, sagte sie, »deine seligen Großeltern waren Leute, welche die Wohlfahrt ihrer Kinder für ein größeres Glück erachteten als ihre eigene; und dahin – das wolltest du wohl sagen – hat jener Finger doch den Weg gewiesen! Auch hast du selber ja noch beide mit ihren stillen und zufriedenen Angesichtern hier in diesen Lehnstühlen, worin nun ich und dein alter Onkel sitzen, von ihrer harten Lebensarbeit ruhen sehen! An seinem ersten Geburtstage, den dein Großvater hier in unserem Hause lebte, hatte dein Onkel ihm sogar eine neue Meerschaumpfeife bei seinem Morgenkaffee hingelegt, wie er so schön sie früher nie besessen hatte. Der alte Mann wurde heftig dadurch bewegt; er nahm das schwarze Sammetkäppchen von seinem ehrwürdigen Haupte, und seine Lippen bebten, als wiederhole er jetzt das heiße Dankgebet, das er vor dreißig Jahren wohl zuletzt gesprochen hatte. Er ließ sich auch von mir ein Seidentüchlein geben, um sorgsam den schönen Kopf darein zu hüllen; geraucht aber hat er nicht daraus; das, meinte er, habe er in der langen Zeit verlernt.«

Der junge Gottesmann hatte sich mit etwas strengem Ausdruck, aber dennoch, wie es schien, nicht völlig unbefriedigt in seinen Stuhl zurückgelehnt. Dagegen versuchte ich es noch mit einer Frage. »Und Lorenz?« sagte ich. »Blieb er in der Anstalt? Ist er dort gestorben?«

»Nein«, erwiderte unsere gute Wirtin, und ihr Antlitz gewann auf einmal wieder seinen alten Ausdruck heiterer Behaglichkeit. »Er ist glücklich wieder herausgekommen und hat noch jahrelang in meines Bruders Haus gelebt. Nur ein wenig wunderlich war er geblieben; er hatte, wie Christian sagte, sich eine ganz glückselige Dummheit zugelegt; denn wie er einst geglaubt hatte, daß unsere altmodische Brauerei durch ihn zugrunde gehen werde, so glaubte er jetzt, daß diese neumodische, von der er nichts verstand, nicht ohne ihn bestehen könne.

Als derzeit bei einem Besuche mein Bruder mir alle seine großen Anstalten und Gelegenheiten zeigte, klopfte er in einem Durchgang, der von dem Wohngebäude in die Brauerei führte, an eine der seitwärts befindlichen Türen. »Und hier wohnt unser Lorenz!« sagte er.

Er hätte es mir nicht zu sagen brauchen; denn über der Tür, in Ermangelung eines Wandbetts, das er hier in der Kammer nicht besaß, stand mit Kreide der alte Spruch geschrieben; nur hatte er jetzt seinen Namen mit dem seines alten Herrn verwechselt, und so lautete es hier:

»Josias Ohrtmann is mein Nam;
Gott hilf, daß ich in'n Himmel kam!«

Jetzt sind sie beide schon seit lange dort; und so endet diese Geschichte wie hoffentlich auch alle anderen Geschichten auf dieser Erde. Aber das habe ich meinem Bruder doch gesagt, daß er es mit seinem Gest in Obacht nehmen solle.«

Sie schwieg und reichte ihrem alten Eheherrn die Hand, der sie wie das Kleinod seines Lebens in die seine nahm. – Und dafür, indem wir jetzt die Feder fortlegen, halten auch wir die Hand einer jeden wahrhaft guten Frau.

Eekenhof

Es klingt wie eine Sage, und man könnte es fast für eine solche halten; an mehreren Orten soll es geschehen sein, und die Poeten haben hie und da einen Fetzen davon abgerissen, um ihn, jeder nach seiner Weise, zu verwenden. Dennoch möchte ich eine abgelegene Wiese unserer engeren Heimat, auf welcher die deutlich erkennbare Vertiefung eines jetzt verschütteten Ringgrabens und einige halb zersplitterte Eichenriesen am Rande derselben die Stätte eines einstigen Herrensitzes anzeigen, für den Schauplatz halten, auf welchem diese Schatten der Erinnerung einst in lebendiger Gestalt vorübergingen. Nicht etwa, weil es dort vor Jahren noch in selten ausführlicher Überlieferung erzählt wurde; aber es ist nachweisbar von Geschlecht zu Geschlecht bis in die Gegenwart heraufgeklommen, und wenn wir die Stufen wieder abwärtssteigen, so treffen wir auf den ersten Erzähler, dessen Name in dem noch erhaltenen Kirchenbuche verzeichnet steht, der nicht nur die Uhr des alten Herrenhauses in seinem Dorfe noch hat schlagen hören, wenn just die Luft nach dieser Richtung wehte, sondern der im Vorbeigehen auch noch den alten menschenscheuen Herrn in einsamer Mittagszeit unter einer der großen Eichen sitzen sah, den greisen Kopf unbeweglich nach dem in jähem Verfall begriffenen Gebäude hingewandt. Bei stillem Wetter, wenn etwa die Augustsonne recht heiß vom Himmel brannte, hat man es hören können, wie drinnen der Kalk herabgerieselt, wie es im Gebälk gekracht oder gar, wer mag wissen was, mit dumpfem Fall herabgestürzt ist.

Jetzt ist alles längst verschwunden; aber auf den verstaubten Trümmern eines hölzernen Epitaphiums, welche in meiner Jugend auf dem Boden der dortigen Dorfkirche lagen, war noch das Bild des alten Herrenhauses sichtbar, wie es sich einstöckig mit hohem, fast fensterlosen Unterbau innerhalb des Ringgrabens erhoben hat. Nach der Struktur der beiden Zackengiebel zu urteilen, mußte es im sechzehnten Jahrhundert erbaut sein; die gegen Morgen belegenen Fenster des oberen Stockwerks schienen in ihrer Zusammenstellung anzudeuten, daß sich dort, wie in den meisten derzeitigen Landsitzen des Adels, zunächst der Stiege die kleinere Winter- und daran in gleicher Lage die geräumige Sommerstube oder, wie man gern zu sagen pflegte, der Rittersaal befunden hatte.

Und so stimmt es auch mit jener bis auf uns gekommenen Erzählung: aus dieser ist sogar noch weiterhin zu schließen, daß man aus dem Saal in einige gegen Abend belegenene Kammern habe eintreten und durch diese wieder auf den oberen Flur habe hinausgelangen können. Der Saal selbst aber, welcher die Bildnisse aus dem mütterlichen Geschlechte des letzten, in seiner Jugend verschollenen Eigentümers soll enthalten haben, spielt noch heute in der Phantasie des Volkes eine Rolle; noch jetzt weiß man von dem Bilde eines jungen blonden Obristers im Reiterkoller aus der Zeit der Grafenfehde, über dessen blasses Antlitz eine blutrote Narbe hingelaufen, und neben diesem von einer stolzen schwarzäugigen Dame mit Reiherfedern auf dem Schlapphute und einem Stieglitz auf der Hand. Das verbundene Geschick dieses Paares soll für das des ganzen Geschlechtes vorbestimmend gewesen sein; aber die Sage über sie ist verschollen und jählings wieder stumm geworden, sobald die Seele sich von ihrem Leib gelöset habe. Neben der Tür aber, welche in eine der westlichen Kammern führte, hing ein anderes Frauenbild, an welches unsere Erzählung ihre Fäden anknüpft.

Wenn außerdem die Überlieferung von einem Walde wissen will, an dessen Rande einst das Haus gelegen habe, so gab auch hiervon jenes Epitaphienbild eine Andeutung; denn zur Linken außerhalb des Ringgrabens zeigte sich ein Hecktor, hinter dem sich ein Weg in Bäumen zu verlieren schien.

In der zweiten Hälfte des siebzehnten Jahrhunderts, um die Zeit, da Herzog Christian Albrecht und der dänische König gemeinschaftlich das Land regierten, ist es gewesen, als dieser Hof – im Volksmunde, wie noch jetzt der Platz, wo einst das Haus gestanden, »Eekenhof« genannt – durch Heirat in den Besitz eines

Herrn Hennicke kam, der vordem als Hofjunker unter des Herzogs Leuten lebte. Er ist ein jüngerer Sohn gewesen und soll von seinen Knabenjahren an das Majoratsgut seines Hauses nur mit Neid und Haß in seines ältesten Bruders Hand gesehen haben; denn Habgier und Verschwendung haben in seinem Herzen sich gestritten. Zum Glücke aber gab es auch schon derzeit jenes zweite Mittel, um mühelos, wie durch Geburt, zu Hab und Gütern zu gelangen; und es ist auch zweimal glücklich von ihm angewandt worden, so daß späterhin die Rede ging, Herr Hennicke lebe von seinen beiden Weibern, der lebenden und der toten.

Die erste, die er freite, war ein scheues Kind vom Lande; sie hatte weder Eltern noch nahe Blutsfreunde; aber das Herrenhaus zwischen den alten Eichen war ihr freies Eigen; dazu der Wald und drunter das Kirchdorf mit den Strohdächern der Pachtbauern und der Hörigen. Nicht aus Lust hatte sie nach ihres Vaters Tode sich in die Stadt begeben; auch war die Base, der Herzogin Hoffräulein, die sie in ihr Haus geladen hatte, ihr viel zu mutwillig; aber ihrem Vater, der sehr jung gestorben war, hatte sie geloben müssen, nach seinem Abscheiden für die Sommerstube ihr Bildnis von des Herzogs Maler Jurian Ovens fertigen zu lassen. »Das gehört noch an die leere Stelle«, hatte er gesagt; »dann kann der Schlüssel abgezogen werden, wir sind dann alle wie in einer Gruft beisammen.«

Die düsteren Worte hatten sie erschreckt, und sie hätte sich wohl lieber um eine andere Ursach malen lassen; aber des Vaters Wille mußte doch geschehen.

Und das Bildnis wurde wie sie selber. Das Hoffräulein mochte ihr noch so oft das Kinn emporheben und lachend zu ihr sagen: »Du sollst nur wissen, was für besondere Schönheit an dir ist!« – die blauen Augen wußten nichts von dieser Schönheit und blickten nach wie vor, als bäten sie nur um Schutz in ihrer Einsamkeit.

Daß sie als Braut nach ihrem stillen Herrenhaus zurückkehren sollte, hat sie wohl nicht gedacht; auch soll die muntere Base oft nachher gesprochen haben, sie habe den schwarzen Henne wohl gerne nicht genommen; sie hab nur nicht gewagt, ihm nein zu sagen, und da sie einmal ja gesagt, so sei sie viel zu gut und lang nicht klug genug gewesen, ihm wieder nein zu sagen.

Als Herr Hennicke zu seiner Hochzeit über die Ziehbrücke in den Eekenhof einritt, war droben an der Wand des Saales, wo das Fest bereitet stand, die leere Stelle ausgefüllt, und die Gäste sahen mit Verwunderung bald auf die stille, in lichtes Gewand gekleidete Braut in ihrer Mitte, bald auf ihr Bild, das, ganz ihr gleichend, ein blühend Myrthenzweiglein in der Hand, aus dunklem Rahmen von der Wand herniederblickte und die Bilderreihe des zu Ende gehenden Geschlechts beschloß.

Unter den Hochzeitsgästen ist von der Sippschaft der Braut nur die Base aus der Stadt gesehen worden; die Freundschaft des Bräutigams sind stolze herrische Männer gewesen, und Herr Hennicke hat mit ihnen getrunken und sich wenig um die Braut gekümmert.

Als der Tag vorüber und dann alle, mit ihnen auch die lustige Base, den Eekenhof verlassen hatten, ist die junge Frau in Einsamkeit zurückgeblieben; denn ihr Eheherr, wenn er nicht zu Gelag und Spiel bei seinen Nachbarn war, hatte draußen genug zu tun, um, wie er sagte, ein richtig Regiment zu schaffen; die Pachtbauern sollten ganz anders jetzt den Säckel ziehen, der Schweiß der Hörigen ganz anders noch den Acker düngen. Den Vogt und das Gesinde sah er sich mit scharfen Augen an; die alten Diener, deren Knochen ihm nicht stark genug erschienen, hieß er gehen. Seines Weibes Fürbitte, wenn sie sich je und je hervorwagte, hat er mit hartem Wort zurückgeschreckt, daß sie im scheuem Aufblick stumm geworden ist; und bald hat sie gezittert, wenn draußen auf der Treppe nur sein Schritt erscholl. Mitunter, wenn sie aus ihrer Wirtschaft über die Brücke hinausgegangen war, sei es, um drüben unter den Eichen ein Weilchen auf der kleinen Bank zu ruhen oder seitwärts durch das Hecktor ein paar Schritte in den Wald zu schlendern, dann ist es wie ein Traum auf sie gekommen, als sei vor Zeiten – und wenn sie nachgesonnen, gar noch nach ihres Vaters Tode – hier große heitere Gesellschaft um sie her gewesen, die diese Orte nun für alle Zeiten verlassen habe, und doch hat sie gewußt, es sei auch damals so einsam hier wie jetzt gewesen, und grübelnd ist sie in das stille Haus zurückgegangen.

Dennoch, nachdem Zeit verlaufen war, ist es gekommen, daß bei einem Gelage in der Nachbarschaft die Gäste auf die Ankunft des erwarteten Erben haben trinken wollen. Als aber ein alter Herr gemeint, man solle zunächst des jungen Weibes denken, daß sie die schwere Stunde glücklich überstehe, ist eine Gegenrede laut geworden: »Was Weib! ein Weib ist ein zerbrechlich Ding! Stoßt an, wir wollen auf den Buben trinken.«

Und als Herr Hennicke hierauf nur träg sein Glas erhoben, hat ihm ein anderer lachend zugerufen: »Du sinnst wohl, Hennicke, wenn du dein Weib mit einem Buben tauschen müßtest, wie lang du auf dem Hofe noch den Herrn zu spielen hättest? Ich will dir rechnen helfen; mit einundzwanzig Jahren sind die Junker mündig!«

Der halb trunkene Gast mochte nicht weit vom Ziel getroffen haben; denn Herr Hennicke hat ihn drohend angesehen: »Schweig, Wulf! Ruf den Tod dir in dein eigen Haus!« Dann hat er im vollen Haufen angestoßen, daß das Glas zersprungen und der Wein verschüttet ist.

Danach aber, wenn er je zuweilen das bleicher werdende Antlitz seines Weibes gesehen hat, sind jene Worte ihm allzeit wieder vor den Ohren und die weinroten Augen des, der sie gesprochen, vor dem innern Blick gewesen.

– – Und die schwülen Spätsommermonde sind gekommen. – Und, da ihre schwere Stunde näher rückte, hat das junge Weib die Nachmittage in dem Rittersaal verbracht; denn hier in dem weiten Raume, dessen Fenster dann im Schatten lagen, war es frisch und kühl. Schon als Mädchen hatte sie gern mit ihrer Arbeit hier gesessen; jetzt nähte sie eifrig an der kleinen Aussteuer für die Wiege, die voll schwellender Kissen schon daneben in der Kammer stand; und wenn ein Käppchen oder ein Hemdlein auch nur zur Hälfte fertig war, dann hielt sie's vor sich hin und betrachtete es, halb in Entzücken, halb in dunklem Grauen. Früher und noch bis vor kurzem war die Schaffnerin, die alte Maike, ihr zur Gesellschaft da gewesen, aber auch diese hatte Herr Hennicke verabschiedet, weil sie, so sagte er, zu alt in der Herberge geworden sei; in Wahrheit, weil sie der stummen Klage in seines Weibes Auge unterweilen ihren fertigen und dreisten Mund geliehen hatte. Daher ist jetzt nur die stille Gesellschaft der Bilder ihrer Vorfahren um die junge Frau gewesen; aber fast von allen wußte sie, sei es, was ihr Leben einst erfüllt oder was, oft jählings, aus demselben sie hinaus getrieben hatte. Einst hatte die alte Maike ihr das erzählt; jetzt war ihr, wenn sie auf die einen oder andern blickte, als erzählten es die toten Bilder selber, daß ihres Lebens Lust und Jammer nicht vergessen werde. Und von dem milden Antlitz ihres Vaters gingen ihre Blicke stets nach jener fernsten Ecke, wo in dem Schatten der Fensterwand des jungen bleichen Obristers Bildnis hing; von diesem weiter zu der stolzen Dame mit der Reiherfeder, die jetzt mit ihren dunklen Augen in das Leere schaute. Dann schrak sie wohl zusammen und ließ die kleine Arbeit aus den Händen fallen; denn ihr war gewesen, als hübe auf der Dame Hand der Stieglitz seine Flügel, als ob er plötzlich seinen Sang beginnen wolle. Aber wenn sie mit aufgerissenen Augen horchte, so war es totenstill im Saale.

Auch einmal, da in der steigenden Dämmerung es immer einsamer um sie geworden war, als auch draußen das Rauschen in den Eichen aufgehört hatte und ihr die müden Hände in den Schoß gesunken waren, ist es über sie gekommen, als wäre in dem leeren Saal nun auch sie selber nicht da, sondern statt ihrer nur noch ihr Bildnis, das mit den anderen in den stillen Raum hinabgehe. Sie hat versucht, die Arme oder den Fuß zu strecken, aber sie hat es nicht vermocht; ihr ist gewesen, als sei sie nun für immer leblos in den dunkeln Rahmen des Bildes festgebannt. Das finstere Wort des Vaters hat vor ihr gestanden; doch als es jählings sie durchfuhr, daß dies den Tod bedeuten möge, da hat die Mutterangst aus ihr geschrien: »Mein Kind, mein Kind! Was soll aus meinem Kinde werden!« Und mit gelösten Gliedern ist sie aufgesprungen und in dem fast dunkeln Saal umher gewandert; als sie aber an ihrem eignem Bild vorüber gekommen, hat sie geschaudert und ist dann eilig in die Kammer nebenan geflohen, allwo sie mit der teueren Bürde unter ihrem Herzen an der Wiege hingesunken ist.

Herr Hennicke hat dies nie erfahren; aber sein junges Weib hat es in ihrer letzten Not ihrem alten Seelsorger, dem Pastor drunten aus dem Dorfe, anvertraut; von diesem ist es auf seinen Nachfolger Albertus Petri übertragen worden, welcher vor seinem Dienstantritt als Informator in Herrn Hennickes Hause lebte und später der erste Erzähler dieser Geschicht wurde.

Und als die Zeit erfüllt war, sind nach schwerer Angst die Kammerwände von der matten Stimme eines Knäbleins angeschrieen worden; die Mutter selber aber hat am dritten Tage ein Schlaf befallen, aus welchem die Seele nicht mehr Kraft gehabt hat, sich emporzuringen. Und wieder danach am dritten Tage, da eben durch die kleinen Scheiben das letzte Sonnengold hereinleuchtete, ist draußen aus der Abendstille ein süßer Vogelgesang erschollen, obwohl die Zeit des Singens längst vorüber war und schon der Herbst die Blätter von den Bäumen riß. Die Kranke aber ist aus ihrem Fieber aufgefahren und hat mit Wehelaut gerufen: »Der Stieglitz! Maike, ach, der Stieglitz singt!« Und als im selben Augenblick Herr Hennicke mit hartem Schritt hereintrat, ist er in jähem Schrecken an der Schwelle festgehalten worden und hat mit vorgestrecktem Halse horchend dagestanden.

Da war es, als ob der Vogelsang sich nebenan im Bildersaal verliere; dann ward es völlig still, und auch die Wöchnerin sank stumm in ihre Kissen; doch als Herr Hennicke herzutrat, lag nur noch seines Weibes Leiche vor ihm.

Als bald danach die Wehmutter, welche im Hause verblieben war, das weiße Linnen über der Toten Antlitz deckte, stand der Witwer an der Wiege und starrte schweigend auf das schwache Wesen, das dort in den Kissen um die Lebensluft zu ringen schien. Da trat das Weib auf leisen Sohlen zu ihm: »Betet zu Gott, Herr Hennicke!« sprach sie; »aber getröstet Euch nicht, daß Euch das Kind behalten bleibe!«

Er fuhr zusammen und wandte rasch den Kopf. Das Weib erschrak fast, als er sie mit seinen schwarzen Augen ansah. »Das Kind? Was meinst du?« rief er. »Daß auch das Kind noch sterben sollte?«

Die Alte wurde fast verwirrt; er sprach so laut; doch weder Schreck noch Kummer war in seiner Stimme. »Das liegt in Christi Händen«, sagte sie; »aber saht Ihr's denn nicht? Es steht ein Lächeln um der Leiche Mund; so liegen nur, die bald ihr Liebstes nach sich ziehen.«

Sie trat zurück, um von der Toten Angesicht das Linnen abzudecken; aber Herr Hennicke packte raschen Griffes ihren Arm. »Geschwätz«, stieß er mit heiserem Laut hervor, »wenn du nichts anderes zu berichten weißt!«

»Laßt mich, Herr Hennicke!« sagte die alte Frau. »Ihr seid ein großer Herr; aber der Toten Angesichter versteh ich besser doch als Ihr! Harret eine Viertelstunde hier an Eures Kindes Wiege, so werdet Ihr die Gichter kommen sehen.«

Und Herr Hennicke blieb und sah die Gichter in dem kleinen Antlitz zucken. Dann schritt er aus der Kammer und durch den Saal; aber er sah nicht auf, wo seines Weibes Bildnis hing. Eilends stieg er in den Hof hinab, und bald saß er zu Pferde, und, seine großen Hunde neben sich, ritt er über die Brücke in die schon dunkelnde Nacht hinaus. Er ritt auf dem engen Wege um den Wald herum, quer über die Felder um das ganze Gutsgebiet; seine Blicke streiften über das dämmernde Land mit einer Sicherheit, wie sie es nie getan. Der Erbe dieses Grundbesitzes lag sterbend in der Wiege; er aber war der Vater und der Erbe dieses Erben! Er stieß seinem Pferde die Sporen in die Weichen, daß es bäumend in die Luft stieg: aber er zwang es nieder auf die Vorderfüße, seine Faust war kräftiger als je. »Vorwärts! Wir traben bald auf eigenem Grund und Boden!« Seine Brust hob sich; mit Mühe bändigte er ein Jauchzen, das fast die stille Nacht erschüttert hätte. Als er zu Hause von dem schäumenden Rappen stieg, kam ihm die Bauerndirne, die als Kindesmagd war gemietet worden, mit Geheul entgegen: das Kind lag abermals in seinen Gichtern.

Am andern Morgen kam der Arzt, und am folgenden Tage kam er wieder; und während er an der Wiege des Kindes war, ging Herr Hennicke in atemlosem Wandern in der Winterstube auf und ab; aber die Waage stand immer noch zwischen Tod und Leben. Als am dritten Tage der Doktor zu ihm ins Gemach trat, streckte er Herrn Hennicke die Hand entgegen und sprach mit heiteren Augen: »Die edle Tote hat Euch ein teueres Pfand gelassen; Gott hat geholfen, Euer Kind wird leben!«

Seit jenem Augenblicke haßte Herr Hennicke den alten Arzt; noch mehr aber seinen eigenen Sohn.

Das Wesen des Mannes wurde seit dem Tode der sanften Frau noch finsterer und gewaltsamer. Wenn die Hörigen säumig waren oder die Pachtbauern mit ihrem Zinse oder den Mast- und Schweingeldern im Rückstand blieben, ließ er die einen in den

Block legen oder peitschen, für die andern suchte er alte, längst vergessene Strafen aus dem Staube der Archive. Freilich, der Gelder konnte er nicht entraten; denn er liebte Weiber und Gelage und war auf Wochen oftmals in der Stadt, im fröhlichen Verkehre mit des Herzogs Leuten; und wenn auch noch auf zwei Jahrzehnte der Gutsertrag in seine Kasse floß, er war noch jung, und die Mündigkeit des Kindes traf noch in seine besten Mannesjahre. Wenn der Geburtstag seines Sohnes sich jährte, es war ihm nur ein Merkmal der ihm drohenden Verarmung. Überdies war schwere Zeit damals in den siebenziger Jahren des vorletzten Jahrhunderts; Kriegs- und andere Lasten drückten, und der mitregierende König achtete weder des Volkes noch der Stände Rechte. Es half Herrn Hennicke nicht viel, daß er jeden Anlaß nahm, um Bauernfeld in Hoffeld umzuwandeln; es wurde not, nach einer zweiten Erbtochter mit freiem Eigen auszuschauen; vielleicht in einer Zeit, wo er weniger als je dazu den Antrieb spürte.

Allein es wollte nicht so glücken wie das erste Mal. Auf mehreren Herrensitzen hatte er schon angeklopft; aber die Töchter waren meistens aus der andern Tür gegangen, wenn er zur einen eingetreten war. Die niedrige Stirn des Mannes unter dem schwarzen, kurzgeschorenen Kraushaar wollte ihnen nicht gefallen; sie sahen lieber auf ihre Vettern und Freunde, welche schon die zierliche, von Herrn Hennicke stets verschmähte französische Perücke auf ihren jungen Köpfen trugen; auch munkelte es stark, daß trotz des Freierganges der schwarze Mann von einer niederen Leidenschaft gehalten sei und, gleich dem Bauern, nur das Gut freien gehe.

So kam es endlich, daß er zu einem lang gemiedenen saueren Weg sich rüstete.

Hinter dem Walde von Eekenhof, von dessen Herrenhaus nur eine halbe Stunde fern, saß eine Erbtochter ganz allein auf ihrem nicht gar großen, aber schuldenfreien Hofe. Sie war ein Waisenkind von etlichen dreißig Jahren, eine herbe wirtschaftliche Jungfrau, deren farbloses Antlitz mit dem glatt gescheitelten Flachshaar stets so sauber gehalten war wie die tannenen Fußböden ihrer Zimmer, von denen die Bauern sagten, daß man den Braten von den Dielen essen könne. Vor etwa zehn

Jahren war die Meinung aufgekommen, ein armer Vetter werde bei der wohlhäbigen Base sich ein sicheres Nest erwerben; aber es war nicht dazu gekommen, und einem neugierigen Frager hatte mit verschmitztem Lächeln der junge Fant erwidert: »Wenn sie nur Brauen auf dem Schädelbogen hätte! Ich fürchte mich vor ihren nackten Augen!«

Seit jener Zeit hatte die Jungfrau an ihrer Aussteuer nur noch emsiger gesponnen als je zuvor. Des Tages über saß sie allein an ihrem Rade und spähte unterweilen aus ihren kleinen Augen auf die vorbeiführende Heerstraße, ob nicht zu Roß oder zu Wagen ein Freier angefahren komme; am Abend, zumal im Winter, wenn die Wirtschaftsarbeit abgetan war, schnurrten auch die Räder der leibeigenen Mägde um sie her, und war die Herrin zum Schlaf in ihre Kammer gegangen, so mußten die Dirnen stundenlang noch in der kalten Stube weiterspinnen; klagten sie am andern Morgen, daß sie mit den steifen Fingern den dicken Wocken, den sie ihnen zur Nacht noch aufzustecken pflegte, nicht völlig hätten zwingen können, so wickelte sie den Flachs um ihre Finger und sengte ihnen denselben daran ab. Sie soll dabei gesagt haben: »Nun wird's wohl heiß genug sein für die ganze Woche!«

Da eines Morgens, als sie von ihrem Spinnrade in den grauen Regentag hinausäugte, kam ein Reiter mit zwei großen Hunden dem Tore ihres Hofes zugetrabt. Ihre dünnen Lippen verzogen sich zum Lächeln; denn es war Hennicke, den sie seit seiner Frauen Hingang schon jeden Tag erwartet hatte. Sie lächelte sogar noch, wenn auch ein wenig säuerlich, als mit Herrn Hennicke seine Hunde sich ins Zimmer drängten und ihre schmutzigen Tatzen auf die weißen Dielen setzten.

Herr Hennicke sah weder ihr süßes noch ihr saures Lächeln; bald aber ließ er sich von ihr treppauf, treppab im Hause umherführen; sie schloß ihm, einen nach dem andern, die schweren Eichenschränke auf und wies ihm prunkend die aufgespeicherten Gespinste; und da nun Land und Sand sich selber lobte, so lobte der Freier auch die Schätze in den Schränken. Die Dirnen aus der Küche aber schlichen ihnen nach, kicherten und guckten um die Ecken und hatten es bald heraus, daß hier ein Liebeswerk im besten Gange sei.

Nur eine Bedingung, vielleicht um sicherer die Zügel zu behalten, knüpfte die Jungfer Bendikte an die Vergabung ihrer Hand: der Bräutigam sollte zu ihr auf ihren Erbhof ziehen; sie wollte nicht auf fremdem Boden wirten. – Und so kam es, daß das alte Haus des Eekenhofs verlassen wurde und nichts zurückblieb als droben in der großen Sommerstube ein paar verblichene Sessel und die Bilder der Verstorbenen.

Auch der Erbe des alten Hofes, der kleine Junker Detlev, störte die junge Ehe nicht. Bei seines Vaters Hochzeit war er noch im Dorfe drunten in Kost und Pflege einer Bäuerin; dann aber hatte die lustige Base den Knaben zu sich in die Stadt genommen; denn ein Gerücht hatte sich erhoben, daß auf dem Eekenhof das Bild der toten Frau in hellen Mondnächten aus dem Rahmen steige und ihr Kind durch alle leeren Kammern ihres Hauses suche. Seitdem es nun bei einer von den Ihren war, sollte das unruhige Wandern sich verloren haben.

Herr Hennicke lachte zwar, als er von einem Nachbarn darauf angesprochen wurde; der aber meinte, hinter seinen weißen Zähnen sei es dem Hennicke schon recht gewesen, daß sein Lager nicht noch unter dem alten Dache stehe und daß die Tote nun zufrieden schiene. Nicht unrecht mag es ihm auch gewesen sein, daß die wohlhabende Base den Knaben ohne Entgelt aufgenommen hatte; denn die Zeiten wurden immer knapper, von den Ständen wurde auf den Landtagen immer mehr gefordert, sogar die Kosten der auswärtigen Gesandtschaften waren ihnen letzthin aufgebürdet; im Hause aber ließ Frau Benedikte ihn zur Genüge darüber hören, daß er nicht zweimal in der Woche, was ihr doch selbst in ihrem Jungfrauenstande allzeit genug gewesen sei, bei Weißfisch und dünnem Bier mit ihr zu Mittag sitzen wollte.

Der Kindersegen dieser Ehe war schon im ersten und im zweiten Jahre eingetroffen und damit abgeschlossen worden. Es sind zwei untersetzte, kurzbeinige Buben gewesen; trotz des Vaters mit schier rotbrandigem Haar, wie auch nach einem schwarzen Juden mitunter wohl ein Rotkopf aufzustehen pflegt. Herr Hennicke hat sie seine beiden Füchse geheißen und an ihren Streichen seine Lust gehabt. Man erzählt, da sie noch klein gewesen, hat er auf ihr Begehr zwei handliche Schubkarren für sie fertigen lassen; die pflegten sie in einer nahen Sandgrube mit Kieselsteinen aufzufüllen; dann sind sie damit auf den Hof gezogen, wo auf dem Rasen vor dem Herrenhause sich ein Ring befand, in dem Herr Hennicke seine jungen Rosse an der Leine laufen ließ. In diesem Ringe haben sie mit ihren kurzen Beinen in unsagbarer Hurtigkeit ihre Schubkarren vor sich hergefahren und haben sich von hüben und drüben ihr »Hott!« und »Hü!« einander zugerufen, daß also ein Schall entstanden ist, als wenn von einem Haufen Menschen ein großes Werk betrieben würde. Wenn sie aber dessen müde geworden, so haben sie ihre Schubkarren hingestellt und, abermals unter mächtigem Lärmen, sich mit den Steinen nach den Köpfen geworfen, bis diese blutig und die Karren leer gewesen sind. – Ist über solchem Spiel Herr Hennicke auf den Platz gekommen, so hat er, je nach seiner Laune, entweder, die Hände unterm Wams, mit finsterem Angesicht dabeigestanden oder unter kurzem Lachen ein »Drauf, ihr Füchse, drauf!« den Buben zugerufen. Meistens aber ist aufs letzte Frau Benedikte aus dem Herrenhause über die Freitreppe hinabgeschritten; da sind die Buben, wenn sie selbige nur kaum aus ihren nackten Augen angesehen hat, wie in Erstarrung stehen geblieben; und während dann das Weib mit ihren mageren Händen mit jeder einen derselben an seinen rotbrandigen Haaren in das Haus hineinzog, hat Herr Hennicke sich abgewandt und ist zu Roß und Hund in seinen Stall gegangen.

– – Zwischen den Buben, oder lieber noch abseits von ihnen, ist mitunter auch ein Dirnlein umhergesprungen, dem ältesten von diesen im Alter etwa um ein halbes Jahr voraus, von schlankem, kräftigem Wuchs, mit schwarzem Kraushaar, darunter ein Paar milde blaue Augen. Sie hat nicht auf den Hof gehört, sondern mit ihrer Großmutter, der Witwe des früheren Försters, in dem Unterbau des Eekenhofs gewohnt; aber Herr Hennicke hat einen Narren an dem Mädchen gehabt; er hat auch damals, als die Mutter ihr im Kindbett weggestorben war, sie selber aus der Taufe gehoben, was ihm von Frau Benedikte, mit der er kurz zuvor den Ring gewechselt hatte, nicht eben liebreich aufgenommen war; denn die Kleine war ein Jungfernkind, ja, die Bauern und Hörigen wußten es an den Fingern, daß sie dem Herrn noch näher als nur durch die Taufe angehöre; auch daß er statt seines hageren Ehekreuzes wohl gern die schöne Försterstochter heimgeführt hätte, wenn diese nur adeligen Standes oder zum mindesten adeligen Vermögens gewesen wäre. Vor Herrn Hennickes Ohren freilich wurde solch Gerede niemals laut; auch hätte es ihn weiter nicht gekümmert, als daß er etwa die Schwatzmäuler zu besserem Besinnen in den Block gelegt hätte. Mitunter, wenn ihn seine schwarzen Stunden plagten, konnte es geschehen, daß er plötzlich zu Pferde stieg und nach dem alten Haus hinüberjagte. »Heilwig! Heilwig!« rief er schon von weitem, wenn er die Kleine am Ringgraben oder auf der Schwelle des Tores spielen sah. Sie erschrak dann wohl und lief ins Haus; aber es half ihr nicht; mit dem Kinde vor sich auf dem Sattel kam er nach Frau Benediktes Hof zurück und hieß demselben für die Nacht die Kammer an der seinen rüsten.

Freilich die kleine Heilwig selber hatte keine Lust davon; Frau Benedikte gab ihr weder Blick noch Wort, und bei den Mahlzeiten, bei denen sie auf ihres Paten Geheiß an dessen Seite sitzen mußte, wurde ihr der Teller wie einem Hunde oder einer Katze zugeschoben. War Herr Hennicke kurz zuvor in der Stadt gewesen, so hatte er wohl einen Chinaapfel oder eine andere Leckerei auf ihren Platz gelegt; aber sie rührte sie nicht an, denn die beiden Füchse sahen mit so gierigen Augen darauf hin, daß sie den Bissen nicht einmal zu teilen wagte. Am meisten vielleicht fürchtete sie die ihr unverständliche, gewaltsame Zärtlichkeit des finsteren Mannes selber. Nicht selten, wenn morgens sie in ihrem Bett erwachte, sah sie die schwarzen Augen ihres Paten über sich; er sagte nichts, er strich ihr stumm die Löckchen von der Stirn oder drückte ihr verschlafenes Köpfchen zwischen seine beiden rauhen Hände; mitunter riß er sie vom Kissen auf an seine Brust, daß sie mit ihren nackten Ärmchen gleich einem Opfer in des Mannes Armen hing. Wenn er dann wieder plötzlich von ihr abließ und schweigend, wie er gekommen, zur Kammertür hinausgeschritten war, so lag sie auf ihr Kissen hingesunken und wagte sich nicht zu rühren, bis unten auf dem steinernen Hausgang sein harter Tritt verschollen war.

War sie dann aufgestanden und hatte unter Frau Benediktes Augen ihr Frühstücksbrot verzehrt, dann lief sie gern ins Freie, um der Liebe des einen und dem Haß der anderen zu entkommen; sei es in den Garten hinterm Hause, wo freilich außer den Bohnen- und den Wurzelbeeten nicht viel Liebliches zu sehen war, oder über den weiten Hof auf die Heerstraße, um dort von einem Walle oder einem großen Steine aus sehnsüchtig nach der Richtung des hinter dem Walde belegenen Eekenhofes hinzuschauen. Aber die untersetzten Buben rannten ihr, wo sie nur konnten, nach und plagten sie auf alle Weise; sie hießen sie den »Kuckuck«, weil sie ihnen das beste Futter nehme, und brachten sie, trotz tapferer Gegenwehr, oftmals in bittere Tränen. »Ich will zu meiner Großmutter!« rief sie dann wohl in ihrer Not; sie hätte das auch sonst wohl gerufen; aber wenn ihres Paten Augen auf ihr lagen, dann waren ihr die Lippen wie verschlossen.

Eines Nachmittages, da ein fremder Pferdezieher auf den Hof gekommen war, hatte Herr Hennicke ein kleines Nordlandspferdchen eingehandelt; als aber die beiden Füchse, welche ihn schon lange um ein solches Tier geplagt hatten, in lauten Jubel ausbrachen, erklärte er ihnen, daß sie dessen keine Ursach hätten: »den Pony habe er für Heilwig eingekauft; für solche Buben, wie sie beide, seien die Milchesel annoch die besten Rosse.« Bei diesen Worten hob er das zitternde Mädchen, das dabei gestanden, gleich einem Vogel auf den Rücken der kleinen Stute und führte diese behutsam auf dem Hof umher; die beiden Füchse aber rannten heulend in das Haus, um ihrer Mutter diese neue Unbill zu berichten.

Frau Benedikte schwieg; sie wagte, wo es das Mädchen galt, nicht gern gegen ihren Eheherrn zu reden; nur ihre Wangen wurden etwas bleicher und ihre bläulichen Lippen etwas blasser, als sie ohnedies schon waren.

Die kleine Heilwig aber, als Herr Hennicke zu den Arbeitern auf das Feld gegangen war, fürchtete sich, ins Haus zu gehen, obgleich die Dämmerung stieg und kalte Herbstluft wehte. Sie schlich sich frierend auf den Weg hinaus; bald schritt sie mutig fürbaß und wollte drüben durch den dunklen Wald zur Großmutter nach dem Eekenhof zurück, bald stand sie ratlos still und wickelte sich ihr Schürzchen um die kalten Arme, bis sie am Ende, da eben überm Herrenhaus der Mond heraufstieg, von kindischer Furcht ergriffen, nach dem Hof zurücklief.

Kaum aber war sie durch das Torhaus auf den hellen Platz getreten, so sah sie plötzlich aus dem Schatten einer Scheune die beiden Buben auf sich zustürzen.

»Was wollt ihr!« rief sie erschreckt. »Was hab ich euch getan?«

Aber die Füchse packten sie bei den Armen und zerrten sie gegen den steilen Rand einer Wassergrube, aus welcher bei kalten Nächten das heimkehrende Vieh getränkt zu werden pflegte.

»Laßt mich!« schrie das Kind. »Ich will das dumme Pferd nicht haben; ich will nichts, gar nichts von euch und eurem Vater haben!«

Doch die beiden Füchse fuhren nur stumm und emsig in ihrer gemeinschaftlichen Arbeit fort, und schon blinkte von unten das Wasser in die entsetzten Kinderaugen, da plötzlich ließen sie mit jammerndem Geschrei von ihrer Beute ab. Herr Hennicke, vom Felde heimkehrend, einen derben Stock in seiner Faust, stand über ihnen. Aber auch Frau Benedikte war alsbald zur Stelle und frug, was denn die Kinder abermals verbrochen hätten.

Da schrie der Älteste, durch der Mutter Gegenwart ermutigt: »Der Kuckuck! Wir wollten nur den Kuckuck aus dem Neste schmeißen!«

Frau Benedikte stieß ein Lachen aus. »Die da?« rief sie. »Nicht wahr, Herr Hennicke, das ist kein Kuckuck? Ihr kraus Gefieder stammt von einem anderen Vogel; auch gäbest du gar gern wohl Weib und Kind, wenn du der Dirne Augen noch in einem andern Kopf erschauen könntest!« Sie streckte ihre hageren Finger nach dem Kinde, daß dieses sich erschrocken an ihres finsteren Paten Seite drängte.

Dieser aber hob die Kleine auf seinen Arm und wischte mit ihrem Schürzchen ihr die Tränen aus den Augen. »Wenn du das alles weißt, Frau Benedikte«, sprach er, »dann weißt du auch, weshalb der Vogel hier ins Nest gehört.«

Die Frau wollte ein hastig Wort erwidern; aber sie biß sich nur auf ihre bleichen Lippen, denn die Zornader lag dick auf ihres Mannes Stirn. So gingen die beiden schweigend mit einem Blick des Hasses auseinander: er mit dem schwarzen heimatlosen Vogel, sie mit den beiden roten Buben, die sich an ihre Röcke hingen.

Nach diesem, als die untersetzten Junker in die Länge schossen, ist ein armer candidatus reverendi ministerii als Informator in das Haus gekommen; denn da Herr Hennicke ihm die Nachfolge in den Dienst des greisen Pastors zu Eekenhof in Aussicht stellte, so ist er um ein Billiges zu haben gewesen. Aber noch in späten Jahren, da er selber als emeritus in der müßigen Geschwätzigkeit des Alters hier umher wanderte, hat er des kein Ende finden können, was diese Schüler ihm für Not geschaffen haben. Hatte er sie eben zur Arbeit an ihre Lektionen fortgeschickt, so fand er sie statt dessen draußen auf dem Hofe oder in der nahen Sandgrube heftig an einem unnützen Werke arbeitend; kam er dann auch noch so hurtig mit der Haselgerte, so saßen sie zu seinem unaussprechlichen Erstaunen rittlings auf dem Scheunendach und machten, gleich Eulenspiegel, unehrerbietige Gebärden.

In einem jetzt noch in dem Kirchenarchiv des Eekenhofer Pastorats vorhandenen Exemplare von Henrici Müllers »Liebeskuß« sieht man auf dem Titelbilde neben den pausbäckigen Engeln eine Anzahl kleiner ungefüger Säue mit Rötel hingezeichnet, und dazu in kleinen steilen Zügen die vergilbte Randschrift: »Von den Herrn Junkern Henno und Benno more solito hinzugefüget.«

Aber auch seine Freuden hat der Kandidat gehabt; denn wöchentlich an zweien Nachmittagen ist er auf Herrn Hennickes Anordnung nach dem Eekenhof hinübergewandert, um auch an Heilwig Lektionen zu erteilen. Wenn er hier in seinem abgeschabten Mäntelchen aus dem Eichenschatten dem Hause zugeschritten ist, dann hat er, vergnüglich seine Hände reibend, vor sich hingerufen: »O arboretum recreationis! Lustwäldlein, drin Erquickung weht!« Von der Treppe des Hauses ist ihm dann wohl ein Mädchen mit einem Büchlein in der Hand entgegengelaufen; sie hat sich rasch die schwarzen Löckchen fortgestrichen, die ihr beim Lesen in die Stirn gefallen waren, dann aber, bevor der Unterricht begann, dem guten Informator die Klettenbüschel und etwa auch den Fuchsschwanz von wildem Sauerampfer abgenommen, was alles seine männlichen Scholaren ihm zum Abschied auf den Weg gegeben hatten.

Der Kandidat sollte noch einen vierten Schüler erhalten.

Von dem Junker Detlev, seit ihn als Kind die Base in die Stadt genommen hatte, war in seiner Heimat weder etwas gesehen noch gehört worden; ja, in Frau Benediktes Hause wußten die beiden Füchse kaum, daß noch ein älterer Bruder da sei. Jetzt aber wurde ihnen solches, und dazu noch, daß dieser nächstens auf dem Hofe eintreffen werde, mit einem Mal verkündet. Denn die freigebige Base in der Stadt war trotz ihrer Munterkeit von einem jähen Tode angesprochen worden, und da sich keine zweite fand, so war es, nach einem diesmal von Frau Benedikte und Herrn Hennicke gleichmäßig gelösten Rechenexempel, das Geratenste, den Buben heimzurufen und gleichfalls in des doch einmal vorhandenen Kandidaten Information zu geben.

– – Und eines Nachmittages im September, da auf Eekenhof die hohen Bäume im warmen Sonnengolde standen, ist von der Heerstraße ein blonder Knabe darauf zugewandert. Man hat ihn auf zwölf Jahre schätzen können; einen Schulranzen hat er auf dem Rücken und einen dicken Stab in seiner Hand gehabt. Als er auf die jetzt immer herabgelassene Zugbrücke getreten ist, hat er fester seinen Stab gefaßt, wie um den großen Hunden zu begegnen, welche derzeit aus den Herrensitzen mit Gebell den Ankommenden entgegen zu stürzen pflegten. Aber es ist dergleichen nichts geschehen; nur ein schwarzhaariges Dirnlein hat mit den Armen über das Brückengeländer gehangen und von einem Stücklein Brotes für die Fische drunten abgebröckelt.

»Wer bist du?« frug der Knabe, als sie jetzt den Kopf zu ihm herumwandte. »Wohnst du hier?«

»Das Haus steht leer«, sagte das Mädchen; »ich und meine Großmutter wohnen allein darin; wir halten auch die Uhr in Ordnung. Hörst du? Da schlägt es eben vier.«

Als die Uhr vom Hause ausgeschlagen hatte, frug der Knabe wieder: »Wer ist denn deine Großmutter?«

– »Mein Großvater war der Förster hier im Walde.«

»So?« sagte der Knabe. »Ich kenne euch nicht; aber ihr dürft hier schon noch wohnen bleiben, denn ich brauche das Haus noch lange nicht!«

Die Kleine hatte sich gerade vor ihm hingestellt. »Du!« rief sie. »Da werden wir dich wenig fragen; das Haus gehört Herrn Hennicke, der drüben hinter dem Walde wohnt.«

Aber der Bube ließ sich das nicht anfechten. »Herr Hennicke ist mein Vater«, sagte er; »aber das Haus ist mein, denn es ist meiner Mutter Haus gewesen.«

Als er so redete, ist von dem Hause her eine ältliche Frau zu ihnen getreten, deren Antlitz von verwundenem Leide zeugte, und auch davon, daß sie fremdem Willen sich zu beugen hatte lernen müssen. Eine Weile ließ sie ihre Augen auf dem Knaben ruhen; dann sprach sie: »Siehst du es denn nicht, Heilwig? Das ist der Junker Detlev! Ich kenne ihn nach seiner Mutter Angesicht; und alle Armen und Bedrückten werden ihn auch daran erkennen.«

Sie hatte dem Knaben ihre Hand gereicht, Heilwig aber sah ihn groß aus ihren blauen Augen an. »O Junker Detlev«, rief sie, »du siehst ganz anders aus als deine Brüder!«

»Ich kenne meine Brüder nicht«, sagte der Junker; »ich kenne euch hier alle nicht! Wenn meine gute Base nur noch lebte, so wäre ich erst gekommen, wenn ich mündig war; der Herzog hat mir auch versprochen, daß ich auf seiner neuen Universität studieren soll!«

»Aber«, sagte die Förstersfrau, »hat denn Herr Hennicke Euch kein Roß zum Reiten in die Stadt geschickt?«

»Ich gehe lieber«, entgegnete er kurz, »als daß ich auf Frau Benediktes Pferden reite!«

– »Und wißt Ihr denn auch, daß Ihr an der jetzigen Wohnung Eures Vaters vorbei gewandert seid?«

Der Knabe nickte. »Das weiß ich wohl; ich will erst meiner Mutter Bildnis sehen, bevor ich nach dem fremden Hause komme!«

»Mit Gott, Junker Detlev!« sprach die Alte, indem sie einen Schlüssel von ihrem Gürtel löste; »Heilwig mag Euch die Sommerstube aufschließen, indessen ich Euch einen Imbiß unter Eurer Mutter Dach besorge!«

Das war der Junker wohl zufrieden; und während dann die Alte in der düsteren Küche zu hantieren anfing, stiegen die Kinder miteinander in das Oberhaus hinauf.

– – Als spät mit Dunkelwerden der Junker Detlev auf Frau Benediktes Hof kam, haben die beiden Füchse schon am Tor auf ihn gelauert und ihn mit Lärmen in das Haus gezogen; er sollte ihnen gegen den dummen Informator beistehen und ihnen den Kuckuck aus dem Neste schmeißen helfen! Frau Benedikte, da er bei seiner Abendschüssel gesessen, hat das feine Tuch seines Wamses mit ihren mageren Fingern ausgeprüft und ihm gesagt, das passe hier nicht auf dem Lande; auch werde sie schon morgen ihm die blonden Locken stutzen. Herr Hennicke aber ist auswärts bei einem Nachbar zum Gelag gewesen.

Gleichwie indes der Junker Detlev sich Frau Benediktes Schere zu erwehren verstand, so wurden auch die Hoffnungen der beiden Füchse nicht erfüllt. Sie wußten freilich nicht, daß Detlev mit dem »Kuckuck« vor seiner Mutter Bild gestanden hatte, und konnten deshalb nicht begreifen, warum er nicht ihre Kameradschaft der des dummen Mädchens vorzog, ja gleich dieser und zu des verhaßten Informators Freude emsig bei den Büchern saß.

Herr Hennicke selber ist seinem ältesten Sohne meistens aus dem Weg gegangen und hat weder in Schimpf noch Ernst zu ihm geredet. Nur wenn der Junker sich bisweilen seines mütterlichen Erbes annahm, sei es, daß er für einen armen Hörigen Fürspruch tat, oder daß er den sichtlichen Verfall des alten Hauses aufzuhalten wünschte, dann hat Herr Hennicke ihn drohend angeschaut und ihn mit hartem Wort zurückgewiesen; doch noch niemals, was die beiden Füchse sich mit Neid erzählten, hatte er eine Hand zum Schlage gegen ihn erhoben.

Auf dem Eekenhofe ist der Junker oft gesehen worden. An Winterabenden saßen er und Heilwig vor dem Ofenfeuer, und die spinnende Förstersfrau erzählte ihnen die Geschichten von den Bildern droben, soweit sie selber davon wußte. Im Sommer, zumal wenn draußen gar zu dumpfe Schwüle lagerte, gingen sie auch wohl nach dem kühlen Saal hinauf. Als einst die Schritte des Knaben gar zu hallend in dem stillen Raume tönten, legte Hedwig die Hand auf seinen Arm: »Du! du mußt leise gehen!«

– »Leise? Warum denn leise?«

»Ja, deine Mutter ist doch tot; und auch die andern, die hier abgebildet sind!«

Da tat er, wie sie sagte; und flüsternd gingen sie von einem

Bild zum andern, bis vor dem Bilde von Detlevs Mutter ihr Gespräch verstummte.

An andern Tagen strichen sie miteinander durch den nahen Wald, und wenn der Durst sie überfiel, liefen sie zu einem Kätner, dessen kleines Heimwesen dicht am Waldesrand gelegen war. »Forthmann«, sagte dann wohl der Knabe, wenn er das Krüglein Milch aus dessen Hand an Heilwig reichte, »warte nur, du sollst zu deiner einen Kuh noch einmal zwei dazubekommen!« Und der arme Hörige antwortete: »Ja, ja, Herr Junker, Euer Großvater ist auch ein guter Mann gewesen.«

Mitunter redeten die Kinder gar ernsthaft miteinander; und einmal, da sie in einsamer Waldlichtung im Grase beisammen saßen, sagte Detlev: »Erzähl mir doch einmal von deinem Vater. Heilwig! Ist er denn niemals hier gewesen?«

Heilwig schüttelte den Kopf. »Ich weiß nicht«, sagte sie, »Großmutter spricht nicht gern von ihm; ich glaube, Detlev, er ist kein guter Mann gewesen; denn er hat meine Mutter verlassen, bevor ich noch geboren wurde, und sie ist dann darum gestorben.«

Der Knabe wurde nachdenklich; dann aber ergriff er die kleine Hand des Mädchens und flüsterte ihr zu: »Sag es zu keinem Menschen, Heilwig, auch nicht zum Informator; aber ich glaube, mein Vater ist auch kein guter Mann!«

Heilwig rührte sich nicht; und so saßen die Kinder in ihrer Einsamkeit noch lange schweigend Hand in Hand.

Ein paar Jahre waren dahingegangen; aber je höher die gegenseitige Anhänglichkeit der Kinder gestiegen war, desto tiefer hatte sich in Herrn Hennickes Brust der Groll gegen den Junker Detlev eingegraben, bei welchem jetzt allein sein Liebling vor der anderen Unbill Hülfe suchte. Und wenn er grübelnd den beiden Kindern nachschaute, so vermochte, trotz der Furcht vor dem Jähzorn ihres Eheherrn, Frau Benedikte sich kleiner Stachelreden nicht mehr völlig zu enthalten. »Was läufst du allzeit hinter dem flüggen Vogel!« sprach sie dann wohl, und es blitzte vergnüglich in ihren kleinen Augen; »sie hat doch den blonden Jungen lieber, so schwarz sie selber ist!« Oder ein andermal: »Es wird nicht anders, Hennicke; noch ein paar Jahre, so mußt du dir den Pastor suchen gehen, der das süße Pärchen trauen darf!«

Und eines Nachmittags nach solcher Aufreizung ist Herr Hennicke nach Eekenhof gekommen, wo in einer Waldkoppel die Leute im Heuen arbeiteten. Er ging aber nicht dahin, sondern trat in die Kammer der Förstersfrau, die hinter ihrem Rade saß.

»Wo ist Heilwig?« frug er.

»Sie ist um Erdbeeren mit dem Junker Detlev in den Wald gegangen.«

»Ihr solltet sie besser an Euch halten!« sprach er barsch.

Die Frau seufzte, und Herr Hennicke ging hinaus. Als er danach grollend und unschlüssig draußen über dem Hecktor des Waldes lehnte, vernahm er vor sich aus der Ferne das Lachen zweier junger Stimmen. Da rief er: »Heilwig! Detlev!« Aber es antwortete niemand; es wurde völlig still nach seinem Rufen. Dann, da er mit allen Sinnen horchte, kam auf seinen wiederholten Ruf noch einmal ein Geräusch; aber es war nur, wie wenn von Forteilenden die Büsche knickten.

Zornig ging er auf dem Waldwege fort, bis die Holzkoppel ihm zur Seite lag, wo unter dem Vogte die Leute in der Arbeit waren. Da hielt er an. »Vogt!« rief er, »hast du den Junker Detlev und die Heilwig hier gesehen?«

»Wohl, Herr!« Und er wies mit seinem Knüttel ein Stückchen aufwärts an den Waldesrand. »Sie sind dort nach des Forthmann Hause zu gelaufen. Soll ich sie holen, Herr?«

Herr Hennicke warf einen raschen Blick über die Schar der Arbeiter. »Wo ist der Forthmann?« frug er.

»Der ist erst morgen an der Reihe.«

Herr Hennicke hieß den Vogt zur Stelle bleiben; er selber aber schritt hastig über die Felder, bis er des Kätners Haus erreicht hatte. »Wo sind der Junker Detlev und die Heilwig?« frug er diesen, der eben einen Eimer Wassers aus seinem Brunnen aufgezogen hatte.

Der aber, als er das zornrote Antlitz seines Herrn erblickte, fürchtete, daß den Kindern ein Leids geschehen werde, und antwortete stockend: »Ich weiß nicht, Herr; sie sind nicht hier gewesen.«

»Du lügst, Forthmann!« rief Herr Hennicke.

»Nein, nein, Herr; ich weiß nichts von dem Junker!«

Herr Hennicke hieß den Mann ins Haus gehen und dort auf ihn warten. Er selber suchte draußen nach den Kindern; er stieß einen Haufen Reisig auseinander; er riß die Pforte des kleinen Innenhofes auf; aber er fand sie nicht. Endlich an einem Dornbusch sah er Heilwigs rotes Tüchlein flattern.

Als er damit in die Tür des Hauses trat, stand der Kätner an einem hellen Feuer, das im Hintergrund der Lehmdiele unter dem Kesselhaken lohte. Er rief ihn zu sich und zeigte ihm das Tüchlein. »Weißt du, Forthmann«, frug er, »wie mein Großvater seine freveligen Bauern strafte?«

Der Mann starrte ihn nur angstvoll an.

»Geh«, rief er, »und hol den Eimer Wasser, den du vorhin aus dem Brunnen zogst!«

Und als der Bauer mit dem vollen Eimer wieder in die Hütte trat, nahm Herr Hennicke ihm denselben aus der Hand und goß das Wasser in die Herdflamme, daß sie prasselnd in weißem Dampf erlosch.

Eine Weile blieb er stehen, bis die staubende Asche sich verflogen hatte; dann sprach er: »Dein Feuer ist tot; und wehe denen, die vor Wochenschluß es wieder anzuzünden wagen; sie sollte schwere Buße dafür treffen!«

Er wandte sich zum Gehen.

Da bekam der Hörige die Sprache wieder. »Herr, mein Weib ist krank; die Woche hat ja erst begonnen!«

Aber Herr Hennicke ging, während der Kätner wie in Betäubung beide Arme nach dem Fortschreitenden ausstreckte.

– – Am andern Morgen in der Frühe ritt Herr Hennicke wieder nach dem Eekenhof; er ritt durch das Hecktor in das Holz hinein. Als er an die Koppel kam, stand am Rande derselben der Vogt mit einer Peitsche in der Hand; denn er paßte auf einen Säumigen, dem er den Willkomm geben wollte.

»Gib's ihm doppelt auf den Mittag!« rief Herr Hennicke. »Jetzt komm mit mir; wir wollen nach dem kalten Herde sehen!« Und er erzählte, was gestern in des Kätners Forthmann Haus geschehen war.

»Herr«, sagte der Vogt, »es wird sich niemand dort die Faust verbrennen wollen!«

Herr Hennicke nickte. »Sie sollen aber wissen, daß sie nimmer sicher sind.« Er gab seinem schwarzen Gaul die Sporen, und der Vogt trabte nebenher.

Weiter oben am Rande des Gehölzes lag die Kate in der Morgensonne; nichts Lebendes war zu sehen als eine Katze, welche auf der Schwelle schlief.

»Ist Forthmann in der Arbeit?« frug Herr Hennicke seinen Vogt.

»Ja, Herr.«

»Und das Weib?«

»Sie kann nicht; sie liegt schon wieder mal an ihrem schweren Schaden.«

Plötzlich riß Herr Hennicke sein Roß zurück. »Was ist das, Vogt?« rief er und wies nach dem zerfallenen Strohdach, aus dessen First es bläulich in die Luft stieg.

»Das, Herr«, erwiderte der Mann und deckte sich die Augen vor den schrägen Sonnenstrahlen, »das ist Rauch, und wenn's nicht auf dem Boden brennt, so ist auch Feuer auf dem Herd.«

Herr Hennicke war rasch vom Gaul herunter. Als er die Lehmdiele der Hütte betrat, sah er wie gestern ein helles Feuer unter einem Topfe lodern. Auf der einen Seite des Herdes stand die kleine Tochter des Kätners in ihrem Lumpenkleidchen, auf der andern stand der Junker Detlev, der leuchtenden Auges in die Flammen blickte und dem Feuer eben eine frische Hand voll Reisig zuschob.

Erst als die Dirne einen Schrei ausstieß, sah er seinen Vater vor sich stehen. Er erschrak heftig; als aber dieser mit bebender Stimme frug: »Hast du dich unterstanden, dieses Feuer anzuzünden?« sprach er: »Ja, Herr Vater; aber das Weib des Kätners liegt in schwerem Siechtum und kann der warmen Speise nicht entraten.«

Herr Hennicke wies auf einen Eimer mit Wasser, der neben dem Herde stand. »Nimm!« sagte er, »und gieß das Feuer aus!«

Aber der Junker rührte sich nicht.

»Nimm! » schrie Herr Hennicke. »Oder glaubst du, daß du schon Herr auf diesem Boden bist?«

Da sprach der Junker: »Nein, Herr Vater; wohl bin ich hier der Herr, aber ich weiß auch, daß die Gewalt annoch in Eueren Händen liegt. Wenn sie einmal in meinen ist, so sollen's meiner Mutter Leute besser haben!«

Bei diesen Worten ist der Grimm des Mannes losgebrochen. »Gib ihm die Peitsche!« schrie er dem Vogte zu, der eben eingetreten war. »Gib ihm die Peitsche!« Als aber der Vogt vor solcher Anmutung zurückgewichen ist, hat er den Stock aus dessen Hand gerissen und den Junker in das Angesicht geschlagen, daß das Blut hervorgeschossen ist.

Keinen Laut hat dieser ausgestoßen; er ist ruhig stehen geblieben, bis sein Vater fortgeritten war. Aber nach Hause ist er nicht gekommen und auch später in dieser Gegend nicht mehr gesehen worden; nur auf dem Eekenhofe soll er desselbigen Abends noch gewesen sein.

Der Sommer ist dahingegangen, ohne daß Heilwig nach Frau Benediktes Hof gekommen wäre; als aber Herr Hennicke eines Morgens nach Eekenhof geritten kam, ist sie schreiend vor ihm davongelaufen. Danach hätten die beiden Füchse am liebsten selbst den Kuckuck in ihr Nest geholt, denn es ist böse Zeit für sie gekommen. Und immer seltsamer ist Herr Hennicke in seinem Zorn geworden, daß seine Nachbarn sprachen, der schwarze Henne gehe nun die Straße nach dem Narrenhaus; aber es ist nur seine eigenwillige und trotzige Seele gewesen, die den Geboten Gottes sich nicht hat fügen wollen.

Im Herbst desselben Jahres ist es gewesen, daß der Stier eines Bauern stößig wurde und Herrn Hennickes Lieblingshunde die Därme aus dem Leib gerissen hat, so daß das Tier daran verrecken mußte. Als ihm solches kund geworden, hat er zuerst dem Bauern an Leib und Leben wollen; dann aber ist er anderen Sinnes geworden; er hat den Bullen greifen lassen und ihn zum Hungertod verurteilt.

Vom Hofe aus führte eine Tür zu einem Gefängnis, für welches man in dem Unterbaue eines Treppentürmchens Platz gefunden hatte; statt der Strolche und Vaganten, denen sonst darin Quartier gegeben wurde, war jetzt der Stier dort in der leeren Zelle angekettet, zu der Herr Hennicke den Schlüssel in seiner eignen Tasche trug.

Als es aber in die zweite Nacht gekommen war, ist ein solches Toben von der hungernden Kreatur gewesen, daß im Hause niemand den Schlaf hat finden können als etwa die beiden Junker Henno und Benno, die sich nur schnarchend umgeworfen, wenn das Stampfen und Gebrüll zu dröhnend durch die Mauern fuhr. Frau Benedikte selbst in all ihrer Hagerkeit hat aufrecht in den Kissen wach gesessen; mit jedem Notruf des gefangenen Tieres hat sie mehr Grimm und Ungeduld hinabgeschluckt; dann aber ist sie jählings nach ihres Eheherrn Bette zugesprungen, und da sie in der mondhellen Kammer sah, daß auch Herr Hennicke mit aufgestütztem Arm und offenen Augen dalag, so hat sie alles nun mit einem Male wider ihn gespieen und verlangt, daß er den Bullen von der Kette löse. Er aber hat sich nicht gerührt und nur gesagt, sie solle ihre Kehle sparen, so werde sie es leichtlich noch dem Bullen abgewinnen.

Frau Benedikte hat nun nichts weiter richten können; als aber am Morgen der Bauer, dem der Stier zu eigen war, sie gar um Fürwort bei dem Herrn angegangen, da hat sie ihn voll Zornes angeschrien, er möge damit nach dem Eekenhof zur Bastarddirne laufen.

– – Am selben Nachmittage, als Herr Hennicke in der Gewehrkammer verdrossen seine Hakenbüchse putzte, trat zögernden Schrittes Heilwig zu ihm ein. Als er sie erblickte, schien sein schwarzes Auge licht zu werden; er streckte ihr die freie Hand entgegen, als wolle er nach einem Glücke greifen. Da sie dennoch scheu und schweigend an der Schwelle blieb, sprach er: »Weshalb kommst du nicht näher, Heilwig, da du doch gekommen bist?«

Da trat sie näher zu ihm hin. »Herr Pate«, sprach sie, doch so leise, daß er sein Ohr zu ihrem Munde neigen mußte: »Ich komme, ich wollte Euch um etwas bitten!«

Wie eine Freudenbotschaft hat das Wort dem finsteren Manne geklungen; er warf sein Jagdgewehr beiseite und ergriff die beiden Hände des Mädchens. »Bitte nur, Heilwig!« sagte er, sie heftig schüttelnd; »du hast mich nie gebeten, nun mach's gleich so, daß ich es fühlen kann!«

Doch als sie darauf sprach: »Herr Pate, so lasset doch den armen Stier am Leben!«, da fuhr er auf und schrie: »Wer hat dich hergeschickt? Du redest mit Frau Benediktes Zunge!« Dann wieder, da das Kind ob seiner Heftigkeit in Tränen ausbrach, hat er sie plötzlich auf den Arm gehoben und ist mit ihr die Treppe nach dem Hof hinabgestürmt. Erst vor der Zelle, aus der das dröhnende Gebrüll hervorbrach, ließ er sie zur Erde. Als aber die Bohlentür geöffnet war und Heilwig, von den blutroten Augen des rasenden Tiers erschreckt, entfliehen wollte, hielt er sie fest und hieß einem Hofjungen ein Bündel Heu herbeiholen, so groß er es mit beiden Armen fassen könne. »Nun, Heilwig«, rief Herr Hennicke, als jetzt der Stier den duftigen Haufen stampfend und schnaubend mit dem rauchenden Maul durchwühlte; »da hast du deinen Willen, nun aber sollst du für dich selber bitten!«

Das jetzt zwölfjährige Mädchen, das nur mit Widerstreben festgehalten wurde, zuckte bei diesem Wort erschreckt zusammen; dann aber hob sie sich auf den Zehen zu dem großen Mann empor, und ihre blauen Augen glänzten plötzlich, nicht wie eines Kindes, sondern wie die Augen eines Weibes.

»Sprich!« sagte er erwartungsvoll.

Da sprach sie, aber es klang fast mehr wie zornig als wie bittend: »Herr Pate, so sollet Ihr den Junker Detlev wiederkommen lassen!«

Herr Hennicke zuckte jäher noch zusammen als vorhin Heilwig; er antwortete nicht, er ließ nur die Hand des Mädchens fahren. Und so standen beide wortlos nebeneinander, bis das erneuete Gebrüll des Tieres kundgab, daß auch das vorgeworfene Futter seinen Hunger noch nicht gestillt habe.

– – Als es Winter wurde, kam eine Rede über den Junker Detlev, er sei von Lübeck aus mit einem Spanienfahrer als Schiffsjunge in die weite Welt gegangen; zugleich erhob sich das Gerücht, im Rittersaale auf Eekenhof steige wiederum das Bild aus seinem Rahmen, in hellen Nächten zeige sich die tote Frau am Fenster und schaue aus nach dem Verstoßenen.

Als das zu Herrn Hennickes Ohren drang, ergrimmte er heftig und verschwor sich, er wolle dem verfluchten Spuk ein Ende machen. Mit blankem Jagdmesser, so heißt es, habe er vor dem

Bilde gestanden, um es zu zerstören; aber die stillen Augen hätten ihn angeschaut, daß sein zum Stoße schon erhobener Arm herabgesunken sei.

Nach diesem ist der Saal von keinem mehr betreten worden; wie einst der Letzte des Geschlechts es ausgesprochen hatte, die Bilder der Abgeschiedenen sind jetzt alle wie in einer Gruft beisammen gewesen. Nur wenn in Mondnächten sich die weite Himmelsferne öffnete, zumal wenn im Äquinoktium die Stürme tobten, soll jene nächtliche Erscheinung sich noch oftmals wiederholt haben.

Die beiden Bewohnerinnen von Eekenhof hatten nichts davon gesehen; nur einmal, da sie nachts in ihrer Schlafkammer, welche unter dem Saale lag, vom Sturm erwachten, haben sie über sich ein Rauschen wie von Frauengewändern hören können, und haben dann für den Junker Detlev und für die tote Frau ein still Gebet gesprochen.

Manches Jahr war dahingegangen; längst war der Informator in das statt Ehrensoldes ihm verheißene Pfarramt eingetreten; in dem Hause auf Eekenhof wohnte eine halb blinde Greisin mit einer frisch erblühten Jungfrau, deren wehendes Kraushaar jetzt in schweren Flechten gefesselt lag. Nur zum Kirchgange an Sonn- und Feiertagen oder wenn ihr Pate sie zu sich kommen hieß, und auch dann nur für kurze Stunden, verließ Heilwig die Großmutter und den einsamen Bezirk des Hofes. Doch wenn der Tag sich neigte, zumal im Frühjahr, wenn vom Norden her die Vogelschwärme zogen, schritt sie manchmal über die Landstraße nach einem jenseits gelegenen Heidehügel und spähte in die Ferne, bis das Abendgold verglommen war. Mitunter, am Sonntagabend, kam der junge Pastor die Straße herauf gewandert; dann lief sie ihm entgegen, und sie gingen Hand in Hand über die Brücke und nach dem Hause zu der blinden Großmutter.

Im Dorfe hieß es eine Zeitlang, der junge Pastor freie um das schwarze Mädchen auf Eekenhof. Allein sie irrten; er war es nicht, nach welchem das Mädchen in die Nacht hinaussah.

– – Drüben in der Stadt, in einer Maienwoche, war wieder einmal Landgericht gehalten worden; sechs königliche Trompeter und ein herzoglicher Heerpauker, durch die Straßen reitend, hatten es verkündigt; und von allen Seiten war man herbeigekommen, sei es, um alten Streit zu schlichten oder um neue Rechte zu begründen.

Auch Herr Hennicke war dort gewesen. Schon zuvor hatte er durch Zeugen dargetan, daß sein jetzt mündiger Sohn aus erster Ehe vor nunmehr fast zehn Jahren auf einem Lübischen Kauffahrer nach dem Mittelmeer das Land verlassen habe und daß von Schiff und Mannschaft später keine Kunde laut geworden sei; nun hatte er es so gut wie unter Brief und Siegel, daß der Junker Detlev als ein Verschollener durch Spruch des Landgerichts für tot erklärt und somit der Eekenhof des Vaters Erb und Eigen werde.

Aber noch ein anderes wollte Herr Hennicke in der Stadt betreiben. Etwas war doch auf Erden, woran seine Seele hing; nicht etwa seine anderen Söhne, die beiden Füchse, welche jetzt schon gleich dem Vogte zwischen den Leibeigenen die Peitsche führten; es war noch immer das Kind mit dem schwarzen Haar, gleich seinem, und mit jenen Augen, aus denen ein längst verblichenes Antlitz wider ihn zu klagen schien. War es auch zur schlanken Jungfer aufgewachsen, das alte Spiel war geblieben: noch immer floh sie ihren wilden Paten, und noch immer dürstete ihn nach einem trauten Wort aus ihrem Munde. Nun aber – und Herr Hennicke, der auf der Heimreise war, ließ bei dem Gedanken seinen Gaul in Sprüngen tanzen – nun sollte sie ihm bald nicht mehr entrinnen können! Frau Benediktes Zunge war in den letzten Jahren immer schärfer und spitziger geworden; das Schlüsselbund zu Kammer und Keller hielt sie so fest in ihren mageren Fingern, daß selbst Herr Hennicke es ihr nicht zu entreißen wagte; aber auch ihre Backenknochen traten spitz hervor, der Strom ihrer Rede wurde oft durch dumpfes Hüsteln unterbrochen, und es schien unvermeidlich, daß zum nächsten Frühjahr nur noch ein gespenstiger Nachhall ihres wirtschaftlichen Waltens auf Trepp' und Gängen das Gesinde schrecken werde. Herr Hennicke aber sah daraus das Kräutlein »Hoffnung« grünen; er wollte dann das Kind, das einzige, das ihm im Sinne lag, nach Recht und Ordnung zu dem seinen machen; mit ihr allein wollte er dann auf seinem neuen Eigen hausen, und später sollte sie seine Erbin sein; die beiden Füchse mochten sich auf ihrem mütterlichen Gute nähren. Schon jetzt hatte er wegen des erforderlichen Gnadenbriefes bei des Herzogs Kanzler vorgefragt und auch hierüber, wie er meinte, für den eintretenden Fall einen guten Zuspruch mitbekommen.

Auf halbem Wege war Herr Hennicke bei einem Nachbar zum zweiten Morgenimbiß eingekehrt. »Was bringst du, Henne?« frug ihn dieser; »dein schwarzes Antlitz leuchtet wie die gute Zeit!« und dabei schenkte er ihm von neuem in das weite Glas. Herr Hennicke trank; aber er war nicht der Mann, seine Gedanken beim Weine zu verraten. Er wollte freilich plaudern, aber anderswo.

Fröhlich nickend schwang er sich in den Sattel; und immer schneller ging der Ritt, vorüber an Frau Benediktes Haus, dann auf der Straße fort nach Eekenhof. Als er an die schmale Holzbrücke kam, scheute das Pferd und wollte nicht mehr vorwärts; aber der Reiter drückte ihm die scharfen Sporen in die Weichen, daß es mit donnerndem Hufschlag hinüberflog; oben aus den Eichenwipfeln fuhr krächzend eine Schar von schwarzen Krähen, die seit Junker Detlevs Fortgang dort Besitz genommen hatten.

Nur mit Mühe brachte Herr Hennicke sein Pferd zum Stehen; dann rief er: »Heilwig! Heilwig!« nach dem Hause zu. Und als sie kam und zögernd näher trat, ergriff er ihre Hand und zog das erschreckte Mädchen hart bis an die Hufen seines unruhig stampfenden Pferdes. Seine schwarzen Augen glänzten in dem von Wein und wilden Hoffnungen geröteten Antlitz, und während sie wie betäubt zu ihm emporsah, überschüttete er sie mit dunkeln und verworrenen Andeutungen seiner Zukunftsträume. »Geduld nur, Heilwig!« rief er. »Nicht mehr im Unterbau; da droben in den großen Stuben sollst du wohnen: die Toten kommen nicht wieder; aber die dummen Bilder sollen fort; ich will die begrabenen Augen nicht mehr um mich haben!« Dann plötzlich riß er das Pferd herum und jagte fort, so wie er eben erst gekommen war.

Eine Weile starrte ihm das schlanke Mädchen nach; dann floh sie ins Haus zurück und warf sich weinend zu den Füßen der halb blinden Greisin. Nur eines aus den wüsten Reden ihres Paten hatte sie herausgehört; ihr war, als habe er ihr Junker Detlevs Tod verkünden wollen.

Aber die Großmutter strich ihr die schwarzen Löckchen von der Stirn. »Sei ruhig, Heilwig«, sprach sie; »der Stieglitz hat noch nicht gesungen!«

Und als Heilwig meinte: »Großmutter, hier singen keine Vögel mehr; die schwarzen Krähen haben sie alle ja zerrissen«, da erhob die Greisin ihren Finger, als wolle sie oben nach dem Saale weisen: »Den einen nicht, Heilwig, den einen nicht: das ist kein Futter für die Krähen!«

Nicht lange danach, an einem Sonntagnachmittage, als eben Frau Benedikte ein selbstgebrautes Kräutertränklein zum Kühlen in das offene Fenster stellte, ist auf dem Hofe dort ein Reiter von einer Schecken abgestiegen. Er ist noch jung gewesen, aber in einer Tracht, wie man sie einige Jahre früher, da die Pariser Moden noch nicht die Herrschaft gewonnen hatten, in Hamburg oder Lübeck an den vornehmeren Kaufherren hatte sehen können, die aber auswärts in den deutschen Handelsplätzen auch derzeit noch im Schwange sein mochte. Der volle blonde Bart floß lang herab auf einen dunkeln, mit Marderpelz verbrämten Mantel, an welchem das Halstuch von weißem Leinen mit goldener Spange festgeheftet war; dagegen erschien unter dem breiten Rand des Hutes das Haupthaar so kurz geschoren, wie es nur immer Frau Benedikte einst dem kleinen Junker Detlev zugedacht haben mochte.

Als er sein Pferd einem herbeigerufenen Jungen übergeben hatte und nun die Freitreppe zum Hause hinaufschritt, wurden in einem Leibgurt unter seinem Mantel ein paar Pistolen sichtbar, deren Schlösser nach der neuesten Erfindung und außer dem von besonders kunstvoller Arbeit zu sein schienen.

In höflichen, aber knappen Worten frug er die auf dem Flur ihm entgegentretende Schloßfrau nach ihrem Eheherrn und wurde von dieser, während ihre Augen eine behende Musterung an ihm vollzogen, in das Oberhaus hinaufgewiesen.

Droben, in einem sonst nicht benutzten Zimmer, saß Herr Hennicke schon seit dem frühen Morgen rechnend und vergleichend über den alten Papieren von Eekenhof; in der einen Hand die Feder, in der anderen den großen seltsam geformten Doppelschlüssel, der dort alle Türen öffnete und schloß. Eben stützte er den Kopf, um von der ungewohnten Arbeit auszuruhen, und starrte mit heiterem Antlitz in den öden Raum, der außer ein paar wurmstichigen Archivschränken keine Ausstattung an den getünchten Wänden aufzuweisen hatte. In seinen Gedanken mochte er zwei Gräber vor sich sehen; auf dem schweren Leichenstein des einen eine hagere Frauengestalt mit fest geschlossenen Händen und darüber den Namen »Benedikte« eingemeißelt; das andere ohne Namen, fern überm Ozean, unfindbar von fremdem Kraut und Ranken überwuchert. Da pochte es an die Tür, und als er, auffahrend, das Willkommenswort gerufen hatte, trat der Fremde zu ihm ein.

Frau Benedikte war unten an dem Treppenaufgang stehen geblieben; aber sie mühte sich vergebens, zu erhorchen, was droben hinter der dicht verschlossenen Tür verhandelt wurde. Einmal freilich war ein Geräusch, als würde ein schwerer Stuhl erschüttert, wie wenn etwa die Lehne von unsicherer Hand umklammert würde. Danach aber vernahm sie nur den ruhigen Laut einer jungen Stimme, welcher die düstere ihres Eheherrn zu antworten schien. Schon war sie des vergeblichen Horchens müde, da wurde droben die Tür geöffnet, und sie hörte den jungen Kaufherrn, während er hinaustrat, sagen: »Prüfet nur, Ihr werdet alle Schriften und Sigille richtig finden; vor allem aber denket, wenn ich morgen wiederkehre, daß Ihr mit keinem Fremden unterhandeln sollt!«

Ein Hustenanfall, den sie vergebens zu ersticken suchte, trieb Frau Benedikte von ihrem Posten; der Reiter aber, der schon gegen die Treppe zugeschritten war, zu welcher der Hausherr ihn nicht geleitet hatte, ging jetzt rasch hinab und unten über den Hausflur nach dem Hof hinaus. Als ein Windhauch seinen Mantel blähte, waren darunter in dem Leibgurt die kostbaren Pistolen nicht mehr sichtbar; irgend etwas, sei es ein bestehendes Verhältnis oder ein einst Geschehenes, mochte ihn veranlaßt haben, dieselben bei seiner Verhandlung mit dem Gutsherrn abzulegen und auch später nebst gewissen Schriften dort zu lassen. Seine Gedanken wie sein Pfad führten ihn nach einem alten einsamen Hause; vielleicht auch, daß er nach den eben verlaufenen

Kriegszeiten die dort wohnenden Frauen zu erschrecken fürchtete, wenn er in Waffen zu ihnen einträte.

Herr Hennicke aber in seinem Archivzimmer sah noch mit stumpfen Blicken auf die zurückgelassenen Papiere, als sich von draußen die Stiege herauf Frau Benediktes Hüsteln hören ließ. Sie hatte vom Fenster aus dem Fremden nachgespäht, sie hatte ihn im Hofe sein scheckiges Roß besteigen und dann durch das Torhaus auf die Heerstraße hinausreiten sehen; aber des Mannes Antlitz und Gewandung war ihr unbekannt geblieben. Nun trat sie atemlos zu ihrem Eheherrn in die Stube. »Rechnest du noch immer um dein neues Erbgut?« frug sie scharf.

Er stieß ein Lachen aus. »Was willst du?« entgegnete er kurz.

»Du hattest Besuch«, sprach sie; »sag doch, wer war's denn?«

Herr Hennicke sah sie mit düsteren Augen an. »Geh«, sagte er, »ich brauch hier keine Weiberzungen.«

Aber sie forschte weiter: »War's etwa einer von den Lübischen Stadtjunkern, bei denen du in der Kreide stehst? Mach dir auf meine Gülten keine Rechnung!«

Herr Hennicke war aufgesprungen und tat einen dröhnenden Faustschlag auf den Tisch. »Ein Stadtjunker, Frau Benedikte? Beim Teufel, ich gäbe dich mitsamt deinem Hof darum, so es einer von dem Krämervolk gewesen wäre. Da lies!« rief er und schob ihr eines der Papiere zu. »Du sollst auch deine Freude haben!«

Und Frau Benedikte nahm es und durchwanderte Zeil um Zeile mit ihren nackten Augen; dann, als sie ausgelesen hatte, legte sie es auf den Tisch und sagte: »Du wirst ein Lump, Herr Hennicke, aber nicht der erste, der aus seines Weibes Hand gefüttert wurde.«

Einige Augenblicke war es totenstill im Zimmer. Als aber Frau Benedikte den Blick auf ihres Eheherrn Antlitz wandte, tat sie einen gellen Schrei und streckte jählings die Hände über ihren Kopf, als gälte es, sich vor Mord zu schützen. Und doch hatte Herr Hennicke kein Glied gerührt; ja, seine Arme hingen wie gelähmt an seinem Leibe; es waren nur die Augen, vor denen sich das Weib erschrocken hatte, worin es wie aus einem Abgrund aufgestiegen war.

»Was schreist du?« sagte er; aber es war, als wollten die Worte aus dem trockenen Halse nicht heraus. »Lies noch einmal, so wirst du sehen, daß die Schrift gefälscht ist! Ich habe den Betrüger fortgejagt; er wird sich hüten, zum zweiten Mal zu kommen.«

Frau Benedikte aber las nicht wieder; sie sah Herrn Hennicke mit ihren kleinen Augen an, als ob sie ihm bis auf den Grund der Seele bohren wolle; dann, ihr schweres Schlüsselbund vom Gürtel nestelnd, ging sie schweigend aus dem Zimmer.

Draußen lag noch derselbe Sommertag auf Wald und Wiesen; doch neigte sich die Sonne schon allmählich, und auf Eekenhof streckten sich die Schatten der beiden Treppengiebel schon bis auf die andere Uferseite des Ringgrabens; die mächtigen Eichen aber leuchteten noch bis zur Wurzel im warmen Sonnengold.

An einem Mauerringe des Hauses stand mit gesenktem Kopf die Schecke des blonden Reiters angebunden, und eben trat er selber aus der Tür und mit ihm die jungfräuliche Gestalt Heilwigs. Der Reiter löste sein Pferd von dem Ringe; dann, je zu einer Seite es am Zügel fassend, schritten beide mit dem ruhig folgenden Tiere über die Zugbrücke, um es in einer der jenseits stehenden Scheuern unterzubringen. Schweigend gingen die schönen jungen Menschen nebeneinander; aber das Antlitz des Mädchens war von Freude gerötet, und in ihren Augen war ein stiller Glanz; wie eine Braut nach dem erharrten Bräutigam blickte sie mitunter über den Bug des Pferdes nach dem Reiter hin.

Als sie dieses in dem verfallenen Gebäude untergebracht hatten und wieder in das Freie traten, lag ein schweres Sinnen auf der Stirn des jungen Reiters. »Nein, Heilwig«, sprach er zu dem Mädchen, das sorgend zu ihm aufblickte; »es ist nicht um meines Erbes willen; ich trag ernste Kunde für uns beide.«

Und da sie leicht zusammenbebte, setzte er hinzu: »Wir wollen nach unseren Kinderplätzen, Heilwig; erschrick nur nicht: meine Hand soll dich um so fester halten!«

Sie gingen um den Ringgraben, dem Hecktore des Waldes zu, und waren in dessen Schatten bald verschwunden.

– – Über eine Stunde ist dann wohl vergangen, und der Eekenhof hat wie verzaubert einsam dagelegen. Leise breiteten sich die Schatten aus und verbleichte das Licht des Himmels.

Und als im letzten Abendschein die beiden jugendlichen Gestalten aus dem Dunkel des Waldes wieder aufgetaucht, da ist das Mädchen mit den schwarzen Flechten blaß wie eine Lilie gewesen, und die blauen Augen haben weit offen und von Tränen voll gestanden. Mit gesenktem Haupte ging sie neben ihrem ernst blickenden Genossen. »Und ist es denn ganz, ganz gewißlich wahr?« frug sie leise.

Der junge Reiter hatte ihre Hand gefaßt, als ob er sie daran halten müsse. »Dem reichen Kaufherrn«, sprach er, »der unerkannt seines Vaters und Geschlechts Geschicken nachforschte, ist nichts verschwiegen worden.«

Stumm schritten sie über die Zugbrücke dem Hause zu; da sprach er wieder: »Es ist spät, und wir müssen den kargen Schlaf des Alters schonen; morgen, des bin ich sicher, wird da drinnen die alte Frau es uns bestätigen.«

Sie neigte ihr Haupt noch tiefer, und wie in Demut zog sie seine Hand an ihren Mund. »Mein Bruder!« sprach sie; es kam nur wie ein Hauch von ihren Lippen.

In der Kammer oben neben dem Rittersaal, an deren Wänden einst sein erster Schrei und seiner Mutter letzter Hauch erloschen war, hatte man zur Nacht dem Gast die Lagerstatt bereitet. Aber sie blieb unberührt; im offenen Fenster lehnte er und blickte über die Waldblöße hinaus, die sich unten jenseits des Ringgrabens ausdehnte. Es war eine jener lichtgrauen, schwülen Sommernächte; nichts rührte sich draußen, weder das Schleichen eines Nachttieres noch das Flattern eines Vogels; dann aber rauschte es plötzlich wie aufatmend durch die Wipfel, und hinter ihm im Hause war es, als ob unsichtbare Hände an allen Klinken rührten. Die Nachtkerze, welche man ihm mitgegeben hatte, flackerte und erlosch; zugleich sprang die Tür auf, welche durch eine Reihe anderer Kammern nach dem oberen Flur hinausführte. Er trat zurück und spähte in die leeren Räume nebenan; dann zog er die offene Tür ins Schloß und drehte wie unwillkürlich von innen den rostigen Schlüssel um.

Wieder sank die schwüle Stille auf Haus und Wald, und wieder lehnte er halb wach, halb träumend in dem offenen Fenster. Schon seit langem hatte es von der Glocke aus dem Giebel zwölf geschlagen: nun war nichts hörbar als oben von dem Uhrboden her das einförmige Klirren der Eisenräder und das Rucken der Ketten, an denen die Gewichte hingen. Da endlich scholl wieder ein dröhnender Glockenschlag in das Haus hinunter; der Junker wandte sich vom Fenster ab und lauschte. Es folgte kein weiterer Schlag, es hatte eins geschlagen. Aber nebenan im Rittersaale rauschte es wie von Frauenkleidern, und jetzt deutlich hörte er »Detlev! Detlev!« wie mit angsterstickter Stimme seinen Namen rufen.

Als er die Tür zum Saale aufriß, erblickte er bei dem Nachtschimmer, der durch die Fenster drang, eine weiße Frauengestalt, welche beide Arme ihm entgegenstreckte.

Einen Augenblick nur stutzte er; dann trat er rasch auf die Erscheinung zu. »Du, Heilwig!« rief er, als eine warme Hand die seine faßte. »Was ist dir? Was hat dich nachts hier nach dem öden Saal hinaufgetrieben?«

Sie blickte ängstlich um sich her. »Die Uhr schlug so fürchterlich; ich wollte zu dir; mir war, als droh dir Unheil hier im Hause!«

Er stützte sie sanft in seinen Armen. »Du träumst, Heilwig!« sagte er, »was sollte mir in meiner Mutter Haus geschehen?«

– »Ich weiß nicht, Detlev; aber laß mich bei dir bleiben; die Sommernacht geht ja bald herum.«

»Nicht nur die Sommernacht: bleib immer bei mir, Heilwig!«

– »Ja, immer, wenn du es willst.«

Sie führte ihn zu einem der alten Sessel, der noch wie einstens, da sie als Kinder ihn gemeinschaftlich dorthin getragen hatten, vor dem Bildnis seiner Mutter stand; er sollte nach seiner Reise jetzt der Ruhe pflegen. Als er ihr den Willen getan hatte, zog sie eine Fußbank darunter vor und setzte sich zu seinen Knien, den Kopf in seine beiden Hände legend. Und als er dann im Schlummer sanft zu atmen schien, sprach sie wie aus Träumen vor sich hin: »Mein Bruder! Mein lieber Bruder!«

Aber er hatte nicht geschlafen; er neigte sich zu ihr herab und flüsterte: »Mein traut Geschwister!«

Dann wieder hob sie den Kopf ein wenig aus des Bruders Hand. »Wie seltsam, Detlev«, sprach sie leise; »es ist doch dunkel; aber ich sehe deutlich deiner Mutter Bildnis: sie blickt uns freundlich an!«

»Ja, Heilwig; sehr freundlich.«

Und dann schwiegen sie. Sie wären fast entschlummert; da horchte Heilwig auf: »Was war das, Detlev?«

– »Ich hörte nichts.«

»Doch! Da ist es wieder; hörst du nicht? Da drinnen riß es an der Kammertür!«

Der Junker hatte sich aufgerichtet. »Die Tür ist verschlossen«, sagte er.

Es war wieder alles still geworden; sie hörten nichts mehr; es mochte nur der Wind gewesen sein. Heilwig legte wieder das Haupt in ihres Bruders Hände; dann schwiegen beide, ein plötzlicher Schlummer hatte sie befangen.

Aber die Nacht war noch nicht herum, und es schlief nicht alles in diesem Hause. Wäre sonst ein Ohr noch wach gewesen, es hätte draußen im Flur das leise Öffnen der Tür zur Winterstube vernehmen müssen; dann ebenso leise unsichere Schritte durch dieselbe bis zur Tür des Saales selbst.

Unhörbar tat sich diese auf, und wie vorsichtig gegen die Kammertür hinschreitend, näherte es sich den Schlafenden. Doch erreichte es dieselben nicht; ein dumpfer Schrei, wie aus der Brust eines entsetzten Tieres, durchbrach die Stille der Nacht.

Heilwig war jäh emporgefahren, als müsse sie mit ihrem Leibe den des Bruders decken; aber es war nicht mehr von nöten; sie sah nur noch eine taumelnde Gestalt mit beiden Armen um sich greifen und dann in schwerem Fall zu Boden stürzen. Zugleich erscholl ein Klirren, als würde eine Waffe über den Fußboden bis zu ihren Füßen fortgeschleudert.

Heilwig hielt mit beiden Armen des Junkers Hals umklammert. »Detlev! Detlev!« raunte sie ihm zu. Er aber antwortete nicht; er hatte sich gebückt, und seine Hand griff suchend auf dem Fußboden umher. Als er die Waffe erfaßt hatte, die unter ihrem Sessel lag, und seine Finger an dem Schlosse rührten, zuckte er zusammen, und es schüttelte ihn wie Fieberfrost. Zugleich aber sprang er auf, und, den Arm fest um sie legend, riß er Heilwig mit sich in die Kammer und weiter, nachdem er hastig aufgeschlossen, durch die Reihe der übrigen Kammern auf den Flur hinaus und hinab die Wendelstiege.

»Wer war das?« rief sie, als beide atemlos im Unterhause angekommen waren. »Der wollte dich töten, Detlev!«

»Ich weiß nicht; frag mich nicht, Heilwig; ich will jetzt nur eines wissen! – Aber meiner Mutter Erbe werde ich nimmermehr verlangen.«

Er zog das Mädchen wieder mit sich fort, bis in die Schlafkammer der Großmutter, bis an das Bett der schlummernden Greisin.

Sie hörten es nicht, wie draußen über der Zugbrücke eilige Schritte laut wurden, und sahen nicht die fliehende Gestalt, die jenseits derselben unter dem Schatten der Eichen in die Nacht verschwand.

Herr Hennicke hatte recht behalten; der blonde Reiter ist nicht wieder auf den Hof gekommen, so emsig auch Frau Benedikte nach ihm ausgesehen. Mit ersterem selber aber mußte Seltsames geschehen sein; denn als, wie hergebracht, die Hausmagd mit der Morgensuppe an sein Bette kam, lag dort ein eisgrauer Mann mit eingesunkenem Antlitz; als sie aber mit Geschrei von dannen stürzen wollte, war es die Stimme ihres Herrn, welche die Närrin erst zurückrief und sie dann samt ihrer Suppe zu allen Teufeln schickte.

Er hat aber wochenlang in der dumpfen Kammer fortgesessen, bis eines Morgens drüben aus dem Dorf zu Eekenhof das Turmgeläute hell herüberwehte, das man des dazwischen liegenden Waldes wegen nur selten hat vernehmen können. Da hat er aufgehorcht und den eben eintretenden Vogt gefragt, wer denn begraben würde. Als dieser ihm berichtet, es sei die alte Förstersfrau vom Eekenhof, hat er sich arg erbost, daß man ihm nichts davon vermeldet, dann aber plötzlich nur den Namen »Heilwig« ausgestoßen und befohlen, ihm sein Pferd zu satteln. Er ist jedoch nicht fortgeritten; der Hofjunge hat stundenlang das aufgezäumte Tier im Hofe umhergeführt, bis es endlich wieder abgesattelt werden mußte. Und ebenso erging es am anderen und am dritten Morgen.

Danach aber eines Tages sah der Kätner Forthmann, welcher eine blanke Kuh am Seile führte, eine greise Reitergestalt über die Zugbrücke nach dem Eekenhof hinaufjagen und dort am Hause von dem Pferde steigen.

Der Kätner schüttelte den Kopf; er konnte sich nicht denken, was der Mann dort suche, denn es wohnte niemand mehr darin; seine Grete war zu dreien Malen mit der Morgenmilch ans Haus gekommen; aber immer hatte sie vergebens an die ringsum verschlossenen Türen gepocht.

Auch jetzt ist nichts Lebendiges zu spüren gewesen; selbst die schwarzen Krähen mußten auf Atzung fortgeflogen sein.

Der Reiter aber hatte mit einem schweren Doppelschlüssel die Haupttüre aufgeschlossen. Vom Flur aus hat er die Räume des Unterbaus durchwandert; aber es ist nichts darin gewesen als nur das stumme Gerät, das einst den beiden Frauen zu ihrem einsamen Leben diente. Als er auf den Flur zurückgekehrt war, ist er vor der Treppe still gestanden, als müsse er auch hier die Stiegen noch hinauf; er hat aber nur den Fuß auf die unterste Stufe gesetzt und mit heiserer Stimme einen Namen in das Oberhaus hineingerufen. Als ihm von dorther nur ein dumpfer Hall zurückgekommen, hat er, wie von jäher Furcht befallen, das Haus verlassen und ist vom Hofe fortgeritten; aber immer langsamer ist das Pferd gegangen, und immer zusammengesunkener ist die darauf sitzende Gestalt erschienen.

Das alte Haus innerhalb des Ringgrabens lag wieder in seiner stillen Abgeschiedenheit; nur die Krähen, als es Abend wurde, kehrten zurück und lärmten eine Zeitlang, bevor sie sich zum Schlafe in die Eichenwipfel setzten.

Herrn Hennickes Wünsche hatten sich erfüllt: der Junker Detlev war durch landgerichtlichen Spruch für tot erklärt worden; Frau Benedikte lag unter ihrem schweren Leichenstein. Aber Herr Hennicke ist ein gebrochener Mann gewesen. Die beiden Füchse, welche sich allmählich zu ein paar breitschulterigen geizigen Hagestolzen ausgewachsen, wirtschafteten emsig auf dem einen wie dem andern Hofe; sie ackerten und ernteten und säckelten die Korngelder ein, ohne daß Herr Hennicke darein geredet hätte. Niemals hat er mehr ein Pferd bestiegen; aber in bestimmten Zwischenräumen ist er am Stabe nach Eekenhof gewandert. Das Haus hat er nie betreten; aber auf der kleinen Bank unter den Eichen hat er oft gesessen, wie erwartungsvoll das Antlitz dem Hause zugewandt, als ob dort in jedem Augenblick die Tür sich öffnen müsse. Nur wenn vom Giebel plötzlich der Schlag der Uhrglocke herabgeschollen, hat er wie erschreckt emporgeblickt; denn die Uhr schlug nach wie vor; er selber hat dem Küster aus dem Dorfe einen hohen Lohn gezahlt, daß er auf dem verfallenen Boden das Werk in stetem Gange halte. Wenn die Dorfkinder, vom Felde herkommend, hier vorüber gingen, haben sie sich schon von ferne die regungslose Greisengestalt gezeigt und heimlich untereinander flüsternd ihren Weg verfolgt, denn ein unsicheres, aber furchtbares Gerücht ist in den Bauernstuben umgelaufen: es seien die Schattenhände der toten Frau gewesen, die Herrn Hennickes Kraft gebrochen hätten.

Und so in seiner Einsamkeit ist er bis an die äußerste Grenze des Menschenlebens gelangt. Von Heilwig aber und dem blonden Reiter hat sich jede Spur verloren.

Die Söhne des Senators

Der nun längst vergessene alte Senator Christian Albrecht Jovers, dessen Sarg bei Beginn dieser einfachen Geschichte schon vor mehreren Jahren die stille Gesellschaft der Famliengruft vermehrt hatte, war einer der letzten größeren Kaufherren unserer Küstenstadt gewesen. Außer seiner Witwe, der von klein und groß geliebten Frau Senatorn, hatte er zwei Söhne hinterlassen, von denen er den ältesten, gleichen Namens mit ihm, kurz vor seinem Tode als Kompagnon der Firma aufgenommen hatte, während für den um ein Jahr jüngeren Herrn Friedrich Jovers am selben Orte ein durch den Tod des Inhabers frei gewordenes Weingeschäft erworben war.

Dem alten, nun in Gott ruhenden Herrn war derzeit der Ruf gefolgt, daß er in seinem Hause, selbst gegen seine im vorgeschrittenen Mannesalter stehenden Söhne, die Familiengewalt mit Strenge, ja oft mit Heftigkeit geübt habe; nicht minder aber, daß er ein Mann gewesen sei, stets eingedenk der Würde seiner Stellung und des wohlerworbenen Ansehens seiner Voreltern, mit einem offenen Herzen für seine Vaterstadt und alle reputierlichen Leute in derselben, mochten sie in den großen Giebelhäusern am Markte oder in den Katen an den Stadtenden wohnen. Beim Jahreswechsel mußte ohnfehlbar der Buchhalter und Kassierer Friedebohm einen gewichtigen Haufen dänischer und holländischer Dukaten in einzelne Päckchen siegeln, sei es zu Ehrengeschenken für die Prediger, für Kirchen- und Schulbediente oder für am Orte wohnende frühere Dienstboten als ein Beitrag zu den Kosten der verflossenen Feiertage; ebenso sicher aber war auch dann schon vor Einbruch der schlimmsten Wintersnot ein auf dem nahe liegenden Marschhofe des Senators fettgegraster Mastochse für die Armen ausgeschlachtet und verteilt worden. So stand denn nicht zu verwundern, daß die Mitbürger des alten Herrn, wenn sie ihm bei seinen seltenen Gängen durch die Stadt begegneten, stets mit einer Art sorglicher Feierlichkeit ihren Dreispitz von der Perücke hoben, auch wohl erwartungsvoll hinblickten, ob bei dem Gegengruße ein Lächeln um den streng geschlossenen Mund sich zeige.

Das Haus der Familie lag inmitten der Stadt in einer nach dem Hafen hinabgehenden Straße. Es hatte einen weiten, hohen Flur mit breiter Treppe in das Oberhaus, zur Linken neben der mächtigen Haustür das Wohnzimmer, in dem langgestreckten Hinterhause die beiden Schreibstuben für die Kaufmannsgesellen und den Prinzipal; darüber, im oberen Stockwerk, lag der nur bei feierlichen Anlässen gebrauchte große Festsaal. Auch was derzeit sonst an Raum und Gelaß für eine angesehene Familie nötig war, befand sich in und bei dem Hause; nur eines fehlte: es hatte keinen Garten, sondern nur einen mäßig großen Steinhof, auf welchen oben die drei Fenster des Saales, unten die der Schreibstuben hinaussahen. Der karge Ausblick aus diesem Hofe ging über eine niedrige Grenzmauer auf einen Teil des hier nicht breiteren Nachbarhofes; der Nachbar selber aber war Herr Friedrich Jovers, und über die niedrige Mauer pflegten die beiden Brüder sich den Morgengruß zu bieten.

Gleichwohl fehlte es der Familie nicht an einem stattlichen Lust- und Nutzgarten, nur lag er einige Straßen weit vom Hause; doch immerhin so, daß er, wie man hier sich ausdrückt, »hintenum« zu erreichen war. Und für den vielbeschäftigten alten Kaufherrn mag es wohl gar eine Erquickung gewesen sein, wenn er spätnachmittags am Westrande der Stadt entlangwandelte, bisweilen anhaltend, um auf die grüne Marschweide hinabzuschauen oder, wenn bei feuchter Witterung der Meeresspiegel wie emporgehoben sichtbar wurde, darüber hinaus nach den Masten eines seiner auf der Reede ankernden Schiffe. Er zögerte dann wohl noch ein Weilchen, bevor er sich wieder in die Stadt zurückwandte; denn freilich galt es, von hier aus nun noch etwa zwanzig Schritte in eine breite Nebengasse hineinzubiegen, wo die niedrigen, aber sauber gehaltenen Häuser von Arbeitern und kleinen Handwerkern der hereinströmenden Seeluft wie dem lieben Sonnenlichte freien Eingang ließen. Hier wurde die nördliche Häuserreihe von einem grünen Weißdornzaune und dieser wiederum durch eine breite Staketpforte unterbrochen. Mit dem schweren Schlüssel, den er aus der Tasche zog, schloß der alte Herr die Pforte auf, und bald konnte man ihn auf dem geradlinigen, mit weißen Muscheln ausgestampften Steige in den Garten hineinschreiten sehen, je nach der Jahreszeit den weißen Kopf seitwärts zu einer frisch erschlossenen Provinzrose hinabbeugend oder das Obst an den jungen, in den Rabatten neu gepflanzten Bäumen prüfend.

Der zwischen Buchseinfassung hinlaufende breite Steig führte nach etwa hundert Schritten zu einem im Zopfstil erbauten Pavillon; und es war für die angrenzende Gasse allemal ein Fest, wenn an Sonntagnachmittagen die Familie sich hier zum Kaffee versammelt hatte und dann beide Flügeltüren weit geöffnet waren. Der alte Andreas, welcher dicht am Garten wohnte, hatte an solchen Tagen schon in der Morgenfrühe oder vorher, am Sonnabend, alle Nebensteige geharkt und Blumen und Gesträuche sauber aufgebunden. Weiber mit ihrem Nachwuchs auf den Armen, halbgewachsene Jungen und Mädchen drängten sich um die Pforte, um durch deren Stäbe einen Blick in die patrizischen Sommerfreuden zu erhaschen, mochten sie nun das blinkende Service des Kaffeetisches bewundern oder Schärferblickende die nicht übel gemalte tanzende Flora an der Rückwand des Pavillons gewahren und nun lebhaft dafür eintreten, daß diese fliegende Dame das Bild der guten Frau Senatorn in ihren jungen Tagen vorstelle. Die ganze Freude der Jugend aber war ein grüner Papagei aus Kuba, der bei solchen Anlässen als vieljähriger Haus- und Festgenosse vor den Türen des Pavillons seinen Platz zu finden pflegte. Auf seiner Stange sitzend, pfiff er bald ein heimatliches Negerliedchen, bald, wenn von der Pforte her zu viele Finger und blanke Augen auf ihn zielten, schrie er flügelschlagend ein fast verständliches Wort zu der Gassenbrut hinüber. Dann frugen die Jungen untereinander: »Wat seggt he? Wat seggt de Papagoy?« Und immer war einer dazwischen, welcher Antwort geben konnte. »Wat he seggt? – ›Komm röwer!‹ seggt he!« – Dann lachten die Jungen und stießen sich mit den Ellenbogen, und wenn Stachelbeeren an den Büschen oder Eierpflaumen an den Bäumen hingen, so hatten sie zum Herüberkommen gewiß nicht übel Lust. Aber das war schwerlich die

Meinung des alten Papageien; denn wenn Herr Christian Albrecht, sein besonderer Gönner, mit einem Stückchen Zucker an die Stange trat, so schrie er ebenfalls: »Komm röwer!« Er hatte dasselbe schon geschrien, als ein alter Kapitän ihres Vaters den Knaben Friedrich und Christian Albrecht den fremden Vogel zum Geschenke brachte; und als auch sie ihn damals frugen: »Wat seggt de Papagoy?«, da hatte der alte Mann nur lachend erwidert: »Ja, ja, se hebbt upt Schipp em allerlei dumm Tüges lehrt!« Der Himmel mochte wissen, was der Vogel mit seinem plattdeutschen Zuruf sagen wollte!

Mitunter ging auch wohl die kleine, freundliche Frau Senatorn mit ihrer Kaffeetasse in der Hand den Steig hinab, um die Enkelinnen des alten Andreas mit einer Frucht oder einem Sonntagsschilling zu erfreuen; dann putzten die Weiber ihren Säuglingen rasch die Näschen, die Jungen aber blieben grinsend stehen: sie wußten zu genau, daß die gute Dame es mit der Verwandtschaft zum Andreas nicht allzu peinlich nahm. Ebenso geschah es mit Herrn Christian Albrecht, denn er glich seiner Mutter an froher Leichtlebigkeit; er kannte die Buben all bei Namen und erzählte ihnen von dem Papageien die wunderbarsten und ergötzlichsten Geschichten. Anders, wenn der alte Kaufherr mit seiner holländischen Kalkpfeife auf den Steig hinaustrat; dann zogen sich alle ausgestreckten Finger zwischen den Stäben der Pforte zurück, und alt und jung schaute in ehrerbietigem Schweigen auf ihn hin; war es aber Herr Friedrich Jovers, der den Steig herabkam, so waren plötzlich mit dem Rufe: »De junge Herr!« alle Jungen zu beiden Seiten der Pforte hinter dem hohen Zaun verschwunden, denn der unbequeme Verkehr mit Kindern lag nicht in seiner Art; wohl aber hatte er einmal einen der größeren Jungen derb geschüttelt, als dieser eben von der Gasse aus mit seinem Flitzbogen auf einen im Garten singenden Hänfling schießen wollte.

– – Diese Familienfeste waren nun vorüber. – Der nördliche, hinter dem Pavillon liegende Teil des Gartens grenzte an den schon außerhalb der Stadt liegenden Kirchhof, und hier, in der von seinem Vater erbauten Familiengruft, ruhte der alte Kaufherr und Senator von seiner langen Lebensarbeit; mit dem Liede »O du schönes Weltgebäude« hatten die Gelehrten- und die

Bürgerschule ihn zu Grabe gesungen, denen beiden, oft im Kampfe mit seinem Schwager, dem regierenden Bürgermeister, er zeitlebens ein starker Schutz und Halt gewesen war. Hier ruhte seit kurzem auch die freundliche Frau Senatorn, nachdem noch kurz zuvor Herr Christian Albrecht eine ihr gleichgeartete, rosige Schwiegertochter in das alte Haus geführt hatte. »Du brauchst mich nun nicht weiter«, hatte sie lächelnd zu dem trostbedürftigen Sohne gesagt; »in der da hast du mich ja wieder, und noch jung und hübsch dazu!« Und dann hatte auch sie die Augen geschlossen, und viele Augen hatten um sie geweint, und ihr sie verehrender Freund, der alte Kantor van Essen, hatte bei ihrem Begräbnis mit einer eigens dazu komponierten Trauermusike aufgewartet.

Der Kirchhof war durch einen niedrigen Zaun von dem Garten getrennt, und Herr Christian Albrecht hatte sonst, ohne viele Gedanken, darüber weg auf den unweit belegenen Überbau der Gruft geblickt; seitdem aber sein Vater darunter ruhte, war ihm unwillkürlich der Wunsch gekommen, daß eine hohe Planke oder Mauer hier die Aussicht schließen möchte. Nicht, daß er die Grabstätte seines Vaters scheute; nur vom Garten aus wollte er sie nicht vor Augen haben; wenn ihn sein Herz dahin trieb, so wollte er auf dem Umwege der Gassen und auf dem allgemeinen Totengang dahin gelangen. Er hatte diese Gedanken wohl auch gegen seinen Bruder ausgesprochen; er hatte sie dann über sein junges Eheglück vergessen; als aber jetzt auch der Leichnam der ihm herzverwandten Mutter unter jenen schweren Steinen lag, waren sie aufs neue hervorgetreten.

Allein zunächst galt es, sich mit dem Bruder über den elterlichen Nachlaß zu vereinigen; es war ja noch unbestimmt, in wessen Hand der Garten kommen würde.

An einem Sonntagvormittage im November gingen die beiden Brüder, Herr Christian Albrecht und Herr Friedrich Jovers, in dem großen, ungeheizten Festsaale des Familienhauses schweigend auf und ab. Die Morgensonne, welche noch vor kurzem durch die kleinen Scheiben der drei hohen Fenster hineingeschienen hatte, war schon fortgegangen, die großen Spiegel an den Zwischenwänden standen fast düster zwischen den grauseidenen Vorhängen. Fast behutsam traten die Männer auf, als wollten sie in dem weiten Gemache den Widerhall nicht wecken; endlich blieben sie vor einer zierlichen Schatulle mit Spiegelaufsatz stehen, dessen reichvergoldete Bekrönung aus einer von Amoretten gehaltenen Rosengirlande bestand. »Hm«, sagte Christian Albrecht, »Mama selig, als sie in ihren letzten Jahren einmal ihren Muff hier aus der Schublade nahm, da nickte sie dem einen Spiegel zu; ›du Schelm'‹, sagte sie, ›wo hast du das schmucke Antlitz hingetan, das du mir sonst so eifrig vorgehalten hast! Nun guck einmal, Christian Albrecht, was itzo da herausschaut!‹ Die alte, heitere Frau, dann gab sie mir die Hand und lachte herzlich.«

Die beiden Brüder blickten auf das stumme Glas: kein junges Antlitz blickte mehr heraus; auch nicht das liebe alte, das sie besser noch als jenes kannten. Schweigend gingen sie weiter; sie legten fast wie mit Ehrfurcht ihre Hand bald auf das eine, bald auf das andere der umherstehenden Geräte, als wäre es noch in ihrer Knabenzeit, wo ihnen der Eintritt hier nur bei Familienfesten und zur Weihnachtszeit vergönnt gewesen war. Wie damals war unter der schweren Stuckrosette der Gipsdecke das stille Blitzen der großen Kristallkrone; wie damals hingen über dem Kanapee, den Fenstern gegenüber, die lebensgroßen Brustbilder der Eltern in ihrem Brautstaate, daneben in höherem Alter die der Großeltern, deren altmodische Gestalten ihnen in der Dämmerung ihrer frühesten Jugendzeit entschwanden.

»Christian Albrecht«, sagte der Jüngere, und der vom Vater ererbte strenge Zug um den Mund verschwand ein wenig; »hier darf nichts gerückt werden.«

»Ich meine auch nicht, Friedrich.«

»Es verbleibt dir sonach mit dem Hause.«

»Und der Papagei? Den haben wir vergessen.«

»Ich denke, der gehört auch mit zum Hause.«

Christian Albrecht nickte. »Und du nimmst dagegen das beste Tafelsilber und das Sèvresporzellan, das hierneben in der Geschirrkammer steht!«

Friedrich nickte; eine Pause entstand.

»So wären wir denn mit unserer Teilung fertig!« sagte Christian Albrecht wieder.

Friedrich antwortete nicht; er stand vor den Familienbildern, als ob er eingehend sie betrachten müsse; sein Kopf drückte sich immer weiter in den Nacken, bis der schwarzseidene Haarbeutel im rechten Winkel von dem schokoladefarbenen Rocke abstand. »Es ist nur noch der Garten«, sagte er endlich, als ob er etwas ganz Beiläufiges erwähne.

Aber in des Bruders sonst so ruhigem Antlitz zuckte es, wie wenn ein lang Gefürchtetes plötzlich ausgesprochen wäre. »Den Garten könntest du mir lassen«, sagte er beklommen; »die Auslösungssumme magst du selbst bestimmen!«

»Meinst du, Christian Albrecht?«

»Ich meine es, Friedrich. Du sagst es selbst, du seiest ein geborener Hagestolz; – aber ich und meine Christine, unsere Ehe wird gesegnet sein! Hier haben wir nur den engen Steinhof; bedenk es, Bruder, wo sollen wir mit den lieben Geschöpfen hin? Und dann – du selber! Im Pavillon, an den Sonntagnachmittagen! Du wirst doch lieber deine junge Schwägerin als deine bärbeißige Witwe Antje Möllern unserer Mutter Kaffeetisch verwalten sehen!«

»Deinen Kindern«, erwiderte der andere, ohne umzublicken, »wird mein Garten nicht verschlossen sein.«

»Das weiß ich, lieber Friedrich; aber Kinderhände in meines ordnungliebenden Herrn Bruders Ranunkelund Levkojenbeeten!«

Friedrich antwortete hierauf nicht. »Es ist ein Kodizill zu unseres Vaters Testament gewesen«, sagte er, als spräche er es zu den Bildern oder zu der Wand ihm gegenüber, »danach sollte mir der Garten werden; die Auslösungssumme ist mir nicht bekannt geworden, die magst du bestimmen oder sonst bestimmen lassen.«

Der Ältere nahm fast gewaltsam seines Bruders Hand. »Du weißt es von unserer seligen Mutter, daß unser Vater da sie das Schriftstück einmal in die Hand bekam, ausdrücklich ihr geheißen hat: ›Zerreiße es; die Brüder sollen sich darum vertragen.‹«

»Es ist aber nicht zerrissen worden.«

»Das weiß ich wohl; es trat im selben Augenblick ein Fremder in das Zimmer, und derohalben unterblieb es damals; aber später, am Tage nach selig Vaters Begräbnis, hat unsere Mutter den Willen des Verstorbenen ausgeführt.«

»Das war ein volles Jahr nachher.«

»Friedrich, Friedrich!« rief der Ältere. »Willst du verklagen, was unsere Mutter tat!«

»Das nicht, Christian Albrecht, aber Mama selig versierte in einem Irrtum; sie war nicht mehr befugt, das Schriftstück zu zerreißen.«

Auf dem Antlitz des älteren Bruders stand es für einen Augenblick wie eine ratlose Frage; dann begann er in dem weiten Saale auf und ab zu wandern, bis er mit ausgestreckten Armen in der Mitte stehenblieb. »Gut«, sagte er, »du wünschest den Garten, wir beide wünschen ihn! Aber dabei soll unseres Vaters Wort in Ehren bleiben; teilen wir, wenn du es willst, daß jeder seine Hälfte habe!«

»Und jeder ein verhunztes Stück bekäme!«

»Nun denn, so losen wir! Laß uns hinuntergehen, Christine kann die Lose machen!«

Herr Friedrich hatte sich umgewandt; sein dem Bruder zugekehrtes Antlitz war bis über die dichten Augenbrauen hinauf gerötet. »Was mein Recht ist«, sagte er heftig, »das setze ich nicht aufs Los.«

In diesem Augenblicke klang das Negerlied des Papageien aus dem Unterhaus herauf; ein alter Diener hatte die Tür des Saales geöffnet: »Madame läßt bitten; es ist angerichtet.«

»Gleich! Sogleich!« rief Christian Albrecht. »Wir werden gleich hinunterkommen!«

Der Diener verschwand; aber die Herren kamen nicht.

Nach einer Viertelstunde trat unten aus dem Wohnzimmer eine jugendliche Frau mit leicht gepudertem Köpfchen auf den Flur hinaus; behende erstieg sie die breite Treppe bis zur Hälfte und rief dann nach dem Saal hinauf: »Seid ihr denn noch nicht fertig? Friedrich! Christian Albrecht! Soll denn die Suppe noch zum dritten Mal zu Feuer?«

Es erfolgte keine Antwort; aber nach einer Weile, während der Stöckelschuh der hübschen Frau ein paarmal ungeduldig auf der Stufe aufgeklappert hatte, wurde oben die Saaltür aufgestoßen, und Friedrich kam allein die Treppe herab.

Die junge Frau Senatorin – denn ihr Eheliebster war kürzlich seinem Vater in dieser Würde nachgeolgt – sah ihn ganz erschrocken an. »Friedrich!« rief sie, »wie siehst du aus? Und wo bleibt Christian Albrecht?«

Aber der Schwager stürmte ohne Antwort an ihr vorüber. »Wünsche wohl zu speisen!« murmelte er und stand gleich darauf schon unten an der Haustür, die Klinke in der Hand.

Sie lief ihm nach. »Friedrich! Friedrich, was fällt dir ein? Dein Leibgericht, perdrix aux truffes!«

Aber er war schon auf der Gasse, und durch das Flurfenster sah sie ihn seinem Hause zueilen. »Nun sieh mir einer diesen Querkopf an!« Und sie schüttelte ihr Köpfchen und stieg nachdenklich die Treppe wieder hinauf. Als sie die Tür des Saales öffnete, sah sie den jungen Herrn Senator, die Hände in den Rockschößen, vom andern Ende des Gemaches herschreiten, so ernsthaft vor sich auf die Dielen schauend, als wolle er die Nägelköpfe zählen.

»Christian! Christian Albrecht!« rief sie, als er vor ihr stand.

Als er den Klang ihrer Stimme hörte und, den Kopf erhebend, ihr in die kinderblauen Augen sah, gewannen seine Züge die gewohnte Heiterkeit zurück. »Gehen wir zu Tisch, Madame!« sagte er lächelnd. »Bruder Friedrich muß nun heute mit der Frau Witwe Antje Möllern speisen; aber ich habe denn doch auch meinen Kopf, und – unseres Vaters Wort muß gelten!«

Damit bot er seiner erstaunten Frau den Arm und führte sie die Treppe hinab und zu Tische.

Das Wiederkommen hatte indessen gute Weile; vierzehn Tage waren verflossen, und Herr Friedrich hatte seinen Fuß noch nicht wieder über die Schwelle des Familienhauses gesetzt. Gleich am ersten Morgen nach jenem verfehlten Mittage war Christian Albrecht wiederholt auf seinen Steinhof hinausgegangen, um wie sonst über die niedrige Grenzmauer seinem Bruder den Morgengruß zu bieten; aber von Herrn Friedrich war nichts zu sehen gewesen; ja, eines Morgens hatte Herr Christian Albrecht ganz deutlich den Schritt des Bruders aus der in einem Winkel verborgenen Hoftür kommen hören: als ihn aber im selben Augenblicke ob einer in der Alteration zu scharf genommenen Prise ein lautes Niesen anfiel, hörte er gleich darauf die Schritte wieder umkehren und die ihm unsichtbare Hoftür zuschlagen.

Herr Christian Albrecht wurde ganz still in sich bei dieser Lage der Dinge; nur mit halbem Ohre lauschte er, wenn, um ihn aufzumuntern, die hübsche Frau Senatorin sich in der Dämmerstunde ans Klavier setzte und ihm die allerneusten Lieder: »Beschattet von der Pappelweide« und »Blühe, liebes Veilchen«, eines nach dem andern mit ihrer hellen Stimme vorsang.

Er hatte gegen sie nach der ersten Mitteilung »der kleinen Differenze« kein Wort über den Bruder mehr geäußert; endlich aber, eines Morgens, da die Eheleute beim Kaffee auf dem Kanapee beisammensaßen, legte die Frau Senatorin sanft ihre kleine Hand auf die des Mannes. »Siehst du nun«, sagte sie leise, »er kommt nicht wieder; ich hab es gleich gesagt.«

»Hm, ja, Christinchen; ich glaub es selber fast.«

»Nein, nein, Christian Albrecht; es ist ganz gewiß, er kommt nicht wieder; er kann nicht wiederkommen; denn er ist ein Trotzkopf!«

Christian Albrecht lächelte; aber zugleich stützte er den Kopf in seine Hand. »Ja freilich, das ist er; das war er schon als kleiner Knabe; ich und das Kindermädchen tanzten dann um ihn herum und sangen: ›Der Bock, der Bock! O jemine, der Bock!‹, bis er zuletzt einen Kegel oder ein Stück von seinem Bauholz aufgriff und damit nach unseren Köpfen warf; am liebsten warf er noch mit seinem Bauholz! Aber Christinchen – wenn's Herz nur gut ist!«

»Nicht wahr?« rief die hübsche Frau und sah ihrem Mann mit lebhafter Zärtlichkeit ins Antlitz, »ein gutes Herz hat unser Friedrich, und deshalb – ich meine, du könntest zu ihm gehen; du bist kein Trotzkopf, Christian Albrecht, du hast es leichter in der Welt!«

Der Senator streichelte sanft die geröteten Wangen seiner Eheliebsten. »Was ich für eine kluge Frau bekommen habe!« sagte er neckend.

»Ei was, Christian Albrecht, sag lieber, daß du zu deinem armen Bruder gehen willst!«

»Arm, Christinchen? – Eine sonderbare Armut, wenn einer

alles Recht für sich allein verlangt! Aber du sollst schon deinen Willen haben; heut abend oder schon heute nachmittag...«

»Warum nicht schon heut vormittag?«

»Nun, wenn du willst, auch heute vormittag!«

»Und du bist versöhnlich, du gibst nach?«

»Das heißt, ich gebe ihm den Garten?«

Sie nickte: »Wenn es sein muß! Doch lieber, als daß ihr im Zorne auseinandergeht!«

»Und, Christinchen, unsere Kinder? Sollen sie mit den Hühnern hier auf dem engen Steinhof laufen?«

»Ach, Christian Albrecht!« Und sie fiel ihm um den Hals und sagte leise: »Wir sind so glücklich, Christian Albrecht!«

Während bald darauf der junge Kaufherr über den Flur nach seinen Geschäftsräumen im Hinterhause schritt, hatte im Wohnzimmer seine Frau sich an das Fenster gesetzt; an einem möglichst kleinen Häubchen strickend, schaute sie über die Straße nach dem gegenüberliegenden Nachbarhause, mehr nur, wie es schien, um bei dem inneren Gedankentausche doch irgendwohin die Augen zu richten. Jetzt aber sah sie Frau Antje Möllern in Futterhemd und Schürze über die Straße schreiten und mit der Frau Nachbarn Jipsen, die soeben auch aus ihrem Hause trat, sich auf eine der steinernen Beischlagsbänke setzen. Frau Antje Möllern war die Erzählende, wobei sie sehr vergnügt und triumphierend aussah und mehrmals mit einer schwerfälligen Bewegung ihres dicken Kopfes nach dem elterlichen Hause ihres Herrn hinüberwinkte. Frau Nachbarn Jipsen schlug zuerst ihre Hände, wie vor Staunen, klatschend ineinander; dann aber nickte sie wiederholt und lebhaft; auch ihr schienen die Dinge, um die es sich handelte, ausnehmend zu gefallen; und bald, während das eifrigste Wechselgespräch im Gange war, zuckten und deuteten die Köpfe und Hände der beiden Weiber in keineswegs respektvoller Gebärde nach dem altehrwürdigen Kaufmannshaus hinüber.

Die junge Frau am Fenster wurde denn doch aufmerksam: die da drüben waren nicht eben ihre Freunde; der einen – das wußte sie – war es zugetragen worden, daß sie Herrn Friedrich Jovers abgeraten hatte, ihre mauldreiste Personnage in sein

Haus zu nehmen; der andern hatte sie einmal ihre große Tortenpfanne nicht leihen können, weil sie eben beim Kupferschmied zum Löten war.

Unwillkürlich hatte sie die Arbeit sinken lassen: was mochten die Weiber zu verhandeln haben?

Aber die Unterhaltung drüben wurde unterbrochen. Von der Hafenstraße herauf kam der kleine bewegliche Advokat, Herr Siebert Sönksen, den sie den »Goldenen« nannten, weil er bei feierlichen Gelegenheiten es niemals unter einer goldbrokatenen Weste tat, deren unmäßig lange Schöße fast seinen ganzen Leib bedeckten. Eilig schritt er auf die beiden zu, richtete, wie es schien, eine Frage an Frau Antje Möllern und schritt, nachdem diese mit einem Kopfnicken beantwortet worden, lebhaft, wie er herangetreten war, quer über die Gasse nach Herrn Friedrichs Hause zu.

»Hm«, kam es aus dem Munde der jungen Frau, »der Goldene? Gehört der auch dazu? Was will denn der bei unserem Bruder Friedrich?«

Die hervorragenden Eigenschaften des Herrn Siebert Sönksen waren bekannt genug: er jagte wie ein Trüffelhund nach verborgen liegenden Prozessen und galt für einen spitztfindigen Gesellen und höchst beschwerlichen Gegenpart auch in den einfachsten Rechtsstreitigkeiten. Im übrigen wußte er, je nach welcher Seite hin sein Vorteil lag, ebensowohl einen sauberen Vergleich zustande zu bringen, als einen schikanösen Prozeß durch alle Instanzen hindurchzuziehen.

Die Frau Senatorin war aufgestanden; sie mußte doch zu ihrem Christian Albrecht, um seine Meinung über diese Dinge einzuholen! Allein, da trat die Köchin in das Zimmer, ein altes Inventarienstück aus dem schwiegerelterlichen Nachlaß, eine halbe Respektsperson, die nicht so abzuweisen war. Die junge Frau mußte ihr Haushaltungsbuch aus der Schatulle nehmen; sie mußte notieren und rechnen, um dann die näheren Positionen der heutigen Küchenkampagne mit der kundigen Alten festzustellen.

Hinten in der vorderen Schreibstube saßen indessen der alte Friedebohm und ein jüngerer Kaufmannsgeselle sich an dem schweren Doppelpulte gegenüber. Es gab viel zu tun heute, denn die Brigg »Elsabea Fortuna«, welche der selige Herr nach seiner alten Ehefrau getauft hatte, lag zum Löschen fertig draußen auf der Reede. »Musche Peters«, sagte der Buchhalter zu seinem Gegenüber, »wir müssen noch einen Lichter haben; ist Er bei Kapitän Rickertsen gewesen?«

Aber bevor der junge Mensch zur Antwort kam, wurde an die Tür geklopft, und ehe noch ein »Herein« erfolgen konnte, stand schon der goldene Advokat am Pulte und legte seine Hand vertraulich auf den Arm des alten Mannes. »Der Herr Prinzipal in seinem Kabinette, lieber Friedebohm?« Er frug das so zärtlich, daß der Alte ihn höchst erstaunt ansah, denn dieser Mann war nicht der betraute Sachwalter ihres Hauses. Deshalb gedachte er eben von seinem Bock herabzurutschen, um ihn selber bei dem Herrn Senator anzumelden; aber Herr Siebert Sönksen war schon nach flüchtigem Anpochen in das Privatkabinett des Prinzipals hineingeschlüpft.

»Ei, ei, ja doch!« murmelte der Alte. »Die Klatschmäuler werden doch nicht recht behalten?« Er kniff die Lippen zusammen und schaute eine Weile durch das Fenster auf den Steinhof, wo ihm die niedrige Mauer jetzt auch eine innere Scheidung der beiden verwandten Häuser zu bedeuten schien.

Drinnen im Kabinette war nach ein paar Hin- und Widerreden der Herr Senator wirklich von seinem Bock herabgekommen. »Herr!« rief er und stieß seine Feder auf das Pult, daß sie bis zur Fahne aufriß, »verklagen, sagt Ihr? Meines Vaters Sohn will mich verklagen? Herr Siebert Sönksen, Sie sollten nicht solche Scherze machen!«

Der Goldene zog ein Papier aus seiner Tasche. »Mein werter Herr Senator, es wird ja nicht sogleich ad processum ordinarium geschritten.«

»Auch nicht, da Herr Siebert Sönksen dem Gegenpart bedienet ist?«

Der Goldene lächelte und legte das Schriftstück, welches er in der Hand hielt, vor Herrn Christian Albrecht auf das Pult. »Laut dieser Vollmacht«, sagte er vertraulich, »bin ich so gut zum Abschluß von Vergleichen wie zur Anstellung der Klage legitimiert!«

»Und wegen des Vergleiches sind Sie zu mir gekommen?« frug der Kaufherr nicht ohne ziemliche Verwunderung; denn er wußte nicht, daß Herr Siebert Sönksen schon längst darauf spekuliert hatte, statt seines alten und, wie er sagte, »fürtrefflichen, aber abgängigen« Kollegen der Anwalt dieses angesehenen Hauses zu werden.

Der Advokat hatte mit einem höflichen Kopfnicken die an ihn gerichtete Frage beantwortet.

»Herr Siebert Sönksen«, sagte der Senator, und er sprach diese Worte in großer innerlicher Erregung, »so kommen Sie also im Auftrage, im ausdrücklichen Auftrage meines Bruders?«

Herr Siebert stutzte einen Augenblick. »In Vollmacht, mein werter Herr Senator; wie Sie zu bemerken belieben, laut richtig subskribierter Vollmacht! Es ist für den erwünschten Frieden unterweilen tauglich, wenn eine unbeteiligte sachkundige Person …«

Herr Christian Albrecht unterbrach ihn. »Also«, sagte er aufatmend, »mein Bruder weiß nichts von Ihrem werten Besuche: Ich danke Ihnen, Herr Sönksen; das freut mich recht von Herzen!«

Der Goldene schaute etwas verblüfft in das gerötete Antlitz des stattlichen Kaufherrn. »Aber mein wertester Herr Ratsverwandter!«

»Nein, nein, Herr Siebert Sönksen, führen Sie meinethalben so viele Prozesse, als Sie fertigbringen können, aber wo zwei Brüder in der Güte miteinander handeln wollen, da gehöret weder der Beichtvater noch der Advokat dazwischen.«

»Aber, ich dächte doch –«

»Sie denken sonder Zweifel anders, Herr Siebert Sönksen«, sagte der Senator mit einer unwillkürlichen Verbeugung. »Kann ich Ihnen sonstwie meine Dienste offerieren?«

»Allersubmisseste Danksagung! Nun, schönsten guten Morgen, mein werter Herr Senator!«

Gleich darauf schritt der Goldene mit einem eiligen »Serviteur, Musche Friedebohm« durch die vordere Schreibstube und hielt erst an, als er draußen auf den Treppenstufen vor der Haustür stand. Seinen Rohrstock unter den Arm nehmend, zog er die Horndose aus der Westentasche und nahm bedächtig eine

Prise. »Eigene Käuze das, die Söhne des alten Herrn Senators Christian Albrecht Jovers!« murmelte er und tauchte zum zweiten Male seine spitzen Finger in die volle Dose. »Nun, nehmen wir fürerst mit dem Prozeß fürlieb!«

– – Bald nach dem Goldenen war auch der junge Kaufherr an dem ihm kopfschüttelnd nachschauenden Musche Friedebohm vorbeigeeilt, um gleich darauf in die Wohnstube zu treten, wo seine Eheliebste auf dem Kanapee an ihrem Kinderhäubchen strickte. Aber er sprach nicht zu ihr; er hatte wieder beide Hände in den Rockschößen und lief im Zimmer auf und ab, bis die Frau Senatorin aufstand und so glücklich war, ihn zu erhaschen.

»Weshalb rennst du so, Christian Albrecht?« sagte die junge Frau und stellte sich tapfer vor ihn hin.

»Nun, Christine, wer da nicht rennen sollte!«

»Nein, nein, Christian Albrecht, du bleibst mir stehen!« Und sie legte beide Arme um seinen Hals. »So«, sagte sie; »nun sieh mich an und sprich!«

Aber Herr Christian Albrecht tat auch nicht einen Blick in ihre hübschen Augen. »Christine«, sagte er und sah dabei schier über sie hinweg, »ich kann nicht zu Bruder Friedrich gehen.«

Sie ließ ihn ganz erschrocken los. »Aber du hast es mir versprochen!«

»Aber ich kann nicht!«

»Du kannst nicht? Weshalb kannst du nicht?«

»Christinchen«, sagte er und faßte seine Frau an beiden Händen, »ich kann nicht, weil er wieder in seine Kinderstreiche verfallen ist; er hat mir ein Stück Bauholz nach dem Kopf geworfen.«

»Was soll das heißen, Christian Albrecht?«

»Das soll heißen, daß mein Bruder Friedrich den goldenen Advokaten zum Prozesse gegen mich bevollmächtigt hat. Er ist justement als wie in seinen Kinderjahren; er hat den Bock, und zwar im allerhöchsten Grade! Und so mag's denn auch von meinetwegen jetzt ein Tänzchen geben!«

Die junge Frau suchte wieder zu begütigen, allein Herr Christian Albrecht war unerbittlich. »Nein, nein, Christinchen; er muß diesmal fühlen, wie der Bock ihn selber stößt, so wird er sich ein andermal in acht zu nehmen wissen. Wir sollen, so Gott will, noch lange mit unserem Bruder Friedrich leben; bedenk einmal, was sollte daraus werden, wenn wir allzeit laufen müßten, um seinen stößigen Bock ihm anzubinden!«

Und dabei hatte es sein Bewenden. Zwar will man wissen, daß die junge Frau noch einmal hinter ihres Mannes Rücken in des Schwagers Haus geschlüpft sei, um mit den eignen kleinen Händen den Knoten zu entwirren; aber Frau Antje Möllern hatte sie mit frecher Stirne fortgelogen, indem sie fälschlich angab, Herr Friedrich Jovers sei soeben in dringenden Geschäften zum Herrn Siebert Sönksen fortgegangen. Und die Augen der alten Personnage sollen dabei so von Bosheit voll geleuchtet haben, daß die junge Frau zu einem zweiten Versuche keinen Mut hatte gewinnen können.

Ein neues Jahr hatte begonnen, und der Prozeß zwischen den beiden Brüdern war in vollem Gange. Der Herr Vetter Kirchenpropst und der Onkel Bürgermeister hatten sich vergebens als Vermittler zum gütlichen Austrag angeboten; vergebens hatte der letztere gegen den jungen Senator hervorgehoben, daß »kraft seines tragenden Amtes, abseiten des Ansehens der Familie«, die Augen der ganzen Stadt auf ihn gerichtet seien; denn darin schienen die Streitenden stillschweigend einverstanden, daß das Wort der Güte nur fern von fremder Einmischung von dem einen zu dem andern gehen könne. Aber freilich, dazu gab keiner von ihnen die Gelegenheit; der notwendige geschäftliche Verkehr wurde schriftlich fortgesetzt, und eine Menge Zettel: »Der Herr Bruder wolle gelieben« oder »Dem Herrn Bruder zur gefälligen Unterweisung«, gingen hin und wider.

Die kleine Seestadt in allen ihren Kreisen hatte sich müde an diesem unerhörten Fall gesprochen, und das Gespräch, wenn irgendwie der Stoff zu anderem ausging, wurde noch immer mit Begierde wieder aufgegriffen. Vollständig munter aber, trotz der Winterkälte, erhielt es sich drüben auf der Beischlagsbank der Frau Nachbarn Jipsen; diese und Frau Antje Möllern winkten jetzt nicht nur mit ihren Köpfen, sondern mit beiden Armen und dem ganzen Leibe nach dem Senatorshause hinüber. Aber in dem letzteren war freilich mittlerweile auch noch ein ganz

Besonderes passiert: ein Sohn war dort geboren worden, und Herr Friedrich Jovers hatte ja für solchen Fall Gevatter stehen sollen!

– – Die junge Frau Senatorn lief indessen schon wieder flink von der Wiege ihres Kindes treppunter nach der Küche und noch flinker von der Küche treppauf nach ihrer Wiege, als eines Morgens Herr Christian Albrecht, nachdem er erst soeben vom gemeinschaftlichen Kaffeetische in sein Kontor gegangen war, wieder zu ihr in das Wohnzimmer trat. »Christine«, sagte er zu seiner immerhin noch etwas bläßlichen Eheliebsten, »bist du heute schon draußen auf unserem Steinhofe gewesen? – – Nicht? – Nun, so alteriere dich nur nicht, wenn du dahin kommst!«

»Um Gottes willen, es hat doch kein Unglück gegeben?« rief die junge Frau.

»Nein, nein, Christine.«

»Aber ein Malheur doch, Christian Albrecht; du bist ja selber alteriert!«

Ein Lächeln flog über sein freilich ungewöhnlich ernstes Gesicht. »Ich denke nicht, Christine; aber komm nur mit und siehe selber!«

Er faßte ihre Hand und führte sie über den Hausflur in die große Schreibstube. Der jüngere Kontorist war nicht zugegen; der alte Friedebohm stand neben seinem Schreibbocke am Fenster und nahm eine Prise nach der andern.

Auch Frau Christine sah jetzt in den Hof hinaus, fuhr aber gleich darauf mit der Hand über ihre Augen, als gälte es, dort ein Spinnweb fortzuwischen. »Um Gottes willen, was ist das, Friedebohm? Was machen die Leute da auf Bruder Friedrichs Hof? Die Mauer ist ja auf einmal fast um zwei Fuß höher!«

»Frau Prinzipalin«, sagte der Alte, »das sind Meister Hansens Leute; sehen Sie, dort kommt schon einer mit der Kelle!«

»Aber was soll denn das bedeuten?«

»Nun« – und Monsieur Friedebohm nahm wieder eine Prise –, »Herr Friedrich läßt wohl ein paar Schuhe höher mauern.«

»Aber, Christian Albrecht«, und Frau Christine wandte sich lebhaft zu ihrem Mann, der schweigend hinter ihr gestanden hatte, »geschieht denn das mit deinem Willen?«

Herr Christian Albrecht schüttelte den Kopf.

»Aber die Grenzmauer, sie gehört doch uns gleichwohl; wie kann sich Friedrich so etwas unterstehen!«

»Mein Schatz, die Mauer steht auf Friedrichs Grund und Boden.«

Die Augen der kleinen Frau funkelten.

»Oh, das ist schlecht von ihm, das hätte ich ihm nicht zugetraut; er hat ein hartes Herz!«

»Da irrst du doch gewaltig, Christinchen«, erwiderte Herr Christian Albrecht; »das ist's ja gerade, daß er noch immer sein altes weiches Herz hat; er schämt sich nur, und deshalb läßt er diese große steinerne Gardine zwischen sich und seinem Bruder aufziehen.«

Die junge Frau blickte mit unverhohlener Bewunderung auf ihren Mann. »Aber«, sagte sie fast schüchtern und legte ihre Hand in seine; »wie wird er sich erst schämen, wenn er den Prozeß gewinnen sollte!«

»Dann«, erwiderte der Senator, »dann kommt mein Bruder zu mir, denn dann ist der böse Bock gezähmt. Hab ich nicht recht, Papa Friedebohm?« setzte er in munterem Ton hinzu.

»Ei ja, Gott lenkt die Herzen«, erwiderte der alte Mann, indem er seine Dose in die Tasche steckte und dafür die Feder wieder in die Hand nahm; »aber beim wohlseligen Herrn Senator ist uns solcher Umstand im Geschäft nicht vorgekommen.«

Zwei Tage darauf hatte die Mauer schon eine beträchtliche Höhe erreicht, und noch immer wurde daran gearbeitet. Aus der Schreibstube hinten war dergleichen nie gesehen worden, und der junge Kaufmannsgeselle konnte es nicht lassen, je um eine kleine Weile mit offenem Munde nach den Arbeitern hinzustarren. »Musche Peters«, sagte der alte Friedebohm, »wolle Er lieber in Seine Bilanzrechnung schauen! Es will sich für Ihn nicht schicken, daß Er über das neue Werk da draußen sich irgendwelche überflüssige Gedanken mache!« Und der junge Mensch wurde über und über rot und tauchte hastig seine Feder in das Dintenfaß.

Aber auch Monsieur Friedebohm selber konnte sich nicht enthalten, unterweilen über seine Arbeit wegzuschauen; die beiden Gesellen da draußen, insonders der Alte mit dem respektwidrigen langen Barte, wurden ihm mit jeder Stunde mehr zuwider. »Der struppige Assyrer!« brummte er vor sich hin, »mag wohl am Turm zu Babel schon getagwerkt haben; wird aber diesmal auch nicht in den Himmel bauen!«

Als gleich darauf Herr Christian Albrecht aus seinem Kabinett hereintrat, sah er seinen Buchhalter sich mit dem Schneiden einer Feder mühen, die er immer näher an die Nase rückte. »Will's nicht mit den alten Augen, Papa Friedebohm?« sagte er freundlich.

Aber Monsieur Friedebohm zuckte bedeutsam mit der einen Schulter nach der Mauer draußen. »Herr Christian Albrecht, wir haben schon immer das Licht nicht justement mit Scheffeln hier gehabt.«

Der Senator warf einen Blick nach dem hohen Werke, an welchem die beiden Gesellen unter lustigem Singen noch immer weiterarbeiteten. »Ja, ja, Friedebohm«, rief er heftig, »du hast recht! Alle Tausend, das geht denn doch übers –«

»Übers Bohnenlied!« wollte er sagen, wo schon derzeit gar nichts darüber ging; aber er schwieg plötzlich, da er auf den jungen Musche Peters sah, der wieder mit offenem Mund an seinem Pulte saß, und ging, nachdem er eine geschäftliche Anordnung erteilt hatte, in sein Kabinett zurück.

– – Nach ein paar Stunden steckte Frau Christine ihr hübsches Köpfchen durch die Tür. »Darf man eintreten?« frug sie.

»Komm nur!« erwiderte Herr Christian Albrecht von seinem Schreibstuhl aus. »Was hast du auf dem Herzen?«

»Oh«, und sie stand schon mitten in dem Stübchen und ließ ihre Blicke an der geschwärzten Decke wandern – »ich wollte nur; – – – aber, Christian Albrecht, hier herrscht ja ägyptische Finsternis! Die schönen Spinngewebe, die unsere Wiebke immer sitzen läßt, die können deine Spinnen nun ruhig weiterweben! Und weißt du, das naseweise Ding – aber ich habe ihr auch einen tüchtigen Wischer gegeben –, sie hat eben die Mauer mit ihrem Eulbesenstiel gemessen; ›genau elf Fuß nach meiner Elle‹, sagt sie! Aber sieh nur, Christian Albrecht, nun wird's denn auch nicht höher; sie legen schon die runden Steine obenauf.«

Herr Christian Albrecht saß noch immer auf seinem hohen Schreibstuhl, die Feder in der Hand. »Weißt du, Christine«, sagte er, indem er ernsthaft vor sich hin sah, »der Bock meines Herrn Bruders wird mir doch zu mächtig; es tut jetzt not, und ich habe mich auf einen guten Gegenstoß besonnen.« Und als sie ihn unterbrechen wollte: »Nein, red mir nicht dazwischen, Frau; ich will auch einmal meinen Willen haben.«

Sie faßte ihn leise an dem Aufschlag seines Rockes und zog ihn sanft: von seinem Thron herab und dicht zu sich heran. »O weh«, sagte sie und sah ihm ernsthaft in die Augen, »da habe ich am Ende einen Mann geheiratet, den ich erst heute kennenlerne! Gesteh mir's, Christian Albrecht, du hast doch nicht auch etwa so einen –«

»Zum Kuckuck«, rief Herr Christian Albrecht lachend, »im hintersten Stallwinkel wird auch wohl bei mir so einer angebunden stehen; und der soll jetzt heraus ans Tageslicht, trotz aller klugen Frauenzimmer und meiner allerklügsten noch dazu!«

»So, Christian Albrecht? Und in welcher Art« – sie zögerte ein wenig – »soll denn der deine seinen Gegenstoß vollführen?«

»Setz dich, Christine«, sagte der Senator, indem er die anmutige Frau auf seinen Schreibthron hob, »und reden wir deutsch mitsammen! In jener Sache da draußen auf dem Hof will ich mein Recht, und keinen Titel davon aufgeben! Aber dazu bedarf es keines Prozessierens, denn es steht klar und bündig in den alten, noch vorhandenen Kaufkontrakten.«

»Und weiter, Christian Albrecht?«

»Und weiter, Christine, hat zwar der Besitzer von Friedrichs Hause die Mauer zwischen beiden Häusern aufzuführen und zu unterhalten; aber der des unserigen hat den Halbschied der Kosten dazu beizutragen.«

»Wirklich? Auf Höhe von elf Fuß?«

»Ei was, und wenn's die Mauer von Jericho wäre! Das ist meine Sache; wenn ich ihm zahlen will, er muß schon stillhalten und Quittanz dafür erteilen!«

»Und du willst wirklich die Halbschied der Kosten, so das blanke bare Geld dafür dem Bruder Friedrich in sein Haus schicken?«

»Das will ich, Christine; ganz gewiß, das will ich.«

Sie sah ihn eine Weile ganz nachdenklich an.

»So, also auf die Art, Christian Albrecht!« sagte sie langsam.

Aber bevor sie ihre Gedanken über diesen kritischen Fall zu ordnen vermochte, kam Botschaft aus der Küche: die Kochfrau war eben angelangt, und der Bratenwender sollte aufgestellt werden, denn auf morgen gab es ein großes Fest im Hause. Frau Christine gedachte plötzlich wieder der Veranlassung, um deren willen sie das Allerheiligste ihres Mannes aufgesucht hatte; sie ließ sich ihr blaues Haushaltungsbeutelchen bis zum Rande füllen und verließ das Stübchen, den Kopf voll junger Wirtschaftssorgen.

In dem Hause nebenan sollte heute Herr Friedrich Jovers mit seiner ehrsamen Haushälterin selbander speisen, denn sein junger Lübecker Küfer war auswärts in Geschäften. Zuvor aber trat er nach seiner Gewohnheit vor die Haustür und schaute von dem obersten Treppensteine ein paar Augenblicke in das Wetter und rechts die Straße hinab nach dem dort unten sichtbaren Teile des Hafens.

Als er dann wieder ins Haus und gleich darauf in das Wohnzimmer getreten war, stand die Matrone schon mit vorgesteckter Serviette in der kalmankenen Sonntagskontusche hinter ihrem Stuhle.

»Ist Hochzeit in der Stadt, Frau Möllern?« frug er. »Die Schiffe flaggen ja!«

Er setzte sich, und die Alte setzte sich ihm gegenüber; die Frage mochte er wohl schon vergessen haben, denn Herr Friedrich Jovers pflegte seit geraumer Zeit auf dergleichen keine Antwort zu erwarten.

Aber Frau Antje Möllern, welche auf gewisse Dinge ihren Herrn nicht anzusprechen wagte, ließ sich die Gelegenheit nicht entschlüpfen. »Hochzeit?« wiederholte sie scharf, und ein gewisses Zucken um ihre derben Lippen zeigte, daß eine verhaltene Entrüstung zum Ausbruch drängte. »Nein, es ist keine Hochzeit, es ist nur eine Kindtaufe!«

»Eine Kindtaufe, und die Schiffe flaggen?« sagte Herr Jovers gleichgültig. »Ich wüßte doch nicht, daß bei den Honoratioren –«

Aber Frau Möllern vermochte nicht, ihn ausreden zu lassen. »Oh, Herr Jovers, freilich ist es bei den Honoratioren, bei den allerersten Honoratioren; aber eine Schande ist es, eine offenbare Schande, sag ich!«

Herr Jovers wurde doch aufmerksam. »Was will Sie damit sagen?« frug er kurz.

»Damit, Herr Jovers, will ich sagen, daß Ihr einziger Bruder, der Herr Senator Christian Albrecht Jovers, heute sein erstes Söhnchen taufen läßt; und Sie fragen noch, warum die Schiffe flaggen!«

Herr Friedrich sagte nichts; aber Frau Antje Möllern entging es nicht, wie ihm die Hand zitterte, während er schweigend den Rest seiner Suppe hinunterlöffelte.

Die grimmigen Augen der Alten begannen plötzlich einen wehleidigen Ausdruck anzunehmen. »Herr Jovers«, begann sie seufzend, »Ihr Herr Großvater selig und meines Vaters Onkel, was waren das für gute Freunde! Sie wissen das ja auch, Herr Jovers!«

»Zum mindesten«, sagte Herr Jovers, »hat Sie mir das oft genug erzählt.«

»Nun, Herr Jovers, selig Senatorn wußte das ja auch!«

»Ja, ja, Möllern, und auch der alte Friedebohm! Denn in den Büchern meines Großvaters läuft bis zu seinem seligen Ende eine jährliche Ausgabepost: Zehn Pfund Tabak und ein Gewandstück für den armen Krischan Möller.«

Frau Antje schluckte etwas; dann aber, nachdem sie den mittlerweile erschienenen Braten vorgelegt hatte, nahm sie doch den Faden wieder auf. »Ja, Herr Jovers, sie waren Schulkameraden, und das vergaßen sie sich nicht! Für alle Mittwoch war Herr Christian Möller zu dem Herrn Senator Christian Jovers auf den Kaffee eingeladen, im Sommer tranken sie denselben in dem schönen Gartenpavillon, den Ihr Herr Großvater damalen erst gebaut hatte. Nicht wahr, Herr Jovers, man hätte sie wohl sehen mögen, die alten Herren, wie sie in liebevoller Unterhaltung mit ihren holländischen Pfeifen vor den offenen Gartentüren saßen! – Wenn sie es damalen hätten voraussehen können«, fuhr Frau Antje fort, vor ihrem noch immer unberührten Braten sitzend, »daß der nunmehrige Herr Senator Jovers, oder, sagen wir's nur gradheraus, die nunmehrige Frau Senatorn einen solchen Prozeß um diesen schönen Lustgarten anheben würde, was würden die beiden braven Freunde dazu wohl gesagt haben?«

»Weiß nicht, Möllersch«, sagte Herr Friedrich, der bisher in halber Zerstreuung dagesessen hatte; »vielleicht wäre es meinem Großvater zum Verdruß geschlagen, und er hätte den laufenden Posten von zehn Pfund Tabak und einem Gewandstück ein für allemal gestrichen!«

Die Matrone nagte sich ein paarmal auf die Lippe; dann sprach sie mit andächtigem Aufblick: »Wie wohl hat unser Herrgott es gemacht, daß diese lieben Männer itzt in ihrem Grabe ruhen!«

»Sehr wohl, Möllersch«, sagte Herr Friedrich, indem er vom Tische aufstand; »und da lasse Sie die beiden alten Leute nur, und sorge Sie für Ihre Leibesnahrung, damit Sie nicht vor der Zeit bei Ihres Vaters Onkel zu ruhen komme! Zunächst aber hole Sie mir den Überrock von draußen aus dem Schrank!«

Als das geschehen war, ging Herr Friedrich aus dem Hause, ohne zu sagen, wohin und wann er wiederkommen werde; Frau Antje aber legte zuvörderst die Serviette zusammen, welche der sonst so akkurate Herr als wie ein Wischtuch auf dem Tische hatte liegenlassen, und machte sich dann voll stillen Ingrimms über ihren Braten her.

– Am selbigen Abend, da es vom Kirchturme acht geschlagen hatte, stand Herr Friedrich Jovers auf seinem Steinhofe mit dem Rücken an der Mauer eines Hintergebäudes und blickte unverwandt nach den hell erleuchteten Saalfenstern seines Elternhauses, deren unterste Scheiben die neue Mauer noch so eben überragten.

Ganz heimlich, vor allem als dürfe Frau Antje Möllern nichts davon gewahren, war er nach seiner Rückkehr hier hinausgeschlichen. Weshalb, wußte er wohl selber kaum; denn mit jedem Gläserklingen, das zu ihm herüberscholl, mit jeder neuen Gesundheit, deren Worte er deutlich zu verstehen glaubte, drückte er die Zähne fester aufeinander. Gleichwohl stand er wie gebannt an seinem Platze, sah in das Blitzen der brennenden Kristallkrone und horchte, wenn nichts anderes laut wurde, auf den Schrei des alten Papageien, der, wie er wohl wußte, bei der Festtafel heute nicht fehlen durfte.

Da erschien an einem der Fenster, gerade an dem, welches seinen Schein auf Herrn Friedrichs Standplatz warf, eine zierliche Frauengestalt. Er konnte das Antlitz nicht erkennen; aber er sah es deutlich, daß der Kopf des Frauenzimmers, wie um ungehinderter hinauszuschauen, sich mit der Stirn an eine Scheibe drückte. Doch auch das schien ihr noch nicht zu genügen; ein Arm streckte sich empor, wie um die obere Haspe zu erreichen, und jetzt, während im Saale neues Gläserklingen sich erhob und der Papagei dazwischenschrie, wurde leise der Fensterflügel aufgestoßen.

Herr Friedrich erkannte seine Schwägerin. Sie lehnte sich hinaus, sie legte die Hand an ihren Mund, als ob sie zu ihm hinüberrufen wolle; und jetzt hörte er es deutlich, wenn es auch nur wie geflüstert klang: es war sein Name, den sie gerufen hatte. Und da er wie ein steinern Bild an seiner Mauer blieb, kam es noch einmal zu ihm herüber, und dann, als wolle sie ihm winken, erhob sie langsam ihre Hand und deutete dann wieder nach dem hellen Festsaal. – Was hatte sie vor? Wollte sie ihn noch jetzt zur Taufe laden? Er wußte, sie konnte solche Einfälle haben; er wußte auch, wenn er jetzt ihr folgte, er würde seinem Bruder den besten Teil des Festes bringen; aber – der Garten! Nach ein paar fürsorglichen Andeutungen des Herrn Siebert Sönksen stand in allernächster Zeit eine abfällige Sentenz bei dem Magistrate hier in Aussicht! – Nein, nein, die zweite Instanz mußte beschritten, der Prozeß mußte dort gewonnen werden; waren doch auch die weitschichtigen Rezesse des Goldenen von vornherein auf diese höhere Weisheit nur berechnet gewesen!

Herr Friedrich Jovers wollte sein Recht. Frau Christine hatte es selbst gesagt, er konnte nicht anders, er war ein Trotzkopf; er rührte sich nicht, der Bock hielt ihn mit beiden Hörnern gegen die Mauer gepreßt.

Freilich wußte er es nicht, daß Christian Albrecht ihn im Gevatterstande vertreten und seinen Erstgeborenen getrost auf seines Bruders und des Urgroßvaters Namen hatte taufen lassen. Da drüben aber wurde das Fenster zögernd wieder zugeschlossen.

Wenige Tage später stand der vierschrötige Maurermeister Hinrich Hansen, wohlrasiert, seinen Dreispitz in der Hand, im

Kabinette des Senators Christian Albrecht Jovers. »Also«, frug dieser, »zweihundertundvierzig Reichstaler war die Verdingsumme für das Werk da draußen, und Er hat den Betrag bereits empfangen?«

Meister Hansen bejahte das.

»Weiß Er denn wohl«, sagte der Senator wieder, »daß mein Bruder Ihm da um die Hälfte zuviel gegeben hat?«

Der alte Handwerksmann wollte aufbrausen; das griff an seine Zunft- und Bürgerehre. »Laß Er nur, Meister«, sagte Herr Christian Albrecht und legte beschwichtigend die Hand auf den Arm des neben ihm Stehenden. »Seine Arbeit ist auch diesmal rechtschaffen; aber Er weiß doch, was ein Hauskontrakt bedeutet?« Und damit schob er ihm das vergilbte Schriftstück zu, welches aufgeschlagen auf dem Pulte lag.

Der Meister zog seine Messingbrille hervor und studierte lange und bedächtig unter Beistand seines Zeigefingers den ihm bezeichneten Paragraphen; endlich klappte er die Brille zusammen und steckte sie wieder in das Futteral.

»Nun?« frug Herr Christian Albrecht.

Der Meister antwortete nicht; er fuhr mit seinen Fingern in die Westentasche und suchte nach einem Endchen Kautabak, womit er in schwierigen Umständen seinen Verstand zu ermuntern pflegte.

»Nicht wahr, Meister«, sagte der Senator wieder, »da steht es klar und deutlich?«

Der Meister kam nun doch zu Worte. »Mag sein, Herr«, erwiderte er stockend, »aber es ist mir denn doch alles voll und richtig ausbezahlt!«

Der Senator ließ sich das nicht anfechten. »Freilich, Meister; aber die eine Hälfte war ja nicht Herr Friedrich Jovers, sondern ich Ihm schuldig! Das macht auf den Punkt einhundertundzwanzig Reichstaler. Hier sind sie, wohlgezählt in Kron- und Markstücken; und nun gehe Er zu Herrn Friedrich Jovers und zahle Er ihm zurück, was Er von ihm zuviel empfangen hat!«

Meister Hansen zögerte noch; in seinem Kopfe mochte die Vorstellung von einem etwas kuriosen Umwege auftauchen, aber bevor er mit seinen schwerbeweglichen Gedanken darüber ins reine kam, war schon das Geld in seiner Tasche und er selbst zur Tür hinaus.

Herr Christian Albrecht rieb sich vergnügt die Hände. »Was wird Bruder Friedrich dazu sagen? Stillhalten muß er schon; hier steht's!« Und er tupfte mit den Fingern dreimal zuversichtlich auf den alten Hauskontrakt.

Da wurde an die Tür gepocht. Der Schreiber seines Sachwalters überbrachte ihm einen Brief.

Als der Überbringer sich entfernt und Herr Christian Albrecht den Brief gelesen hatte, war der eben noch so vergnügliche Ausdruck seines Angesichts mit einem Mal wie fortgeblasen. »Musche Peters«, sagte er kleinlaut, indem er die Tür zur großen Schreibstube öffnete, »bitte Er doch die Frau Senatorin, auf ein paar Augenblicke bei mir vorzusprechen!«

Die Frau Senatorin ließ nicht auf sich warten. »Da hast du mich, Christian Albrecht!« rief sie fröhlich, »aber« – – und sie schaute ihm ganz nahe in die Augen, »fehlt dir etwas? Es ist doch kein Unglück geschehen?«

»Freilich ist ein Unglück geschehen, Christinchen; da – lies nur diesen Brief!«

Ihre Augen flogen über das Papier. »Aber, Christian Albrecht, du hast ja den Prozeß gewonnen!«

»Freilich, Christinchen, hab ich ihn gewonnen.«

»Und das nennst du ein Unglück? Da hast du ja alles nun in deiner Hand!«

»Hatte ich in meiner Hand, mußt du sagen! Fünf Minuten vor Empfang dieses Schreibens habe ich durch Meister Hansen die Hälfte der unseligen Mauergelder an Bruder Friedrich abgesandt.«

Frau Christine schlug die Hände ineinander. »Das wird eine schöne Geschichte werden! – Du!?« – und sie drohte ihm mit dem Finger – »ich hatte es dir vorhergesagt!«

Und es wurde eine schöne Geschichte; denn zu derselben Zeit stand im Nachbarhause der Meister Hansen vor dem Herrn Friedrich Jovers.

Bei seinem Eintritt in den Hausflur war der goldene Advokat gegen ihn angeprallt und dann wie in blindem Geschäftseifer an ihm vorbeigeschossen. Im Zimmer selbst saß der Hausherr mit einem Schriftstück in der herabhängenden Hand, das mit vielen Schnörkeln begann und mit dem großen Magistratssiegel endete. Er schien über den zuvor gelesenen Inhalt nachzusinnen und nicht gehört zu haben, was ihm der Meister eben vorgetragen hatte; als dieser aber aus seiner Hand ein paar schwere Geldrollen auf den Tisch fallen ließ, richtete er sich plötzlich auf. »Geld? Was soll das?« rief er. »Was sagt Er, Meister Hansen?«

Der Meister trug noch einmal seine Sache vor, und jetzt hatte Herr Friedrich zugehört und recht verstanden.

»So?« sagte er anscheinend ruhig, indem er sich von seinem Sitz erhob; aber sein Antlitz rötete sich bis unter das dunkle Stirnhaar. »Also dazu hat Er sich gebrauchen lassen?« – Dann ergriff er plötzlich die beiden Geldrollen und machte eine Armbewegung, die den stämmigen Meister fast zur Gegenwehr veranlaßt hätte.

Aber Herr Friedrich besann sich wieder. »Setz Er sich!« sagte er kurz; dann ging er rasch zur Stubentür und über den Hausflur nach dem Hof hinaus.

Der junge Küfer, der vor der offenen Kellertür des Lagerraums beschäftigt war, sah mit Verwunderung den Herrn Prinzipal bald mit vorgestrecktem Kopfe auf dem Klinkersteige des Hofes dröhnend hin und wider schreiten, bald wieder ein Weilchen stillestehn und mit halb scheuen Blicken an der hoben Scheidemauer hinaufschauen.

Das mochte eine Viertelstunde so gedauert haben; endlich, wie in raschem Entschluß, ging Herr Friedrich in das Haus zurück. Als er ins Zimmer trat, fand er den Handwerksmann auf demselben Stuhle, wo er ihn gelassen hatte.

»Meister«, sagte er, aber es war, als werde bei den wenigen Worten ihm der Atem kurz, »hat Er Leute in Bereitschaft? So etwa fünf oder sechs, und noch heute oder doch morgen schon?«

Der Meister war aufgestanden und besann sich. »Nun, Herr Jovers, es ginge wohl! Mit der Stadtswaage sind wir jetzt soweit; ein Stücker fünfe könnten schon gemißt werden.«

»Gut denn, Meister« – und Herr Friedrich ergriff noch einmal, und nicht minder heftig als vorhin, die beiden auf dem Tische liegenden Geldrollen –, »so baue Er mir die Mauer auf meinem Hofe noch um soviel höher, als dieses Silber dazu reichen will!«

Der Handwerksmann schien kaum zu merken, daß während dieser Worte die Rollen schon in seinen Händen lagen.

»Hat Er mich nicht verstanden?« fuhr Herr Friedrich fort, da der andere keine Antwort gab.

»Freilich, Herr; das ist wohl zu verstehen; aber« – und der Meister schien ein paar Augenblicke nachzurechnen – »das gäbe ja noch an die sechs bis sieben Fuß!«

»Meinetwegen«, sagte Herr Friedrich finster, »nur sorge Er dafür, daß es um keinen Schilling niedriger und auch um keinen höher werde, als wozu Er da das Geld in Händen hat!«

»Hm«, machte der alte Mann und sah den jüngeren mit einem Blicke an, als ob ihm plötzlich ein Verständnis komme, »wenn Sie es denn so wollen, Herr Jovers; es ist Ihre Sache.«

Herr Jovers wandte sich ab. »So wären wir fertig miteinander!«

sagte er hastig. »Fanget nur gleich morgen an, damit ich der Unruhe in Bälde wieder ledig werde!«

Als Meister Hansen dann hinausgegangen war, warf er sich auf einen Stuhl am Fenster und starrte auf die leere Straße. Er schien keine Gedanken zu haben; vielleicht auch wollte er keine haben.

Und schon am andern Tage, während der Herr Onkel Bürgermeister und der Herr Vetter Kirchenpropst noch einmal ihr vergebliches Versöhnungswerk betrieben, wurde zwischen den Höfen der beiden Brüder rüstig fortgemauert, und der struppige Assyrer sang dabei alle Lieder, die er auf seinen Kreuz- und Querzügen aus der Fremde heimgebracht hatte. Im Hause des Senators wurden die Schreibstuben mit jeder neuen Steinlage immer mehr verdunkelt, und der alte Friedebohm ertappte sich zu seinem Schrecken mehr als einmal, wie er müßig vor dem Fenster stand und, eine vergessene Prise zwischen den Fingern, diesem, wie er es bei sich selber nannte, babylonischen Beginnen zusah. Auf der andern Seite ging Herr Friedrich Jovers, wenn er auf dem Wege zu seinen Geschäftsräumen den Hof betreten mußte, hastig und ohne jemals aufzublicken, daran vorüber. Dann, nach Verlauf einiger Tage, hörte das Mauern und das Singen auf; die Handwerker waren fort, das neue Werk war fertig.

Statt dessen vernahm Herr Friedrich am nächsten Vormittage ein Geräusch, das ihm wie mit einem Schlage die seltensten, aber höchsten Freuden seiner Knabenjahre vor die Seele führte; er hatte eben die Hoftür geöffnet und seinem draußen beschäftigten Ausläufer etwas zugerufen, als er horchend stehenblieb. Er wußte es genau; er sah es vor sich, wie jetzt drüben auf dem Hofe des Elternhauses die großen Reisemäntel ausgeklopft wurden; ja, er sah sich selbst als Knaben in seinen Sonntagskleidern an seiner Mutter Hand danebenstehen und hörte den frohen Ton ihrer Stimme, womit sie bei solchem Anlaß einstmals ihrer Kinder Herz erfreute.

Er erschrak fast, als der Gerufene ihm jetzt entgegentrat, und ihm entfiel unwillkürlich die Frage, was denn für eine Reise drüben wohl im Werke sei. Aber bevor der Mann den Mund aufzutun vermochte, kam bereits die Antwort aus der nahe liegenden Küche: Frau Antje Möllern hatte selbstverständlich schon lange die genauesten Nachrichten; ein Glück, daß sie es endlich nun erzählen konnte! Die junge Frau Senatorn wollte mit ihrem Erbprinzen auf Besuch zu ihren Eltern, obschon das liebe Kind mit jedem Tag ins Zahnen fallen könne und Pankratius und Servatius noch nicht einmal vorüber seien; und der gute Herr Senator müsse auch mit auf die Reise, denn was kümmere das die Frau Senatorn, daß eine große Ladung Ostseeroggen erst eben auf der Reede angekommen sei! »Herr Jovers!« schloß Frau Antje ihre Rede, als der Arbeitsmann sich entfernt hatte, und wies mit dem Daumen nach dem Hofe zu, »glauben Sie es, oder glauben Sie es nicht – die hat's nicht ausgehalten, daß sie uns von drüben nun nicht mehr in unsere Töpfe gucken kann!«

Ein fast grimmiges Zucken fuhr um Herrn Friedrichs Lippen; dann aber sah er die alte Dame nur eine Weile mit etwas starren Augen an. »Also das ist Ihre Meinung, Möllersch?« sagte er trocken, und als sie hierauf beteuernd mit ihrem dicken Kopf genickt hatte, setzte er hinzu: »So wolle Sie die Güte haben, dergleichen Meinung künftig bei sich selber zu behalten!«

Als er das gesprochen hatte, ging er fort, und Frau Antje blieb, die Hände über ihrem starken Busen gefaltet, noch eine ganze Weile stehen, die Augen unbeweglich nach der Richtung, in der ihr Herr verschwunden war. Dann plötzlich trabte sie an den verlassenen Herd zurück und rührte unter heftigen Selbstgesprächen in dem über dem Dreifuß stehenden Topfe, daß die kochende Brühe zu allen Seiten in die lodernden Flammen spritzte.

Es war unverkennbar, daß die Mauer draußen, obgleich sie keineswegs behagliche Gefühle in ihm erweckte, nach ihrer abermaligen Vollendung eine geheimnisvolle Anziehungskraft auf Herrn Friedrich Jovers übte. Freilich hatte er noch immer vermieden, an dem neuen Werk emporzusehen; jetzt aber, nachdem der Abend herangekommen war, ließ es ihm auch hierzu keine Ruhe mehr. Er hatte sich vorgespiegelt, sein junger Küfer, der zur gewohnten Stunde aus dem Geschäft gegangen war, könne das Auffüllen der neuen Fässer unterlassen haben, welche in dem Keller hinter dem Hofe lagen; allein er hatte schon darum vergessen, als er kaum den Hof betreten hatte.

Oben an dem dunkeln Frühlingshimmel schwamm die schmale Sichel des Mondes und warf ihr bläuliches Licht auf den oberen Rand der Scheidemauer und das Dach des elterlichen Hauses. Herr Friedrich stand jetzt an derselben Stelle, von wo aus er an jenem Abend ein stummer Zeuge der Familienfeierlichkeit gewesen war; er stand dort ebenso stumm und unbeweglich, aber auf seinem Antlitz lag jetzt ein unverkennbarer Ausdruck der Bestürzung. Sosehr er seine Augen anstrengte, es wurde nicht anders: hinter dem neuen Maueraufsatz waren die Fenster des alten Familiensaales bis zum letzten Rand verschwunden.

Es war schon spät am Abend; nichts regte sich, weder hüben noch drüben; nur das Klirren eines Fensterflügels, der im Hauptbau auf der andern Seite offenstehen mochte, wurde dann und wann im Aufwehen der Nachtluft hörbar. Herr Friedrich wollte eben in sein Haus zurückkehren, da tönte von drüben plötzlich die Stimme des alten Kuba-Papageien: »Komm röwer!« und nach einer Weile noch einmal: »Komm röwer!« Wie ein eindringlicher Ruf, fast schneidend, klang es durch die Stille der Nacht; dann nach kurzer Pause folgte ein gellendes

Gelächter. Herr Friedrich kannte es sehr wohl; der verwöhnte Vogel pflegte es auszustoßen, wenn ihm die Nachahmung der eingelernten Worte besonders wohl gelungen war. Aber was sonst als der unbehülfliche Laut eines abgerichteten Tieres gleichgültig an seinem Ohr vorbeigegangen war, das traf den einsamen Mann jetzt wie der neckende Hohn eines schadenfrohen Dämons.

»Komm röwer!« seine Lippen sprachen unwillkürlich diese Worte nach; über seine selbstgebaute Mauer konnte er nicht hinüberkommen.

Noch lange stand er, das Hirn voll grübelnder Gedanken, ohne daß etwas anderes als das gewöhnliche Geräusch der Nacht zu seinem Ohr gedrungen wäre; fast sehnte er sich, noch einmal den Schrei des Vogels zu vernehmen; als aber alles still blieb, ging er ins Haus und legte sich zum Schlafen nieder.

Allein er hörte eine Stunde nach der andern schlagen, und da er endlich schlief, war es nur eine halbe Ruhe. Ihm war, als sei er auf dem Wege zum Garten; aus der Pforte kamen seine Eltern ihm entgegen, von denen er gemeint hatte, daß sie beide schon im Grabe lägen; als er auf sie zuging, sah er, daß ihre Augen fest geschlossen waren; er wollte sie eben bitten, ihn doch anzusehen, da war die hohe Mauer vor ihm aufgestiegen, und dahinter scholl das Gelächter des alten Kubavogels, das wie in einem Echo an hundert Mauern hin und wider sprang.

– – Das Geräusch eines dicht unter seinen Fenstern vorüberrollenden Wagens weckte ihn. Es war schon Morgenfrühe; die dicke goldene Taschenuhr, welche er von seinem Nachttisch langte, zeigte auf reichlich fünf Uhr. Rasch war er aus dem Bette, zog das Vorhängsel von einem Guckfenster in der vorspringenden Seitenwand zurück und sah auf die Straße hinab. Von Osten her lagen die Häuserschatten noch auf den feuchten Steinen und bis hoch an den gegenüberstehenden Gebäuden hinauf; vor der Treppe des brüderlichen Hauses hielt ein bespannter Reisewagen: Koffer wurden durch den alten Diener hintenauf geladen und Kisten und Schachteln unter den Wagenstühlen festgebunden. Bald darauf sah er seinen Bruder und Frau Christine in Reiserock und Mantel aus dem Hause treten; dann folgte eine gleichfalls reisefertige Magd mit einem anscheinend nur aus

Tüchern bestehenden Bündelchen, an welchem die junge Frau Senatorn noch viel zu zupfen und zu stecken hatte und worin Herr Friedrich nicht ohne Grund seinen ihm noch unbekannten jungen Neffen vermutete.

Endlich war alles auf dem Wagen. Herr Friedebohm, von der obersten Treppenstufe, schien eiligst noch mit Kopf und Händen die Versicherung getreuen Einhütens zu erteilen; dann klatschte der Kutscher, und bald war die Straße leer, und Herr Friedrich hörte nur noch das schwache Rollen des Wagens droben in der Stadt, wo es zum Ostertor hinausführte.

Aber auch ihn duldete es nun nicht länger im Hause; rasch wer er angekleidet und ging in den frischen Morgen hinaus. Er war hinten um die Stadt herumgegangen, an der stillen Gasse vorüber, in welcher die Pforte zu dem Familiengarten sich befand; jetzt schritt er langsam, seinen Rohrstock unter dem Arme, drüben auf dem breiten Gange des Kirchhofes und schaute über den alten Hagedornzaun nach dem seit einem halben Jahre von ihm gemiedenen Familiengrundstücke hinüber. Bäume und Sträucher standen schon in lichtem Grün, und dort von den jungen Apfelbäumen, die sein Vater, der alte Herr Senator, noch gepflanzt hatte, lachten ihn die ersten roten Blütensträuße an. Bald auch gewahrte er mit Verwunderung, daß der Garten, wie in jedem Frühjahr, in ordnungsmäßigen Stand gesetzt war, und – täuschte ihn denn sein Ohr? – er hörte ein Geräusch, als ob geharkt und darauf Beete mit dem Spaten angeklopft würden; aber der Pavillon und das hohe Gebüsch zu dessen Seiten verwehrten ihm die Aussicht.

Er blieb stehen und lauschte, während das Geräusch des Arbeitens sich ebenmäßig fortsetzte. Da wallte es in ihm auf; wer konnte sich unterstehen, den in Streit befangenen Garten anzufassen?

»Heda!« rief er. »Was wird da getrieben?«

Das Arbeiten hörte auf, und nach einigen Augenblicken trat der alte Andreas mit einem Spaten auf der Schulter hinter dem Pavillon hervor.

»Er, Andreas?« herrschte ihn Herr Friedrich an. »Was hat Er hier zu schaffen? Hat Ihn mein Bruder etwa hier zur Arbeit herbeordert?«

Der Alte schob seine Pudelmütze von einem Ohr zum andern. Die Frage mochte ihm unerwartet kommen; hatte er doch noch von dem seligen Herrn her einen Schlüssel zu der Gartenpforte und seit über einem Vierteljahrhundert einzig nach dem Kalender, den er in seinem Kopfe trug, die Beete umgegraben, Erbsen und Bohnen nach seiner eigenen Wissenschaft gelegt und Bäume und Gesträuche angebunden und beschnitten. »Herbeordert?« sagte er endlich. »Nein, Herr; so herbeordert hat mich niemand; aber wenn's nicht alles in die Wildnis gehen sollte, so war es just die höchste Zeit.«

»Was kümmert Ihn das«, rief Herr Friedrich, »ob es hier verwildert?«

Der Alte hatte seinen Spaten in die Erde gestoßen. »Was mich das kümmert?« wiederholte er und sah völlig verdutzt zu dem Sohne seines alten Herrn hinüber.

»Freilich Ihn!« fuhr dieser fort; »denn wer wohl, meint Er, daß Ihm Seine Arbeit hier bezahlen werde?«

»Nun, Herr; es wird schon alles angeschrieben.«

»So schreib Er's gleich nur in den Schornstein«, rief Herr Friedrich, »und vertu Er seine Zeit nicht, die Er besser brauchen kann!«

Andreas wischte mit der Hand den Schweiß von seiner Stirne. »Wenn das Ihr Ernst ist, Herr Jovers«, sagte er, »so kann ich freilich nur nach Feierabend hier noch arbeiten; das aber« – und er erhob den Spaten und zeigte damit nach dem Kirchhofe hinüber – »tu ich meiner alten Herrschaft da zuliebe.«

Herr Friedrich sagte nichts; Andreas aber ging mit seinem Spaten fort, und bald wurde wieder das einförmige Geräusch des Grabens in der Morgenstille hörbar.

Der andere stand noch eine Weile an derselben Stelle, als müsse er die Spatenstiche zählen, die er drüben den alten Arbeiter machen hörte; dann wandte er sich plötzlich und ging weiter in den Kirchhof hinein, bis zu dem Grabe seiner Eltern. Hier saß er lange auf den Steinen, welche die Familiengruft bedeckten, und blickte auf den grünen Koog hinunter und darüber hinaus auf den silbernen Strich des Meeres, wo in der Ferne die Masten des guten, ihm so wohlbekannten Schiffes »Elsabea Fortuna« sichtbar wurden.

Als es in der Stadt vom Turme sieben schlug, stand er wieder an dem alten Gartenzaune. Der vorübergehende Totengräber, dessen Gruß er nicht zu bemerken schien, gewahrte mit Verwunderung, wie Herr Friedrich Jovers mit seinem Stocke recht unbarmherzig gegen einzelne der alten Büsche stieß, während doch, wie von einem frohen Entschluß, ein stilles Lächeln auf seinem Antlitz lag.

Plötzlich aber richtete Herr Friedrich sich auf und schritt aus dem Kirchhofe in die Stadt hinein; er schritt nicht seiner Wohnung zu, sondern die lange Osterstraße hinauf, wo das Haus des Meisters Hinrich Hansen lag.

Und acht Tage später, an einem sonnigen Spätnachmittage, hielt der Chaisewagen des Senators wieder vor dessen Haustür; die Reisenden samt Kind und Kindsmagd waren heimgekehrt. Als der schlafende Erbe glücklich vom Wagen und oben in der Kinderstube untergebracht war, lief die junge Frau, wie zu neuer freudiger Besitznahme, durch alle Räume ihres Hauses, und als sie hier überall gewesen war und, dank der alten schwiegerelterlichen Köchin, alles in musterhafter Ordnung vorgefunden hatte, schritt sie langsam den Gang hinab, der an der Küche vorbei zur Hoftür führte. Ihr Gesicht war plötzlich ernst geworden, und es dauerte eine Weile, bevor sie die Klinke aufdrückte und hinaustrat.

Allein so zögernd sie hinausgegangen war, so rasch kam sie jetzt zurück; sie flog fast an der Küche vorüber nach dem Hausflur; ihre Augen strahlten. »Christian, Christian Albrecht!« rief sie. »Wo steckst du? Komm doch, komm geschwinde!«

Da trat er schon mit heiterem Antlitz aus der Schreibstube auf sie zu.

»Komm!« rief sie nochmals und ergriff ihn bei der Hand. »Ein Wunder, Christian Albrecht, ein wirkliches Wunder! Wie aus dem Döntje von dem Fischer un sine Fru! Ein schwarzer jütscher Topf, ein Haus, ein Palast; immer höher und höher, und dann eines angenehmen Morgens – ›Mantje Mantje Timpe Te!‹ –, da sitzen sie wieder in ihrem schwarzen Pott!« Und sie sah mit glückseligen Augen zu ihrem Mann empor.

Auch aus seinen guten Augen leuchtete ein Strahl des

Glückes. »Ich habe es schon gesehen«, sagte er; »aber es ist kein Wunder, es ist viel besser als ein Wunder.«

Und als sie dann Arm in Arm auf den Hof hinaustraten, der wieder hell und frei wie früher vor ihnen lag, da sahen sie die hohe Mauer bis auf ihr altes Maß hinabgeschwunden, und hinter der niedrigen Grenzscheide stand Herr Friedrich Jovers und streckte schweigend dem Bruder seine Hand entgegen.

»Friedrich!«

»Christian Albrecht!«

Die Hände lagen ineinander; aber jetzt erhob Herr Friedrich den Kopf, als ob er nach den Fenstern des elterlichen Hauses hinüberlausche.

»Worauf hörst du, Bruder?« frug ihn der Senator.

Einen Augenblick noch blieb der andere in seiner horchenden Stellung, dann ging ein Lächeln über sein ernstes Gesicht. »Ich meinte, Bruder, daß unser alter Papagei mich riefe, aber er hat es neulich abends schon getan.«

Und als er das gesagt hatte, legte er die eine Hand auf den oberen Rand der Mauer, und mit einem Satze schwang er sich hinüber.

»Mein Gott, Friedrich«, rief Frau Christine, indem sie einen raschen Schritt zurücktrat, »ich habe dich noch niemals springen sehen!« Und dabei standen ihre Augen voll von Tränen.

Er faßte seine Schwägerin an beiden Händen. »Christine«, sagte er, »dieser Sprung war nur ein Symbolum; ich werde künftig wieder hübsch auf ebener Erde bleiben.«

Der Senator blickte heiter in den nun wieder frei gewordenen Luftraum. »Lieber Bruder«, begann er mit bedächtigem Lächeln, »die ganze Mauer war ja eigentlich nur ein Symbolum, außer daß sie denn doch leibhaftig dagestanden, und währenddem der alte Friedebohm sich seine Federn nicht mehr schneiden konnte –«

Herr Friedrich unterbrach ihn: »Wenn's gefällig wäre, so nehmet noch einmal euere eben abgelegten Hüte und begleitet mich auf einer kurzen Promenade!«

»Was du willst, Friedrich!« rief Frau Christine. »Alles, was du willst!« Und da Herr Christian Albrecht gleichfalls einverstanden war, so gingen sie miteinander durch das elterliche Haus, und

Herr Friedrich führte sie den bekannten Weg hinten um die Stadt, an der grünen Marsch entlang und wieder in die Stadt hinein.

Sie hatten längst bemerkt, daß er sie zu dem in Streit befangenen Garten führte; aber sie fragten nicht, sie gingen schweigend und in freudiger Erwartung neben dem Bruder her.

Am Eingange empfing sie der alte Andreas, die Steigharke in der Hand, ein schelmisches Schmunzeln im Gesicht. Alles zeigte sich in schönster Ordnung; an den jungen Apfelbäumen waren alle Blütensträuße aufgebrochen.

Herr Friedrich beschleunigte seine Schritte, während er den Muschelsteig zum Pavillon hinauf-, dann aber an demselben vorbei und nach der Kirchhofseite zuschritt. Als sie hier aus dem Gebüsch hinaustraten, stieß Frau Christine einen leichten Schrei aus, wie er sich in freudiger Überraschung so anmutig von dem Frauenherzen löst; denn an der Stelle des krüppelhaften Zaunes, welcher sonst die Scheide gegen den Kirchhof hin bezeichnet hatte, erhob sich vor ihnen eine stattliche Mauer, wie Herr Christian Albrecht sie sich immer hier gewünscht hatte. »Nun, gewißlich«, rief die hübsche Frau, »da steht es vor uns, auch die Liebe kann –«

Aber Herr Friedrich nahm ihr das Wort vom Munde. »Die Frau Schwester meinen«, sagte er höflich, »Meister Hansens Leute können, wenn auch keine Berge, so doch eine Mauer recht gescheit versetzen; mich selber anbelangend, so habe ich hierbei auf des Herrn Bruders gütigen Konsens gerechnet. Und, Christian Albrecht«, fuhr er in herzlichem Tone fort, indem er sich zu seinem Bruder wandte, »hiemit, so du gleichen Sinnes bist, ist unser Prozeß am Ende; du hast das Urteil unseres Magistrates für dich; meinen Einspruch habe ich zurückgezogen. Tue du nun ein übriges und bestimme als der Älteste, wie es mit dem Garten soll verhalten werden! Wie du die Teilung vornimmst, ich bin es jedenfalls zufrieden.«

Herr Christian Albrecht hatte dieser Rede zugehört wie einer, welcher zugleich einem eigenen Gedanken nachgeht. »Ist das dein Ernst, Friedrich?« sagte er, seinem Bruder voll ins Antlitz sehend; »dein wohlbedachter Ernst?«

»Mein voller, wohlbedachter Ernst«, erwiderte Herr Friedrich ohne Zögern.

»Nun denn«, rief Christian Albrecht freudig, »so teilen wir gar nicht, Bruder Friedrich! ›Jovers' Garten‹ hat es hier von Großvaters Zeiten her geheißen, so darf es jetzt nicht Christian Albrechts und Friedrichs Garten heißen!«

Einen Augenblick lang zogen Herrn Friedrichs dunkle Brauen sich zusammen, als ob er über einen Gewaltstreich seines Bruders zürnen müsse; dann aber wurde es plötzlich hell auf seinem Antlitz, wie Christian Albrecht in so raschem Wechsel es nur bei ihrem Vater einst gesehen hatte. Lebhaft ergriff er seines Bruders Hand: »Topp, Christian Albrecht! Aber wie war's nur möglich, daß dies damals keinem von uns beiden eingefallen ist?«

Herr Christian Albrecht lächelte. »Ich glaube, Friedrich, wir haben damals beide etwas laut geredet; da konnten wir die eigene Herzensmeinung nicht vernehmen.«

Frau Christine, die in stiller Freude dem Gespräch der Brüder zugehört hatte, hob jetzt ihre Uhr empor, die sie, noch von der Reise her, an einem schweren Gürtelhaken bei sich führte. »Vesperzeit, wenn's beliebet!« rief sie. »Und Friedrich, du speisest doch heut abend bei uns? Die alte Margret wird schon löblich vorgesehen haben! Freilich – deine perdrix aux truffes, die hast du ein für allemal verlaufen.«

Es war zu Ende Juli. Frau Antje Möllern saß bei Frau Nachbarn Jipsen auf der Beischlagsbank und erzählte dieser noch einmal, wie schon mehreremal zuvor, daß es nun nichts nütze, da drüben noch länger hauszuhalten; denn die da – und sie nickte nicht eben sanft nach dem alten Kaufherrnhaus hinüber – haben nun auch Herrn Friedrich Jovers ganz in ihren Schlingen; sie, Antje Möllern, habe dies dem letzteren auch rundheraus gesagt und dann zugleich auf Michael gekündigt; und Frau Nachbarn Jipsen erwiderte darauf, heute gleichfalls nicht zum ersten Mal, daß sie das alles längst vorausgesehen habe.

Unten im Ratsweinkeller saß an diesem warmen Nachmittage der goldene Advokat und demonstrierte dem Herrn Stadtsekretär, der aus den oberen Rathausräumen zu einem kühlen Trunk herabgestiegen war, wie er die scharfsinnigen Deduktionen seiner Klage- und Replikrezesse, welche – ganz sub rosa –

denn doch über den Horizont des ehrenwerten Magistrats hinausgingen, nun leider ganz umsonst geschrieben habe; und der stets höfliche Herr Stadtsekretär tupfte dem Goldenen recht freundlich auf die Schulter und sagte lächelnd: »Umsonst, Herr Siebert Sönksen? Doch wohl nicht ganz umsonst! Da müßten wir die Herren Jovers sonst nicht kennen!« – Und der Goldene lächelte gleichfalls und griff behaglich nach seinem Spitzglas Roten.

Draußen in den Gärten aber war es in der Stachelbeerenzeit, und in »Jovers' Garten« war heute überdies ein großer Familienkaffee. Der Herr Onkel Bürgermeister und der Herr Vetter Kirchenpropst mit ihren Frauen waren da, und der alte Friedebohm und der alte Andreas waren da, jeder an dem Platze, der ihnen zukam, und der alte Papagei saß auf seiner hohen Stange vor dem Pavillon, und auch Musche Peters in seinem neuesten Anzug mit einer kleinen Zopfperücke fehlte nicht. Selbst den kleinen Erbprinzen hätte man in seinem Kinderwagen an einem stillen Schattenplätzchen finden können, freilich bis jetzt nur schlummernd unter der Hut der treuen Kindermagd. Im Innern des Pavillons aber, vor den weit geöffneten Flügeltüren, waltete Frau Christine des blinkenden Kaffeetisches, während drunten vor der Staketpforte sich zusammendrängte, was die kleine Gasse an neugierigen Weibern und lustiger Jugend aufzubieten hatte. Die Weiber erzählten sich von der guten seligen Frau Senatorn und nickten dabei nach der innern Wand des Pavillons hinüber, wo die unermüdliche Dame Flora nach wie vor mit ihrer Rosengirlande tanzte; die Buben dagegen, sie sich allmählich den ersten Platz vor der Pforte erobert hatten, wiesen mit ausgestreckten Armen nach den großen roten Stachelbeeren, die auf den Rabatten in schwerer Fülle an den Büschen hingen. Mitunter hörte man sie den Namen des jungen Herrn Senators nennen; sie schienen auf ihn zu warten, dessen milde Hand ja auch nach dem Hintritt der guten alten Frau Senatorn noch vorhanden war. »Da kommt he! Kiek mal, da kommt he!« riefen ein paar von ihnen, deren gierige Augen eben einen Schimmer seines pfirsichfarbenen Rockes erspäht hatten; aber sie wurden plötzlich stille, als sie ihn an der Seite des gefürchteten Herrn Friedrich Jovers aus einem belaubten Seitengange treten sahen.

Die beiden Brüder gingen schweigend nebeneinander; aber auf ihrem Antlitz lag noch der friedliche Ausdruck des traulichen Gespräches, welches sie vorhin die einsameren Seitengänge hatte aufsuchen lassen. Auch jetzt noch wandten sie sich nicht wieder zur Gesellschaft, sondern schritten in stummem Einverständnis den breiten Muschelsteig hinab.

Ihnen im Rücken hatte inzwischen Musche Peters sich der Papageienstange genähert und suchte in Ermangelung gleichberechtigter Unterhaltung mit dem gefiederten Gaste in bescheidenem Flüstertone anzuknüpfen; sogar ein Stückchen Zucker wagte er dem Papchen hinzuhalten. Aber der grüne Unhold schien für diese Aufmerksamkeit keinen Sinn zu haben; statt nach dem Zucker hackte er nach Musche Peters' Finger und schrie dann gellend, als wolle er's nun ein für allemal gesagt haben: »Komm röwer!«

Als der Schrei des Vogels das Ohr der beiden Brüder erreichte, flog über Herrn Friedrichs Angesicht ein Schatten, wie aus jener Nacht, von der er seinem Bruder heut zum ersten Mal gesprochen hatte. Der Senator aber faßte seine Hand und sagte leise: »Mein Friedrich, das hat jetzt keine Bedeutung mehr; du bist nun ein für allemal herüber.«

Als Herr Friedrich hierauf den Kopf erhob, um seinen Bruder anzublicken, blieben seine Augen auf dem Bubenhaufen vor der Pforte haften, und die finstere Miene wurde von einem fast schelmischen Lächeln fortgedrängt. »Keine Bedeutung mehr?« sagte er, die Worte des Bruders wiederholend. »Meinst du, ich verstünde ganz allein die Papageiensprache?« Und ohne eine Antwort abzuwarten, rief er mit lauter, kräftiger Stimme: »Holla, Jungens, wat seggt de Papagoy?«

Da kam zuerst eine noch etwas zaghafte Stimme, dann aber eine nach der andern, und immer lauter und lauter: »›Komm röwer! Komm röwer!‹ seggt de Papagoy.«

Und lustig winkend, erhob Herr Friedrich den Arm: »Nun denn, alle Mann hoch: ›Komm röwer!‹« Und ebenso lustig wies seine Hand nach den brechend vollbeladenen Stachelbeerbüschen.

Zuerst sahen die Jungen nur einander an und flüsterten angelegentlich mitsammen; sie konnten sich's nicht denken, daß der böse Herr Friedrich Jovers mit einem Male so erstaunlich gut geworden sei. Als aber jetzt die beiden Herren Jovers in ein unverkennbar herzliches Lachen ausbrachen, da war kein Halten mehr, einer wollte noch eher als der andere, und bald sprang und fiel und purzelte der ganze Schwarm über die Pforte in den Garten hinab, und unter jeder Stachelbeerstaude saß mit lachendem Angesicht ein unermüdlich schmausender Junge.

»Christian Albrecht«, sagte Herr Friedrich, den Arm um seines Bruders Schultern legend, »wenn erst deine Jungen hier so in den Büschen liegen!«

Da erscholl hinter ihnen vom oberen Teil des Gartensteiges ein helles fröhliches »Bravissimo!«, und als sie sich hierauf umwandten, da stand in der offenen Tür des Pavillons inmitten aller Gäste die junge anmutige Frau Senatorin, mit emporgehobenen Armen hielt sie den Brüdern ihr eben erwachtes Kind entgegen, das mit großen Augen in die bunte Welt hinaussah.

Zum Frontispiz

Theodor Storm im 40. Lebensjahr (1857).

Abdruck des Fotos nach dem Ölgemälde von Hans Nicolay Sunde (Heiligenstadt, im Mai 1857) mit freundlicher Genehmigung des Theodor-Storm-Archivs in Husum.

Der Maler Hans Nicolay Sunde (1823–1864) hat Storm 1857 in Heiligenstadt (Eichsfeld) besucht und jene beiden Porträts von Theodor Storm und seiner Ehefrau Constanze gemalt, die Storm in einem Brief vom 9. Juni 1857 an Ludwig Pietsch beschreibt: »Der kleine Sunde hat uns und den Kindern übrigens ein schönes Gastgeschenk zurückgelassen, die fast lebensgroß gemalten Porträtköpfe von mir und meiner Frau, sprechend ähnlich und, wie mir scheint, sehr schön gemalt«. – Auch im Brief vom »1. Pfingstsonntag 1857« an seine Eltern in Husum würdigt Storm die beiden Ölgemälde seines Husumer Jugendfreundes: »Sunde, der Ende der Woche über Hamburg nach Husum zu reisen gedenkt, läßt uns und unseren Kindern ein schönes Festgeschenk zurück. Die fast lebensgroß in Oel gemalten Portraitköpfe von Constanze und mir, beide sprechend ähnlich und namentlich Constanzens Kopf, der auf meinen Wunsch in Profil gemalt ist, von der zartesten Auffassung, ich habe selten ein besseres Portrait gesehen.« – Beide Porträts befinden sich heute im Storm-Haus in Husum (Wasserreihe 31) und geben dem Betrachter einen »sprechenden« Eindruck von der Malkunst H. N. Sundes, die er von 1852–1855 auf der Antwerpener Akademie und bei dem Düsseldorfer Historien- und Genremaler Joseph Fay (1813–1875) erworben hat, wozu Storm im selben Brief anerkennend bemerkt: »jetzt muß man wirklich den Hut vor ihm abnehmen.«

Inhaltsverzeichnis

Band I: Frühe Erzählprosa und Novellen

Frühe Erzählprosa

Novellen 1848–1867

Novellen 1867–1880